W0333216

Feuerjäger

Band 2
Herz aus Stein

Susanne Pavlovic

© 2015 Amrûn Verlag
Jürgen Eglseer, Traunstein

Covergestaltung: Christian Günther
Lektorat: Carmen Weinand
Korrektorat: Sabine Steck
Illustrationen: Kristina Gehrmann
www.mondhase.com

Alle Rechte vorbehalten

ISBN - 978-3-95869-052-3

Besuchen Sie unsere Webseite:
http://amrun-verlag.de

Bibliografische Information der Deutschen Nationalbibliothek:
Die Deutsche Nationalbibliothek verzeichnet diese Publikation
in der Deutschen Nationalbibliografie; detaillierte bibliografische
Daten sind im Internet unter http://dnb.d-nb.de abrufbar.

1 Schnaps und späte Rache

»Ich habe dich noch nie singen hören, Hauptmann«, sagte Fenrir und trat von hinten an Krona heran. »Was ist denn der Anlass deiner Heiterkeit?«

Sie standen auf einem schmalen sandigen Streifen, der die steinige Küste vom Meer trennte. Es war Abend. Am Ausgang der kleinen Bucht hob sich die Silhouette eines zweimastigen Schiffes gegen den rötlichen Himmel ab, und ein Ruderboot näherte sich von dort aus dem Strand.

»Drei Zwerge auf einem Schiff, yo-ho-ho, und ein Fass voll Rum«, sang Krona. »Das wird ein Spaß.«

»Die letzte Fahrt nach Sturmwacht verlief ohne Zwischenfälle«, sagte Fenrir.

»Sturmwacht war weniger als ein Tag und zwei Zwerge. Zentallo ist zehn Tage und drei Zwerge. Das ist eine ungünstige Steigerung.«

»Falls wir Probleme bekommen, wird nicht er der Verursacher sein.« Fenrir sah hinüber zu Thork und Lianna. Thork stand reglos wie ein Fels und sah aufs Meer, während Lianna unruhig herumwanderte. »Außerdem werden wir zunächst nur nach Lichtenau fahren, wenn ich es recht verstanden habe.«

»Und die Ladung für Zentallo an Bord nehmen. Genau. Das Nächste, was mir nicht gefällt. Wir verlieren unnötig Zeit.«

Fenrir hob die Hände und ließ sie wieder fallen.

»Das nächste Mal mach es selbst«, sagte er. »Ich glaube Lomir, wenn er sagt, dass dies noch die beste Lösung für uns ist, unter den gegebenen Umständen. Es gibt seit einigen Tagen diese offizielle Reisewarnung, und der Hof spricht so etwas nicht ohne Grund aus. Wo sind unsere restlichen Zwerge übrigens?«

»Sie werden schon kommen.« Krona zog sich ihren Mantel enger um die Schultern. »Lomir hat wahrscheinlich im letzten Augenblick noch begonnen, sich um ein Geschäft zu kümmern.«

»Dann lass uns hoffen, dass Nardon seinen Einfluss geltend macht. Sonst ist dieses Schiff aus Zentallo zurück, ehe wir vollzählig sind.«

Pintel, der am Strand entlanggewandert war und im nassen Sand nach Muscheln gesucht hatte, kam hinüber zu ihnen, die Hände in den Manteltaschen vergraben.

»Hört mal«, sagte er. »Ich habe das schon Lomir gefragt, aber er wollte mir keine rechte Antwort geben. Was ist das denn für ein Schiff? Ich meine, warum geht es in dieser einsamen Bucht vor Anker und nicht im Hafen, wie Schiffe das normalerweise tun?«

»Versuch, dir die Frage selbst zu beantworten«, sagte Krona.

»Ich habe schon ein paar Ideen, aber ich kann nicht glauben, dass die zutreffen. Es gibt diese Geschichten von Piraten, die andere Schiffe überfallen und die Beute dann in einsamen Buchten vergraben und Ähnliches. Lomir wird uns aber kaum eine Passage auf einem Piratenschiff besorgt haben … oder?«

»Ganz so haarsträubend wird es schon nicht sein«, sagte Krona. »Schmuggler. Das ist meine Vermutung, und das wäre nicht die schlechteste Wahl, denn Schmuggler haben üblicherweise schnelle Schiffe.«

»Ich weiß nicht, ob mich das tröstet«, sagte Pintel und verzog das Gesicht.

»Ich weiß nicht, ob du eine Wahl hast«, sagte Fenrir. »Lass es auf dich zukommen. Wir werden das schon gut überstehen.«

»Wenn du es sagst …«

»Seht mal.« Krona zeigte mit dem Finger. »Da kommen sie.«

»Alle Götter«, sagte Fenrir. »Was ist passiert?«

Den schmalen Trampelpfad vom Landesinneren entlang näherten sich zwischen hartem, raschelndem Gras vom Vorjahr die beiden vermissten Zwerge. Lomir trug schwer an doppeltem Gepäck, und mit dem freien Arm stützte er Nardon, der kaum in der Lage schien, alleine zu gehen. Mit großen Schritten kam Krona den Zwergen entgegen und nahm Lomir einen der Rucksäcke ab.

»Alles klar«, sagte sie mit einem Blick auf Nardon, der mit halb geschlossenen Augen an Lomirs Schulter hing, halblaut etwas Zwergisches murmelte und gelegentlich mit dem Finger in die Luft deutete. »Du weißt, dass er kotzen wird wie nie in seinem Leben, wenn er auf einem Schiff wieder nüchtern wird?«

»Wenn er wieder nüchtern wird, sind wir hoffentlich so weit von jedem Festland entfernt, dass Fluchtversuche keinen Sinn ergeben«, sagte Lomir grinsend. »Und zu meiner Verteidigung muss ich sagen, dass es ein Versehen war. Er sagte etwas von *ein bisschen Mut antrinken*. Ich hatte ja keine Ahnung, dass er *so* wenig verträgt.«

»Was ist los?«, fragte Fenrir, als sie unten auf dem Strand ankamen.

»Mut angetrunken«, sagte Krona. »Und in ein paar Stunden möchte ich wirklich nicht mit ihm tauschen.«

»Hier.« Lomir schob Nardon Krona entgegen, die schnell zupackte, ehe der Zwerg umfiel. »Halt mal. Das Boot ist angelandet, und der Kapitän höchstselbst nimmt uns in Empfang.«

»Da will ich dabei sein«, sagte Krona sofort und gab Nardon an Fenrir weiter, der wenig glücklich mit der Aufgabe schien, den Zwerg aufrecht zu halten, während dieser mit fahrigen Gesten seinen zwergischen Vortrag fortsetzte.

Das Boot, das von sechs Männern gerudert wurde, landete an, und ein siebter, der im Bug gesessen hatte, sprang an Land. Er trug hohe Stulpenstiefel, um die das knöcheltiefe Wasser strudelte, pludrige Hosen, eine verblichene Schärpe um die Hüften und eine lange, mit mottenzerfressenem Pelz besetzte Jacke. Zottiges langes Haar quoll unter seinem breitkrempigen Hut hervor, und sein breites Lächeln wirkte so künstlich wie die Reihe goldener Zähne, die er dabei enthüllte.

»Das gibt's nicht«, murmelte Krona. »Der Mann ist ein lebendes Klischee, oder?«

»Darf ich vorstellen«, sagte Lomir. »Dalkur Goldhand, der Kapitän unseres Vertrauens. Krona Karagin, meine Reisebegleiterin.«

»Es freut mich außerordentlich«, sagte Goldhand mit einer galanten Verbeugung.

»Mich auch … glaube ich«, sagte Krona. »Zumindest bin ich dankbar, dass Ihr uns mitnehmt.«

»Ich bin sicher, Ihr werdet Euch hinreichend von meinen Vorzügen überzeugen können, während Ihr an Bord seid«, versprach Goldhand. »Und natürlich von denen meines Schiffes. Keine ist schneller in diesen Gewässern als die Sturmbringer.«

»Schnell ist nicht immer gut«, sagte Krona. »Den Fehler machen aber viele Männer.« Goldhand grinste breit.

»Ich sehe, meine Dame, wir werden uns gut vertragen. Wir teilen den gleichen Humor. Und der Rest Eurer Reisegesellschaft? Sind alle hier? Drei Zwerge! Na, das kann ja was werden. Ihr hattet nicht erwähnt, Meister Feuerbeil, dass außer Euch noch weitere Zwerge an Bord gehen.«

»Ich hielt den Unterschied nicht für erheblich«, sagte Lomir unschuldig.

»Er ist es nicht, wenn keiner von Euch im Weg steht und Panik verbreitet, sobald es ein wenig schaukelt«, sagte Goldhand.

»Das verspreche ich«, sagte Lomir.

»Und das Zuckerstück da drüben?« Goldhand deutete mit dem Kinn hinüber zu Lianna. »Ist sie vergeben? Ich habe noch ein hübsches Plätzchen in der Kapitänskajüte frei.«

»Freut Euch nicht zu früh, Herr Kapitän«, sagte Krona. »Seht Ihr den Zwerg mit der Augenklappe? Er ist ihr Leibwächter, und er versteht sein Geschäft, ob es nun schaukelt oder nicht.«

»Zumindest wird ihr Anblick die Moral der Mannschaft gewaltig heben«, sagte Goldhand. »Und nun, an Bord mit Euch. Wir müssen auf offener See sein, bis es dunkel ist.«

Sie verluden zuerst das Gepäck und den einigermaßen wehrlosen Nardon in das Boot und stiegen dann selbst zu. Krona musterte die Matrosen, während das Boot im flachen Wasser schaukelte. Einer wie der andere machten sie den Eindruck, als hätten sie mehr als nur einmal den Strick verdient.

Sie sah hinüber zu ihren Gefährten. Lomir stützte Nardon, der Zwergisches aufs Meer hinaus sprach und die Faust schüttelte. Thork saß ihr schräg gegenüber und wirkte wie versteinert. Pintel neben ihr träumte zu Lianna hinüber, die ihrerseits ungeduldig über die Schulter nach dem Schiff draußen in der Bucht schaute. Fenrir fing ihren Blick auf und hielt ihn fest.

»Zählst du deine Schäfchen?«, sagte er leise zu ihr. »Sei unbesorgt. Noch ist keiner über Bord gegangen.«

»Wir sind ja auch noch keine Minute auf dem Wasser«, erwiderte sie mit schwachem Grinsen.

»Entspann dich, bitte. Wir werden die Hälfte aller Probleme nicht haben, die du gerade siehst.«

»Ich weiß. Ich bin eine professionelle Schwarzseherin. Ich kann's nicht ändern.« Zu laut, offensichtlich, denn Goldhands Kopf drehte sich in ihre Richtung.

»Vertraut Ihr uns etwa nicht?«, fragte er mit einem öligen Lächeln.

»Nicht weiter als ich Euch werfen kann«, sagte Krona. »Und wundert Euch das? Aber falls es Euch beruhigt: Die zweifelhafte Moral Eurer Mannschaft ist nur ein Teil meiner Besorgnis, und den Rest werde ich bestimmt nicht vor Euch ausbreiten.«

»Wir können euch in Ehrenfeld von Bord lassen, falls ihr es euch bis dahin anders überlegt habt«, schlug Goldhand vor. »Den Preis für Eure Überfahrt behalten wir natürlich. Wir hatten schließlich unsere Aufwendungen.«

Die Ruderer legten sich in die Riemen. Das Boot wurde von Wellen angehoben und hinaus aufs Meer getragen. Der Strand entfernte sich.

»Ehrenfeld also«, sagte Krona. Ihre Linke suchte das Heft ihres Schwertes unter ihrem Mantel, kühl, vertraut und schmeichelnd in ihrer Handfläche.

»Was ist mit Ehrenfeld?«, fragte Fenrir. Sie sah ihn an, er wirkte alarmiert.

»Nichts«, sagte sie und versuchte sich an einem Lächeln, das viel zu bitter geriet. »Nur eine weitere Station in meinem vermurksten Leben.«

»Wir werden einen ruhigen Ort finden, falls du davon erzählen möchtest«, sagte Fenrir. »Versprich einstweilen nur, dass du nicht unangekündigt *etwas erledigen* gehst.«

»Wird mir schwerfallen«, sagte Krona mit einer vagen Handbewegung hinaus aufs Meer.

»Ich bezog es auf unsere Ankunft in Ehrenfeld.

»Ich weiß. Ich habe versucht, einen Witz zu machen.«

»Ist dir nicht gelungen.«

»Hab ich gemerkt, Klugscheißer.«

»Worum geht's?«, fragte Pintel und unterbrach kurzzeitig seinen Flirt mit Lianna.

»Schon vorbei«, sagte Fenrir. »Nichts Wichtiges.«

Schließlich gingen sie an der Sturmbringer längsseits und kletterten eine schwankende Strickleiter hinauf an Deck. Nardon leistete keinen Widerstand, war allerdings auch nicht in der Lage, die Kletterpartie aus eigener Kraft zu bewältigen, und so banden sie ihm einen Strick um die Mitte und zogen ihn an Bord, wie sie es auch mit dem Gepäck taten.

»Seht zu, dass er sich nach Lee übergibt, wenn er damit anfängt«, sagte der Kapitän mit einem kritischen Blick auf den Zwergen, der, grün im Gesicht, wie ein Häufchen Elend auf den feuchten Planken hockte.

»Nach was?«, fragte Pintel.

»Zur windabgewandten Seite«, erklärte Krona. »Alles klar, Kapitän. Es ist nicht meine erste Seereise. Ich weiß, worauf man achten muss.«

»Gut«, sagte Goldhand. »Dann entschuldigt mich. Ich muss diesen Haufen Idioten antreiben, der sich meine Mannschaft nennt.«

»Was für ein widerlicher Mensch«, sagte Lianna, als der Kapitän, Befehle brüllend, gegangen war. »Habt ihr gesehen, wie er mich angestarrt hat? Wenn er das noch mal macht, schneide ich ihm seine Augen raus.«

»Was ziemlich dämlich wäre, denn er ist es, der die Disziplin an Bord so weit aufrecht hält, dass sich nicht zwanzig notgeile Matrosen auf dich stürzen«, sagte Krona. »Aber nur zu. Tu, was du nicht lassen kannst.«

»Und du bist die nächste, wenn du mir noch mal so kommst«, fauchte Lianna.

»Mach mich nicht wütend«, sagte Krona. »Es bekommt dir nicht, ich schwör's dir.«

»Lasst es gut sein, alle beide«, sagte Thork. Er sah blass aus unter seiner versteinerten Fassade, aber seine dunkle Stimme klang ruhig wie immer. »Dies ist kein Ort für Streitereien. Wir werden alle unsere Kräfte brauchen, um gegen diesen Haufen von Verbrechern zu bestehen.«

»Er hat recht«, sagte Fenrir und nahm Krona beim Arm, die sich nur widerstrebend von ihrer jungen Gegnerin losriss. »Und jetzt komm, oder sollen Pintel und ich das ganze Gepäck alleine nach unten bringen?«

»Was ist mit Lomir?«, fragte Krona und folgte Fenrir zögernd.

»Hat zu tun.«

»Verstehe«, sagte Krona, die Lomir an der Reling entdeckte, wo er versuchte, den zitternden Nardon in eine einigermaßen stabile Position zwischen zwei Seilrollen zu bringen.

Sie brachten das Gepäck unter Deck und ließen sich von einem zahnlückigen Matrosen, der sich großspurig Quartiermeister nannte, eine Anzahl von Hängematten in einem Raum zeigen, der offenbar das Mannschaftsquartier war.

Es war eng und dunkel hier unten, die Decke war niedrig, und es stank nach Kohlsuppe und ungewaschenen Menschen.

»Tragt alles, was euch etwas wert ist, am Körper«, sagte Krona leise. »Ihr könnt damit rechnen, dass unsere Sachen mindestens einmal geplündert sind, bis wir in Zentallo ankommen. Und nachts werden wir Wachen aufstellen. Am besten hält sich keiner von euch alleine irgendwo auf. Das gilt vor allem für Lianna und mich.«

»Ich nehme an, ihr werdet euch schon wehren können, wenn euch einer zu nahe rückt, oder nicht?«, fragte Pintel, der bereits seine Hängematte ausprobierte.

»Ich versuche nur, Schwierigkeiten vorzubeugen«, erklärte Krona. »Natürlich können wir uns wehren, aber hässliche Zwischenfälle, egal welcher Art, können schnell dazu führen, dass man über die Planke geht, ob man nun schuld ist oder nicht.«

»Lasst uns wieder an Deck gehen«, sagte Fenrir, dessen gelber Blick unruhig herum huschte. »Hier unten ist es ja nicht auszuhalten.«

Sie folgten ihm nach oben, suchten sich einen geschützten Platz auf dem Hinterdeck und richteten sich für ihre erste Nacht auf See ein. Der scharfe Nordostwind brachte Regen, aber er füllte die Segel und trieb das Schiff rasch voran. Man hatte an Deck Sturmlaternen entzündet, die mehr schwankende Schatten als brauchbares Licht produzierten und der endlosen Schwärze des Meeres nichts entgegenzusetzen hatten.

Krona hielt es auf den Beinen. Sie ließ ihren Schlafsack zusammengerollt, tastete sich hinüber zur Reling und hielt ihr Gesicht in den salzigen Wind, bis ihre Wangen brannten.

Erst Schützenberg, jetzt Ehrenfeld. Wann eigentlich habe ich einer Rundreise durch die Trümmer meines Lebens zugestimmt? Was soll der Scheiß? Kann ich nicht einfach mein Leben in Ruhe zu Ende bringen? Es gut sein lassen. Nicht mehr dran denken. So tun, als wäre es nie gewesen.

Sie legen ihn vor meine Tür.

Nein, bitte nicht. Bitte nicht.

»Hauptmann?«

Er ist ganz still, sein Gesicht ist weiß. Blut läuft aus seinem Körper und bildet dunkle Pfützen auf den Dielen. Er sieht überrascht aus. Seine Augen stehen noch offen. Ich kann sie ihm nicht schließen. Cladis tut es.

Ich kann ihn nicht anfassen, diesen leblosen, schlaffen Körper. Ich habe so viele tote Männer gesehen, aber er kann nicht tot sein, er kann doch nicht einfach tot sein.

»Krona?«

Eine Hand legte sich auf ihre Schulter. Sie fuhr herum, zu Tode erschrocken, und prallte gegen Fenrir, der ihre Schultern packte und sie festhielt.

»Alle Götter«, keuchte sie. »Hast du mich erschreckt.«

»Das war nicht meine Absicht«, sagte er. »Es war nur nicht gerade einfach, deine Aufmerksamkeit zu bekommen.«

»Was ist los?«

»Das wollte ich gerade dich fragen.«

»Was soll los sein? Ich habe keine Lust, mich schlafen zu legen. Das ist alles.«

Fenrir sah sie an, seine Hände lagen noch auf ihren Schultern.

»Na gut«, sagte sie. »Es ist dieses beschissene Ehrenfeld. Ich hatte nicht vor, dort jemals wieder hinzugehen. Ich bin bis auf die Südlichen Inseln gefahren, nur um genug Abstand zwischen mich und diesen Ort zu bringen.«

»Und es hat nicht gereicht.«

»Richtig.«

Er schwieg und sah sie an.

»Verdammt«, sagte sie. »Es ist ein paar Jahre her. Ich sollte eigentlich locker drüber reden können, aber ich kann's nicht. Nicht locker. Wenn ich nicht drüber rede, kann ich so tun, als wäre es nie passiert, verstehst du?«

»Ja«, sagte er. »Nur funktioniert so etwas nicht auf Dauer.«

»Richtig«, sagte sie.

Sie schwiegen. Sie sah ihn an, seine Züge waren vom spärlichen Licht der Sturmlaterne eher überschattet als erhellt, sein Blick ging hinaus auf das Meer. Der Wind zerrte an seinem dunklen Haar.

»Ich war dort stationiert, bevor ich auf die Südlichen Inseln ging«, sagte sie sachte. »Es ist eine der größten Garnisonen der Insel. Mein Mann liegt dort begraben. Mein zweiter. Mattis.«

Fenrir nickte, sein Blick blieb ruhig. Sie spürte, wie die Wärme seiner Hände langsam durch ihre Kleidung hinunter auf ihre kalte Haut drang.

»Sie haben ihn umgebracht«, sagte sie. »Er hat ihn umgebracht. Leuthold von Leiningen. Er war damals Zweiter Kommandant und wollte gerne Erster werden, und Mattis wusste ein paar unschöne Dinge aus seiner Vergangenheit. Leuthold hat Mattis etwas in die Schuhe geschoben und hat ihn zu einem Zweikampf auf die Ehre gefordert. Solche Zweikämpfe werden üblicherweise mit stumpfen Übungswaffen ausgetragen. Es geht um die Ehre, nicht um das Leben. Mattis' Klinge war stumpf. Die von Leuthold nicht. Eine ganz bedauerliche Verwechslung.«

Sie holte tief und zitternd Luft. »Er hat ihm die Klinge ins Herz gerammt. Er wusste, er hat ein scharfes Schwert in der Hand. Es war kein Unfall, es war eine Hinrichtung.« Sie wischte sich mit dem Ärmel übers Gesicht. Salz brannte in ihren Augen. Sie machte einen Schritt nach vorne und vergrub das Gesicht an Fenrirs Hals. Er blieb stehen und fing ihr Gewicht auf, und sie spürte, wie seine Arme sich um sie schlossen.

»Verdammte Scheiße«, sagte sie zwischen Stöhnen und Schluchzen. »Lass mich einfach unauffällig über Bord gehen. Das wäre vielleicht wirklich das Beste.«

»Das Einfachste, zumindest«, sagte er.

»Warum komme ich nicht zurecht damit? Es ist doch kein besonderes Schicksal. Ich müsste doch irgendwann darüber hinweg sein. Ich will doch nur meine Ruhe haben.«

»Erwartest du, dass ich dir diese Frage beantworte?«

»Warum nicht? Wenn du eine Antwort hast.«

»Such dir die Antwort selbst. Ich bin nicht dein Lebensberater.«

»Besten Dank«, sagte sie, und sie spürte, wie er lächelte.

»Es soll genügen, dass ich dir meine Schulter leihe«, sagte er.

»Lomir!«, quietschte Pintels Stimme von hinten aus der Dunkelheit. »Guck mal! Schnell! Die *küssen* sich!«

»Tun sie *nicht*«, sagte Krona laut, ihre Stimme klang sehr nach bemühter Normalität. »Und jeder, der etwas anderes behauptet, kann nach Zentallo schwimmen.«

»Wer? Wo?«, kam Lomirs Stimme alarmiert.

Fenrir schob Krona von sich und machte einen Schritt rückwärts, aber seine goldenen Augen lagen auf ihr, und er lächelte.

»Nicht dieses Mal«, sagte er.

»Ich höre wohl nicht richtig«, sagte sie verblüfft.

»In jedem Fall würde ich es bedauern, wenn du über Bord gingest.«

»Schon gut. Ich tu's nicht. Ich bin zäh. Und jetzt komm. Lass uns einen weniger einsamen Ort auf diesem Kahn suchen, sonst hat man uns bis zum Morgengrauen ein wildes Liebesleben angedichtet.«

»Ja«, sagte Fenrir. »Ich wollte ohnehin nachsehen, wie es Nardon geht.«

Beide nicht an den schwankenden Boden unter ihren Füßen gewöhnt, tasteten sie sich die Reling entlang, wichen einer Reihe von Fässern aus und duckten sich unter straff verspannten Seilen hindurch.

»Warst du eigentlich jemals am Grab deines Mannes?«, fragte Fenrir. Krona hielt überrascht inne.

»Nein«, sagte sie. »Nicht seit der Beerdigung. Meinst du, ich sollte?«

»Ich meine gar nichts.«

»Ich denke mal drüber nach.«

»Denken schadet nie.«

Nardon war in erbärmlichem Zustand. Die spärliche Deckbeleuchtung unterstrich seine grüne Gesichtsfarbe, und er zitterte am ganzen Körper. Lomir hatte ihn in Decken gepackt und vorsichtshalber einen Eimer neben ihm deponiert.

»Er hält sich wacker«, sagte er. »Wartet nur. Bis Zentallo machen wir noch einen echten Seefahrer aus ihm.«

»Mach du einen Seefahrer aus mir, und ich mach aus dir einen Mönch«, sagte Nardon schwach. »Und bitte erinnert mich an das hier, sollte ich jemals wieder etwas anderes trinken wollen als Wasser und Tee.«

»Und habt ihr euch nun geküsst oder nicht?«, fragte Lomir neugierig.

»So oder so geht es dich nichts an«, sagte Fenrir.

»Aber es interessiert mich«, sagte Lomir grinsend.

»Nein«, sagte Krona. »Klares, unmissverständliches Nein. Geht das in deinen lüsternen Schädel rein?«

»Schade«, sagte Lomir. »Ihr würdet ein hübsches Paar abgeben.«

»Ein Wort noch, und ich mache Nardons Drohung wahr«, sagte Krona.

»Ist ja gut«, seufzte Lomir. »Ich bin eben immer auf der Suche nach ein bisschen Romantik im Alltag.«

»Eimer, bitte«, stöhnte Nardon.

»Ich suche mir ein ruhiges Plätzchen«, sagte Fenrir. »Weckt mich ruhig, wenn ihr mich braucht.«

»Ich löse dich ab, wenn du möchtest«, bot Krona Lomir an, als Nardon wieder aus dem Eimer aufgetaucht war. »Ich kann sowieso nicht schlafen.«

»Das wäre mir recht«, sagte Lomir mit einem Blick hinunter auf seinen gebeutelten Freund.

»Geh nur«, sagte Nardon matt. »Ich bin sicher, mit Krona habe ich eine Expertin an meiner Seite.«

»Allerdings«, sagte sie. »Man überlebt es, auch wenn es sich nicht so anfühlt.«

Lomir verabschiedete sich zum Schlafen, und Krona bezog neben Nardon auf einer Seilrolle Posten. Irgendwann war auch Nardon eingeschlafen, und als ein fahler, heller Streifen über dem Horizont den Morgen ankündigte, hatte Krona eine Entscheidung getroffen.

Sie kreuzten eine Weile vor der Küste Lichtenaus, bevor sie in einer einsamen Bucht vor Anker gingen. Es war Vormittag. Lomir, Pintel und Lianna fanden sich an Deck ein, wo Fenrir, der mit dem ersten Sonnenstrahl erwacht war, bereits unruhig seine Runden drehte. Nardon schlief noch zwischen seinen Seilrollen, und Thork, dessen Gesicht eine Spur grauer und erschöpfter wirkte als am Vortag, stand an der Reling und sah hinüber zum Strand, als könne er ihn allein mit der Kraft seiner Gedanken heranholen.

»Und?«, sagte Krona und stellte sich neben ihn. »Wie geht's?«

»Ich bin kein Seefahrer«, sagte Thork. »Zwerge gehören nicht aufs Wasser.«

»Seekrank?«

»Nicht direkt.«

»Du wirst dich schon gewöhnen. Es sind zehn Tage bis Zentallo. Du *solltest* dich gewöhnen.«

»Vielleicht.« Er starrte misstrauisch hinunter aufs Wasser. »Gròr hat seltsame Prüfungen für mich vorgesehen. Erst Pferde und jetzt das.«

»Alle mal herhören, werte Gäste«, schallte Goldhands Stimme über das Deck. Er stand erhöht auf einem Querbalken, seine verblichene Schärpe flatterte im Wind. »Wir nehmen hier unsere restliche Ladung an Bord. Dies wird im Laufe des Tages geschehen. Heute Abend, sobald es völlig dunkel ist, nehmen wir Kurs auf Zentallo. Ihr könnt den Tag an Land verbringen, aber wer sich nicht rechtzeitig wieder hier einfindet, wird zurückgelassen. Wir warten auf niemanden, verstanden?«

»Klar und deutlich«, bestätigte Lomir. »Wir werden da sein.«

Nardon schien nur sehr widerwillig die dunkle Zuflucht des Tiefschlafes zu verlassen, ließ sich aber mit der Aussicht auf einen Tag an Land rasch trösten. Er brachte die schaukelnde Fahrt in dem Beiboot mit heroischer Todesverachtung hinter sich, stolperte auf den Strand wie ein der Verdammnis Entkommener und ging in die Knie.

»Warum schaukelt es immer noch?«, fragte er hilflos. »Ich bin doch jetzt an Land, oder?«

»Mach ein paar Schritte«, riet Lomir ihm. »Das Schaukeln vergeht.«

»Verrückte Welt«, murmelte Nardon und zog sich an seinem Freund in die Höhe.

»Momentchen«, sagte Krona laut. »Kommt mal alle hier rüber, bevor ihr euch über den Strand verteilt. Ich habe etwas mit euch zu besprechen.«

Sie wartete, bis die Gefährten sich um sie versammelt hatten, und holte tief Luft. Ein seltsames Gefühl schnürte ihr die Kehle zu.

»Ich …«, begann sie, brach ab und räusperte sich, was nicht half. »Ich hab hier was zu erledigen«, sagte sie heiser.

»Oh nein«, sagte Pintel. »Nicht schon wieder. Als du zuletzt etwas zu erledigen hattest, warst du hinterher drei Tage krank.«

»Verkatert«, korrigierte Lomir. »Ein Kater ist keine Krankheit, genau genommen.«

»Das eine wie das andere hielte ich für ungünstig«, sagte Pintel. »Ich fühle mich nicht sehr wohl unter diesen Piraten, und ich will nicht, dass meine Beschützerin ihr Schwert nicht heben kann.«

»Ich habe nicht vor, mich zu betrinken«, sagte Krona.

»Aber du neigst dazu«, warf Lomir ein.

»Das steht jetzt nicht zur Diskussion«, sagte Fenrir. »Lasst sie sprechen.«

Krona warf Fenrir einen dankbaren Blick zu und versuchte, den roten Faden ihrer sorgfältig zurecht gelegten Rede wiederzufinden, doch der blieb verschwunden.

»Also«, sagte sie. »Ich kenne hier ein paar Leute von früher. Ehrenfeld hat eine Garnison, falls ihr das nicht wisst, und dort habe ich viele Jahre gedient. Und jetzt … denke ich … ich muss … also, wo ich doch schon mal hier bin …« *Verdammt. Ich krieg's nicht hin.*

»Du möchtest dort herausfinden, ob sie dich wirklich unehrenhaft entlassen haben, nach dieser Gefängnis-Sache«, half Pintel aus.

»Das haben sie«, sagte Lomir. »Jede Wette. Den Weg kann sie sich sparen. Die Mühlen der Bürokratie arbeiten langsam, aber unerbittlich.«

»Ja«, sagte Krona und klammerte sich an den rettenden Einfall. »Trotzdem. Ich muss in diese Garnison rein, und das schaffe ich nicht alleine.«

»Du brauchst unsere Hilfe«, sagte Lomir.

»Ja«, sagte Krona.

»Sag das doch gleich«, sagte Lomir. »Kein Problem. Obwohl ich schwören könnte, dass sie dich entlassen haben. So leid es mir tut.«

»Trotzdem.«

»Warum gehst du nicht einfach rein, wenn du die Leute doch von früher kennst?«, fragte Pintel.

»Ich bin dort nicht gern gesehen«, sagte Krona. »Aus verschiedenen Gründen. Ich muss mir irgendwie Zutritt verschaffen.«

»Ich nehme an, du hast bereits einen Plan«, sagte Fenrir.

»Ja. Die Schwierigkeit ist, reinzukommen. Ich brauche eine Ablenkung am Tor, damit ich durchschlüpfen kann. Wenn ich einmal drin bin, kann ich mich einigermaßen ungehindert bewegen. Das Gelände ist recht weitläufig, und ich kenne den Weg der Wachen. Ich habe lange genug die Dienstpläne eingeteilt.«

»Was, wenn sie das in der Zwischenzeit geändert haben?«, fragte Pintel.

»Es ist Militär.« Krona verzog die Mundwinkel. »Ein paar Jahre reichen nicht aus, um etwas wie einen Dienstplan zu ändern.«

»Und wie willst du wieder raus kommen?«, fragte Lomir.

»Durch eine zweite Ablenkung am Tor«, sagte Krona. »Ich hatte auf ein wenig Zauberei gehofft.«

»Ich lasse mir etwas einfallen«, sagte Pintel bereitwillig.

»Ich könnte ein wenig Unterstützung brauchen, wenn ich drin bin.« Krona sah Fenrir an, der nickte.

»Und wann soll es stattfinden?«, fragte Lomir.

»Heute Abend, nach Einbruch der Dunkelheit«, sagte Krona.

»Du weißt, dass wir den Anker lichten, sobald es dunkel ist?«

»Ja. Deshalb brauche ich auch dich hier, beim Kapitän. Du musst ihn überreden, zu warten, falls wir nicht ganz pünktlich sind.«

»Und wie soll ich das machen? Du hast ihn vorhin gehört. Auf Nachzügler wird keine Rücksicht genommen.«

»Du kannst einem Wanderzirkus einen Eimer Flöhe verkaufen. Du wirst auch das schaffen.«

»Danke für das Vertrauen«, sagte Lomir zweifelnd.

»Wenn du möchtest, sichern Lianna und ich deinen Rückweg, und halten uns bereit, falls du Verstärkung brauchst«, bot Thork an.

»Ja«, sagte Krona. »Danke. Besser, man hat es, als man braucht es.«

»Dann bin ich der Einzige, der sich nicht beteiligt«, sagte Nardon mit einer Spur von Enttäuschung in der Stimme.

»Ich brauche deine Unterstützung, was den Kapitän betrifft«, sagte Lomir. »Wer weiß, vielleicht müssen wir eine Meuterei anzetteln, um Zeit zu gewinnen.«

»Das ist doch nicht dein Ernst«, sagte Nardon, und Lomir grinste.

»Überleg doch mal. Es wäre ein unschlagbarer Vorteil für mein Geschäft, wenn ich eine eigene Flotte hätte.«

»Schon gut«, sagte Krona. »Alle wissen Bescheid. Wir brechen am Nachmittag auf. Ich weiß nicht genau, wie weit wir von hier aus gehen müssen.«

Die Garnison glich einer eigenen kleinen Stadt vor den Toren Ehrenfelds. Hohe, weiß gekalkte Mauern umgaben das eigentliche Gelände, doch war man offenbar mit steigender Truppenstärke auch auf die umliegenden Felder ausgewichen, wo in Zeltstädten das Gras zu Schlamm zertrampelt wurde. Über den Toren wehte das rot-weiße Drachenzahnbanner im Wind. Die Sonne war bereits untergegangen, das Licht schwand rasch.

»Sie scheinen nichts zu befürchten«, sagte Fenrir und spähte mit zusammengekniffenen Augen hinüber. Die Gefährten hatten sich vom Waldrand genähert und am Rand der breiten, belebten Königsstraße im

Schutz einiger alter Obstbäume Posten bezogen. »Es sind nur zwei Wachen am Tor, und ich sehe nicht mehr als zwei Mauerwachen auf den Zinnen.«

»Wozu auch mehr«, sagte Krona. »Ihre größte Sorge ist, dass Schnaps hineingeschmuggelt wird. Es ist eine Garnison, kein Gefängnis.«

»Wir machen es wie folgt«, sagte Pintel. »Wir gehen alle zusammen hin, und ich fange ein Gespräch mit den Torwachen an. Nein, noch besser: Lianna fängt ein Gespräch mit den Torwachen an. Du kannst sicher ihre Aufmerksamkeit für einen Augenblick oder länger auf dir halten, oder nicht?«

»Natürlich«, sagte Lianna.

»Natürlich«, sagte Pintel mit einem kleinen sehnsüchtigen Seufzer. »Wo war ich? Ach ja. Ich bereite einstweilen meinen Vergessenszauber vor, und Krona und Fenrir schlüpfen durchs Tor. Denkt daran, dass der Zauber nur kleine Dinge auslöscht, die man ohnehin schnell vergessen hätte: Krona, man sollte dich also besser nicht erkennen. Das ist mein Teil des Plans.«

»Vielleicht solltest du mit reinkommen und am Tor warten«, sagte Krona. »Es gibt dort genug Möglichkeiten, sich zu verstecken. Schließlich können wir dir schlecht von innen Bescheid geben, wann wir die zweite Ablenkung brauchen, wenn du draußen stehst.«

»Da ist was dran«, sagte Pintel. »Also gut.«

»Gut«, sagte Krona. »Dann lasst uns gehen.«

Wirklich? Da hinein? Wie, zum Teufel, kommst du nur auf diese beschissene Idee? Alles wieder aufreißen, wieder ganz von vorne anfangen? Warum konntest du nicht stillhalten, den Kopf einziehen und es vorbei gehen lassen? Einfach am Strand bleiben und den Tag versaufen, Hauptmann Karagin, yo-ho-ho, und ein Fass voll Rum …

»Worauf wartest du?«, sagte Fenrir hinter ihr und schob sie sanft, aber energisch vorwärts.

»Nichts«, sagte sie. »Man wird doch mal durchatmen dürfen.«

»Durchatmen darfst du hinterher, wenn wir wieder auf unserem Schiff sind«, sagte Fenrir. »Und jetzt zieh deine Kapuze über und halte dich hinter mir im Schatten.«

Sie näherten sich auf der breiten, gut befestigten Straße dem Tor, an dem mittlerweile die Fackeln entzündet worden waren. Es stand offen, und sie konnten sehen, dass die Straße sich auf der anderen Seite zwischen den schmucklosen Fassaden flacher Gebäude fortsetzte.

»Guten Abend«, sagte Lianna und trat auf die Torwachen zu. »Ihr könnt uns vielleicht einige Auskünfte geben, wollt Ihr so freundlich sein?« Ihr Tonfall war schmeichelnd, und sie wiegte sich ein klein wenig in den Hüften und drehte das Ende ihres Zopfes um den Finger.

»Aber gerne, meine Dame«, sagte der eine, ein junger, spitznasiger Soldat, während sein Kollege einen roten Kopf bekam und dämlich zu grinsen begann. Pintel, der hinter Lianna stand, murmelte einige Worte und blies ein wenig Sand von seiner Handfläche. Fenrir stieß Krona vorwärts, sie stolperte, und er packte sie am Arm und zog sie voran. Ohne dass jemand auf sie achtete, passierten sie das Tor und suchten auf der anderen Seite Deckung zwischen der Mauer und einigen Büschen. Pintel, dem ein unauffälliger Weg durchs Tor von den Wachen, die sich in die Brust warfen, versperrt war, sah ihnen nach und hob etwas hilflos die Hände.

»Aua«, sagte Krona unfreundlich.

»Die Mauerwachen.« Fenrir wies mit dem Kinn nach oben. »Sie hatten sich gerade abgewandt. Es war eine gute Gelegenheit. Wohin nun?«

Krona versuchte, ruhig zu atmen, aber die Luft schien dünn geworden. Sie fühlte sich elend und verängstigt.

»Wir können hier an der Mauer entlang gehen«, sagte sie. »Nur die Straßen sind beleuchtet, und die Eingänge. Hier hinten liegen Materiallager und Stallungen. Eine ruhige Ecke, vor allem zur Abendessenszeit.« Obwohl sie übergroße Anstrengung darauf verwendete, entschlossen und ruhig zu klingen, gelang es ihr nicht. »Es tut mir leid«, sagte sie und schlug die Hand vor den Mund. »Ich … oh, alle verdammten Götter. Was für eine Scheiß-Idee. Ich krieg's nicht hin.«

»Willst du abbrechen?«, fragte Fenrir.

»Nein«, sagte sie erstickt hinter ihrer Hand.

»Du solltest nicht so viel Kraft darauf verschwenden, Haltung zu bewahren. Niemand sieht dich. Es ist völlig unnötig.«

»Du siehst mich.«

»Mir musst du aber nichts beweisen.«

Krona atmete tief und zitternd. Die Luft kam zurück, sie roch feucht und nach Erde und nassem Lederzeug. Sie nahm die Hand vom Gesicht.

»Gehen wir«, sagte sie.

Leise und so unauffällig wie möglich bewegten sie sich an der Mauer entlang. Gestrüpp wucherte hier und füllte den Zwischenraum zu den rückwärtigen Wänden der Gebäude, doch ein Trampelpfad erleichterte das Fortkommen.

»Es ist eine Abkürzung für bestimmte Wege«, sagte Krona heiser. »Und ein ruhiges Eck, wenn man mal eines sucht. Ich … *wir* waren oft hier. Es sind Heckenrosen. Sehr hübsch im Sommer.«

Gestrüpp und Trampelpfad endeten an einem schmalen Grasstreifen, der mit Gattern unterteilt war. Ein Stück abseits dampfte ein Misthaufen. Sie kletterten über die Gatter und beeilten sich, das gut einsehbare Stück hinter sich zu bringen. Dann tauchten sie in den Schatten einer Scheune. Das Gebüsch setzte sich hier nicht weiter fort, und sie gingen rasch an der feuchten Mauer entlang und passierten ein weiteres Gebäude, aus dem Licht und eine Vielzahl von Stimmen drang.

»Die Messe«, sagte Krona, und ihre Stimme klang nach Tränen, obwohl ihre Augen trocken blieben. »Götter! Wie oft bin ich da drin gesessen, mit meinen Soldaten … Das Essen war furchtbar, aber ich hab mich dort immer wohler gefühlt als am Offizierstisch. Was waren das für Abende …«

»Wo willst du hin?«, fragte Fenrir alarmiert und packte Krona am Ärmel.

»Nur mal durchs Fenster gucken«, sagte sie und versuchte, sich loszumachen.

»Nichts da«, sagte er und drückte sie, die sich wehrte, kurzerhand gegen die Mauer. »Jetzt nicht sentimental werden, Hauptmann. Ich habe keine Lust, mich hier erwischen zu lassen, nur weil du den vergangenen Zeiten nachtrauerst.«

»Neidhard?«, kam eine Stimme von hinten. »Bist du das?«

Krona und Fenrir erstarrten. In dem Licht, das aus der Messe drang, erschien ein Soldat, etwa einen Steinwurf entfernt. Seine Uniformjacke stand offen, und er sah nach hinten zur Mauer, bevor er achselzuckend seine Hose aufknöpfte und sich ins Gras erleichterte.

Fenrir löste seinen Griff erst, als der Soldat wieder nach drinnen verschwunden war. Er sagte nichts, aber sein Blick sprach Bände.

»Ist ja gut«, flüsterte Krona. »Schau mich nicht so an, ja?«

»Gehen wir«, sagte er und schob sie vorwärts.

Sie durchquerten das rückwärtige Ende eines Gemüsegartens, duckten sich unter den Mauerwachen weg, passierten die Rückseite einiger Wirtschaftsgebäude und standen dann vor einem niedrigen Zaun, hinter dem in Reih und Glied flache Steinhügel errichtet waren. Etwas Kaltes fasste nach Krona, und sie blieb am Zaun stehen.

»Da sind wir«, sagte sie heiser.

»Gut«, sagte Fenrir und stieg über den Zaun. »Welches ist es?«

»Ich weiß nicht«, sagte sie und kletterte ihm unbeholfen hinterher. »Ich erinnere mich nicht.«

Ich erinnere mich. Ein schwarzes Loch, in das sie eine Kiste hinunterlassen, in der er angeblich drin liegt. Das, was für mich eine Welt bedeutet, soll tatsächlich in eine Holzkiste passen? Sein Lachen, seine Heiterkeit. Seine Art, mir die Haare hinters Ohr zu streichen. Sein Blick, der mir das Gefühl gibt, besonders zu sein. Ich, ausgerechnet, wo er sie doch alle hätte haben können.

Da sind Blumen in meinen Händen, ich soll sie in die Grube werfen. Die Sonne scheint, die Zweige eines Baumes werfen tanzende Schatten. Ich kann mich nicht bewegen, mein Körper ist so tot wie der, der in der Kiste liegt.

»Da war ein Baum«, sagte sie mühsam. »Unter einem Baum, oder so.«

»Dann komm. Lass uns suchen.«

Sie sah nichts, sie stolperte voran, ihre Zähne schlugen aufeinander, und es nützte nichts, dass sie ihren Mantel immer fester um sich zog. Fenrir führte sie, und sie überließ sich seinem Griff, vorbei an flachen Steinhügeln mit der immer gleichen rechteckigen Steinplatte obenauf, ein Name, ein Geburts- und ein Sterbedatum. Dann streifte sie einen rauen Baumstamm, und einige Schritte weiter blieb Fenrir stehen und bückte sich.

»Hier ist es«, sagte er, nachdem er mit der flachen Hand eine Schicht von altem Laub von der Steinplatte gewischt hatte. »Mattis Karagin. Grünmond zwölfneunundvierzig bis Reifemond zwölfdreiundachtzig. Er ist nicht alt geworden.«

Sie ging neben dem Hügel in die Knie. Mit dem Ärmel wischte sie die Platte sauber und starrte auf die eingemeißelten Buchstaben hinunter.

»Er war jünger als ich, falls du gerade rechnest«, sagte sie. »Zehn oder elf Jahre. Viele fanden es seltsam, dass er sich keine jüngere Frau genommen hat. Eine, die ihm noch Kinder zur Welt bringen konnte.«

Fenrir sagte nichts. Er war einen Schritt zur Seite gegangen, sein Blick ging in die Ferne.

Sie legte die Hand auf die Steinplatte, die kalt und feucht war unter ihren Fingern. Sie versuchte, etwas zu empfinden, doch ihre Gefühle lagen mit einem Mal unter der schweren Steinplatte begraben.

»Es ist so unfassbar«, sagte sie leise. »Dass er einfach so weg ist. So unwirklich. Genauso könnte ich mich fragen, ob er überhaupt je existiert hat.«

»Das ist die Natur des Todes«, sagte Fenrir. »Dafür, dass du eine Soldatin bist, scheinst du erstaunlich wenig darüber nachgedacht zu haben.«

»Gerade weil ich eine bin. Soldaten denken nicht über den Tod nach. Es gäbe keine Soldaten, wenn sie es täten.«

Sie sah hinunter auf die Steinplatte, auf die Buchstaben, die seinen Namen bildeten.

»Ich habe noch etwas anderes zu erledigen«, sagte sie.

»Ja«, sagte er. »Das dachte ich mir.«

Mühsam kam sie auf die Füße und machte ein paar unsichere Schritte. Die Kälte in ihrem Inneren lähmte sie.

»Es wird ein bisschen riskanter jetzt«, sagte sie. »Wir müssen zu den Offiziersquartieren.«

Sie verließen den Soldatenfriedhof und bewegten sich vorsichtig im Schatten zweier Gebäude auf die Hauptstraße zu. Sie hielten sich rechts und rannten einige Steinwürfe weit, um ein Stück Gelände möglichst schnell zu überwinden, das keine Deckung bot.

»Dort drüben«, sagte Krona leise und zeigte auf ein Gebäude auf der anderen Straßenseite, vor dem zwei Soldaten Posten standen.

»Es wird schwierig, beide gleichzeitig auszuschalten«, sagte Fenrir. »Wollen wir nicht Pintel holen, für eine Ablenkung?«

»Nein. Er würde eine Erklärung haben wollen, und er würde es nicht verstehen.«

»Dann teilen wir uns, gehen von hinten an die beiden ran und überwältigen sie möglichst gleichzeitig. Hauptsache, keiner schlägt Alarm. Ich nehme den Linken.«

»Kein Blutvergießen, wenn's geht«, bat Krona. »Er hätte es nicht verdient, wegen so einer Sache.«

Fenrir nickte, zog sich die Kapuze tief ins Gesicht und ging lautlos davon.

Kurz darauf brach der linke Soldat mit einem dumpfen Aufstöhnen zusammen. Der rechte fuhr erschreckt herum, doch eine Hand über seinem Mund erstickte seinen Alarmschrei, dann knallte etwas Hartes gegen seinen Kopf und schickte ihn in die Dunkelheit.

Krona und Fenrir trafen sich unter der Tür, die sich lautlos öffnen ließ. Dahinter lag ein hell erleuchteter Flur. Mehrere Türen führten in angrenzende Räume, Stimmen und Gelächter kamen von dort, und eine Treppe ging hinauf in den ersten Stock.

»Unter die Treppe«, flüsterte Krona und wies mit dem Kopf in das dunkle, staubige Eck, während sie schon den einen Soldaten unter den Armen packte. In aller Eile schleppten sie die beiden leblosen Männer in das dunkle Eck und schoben sie dicht an die Wand, dann hielten sie keuchend inne.

»Wohin?«, flüsterte Fenrir dicht an ihrem Ohr, während eine Tür klappte und ein kleiner Trupp sich lautstark unterhaltender Soldaten von einem Raum in einen anderen wechselte. Krona zeigte nach oben.

»Wenn er seine Gewohnheit nicht geändert hat, isst er nicht mit der Mannschaft, sondern alleine in seinem Quartier«, flüsterte sie. »Das ist eine gute Gelegenheit.«

»Du weißt, dass wir mehr als nur ein wenig Glück brauchen, um hier ungesehen wieder raus zu kommen«, flüsterte Fenrir, und Krona nickte.

Sie warteten einen ruhigen Moment ab, dann tauchten sie aus dem Schatten unter der Treppe auf und hasteten in aller Eile die Treppe hinauf. Ein weiterer Gang lag vor ihnen, und dann ging eine Tür zur Rechten auf und jemand trat ihnen direkt in den Weg.

Hände fuhren zu den Schwertgriffen, und der Soldat öffnete seinen Mund zu einem überraschten Schrei, doch dann hielt er inne.

»Krona«, sagte er fassungslos. »Bist du das?«

»Cladis«, sagte Krona und versuchte, den Schub plötzlicher Kampfanspannung zu drosseln, der ihr den Herzschlag hinauf in den Hals katapultiert hatte.

»Alle gütigen Götter«, sagte der Soldat, der Krona immer noch anstarrte wie eine Erscheinung. »Krona! Das kann ja wohl nicht wahr sein!« Er fasste sie bei den Schultern, als wolle er prüfen, ob sie wirklich vor ihm stünde, dann zog er sie in eine enge, brüderliche Umarmung. Sie roch die Mischung aus Tabak, Waffenfett und Rauch und kämpfte hart mit den Tränen, während sein struppiger blonder Bart ihre Wange kratzte.

»Was machst du hier?«, fragte er. »Wir haben gehört, was du auf den Südlichen Inseln vollbracht hast. Dann hieß es erst, du wärest beurlaubt, und später, man hätte dich unehrenhaft entlassen … und nun kommst du einfach so hier hereinspaziert?«

»Nicht einfach so«, sagte sie. »Wir haben erheblichen Aufwand betrieben, um ungesehen zu bleiben.«

»Und wir wollen, dass es so bleibt, also keine Zeit jetzt, um zu plaudern«, sagte Fenrir, und seine Anspannung war unüberhörbar.

»Ja«, sagte Krona und machte sich los. »Richtig.«

»Was habt ihr vor?«, fragte Cladis.

»Besser, du weißt es nicht, alter Freund. Du wirst es früh genug erfahren. Und besser wäre auch, du hättest uns nie hier gesehen.«

»In Ordnung«, sagte Cladis, seine Stimme klang fragend.

»Wo ist er?«, fragte sie. »Leuthold von Leiningen. Hat er sein Quartier noch hier oben?«

»Er hat Rudolfs altes Quartier«, sagte Cladis. »Rudolf ist im Ruhestand, seit einem Jahr etwa, und Leiningen ist sein Nachfolger. Götter, ich wünschte wirklich, du wärest damals hier geblieben. Es ist dein Posten, den er da hat.«

»Es wäre nie meiner geworden. Das Militär ist immer noch ein Männerverein.«

»Wir gehen«, sagte Fenrir. »Jetzt.«

»Mach's gut, alter Freund«, sagte Krona. »Und viel Glück für dich.«

»Und für dich«, sagte Cladis, der in der Tür stehen blieb und, noch immer wie vom Blitz getroffen, Krona und ihrem dunklen Begleiter hinterher sah.

Sie rannten den Gang entlang, bogen um eine Ecke und hielten an der letzten Tür.

»Warte hier«, sagte Krona. »Ich bin gleich zurück.«

Sie klopfte an die Tür und trat ein, ohne eine Aufforderung abzuwarten.

»Hallo, Leuthold«, sagte sie zu dem kleinen, untersetzten Mann, der von einem reich gedeckten Tisch aufsprang und dabei einen silbernen Pokal umstieß, aus dem sich Wein wie dunkles Blut über das Tischtuch ergoss. »Ich sehe, ich komme gerade recht zum Abendessen.«

»Was willst du«, schnappte er, dem hörbar die Luft wegblieb.

»Wie schön, dass du mich gleich erkennst«, sagte Krona sanft und schloss die Tür hinter sich, »wo wir uns doch ein paar Jahre nicht gesehen haben. Aber es gibt Menschen, die man einfach nicht vergisst, nicht wahr?«

»Was willst du«, wiederholte er seine Frage. »Ich rufe die Wachen! Du hast kein Recht, hier zu sein!«

»Ich habe jedes Recht«, sagte sie. »Was gibt's denn heute? Aha, ich sehe, das muss wohl ein Fasan gewesen sein. Edel, edel, Herr Kommandant.«

»Wachen!«, rief er und versuchte, zur Tür zu kommen, doch sie vertrat ihm mit einigen raschen Schritten den Weg.

»Ich täte das nicht, an deiner Stelle. Ich weiß, was du getan hast. Mattis war nicht der Einzige, der es wusste. Und ehe ich ging, um dir diesen kleinen Besuch abzustatten, habe ich es einer Person meines Vertrauens erzählt. Wenn ich nicht bis zum Morgengrauen am Treffpunkt bin, wird sie sich mit diesem Wissen an deine Vorgesetzten wenden.«

»Und was willst du nun?«, fragte er, während Schweißperlen sich auf seiner Stirn bildeten.

»Mit dir reden.« Sie fühlte sich ruhig, die Kälte wich aus ihr, ihr Verstand war scharf und klar, sie spürte, wie das Blut durch ihren Körper zirkulierte, spürte jeden Atemzug. Sie ging zum Tisch, hob den Pokal auf und füllte ihn bis zum Rand.

»Auf dein Wohl«, sagte sie und trank den Pokal in einem Zug leer. Kühl rann der Wein ihr aus den Mundwinkeln und versickerte in ihrem Mantelkragen.

»Worüber willst du reden?«, fragte Leuthold, der es offensichtlich nicht wagte, sich vom Fleck zu rühren.

»Ist das so schwer zu erraten?«, sagte sie und wischte sich mit dem Ärmel über den Mund. »Immerhin hast du mein ganzes Leben umgeschmissen. Kein Tag ist vergangen in den letzten drei Jahren, an dem ich nicht an dich gedacht habe. Macht dir der Gedanke Angst?« Sie lächelte.

»Es war ein Unfall«, sagte Leuthold, seine Stimme hob sich ein wenig. »Du weißt es. Ich habe es dir oft genug gesagt. Ein Zweikampf auf die Ehre. Was kann ich dafür, wenn einer deiner Rekruten die Waffen nicht ordentlich aufräumt.«

»Schieb es nicht auf meine Rekruten. Ich habe meinen Laden immer sauber gehalten. Da war alles an seinem Platz, und das weißt du. Ich hab's immer genau genommen mit den Grundlagen.«

Sie öffnete ihren Mantel, schlug ihn beiseite und legte die Hand um ihren Schwertgriff. Leuthold schnappte nach Luft und sah hektisch zwischen ihr und der Tür hin und her.

»Du willst mich doch nicht etwa fordern?«

»Nein. Ganz bestimmt nicht. Ich will, dass du es zugibst. Ich will es hören, aus deinem Mund. Sag mir, dass du ihn umgebracht hast.«

»Nein.«

»Komm schon. Ich weiß ohnehin genug über dich, um deine Karriere zu zerstören, wenn ich es will. Auf einen Mord mehr oder weniger kommt es da wirklich nicht an.«

»Du kommst hier nicht lebend raus, wenn du mir was tust«, sagte er und starrte auf ihr Schwert.

»Das wär's mir möglicherweise sogar wert«, sagte sie. »Ich habe ohnehin einen Großteil der letzten Jahre damit verbracht, mir einen schönen Weg zum Sterben zu suchen. Aber dann dachte ich immer an dich, und das hat mich am Leben gehalten.«

Mit einem Satz war er bei der Tür, riss sie auf und hätte sich beinahe selbst in eine kalt schimmernde Klinge gestürzt. Fenrirs Gestalt füllte den Türrahmen, das Schwert vor sich, er drängte Leuthold in den Raum zurück, schloss dann die Tür hinter sich und blieb stehen.

»Du hast dir Verstärkung mitgebracht«, sagte Leuthold, und der Schweiß lief ihm mittlerweile in Bächen an den Schläfen hinunter. »Das ist nicht ehrenhaft.«

»Ich sollte dir die Zunge rausschneiden, nur damit du dieses Wort nicht mehr in den Mund nimmst«, sagte Krona. »Aber dann könntest du mir ja nicht mehr sagen, was ich hören will. Nun komm schon. Es wird dich erleichtern.«

»Du wirst mich töten, wenn ich's getan habe«, sagte er, kreidebleich.

»Nein«, sagte sie. »Ich bin keine Mörderin. Ich werde durch diese Tür verschwinden, und du wirst mich nie wiedersehen.«

»Gib mir dein Ehrenwort.«

»Mein Ehrenwort.«

»Also gut«, sagte er, während sein Blick hektisch zwischen ihr und Fenrir hin und her hüpfte. »Es war … nun ja, so wie du sagst. Aber es war nicht einfach so. Es hatte eine Vorgeschichte. Dein Mann, er hatte offenbar nichts anderes im Sinn, als meine Existenz auszulöschen! Er wollte um jeden Preis verhindern, dass ich an diesen Posten komme. Er war bei mir und sagte mir, was er wusste. Er forderte meinen freiwilligen Rücktritt, er drohte, mich dem Generalsstab zu melden, wenn ich es nicht täte. Die Hälfte war gelogen, und die andere übertrieben, ich schwöre! Ich musste etwas tun. Ich konnte es nicht zulassen.«

»Warum hast du ihn nicht zu einem ehrlichen Zweikampf gefordert?«, fragte sie, umrundete den Tisch und näherte sich ihm langsam.

»Ich hätte gegen ihn nicht gut bestehen können«, sagte Leuthold leise.

»Ich weiß«, sagte Krona. »Er hat ein paar ganz miese Tricks von mir gelernt.«

Sie stellte sich vor ihn und legte ihm die Hand auf die Schulter.

»Und jetzt?«, sagte er, seine Stimme zitterte. »Könnten wir uns nicht… versöhnen? Ich meine, ich habe immer große Stücke auf dich gehalten. Dein militärisches Talent. Deine Hingabe. Du hättest es weit bringen können, selbst als Frau … das könntest du heute noch. Ich bin ein einflussreicher Mann. Ich könnte deine Entlassung rückgängig machen. Wollen wir die ganze leidige Sache nicht vergessen?«

Sie kam dicht an ihn heran, so dass sie sein Zittern am ganzen Körper spürte. Ihre Linke wanderte von seiner Schulter nach hinten über seinen Rücken, sie brachte ihr Gesicht dicht vor seines, fast berührten ihre Lippen die seinen.

»Mögen die Götter dir verzeihen«, sagte sie, »denn ich werde es nicht tun.«

Er bemerkte den Dolch in ihrer Hand erst, als er durch seine Bauchdecke drang. Ein gurgelndes Geräusch kam aus seinem aufgerissenen Mund. Warmes Blut sprudelte über ihre Hände, als sie mit beiden Händen den Dolchgriff packte und die Klinge mit aller Kraft nach oben zog. Eine Blutfontäne klatschte auf den Boden, Leuthold sackte nach vorne weg und trieb durch sein eigenes Gewicht die Klinge tiefer, und sie hielt mit aller Kraft dagegen und zog nach oben, bis er zur Seite rutschte und lautlos zu Boden glitt. Das Ganze war keine laute und heftige Aktion, sondern eher leise und fast intim.stürzte. Sie machte einen Schritt nach hinten. Leuthold lag auf der Seite, das Gesicht nach unten. Dunkles Blut tränkte die sorgfältig gefegten Dielen. Bläuliches Gedärm quoll aus seinem aufgeschlitzten Bauch.

Sie sah an sich hinunter. Ihre Hände waren gänzlich mit rot glänzendem Blut überzogen, das ihr von den Fingerspitzen tropfte. Blut tränkte die Vorderseite ihres Mantels. Von plötzlichem Ekel befallen, riss sie den Mantel von ihren Schultern und schleuderte ihn von sich, suchte dann etwas, um ihre Hände zu trocknen, fand das blütenweiße Tischtuch und riss es an sich, wobei Besteck, Platten und Teller klirrend zu Boden gingen.

Plötzlich wurden ihre Knie weich. Sie sank auf den Stuhl, auf dem Leuthold gesessen hatte, das Tischtuch noch in den Händen. Eine Last schien von ihr genommen, sie fühlte sich leicht und befreit und fast übermütig. Gelächter stieg in ihr auf und brach sich Bahn, und sie saß und lachte, hilflos und überrascht, sie hörte selbst, dass es ein wenig hysterisch klang.

»Geht es dir gut?«, fragte Fenrir besorgt. Sie sah ihn an, liebte die Sorge in seiner Stimme, die Unruhe, die er ausstrahlte, »Ja«, sagte sie, »mir geht's gut, du hast keine Ahnung, wie gut es mir geht!« Sie stand auf und ging zu ihm und schlang ihre Arme um seinen Hals, ihre Lippen legten sich auf seine, ihre Zunge verschaffte sich Einlass und machte Bekanntschaft mit seinen spitzen Eckzähnen, ehe seine Hand sich mit stählernem Griff um ihr Kinn schloss und sie von sich schob.

»Schulter«, sagte er, und seine Augen waren kalt.

»Ist gut«, sagte sie atemlos und lachte ihn an. »Entschuldige. Ich habe mich hinreißen lassen.«

»Verschwinden wir von hier«, sagte er und ließ sie los.

Er sah durch einen Türspalt nach draußen auf den Gang, während sie angestrengt versuchte, ein Kichern zu unterdrücken, dann winkte er sie hinter sich her.

Sie schafften den halben Weg zur Treppe, als sie von unten Stimmengewirr und das Schlagen von Türen hörten. Von Ferne blies eine Fanfare.

»Eindringlingsalarm«, sagte Krona, plötzlich ernüchtert. »Verdammt.«

Sie sahen sich an.

»Fenster«, sagte Fenrir. Sie machten auf dem Absatz kehrt und rannten den Weg zurück, den sie gekommen waren.

Ein Blick aus dem Fenster an der Stirnseite des Ganges zeigte ihnen, dass das Gelände durch Fackelträger hell erleuchtet war. Kleine Trupps von Soldaten waren unterwegs, und sie schienen es eilig zu haben. Sie machten kehrt und rannten zurück zur Treppe, von wo Cladis ihnen entgegenkam.

»Tut, was ich euch sage«, sagte er. »Ansonsten verhaltet euch still. Ich bringe euch raus. Wo ist dein Mantel? Man wird dich erkennen«, fragte er Krona, und, ohne eine Antwort abzuwarten: »Wartet.« Er stürzte zurück in den Raum neben der Treppe und kam gleich darauf mit einem Militärmantel und dem dazu gehörigen breitkrempigen Schlapphut zurück. »Anziehen«, sagte er. »Und Hut tief ins Gesicht. Es sind noch viele von früher hier.« Krona folgte eilig seiner Anweisung, während er sein Schwert zog und zur Treppe deutete.

»Hinunter«, sagte er.

Sie stolperten die Treppe hinunter, mitten hinein in einen Trupp Soldaten, der am Ausrücken war.

»Alarm aufheben«, sagte Cladis. »Ich habe sie. Schnapsschmuggler, nichts weiter. Ich bringe sie hinüber in die Zelle.«

»Jawohl, Leutnant«, sagte einer der Soldaten und salutierte zackig, bevor er sich im Laufschritt aufmachte.

»Hinaus da!« Cladis schubste Krona unsanft vorwärts. Sie betraten den hell erleuchteten Vorhof und schwenkten auf die Hauptstraße ein. Kurze Zeit später hörten sie ein weiteres Trompetensignal. Sie hielten sich rechts und in Richtung Mauer.

»Was hat uns verraten?«, fragte Krona.

»Sie haben die Soldaten unter der Treppe gefunden«, sagte Cladis. »Es fiel auf, dass sie nicht mehr vor der Tür standen.«

»Völlig klar«, sagte Fenrir. »Damit war zu rechnen.«

»Hier ist der Schlüssel zur Pforte«, sagte Cladis leise, und Krona spürte, wie er ihr etwas Langes, Kühles in die Hand gab. »Du weißt, wohin du musst?«

»Ja.«

»Gut. Dann schlagt mich jetzt zusammen, und rennt.«

»Was?!«

»Macht schon. Kräftig, bitte. Es soll echt aussehen.«

»Aber ich kann doch nicht ...«

»Es ist in Ordnung«, sagte er und drückte ihre Hände. »Ich bin's euch schuldig. Dir und deinem Mann.«

Mit einem Aufstöhnen brach er zusammen.

»Ich kann«, sagte Fenrir und ließ den Stein fallen. »Wohin?«

Sie rannten, während hinter ihnen Alarmschreie ertönten. Kurz darauf war die halbe Garnison auf ihren Fersen. Sie bogen in den Schatten zwischen zwei Truppenunterkünften ein, stießen einen überraschten Soldaten grob zur Seite und kamen endlich unter der Mauer an. Noch im Rennen nahm Fenrir den Bogen vom Rücken und legte einen Pfeil auf, dann drehte er sich für einen kurzen Augenblick um und schoss. Mit schrillem Aufschrei ging ein Soldat zu Boden. Sie flohen die Mauer entlang, bis sie endlich an eine kleine, hölzerne Pforte gelangten. Mit fliegenden Fingern suchte Krona im Dunkeln das Schlüsselloch, fand es endlich, steckte den Schlüssel hinein und drehte mit beiden Händen, während ein Pfeil nach dem anderen Fenrirs Bogensehne verließ. Die Pforte sprang auf, sie stürzten hindurch und flohen hinaus in die Dunkelheit.

»Wo sind die anderen?«, keuchte Krona und stolperte über Steine und Grasbüschel. Fenrir packte sie und zog sie mit sich, und sie ließ sich führen, nachdem er offenbar besser zu sehen schien als sie. Plötzlich tauchten Gestalten in der Dunkelheit auf, eine grelle Lichtkugel entstand aus dem Nichts und wurde in Richtung der Garnison geschleudert, wo sie im Gelände vor der Mauer aufschlug. Erdbrocken und Grasbüschel flogen in alle Richtungen, und Schreie wurden laut. »Schnell«, hörten sie Pintels Stimme. »Hier geht's lang. In den Wald, und dann schnell zum Schiff. Ihr habt euch aber einen Haufen Zeit gelassen da drin!«

Sie erreichten den rettenden Schatten der Bäume und hielten keuchend inne.

»Sie werden uns nicht weiter verfolgen, solange sie uns für Schmuggler halten«, sagte Krona und schnappte nach Luft. »Das wird sich aber ändern, sobald sie Leuthold finden. Dann sollten wir am besten schon auf dem Wasser sein.«

»Wagen wir ein bisschen Licht?«, fragte Pintel.

»Ja«, sagte Krona. »Ich renne sonst Kopf voraus gegen einen Baum.«

Pintel holte eine kleine Laterne hervor, die er am Gürtel getragen hatte, und kurz darauf bildete eine kräftig brennende Flamme eine kleine Lichtinsel.

»Sind alle da?«, fragte Krona und sah sich um. »Gut. Beeilen wir uns.«

»Ich gehe zuletzt«, sagte Fenrir. »Ich will sehen, ob wir verfolgt werden.«

»Und?«, fragte Pintel erwartungsvoll, als sie sich in Bewegung setzten. »Wart ihr erfolgreich?«

»Ja«, sagte Krona.

»Und?«

»Was und?«

»Bist du nun entlassen worden oder nicht?«

»Ich bin entlassen worden.«

»Komisch. Du wirkst so beschwingt. Ich hätte wetten können, dass nicht.«

»Es ist eine lange Geschichte«, sagte Krona. »Interessanter Zauber, übrigens, dieser Lichtball, oder was immer es war. Warum weiß ich nicht, dass du so etwas kannst?«

»Weil ich's nicht war«, sagte Pintel bedauernd.

»Hm?«, sagte Krona, und Pintel zeigte auf Thork, der vor ihm über eine Wurzel stieg. Er schien die Unterhaltung mitgehört zu haben, denn er drehte sich um und warf Krona einen schwer zu deutenden Blick zu.

»Hochinteressant«, sagte Krona. »Sieh mal einer an. Ich glaube fast, da werden ein paar weitere Gespräche stattfinden, während dieser Überfahrt.«

Thork nickte ihr zu und wandte sich wieder nach vorne.

Sie hatten das schmale Waldstück schnell durchquert und folgten nun einem schmalen, steinigen Weg, der sie an der Küste entlang führte. In einiger Entfernung hörten sie das Meer rauschen. Die Luft war frisch und schmeckte salzig. Etwas streifte Kronas Schulter, und da war Fenrir an ihrer Seite, sie hatte ihn nicht kommen hören.

»Alles ruhig«, sagte er.

»Gut«, sagte sie.

»Übrigens«, sagte er. »Du solltest das nicht noch einmal versuchen. Ich kann wirklich gefährlich werden, wenn ich mich verfolgt fühle.«

»Du meine Güte«, sagte sie. »Jetzt stell dich nicht so an! Es ist ja nicht so, als hätte ich dich entjungfert, oder?«

Er blieb stehen und sah sie an. Sie stöhnte auf und warf die Hände in die Luft. »Du tust es schon wieder! Du stellst dich an! Kannst du nicht mal damit aufhören?«

»Es sind meine Regeln, und ich möchte, dass du sie achtest.«

»Das ist mir zu hoch.«

»Dann denk drüber nach. Wer Dienstpläne für eine Garnison aufstellen kann, wird auch das begreifen können.«

»Komm schon. Gib mir den anderen Fenrir. Den netten. Den vom Schiff.«

»Es ist immer der gleiche.«

Sie sahen sich an. Der Wind frischte auf und bauschte ihre Mäntel.

»Na ja, also gut«, sagte sie schließlich. »Ich kann's ja mal versuchen. Vielleicht hat dieses Schulter-Ding ja auch was für sich.«

»Versprich es mir«, sagte er.

»Mein Ehrenwort«, sagte sie und grinste breit.

»Was ist?«, kam Pintels Stimme gegen den Wind. »Wartet ihr auf eine schriftliche Einladung, oder wie sieht's aus?«

»Wir kommen«, sagte Fenrir laut und setzte sich in Bewegung.

»Findest du, ich habe etwas Verwerfliches getan?«, fragte sie, nachdem sie eine Weile schweigend gegangen waren.

»Nein«, sagte er.

»Gut. Aus irgendwelchen Gründen ist mir nämlich wichtig, was du über mich denkst.«

»Ich denke nichts Schlechtes.«

»Gut.«

Sie gingen einen steilen, sandigen Weg hinunter auf den Strand, wo Gestalten mit Laternen sich bewegten.

»Da seid ihr ja«, sagte Lomir, als sie herangekommen waren. »Ein Glück. Länger hätte ich die Abfahrt nicht hinauszögern können. Habt ihr alles, was ihr wolltet?«

»Alles erledigt«, sagte Krona.

»Sind alle da?«, rief einer von hinten. »Dann endlich rein ins Boot! Der Kapitän macht Fischfutter aus uns, wenn wir uns weiter verspäten!«

»Das soll er mal versuchen«, sagte Krona laut. »Ich habe die Verzögerung verursacht, also wenn er ein Problem damit hat, soll er direkt zu mir kommen.«

»Ich werd's ihm ausrichten«, knurrte der Seemann und scheuchte die Gefährten in Richtung Boot.

»Wie hast du's gemacht?«, fragte Krona Lomir, während sie auf den schmalen Bänken des Bootes zusammenrückten.

»Ich hatte einen Drei-Stufen-Plan«, erklärte Lomir. »Zuerst habe ich ihn überredet. Dann habe ich ihm Geld gegeben, und schließlich habe ich ihn erpresst. Ich konnte ihm überzeugend darlegen, dass ich im Zweifelsfall lieber in Abrantes bleibe und ihn hängen sehe, als mich von ihm nach Zentallo bringen zu lassen. Es ist derzeit ein interessantes Kopfgeld auf Schmuggler ausgesetzt. Die Stimmung ist dadurch vielleicht etwas abgekühlt, aber schließlich sind wir ja nicht zum Spaß an Bord.«

Die Wellen erfassten das Boot und hoben es an. Drei Ruderpaare wurden ausgefahren, und der dunkle Strand entfernte sich.

»Wie abgekühlt?«, fragte Krona alarmiert. »So abgekühlt, dass wir etwas zu befürchten haben?«

»Nicht, solange er noch etwas an uns verdienen will. Die Hälfte der Überfahrt bezahle ich ihm bei Ankunft, und dieses Geld trage ich natürlich nicht bei mir, sondern besorge es mir bei meinem Bruder, der dort ein angesehener Goldschmied ist.«

»Du hast einen Bruder in Zentallo?«, fragte Pintel überrascht. »Davon hast du ja noch nie …« Der Rest seines Satzes wurde von Kronas Hand erstickt, die sich ein wenig unsanft und sehr bestimmend über seinen Mund legte.

»Sehr klug«, sagte sie, während Pintel neben ihr erstickt quietschte.

»Schicker Hut, übrigens«, sagte Lomir. »Und einen neuen Mantel hast du dir auch zugelegt. Was war verkehrt mit dem alten?«

»Der alte hatte einen kleinen Unfall«, sagte Krona und nahm die Hand von Pintels Mund, der nach Luft schnappte.

»Pfui«, sagte der kleine Magier empört und spuckte in das dunkle Wasser. »Wasch dich gefälligst, ja? Was ist das überhaupt an deinen Händen?« Er nahm Kronas Rechte und betrachtete sie im schwankenden Licht der Bootslampe. Leutholds Blut bildete einen bräunlichen, verwischten Film auf ihrer Haut und zeichnete ein feines Netz aus Falten und Rillen.

»Ist das Blut?«, fragte Pintel entsetzt.

»Ja«, sagte Krona, »aber nicht meines, falls dich das beruhigt.«

»Nur unwesentlich! Was ist passiert? Ich dachte, du schleichst dich in ein Büro, liest ein paar Briefe oder gehst irgendwelche Listen durch!«

»Ich bekam die Gelegenheit, eine alte Rechnung zu begleichen.« Krona wechselte einen Blick mit Fenrir.

»Aha«, sagte Pintel und starrte in einer Mischung aus Unverständnis und Ekel auf Kronas Hand hinunter, die er noch zwischen seinen hielt. Sie entzog sich seinem Griff, lehnte sich über den Bootsrand und wusch ihre Hände in dem eiskalten Wasser.

»Und was hat das nun zu bedeuten?«, fragte Lomir. »Hast du Konsequenzen zu befürchten?«

»Das nehme ich an«, sagte Krona, richtete sich auf und schüttelte das Wasser von ihren Händen. »Ich sollte ab jetzt grundsätzlich jeden Kontakt mit Soldaten vermeiden. Cladis wird mich niemals verraten. Trotzdem bin ich die Erste, die verdächtigt wird, wenn sie die Leiche finden. Ich nehme an, sie werden ein hübsches Kopfgeld auf mich aussetzen.«

»Aber du planst doch eine Rückkehr mit uns nach Abrantes, oder?«, fragte Lomir.

»Natürlich«, sagte Krona. »Sollten sie mich erwischen, werde ich mich verantworten. Das war's dann auch wert.«

»Sie werden dich aufhängen, wenn sie dir einen Mord nachweisen können«, sagte Lomir. »Und von einem Militärgericht kann ich dich nicht freikaufen.«

»Und wenn«, sagte sie gleichmütig. »An irgendwas muss man ja sterben.«

»Was immer du getan hast, ich hasse es«, sagte Pintel voller Inbrunst. »Ich hasse solche Gespräche. Als ob wir nicht schon genug Schwierigkeiten hätten! Ich will nicht, dass jemand aufgehängt wird, und ich will nicht mit jemandem unterwegs sein, der einen Mord begangen hat!«

»Dann steig aus«, sagte Krona ungerührt.

»Hört auf«, sagte Nardon. »Alle miteinander. Schlaft eine Nacht darüber, und besprecht morgen früh, was auch immer ihr zu besprechen habt. Das hier führt zu nichts.«

»Er hat recht«, sagte Lomir. »Wisst ihr übrigens, was sie heute geladen haben? Schnaps. *Zwergenschnaps*. Fässerweise! Wir hätten es schlechter treffen können, oder?«

»Sie werden uns kaum davon abgeben«, sagte Nardon.

»Egal«, sagte Lomir. »Allein die Tatsache seiner Anwesenheit hebt meine Laune.«

»Was machen sie damit?«, fragte Fenrir, nur vage beteiligt. »Zwergenschnaps ist kein verbotenes Handelsgut.«

»Aber man kann seinen Gewinn maximieren, wenn man ihn am Zoll vorbei schleust«, sagte Lomir. »Die Zölle und Steuern für Alkohol sind schwindelerregend.«

Während die Zwerge den Sinn und Unsinn von Alkoholsteuern diskutierten, verkroch Krona sich immer tiefer in Cladis‹ alten Militärmantel und vergrub die Hände in den Taschen, wo sie auf ein ledernes Beutelchen mit krümeligem Inhalt und einen länglichen, glatten Gegenstand stieß, der sich bei näherem Betasten als Tabakspfeife erwies. Sie holte die Pfeife heraus und drehte sie zwischen den Fingern.

Die wird er vermissen.

Sie seufzte tief und steckte die Pfeife zurück in die Tasche.

Es gelang ihr, Pintels Blicken auszuweichen, bis sie an der Sturmbringer angelangt waren und die schwankende Strickleiter hinauf an Bord kletterten. Der Anker wurde gelichtet, noch während das Beiboot hochgezogen wurde, der Wind sprang in die Segel, und ihre eigentliche Reise begann.

Es war nicht ganz einfach, sich auf der Sturmbringer aus dem Weg zu gehen, aber Pintel und Krona gelang das Kunststück einen ganzen Tag lang. Die Sturmbringer machte rasche Fahrt, und obwohl der Himmel grau blieb und das Meer seine Farbe spiegelte, regnete es kaum. Nardon überstand eine kurze, aber heftige Panikattacke, als im grauen Licht des Morgens in keiner Himmelsrichtung Land sichtbar war, schien sich dann aber mit seinem Schicksal abzufinden. Pintel beschäftigte sich damit, den Matrosen bei der Arbeit zuzusehen, wobei er mehr als nur einmal im Weg stand. Lomir hatte sich in den vergangenen beiden Tagen ein Bild von der Mannschaft gemacht und teilte den Gefährten seine Beobachtungen mit, als sie sich zum Abendessen auf der windabgewandten Seite des Decks versammelten.

»Goldhand ist ein Profi«, sagte er und tunkte ein Stück Brot in seine Schüssel, in der sich etwas befand, was der Schiffskoch Eintopf genannt hatte. »Ein professioneller Seefahrer, ein professioneller Schmuggler und nicht zuletzt ein professioneller Verbrecher. Er ist gierig, und das ist seine Schwachstelle. Ich habe ein paar Gespräche mitgehört. Er hat in der Vergangenheit mehr als einmal Schiff und Mannschaft in Gefahr gebracht, um seine Goldgier zu befriedigen. Bisher ist es immer gut ausgegangen, und es war nicht der Schaden der Mannschaft, deshalb folgen sie ihm. Aber wie üblich auf solchen Schiffen, kann sich die Loyalität sehr schnell in Nichts auflösen. Skar, sein Erster Maat, das ist der Krummbeinige mit der Zahnlücke, könnte ihm beispielsweise gefährlich werden. Er ist besonnen und hat viele Sympathien bei der Mannschaft. Im Auge behalten sollten wir außerdem Akela, den Zahlmeister, den sie Holzbein-Ake nennen. Das ist der in der blauen Jacke, der ein Ärmel fehlt. Er hat kein Holzbein, und ehe ihr fragt, ich weiß nicht, woher er den Namen hat. Akela ist wahrscheinlich der Intelligenteste des ganzen Haufens. Er führt die Beutelisten und ist der Einzige, der vernünftig rechnen kann. Er ist hoch angesehen, und keiner will es sich mit ihm verderben. Den Segelmeister habt ihr auch schon gesehen, das ist der mit dem blonden Pferdeschwanz, der immer mal wieder in der Takelage herumklettert. Sein Name ist Nuris, und er steht loyal zu seinem Kapitän, zumindest im Augenblick. Er ist außerdem ein wichtiger Mann, weil er mit den Navigationsgeräten umgehen kann, was die meisten anderen nicht können. Das sind die Leute, die hier an Bord Politik machen. Die anderen segeln unter egal welcher Flagge, solange regelmäßig Beute für sie abfällt.«

»Und wozu hast du diese Beobachtungen gemacht?«, fragte Lianna stirnrunzelnd. »Willst du anheuern?«

»Das nicht gerade«, sagte Lomir. »Aber wir werden fast zwei Wochen auf engstem Raum mit diesen Leuten verbringen. Da weiß ich gerne, mit wem ich's zu tun habe.«

»Vernünftig«, sagte Nardon, der an einem Becher Bier nippte und das Gesicht verzog.

»Ob man hier irgendwo einen Tee kochen kann?«, fragte er. »Das hier ist ungenießbar.«

»Frag den Schiffskoch«, sagte Lomir, während Krona Nardon den Becher aus der Hand nahm und einen Schluck versuchte.

»Geht doch«, sagte sie. »Für mich, zumindest. Aber ich arbeite ja auch nicht an den Spätfolgen eines kapitalen Rausches. Das verändert das Geschmacksempfinden.«

»Was auch der Grund ist, warum ich mich von diesem Eintopf fernhalte«, sagte Nardon mit einem misstrauischen Blick in Lomirs Schüssel. »Ich möchte nicht wieder einen Eimer benötigen.«

»Tee wäre mir recht«, sagte Thork und kippte den Inhalt seiner Schüssel, den er kaum angerührt hatte, kurzerhand über Bord. »Und es sollte unten in dieser Schiffsküche noch genügend Glut vorhanden sein.«

»Kombüse«, sagte Lomir.

»Gesundheit«, sagte Nardon.

»So nennt man die Küche an Bord eines Schiffes«, erklärte Lomir.

»Ist mir recht«, sagte Nardon. »Begleitest du mich, Thork? Ich habe ein großes Bedürfnis nach vernünftiger Gesellschaft unter all diesen … *Seefahrern.*«

»Ich schließe mich an«, sagte Lomir. »Falls ich dir vernünftig genug bin. Ich kann noch ein wenig den Gesprächen der Mannschaft lauschen, während ihr Tee kocht.«

Die restlichen Gefährten blieben zurück und hingen schweigend ihren Gedanken nach, während die Sturmbringer unter vollen Segeln über den grauen Ozean glitt.

»Und?«, sagte Krona schließlich nach einer langen Pause, gab sich einen Ruck und sah zu Pintel hinüber, der mit angezogenen Knien auf einem Teerfass hockte und ein Stück Brot zerpflückte. »Kriegen wir beide jetzt ein Problem miteinander?«

»Ich weiß nicht«, sagte Pintel, ohne aufzusehen. »Immerhin hast du mich schon zum zweiten Mal angelogen.«

»Uns alle«, fügte Lianna hinzu. »Du hast es so aussehen lassen, als ginge es um deine Entlassung.«

»Ihr habt es mir in den Mund gelegt«, verteidigte sich Krona. »Ich habe nur nicht widersprochen. Und, nebenbei bemerkt, ich bin tatsächlich entlassen. Das hat der Besuch ergeben.«

»In den Mund legen oder lügen ist für mich das Gleiche, in diesem Fall«, sagte Pintel. »Warum hast du nicht einfach gesagt, worum es wirklich ging?«

»Ich hatte eine alte Rechnung offen. Ich wollte sie nicht begleichen, so lange ich noch meinen Rang hatte. Reine Sentimentalität, aber er war zum Schluss das Einzige, was übrig war, und ich wusste, ich würde ihn verlieren, wenn ich diese Rechnung begleiche. Aber jetzt, da ich sowieso entlassen bin, bot sich die Möglichkeit plötzlich. Und wer weiß, wann ich wieder nach Ehrenfeld komme.«

»Danke für die Information, die mir jetzt auch nichts mehr nützt«, sagte Pintel bitter.

»Ich wollte, wirklich«, sagte Krona und bekämpfte einen Anflug von schlechtem Gewissen. »Ich hatte es mir zurechtgelegt, als ich euch an diesem Strand zusammenrief. Aber dann hatte ich's vergessen, und ihr kamt mit dieser Lösung, und es war so einfach.«

»Wir haben ein Problem«, sagte Pintel, »solange du mich anlügst, weil es *einfacher* ist.«

»Na ja«, sagte Krona, »und weil ich dachte, du würdest es nicht tun, wenn du die Wahrheit kennst. Ich weiß doch mittlerweile, dass du gelegentlich ein bisschen zart besaitet bist.«

»Das ist toll«, sagte Pintel mit einem seltsamen Lachen. »Du denkst, ich würde dir nicht helfen, und statt es zu respektieren, lügst du mich an, damit ich es doch tue.«

»Es war wichtig«, sagte Krona. »Ich konnte nicht riskieren, dass du nein sagst. Es wäre so viel schwieriger gewesen, durch das Tor zu kommen, ohne dich.«

»Vielleicht hätte ich auch ja gesagt«, sagte Pintel. »Ich bin dein Freund, schon vergessen? Ich habe ein hohes Interesse daran, dir zu helfen. Vielleicht hättest du mich gar nicht anlügen müssen. Aber diese Chance hast du mir gar nicht gegeben.«

»Da hast du recht«, sagte Krona, und etwas in Pintels Stimme löste ein tiefes Bedauern in ihr aus.

»Und ihr wollt gemeinsam eine Valdar zur Strecke bringen, wo ihr euch nicht einmal gegenseitig über den Weg traut?«, fragte Lianna. »Na, da bin ich ja mal gespannt.«

»Das Problem liegt nicht bei uns«, sagte Krona. »Es liegt bei mir. Ich kann mich einfach ein bisschen schlecht auf andere verlassen, das ist alles.«

Pintel kam von seinem Teerfass hoch und streckte sich. »Vielleicht lege ich mich schlafen. Es gibt nicht mehr viel zu sehen auf diesem Schiff, sobald es dunkel ist.«

»Und?«, fragte Krona.

»Was und?«

»Haben wir nun ein Problem miteinander?«

»Was willst du hören?«

»Ich weiß nicht. Ich fühle mich schlecht. Etwas, damit ich mich besser fühle.«

Pintel lächelte ein wenig. »Tu es einfach kein drittes Mal. Und damit können wir es vergessen, wenn du willst.«

»Ist gut.« Erleichterung breitete sich in ihr aus. »Einen Freund wie dich hab ich gar nicht verdient«, sagte sie, einer spontanen Regung folgend.

»Lehn dich nicht zu weit raus«, sagte Pintel, und sein Lächeln verbreiterte sich. »Du bist ja kurz davor, echte Gefühle zu zeigen.«

»Verzieh dich«, sagte sie, »bevor ich echte Wut zeige.«

»Gute Nacht, zusammen«, sagte Pintel. »Träumt was Schönes.«

Als sie am nächsten Morgen auf Deck kamen, war irgendetwas anders. Gespannte Bereitschaft lag in der Luft, die Mannschaft arbeitete konzentriert und ohne die üblichen derben Scherze und Zurufe. Goldhand stand auf dem Kommandodeck, der Wind zerrte an seiner Schärpe, und er blickte durch ein großes Fernrohr.

»Das Licht ist anders«, sagte Fenrir und hielt das Gesicht in den Wind. »Wir haben den Kurs geändert.«

»Tatsächlich?«, sagte Nardon. »Sieht für mich alles gleich aus. Allerdings würde mich schon interessieren, was unser Kapitän da am Horizont sieht.«

»Zwei Möglichkeiten«, sagte Lomir. »Schiff oder Land.«

»Oder ein Seeungeheuer«, fügte Pintel aufgeregt hinzu.

»Wohl kaum«, sagte Fenrir, »denn dann hielten wir nicht Kurs darauf.«

»Tun wir das denn?«, fragte Nardon erstaunt.

»Ich frag′ ihn«, sagte Krona. Einer der Matrosen verstellte ihr den Weg, als sie die Stufen zum Kommandodeck hinauf stieg, aber sie schob ihn energisch genug zur Seite, dass er verblüfft zurückblieb.

Goldhand, der in seinen Blick durch das Fernrohr vertieft war, bemerkte sie erst, als sie direkt hinter ihm stand.

»Was gibt's denn zu sehen?«, fragte sie, und Goldhand schrak zusammen.

»Dies ist der Kommandostand«, bellte er sie an. »Ihr habt hier oben nichts zu suchen!«

»Kommandostand ist in Ordnung für mich«, sagte Krona. »Ich habe Haufen kommandiert, die zehnmal so groß waren wie der, der auf diesem Kahn herumspringt. Also, was gibt's zu sehen?« Sie sah, wie er rasch seinen Blick wandern ließ. Offenbar fühlte er sich durch seine Mannschaft beobachtet genug, um sich keine Blöße zu geben, denn er legte Krona den Arm um die Schulter und reichte ihr das Fernrohr. Sie kniff ein Auge zusammen und legte das Fernrohr an.

Graue Wassermassen mit kleinen weißen Schaumkronen füllten ihr Blickfeld. Sie schwankte leicht, und mit irrwitziger Geschwindigkeit rasten die Schaumkronen an ihrem Auge vorbei. Sie spürte, wie Goldhand fester zugriff, und suchte die Horizontlinie. Dort, wo das helle Grau des Himmels und das dunkle des Meeres aufeinandertrafen, war nichts. Sie folgte der Horizontlinie und versuchte, das schwankende Fernrohr ruhig zu halten.

»Ihr müsst weiter nach Osten blicken«, sagte Goldhand an ihrem Ohr und drehte sie leicht in die entsprechende Richtung. Sie ignorierte seine Finger, die eine schmale Lücke zwischen ihrem Hals und Hemdkragen gefunden hatten und darin tiefer wanderten, denn sie hatte ihrerseits etwas gefunden:

»Ein Schiff«, sagte sie. »Es hat die abrantinische Flagge.«

»Die Wagemut Seiner Königlichen Majestät«, sagte Goldhand. »Klingender Name für ein Schiff, das in wenigen Stunden brennend auf den Meeresgrund sinken wird, nicht wahr?«

»Aha«, sagte sie unbeeindruckt. »Also doch nicht nur Schmuggler.«

»Ich ergreife die Gelegenheiten, wie sie sich mir bieten«, sagte Goldhand und nahm Krona das Fernrohr wieder ab. »Aber keine Sorge. Üblicherweise lassen wir der Besatzung die Beiboote, und der Schiffsverkehr ist recht rege auf diesem Teil des Ozeans.«

»Das beruhigt mich aber maßlos. Und wie viel Zeit wird uns diese Aktion kosten?«

»Was habt Ihr es nur so eilig mit Zentallo? Seid abermals unbesorgt. Nicht mehr als einen halben Tag, alles in allem. Und, wo wir gerade so nett plaudern: Möchtet Ihr nicht heute Abend mit mir auf die Beute anstoßen? In meinem Quartier, versteht sich. Und bringt doch Eure kleine Freundin mit.«

»Den Teufel werde ich tun, Freundchen. Und jetzt hör gut zu: Du hast jetzt noch die Gelegenheit, deine Hand von meinem Hals zu entfernen. Tust du's nicht, werde ich dafür sorgen, dass dein Beiname sich in Ohnehand verwandelt, oder Ohneschwanz, wie es dir lieber ist. Und ich glaube, das wäre gar nicht gut für deine Karriere.«

»So ein kaltes Herz unter so einem hübschen Busen«, sagte Goldhand und zog seine Hand zurück. »Wie bedauerlich.«

»Ich sehe, wir verstehen uns«, sagte Krona.

»Wenn wir die Wagemut eingeholt haben, haltet Ihr Euch beiseite und lasst uns unser Geschäft abwickeln«, sagte Goldhand. »Wir werden keine Rücksicht nehmen, wenn Ihr uns in die Quere kommt.«

»Verstanden«, sagte Krona und salutierte grinsend. »Und jetzt, nehme ich an, entferne ich mich von der Brücke, ehe Ihr mich entfernt.«

»Richtig«, sagte Goldhand.

»Also dann«, sagte Krona. »Viel Glück beim Entern, oder was immer man sich unter Seeleuten wünscht.«

Die Gefährten empfingen sie mit unverhohlener Neugier.

»Ein Schiff«, sagte sie. »Abrantinische Flagge. Sie werden es entern und plündern, wenn ich ihn recht verstanden habe.«

»Also doch Piraten«, sagte Pintel und wurde blass.

»Hattest du ernsthaft an irgendetwas anderes geglaubt?«, fragte Lomir wenig überrascht.

»Ich bin nicht ganz sicher«, sagte Krona. »Entweder, sie wissen etwas, das wir nicht wissen, oder es sind die dämlichsten Piraten aller Fünf Meere. Die Wagemut ist ein Truppentransporter, kein Handelsschiff. Wir sind mit ähnlichen Schiffen auf die Südlichen Inseln gefahren. Dort gibt es nichts zu holen als bis an die Zähne bewaffnete Soldaten.«

»Und das hast du ihm gesagt?«, fragte Nardon.

»Für wie blöd hältst du mich?«

»Und was wollen wir tun?«, fragte Pintel.

»Was willst du denn tun?«

»Ich weiß nicht. Sie irgendwie warnen? Wir können doch nicht zulassen, dass sie geentert werden.«

»Entweder, sie wissen sich zu wehren, dann brauchen sie unsere Hilfe nicht«, sagte Lianna. »Oder sie sind unterlegen, dann wird unsere bescheidene Kampfkraft das Blatt auch nicht wenden.«

»Na, so bescheiden ist die auch wieder nicht«, sagte Lomir. »An Land wäre sie größer, zugegeben. Aber solange ich nicht schwimmen muss, kann ich zuhauen.«

»Du bist ein Zwerg«, sagte Krona. »Du kannst überhaupt nicht schwimmen.«

»Ich hab's nie versucht«, sagte Lomir. »Aber ich bin sicher, ich könnte, wenn ich müsste.«

»Und ich könnte sicher fliegen«, knurrte Nardon. »Es war nur noch nie nötig.«

»Wir sollten hoffen, dass die Piraten gewinnen«, sagte Krona.

»Und das aus deinem Mund«, sagte Lomir erstaunt. »Gibt es keinen Zusammenhalt unter Soldaten?«

»Erstens, sie fahren in die falsche Richtung«, sagte Krona. »Zurück nach Abrantes wäre aus den bekannten Gründen ungünstig. Und zweitens wird man recht schnell für einen Piraten gehalten, wenn man sich auf einem Piratenschiff aufhält. Möglicherweise lassen sie uns nicht die Zeit, den Irrtum aufzuklären.«

»Mich hält niemand für einen Piraten«, sagte Nardon im Brustton der Überzeugung.

»Ich weiß nicht, ob mich das tröstet, wenn mein Kopf erst mal zwischen meinen Füßen liegt«, sagte Krona.

»Wir halten uns raus«, bestimmte Lomir. »Das ist unedel, aber zweckmäßig.«

»Ich weiß nicht«, sagte Pintel zweifelnd. »Die nächste Schiffspassage vereinbart vielleicht jemand anders, meint ihr nicht?«

»Man sieht sie mittlerweile, falls es jemanden interessiert.« Fenrir deutete hinaus ins nasse Grau.

»Du vielleicht«, sagte Krona mit zusammengekniffenen Augen. »Ich seh' nichts.«

Ein plötzlicher Windstoß ließ die Segel rauschen. Die Takelage knarrte, und das Schiff legte sich zur Seite.

»Was war das?«, fragte Nardon entsetzt und klammerte sich an die Reling.

»Er war's.« Pintel zeigte hinauf zu Goldhand. »Seht, was er gemacht hat.«

Auf den ehemals schmutzig weißen Segeln prangte plötzlich das abrantinische Drachenzahnbanner, und die Flagge an der Mastspitze flatterte in Rot-Weiß. Die Mannschaft trug die rot-weißen Überwürfe abrantinischer Soldaten, Federbüsche flatterten im Wind.

»Wie hat er das gemacht?«, fragte Krona verblüfft. »Der soll ein Zauberer sein? Das gibt's doch nicht.«

»Es ist ein Illusionszauber«, sagte Pintel. »Wenn ihr euch anstrengt, könnt ihr erkennen, dass das Bild nur über das eigentliche drübergelegt ist. Man erkennt es natürlich nicht, wenn man es nicht weiß. Ebenso wenig übrigens, wie man einen Zauberer als solchen erkennt, wenn man es nicht weiß.«

»Ein Täuschungsmanöver«, sagte Lomir. »Das verbessert die Chancen dieses müden Haufens gegen ein Soldatenschiff. Na, wir werden sehen, was er noch aus dem Ärmel zaubert.«

Es dauerte nicht mehr lange, bis neben Fenrir auch die übrigen Gefährten einen winzigen dunklen Punkt am Horizont ausmachen konnten, der allmählich näher kam. Goldhand schickte einen Matrosen mit einer Sturmlaterne hinauf in den Ausguck an der Mastspitze, der, sobald er oben angekommen war, begann, Lichtzeichen auszusenden.

»Sie kommunizieren«, sagte Krona und legte den Kopf in den Nacken.

»Tatsächlich?«, sagte Pintel. »Was sagen sie?«

»Keine Ahnung.«

Der Punkt am Horizont vergrößerte sich und wurde zu einem Schiff, das mit geblähten Segeln ihren Weg kreuzte. Gebannt standen die Gefährten an der Reling und starrten hinüber zu dem anderen Schiff, auf dem mittlerweile winzige Gestalten erkennbar waren. Lichtsignale wurden gegeben und erwidert.

»Wir sind sehr schnell«, sagte Fenrir. »Ich hoffe, er hat nicht vor zu rammen.«

»Dann sollten wir uns einen anderen Platz suchen«, sagte Lomir.

»Das solltet Ihr ohnehin«, sagte Skar, der Erste Maat, der sich ihnen von hinten näherte. »Wo Ihr steht, wird gleich Blut spritzen, und Eures, werte Gäste, sollte doch nicht darunter sein. Ich schlage vor, Ihr begebt Euch unter Deck.«

»Abgelehnt«, sagte Krona. »Ich will wissen, was hier vor sich geht.«

»Seht es als Befehl«, sagte Skar und zeigte sein zahnlückiges Gebiss.

»Ich nehme von Euch aber keine Befehle an, und wenn Ihr Euch eine Admirals-Uniform hinzaubern lasst«, sagte Krona. »Keiner von uns tut das. Und jetzt geht und kümmert Euch um Euren Kram. Wir passen schon auf uns auf.«

»Ich nehme an, im Diplomatischen Dienst wärest du fehl am Platz gewesen«, sagte Lomir, als Skar fluchend seiner Wege gegangen war.

»Das fällt dir erst jetzt auf?«, sagte Fenrir mit leichtem Lächeln.

Mittlerweile trug der Wind Stimmen von der Wagemut zu ihnen, Gestalten beugten sich über die Reling und winkten.

»Sie scheinen ebenfalls der Meinung zu sein, dass wir ein bisschen viel Fahrt haben«, sagte Lomir. »Seht mal. Sie drehen bei.«

»Sie versuchen, auszuweichen«, sagte Fenrir.

Während die Wagemut einen weiten Bogen beschrieb, brüllte Goldhand einige Befehle. Die Seeleute hängten sich in die Seile, das Segel schlug um, und die Sturmbringer vollführte eine Wendung, die die Gefährten fast von den Beinen holte.

»Alle Götter«, murmelte Nardon mit blassen Lippen.

»Jetzt weg da«, sagte Fenrir und packte den erschrockenen Zwerg vorsichtshalber am Mantel. »Das Schiff geht längsseits. Von hier aus wird geentert.«

Kein Steinwurf trennte die beiden Schiffe nunmehr. Die Gefährten zogen sich von der Reling zurück. Mit einer Hand suchte Krona Halt in den Seilen, mit der anderen umklammerte sie ihr Schwert, sie war sich gar nicht bewusst, es gezogen zu haben. Fenrir war neben ihr, auch er hielt sein Schwert vor sich.

»Haken!«, schrie Goldhand, und wie durch Zauberkraft sprangen Klappen im feuchten Holzboden auf, und Abschussvorrichtungen wurden sichtbar. Jeweils zwei Seeleute waren sofort zur Stelle und spannten den Abschussmechanismus mittels einer Kurbel.

»Ballista«, sagte Krona erstaunt. »Die sind ja gut ausgestattet hier.«

»Schießt!«, brüllte Goldhand, und die gewaltige Spannung in den Riemen entlud sich und schleuderte an Seilen befestigte Enterhaken hinüber zur Wagemut, wo sie sich an der Reling verfingen.

»Zieht!«, schrie Goldhand, und mit beängstigender Geschwindigkeit näherten sich die beiden Schiffsrümpfe einander.

»Entern!«, schrie Goldhand, es ging beinahe im ausbrechenden Gebrüll unter, aber die Mannschaft schien zu wissen, was sie zu tun hatte. Krachend prallten die Schiffe gegeneinander. Die Gefährten hielten sich schwankend aneinander fest, dann wurden Seile geschleudert und die ersten Seeleute schwangen sich hinüber auf das gegnerische Schiff.

Die Mannschaft der Wagemut schien völlig überrumpelt. Die ersten waren gefallen, bevor die restlichen endlich ihre Schwerter hochrissen.

»Die verstehen die Welt nicht mehr«, sagte Pintel atemlos. »Ein Qualitätszauber, das muss man ihm lassen.«

Die Gefährten wichen aus, als weitere Piraten an ihnen vorbei zur Reling stürmten und sich an Seilen hinüber schwangen. Kampfgetümmel wurde laut.

»Sie brennen das Schiff ab«, sagte Fenrir und zeigte nach oben. Tatsächlich sprang oben in der Takelage der Wagemut ein flackerndes Licht auf, und lange Flammenzungen leckten an den Segeln.

»Verdammt«, sagte Krona. »Ich muss sehen, wie es läuft! Ich bin oben auf dem Kommandodeck.«

Sie duckte sich unter einem letzten Ansturm von Piraten weg, rannte hinüber und nahm die Stufen zum Oberdeck mit wenigen Sätzen, nebenbei verwundert, dass niemand ihr die Zudringlichkeit verwehren wollte. Sie sah sich um. Das Kommandodeck war leer. Goldhand war nirgends zu sehen, nur ein Enterseil schwang hin und her. Krona trat an die Brüstung und versuchte, im Getümmel auf dem Deck der Wagemut etwas zu erkennen.

Es war schwierig, denn alles, was sie sah, waren Soldaten, die aufeinander einschlugen. Sie suchte ein bekanntes Gesicht und fand Skar, der sich mit seinem langen Säbel gegen zwei Gegner zur Wehr setzte. Seine Uniform schien blass und ein wenig unwirklich. Krona kniff die Augen zusammen und konzentrierte sich, und tatsächlich sah sie seine braune Seemannsjacke unter der Uniform hindurchschimmern. Schließlich jedoch fand sie es einfacher, die einzelnen Kampftrupps an ihrer Vorgehensweise auseinanderzuhalten. Es schien, als bildete sich geordneter Widerstand unter den Soldaten, Krona erkannte Versuche, sich zu Angriffstrupps zu formieren, aber falls dies wirklich ein Truppentransport gewesen war, so war er bei weitem nicht voll besetzt gewesen. Die Soldaten schienen zwar in der Überzahl, aber nicht genug, um ihre völlige Überraschung auszugleichen, und sie wurden zurückgedrängt, während über ihnen das Großsegel Feuer fing. Mitten im Getümmel war Goldhand, der sich mit gewaltigen Säbelstreichen den Weg zur Luke erkämpfte, die unter Deck führte. Von hier oben sah Krona auch die beiden Bogenschützen, die über ihr in der Takelage hockten und brennende Pfeile in die Segel der Wagemut schickten. Gerade wollte sie mit der zweifelhaft frohen Nachricht von der Überlegenheit der Piraten zu den anderen zurückkehren, als etwas anderes ihre Aufmerksamkeit fesselte. Eine Planke wurde von der Wagemut zur Sturmbringer hinübergeschoben, und ein Trupp Soldaten schickte sich an, sie zu überqueren. Die Gefährten würden die Ersten sein, die ihnen vor die gezogenen Schwerter kamen.

»Fenrir!«, schrie Krona und gestikulierte wild, doch ihre Stimme übertönte kaum den Kampflärm. »Lomir! Achtung!« Es dauerte viel zu lang, bis Fenrir endlich aufmerksam wurde. Er legte die Hände an die Ohren und machte eine fragende Geste. Krona zeigte auf die Soldaten, die sich mittlerweile auf der Planke befanden, und Fenrir sah in die angewiesene Richtung, drehte sich dann wieder zu ihr um und hob fragend die Hand. Zu spät fiel Krona auf, dass die Gefährten die Bedrohung nicht kommen sehen konnten, ihre Position war zu tief und ihre Sicht durch den aufwärts und zur Seite gezogenen Schiffsbug versperrt. Kurzerhand steckte Krona das Schwert weg, packte das lose baumelnde Seil und zog sich daran hoch, bis ihre Füße Halt auf dem Handlauf der Brüstung fanden. Sie schwankte, klammerte sich an das Seil und rang um ihr Gleichgewicht, dann stieß sie sich ab, ohne nach unten zu sehen.

Schmerzhaft riss das Seil an ihren Händen, als sie daran nach unten rutschte. Blut rauschte in ihren Ohren, in einem Wirbel von Grau und Braun rasten Deck und Reling auf sie zu. Für einen Augenblick befürchtete sie, zu viel Schwung genommen zu haben und über Bord zu gehen, dann prallte sie schmerzhaft mit den Knien gegen die Reling, ging zu Boden, ließ das Seil los und versuchte, auf die Füße zu kommen. Sie stand, gerade als der erste Soldat von der Planke aufs Deck sprang. Sie duckte sich unter dem ersten Schlag des Gegners und riss ihr Schwert aus der Scheide.

»Soldaten!«, hörte sie Lomir hinter sich brüllen. »Angriff!«, und dann war der Zwerg neben ihr und schwang seine Axt.

»Angriff abbrechen!«, brüllte Krona ihren Gegner an, während sie weitere Schläge parierte. »Wir sind die Falschen!«, und tatsächlich hielt der Soldat inne, das Schwert drohend vor sich.

»Ihr seid alle falsch«, sagte er keuchend. »Die Königliche Flotte überfällt sich nicht gegenseitig.«

»Das hier ist ein Piratenschiff, Vollidiot«, fauchte Krona. »So viel kann man sich eigentlich denken!«

»Dann seid Ihr ein Pirat, obwohl Ihr ausseht wie ein Soldat«, sagte der Soldat und hob das Schwert.

»Falsch«, sagte Krona. »Andersherum. Egal. Verzieht euch jedenfalls. Euer Gegner ist drüben auf dem anderen Kahn.«

Lomirs Gegner brach stöhnend zusammen und presste die Hände auf eine klaffende Wunde über dem Knie. Krona nutzte das Zögern ihres Gegners, das weniger als einen Wimpernschlag anhielt, rannte gegen ihn an, so dass er das Gleichgewicht verlor, und beförderte ihn kurzerhand über die Reling.

»Der Zauber hat aufgehört!«, schrie Pintel, der auf einen der unteren Quermasten geturnt war und sich damit sowohl außer Kampfreichweite als auch in eine gute Überblicksposition gebracht hatte. »Und sie ziehen sich zurück!«

»Wer?«, schrie Krona und duckte sich blitzartig, als eine Faust auf sie zu geschossen kam. Sie packte den Faustangreifer um die Mitte und taumelte mit ihm rückwärts, wo Fenrir ihn in Empfang nahm und ihn zu seinem Kollegen ins kalte Wasser beförderte.

»Die Piraten!«, schrie Pintel. »Da kommt Goldhand, und er hat jemanden dabei!«

»Geht das auch genauer, verdammt!«, schrie Krona und scheuchte mit ihrem Schwert einen der verbliebenen Soldaten zurück auf die Planke. Er und seine zwei übrigen Mitstreiter nahmen die Füße in die Hand und zogen sich über die schwankende Planke zurück auf die Wagemut, deren Segel sich mittlerweile in eine Flammenlohe verwandelt hatten. Hitze schlug zu ihnen hinüber, Ruß und Qualm füllten die Luft. Eilig kurbelnde Soldaten ließen die ersten Beiboote zu Wasser.

»Wir sollten Abstand gewinnen, bevor das Feuer übergreift«, sagte Fenrir und sah besorgt hinauf in die Segel der Sturmbringer.

»Kurs setzen!«, hörten sie Goldhand hinter sich. »Drei Strich backbord! Volle Fahrt!«

»Er ist meiner Meinung«, sagte Fenrir. »Wie schön.«

Die Sturmbringer kämpfte sich zurück in den Wind und entfernte sich von dem brennenden Wrack, während die Soldaten drüben sich fluchend und Verwünschungen brüllend in die Beiboote retteten.

»Also«, sagte Krona zu Pintel. »Was hast du gesehen? Und komm runter da. Mir wird schon schwindelig beim Zusehen.«

»Er hatte eine Frau dabei«, sagte Pintel. »Blond, kostbare Gewänder, nach allem, was ich erkennen konnte. Es sah nicht aus, als käme sie freiwillig mit. Er hatte sie über die Schulter geworfen, und sie strampelte und schrie. Ein paar Soldaten haben noch versucht, ihn aufzuhalten, aber sie wurden von anderen Piraten in Kämpfe verwickelt.«

»Eine Entführung«, sagte Lomir erstaunt. »Nun, zumindest erklärt das, warum sie ein Schiff überfallen, auf dem es offensichtlich nichts zu holen gibt.«

»Das gehört nicht zur eigentlichen Beschäftigung von Piraten, oder?«, fragte Pintel und turnte von einem Seil über ein Fass hinunter aufs Deck.

»Nicht dass ich wüsste«, sagte Lomir achselzuckend. »Aber meine Erfahrungen mit Piraten sind auch nicht sonderlich weitreichend.«

»Vielleicht war ihnen langweilig, und sie wollten ein bisschen üben«, vermutete Pintel.

»Wohl kaum«, sagte Fenrir. »Es war ein geplanter Überfall. Der Kurswechsel geschah, bevor das Schiff in Sicht kam.«

»Was ist das für eine Frau?«, sagte Lianna und steckte ihr langes Schwert weg. »Das sollten wir herausfinden, denke ich.«

»Also doch Menschenhändler«, sagte Pintel schaudernd.

»Du immer und deine Gruselgeschichten«, sagte Krona. »Eine gewöhnliche Erpressung wird es sein. Mehr nicht. Meine einzige Sorge ist, dass wir Verfolger auf den Hals bekommen werden, und dann können wir nur hoffen, dass die Sturmbringer wirklich so schnell ist, wie Goldhand behauptet.«

»Aber wir können doch gar nichts dafür«, sagte Pintel mit großen Augen.

»Und du glaubst, das kümmert irgendjemanden?«, sagte Krona.

»Oh«, sagte Pintel.

»Verfolger nicht von Seiten der Wagemut«, sagte Fenrir und zeigte mit dem Finger. Eine gewaltige Flammenlohe stieg in den Himmel, und entferntes Krachen und Rauschen drang zu ihnen, als der Mast der Wagemut langsam umstürzte.

»Ich gehe Goldhand nach der Frau befragen«, sagte Lianna kurz entschlossen.

»Wenn es dir nichts ausmacht, dass er dich sofort begrapscht, tu das«, sagte Krona. »Ansonsten schicken wir lieber einen der Zwerge.«

Lianna zögerte.

»Ich gehe«, entschied Lomir. »Von mir wird er schon die Finger lassen.«

»Dann frag ihn auch gleich, warum wir nicht mehr Richtung Zentallo fahren, und was unser neues Ziel ist«, sagte Fenrir.

»Was«, sagte Lomir.

»Wie bitte?«, sagte Krona.

»Aber wie…«, sagte Lianna.

»Was habt ihr?«, fragte Fenrir. »Ich vergleiche den Sonnenstand mit dem Schiffsbug. Was ist daran so verwunderlich?«

»Aber man sieht die Sonne doch gar nicht«, staunte Pintel. »Es ist alles grau und neblig.«

»Sie ist trotzdem da, glaub mir«, sagte Fenrir, ohne eine Miene zu verziehen.

»Dafür, dass du nach eigener Aussage Schiffe nicht leiden magst, gibst du einen sehr passablen Seefahrer ab«, sagte Krona.

»Meine Abneigung gegen Schiffe gründet sich auf einen Instinkt«, sagte Fenrir, »und nicht etwa darauf, dass ich zu dämlich wäre, ein Schiff zu navigieren.«

»Na gut«, sagte Lomir. »Noch etwas, das ich ihn fragen soll? Nein? Dann entschuldigt mich.«

Die Gefährten sahen ihm nach, wie er die Treppe zur Kommandobrücke hinauf kletterte, mit zwei Matrosen verhandelte, die ihm den Weg versperrten, und schließlich durchgelassen wurde.

Lianna musterte Krona lange.

»Er hat dich begrapscht? Tatsächlich? Kaum zu glauben.«

»Wie meinst du das?«, sagte Krona misstrauisch. »Er ist ein lüsterner Bock, das sieht man ja wohl auf den ersten Blick.«

Lianna lächelte sanft. »Ich meine gar nichts.«

»Das will ich dir geraten haben«, sagte Krona. »Ich kann ganz ungemütlich werden, wenn mir eine Meinung in die falsche Richtung geht.«

»Jeder hat ein Recht auf seine eigene Meinung«, sagte Lianna und hielt ihr Gesicht in den Wind.

»Das kommt ganz drauf an«, sagte Krona.

»Ist dir eigentlich mal aufgefallen, wie viele Drohungen du so im Laufe eines Tages aussprichst? Ich finde das wirklich bemerkenswert. Kein Wunder, dass die Leute nicht mit dir auskommen.«

Krona holte tief Luft.

»Alle Götter«, murmelte Nardon erschrocken.

»Mit mir ist prima auskommen«, fauchte sie und baute sich vor Lianna auf. »Ich weiß nicht, wer nicht mit mir auskäme! Ich bin ein sehr umgänglicher Mensch! Man darf mich nur nicht reizen!«

»Hör dir doch nur mal zu«, sagte Lianna und hatte immer noch dieses liebenswürdige Lächeln. Krona ballte die Hände zu Fäusten.

»Du bist die Einzige hier, die nicht mit ihr auskommt«, sagte Fenrir zu Lianna und legte eine Hand auf Kronas Schulter. »Also halte dich zurück, bis du dir ein Urteil erlauben kannst.«

»Ja«, sagte Krona. »Genau.«

Die beiden Frauen standen schweigend und starrten sich an.

»Mich kannst du nicht herumkommandieren«, sagte Lianna schließlich, warf den Kopf in den Nacken und wandte sich ab. »Damit das nur klar ist!«

»Danke«, sagte Krona zu Fenrir. »Das war nett von dir.«

»Gern geschehen.«

»Du kannst mich übrigens loslassen. Ich werde sie schon nicht über die Reling schubsen.«

»Ich warte lieber noch, bis du die Fäuste runter nimmst.«

»Oh. Besser so?«

»Ja«, sagte er und nahm die Hand von ihrer Schulter. »Ärgere dich nicht. Sie muss noch eine Menge lernen, ehe sie dir das Wasser reichen kann. Du solltest über solche Ausfälle erhaben sein.«

»Fällt mir schwer«, sagte Krona und wischte sich mit dem Ärmel Gischt aus der Stirn. »Ich hab's nicht so mit der Erhabenheit.«

»Ich weiß«, sagte Fenrir lächelnd. »Auch du kannst dich noch verbessern.«

»Da kommt Lomir zurück«, sagte Nardon, und die Erleichterung war ihm anzuhören.

»Was ist los?«, fragte Lomir und sah von einem zum anderen.

»Alles in Ordnung«, sagte Fenrir. »Die Damen lieferten sich ein kleines Wortgefecht, aber es ging ohne Blutvergießen ab. Kein Grund zur Sorge.«

»Diesmal nicht«, fügte Krona finster hinzu.

»Darf ich das mal so ausdrücken«, sagte Lomir. »*Weiber*!«

»Du hast doch keine Ahnung«, sagte Krona.

»Das sehe ich aber anders«, grinste Lomir. »Wollt ihr denn nun hören, was Goldhand gesagt hat?«

»Unbedingt«, sagte Krona.

»Wir werden die Angelegenheit selbst in die Hand nehmen müssen.«

»Das hat er gesagt?«

»Natürlich nicht! Er sagte, die Frau ginge uns nichts an, und wir sollten uns um unser eigenes Geschäft kümmern. Der Kurswechsel sei nur ein kleiner Umweg, und wir würden Zentallo schließlich schon erreichen, ich solle mir keine Sorgen machen.«

»So hatten wir aber nicht gewettet«, sagte Krona. »Ich zahle für den direkten Weg, nicht für eine verdammte Kreuzfahrt!«

»Ich zahle«, korrigierte Lomir, »aber im Übrigen hast du Recht. Ich habe versucht, ihm das zu verdeutlichen, aber alles, was er mir anbieten wollte, war, uns jederzeit aussteigen zu lassen.«

»Spaßvogel«, schnaubte Krona. »Ich gehe und blase ihm den Marsch!«

»Tust du nicht«, sagten die Gefährten geschlossen.

Krona stand und starrte auf die Front, die sich in ihrem Weg gebildet hatte.

»Macht doch, was ihr wollt«, sagte sie dann, wandte sich ab und starrte in Ermangelung einer anderen Möglichkeit hinaus aufs graue Meer.

»Wir sollten mit der Frau sprechen«, sagte Lomir gedämpft. »Goldhand hat sie unter Deck gebracht. Ich nehme an, er hat sie in der Zelle neben dem Materiallager eingesperrt. Es ist eine dunkle Ecke. Wenn wir es einmal ungesehen an der Kombüse und dem Mannschaftsraum vorbei geschafft haben, sind wir dort sicher für eine Weile ungestört. Vielleicht kann sie uns sagen, wohin er sie bringen wird, oder warum er sie geholt hat.«

Für den Fall, dass sie es konnte, wollte sie nicht. Es war Pintels verdienstvolle Aufgabe geworden, sich an dem mit lärmenden Piraten gefüllten Mannschaftsraum vorbei in den dunklen Schiffsbauch zu schleichen, und er kehrte unentdeckt, aber unverrichteter Dinge an Deck zurück.

»Sie will nichts erzählen«, berichtete er enttäuscht. »Sie wollte überhaupt nicht mit mir sprechen. Sie sagte etwas wie *Pack, scher dich weg*, oder so ähnlich.«

»Hast du ihr nicht gesagt, dass wir nicht zur Mannschaft gehören?«, fragte Lomir.

»Natürlich«, sagte Pintel. »Und dass wir nette und zuverlässige Leute sind, und das wir ihr helfen wollen, wenn wir können …«

»Wollen wir das?«, fragte Fenrir und zog eine Augenbraue hoch.

»Etwa nicht? Wozu sollte ich sonst Informationen beschaffen?«

»Damit wir wissen, mit wem wir's zu tun haben, und was uns möglicherweise droht«, sagte Krona. »Helfen will ich am liebsten erst mal mir selbst.«

»Deine liebenswerte Grundeinstellung kennen wir mittlerweile«, sagte Pintel mit strafendem Blick. »Ziehe aber in Erwägung, dass sie vielleicht nicht für uns alle gilt.«

»Ich hätte nichts dagegen«, sagte Lomir. »Eine hübsche Maid am Wegesrand retten, wenn es sich ergibt, warum nicht? Ist sie eigentlich hübsch?«

»Wichtiger ist die Frage, wohin du sie retten willst«, sagte Fenrir. »Es führt kein Weg von diesem Schiff, bis wir irgendwo anlanden.«

»Ich glaube, sie ist eine Adelige«, sagte Pintel. »Sie hat so eine vornehme Art, sich zu bewegen. Sie trägt Schuhe mit hohen Absätzen, an die sie offenbar gewöhnt ist. Sie hat Goldstickerei auf ihrem Kleid, und sie war auch mal aufwendig frisiert, das heißt, bevor Goldhand sie sich über die Schulter geworfen hat. Sie trägt einen Siegelring, einen dicken goldenen. Ich konnte nur leider das Wappen nicht erkennen. Und eine glitzernde Halskette.«

»Und die hat sie noch?«, fragte Nardon.

»Das erstaunt mich auch«, sagte Krona.

»Sie müssen sich einen Gewinn von ihr versprechen, der den Schmuck aufwiegt«, sagte Lomir. »Und der vielleicht erfordert, dass sie unangetastet ist.«

»Lösegeld«, sagte Krona achselzuckend. »Wenn sie reich aussieht, wird Papa oder Ehemann schon etwas springen lassen.«

»Das Problem ist, dass die Mannschaft genauso wenig informiert ist«, sagte Pintel. »Als ich an ihrem Versammlungsraum vorbei kam, war Goldhand gerade dabei, ein paar sehr aufmüpfige Stimmen zum Schweigen zu bringen. Sie wollen offenbar den Umweg nicht, und sie wollen auch diesen neuen Bestimmungsort nicht, und von der Rentabilität des Unternehmens sind sie genauso wenig überzeugt.«

»Aha«, sagte Krona. »Sehr interessant.«

»Sie sagen, die Gewässer sind verflucht. Nicht diese hier, sondern die um die Schwarzzahninseln, was wohl unser neues Ziel ist. Es gibt dort Untiefen und Felsen, und angeblich die Seelen zu vieler armer Seeleute, die dort ihr nasses Grab gefunden haben.«

»Das haben sie gesagt?«

»So ungefähr. Den Wortlaut hab ich aus einer Gespenstergeschichte, aber es läuft darauf hinaus.«

»Aha. Na gut. Und sonst noch?«

»Nichts weiter. Ich konnte nicht länger dort stehen bleiben.«

»Also tatsächlich eine Geiselnahme«, sagte Lomir. »Und auf diesen Inseln soll die Übergabe stattfinden. An wen er sie auch übergibt, Angehörige oder vielleicht auch politische Gegner, er wird es sich fürstlich bezahlen lassen.«

»Politische Gegner von wem?«, fragte Pintel verwirrt.

»*Ihre* politischen Gegner«, erklärte Lomir. »Vielleicht ist sie eine zentallinische Rebellenführerin und wird an die Regierung ausgeliefert.«

»Sie ist Abrantinerin«, widersprach Pintel. »Sie hat nicht viel gesagt, aber ich konnte ihren Lichtenauer Akzent erkennen. Die Zentalliner sprechen ganz anders.«

»Wie auch immer«, sagte Krona. »Ist mir eigentlich nach wie vor egal. Lasst uns mal lieber im Auge behalten, dass wir auf einem Schiff sind, auf dem möglicherweise bald gemeutert wird. Das gefällt mir gar nicht.«

»Und was willst du daran ändern?«, fragte Lomir.

»Ich hab nicht gesagt, dass ich etwas ändern will, oder kann«, gab Krona unfreundlich zurück. »Ich sagte, behalten wir es im Auge. Vielleicht unterhält sich der Eine oder Andere von euch mal ein bisschen mit der Mannschaft, damit wir auf dem Laufenden bleiben.«

»Wenn sie professionell sind, werden sie ihre inneren Angelegenheiten vor uns nicht ausbreiten«, sagte Lomir.

»Schau sie an«, sagte Krona. »Sie sind ein Haufen Idioten.«

»Trotzdem schaut einer dieser Idioten seit einiger Zeit ständig zu uns rüber«, sagte Fenrir. »Lasst uns also diese Veranstaltung auflösen, ehe wir auffallen.«

»Und was wird mit meinem Plan von der Befreiung der Jungfrau?«, fragte Lomir.

»Du hattest einen Plan?«, fragte Nardon.

»Einen unvollständigen, zugegeben.«

»Vorhin war sie noch eine Maid«, sagte Nardon lächelnd. »Jetzt ist sie schon eine Jungfrau. Wartet nur. Bis morgen früh ist sie eine Zwergenprinzessin.«

»Man wird doch wohl noch träumen dürfen«, sagte Lomir und tat verletzt.

»Ich folge trotzdem Fenrirs Rat und löse auf«, sagte Nardon und wandte sich ab. »Kommt jemand mit … äh … auf die andere Seite des Schiffs? Die Möglichkeiten, sich aufzulösen, sind ein bisschen begrenzt, für meinen Geschmack.«

»Na klar«, sagte Lomir. »Lass uns mal das Wasser dort drüben ansehen.«

»Übrigens«, sagte Pintel rasch. »Ich glaube, sie ist eine Zauberin.«

»Was?«, sagten Nardon und Lomir gleichzeitig und wandten sich zurück.

»Na ja«, sagte Pintel und scharrte unsicher mit der Stiefelspitze auf den feuchten Planken. »Sie hat eine Zeichnung auf der Handfläche, oder wahrscheinlicher eine Tätowierung. Ein Pentagramm, in das Symbole eingefügt sind. Es war nicht gut zu erkennen, ich denke, sie hat versucht, es zu verbergen, als sie bemerkte, dass ich es bemerkt hatte. Ein solches Motiv wäre zumindest ungewöhnlich für jemanden, der keine Zauberei wirkt.«

»Seit wann machen sich Zauberer Tätowierungen«, sagte Krona kopfschüttelnd.

»Wir wissen nicht, wo sie gelernt hat. Wenn sie es gelernt hat, meine ich. Es gibt da in den jeweiligen Schulen ganz unterschiedliche Gebräuche.«

»Hast du noch mehr solche Neuigkeiten?«

»Nein.«

»Reicht auch für heute«, sagte Lomir. »Nardon, komm. Gehen wir uns auflösen.«

Während die anderen begannen, sich auf ihre vierte Nacht an Bord vorzubereiten, blieb Krona auf dem windigen Deck zurück. Sie zog sich den Schlapphut, der ursprünglich Cladis gehört hatte, tief in die Stirn und beugte sich nach vorne, um nach Fenrir zu sehen. Sie hätte gerne noch ein wenig Gesellschaft gehabt, doch er stand vorne im Bug, sah aufs dunkle Meer und hatte sich mit einer Aura der Unnahbarkeit umgeben, die deutlicher als alle Worte zu ihr sprach.

»Dann nicht«, murmelte sie und wandte sich ab, damit sie aus dem Wind kam. Sie fror schon wieder, sie schien nicht warm geworden zu sein, seit sie das Schiff betreten hatte. Frühling und warme Luft waren etwas, das nur noch in ihrer Erinnerung stattfand. Ihre Finger spielten mit der Tabakspfeife, die sich immer noch in Cladis' Manteltasche befand. Sie holte sie heraus und roch daran.

»Was für ein Gestank! Was ist es, das du in deine Pfeife füllst, Cladis? Pferdemist?«

Er lehnt sich zurück, grinst mich an, die Pfeife hängt in seinem Mundwinkel. Seine Füße in den schmutzigen Stiefeln hat er auf der Tischplatte ab-

gelegt, inmitten der Reste eines ausgedehnten Abendessens. Kerzenlicht färbt seine struppigen blonden Haare golden.

»Jeder raucht das, was er sich leisten kann«, sagt er. »Wenn ich mehr Sold hätte, wüsste ich schon besseres Kraut zum Rauchen.«

»Wenn du mehr Sold hättest, würdest du nur noch mehr saufen«, sage ich, ohne es ernst zu meinen.

»Sei trotzdem willkommen in unserer Runde, Hauptmann«, sagt er und nimmt die Füße vom Tisch. »Nicht wahr, Jungs?«

Bestätigende Zurufe, Bierkrüge klopfen auf die Tischplatte. Jemand schiebt mir einen Stuhl heran, zwei andere rücken zur Seite, damit ich Platz habe. Ich sitze Schulter an Schulter mit Frido und Merte. Es ist warm. Es ist der Abend nach einem zweiwöchigen Manöver, Schlafen im Zelt und Essen aus der Feldküche. Wir alle sind froh, wieder zurück in der Garnison zu sein.

»Wir waren gut«, sage ich. »Der Generalstab ist sehr zufrieden. Sie sagen, es hätte keiner zuvor versucht, bei diesem Gelände einen Zangenangriff zu führen. Gut geplant, sagen sie, und kühn ausgeführt.«

»Wir haben die Blauen platt gemacht«, bestätigt Merte zufrieden und stößt quer über den Tisch mit Wendel an, dass Bier aus den Krügen auf die Tischplatte schwappt.

»Wie wär's dann mal mit einer kleinen Sondervergütung?«, schlägt Cladis vor. »Zufriedenheit ist schön, aber sie wird mir meine Pfeife nicht füllen.«

»Rechne nicht damit«, sage ich. »Sie denken immer noch, dem Vaterland zu dienen, sei Lohn genug.«

Cladis lacht und spuckt in hohem Boden auf den mit Stroh bedeckten Boden. »Das ist es, was ich von den Herren Offizieren halte«, sagt er.

»Na großartig«, sage ich. »Wahrscheinlich ist das der Grund, warum ich noch kein Bier habe.«

»Anwesende Offiziere selbstverständlich ausgenommen«, sagt Cladis. »Merte, du Trottel, warum hat der Hauptmann noch kein Bier?«

Sie stöhnte und fluchte leise. Ihr Rücken schmerzte. Sie ging einige Schritte über das schwankende Deck und setzte sich auf die Stufen zur Kommandobrücke. Sie holte den Tabaksbeutel aus der Manteltasche, öffnete ihn und befühlte den feuchten, etwas klumpigen Inhalt. Sie nahm etwas davon mit den Fingerspitzen, wie sie es unzählige Male bei Cladis gesehen hatte, und begann, die Pfeife zu stopfen.

Merte geht, um mir ein Bier zu holen, aber es ist ein anderer, der es mir bringt. Er beugt sich über meine Schulter, um den Krug abzustellen, über seiner Uniform trägt er noch, wie zum Trotz, die blaue Schärpe. Seine Hand schlüpft unter meine Haare und legt sich auf meinen Hals.

»Warum bist du nicht drüben?«, fragt er. »Du wirst schon vermisst.«

»Die Frage ist, ob du mich vermisst hast«, sagte ich und lehne mich zurück gegen seine Brust. »Schließlich haben wir uns zwei Wochen lang nur auf dem Schlachtfeld gesehen. Deine vollständige Kapitulation wird übrigens noch gerne entgegen genommen.«

»Aber doch nicht in aller Öffentlichkeit«, sagt er, und die Jungs lachen und pfeifen.

»Du bist ein glücklicher Mann, Mattis«, sagt Cladis. Er weiß es nicht besser. Keiner von uns weiß es besser an diesem Abend.

Mit zitternden Händen entzündete sie einen Span und versuchte, die Pfeife in Gang zu bringen. Sie biss auf das Mundstück, härter als die Pfeife es verdient hatte, und schirmte den Pfeifenkopf mit der freien Hand gegen den Wind. Ein winziges Tabaksfädchen glomm auf, dann ein weiteres, dann verloschen Glut und Span im salzigen Wind. Sie schmiss die Pfeife vor sich auf die Planken und vergrub das Gesicht in den Händen.

»Wahrscheinlich hast du sie zu fest gestopft«, sagte eine dunkle Stimme. »Kein Grund, so roh mit ihr umzugehen.«

Sie nahm die Hände vom Gesicht. Thork hob die Pfeife auf und befühlte den Pfeifenkopf.

»Wie ich sagte«, sagte er. »Und der Tabak ist feucht. Unter diesen Umständen wird nichts brennen.«

»Ich hatte nicht ernsthaft vor, zu rauchen«, sagte Krona. »Es reicht, wenn der Schnaps mich irgendwann umbringt.«

Thork klopfte den Pfeifenkopf auf seiner Handfläche aus und gab Krona die Pfeife zurück.

»Sie ist ein Erinnerungsstück«, sagte Krona. »An bessere Zeiten.«

»Ja«, sagte Thork. »Das ist offensichtlich.«

»Was?«, sagte sie. »Dass ich bessere Zeiten hatte?«

»Das auch«, sagte er gleichmütig.

»Na, besten Dank. Über Komplimente freut man sich doch immer.«

»Sollte ich dich gekränkt haben, indem ich die Wahrheit ausspreche, so tut es mir leid. Ich wollte lediglich … einen Kontakt herstellen. Ich bin nicht sehr geübt in diesen Dingen.«

»Ja«, sagte sie. »Ist egal. Vergiss es. Es ist gut, dass du des Weges kamst. Ich war gerade dabei, mich in eine Erinnerung zu verrennen.«

»Du hast sie mir praktisch vor die Füße geworfen.« Thork deutete auf die Pfeife. »Es ist wirklich nicht viel Platz auf diesem Schiff.«

»Tja. Na ja. Und, wie sieht's aus? Findest du allmählich Gefallen an der Seefahrt?«

»Du beliebst zu scherzen«, sagte er völlig ernst.

»Na ja, äh«, sagte sie lahm. »Ich dachte, ich frag mal. Bemühter Versuch, das Thema zu wechseln, wenn du mich verstehst.«

»Ein Kummer unterscheidet sich vom anderen weniger, als man glaubt«, sagte Thork. »Der Gegenstand mag ein anderer sein, aber das Gefühl ist sich viel zu ähnlich.«

Sie sah ihn an und fragte sich, was er ihr damit hatte sagen wollen. Er nickte ihr zu, wandte sich ab und entfernte sich mit dem unsicheren Schritt eines Mannes, dem das Meer unheimlich ist.

Plötzlich hatte sie keine Lust mehr, alleine auf Deck zurückzubleiben. Sie ging hinunter zum Mannschaftsquartier und fand dort Lomir, Nardon und Pintel, die in ihren Hängematten schaukelten und sich leise unterhielten. Im hinteren Teil des Raumes schnarchten einige Matrosen unüberhörbar.

»Ihr könnt mir mal helfen«, sagte Krona. »Ich fühle mich beschissen. Wenn ich nicht ein wenig Ablenkung kriege, geh ich rüber in den Frachtraum und mach eines von den Fässern leer.«

»Na klar«, sagte Lomir und wies auf eine leere Hängematte. »Komm nur. Setz dich … ich meine, leg dich. Wir hatten uns gerade aufs Geschichtenerzählen geeinigt. Ihr habt die Wahl zwischen Luna, Lara, Korina oder doch lieber Elli?«

Die Umgebung erschien wie in Watte gepackt, als Krona am nächsten Morgen erwachte. Sie gähnte und drehte sich zur Seite, und die Welt begann zu schwanken.

Was'n los? Rausch? Nö. Nichts getrunken.

Sie öffnete die Augen und blinzelte. Der Mannschaftsraum war leer. Ihre Hängematte, die sie gerade beinahe auf den schmutzigen Boden befördert hatte, schaukelte leise. Es war still. Seltsam still.

Vorsichtig setzte sie sich auf und angelte mit nackten Füßen nach ihren Stiefeln.

Verdammt. Wo sind die alle? Und was, zum Teufel, stimmt hier nicht?

Sie zwängte sich gerade in den zweiten Stiefel, als sie von draußen jemanden kommen hörte, sie erkannte Pintels schnellen, leichten Schritt, und dann riss er auch schon die Tür auf.

»Du bist wach?«, sagte er atemlos. »Gut! Komm mit! Das musst du dir ansehen! Es ist wirklich unglaublich! Ich habe so etwas noch nie gesehen! Ich bin noch nicht sonderlich viel zu Schiff unterwegs gewesen, zugegeben, aber das ist wirklich ganz und gar ungewöhnlich. Selbst die Piraten sagen, sie hätten etwas Vergleichbares noch nie gesehen, und die haben ihr ganzes Leben auf einem Schiff verbracht, und … Ist schon gut. Du siehst es dir am besten selbst an.«

Im Eilschritt war Krona an Pintel vorbei, packte ihn unter der Tür noch an der Schulter und zog ihn mit sich. Zwei Stufen auf einmal nehmend, sprang sie die Treppe hinauf an Deck.

Der Wind fehlte. Sie wurde von feuchter, stickig-warmer Luft empfangen, wie man sie sonst nur in ungelüfteten Räumen antraf. Ein fauliger Geruch stieg ihr unangenehm in die Nase.

»Götter«, sagte sie. »Was ist denn hier los?«

Die gesamte Mannschaft der Sturmbringer befand sich an Deck und lehnte über der Reling. Die Stimmung war mehr als angespannt.

Mit einigen wenigen Schritten war Krona neben Goldhand an der Reling und warf einen Blick hinunter aufs Wasser – dorthin, wo Wasser hätte sein sollen.

»Meridias nackter Arsch«, sagte sie fassungslos.

»Ja«, sagte Goldhand. »Ich glaube fast, dort wäre ich lieber.«

Was die Sturmbringer umschloss, war eine träge, grünlich-braune Masse, die zäh wie Erbrochenes am Schiffsrumpf empor schwappte. Die Masse war durchzogen von dicken Strängen, aus denen sich schmälere weiter verzweigten wie ein Geflecht von Adern. Eine schier unfassbare Menge von schwammig aussehendem Blattwerk lag dazwischen und bedeckte in einer dicken Schicht die Wasseroberfläche.

»Algen«, sagte Goldhand. »Dem Wuchs nach zu schließen. Aber, bei allen gnädigen Göttern, solche Algen habe ich niemals zuvor gesehen!«

»Sie halten uns fest«, berichtete Pintel aufgeregt. »Wie du spüren kannst, haben wir keinen Wind, der uns antreiben könnte, und die Ruder sind nutzlos in diesem Zeug. Sie verwickeln sich, bis man sie nicht mehr bewegen kann, und das war's dann.«

»Gibt es schon einen Plan?«, fragte Krona.

»Im Augenblick können wir wenig anderes tun als warten«, sagte Goldhand. »Algenbänke bewegen sich üblicherweise mit der Strömung, und auch diese wird das tun. Heute Nachmittag werden wir sie am Horizont sehen.«

»Das halte ich für optimistisch«, murmelte Nardon. »Man kann mit bloßem Auge das Ende nicht erkennen, und bemessen an der geraumen Zeitspanne, die der Kollege mit dem Fernrohr schon im Ausguck verbringt, kann er es auch nicht.«

»Hat es was mit Zauberei zu tun?«, fragte Krona Pintel.

»Natürlich hat es das«, sagte Fenrir, dessen gelber Blick unruhig hin und her ging. »Man muss kein Zauberer sein, um zu erkennen, dass dies ganz und gar unnatürlich ist. Wo ist der Wind, frage ich dich?«

»Ganz ruhig«, sagte Lomir. »Noch ist es zu früh, sich aufzuregen.«

»Das kommt davon«, sagte ein Matrose und reckte den Hals, um den Algenteppich besser in Augenschein nehmen zu können. »Es sind die verfluchten Schwarzzahninseln!«

»Halt's Maul, Eris«, wies Skar ihn zurecht. »Wir sind weniger als hundertfünfzig Seemeilen vom alten Kurs entfernt, und die Inseln liegen fast fünfhundert Seemeilen östlich von hier. Wie weit sollte der Fluch sich wohl ausdehnen?«

»Ich sag's euch«, sagte Eris und hob den Zeigefinger. »Es genügt die Absicht, dorthin zu fahren.«

»Ich beginne, den Tag zu verfluchen, an dem ich meinen Fuß auf diesen Scheiß-Kahn gesetzt habe«, sagte Krona. »Nichts als Ärger, wirklich.«

»Die Unwägbarkeiten einer Seereise«, sagte Goldhand und zeigte sein Gebiss im Versuch eines Lächelns. »Sorgt Euch nicht. Wir werden Euch wie vereinbart an Euer Ziel bringen.«

»Mit drei Jahren Verspätung, wenn das so weiter geht!«, schnaubte Krona.

»Wahrscheinlicher hat es eher mit Zauberei zu tun als mit dem Schwarzzahn-Fluch«, sagte Pintel und turnte von dem Fass, das er sich zwecks der besseren Sicht an die Reling geschoben hatte. »Wenngleich, genau genommen, ein Fluch nichts weiter ist als Zauberei, permanente Zauberei genau genommen, die über den Beschwörungszeitpunkt hinaus wirksam bleibt. Das ist nicht so schwierig, selbst ich beherrsche einige Zauber mit permanenter Wirkung. Irgendwann brauchen sie sich natürlich trotzdem auf, das ist klar, wenn sich keiner mehr drum kümmert. Interessanter ist bei Flüchen, dass die Zauberei den Geist des Opfers manipuliert: Es ist ja nicht der Zauber, der zum Beispiel sieben Jahre Pech verursacht, sondern es sind die eigenen Handlungen, genau genommen …«

»Glaub mir«, sagte Krona, zog den kleinen Magier an sich und legte ihm die Hand über den Mund, »so genau nimmt es keiner von uns.« Pintel seufzte hinter Kronas Hand.

»Ich wollte nur deine Frage beantworten«, nuschelte er undeutlich.

»Ein einfaches *ja* hätte genügt«, sagte Krona.

»Siehst du«, sagte er und nahm ihre Hand von seinem Mund, »du hast sogar den Kern meiner Aussage begriffen.«

»Ich bin ja auch nicht blöd. Ich hab nur keine Zeit für Vorträge.«

»Wozu hab ich den ganzen Kram eigentlich gelernt, wenn keiner sich dafür interessiert?« fragte Pintel anklagend.

»Und wie es aussieht, haben wir jede Menge Zeit für ganz lange Vorträge«, sagte Lomir seufzend mit einem Blick über die Reling. »So schnell tut sich da nichts.«

Er sollte recht behalten. Der Mittag verging, und noch immer lag die Sturmbringer reglos in ihrem Algenbett. Zumindest der Wind kehrte zurück und frischte zum Nachmittag hin kräftig auf. Die Mannschaft wurde unruhig, da es auf dem Schiff nichts zu tun gab, und schließlich traf Goldhand eine Entscheidung.

»Was machen die?«, fragte Nardon und sah hinauf zu Goldhand, der auf dem Kommandodeck stand und Befehle brüllte. Über ihm kletterten Piraten in die Takelage und begannen, die verschnürten Segel zu entrollen.

»Wenn ich's recht verstanden habe, will er versuchen, ob die Sturmbringer sich mit dem Wind losreißen kann«, sagte Krona kopfschüttelnd. »Was für eine Schnapsidee. Das wird doch nie was.«

Rauschend kam das Segeltuch herab, und der Wind fuhr hinein. Der Rudergänger hängte sich ans Ruder. Die Segel blähten sich. Das Schiff erzitterte und stöhnte unter den plötzlich wirkenden Kräften. Sonst geschah nichts.

»Seht ihr«, sagte Krona. »Hab ich's nicht gesagt.«

Sie sahen Nuris, den Segelmeister, behände aus der Takelage aufs Deck zurück klettern und hinüber zum Kommandostand rennen.

»Stop!«, brüllte er und schwenkte die Arme. »Der Mast! Versuch abbrechen!«

»Was ist mit dem Mast?«, fragte Nardon nervös.

»Er bricht, wenn wir Pech haben«, sagte Krona, und Nardon schlug die Hände vor den Mund.

»Logisch, eigentlich«, sagte Lomir. »Die Segel wollen vorwärts, aber der Rumpf geht nicht mit.«

»Ich hab's begriffen«, sagte Nardon hinter seiner Hand. »Bitte keine Details.«

»Bringt sie aus dem Wind«, sagte Goldhand düster und wandte sich ab. Nuris machte auf dem Absatz kehrt und war mit einem Sprung wieder in der schwankenden Takelage.

Besorgt beobachteten die Gefährten die angestrengten Versuche der Mannschaft, die Segel aus dem Wind zu drehen, was schließlich unter Mühe gelang. Eilig wurden die Segel aufgerollt und sicher verschnürt. Das Schiff kam zur Ruhe.

»Soviel dazu«, sagte Krona.

Und das Warten setzte sich fort. Die Stimmung war mehr als angespannt; Goldhand und Skar drehten regelmäßige Runden über Deck und unter Deck, um Grüppchen von Seeleuten zu zerschlagen, die mit finsteren Gesichtern düstere Schwarzzahn-Theorien spannen.

»Sie sind wirklich nicht gerne gesehen im Augenblick«, fasste Lomir seine Beobachtungen zusammen. »Die Mannschaft ist echt stinkig, und das nicht nur wegen des pikanten Algengeruches.«

»Bringen wir die Zauberin dazu, mit dem Mist aufzuhören«, schlug Krona nicht zum ersten Mal an diesem Tag vor. »Werfen wir sie notfalls über Bord. Es ist doch wohl völlig klar, das dieses – was immer es ist – von ihr ausgeht.«

»Das kannst du nicht beweisen«, sagte Nardon.

»Wenn ich sie reinschmeiße, und der Spuk hört auf, ist mir das Beweis genug«, sagte Krona.

»Das meinst du nicht wirklich ernst«, sagte Nardon, klang aber zweifelnd.

»Nicht wirklich«, sagte Krona seufzend. »Ich würde nur gerne irgendetwas tun. Und wer sollte es sonst sein? Wir haben die Wahl zwischen drei Zauberern. Pintel können wir wohl ausschließen, und Goldhand hätte kein Interesse daran, seine Mannschaft so gegen sich aufzubringen.«

»Es könnte einen vierten Zauberer geben«, wandte Nardon ein. »Nicht einmal Pintel hat Goldhand als solchen erkannt.«

»Weil man den Leuten auch nicht *Zauberer* auf die Stirn tätowiert«, sagte Pintel verletzt.

»Was mich zu meinem nächsten Einwand bringt«, sagte Nardon. »Alles, was wir haben, ist eine Tätowierung, die Pintel flüchtig gesehen hat, und die mit einer gewissen Wahrscheinlichkeit nur eine modische Laune ist.«

»Genau genommen muss der Zauberer nicht mal an Bord sein«, sagte Pintel. »Es gibt Mittel und Wege, die Reichweite von Zaubern auszudehnen. Nahezu unbegrenzt, bei entsprechender Macht.«

»Prima«, sagte Krona. »Da haben wir also eine, die jeden Grund hätte und darüber hinaus noch so aussieht, als wär sie's, und wir gehen erst mal davon aus, das sie's nicht ist, und tun nichts? Das nenne ich eine zielführende Vorgehensweise!«

»Was willst du denn tun?«, fragte Nardon. »Runter gehen und die Dame fragen, ob sie verantwortlich ist? Selbst wenn sie es wäre, welchen Grund hätte sie, es dir mitzuteilen? Darüber hinaus denke ich, dass es an Goldhand ist, etwas zu unternehmen, nicht an uns.«

»Ich mach die Dinge gern selbst«, knurrte Krona.

»Das wissen wir«, sagte Nardon. »Und es ist nicht immer in unserem Interesse.«

»Hast du Grund, dich zu beschweren, hm? Sag's nur! Raus damit! Ich bin gerade in Stimmung!«

»Lass gut sein«, sagte Fenrir und trat von hinten an Krona heran. »Ich werde etwas tun, falls es dich tröstet.«

»Was?«, sagte sie.

»Ich sehe mir die Sache mal aus der Nähe an«, sagte er, drückte Krona seinen Umhang in die Hand und begann, sich die Jacke aufzuknöpfen.

»Du willst *was* tun?« Nardon warf einen entsetzten Blick über die Reling.

»Ich habe seit einer Weile den Eindruck, dass sich unter diesem Teppich mehr bewegt als nur Strömung und Wellen«, sagte Fenrir. »Ich wüsste gerne, womit wir es zu tun haben.«

»Momentchen«, sagte Krona. »Nichts dagegen, dass du dich ausziehst, aber du solltest da wirklich nicht reinspringen. Viel zu riskant.«

»Wenn es deine Stimmung hebt, ist es das Risiko wert«, sagte er augenzwinkernd, zog sich sein Hemd über den Kopf und drückte es, mit der Jacke verknäuelt, Krona in die Hand.

»Aber es hält das Schiff fest«, sagte Nardon und sah ganz grün aus. »Was, glaubst du, macht es wohl mit dir?«

»Ich werde zwischen diesen Ranken hindurchschlüpfen«, sagte Fenrir. »Keine Sorge.«

»Und dich direkt in die Klauen dessen begeben, was sich deiner Ansicht nach da unten bewegt«, sagte Krona. »Ich sage, du machst es nicht.«

»Und ich sage, versuch, mich aufzuhalten«, sagte er, der inzwischen seine leichten Lederstiefel abgestreift hatte, lächelnd und schwang sich auf die Reling.

»Du spinnst«, sagte sie wütend. »Mach das nicht!«

»Lasst mir ein Seil runter«, sagte er. »Ich werde sonst Schwierigkeiten mit dem Rückweg haben.« Er richtete sich auf und balancierte barfuß auf der Reling, den Blick hinunter auf den Algenteppich gerichtet.

»Wie willst du meine Stimmung heben, wenn du die Hosen anlässt«, fauchte Krona und klammerte sich an den Kleiderklumpen in ihren Armen.

»Bemühe deine Phantasie«, sagte er über die Schulter, streckte seinen Körper und sprang.

»Spinner!«, schrie Krona. »Verdammter Spinner! Du wirst dich umbringen!«

Mit großen Schritten war sie an der Reling und sah hinunter. Ringförmige Wellen breiteten sich träge auf der Algenschicht aus. Die Stelle, wo Fenrir ins Wasser eingetaucht war, hatte sich bereits wieder geschlossen.

»Mann über Bord!«, schrie einer der Seeleute hinter ihnen. »Mann über Bord!«

»Ja, aber freiwillig«, sagte Lomir laut. »Kein Grund zur Aufregung.

Unser Freund will lediglich die Lage mal aus der Nähe in Augenschein nehmen.«

»Ein Seil«, sagte Nardon und sah sich suchend um. »Wir sollten ihn nicht warten lassen, falls er es mit dem Rückweg eilig hat.«

Die Zwerge ließen ein Seil hinunter zur Wasseroberfläche, während Krona über der Reling lehnte und besorgt hinunter starrte. Neben ihr stand Pintel und machte ein seltsames Gesicht.

»Was ist mit dir?«, fragte Nardon ihn.

»Ich bin die Vergleichsgruppe«, stieß Pintel gequetscht hervor. »Ich halte die Luft an.«

Sie starrten weiter hinunter. Nichts geschah. Pintels Gesicht verfärbte sich rot, er riss die Augen auf, sein Kinn zitterte. Nichts geschah.

»Scheiße«, sagte Krona und starrte mit zunehmender Verzweiflung hinunter auf den hässlichen Algenteppich. »Ich glaube, da läuft gerade was schief.«

Mit lautem Zischen ließ Pintel die Luft aus seinen Lungen entweichen und keuchte heftig.

»Puh«, sagte er. »Wie lange war das? Sehr lange, finde ich. Habt ihr etwas von ihm gesehen?«

»Nicht eine Spur«, sagte Krona, warf Fenrirs Kleider auf den Boden und ihren Hut und Militärmantel dazu.

»Was machst du?«, fragte Lomir verblüfft, als sie mit fliegenden Fingern ihre Weste aufknöpfte und gleichzeitig versuchte, ohne Zuhilfenahme der Hände ihre Stiefel loszuwerden. »Das ist jetzt nicht dein Ernst, oder?«

Krona warf die Weste auf den Kleiderhaufen und strampelte sich die Stiefel von den Füßen.

»Ich kann ihn nicht einfach ersaufen lassen«, sagte sie, auf einem Bein hopsend, während sie mit dem zweiten Stiefel kämpfte.

»Prima Idee«, sagte Lomir. »Ersäuf dich gleich mit, das macht es wirklich besser.«

»Ich sehe auf der anderen Seite nach«, sagte Lianna, schon im Gehen. »Vielleicht ist er dort aufgetaucht.«

»Mach das«, sagte Krona. »Und beeil dich.« Sie gürtete ihr Schwert ab und drückte es Lomir in die Hand.

»Drauf aufpassen, hörst du«, sagte sie. »Lianna? Siehst du ihn?«

»Nein«, kam ihre Stimme von steuerbord. »Nicht eine Spur.«

Krona klettere auf die Reling und warf einen Blick hinunter auf die träge wogende, ekelhafte Masse.

»Krona«, sagte Lomir hinter ihr und zog sie am Hosenbein. »Du hast selber gesagt, dass es Dummheit ist. Also komm da runter.«

Sie schloss die Augen und ließ sich vornüber fallen, ehe die Angst sich ihrer bemächtigen konnte.

Scheiße. Dummheit. Dummheit.

Die schleimige, breiige Masse nahm sie in Empfang, und Bruchteile eines Wimpernschlags später schloss das Wasser sich über ihr. Die plötzliche Kälte lähmte ihre Muskeln und presste ihr Herz zu einem harten Klumpen zusammen. Sie spürte Berührungen an ihren Füßen und im Gesicht. Wie kalte Finger strichen die Algenblätter ihr über Hände und Arme.

Sie öffnete die Augen und zwang sich zu schwimmen.

Alles, was sie sah, war grünes Dämmerlicht, in dem sich wogende, dunkelgrüne Schatten bewegten. Stängel und Blätter versperrten ihr die Sicht. Sie drehte sich einmal um die eigene Achse, da war der Schiffsrumpf, schwarz und mit dicken Muschelschichten überkrustet. Algen wickelten sich um ihre Beine, und sie strampelte in aufkeimender Panik.

Tiefer. Sagte Goldhand nicht, so ein Teppich triebe mit der Strömung? Dann ist er nicht auf dem Grund festgewachsen.

Sie befreite sich und tauchte abwärts. Ihr eigener Herzschlag hämmerte ihr schmerzhaft in den Ohren, der Druck auf ihre Lungen verstärkte sich. Sie gewann an Tiefe, und tatsächlich schien das Dickicht der Algen hier weniger undurchdringlich. Sie sah sich um. Dort? Ein Schatten, der menschliche Gestalt haben mochte? Verzweifelt versuchte sie, im grünen Halbdunkel etwas zu erkennen, dann legte sich ein Büschel aus Algenblättern über ihr Gesicht, und als sie es endlich abgeschüttelt hatte, war der Schatten verschwunden.

Tiefer. Luft! Luft! Stell dich nicht an. Selbst der kleine Pintel kann länger die Luft anhalten als du.

Sie entfernte sich vom Schiffsrumpf, tiefer tauchend. Ihre Kräfte schwanden, das Verlangen zu atmen wurde unüberwindlich. Sie sah sich ein letztes Mal um, es war nichts in ihrem Blickfeld als dicke, grüne Algenmassen, dann richtete sie den Blick nach oben und begann aufzutauchen.

Die Wasseroberfläche schien unendlich weit entfernt. Sie hatte keine Vorstellung, wie tief sie getaucht war. Der Druck in ihren Lungen wurde unerträglich, und dann hing sie fest. Sie strampelte, heftig und panisch, doch ein Algenstrang hatte sich um ihre Beine gewickelt und hinderte ihre Bewegung. Sie sah hinauf. Ein dünner Lichtstrahl sickerte durch den Algenteppich zu ihr hinunter und wies ihr fast höhnisch den Weg. Sie zerrte an der Ranke, die sie fest hielt, doch deren Oberfläche war glitschig und erlaubte keinen festen Zugriff, und ihr Körper versagte ihr allmählich den Dienst. Ihr Blick glitt ab und ging zur Seite, und sie erstarrte. Ein Gesicht lugte zwischen den Algen hervor, bläulich und blass, mit flacher Nase und schlitzartigen Augen, umweht von etwas, das sowohl Haare als auch eine Wolke von dünnem Seegras sein konnte. Eine flache, breite Hand erschien und schob die Algen ein wenig beiseite, Krona sah Schwimmhäute zwischen den Fingern schimmern.

Für einen Augenblick starrten sie und das Wesen sich an. Kronas Denken begann, sich zu verwischen. Sie streckte die Hand nach dem Wesen aus, ein stummer Hilferuf, doch es vollführte eine schlängelnde Bewegung und verschwand im Algenwald, und dann war eine anderer Schatten an ihrer Seite, sie sah das müde Schimmern von etwas Metallischem, dann kamen ihre Beine frei und sie wurde zur Oberfläche mitgezogen. Sie strampelte, halb verwundert, noch am Leben zu sein, dann wurde es hell und sie durchbrach die Wasseroberfläche.

Explosionsartig rauschte die Luft in ihre Lungen, deren Fassungsvermögen nicht ausreichen wollte. Jeder Atemzug schmerzte, sie zitterte unkontrolliert und klammerte sich an etwas fest, es waren Fenrirs Schultern, er war dicht vor ihr, sie spürte, wie unter Wasser seine Beine die ihren berührten.

»Was machst du nur?«, fragte er ungehalten. »Du hättest dich beinahe umgebracht!«

Sie war so froh, ihn zu sehen, dass sie darauf verzichtete, ihn anzuschreien, ihre Luft reichte überdies kaum zum Sprechen.

»Dich suchen …«, keuchte sie. »Dachte … du … ertrinkst …«

»Das ist nett von dir«, sagte er und wischte sich nasse Haarsträhnen aus der Stirn, »aber die Einzige, die dem Ertrinken nahe war, bist du.

Warum hast du dich nicht befreit? Wozu soll dieser Dolch in deinem Gürtel gut sein? Es sind Pflanzen, keine eisernen Ketten. Man kann sie durchschneiden.«

»Ich hab' da unten was gesehen«, sagte sie zwischen zwei tiefen Atemzügen.

»Ich auch«, sagte Fenrir. »Meerleute. Und jetzt komm raus aus dem kalten Wasser.«

Sie wurde sich seiner Hände um ihre Mitte erst bewusst, als er sie wegnahm. Sie befanden sich nicht mehr als ein Dutzend Schwimmzüge von der Sturmbringer entfernt, aber es war mühsame Arbeit, sich in die Reichweite des Seils zu bringen. Von oben hörte Krona die aufgeregten Stimmen ihrer Gefährten, während sie vergeblich versuchte, ihr klopfendes Herz zu beruhigen.

»Hier«, sagte Fenrir schließlich und hielt ihr das Seil entgegen. »Du zuerst.«

Mit klammen Fingern packte sie das Seil und kletterte mühsam daran hinauf. Der Schiffsrumpf schien bis in den Himmel zu ragen, und sie war grenzenlos erleichtert, als sie spürte, wie das Seil von oben eingeholt wurde. Sie erreichte die Reling und klammerte sich fest, und dann waren Thork und Lomir da und zogen sie an Bord. Sie ging zu Boden und blieb keuchend auf den Planken liegen. Kurz darauf schwang Fenrir seine langen Beine über die Reling, landete neben ihr und streckte ihr die Hand hin. Obwohl ihr nicht nach Aufstehen zumute war, zog sie sich hoch.

»Schön, euch beide unversehrt wieder zu sehen«, sagte Lomir, die Anspannung war in seiner Stimme hörbar. »Möchte sonst noch jemand ein Bad nehmen?«

»Brachte euer riskanter Ausflug wenigstens ein Ergebnis?«, fragte Nardon.

»Meerleute«, sagte Fenrir und drückte sich Wasser aus den Haaren. »Sie weben dieses Netz, in dem wir sitzen. Ich bin ziemlich sicher, dass sie Zauberei benutzen.«

»Meerleute«, wiederholte Krona. »So ein Quatsch.«

»Und was war es, das du da unten gesehen hast?«, fragte er und sah sie an.

»Ich weiß nicht«, sagte sie. »Ein komischer Fisch, vielleicht.«

»Ein Fisch mit einem Gesicht und Händen?«

»Kenne ich mich mit Meeresgetier aus, oder was? Es war vielleicht nur ein blöder Fisch. Meerleute gehören ins Märchen.«

»Ebenso wie Gestaltwandler«, sagte Pintel altklug.

»Ach verdammt«, sagte Krona. »Ich hasse es, wenn's kompliziert wird. Was grinst du so dämlich?«, fauchte sie Fenrir an.

»Ich grinse nicht«, sagte Fenrir mit breitem Lächeln. »Und schon gar nicht dämlich. Ich genieße lediglich einen sehr hübschen Anblick. Du solltest öfter nasse Hemden tragen, Hauptmann.«

Krona sah an sich hinunter und verschränkte rasch die Arme vor der Brust.

»Maulheld«, knurrte sie, während ihre Wangen plötzlich hitzig zu glühen begannen. »Komm mit mir runter zum Umziehen, wenn du dich traust.«

»Mir reicht für heute, was ich gesehen habe«, sagte er und schob sich so dicht an ihr vorbei, dass sie seinen Atem auf ihrer Wange spürte. »Und ich bin in der glücklichen Lage, niemandem etwas beweisen zu müssen.« Er nahm seine Kleider und ging davon und sah selbst von hinten noch vergnügt aus. Krona sah ihm nach und versuchte, ihr Herz zu mäßigen, das ihr plötzlich hinauf in den Hals gesprungen war.

»Was ist das mit euch beiden?«, fragte Lomir höchst neugierig. »Läuft da endlich mal was?«

»Was ist das denn für eine Frage«, sagte Krona und wickelte sich in ihren Mantel.

»Eine naheliegende«, sagte Lomir. »Es ist unübersehbar, dass ihr umeinander herumschleicht, seit ich euch kenne.«

»Schleichen gehört vielleicht zur Wolfsnatur«, sagte Krona. »Ich schleiche nicht. Und ich warte auch nicht drauf, dass *endlich mal was läuft*. Sehe ich aus, als hätte ich das nötig?«

»Aber du gibst zu, dass du es gerne hättest?«

»Ich gebe gar nichts zu. Ich habe schließlich nichts verbrochen!«

»Jetzt stell dich nicht an«, sagte Lomir grinsend, »wenn ich mal deine Worte benutzen darf. Ich finde nur, ihr wäret ein hübsches Paar, und ihr seid erwachsen genug, um diese Junge-liebt-Mädchen-Tändeleien abzukürzen, wenn ihr euch einig seid.«

»Wer spricht denn von Liebe«, knurrte Krona. »Ich spreche vom Vögeln, allerhöchstens.«

»Das ist ein guter Anfang«, sagte Lomir, immer noch grinsend.

»Ich spreche von Liebe«, sagte Pintel und seufzte sehnsüchtig. »Liebe ist was Wunderschönes.«

»Vögeln ist ausbaufähig«, sagte Lomir. »Das eine ergibt sich manchmal aus dem anderen. Oder umgekehrt.«

»Darf ich bitte gehen und mir was Trockenes anziehen?«, sagte Krona und wies hinüber zur Luke, die unter Deck führte.

»Natürlich«, sagte Lomir liebenswürdig. »Wir können unser interessantes Gespräch später fortsetzen.«

»Bestimmt nicht«, sagte Krona entschieden. »So weit kommt's noch – dass ich mit einem lüsternen Zwerg über mein Liebesleben spreche.«

»Ich bin nicht lüstern«, korrigierte Lomir. »Nur aufgeschlossen.«

»Ist gut«, sagte Krona und rettete sich in Richtung Luke. »Rühr einfach nicht drin rum.«

»Schade«, sagte Lomir seufzend. »Trotzdem sollten wir uns besprechen. Sobald ihr beiden euch getrocknet habt – oder was immer ihr da unten tun wollt. Diese Meerleute-Geschichte verdient sorgfältige Betrachtung.«

Fenrir weigerte sich, länger als irgend nötig unter Deck zu bleiben, und so hielten sie ihre Besprechung unter dem Großmast ab. Obwohl der Kapitän ihnen nach wie vor alles andere als vertrauenserweckend vorkam, entschieden sie, ihm von den Meerleuten zu berichten. Krona wollte sich gerade auf den Weg zu ihm machen, als ein Matrose in ihre Richtung taumelte und sich gerade noch am Großmast abfing. Sein Atem stank nach Schnaps, sein rechtes Auge war blutunterlaufen und verquollen. Krona packte Pintel gerade noch rechtzeitig und zog ihn zur Seite, als der offensichtliche Verursacher des blauen Auges hinterher stürzte und am Großmast zu Boden ging.

»Glaubt man's«, sagte Krona fassungslos und starrte auf die Matrosen, die, offenbar einander suchend, auf allen Vieren um den Großmast krochen. »Die machen ganz ohne mich ein Fass auf.«

»Na, das geht ja schneller als gedacht«, sagte Nardon und beäugte interessiert die beiden völlig orientierungslosen Seeleute.

»Auf die Seite!«, brüllte jemand von hinten, und die Zwerge gehorchten verwundert. Skar trat zwischen die Gefährten, beugte sich zu dem ersten Betrunkenen und schickte ihn mit einem gewaltigen Faustschlag auf die Planke. Der zweite hatte kaum Zeit, zu staunen, ehe er seinem Saufkumpan folgte.

»Räumt sie weg«, sagte Skar zu zwei weiteren Seeleuten, die hinter ihm Stellung bezogen hatten, und lockerte seine Faust. »Entschuldigt die Unannehmlichkeiten«, sagte er mit einem falschen Grinsen. »Vor allem die werten Damen. Es ist oftmals nicht ganz einfach, geeignetes Personal zu finden, und diese beiden gehören offenbar nicht dazu.« Er wandte sich ab, während seine zwei Männer die Betrunkenen wegbrachten, schien es sich dann aber doch anders zu überlegen.

»Ich hörte, einige von Euch nahmen ein Bad im schönen Ozean«, sagte er. »Was hat der Ausflug denn ergeben?«

»Das Wasser ist kalt, und es sind Fische da unten«, sagte Fenrir unbewegt. Krona spürte, wie Pintel zu einer Antwort ansetzte, und grub ihre Finger in seine Schulter. Der kleine Zauberer schnaufte, schwieg aber.

»So.« Skar kniff die Augen zusammen. »Weiter nichts?«

»Weiter nichts«, sagte Fenrir.

»Und was habt ihr dann die ganze Zeit zu besprechen?«

»Wir mögen uns«, sagte Krona. »Wir sprechen gerne miteinander.«

Skar sah sie aus schmalen Augenschlitzen an.

»Wir sind mehr als beunruhigt durch die seltsamen Umstände«, sagte Lomir und machte eine Geste hinaus aufs Meer. »Wir alle fühlen uns an Land wohler als auf See, und dieses Phänomen ängstigt uns. Es hat seinen Grund, warum Zwerge nicht als große Seefahrer bekannt sind. Wir versuchen lediglich, nicht die Nerven zu verlieren, indem wir uns gegenseitig Unterstützung bieten.« Sein Blick wirkte plötzlich unruhig, seine Hände zitterten leicht, als er nervös am Verschluss seiner Weste nestelte. »Ich wünschte, wir hätten uns nie auf dieses Unternehmen eingelassen«, fügte er hinzu und seufzte.

»Es ist nicht ganz leicht, es zuzugeben«, sagte Nardon leise, »aber so ist es. Wir werden aber keinen Ärger machen, wir versprechen es. Wir haben uns gut im Griff.«

»Das will ich hoffen«, sagte Skar und spuckte auf die Planken, bevor er sich abwandte. »Kommt uns nur nicht in die Quere, während wir das Problem lösen«, sagte er im Davongehen.

Lomir atmete tief durch.

»Ihr seid ärmliche Lügner, wirklich«, sagte er kopfschüttelnd. »Ihr hättet es im Handel niemals zu etwas gebracht.«

»Warum musstet ihr überhaupt lügen?«, fragte Pintel. »Hatten wir nicht soeben beschlossen ...«

»Das war, bevor die ersten Matrosen aus dem Ruder liefen«, erklärte Krona. »Jetzt werden wir diese Information schön für uns behalten. Wir müssen erst herausfinden, wie fest Goldhand noch im Sattel sitzt. Und ich habe da so meine Befürchtungen.«

Falls Skar tatsächlich, wie angekündigt, das Problem zu lösen gedachte, gestaltete der Ablauf sich schleppend. Den restlichen Tag über geschah nichts.

Gegen Abend, als die Mannschaft, so sie noch nüchtern war, sich um die zweifelhaften Produkte der Schiffsküche versammelte, beschloss Krona, dass die Gelegenheit besser nicht mehr werden würde. Goldhand nahm sein Abendessen mit der Mannschaft ein, sein Tisch stand in dem engen Mannschaftsraum etwas abseits. Er saß mit dem Rücken zur Wand und wirkte erschöpft.

»Ihr gestattet?« Krona zog sich einen Stuhl heran und setzte sich rittlings darauf, die Hände auf der Lehne verschränkt. Goldhand sah auf. Ein wenig Bratensaft lief ihm aus dem Mundwinkel, und er wischte ihn mit dem Ärmel weg.

»Was fragt Ihr noch«, sagte er. »Ihr sitzt doch schon.«

Krona bemühte sich um ein freundliches Lächeln und legte das Kinn auf die Hände.

»Wir sind besorgt«, sagte sie halblaut. »Wie lange werden wohl die Vorräte reichen? Wird nicht irgendwann das Wasser knapp?«

»Wir haben Wasser für gute zwei Wochen«, sagte Goldhand und spießte ein Stück Rübe auf die Spitze seines Essmessers. »Der kluge Seefahrer plant immer Spielraum ein.«

»Vier Tage. Fünf vielleicht, wenn ich mit Eurer ungenauen Angabe rechnen darf. Den ersten sitzen wir schon hier fest, und dann wollt Ihr noch einen Umweg fahren, der weitere zwei oder drei Tage kosten wird.«

»Bleibt ein Spielraum von zwei Tagen«, sagte Goldhand schulterzuckend. »Ich weiß nicht, was Ihr wollt. Ist doch völlig ausreichend.«

»Aha«, sagte Krona sanft. »Nun, wenn Ihr das sagt. Ihr seid ja wohl erfahren in diesen Dingen.«

»Ja«, sagte Goldhand und ließ die Rübe zwischen seinen braunen Zähnen verschwinden.

»Noch etwas?«, fragte er nach einer Weile, als Krona keine Anstalten machte, sich vom Fleck zu rühren.

»Jetzt, wo Ihr fragt«, sagte Krona. »Unsere kurze Unterredung mit Eurem Ersten Maat heute Mittag ergab, dass an der Lösung des Problems gearbeitet würde. Wie sieht es denn damit aus? Geht's voran?«

»So lange der Algenteppich nicht weitergezogen ist, können wir wenig tun«, sagte Goldhand unwirsch. »Fliegen kann dieses Schiff nun mal nicht.«

»Aha. Verstehe. Dann hat Skar das heute Mittag nur gesagt, damit wir uns nicht weiter aufregen.«

»Möglich«, sagte Goldhand. »Und jetzt habe ich meinerseits eine Frage. Zieht Ihr in Erwägung, mich nach dem Essen auf meine Kajüte zu begleiten?«

»Nein.«

»Dann verschwindet«, sagte Goldhand und machte eine auffordernde Bewegung mit dem Essmesser. »Ich habe meine Zeit nicht gestohlen.«

»Eine hab ich noch«, sagte Krona, während sie sich erhob. »Warum sind eigentlich so viele Eurer Leute betrunken? Ich dachte immer, es müsse strenge Disziplin herrschen auf einem Schiff.«

»Es gab eine Verwechslung«, sagte Goldhand steif. »Eines der Schnapsfässer wurde versehentlich beim Wasservorrat eingelagert. Als man es anstach und den Irrtum bemerkte, gab ich es für die Mannschaft frei. Als … Belohnung … für … gute Leistungen in der Vergangenheit.«

»Ach so«, sagte Krona. »Verstehe. Alles klar. Und nun entschuldigt die Störung.«

Ihre Ellenbogen zu Hilfe nehmend, erkämpfte sie sich den Weg aus dem überhitzten, engen Mannschaftsraum und kletterte die schmale

Treppe hinauf ins Freie. Ein milder Wind war mittlerweile aufgekommen, der den üblen Gestank ein wenig verdünnte, aber lange nicht ausreichte, um die Segel zu füllen. Krona atmete tief durch, die Luft schien frisch nach der drückenden Schwüle des Tages. Sie sah sich nach ihren Gefährten um, als ein Seemann ihr den Weg vertrat. Er hatte die Daumen in den Gürtel gesteckt und kaute auf einer zerkratzten, dreckigen Stummelpfeife.

»Und?«, sagte sie ungeduldig.

»Nichts und«, sagte er und musterte sie abschätzig.

»Dann geh mir aus dem Weg«, befahl sie unwirsch.

Die Stummelpfeife wanderte von einem Mundwinkel in den anderen.

»Ich hab's nicht eilig«, sagte er.

Weiter hinten im Heck wurden Stimmen laut. Krona erkannte Lomirs tragenden Bariton, verstand aber nicht, was gesprochen wurde. Entschlossen trat sie vorwärts und versuchte, den Seemann zur Seite zu schieben, doch der stemmte sich ihr entgegen und stieß sie zurück.

»Was soll das, Arschloch«, fauchte sie. »Lass mich vorbei, aber zügig!«

»Man sagt, Frauen an Bord bringen Unglück«, sagte der Seemann.

»Noch so'n Spruch, und ich mache ein Mädchen aus dir, egal wie viel Unglück das bringen mag!«

Er grinste und streckte die Arme zur Seite, eine beinahe entschuldigende Geste, doch in seiner Rechten blitzte ein Messer.

»Da bin ich ja mal gespannt«, sagte er.

Ihre Hand fuhr zum Schwert.

»Das wirst du nicht wagen«, sagte er. »Ihr werdet alle über Bord gehen und in dieser schleimigen Algenscheiße ersticken, wenn du einem von uns nur einen Kratzer machst.«

»Fragt sich, ob der Gedanke dich noch tröstet, wenn du tot bist«, sagte sie grimmig.

Aus dem Heck kam ein spitzer Schrei, es war Pintel.

»Bleib noch ein bisschen hier«, sagte der Seemann zu Krona. »Wir unterhalten uns gerade so nett.«

Sie machte eine Bewegung, und er brachte das Messer vor sich. Sie wich einen Schritt zurück, sprang ihn dann an und trat ihm mit aller

Kraft das Messer aus der Hand. Es flog im weiten Bogen auf die Planken, während der Seemann sich heulend das Handgelenk hielt. Sie gab ihrer Wut nach und trat ihm in die Magengrube, und er kippte vornüber. Sie trat zu, bis er wimmernd auf dem Boden lag, dann sprang sie über ihn hinweg, schnappte sich das Messer und rannte an der Reling entlang zum Heck. Geräusche eines Handgemenges wurden von dort laut. Sie umrundete den Aufbau des Kommandodecks und wich im letzten Augenblick zwei Matrosen aus, die blutverschmiert das Weite suchten.

»Das werdet ihr bereuen«, schwor der eine finster. »Wir lassen euch bezahlen!«

Endlich hatte sie freie Sicht auf das Geschehen und zügelte ihren Schritt.

»Kein Grund zur Eile«, sagte Lomir und warf ihr einen kurzen Blick zu, bevor er missbilligend einen hässlich verschmierten Blutfleck auf seiner Weste untersuchte. »Wir haben alles im Griff.«

»Was ist passiert?«, fragte Krona und sah vom einen zum anderen. Niemand schien ernsthaft verletzt, wenn man von den drei Seeleuten absah, die bewusstlos, vielleicht auch tot auf den Planken lagen. Lianna hatte ihr langes Schwert gezogen. Thork stand zwischen ihr und den drei leblosen Männern und lockerte sachte seine Faust.

»Sie haben uns angegriffen, die Schweine«, sagte Lianna wütend.

»Dich«, korrigierte Pintel, der sich auf ein nahestehendes Teerfass gerettet hatte. »Und nicht angegriffen, sondern … nun ja …«

»… ein paar sehr obszöne Dinge in Aussicht gestellt«, beendete Lomir den Satz kopfschüttelnd.

»Steck dein Schwert weg«, sagte Krona zu Lianna. »Sofort! Bist du noch zu retten? Willst du, dass die Lage außer Kontrolle gerät? Du kannst doch nicht blankziehen, verdammt noch mal?!«

»Ich hätte sie töten sollen«, fauchte Lianna.

»Glücklicherweise war das nicht nötig«, sagte Nardon und beäugte die drei Seeleute, die sich nicht rührten. »Oder vielleicht doch? Du wirst sie doch nicht umgebracht haben?«

»Sie zu töten war nicht meine Absicht«, sagte Thork grimmig.

»Wie beruhigend.«

»Wenngleich ich es nur mäßig bedauern würde.«

»Na prima.« Nardon beugte sich zu Thorks Opfern hinunter. »Dann wird es dich nur mäßig erleichtern, zu erfahren, dass sie noch leben ... glaube ich zumindest.«

»Gut«, sagte Thork.

»Hast du ...?«, fragte Krona und zeigte hinunter auf die Drei. »Alleine? Mit der Faust? Respekt, mein Lieber.«

»Ich konnte mich ein wenig nützlich machen«, fügte Lomir bescheiden ein. »Ich habe einen beschäftigt, bis er an der Reihe war.«

»Sie sind umgefallen wie die Kegel«, sagte Pintel beeindruckt. »Junge, Junge. Die werden Kopfweh haben, wenn sie aufwachen.«

»Was ist das für ein Messer?«, fragte Lomir und zeigte auf Kronas Rechte.

»Habe ich einem abgenommen, der mich wohl beschäftigen sollte«, sagte sie und steckte es in den Gürtel. »Miese Klinge. Macht dir höchstens eine Blutvergiftung. Wo ist unser Wolf, übrigens? Wird er auch irgendwo beschäftigt?«

»Mach deine Augen auf, Hauptmann«, sagte Fenrir, der im Halbdunkel an der Kommandobrücke gestanden hatte. »Ich bin hier und mit nichts beschäftigt als Zusehen.«

»Na, wie schön«, sagte Krona bissig. »Hauptsache, wir haben alle unseren Spaß.«

»Wie war deine Unterredung mit Goldhand?«, fragte Lomir und gab die Schadensbegrenzung an seiner Weste auf.

»Kurz. Aber ganz informativ. Ich hatte schon so ein Gefühl, und es hat sich bestätigt.

Goldhand hat vollständig die Kontrolle verloren. Es ist nur eine Frage der Zeit, bis wir eine Meuterei an Bord haben.«

»Ui«, sagte Pintel beeindruckt. »Und wer wird der neue Kapitän?«

»Na, ich«, sagte Krona.

»Äh«, sagte Pintel.

»Wie bitte?«, sagte Lianna.

»Gut«, sagte Lomir. »Du hast es geschafft. Ich bin sprachlos.«

»Dass Selbstzweifel deine Sache nicht sind, wussten wir bereits«, sagte Nardon. »Aber ist dieser ... darf ich es *Plan* nennen ... nicht etwas hoch gegriffen?«

»Willst du es lieber zulassen, dass einer dieser Idioten sich zum Kapitän macht?«, entgegnete Krona mit einem Blick über die Schulter. »Also, ich nicht. Am besten ist immer, man macht es selbst.«

»Das wissen wir mittlerweile«, sagte Nardon. »Aber du hast doch keine Ahnung von der Seefahrt.«

»Ich habe aber Ahnung vom Kommandieren, und das genügt.«

»Sie hat nur drauf gewartet«, sagte Lomir grinsend. »Sie will sich nur mal wieder richtig ausleben.«

Krona erwiderte das Grinsen. »Wer sagt denn, dass die Arbeit einem keinen Spaß machen darf?«

»Vielleicht hören wir den Plan mal von Anfang an«, schlug Pintel vor. »Mir fehlen da nämlich noch ein paar Informationen über den Ablauf, euch nicht?«

»Es gibt keinen Plan«, sagte Krona. »Nur die Idee, dass wir die Situation an Bord zu unserem Vorteil nutzen müssen, ehe sie uns umbringt.«

»Ich hätte trotzdem gerne eine genauere Vorstellung von dem, was da auf uns zukomme«, sagte Nardon zweifelnd.

»Mach dir mal keine Sorgen«, sagte Krona, »Ich kriege das schon in den Griff.«

»Diese Aussicht trägt nicht zu meiner Beruhigung bei.«

»*Wir* kriegen es in den Griff«, sagte Lomir. »Und wir werden unbeschadet und einigermaßen zeitig von diesem Schiff wieder herunterkommen, wenn keiner von uns unüberlegte Alleingänge unternimmt.« Er sah Krona scharf an.

»Unüberlegt schon gar nicht«, murrte Krona ungehalten.

»Interessiert es euch?«, sagte Fenrir von hinten. »Wir bekommen Besuch vom Ersten Maat.«

»Was ist hier los?«, fragte Skar herrisch und baute sich zwischen den Gefährten auf.

»Das sollte ich Euch fragen«, schnappte Lianna. »Es sind Eure Männer, die betrunken auf diesem Schiff herumstolpern und mir die abscheulichsten Dinge antragen!«

»Bei Eurem Äußeren solltet Ihr es gewohnt sein, gelegentlich die Aufmerksamkeit von Männern zu erregen«, sagte Skar und zeigte in einer Art von Grinsen die Zähne.

»Ich bin es aber nicht gewohnt, begrapscht und beleidigt zu werden!«

»Ich entschuldige mich in aller Form für meine Männer, die offensichtlich nicht in der Lage waren, den von Euch bevorzugten Umgangston zu treffen«, sagte Skar, ohne das Grinsen aus dem Gesicht zu nehmen. »Ist denn jemand verletzt? Ich meine, außer Eurem Stolz?«

»Wir konnten das Schlimmste abwenden«, sagte Thork ruhig.

»Verstehe«, sagte Skar und sah zwischen dem Zwerg und den bewusstlosen Seeleuten hin und her. »Ihr seid der Leibwächter, richtig?«

»Könnte man so sagen«, sagte Thork unbewegt.

»Ich nehme an, Ihr versteht Euer Geschäft«, sagte Skar.

»Ich verstehe mich auf vielerlei«, sagte Thork, »ausgenommen die Seefahrt, aber dass auf diesem Schiff für Ordnung gesorgt werden muss, sehe selbst ich.«

»Keine Sorge«, sagte Skar. »Dieser Zwischenfall wird nicht ohne Folgen bleiben.«

»Folgen für wen, möchte ich mal wissen«, murmelte Nardon, als Skar sich abwandte und mit wiegendem Seemannsschritt davon ging. »Ich habe kein gutes Gefühl. Nein, ich habe gar kein gutes Gefühl …«

Weniger als eine Stunde später, es war bereits dunkel, rief die Schiffsglocke zur Mannschaftsversammlung auf dem Oberdeck. Man hatte Feuerschalen aufgestellt, um die Kommandobrücke zu beleuchten. Goldhand stand gut sichtbar auf einem Podest. Der Wind frischte ein wenig auf und ließ seine Schärpe um seine Beine flattern. Neben ihm stand Skar, in der Hand eine kurze, dreischwänzige Peitsche. Die Matrosen raunten und murmelten und sahen sich unsicher an. Viele von ihnen waren nur notdürftig von ihren Kameraden ernüchtert worden und wirkten mehr als unsicher auf den Beinen. Einige fehlten.

»Männer«, ergriff Goldhand schließlich das Wort. Seine Stimme klang sonor und trug weit über das stille Meer. »Es sind unerfreuliche Geschehnisse, die diese Versammlung nötig machen.«

»Stimmverstärker«, murmelte Pintel, der auf einem Teerfass stand und den Hals lang machte, um besser zu sehen. »Billiger Trick, aber beliebt.«

»Einige unter euch haben gegen die Schiffsdisziplin verstoßen und müssen bestraft werden, und ihr anderen solltet gut zusehen, um daraus zu lernen«, sagte Goldhand. »Sinnloses Besaufen wird auf diesem Schiff ebenso wenig geduldet wie die ungebührliche Annäherung an weibliche

Passagiere. In weniger als einer Woche gehen wir in Letis vor Anker. Dort könnt ihr euren restlichen Verstand versaufen und euch von den zentallinischen Huren bedienen lassen, wie es euch gefällt, aber bis dahin reißt ihr euch gefälligst zusammen – oder tragt die Konsequenzen.« Er hob die Hand, und zwei Piraten brachten die Seeleute nach vorne, die Bekanntschaft mit Thorks Faust gemacht hatten. Die Hände waren ihnen auf den Rücken gebunden, und offensichtlich litten sie noch unter den Nachwirkungen des Fausthiebes.

»Bindet sie an den Großmast«, befahl Goldhand, und die Piraten gehorchten.

»Sie werden die doch nicht auspeitschen«, sagte Pintel blass.

»Na, was denn sonst«, sagte Krona. »Die können von Glück reden, wenn sie nicht kielgeholt werden, bei der Suppe und all dem Kraut, was darin herumschwimmt.«

»Das ist barbarisch«, sagte Pintel und kletterte von seinem Fass. »Das will ich mir nicht anschauen.«

Das Gemurmel unter der Mannschaft war verstummt. Viele starrten in einer Mischung aus Neugier und Abneigung hinüber zum Großmast.

»Und noch etwas«, sagte Goldhand, während die Piraten die Knoten fest zogen. »Unsere Situation ist, zugegebenermaßen, etwas ungewöhnlich.« Er machte eine Geste, die aufs Meer hinaus wies. »Trotzdem haben wir keinen Grund zur Sorge, und niemand, der nicht an diesem Mast landen will, muss Märchen über den Schwarzzahn-Fluch verbreiten. Nach eingehender Beurteilung der Lage habe ich nun einen Weg gefunden, der uns vom Zugriff dieser Algen befreien wird. Es mag noch ein wenig Zeit in Anspruch nehmen, aber wir werden freikommen. Ihr habt mein Wort.«

»Er lügt«, sagte Lomir mit gedämpfter Stimme. »Er hat keine Ahnung. Seht ihr? Er hat angefangen, an seiner Schärpe herumzufummeln, und er hat furchtbar viel geblinzelt, als er *Ihr habt mein Wort* gesagt hat. Das ist ein untrügliches Zeichen.«

»Bringt ihn das aber nicht in Zugzwang?«, fragte Nardon erstaunt. »Wie kann er so etwas behaupten, wenn er es nicht erfüllen kann?«

»Er schindet Zeit«, vermutete Krona. »Er spürt, dass sein Stuhl wackelt. Er muss etwas sagen, damit sie ihn nicht sofort über Bord schmeißen.«

»Ich glaube auch«, sagte Lomir. »Wir sollten ihn im Auge behalten, sobald diese Veranstaltung hier beendet ist. Wer weiß, zu welcher Verzweiflungstat er sich hinreißen lässt.«

Die ersten Schläge fielen, und die am Mast festgebundenen Piraten heulten auf.

»Komm, Pintel«, sagte Krona, nahm den kleinen Zauberer bei den Schultern und wandte sich mit ihm ab. »Lass uns, äh … da rüber gehen und … keine Ahnung. Etwas Wichtiges tun. Es wird doch wohl eine Geschichte geben, die du mir immer schon mal erzählen wolltest? Die von der Kuh zum Beispiel.«

»Was für eine Kuh«, sagte Pintel elend, der bei jedem Peitschenknall zusammenzuckte, als sei es sein eigener Rücken.

»Du weißt schon«, sagte Krona. »Die Kuh in dem Zaun. Die telegedingste Kuh.«

»Teleportiert«, sagte Pintel schwach. »Seit wann interessiert dich so etwas?«

»Es interessiert mich nur so lange, bis die mit ihrer Strafaktion fertig sind«, sagte Krona. »Außerdem hab ich Hunger, und Kühe sind lecker.«

»Das Interessante an der Geschichte ist aber letztendlich der Zauberer, nicht die Kuh.«

»Dann erzähl von dem. Ist mir genau genommen egal.«

»Also gut«, sagte Pintel seufzend und offensichtlich nicht recht in Stimmung. »Es war Talas, ein Studienkollege von mir. Er hatte an der Akademie jede Menge Transdimensionale Zauberei belegt, und er hat wirklich lange gespart, um sich die Kuh leisten zu können. Zumindest hat sie letztlich einen guten Braten abgegeben …«

Die Strafkandidaten, noch geschwächt durch Thorks Maßnahmen, hielten nicht lange durch, und so blieb Krona das Ende der verwickelten Geschichte erspart. Nach kurzer Zeit schon löste sich die Piratenversammlung auf, die Männer verteilten sich übers Deck und gingen ihren Pflichten nach oder taten zumindest so. Lomir gesellte sich zu Krona, die Pintel daraufhin aus ihrem Griff entließ.

»Sie glauben nicht recht an Goldhands Versprechungen«, sagte er leise. »Viele von ihnen sind bereit, die Nacht abzuwarten, um zu sehen, was er sich einfallen lässt, aber ihre Geduld geht definitiv zu Ende. Was man so hören kann, waren sie wohl schon mit dem Überfall auf das abrantinische Schiff nicht einverstanden, und zuvor hat es auch schon einiges gegeben, das nicht ganz nach Wunsch verlief.«

»Na prima«, sagte Pintel frustriert. »Was für ein idealer Zeitpunkt, um eine Überfahrt zu buchen.«

»Alles im normalen Bereich«, sagte Lomir achselzuckend. »Auf solchen Schiffen wird die Führungsspitze des öfteren ausgetauscht, nehme ich mal an. Dem Grunde nach ist es mir auch egal, mit welchem Kapitän ich in Zentallo einlaufe. Goldhand ist übrigens recht eilig unter Deck verschwunden. Was er da wohl macht?«

»Gehen wir nachsehen«, sagte Krona. »Pintel, du bist klein und leise. Geh mal runter und guck durchs Schlüsselloch.«

»Alleine?«, sagte Pintel erschreckt. »Wenn er mich erwischt, reißt er mir die Beine raus wie einem Brathühnchen.«

»Wir gehen mit«, sagte Lomir. »Wir halten uns im Mannschaftsraum oder im Gang davor auf. Vielleicht gelingt mir noch eine kleine Ablenkung. Die Stimmung hat zwar etwas gelitten seit der Auspeitschung, aber vielleicht sind doch noch ein paar Leute für etwas Seemannsgarn zu haben.«

»Also gut«, sagte Krona. »Auf geht's. Versuchen wir unser Glück.«

»Ihr werdet auf mich verzichten können«, sagte Fenrir. »Macht Lärm, wenn es Probleme gibt, dann komme ich euch helfen. Ansonsten bin ich da unten nur im Weg.«

Gemächlich wanderten sie übers Deck und kletterten durch die Luke nach unten. Krona, Nardon und Thork bezogen im Schlafraum rechts neben der Treppe Posten, während Lomir und Lianna den Mannschaftsraum betraten, der sich allmählich wieder füllte. Krona lehnte sich gegen den Türrahmen und warf einen unauffälligen Blick den Gang hinunter. Pintel hatte sich seine Kapuze über den leuchtend blonden Schopf gezogen und war im Halbdunkel kaum zu sehen. Er stand vor der Kapitänskajüte und hatte das Ohr ans Holz gelegt.

»Der alte Ole und Beorn waren unhöflich zu dir?«, sagte ein Pirat gegenüber und ließ seine Goldzähne blitzen. »Das war nur der Suff, glaub mir, Mädchen. Wir alle sind ganz zivilisierte Menschen von hoher Bildung, musst du wissen.«

»Tatsächlich«, sagte Lianna und lächelte, obwohl sie ein wenig steif in den Schultern wirkte.

»Oh ja«, sagte der Pirat. »Wir sind immer für ein gepflegtes Gespräch zu haben. Wir tun am liebsten den ganzen Tag nichts anderes.«

»Das trifft sich gut«, hakte Lomir ein, »denn aufgeschlossene Gesprächspartner habe ich mir erhofft auf einem weltläufigen Schiff wie diesem. Seid Ihr denn möglicherweise auch aufgeschlossen, wenn es um neue Verdienstmöglichkeiten geht? Ich meine gutes, schnell verdientes Geld, und ganz ohne Risiko.«

Eine Bewegung kam vom hinteren Ende des Ganges, und Pintel tauchte hastig in den dunklen Eingang zum Materialraum. Zwei Piraten kamen aus dem Halbdunkel nach vorne, zwischen sich die Gefangene, deren Hände auf den Rücken gefesselt waren. Sie war geknebelt. Zerzaustes blondes Haar hing ihr aus den Resten einer ehemals kunstvollen Hochsteckfrisur. Sie hielt sich sehr gerade, obwohl sie hinkte, und musterte ihre Umgebung mit Todesverachtung.

Vor Goldhands Kajüte hielten die Piraten an, klopften, warteten offenbar ein »Herein« ab und verschwanden dann mit der Gefangenen im Inneren. Kurz darauf erschienen sie wieder und gesellten sich zu ihren Kameraden im Mannschaftsraum. Krona zog den Kopf ein, als sie an ihr vorbei kamen, und drehte sich weg, um nicht zu interessiert zu wirken.

»Sie haben die Gefangene zu Goldhand gebracht«, berichtete sie leise den Zwergen.

»Das ist nicht gut«, sagte Thork düster.

»Kommt drauf an«, sagte Krona. »Vielleicht bringt er sie dazu, den Zauber zu lösen.«

»Und was für Methoden wird er da wohl anwenden?«, sagte Thork. »Kannst du das gutheißen?«

»Ich kann's nicht ändern«, sagte Krona scharf. »Ich bin nicht hier, um die Welt zu verbessern.«

Thork warf ihr aus seinem einzelnen Auge einen langen, kritischen Blick zu und verschränkte die Arme vor der mächtigen Brust.

»Pintel wird berichten«, sagte Nardon gedämpft, »und dann können wir immer noch entscheiden. Und jetzt verhaltet euch mal etwas unauffälliger, wenn es geht.«

Schritte und schmerzerfülltes Stöhnen wurden von der Treppe laut, und gleich darauf wurde Krona durch einen Pulk von Piraten in den

Schlafraum zurückgedrängt, die zwischen sich die drei ausgepeitschten Kameraden stützten. Ihre Rücken waren offen und blutig verschwollen, einer der drei schien bewusstlos zu sein. Bäuchlings wurden sie in ihre Hängematten gelegt. Krona bemerkte, wie Thork sich mit der Hand übers Gesicht strich, zu den Verwundeten hinüber sah, wegsah und wieder hinüber sah. Sein Gesichtsausdruck war schwer zu deuten.

»… Lebensmittel?«, kam Lomirs fröhlicher Bariton aus dem Mannschaftsraum. »Wir sprechen natürlich nicht von Steckrüben, sondern von regionalen Spezialitäten wie dem Bergener Schmalzgebäck oder den Obstbränden, für die sich in Zentallo sicherlich Abnehmer finden ließen …«

Vorsichtig steckte Krona den Kopf durch die Tür und spähte in den Gang. Pintel stand wie angewurzelt vor Goldhands Tür, die Hände vor den Mund geschlagen.

»Pintel!«, zischte Krona alarmiert, und noch einmal: »Pintel!«, so laut sie es wagte, doch der kleine Zauberer starrte auf die Tür und reagierte nicht. Dann öffnete er die Tür und ging hinein. Mit einem Satz war Krona von ihrem Posten, Hand auf dem Schwertgriff, und stürmte den Gang hinunter. Goldhands Tür stand halb offen, und sie hörte aufgeregte Stimmen.

»… Schnüffler!«, dröhnte Goldhands Stimme. »Dich hänge ich an den Segelbaum!«

»Ihr könnt die Dame nicht so behandeln! Ihr habt sie entführt! Sie hat das Recht, jeden Zauber zu wirken, der ihr einfällt!«

»Geh weg da, oder ich helfe nach!«

»Ich warne Euch! Ich bin selbst ein Zauberer, ein … nun ja … großer, und … ich kann Euch zu einem stinkenden Klumpen einschmelzen, wo Ihr steht!«

Krona trat in den Raum, zog ihr Schwert und stieß die Tür hinter sich ins Schloss.

»Das wird nicht nötig sein«, sagte sie. »In deinem Überschwang machst du mir vielleicht noch Löcher in mein schönes Schiff.«

»Was?«, sagte Goldhand verblüfft und fuhr herum.

Die Gefangene saß auf einen Stuhl gefesselt in der Mitte des engen, muffigen und unaufgeräumten Raumes. Ihr Kleid war zerrissen oder aufgeschnitten, aus der weißen Haut zwischen ihren Brüsten sickerte helles

Blut. Pintel stand vor ihr, in etwas, das wohl eine Kampfposition sein sollte, in der Rechten seinen Dolch, in der Linken sein Essmesser, beides drohend erhoben. Goldhand hatte seinen Säbel gezogen und war nun offenbar unschlüssig, gegen wen er sich wenden sollte.

»Gib es auf«, sagte Krona. »Du hast dein Schiff schon längst verloren. Du weißt das. Nicht jeder ist ein geborener Anführer, und diejenigen, die's trotzdem versuchen, gehen baden. Netter Doppelsinn, übrigens, wie ich finde.«

Goldhand brachte seinen Säbel vor sich.

»Tu's nicht«, sagte Krona. »Du wirst dir nur schaden. Ich bin durchaus bereit, dich mit einem Rettungsboot und ein wenig Verpflegung hier auszusetzen, wenn du jetzt vernünftig bist. Nicht allerdings, wenn du …«

Sie riss ihr Schwert hoch und parierte Goldhands Schlag, der mit mehr Wut als Präzision ausgeführt wurde. Sie drehte sich zur Seite und ließ ihn an sich vorbeistürmen, dann machte sie zwei rasche Schritte, die sie zwischen ihn und die Tür brachte. Stahl klang auf Stahl, als er sich umwandte und seine Gegnerin erneut anging.

»Pintel!«, sagte sie scharf, während sie sich mit einer weiteren Drehung aus seiner Reichweite brachte. »Tür zu!« Der kleine Zauberer gehorchte sofort und schlüpfte hinter Goldhands Rücken vorbei zur Tür, wo er den großen Schlüssel packte, der im Schloss steckte, und ihn quietschend drehte.

Krona parierte einen Schlag, dann den nächsten.

»Niemals«, keuchte Goldhand, »überlasse ich dir mein Schiff, du Schlampe!«

»Du wirst nicht gefragt!«, gab sie zurück und lenkte mit einem kräftigen Streich seine Klinge ab, dass sie hässlich am Boden scharrte. Während er sich noch mühte, den Säbel frei zu bekommen, sprang sie auf ihn ein und trat zu, ihr Ziel war sein Handgelenk, doch er ließ den Säbel fahren, packte sie am Stiefel und zerrte sie ruckartig von den Beinen. Sie fiel auf den Rücken, etwas Hartes schlug gegen ihre Schulterblätter und schnitt ihr den Atem ab. Goldhand zerrte an ihrem Fuß, sie rutschte über den schmutzigen Fußboden, bekam dann ein Tischbein zu fassen und klammerte sich mit einer Hand fest. Goldhands hässliches Gesicht erschien über ihr.

»Sagte ich nicht, du sollst mich in meinem Quartier besuchen, Schätzchen«, sagte er grinsend. Sie ließ den Tisch los, wälzte sich auf den Bauch, bekam den tönernen Krug zu fassen, der sie so unsanft zwischen den Schultern erwischt hatte, packte ihn, während er sie näher zu sich heran zog, nahm Schwung in der Drehung und schlug zu. Sie verpasste Goldhands Schläfe, der Schlag landete irgendwo auf seiner Wange, reichte aber aus, um den Krug scheppernd zerspringen zu lassen. Goldhands Kopf wurde zur Seite gerissen, und er stürzte zu Boden.

»Nenn mich nicht Schätzchen!«, fauchte Krona und kam auf die Füße. Goldhand, benommen den Kopf schüttelnd, tat Gleiches. Sie umkreisten sich, Schwerter vor sich. Krona war unentschlossen. Sie hatte zu keinem Zeitpunkt Goldhands Tod geplant, war sich aber nun nicht sicher, ob sie anders zu einer Entscheidung gelangen würde. Sie warf einen raschen Blick ins Rund. Pintel hatte den Schlüssel abgezogen und an sich genommen und schob sich nun, Rücken zur Wand, von der Tür weg. Die Gefangene auf ihrem Stuhl hatte begonnen, ohne sichtbaren Erfolg an ihren Fesseln zu zerren.

Überraschend machte Goldhand einen Ausfall. Sie ließ ihn an sich vorbei, wirbelte dann herum und rückte nach, wobei sie ihn in einer Nische zwischen Tisch und Bett einklemmte. Mit überraschender Behändigkeit sprang Goldhand aufs Bett und von dort mit einem Satz auf den Tisch. Schmutziges Geschirr und ein mit Wachs verkrusteter Kerzenleuchter gingen klappernd zu Boden, als er breitbeinig seinen Schwung auffing und den Säbel von oben auf Krona herabsausen ließ. Sie duckte sich zur Seite weg, landete auf allen Vieren und sah, wie Goldhand, vom eigenen Schwung getragen, schwankte. Sie hechtete vorwärts, griff den Leuchter und warf ihn. Goldhand zuckte zurück, verlor das Gleichgewicht und stürzte in die Nische zwischen Tisch und Bett. Krona ließ ihr Schwert los, stürzte sich auf Goldhand und nagelte mit ihrem Knie seinen Waffenarm auf dem Boden fest.

»Lass es los«, keuchte sie, packte mit beiden Händen seine Hand, die sich nach wie vor an seinen Säbel klammerte, und verdrehte sie nach hinten. Mit schmerzerfülltem Aufstöhnen löste Goldhand den Zugriff, gleichzeitig sah Krona aus dem Augenwinkel, wie seine Linke eine Aufwärtsbewegung vollführte. Es klapperte, und ein schlecht geführter Dolch glitt an den Knöpfen ihres Mantels ab. Sie schnellte rückwärts und sah den Dolch vor ihrem Gesicht blitzen. Goldhand bekam die rechte Hand frei und packte ihren Arm, doch sie warf sich rückwärts, streifte den Mantel ab, an den er sich klammerte, und kam taumelnd auf die Füße.

Sie sah wild um sich, und Pintel, der mittlerweile an der Seite der Gefangenen war, bückte sich rasch und schubste ihr Schwert zu ihr hinüber. Sie riss es vom Boden hoch und brachte es in Position. Hinter ihr polterte es gewaltig, Stimmen wurden laut, am Rande erkannte sie Thorks tiefen Bass, dann war Goldhand wieder auf den Beinen und stürzte sich auf sie. Sie fing seinen Angriff ab und bedeckte ihn mit einer Serie wüster Schläge, immer noch nicht zum Äußersten entschlossen. Goldhand parierte, wenn auch mühsam, und drehte sich zur Seite, um aus dem Gewitter der Schläge zu entkommen. Sie ließ ihn, tat ihm aber nicht den Gefallen, sich von ihrem eigenen Schwung an ihm vorbei tragen zu lassen, sondern trieb ihn mit dem Schwert rückwärts gegen die Wand. Er erkannte die Gefahr und duckte sich zur Seite weg, unterlief ihr Schwert und warf sich gegen ihre Beine. Sie stürzte rückwärts und schlug hart auf dem Boden auf, Goldhands Gewicht über ihr. Sie nahm seinen Schwung auf, stemmte die Füße in seinen Leib und stieß ihn seitlich über ihre Schulter von sich herunter. Ein schwerer, geschnitzter Stuhl rumpelte laut und stürzte um, als er dagegen prallte. Krona rollte sich zur anderen Seite weg und kam auf Hände und Knie, ihr Schwert immer noch in der Rechten.

Die Gefangene hatte mittlerweile die Hände frei und streifte mit Pintels Hilfe die Fesseln ab, die sie noch am Stuhl hielten. Von außen rüttelte jemand an der Tür, dass die Angeln krachten. Goldhand rang mit dem Stuhl, warf ihn endlich beiseite, kam in die Höhe und sah sich wild nach seinem Säbel um. Dann tat es einen gewaltigen Schlag. Die Tür platzte geradezu aus ihren Angeln und knallte gegen die gegenüberliegende Wand. Rauch und brenzliger Geruch drangen in die Kajüte, und in den wirbelnden Rauchschwaden erschien eine breitschultrige Zwergengestalt.

»Soll ich ihn töten?«, fragte Thork und streckte die bloße Hand nach Goldhand aus. Der starrte entsetzt seine Tür an, die mit verkohlten Rändern an der Wand lehnte, und sank in die Knie.

Der Knall hatte ein leichtes Pfeifen in Kronas Ohren zurückgelassen. Sie schüttelte leicht den Kopf, sie fühlte sich benommen, und kam vorsichtig auf die Füße.

»Ich ließ Pintel die Tür absperren, weil ich nicht wollte, dass der Konflikt sich über das ganze Schiff ausdehnt«, sagte sie. »Zunächst nicht, jedenfalls.«

»Zu spät«, sagte Thork. »Die Wände sind dünn auf diesem Schiff.«

»Ich wollte den Konflikt überhaupt nicht, zum jetzigen Zeitpunkt«, sagte Krona und sah Pintel scharf an.

»Er wollte sich an ihr vergehen«, empörte sich Pintel, der die Dame von ihren letzten Fesseln befreite. »So etwas kann man doch nicht zulassen!«

»Man kann es aber mit einem Essmesser auch nicht verhindern«, sagte Krona.

»Was ist nun?«, fragte Thork. »Soll ich ihn töten?«

»Ahem«, sagte Goldhand vorsichtig, der nach wie vor leichenblass auf seinen Knien lag. »Ich denke, ich komme auf Euer voriges Angebot zurück. Das Rettungsboot, Ihr wisst schon.«

Kampfgeräusche drangen von weiter vorne zu ihnen, und Thork warf einen raschen Blick hinaus in den Gang.

»Was immer du entscheidest, entscheide es jetzt«, sagte er.

»Wir sperren ihn zunächst mal ein«, sagte Krona. »Da sind ja gerade ein paar Stricke und eine Gefängniszelle frei geworden. Rasch, Pintel.«

In aller Eile fesselten sie den widerstandslosen Goldhand und brachten ihn durch die verkohlte Türöffnung auf den Gang. Lomir stand weiter vorne und hielt einige Matrosen auf Abstand, die sich nicht in den tödlichen Zirkel seiner Axt wagen wollten.

»Ergreift sie!«, brüllte Goldhand unvermittelt. »Dies ist eine Meuterei! Tö…«

Kronas Kinnhaken brachte ihn zum Schweigen. Er fiel um wie ein Baum und stürzte auf die Planken, da weder Pintel noch die Dame sich bemüßigt fühlten, ihn aufzufangen. Krona packte ihr Schwert und stürmte den Gang entlang nach vorne.

»Alles hört auf mein Kommando!«, brüllte sie. »Goldhand ist abgesetzt! Legt die Waffen nieder!«

Die Matrosen, die in das Gefecht mit Lomir verstrickt waren, wichen zögernd zurück. Lomir machte einen Schritt rückwärts und brachte die Axt in Verteidigungshaltung vor sich.

»Prima«, sagte er und lächelte freundlich. »Und jetzt die Waffen hinlegen. So ist's gut. Die am Gürtel auch, wenn wir schon dabei sind. Danke schön. Ich würde vorschlagen, alle, die nicht aktiv ihren eigenen Tod herbeiführen wollen, treffen sich im Mannschaftsraum und verhalten sich still, bis die Lage wieder übersichtlich geworden ist.«

»Kümmer dich drum«, sagte Krona, sprang mit einem Satz über die auf dem Boden liegenden Waffen und stürmte nach vorne in Richtung Luke. Aus dem Mannschaftsraum und aus dem Schlafraum drangen Kampfgeräusche. Sie duckte sich unter einem Holzteller weg, der mit Wucht aus der Tür geflogen kam und an der gegenüberliegenden Wand klappernd abprallte, und spähte in den Schlafraum. Lianna stand mit dem Rücken zur Tür und schwang ihr langes Schwert gegen zwei Piraten, die mit Krummsäbeln und Dolchen auf sie eindrangen. Die Pfosten, die zum Befestigen der Hängematten gedient hatten, waren leer; die meisten Hängematten waren offenbar Schwertstreichen zum Opfer gefallen und zu Boden gegangen. Krona versuchte, durch das Kampfgeschehen Nardon zu finden und entdeckte ihn im hinteren Teil des Raumes, er hielt einen Piratensäbel vor sich und schien nicht in akuter Gefahr. Lianna hingegen, die in dem engen Raum ihre lange Klinge nur eingeschränkt gebrauchen konnte, wurde hart bedrängt.

»Kampf einstellen!«, brüllte Krona und sprang in die Türöffnung. »Alles hört auf mein Kommando! Waffen fallen lassen!«

»Dein Kommando?«, höhnte einer der Piraten. »Wie kommt das denn?«

»Ich habe Goldhand abgelöst, und der Nächste, der eine blöde Frage stellt, geht schwimmen!«, schrie Krona in ihrem besten Kasernenhofton.

Einer der Piraten, offensichtlich verblüfft vom Gang der Ereignisse, hielt inne und machte einen Schritt rückwärts. Der andere blieb an Lianna und umkreiste sie lauernd. Ihre Klingen berührten sich und schabten aneinander, dann versetzte Lianna dem anderen einige schwungvolle Streiche, die er mühsam parierte.

Krona öffnete den Mund für weitere Befehle, als etwas Hartes auf ihrem Hinterkopf in Scherben ging. Sie stürzte vornüber und landete auf Händen und Knien unter der Tür.

»Dein Kommando?«, sagte Skar hinter ihr. »Niemals, Schätzchen.«

Dumpfer Schmerz kroch von Kronas Scheitel über die Stirn in ihr Gesicht und explodierte dann in einer hellen Feuerlohe. Sie riss die Augen auf, um nicht ohnmächtig zu werden. Übelkeit krampfte ihren

Magen. Die Kraft in ihren Armen versickerte, und sie knickte auf die Ellenbogen ein. Mit einem Satz sprang Skar über sie hinweg in den Raum.

»Macht sie fertig«, befahl er den Piraten. Durch einen Schleier sah Krona, wie die beiden Seeleute ihre Säbel hoben. Den Schlag des einen parierte Lianna mit ausholender Geste, der Schlag des anderen ging ins Leere, als ihm die Füße weggezogen wurden und er in einem Knäuel aus Stoffbahnen und Schnüren zu Boden ging. Hinter ihm tauchte Nardon auf, in der einen Hand ein Gewirr aus Hängemattenschnüren, in der anderen seinen Piratensäbel, mit dessen Knauf er den Piraten zielsicher ins Reich der Träume schickte, als er sich gerade aus seiner Verstrickung befreien wollte. Eilig machte Nardon sich daran, den Pirat mit der Hängematte zu fesseln, während Skar in die Lücke sprang, die durch seinen Fall entstanden war.

Krona biss die Zähne aufeinander, um nicht zu stöhnen, und zog sich am Türrahmen in die Höhe. Ihr Schwert befand sich nach wie vor in ihrer Rechten. Der Schmerz ebbte ab. Lianna schrie auf, als eine Klinge ihre Deckung durchbrach. Ein roter, rasch größer werdender Fleck breitete sich auf ihrem Hemdsärmel aus.

»Skar«, sagte Krona laut und machte einen noch etwas wackeligen Schritt in den Raum. »Niemand nennt mich Schätzchen, verstanden?«

Skars erster Hieb ließ sie fast zu Boden gehen. Ihre Klinge vibrierte, und sie packte mit beiden Händen den Schwertgriff, um gegenzuhalten. Sie drehte sich, um von der Wand wegzukommen, und machte einige Schritte rückwärts in den Raum. Skar folgte ihr, die Spitze seiner Klinge umkreiste lauernd ihre Schwertspitze. Sie machte einige Ausfälle, um seine Schnelligkeit zu testen, er war schnell, zu schnell für sie, so lange sie Watte im Kopf hatte. Ihre Chancen standen schlecht, sie musste den Kampf beenden, ehe er es bemerkte. Sie senkte unauffällig den Blick, musterte den Fußboden und korrigierte ihre Position etwas zur Seite, während sie mehr schlecht als recht Skars Schlägen auswich. Ihr linker Fuß schlüpfte unter eine zusammen geknäuelte Hängematte auf dem Fußboden, sie täuschte ein Stolpern vor und ließ sich auf die Knie fallen. Sie wartete, bis Skar den Säbel hob, die Gewissheit des Sieges auf dem Gesicht, dann ließ sie sich vornüber fallen und riss ihn zu Boden. Blitzschnell war sie über ihm, setzte sich rittlings auf ihn, schnappte sich die Schnüre der Hängematte, führte sie quer über seinen Hals und zog an.

Überraschung verdrängte das Hochgefühl von Skars Gesicht. Er holte Luft, mühsam und quälend langsam.

»Betrügerin«, sagte er heiser.

»Gewinnerin«, sagte sie und zog die Schnüre fester. Skar röchelte und riss die Augen auf.

»Nardon!«, sagte Krona laut, ohne den Blick von ihrem Gegner zu nehmen. »Fessle ihn. Aber sei schnell, sonst wird er leider ersticken.«

Nardon war sofort an Kronas Seite und kam ihrer Aufforderung nach. Kaum war Skar, blau im Gesicht und mit hässlichen Striemen quer über dem Hals, außer Gefecht, sprang Krona auf, um nach Lianna zu sehen.

Der Kampf hatte sich zwischenzeitlich auf den Gang verlagert. Offensichtlich versuchte Lianna, übe die Treppe auf Deck zu gelangen, um ihr Schwert ungehindert führen zu können. Sie stand auf halber Höhe auf der Treppe und hieb von oben auf ihre Gegner ein, die beharrlich an ihr blieben. Der Blutfleck auf ihrem Ärmel hatte sich vergrößert. Krona packte einen Eimer und tippte dem Hinteren der Piraten auf die Schulter. Der fuhr herum.

»Schlafenszeit«, sagte sie und zog ihm den Eimer über die Schläfe. Er stürzte nach vorne und riss seinen Kampfgefährten um, der hart auf der Treppe aufschlug. Lianna nutzte die Situation und rannte mit wenigen Sprüngen hinauf ins Freie. Krona folgte ihr umgehend. Wasser platschte unter ihren Stiefeln, als sie über Liannas Gegner sprang und, zwei Stufen auf einmal nehmend, die Treppe hinaufrannte. Über sich sah sie Lianna an Deck verschwinden. Sie packte den Rand der Luke und wollte sich hinauf schwingen, als ein plötzlicher, fester Griff sich um ihre Knöchel legte und ihre Füße von den Stufen riss. Ihre Hände rutschten von dem feuchten Holz ab, und bäuchlings und mehr als unsanft rutschte sie die steile Treppe hinunter. Sie trat wild um sich und bekam tatsächlich einen Fuß frei. Sie drehte sich auf den Rücken und riss das Schwert hoch, gerade noch rechtzeitig, um einen Schlag abzuwehren, der ansonsten ihren Hals getroffen hätte. Etwas Schlaffes, Weiches geriet zwischen ihre Beine, sie strampelte, und der leblose Körper des Piraten, den sie mit dem Eimer niedergeschlagen hatte, rutschte von der Treppe. Dahinter erschien Liannas zweiter Gegner, er klammerte sich an ihr Bein und ließ den Säbel auf sie herab sausen. Sie warf sich zur Seite, obwohl ihr Knie sich dabei schmerzhaft verdrehte, und der Säbel fuhr tief ins Holz der Treppenstufe. Der Pirat war zu überrascht, um das Heft gleich loszulassen, er rüttelte an seiner Waffe und ließ Krona genug Spielraum, um auf die Beine zu kommen. Keuchend richtete sie sich auf und legte ihm die Schwertspitze an die Brust.

»Mannschaftsraum«, sagte sie. »Vorwärts, Kollege. Und solltest du Ärger machen, stutzt mein Freund Lomir dich auf Zwergengröße, kapiert?«

Der Pirat nickte zögernd und wich zurück.

»Immer rein mit dem Burschen«, tönte Lomir fröhlich von hinten. »Wir haben schon ein ganz nettes Grüppchen hier.«

»Wie viele?«

»Zwölf, mit dem Neuen hier. Das Schnapsfass war sehr hilfreich. Skar und Goldhand sind hinten in der Zelle, macht vierzehn.«

»Dann sind noch zehn auf Deck. Das ist zu schaffen.«

»Hört, hört«, sagte Nardon. »Dein Optimismus in allen Ehren.«

»Schickt mir Thork nach oben«, sagte Krona. »Und Pintel. Ihr beide bleibt hier unten und bewacht den Haufen.«

»Aye, Kapitän«, sagte Lomir und salutierte grinsend. Krona erlaubte sich ein kurzes Lächeln, packte dann ihr Schwert fester und stürmte die Treppe hinauf an Deck. Es war mittlerweile stockdunkel. Sturmlaternen brannten, und die Reste der Beleuchtung auf dem Oberdeck verbreiteten einen müden, roten Schimmer. Kampflärm drang von irgendwo. Krona machte ein paar Schritte und rang um ihr Gleichgewicht: Das Deck schien sich eigentümlich zu neigen, gleichzeitig wurde das Krachen und Knarren von überbeanspruchtem Holz laut. Sie sah sich um, konnte aber in der Schwärze, die sie umgab, nichts erkennen. Mit wenigen Sätzen war sie die Treppe zum Kommandodeck hinauf, riss die Segeltuchverpackung von einem Stapel Seilrollen und warf sie in die verlöschende Glut der Feuerpfanne. Augenblicke später schlugen hohe Flammen aus der rußigen Schale. Krona sprang zur Schiffsglocke und läutete sie wild.

»Alles hört auf mein Kommando!«, brullte sie. »Kampfhandlungen einstellen! Widerstand ist zwecklos!«

Das Schiff unter ihr stöhnte auf und neigte sich zur anderen Seite. Klatschend brachen sich Wellen am Rumpf.

»Meridias nackter Arsch!«, fluchte Krona. »Was ist da los?«

Sie sprang vom Kommandodeck und rannte nach vorne zum Bug, von wo der Kampflärm tönte. Eine Gruppe von fünf oder sechs Piraten machte ihr eilig Platz, sie schienen nicht vorzuhaben, sich in den Kampf einzumischen. Im Bug versuchten Fenrir und Lianna, je mit zwei Gegnern fertig zu werden. Fenrir hielt die seinen auf Abstand; seine Klinge schimmerte matt rötlich im Feuerschein. Wie ein Tänzer bewegte er sich zwischen seinen Gegnern und bot ihnen kaum Angriffsfläche, während seine Klinge mit scharfer Präzision die Deckung der anderen durchbrach und rote Flecken hinterließ. Lianna hingegen schwang ihr Schwert mit Inbrunst und ausholenden Bewegungen. Sie hatte sich an der Reling in die Enge treiben lassen und stand mit dem Rücken zur Brüstung. Krona zögerte nicht lange, stürzte sich auf einen ihrer Gegner und riss ihn zu Boden. Ineinander verkrallt rollten sie über die Planken, als der Boden sich hob und die Seite des Schiffes plötzlich in die Höhe schnellte. Holz krachte und splitterte. Krona hielt das Gesicht ihres Gegners von sich weg; es war Nuris, der Segelmeister.

»Gib auf«, sagte sie keuchend. »Wir haben Goldhand und Skar und die meisten anderen. Es ist vorbei.«

Nuris zögerte kaum merklich.

»Außerdem haben wir ein anderes Problem, wie mir scheint«, sagte Krona und versuchte, obwohl sie verschwitzt und keuchend auf dem Rücken lag, Entschlossenheit und Führungsstärke auszustrahlen. »Wenn wir nicht zügig anfangen, zusammenzuarbeiten, werden wir alle absaufen, egal wer Kapitän ist.«

Nuris strich sich ein paar blonde Strähnen aus der Stirn; sein Gesicht war übel verkratzt, auch er keuchte.

»Gut«, sagte er. »Kümmern wir uns drum.«

Er kam auf die Füße, gerade als das Schiff sich zur anderen Seite legte wie ein Baum im Sturm. Er schwankte, fand sein Gleichgewicht und half Krona auf die Füße, die, nach wie vor misstrauisch, ihr Schwert gezogen hielt.

»Hört auf«, sagte er zu seinen Kameraden. »Unser neuer Kapitän hier spricht vernünftiger, als es der alte je getan hat.«

Schwerter wurden gesenkt, Krona wurde voll Unbehagen und verhaltener Neugier gemustert.

»Was passiert hier?«, fragte sie. »Weiß jemand, was mit dem Schiff geschieht?«

»Es sind die Algen«, sagte einer der Piraten und wischte sich mit seinem zweifelhaft sauberen Ärmel die Stirn. »Sie ziehen uns runter, oder so.«

»Ich glaube eher, sie versuchen, uns zu zerquetschen«, sagte ein anderer. »Ich habe mal mit einem gesprochen, der im Nordmeer unterwegs war und ins Packeis geriet. Er hat ähnliches erzählt.«

»Hier bist du«, kam Nardons Stimme von hinten. »Ist die Lage unter Kontrolle? Gut. Unten auch. Bis auf das Problem, das wir haben, natürlich.«

»Die Algen ziehen uns runter, oder zerquetschen uns«, sagte Krona. »So schwachsinnig das auch klingt.«

»Was auch immer sie tun«, sagte Nardon, »das Problem sind die Löcher unten im Schiff. Da kommt Wasser rein. Das Holz wird der Beanspruchung nicht mehr lange standhalten.«

»Wie lange ist nicht mehr lange?«

»Ich weiß es nicht. Derzeit werden die Planken eingedrückt oder gegeneinander verschoben. Es müssen gewaltige Kräfte dort am Werk sein. Durch den Druck entstehen Risse, es sind auch schon einige Nägel aus der Wand gekommen. Wenn die Beanspruchung zu groß ist, wird das Holz sehr plötzlich reißen, und dann…«, Nardon verstummte und machte eine hilflose Handbewegung.

»Gut«, sagte Krona. »Dann ist Eile geboten. Nuris, gibt es auf diesem Schiff einen Zimmermann? Gut. Such ihn. Teilt Trupps ein und verstärkt die gefährlichsten Stellen mit Bauholz, oder Möbeln, oder was ihr habt. Wir müssen Zeit gewinnen, um diese Pflanzen zu bändigen.«

»Aye, Kapitän«, sagte Nuris und rannte davon.

»Was hast du vor?«, fragte Nardon.

»Mir jede Hilfe holen, die ich kriegen kann«, sagte Krona und setzte sich in Bewegung. »Zunächst mal hören, was die Zauberin zu sagen hat.«

Sie fand die mutmaßliche Zauberin unter Deck, wo sie zusammen mit Pintel den Schaden an der Außenwand des Schlafraumes inspizierte.

»Bericht«, forderte Krona.

»Noch hält die Wand«, sagte Pintel. »Wie lange, kann keiner sagen. Wir haben den Eindruck, es ist etwas ruhiger geworden da draußen, aber vielleicht wird es nur nicht mehr im gleichen Tempo schlimmer, was natürlich immer noch bedeuten würde, dass es schlimmer wird. Das hier ist übrigens Kalia Dari, abrantinische Abgesandte im zentallinischen Arkanen Orden. Sie war eigentlich auf dem Nachhauseweg, als sie entführt wurde. Die diplomatische Lage, du weißt schon.«

Die ehemalige Gefangene, die ihre Kleidung notdürftig in Ordnung gebracht hatte, nickte Krona kurz zu.

»Prima«, sagte Krona. »Dann kann sie mir ja gleich mal erklären, was sie mit der Sache zu tun hat.«

»Und Ihr seid …?«, sagte Kalia Dari mit hochgezogenen Augenbrauen.

»Krona Karagin«, sagte Krona. »Ich kommandiere dieses Schiff. So lange es noch zusammenhält, meine ich. Also, was ist?«

»Ihr seid in der Arkanen Kunst bewandert?«

»Ich bin mit Pintel befreundet. Reicht das?«

»Schwerlich. Die Zusammenhänge sind Nicht-Eingeweihten kaum zu vermitteln.«

»Versucht es trotzdem.«

»Nun gut. Ihr wisst, dass ich zu den Eingeweihten des dritten Arkanen Zirkels gehöre?«

»Sie ist eine Zauberin, die besonders gut mit den Kräften der Natur umgehen kann«, übersetzte Pintel. »Denk an Geschichten von Druiden. Etwa so.«

»Nicht im Geringsten«, widersprach Kalia.

»In Anbetracht der Tatsache, dass hinter uns das Wasser aus der Wand sickert, bin ich für die einfache Erklärung«, sagte Pintel mit entschuldigendem Lächeln.

»Die reicht mir auch«, sagte Krona. »Also weiter.«

Hinter ihr wurden Schritte laut, und sie machte in den Raum hinein Platz, um Lianna und Fenrir einzulassen.

»Das Meer ist die gewaltigste Naturkraft von allen«, sagte Kalia, »und in meiner Verzweiflung bat ich es um Hilfe, genauer gesagt, die Lebewesen, die es bewohnen.«

»Was wollte Goldhand eigentlich von Euch? Der Überfall kann kein Zufall gewesen sein.«

»Nichts von mir«, sagte Kalia. »Mein Vater allerdings saß in dem Arkanen Rat, der ihm die Zulassung zur Akademie der Arkanen Künste versagte. Goldhand war einfach nicht talentiert genug, um einen der wenigen Ausbildungsplätze zu bekommen. Ich denke, das ist Grund genug.«

»Ja«, sagte Krona. »Und weiter?«

»Ich … verband mich … auf eine Weise, die Euch nicht zu interessieren hat, mit den Meerleuten, die diesen Teil des Ozeans bewohnen, und teilte ihnen meine Nöte mit. Sie erkannten mich als eine der Ihren und schritten zur Tat.«

»Und hielten das Schiff fest«, ergänzte Krona.

»Richtig«, sagte Kalia.

»Und wie hat das Euch helfen sollen?«, fragte Krona. »Goldhand hätte Euch immer noch das Licht ausblasen können.«

»Ich weiß nicht, was ihre Beweggründe waren«, sagte Kalia. »Logik hat in ihrer Existenzform keinen Platz. Sie sind mit Delphinen und Walen enger verwandt als mit uns Zweibeinern. Es erschien ihnen wohl konsequent, das anzugreifen, was mich angriff. Zumal ich einen Schiffbruch wenig fürchte. Ich kann mich anpassen.«

»Aha«, sagte Krona. »Nun, was immer das heißen mag, wir haben hier ein paar Zwerge an Bord, die nach eigener Aussage untergehen werden wie die Steine, wenn man sie ins Wasser schmeißt. Von daher wäre mir sehr daran gelegen, einen Schiffbruch zu verhindern. Also sagt bitte Euren Freunden da draußen, sie sollen ihre Pflanzen zurückpfeifen.«

»Das kann ich nicht.«

»Was?«

»Ich kommuniziere nicht mit Worten, und schon gar nicht erteile ich Anweisungen. Sie spüren meinen Gemütszustand, und der ist gerade nicht dazu angetan, sie zu beruhigen.«

»Momentchen«, sagte Krona. »Habt Ihr gerade gesagt, Ihr müsst Euch wohlfühlen, ehe die da draußen sich entspannen?«

»Nein«, sagte Kalia.

»Aber darauf läuft es hinaus«, sagte Pintel schüchtern.

»Das ist nicht wahr!«, schrie Krona. »Wir haben Euch befreit, verdammt noch mal! Pintel hat seinen Kragen riskiert, um Unheil von Euch abzuwenden, und wir alle haben's ausgelöffelt! Was darf's noch sein? Eine kleine Nackenmassage? Ein paar hübsche Jungs, oder was?«

»Ihr seid keine vertrauenerweckende Person«, sagte Kalia. »Ich bin nicht sicher, ob Ihr auch nur einen Deut besser seid als Goldhand.«

»Besser für Euch, in dieser Situation, in jedem Fall«, warf Fenrir ein.

»Hat sie mich gerade mit Goldhand auf eine Stufe gestellt?«, fragte Krona. »Alle Wetter. Ganz schön loses Mundwerk für eine, die vor kurzem noch in der Gitterzelle saß.«

Das Schiff legte sich stöhnend auf die Seite, und alle taumelten und bemühten sich, auf den Beinen zu bleiben. Im Schiffsbauch schepperte und krachte es. Mit einem Knall flog ein Nagel aus der Wand und machte Platz für einen feinen, aber messerscharfen Wasserstrahl.

»Nuris!«, brüllte Krona. »Leck im Schlafraum! Schnell, bevor die Wand einbricht!«

»Vielleicht solltest du dich um Höflichkeit bemühen«, sagte Fenrir. »Drohungen können sich fatal auswirken in unserer Lage.«

»Ich habe niemandem gedroht! Die da draußen machen Löcher in mein Schiff, und sie sollen nur damit aufhören, dann bin ich wieder ganz friedlich!«

Nuris erschien unter der Tür, einen Trupp Piraten mit Holzplanken und Werkzeug im Schlepptau. Der Boden, der sich gerade unter ihnen gesenkt hatte, hob sich ihnen entgegen, erneut krachte und rumpelte es.

»Die Ladung ist los«, sagte Nuris. »Erk und Ant kümmern sich drum, aber es kann eine Weile dauern.«

»Gut«, sagte Krona. »Dort hinten, in der Ecke. Seht zu, was ihr tun könnt.«

Nuris nickte ihr zu und scheuchte seinen Reparaturtrupp in die angegebene Richtung.

»Mäßige dich«, sagte Fenrir. »Das war der Sinn meiner Worte. Du bist eine Soldatin. Da muss doch ein wenig Selbstbeherrschung in dir sein?«

Krona atmete tief durch und klammerte sich an den Türrahmen, als das Schiff zitterte.

»Was ist mit euch anderen?«, fragte sie. »Bin ich die Einzige, die ein bisschen gestresst ist?«

»Du bist der Kapitän«, sagte Fenrir. »Ich nehme an, sie spüren deine herausgehobene Position.«

»Ich will ihr doch nichts Böses«, sagte sie. »Merken die das denn nicht?«

»Vielleicht müssen wir einen Weg finden, ihnen das klarer zu vermitteln«, sagte Pintel und bekam eine steile, nachdenkliche Falte über der Nase.

»Lasst sie hinabtauchen«, sagte Kalia. »Sie hat es schon einmal getan.«

»Und bin dabei fast ersoffen! Nein, besten Dank! Woher wisst Ihr das eigentlich?«

»Die Fische haben es mir geflüstert«, sagte sie mit kühlem Lächeln.

»Wir tun es«, sagte Fenrir, »wenn es hilft.«

»Tatsächlich? Wie interessant. Und wer ist eigentlich *wir*?«

»Aber ist das nicht gefährlich?«, fragte Lianna. »Wir waren schon beim ersten Mal in Sorge, und da haben die Algen noch nicht versucht, einen Schiffsrumpf zu zerdrücken.«

»Natürlich ist es gefährlich«, sagte Kalia. »Einzig gegen das Ertrinken kann ich etwas unternehmen.«

»Ach ja? Und was?«, fragte Krona, der bei dem Gedanken an ein Bad in dem grünen Geschlinge himmelangst wurde, schärfer als beabsichtigt.

»Wasser lässt sich ebenso atmen wie Luft«, sagte Kalia mit einem Anflug von Verachtung in der Stimme. »Man muss nur entsprechende Vorkehrungen treffen.«

»Ihr beherrscht das Wasseratmen?«, fragte Pintel aufgeregt. »Alle Götter! Das ist toll! Was ist die Grundlage? Materiemanipulation? Erzeugt Ihr Kiemen? Extrahiert Ihr die Luft aus dem Wasser, oder generiert Ihr eine eigene Luftblase? Ist es ein dauerhafter Effekt? Verliert es sich von selbst wieder, oder muss man es aktiv umkehren? Habt Ihr …«

»Schluss«, sagte Krona, und Pintels Mund schnappte zu.

»Ihr habt später Gelegenheit, euch auszutauschen«, sagte Krona und bemühte sich um einen sanfteren Tonfall. »Wenn wir die Sache im Griff haben. Jetzt muss ich nur wissen, was ein Besuch da unten für einen Zweck haben soll.«

»Ihr bittet sie, das Schiff zu schonen, und versichert ihnen, dass mir keine Gefahr droht.«

»Und es reicht nicht, wenn ich mich dafür über die Reling beuge?«

»Nein«, sagte Kalia. »Sicher nicht.«

Krona musterte die andere misstrauisch.

»Und was, wenn das nur ein Trick ist? Eine ganz elegante Art, mich aus dem Weg zu räumen?«

»Warum sollte ich das tun?«

»Na, vielleicht weil ich keinen Deut besser bin als mein Vorgänger?«

»Ich hätte keinen guten Stand auf diesem Schiff, wenn ich es täte«, sagte Kalia.

»Wie wahr«, sagte Fenrir.

»Euch möchte ich mit hinunterschicken«, sagte Kalia zu ihm.

»Ach«, sagte er. »Und warum?«

»Ich halte es für klug, in vielerlei Hinsicht«, sagte sie und sah ihn eigentümlich an.

»Gut«, sagte er. »Wenn es der Wunsch des Kapitäns ist.«

»Na ja«, sagte Krona zögernd. »Ich hab' mich nicht sonderlich geschickt angestellt, beim letzten Mal.«

»Richtig«, sagte er lächelnd.

»Also gut. Wenn wir noch lange überlegen, saufen wir alle ab. Tun wir's.«

Sie stiegen hinauf an Deck. Das Schiff erzitterte von Zeit zu Zeit, überlastetes Holz stöhnte, doch immerhin hatte es aufgehört, sich hin und her zu wälzen. Ein kalter Wind frischte auf. Das Meer lag pechschwarz irgendwo unter ihnen. Die Gefährten und ein Pulk neugierig gewordener Piraten versammelten sich um Kalia und ihre beiden Unterhändler.

»Warum geht Ihr nicht selbst?«, fragte Krona, der es graute.

»Weil ich dann immer noch nicht wüsste, ob Ihr mir Böses wollt, wenn ich zurückkäme«, sagte Kalia. »Und die Meerleute wüssten es auch nicht.«

»Vielen Dank für das Vertrauen«, sagte Krona mit einem bösen Lachen. »Blond, wie Ihr seid, bekäme man einen ordentlichen Preis für Euch auf den Sklavenmärkten der Südlichen Inseln.«

»Schreiten wir zur Tat«, sagte Nardon eilig, »bevor das Meervolk sich entscheidet, diese Äußerung ernst zu nehmen.«

Krona und Fenrir entledigten sich ihrer Stiefel und kletterten barfuß hinauf auf die Reling, wo sie sich an den Seilen festhielten. Krona atmete tief und biss sich hart auf die Unterlippe.

»Ich lege einen Zauber auf euch, der euch unter Wasser atmen lässt«, sagte Kalia. »Ihr müsst euch nur überwinden, denn Wasser fühlt sich in den Lungen anders an als Luft. Man atmet langsamer und tiefer. Ihr werdet es bemerken, wenn er zu wirken beginnt. Springt dann.«

»Wasser in der Lunge«, knurrte Krona kopfschüttelnd, während Kalia in der Sprache der Magie einen eintönigen Singsang anstimmte. »*Ersaufen* nennt man das normalerweise.«

»Velta velkomin
saer saeta
erindi fiska monu
hreisti heilla hingat« sagte Kalia und deutete mit befehlender Geste aufs Meer.

Krona spürte die Veränderung von einem Augenblick zum nächsten. Die Luft schien dünn, sie strömte in ihre Lungen und wieder hinaus, ohne das Bedürfnis danach zu stillen. Unwillkürlich ging Kronas Atem schneller, leichter Schwindel ergriff sie, und sie schwankte auf ihrem schmalen Stand. Das seltsame Gefühl, zu ersticken, obwohl sie doch von Luft umgeben war, bemächtigte sich ihrer. Panik stieg in ihr hoch. Sie ließ ein Seil los und fasste suchend neben sich, und Fenrirs Hand kam ihr auf halbem Weg entgegen. Seine Finger waren kalt, und er packte fast schmerzhaft fest zu.

»Springt!«, rief Kalia.

Krona schloss die Augen und ließ sich nach vorne in die Schwärze fallen.

Sie verlor Fenrirs Hand, als sie auf die Wasseroberfläche prallte wie auf festen Untergrund. Nur widerwillig schien das Wasser sie einzulassen, überhaupt schien die Menge der Algen die des Wassers bei weitem zu übersteigen, und wie eine kalte, enge Umarmung schloss es sich über ihr.

Sie sank, zumindest nahm sie das an. Sie spürte die Algen, die sich eng an ihren Körper schmiegten und über ihr Gesicht strichen. Sie spürte Bewegung um sich herum, als würde ein Wind durch den Algenwald streichen. Das Bedürfnis zu atmen wurde immer mächtiger. Sie spürte den Druck, den das Wasser auf ihre Brust legte, *es geht nicht, es geht nicht!* Sie strampelte, um wieder nach oben zu kommen. Panik durchflutete sie und fraß ihr den letzten Sauerstoff aus dem Körper. Sie hatte schon beinahe die Wasseroberfläche erreicht, als Hände sie packten und nach unten zogen. Der Druck auf ihrer Brust wurde unerträglich. Jemand fasste ihr ins Gesicht und zwang ihr den Mund auseinander. Sie hustete und schluckte an dem bitteren Salzwasser, das in sie strömte. Es geriet ihr in die Nase und bohrte sich wie ein dünner, kalter Strahl in sie, füllte sie aus und zog sie in die Tiefe.

Und dennoch ertrank sie nicht.

Sie riss die Augen auf. Das Meer war erfüllt von einem matten, grünen Leuchten, das mit der milden Strömung trieb und sie in trägen Fäden umschlang. Fenrir war bei ihr, er schwebte gewichtslos vor ihr im Algenwald, sein glattes dunkles Haar umwehte wie Schatten sein Gesicht. Sie suchte seinen Blick, ein kühles Gelb, und er lächelte sie an und nickte ihr zu.

Sie sanken tiefer. Kronas Atem ging langsam, ihr Inneres fühlte sich kalt an, wie wenn man an einem klirrenden Wintertag aus dem geheizten Haus ins Freie tritt. Eine kalte Strömung ergriff sie und zog sie voran. Das Leuchten wurde heller, die Fäden bildeten Wirbel und Knäuel zwischen den armdicken Algensträngen, und dann befanden sie sich unterhalb des Algenteppichs, das Licht lag über ihnen wie ein seltsames Wetterleuchten, und unter ihnen erstreckte sich der steinige Meeresgrund. Dann lösten sich Gestalten aus den Algen und tauchten zu ihnen hinunter. Ihr Umriss erinnerte an Delphine, solange sie die Arme eng am Körper hielten und sich nur mit ruhigen Schlägen ihrer Schwanzflossen voran brachten. Ihre schlanken, schuppigen Leiber glänzten matt in dem grünen Licht, als sie begannen, ihre beiden Besucher zu umkreisen. Ihre Gesichter waren flach, Nase und Ohren kaum vorhanden, ihre Schädel haarlos wie ihr restlicher Körper, und ihre Augen waren schwarz und tief.

Kronas Herz begann hart zu schlagen, und ein Schwall von wachsamer Anspannung wehte zu ihr hinüber. Fenrir sah sie an und fasste ihre Hände. Sie nickte ihm zu.

Die Meerleute zogen den Kreis enger, ihre Leiber bildeten einen undurchdringlichen Ring. Krona fühlte den Blick aus den kalten, starren Augen.

Einer der Meerleute verließ den Kreis und umrundete Krona und Fenrir so eng, dass sie spürte, wie sein Körper an ihrem Rücken vorbei strich. Der Schlag seiner armlangen Schwanzflosse strudelte Wasser um ihre Beine. Er streckte die Hand aus und berührte ihr Haar. Zwischen seinen Fingern spannten sich transparente Schwimmhäute. Krona schloss die Augen und biss sich auf die zitternde Unterlippe, als er mit leichten, kalten Fingern ihre Ohren und ihre Nase untersuchte. Dann legte er ihr die flache Hand auf die Stirn und

rennen rennen rennen flach über dem Boden schneller schneller Herz pumpt Pfoten trommeln schneller gleich Haken schlagen jetzt jetzt jetzt darüber sein beißen hart fest schütteln tiefer tiefer Blut warm und rot und pulsierend und lebendes Fleisch und

totes Fleisch ein Mensch und noch einer, tot und tot, Blut auf dem Schwert und an den Händen, Blut und Dreck am Waffenrock und im Gesicht, Schlamm unter den Stiefeln und Gebrüll und Chaos und Ich-brauche-einen-verdammten-Überblick und noch einer fällt und noch einer und nicht ich nicht ich nicht

Krona riss die Augen auf und öffnete den Mund zu einem lautlosen Schrei. Die Hand war von ihrer Stirn verschwunden. Der Meermann nahm die zweite Hand von Fenrirs Stirn. Fenrir, aufgebracht und panisch, wenn sie ihn je so gesehen hatte, packte ihren Arm und zog sie näher. Die Meerleute schlossen ihren Kreis enger. Ihre Körpersprache hatte sich verändert. Manche hatten auf ihrem Rücken einen harten, stacheligen Kamm aufgestellt. Sie spreizten ihre Schwanzflossen und schlugen hektisch durch das Wasser. Messerscharfe, schmale Gesteinsbrocken wurden drohend in ihre Richtung gehalten.

Fenrirs Griff lag um Kronas Arm wie ein Schraubstock. Sie sah, wie sein Blick umher huschte, auf der Suche nach einem Fluchtweg, und keinen fand. Sie nahm sein Gesicht zwischen ihre Hände. Sie erkannte eine Übermacht, wenn sie eine sah. Sie würde kämpfen, mit bloßen Händen, wenn nötig, und so lange durchhalten, bis Fenrir entkommen konnte. Nur weil sie bereit war zu sterben, musste er es nicht auch sein.

Das Wasser malte helle Flecken auf seine Wangen. Er wirkte fast fremd, nun, da die Maske fehlte, nahbar, schutzlos. Sie fing seinen Blick, dunkel und golden. Sie strich über seine Stirn und Wange, und er kam ihr entgegen, legte seine Arme um sie und zog sie an sich, und dann waren seine Lippen auf den ihren, und eine Flut aus Sehnsüchten, Verwirrung, Angst und Erregung schlug über ihr zusammen. Sie spürte, wie seine scharfen Eckzähne sich in ihre Oberlippe gruben, das Wasser kühlte den Schmerz und trieb ihr einen vagen Blutgeschmack auf die Zunge. Sie verspürte keine Lust, seine wilde Vorgehensweise zu erwidern. Sie küsste ihn sanft und langsam, und allmählich kam ihre Ruhe bei ihm an, sein

Klammergriff löste sich, und für einen langen Augenblick trieben sie reglos, Wange an Wange.

Dann veränderte sich etwas. Die Meerleute gaben ihre kriegerische Pose auf und begannen wieder, ihre Kreise zu ziehen, eine träge Flut silbriger Leiber, und einer wagte sich wieder heran und streckte die Hände nach ihnen aus.

Fenrir fasste sich an die Stirn und nickte. Der Meermann kam der Aufforderung nach und

»Macht mir wirklich gute Laune, so etwas.«

Wie sie lächelt. Das Lächeln eines jungen Mädchens im Gesicht einer Frau, die schon so einige Jahre mit ihrer Geschichte gefüllt hat. Augen, denen nichts entgeht. Eine Jägerin. Unterschätze sie nicht – auch nicht, wenn sie Zucker auf den Lippen und Marmelade im Mundwinkel hat. Die könnte dir gefährlich werden, einsamer

Wolf, und verdammt, ich hatte ja schon Männer mit Macken, aber das sticht alles. Ob ich mich daran gewöhnen kann? Wie er sich bewegt. Wie er lächelt. Dachte nicht, dass ich überhaupt jemals wieder ... nach allem, was war ... sollte nicht ... es tut so weh, wenn es aufhört.

Krona zwinkerte. Die Meerleute waren verschwunden. Die Lichter im Algenteppich waren beinahe verloschen, die Schwärze der Wassermassen um sie herum rückte plötzlich näher und wirkte bedrohlich. Fenrir bemerkte es ebenfalls, er löste sich etwas von ihr und zeigte nach oben. Sie nickte.

Der Algenteppich trieb schlaff und wie abgestorben auf der Strömung und setzte ihnen keinen Widerstand entgegen, als sie durch ihn hindurch zur Oberfläche tauchten. Krona empfand einen seltsamen Widerwillen, als sie das Gesicht aus dem Wasser streckte. Wie ein Eishauch legte die Nachtluft sich auf ihre Haut, es fühlte sich an, als würde das Wasser auf ihr binnen eines Wimpernschlages zu Eis gefrieren, und es gab nichts zu atmen da oben. Sie hielt Ausschau nach der Sturmbringer, die wie eine schwarze, zackige Felsmasse aus dem Wasser ragte, und ließ sich dann ins Wasser zurückgleiten. Durch die Algen, die sich mühelos beiseiteschieben ließen, schwammen sie so nah wie möglich an den Schiffsrumpf heran und tauchten dann auf.

Und wieder kam die Angst, weil der Atem fehlte.

»Da sind sie!«, hörte sie Lomirs Stimme von nahe. »Schnell!«

Ein großes Etwas bewegte sich auf sie zu, auf dem eine Lichtquelle schwankte und flackerte. Erst auf den zweiten Blick erkannte Krona, dass man ein Rettungsboot zu Wasser gelassen hatte. Vier Piraten saßen an den Rudern, und Krona erkannte Lomir im Bug, neben ihm Pintel und dahinter Kalia, die mit konzentriertem Blick die Wasseroberfläche musterte. Krona hob den Arm aus dem Wasser, bevor sie sich ein letztes Mal zurücksinken ließ, um einen tiefen Atemzug zu nehmen.

Dann war das Boot in Reichweite, und man zog sie beide an Bord. Die Schwerkraft zerrte an Krona und drückte sie auf die feuchten Planken, wo sie hilflos und mit angehaltenem Atem liegen blieb.

»Weg«, befahl Kalia. »Macht mir Platz. Schnell.

Nema andask

Hiarta herffia

Lopa listr

Tia!« sprach sie mit schneller, befehlender Stimme.

Eine gewaltige, unsichtbare Hand legte sich um Kronas Brust und presste das Wasser aus ihren Lungen. Mit schmerzhaftem Druck schoss es ihr aus Nase und Mund und klatschte auf die Planken. Sie krümmte sich zusammen, während Schmerz in ihrem Brustkorb explodierte. Bunte Blitze zuckten vor ihren Augen. Der Druck ließ nach, und wie von selbst weitete sich ihre Brust, Luft strömte in ihre Lungen, die wie Feuer brannte.

Hilflos krümmte sie sich zusammen und hustete, jeder Atemzug schmerzte unerträglich.

»Weiter«, hörte sie Kalia sagen. »Atmet. Der Schmerz verliert sich.«

Neben ihr wälzte Fenrir sich mühsam auf den Bauch, kam auf Hände und Knie und hustete sich die Seele aus dem Leib. Krona bemühte sich, Kalias Anweisung zu befolgen, doch jeder Atemzug löste einen weiteren heftigen Hustenanfall aus. Sie hustete, bis sie würgte, dann zog sie sich über den Bootsrand und erbrach bitteres Wasser ins dunkle Meer.

Danach wurde es besser. Sie blieb an der Bootswand sitzen, keuchend und erschöpft. Lomir reichte ihr ein trockenes Tuch, und sie vergrub ihr Gesicht darin und trocknete das Wasser, das aus ihren Haaren tropfte. Auch Fenrir schien sich allmählich zu erholen, sein Husten ließ nach und er rollte sich zur Seite, um sie anzusehen.

»Besser jetzt?«, fragte Kalia, und Krona nickte, ohne den Blick von Fenrir zu nehmen. Lomir räusperte sich, Krona konnte sich sein Grinsen nur zu gut vorstellen.

»Was immer ihr da unten getan habt«, sagte er, »es hatte Erfolg. Die Algen haben das Schiff losgelassen. Sie sehen jetzt auch ganz anders aus, schlaff und leblos irgendwie.« Er beugte sich über den Bootsrand, fischte ein Pflanzenteil aus dem Wasser und hielt es hoch, um seine Worte zu unterstreichen.

»Lass gut sein«, sagte Krona schaudernd und so heiser, dass sie die Worte kaum über die Lippen brachte. »Von denen hab ich genug.«

»Entschuldige«, sagte Lomir und warf die Alge zurück ins Wasser. »Finn, das ist der Zimmermann, hat die Schäden begutachtet und empfiehlt, die ärgsten Löcher zu flicken, bevor wir Segel setzen.«

»Lecks«, korrigierte Pintel. »Nicht Löcher.«

»Egal«, sagte Lomir unbekümmert. »Das, wo das Wasser reinkommt. Finn meint, wenn wir die Schwachstellen nicht sorgfältig verstärken, könnten die Zugkräfte das Schiff auseinander reißen, sobald wir Segel setzen.«

»Dann soll er es tun«, sagte Krona heiser. »Wir gehen jetzt bestimmt kein Risiko mehr ein, wegen ein paar Stunden.«

»Aye, Kapitän«, sagte Lomir zackig. »Was meinst du? Ich würde einen guten Ersten Maat abgeben, oder nicht?«

Krona lächelte schwach und schüttelte den Kopf. »Nuris«, sagte sie und krümmte sich unter einem neuen Hustenanfall. Lomir seufzte. »Wahrscheinlich hast du recht«, sagte er. »Eine Frau als Kapitän ist vermutlich genug. Die Welt ist einfach noch nicht bereit für einen Zwerg als Ersten Maat.«

Das Rettungsboot ging an der Sturmbringer längsseits, wurde an die Seile gehängt und über einen Flaschenzug nach oben gehievt. Die gesamte Besatzung der Sturmbringer, so sie nicht in Haft saß oder noch vom Schnaps gefällt war, hatte sich an Deck versammelt. Krona und Fenrir wurden mit stürmischem Beifall und Gejohle begrüßt.

»Es lebe der Käpt'n!«, brüllte Nuris, und der Ruf wurde von der Mannschaft aufgegriffen und in wildem Sprechchor wiederholt.

Krona mühte sich, aufrecht zu bleiben und mit Haltung das Schiff zu betreten. Sie lächelte Nuris zu, entfernte sich einen Schritt von der

Reling und blieb nur auf den Beinen, weil Nuris schnell reagierte und sie auffing.

»Geht es Euch gut?«, fragte er besorgt.

»Nachwirkungen«, krächzte Krona und klammerte sich an Nuris‹ Arm. »Eine Nacht drüber schlafen, dann bin ich wieder wie neu.«

»Soll ich Euch unter Deck begleiten?«

»Nein. Sorge lieber dafür, dass die Reparaturen zügig durchgeführt werden.«

»Aye, Kapitän. Möchtet Ihr das Kapitänsquartier beziehen? Ich könnte es für Euch in Ordnung bringen lassen.«

Krona schüttelte den Kopf und winkte ab, ein neuerlicher Hustenanfall verwehrte ihr das Sprechen.

»Jetzt lasst sie«, sagte Lomir entschieden. »Sie sind erschöpft, alle beide. Der Zauber hatte unangenehme Nebenwirkungen. Sie sollen sich ausruhen, während das Schiff geflickt wird. Morgen sehen wir weiter.«

Krona nickte dankbar. Lomir griff nach ihrem Arm und schob sie zur Luke, während sie immer noch versuchte, sich gerade zu halten. Die Piraten murmelten und machten ihr bereitwillig Platz, und dann war Pintel zu Krona durchgebrochen und hängte sich an ihre freie Seite.

»Ich weiß, du musst dich ausruhen«, sagte er aufgeregt. »Aber morgen musst du mir alles erzählen! Wie es sich so atmet unter Wasser! Was du gesehen hast! Was die Meerleute gesagt haben, und überhaupt, wie es da unten war! Hier an Bord haben sie erzählt, dass es riesige versunkene Städte geben soll, da unten! Hast du eine gesehen? Wohnen die Meerleute in Städten, und halten sie Fische wie wir Schafe?«

»Pintel«, sagte Lomir entschieden, und Pintel warf entnervt die Hände in die Luft. »Ihr seid eine echte Bremse für die Wissenschaft, ist euch das klar?«, sagte er. »Wie soll das Wissen sich vermehren, wenn keiner Fragen stellt?«

»Morgen«, sagte Lomir, »kannst du so viele Fragen stellen, wie du willst, und wie die beiden dir beantworten wollen. Für heute ist Schluss mit Wissenschaft.«

Energisch schob er Krona zur Luke, und mit wackeligen Beinen kletterte sie nach unten.

Jemand hatte im Schlafraum die Hängematten wieder aufgehängt und das Leck abgedichtet. Automatisch und wie durch einen Nebel suchte Krona ihre trockene Ersatzkleidung heraus, leistete sich noch den Luxus eines Eimers Frischwasser aus dem Schiffsvorrat, um das Salz von ihrer Haut zu spülen, und fiel dann in ihre Hängematte, wo entgegen ihrer sonstigen Gewohnheit sofortiger, traumloser Schlaf sie empfing.

Sie erwachte, weil sie sich beobachtet fühlte. Sie gähnte, streckte und drehte sich vorsichtig in der schwankenden Hängematte, dann machte sie die Augen auf und blinzelte.

»Guten Morgen, Langschläferin«, sagte Fenrir. »Die Sonne ist schon über dem Horizont.«

»Was machst du denn hier unten«, murmelte sie, immer noch heiser. Er schaukelte in der Hängematte neben ihr, ein langes Bein über den Rand geschlagen, seine Stiefelspitze tippte auf den Boden.

»Ich bewache deinen Schlaf«, sagte er mit dem Anflug eines Lächelns. »Du hast einen anstrengenden Tag vor dir. Es ist wichtig, dass du gut ausgeruht bist.«

»Wie rührend«, murmelte sie und wischte sich mit den Händen wirres Haar aus dem Gesicht. Ein leiser, pochender Schmerz saß in ihrer Oberlippe, und sie befühlte die kleine, verschorfte Wunde mit der Zungenspitze. Die Erinnerung kam wie eine sanfte, mächtige Welle.

»Was zum Teufel ist dort unten passiert?«

Fenrir ließ sich zurücksinken, sein Blick ging hinauf zur Decke.

»Ich war in deinem Kopf, und du in meinem«, sagte er. »Für einen kurzen Augenblick. Ich denke, das ist die Art, wie die Meerleute sich verständigen. Zuerst haben wir ihnen Angst eingejagt, aber dann ... nicht mehr. Und sie haben uns ziehen lassen.«

Sie sah hinüber zu ihm, der ihrem Blick auswich.

»Ich hatte noch nicht entschieden, ob ich deine Nähe zulassen wollte, und wie viel davon«, sagte er.

»Ich habe nicht drum gebeten, in deinem Kopf zu sein, weißt du?«

»Ich gebe dir keine Schuld. Trotzdem.«

»Was ist? Wovor hast du Angst? Dass ich auf diesem Kahn herumlaufe und allen erzähle, wie es ist, ein Kaninchen zu reißen?«

»Wer sagt denn, dass es ein Kaninchen war?«

»Entschuldige bitte. Ich hab nicht so genau hingesehen. Vielleicht war es auch ein blödes Reh.«

»Vielleicht habe ich davor Angst. Dass du dumme Bemerkungen machst, nur um dich stark zu fühlen.«

Er drehte den Kopf und sah sie an, und sie erwiderte den Blick, obwohl sie sich gerade schlecht im Griff hatte, sie war es leid, sich zu verstellen.

»Ich fühle mich nicht stark«, sagte sie. »Ich fühle mich müde, und alt, und das Leben ist unglaublich mühsam und will kein Ende nehmen, und ich bin beschissen einsam, und ich will doch nur ein bisschen ausruhen.«

»Ja, sagte er. »Ich weiß.«

»Was mache ich falsch?«, sagte sie. »Macht es überhaupt einen Unterschied? Kann ich irgendetwas richtig machen?«

»Du machst vieles richtig«, sagte er. »Und ja. Du machst einen Unterschied.«

Sie richtete sich auf und schwang vorsichtig die Beine über den Rand der Hängematte. Das kalte Wasser war ihr nicht gut bekommen. Ihre Knie und Hüfte fühlten sich an wie die seit Jahren nicht geschmierten Gelenke eines rostigen Plattenpanzers. Steifbeinig kam sie auf die Füße und machte ein paar Schritte.

»Werden wir das jemals wiederholen?«, fragte sie. »Ich meine, vielleicht ohne das Ertrinken und die Lebensgefahr und all das?«

»Wer weiß«, sagte er und lächelte leicht. »Es war jedenfalls eine einzigartige Erfahrung.«

Stöhnend bückte sie sich nach ihren Stiefeln, die nach hinten an die Wand gerutscht waren, und zwängte sich hinein. Jemand hatte ihren Militärmantel und den Hut ordentlich an einen Haken an der Wand gehängt. Sie schlüpfte in den Mantel und drückte sich den Hut auf den Kopf. Fenrir hatte einstweilen seinen Posten in der Hängematte verlassen und bewegte sich zur Tür. In dem schmalen Durchgang traf sie mit ihm zusammen und hielt inne, als er inne hielt. Sein Blick war rätselhaft.

»Also machen wir einfach weiter wie vorher«, sagte sie leise.

»Ja«, sagte er, »aber nicht wie vorher.«

Er stand dicht vor ihr, ein leichter Geruch nach Meer haftete ihm an. Sie hob die Hand, um über seine Wange zu streichen, aber da war wieder die gewohnte unsichtbare Wand, die ihn umgab, und sie ließ die Hand sinken.

»Wir brauchen eine gute Geschichte«, sagte sie, um einen leichten Tonfall bemüht. »Wir können unmöglich erzählen, wir hätten die Meerleute in die Flucht geküsst, oder?«

»Lass dir etwas einfallen«, sagte er, und ein winziges Lächeln erschien in seinen Mundwinkeln. »Ich werde dir nicht widersprechen, Kapitän.«

Ein frischer, sonniger Morgen empfing sie oben an Deck. Das Meer glitzerte. Bis auf wenige dunkle Klumpen war der Algenteppich verschwunden. Die Großsegel waren nach wie vor eingerollt, nur wenige Richtungssegel hielten das Schiff stabil in der Strömung. Sie sah sich nach den übrigen Gefährten um, auch sie waren an Deck und schienen gerade ihr Frühstück beendet zu haben. Dann trat Nuris auf sie zu.

»Guten Morgen, Kapitän«, sagte er. »Ich nehme an, Ihr möchtet einen Lagebericht.«

»Ja«, sagte sie. »Mitkommen. Und guten Morgen, übrigens.«

Mit Nuris im Schlepptau begab sie sich aufs Kommandodeck.

»Das Schiff ist repariert«, sagte Nuris, »so weit wir das tun konnten, ohne es aufs Trockene zu ziehen. Ein paar geflickte Lecks müssen ständig überwacht werden, und in Zentallo müssen wir einen längeren Aufenthalt einplanen, um den Rumpf von außen abzudichten. Der Wind steht gut, wir können Segel setzen, sobald Ihr es befehlt.«

»Was ist mit Goldhand und seinen Kollegen?«

»Sind nach wie vor in der Zelle. Wir haben gestern Abend alle Betrunkenen, die ihre Loyalität nicht mehr eindeutig äußern konnten, dazu gesteckt. Vorsichtshalber. Nicht dass einer zu sich kommt und feststellt, dass ihm die neuen Verhältnisse an Bord nicht gefallen.«

»Gut. Du kennst die Leute besser als ich. Such aus, wen wir noch brauchen, und sorge für die reibungslose Eingliederung.«

»Aye, Kapitän.«

»Noch was?«

»Nun ja«, Nuris zögerte. »Die Mannschaft ist … beunruhigt … was unsere Zukunft angeht. Ein paar Worte von Euch wären hilfreich, damit wir wissen, worauf wir uns einzustellen haben.«

»Mach ich. Zunächst lass Segel setzen und bring uns wieder auf den alten Kurs.«

»Aye, Kapitän!« Nuris eilte davon. Krona blieb zurück, lehnte sich müßig an die Brüstung und sah sich um. Der winzige Kapitänsunterstand auf dem Kommandodeck weckte ihre Neugier. Sie ging hinüber und probierte die Tür. Sie war abgeschlossen.

»Pintel!«, rief sie laut und beugte sich hinunter zum Hauptdeck. Nur Augenblicke später kam der kleine Zauberer die Treppe hinaufgeschossen.

»Guten Morgen«, sagte er atemlos. »Du hast uns gar nicht guten Morgen gesagt. Aber du hast wahrscheinlich schrecklich viel zu tun als Kapitän, oder nicht? Hast du gut geschlafen? Fenrir hat uns nicht zu dir gelassen. Er hat dich geradezu bewacht, weißt du? Ich dachte wirklich, wenn wir darauf bestehen, in diesen Schlafraum einzudringen, wandelt er sich und beißt uns ins Bein. Woher hast du übrigens diesen Kratzer auf der Lippe? Gab es einen Kampf? Lomir sagt, du und Fenrir, ihr seid jetzt endlich ein Paar. Er sagte, er würde seinen Bart darauf verwetten. Stimmt das? Seid ihr ein Paar?«

»Lomir ist eine alte Klatschtante«, sagte Krona, »und von seinem Bart kann er sich auch verabschieden. Außerdem brauche ich dich, um diese Tür zu öffnen. Kannst du das?«

»Also stimmt es nicht?«, sagte Pintel, grenzenlos enttäuscht. »Wie schade.«

»Ich weiß es nicht«, sagte Krona ernst. »Ich weiß nur, dass es uns nicht hilft, wenn Lomir sich einmischt.«

»Er meint es nur gut.«

»Das ist der Unterschied zwischen gut gemeint und gut getan. Und jetzt, mein Freund, das Schloss, wenn ich bitten darf.«

»Goldhand hat sicher einen Schlüssel«, sagte Pintel, zog aus seiner Jackentasche einen dicken Draht und bog ihn zurecht.

»Kann sein«, sagte Krona. »Aber so geht's schneller.«

Kurz darauf war die Tür offen und sie betraten den dunklen Unterstand. Gleich zur Linken war eine Art Fackelhalter an der Wand befestigt, in dem, verpackt in wasserdichter Umhüllung, das kostbare Fernrohr steckte. Außerdem war ein kleiner Kartentisch auf dem Boden festgenagelt, auf dem Seekarten ausgebreitet lagen. Ein Zirkel war auf den Boden gerutscht und knirschte unter Kronas Stiefel, als sie versehentlich darauf trat.

»Kannst du was mit den Karten anfangen?«, fragte sie Pintel, während sie den Zirkel vom Boden aufklaubte. »Brauchen wir die?«

»Kommt drauf an, wo wir hinwollen.« Pintel blies die Backen auf und blätterte durch die Karten.

»Nach Zentallo, Spaßvogel. Ist der Kompass hier irgendwo?«

»Hier ist er«, sagte Pintel und reichte Krona ein schweres hölzernes Kistchen. Sie nahm es, klemmte das Fernrohr unter den Arm und bückte sich durch die niedrige Tür nach draußen. Gerade kam rauschend das Großsegel herunter, der Wind sprang hinein und blähte es, und das Schiff tat einen Ruck und nahm Fahrt auf. Mittlerweile geübt glich sie das Schwanken unter ihren Füßen in den Knien aus, begab sich in den Kommandostand und holte das Fernrohr aus seiner Umhüllung.

Wie beim ersten Mal raste das Wasser mit irrsinniger Geschwindigkeit an ihrem Auge vorbei, als sie hindurchschaute. Sie bemühte sich, das Fernrohr ruhig zu halten, und suchte die Horizontlinie. Wind zupfte an ihren Haaren und schlug ihr den Mantel um. Das Schiff unter ihr hob und senkte sich gleichmäßig. Sie fand die Horizontlinie und führte das Fernrohr daran entlang, dann hielt sie inne, starrte hindurch, setzte ab und versuchte, mit bloßem Auge etwas zu erkennen, nahm das Fernrohr dann wieder ans Auge und verbrachte einige Zeit damit, den fraglichen Punkt wiederzufinden.

»Nuris!«, brüllte sie hinunter aufs Hauptdeck. »Antreten!«

Augenblicke später war Nuris zur Stelle.

»Da draußen ist ein Schiff«, sagte sie und zeigte in die ungefähre Richtung. »Es hat die abrantinische Flagge und fährt in unsere Richtung. Warum wurde ich nicht informiert?«

»Weil wir es nicht wussten«, sagte Nuris und kratzte sich den struppigen blonden Schädel. »Verzeihung, Kapitän.«

»Warum ist der Ausguck nicht besetzt?«

»Wir haben nicht genug Leute. Wir benötigen bei diesem Wind jede Hand zum Segeln.«

»Was ist mit den Eingesperrten?«

»Ein paar sind noch nicht über ihren Rausch hinweg, und einige andere sind mit dem Kommandowechsel nicht ganz einverstanden.«

»Verdammt«, sagte Krona.

»Wir können ihnen sicher entkommen«, sagte Nuris. »Die Sturmbringer ist schnell. Allerdings …«

»Was, allerdings?«

»Nicht so schnell wie gewöhnlich. Wenn wir sie unter Volllast fahren, bekommen wir möglicherweise ein Problem mit unseren Lecks.«

»Ich hatte ohnehin nicht vor, mich bis Zentallo jagen zu lassen.«

»Sondern?«

»Wir haben noch die Zauberin an Bord. Ich nehme an, sie werden aufhören, uns zu verfolgen, wenn wir sie ihnen geben.«

»Und wenn sie damit nicht zufrieden sind? Die Sturmbringer hat nicht zum ersten Mal die Interessen der staatlichen Schifffahrt durchkreuzt.«

»Schön gesagt«, sagte Krona und erlaubte sich ein Lächeln. »Aber lass diesen Punkt meine Sorge sein. Ich habe noch einen Trumpf im Ärmel. Und jetzt lass die Mannschaft antreten.«

»Aye, Kapitän«, sagte Nuris und eilte davon.

Es war ein wilder Haufen, der sich fluchend und rempelnd und ohne erkennbare Eile auf dem Hauptdeck versammelte. Krona behielt ihren erhöhten Stand auf dem Kommandodeck und lehnte sich über die Brüstung.

»Maul halten, jetzt! Und zuhören!«, brüllte sie, als ihr ausreichend viele versammelt schienen. Ruhe kehrte ein, und neugierige Blicke gingen zu ihr hinauf.

»Ich will ein paar Sachen klarstellen, ehe unnötige Gerüchte die Runde machen«, sagte sie mit gemäßigter Stimme. »Erstens, für alle, die jetzt erst langsam wieder zu sich kommen: Nein, es ist kein Scherz. Goldhand ist abgesetzt, ich führe das Kommando, und jeder, dem das nicht gefällt, kann seinem alten Kapitän unter Deck Gesellschaft leisten. In der Zelle, versteht sich! Jemand dabei? Nein? Prima. Ich sehe, es steckt doch ein Funken Vernunft in euren versoffenen Köpfen. So. Zweitens. Wir werden wie geplant nach Zentallo fahren und die Ladung löschen. Was danach passiert, braucht euch nicht zu kümmern. Ich werd's euch rechtzeitig sagen. Jeder macht seine Arbeit auf diesem Kahn, und zwar so gut er kann. Jedem, der schludert, lass ich vor versammelter Mannschaft die Hosen runter! Also legt euch gefälligst ins Zeug! Drittens. Es mag eurer Aufmerksamkeit entgangen sein, meiner aber nicht, dass wir von einem Abrantiner verfolgt werden. Ich wette meinen Arsch, der Grund dafür ist die hübsche Blondine, die Goldhand von der Wagemut hat mitgehen lassen. Deshalb werden wir sie zurückgeben.« Sie legte eine Pause ein, um zu prüfen, ob Kritik oder Unmut laut wurde. Es blieb still.

»Natürlich stellen wir es so geschickt an, dass wir ungeschoren davon kommen«, sagte sie. »Keine Sorge. Ich kriege das schon hin. Zunächst drosselt das Tempo und lasst sie herankommen, aber bleibt außer Waffenreichweite! Wenn sie heran sind, soll jemand mit einer Blendlaterne zu mir herauf kommen, der die Signalsprache beherrscht. Das war's. Wegtreten!«

Die Piraten sahen sich unschlüssig an.

»Das heißt, verschwindet und an die Arbeit!«, brüllte Krona. »Meridias nackter Arsch, hat Goldhand euch nicht mal die Grundlagen beigebracht?«

Die Piraten stoben auseinander.

»Na also«, knurrte Krona und machte einen Schritt vom Geländer zurück. »Warum nicht gleich.«

»Frühstück?«, fragte Lomir freundlich und trat von hinten an sie heran.

»Ja«, sagte sie dankbar. »Gerne. Danke.«

»Was hast du vor?«, fragte er, während sie sich hungrig auf Fladenbrot und getrockneten Speck stürzte.

»Die Zauberin herausgeben«, sagte sie mit vollem Mund. »Oder willst du sie behalten?«

»Nein«, sagte Lomir. »Aber wie willst du es anstellen, dass sie nicht gleich das ganze Schiff kassieren? Ich bin sicher, die Sturmbringer steht auf jeder Fahndungsliste der gesamten Königlichen Schifffahrt.«

»Genau«, sagte Krona, nahm einen Schluck von dem abgestandenen Wasser aus dem Vorrat und verzog das Gesicht. »Deshalb kriegen sie noch Goldhand und Skar als Preis für unseren freien Abzug.«

»Du willst sie ausliefern?«

»Ja. Klar.«

»Na gut«, sagte Lomir. »Sie werden an den Galgen gehen, aber ich nehme an, sie haben es verdient.«

»Es ist das Beste, sie von Bord zu haben«, sagte Krona. »Hier verbrauchen sie nur unnötig Vorräte, und man muss auf sie aufpassen.«

»Sag Pintel nichts«, schlug Lomir vor. »Er würde nur sein Mitleid verschwenden.«

»Ist gut.«

Lomir erhob sich und zeigte mit dem Daumen.

»Die anderen sind vorne im Bug«, sagte er. »Du wirst dich nicht zu uns gesellen?«

»Nein«, sagte sie. »Ich bleibe besser hier oben.«

»Du gehst nicht vielleicht jemandem aus dem Weg?«

»Quatsch«, sagte sie. »Ich bin der Kapitän. Goldhand stand auch immer hier oben herum.«

»Na, wenn's weiter nichts ist«, sagte Lomir. »Ich gehe dann mal wieder zu den anderen.«

»Ihr könnt mal etwas die Ohren offen halten«, sagte Krona. »Ich trau diesem Pack nicht. Nicht dass hier eine Meuterei die nächste jagt.«

»Unwahrscheinlich«, sagte Lomir. »Ich habe meine Ohren immer offen, und seit du gestern aus dem Wasser kamst und diese Algen uns plötzlich losließen, bist du ihre Heldin. Das hat wirklich mächtig Eindruck gemacht. Obwohl niemand sich so recht erklären kann, was sich da unten abgespielt hat.«

»Ja, das geht uns ähnlich.«

»Du möchtest nicht vielleicht die ganze Geschichte ...«

»Nein! Ich hab zu tun!«

»Na, dann. Bis später.«

Etwas verschnupft zog Lomir ab, und Krona wandte sich wieder ihrem Frühstück zu.

In der folgenden Stunde beobachtete sie, wie das abrantinische Schiff allmählich größer wurde und sich von einem winzigen Punkt am Horizont in eine schlanke Karavelle verwandelte, die unter vollen Segeln fuhr. Dann kam Nuris mit einer großen Blendlaterne auf das Kommandodeck und befestigte sie in einer Halterung an der Brüstung.

»Kapitän«, sagte er, »wenn wir sie näher kommen lassen, können sie auf uns schießen.«

»Dann haltet den Abstand«, sagte Krona und wartete, bis Nuris den Befehl weitergegeben hatte.

»Ich will verhandeln«, sagte Krona. »Sie sollen ein Boot mit einem Unterhändler und ein paar Ruderern bemannen, und wir tun das gleiche. Wir treffen uns in der Mitte.«

»Aye«, sagte Nuris und begann, Blinkzeichen zu geben.

Es dauerte ein wenig, dann kam eine Serie von hellen Lichtsignalen zurück.

»Sie sind einverstanden«, übersetzte Nuris. »In einer halben Stunde, jeweils vier Ruderer und ein Unterhändler, keine Waffen.«

»Sehr gut«, sagte Krona. »Dann lasst ein Boot zu Wasser und sucht mir die Ruderer aus. Du bleibst hier und führst das Kommando.«

»Aye«, sagte Nuris.

Eine halbe Stunde später stand Krona in ihrem Ruderboot und versuchte, seemännisch zu wirken, während der abrantinische Unterhändler seine Verwunderung verdaute.

»Aber wer seid Ihr denn«, sagte er verwirrt. »Ich verlange, den Kapitän zu sprechen!«

»Ich bin der Kapitän«, sagte Krona.

»Aber …« Der Unterhändler rollte ein Pergament auf und schien etwas nachzulesen.

»Goldhand wurde abgesetzt«, half Krona ihm weiter. »Das geschieht manchmal mit Leuten, die sich als Idioten herausstellen.«

»Ja, aber …«, sagte der Unterhändler, immer noch vollständig verwirrt. »Ihr seid … Ich meine … aber das ist doch …«

»Was?«, schrie Krona ihn an. »Eine Frau? Na und? Fällt es Euch so schwer, einzusehen, dass Frauen etwas anderes können als nur die Beine breitmachen?«

Der Unterhändler atmete hörbar ein und aus, die Röte stürzte ihm ins Gesicht.

»Das wollte ich nicht andeuten«, murmelte er unglücklich.

»Dann ist es ja gut«, fauchte Krona. »Ihr bemüht Euch auch besser um Höflichkeit, so lange diese Kalia – Dingsda – wie immer sie heißt, sich in meiner Gewalt befindet.«

»Ich war lediglich überrascht«, sagte der Unterhändler, um seine Fassung bemüht. »Und ehe der Streit eskaliert, lasst uns verhandeln.«

Krona betrachtete ihr Gegenüber, einen jungen Soldaten in makelloser Uniform, dem der Schweiß in dicken Perlen auf der Stirn stand.

»Na gut«, sagte sie, etwas besänftigt. »Hier ist meine Forderung. Ich verlange freies Geleit für mein Schiff, bis wir zentallinische Gewässer erreichen. Keine Verfolgung, keine Tricks. Dafür bekommt ihr die Zauberin zurück, unversehrt, versteht sich.«

»Jetzt gleich?«, fragte der Soldat.

»Wann immer es mir gefällt«, sagte sie. »Wahrscheinlich, sobald ich überzeugt bin, dass Ihr ein Ehrenmann seid, trotz Eurer verstaubten Ansichten.«

»Wie stellt Ihr Euch die Übergabe vor?«

»Ganz einfach. Wir schmeißen sie ins Wasser, und Ihr könnt sie aufsammeln.«

»Das könnt Ihr nicht tun! Sie wird ertrinken!«

»Macht Euch nicht lächerlich. Sie ist eine Zauberin. Sie ist die Letzte, die ertrinkt.«

»Wie kann ich wissen, dass sie nicht längst tot ist?«

»Ich wusste, dass diese Frage kommen würde.« Krona zog aus ihrer Manteltasche das Fernrohr und reichte es dem anderen hinüber. Das Boot schwankte unter ihren Füßen, für einen Augenblick rang sie um ihr Gleichgewicht, bevor sie wieder sicher stand. »Ich habe sie angewiesen, sich an der Reling aufzuhalten«, sagte sie. »Überzeugt Euch selbst.«

Der Unterhändler legte das Fernrohr an und schaute hindurch.

»Ich sehe sie«, sagte er. »Es sieht … authentisch aus. Aber wie kann ich sicher sein, dass Ihr mich nicht betrügt? Vielleicht seid Ihr selbst eine Zauberin und all das ist nur eine geschickte Täuschung?«

»Vielleicht schmeiße ich Euch gleich ins Wasser, weil mir das Theater hier zu lange dauert?«, fauchte Krona.

»Karagin!«, rief einer der Ruderer im abrantinischen Boot aus. »Jetzt hab ich's! Ich wusste doch, ich kenne diese Frau!«

»Was?«, sagte Krona alarmiert.

»Karagin?«, wiederholte der Unterhändler. »Moment mal. Der Name sagt mir doch etwas. Karagin …«

»Winterkrieg!«, rief der Ruderer, dem offenbar gerade ein Licht aufging. »Südlich von Balding!«

»Halt dein Maul, Soldat«, knurrte Krona. »Das ist eine verdammte Verwechslung.«

»Ich wette meinen Arsch, sie ist es«, sagte der Soldat glücklich. »Wer einmal von ihr zur Sau gemacht wurde, vergisst das sein Leben lang nicht. Was für eine Frau!«

»Hauptmann Karagin!«, sagte der Unterhändler. »Euren Namen hab ich doch auf einer Personalliste gelesen. Man hat Euch entlassen, nicht wahr?«

»Mein Fernrohr, Herr Kollege«, sagte Krona und deutete hinüber. »Das hätte ich gerne zurück.«

Ruhig bleiben. Der von Leiningen ist erst seit einigen Tagen tot. Sie können es noch nicht wissen.

»Also«, sagte sie, streckte die Hand aus und nahm das Fernrohr wieder an sich. »Wollt Ihr die Zauberin zurückhaben?«

»Natürlich«, sagte der Unterhändler.

»Prima«, sagte Krona. »Wir machen das wie folgt. Ich kehre auf mein Schiff zurück. Wir gewinnen noch ein wenig Abstand, nur zur Sicherheit. Dann lasse ich sie mit einem Boot aussteigen, und Ihr könnt sie einsammeln.«

»Und Ihr verlangt nichts als freies Geleit?«

»Ich bin keine verdammte Menschenhändlerin. Es wird andere Möglichkeiten geben, mir ein paar Goldkronen zu verdienen.«

»Aber Goldhand …«

»Goldhand hatte persönliche Gründe, die ich nicht habe. Außerdem, wie gesagt, war er ein Idiot.«

»Was ist eigentlich mit ihm geschehen? Ist er tot?«

»Was interessiert Euch das?«

»Na ja«, sagte der Unterhändler und schob seinen makellosen Dreispitz auf dem Kopf vor und zurück. »Er ist ein gesuchter Mann. Die Liste seiner Vergehen ist länger als mein Arm. Ich dürfte eine Gelegenheit, ihn aufzugreifen, nicht ungenutzt verstreichen lassen.«

»Verstehe. Man kassiert wohl mindestens eine Belobigung für einen solchen Fang.«

»Ich erfülle nur meine Soldatenpflicht«, sagte der Unterhändler steif.

»Tun wir das nicht alle?« Krona zog eine Grimasse. »Aber zurück zu Eurer Frage. Ihr seid also interessiert an Goldhand?«

»Ja«, sagte der Unterhändler.

»Dann gebe ich Euch einen Rat. Kreuzt ein wenig in den Grenzgewässern. Es könnte sein, dass er und ein paar andere dort irgendwo einen kleinen Bootsausflug unternehmen. Natürlich weit weg von der Sturmbringer. Vielleicht hat er sogar ein bisschen was für ein Picknick dabei, falls Ihr ihn nicht gleich findet.«

»Warum überantwortet Ihr ihn nicht zusammen mit der Zauberin?«

»Weil ich keine Idiotin bin«, sagte Krona und zeigte die Zähne. »Goldhand gibt es als kleine Belohnung, wenn Ihr Euch an die vereinbarten Spielregeln gehalten habt.«

Der Unterhändler seufzte. »Euer letztes Wort?«

»Gut erkannt, Herr Offizier. Und jetzt zurück auf Euer Schiff, ehe ich's mir anders überlege. Ich bin ein bisschen unberechenbar geworden, seit die Regelmäßigkeit der Armee in meinem Leben fehlt. Rudert, ihr Ochsen!«, fuhr sie die Piraten an, die daraufhin erschrocken die Ruder ins Wasser tauchten. »Oder wollen wir hier Wurzeln schlagen?«

Das Boot schaukelte, und Krona ließ sich auf die Bank fallen.

»Macht schnell«, sagte sie leise. »Wir sollten weg sein, wenn den Herren Soldaten einfällt, dass sie ein schlechtes Geschäft gemacht haben.«

»Wir haben ein schlechtes Geschäft gemacht«, murrte einer der Piraten. »Es hätte Geld gegeben für die Blonde!«

»Kannst du schwimmen?«

»Nein, wieso?«

»Dann würde ich an deiner Stelle mein Maul nicht so weit aufreißen. Wir machen keine Geschäfte durch Menschenhandel oder Erpressung.«

»Aye«, seufzte der Pirat. »Es hat nur schon so lange keinen vernünftigen Verdienst mehr gegeben.«

»Wir kriegen einen guten Preis für den Schnaps. Keine Sorge.«

Eilig kehrten sie zur Sturmbringer zurück.

»Anker lichten!«, befahl Krona, noch bevor sie an Bord war. »Setzt die Segel! Alten Kurs anlegen! Das Boot lasst gleich im Wasser, wir gehen mit der Strickleiter hinauf. Kalia soll sich bereit machen, das Boot gehört ihr! Und jetzt bewegt eure Ärsche!«

Es dauerte nicht lange, bis Strickleitern zu ihnen hinunter kamen. Krona kletterte hinauf, schwang die Beine über die Reling und wäre beinahe Kalia auf den Fuß gesprungen.

»Was habt Ihr vereinbart?«, fragte die Zauberin. »Ihr hättet Euch vorher mit mir beraten müssen. Ihr habt über meinen Kopf hinweg entschieden!«

»Das tut mir aber leid«, tat Krona betroffen. »Wie konnte ich nur! Aber was soll's. Ab mit Euch in dieses Boot. Die anderen werden Euch an Bord nehmen.«

Kalia sah hinunter auf das kleine, schaukelnde Boot und dann hinüber zu dem abrantinischen Schiff.

»Ich bin nicht sicher, ob mir dieser Plan gefällt«, sagte sie reserviert.

»Du gehst von Bord, Schätzchen«, sagte Krona, während über ihr die Segel herabrauschten. »Und zwar jetzt. Mit oder ohne Boot, ganz wie du möchtest.«

Kalia starrte Krona an, offene Feindseligkeit im Blick.

»Schmeißt sie ins Wasser«, sagte Krona zu den Piraten, die sie gerudert hatten. Sie machten einen Schritt auf die Zauberin zu, die daraufhin zurückwich.

»Bemüht euch nicht«, sagte sie kalt, raffte ihre bestickten Roben, kletterte auf die Reling und sprang.

»Prima«, sagte Krona und sah hinunter ins Wasser, wo Kalias Roben unter der Wasseroberfläche einen verwischten weißen Fleck bildeten, der sich allmählich entfernte. »Ich liebe es, wenn die Leute sich so überschwänglich bedanken. Na, zumindest haben wir ein Boot gespart. Holt es rauf und dann weg von hier!«

Sie gewannen rasch an Fahrt, und bald war das abrantinische Schiff am Horizont verschwunden. Drei Tage kreuzten sie in abrantinischen Gewässern, bevor sie laut Nuris die Grenze überquerten und Goldhand, Skar und einige andere mit etwas Wasservorrat in einem Boot zurück ließen.

»Man wird sie schneller finden, als ihnen lieb ist«, beruhigte Krona, deren Hüfte seit kurzem Goldhands rote Schärpe zierte, den besorgten Pintel. »Nuris sagt, es sind viel befahrene Gewässer hier. Und der Abrantiner ist uns gefolgt, er hat sich gelegentlich am Horizont blicken lassen.«

»Ich bin trotzdem froh, wenn dieses Abenteuer ein Ende hat«, seufzte Pintel.

»Tatsächlich?« Grinsend zupfte Krona an ihrer Schärpe. »Also, ich beginne gerade, mich wie zu Hause zu fühlen.«

»Und mit dem Tag der Meuterei war sie für die gute und gerechte Sache verloren, kreuzte die Fünf Meere und ging als verwegene Freibeuterin in die Geschichte der Seefahrt ein«, sagte Lomir im Tonfall eines Märchenerzählers. »Wie schade.«

»Manche finden ihre Bestimmung eben spät«, sagte Krona immer noch grinsend. »Aber wartet einfach ab. Das letzte Kapitel ist noch nicht geschrieben.«

2 LEGENDEN UND LIEDER

Eine knappe Woche später kam Nardon am frühen Morgen in den Schlafraum gestürzt, als sei ein Seeungeheuer ihm direkt auf den Fersen.

»Land in Sicht!«, trompetete er. »Da ist Land! Aufwachen! Da ist Land!«

Die Gefährten schossen in ihren Hängematten in die Höhe und verursachten eine wilde Schaukelei. Pintel landete mit dumpfem Plumps auf dem Boden.

»Danke«, sagte er verärgert. »Jetzt bin ich wach.«

»Du tust ja gerade so, als wärest du der Entdecker, der es für Abrantes in Besitz nimmt«, sagte Lomir kopfschüttelnd.

»Falls das so ist, sind wir schon ziemlich weit vom Kurs abgekommen.« Krona gähnte. »Alle Götter! Wie spät ist es?«

»Die Sonne geht gerade auf.«

»Das erklärt, warum ich so müde bin«, sagte sie und drückte ihr Gesicht in die zusammengerollte Decke, die ihr als Kissen diente. »Ich bin kurz vor Sonnenaufgang schlafen gegangen.«

»So lustig diese Hängematten anfangs waren, langsam hab' ich sie echt satt«, sagte Pintel seufzend und rappelte sich vom Boden auf.

»Was ist los?«, sagte Nardon. »Freut ihr euch denn gar nicht?«

»Wir hatten damit gerechnet«, sagte Lomir und schwang die Beine über den Rand seiner Hängematte. »Gestern Abend hieß es, wir würden heute Morgen Land sehen. So betrachtet ist es keine wirkliche Überraschung.«

»Land durchs Fernrohr oder mit bloßem Auge?«, fragte Krona.

»Mit bloßem Auge«, sagte Nardon. »Aber was macht das für einen Unterschied?«

»Verdammt. Es macht den Unterschied, dass ich tatsächlich aufstehen muss.«

Sie kletterte aus ihrer Hängematte, obwohl ihre Knochen sich bleischwer anfühlten, stieg in ihre Stiefel und drückte sich den Hut auf den Kopf.

An Lomir vorbei, der sich noch die bestickte Weste zuknöpfte, verließ sie den Schlafraum und kletterte an Deck.

Oben wurde sie von Fenrir begrüßt, der beschwingt wirkte wie lange nicht.

»Zwei, drei Stunden noch, dann ist es überstanden«, sagte er. »Nuris sagt, man müsste eine Pause im Schiffsverkehr abwarten, um unbeobachtet zu sein, dann würden sie eine kleine, versteckte Bucht anlaufen und den Schnaps entladen. Wann wirst du es ihnen übrigens sagen?«

»Wem? Was?«

»Dass du nicht an Bord bleiben wirst. Davon gehen sie nämlich alle ganz selbstverständlich aus.«

»Weiß ich noch nicht.«

»Schlecht geschlafen, meine Holde?«

»So gut wie gar nicht. Hast du Nuris gesehen? Schick ihn mir auf's Kommandodeck.«

»Es war ein Fehler, sie zum Kapitän zu machen«, sagte Lomir, der hinter Fenrir an Deck kam. »Wir werden ihr den Kommandoton nie wieder abgewöhnen.«

Krona rettete sich aufs Kommandodeck und wartete auf Nuris, der nur wenige Augenblicke später eintraf.

»Die Gewässer sind stärker befahren als sonst«, berichtete der erste Maat. »Die halbe zentallinische Flotte ist unterwegs. Ich weiß gar nicht, was das soll.«

»Manöver«, vermutete Krona. »Entweder, um uns Abrantinern zu zeigen, wie großartig ihre Flotte ist, oder sie schicken sie im Anschluss tatsächlich auf die Südlichen Inseln. So lange können wir allerdings nicht warten.«

»Wir müssen trotzdem einen guten Augenblick abpassen«, sagte Nuris. »Wenn sie sehen, wie wir in diese Bucht einschwenken, können sie uns darin festsetzen.«

»Wir sind schneller als die, oder?«

»Ja, Kapitän.«

»Ausguck doppelt besetzen. Alle Flottenbewegungen in die Karte eintragen. Hier«, sie drückte ihm eine gerollte Seekarte in die Hand, »du kannst Karten lesen, oder?«

»Aye, Kapitän.«

»Wir nutzen die erste Gelegenheit. Bericht alle halbe Länge, oder wenn etwas Ungewöhnliches beobachtet wird.«

»Aye, Kapitän.«

»Wie lange werden wir brauchen, um die Ladung zu löschen?«

»Einen halben Tag, schätzungsweise. Die Bucht ist schwer zu navigieren, es gibt Untiefen und versteckte Felsen. Wir müssen die Fracht ein ganzes Stück rudern.«

Krona nickte. Nuris sah sie abwartend an.

»Noch etwas, Kapitän?«

»Dir ist klar, dass ich von Bord gehe, oder?«

Nuris seufzte. »Das hatte ich befürchtet. Dabei hat die Mannschaft gerade begonnen, sich an Euch zu gewöhnen. Sie bewundern Euch. Sie geben es nicht zu, aber sie tun es. Wir hatten noch nie eine so straffe Führung.«

»Ich bin sicher, du machst das mindestens so gut wie ich.«

»Ich?«

»Wer sonst? Glaubst du, einer von diesen Sackpfeifen hat das Zeug zum Kapitän?«

Ein Lächeln stahl sich über das schmale Gesicht des Seemannes.

»Verstanden, Kapitän.«

»Wenn ich von Bord bin, hältst du die Sturmbringer für eine Weile in zentallinischen Gewässern. Es kann sein, dass der Empfang in Abrantes derzeit ein wenig ruppig wäre. Ich habe dort einen gewissen Ruf, und es wird euch kaum helfen, dass ich nicht mehr an Bord bin, wenn sie euch aufbringen.«

»Was habt Ihr getan?«

»Ich habe jemanden umgebracht«, sagte Krona unbewegt. Nuris nickte und blinzelte.

»Eine wichtige Persönlichkeit, wie mir scheint.«

»Sehe ich aus wie eine Geschichtenerzählerin? Pack dich! Wegtreten!«

Sie blieb auf dem Kommandodeck, bis die Sonne an Kraft gewonnen hatte. Der kalte salzige Wind klärte ihren Kopf und machte die Müdigkeit erträglich. Als sie es nicht länger hinauszögern konnte, ging sie hinunter zu den Gefährten und gab ihnen eine Zusammenfassung dessen, was sie mit Nuris besprochen hatte.

»Du wirst also das Piratenleben wieder aufgeben?«, fragte Pintel. »Das ist beruhigend zu hören.«

»Daran hattet ihr nicht ernsthaft gezweifelt, oder?« Krona sah verblüfft von einem zum anderen.

»Nicht ernsthaft«, sagte Lomir. »Andererseits ist dir allerhand zuzutrauen.«

»Na besten Dank«, knurrte Krona.

»Wann genau werden wir uns absetzen?«, fragte Fenrir.

»Sobald wir Land unter den Füßen haben«, sagte Krona. »Ich habe bereits mit Nuris gesprochen. Ich habe ihm gesagt, er soll mit der Sturmbringer mal ein Weilchen in zentallinischen Gewässern bleiben. Abrantes ist für die Sturmbringer im Augenblick zu gefährlich.«

»Ich verstehe nicht«, sagte Lomir.

»Der Unterhändler von dem abrantinischen Schiff hat mich erkannt«, sagte Krona. »Beziehungsweise einer seiner Soldaten. Mein Name fiel, und er wird sich bestimmt erinnern, wenn er nach Hause kommt und erfährt, dass sie eine Karagin wegen Mordes suchen.«

»Wegen Mordes?«

»Ehrenfeld.«

»Richtig.«

Die Sonne hatte ihren Höchststand bereits überschritten, als die Sturmbringer endlich in die enge, felsige Bucht einlief und im Sichtschutz einer Landzunge vor Anker ging. Boote wurden zu Wasser gelassen, und die Gefährten verluden ihr Gepäck und stiegen dann selbst zu, Nardon allen voran.

Die Brandung brach sich lärmend in der felsigen Bucht, und sie wurden ein letztes Mal heftig durchgeschaukelt, ehe die Piraten die Ruder einzogen und das Boot sanft zum Ufer treiben ließen. Nardon kletterte über den Bootsrand, obwohl das Wasser ihm noch fast bis zur Hüfte reichte, und watete hinauf zu dem schmalen, felsigen Strand, wo er in die Knie ging.

»Er küsst den Strand«, sagte Lomir grinsend. »Ich wette eine Goldkrone.«

»Du wirst niemanden finden, der die Wette hält«, sagte Fenrir und stieg ebenfalls über den Bootsrand ins Wasser. »Pintel? Lass dich tragen. Ich will nicht riskieren, dass eine Welle dich nach Abrantes zurückspült.«

Nacheinander brachten sie ihr Gepäck an Land und betraten dann selbst den schmalen Landstreifen. Nardon kniete reglos, er schien in ein Gebet vertieft.

»Zentallo«, sagte Krona. »Endlich. War ja schon kaum mehr damit zu rechnen.« Sie ließ sich auf den Strand plumpsen und sah hinauf in den Himmel, an dem graue, zerfetzte Wolken von einem heftigen Wind getrieben wurden.

Die Felsen rings um die Bucht waren rötlich und von braunen Streifen durchzogen. Die Luft war trotz des heftigen Windes mild und roch nach Salz.

Nardon schien sein Gebet zu beenden, er erhob sich etwas steif, klopfte sich Sand von den nassen Hosenbeinen und machte ein paar unsichere Schritte.

»Ich hätte Lomirs Wette halten sollen«, sagte Krona und legte den Kopf in den Nacken, um Fenrir anzusehen, der hinter ihr stand. »Verdammt! Die Goldkrone wäre leicht verdient gewesen.«

»Was für eine Wette?«, fragte Nardon.

»Ach, nichts«, sagte Krona grinsend.

»Macht euch nur einen Spaß auf meine Kosten«, sagte Nardon. »Ihr seid mindestens so froh wie ich, endlich wieder an Land zu sein.«

»Da hat er recht«, sagte Fenrir. »Das Seefahrerleben ist doch sehr eingeschränkt auf die Dauer.«

Nuris kam zu Krona und hielt ihr auffordernd die Hand hin.

»Kapitän«, sagte er. »Solange Ihr es noch seid. Ich möchte Euch etwas zeigen.«

Sie ergriff seine Hand, kam auf die Füße und folgte ihm den Strand hinauf bis an die Felswand, wo ein niedriger, flacher Spalt in eine kleine, nasse Höhle führte.

»Unser Versteck«, sagte er und deutete mit dem Finger. »Und Zwischenlager für verschiedene Waren. Wir sind regelmäßig hier, und, da wir Eurem Rat folgen werden, im kommenden Sommer bestimmt häufig. Sobald Ihr eine Rückfahrgelegenheit nach Abrantes sucht, hinterlasst hier eine Nachricht.«

»Danke«, sagte Krona. »Ich weiß noch nicht, wann und wie wir zurückkehren werden, aber es tut gut, diese Möglichkeit im Ärmel zu haben.«

Nuris zeigte ein sparsames Lächeln.

»Also gut«, sagte sie. »Dann ruf mal die Mannschaft zusammen. Machen wir's offiziell.«

Es dauerte fast eine halbe Stunde, bis der Piratenhaufen sich nahezu vollzählig am Strand versammelt hatte. Krona suchte sich einen flachen Stein und kletterte darauf.

»Zuhören, jetzt, alle!«, brüllte sie, und schlagartig kehrte Ruhe ein.

»Ich habe eine Änderung bekanntzugeben«, sagte sie laut. »Um es kurz zu machen: Ich werde die Sturmbringer verlassen. Ihr seid eine gute Mannschaft, und wir hätten auch weiterhin sehr profitabel zusammenarbeiten können, aber der Boden unter meinen Füßen ist ein bisschen heiß geworden. Ich bin eine gesuchte Frau. Einige der Verbrechen, die mir angelastet werden, habe ich begangen, andere nicht, aber falls sie euch jemals schnappen, habt ihr bessere Karten, wenn ich nicht an Bord bin, und ich auch, nebenbei bemerkt. Das Kommando geht mit sofortiger Wirkung auf Nuris, meinen Ersten Maat, über. Er ist jetzt Kapitän und tritt jedem in den Arsch, der das Maul zu weit aufreißt! So, und jetzt zurück an die Arbeit! Diese Fässer werden sich nicht von selbst entladen!«

Sie kletterte von ihrem Stein und schulterte ihren Rucksack. Die Piraten sahen sich an und murmelten erstaunt.

»Gehen wir«, sagte Krona zu den Gefährten. »Machen wir's kurz.«

»Kein Problem.« Lomir steckte die Daumen unter die Riemen seines Rucksackes, den er bereits auf dem Rücken trug. »So sehr sind mir die Jungs nicht ans Herz gewachsen.«

»Auf Wiedersehen«, sagte Nuris und reichte Krona die Hand. »Viel Glück, und lasst Euch nicht erwischen.«

»Dir das gleiche, Kapitän«, sagte sie und erwiderte den Händedruck. »Du wirst es gut machen, da bin ich sicher.«

Nuris nickte ihr zu und ging, um seine Leute zur Arbeit anzutreiben.

Sie suchten sich einen schmalen, steilen Pfad, der sie an den oberen Rand der Steilküste brachte. Dahinter erstreckte sich hügeliges, grünes Land. Dickes, hellgrünes Gras raschelte im Wind und verbreitete einen würzigen Duft. Das Rauschen des Meeres entfernte sich langsam.

»Alle gütigen Götter«, sagte Thork. »Land. Endlich.«

»Und jetzt?«, fragte Lianna. »Was als Nächstes?«

»Wir brauchen eine größere Stadt«, sagte Nardon. »Wir haben nur den Namen unseres Zauberers. Wir müssen seinen Wohnort in Erfahrung bringen, und das tun wir am besten auf einem Gildenamt oder ähnlichem.«

»Es wird eine größere Hafenstadt irgendwo in der Nähe geben«, sagte Lomir. »Der Handelspartner der Sturmbringer wird auf kurze Lieferwege achten. Man fährt nicht ohne große Not zwanzig Fässer Schmuggelware durch die Gegend. Nebenbei bemerkt, hätten wir nicht eines mitnehmen können? Als Beuteanteil?«

»Hätten wir«, sagte Krona, »wenn einer von euch bereit gewesen wäre, es zu tragen.«

»Guter Punkt«, gab Lomir zu. »Trotzdem schade.«

»Ich habe noch andere Pläne«, sagte Lianna. »Für die allernächste Zukunft, sozusagen. Ich will einen Wasserlauf. Ich will endlich wieder frisches Wasser trinken und meine Sachen waschen. Ich will etwas Vernünftiges essen! Es muss hier doch ein paar Bauern geben, denen man etwas abkaufen kann? Ich will ein schönes warmes Feuer und mich richtig trocknen, bevor ich in ein neues Abenteuer aufbreche.«

»Ich werde nicht nein sagen, nur um dir zu widersprechen«, sagte Krona.

»Au ja«, sagte Pintel sehnsüchtig. »Ein Hühnchen. Gegrillte Zwiebeln, frisches Brot…«

»Ruhe«, sagte Lomir, »sonst fange ich an, Gras zu essen. Ich bin wirklich ausgehungert.«

»Also machen wir es so«, sagte Krona.

Fenrir hielt das Gesicht in den Wind. »Folgt mir. Ich habe schon so eine Ahnung, wo es Wasser geben könnte.«

Eine Zeitlang gingen sie ins Landesinnere. Nach Kurzem stießen sie auf einen schmalen Pfad, der auf eine Fahrrinne einschwenkte. Niedrige, aus runden braunen Steinen aufgeschlichtete Mauern säumten ihren Weg und bildeten Eingrenzungen für verlassene Schafweiden. Kleine weiße Blümchen wuchsen in den Mauerritzen und nickten mit ihren Köpfchen im Wind. Pintel pflückte eine und reichte sie Lianna hinauf, die ihn mit einem strahlenden Lächeln belohnte und sich die Blüte ans

Hemd steckte. Pintel lief rot an, grinste selig und wäre fast in den Graben gefallen, weil er nicht mehr auf seine Füße achtete.

Der Weg stieg ein wenig an ins Landesinnere, und schließlich kamen sie an Weiden vorbei, auf denen kleine Grüppchen von zehn oder zwanzig Schafen standen und das helle Gras fraßen.

»Was ist nun mit deinem Wasser?«, fragte Krona ungeduldig.

»Wasser, und ein Bauernhof«, sagte Fenrir. »Also beschwer dich nicht, Hauptmann.«

»Und ein guter Ort für ein Lager«, fügte Thork hinzu und zeigte vor sich. Die Reste eines Gebäudes, das einmal ein Turm gewesen sein mochte, standen dort auf einer Hügelkuppe, etwa zwei Bogenschussweiten entfernt. Am Fuß des Hügels floss ein Bächlein vorbei und verlor sich zwischen den Hügeln.

»Es wird windgeschützt sein hinter den Mauern, und das ist mir recht, selbst wenn wir kein Dach haben«, sagte Lomir. »Also, hinauf mit uns!«

»Und wo ist dein Bauernhof?«, fragte Krona.

»Immer den Schafspuren nach«, sagte Fenrir. »Oder glaubst du, diese Schafe haben sich selbst auf der Weide eingesperrt?«

»Man wird doch wohl mal fragen dürfen«, murrte Krona und setzte sich in Bewegung, den Hügel hinauf.

Oben angekommen empfing sie ein verfallenes Rund von Gemäuer. Wind und Witterung hatten den körnigen Stein weich gemacht und den Mörtel aus den Ritzen gespült. Auch hier wuchsen in dicken Kissen die kleinen weißen Blumen zwischen den Steinen. Halb im Boden versunkene und mit Gras bewachsene Steinhaufen zeugten von früheren Einstürzen. Der Ort schien lange verlassen, nicht einmal ein Trampelpfad führte hier hinauf. Krona ließ ihren Rucksack ins Gras fallen und hielt ihren Hut fest, damit der Wind ihn nicht davonblies, während sie sich umsah.

Von ihrem erhöhten Stand aus war das Land zu ihren Füßen ausgebreitet. Im Norden sah sie das graue Meer, auf dem Schaumkronen blitzten, wo es sich am felsigen Strand brach. Grüne Hügel führten ins Landesinnere, die in krummem Zickzack von den niedrigen Schafsmauern durchzogen waren. Große, gedrungene Bäume standen vereinzelt auf den Weiden und hatten sich schon ganz in frisches Hellgrün gehüllt. Tiefer im Süden zog sich ein dunkles bewaldetes Band, und westlich kam eine Straße an der Küste entlang in ihre Richtung, bevor sie nach Süden abbog und hinter einem dunklen Hügelrücken verschwand. Ein Stück östlich und abseits der Straße entdeckte sie den Bauernhof, von dem Fenrir gesprochen hatte: das Bächlein am Fuße des Hügels floss in diese Richtung.

»Es ist so warm«, sagte Pintel hinter ihr schnaufend. »Viel wärmer als bei uns, findet ihr nicht?«

»Wir sind ein ganzes Stück weiter südlich«, sagte Lomir. »Genug, um einen Unterschied zu spüren. Also, wenn wir diese Reise schon unternehmen müssen, bin ich froh, dass sie uns hierher führt und nicht in die Eislande.«

Nach und nach trudelten die Gefährten ein, stellten ihr Gepäck ab und zogen die Mäntel aus, denn die Luft in dem windgeschützten Rund war warm und mild.

»Was ist es wohl einmal gewesen?«, fragte Nardon, hob einen Stein vom Boden auf und drehte ihn um. »Eine Sternwarte? Ein Leuchtturm? Für eine Befestigungsanlage ist es zu klein, denke ich. Es sei denn, Teile der Anlage wären schon völlig im Boden verschwunden.«

»Falls du meinst, du könntest mich für eine wissenschaftliche Ausgrabung gewinnen, hast du dich geschnitten«, sagte Lomir und streckte gähnend die Glieder. »Es ist zwar erst Nachmittag, aber ich bin wirklich geschafft. Das Seefahrerleben ist anstrengend.«

»Ich werde mich zurückhalten. Aber es kann nicht schaden, die Bauersleute zu fragen. Ich nehme an, es halten sich Geschichten über dieses Bauwerk bei der örtlichen Bevölkerung.«

»Prima«, sagte Krona. »Dann haben wir schon den ersten Freiwilligen für den Weg rüber auf den Bauernhof. Außerdem gehen Pintel und Lianna. Wir anderen kümmern uns um ein Feuer.«

»Was hab ich gesagt?«, sagte Lomir. »Sie wird nie wieder aufhören zu kommandieren, hab ich gesagt. Manchmal hasse ich es wirklich, recht zu behalten.«

»Bitte«, sagte Krona und verdrehte die Augen. »Wenn ihr die außerordentliche Freundlichkeit besitzen würdet, eure Hintern zu diesem Bauernhof rüber zu bewegen, ja?«

»Fast gut«, sagte Lomir grinsend. »Wir üben das noch.«

»Du kannst mich mal«, knurrte Krona.

»Warum gehst du nicht selbst?«, fragte Lianna.

»Weil eine wie ich bei gewöhnlichen Bauern eher Schrecken als Hilfsbereitschaft auslöst, was für dich nicht gilt. Gleich verhält es sich übrigens bei Thork. Vertrau mir. Ich habe mir meistens etwas gedacht, wenn ich etwas sage.«

»Darauf möchte ich lieber nicht vertrauen«, sagte Lianna.

»Ich geh gerne zu dem Bauernhof«, sagte Pintel. »Hat jemand noch ein bisschen Geld?«

Seufzend schnallte Lomir seinen Gürtel ab und öffnete ein verstecktes Fach auf der Innenseite. »Ich frage mich, wem ich diese Spesen in Rechnung stellen kann«, sagte er und drückte Pintel einige Münzen in die Hand.

»Du tust es für den Weltfrieden, falls der Gedanke dich tröstet«, sagte Nardon. »Also kommt, gehen wir. Ich bin ganz begierig darauf, mich zu bewegen, seit es nicht mehr unter meinen Füßen wackelt.«

»Lasst uns noch am Bach Halt machen«, sagte Pintel. »Ich bin das scheußliche Wasser aus den Fässern wirklich leid.«

Geschlossen gingen sie den Hügel hinunter zum Bach, leerten das schale, muffige Wasser aus ihren Schläuchen und tranken ausgiebig. Das Wasser war eiskalt, Krona schauderte, als sie es sich ins Gesicht spritzte und es ihr in die Ärmel und die Arme entlang lief.

»Puh«, sagte Pintel neben ihr und schüttelte sich. »Ich muss mir noch überlegen, ob ich schmutzig genug bin, um hier ein Bad zu nehmen. Da kriegt man ja Frostbeulen!«

»Ich würde gerne eines nehmen«, sagte Krona, »und zwar ohne Zuschauer, wenn es sich einrichten lässt.«

»Ich bin ohnehin schon weg«, sagte Pintel, richtete sich auf und schüttelte das Wasser von den Händen. »Mein Hunger ist jedenfalls größer als mein Reinigungsbedürfnis.«

Krona legte Hut und Mantel ab und begann, sich die Stiefel aufzuschnüren.

»Es lässt sich einrichten«, sagte Thork. »Wir brauchen noch Feuerholz, und ich habe von oben ein kleines Gehölz in dieser Richtung gesehen. Lomir?«

»Bin ganz bei dir, mein Freund«, sagte Lomir fröhlich. »Lass mich noch mein Holzbeil holen, dann geht's los.«

Die beiden Zwerge entfernten sich hügelaufwärts, und Pintel, Lianna und Nardon machten sich am Bachlauf entlang auf den Weg. Krona sah sich um. Fenrir, der noch vorhin mit ihnen am Bach gewesen war, war nirgends zu sehen. Sie unterdrückte einen Anflug von Enttäuschung.

Was hattest du erwartet, Idiotin? Heiße Küsse am kühlen Bach? Vergiss es.

Sie schüttelte die Stiefel ab, zog Wams und Hosen aus und stieg in den Bach. Sie behielt ihr Hemd an, sie fühlte sich nicht privat genug, und fluchte mit zusammengebissenen Zähnen gegen die Kälte, die ihr die Beine hinauf stieg.

Abkühlen, eine gute Idee eigentlich. Schlag ihn dir aus dem Kopf. Das ist alles viel zu schwierig.

Sie suchte sich eine tiefe Stelle im Bach und wusch sich sorgfältig von Kopf bis Fuß, bis sie vor Kälte zitterte. Dann tastete sie sich mit klammen Fingern und tauben Füßen ans Ufer zurück und wickelte sich in ihren Mantel. Ihre Sachen waren alle schmutzig und rochen nach der modrigen Feuchtigkeit des Schiffes, sie verspürte nicht die geringste Lust, etwas davon anzuziehen. Sie fischte ein Restchen Seife aus seiner Verpackung und machte sich daran, ihre Kleider zu waschen.

Geraume Zeit später erschrak sie zu Tode, als sie seitlich eine plötzliche Bewegung wahrnahm. Fünf oder sechs Schritte bachabwärts sprang Fenrir vom Ufer auf einen Stein, der rings vom Wasser umspült war, bückte sich und fischte etwas aus dem Wasser.

»Deine Hose wird gerade ins Meer gespült«, sagte er. »Ist das in deinem Sinne?«

»Hast du mich erschreckt«, sagte sie keuchend. »Götter! Was schleichst du denn hier herum? Ich sagte, ich wollte den Bach für mich!«

»Das war vor über einer Stunde«, sagte Fenrir. »Die anderen sind gerade vom Bauernhof zurück, und Lomir war der Meinung, ich möchte doch gehen und nachsehen, ob du vielleicht ertrunken bist. Er grinste sehr breit dabei und zwinkerte, als hätte er einen Zaunpfahl im Auge, also mögen das nicht seine einzigen Gedanken dabei gewesen sein.«

»Lomir«, schnaubte Krona.

»Er meint es nur gut«, sagte Fenrir und grinste nun selber. »Das, was er für gut hält, versteht sich.«

»Na gut. Geh wieder rauf zu den anderen und sag ihnen, ich komme gleich nach. Und lass mir meine Hose da!«

Er stand auf dem Stein, auf dem seine Füße kaum nebeneinander Platz hatten, grinste sie an und wog den triefenden Stoffklumpen in der Hand.

»Nein«, sagte sie. »Oh nein. Tu's nicht, ich warne dich!«

Sie duckte sich und drehte sich weg, und der Stoffklumpen traf sie am Hals und schleuderte ihr kaltes Wasser ins Gesicht und über den Mantel.

»Warte, Freundchen«, keuchte sie und bückte sich nach ihrem seifigen, halb gewaschenen Ersatzhemd. »Du bist fällig!«

Als sie zehn Minuten später zu den Gefährten in den Mauerring zurückkehrten, waren Fenrirs Kleider völlig durchnässt, die Stiefel trug er in der Hand, und Krona war äußerst zufrieden.

»Was war denn da los?«, fragte Lomir und musterte die beiden neugierig. »Eine Wasserschlacht?«

»Hat man uns gehört?«, fragte Krona beschwingt.

»Bis ins nächste Dorf.«

»Jeder kriegt, was er verdient.«

»Und manche sind besser im Austeilen als im Einstecken«, sagte Fenrir und stellte seine durchnässten Stiefel an das Feuer, das mittlerweile fröhlich brannte.

»Tut mir leid«, sagte Krona grinsend. »Du warst zu verlockend, da auf deinem Stein. Außerdem hast du angefangen.«

»Aber du hast es eskalieren lassen.«

»Quatsch. Ich hab' dir nur gegeben, was du verdienst.«

»Hallo«, sagte Pintel. »Wollt ihr denn gar nicht sehen, was wir mitgebracht haben?«

»Doch«, sagte Krona. »Zeig mal her.«

»Hühner!« Stolz zeigte Pintel auf einen Sack, aus dem es gedämpft gackerte. »Zwei Stück. Außerdem Eier, Mehl, Honig! Stellt euch vor, wir können Kuchen backen! Außerdem noch Käse, eine Speckseite und dieses Blattwerk hier.« Er hielt ein Bündel langer, schmaler Blätter hoch, die einen intensiven, würzigen Duft verströmten. »Die Bauern sagen, es kocht sich wie Zwiebelgrün und schmeckt auch so ähnlich. Sie nennen es Bärenkraut. Hab ich was vergessen?« Er sah sich suchend um.

»Zwiebeln«, sagte Lomir und zeigte auf einen weiteren Sack. »Und getrocknete Bohnen.«

»Richtig«, sagte Pintel glücklich. »Ist das nicht toll?«

»Wie lange wollen wir bleiben?«, sagte Krona. »Zwei Wochen?«

»Das habe ich auch schon gesagt«, sagte Nardon.

»Täusch dich nicht«, sagte Pintel. »Wir werden das blitzschnell verputzt haben, und morgen zum Frühstück gibt es die Reste.«

»Es war gar nicht einfach, die Leute zu überreden, abrantinische Währung anzunehmen«, sagte Lianna. »Dabei glaube ich nicht einmal, dass sie über die politische Lage Bescheid wissen. Sie hatten einfach noch nie abrantinisches Silber gesehen.«

»Und sie waren misstrauisch uns Fremden gegenüber«, fügte Nardon hinzu. »Völlig normal, würde ich sagen. Mit unserer Währung könnten wir allerdings wirklich ein Problem bekommen, gerade in Städten, wo die Leute besser informiert sind. Und mit unserer Sprechweise, nebenbei bemerkt. Als Zentalliner gehen wir allesamt nicht durch.«

»Lassen wir es auf uns zukommen«, sagte Lomir. »Einstweilen glaube ich, dass diese zentallinischen Hühnchen sich hervorragend mit meinem abrantinischen Magen vertragen werden, sobald sie einmal zubereitet sind.«

»Dazu muss man sie zunächst töten«, sagte Nardon. »Gibt es Freiwillige?«

»Ich nicht«, sagte Pintel. »Wenn ich das immer selbst tun müsste, könnte ich zum Vegetarier werden, wirklich.«

»Vege-was«, sagte Krona.

»Pflanzenfresser«, sagte Fenrir und zeigte die Zähne.

»Ach so«, sagte Krona. »Also, gebt mir die Viecher. Ich mach das schon.«

Sie nahm Lomirs Holzbeil, das an einem sauber aufgestapelten Holzstoß lehnte, legte sich einen dicken Ast bereit und griff dann in den Sack mit den Hühnern. Wildes Gegacker ertönte, dann hatte sie ein Huhn bei den Füßen gepackt und beförderte es ans Tageslicht, wo es kopfüber hing und hektisch flatterte. Mit einigen geschickten Griffen legte sie dem Huhn die Flügel an den Leib und klemmte es sich unter den Arm, dass es sich nicht wieder befreien konnte, legte es mit dem Hals über den Ast und trennte ihm mit einem sauberen Schlag den Kopf ab.

»Ich dachte nicht, dass du so etwas kannst«, sagte Lomir erstaunt. »Lernt man das bei der Armee?«

»Bei der Armee nicht, aber in der Küche«, sagte Krona und entließ das kopflose Huhn aus ihrem Griff, das flatternd zu Boden fiel und eine Blutspur im frischen Gras verteilte. »Ich hatte schließlich noch anderes zu tun als mich mit meinem Holzschwert auf dem Kasernenhof herumzudrücken.«

»Puh«, sagte Lianna, als das kopflose Huhn in ihre Richtung torkelte, und machte einen Schritt zur Seite. »Was für eine widerliche Arbeit.«

»Vielleicht erzähle ich dir eine Neuigkeit, Schätzchen, aber Hühner schlüpfen im Allgemeinen nicht gebraten aus dem Ei«, sagte Krona bissig.

»Vielleicht erzähle *ich dir* eine Neuigkeit, *Schätzchen*, aber ich habe meine Zeit bisher mit Besserem als Hühnerschlachten verbracht«, fauchte Lianna.

»Sei besser vorsichtig«, sagte Krona. »Du weißt, was aus dem Letzten geworden ist, der es gewagt hat, mich Schätzchen zu nennen.«

Lianna lachte auf und pflanzte ihre Stiefel ins Gras. »Vor dir hab ich doch keine Angst, mit deinen Metzgermethoden!«

»Mädels!«, polterte Lomir. »Geht das schon wieder los?«

»Lass es gut sein«, sagte Thork und fasste Lianna am Arm. »Niemand hat gesagt, dass du jetzt mit dem Hühnerschlachten anfangen sollst.«

»Ich bin kurz davor«, knurrte Krona. »Ein Huhn ist noch übrig.«

»Auch du, lass es gut sein«, sagte Thork, kaum erhob er die Stimme, aber Krona entging nicht, dass es ihm ernst war. »Ich bin es leid, andauernd den Friedensstifter zu spielen. Ihr kommt beide gefälligst zur Vernunft, und ich schlage vor, dass die Ältere mit gutem Beispiel vorangeht.«

Krona schnaubte, rupfte das zweite Huhn aus seinem Sack und bereitete seinem Leben heftiger ein Ende, als das arme Huhn es verdient hatte.

»Ich könnte einen Speckkuchen backen«, sagte Pintel rasch. »Oder natürlich einen Honigkuchen, wie ihr wollt, aber jedenfalls brauche ich dazu einen Stein, schön glatt und flach und ein bisschen gesäubert, den legen wir dann ins Feuer und lassen ihn richtig heiß werden.«

»Ich gehe einen suchen«, erbot sich Lomir.

»Fein«, sagte Pintel. »Dann brauche ich noch jemanden zum Zwiebelschälen und jemanden zum Wasserholen. Wir können einen Tee trinken, während wir aufs Essen warten.«

»Ich gehe baden«, sagte Lianna und nahm ihren Rucksack auf. »Also wenn ihr Wasser holen wollt, tut es jetzt und haltet euch dann vom Bach fern, bis ich wieder da bin.«

Die Gefährten verteilten sich. Krona blieb zurück.

»Und wer rupft die?«, fragte sie und hielt die kopflosen Hühner in die Höhe.

»Im Zweifelsfall diejenige, die fragt«, sagte Lomir grinsend. »Ich jedenfalls suche einen Stein.«

»Ach nö«, sagte Krona enttäuscht. »Ich hasse diese Arbeit.«

»Ich nehme dir eins ab«, sagte Thork und streckte die Hand aus. »Lass uns hinüber gehen in den Wind, dann treibt es uns die Federn nicht ins Gesicht.«

Missmutig folgte Krona dem Zwerg an den Rand des Mauerkreises, hockte sich auf einen Vorsprung und nahm die ungeliebte Arbeit auf. Ihre Missstimmung hielt allerdings nicht lange an.

Das Land, das sich unter ihr ausbreitete, war lieblich, und endlich riss auch die Wolkendecke und die Sonne schickte einige lange, schräge Strahlen hinunter. Weit entfernt am Waldrand glitzerte eine versteckte Wasserfläche.

Die Luft war mild, streichelte ihre nackten Beine unter dem Mantel und trug einen leichten Blütenduft zu ihr. Die Arbeit ging schnell voran und bald hing ein dünner Federteppich wie Schneeflocken im Gras vor ihnen.

»Du darfst sie nicht so hart angehen«, sagte Thork in die Stille hinein.

»Was?«, sagte sie.

»Lianna«, sagte er. »Du darfst sie nicht so hart angehen.«

Sie sah zu dem Zwerg hinüber, doch der wandte ihr seine versehrte Gesichtshälfte zu, und sein Gesichtsausdruck war nicht zu erkennen.

»Na ja«, sagte sie. »Sie regt mich auf. Sie ist ein arrogantes Miststück, mit Verlaub. Und sie hat offenbar niemals in ihrem Leben auch nur das geringste bisschen Erziehung genossen. Ich weiß wirklich nicht, warum jemand wie du es mit einer wie ihr aushält.«

Der Blick des Zwergen streifte sie, und zu ihrer Überraschung sah sie eine Spur von Erheiterung unter dem dichten Bart.

»Die meisten werden das denken, nur andersherum«, sagte er. »Gut möglich.«

»Meine Bitte war mir trotzdem ernst. Sie ist sehr jung, und sie hat es nicht leicht gehabt in den vergangenen Monaten.«

»Mir kommen die Tränen. Als ich zwanzig war, war ich Rekrutin in der Armee. Meinst du, das war einfach?«

»Sie versucht nur, zurechtzukommen, so wie du es damals vermutlich auch versucht hast.«

»Ich bin aber nicht durch die Welt gegangen mit der Erwartung, dass man mir den roten Teppich unter den Füßen ausrollt.«

»Vermutlich, weil du nie einen gehabt hast. Bei ihr ist es umgekehrt. Sie hatte nie etwas anderes. Sie war die geliebte Tochter eines Clanführers. Ein ganzer Clan lag ihr zu Füßen. Sie hatte tatsächlich nie die Notwendigkeit, ein Huhn selbst zu rupfen. Es geschah, was sie befahl. Und nun versucht sie, sich in einer Welt zurechtzufinden, in der praktisch niemand ihren Namen kennt, geschweige denn etwas auf ihren Rang gibt. Sie ist nicht vorbereitet auf dieses Leben.«

»Entschuldige, falls ich ablenke«, sagte sie, »aber ich bin beeindruckt. Ich weiß nicht, ob ich je eine so lange Rede von dir gehört habe.«

»Das Thema liegt mir am Herzen«, sagte er ernst.

»Ja«, sagte sie und seufzte. »Ich kann auch nicht aus meiner Haut«, sagte sie nach einer Weile. »Es sind einfach Leute wie sie, die Leute wie mich viel zu lange wie Scheiße behandelt haben. Weißt du, was ich meine? Leute, die ihre Soldaten mit der gleichen Selbstverständlichkeit in eine sinnlose Schlacht schicken, wie sie erwarten, dass man ihnen vorher noch den Dreck von den Stiefeln kratzt. Leute, die einen behandeln wie Vieh, nur weil man auf einem Küchenboden zur Welt kam und nicht auf seidenen Laken!«

»Dafür kann sie nichts. Und dafür darfst du sie nicht strafen.«

»Sie soll sich ihren Dünkel abgewöhnen, dann muss ich sie für gar nichts strafen«, sagte Krona und rupfte heftig an den Schwanzfedern ihres Huhnes.

Thork sah sie an, und sie seufzte erneut. »Ist schon gut. Ich hab's verstanden. Ich werde tun, was ich kann, in Ordnung?«

Thork nickte und wandte sich wieder seinem Huhn zu.

»Sag mal«, sagte Krona nach einer Weile. »Hast du nicht Angst, dass sie dich verarscht? Ich will nicht hart klingen, aber ist denn wirklich zu erwarten, dass sie den Rest ihres Lebens mit dir verbringt?«

»Sie behauptet es.«

»Und du glaubst ihr das?«

»Ich glaube, dass sie es glaubt.«

»Ist das nicht ein bisschen wenig?«

Thork hielt in seiner Arbeit inne, und für einen Augenblick glaubte sie, zu weit gegangen zu sein, doch dann schien er sich nur Zeit mit der Antwort zu lassen.

»Es genügt mir«, sagte er nach geraumer Zeit. »Ich denke, Gròr hat sie mir geschickt, damit ich sie ein Stück ihres Weges begleite. Es ist nicht an mir, zu entscheiden, wie lange das sein wird. Ich kann nur alles, was ich kann, für sie tun, solange es anhält.«

»Du meine Güte«, sagte sie ehrlich beeindruckt. »Ich wünschte wirklich, sie wüsste das zu würdigen.«

»Das tut sie«, sagte er. »Auf ihre Weise.«

»Was ist mit den Hühnern?«, kam Pintels Stimme von hinten. »Die Bratspieße sind fertig, und alle haben Hunger!«

»Mach es selbst, wenn es dir nicht schnell genug geht«, sagte Krona und erhob sich steif. »Hier ist das erste. Die Reste kannst du im Feuer absengen. Soll ich's dir noch ausnehmen, oder machst du das selbst?«

»Danke«, sagte Pintel und nahm Krona das Huhn ab. »Ich mach' es selbst. Wenn du willst, kannst du den Zwergen beim Zwiebelschälen helfen.«

Das Feuer war mittlerweile von großen, flachen Steinen umgeben, die es an der Ausbreitung hinderten. Pintels größter Topf stand auf einem rußigen Dreibein über den Flammen, das Wasser darin kochte und wirbelte träge rote Bohnen an die Oberfläche. In einen zweiten Topf warf Fenrir gerade eine Handvoll Teeblätter. Würzige Duftschwaden breiteten sich aus.

»Jemand Tee?«, fragte Fenrir.

»Ja«, sagte Krona, der allmählich von den Füßen her kalt wurde, und hockte sich ans Feuer. Fenrir goss ihr einen Becher ein und reichte ihn ihr hinüber.

»Wenn ich dich Tee trinken sehe, muss ich immer an die Bäckerei denken«, sagte er lächelnd. »Der erste Auftritt, den ich von dir sah, und immer noch einer der besten.«

»Viel passiert, seither«, sagte sie und sah ihn an.

»Ja«, sagte er.

»Was für eine Bäckerei?«, fragte Lomir neugierig und warf eine geschälte Zwiebel in den Topf zu den Bohnen.

»Die, in der wir uns zum ersten Mal über den Weg liefen«, sagte Fenrir. »Frühmorgens.«

»Tatsächlich?«, sagte Lomir erstaunt. »Ihr habt euch beim Bäcker kennengelernt? Beim Brötchenholen?«

»Ja«, sagte Krona grinsend.

»Das ist der Stoff, aus dem die Legenden sind«, sagte Nardon kopfschüttelnd.

»Ich dachte, es hätte eine Bekanntmachung gegeben, bezüglich der Erbe-Sache«, sagte Lomir.

»Die kam später, am gleichen Tag«, erklärte Krona.

»Und niemals hätte ich ahnen mögen, dass sie mich einmal nach Zentallo bringt«, sagte Pintel verträumt.

»Hättest du es bleiben lassen, wenn du es gewusst hättest?«, fragte Lomir.

»Ich weiß nicht.« Pintel seufzte. »Ich habe ein paar ganz schreckliche Sachen erleben müssen seither. Andererseits bin ich wirklich froh, euch alle getroffen zu haben, und es ist auch toll, für eine wirklich gute Sache zu arbeiten. Ich glaube fast, ich hätte es trotzdem gemacht.«

»Ich nicht«, sagte Krona düster. »Ich hätte die Finger davon gelassen, ich schwör's euch. Euch alle hätte ich auch gemütlich in einer Kneipe kennenlernen können.«

»Wohl kaum«, sagte Lomir und grinste. »Die Kneipen, in denen du gerne verkehrst, meiden wir anderen weiträumig.«

»Blödmann«, sagte Krona und zog ihr Messer. »Gib mir eine verdammte Zwiebel. Sonst haben wir morgen immer noch nicht gegessen.«

»Wo wir gerade bei Legenden sind«, sagte Nardon. »Interessiert jemand sich für die Geschichte dieses Ortes?«

»Wenn sie gut ist«, sagte Lomir und nahm sich eine neue Zwiebel.

»Sie ist tragisch, wie alle Legenden um solche Orte, und vermutlich größtenteils erfunden«, sagte Nardon. »Aber wahrscheinlich hat sie einen wahren Kern, wie die meisten Legenden. Wie die Mauerreste schon vermuten lassen, war es ein Turm, aber kein Leuchtturm, sondern eine Vogelwarte. Sie ist so alt, dass noch die Elfen sie errichtet haben sollen, bevor sie die Westliche Welt verließen, was natürlich keine konkrete Aussage beinhaltet außer der, dass dieses Bauwerk so alt ist, dass die Menschen sich an seinen Ursprung nicht mehr erinnern. Ich würde sagen, es ist nicht älter als tausend Jahre und wahrscheinlich von Menschen gebaut, nachdem es noch niemandem gelungen ist, einen schlüssigen Beweis für die Existenz der Elfen zu erbringen. Später haben hier Menschen gelebt, die Skògr verehrten, den Gott, der die Elfen geschaffen haben soll, Lares, wie er in eurer Sprache heißt. Ich nehme an, dies entspricht der Wahrheit und ist der Ursprung der Elfen-Geschichte. Die Priester haben versucht, anhand des Vogelfluges das Wetter vorherzubestimmen und die Qualität der Ernte vorherzusagen, und wir können wohl davon ausgehen, dass sie als Orakel für die Umgebung einen hübschen Nebenverdienst hatten, was sicher der weniger wissenschaftliche Teil ihrer Betätigung war.«

»Warum wurde der Turm aufgegeben?«, fragte Lomir.

»Der Blitz schlug ein, und der Turm brannte völlig aus«, sagte Nardon. »Die Leute hielten das wohl für ein schlechtes Omen, gerade für eine Wetterstation. Übrigens sagt der Bauer, der Ort sei verflucht, und das nicht nur wegen des Blitzschlages. Er hat uns dringend davon abgeraten, hier zu nächtigen.«

»Tatsächlich?«, sagte Pintel und sah sich unbehaglich um.

»Ja«, sagte Nardon. »Der Geist eines unglücklichen Elfen soll hier umgehen, der in eine tragische Liebesgeschichte mit einer Menschlichen verstrickt gewesen sein soll. Das Übliche, könnte man sagen. Er war einer der Baumeister des Turmes und sie die Tochter des örtlichen Herrschers, oder so ähnlich. Sie brannten miteinander durch, aber ihre kurze Lebensspanne, verglichen mit seiner, hat ihnen einen Strich durch die Lebensplanung gemacht. Als sie tot war, kehrte er zurück zu seinem Turm und brachte sich kurze Zeit später hier um. Sein Herz soll in die Fundamente des Turmes eingemauert sein, und in Vollmondnächten geht er wandern. Oder so ähnlich. Ihr glaubt doch wohl nicht etwa daran?«

»Ich weiß nicht«, sagte Pintel. »Seit wir auf Sturmwacht waren, bin ich ein wenig empfindlich auf solche Dinge.«

»Nur weil es auf Sturmwacht Geister gibt, heißt das nicht, dass jedes verfallene Bauwerk welche hat«, sagte Nardon. »Allein schon durch seine Geschichte ist Sturmwacht einzigartig.«

»Wie auch immer«, sagte Krona und warf ihre Zwiebel in den Topf. »Nachdem ich heute ganz bestimmt nicht mehr zusammenpacke und mein Lager verlege, kann der Herr Elf gerne seine Runden drehen. Ich ziehe dann einfach die Füße ein.«

»Pragmatische Einstellung«, sagte Lomir und schaute in den Topf. »Teile ich. Ich denke übrigens, es reicht mit den Zwiebeln. Es soll ja noch etwas anderes geben, oder nicht?«

»Allerdings«, sagte Pintel. »Macht mir mal Platz am Feuer. Mein Stein sollte heiß genug sein.«

Pintel hielt Wort. Er rieb die ausgenommenen Hühner mit einer Paste aus Honig, Öl und getrockneten Kräutern ein, füllte sie mit dem Bärenkraut und hängte sie an Spießen übers Feuer, wo sie alsbald zu brutzeln begannen und einen wunderbaren Duft verbreiteten. Während die Hühner brieten, rieb Pintel den erhitzten Stein mit Speck ein und buk flache, knusprige Fladen, die er mit Käse und gewürfeltem Speck belegte und zusammenklappte. Zu den Bohnen und Zwiebeln gab er ein Sträußchen getrockneter Kräuter, die er mit einem Stück Faden zusammengebunden hatte. »Meine letzten«, sagte er seufzend. »Alle meine Vorräte gehen zu Ende. Das Salz ist auch fast alle. Eine größere Stadt mit einem ordentlichen Markt könnte ich brauchen, bevor wir uns für längere Zeit in die Wildnis wagen.«

»Bekommst du«, versprach Lomir, und Fenrir schnaubte und verdrehte die Augen.

»Kommen wir nicht gerade aus einer?«, fragte er missmutig.

»Trotzdem hat einiges in meiner Ausrüstung die Schiffsreise nicht sehr gut überstanden, und ich würde es gerne austauschen«, sagte Lomir. »Und Nardon braucht ohnehin sein Amt.«

»Mein Amt«, sagte Nardon. »Jetzt soll ich's wieder gewesen sein, ja?«

»Einer muss immer«, sagte Lomir grinsend. »Und Herr Wolf kann sich gerne die Umgebung ansehen, während ich die Möglichkeiten der Auslandsexpansion ergründe. Ein Schiff habe ich ja jetzt.«

Lianna kehrte von ihrem Bad zurück, und während die Sonne sich allmählich senkte, nahmen sie ein fürstliches Abendessen zu sich, das sie für die schmale Schiffskost mehr als entschädigte. Dann war es dunkel, der Wind frischte auf und trug einen Geruch nach Meer zu ihnen. Es wurde kalt. Ein wenig mühsam kam Krona auf die Füße, sammelte ihre Kleider ein, die rund ums Feuer zum Trocknen ausgebreitet waren, zog sich Wams und Hosen unter den Mantel und blieb dann unschlüssig stehen. Sie fühlte sich zerschlagen und erschöpft und verspürte doch wenig Lust auf Schlaf. Sie kramte ein wenig in ihrem Rucksack, fand schließlich das kleine Töpfchen mit dem Schmierfett und einen weichen Lappen und kehrte mit ihrem Schwert ans Lagerfeuer zurück.

Die übrigen Gefährten sahen ebenfalls müde aus, selbst Pintel war schweigsam. Lianna war bereits eingeschlafen, den Kopf an Thorks Brust gelehnt. Krona setzte sich und begann, den Flugrost von ihrem Schwert zu polieren, den Feuchtigkeit und Salzwasser dort hinterlassen hatten.

»Ich bin euch noch eine Geschichte schuldig«, sagte Fenrir in die Stille hinein.

»Was?«, sagte Pintel verwirrt.

»Es war nicht immer so«, sagte Fenrir. Krona sah ihn an, seine Haltung wirkte locker, er saß mit untergeschlagenen Beinen und stocherte mit einem Ast in der glühenden Holzkohle, und trotzdem nahm sie etwas wie Mühe oder Anstrengung an ihm wahr, sie hätte nicht sagen können, ob die anderen es auch bemerkten.

»Es begann in dem Sommer, als ich vierzehn wurde«, sagte er. »Es war ein ungewöhnlich warmer Sommer mit hellen Nächten, und diese Nächte waren unruhig. Es hielt mich nicht im Bett, ich war hellwach bei Nacht und musste hinaus. Ich schlich mich aus dem Haus und lief durch den Wald. Meine Eltern waren Papiermacher und wohnten in einem winzigen Dorf an den Osthängen des Wetterstein. Ich war der Älteste von vier Geschwistern. Mein Name lautete anders zu dieser Zeit. Ich begriff nicht, was mit mir geschah. Meine Wahrnehmung war überdeutlich, wenn ich so durch den Wald streifte, ich war mir jedes kleinen Tieres bewusst, ich sah jedes Blatt am Baum, ich wusste, wie der Mond stand, auch wenn er hinter Wolken war. Dann kamen die Träume, früh morgens, wenn ich ein paar Stunden Ruhe fand, wirre Träume voll Licht und Schatten und Bewegung. Ich hätte nicht sagen können, wovon sie handelten. Ich war zum ersten Mal etwas wie verliebt in diesem Sommer, ich dachte, vielleicht läge es daran. Ich sprach mit niemandem darüber. Die anderen im

Dorf berichteten, es triebe sich ein Wolf in der Umgebung herum, man könne ihn nachts heulen hören, er käme gefährlich nahe an die Ställe. Ich sah und hörte nie einen.

Dann kam der Morgen, an dem meine Eltern mich nackt und verwirrt und völlig bedeckt von Kratzern im Wald fanden. Ich hatte keine Erinnerung an die Nacht. Sie sagten, ich hätte einen Fieberanfall gehabt, aber ich wusste, dass es das nicht gewesen war. Unglücklicherweise blieb der Vorfall nicht verborgen, und im Dorf begann man sich zu erzählen, dass etwas mit mir nicht stimmte. Was ja auch den Tatsachen entsprach.«

»Puh«, sagte Pintel betroffen und blies die Backen auf. »Das klingt ja ganz fürchterlich.«

»Unterbrich mich nicht«, sagte Fenrir. Den Blick hatte er vor sich ins Feuer gerichtet, der gelbe Widerschein lag in seinen Augen. »Es ging weiter, den ganzen Sommer über«, fuhr er fort. »Ich wurde gemieden, sogar von meinen Geschwistern. Es war nicht das Schlechteste, was mir passieren konnte, so hatte ich mehr Zeit, mich mit mir selbst zu beschäftigen. Dann kam die erste Wandlung, die ich bewusst wahrnahm. Sie erschreckte mich zutiefst. Ich wollte es nicht. Ich hatte panische Angst. Ich war ein Junge vom Dorf, ohne Bildung, ich hatte nichts gesehen von der Welt, und es war niemand da, der mir helfen konnte, damit umzugehen. Ich begriff, dass es von Zeit zu Zeit einfach geschah. Ich begann, mich einzusperren, wenn ich das Gefühl hatte, es nicht länger unterdrücken zu können. Es gab einen kleinen Schuppen abseits unseres Hauses, dorthin verkroch ich mich und wandelte. Es war qualvoll. Ich war ein wildes Tier, eingesperrt in einem stinkenden, dunklen Raum. Ich war voller Panik. Ich wütete dort bis zur völligen Erschöpfung. Morgens, wenn meine Rückverwandlung geschehen war, schlich ich mich zurück ins Haus, aber wohl auf die Dauer nicht heimlich genug, denn irgendwann erregte ich die Neugier meiner Geschwister. Mein Bruder, der zweitälteste, er war zehn oder etwas, muss mich beobachtet haben, als ich in dem Schuppen verschwand, und er wollte wohl unbedingt wissen, was ich dort tat. Zusammen mit einem Freund aus dem Dorf legte er sich auf die Lauer. Ich bemerkte wohl, dass etwas anders roch, als ich an diesem Abend kam, aber ich konnte die Zeichen noch nicht deuten, und ich war voll genug von meiner eigenen Angst.«

Er stieß den Ast ins Feuer, dass die Funken stoben, und hob den Blick. Seine Augen brannten. Krona hielt seinem Blick stand, als er ihren übers Feuer hinweg suchte. Ihr Schwert ruhte längst reglos auf ihren Knien. Es war, als sähe sie den Hieb auf sich herabsausen, ihre Deckung war durchbrochen, gleich würde der Schmerz kommen.

»Ich wandelte, und mein Bruder und sein Freund erschraken zu Tode. Sie sprangen aus ihrem Versteck und rannten schreiend zur Tür, aber in ihrer Panik konnten sie den Riegel nicht bewegen. Sie schrien, es war laut und schrill, und rüttelten an der Tür. Ihre Panik sprang direkt auf mich über. Ich fiel über den Freund meines Bruders her und biss ihn tot.«

Sein gelber Blick hielt sie bei sich, sie versuchte, es zu ertragen und konnte es nicht. Sie schloss die Hand um die Klinge, die auf ihren Knien lag, und drückte zu.

Der körperliche Schmerz fraß sich ihre Hand hinauf bis in ihr Bewusstsein und löste den Bann. Lomir schrie auf, sprang zu ihr und schlug ihr die Hand weg. Pintel schniefte laut und vergrub die Nase in ein zweifelhaft sauberes Taschentuch. Lianna erwachte und sah sich verwirrt um.

»Was ist los?«, sagte sie verschlafen.

»Nichts«, sagte Fenrir, er sah aus wie immer. »Ich glaube, der Hauptmann hat sich an der eigenen Klinge verletzt.«

»Es ist nicht schlimm«, sagte Krona und wischte mit dem Ärmel Blut von ihrer Hand. »Es ist die Linke. Ich kann kämpfen, wenn's drauf ankommt.«

»Der Rest ist unspektakulär«, sagte Fenrir, »und schnell erzählt. Ich ging noch in der Nacht fort von zu Hause. Es ist viele Jahre her und ich habe viel gelernt. Ihr müsst euch also nicht fürchten.« Ein kühles Lächeln spielte um seine Mundwinkel.

»Habe ich eine Geschichte verpasst?«, fragte Lianna.

»Sie war nicht für dich bestimmt«, sagte Fenrir.

»Wie liebenswürdig«, murrte sie. »Da fühlt man sich doch gleich richtig gut aufgehoben.«

»Wir anderen sollten schlafen gehen«, sagte Krona und suchte in ihrer Manteltasche nach einem Taschentuch. »Ich weiß nicht, wie spät es ist, aber wir sind alle ganz schön fertig.«

»Nimm etwas Sauberes«, riet Nardon ihr. »Warte. Ich habe noch Verbandszeug. Tu den dreckigen Fetzen weg! Das kann man ja nicht mit ansehen.«

»Ist es schlimm?«, fragte Thork.

»Nein, verdammt«, sagte sie. »Kleiner Arbeitsunfall, nichts weiter.«

»Zeig her«, sagte er und erhob sich. Er nahm Kronas Hand in seine große, narbige, und hielt sie fest. Ihre Haut wurde warm, wo er sie berührte, dann heiß. Sie keuchte erschreckt auf und versuchte, die Hand wegzuziehen, doch er hielt sie fest. Ein heftiges Kribbeln breitete sich in ihrer Handfläche aus, wie ein Schauer kleiner, tiefer Nadelstiche, es zog sich hinauf bis zum Ellenbogen. Dann ließ Thork ihre Hand los.

»Gegen anderen Schmerz kann ich nichts tun«, sagte er und sah aus seinem einzelnen Auge zu ihr hinunter. »Aber zumindest das kann ich.«

Krona hob ihre Hand und bewegte die Finger. Der Schmerz war fort. Sie wischte das restliche Blut von der Handfläche. Eine dünne, rote Narbe verlief darunter wie von einer Verletzung, die Wochen alt war.

»Alle Götter«, sagte Lomir fassungslos. »Wie hast du denn das gemacht?«

»Nicht ich«, sagte Thork. »Gròr.«

»Das ist toll«, sagte Pintel, dessen Stimme noch etwas erstickt klang. »Du bist ein Heiler! Ich habe von solchen gehört, aber ich wusste nicht, ob ich sie nicht für eine Legende halten soll! Ich habe nie einen getroffen!«

»Oder er hat es dir nicht auf die Nase gebunden«, sagte Thork.

»Das kann natürlich auch sein. Warum hast du nie etwas gesagt?«

»Warum hätte ich sollen?«

»Na ja«, sagte Pintel und hob die Schultern. »Ich weiß nicht. Es ist doch nichts, das man geheim halten muss.«

»Ich hab's ja auch nicht geheim gehalten.«

»Hm«, sagte Pintel beeindruckt.

»Es ist jedenfalls die beste Nachricht des heutigen Tages, fast besser noch als das Land zu erreichen«, sagte Nardon. »Jetzt kann ich etwas beruhigter in die Zukunft sehen. Und mich ganz beruhigt schlafen legen, Freunde.« Er erhob sich und gähnte.

»Er hat recht«, sagte Lomir. »Folgen wir seinem Beispiel. Wer hält die erste Wache?«

»Ich«, sagte Fenrir. »Ich habe noch Pläne für die spätere Nacht.«

»Danke«, sagte Krona zu Thork. »Und richte deinem Gott meine besten Grüße aus.«

»Tu das doch selbst«, sagte Thork.

»Ich weiß nicht.« Krona verzog das Gesicht. »Wer weiß, wie die Götter auf mich zu sprechen sind.«

»Sie wären vielleicht freundlicher, wenn du weniger in ihrem Namen fluchen würdest.«

»So, wie sie bisher mit mir umgesprungen sind, kann ich noch eine ganze Menge in ihrem Namen fluchen.«

»Wie du meinst«, sagte Thork unbewegt.

Sie schichteten einige dicke Äste auf die Glut und rollten ihre Schlafmatten aus. Einer nach dem anderen legten sie sich schlafen, und langsam kehrte Ruhe ein.

Der Schlaf wollte sich nicht einstellen, und nach den vergangenen Nächten rechnete Krona auch kaum mehr damit. Mit weit offenen Augen starrte sie hinauf in den schwarzen Himmel, an dem mit ungewohnter Klarheit die Sterne funkelten, als könne man sie pflücken wie reife Kirschen. Das Feuer knackte und knisterte.

Sie versuchte, sich vorzustellen, wie die Welt aus den Augen eines Wolfes aussehen mochte. Sie hatte diesen Teil von Fenrirs Leben bisher einfach hingenommen, er war ihr so fremd und merkwürdig erschienen, dass sie sich nicht weiter damit befasst hatte. Sie hatte gesehen, wie er sich wandelte, und doch hatte sie sich nicht vorstellen können, dass der magere, struppige Wolf tatsächlich die gleiche Person sein sollte – dass überhaupt der Begriff *Person* auf ihn zutraf.

Sie drehte dem Feuer den Rücken zu und schloss die Augen.

Schlaf, verdammt.

Sie werkelte an ihrem Schlafsack herum, sie fand keine bequeme Haltung, so sehr sie sich auch bemühte.

Heute hatte er ihr zum ersten Mal etwas gegeben, das sie begreifen konnte: die wilde, heiße Kampfeswut eines Wesens, das in die Ecke gedrängt war. Sie kannte die Empfindung, sie war ein Teil ihres soldatischen Erfolges. Sie sah den engen, dunklen Raum vor sich, hörte die schrillen, panischen Schreie der Jungen.

Momentchen. Du bist nie dort gewesen.

Warum fühlt es sich aber so an? Ich weiß sogar noch, wie das Blut geschmeckt hat.

Sie setzte sich ruckartig auf, versuchte, das Grauen abzuschütteln, das sie ergriff.

»Wenn du dich schnell genug herumwälzt, hast du vielleicht bald ein tiefes Loch gegraben, und wir anderen haben endlich unsere Ruhe!«, kam Lomirs ärgerliche Stimme von der anderen Seite des Feuers.

»Ist schon gut«, sagte sie und strich sich mit flachen Händen übers Gesicht. »Entschuldige.«

Sie strampelte den Schlafsack von ihren Beinen, griff nach ihrem Mantel und stand auf. Um die anderen nicht länger zu stören, ging sie bis zum Rand des Mauerrunds. Der Wind kam vom Meer, sie meinte, es leise rauschen zu hören. Sie wickelte sich in ihren Mantel und kletterte vorsichtig über von der Witterung rund geschliffene Steinhaufen auf die Mauer. Ein paar Schritte ging sie auf der Mauer entlang, die Nacht war so hell, dass sie jede Ritze und jedes Grasbüschel erkennen konnte, dann fand sie eine Stelle, wo sie ihren Rücken anlehnen konnte, und setzte sich, den Blick nach draußen gerichtet.

Sie hatte es gehofft, und tatsächlich blieb sie nicht lange allein. Sie hörte seinen leichten Schritt hinter sich, dann stieg er neben ihr auf die Mauer, sein Mantel bauschte sich um seine langen Beine.

»Ich bin die erste Wache, nicht du«, sagte er.

»Ich weiß«, sagte sie. »Ich kann trotzdem nicht schlafen. Ich habe seit Ehrenfeld nicht mehr richtig geschlafen. Es ist zum Kotzen.«

»Willst du lieber alleine sein?«

»Nicht, wenn sich's vermeiden lässt.«

Er ging neben ihr in die Hocke, dann setzte er sich und ließ die Beine über den Mauerrand baumeln. Sie spürte, wie er mit seiner Stiefelspitze gegen ihren Knöchel tippte.

»Die Nacht ist so hell, findest du nicht?«, sagte sie. »Ganz ungewohnt. Vielleicht hätten wir doch ein Fass von der Sturmbringer mitnehmen sollen. Dann könnte ich mir jetzt gepflegt einen antrinken.«

»Dann bin ich froh, dass wir's nicht getan haben«, sagte er. »Der Suff bringt nicht deine besten Seiten zum Vorschein.«

»Und warum sollte mich das kümmern?«

»Es muss dich nicht kümmern«, sagte er. »Wir haben kein Fass. Nur eine sinnlose Diskussion.«

»Du hast recht«, sagte sie und seufzte. »Entschuldige. Ich bin einfach in schlechter Stimmung. Diese Schlaflosigkeit macht mich fertig.«

»Und ich habe mit meiner Geschichte nicht zur Verbesserung deiner Stimmung beigetragen«, sagte er. »Ich hätte sie vielleicht für mich behalten sollen. Nicht nur wegen dir. Ich befürchte, ich habe auch den anderen den Abend verdorben.«

»Das macht nichts«, sagte sie. »Die anderen werden wissen, wie sie es zu werten haben. Du erzählst ja nicht täglich was aus deinem Leben.«

»Ich weiß gar nicht, warum ich's getan habe«, sagte er kopfschüttelnd. »Ich hatte das plötzliche Bedürfnis, jemanden teilhaben zu lassen. Es nicht mehr alleine zu tragen, verstehst du?«

»Ja. Höchst ungewöhnlich, für einen zugeknöpften Burschen wie dich.«

»Ja.«

»Hast du's überhaupt schon mal jemandem erzählt?«

»Nur einmal. Es erwies sich nicht als klug. Die … betreffende Person konnte nicht damit umgehen.«

»Ja«, sagte sie und hatte das dringende Gefühl, nicht an diesen Punkt zu rühren.

Eine Weile saßen sie schweigend und sahen hinunter auf das dunkle Land, das sich vor ihnen ausbreitete.

»Was war das vorhin?«, sagte sie schließlich. »Hast du es auch gespürt?«

»Ja«, sagte er. »Wie unter Wasser.«

»Ja«, sagte sie. »Genau. Ich war tatsächlich bei dir, in diesem Raum.«

»Ich weiß.«

»Hast du diese Verbindung mit Absicht hergestellt?«

»Was?«, fragte er entgeistert. »Wie hätte ich das denn tun sollen?«

»Ich weiß nicht. Aber einer muss doch, und ich war's nicht.«

»Erklärungen sind nicht immer so einfach. Und manchmal gibt es gar keine Erklärung. Damit muss man auch leben können.«

»Ungern.«

Er sah sie an, und sein überraschendes Lächeln sprang in seinem Gesicht auf.

»Ich wusste, dass du das sagen würdest«, sagte er.

»Schon wieder eine geheimnisvolle, seltsame Seelenverbindung?«

»Nein. Die allgemeine Vorhersehbarkeit deiner schlichten Soldatenseele.«

»Warte, bis diese schlichte Soldatin dich von der Mauer schmeißt.«

Er lachte, sie sah seine spitzen Eckzähne im Mondlicht schimmern. »Ich habe noch ein Rätsel für dich, Hauptmann«, sagte er. »Diese Nacht ist nicht heller als jede andere gewöhnliche Neumondnacht. Normalerweise würdest du über deine eigenen Füße stolpern, sobald du dich mehr als ein paar Schritte vom Feuer entfernst. Vom Herumklettern auf Mauern mal ganz zu schweigen.«

»Verarsch mich«, sagte sie verblüfft.

»Ungern«, sagte er und grinste breit.

»Das ist doch völliger Unsinn. Ich habe noch nie davon gehört, dass die Sehkraft mit dem Alter besser wird.«

»Lass dich überraschen«, sagte er und wirkte immer noch sehr vergnügt. »Und wundere dich nicht, wenn du eines Morgens ein wenig Kaninchenfell in deinem Mundwinkel findest.«

»Spinner«, sagte sie voller Inbrunst.

Er rückte sich auf der Mauer zurecht und kam ihr dabei näher, sein Oberschenkel berührte ihren, sie spürte, wie sein Knie gegen ihres drückte.

»Das hat hübsch ausgesehen, heute«, sagte er. »Deine Beine unter diesem Mantel.«

»Lass stecken«, sagte sie. »Ich habe nichts davon, solange du dich nicht für das interessierst, was sich zwischen diesen Beinen befindet.«

»Aua«, sagte er. »Du hast dich soeben selbst übertroffen. Ich glaube, mich hat noch nie eine Frau so brutal von der Mauer gehauen.«

»War nicht meine Absicht. Bleib ruhig sitzen. Ich sage dir nur, wie's ist.«

»Auf deine unnachahmlich zartfühlende Art.«

»Zu mir ist auch niemand zartfühlend.«

»Ich wusste …«

»… dass ich das sagen würde. Prima. Von jetzt ab halte ich vielleicht einfach den Mund, bis mir etwas wirklich Überraschendes einfällt.«

Er beließ sein Knie, wo es war, und schaute hinunter auf das dunkle Land. Krona sah ihn an und überlegte, ob sie nun doch zu weit gegangen war.

»Wer sagt denn eigentlich, dass ich mich nicht interessiere«, sagte er nach einer Weile, seine Stimme war leise und dunkel.

»Ich weiß nicht«, sagte sie. »Ich habe da noch diese Stimme im Ohr, die sagt *ich kann einfach nicht mit Frauen, die fluchen und ins Feuer spucken.* Oder so ähnlich.«

»Das war nur eine anfängliche Irritation. Nichts Ernstes.«

»Dann wäre da noch die Tatsache, dass trotz offensichtlicher Bereitschaft von meiner Seite, und trotz ungefähr Tausenden von Gelegenheiten, noch nichts passiert ist. Und? Dämmert die Erkenntnis?«

»Es könnte doch vielleicht sein, dass es nicht am Willen hängt«, sagte er, ohne auf ihren herausfordernden Tonfall einzugehen.

»Was dann? Hast du ein verdammtes Gelübde abgelegt?«

»Es geht nicht. Es ist schwer zu erklären. Und noch viel schwerer, solange du streiten willst, anstatt zu reden.«

Sie atmete tief die salzige Luft und wischte sich Haarsträhnen aus der Stirn. »Ich will nicht streiten«, sagte sie schließlich. »Eigentlich nicht. Es ist die reine Gewohnheit. Also dann, erklär's mir.«

»Es ist schwierig«, sagte er. »Ich habe viel gelernt über dich in den letzten Monaten, und ich – nun ja … es zieht mich zu dir. Aber gleichzeitig, je mehr es mich zu dir zieht, desto deutlicher spüre ich diese Grenze, die ich nicht überschreiten kann. Es ist … als … wäre da schon ein anderer Leitwolf bei dieser Wölfin. Als würde mein Instinkt mir sagen, dass sie bereits einen Gefährten gewählt hätte.«

»Das ist doch Quatsch«, sagte sie. »Du weißt, dass da kein anderer ist.«

»Ich meine deinen Ehemann. Er ist nicht weit genug weg von dir, als dass ich mich heranwagen könnte.«

»Er ist tot! Wie weit soll er denn noch weg sein, verdammt?«

»Ich weiß, dass er tot ist. Aber du scheinst es nicht zu wissen. Zumindest deine Gefühle scheinen es nicht zu wissen. Ich spüre keine Trauer bei dir. Nichts Endgültiges. Nur maßlose Wut und Verzweiflung, dass er dich sitzengelassen hat.«

»Das ist doch Quatsch«, sagte sie wieder, ihre Stimme zitterte so sehr, dass sie die Worte kaum herausbrachte. »Ich weiß nicht, warum du dich so anstellst. Ich hatte wie viele Männer seither? Ein Dutzend?«

»Und was soll das beweisen? Doch nur, dass du dir Befriedigung verschafft hast, wenn dir danach war. Ich habe aber keine Lust, die Nummer dreizehn zu sein, mit der du dir die Zeit vertreibst, bis dir Nummer vierzehn über den Weg läuft.«

»Ich habe zweimal einem Mann die Ewigkeit versprochen«, sagte sie. »Es hat beide Male nicht gehalten. Ich werde es kein drittes Mal tun.«

»Das verlange ich auch nicht«, sagte er. »Ich verlange nur, dass du frei bist, wenn ich mich dir nähere.«

»Weißt du was«, sagte sie und rettete sich in ihren üblichen, harschen Tonfall, »dann nicht. Ich habe noch nie drum betteln müssen. Ich finde einen anderen.«

»Dessen bin ich mir sicher«, sagte er. »Ein Dutzend andere, wenn du es drauf anlegst. Es würde mich allerdings schmerzen, das mit ansehen zu müssen.«

»Wie jetzt?«, fauchte sie. »Du willst nicht, aber ich soll auch mit keinem anderen? Hast du sie noch alle?«

»Hast du mir eigentlich zugehört? Hast du wenigstens etwas von dem begriffen, was ich dir gesagt habe?«

Seine Stimme klang, als sei er den Tränen nahe. Sie erschrak zutiefst und sah zu ihm hinüber, doch er wich ihrem Blick aus. Seine Schultern waren nach vorne gebeugt, seine Stiefel scharrten über den rauen Stein. Sie spürte das dringende Bedürfnis, sich ihm zu nähern. Sie fasste hinüber und ergriff seine Hand, und bereitwillig verschränkten sich seine Finger mit den ihren.

»Ich habe es begriffen«, sagte sie nach einer Weile. »Glaube ich zumindest. Es ist nur … schwierig. Es ist, als käme ich nach einer langen Zeit in ein Haus zurück und müsste feststellen, dass ich vor meiner Abreise nicht aufgeräumt habe. Es steht einfach eine Menge Gerümpel herum, um das sich ewig keiner gekümmert hat.«

»Ja«, sagte er.

»Aber das Wichtigste habe ich begriffen. Bestimmt.«

»Gut.«

Eine Weile saßen sie schweigend.

»Nur für's Protokoll«, sagte sie schließlich. »Wir sitzen hier, in einer lauschigen Frühlingsnacht, und halten Händchen. Wollte es nur mal bemerkt haben.«

»Ist gut«, sagte er, und seine Stimme klang wieder völlig normal. »Ich denke, damit kann ich leben.«

Sie rückte sich auf der Mauer zurecht und zog die Beine unter den Mantel. Die Kälte der Mauer kroch allmählich in ihre Glieder. Sie gähnte und rieb sich mit der Hand übers Gesicht.

»Müde?«, sagte er. »Dann nutze die Gelegenheit und geh schlafen.«

»Ich weiß nicht. Ich kann bestimmt nicht stillliegen, und dann fesselt Lomir mich an den nächsten Baum.«

»Na und? Ich dachte, Soldaten könnten auch im Stehen schlafen.«

»Noch zwei oder drei Nächte von der Sorte, und ich kann es wieder«, sagte sie und gähnte erneut. »Und zwar ganz ohne Lomirs Hilfe.«

»Leg dich hin«, sagte er und löste seine Hand aus ihrer. »Ich drehe mal eine Runde. Wir sollten uns nicht zu sehr auf die abschreckende Wirkung des Elfengeistes verlassen.«

Er schwang die Beine auf die Innenseite des Mauerrunds, sprang auf den Boden und reichte ihr die Hand. Sie folgte zögernd.

»Und wenn es nicht klappt mit Schlafen, dann nutz die Zeit zum Aufräumen«, sagte er.

»Ich weiß nicht, wie du dir das vorstellst«, knurrte sie.

»Ich stelle mir gar nichts vor. Aber es ist ja auch nicht meine Aufgabe.«

»Gute Nacht«, sagte sie seufzend.

»Gute Nacht«, sagte er.

Sie kehrte zu ihrem Lagerplatz zurück, schlüpfte in ihren Schlafsack und zwang sich, ruhig zu liegen. Aus dem Augenwinkel sah sie einen dunklen Schatten, der über die Reste der Mauer sprang, den Hügel hinunter rannte und sich mit den tieferen Schatten der Nacht verband. Von Ferne hörte sie ein einzelnes, langgezogenes Heulen, dann war die Nacht still.

Sie hatte wohl schließlich doch geschlafen, denn als etwas sie weckte, hatte Lomir bereits seine Wache übernommen. Sie sah seine breitschultrige Gestalt auf einem mit Gras bewachsenen Mauervorsprung, das Licht der Sterne lag auf seiner schweren Axt. Direkt neben ihrem Schlafsack bewegte sich etwas. Alarmiert tastete sie nach ihrem Schwert, und ihre Finger berührten dicken, struppigen Pelz. Eine kühle Nase schnupperte über ihr Gesicht, honiggelbe Augen sahen auf sie hinunter.

»Hallo«, murmelte sie. Sie fühlte sich desorientiert, der Schlaf, der so zögernd gekommen war, wollte nun nicht weichen. Ein warmer Körper drängte sich an ihren und streckte sich lang aus, der schwere Wolfsschädel landete auf ihrem Arm.

»Ist schon gut«, murmelte sie. »Ich hatte etwas anderes im Sinn, als ich mit dir schlafen wollte, aber bleib nur.«

Der Wolfsschädel hob sich, für einen Augenblick wurde das kräftige, spitze Gebiss sichtbar, Krona meinte, hinter diesem das andere Gesicht grinsen zu sehen, dann kehrte er in seine Ruheposition zurück und schnaufte tief.

Die Wärme und das gleichmäßige Atmen an ihrer Seite wirkten einschläfernd. Sie drehte sich zu ihm, vergrub die Hand in seinem Pelz und ließ sich von träger Müdigkeit davon spülen.

Ein heftiger Platzregen scheuchte die Gefährten noch vor Sonnenaufgang in die Höhe.

Die Reste des Feuers ergaben sich zischend und rauchend den Wassermassen, die vom Himmel stürzten. Krona war allein auf ihrem Lager, als sie von den ersten Tropfen geweckt wurde und dann sehr rasch auf die Beine kam. In aller Eile brachen die Gefährten das Lager ab, während Pintel die Reste des Abendessens einsammelte und versuchte, sie vor dem Regen zu schützen.

Als der Regen so plötzlich nachließ, wie er gekommen war, versammelten sie sich um die rauchenden Reste des Lagerfeuers.

»Guten Morgen zusammen«, sagte Lomir und drückte Wasser aus seinem Bart. »Alle wach?«

»Man sollte immer aufräumen, bevor man schlafen geht«, sagte Pintel missmutig und hielt ein tropfendes Fladenbrot in die Höhe. »Meint ihr, das trocknet wieder?«

»Wenn du es außen an deinen Rucksack dran hängst und ihm gut Luft zufächelst«, sagte Nardon.

»Meinst du wirklich?«, sagte Pintel zweifelnd, und Nardon grinste.

»Wenn wir schon wach sind, dann lasst uns aufbrechen«, sagte Thork. »Wir haben eine Jagd zu erledigen.«

»Wir sind nicht vollzählig.« Lomir zeigte auf Fenrirs Kleidung und Ausrüstung. »Wo steckt er?«

»Keine Ahnung«, sagte Pintel. »Er könnte über alle Berge sein. Ich nehme an, er hat ordentlich was nachzuholen.«

»Er ist hier in der Nähe«, sagte Krona. »Lasst uns einfach gehen. Er verliert uns schon nicht.«

»Aha«, sagte Lomir und zog die Augenbrauen hoch. »Na, vielleicht hast du ja Informationen, die wir nicht haben.«

»Frag nicht«, sagte Krona. »Ich weiß auch nicht, woher ich das weiß.«

»Eine Seelenverbindung«, sagte Pintel und seufzte sehnsüchtig. »Wie romantisch.«

»Halt den Mund«, sagte Krona nicht zu unfreundlich. »Verpack lieber dein Brot, oder was davon noch übrig ist.«

»Wer nimmt sein Gepäck?«, fragte Pintel und wies mit dem Kinn. »Ich nicht, wenn's recht ist. Ich bin der Kleinste.«

»Wir wechseln uns ab«, sagte Lomir seufzend. »Er kann dann mal eine Weile meinen Rucksack tragen, wenn er wieder da ist.«

Nach einem eiligen Frühstück im Stehen waren sie marschfertig und machten sich auf den Weg. Die Wolken, die sich über den Gefährten ausgeregnet hatten, zogen rasch weiter, der Himmel riss auf und bald erschien die Sonne über dem Horizont und färbte den Himmel leuchtend rosa und orange. Die Luft war mild, auch wenn die Wanderer sich in ihren feuchten Kleidern klamm und kühl fühlten.

Sie folgten einer offenbar wenig benutzten Fahrspur zwischen Schafweiden, vorbei an dem Bauernhof, von dem ihr fürstliches Abendessen stammte, bis die Fahrspur auf eine größere, schlecht befestigte Straße einmündete, in deren Schlaglöchern noch glitzernde Pfützen standen. Nardon, der bei den Bauersleuten nicht nur die Geschichte der Ruine, sondern auch den Weg in die nächste Stadt erfragt hatte, wies ihnen die östliche Richtung, und so folgten sie der Straße und kamen gut voran. Das Land schien fruchtbar zu sein, links und rechts erstreckten sich Felder, auf denen bereits kräftiger grüner Flaum stand. Die Feldraine waren mit dichtem Gestrüpp bewachsen, Heckenrosen und Schlehen, deren kleine schneeweiße Blüten zwischen langen Dornen hervor blitzten, und hohe, sorgfältig gepflegte Obstbäume, die mit rosa und weißen Blüten üppig bedeckt waren. Als die Sonne höher stieg, wurde es so warm, dass sie ihre Mäntel auszogen und sie unter die Klappen ihrer Rucksäcke schoben. Im Landesinneren wurde das Gelände hügelig, fast schon bergig; in engen Serpentinen kletterte die Straße die Hänge hinauf und wand sich auf der anderen Seite wieder hinunter. Bäume säumten die Straße und verbargen den prächtigen Blick über das Land.

Am späten Vormittag mündete ihre Straße erneut in eine größere, die zu ihrem Erstaunen gepflastert war. Ein hölzerner, moosbewachsener Wegweiser stand an der Einmündung und wies ihnen in nordöstlicher Richtung den Weg nach Letis.

»Dahin gehen wir«, sagte Nardon. »Letis ist nicht nur die nächste größere, sondern überhaupt eine der größten Städte Zentallos. Über den Hafen wird praktisch der gesamte Handel mit Abrantes abgewickelt. Wurde, muss man schon fast sagen, wenn sich die Lage nicht entspannt.«

»Wenn du nicht zu schwer an deinem Wissen trägst, kannst du mich mit dem Gepäck hier ablösen«, sagte Lomir und stellte stöhnend Fenrirs Rucksack ab, den er vor dem Bauch getragen hatte. »Man sollte meinen, er hätte Pflastersteine da drin.«

»Wir sollten ihn treffen, bevor wir in die Stadt kommen«, sagte Pintel. »Wer weiß, wohin wir von dort aus gehen. Er könnte seinen Ausflug beenden und sich uns einfach wieder anschließen, meint ihr nicht?«

»Das wird er, und auch rechtzeitig«, sagte Krona.

»Na, hoffentlich hat er das gehört«, sagte Nardon und nahm mit einem Schnaufen das zusätzliche Gepäck auf.

Sie bogen auf die breite, gepflasterte Straße ein, die alsbald anzusteigen begann. Sie passierten eine ganze Reihe von Abzweigungen und begegneten nun auch immer wieder anderen Reisenden: Bauern zumeist, die mit Ochsenkarren in Richtung der Stadt unterwegs waren. An einem öffentlichen Brunnen legten sie eine kurze Rast ein, tranken und füllten ihre Wasserschläuche nach, dann gingen sie weiter. Sie folgten der Straße bis weit in den Nachmittag hinein, ohne von Fenrir etwas zu sehen oder zu hören, und Krona fragte sich allmählich, ob ihr Gefühl sie möglicherweise getrogen hatte. Dann erklommen sie einen letzten Hügelrücken, und endlich lag die Stadt vor ihnen.

Letis empfing sie mit einem prächtigen Anblick. Die Stadt lag in steilem Gelände, das zum Meer hin abfiel. Wie Schwalbennester klebten die unzähligen Häuser an der Felswand. Alle waren aus dem gleichen, hellbraunen Stein gebaut, den man in der Umgebung fand, was die Stadt völlig in die umgebenden Hügelketten einfügte und ihr beinahe eine Art Tarnfarbe verlieh. Oben, auf dem höchsten Punkt der Umgebung, saß eine trutzige Burg, deren äußere Mauer sich an den äußersten Rand einer steilen Klippe klammerte. Links und rechts fielen steile Weinberge in das umgebende Ackerland ab. Tief unten schimmerte das türkisblaue Meer zu ihnen hinauf. Von ihrem erhöhten Standpunkt konnten sie die Hafenanlagen erkennen, die den Eingang einer natürlichen Bucht verengten. Zwei gewaltige, mannshohe Ösen aus dickem Stahl waren in das massive Mauerwerk eingelassen, und sie konnten eine Art von riesiger Winde erkennen und eine gewaltige Kette, die unter Wasser von Öse zu Öse verlief. Schiffe jeder Größe, vom Zweimaster bis zum Fischerboot, schaukelten auf den blinkenden Wellen und drängten sich Rumpf an Rumpf an der inneren Hafenmauer. Vor den Gefährten führte die Straße in weitem Bogen noch ein Stück bergauf und endete dann an einem Mauerring, der das obere Ende der Stadt gegen das Hinterland absicherte.

Während sie noch standen und den großartigen Anblick in sich aufnahmen, bemerkte Krona aus dem Augenwinkel eine Bewegung im dichten Gebüsch abseits der Straße. Sie sah genauer hin, und tatsächlich kauerte da ein dunkler Schatten unter gelbem Ginster, der in voller Blüte stand und einen betörend süßen Duft verbreitete.

»Er ist wieder da«, sagte sie und verbarg ihre Erleichterung.

»Gut«, sagte Thork, der inzwischen Fenrirs Gepäck trug, und stellte den Rucksack vor sich ab. »Wo?«

»Dort drüben, im Gebüsch. Trag den Rucksack einfach ein Stück den Feldrain hinauf und lass ihn dort stehen. Er wird uns dann schon einholen.«

»Falls er gewillt ist, mit uns die Stadt zu betreten«, sagte Lomir. »Was ich aus Gründen der Einfachheit begrüßen würde, aber man weiß ja nie.«

Fenrir war gewillt. Etwa eine Bogenschussweite vor dem Tor hatte er die gemächlich gehenden Gefährten eingeholt. Er wirkte gelöst und erfrischt.

»Ein Hoch auf die guten Augen des Hauptmanns«, sagte er. »Ich habe mich schon gefragt, ob ich mich direkt auf die Straße stellen muss, um von euch anderen wahrgenommen zu werden.«

»Wir waren sehr damit beschäftigt, deinen Rucksack zu tragen«, sagte Lomir spitz. »Da schaut man nicht allzu viel nach links und rechts.«

»Ich danke dir, Lomir«, sagte Fenrir und deutete eine Verbeugung an. »Über die großherzige Freundschaft der Zwerge ist gemeinhin viel zu wenig bekannt.«

»Das ist wahr, auch wenn du es vielleicht gerade nicht ganz ernst gemeint hast«, sagte Nardon.

»So munter?«, fragte Krona ihn. »Was ist mit dem düster herumschleichenden Kerl passiert, den wir bisher dabei hatten?«

»Hast du Sehnsucht nach ihm?«

»Na, so weit würde ich nun nicht gehen.«

»Keine Sorge«, sagte Fenrir und legte im Gehen den Arm um Kronas Schulter. »Ein oder zwei Tage in dieser Stadt, und ich werde düsterer herumschleichen als je zuvor.«

Am Tor herrschte reger Betrieb, obwohl der Nachmittag bereits fortgeschritten war. Die Gefährten reihten sich zwischen Ochsenkarren, offenen Kutschen und Reitern in die Schlange ein und warteten geduldig.

»Beeindruckendes Bauwerk«, sagte Lomir und deutete auf die Stadtmauer, die aus mannshohen Quadern zusammengefügt war und zwölf Schritte hoch oder mehr vor ihnen aufragte. Die langen Strahlen der Nachmittagssonne lagen auf ihren Zinnen und ließen den gelben Stein leuchten.

»Würden die Menschen in den Berg bauen, hätten sie keine Notwendigkeit für Mauern«, sagte Thork kopfschüttelnd.

»Würden die Menschen in den Berg bauen, könnten wir unsere Sachen packen«, sagte Nardon. »Also freue dich, dass sie mit Mauern gut zurechtkommen.«

Der Reisende vor ihnen in der Schlange, nach seiner Ausrüstung zu urteilen ein Tischler, drehte sich zu ihnen um und musterte sie missbilligend.

»Schon gut«, sagte Lomir freundlich zu ihm. »Es soll jeder seine Lebensart pflegen, wie er es mag, nicht wahr?«

Endlich am Tor angekommen, wurde ihnen der Zutritt durch zwei Soldaten in schmucken blauen Uniformen verwehrt, die ihre Hellebarden vor ihnen kreuzten.

»Was ist Euer Begehr?«, fragte der ältere von beiden, der einen prächtigen, gezwirbelten Schnauzbart trug.

»He«, sagte Krona erstaunt. »Die nehmen ihre Arbeit ja richtig ernst.«

»Lasst mich mal«, sagte Pintel und schob sich nach vorne. Er baute sich vor dem Gardisten auf, sah zu ihm hoch und streckte ihm die Hand entgegen.

»Hallo«, sagte er. »Ich bin Pintel Luffelheim, und das hier sind meine Freunde. Ich bin ein reisender Zauberer, oder Magikus, wie es bei Euch heißt. Ich komme von weit her, oh ja! Ich habe eine wirklich scheußliche Schiffsreise hinter mir, von dem beschwerlichen Weg über Land ganz abgesehen, um an der Academia Arcana in Eurer wunderschönen Stadt zu studieren. Ihr habt einen ganz speziellen Lehrstuhl hier, Illusionstheorie, das mag etwas langweilig klingen, aber es ist Grundlagenforschung für die Angewandte Illusionszauberei und von daher äußerst wichtig und verdienstvoll! Und nachdem ich nun den dritten Grad eines Magiesters besitze, fühle ich mich endlich gebildet und reif genug, um den berühmten Vertretern dieses Faches hier in Eurer Stadt in der Diskussion gegenüberzutreten, Tandunil von Arga zum Beispiel, der einen genialen und wegweisenden Aufsatz über die Kombination von Psychomanipulation und Lichtbrechung verfasst hat, oder die legendäre Sipola Min, deren Arbeit über…«

»Ja ja«, sagte der Schnauzbart ungeduldig. »Schon gut. Ihr seid also ein Magikus.«

»Ja«, sagte Pintel atemlos.

»Habt Ihr denn ein Empfehlungsschreiben?«

»Nein«, sagte Pintel erstaunt. »Jetzt sagt bitte nicht, ich würde eines benötigen und hätte den ganzen Weg hierher umsonst gemacht! Ihr habt ja keine Ahnung, wie seekrank ich war!«

»Von Abrantes kommt Ihr, Eurer Aussprache nach«, sagte der Schnauzbart. »So frage ich mich, wo seid Ihr an Land gegangen? Man geht in Letis an Land, wenn man aus Abrantes kommt.«

»Ah«, sagte Pintel und sah sich hilflos um. »Nun, in unserem Fall war das etwas anders, da wir… äh…«

»Zitadel«, sagte Nardon und wies auf Pintel. »Er hat manchmal Schwierigkeiten, sich Dinge zu merken, die nichts mit seiner Wissenschaft zu tun haben. Wir gingen in Zitadel an Land. Es war die einzige

Verbindung nach Zentallo, die wir kriegen konnten. Den Fußmarsch mussten wir in Kauf nehmen.«

»Es fahren leider nicht mehr viele Schiffe zwischen unseren Ländern«, fügte Lomir bedauernd hinzu.

»Kein Wunder«, sagte der Kollege des Schnauzbartes, ein dicklicher semmelblonder Mann mittleren Alters. »Die Abrantiner hätten sich vorher überlegen sollen, ob sie in zentallinisches Protektorat eindringen und sich aufführen wie die Eroberer.«

»*Was*«, sagte Krona. »Ich hab wohl nicht richtig gehört.«

»Mit der politischen Lage haben wir nichts zu tun …«

»Momentchen!«

»… und sind auch nicht im Geringsten interessiert an ihr«, führte Lomir seinen Satz mit Nachdruck zu Ende. »Unserem Meister Luffelheim geht es um die Wissenschaft, und auch wir anderen haben unsere eigenen, völlig unpolitischen Ziele.«

»Aber er kann doch nicht …«

»So«, sagte der Schnauzbart und beugte sich zu Lomir hinunter, bis er mit der Nase fast gegen den Zwerg stieß. »Und was ist Euer Begehr, möchte ich mal wissen?«

»Ahnenforschung«, sagte Lomir sanft.

»Das ist eine unerhörte Frechheit«, fauchte Krona, die sich heftig gegen Fenrirs Zugriff wehrte.

»Geht's jetzt mal weiter da vorne?!«, kam eine wütende Stimme von einem Ochsenkarren hinter ihnen.

»Lasst uns durch«, flehte Pintel. »Bitte. Sie sagt sonst etwas ganz Böses, und Ihr werdet so beleidigt, dass Ihr uns gleich wieder von der Insel schmeißt, und wie komme ich dann in meine Academia?«

»Was hat sie denn für ein Problem?«, fragte der Dickliche und kniff etwas kurzsichtig die Augen zusammen.

»Das fragst du?«, fauchte Krona. »Soll ich dir die Geschichte mal richtig herum erzählen? Einer wie du weiß doch nicht mal, wo die Südlichen Inseln sind, geschweige denn, was da vor sich geht!«

»Hab ich was an den Augen, oder sehe ich eine Frau in Hosen?«, sagte der Dickliche zu seinem Kollegen. »Und warum hat sie ihr Haar nicht bedeckt?«

»Liederliches Abrantes«, sagte der Schnauzbart kopfschüttelnd.

»Zwei sogar«, sagte Lianna, schob sich nach vorne neben Pintel und lächelte ihr lieblichstes Lächeln. »Und bei uns zu Hause erfreuen sich Männer an unseren Reizen und verlangen nicht, dass wir sie verhüllen. Natürlich innerhalb der Regeln des Anstandes, versteht sich.«

»Versteht sich«, murmelte der Schnauzbart, während seine Augen an Lianna hinauf und hinunter gingen. »Nun ja … man könnte fast sagen … jede Lebensart hat etwas für sich, nicht wahr?«

»So ist es«, sagte Lianna lächelnd.

»Lasst Ihr uns jetzt rein?«, fragte Pintel hoffnungsvoll.

»Und ein bisschen schnell!«, brüllte der Bauer hinter ihnen. »Ich habe zwei Schweine hier, und ich will sie verkaufen, bevor sie an Altersschwäche sterben!«

Die beiden Gardisten sahen sich an.

»Bring sie ins Wachhaus«, sagte der Schnauzbart zu dem Dicklichen. »Sie sollen dort ihre Personalien hinterlassen. Und sie sollen sich morgens und abends bei den Wachen melden, so lange sie in der Stadt sind. Außerdem sollen sie ihr nächstes Reiseziel angeben, bevor sie die Stadt verlassen. Es ist Vorschrift«, fügte er zu Lianna gewandt entschuldigend hinzu. »Schließlich seid Ihr aus Abrantes.«

»Schon verstanden«, sagte Lianna, die keinen Augenblick ihr liebliches Lächeln verlor.

»Also dann, folgt mir«, sagte der Dickliche und lehnte seine Hellebarde gegen die Mauer.

Geraume Zeit und mehrere ermüdende Verwaltungsvorgänge später waren sie endlich in der Stadt.

»Warum hast du das gemacht?«, fragte Pintel Lomir. »Falsche Namen angegeben, meine ich?«

»Aus Prinzip«, sagte Lomir. »Ich bin kein Freund der Datenerfassung. Außerdem wird es so wenigstens etwas schwieriger, uns aufzuspüren, falls wir plötzlich fliehen müssen.«

»Was uns durchaus passieren kann, solange wir Leute dabei haben, die sich nicht scheuen, fremde Uniformträger *Arschgesicht* zu nennen«, sagte Nardon wütend.

»Es war das Mildeste, was mir einfiel«, sagte Krona, immer noch geladen.

»Ist schon gut«, sagte Pintel. »Wir sind ja drin. Jetzt seht euch das an.«

Dadurch, dass sie die Stadt an einem ihrer höchsten Punkte betreten hatten, fiel die Straße nun steil vor ihnen ab und öffnete sich in ein Gewirr von weiteren Straßen und Gassen, in denen reger Betrieb herrschte. Die Häuser links und rechts ragten mit ihren zahlreichen Stockwerken schwindelerregend in den Himmel. Viele von ihnen trugen Fahnen über der Tür, die ein rot-weißes Rautenmuster zeigten und im frischen Wind lebhaft flatterten.

»Die Quartiersfarben«, sagte Nardon und zeigte hinauf. »Es gibt in Letis und in einigen anderen zentallinischen Städten die Tradition, dass Stadtteile sich eigenständig organisieren. Eine seltsame Ausformung von Lokalpatriotismus. Vielleicht ein wenig vergleichbar mit der zwergischen Clanstruktur, aber bei weitem nicht so sinnvoll.«

»Woher weißt du das alles?«, fragte Pintel erstaunt. »Bist du schon in Zentallo gewesen?«

»Das ist der Vorteil von Büchern«, sagte Nardon augenzwinkernd. »Solange es jemanden gibt, der einen Reisebericht schreibt, muss man sich nicht selbst auf den Weg machen.«

»Und wo suchen wir dann meine Academia? Ich nehme nicht an, dass jeder Stadtteil seine eigene hat?«

»Sicher nicht. Lasst uns die Stadtmitte suchen. Bergab, sicherlich. Dort finden wir bestimmt ein größeres Amt oder etwas, das uns weiter hilft.«

Sie folgten der Straße, die sich vom Tor aus in Serpentinen tiefer ins Stadtinnere schraubte. Krona staunte. Sie hatte nie zuvor eine so saubere Stadt gesehen: die Straßen waren mit dem hellen, weichen Stein der Umgebung gepflastert, und auch der Müll schien regelmäßig eingesammelt zu werden, statt in den Häuserecken zu verrotten. Die Luft war frisch, der übliche faulige Gestank fehlte, und es ging sich angenehm auf dem welligen Pflaster. Trotzdem fühlte sie sich unbehaglich und seltsam eingesperrt zwischen den hohen Gebäuden, die ihr die Sicht versperrten. Sie sah hinüber zu Fenrir, besorgt, doch er schien die Enge nicht zu spüren, er bewegte sich gelöst und fast fröhlich neben ihr.

»Seltsam«, murmelte sie.

»Was?«, fragte er.

»Gefällt dir diese Stadt?«

»Was ist das denn für eine Frage?«

»Ich dachte nur.«

»In der Tat halte ich es hier besser aus als in dem Dreckhaufen, den man in Abrantes üblicherweise eine Stadt nennt. Weiter würde ich nicht gehen.«

»Wie schön«, sagte sie und wich im letzten Augenblick einem Ochsenkarren aus, der aus einer Seitengasse kam und ihnen den Weg abschnitt. Der Karren kam für einen Augenblick zum Stehen, als der Fuhrmann sich den Hals verrenkte, um den Gefährten hinterher zu sehen.

»Ich fühle mich nicht sonderlich wohl«, sagte Krona im Weitergehen. »Wahrscheinlich, weil wir hier so angestarrt werden.«

»Selbst schuld«, sagte Lomir und grinste. »Was müsst ihr Mädels auch so ein unziemliches Äußeres pflegen.« Er wies mit dem Kinn vor sich, wo eine kleine Gruppe von Frauen mit Körben am Arm ging. Sie trugen bodenlange, raschelnde Röcke, lange Blusen und um die Schultern bestickte Fransentücher. Ihr Haar war zu strengen Knoten gesteckt, die unter bauschigen, gestärkten Hauben kaum zu sehen waren. »So sieht eine anständige zentallinische Frau aus«, sagte er, immer noch grinsend.

»Dann bin ich aber froh, dass ich keine bin«, knurrte Krona.

»Auf die Gefahr hin, mir gebündelten Unmut zuzuziehen«, sagte Nardon, »aber vielleicht solltet ihr beiden euer Äußeres etwas anpassen. Wir würden so viel weniger auffallen.«

»Nur über meine Leiche«, sagte Krona, während Fenrir in spontane Heiterkeit verfiel.

»Ich würde das tun«, sagte Lianna. »Ich finde, es sieht ganz hübsch aus.«

»Wenn, dann beide«, sagte Lomir. »Sonst nützt es nichts.«

»Wieso?«, sagte Lianna. »Ich bin auffälliger. Krona könnte man ohnehin für einen Kerl halten, wenn man nicht genau hinsieht.«

»Das ist unter meiner Würde«, sagte Krona. »Darüber rege nicht mal ich mich auf.«

Die Straße weitete sich zu einem großen Platz, der sich, länger als breit, zu ihrer Rechten erstreckte. Er war umrundet von imposanten Gebäuden. In der ungefähren Mitte führten steinerne Stufen zu einem reich verzierten Brunnen hinauf. Auf dem Platz herrschte, wie überall in der Stadt, reger Betrieb. Von einer Wurstbraterei zog würziger Duft zu ihnen hinüber.

»Sind das Ämter?«, fragte Pintel hoffnungsvoll. »Wir könnten eine Wurst essen, während einer sich erkundigen geht.«

»Ich glaube kaum«, sagte Nardon. »Ein Amt hat normalerweise ein Schild an der Tür, und Leute gehen rein und raus. Weder das eine noch das andere ist gegeben. Trotzdem können wir eine Wurst essen, und einen Schluck aus dem Brunnen nehmen.«

»Ich gehe freiwillig«, erbot sich Pintel. »Wartet am Brunnen auf mich.«

Gemächlich überquerten die Gefährten den Platz und luden am Brunnen ihr Gepäck ab. Ein steinerner Löwe spie einen dicken, glitzernden Strahl in das Becken, und Krona nahm den Hut ab, hielt die Hände in den Strahl, dass es spritzte, und fuhr sich mit nassen Händen durch die Haare. Die Zwerge setzten sich auf die Stufen, und Fenrir setzte sich mit untergeschlagenen Beinen auf die Brunnenumrandung.

»Wie ein Kerl«, sagte Krona zu Lianna. »Pah. Dass ich nicht lache.«

»Ich dachte, du wolltest dich nicht aufregen«, sagte Lianna. »Ich meinte auch nur wegen des Hutes und des Mantels.«

»Na ja«, sagte Krona. »Ob ich dir das glauben soll?«

»Ich gehe mal nach Pintel sehen und helfe ihm beim Tragen«, sagte Lianna ungewöhnlich friedfertig.

»Mach das«, sagte Krona, und Lianna entfernte sich mit wiegendem Schlenderschritt.

Krona wusch sich Gesicht und Hände und füllte ihre Flasche.

»Wir sollten keine Zeit mehr verlieren, sobald wir uns etwas ausgeruht haben«, sagte Nardon, der sein Gesicht in die wärmende Frühlingssonne hielt. »Pintel sagt, er möchte einiges von dem lesen, was Varinn Thara veröffentlicht hat, damit er eine Gesprächsgrundlage hat, wenn wir ihn treffen. Wir wollen schließlich nicht mit der Tür ins Haus fallen. Vielleicht können wir heute noch seinen Wohnsitz in Erfahrung bringen, und den morgigen Tag auf Studien verwenden.«

»Wozu das denn?«, fragte Krona. »Wir wollen doch lediglich wissen, ob er einen Schädel hat.«

»Na, einen wird er mindestens haben, seinen eigenen nämlich«, sagte Nardon mit leichtem Lächeln. »Aber wir werden ja kaum an seiner Tür klopfen und ihn direkt danach fragen. Wir müssen uns zunächst ein Bild von ihm machen, und eine fachliche Diskussion bietet sich da an.«

»Wenn's sein muss. Stellt nur einfach sicher, dass ich das Ende dieser Queste noch erlebe und nicht vorher schon an Altersschwäche sterbe.«

»Auf einen Tag hin oder her kommt's nun auch nicht mehr an«, sagte Lomir gleichmütig.

»Das sagen wir jedes Mal«, sagte Krona.

»Seht mal«, sagte Fenrir und wies mit dem Finger. »Ich glaube fast, die kommen zu uns herüber.«

Sein Fingerzeig galt einem Trupp braun und blau Uniformierter, die mit wippenden Federbüschen und bauschigen, halblangen Mänteln den Platz überquerten und tatsächlich vor dem Brunnen Aufstellung nahmen.

»Ist das Eure Frau?«, fragte ein Uniformierter Fenrir und stellte gewichtig seinen polierten, hohen Stiefel auf die Stufe.

»Was?«, sagte Fenrir verblüfft.

»Diese hier.« Der Uniformierte wies auf Krona. »Gehört sie zu Euch?«

»Was?«, sagte Fenrir wieder, der aussah, als würde er jeden Augenblick in das Wasserbecken hinter ihm fallen.

»Erklär's ihm«, sagte Krona, die sehr breit grinste und die Arme vor der Brust verschränkte.

»Ich erkläre niemandem etwas«, fuhr Fenrir auf. »Was soll die Fragerei?«

»Sie stellt ein öffentliches Ärgernis dar«, erklärte der Uniformierte unfreundlich. »Also sorgt gefälligst dafür, dass sie ihr Haar bedeckt und sich ziemlich kleidet, wenn sie sich in der Öffentlichkeit bewegt!«

»Aber …«, sagte Fenrir.

»Ich wüsste nicht, was an meiner Kleidung unziemlich sein sollte«, sagte Krona und sah an sich hinunter. »Sie ist sogar frisch gewaschen.«

»Sie hat ein Kleid zu tragen oder einen Rock«, sagte der Uniformierte zu Fenrir. »Und im Namen aller gütigen Götter, nehmt ihr das Schwert ab!«

»Das macht ruhig selbst«, sagte Fenrir. »Wobei ich Euch das wirklich nicht raten kann.«

»Ich werde den Teufel tun und eine fremde Frau anfassen!«, entrüstete sich der Uniformierte. »Nein. Ich weiß ja nicht, wie man das bei Euch zu Hause handhabt, aber hier seid Ihr als Ehemann für das Auftreten Eurer Frau verantwortlich.«

»Hast du gehört?«, sagte Krona sanft und legte Fenrir den Arm um die Schulter, während Lomir vor Lachen fast von der Treppe fiel. »Na komm schon. Nimm mir mein Schwert ab.«

Fenrir schnaubte, griff nach Kronas Hut und drückte ihn ihr unsanft auf den Kopf.

»Das ist alles, was ich in dieser Sache zu unternehmen gedenke«, sagte er wütend. »Wie kommt Ihr überhaupt auf die Idee, ich könnte ihr Ehemann sein?«

»Nun kommt schon«, sagte der Uniformierte. »Einer der Zwerge etwa?«

»Und wäre das so abwegig?«, sagte Lomir mit einem amüsierten Seitenblick auf Thork, der unbewegt geradeaus vor sich aufs Pflaster starrte. »Schließlich kommt es nicht nur auf die reine Größe an.«

»Das haben dir die Mädels erzählt?«, sagte Krona grinsend. »Das nenne ich eine Enttäuschung mit Fassung tragen.«

»Ihr macht es immer noch schlimmer«, sagte der Uniformierte zu Fenrir. »Wie könnt Ihr es nur zulassen, dass sie ein so loses Mundwerk führt?«

»Aber wirklich«, echote Krona.

Fast fluchtartig sprang Fenrir auf die Brunnenumrandung und brachte sich damit aus der direkten Reichweite seiner Peiniger.

»Jetzt ist es genug«, sagte er finster. »Wir verlassen Eure ehrenwerte Stadt spätestens morgen. Bis dahin wird jeder die Augen verschließen müssen, dem unser Auftreten nicht gefällt. Das ist mein letztes Wort in dieser Angelegenheit.«

»Wir halten Euch unter Beobachtung«, versprach der Uniformierte grimmig. »Ein Verstoß gegen die Sittengesetze, und wir bringen Euch vor die Kommission.«

»Verstanden«, sagte Nardon, der sich offenbar außerordentlich unbehaglich fühlte. »Wir tun unser Bestes, Herr Wachmann. Seid versichert. Auch wenn es vielleicht nicht ganz einfach werden wird.«

»Abrantiner«, sagte der Uniformierte mit missbilligendem Kopfschütteln, ehe er sich abwandte und seinen Trupp abmarschieren ließ.

»Was wollten die von euch?«, fragte Pintel neugierig, der ein Fladenbrot vor sich her trug, auf dem eine stattliche Anzahl gebratener Würste lag. Die Würste gerieten ins Rutschen, als er sich den Hals verrenkte, um den Uniformierten hinterher zu sehen, und Lianna griff rasch zu und nahm ihm die kostbare Fracht ab.

»Sie nahmen Anstoß an unserem Erscheinungsbild«, sagte Lomir, immer noch sehr erheitert. »An Kronas, um genau zu sein. Es fehlt ihr ein Rock und ein Häubchen, und sie meinten, ihr Ehemann könnte sich mal darum kümmern.«

»Ihr Ehemann?«, fragte Pintel verständnislos, und Lomir wies mit dem Kinn hinauf zu Fenrir.

»Unglaublich«, sagte Pintel kopfschüttelnd. »Da geht man lediglich schnell ein verspätetes Mittagessen holen, und schon hat man was verpasst.«

»Du kannst wieder runterkommen«, sagte Krona zu Fenrir. »Sie sind weg.«

»Ja. Aber du bist noch da, und ich weiß gerade nicht, vor wem ich mich mehr fürchten muss.«

»An meine Gegenwart musst du dich gewöhnen«, sagte sie und nahm sich eine Wurst. »Es sei denn, du willst dich scheiden lassen«, fügte sie grinsend hinzu.

Sehr zögernd kam Fenrir von der Brunneneinfassung herunter.

»Mach dir nichts draus«, tröstete Lomir ihn. »Es werden höchstens ein paar Monate vergehen, bis wir dich nicht mehr damit aufziehen.«

»Ich finde die Situation nicht gar so lustig«, sagte Nardon mit einer steilen Falte über der Nase. »Was wir in unserer jetzigen Lage definitiv am allerwenigsten gebrauchen können, ist Ärger mit egal welcher Kommission.«

»Habt ihr gehört, Mädels? Benehmt euch. Keine zügellosen Unsittlichkeiten in der Öffentlichkeit.«

»Lomir!«

»Entschuldige«, sagte der Zwerg breit grinsend. »Der musste noch raus. Jetzt kann ich ganz vernünftig über das Problem reden.«

»Wir hätten kein Problem, wenn wir uns ein wenig anpassen würden«, sagte Nardon.

»Ich mach' das schon«, sagte Lianna. »Ich trage eigentlich ganz gerne Kleider.«

»Ich nicht«, sagte Krona nachdrücklich.

»Wir werden nicht so lange bleiben, dass es sich lohnen würde, Kleider machen zu lassen«, gab Pintel zu bedenken.

»Es gibt Altkleiderhändler«, sagte Nardon.

»Wie bitte?!«, sagte Lianna empört.

»Was auch unsere Finanzen schonen würde«, sagte Lomir. »Ich bin zwar ein vermögender Mann, aber alles hat ein Ende, auch mein Vermögen, und ich habe immer noch nicht herausgefunden, wer mir meine Auslagen erstattet.«

»Also«, sagte Nardon. »Dann geht Lianna jetzt einen Altkleiderhändler suchen. In Begleitung von Fenrir, der als ihr Ehemann auftreten kann, wenn es nötig wird.«

»Ich will meinen Ehemann aber nicht teilen«, sagte Krona und tat verletzt.

»Keine Sorge«, sagte Fenrir. »Ich werde mich als Ehemann von niemandem hier ausgeben. Macht einen anderen Plan.«

Nardon stöhnte und schlug die Hand vor die Stirn.

»Ich gehe mit ihr«, sagte Thork.

»Ich auch, wenn's recht ist«, sagte Lomir. »Als modischer Berater.«

Lianna nickte ergeben.

»Was ist mit dir?«, fragte Nardon Krona.

»Hab ich schon gesagt«, sagte Krona. »Ich ziehe keinen Rock an. Vergiss es.«

»Findest du das nicht ein wenig albern?«, fragte Nardon.

»Nö«, sagte sie. »Versuch doch mal, in so einem Aufzug zu rennen oder zu kämpfen. Da kann ich mir gleich mit einem Strick die Beine zusammenbinden.«

»Ich weiß nicht, was du in dieser Stadt vorhast«, sagte Nardon. »Ich für meinen Teil hatte vor, friedliche Recherche zu betreiben. Betonung auf friedlich.«

»Nein, und Ende der Debatte«, sagte Krona. Nardon seufzte und hob die Hände.

»Ist doch egal«, sagte Pintel. »Sie kann uns dann in die Academia begleiten. Die Leute sind dort aufgeschlossener, und ich hätte ohnehin gerne eine Leibwache dabei. Nur für den Fall, dass sie schlechte Laune bezüglich uns Abrantinern haben.«

»Zuerst sollten wir uns aber einen Gasthof suchen«, sagte Lomir. »Nicht nötig, das ganze Gepäck durch die Stadt zu schleppen.«

»Zumindest darauf können wir uns ohne Diskussion einigen«, seufzte Nardon. »Was für ein Wunder.«

Sie folgten dem Rat, den sie bei der Wurstbraterei einholten, gingen eine lange, gewundene Gasse weiter bergab und fanden schließlich den empfohlenen Gasthof, dessen große Flügeltür sich auf einen belebten Platz öffnete, um die nachmittägliche Wärme in den Gastraum zu lassen. Sie brachten ihr Gepäck in zwei engen, aber sauberen Zimmern unter und trafen sich dann in dem Vorraum, der hinaus auf die Straße führte.

»Der Wirt hat mir den Weg zur Academia beschrieben«, sagte Pintel und wirkte ganz aufgeregt. »Wir müssen bergab gehen, in Richtung des Hafens. Ich schlage vor, wir treffen uns heute Abend wieder hier.«

»Was ist mit dir?«, fragte Krona Fenrir.

»Ich habe meine eigenen Pläne«, sagte er. »Ich werde heute Abend wieder hier sein.«

»Besten Dank«, sagte sie und schluckte hart an einer plötzlichen Enttäuschung. »Dann spiele ich eben alleine Leibwächter.«

»Ich bin sicher, du schaffst das«, sagte er, drückte ihre Schulter und wandte sich zum Gehen.

»Brechen wir auf«, sagte Nardon. »Es ist schon spät genug.«

Kronas Unwohlsein stieg, als sie Pintel und Nardon durch die engen, belebten Gassen bergab folgte. Sie schob sich ihren Hut tief ins Gesicht und stellten den Mantelkragen auf, obwohl ihr unangenehm warm war, um sich vor den Blicken zu schützen, die sie auf Schritt und Tritt verfolgten. Unter dem Mantel legte sie die Linke um den Schwertgriff, das Metall fühlte sich glatt und träge an, die vertraute Berührung tröstete sie. Sie fragte sich, warum die missbilligenden Blicke nicht einfach an ihr abprallten. Aus irgendeinem Grund fühlte sie sich dünnhäutig und angreifbar, ein Zustand, mit dem sie schlecht fertig wurde.

Nach kurzer Suche fanden sie ein imposantes Gebäude, das durch einen hohen Zaun und einen schmalen, aber dicht überwachsenen Garten von der Hauptstraße abgeschirmt war. Am zweiflügeligen Tor prangte ein schmiedeeisernes Wappen, das den zentallinischen Schwan, umgeben von einem Zirkel unleserlicher Schriftzeichen, zeigte.

»Hier sind wir«, sagte Pintel, dessen Wangen kirschrot waren. Ohne viel Erfolg versuchte er, sich die Haare glatt zu streichen, dann trat er an das Tor und betätigte den Klopfer.

Tief im Inneren ertönte ein sonorer Gong. Eine Weile geschah nichts. Krona versuchte, durch das schmiedeeiserne Gitter des Zaunes etwas zu erkennen, doch eine Phalanx aus dicht belaubten Bäumen versperrte ihr die Sicht. Dann ertönten Schritte auf dem Kiesweg, und ein schmächtiger junger Mann in einer faltigen Robe, die an ihm hing wie an einem Kleiderständer, kam zum Zaun.

»Was wünscht Ihr?«, fragte er durch das Gitter.

»Hallo«, sagte Pintel strahlend und zwängte seine Hand durch die Gitterstäbe. »Ich bin Pintel Luffelheim, und ich komme aus Abrantes, falls es Euch nichts ausmacht, um Eure großartige Bibliothek zu benutzen. Ich bin Inhaber des Dritten Magischen Gradienten, den ich an der Academia von Münzenberg erworben habe, das ist auf der Insel Lichtenau. Mein Mentor war der wirklich großartige Melisander Lar, er sollte Euch als einer der größten Illusionisten der Neuzeit bekannt sein, und ich selbst habe ebenfalls lange auf diesem Gebiet gearbeitet, ehe ich mich kürzlich der Portalmagie zuwandte, und …«

»Pintel«, sagte Krona. »Ich glaube nicht, dass der junge Mann hier unterm Tor deine gesamte Lebensgeschichte hören will.«

»Ja«, sagte der junge Mann auf der anderen Seite des Zaunes und blinzelte. »Nein. Äh … vielen Dank. Und wer seid Ihr, wenn die Frage gestattet ist?«

»Nardon Haltir«, sagte Nardon und deutete eine Verbeugung an. »Kein Zauberer, aber Dimensionstheoretiker und Dämonologe. Und dies ist Hauptmann Krona Karagin, unsere Leibwache. Die Zeiten sind leider unruhig geworden, und das beeinträchtigt die Sicherheit des Reisens.«

»Verstehe«, sagte der junge Zauberer. »Und Ihr möchtet ebenfalls die Bibliothek benutzen?«

»Wenn es sich einrichten lässt«, sagte Nardon.

»Wartet einen Augenblick, bitte.«

Der Augenblick war lange genug, dass Krona sich auf die Straße setzte, den Rücken an den Zaun gelehnt, weil sie nicht mehr stehen mochte. Pintel hoppelte unruhig auf und ab, während Nardon sein abgegriffenes Notizbuch heraus holte und es durchblätterte. Endlich tat es ein lautes Klacken, dann das schleifende Geräusch eines Riegels, der sich in seiner Halterung bewegte, und von Zauberhand bewegt schwangen die Torflügel langsam nach innen auf.

»Ich vermute, das heißt, wir sollen ruhig reinkommen«, sagte Krona und kam stöhnend vom Boden hoch.

Sie durchschritten das Tor, das hinter ihnen rasch wieder zufiel, und gingen den sauber geharkten Kiesweg entlang zum Haus, das bei näherer Betrachtung eher ein vielstöckiger Gebäudekomplex zu sein schien. Eine breite, weiße Treppe führte zu mächtigen Türflügeln, die einen Spalt breit offen standen. Zu beiden Seiten erstreckte sich das Gebäude in der Länge eines Straßenzuges. Eine endlose Reihe gleichartiger Fenster mit dicken, milchigen Scheiben blinzelte zu ihnen herunter. Hinter Pintel, der die Stufen aufgeregt hinaufhüpfte, erklommen sie die Treppe und kamen durch die schwere, von der Sonne angewärmte Eichentür ins Innere.

Kühle Luft und Halbdunkel empfingen sie. Sie standen in einer Eingangshalle mit den Ausmaßen eines Exerzierplatzes. Breite Treppen schwangen sich im hinteren Teil der Halle hinauf ins nächste Stockwerk, und eine Vielzahl von Gängen führte von hier aus in die entlegenen Teile des Gebäudes. Es war still. Der junge Zauberer, der ans Tor gekommen war, trat nun wieder auf sie zu, die Hände in den weiten Ärmeln seiner Roben gefaltet.

»Seid willkommen«, sagte er. »Ich darf Euch bitten, mir zu folgen, damit Ihr Euch registrieren lassen könnt, Meister Luffelheim und Meister Haltir.«

»Registrieren?«, murmelte Nardon zu Pintel gewandt, während sie über den spiegelglatten Steinboden in den hinteren Teil der Halle gingen.

»Keine Sorge«, sagte Pintel. »Reine Formalität. Sie wollen schließlich einen Überblick behalten, wer sich an ihren kostbaren Schätzen bedient.«

Der junge Zauberer brachte sie in ein Schreibzimmer, in dem ein älterer, glatzköpfiger Kollege in nicht mehr ganz weißen Roben hinter einem Schreibtisch saß, auf dem sich Akten stapelten.

»Meister Omil«, sagte er mit einer knappen Verbeugung, »hier bringe ich Euch Meister Luffelheim und Meister Haltir aus Abrantes, nebst Leibwache. Sie benötigen eine Registratur als Gastleser.«

»Aus Abrantes«, sagte der Glatzköpfige und sah etwas kurzsichtig von einem Schriftstück hoch. »Na, das ist ja mal eine interessante Abwechslung. Wir sehen nicht sehr viele Abrantiner hier in letzter Zeit.«

»Bedauerlicherweise«, sagte Pintel seufzend. »Nichts ist schlimmer für die Wissenschaft als ein Krieg.«

»Na«, sagte Krona. »Noch haben wir keinen, und wir wollen ihn doch nicht herbeireden.«

»Ihr habt völlig recht«, sagte der Glatzköpfige und musterte Krona eingehend. »Abrantinerin, wie ich sehe? Interessant. Ist es üblich bei Euch, dass Frauen unter Waffen gehen?«

»Üblich nicht, aber auch nicht verboten.«

»So, so«, sagte der Glatzköpfige. »Interessant. Nun, die Registratur. Habt einen Augenblick Geduld.« Er erhob sich schwerfällig von seinem Tisch und kramte in einem schweren, hohen Schrank, aus dem er schließlich ein großes, in dunkles Leder gebundenes Buch zu Tage förderte. Er schlug eine freie Seite auf und legte es vor Pintel hin.

»Ich nehme an, Ihr wisst, was kommt«, sagte er.

»Natürlich«, sagte Pintel.

Der Glatzköpfige nahm einen Gänsekiel aus seiner Halterung und tunkte ihn in ein Tintenglas.

»brythi lagh
ellar viti
trywwe ordr vath«, sagte er und schüttelte den Gänsekiel leicht. Winzige Funken sprangen von seiner Spitze und verloschen auf der Tischplatte. Pintel nahm den Gänsekiel entgegen und beugte sich über das Buch. Krona sah ihm über die Schulter. Zuerst zeichnete er ein Dreieck aus geschwungenen Linien, dann setzte er kleine Buchstaben – PiLu – in die Mitte und malte einen abschließenden Punkt über die Spitze des Dreiecks. Das Zeichen glitzerte kurz auf.

»Was ist das?«, fragte Nardon.

»Mein Signum«, erklärte Pintel. »PiLu ist das Kürzel für meinen Namen. Eigentlich verwendet man nur die Anfangsbuchstaben, aber in meinem Fall war P.L. schon vergeben – es gab einen gewissen Paol Lauterum, der ein Jahr vor mir seinen Gradienten erwarb. Pech gehabt, muss man leider sagen. Das Dreieck steht für den dritten Gradienten. Die des ersten zeichnen einen Ring, die des zweiten einen Halbkreis, die des vierten ein Quadrat…«

»Ich verstehe das Prinzip«, sagte Nardon.

»Gut«, sagte Pintel glücklich. »Der Punkt bezeichnet meine Herkunft, vom jetzigen Ort aus betrachtet. Befinde ich mich in Abrantes, muss der Punkt innerhalb des Dreiecks sein. Abrantes liegt ja nördlich von hier, also muss ich den Punkt über das Dreieck malen. Wäre ich jetzt irgendwo in den Eislanden, müsste der Punkt …«

»… unten sein. Schon verstanden. Meine ursprüngliche Frage bezog sich allerdings auf den Zauber.«

»Ein Wahrheitszauber«, sagte der Glatzköpfige, und Nardon schien erleichtert, dass die Erklärung von ihm und nicht von Pintel kam. »Wir überprüfen damit, ob Ihr auch wirklich diejenigen seid, die Ihr zu sein vorgebt. Es funktioniert auch ohne ein Signum der Academia. Ihr schreibt einfach Euren Namen auf.«

Nardon nahm den Gänsekiel in Empfang und schrieb in geraden, regelmäßigen Zwergenrunen seinen Namen.

»Jetzt Ihr«, sagte der Glatzköpfige und zeigte auf Krona.

»Ich will aber gar nicht in die Bibliothek«, sagte Krona. »Ich dachte, ich warte draußen irgendwo.«

»Trotzdem muss ich Eure Identität festhalten«, sagte der Glatzköpfige. »Immerhin habt Ihr bereits die Academia betreten. Falls Ihr des Schreibens nicht mächtig seid, genügt ein Daumenabdruck.«

»Ihr wollt mich wohl beleidigen!« Krona und rupfte dem überraschten Nardon den Gänsekiel aus der Hand. »Ein bisschen Bildung habe sogar ich abbekommen, neben dem Kriegshandwerk.«

Ihre Unterschrift war krakelig und verriet von weitem schon die ungeübte Hand. Der I-Punkt über ihrem Nachnamen geriet ihr zum Tintenklecks, und sie machte es nicht besser, indem sie versuchte, den Überschuss an Tinte mit dem Ärmel abzutupfen.

»Lasst es gut sein.« Der Glatzköpfige und nahm ihr das Buch ab. »Es ist leserlich, und mehr ist nicht nötig.«

»Ich habe nicht gesagt, dass es sonderlich viel Bildung war«, sagte Krona und fühlte sich seltsam kleinlaut.

»Du kannst sie mitnehmen«, sagte der Glatzköpfige zu dem jungen Zauberer, der ruhig im Hintergrund abgewartet hatte. »Bring sie hinüber in den Lesetrakt und übergib sie dem dortigen Famulus. Er soll die Einweisung vornehmen.«

»Jawohl«, sagte der junge Zauberer und öffnete die Tür zur Halle. »Folgt mir bitte, werte Gäste.«

Pintel dicht an seiner Seite, der unaufhörlich plapperte, führte ihr Begleiter sie aus der großen Halle einen breiten Gang entlang, der mit matt polierten, hellbraunen Steinplatten ausgelegt war. Zu beiden Seiten erstreckte sich eine lange Reihe von Türen, hinter denen Stimmgemurmel zu hören war. Etwas wie ein staubiger Geruch lag in der Luft. Am Ende des Ganges bogen sie rechts ab, passierten noch mehr Türen und eine Reihe von Gemälden, die ernste Männer in dunklen Roben zeigten, und stiegen dann eine schmale, steinerne Treppe hinauf. Hier drang Tageslicht zu ihnen und ein frischer Luftzug, und oben angekommen empfing sie ein halb offener Bogengang, von dem aus sie in einen großen, von Gebäuden umgebenen Garten hinunter sahen. Alles war menschenleer und verlassen.

»Unser Innenhof«, sagte der junge Zauberer mit hörbarem Stolz. »Er wird gerne zur Erholung in der unterrichtsfreien Zeit genutzt. Wir haben eine Sammlung von mehr als hundert Arzneikräutern und die vermutlich älteste Prantane des Königreiches.« Er wies auf einen mächtigen einzelnen Baum, der seine ausladenden, buschig belaubten Zweige in der späten Nachmittagssonne ausbreitete. »Dort drüben seht Ihr den Wohntrakt«, fuhr er fort und zeigte zu dem gegenüberliegenden Gebäude. »Hinter uns liegen Unterrichtsräume und Verwaltung, und hier, links von uns, befinden sich Bibliothek, Schreibstuben und Archiv.«

»Eine beeindruckende Anlage«, sagte Nardon, während sie den Bogengang entlang gingen. »Und wahrlich ein Ort der Wissenschaft.«

Durch eine offen stehende Tür kamen sie wieder ins Innere, stiegen eine weitere Treppe hinauf und blieben schließlich auf einem kleinen Vorplatz stehen.

»Wartet hier«, sagte der junge Zauberer mit gedämpfter Stimme und verschwand hinter einer schweren, dunklen Tür. Gleich darauf erschien er wieder und brachte einen älteren Mann in einer abgetragenen braunen Robe mit.

»Das ist Meister Iren-Atur«, stellte er ihn vor. »Er ist einer der Bibliothekare. Die sind Meister Luffelheim und Meister Haltir, nebst Leibwache. Sie haben eine Gast-Registratur. Meister Omil lässt bitten, sie in die Benutzung der Bibliothek einzuweihen.«

»Sehr erfreut«, sagte der Ältere und musterte die Neuankömmlinge eingehend.

»Ich verabschiede mich«, sagte der junge Zauberer, verbeugte sich und eilte davon.

»Gut«, sagte der Bibliothekar. »Ich nehme an, Ihr wollt Eure Mäntel ablegen. Ihr könnt sie hier lassen.« Er öffnete die Tür zu einem kleinen, engen Nebenraum, in dem bereits mehrere Mäntel an Haken an der Wand hingen. Als Kronas Schwert unter ihrem Mantel zu Tage kam, zuckte er sichtbar zurück.

»Fragt gar nicht erst«, sagte Krona. »Ich lege es nicht ab.«

Der Bibliothekar seufzte und nickte unglücklich.

Sie hängten ihre Mäntel auf und folgten ihrem neuen Führer durch die schwere Tür.

»Alle Götter«, murmelte Nardon und machte ein Gesicht, als hätte er das Paradies erblickt. Selbst Pintels Redefluss versiegte.

Vor ihnen erstreckte sich ein Raum von gewaltigen Ausmaßen. Die tief stehende Nachmittagssonne fiel durch hohe Rundbogenfenster und vergoldete endlose Reihen von Büchern und Schriftrollen in tiefen, dunklen Regalen, die bis unter die Decke reichten. Man hatte hölzerne Emporen und kleine, steile Wendeltreppen eingezogen, um auch die oberen Regale zugänglich zu machen. Zwischen den Regalen waren mit Stehpulten und kleinen Tischen Arbeitsplätze eingerichtet, an denen Studenten saßen und ihre Köpfe über die schweren Folianten beugten. Andere waren in ihren bodenlangen Roben zwischen den Regalen unterwegs, sie verursachten kaum ein Geräusch, als würden sie über den hellen Steinboden schweben. Die Luft war trocken und ein wenig staubig. Es war still.

»Beeindruckend, nicht wahr?«, flüsterte der Bibliothekar glücklich. »Eine der größten Schriftensammlungen des Königreiches. Nun folgt mir. Ich mache Euch mit dem Werkeregister vertraut. Vielleicht verratet Ihr mir auch, auf welchem Gebiet Ihr arbeiten wollt, dann kann ich Eure Suche etwas eingrenzen.«

Pintel und Nardon folgten ihm hinüber zu einer Seitenwand, die fast gänzlich mit kleinen, hölzernen Schubladen bedeckt war, von denen jede eine Kombination aus Zahlen und Buchstaben trug. Krona zögerte, bevor sie zu ihren Gefährten aufschloss. Ihr Unbehagen wuchs, je tiefer sie in diesen Tempel der Wissenschaft eindrang. Jeder ihrer Schritte auf dem Steinboden klang unnatürlich laut, sie hörte überdeutlich das Rascheln ihrer Kleidung und das schabende Geräusch, mit dem ihr Schwert an ihrem Schenkel rieb. Obwohl niemand direkt und unverhohlen in ihre Richtung sah, fühlte sie sich angestarrt.

»Momentchen«, sagte sie leise und zog Nardon am Ärmel. »Ich muss mir das jetzt nicht antun, oder?«

»Was meinst du?«, fragte er erstaunt.

»Kann ich nicht draußen warten?«

»Aber warum?«

Sie seufzte. »Weil ich mir wie ein Trottel vorkomme unter all diesen Klugscheißern, wenn du's schon wissen willst. Ich würde lieber draußen irgendwo warten.«

»Draußen irgendwo in der Academia oder draußen irgendwo in der Stadt?«

»Keine Angst. Ich laufe schon nicht weg. Ich dachte an diesen Innenhof.«

»Na ja«, sagte er zögernd. »Ich glaube kaum, dass uns hier drin jemand überfällt, von daher spricht nichts dagegen.«

»Gut«, sagte sie erleichtert. »Ich komme dann später nach euch sehen.«

»Was?«, sagte Pintel über die Schulter. »Wohin willst du?«

»Raus«, sagte sie.

»Ach so«, sagte er zerstreut und wandte sich wieder dem Bibliothekar zu. »Dann bis später.«

Sie holte ihren Mantel aus der Kleiderkammer und ging denselben Weg zurück, den sie gekommen war. Als sie gerade den Bogengang betreten hatte, ertönte plötzlich ein lang gezogener, dunkler Gong.

Erschreckt sah sie sich um. *Meridias nackter Arsch! Hab ich was Falsches angefasst?* Nach wie vor lag der Bogengang verlassen vor ihr. Dann wich die Stille allmählich einem sich steigernden Geräuschteppich aus Stimmen, Stühlerücken und Türenklappen. Schritte kamen hinzu, und gleich darauf strömten lose Gruppen von Studenten in dunkelblauen Roben aus dem Inneren des Gebäudes in den Bogengang.

»Hallo«, sagte Krona zu einer kleinen Gruppe, die vor ihr aufgetaucht waren und nun wie angewurzelt standen und sie anstarrten.

»Können wir Euch helfen?«, fragte einer der Studenten und musterte Krona mit offenkundigem Befremden.

»Na ja«, sagte sie und deutete mit dem Daumen über die Brüstung. »Wie komm ich denn runter in den Hof?«

»In den Garten gelangt Ihr, indem Ihr die Treppe nehmt, die Ihr findet, wenn Ihr durch diese Tür geht«, sagte der Student und zeigte mit dem Finger.

»Danke«, sagte Krona und schob sich an der Gruppe vorbei, deren Blicke sie noch geraume Zeit im Nacken spürte.

Wo sie entlang ging, verstummten die Gespräche, und Blicke folgten ihr. Sie ging hoch erhobenen Hauptes und ließ ihre Stiefel energisch auf dem Steinboden klappern. Sollten sie starren, bis ihnen die Augen aus dem Kopf fielen.

Sie fand die Treppe und an ihrem Fuß eine Tür, die ins Freie führte. Auf einem weißen Kiesweg ging sie zwischen liebevoll gepflegten Rosenbeeten, bis sie aus dem kühlen Schatten des Gebäudes in die warme Sonne des Spätnachmittages kam. Ein leichter Wind legte sich auf ihr Gesicht, der einen süßlichen Blütenduft mit sich brachte. Langsam fiel die Befangenheit von ihr ab. Sie verließ den Weg und ging auf weichem, dunkelgrünem Gras hinüber zu dem einzelnen Baumriesen. Die Sonne schien durch sein fedriges Blätterdach und erzeugte ein leuchtend grünes, flirrendes Licht.

»Na?«, sagte sie zu ihm und blinzelte hinauf in das Geflecht der Äste. »So alleine hier? Wo hast du deine Kumpels gelassen?«

Sie umrundete den rissigen braunen Stamm, bis sie einen guten Blick auf das Bibliotheksgebäude hatte, rollte dann ihren Mantel zu einem Polster zusammen und ließ sich in einer Nische zwischen zwei gewaltigen Wurzelsträngen nieder.

»Er hatte nie welche«, sagte eine schüchterne Stimme, und sie schoss in die Höhe. »Kumpels, meine ich, um in Eurer Sprache zu bleiben.«

»Meridias … Rückseite«, sagte sie. »Hast du mich erschreckt, Junge.«

Der Sprecher näherte sich vorsichtig, er trug die für Studenten übliche blaue Robe, die lose um seine mageren Schultern baumelte, sein Gesicht war blass, die Nase spitz, und unter dem Arm trug er ein Bündel Papier.

»Er ist zweitausend Jahre alt«, sagte er. »Vielleicht älter. Es hat hier früher einen Kultplatz gegeben. Das war, bevor Letis existierte. Er stand damals schon einzeln. Man hat Artefakte rund um ihn gefunden, Tonscherben und kultische Gegenstände.«

»Aha«, sagte Krona und musterte den Sprecher, der ihr kaum achtzehn Jahre alt zu sein schien. »Was du nicht sagst.«

Der Junge nickte und trat unbehaglich von einem Fuß auf den anderen.

»Ja«, sagte er. »Also … entschuldigt die Störung. Ich war in Gedanken. Ich habe Euch zu spät bemerkt. Ich mag diesen Platz auch sehr gerne.«

»Ja«, sagte Krona und gähnte.

»Gestattet Ihr, dass ich mich in der Nähe niederlasse?«, fragte der Junge.

»Aber natürlich«, sagte Krona. »Lass dich nieder, wo immer du willst.«

Der Junge raffte sorgfältig seine Roben und setzte sich in Gras. Dann begann er, seine Papiere zu ordnen, hielt aber immer wieder inne und sah zu Krona hinüber.

»Lass mich raten«, sagte sie nach einer Weile. »Du hast noch nie eine Frau in Hosen gesehen.«

Das Blut stürzte dem Jungen in den Kopf, und unter seinen Händen raschelte und knickte das Papier.

»Gütige Götter«, murmelte er. »Es tut mir leid. Ich wollte Euch keinesfalls belästigen.«

»Schon gut«, versuchte sie ihn zu beruhigen. »Ich fühle mich nicht belästigt. Zumindest hattest du den Mut, mich anzusprechen, während die meisten deiner Kameraden mich nur blöde angestarrt haben.«

Der Junge nickte und schluckte, die Farbe wollte aus seinem Gesicht nicht weichen, aber offenbar fühlte er sich ein wenig ermutigt.

»Woher kommt Ihr?«, sagte er. »Wenn die Frage gestattet ist. Aus den Eislanden?«

»Nicht ganz«, sagte Krona. »Abrantes.«

»Oh«, sagte der Junge. »Und Ihr seid hier, um ein Studium aufzunehmen?«

»Zu viel der Ehre. Ich bewache ein paar kluge Leute, die hier etwas nachlesen wollen. Das ist meine Art der Bildung.«

»Die Kriegskunst.« Der Junge und lächelte flüchtig. »Ich habe Dinge darüber gelesen.«

»Es ist weniger eine Kunst als ein ziemlich dreckiges Handwerk.«

»Tatsächlich?«, sagte der Junge beeindruckt. »Die Philosophen des Goldenen Zeitalters behandeln die Kriegskunst neben der Schrift und der Musik als Königsweg zur Erleuchtung.«

»Die einzige Erleuchtung, die man dabei kriegen könnte, ist die, dass man besser beizeiten etwas Vernünftiges gelernt hätte«, sagte Krona. »Aber das ist vielleicht der Unterschied zwischen deinen Büchern und dem wirklichen Leben.«

»Warum habt Ihr es erlernt, wenn Ihr es nicht mögt?«

»Ich mag es ja. Irgendwie. Es hat seine zwei Seiten, wie alles im Leben.«

»Ja«, sagte der Junge und sah hinunter auf seine Papiere.

»Arkane Arithmetik«, sagte er und seufzte. »Ich hasse dieses Fach. Beim nächsten Gongschlag muss ich eine Prüfung ablegen, und es will einfach nicht in meinen Kopf hinein.«

»Dann solltest du vielleicht dein Zeug ansehen, statt zu plaudern«, sagte Krona und legte den Kopf zurück an den Baumstamm, in dem schon die abendliche Kühle hinauf kroch.

»Ja«, sagte der Junge, und für eine Weile hörte sie ihn rascheln.

»Darf ich Euch noch etwas fragen?«, hörte sie nach einer Weile seine Stimme.

»Klar«, sagte sie, ohne den Kopf zu bewegen. »Ich muss ja nicht antworten, wenn mir die Frage nicht gefällt.«

»Gibt es viele Abrantinerinnen, die ein Schwert tragen?«

»Ein paar mehr als hierzulande«, sagte sie in den Baum hinauf. »Aber nicht viele. Ich war immer ein bunter Hund, wo immer ich stationiert war.«

»Und Euer Ehemann …«

»Das klingt nach einer Frage, die ich gar nicht zu Ende hören will.«

»Oh.« Der Mund des Jungen schnappte zu.

»Ich entschuldige mich«, sagte er nach einer Weile. »Ich wollte Euch nicht kränken. Es ist nur schwer vorstellbar für mich, dass Frauen ihre eigenen Entscheidungen treffen. Es gibt solche bei uns … aber sie sind nicht sehr angesehen.«

»Dann rate ich dir zu einem kleinen Auslandsaufenthalt, sobald du mit der Schule durch bist. Es wird deinen Horizont erweitern, glaub mir.«

»Das sagt mein Vater auch immer. Ich glaube aber nicht, dass er diesen Aspekt im Sinn hatte.«

Krona hob den Kopf und schenkte dem Jungen ein kleines Lächeln. »Hör trotzdem auf ihn. Man kann sich sowieso vorher nicht raussuchen, was das Leben einem so beibringt. Und deine Zeit bis zur Prüfung läuft auch langsam ab, würde ich sagen.«

»Ja«, sagte der Junge und sah unglücklich auf seine Aufzeichnungen hinunter, bevor er sie zusammenrollte und unter den Arm klemmte.

»Ich bedanke mich für das Gespräch«, sagte er und stand auf. »Ich wünsche Euch noch einen angenehmen Aufenthalt.«

»Danke«, sagte sie. »Und dir viel Glück mit deinem … Dings.« Sie zeigte auf die Papiere.

»Arkane Arithmetik«, sagte der Junge. »Vielen Dank. Das kann ich gebrauchen.«

Der Junge eilte durch den Garten davon, der sich in der Zwischenzeit mit kleinen Grüppchen von Studenten gefüllt hatte, die auf den Kieswegen spazieren gingen oder sich mit ihren umfangreichen Roben auf der Wiese niederließen. Blicke gingen in ihre Richtung, noch niemand näherte sich ihr mehr.

Krona gähnte erneut und streckte ihre Glieder. Der lange Marsch des heutigen Tages hatte seine Spuren hinterlassen. Ihre Füße schmerzten in den Stiefeln, und ein dumpfer Schmerz saß in ihrem Rücken. Unter den ausladenden Zweigen der Prantane hindurch sah sie hinüber zum Bibliotheksgebäude. Pintel und Nardon hatten sich über die vermutete Dauer ihrer Recherche nicht geäußert, doch konnte sie ohne viel Spekulation davon ausgehen, dass der letzte Bibliothekar sie mit dem Besen hinauskehren würde, und sie hatte keine Vorstellung, wann das sein würde. Plötzlich verspürte sie nicht die geringste Lust, unter diesem Baum sitzen zu bleiben, bis in der Bibliothek die Lichter ausgingen. Eine unangenehme, nagende Unruhe wuchs in ihrem Inneren.

Ein bisschen Gesellschaft. Einen Becher Wein, oder zwei, irgendwo die Füße ausstrecken, wo es warm ist und man nicht angestarrt wird.

Eigene Pläne. Pah. Was für eigene Pläne? Warum kann er nicht hier sein? Wir könnten ein bisschen Ehepaar spielen unter diesem Baum. Ich würde mir schon ein paar eheliche Pflichten für ihn einfallen lassen.

Sie rieb sich mit den Händen über Gesicht und kam in die Höhe, obwohl ihr Körper protestierte.

Unternimm etwas. Was denn? Egal. Alles ist besser, als hier unterm Baum zu sitzen und sich leidzutun. Bist schließlich keine Achtzehn mehr. Soll er zum Teufel gehen, wenn das seine Pläne sind.

Ihre Schritte trugen sie in den Schatten des Gebäudes und hinein in die halbdunkle Kühle, die jetzt von Gemurmel und dem Rascheln von

Roben angefüllt war. Vorbei an verstummenden Gesprächen und innegehaltener Bewegung rettete sie sich in einen wenig belebten Gang, der sie nach einigen Biegungen vorne in der Eingangshalle ablieferte.

Sie hielt kurz inne, zögernd.

Nur ein kleiner Ausflug. Sie werden gar nicht merken, dass ich weg war.

Erleichterung durchströmte sie, als die schwere Eichentür hinter ihr ins Schloss fiel. Sie zog sich ihren Hut tief ins Gesicht, stellte den Mantelkragen auf und ging ohne klares Ziel los.

Die Straße, die sie gewählt hatte, weil auf ihr weniger Betrieb war als auf der belebten Hauptstraße, verlief zunächst an der Flanke des Berges entlang, bog dann rechts ab und führte sie wieder bergauf. Die Häuser zu beiden Seiten waren hoch und schmal. Auf winzigen schmiedeeisernen Balkonen hing Wäsche zum Trocknen, und überall flatterten die Fähnchen, die Nardon als Quartiersfarben bezeichnet hatte, hier waren sie gelb und grün. Nach einiger Zeit endete die Gasse auf einem der vielen kleinen Plätze, der wie überall in der Stadt von Teestuben und Weinschänken als Erweiterung des Gastraumes genutzt wurde. In kleinen Gruppen saßen dort Männer mit Schnurrbärten und dunkelroten Mützen, streckten die Füße aufs Pflaster und ließen Wasserpfeifen kreisen. Krona hielt sich nicht auf, tauchte unter den Blicken weg, die sie verfolgten, und wählte die nächstbeste, bergauf führende Gasse. Mit etwas Glück konnte sie ihren Gasthof wiederfinden, und vielleicht waren Lomir und die anderen schon zurück.

Nach einigem erfolglosem Links- und Rechtsabbiegen erkannte sie schließlich die blau-weißen Quartiersfarben des Viertels, in dem der Gasthof lag, und nach weiterem Herumirren in den engen Gassen führte der Zufall sie auf den richtigen Platz. Erleichtert betrat sie den Schankraum der »Blauen Traube«, doch die Gesichter, die sich ihr zuwandten, waren allesamt fremd. Sie zog die Tür wieder hinter sich zu und versuchte es im ersten Stock in den Gästezimmern, doch auch die waren verlassen und verschlossen.

Sie stand in dem dunklen Gang und überlegte. Lomir und die anderen mochten ihre Einkäufe beendet haben oder auch nicht. Es hatte wenig Sinn, sich in ein verlassenes Zimmer zu setzen und zu warten. Sie beschloss, trotz der Blicke noch ein wenig über den Platz zu schlendern. Vielleicht konnte der Zufall ihr ein wenig helfen.

Die Sonne war mittlerweile untergegangen, die Schatten waren tief und kühl zwischen den Häusern. Unschlüssig überquerte sie den Platz und beobachtete, wie der Wirt der »Blauen Traube«, ebenso wie sein Kollege aus der Weinstube gegenüber, Fackeln entzündete und damit die Straße vor seinem Haus beleuchtete. Sie kramte in Hosen- und Manteltaschen und förderte eine Anzahl von Kupferpfennigen und eine letzte silberne Viertelkrone zu Tage, Reste eines kleinen Kredites, den sie sich noch in Dalen von Lomir hatte einräumen lassen. Für einen Becher Wein oder zwei mochte es reichen, wenn sie den billigen wählte.

Sie sah sich um. Keiner ihrer Gefährten war zu sehen. Sie vergrub die Handvoll Münzen in ihrer Manteltasche.

Gemächlich setzte sie sich in Bewegung und ging an der Weinstube vorbei. Die großen Flügeltüren standen offen und entließen ein Gemisch aus Gesprächsfetzen, Essensdüften und Pfeifenrauch in den kühlen Abend. Fetzen eines Liedes drangen zu ihr. Krona blieb stehen.

»Heute Bettler, morgen Ritter,
heute süß und morgen bitter
heute nehmen, morgen geben
so ist das Soldatenleben.«

Der Gesang kam vielstimmig und eher lautstark denn kunstfertig, und ein Fiedler strich dazu die Grundmelodie. Krona wusste nicht, wie oft sie dieses Lied gesungen hatte, es war ihr vertraut wie der eigene Name. Sie wandte sich zu der Weinstube und schaute durch die Flügeltüren ins Innere. An der Seitenwand hatte man einige Tische zusammengeschoben, und dort saß eine Handvoll Soldaten in zentallinischen Uniformen. Krona erkannte sofort die königsblauen Überwürfe. Sie stießen mit ihren Bechern an, dass der Wein auf die fleckige Tischplatte schwappte, und tranken in langen Zügen, ehe der Fiedler das Lied von vorne anstimmte.

»Heda, Wirt, mach voll den Becher
Heute sind wir gute Zecher
Haben Taschen voller Sold
Denn das Kriegsglück war uns hold.«

Es fühlte sich heimisch an, obwohl die Farbe der Uniformen die falsche war. Etwas schnitt tief in Kronas Inneres und schmerzte beim Atmen. Fast automatisch machte sie einen Schritt ins Innere.

Nur einen Becher, auf die alten Zeiten.

Sie sah sich nach einem freien Platz um, als ein dicker Mann mit einer Schürze um den Bauch auf sie zu kam, an der er sich die Hände abtrocknete.

»Kann ich Euch helfen?«, fragte er nicht sonderlich freundlich.

»Danke«, sagte sie. »Ich suche nur einen freien Stuhl, und das schaffe ich auch alleine.«

»Wo ist Eure Begleitung?«

»Was für eine Begleitung?«

»Die, ohne die ich Euch nichts ausschenken werde.«

»Was?«, sagte Krona verwirrt.

»Es ist verboten, Frauen ohne männliche Begleitung zu bewirten. Ich sage es Euch, denn Ihr seid offensichtlich nicht von hier.«

»Das ist nicht Euer Ernst!«

»Aber doch«, sagte der Wirt. »Oder glaubt Ihr, ich wollte mir die berechtigte Vergeltung Eures Ehemannes zuziehen, indem ich gegen das Gesetz verstoße?«

»Aber ich habe keinen verdammten Ehemann!«

»Senkt Eure Stimme«, sagte der Wirt ärgerlich. »Eure unbegleitete Anwesenheit ist Ärger genug.«

»Das gibt's nicht«, sagte Krona zwischen Wut und Lachen.

»Und nun geht bitte«, sagte der Wirt und versuchte, Krona zur Tür zu schieben.

»Fass mich nicht an«, fauchte sie und machte einen Schritt rückwärts.

»Langsam«, sagte eine Stimme hinter ihr, und zwei Hände legten sich auf ihre Schultern. Sie sah nach hinten und erkannte einen königsblauen Überwurf und einen gestutzten blonden Vollbart darüber.

»Die Dame ist in meiner Begleitung, Herr Wirt«, sagte der Soldat. »Wir haben uns lediglich vor der Tür verpasst. Also behandelt sie mit dem gebührenden Respekt, oder es gibt Ärger.«

Der Wirt wickelte sich seine Schürze um die Hand, als wolle er sie erwürgen.

»Na gut«, sagte er schließlich. »Aber passt zukünftig besser auf Eure Begleiterin auf, Herr Soldat. Sie sieht nach Ärger aus.«

»Schwatzt nicht, sondern bringt lieber mehr Wein«, sagte der Soldat und zeigte hinter sich zu dem Tisch, an dem seine Kollegen saßen. »Die Becher werden schneller leer, als Ihr laufen könnt.«

»Sofort«, sagte der Wirt reserviert und ging davon.

»Danke«, sagte Krona und lächelte den Soldaten an. »Das war nett.«

»Abrantinerin?«

»Was hat mich verraten?«

»Dein Hut«, sagte der Soldat und grinste. »Selbst erworben, oder die Erinnerung an eine süße Liebschaft?«

»Selbst erworben«, sagte Krona.

»Eine Kollegin also!« Der Soldat musterte Krona neugierig. »Ich habe schon gehört, dass bei den Abrantinern auch Frauen dienen.«

»Nicht viele. Aber zumindest dürfen Frauen bei uns öffentlich einen Becher Wein trinken, wenn ihnen danach ist.«

»Das darfst du hier auch. Hinten an unserem Tisch ist sicher noch ein Platz für dich frei, Schwester.«

»Ob das klug ist?«, fragte Krona lächelnd. »Immerhin ist es der falsche Hut, aus deiner Sicht.«

»Nimm ihn ab, und keiner wird sich dran stören«, sagte der Soldat und erwiderte das Lächeln.

Krona sah ihn an. Sein Gesicht war jung und hübsch, er war freundlich, er war alles, was sie im Augenblick brauchte.

»Gut«, sagte sie.

»Sehr erfreut«, sagte der Soldat. »Mein Name ist Tomasin.«

»Krona.«

Sie gaben sich die Hand.

»Sputen wir uns«, sagte Tomasin und zog sie am Ärmel. »Die Jungs trinken wie die Pferde, und wir wollen doch nicht in leere Becher schauen.«

Durch das enge Lokal folgte Krona ihrem neuen Begleiter nach hinten zu dem Soldatentisch, wo sie mit überschwänglichem Applaus begrüßt wurde. Sie legte Hut und Mantel ab, fand einen Platz auf der Bank neben Tomasin, lernte eine Reihe von Namen und erfuhr, dass die Einschiffung der Truppe unmittelbar bevorstand.

»Wohin?«, fragte sie.

»Die Südinseln«, sagte einer namens Albo.

»Aha«, sagte sie und ließ sich nichts anmerken.

»Schon mal dort gewesen?«, fragte ein anderer namens Marel.

»Nein«, sagte Krona, die ein heikles Thema vermeiden wollte.

»Egal«, sagte Tomasin und hob seinen Becher. »Abrantiner, Zentalliner, letzten Endes sind wir alle Waffenbrüder und verrecken schneller, als wir es brauchen können. Also lasst den Wein nicht umkommen!«

»Lasst uns saufen, lasst uns raufen«, sang Krona halb laut. »Schlagt die Wachen übern Haufen …«

»Nehmt die Weiber um die Mitte«, ergänzte Tomasin grinsend. »So ist es Soldatensitte!«

Er legte Krona den Arm um die Schulter und zog sie an sich. Sie ließ ihn gewähren. Ihr Becher füllte sich wie von selbst, der Wein war kühl und süß und fast schwarz, und sie trank ihn durstig.

Die Welt wurde freundlich und warm jenseits des zweiten Bechers, die nagende Unruhe ließ nach, und allmählich gab sie den suchenden Blick aus dem Fenster auf. Jenseits des dritten Bechers, der dem zweiten viel zu schnell folgte, begann sie, sich leicht und glücklich zu fühlen, auch wenn eine leichte Unschärfe sich zwischen sie und die Welt zog. Sie bemerkte die unfreundlichen Blicke, die von den anderen Tischen zu dem lärmenden Soldatenhaufen hinüber gingen, und sie amüsierte sich hervorragend darüber. Andere Gesänge wurden angestimmt, die Krona schnell lernte, sie handelten vom Kämpfen und vom Trinken und vom Leben und Sterben, *alle Soldatenlieder sind gleich, überall, so wie alle Soldaten gleich sind.* Auch die Regeln beim Spiel waren gleich, die beinernen Würfel tanzten auf der Tischplatte, nur das Glück war ungleich verteilt, und so setzte Krona ihre letzte abrantinische Viertelkrone und gewann schweres zentallinisches Silber, mit dem sie mehr Wein würde bezahlen können, als sie in der Lage war zu trinken.

Jenseits des fünften Bechers war Tomasins Hand hinunter auf ihre Hüfte gewandert, es fühlte sich gut an und lebendig, sie wusste, sie durfte nur nicht mehr nüchtern werden, um sich dieses Gefühl zu erhalten. Eine trunkene, unklare Begierde erwachte zwischen ihren Schenkeln und breitete sich in ihrem Körper aus. Sie ließ den Kopf, der ihr viel zu schwer war, nach hinten auf die schwankende Bank fallen, und nur Augenblicke später spürte sie Tomasins weinschweren Atem auf ihrer Wange, er drehte mit der Hand ihr Kinn zu sich und presste seine Lippen auf die ihren, seine Zunge zwängte ihre Zähne auseinander und drang unsanft in sie ein. Krona stöhnte überrascht auf, die anderen Soldaten johlten und klatschten.

»Komm schon, Schwester!«, hörte sie sie rufen, »lass die anderen auch mal ran! Du wirst sehen, es gibt bessere Küsser als den Strohbart!« Tief in ihrem Inneren horchte etwas auf und vermeldete Gefahr, doch darüber lagen die Hände des Blonden, die sich mit ihren Brüsten befassten und das Feuer weiter schürten. Keuchend tauchte sie schließlich aus seinem Kuss auf und zog ihr Hemd zurecht.

»Komm zu mir, Schwester«, sagte Albo ihr gegenüber und zeigte ihr grinsend die Zungenspitze zwischen seinen lückenhaften Zahnreihen. »Du wirst doch nicht den ganzen Abend auf einem Schoß verbringen wollen, wo du an diesem Tisch die freie Auswahl hast.«

Krona trank in einem Zug ihren Becher leer und stellte ihn mit einem Knall ab. Die Welt um sie schaukelte und drehte sich, ihr Kopf war unendlich schwer, kaum schaffte sie es, ihn zu heben. Das Feuer flachte ein wenig ab. Etwas lief nicht ganz richtig hier. Sie packte ihren Hut und ihren Mantel und erhob sich schwankend.

»Wartet«, murmelte sie, die Worte standen quer in ihrem Mund. »Ich muss mal raus.«

Sie tastete sich an der Wand entlang von ihrem Sitz und dann von Stuhl zu Stuhl durch die voll besetzte Gaststube und durch die offene Tür in den Vorraum. Sie taumelte und stürzte nach vorne an die gegenüberliegende Wand, wo sie sich gerade noch abfing. Keuchend lehnte sie sich an den kühlen Stein. Die Welt schaukelte wild und verursachte ihr Übelkeit.

Rechts von ihr führte ein dunkler Gang in einen Hinterhof. Schwankend ging sie ihn entlang und fand auf dem Hof einen Abort, auf dem sie sich erleichterte.

Da war noch etwas anderes, für das es höchste Zeit war. Pintel und Nardon.

»Verdammt«, murmelte sie. Sie wusste nicht, wie viel Zeit vergangen war, aber es war inzwischen völlig dunkel, und sie hatte keine Vorstellung, wann Bibliotheken gemeinhin schlossen.

Sie war dem übel riechenden Verschlag gerade entkommen und hatte den Kampf mit den verdrehten Ärmeln ihres Mantels noch nicht gänzlich gewonnen, als sie Tomasins Stimme hörte, und sein unsicherer Schritt sich näherte.

»Schwester«, sagte er laut und undeutlich. »Wo bist du? Versteck dich nicht!«

»Ich bin hier«, sagte sie, die ihn auf dem dunklen Hinterhof offenbar früher kommen sah als er sie. Die kalte Nachtluft vertrieb ein wenig den Nebel aus ihrem Kopf. »Geh wieder rein, Tomasin.«

»Was ist mit dir?«

»Mir ist was eingefallen. Ich muss noch mal los.«

Sie traf ihn im Hauseingang. Er klammerte sich schwankend an ihre Schultern.

»Du bist doch nur raus, damit ich dir hinterher komme«, sagte er.

»Nein«, sagte sie. »Ich habe ein paar Kumpels, die ich treffen muss.«

»Und das fällt dir jetzt ein?«

»Ja. Tut mir leid. Hätte sonst ein netter Abend werden können.«

»Ich lasse mich aber nicht verarschen«, sagte er finster.

»Ich verarsch dich nicht«, sagte sie, während ihr Herz zu klopfen begann. »Und jetzt lass mich vorbei.«

»Nicht bevor ich dich gevögelt habe.«

Sie rieb sich mit der Hand über die Stirn, versuchte, ihren Kopf zu klarem Denken zu überreden, doch sie bewegte sich wie durch eine Wand von zähem Nebel.

»Lass mich durch jetzt«, sagte sie.

»Nein«, sagte er, packte sie bei den Schultern und drückte sie gegen die Wand.

»Lass mich los«, fauchte sie und setzte sich heftig zur Wehr, doch er hatte sie mit seinem ganzen Gewicht zwischen sich und der Wand eingeklemmt und zerrte ihr nun das Hemd aus der Hose.

»Kratz mich nur, kleine Raubkatze«, flüsterte er rau an ihrem Ohr. »Die Abrantinerinnen sollen ja ganz besonders heißblütig sein, so sagt man zumindest.«

»Diese Abrantinerin reißt dir die Eier ab, wenn du nicht augenblicklich verschwindest«, keuchte sie und versuchte vergeblich, seine Hände unter ihrem Hemd herauszuholen, der Wein hinderte ihre Bewegungen und nahm ihnen die Kraft.

»Komm schon«, murmelte er an ihrem Ohr. »Du willst es doch auch.«

Sie änderte die Strategie. »Na, also gut«, sagte sie, ließ seine Hände und legte die Arme um seinen Hals. »Meine Kumpels können vielleicht noch ein Weilchen warten.«

»Braves Mädchen«, sagte Tomasin grinsend. »Götter! Was für ein Temperament. Wir werden einen Spaß haben.«

»Ich zumindest«, sagte sie, legte die Lippen auf seine, als wolle sie ihn küssen, und biss dann mit aller Macht zu, bis sie Blut schmeckte. Tomasin schrie auf und zuckte zurück, und sie riss die Hände von seinem Nacken und versetzte ihm einen Faustschlag gegen das Kinn, der ihn gegen die andere Wand schleuderte.

»Du Drecksstück«, keuchte er und richtete sich mühsam auf, während sie den Gang entlang nach vorne rannte. »Du Hure!«

Sie hatte Mühe, voranzukommen, der Boden hob sich vor ihr, die Wände schwankten und näherten sich ihr bedrohlich. Sie tastete sich entlang, den Blick starr auf die offene Vordertür gerichtet, die auf den Platz hinaus führte. Dann warf Tomasin sich auf sie, und sie stürzte. Die schmutzigen steinernen Bodenfliesen rasten auf sie zu. Die Erschütterung ließ heißen Schmerz in ihrem Kopf explodieren. Sie drehte sich halb auf den Rücken und trat heftig nach Tomasin, der auf ihren Beinen lag und versuchte, sie unten zu halten, während er Verwünschungen brüllte, dann gelang es ihr, zum Sitzen zu kommen und an ihren Gürtel zu fassen.

Tomasin blinzelte erstaunt, als plötzlich der Dolch in ihrer Hand schimmerte.

»Runter von mir«, sagte sie mit schwerer Zunge. »Sonst schneid' ich dir was ab, das du vermissen wirst.«

Tomasin wich zurück, den Blick auf Kronas Waffe gerichtet. Sie kam auf die Knie und richtete sich schwankend auf, doch er war ebenso schnell wie sie und hatte nun ebenfalls ein langes, schmales Messer gezogen.

»Das wirst du bereuen«, sagte er.

Sie umkreisten einander, schwankend, die Messer vor sich.

Krona versuchte, zur Tür zu kommen, doch Tomasins breite Gestalt versperrte ihr den Weg, und sie war nicht schnell genug, um die Lücken zu nutzen. Sie führte einen unbeholfenen, nicht ganz ernst gemeinten Ausfall, den er mit fahriger Bewegung parierte.

»Jetzt komm schon«, sagte sie. »Lass mich in Ruhe.«

»Nein«, sagte er. »Ich will, was mir zusteht.«

»Ein Tritt in den Arsch«, fauchte sie. »Das ist es, was dir zusteht.«

Er stach nach ihr, und sie sprang rückwärts gegen einen Tisch, der im Eingangsbereich stand. Ein hoher bemalter Tonkrug ging samt Strohblumenstrauß zu Boden und zerschellte lärmend auf den Fliesen.

»Du hast mein Geld genommen«, keuchte Tomasin. »Jetzt will ich auch was dafür haben!«

»Ich hatte Glück beim Würfeln!«

»Du hast uns beschissen!«

»Das hab ich nicht!«

Dann war der enge Gang gefüllt mit weiteren Gestalten, Schwerter verließen mit metallischem Sirren ihre Scheiden.

»Was ist hier los?«, fragte Marel.

»Die Hure will sich mit unserem Geld aus dem Staub machen«, sagte Tomasin. »Ohne eine entsprechende Gegenleistung, das falsche Dreckstück.«

Krona ließ den Dolch fallen und zog ihr Schwert.

»In Ordnung«, sagte sie. »Offenbar wollt ihr nicht bis auf die Südlichen Inseln fahren, um euch von einer abrantinischen Klinge aufschlitzen zu lassen. Kann ich verstehen, und ich helfe euch gerne weiter.«

»Große Worte für jemanden, der so in der Klemme sitzt«, sagte Albo und ließ die Schwertspitze kreisen. »Aber steck einfach dein Schwert weg und sei ein bisschen nett zu uns, dann vergessen wir die Sache.«

»Das kannst du vergessen«, fauchte Krona. Ihr Schwert schimmerte matt, als sie es vor sich hielt, sie klammerte sich mit beiden Händen daran und versuchte vergeblich, in dem schwankenden Gang festen Stand zu gewinnen.

»Komm schon«, sagte Albo und machte einen fast spielerischen Ausfall, den Krona mit aller Kraft parierte. »Aufgespießt wirst du so oder so.«

»Und manchmal wendet sich das Glück sehr schnell«, sagte eine neue Stimme, sie kam seitlich von der Treppe, die nach oben führte. »Also weg von ihr, aber sehr plötzlich.«

»Und wer bist du, dass du dich einmischst?«, bellte ein Soldat von hinten.

»Das tut nichts zur Sache«, sagte die Stimme auf der Treppe. »Ich bin aber ein sehr guter Schütze, und ich habe freies Schussfeld von hier oben.«

»Fenrir«, sagte Krona, erstaunt und erleichtert. »Was zum Teufel machst du hier?«

»Ich bin die Leibwache der Leibwache«, sagte er, und sie meinte fast, ihn lächeln zu hören.

»Dann seid ihr also zwei gegen acht«, sagte Marel und zeigte die Zähne. »So oder so könnt ihr nicht gewinnen.«

»Das mag sein«, sagte Fenrir. »Aber drei oder vier von euch werden vor uns sterben, und ihr solltet euch überlegen, ob es euch das wert ist.«

Die Soldaten zögerten. Albo ließ die Klinge sinken.

Eine Bewegung kam von der Treppe, und Fenrirs langbeinige Gestalt trat aus dem Dunkel in den Halbschatten.

»Lasst sie zur Tür«, sagte er, den Bogen vor sich aufgespannt, die Pfeilspitze zeigte auf Marels Kehle. Langsam machten die Soldaten Platz. An der Wand entlang, die ihr den dringend nötigen Halt gab, schob Krona sich an ihren Angreifern vorbei. Rückwärts gehend folgte Fenrir ihr zur Tür, der Pfeil lag locker auf seinem Daumen, fast begierig, die Sehne zu verlassen.

Taumelnd kam Krona ins Freie und fing sich an der Häuserwand. Fenrir war direkt hinter ihr, packte sie am Arm und zog sie voran. Sie rannten über den Platz und tauchten in den tiefen Schatten einer engen Gasse, wo Krona keuchend in einem dunklen Hauseingang zusammenbrach.

»Alle Götter! Das war knapp. Wie hast du es geschafft, gerade im richtigen Moment aufzutauchen?«

»Instinkt«, sagte er, und seine gelben Augen leuchteten.

»Das ist ein Fremdwort, aber keine Erklärung«, sagte sie, verzweifelt bemüht, Klarheit in ihrem Kopf zu schaffen.

»Erkläre du mir lieber, wie es kommt, dass du deine Klinge gegen acht zentallinische ziehst«, sagte er und sah sich über die Schulter nach Verfolgern um. »Du bist eine geübte Kriegerin, aber diesen Kampf hielt ich doch für recht aussichtslos.«

»Ich habe nicht angefangen. Na ja. Vielleicht auch doch. Genau genommen. Ich wollte doch nur so gerne einen Becher Wein haben, und dann haben sie diese Lieder gesungen, und ich bin ein bisschen unvorsichtig geworden.«

»Und dann?«

»Keine Sorge. Der Platz als Nummer dreizehn ist noch frei.«

Fenrir schüttelte den Kopf. »Wann wirst du endlich anfangen, besser auf dich aufzupassen«, sagte er. »Götter! Dir ist nicht zu helfen. Da denkt man, du wärst in einer Bibliothek sicher untergebracht, aber sogar von dort aus schaffst du es, dich in Schwierigkeiten zu bringen.«

»Seit wann muss man mich sicher unterbringen, bitte schön?«

»Seit dir immer wieder solche Sachen passieren«, sagte er und hielt ihr die Hand hin, um ihr hochzuhelfen. »Und jetzt komm. Die anderen warten schon.«

»Ich muss noch Pintel und Nardon abholen«, sagte sie und zeigte mit dem Finger in die Gasse.

»Die Bibliothek ist hier entlang«, sagte er und zeigte in die Gegenrichtung. »Aber sie sind längst nicht mehr dort. Es geht auf Mitternacht.«

»Tatsächlich?«

»Tatsächlich. Sie sind in unserem Gasthof, und gehörig verärgert dazu. Mach dich auf etwas gefasst. Lomir wird aus dem Häuschen sein, wenn er erfährt, dass du dich mit zentallinischen Soldaten geprügelt hast.«

»Was hätte ich tun sollen? Mich vergewaltigen lassen?«

Er packte ihre Hand und zog sie in die Höhe.

»Wir sollten hier verschwinden«, sagte er uns sah sich nach allen Seiten um. »Aus dieser Stadt, meine ich. Das Pflaster ist zu unsicher. Am besten, wir brechen sofort auf.«

»Aber Pintel und Nardon wollten morgen noch etwas nachlesen, oder nicht?«

»Ich habe auch nicht behauptet, dass es ihre Stimmung heben wird. Immerhin haben sie heute schon die Adresse des Herrn Thara in Erfahrung gebracht.«

»Scheiße«, sagte sie seufzend. »Was ich jetzt am besten gebrauchen kann, ist eine ordentliche Standpauke.«

»Du hattest nicht ernsthaft damit gerechnet, dass es ohne abgehen würde, oder?«, sagte er und schob sie vorwärts.

»Wo warst du eigentlich den ganzen Abend?«, sagte sie, als er sie in eine Seitengasse dirigierte, die den Platz wie eine Spange umrundete. »Ich habe dich gesucht.«

»Ich habe mir die Stadt angesehen«, sagte er.

»Du hast *was*«, sagte sie fassungslos.

»Sie ist hübsch«, sagte er. »Bisschen wenig Grün, aber sonst ganz nett.«

»Ist das der gleiche Fenrir, der sonst bei jedem Heuschober eine Beklemmung kriegt?«

»Ich wollte, ich hätte es nicht getan. Ich hätte auf mein erstes Gefühl hören sollen, und das sagte mir, bleib beim Hauptmann, damit sie nicht vom Weg abkommt.«

»So etwas sagt dir dein Gefühl?«

»Ja. Und jetzt versuch bitte, geradeaus zu laufen, sonst brauchen wir bis zum Sonnenaufgang für die paar Steinwürfe. Wie viel Wein war das, bei allen Göttern?«

»Ich bin stocknüchtern. Ich bin völlig klar. Mir geht's gut.«

»Ja, ja«, sagte er. »Hier entlang.«

Kronas zögerndes Wohlbefinden löste sich schlagartig in Luft auf, als sie sich schließlich in dem engen Schlafraum ihren Gefährten gegenübersah.

»Wo war sie?«, fragte Lomir Fenrir.

»Sie hatte ein kleines Gelage mit ein paar Kollegen«, sagte Fenrir vorsichtig.

»Na, besten Dank«, sagte Pintel. »Ist das deine Vorstellung davon, andere zu beschützen?«

»Ich wollte euch rechtzeitig abholen«, versuchte Krona sich zu verteidigen. »Ihr hättet gar nicht merken sollen, dass ich weg war.«

»Das macht's nicht besser«, sagte Pintel verletzt.

»Jetzt komm schon. Es war nun wirklich nicht sonderlich gefährlich in diesem Akademie-Dings.«

»Wir sollten unsere Pläne ändern und sofort aufbrechen«, sagte Fenrir. »Es hat ein wenig Ärger gegeben.«

»Was für Ärger?«, fragte Lomir alarmiert.

»Eine Meinungsverschiedenheit mit den zentallinischen Soldaten in dieser Kneipe«, sagte Fenrir.

»Sie haben mich mit einer Gewerblichen verwechselt, und ich musste ein paar Sachen klarstellen«, knurrte Krona.

»Und das ist einfach so passiert, ganz ohne Anlass?«, fragte Lomir mit einem langen Blick auf Kronas Hemd, das ihr noch immer aus der Hose hing.

»Ja«, sagte Krona. »Na ja. Fast.«

»Das ist doch nicht zu fassen!«, schnaubte Lomir. »Wie alt bist du?

Auch für Menschenverhältnisse längst volljährig, oder? Und warum benimmst du dich dann wie ein dummes Ding, das zum ersten Mal in einer Großstadt ist? Erinnerst du dich dunkel daran, dass wir schon genug Schwierigkeiten in dieser Stadt hatten? Soll denn unsere Mission an deiner Zügellosigkeit und mangelnden Disziplin scheitern?«

»Ich gehe schon mal das Zimmer bezahlen«, sagte Fenrir mit feinem Lächeln und schob Krona dem empörten Zwerg entgegen.

»He«, sagte Krona. »Nein! Bleib hier!«

»Kein Gedanke«, sagte Fenrir. »Diese Standpauke der Marke *doppelter Lomir* kannst du dir schön alleine abholen. Du hast sie verdient.«

3 RÄTSEL UND SPURENSUCHE

Vorbei an einem Wachmann, der den Schlaf der Gerechten schlief, verließen sie die Stadt durch ein Seitentor und folgten einem schmalen, ausgetretenen Pfad. Zwischen schenkelhohem, raschelndem Gras gingen sie am oberen Rand der Steilküste entlang. Weit unten zu ihrer Linken rauschte das Meer und warf schaumige Wellen gegen die Klippen.

Der Wind, der Krona ansprang, war empfindlich kühl. Er vertrieb die letzten Schwaden der Trunkenheit und legte einen feinen, klaren Kopfschmerz frei, der sich in ihre Stirn bohrte wie ein glühender Draht. Mehrmals musste sie anhalten und sich ins Gras übergeben, und der glühende Draht schwoll zu einem reißenden Feuerball. Sie verlor kein Wort darüber. Auch die anderen waren schweigsam. Missmutig und müde schleppten sie sich den Pfad entlang, bis er ins Landesinnere abbog und sie zu einer niedrigen Baumgruppe brachte. Dort schlugen sie ihr Lager auf. Sie verzichteten auf ein Feuer und legten sich schlafen.

Die Nacht war hell und voller Geräusche. Krona lag und lauschte auf das Atmen ihrer Gefährten, auf das Rascheln unsichtbarer Tiere im Unterholz, auf den Wind in den Gräsern, auf ihren eigenen Herzschlag, und schließlich auf leichte, vertraute Schritte, die sich ihr näherten.

»Wo kommst du her?«, flüsterte sie, als er sich neben ihr niederließ.

»Kleiner Rundgang«, gab er leise zurück. »Ich wollte sicher sein, dass wir hier alleine sind.«

Sie spürte seine Hand auf ihrer Schulter, griff danach und drückte seine Finger.

»Diesmal habe ich es übertrieben, nicht wahr?«, flüsterte sie.

»In den Augen der anderen bestimmt.«

»Sie halten mich für ein Risiko. Unberechenbar, und sie glauben, dass ich mehr Schwierigkeiten mache, als ich Nutzen bringe.«

»Haben sie das gesagt?«

»Nicht mit Worten.«

»Hast du Angst, dass sie dich davonjagen?«

»So weit würde ich nicht gehen. Das würden sie nicht tun. Oder?«

Sie hörte ihn leise lachen und richtete sich auf die Ellenbogen auf.

»Wenn man bedenkt, dass wir dich anfangs geradezu nötigen mussten, uns beizuspringen, zeigst du inzwischen ein bemerkenswertes Maß an Hingabe«, flüsterte er.

»Hingabe«, knurrte sie. »Du hast doch keine Ahnung, wie meine Hingabe aussieht.«

»Ich habe eine lebhafte Vorstellung.«

Sie seufzte, sie fühlte sich dem üblichen leichten Geplänkel nicht gewachsen. Zu ihrer Überraschung streckte er sich neben ihr aus und zog sie an sich.

»Niemand schickt dich weg, Hauptmann. Wir sind Reisegefährten, Schicksalsgefährten, wenn du so willst. Und jeder von uns hat sein Bündel zu tragen.«

»Ich wüsste gar nicht, wohin.«

»Ja – eine Frau in Hosen, allein in einem fremden Land ...«

»Nicht nur das.«

»Ich weiß, Krona. Ich weiß.«

Sie rückte sich in seinen Armen zurecht. Sie fühlte sich beinahe friedlich.

»Schlaf«, flüsterte er. »Morgen sieht die Welt wieder heller aus.«

Sie nickte, und binnen Augenblicken kam sie seiner Aufforderung nach.

»Wisst ihr«, sagte Pintel am nächsten Morgen, »so schlecht war die Nacht unter freiem Himmel gar nicht. Ich habe immer noch dieses Schiff in den Knochen und kann gar nicht genug frische Luft bekommen.«

»Du hörst dich an, als hätte man dich im Laderaum eingesperrt«, murrte Lianna und wurde von Pintel mit einer Grimasse bedacht.

Sie frühstückten, was sich noch in ihren Vorräten befand: altes Fladenbrot, ein wenig Wurst und geschmorte Zwiebeln, die im Rucksack eine innige Verbindung mit ihrer Verpackung eingegangen waren. Dann breitete Pintel eine Umgebungskarte aus, die er auf die Rückseite eines benutzten, reichlich zerknitterten Papierbogens gekritzelt hatte.

»Wenn wir kein Risiko eingehen wollen, uns zu verlaufen, müssen wir immer nur dem Küstenverlauf folgen«, erklärte er. »Hier – dieses Kreuz – markiert den Turm. Er steht direkt am Wasser.«

»Wenn wir durchs Landesinnere gehen, schneiden wir die halbe Wegstrecke ab«, sagte Fenrir und deutete auf die Karte. »Wir müssen diesen Küstenbogen nicht verfolgen.«

»Wir kennen das Gelände nicht«, gab Pintel zu bedenken. »Was, wenn es dort Berge und Schluchten gibt? Wir könnten uns heillos verlaufen.«

»Dies ist kein Land für Schluchten. Es ist trockenes Grasland. Und einen Berg würdest du von hier aus sehen.«

Pintel blies die Backen auf und starrte auf die Karte. Fenrir lächelte.

»Keine Sorge. Ich kann eine Himmelsrichtung halten, nötigenfalls nachts bei Neumond. Ich bringe dich zu deinem Turm.«

»Was sagen die anderen?«

»Meine Füße sagen, nimm den kurzen Weg«, sagte Nardon. »Und der Kopf stimmt zu, denn immerhin ist dies noch eine Jagd, auch wenn manche es offenbar für Urlaub halten.«

Krona holte tief Luft, fing sich einen Blick von Fenrir und schluckte ihre bissige Bemerkung.

»Es tut mir leid«, sagte sie stattdessen. »In Ordnung? Wollt ihr das hören? Es tut mir leid. Die Stadt war unerträglich. Ich habe es kaum ausgehalten.«

»Interessant«, sagte Fenrir mit feinem Lächeln.

»Vergessen wir's«, sagte Lomir. »Lasst uns aufbrechen. Die kurze Strecke ist meine Wahl.«

Die kurze Strecke hielt sie den ganzen Tag auf den Beinen. Weiter im Landesinneren erstreckten sich Felder, auf denen Büsche wuchsen, die sie nie zuvor gesehen hatten. Ihre Blätter waren schmal, beinahe wie

Tannennadeln, mattgrün und ledrig und verströmten einen intensiven Geruch, als Pintel einige davon zwischen den Fingern zerrieb.

»Lavendel«, erkannte Lomir erstaunt. »Alle Götter! Felder davon! Und bei uns bezahlt man für einen Beutel ein ganzes Vermögen. Ob man wohl herausfinden kann, wem diese Felder gehören?«

»Nein!«, sagte Nardon mit Nachdruck. »Wir bleiben zusammen! Leute! Ihr seid schlimmer als ein Sack Flöhe!«

Lomir seufzte, knickte ein Zweiglein ab und steckte es sich an die Jacke.

Gegen Mittag erreichten sie ein kleines Dorf, nicht mehr als eine Ansammlung niedriger Häuser, überschattet von den hohen, schmalen Bäumen, die sich wie Pinselstriche gegen den Himmel abhoben. Sie blieben bei ihrer Strategie und schickten Lianna mit Pintel vor, um Lebensmittel zu kaufen. Die beiden kehrten mit dünnen, knusprigen Brotfladen, Würsten und einem Tonkrug voll Milch zurück. Pintel kaute bereits mit vollen Backen.

»Die Sachen schmecken hier so gut«, quetschte er zwischen zwei Bissen heraus. »Sogar das Brot schmeckt anders als zu Hause!«

»Sie mahlen das Mehl feiner«, vermutete Lomir. »Und sie würzen es irgendwie. Sei so gut, lass uns etwas übrig, ja?«

Sie aßen im Schatten der Pinselstrichbäume. Krona begnügte sich mit einem Stück Brot und einem Schluck Wasser aus dem nahen Bach. Die Übelkeit der vergangenen Nacht verblasste nur langsam.

Vielleicht mal weniger saufen?

Sie blinzelte zu den anderen hinüber, die sich über die letzten Reste der Wurst beugten.

Zumindest, so lange das hier dauert. Danach ...? Ein Winter und noch einer und noch einer. Mal sehen, welcher der letzte sein wird.

Sie hätte gerne im duftenden Schatten der Bäume ausgeruht, aber die anderen trieben zum Aufbruch, und so war sie die Erste, die ihr Gepäck schulterte und den Fuß auf die Straße setzte.

Die Sonne hing schon dick und schwer über dem Horizont, als sie endlich ihr Ziel erreichten. Seit dem Nachmittag waren sie einer schmalen Küstenstraße gefolgt, das Meer zu ihrer Linken. Es ging ein frischer Wind, der die Möwen herumwarf wie Papierfetzen und das Meer zu einer dunkelgrünen, wogenden Masse aufwühlte.

»Es gibt heute noch ein Gewitter«, sagte Fenrir und hielt die Nase in den Wind. »Diejenigen von uns, die nicht in den Turm gehen, sollten sich einen Unterschlupf suchen.«

»Gibt es Freiwillige?« Lomir zeigte nach vorne. »Das sieht mir ja ungemein gastfreundlich aus.«

Wie ein verdorrter Baum krallte sich der Turm an seinen felsigen Untergrund. Nur eine schmale, von Gischt umwehte Brücke führte hinüber auf die Felsnadel, die sein Fundament bildete. Ringsum schäumte das Meer. Der Turm selbst war schwarz und verwittert. Sie zählten drei Reihen von Fenstern, kaum mehr als dunkle Löcher im Mauerwerk, doch die obere Hälfte des Turmes, bis hinauf zu den Zinnen, war fensterlos und glatt.

»Warum sitzen Zauberer eigentlich immer in Türmen?«, fragte Krona. »So will man doch nicht wohnen!«

»Von *immer* kann keine Rede sein«, erwiderte Pintel, der auf einem Felsvorsprung gefährlich nahe am Abgrund balancierte, um besser zu sehen. Krona packte ihn vorsichtshalber an der Kapuze. »Es gibt genug Zauberer, die in normalen Häusern wohnen. Aber Türme haben eben Tradition. Gerade früher, als die Zeiten noch unruhiger waren, fühlten sie sich in Türmen sicher. Man hält einfach nicht so viel aus, als Zauberer.«

»Wen möchtest du mit hinein nehmen?«, fragte Nardon.

»Immer den, der fragt«, sagte Pintel mit schiefem Grinsen. »Wir wollen so viele Informationen wie möglich aufsammeln. Jemand, der lesen kann und darüber hinaus noch etwas von der Materie versteht, käme mir sehr gelegen. Und eine Leibwache.«

»Kein Problem«, sagte Krona. Pintel hüpfte von seinem Aussichtsposten und zog unbehaglich die Schultern hoch.

»Eine andere Leibwache, wenn's geht«, murmelte er.

»Wieso? Weil ich unzuverlässig und ein Risiko für Leib und Leben bin? Sag's nur! Raus damit!«

»Nein!« Pintel hob abwehrend die Hände. »Du weißt, ich würde niemals ... nein! Versteh das bitte nicht falsch! Ich dachte an Lomir ... weil ... na ja, er ist gut mit der Axt und mit dem Verstand.«

»Und ich?!«

»Du bist ... ähm ... nicht gut mit der Axt.«

»Schont sie nicht«, sagte Fenrir beschwingt. »Sie kann das verkraften. Sie weiß, dass sie in Zaubertürmen nichts verloren hat.«

»Ich war schon mal in einem, mein Herr Großmaul! Im Gegensatz zu euch allen! Ist zwar schon eine Weile her, gilt aber immer noch!«

»Du? Tatsächlich?«

»Da staunt ihr, was?«

»Bei dir wundert uns nichts mehr.« Fenrir legte ihr den Arm um die Schulter und schob sie vorwärts. »Na komm, Hauptmann. Suchen wir uns eine geschützte Stelle, ehe dieses Gewitter über unseren Köpfen ist.«

»Wie lange wollt ihr wegbleiben?«, fragte Lianna zu Pintel gewandt.

»Keine Ahnung. So lange es dauert. Mindestens über Nacht. Er wird uns schon nicht wegschicken, oder? Einen weit gereisten Kollegen aus dem fernen Königreich Abrantes, der mit ihm über seine Theorie der Illusionären Verschiebung diskutieren will, gefolgt von seinen zwei treuen Zwergen ...«

»Übertreib es nicht«, warnte Lomir.

»Ist gut«, sagte Pintel fügsam. »Gehen wir. Ich will diese Brücke überquert haben, bevor der Sturm so stark ist, dass er mich einfach aufs Meer bläst.«

»Wir werden uns irgendwo in der Nähe der Brücke verkriechen«, sagte Fenrir. »Wenn ihr in Schwierigkeiten geratet, macht euch bemerkbar. Gebt Lichtzeichen aus einem der Fenster. Und spätestens morgen früh sollte einer von euch sich mit uns treffen, damit wir auf dem Laufenden bleiben.«

»Ich habe kein gutes Gefühl bei der Sache.« Krona hielt sich mit beiden Händen die Haare aus dem Gesicht, die der Sturm ihr vor die Augen schlagen wollte, und starrte hinüber zum Turm. »Gar kein gutes Gefühl. Was sag ich immer? Wir ...«

»... sollen uns nicht trennen, sag ich immer«, echoten die Gefährten müde.

»Außer, es ist sinnvoll«, ergänzte Fenrir. »Und jetzt geht, ehe wir hier Wurzeln schlagen.«

Thork ließ die anderen voraus. Für einen Augenblick stand er ganz still und sah aufs Meer. Unter ihm warfen sich die Wellen lärmend gegen den schmalen Sandstreifen, doch weiter hinten, dort, wo die Sonne sachte ihre Lichtfinger ins Wasser tauchte, war die Wasseroberfläche ruhig.

Vielleicht musste man die Dinge nur aus großer Entfernung betrachten, um Ruhe zu finden.

Thork beugte sich nach vorne und sah an seinen Stiefelspitzen entlang hinunter. Dort war er, mitten in der Brandung, wurde von den Göttern herumgeworfen wie ein Korken und nun sogar an die Gestade eines fremden Landes gespült.

Er war geradezu lächerlich weit weg von zu Hause.

Ganz davon abgesehen, dass er keines mehr hatte.

Er tastete nach seinem Gròrssymbol, das er unter dem Hemd auf der Brust trug. In Dalen hatte er die Lederschnur gegen eine dünne, starke Kette aus Eisenringen ausgetauscht. Er schloss sein Auge und spürte dem Fels unter seinen Stiefeln nach. Es war ein gutes Land, dieses Zentallo. Fruchtbar, lieblich. Eine Weite, die den Blick unverstellt schweifen ließ und ihm, der die Berge liebte, die Seele öffnete.

Er verspürte den Wunsch zu zeichnen. Seine Papiervorräte waren beinahe aufgebraucht, aber vielleicht wussten diese zentallinischen Menschen, wie man vernünftiges Papier machte.

»Kommst du?«

»Hm?«

Er erschrak und öffnete sein Auge. Lianna war bei ihm.

»Was ist los?«

Er machte einen Schritt vom Steilhang weg.

»Wir werden hinunter müssen und Treibholz sammeln, wenn wir ein Feuer wollen«, sagte er.

»Dann komm.« Sie zog ihn am Ärmel. »Die anderen sind schon da vorne. Nicht dass sie unsere Gesellschaft vermissen würden. Oder ich ihre.«

Thork seufzte. So lange die anderen Zwerge und Pintel als Puffer fehlten, würde er keine Ruhe finden.

Sie setzten sich in Bewegung. Lianna sah mit finsterem Blick nach vorne, wo Krona und Fenrir eine kleine Rangelei um einen Stein begonnen hatten, den sie sich gegenseitig zukickten.

»Dreimal hat sie gestern gekotzt«, sagte sie abfällig. »Sie kann überhaupt nicht mit Alkohol umgehen!«

»Ich denke, das kann sie sehr wohl. Sie trinkt, bis sie vergisst. Das ist … weit verbreitet.«

Er wich ihrem Blick aus und sah aufs Meer, und sie war zu sehr in ihre Hassrede vertieft, um es zu bemerken.

»Und so eine will unsere Anführerin sein! Dass ich nicht lache! Sie hat ja nicht mal sich selbst im Griff. Entwickelt man sich so, wenn man Soldat ist? Grob und zügellos? Vielleicht sollten die Sesshaften ein Frauenverbot bei der Armee einführen.«

»Sie hat uns auf einem meuternden Piratenschiff heil nach Zentallo gebracht und es sogar geschafft, dass der gleiche Haufen uns wieder nach Hause fährt, wenn wir das brauchen.«

»Und du findest sie toll, oder was?«

»Ich betrachte sie mit einem Blick, der nicht verstellt ist durch … was auch immer. Lianna, sie hat das Doppelte deiner Jahre, was immer noch sehr, sehr wenig ist. Kannst du nicht einfach hinnehmen, dass sie ihre Geschichte hat, und dass sie *geprägt* ist?«

»Ich bin auch *geprägt*, und sie nimmt das überhaupt nicht hin.«

Thork unterdrückte einen neuerlichen Seufzer.

»Versuch bitte, Frieden zu halten. Für die gemeinsame Sache – und um meinetwillen.«

Lianna schnaubte und trat einen Stein weg. Ihr schönes Gesicht war verdüstert von Zorn und Missgunst. Er sah sie an und dachte darüber nach, wie groß seine Liebe zu ihr war – und wie wenig er sie kannte.

Ehe sie den Turm hinter sich ließen, warf Thork einen Blick zurück. Drei Gestalten mit wehenden Mänteln sammelten sich auf dem Vorplatz zu Füßen des Turmes.

»Wartet.«

Krona und Fenrir hielten mit ihrem Geplänkel inne und kamen zurück. Gemeinsam beobachteten sie, wie ihre drei Gefährten vor dem schweren Tor standen.

Von ferne rollte ein Donner heran, und Wetterleuchten flackerte am Horizont. Dann gab es einen Lichtschimmer auf dem Vorplatz – jemand hatte geöffnet – dann passierte eine Weile nichts, bis die Drei schließlich ins Innere verschwanden.

»Wenn die dem Kleinen etwas tun, hack ich die in Stücke und füttere die Fische mit ihnen«, schwor Krona düster.

»Entspann dich«, sagte Fenrir. »Sie haben Lomir dabei.«

»Und wenn sie ihm die Axt abnehmen?«

»Dann kann er immer noch lügen, und das ist sowieso seine stärkste Waffe.«

Krona nickte, Zweifel im Gesicht.

Es donnerte erneut, stärker und näher diesmal.

»Unterschlupf«, sagte Fenrir. »Ich will nicht der höchste Punkt auf dieser Ebene sein, wenn das Gewitter über mir ist.«

»Dann lasst uns einen Weg nach unten zum Strand suchen«, schlug Thork vor. »Dort gibt es vielleicht Treibholz und einen Überhang. Das hier ist weicher Sandstein. Das Meer mag ihn ausgehöhlt haben.«

»Ihr habt den Zwerg gehört«, sagte Fenrir. »Gehen wir.«

Sie gingen weiter als ihnen lieb war am oberen Rand der Steilküste entlang, ehe sie einen Abbruch fanden. Über Felsbrocken und loses Geröll kletterten sie hinunter zum Strand, der kaum fünf oder sechs Schritte maß.

»Und er wird schmäler.« Fenrir sog die salzige Luft ein und sah aufs Meer. »Wir haben Flut.«

»Das heißt, wir können entweder oben vom Blitz erschlagen werden oder hier unten ersaufen?«, fragte Krona zweifelnd.

»Die dritte Möglichkeit ist, wir schlagen unser Lager dicht an der Felswand auf. Siehst du? Der Sand ist trocken. Das Meer kommt nicht bis ganz nach oben.«

Thork betrachtete den Fels. Wasser hatte ihn abgeschliffen und Salzkrusten auf ihm abgelagert.

»Wir sind nur sicher, wenn wir eine Höhle oder einen Überhang finden«, sagte er. »Lasst uns ein Stück gehen. Ich meine, ich hätte vorhin von oben etwas gesehen, aber ich bin nicht sicher.«

Während er noch sprach, klatschte ihm der erste schwere Tropfen auf die Schulter. Vom Landesinneren her hatte sich der Himmel verdunkelt. Schwarze Wolkenfinger drückten die letzten Sonnenreste unter den Horizont.

Thork klaubte einen rund gewaschenen Kiesel auf.

»*liòht.*«

Ein sanftes, goldenes Strahlen glomm in dem Kiesel auf und brach sich Bahn. Er gab den Leuchtstein Lianna in die Hand, die dankbar die Finger darum schloss.

»Beeilen wir uns.«

Auf dem federnden, nassen Sand, die Stiefel von schaumigen Wellen umstrudelt, gingen sie zurück in Richtung des Turmes. Die Dunkelheit fiel über sie wie ein Mantel, und die steigende Flut drängte sie immer weiter gegen die Felswand. Durch das Heulen des Windes und das Wellenrauschen trieben Fetzen einer Schimpfrede Kronas zu Thork.

»Jetzt zeig mir dein trockenes Plätzchen, Herr Waldläufer! ... alle ersaufen, und der Zwerg zuerst! ... gesagt, es ist Wahnsinn, und ... Schnapsidee!«

Als der schmale Sandstreifen sich zwischen Steinbrocken verlor, die vor langer Zeit aus dem Steilhang gebrochen waren, grub sie die Hacken in den Sand.

»Wir drehen um«, sagte sie. »Ich kann das nicht verantworten. Vielleicht ist das hier eine Sturmflut, und wir werden alle zwischen Wellen und Felsen zermahlen. Wir tun besser daran, uns oben einen Graben zu suchen und uns flachzulegen, bis das Gewitter vorbei ist.«

»Da war kein Graben«, sagte Fenrir.

»Dann graben wir uns einen verdammten Graben! Himmelarsch!«

Thork fasste nach Liannas Hand und schirmte das Licht des verzauberten Steins ab. Langsam kehrte seine Zwergensicht zurück, und er suchte mit dem Blick die Felswand ab.

»... keine Lust, mich im Dreck zu wälzen, aber noch viel weniger will ich dabei zusehen, wie ihr alle draufgeht!«

»Wie wäre es mit dem Turm? Wir könnten um Unterschlupf bitten, bis das Schlimmste vorüber ist.«

»Die glauben uns nie, dass wir mit den drei anderen nichts zu schaffen haben. So viele Reisende kommen hier nicht durch.«

»Dann lass uns ehrlich sein. Wir haben unsere Gefährten alleine losgeschickt, um die Turmbewohner nicht zu erschrecken, aber jetzt, angesichts des Wetters ...«

»Gefällt mir nicht, dein Plan.«

»Natürlich können wir auch hier stehenbleiben und diskutieren, bis wir, um es mit deinen lieblichen Worten auszudrücken, alle draufgehen.«

»Noch ein Stück«, sagte Thork. »Da vorne ist eine Höhle. Ich kann nicht erkennen, wie tief sie ist, aber sie wird uns Schutz bieten. Sie liegt hoch genug. Solange das hier keine Jahrhundertflut wird, sollten wir trockene Füße behalten.«

Krona kniff die Augen zusammen und sah in die Richtung, die Thorks Fingerzeig ihr wies.

»Ich sehe nichts.«

»Das wundert mich nicht.«

»Ich nehme deine Höhle«, sagte Fenrir und setzte sich in Bewegung. »Es reicht mir, wenn du sie siehst.«

Sie machten sich daran, die nassen, sandigen Felsen zu überklettern, während über ihnen der Donner rollte und der Himmel seine Schleusen öffnete. Zwischen den Steinen stand das Wasser in tiefen, von Muscheln überkrusteten Tümpeln. Blasiger Seetang wickelte sich kalt und glitschig um ihre Finger, und immer wieder klatschten ihnen die Wellen mit Wucht gegen die Beine. Mit einigem Glück und der Hilfe des Lichtsteins brachten sie den felsigen Strandabschnitt hinter sich und beeilten sich, die letzten paar Steinwürfe zurückzulegen.

Thork atmete auf. Es war nicht nur eine Vertiefung im Fels, sondern eine richtige Höhle. Der Eingang lag schräg gegenüber des Turmes und hoch über ihren Köpfen.

»Und jetzt?« Fenrir sah ratlos hinauf. »Klettern, bei diesem Sturm?«

Thork setzte seinen Rucksack ab. Direkt unter der Klappe trug er ein leichtes, sorgfältig aufgerolltes Seil, und in einer Seitentasche hatte er eine Kralle verstaut. Mindere Qualität, typische menschliche Schmiedearbeit, aber mit Gròrs Hilfe würde das Material halten.

Er knotete die Kralle ans Seil und wog sie prüfend in der Hand.

»Auf die Seite, bitte.«

Er schwang die Kralle über seinen Kopf und ließ sie fliegen. Im heulenden Sturm benötigte er mehrere Versuche, bis sie endlich oben verfing und Thorks kräftigem Zug standhielt.

»Wer geht zuerst?«

Thork beobachtete, wie Fenrir zu Krona sah, die ihrerseits das Seil mit einer Mischung aus Misstrauen und Verzweiflung musterte.

»Ich«, sagte Fenrir, streifte seinen Rucksack ab und schwang sich ans Seil. Behände erstieg er den Steilhang, schwang die Beine über den

Rand und verschwand in der Höhle, um gleich darauf den Kopf über den Rand zu strecken.

»Kommt nach.«

Lianna ging als nächste, und mit beinahe väterlichem Stolz beobachtete Thork, wie furchtlos sie den Fels erklomm. Als sie sicher oben angekommen war, nahm er das Seil.

»Lass mich zuerst. Ich kann dann zuerst das Gepäck und dann dich raufziehen.«

»Ich kann ja wohl ein Scheiß-Seil raufklettern!«

»Wie du meinst.«

Seinem Zwergenblick entging nicht, wie erschöpft sie aussah. Für einen Augenblick erschrak er. Kaum fünfzig, und schon verblühten die Menschen. Fünfundzwanzig Jahre, ein Steinwurf in der Zeit, und Lianna würde die gleichen Zeichen des Alterns tragen. Fünfzig, und sie wäre eine Greisin. Fünfundsiebzig, und sie wäre längst bei den Göttern, während seine eigene Lebenszeit kaum zur Hälfte verstrichen war.

Er packte das Seil fester. Wenn Gròr dies für ihn vorgesehen hatte, so wollte er sich fügen, und wer war er schon, über das Wohl und Wehe zu entscheiden.

Er brachte den Aufstieg hinter sich und zog dann das Gepäck hoch, das Krona ans Seil knotete. Dann, zusammen mit Fenrir, zog er Krona nach oben, die sich die Hilfe gefallen ließ und keuchend am Rand liegen blieb, bis Liannas Ausruf sie auf die Beine brachte.

»Leute, das müsst ihr euch ansehen!«

Sie folgten dem Schimmer des Lichtsteins tiefer in die Höhle. Das Rauschen der Wellen brach sich vielfach zwischen den Wänden. Ein Blitz zuckte und warf bizarre Schatten auf den Boden, und gleich darauf rollte der Donner über ihre Köpfe hinweg.

Der sandige Boden stieg nach innen sachte an, dann weitete der tunnelartige Höhlenzugang sich zu einer Kammer, deren einziger anderer Zugang ein dunkler Schlitz unter der Höhlendecke war. Ein unterirdischer Flusslauf musste sich hier vor Äonen ein Bett gegraben haben, vermutete Thork, aber das war es nicht, was Lianna mit erhobener Hand beleuchtete.

Jemand hatte die kleine Höhle eingerichtet. An der hinteren Wand standen roh gezimmerte Tische mit Schreibmaterial, Schriftrollen und dicken Büchern. Teller mit dicken Kerzenstumpen waren im Halbkreis verteilt. Aus einer Truhe hing ein Jackenärmel, und die Wand war mit dicken, schwarzen Kohleflecken und Strichen bemalt. Alles war mit einer feinen Schicht aus Staub und Sand bedeckt - auch die dunklen Kohlelinien, die den Boden überzogen wie ein schwarzes Spinnennetz.

»Halt!« Kronas Stimme klang scharf. »Keiner geht mir da rein, verstanden?«

»Und warum?«, fragte Lianna. »Weil du Bücher für gefährlich hältst? Das würde einiges erklären.«

»Erinnert ihr euch an Sturmwacht?«, fragte Krona, und Thork fand es bemerkenswert und ermutigend, dass sie nicht auf Liannas Bemerkung einging. »Nein, natürlich nicht. Ihr wart noch nicht dabei. Aber Fenrir erinnert sich, nicht wahr?«

»Ich erinnere mich, dass du ähnliche Linien überschritten hast und plötzlich weg warst«, bestätigte Fenrir. »Wir durften dich im ganzen Gemäuer suchen, und du hattest eine Horde Monster an den Hacken, als wir dich schließlich fanden.«

»Genau. Einmal reicht.«

»Die salzige Luft ist gar nicht gut für das Papier«, sagte Thork. »Warum lässt jemand kostbare Schriften an einem solchen Ort zurück?«

»Und wozu dient das Ganze?«, ergänzte Fenrir.

»Keine Ahnung.« Krona schlang die Arme um sich. »Aber ein solcher Fund in direkter Nachbarschaft eines Zauberturmes lässt mich nichts Gutes vermuten.«

»Eine Weltkarte«, sagte Thork.

»Wie bitte?«

»Dort hinten, an der Wand. Die zwei Flecken direkt unter der hellen Gesteinsader, das ist Abrantes. Darunter Zentallo – das, was aussieht wie ein eingerolltes Tier – und darunter, diese große, verwischte Form, das müsste der südliche Kontinent sein. Zumindest der obere Teil davon.«

»Wieso sollte jemand eine Weltkarte an die Wand malen?«, fragte Fenrir.

»Eine Weltkarte an der Wand und Teledingslinien auf dem Boden«, sagte Krona. »Jemand plant eine Reise. Kann man über so weite Strecken teledingsen?«

»Woher willst du wissen, wie weit derjenige *teleportieren* will?«, fragte Lianna.

»Weil er eine Weltkarte an der Wand hat? Und weil er ins nächste Dorf auch zu Fuß gehen kann?«

»Ich habe keine Ahnung, welche Strecken ein kundiger Zauberer auf diese Art zurücklegen kann«, sagte Fenrir. »Wir müssten Pintel hier haben. Oder Nardon.«

»Hab ich's euch nicht gesagt ...«, knurrte Krona.

»Ist gut«, sagte Fenrir. »Also. Niemand fasst etwas an, niemand überschreitet eine der Linien. Wir verwischen alle unsere Spuren, ehe wir gehen. Was wir tun werden, sobald das Gewitter abgezogen ist. Lasst uns hoffen, dass der Zauberer keine Lust hat, bei diesem Wetter seine Schreibstube aufzusuchen – oder was immer das hier ist.«

»Ich denke nicht, dass er uns überraschen wird«, sagte Thork. »Die Staubschicht. Er war seit Wochen nicht mehr hier, vielleicht seit Monaten. Er wird kaum in einer solchen Nacht an der Küste herumklettern.«

»Wir stellen trotzdem Wachen auf«, beschloss Fenrir. »Ich möchte nicht das geringste Risiko eingehen, von einem Zauberer im Schlaf überrascht zu werden.«

Sie zogen sich in den vorderen Teil der Höhle zurück. Ein Vorhang aus Wasser verschleierte die Sicht nach draußen. Blitz und Donner wechselten sich in stetiger Folge ab, und es krachte so laut, dass sie unwillkürlich die Köpfe einzogen.

Sie hatten kein Holz für ein Feuer, und so suchten sie lediglich aus ihrer Ausrüstung die am wenigsten durchweichten Kleidungsstücke aus und zogen sich um. Als Thork sah, wie Lianna zitterte, rührte er an die göttlichen Energien, die tief in ihm ruhten. Seine Handfläche begann zu kribbeln. Er blies sachte darüber und brachte eine kleine, hell leuchtende Blase hervor. Er konzentrierte sich und ließ die Blase wachsen, bis sie die Größe eines Apfels hatte und zitternd auf seiner Handfläche saß, dann dirigierte er sie vorsichtig zu einem großen Felsbrocken und setzte sie darauf ab.

»Was wird das?«, hörte er Krona.

Für einen Augenblick saß die Blase auf der rauhen Oberfläche und pulsierte leise. Dann versank sie langsam. Ein Aufleuchten brach sich von innen Bahn und drang durch die Ritzen und Poren des Steins nach außen, dann war das Leuchten verloschen. Die Höhle war erfüllt von einem leisen Summen. Thork legte die Hand auf den Stein.

»Wärme.«

Mit einem erleichterten Aufseufzen ließ Lianna sich an dem Felsbrocken nieder und lehnte sich dagegen. Dann streckte sie die Hände nach Thork aus, und er kam ihrer Aufforderung nach und setzte sich zu ihr. Sie schlang die Arme um ihn und bettete das Gesicht an seiner Brust.

»Wenn Pintel zaubert, sieht das viel schwieriger aus«, hörte er Krona von der anderen Seite des Felsbrockens. »Er macht einen Riesen-Aufriss. Manchmal singt er sogar. Liegt das jetzt an den Zaubern, die er wirft, oder ist es einfach Pintel?«

»Vermutlich beides«, sagte er, als er begriff, dass die Frage an ihn gerichtet war.

»Ja.« Kronas Gesicht erschien über ihm, und sie grinste zu ihm hinunter. »Danke für den Redeschwall, mein Guter.«

Er nickte ihr zu, und sie verschwand aus seinem Blickfeld. Er hörte, wie sie gedämpft mit Fenrir sprach und lachte. Die Menschen vertrugen die Einsamkeit offenbar schlecht und strebten immer danach, sie zu beenden.

So wie diese junge, schöne Menschliche, die ihr Gesicht gegen seinen Bart presste und ihm ins Ohr flüsterte.

»Ich vermisse dich, mein Zwerg.«

»Aber ich bin doch hier«, gab er überrascht zurück.

Sie legte ihm einen Finger auf die Lippen.

»Weißt du nicht, was ich meine?«

»Na ja. Vielleicht.«

»Ich will mit dir alleine sein.«

»Das lässt sich im Augenblick kaum bewerkstelligen.«

»Ich weiß. Aber ich war kaum mit dir alleine, seit wir wieder zusammen sind. Ist das nicht ungerecht? Ich erleide solche Qualen, reise durch das ganze Land, um dich zu finden, und kaum ist das geschehen, stürzen wir uns schon wieder in ein irrsinniges Abenteuer!«

»Wolltest du nicht immer eine Kriegsprinzessin sein?«

Sie seufzte tief.

»Doch, schon. Aber jetzt … Ich wäre gerne einfach eine Weile bei dir in Dalen geblieben. Danach hätten wir uns ein Abenteuer suchen können. Nur du und ich. Wie damals, als wir gemeinsam gegen den Troll gezogen sind. Warum können wir nicht alleine gegen Gyldinn ziehen, wenn es schon jemand tun muss? Den Troll haben wir auch alleine besiegt.«

»Wir haben den Troll knapp und mit Gròrs Hilfe besiegt, doch gegen eine Valdar aus den Äußeren Ebenen ist dieser Sieg kaum mehr, als hätten wir einem Huhn den Kragen umgedreht.«

»Hast du sie schon gesehen?«

»Nein, Prinzessin. Natürlich nicht.«

»Woher weißt du dann, wie schlimm sie sein kann?«

»Sie kann schlimm sein.«

»Trotzdem. Ich habe alles aufgegeben, und jetzt habe ich nichts! Meinen Markstein habe ich nicht behalten dürfen, meine Sachen sind in deinem Haus verbrannt, und jetzt sitzen wir hier, am anderen Ende der Welt, und sind so weit weg von zu Hause ...«

Er spürte ein kleines Lächeln unter seinem Bart.

»Ich bin der Sesshafte. Eigentlich müsste ich darüber klagen, dass ich zu weit von zu Hause entfernt bin, nicht du.«

»Und ist es schlimm für dich?«

Er sah lange hinaus in den Regen, bevor er antwortete, und sie wartete geduldig.

»Es ist nicht meine natürliche Lebensweise. Zwerge bleiben auf dem Stein, der sie hervorgebracht hat. Aber ... nein. Nicht schlimm. Ich denke ... mein Zuhause ist da, wo du bist.«

Er sah in ihr süßes Gesicht und war erstaunt, wie einfach die Wahrheit doch war.

Sie wischte sich mit dem Handrücken über die Augen.

»Mein Zwerg. Ich liebe dich auch. Aber ich bin so unglücklich!«

»Ich weiß, Prinzessin. Es geht vorbei. Alles wird gut. Solche Geschichten haben immer ein glückliches Ende.«

»Und was, wenn nicht?«

»Dann ist es noch nicht das Ende.«

»Erzähl mir davon. Wie wir glücklich sein werden.«

Er sah sie an, sah ihre Not. Er zog seinen Rucksack zu sich heran und holte seine Zeichensachen hervor. Das letzte Stück Papier strich er auf den Knien glatt, es war feucht geworden und wellte sich sachte. Dann spitzte er einen Kohlestift an und begann zu zeichnen, und vor Liannas Augen entstanden liebliche Hügel mit Bäumen, ein Bach, an dem eine kleine Schmiede stand, ein niedriges Wohnhaus daneben, dahinter eine Koppel mit Pferden, die zufrieden grasten, und über allem ein lichter Sommerhimmel. Er zeichnete, bis sie an seiner Schulter eingedöst war, und dann ging er in Gedanken vom Haus zum Bach, hörte das Rauschen, nahm den Duft von Gras und Kochfeuer in sich auf und ließ die friedliche Einsamkeit in seine Seele strömen.

»Alle Achtung«, sagte Lomir. »Das ist mal ein Tor.«

Pintel hatte den schweren Türklopfer betätigt, und während sie warteten, zählten sie sieben Schlösser und drei Bannrunen.

»Diese hier sind neu.« Nardon zeigte mit dem Finger. »Sehr ihr? Die Einfassungen glänzen noch. Die anderen sind vom Salz in der Luft schon ganz angefressen. Warum ist wohl sein Sicherheitsbedürfnis plötzlich so gestiegen?«

»Eine Bannrune gegen Bettler, und eine gegen wilde Tiere«, ergänzte Pintel erstaunt. »Die dritte ist so krakelig, dass ich sie nicht lesen kann. Gegen Schnupfen vielleicht?«

»Was erwartet er?«, fragte Lomir. »Bettelnde Fische und wilde Möwen? Merkwürdig. Ich sage euch, wir werden noch unsere Überraschung erleben.«

Pintel klopfte erneut und sah dann unbehaglich zum Himmel. In den Wolkenmassen kochte es, und Donner rollte von ferne heran.

Es dauerte nicht mehr lange, bis jemand sich von innen ans Öffnen machte. Ein Schloss nach dem anderen knirschte, dann wurde, dem Geräusch nach, ein Riegel zurückgeschoben, und die Tür öffnete sich einen Spalt. Das blasse Gesicht eines sehr jungen Mannes erschien.

»Guten Abend ...?«

»Hallo!« Pintel strahlte in höchster Aufregung. »Mein Name ist Pintel Luffelheim, und das sind meine Begleiter Nardon Haltır und Lomir Feuerbeil. Wir kommen von der fernen Insel Abrantes, und ich bin ein Kundiger im dritten Grad, mit einem speziellen Interesse an Illusionszauberei, und ich möchte Varinn Thara besuchen, um mit ihm über die Illusionäre Verschiebung zu diskutieren, ich arbeite auf diesem Gebiet und denke, dass der arkane Faktor bei der Verschiebung ebenso eine Rolle spielt wie der Materiequotient, und wenn man das in der Formel berücksichtigen würde, dann könnte man Illusionen vielleicht sogar bald anfassen, und ...«

»Und all das möchte unser Freund gerne mit Eurem Dienstherren besprechen.«

Lomir schob Pintel sachte beiseite und pflanzte sich direkt vor dem Türspalt auf.

»Ähm ...« Der Blick des Jungen heftete sich auf Lomirs große Axt.

»Außerdem suchen wir eine Unterkunft für die Nacht«, sagte Lomir freundlich. »Hier braut sich ein ordentlicher Sturm zusammen.«

»Mein Herr ist nicht da«, stammelte der Junge. »Und er empfängt auch gar nicht gerne Besuch. Wenn er da ist. Was er nicht ist.«

Ein kräftiger Blitz zuckte aus den Wolkenmassen und tauchte alles in blasses, grelles Licht. Kaum einen Atemzug später folgte ein drohendes Rumpeln.

»Ihr seid besorgt wegen unserer Waffen«, vermutete Lomir. »Wir können sie hier draußen lassen. Nur gebt uns ein Dach über dem Kopf, ehe der Sturm hier losbricht!«

Der Junge zögerte.

»Wie heißt du?«, fragte Pintel.

»Abelardo.«

»Was für ein schöner Name. Du kannst Pintel zu mir sagen.« Pintel quetschte seine kleine Hand an Lomir vorbei und hielt sie dem Jungen entgegen.

»Das macht man bei uns in Abrantes so, weißt du? Man schüttelt sich die Hände. Das heißt so viel wie, wir sind Freunde und tun uns nichts, und außerdem haben wir kein Messer im Ärmel versteckt. Na los – probier es mal aus!«

»Bei uns macht man es genauso«, sagte Abelardo und ergriff zögernd Pintels Hand.

»Tatsächlich? Du bist der Erste, der uns in diesem Land die Hand schüttelt. Aber es gibt bestimmt noch viele Dinge, die in Abrantes ganz anders sind als bei euch. Wir könnten ein bisschen erzählen, wenn du möchtest – solange draußen das Gewitter tobt?«

»Na ja …«

»Was geht hier vor?«

Die Stimme kam von hinten und erschreckte den Jungen so sehr, dass er rückwärts sprang und dabei die Tür aufriss. Hinter ihm, in einem diffusen Licht, das von überallher zu kommen schien, stand ein großer, schlanker Mann in dunklen Roben. Sein schwarzes Haar war im Nacken zusammengebunden, und seine Haut war von auffällig teebrauner Farbe. An seiner kühn geschwungenen Nase entlang sah er auf die Ankömmlinge hinunter.

»Seid Ihr Varinn Thara?«, fragte Pintel.

Der Mann wechselte einen Blick mit Abelardo.

»Der bin ich.«

»Tatsächlich? Ich dachte, Meister Thara sei viel älter! Na, egal. Mein Name ist Pintel Luffelheim, ich komme mit meinen beiden Begleitern aus Abrantes und habe den ganzen weiten Weg nur gemacht, um mit Euch über Eure Theorie der illusionären Verschiebung zu diskutieren, und deshalb hoffe ich sehr, dass Ihr uns reinlasst und wir die Schiffsreise nicht umsonst gemacht haben, ganz zu schweigen von dem Gewitter …«

»Ihr seid ein Zauberer?«

»Kundiger im dritten Grad, Meister Thara, und spezialisiert auf Illusionszauberei.«

»An welcher Academia habt Ihr Eure Ausbildung erhalten?«

»In Lichtenreich auf der Insel Lichtenau.«

»Abrantes?«

»Ebendort.Und seitdem bin ich ganz schön herumgekommen. Bis hierher, das müsst Ihr Euch mal vorstellen! Wir waren wochenlang auf diesem Schiff …«

»Na ja«, murmelte Lomir.

»Zumindest kam es mir wochenlang vor. Und nun bin ich so glücklich, Euch zu sehen, das Ziel meiner Reise, und wenn Ihr uns jetzt nicht reinlasst, werden wir gleich fürchterlich nass, und ich befürchte, ein zentallinischer Schnupfen ist auch nicht angenehmer als ein abrantinischer …«

»Ihr seid Illusionist?«

»Im … äh … Nebenberuf.«

»Beweist es.«

Pintel warf einen nervösen Blick zum Himmel, aus dem der Donner rollte. Dann griff er sich mit verlegenem Lächeln ins Haar, holte ein kleines Ei hervor, schlug es auf und befreite einen winzigen Vogel, der in allen Regenbogenfarben glänzte. Das Vögelchen flatterte auf seiner Handfläche, geriet in eine Sturmbö, wurde in die Luft gewirbelt und verpuffte in einer kleinen schwarzen Rauchwolke.

Über Tharas Nase entstand eine steile Falte.

»Gibt es derlei Vögel in Abrantes?«

»Äh ... nein ...? Habe ich mir gerade ausgedacht. Jetzt sagt bitte nicht, Ihr hättet uns reingelassen, wenn ich eine Möwe gemacht hätte.«

»Nein. Natürlich nicht. Abelardo, was stehst du herum? Lass unsere Gäste ein. Bring sie ins Jagdzimmer und sorge dafür, dass sie bewirtet werden. Ich werde mich in Kürze zu Euch begeben, Meister ... wie war der Name?«

»Pintel Luffelheim.«

»Meister Luffelheim, und Euch für Euer Fachgespräch zur Verfügung stehen.«

Der Hausherr drehte sich um und entfernte sich mit rauschenden Roben. Abelardo, völlig verdattert, hielt den Gefährten die Tür auf und verbeugte sich tief, als sie eintraten.

»Das war nicht dein Ernst, oder?«, murmelte Nardon Lomir zu, als er hinter seinem Freund die Schwelle überschritt. »Du hättest nicht wirklich deine Axt draußen gelassen?«

»Wie kommst du denn auf das schmale Brett?«

»Dann bin ich ja beruhigt.«

Während der Himmel hinter ihnen seine Schleusen öffnete, betraten sie eine großzügige Eingangshalle, deren Wände mit Teppichen geschmückt waren. Blasses Licht sickerte aus dem Mauerwerk, als stünden sie an einem nebligen Tag unter freiem Himmel. Am hinteren Ende der Halle stand eine prächtig beschlagene Doppeltür offen. Durch einen großen, fensterlosen Raum, von dem drei weitere Türen abgingen, führte Abelardo sie in ein behaglich eingerichtetes Zimmer. Ein großer Tisch stand darin, umgeben von kostbaren Stühlen. Die Wände waren von Teppichen bedeckt, auf denen Jagdszenen dargestellt waren. Ein Feuer prasselte im gemauerten Kamin, und üppige Kissenlager luden zum Verweilen ein.

Aufatmend stellten die Gefährten ihr Gepäck ab.

»Setzt Euch bitte.« Abelardo wies auf den Tisch. »Möchtet Ihr etwas essen?«

»Ja, bitte«, sagten die Gefährten dankbar im Chor. Abelardo verbeugte sich.

»Ich bin gleich zurück, edle Herren. Und verzeiht mein Zögern an der Tür.«

»Schon gut«, sagte Lomir großzügig und warf sich in einen der bequemen Stühle. »Ich werde meine Vergebung für Euch auf dem Grund eines Bierkruges finden.«

Abelardo eilte davon.

»Drin sind wir«, sagte Nardon gedämpft. »Jetzt lasst uns hoffen, dass es lange genug regnet, damit wir auch bis morgen früh bleiben können. Hat jemand irgendwo eine Treppe gesehen?«

»Nein«, erwiderte Lomir. »Nicht in der Eingangshalle. Muss irgendwo hinter einer der anderen Türen sein.

»Wir brauchen eine Gelegenheit, uns umzusehen. Die Arbeitsräume sind sicher weiter oben. Dort, wo keine Fenster sind, vermute ich.«

»Wieso? Wollen Zauberer kein Licht zum Arbeiten?«

»Licht hat er.« Nardon machte eine Geste, die das Geisterlicht umfasste, das auch hier aus den Wänden sickerte. »Aber Fenster sind immer eine Schwachstelle, und besonders hier draußen direkt am Meer. Wenn er wertvolle Schriften und Gerätschaften hat, wird er sie vor Feuchtigkeit, Zugluft oder Sturmschaden bewahren wollen. Und ein besserer Schutz als eine dicke Mauer ist kaum vorstellbar.«

»Ich befürchte, das ist eine ziemlich zwergische Sicht der Dinge.« Lomir hängte seinen Mantel ordentlich über den Stuhl und zupfte sein blütenweißes Hemd zurecht. »Wer weiß, was Zauberer alles gegen Feuchtigkeit in Räumen unternehmen können. Pintel?«

»Hmmh?«

»Zugehört?«

»Was?«

Pintel, völlig vertieft in die Betrachtung einer Sammlung von Jagdtrophäen, warf nur einen Blick über die Schulter.

»Komisch«, sagte er. »Ich hätte schwören können, Thara sei älter. Er hat zwölfdreiundsechzig seine Weihe zum Ersten Grad bekommen.

Hab ich in der Bibliothek in Dalen gelesen. Man muss mindestens acht Jahre studiert haben – mindestens! Ich weiß nicht, ob es einen Zauberer gibt, der es in acht Jahren geschafft hat – um diese Weihe abzulegen.«

»Vielleicht war die Zahl falsch? Oder du hast sie dir falsch gemerkt?«

»Ja. Vielleicht.« Pintel nickte, sah aber nicht sonderlich überzeugt aus.

Nach einiger Zeit kam Abelardo zurück und trug ein Tablett vor sich her, das er wegen der schieren Größe kaum durch die Tür brachte. Nardon griff zu und nahm einen Krug an sich, ehe dieser zu Boden ging. Abelardo deckte den Tisch, und die Gefährten setzten sich und genossen die Köstlichkeiten, die Abelardo herangeschafft hatte: die dünnen, knusprigen Brotfladen, die sie bereits kannten, krümeligen Käse und fette Wurst, sauer eingelegtes Gemüse, ein wenig kalten Braten und kleine, schrumpelige schwarze Früchte, die in Öl eingelegt waren und einen Stein in der Mitte hatten. Der Geschmack dieser merkwürdigen Kirschen war salzig und würzig auf eine Art, die sie nicht kannten.

»Oliven«, erklärte Abelardo, der ihrer Einladung Folge geleistet und sich zu ihnen gesetzt hatte, wo er nun verlegen auf seinem Stuhl herumrutschte. »Gibt es die in Abrantes nicht?«

»Nein«, sagte Lomir und lutschte nachdenklich auf einem Stein herum. »Aber ich bin sicher, es gibt einen Markt dafür. Woher bezieht Ihr denn diese ... Oliven?«

»Keine Ahnung«, sagte Abelardo mit großen Augen. »Peppe kauft sie auf dem Markt. Bei einem Bauern, vermute ich.«

»Peppe ist der Küchenmeister?«

»Ja.«

»Interessanter Mann. Ich denke, ich muss ihn sprechen, ehe wir wieder abreisen.«

Abelardo nickte verwirrt, während Nardon leise die Stirn in die Hand bettete.

Der Wein war stark und süß und floss ihnen fast schwarz in die Becher, und Abelardo schenkte bereitwillig nach. Lomir träumte bereits wortreich von einer eigenen kleinen Flotte, mit der er Wein- und Olivenfässer und Schiffsladungen anderer Köstlichkeiten nach Abrantes bringen und die ihn zum erfolgreichsten Geschäftszwerg aller Zeiten machen sollte, als die Tür sich öffnete und Thara erschien.

»Ich sehe, mein Lehrling hat Euch gut bewirtet?«

»Hervorragend«, versicherte Nardon. »Es fehlt uns an nichts, und wir huldigen Eurer Gastfreundschaft.«

»Gut.« Thara sammelte seine Roben um sich und ließ sich auf einem gepolsterten Stuhl nieder. »Sprecht, Meister Luffelheim. Aber ich bitte Euch, sprecht langsam, damit ich Euren drolligen Dialekt verstehe.«

Während die beiden Zauberer ein angeregtes Fachgespräch begannen, lehnten die Zwerge sich zufrieden zurück und ließen den Blick über die abgegessenen Teller und Schüsseln schweifen.

»Dafür hat es sich alleine schon gelohnt«, murmelte Lomir. »Oliven! Großartig.«

Nardon lehnte sich zu Abelardo hinüber, der, unsicher ob seiner weiteren Verwendung, auf seinem Stuhl herumrutschte.

»Sagt an, junger Herr ... Ihr wohnt mit Eurem Meister ganz alleine hier?«

»Es gibt noch Peppe.«

»Den Küchenmeister. Ja, ich vergaß. Aber ist das nicht ein riesiger Turm für nur drei Menschen?«

»Mein Herr braucht viel Platz. Arbeitsräume ... die Bibliothek ...«

»Verstehe.«

Nardon sah den jungen Zauberer forschend an, der nervös mit den Falten seiner Robe spielte.

»Im wievielten Lehrjahr seid Ihr?«

»Im zweiten.«

»Und wie ist er so, Euer Meister? Man sagte mir, er sei ein Vordenker auf seinem Gebiet.«

»Er ist ... sehr fordernd.«

»Das ist nicht das Schlechteste, was man über einen Ausbilder sagen kann.«

Abelardo nickte und schaute hinunter auf seine Finger.

»Vielleicht möchtet Ihr mir helfen«, sagte Nardon nach einer Weile. »Ich suche einen Ort, an dem ich einmal ungestört den Sand aus meiner Kleidung schütteln kann. Vielleicht eine Schale Wasser, um Salz und Schweiß abzuspülen. Könnt Ihr mir den Weg zeigen?«

»Natürlich.«

Abelardo erhob sich, und Nardon tat es ihm gleich. Im Hinausgehen wechselte er einen kurzen Blick mit Lomir.

Abelardo brachte ihn hinaus in den inneren Vorraum und geradeaus durch die Tür in die Küche. Ein glatzköpfiger Mensch war gerade damit beschäftigt, Fische auszunehmen. Eine getigerte Katze strich ihm bettelnd um die Beine. Der Glatzkopf wandte sich zu ihnen und nickte ihnen zu.

»Peppe«, stellte Abelardo vor. »Er kann nicht sprechen, also wundert Euch nicht.«

Nardon grüßte höflich und ließ sich in einen kleinen Nebenraum bringen, wo eine Wasserschüssel, ein Krug und ein Stapel Handtücher bereitstanden. Abelardo tippte die Wasserschüssel an, und augenblicklich begann der Inhalt zu dampfen.

»Beeindruckend, und höchst praktisch«, lobte Nardon. Abelardo lächelte verlegen.

»Der Zauber liegt auf der Schüssel«, erklärte er. »Jeder kann ihn aktivieren.«

»Habt trotzdem Dank für Eure Umsicht.«

Abelardo zog sich zurück, und Nardon schloss die Tür hinter ihm und richtete seine Kleidung. Er wusch sich Hände und Gesicht und kämmte Sand aus seinem Bart. Dann wartete er eine Weile, um sicher zu sein, dass genug Zeit verstrich. Schließlich verließ er den Waschraum, nickte Peppe zu und ging nach vorne in den inneren Vorraum. Hinter der Tür gegenüber hörte er angeregte Stimmen. Lomir hatte das Gespräch an sich gebracht und erzählte fröhlich von abrantinischem Apfelwein. Nardon verschwand hinter der Tür zu seiner Rechten und zog sie leise ins Schloss.

Er befand sich in einer Schreibstube. An der gegenüberliegenden Wand stand ein schwerer Schreibtisch, flankiert von Bücherregalen. Hinter dem Schreibtisch befand sich ein kleines Fenster, in das kostbare Butzenscheiben eingelassen waren. Links und rechts führten Türen nach draußen.

In der Ecke neben der Tür stand auf einem Sockel eine merkwürdige Statue. Etwa einen Arm lang, zeigte sie einen nackten Frauenkörper, auf dessen Schultern ein Raubvogelkopf saß. Nardon musterte die Statue unbehaglich. Die Darstellung war so lebendig, dass er sich regelrecht beobachtet vorkam. Er tauchte unter dem Raubvogelblick hindurch zum Schreibtisch und blätterte mit fliegenden Fingern die Papiere durch, die dort in sauberen Stößen lagen. Rechnungen, Lieferscheine, Inventarslisten. Bei einem unvollendeten Brief hielt er sich ein wenig länger auf, doch er handelte lediglich von Familienangelegenheiten, und er legte ihn zurück.

Der Schreibtisch hatte drei schwere Schubladen, die allesamt verschlossen waren. Nardon sah sich hastig nach einem Schlüssel um, fand aber keinen. Er gab die Suche auf und warf einen Blick durch die Tür zu seiner Linken.

Das Zauberlicht zeigte ihm einen schmalen Treppenabgang. Steile, feuchte Stufen führten in die Tiefe. Ganz von fern kam das Rauschen des Meeres. Nardon schloss die Tür behutsam und probierte die andere zu seiner Rechten. Auch hier ging es zu einer Treppe, doch diese führte nach oben. Nardon rang mit sich. Dann betrat er den Treppenraum und zog leise die Tür hinter sich zu.

Das Herz schlug ihm his zum Hals, als er die Stufen nach oben erklomm. Im ersten Stock erwartete ihn eine weitere Tür, die ihn aus dem Treppenraum in einen langen, schmalen Flur brachte, von dem links und rechts weitere Türen abgingen. Flüchtige Blicke zeigten dem Zwerg Schlaf- und Wohnräume – die von Abelardo und Peppe, wie er aufgrund der schlichten Ausstattung vermutete. Er fand außerdem ein Badezimmer und hinter der letzten Tür des langen Ganges ein weiteres Treppenhaus, in dem es nach oben ging.

Nardon stieß Luft durch die Zähne. Er war schon viel zu lange weg, und mit jedem Stockwerk entfernte er sich weiter von seinen Gefährten. Der spätere Abend würde vielleicht eine weitere Möglichkeit eröffnen, sich in den oberen Räumen umzusehen.

Nardon kehrte um und ging zurück nach unten.

Lomir war inzwischen beim Schinken vom abrantinischen Eichelschwein angekommen und prostete Nardon fröhlich zu, als dieser den Raum betrat.

»Wie geht es mit dem Fachgespräch voran?«, fragte Nardon.

»Wir haben ein wenig den Faden verloren«, sagte Pintel.

»Dafür haben wir eine gemeinsame Liebhaberei entdeckt«, ergänzte Lomir. »Gutes Essen.«

»Dann sollten wir beide uns vielleicht entfernen, damit die Herren Zauberer in Ruhe fachsimpeln können?«, schlug Nardon vor. Lomir stieg sofort darauf ein.

»Aber wohin? Draußen gießt es wie aus Kannen!«

Die Zwerge sahen sich an und warteten. Kurz bevor es unhöflich wurde, nickte Thara.

»Es ist sicher nicht nötig für Euch, im Freien zu übernachten. Wir haben genug Platz. Abelardo, bringe unsere werten Gäste im ersten Stock unter.«

»Habt tausend Dank, im Namen von uns allen!« Lomir griff über den Tisch und schüttelte Tharas Hand. Der Hausherr sah wenig begeistert aus.

»Ich habe allerdings nur noch wenig Zeit für Euch, Meister Luffelheim. Ich werde demnächst eine längere Reise unternehmen und muss noch Vorbereitungen treffen.«

»Dann lasst mich sofort zu meiner wichtigsten Frage kommen«, sagte Pintel. »Wenn wir davon ausgehen, dass Illusionen aus Licht erzeugt werden – definieren wir Licht dann als Energie oder als Materie? Gibt es kleinste Bestandteile des Lichts? Lichtteilchen? Und wenn ja, wie können wir sie nutzen, um Illusionen zu erzeugen, die man tatsächlich anfassen kann?«

»Man kann mittels Materiemanipulation beliebige Dinge erschaffen, die man anfassen kann«, gab Thara zurück. »*Veardu kapa.*« Er tippte die Olivenschale mit dem Finger an, und sie zog sich zusammen, wuchs in die Höhe und bildete einen tönernen Krug, um dessen Rand ein Muster aus Blättern und Oliven lief.

»Ja«, sagte Pintel atemlos, »sehr beeindruckend, aber die Idee ist, es mittels Illusion zu schaffen! Die Schale als solche zu erhalten und ihr trotzdem alle Eigenschaften eines Kruges zu verleihen. Wenn man Licht als Materie definiert, müsste man es auch formen können wie Materie. Und es müssten die Universellen Gesetze der Materie-Energie-Transformation gelten! Dafür sind sie universell, nicht wahr? Ich meine, wer sich in die Sonne stellt, der weiß, dass Licht Energie ist. Wer sich aber die Haut verbrennt, der könnte Licht auch für Materie halten, die den Schaden anrichtet, und so frage ich mich – also, ich frage Euch ...«

Während Pintel atemlos weiterplapperte, wandte Nardon sich an Abelardo.

»Vielleicht könnt Ihr uns zeigen, wo wir nächtigen dürfen, ehe uns Nicht-Zauberern hier der Schädel platzt ...?«

»Selbstverständlich.« Abelardo sprang auf.

Die Zwerge folgten ihm den Weg, den Nardon nun schon kannte, durch die Schreibstube und die Treppe hinauf. Am hinteren Ende des langen Ganges öffnete Abelardo eine Tür.

»Wir haben leider nicht genügend Gästezimmer«, sagte er entschuldigend. »Ich werde mein Zimmer für einen von Euch räumen, aber dennoch werden sich zwei von Euch eine Unterkunft teilen müssen.«

»Wir sind hier wunderbar zu dritt untergebracht«, versicherte Lomir. »Im Gegenteil schätzt unser … Zauberer … es sehr, seine Leibwächter um sich zu haben. Schlechte Erfahrungen in der Vergangenheit.«

Abelardo nickte beeindruckt.

»Es ist ein wildes Land, Euer Abrantes, nicht wahr?«

»Man muss wissen, in welche Landesteile man seinen Fuß lieber nicht setzt«, erklärte Lomir. »Trolle, Schrate, Steinriesen … und das sind nur die minderen Gefahren, vor denen ein Reisender sich zu hüten hat.«

»Ganz zu schweigen von Frauen, die Hosen tragen«, fügte Nardon hinzu.

»Und Waffen«, ergänzte Lomir. »Und gerne mal zu tief ins Weinfass gucken.«

»Bei Euch gehen Frauen unter Waffen?«, fragte Abelardo atemlos.

»Wenn sie es wünschen …«

»Und die Ehemänner erlauben es?«

Lomir und Nardon wechselten einen Blick. »Frauen, die Waffen tragen, haben meist keine Neigung, sich von ihren Ehemännern etwas verbieten zu lassen«, sagte Nardon dann.

»Aber … wie kann eine Welt bestehen, in der Frauen einfach tun und lassen, was sie wollen?«

Lomir grinste. »Wild, mein Junge. Wild und aufregend.«

Abelardo blinzelte. »Ich gehe Euer Bettzeug holen, meine Herren.«

»Tut das.«

Als Abelardo gegangen war, schüttelte Nardon den Kopf.

»Weiter so, und die Zentalliner werden in Strömen nach Abrantes reisen, nur um sich die abrantinischen Frauen anzusehen.«

»Na und? Reisende sind gut fürs Geschäft.«

Nardon seufzte und wandte sich zum Fenster. Es ließ sich nicht öffnen.

»Egal«, sagte er. »Es geht ohnehin aufs Meer hinaus. Erinnerst du dich? Wir sind noch ein Lichtzeichen schuldig.«

»Selbst wenn es aufs Land ginge – draußen ist Weltuntergangswetter. Die haben sich hoffentlich irgendwo verkrochen und warten das Ende ab. Das Ende des Unwetters, nicht das Ende der Welt, hoffentlich.«

»Mir wäre trotzdem wohler, wenn sie den Turm im Auge behielten. Was, wenn uns etwas geschieht?«

»Was soll uns geschehen? Mit diesen drei Heringen werde ich, wenn's sein muss, alleine fertig.«

»Einer dieser Heringe ist ein Zauberer. Und Zauberer haben immer eine Überraschung im Ärmel.«

»Das gilt für unseren genauso. Jetzt hör auf zu unken.«

Nach einiger Zeit kehrte Abelardo zurück, und sie halfen ihm, Schlafstätten auf dem Boden zu richten. Lomir erkundigte sich nach einem Abort, aber statt eine weitere Besichtigung des Turmes vornehmen zu können, wurde er lediglich auf eine schmale Tür gegenüber verwiesen.

»Wir werden warten müssen, bis alles schläft«, sagte er gedämpft, als Abelardo sich verabschiedet hatte. Nardon nickte, sichtlich nervös.

Es dauerte nicht mehr lange, bis Pintel zu ihnen stieß. Sie hörten seine fröhliche Stimme draußen auf dem Gang, wie er Abelardo eine gute Nacht wünschte, dann kam er herein, schob die Tür hinter sich zu und ließ sich aufs Bett fallen.

»Das ist nicht Varinn Thara«, sagte er. »Wenn er's ist, esse ich meinen Stiefel.«

»Weil er zu jung ist?«, fragte Lomir.

»Auch. Aber vor allem, weil er keinen Schimmer von Illusionszauberei hat.«

»Was?«

»Ich bin auf dem Gebiet selbst kein Experte. Ich hätte mir in Letis gerne noch ein bisschen mehr Wissen angelesen, damit ich in einem Fachgespräch nicht untergehe. Ich war wirklich nervös. Hätte ich aber gar nicht sein müssen, dieser Mensch hat deutlich weniger Ahnung als ich. Der hat nicht all diese berühmten Aufsätze über arkane Lichtbrechung und Materiestrahlung geschrieben. Der nicht.«

»Aber wer ist er?«, fragte Nardon ratlos.

»Fragen wir Abelardo«, schlug Lomir vor. »Er sagt's uns bestimmt, wenn wir es richtig anstellen.«

»Und dann reisen wir ab, und spätestens dann, wenn wir ihn nicht mehr schützen können, wird er gegrillt.«

»Hm.«

»Das Problem ist: Solange wir nicht wissen, wer der Mann ist, wissen wir auch nicht, wie gefährlich er ist.«

»Interessiert uns eigentlich auch gar nicht«, warf Nardon ein. »Wer er ist, meine ich. Wir suchen einen Schädel, oder zumindest Informationen. Die werden wir im Laufe der Nacht zu beschaffen versuchen. Es sei denn ... wir warten, bis er verreist ist.«

»Der Schädel?«

»Der Zauberer, du Witzbold. Er erwähnte etwas von einer längeren Reise.«

»Warten ist ganz schlecht«, sagte Lomir. »Macht mich nervös.«

»Mit lediglich einem Schüler und einem Hausangestellten wäre das Risiko geringer.«

»Jetzt sind wir drin«, sagte Pintel. »Und ich gehe erst, wenn ich meine Informationen habe. Könnt ihr euch vorstellen, was Krona mit uns macht, wenn wir unverrichteter Dinge zurückkommen?«

»Du hast doch nicht etwa Angst vor ihr?«

»Ähm ... nein. Nicht direkt.«

»Wie ihr wollt«, sagte Nardon. »War nur so eine Idee. Hoffen wir einfach, dass Herr Unbekannt keine Nachteule ist.«

Sie legten sich nieder, als wollten sie schlafen, doch sie blieben wach und lauschten auf die Geräusche im Turm: das Knacken und Rascheln unsichtbarer Schritte, das Rauschen des Meeres vor ihren Fenstern, das sich mit dem Plätschern des Regens zu einer beruhigenden Melodie verband. Irgendwann begann Pintel, leise zu schnarchen, und musste von Nardon mit Nachdruck wach geschüttelt werden.

Endlich bewegten sich Schritte an ihrer Tür vorbei. Eine andere Tür klappte, und einige Zeit später versickerte das Zauberlicht in den Wänden zu einem müden Schimmer.

»Ist das ein Zeichen?«, flüsterte Pintel. »Sollen wir los?«

Lomir war hellwach, saß und starrte zur Tür.

»Lasst uns noch warten«, sagte er leise. »Ich will, dass alle tief schlafen.«

»Ich schlafe auch gleich tief«, gähnte Pintel.

»Dann tu das«, sagte Lomir. »Besser, du bist später frisch, wenn wir dich brauchen.«

Augenblicke später schlief Pintel tief und fest.

»Beneidenswert«, murmelte Nardon. »Ich könnte hier kein Auge schließen. Nicht mit dem, was wir vor uns haben.«

»Schwache Nerven?«

»Ein bisschen aus der Übung. Seit der Shakh-Unternehmung ist mein Leben eher ruhig verlaufen.«

»Und du hast nichts vermisst?«

Nardon strich sich den Bart.

»Ich bin Wissenschaftler, kein Abenteurer.«

»Du bist ein Abenteurer, gefangen im Körper eines Wissenschaftlers«, sagte Lomir. »Und es ist gut, dass du ihn manchmal rauslässt. Du könntest sonst eines Tages so schlau werden, dass dein Hals deinen Kopf nicht mehr tragen kann.«

»Und du?«

»Ich bin froh, dass du mich für diese Unternehmung gewonnen hast. Wenn wir mal ehrlich sind: Lebensmittel sind großartig, aber das hier ist doch mal wirklich wichtig. Wenn Gyldinn Erfolg hat, wird es über kurz oder lang nicht mehr viele Hungrige geben, denen ich Zwiebeln und Erbsen verkaufen kann.«

»Ich möchte lieber nicht so genau darüber nachdenken«, stöhnte Nardon. »Ich habe mich nie als Weltretter betrachtet.«

»Ein schöner Titel, wenn sie später Lieder über uns singen. Lomir und die Weltretter.«

»Und so bescheiden.«

»Na gut. Lomir, Nardon und die Weltretter.«

»Vielleicht sind wir zuerst erfolgreich, bevor wir uns hübsche Titel ausdenken?«

»In Ordnung.«

Sie warteten, bis sie glaubten, die Nacht könne nicht mehr schwärzer werden. Dann weckten sie vorsichtig Pintel. Der kleine Zauberer war schlagartig wach.

»Gehen wir?«

»Ja. Wohin?«

»Nach oben. Ihr solltet alles ablegen, was klimpern oder sonstige Geräusche machen kann.«

»Mein Kettenhemd?«, fragte Lomir.

»Zum Beispiel.«

Seufzend schälte Lomir sich aus seiner Rüstung, während Pintel aus seinem Rucksack zwei formlose, gefilzte Dinger kramte und sie Nardon reichte.

»Was ist das?«, fragte der verwundert.

»Überzieher für deine Schuhe«, erklärte Pintel. »Deine Sohlen sind genagelt. Das macht Lärm.«

»Und so etwas trägst du mit dir herum?«

Pintel grinste. »Man weiß nie, wozu es gut ist.«

Lomir schulterte seine Axt.

»Die lässt du auch besser hier«, sagte Nardon mit einem Fingerzeig.

»Hältst du das für klug? Wer weiß, wen wir da draußen treffen?«

»Jedenfalls niemanden, den wir köpfen müssten. Und stell dir vor, wir treffen wirklich jemanden. Wie glaubwürdig könnten wir versichern, dass wir uns auf dem Weg zum Abort verlaufen haben, wenn du deine Axt auf dem Rücken trägst?«

»Und was sollen die Leute darüber denken, dass wir gemeinsam zum Abort gehen?«

»Lass sie einfach hier, Lomir. Wir treffen niemanden. Wir sehen uns nur etwas um.«

»Wenn du meinst ...«

Zögernd setzte Lomir die Axt ab und verstaute stattdessen einen langen Dolch in seinem Gürtel.

Pintel warf einen vorsichtigen Blick durch den Türspalt.

»Gehen wir.«

Auf Zehenspitzen betraten sie den Flur, der in Schatten getaucht vor ihnen lag. Sie wandten sich nach rechts und schlichen bis zu der Tür, hinter der Nardon die Treppe nach oben entdeckt hatte. Der kalten Außenwand des Turmes folgend, wendelte sie sich ins nächste Stockwerk und brachte sie in einen weiteren kleinen Vorraum. Alles war still. Eine einfache Tür gegenüber führte in ein weiteres Treppenhaus. Die Tür zu ihrer Linken war mit bronzenen Ornamenten beschlagen, die sich bei näherem Betrachten als lebensechte Darstellung dreier ineinander gewundener Schlangen entpuppte. Pintel drehte vorsichtig den bronzenen Türknauf, und sofort kam Leben in die Bronzeschlangen. Sie lösten den Knoten, richteten sich auf und zuckten mit ihren Köpfen in Pintels Richtung. Ihre kleinen Edelsteinaugen funkelten drohend. Pintel wich zurück.

»Alles klar«, flüsterte er. »Arkane Sicherung.«

»Und jetzt?«, flüsterte Lomir.

»Jetzt haltet ihr euch am besten die Ohren zu, damit ihr mir nicht einschlaft«, flüsterte Pintel. Die Zwerge schauten ungläubig drein, und so nahm er Nardons Hände und drückte sie ihm auf die Ohren. Mit einer Geste bedeutete er Lomir, das Gleiche zu tun, dann wandte er sich den Schlangen zu, die unruhig ihre bronzenen Leiber am Holz der Tür rieben.

Beeindruckt verfolgten die Zwerge, wie Pintel zu zaubern begann. Seine Lippen formten Worte, und mit den Händen vollführte er Bewegungen, als würde er eine Oberfläche glattstreichen.

Die Bewegungen der Bronzeschlangen wurden träger. Eine erste ringelte sich auf der Tür zusammen. Die beiden anderen folgten ihrem Beispiel, bis ein loser Schlangenknoten entstanden war, der sich langsam immer tiefer ineinander wand. Pintel drehte den Türknauf und schob die Tür einen Spalt auf. Er winkte den Zwergen, die zögernd die Hände von den Ohren nahmen. Mit angehaltenem Atem betraten sie den Raum hinter der Tür.

Und wieder befanden sie sich in einem Vorraum. Zu jeder Seite zweigten Türen ab. Die Wände waren mit hölzernen Masken geschmückt, die aus leeren Augenhöhlen argwöhnisch zu ihnen hinunter sahen.

»Sie hängen einander exakt gegenüber«, flüsterte Nardon. »Wir unterbrechen besser nicht ihren Blick.«

Geduckt drückten sie sich an der Wand entlang bis zur nächsten Tür. Pintel öffnete sie lautlos, warf einen Blick durch den Spalt und schloss sie wieder, ehe einer der Zwerge einen Blick hindurch werfen konnte.

»Der Zauberer«, flüsterte er aufgeregt. »Er schläft da drin!«

»Fesseln und knebeln wir ihn, bevor er aufwacht«, schlug Lomir vor.

»Nichts da«, flüsterte Nardon. »Er hat uns nichts getan!«

»Er hat uns angelogen!«

»Und willst du jeden fesseln und knebeln, der dich anlügt? Ich hoffe, du hast eine Menge Seil dabei!«

»Lasst den Zauberer«, flüsterte Pintel. »Wenn wir reingehen und er wacht auf, dann ist unser Ausflug zu Ende, bevor er begonnen hat!«

Wie um seine Worte zu unterstreichen, ließ er die Zwerge stehen und bewegte sich vorsichtig zur gegenüberliegenden Tür. Er warf einen Blick in den Raum und verschwand dann darin. Die Zwerge beeilten sich, hinterher zu kommen.

»Treffer«, flüsterte Nardon.

Sie hatten das Arbeitszimmer des geheimnisvollen Zauberers gefunden. Ein riesiger Tisch nahm die gesamte Außenwand ein, bedeckt mit Papieren, Kerzenhaltern und Schreibgeräten. Auf einem Regal war eine Vielzahl merkwürdiger Gerätschaften angeordnet. Lomir machte einen Schritt in diese Richtung, doch Pintel fiel ihm in den Arm, hielt ihn fest und zeigte auf den Boden.

Der glatte Stein war bedeckt mit Kreidelinien, die sich schnitten, aufeinander zu und voneinander weg strebten, fremdartige Schriftzeichen umrahmten und Zeichnungen unterteilten. Lomir erstarrte.

»Sturmwacht«, flüsterte er.

»Genau«, nickte Pintel.

»Aber ... Karcharoth ... hier?«

»Nein. Portalmagie sieht immer ähnlich aus. Es heißt letztlich nur, dass Herr Unbekannt damit experimentiert, wie auch Karcharoth. Wir wollen aber bitte nicht ausprobieren, ob es aktiv ist, und wohin es uns führt!«

An der Wand entlang umrundeten sie die Zeichnung, um an den Arbeitstisch zu gelangen. Er war beladen mit Schriftrollen und Büchern, doch auf den Seiten lag Staub. Nardon strich vorsichtig ein Bündel Aufzeichnungen glatt. Dies war nicht die Handschrift, die ihm in den Briefen im Erdgeschoss begegnet war. Diese hier war eng, diszipliniert und gestochen scharf, während die andere eine fliehende Hand verriet.

»Was schreibt er?« Lomir beugte sich an Nardon vorbei, um besser zu sehen.

»Keine Ahnung«, sagte Nardon enttäuscht. »Es ist eine Sprache, derer ich nicht mächtig bin.«

»Orda?«, warf Pintel ein.

»Nein. Orda ist nichts als ein etwas verhunztes Zwergisch ...«

»Na aber!«

»Entschuldige. Jedenfalls verstehe ich Orda. Das hier ähnelt keiner Sprache, die ich kenne.«

»Wer weiß, aus welchen fremden Ländern er kommt«, rätselte Lomir.

»Lor«, sagte Pintel. »Das ist sein Name. Hier, er hat diese Aufzeichnungen damit unterschrieben.«

»Vielleicht ist es auch nur eine Floskel? Etwas wie *Alles Mist, ich hätte Bäcker werden sollen*?«

»Scheint mir ein bisschen viel Inhalt für drei Buchstaben«, warf Nardon ein. »Aber seht mal, hier sind Zeichnungen. Und Karten. Von einem Land, das ich nicht kenne. Einer von euch?«

Sie beugten die Köpfe über die Karte und rätselten an fremdartigen Städtenamen. Eine Küstenlinie war auf der Karte verzeichnet. Aus dem Landesinneren kam ein mächtiger Strom und ergoss sich ins Meer. Rundum war wellige, grün eingefärbte Fläche, in die der Maler einzelne, struppig aussehende Bäume gesetzt hatte.

Entlang der Küstenlinie waren Siedlungen eingezeichnet, deren größte an der Mündung des Stromes lag und mit *Aksum* bezeichnet war.

Nardon bewegte den Namen probeweise über die Zunge.

»Nie gehört«, sagte er. »Ich kann nicht einmal eine Bedeutung ableiten. Völlig fremd.«

»Könnte der südliche Kontinent sein«, überlegte Pintel. »Hier, wenn ihr euch vorstellt, dass die Küste an diesem Ende nach Süden abfällt – das ist nur nicht mehr auf der Karte drauf – und hier macht sie dann den Bogen nach Nordwesten ...«

»Gewagt, aber möglich. Mit viel Phantasie.«

»Was will unser Freund, der vielleicht Lor heißt, auf dem Südlichen Kontinent?«, fragte Lomir.

»Vielleicht kommt er von dort«, spekulierte Pintel. »Ich finde, er sah sehr südländisch aus. Fremd, aber nicht auf diese gewöhnliche zentallinische Art. Irgendwie ... fremder.«

»Und er hat hier Karten liegen, weil er Heimweh hat?«

»Wer weiß?«

»Das ist tragisch.« Lomir sah sich im Zimmer um. »Trotzdem suchen wir einen Schädel, und die einzigen, die wir bisher hatten, sitzen alle noch fest auf irgendwelchen Schultern.«

»Richtig.« Widerstrebend riss Nardon den Blick von den Karten los.

»Hier?« Lomir hob eine Schatulle aus dunklem Holz hoch. Er schüttelte sie sachte, und der Inhalt klapperte gegen das hölzerne Gehäuse.

»Zu klein«, sagte Nardon. »Die Artefakte müssen mindestens faustgroß sein. Sie können sonst die Energie nicht leiten und kein Feld aufbauen.«

Lomir stellte die Schatulle zurück.

»Versuchen wir einen anderen Raum«, schlug Pintel vor.

So leise wie möglich verließen sie das Arbeitszimmer und versuchten die Tür nebenan. Sie war unverschlossen und führte sie in ein kleines, wohnlich eingerichtetes Turmzimmer. An der Außenwand befand sich ein Lager, das mit Fellen und Kissen großzügig ausgestattet war. Teppiche bedeckten die Wände und den Fußboden. Ein Regal aus dunklem Holz weckte ihre Neugier, und sie bewegten sich leise darauf zu.

Neben dem Regal war eine Statue auf einem Sockel postiert. Sie hatte weder Gesichtszüge noch Geschlechtsmerkmale, aber einen runden Schädel mit angedeuteten Augenhöhlen.

»Ob das der Richtige ist?« Lomir streckte die Hand aus und berührte sachte den kühlen Stein. »Und wenn ja, wie kriegen wir ihn runter? Wir können nicht das ganze sperrige Ding mitnehmen.«

»Das wird nicht nötig sein«, sagte Nardon und bedachte die Statue mit prüfenden Blicken. »Sie ist aus einem Stück gearbeitet. Sie dient wohl eher der Dekoration.«

Lomir verzog das Gesicht. »Na ja, Geschmäcker sind verschieden, aber dekorativ ist anders für mich.«

Pintels leiser Ausruf brachte sie wieder zu dem Regal.

»Seht euch das an! Sind das Reiseandenken? Zauberzutaten?«

»Sag du's uns.« Ratlos ließ Nardon seinen Blick über die eigentümliche Sammlung schweifen: Getrocknete Fische wurden hier aufbewahrt, blanke Schädel kleiner Tiere, Mineralien und Schneckengehäuse, eine zierliche Apparatur, in der silberne Kugeln an dünnen Drähten beweglich umeinander angebracht waren, ein Zwillingspaar kleiner durchscheinender Scheiben aus Bergkristall, die in eine beinerne Umrandung gefasst waren, staubige Pelze, brüchige Rollen Pergament, einige spannenlange Püppchen mit grob gestickten Gesichtern. Und dazwischen ein flaches Kissen aus schwarzem Samt, in dem eine sanfte Einbuchtung erkennbar war - als hätte ein schwerer, etwa faustgroßer Gegenstand darauf gelegen.

Pintel fuhr mit den Fingerspitzen darüber.

»Es ist nicht staubig«, flüsterte er. »Der Rest ist staubig, seht ihr? Ich fürchte, wir sind zu spät.«

»Das kannst du nicht wissen«, sagte Lomir sofort. »Ich weigere mich, das so einfach anzunehmen. Wir haben den halben Turm noch nicht gesehen. Wer weiß, was auf dem Kissen gelegen hat.«

»Varinn Thara ist nicht hier, und auf dem Kissen fehlt etwas«, zählte Pintel zusammen. »Meinst du wirklich, er macht nur einen Spaziergang und hat dazu seinen Lieblingsapfel mitgenommen?«

»Leute ...«, mischte sich Nardon ein.

»Natürlich nicht. Aber es gibt unendlich viele Möglichkeiten ...«

»Leute!«

Nardons dringlicher Tonfall brachte beide zum Verstummen. Er zeigte über seine Schulter.

Hinter ihm machte die gesichtslose Statue sich gerade daran, von ihrem Podest zu klettern. Während sie das tat, veränderte sie ihre Form. Ihre Schultern streckten sich in die Breite, Arme und Brustkorb schwollen an. Ein sorgsam geflochtener Bart erschien im hellen Stein, über den üppig gelegten Falten eines edlen Gewandes.

»Sieht aus wie ich«, sagte Lomir verblüfft.

Überraschenderweise bewegte der steinerne Lomir sich ebenso geschmeidig wie der echte.

Mit wenigen Schritten war er an den Zwergen, die rückwärts gegen die Wand wichen. Der steinerne Lomir hob seine mächtigen Fäuste und ließ sie auf den echten herabsausen. Lomir duckte sich zur Seite und brachte sich mit einer raschen Drehung außer Reichweite. Er riss einen dreibeinigen Hocker vor sich und stieß ihn dem steinernen Lomir entgegen. Der ließ seine Faust darauf herab sausen. Es krachte und splitterte, als der Hocker entzweiging.

»Erklärung bitte!«, rief Lomir, duckte sich und führte gleichzeitig einen Streich gegen den steinernen Lomir, das Bein des Hockers wie eine

Klinge führend. Es knallte und knirschte. Der steinerne Lomir wandte sich zu seinem Gegner und schwang seine Fäuste.

»Arkane Sicherung!«, quietschte Pintel. »Du hast ihn angefasst! Vielleicht deshalb …«

»Oder weil du das Kissen berührt hast?«, vermutete Nardon nervös. »Oder vielleicht nimmt das Ding immer die Gestalt des fähigsten Kämpfers an?«

»Oder die des Zwergs mit dem schönsten Bart?«, knurrte Lomir und rettete sich mit zwei schnellen Schritten hinter den Schreibtisch. »Jetzt sagt mir, wie ich das Ding loswerde!«

Der steinerne Lomir führte seine Fäuste zu einem gewaltigen Hammerschlag zusammen, der Lomirs Schädel wie eine reife Birne zerquetscht hätte, hatte er sich noch dort befunden. Mit einem gewaltigen Satz hechtete Lomir unter den erhobenen Armen des Steinzwergs hindurch, landete auf einem Teppich und schlitterte damit gegen die Wand.

»Leise!«, flehte Nardon. »Ihr weckt den ganzen Turm auf!«

»Dann sagt mir, wie ich das Ding leise loswerde!«

»Keine Ahnung«, murmelte Pintel. »Warte … ich versuche den Schlangenzauber …«

»Aber dann wird Lomir einschlafen!«, wandte Nardon eilig ein.

»Ach ja. Er soll sich die Ohren zuhalten …«

»Während er kämpft?!«

»Hm.« Pintel starrte hinüber zu den beiden Zwergen und verzog schmerzerfüllt das Gesicht, als der steinerne Lomir den echten am Arm zu fassen bekam und seine steinernen Finger in dessen Fleisch krallte, während er mit der anderen Hand zu einem mächtigen Schlag ausholte. Der echte Lomir ließ sich fallen. Stoff zerriss, und ein Streifen aus Lomirs Ärmel flatterte zu Boden.

»Jetzt reicht's!«, knurrte Lomir. »Das war teuer, du Felskopf!« Er rannte gegen die Steinstatue an, doch die bewegte sich keinen Fingerbreit. Lomirs Faust krachte gegen die steinerne Wange. Gleich darauf hielt er sich die Faust und spie zwergische Flüche. Blutspuren klebten auf dem blassen Stein.

»Raus auf den Gang!«, zischte Nardon. »Vielleicht kommt er uns nicht nach!«

Pintel sprintete zur Tür und riss sie auf. Nardon klaubte eine Hälfte des zerbrochenen Hockers vom Boden und hielt sie schützend vor sich, während er dem kleinen Zauberer folgte. Der steinerne Lomir würdigte weder ihn noch Pintel eines Blickes. Mit Schritten, die das Gemäuer erzittern ließen, stapfte er Lomir hinterher.

Mit einem kurzen Sprint rettete Lomir sich zur Tür und hinaus auf den Gang. Nardon ließ die Tür, hinter der der Hausherr schlief, nicht aus den Augen. Dann gab es ein gewaltiges Krachen und Splittern - der steinerne Zwerg hatte sich nicht die Mühe gemacht, die Türklinke zu betätigen, sondern war direkt durch die Tür nach draußen in den Vorraum getreten. Lomir wich rückwärts gegen Nardon, der wiederum Pintel rempelte. Der öffnete die letzte Tür, hinter die sie noch nicht gesehen hatten, und verschwand hindurch. Kurz entschlossen packte Nardon Lomir am Ärmel und folgte dem Zauberer. Er schubste Lomir, der noch mit den Fäusten ruderte, durch die Tür, trat selbst über die Schwelle und schloss die Tür hinter sich.

Diffuses grünes Licht umgab ihn. Feuchte Hitze wie in einem Badehaus legte sich auf sein Gesicht, und ein schwerer, fremder Blütenduft drang ihm in die Nase. Gras raschelte unter seinen Stiefeln, als er einen unsicheren Schritt machte. Über ihm, in den gewaltigen Baumwipfeln verborgen, gab ein Tier einen krächzenden Schrei von sich.

»Ähm - Lomir? Pintel?«

In Lomirs Gesicht sah Nardon die gleiche Fassungslosigkeit, die auch er selbst empfand.

»Was bei allen Göttern ...«, sagte Lomir und machte eine ausholende Handbewegung.

Zu ihrer Rechten raschelte es. Die Zwerge sprangen rückwärts, Lomir hob die Fäuste. Ein wirrer blonder Haarschopf erschien in einer buschigen Pflanze, die ihre riesigen Blätter nach allen Seiten ausbreitete, als wolle sie allen zugleich die Zunge herausstrecken.

Lomir zeigte mit dem Finger.

»Frisst sie ihn gerade auf?«

Pintel ächzte und kam in die Höhe. Grasbüschel hingen in seinem Schopf.

»Danke der Nachfrage, mir geht's gut. Ist der Steinzwerg hier?«

Nardon warf einen Blick über die Schulter.

»Nein. Ebensowenig wie die Tür, übrigens.«

Sie versammelten sich und starrten auf den Flecken hinter Nardon, an dem sie mutmaßlich über die Schwelle getreten waren.

»Und ebensowenig wie ein Zimmer«, fügte Lomir ratlos hinzu. »Ich würde sagen, Freunde, wir stehen ganz schön im Wald.«

»Wie kann das sein?«, fragte Nardon bestürzt.

»Zauber?«, bot Pintel schüchtern an.

»Aber wie? Kein Zauberer kann einen ganzen Wald in einen Turm packen!«

»Würde es dir etwas nützen, wenn du wüsstest, wie die arkane Theorie dazu lautet?«

»Hm ... nein.«

Nardon machte auf dem Absatz kehrt und ging in die Richtung, in der er die Tür vermutete. »Mehr als drei, vier Schritte bin ich nicht gegangen«, sagte er ratlos. »Das wäre also hier. Aber hier ist nur ein Busch ...« Er streckte die Hände in die Zweige.

»Aua!«

»Was?«

Sofort war Lomir neben ihm, den Dolch in der Faust.

»Ein Busch mit Dornen«, erklärte Nardon und lutschte sich Blut vom Daumen. »Aber keine Tür. Leute, das gibt's doch nicht!«

»Teleportzauberei«, vermutete Pintel düster. »Wie auf Sturmwacht. Du überquerst eine Linie, und plötzlich bist du woanders. Könnt ihr euch erinnern, wie es gewesen ist? Der Übergang? Ich meine, haben wir die Tür geöffnet und dahinter einen Wald gesehen? Oder erschien der Wald erst, als wir über die Schwelle getreten sind? Wenn ja, was war hier vorher?«

»Keine Ahnung«, sagte Nardon. »Ich habe auf Lomir geachtet.«

»Und ich habe auf den Steinzwerg geachtet«, ergänzte Lomir. »Und auf die Schlafzimmertür. Pintel, du warst doch der Erste. Was ist dir aufgefallen?«

»Nicht viel. Es war hell hinter der Tür ... und irgendwie fleckig ... aber ich wollte vor allem aus dem Vorzimmer raus. Tut mir leid.« Pintel betrachtete angelegentlich seine Stiefelspitzen.

»Na, egal«, sagte Lomir. »Der merkwürdige Stein-Lomir war auch keine angenehme Gesellschaft. Was tun wir als Nächstes? Wollen wir versuchen, ein Fenster zu finden? Oder eine andere Tür?«

Nardon machte eine ausholende Handbewegung.

»Schau dich um, Lomir. Das wäre der erste Wald, der ein Fenster hat.«

»Gerade noch war ich in einem Turm. Und der hatte Fenster. Wenigstens ein paar ...«

»Wenn wir einem Teleport zum Opfer gefallen sind, haben wir sowieso ein riesenhaftes Problem«, unkte Pintel. »Wir könnten überall sein ...«

»Und jedenfalls weit von zu Hause entfernt«, ergänzte Nardon. »Seht nur, was hier für Pflanzen wachsen. Und diese riesenhaften Bäume.«

Tatsächlich wären mehr als zehn Zwerge nötig gewesen, um die gewaltigen Baumstämme zu umspannen. Wie mächtige Säulen ragten sie empor und trugen ein dichtes, grünes Blätterdach, in dem es beständig raschelte, krähte, kreischte und keckerte – so fremd, dass Nardon sich bei aller Fantasie nicht vorstellen konnte, welche Tiere solche Laute hervorbrachten.

»Kleine, harmlose«, murmelte er. »Wir enden sonst als Frühstück. Lomir, warum hast du eigentlich deine Axt nicht dabei?«

»Weil mir ein vorausschauender und weiser Zwerg gesagt hat, ich soll sie beim Gepäck lassen! Wir gehen uns nur umsehen, hast du gesagt! Wir lassen alles da, was Lärm machen könnte, hast du gesagt!«

»Und seit wann tust du alles, was ich dir sage?«

»Passiert mir auch nie wieder«, knurrte Lomir und wischte sich mit dem zerrissenen Ärmel Schweiß von der Stirn.

»Wir haben zwei Möglichkeiten«, sagte Pintel. »Erstens: Wir bleiben hier und hoffen, dass der Ausgang von selbst wieder erscheint. Zum Beispiel dann, wenn jemand reinkommt.«

»Wer sollte denn reinkommen?«, unterbrach Lomir missmutig. »Die schlafen doch alle.«

»Ob Lor noch schläft, ist die Frage«, warf Nardon ein. »Kommt vielleicht drauf an, was der Steinzwerg da draußen noch veranstaltet.«

»Und du willst dich tatsächlich von Lor hier finden lassen?«

»Ich bin noch nicht sicher, was das geringere Übel ist.«

»Zweitens, wir suchen selbst nach einem Ausgang«, fuhr Pintel unbeirrt fort. »Oder einem Portal. Oder anderen Bewohnern. Einer Wasserquelle, etwas zu essen, einer Höhle, Steine und Stöcke, aus denen wir uns Werkzeuge bauen können ...«

»Wir markieren die Stelle«, entschied Lomir. »Und unseren Weg, damit wir hierher zurückfinden. Und dann gehen wir einen Ausgang suchen.«

»Ist gut«, sagte Pintel. »Über die Steinwerkzeuge können wir später noch beraten.«

Lomirs Hemdärmel, der unter dem Zugriff des Steinzwergs gelitten hatte, hing nur noch an einigen Fäden. Nardon trennte ihn ab und befestigte die behelfsmäßige weiße Fahne an einem Zweig.

»Und wohin jetzt?«

Pintel sah sich um.

»Immer der Nase nach, oder?«

Sie setzten sich in Bewegung und versuchten, sich in einer möglichst geraden Linie von ihrer Landmarke zu entfernen. Bereits nach wenigen Schritten gerieten sie in schier undurchdringliches Gestrüpp, das sie an den oberen Rand eines Steilhanges brachte. Niemand hatte Lust, in die grüne Dämmerung hinunter zu klettern, also wandten sie sich nach links und arbeiteten sich an der Abbruchkante entlang.

»Das ist der merkwürdigste Wald, in dem ich je war«, murmelte Lomir und wich einer großen, fleischigen Schlingpflanze aus, die ihre unschuldig rosafarbenen Blütengesichter in die Richtung des Zwergs streckte. »Abholzen, sage ich, und eine schöne steinerne Stadt drauf bauen!«

Nardon bog einige Zweige beiseite und stieg über eine armdicke Luftwurzel.

»Sprich mir nicht von Abholzen«, sagte er schaudernd. »Diese Bäume hier verstehen vielleicht jedes Wort.«

»Ich glaube, du hast zu viele Geschichten von Elfen und Quellnixen und Baumstreichlern gelesen«, knurrte Lomir. »Bäume, die mich verstehen. Alle Götter.«

»Aber findest du nicht, dass dieser Wald irgendwie zauberisch wirkt?«

»Es ist ein Wald im Inneren eines Turmes. Genügt das als Antwort?«

Pintel, der vorneweg ging, blieb stehen und drehte sich zu den Zwergen um. Seine Wangen waren kirschrot, und der Schweiß lief ihm von der Stirn.

»Ich glaube nicht, dass wir noch im Turm sind. Wir hätten längst eine Außenmauer erreichen müssen.«

»Ich will das nicht hören«, sagte Lomir stur. »Wir sind im Turm, bis jemand mir etwas anderes beweist.«

»Und wie sollte so ein Beweis aussehen? Müssen wir so lange durch den Wald laufen, bis wir am Meer rauskommen?«

»An welchem Meer?«

»Pintel«, unterbrach Nardon die aufkommende Missstimmung. »Kannst du nicht durch Zauberei herausfinden, was hier vor sich geht? So wie du es bei den Dieben gemacht hast?«

»Ja! Großartige Idee! Ich brauche nur fünf bis sechs Stunden Zeit, Papier und Stift, eine ebene Fläche, um mein Pentagramm aufzuzeichnen, habe ich etwas vergessen? Ein paar Nachschlagewerke wären gut, und jemand, der mir sagt, wie's geht, denn das ist Zauberei, so weit jenseits von dem, was ich kann, man könnte genauso gut versuchen, Weinfässer in einer Nussschale über die Meerenge von Abrantes zu schiffen!«

»Ist gut. Ich hab's verstanden«, beschwichtigte Nardon. »Es war nur eine Idee.«

»Tut mir leid.« Pintel wischte sich mit dem Ärmel übers Gesicht. »Ich bin kein sonderlich guter Zauberer, aber ich habe eine ungefähre Vorstellung, wie groß diese Klemme, in der wir sitzen, schlimmstenfalls sein könnte. Und das kann selbst mir die Laune verderben.«

»Der Fluch des Wissens«, sagte Lomir. »Ein Glück, dass ich davon ganz unbelastet bin. Auf, Freunde, suchen wir ein Fenster.«

Sie setzten ihren mühsamen Weg am oberen Rand des Steilhanges entlang fort, bis sie zu einem Verhau umgestürzter Bäume kamen, schon lange im Zerfall begriffen, überwuchert von Gestrüpp, Schösslingen, Kletter- und Schlingpflanzen. Ein armlanges Insekt mit einer Unzahl an Beinen verschwand raschelnd zwischen den Blättern, als sie sich näherten. Über ihnen in den Baumwipfeln stieß jemand oder etwas einen warnenden Schrei aus.

»Ich will da nicht drüberklettern«, sagte Pintel. »Was, wenn wir da reingezogen werden?«

»In was?«, polterte Lomir. »Von wem?«

»Will ich nicht wissen«, sagte Pintel. »Nehmen wir lieber einen anderen Weg.«

Sie kehrten um und arbeiteten sich den Weg zurück, den sie gekommen waren.

»Zurück zu unserem Ausgangspunkt«, keuchte Nardon. »Und dann versuchen wir die andere Richtung.«

Sie quälten sich durch dichtes Unterholz, befreiten sich von Fußangeln und bahnten sich ihren Weg durchs Gezweig. Nardon hielt die Augen offen nach den Spuren, die sie auf dem Hinweg hinterlassen haben mussten, doch da war nichts. Als ein Bächlein plätschernd ihren Weg kreuzte und sich in anmutigem Bogen den Steilhang hinunterstürzte, blieb er stehen.

»Wir sind zu weit«, sagte er. »Wir müssen die Abzweigung zu unserer Wegmarke übersehen haben.«

»Sicher?«, fragte Lomir. »Normalerweise sieht man, wo zwei Zwerge einen Wald durchquert haben.«

»Ja, aber an diesen Bach würde ich mich erinnern.«

Pintel war am Ufer in die Knie gegangen und trank aus den hohlen Händen. Nardon tat es ihm gleich. Das Wasser war kühl und erfrischend – für einen Augenblick, dann leckte die drückende Hitze das angenehme Gefühl von seiner Haut.

»Umkehren?«, fragte Nardon. »Eigentlich sollte man sehen, woher wir gekommen sind.«

»Oder wir gehen im Bachbett entlang«, sagte Lomir. »Solange es nicht tiefer wird, kommen wir darin besser voran als in diesem Urwald.«

Also wandten sie sich im Bachbett von der Abbruchkante des Steilhanges ab und folgten dem Verlauf des flinken kleinen Wassers, ohne genau zu wissen, in welche Richtung sie sich bewegten. Zu beiden Seiten erstreckte sich der Wald als gleichförmige, undurchdringliche grüne Masse. Sie sahen kaum weiter als auf Armeslänge. Sie passierten eine felsige Stelle, an der der Bach sich aufweitete und gegen flache Steine schäumte, und mehrere Biegungen.

»Es ist so heiß, ich möchte mit dem Gesicht unter Wasser laufen«, stöhnte Nardon. »Verdammte Axt! Wie konnte uns das nur passieren?«

»Ich bin kurz davor, einfach nach Hilfe zu rufen«, gab Pintel zu, »aber ich befürchte, das geziemt sich nicht für einen echten Abenteurer.«

»Zumindest verdursten wir hier nicht«, warf Lomir ein. »Also, lasst uns am Bach bleiben, bis wir ein Fenster finden.«

»Daran glaubst du nicht mehr wirklich, oder?«

»Noch hat mir niemand das Gegenteil bewiesen.«

»Gepriesen sei der Starrsinn der Zwerge«, stöhnte Pintel. »Vielleicht kannst du ja mit deinem Dickschädel ein Loch in den Wald machen und uns rauslassen.«

»Ich tue mein Bestes.«

Sie folgten dem Bach, bis er zwischen moosigen Felsen verschwand. Vorsichtig erstiegen sie die Felsen, in der Hoffnung, den Bach auf der anderen Seite wiederzufinden. Tatsächlich war er noch da und hatte sich zu einem kleinen Teich aufgestaut. Das Wasser war ruhig und grün. Wasserpflanzen schlängelten sich in der leisen Strömung.

Der Teich war flach. Als Pintel sich vom letzten Felsen hinunter ins Wasser ließ, reichte es ihm gerade bis zum Gürtel. Trotzdem ging er keinen Schritt weiter.

»Alle Götter«, sagte er leise.

»Was?« Mit gewaltigem Platschen ließ Lomir sich neben Pintel in den Teich fallen und zog seinen Dolch. Nardon, der soeben das Wasser noch misstrauisch beäugt hatte, duckte sich auf den Felsen und folgte mit dem Blick Pintels zitterndem Fingerzeig. Halb rechnete er damit, sich einem mit Zähnen und Klauen bewehrten, fremdartigen Raubtier gegenüberzusehen, aber es war nur ein Mensch, der am gegenüberliegenden Ufer des kleinen Teiches stand, die Hände in den Falten seiner Robe verborgen.

»Da sind ja meine Gäste«, sagte Lor mit samtiger Stimme. »Es war Euch wohl nach einem kleinen Abendspaziergang? Zu dumm, dass ihr euch ausgerechnet den verbotenen Wald ausgesucht habt.«

Lor entfaltete seine Robe wie riesige Fledermausschwingen und zeigte nach vorne. Lomir holte aus, um seinen Dolch zu werfen. Dann verwischte sich das Bild vor Nardons Augen, und er stürzte in tiefes, schwarzes Wasser.

»Wacht auf! Los, los! Aufwachen!«

Fenrir war der Erste, der auf den Beinen war.

»Was ist?«, fragte er alarmiert und sah sich nach allen Seiten um.

»Nichts«, sagte Krona. »Das ist ja das Problem.«

»Die anderen?«

»Genau. Sie sind nicht hier, und die Sonne geht schon auf. Ich habe ein paar Stunden geschlafen, aber vorher und nachher gab es kein Lebenszeichen. Wir müssen nachsehen, was mit ihnen ist.«

»Wer hatte die letzte Wache?«

»Ich habe beschlossen, dass keine nötig ist. Der Sturm hat das Meer bis fast an den Felsen gedrückt. Wir waren praktisch abgeschnitten.«

Krona hakte die Daumen in den Gürtel und hielt Fenrirs Blick stand.

Kann mich nicht erinnern, wann ich zuletzt bei einem Mann geschlafen habe, ohne mit ihm zu schlafen. Und wenn er jetzt eine Bemerkung macht, muss ich ihn leider aus der Höhle schubsen.

Fenrir lächelte leise. Sein Blick wanderte von dem gemeinsamen Deckenlager zu Krona und zurück.

»Weise Entscheidung«, sagte er schließlich. »Wir müssen alle ausgeruht sein, wenn wir es mit den Bewohnern eines Zauberturmes aufnehmen.«

»Wer sagt, dass wir das tun?«, fragte Lianna schläfrig aus ihrem Deckenlager heraus.

»Ich sage das«, sagte Krona. »Also beweg deinen hübschen Arsch, oder wir müssen dich hierlassen.«

Thork saß bereits und richtete seine Augenklappe.

»Gibt es einen Plan?«, fragte er.

»Wir gehen rüber und klopfen mal an«, sagte Krona. »Und wenn sie den Kurzen was getan haben, reißen wir ihnen den Arsch auf.«

»Ist das klug?«

»Weißt du was Besseres?«

»Lass mich einen Augenblick wach werden und frag dann nochmal.«

Krona trat an den Höhleneingang und beugte sich vorsichtig nach vorne. Wie der verkrüppelte Finger eines Toten ragte der Turm von seinem Felssporn in den trüben Himmel. Die dunklen Fenster starrten ausdruckslos zu ihr herüber. Die Sonne hatte sich gerade erst erhoben, der Himmel war grau. Es regnete nicht mehr, aber der Sturm hatte sich kaum gelegt.

»Du machst dir Sorgen«, sagte Fenrir neben ihr leise.

»Du nicht?«

»Doch.«

»Wir hätten uns nicht trennen sollen. Da sieht man, was dabei rauskommt.«

»Es muss nicht zum Schlimmsten gekommen sein. Wer weiß, vielleicht hatten sie nur keine Gelegenheit, ein Signal zu geben.«

»Wenn etwas schiefgehen kann, geht es schief. Das sagt die Erfahrung.«

Fenrir drückte sachte ihre Schulter.

»Ich gehe mal unsere Prinzessin antreiben.«

Eine erstaunlich kurze Zeitspanne später waren sie unterwegs. Das Seil mit der Kralle wollte sich nicht vom Fels lösen, und so ließen sie es zurück und gingen dicht an der Felswand den Strand entlang, die Wellen leckten an ihren Stiefeln. Lianna murrte und beschwerte sich, weil das Frühstück ausgefallen war. Krona umklammerte ihren Hut, den der Wind ihr sonst vom Kopf gerissen hätte, und wünschte sich, jemand wäre in diesem Turm, dem sie die Nase brechen konnte, wenn sie es schon bei der hübschen Nervensäge nicht tun durfte.

An einer einigermaßen gangbaren Stelle kletterten sie den Steilhang hinauf, um zur Brücke zu gelangen. Der Turm hüllte sich in Nebelschwaden; kein Lebenszeichen war von dort zu erkennen.

»Ich habe kein gutes Gefühl bei der Sache«, sagte Thork und blickte mit zusammengekniffenem Auge hinüber zum Turm. »Wir wissen nicht, was uns erwartet.«

»Deshalb gehen wir ja nachsehen«, sagte Krona. »Dann wissen wir's.«

»Was, wenn es dann zu spät ist?«

»Hast du einen besseren Vorschlag?«

»Vielleicht gehen nicht alle von uns? Jemand könnte hier draußen Stellung beziehen.«

»Hast du nicht gesehen, was passiert, wenn wir uns trennen? Irgendjemand kann garantiert nicht auf sich aufpassen und bringt sich in Schwierigkeiten!«

»Weder Pintel noch die Zwerge sind dumm oder unerfahren«, warf Fenrir ein. »Wenn sie in Schwierigkeiten sind, brauchen sie unsere volle

Kampfkraft. Und nachdem keiner von uns in der Lage ist, sich in diesen Turm einzuschleichen, müssen wir es ohnehin mit dem Unbekannten aufnehmen.«

»Also gut«, sagte Thork. »Dann lasst uns nicht unnötig Zeit verschwenden.«

Krona betrat die Brücke. Die anderen folgten ihr. Unter ihrem Mantel umfasste sie das Heft ihres Schwertes. Sie teilte Thorks Bedenken. Ihre Anspannung wuchs mit jedem Schritt. Sie erinnerte sich an eine sehr junge Krona, die flotten Schrittes zu Hauptportal eines Zaubererturmes marschiert war und geklopft hatte. Ein Zeitalter schien seither vergangen zu sein. Ob ihre damaligen Gefährten noch lebten, wussten die Götter. Die unbekümmerte Kriegerin von damals, die glaubte, jedes Problem auf der Welt mit ihrem scharfen Schwert lösen zu können, war jedenfalls lange tot.

Sie sah an dem verwitterten Gemäuer empor, das vor ihr in den grauen Himmel ragte. Wie jung sie damals gewesen war. Jung und dumm. Sie hatte tatsächlich gedacht, man könne alles erreichen, wenn man es nur genug wollte. War es die Überheblichkeit der Jugend gewesen oder ihre persönliche Verbohrtheit?

Sie riss ihr Schwert aus der Scheide und überquerte mit wenigen langen Schritten den Vorplatz. Den schweren Türklopfer ließ sie mit voller Wucht gegen die verwitterten Bohlen krachen, und als nicht sofort jemand öffnete, hieb sie mit der Faust gegen die Tür, dass der Schmerz ihr bis in die Schulter zuckte. Bevor sie ihre Attacke gegen die Tür wiederholen konnte, fiel Fenrir ihr in den Arm.

»Ich bin sicher, sie haben unsere Ankunft bemerkt«, sagte er ruhig. »Warte einen Augenblick, ehe du die Tür zerstörst, ja?«

Schwer atmend machte Krona einen Schritt rückwärts.

»Schutzrunen«, sagte Thork und zeigte auf einige Schriftzeichen, die mit weißer Farbe auf dem dunklen Holz angebracht waren. »Und sieben Schlösser. Sie empfangen wohl nicht gerne Besuch.«

»Ist mir egal«, knurrte Krona.

»Schutzrunen wogegen?«, fragte Fenrir wachsam.

»Diese eine ist gegen Krankheit. Die anderen kenne ich nicht.«

»Sie sehen neu aus, gar nicht verwittert«, bemerkte Lianna. »Ob die Bewohner wohl kürzlich Schwierigkeiten hatten? Womit auch immer?«

»Mit mir, wenn sie nicht gleich öffnen«, fauchte Krona und holte mit der Faust aus, als die Tür sich nach innen öffnete. Ein dünner junger Mann erschien im Türspalt und quiekte erschreckt, als er sich Kronas Faust gegenübersah. Er versuchte, die Tür wieder zu schließen, aber Krona hatte ihren Stiefel auf die Schwelle gepflanzt.

»Wir haben nichts! Wir sind arme Leute!«, flehte der Junge. »Bitte tut mir nichts!«

Krona ließ die Faust sinken.

»Verdammt«, sagte sie. »So macht das keinen Spaß. Hast du keinen großen Bruder? Eine Leibwache? Jemand, der dringend aufs Maul braucht?«

»Wir sind auf der Suche nach zwei Zwergen und einem blonden Zauberer«, sagte Fenrir und schob Krona ohne viel Federlesens beiseite. »Sie sind nicht zum verabredeten Treffpunkt erschienen, und wir wissen, dass dieser Turm ihr Ziel war. Dies ist doch der Wohnsitz von Varinn Thara?«

»Ähm«, quetschte der Junge hervor, »ja ... aber er ist nicht da ... und er empfängt auch nicht gerne Besuch ... und ... Zwerge gibt es nicht in diesem Teil des Landes ... und schon gar keine kleinen, blonden Zauberer ...«

»Woher wisst Ihr, dass er klein ist?«

»Hhhhh ... geraten?«

»Du erinnerst mich so sehr an jemanden, ich kann dir nicht mal eine reinhauen«, sagte Krona. »Also, wo sind sie?«

»W - wer?«

»Der Zauberer und die Zwerge, Meridias Arsch!«

»Ihr seid die abrantinische Frau, oder? Sie haben von Euch erzählt.«

»Haben sie auch gesagt, dass kein Gras mehr wächst, wo ich hintrete?«

Der Junge schluckte und klammerte sich an die Tür. Krona brachte ihre Schulter gegen die Tür und stemmte sie auf. Der Junge stolperte rückwärts, und Krona rückte an Fenrir vorbei nach. Hinter dem Jungen öffnete sich eine große Halle. Diffuses Licht kam von allen Seiten, ohne dass Lichtquellen zu sehen waren.

»Verdammte Axt«, sagte Krona. »Das erinnert mich viel zu sehr. Ihr habt nicht einen Drachen hier eingesperrt?«

»Einen Drachen? Das ist nicht Euer Ernst, oder? Ich meine - es gibt tatsächlich Drachen in Abrantes?«

Krona musterte den jungen Mann.

»Du würdest in deinen Stiefeln sterben, nur um die Geschichte zu hören, nicht wahr?«

Der Junge nickte mit großen Augen.

»Wie ist dein Name?«

»Abelardo.«

»Hör mal, Abelardo. Wir möchten nur wissen, was aus unseren Freunden geworden ist. Wir wollten sie heute morgen bei Sonnenaufgang treffen, aber sie sind nicht gekommen.«

Abelardo sah von einem zum anderen. Sein Blick hüpfte von Kronas Schwert über Fenrir hinweg, verweilte schreckgeweitet auf Thork und mit schüchterner Verklärung auf Lianna. Nervös rieb er sich mit der Hand den Nacken.

»Sie sitzen im Keller«, murmelte er schließlich. »Es geht ihnen gut. Glaube ich. Lor hat sie eingesperrt, damit er ungestört seinen Zauber vollenden kann.«

»Welcher Zauber? Wo geht es zum Keller? Wer ist Lor?«, fragten sie durcheinander.

Erschreckt schlug Abenardo sich die Hand über den Mund. »Niemand«, murmelte er zwischen den Fingern hindurch. »Niemand, der hier wohnt.«

»Lasst den Jungen«, sagte Thork ruhig. »Überwältigt ihn meinetwegen, aber überredet ihn nicht, uns zu helfen. Er muss sich verantworten, wenn wir wieder weg sind.«

»Keller«, sagte Krona. »Jetzt. Oder die abrantinische Frau quetscht dir deinen Schädel zusammen, dass dir die Schlauheit zu den Augen rausquillt.«

»Folgt mir«, murmelte Abelardo unglücklich.

Er brachte die Gefährten in den hinteren Teil der Eingangshalle und durch eine Tür in einen fensterlosen Raum, aus dem drei weitere Türen hinausführten.

»Hier«, flüsterte er und zeigte auf die Tür zu seiner Linken. »Peppe hat die Schlüssel. Seid nett zu ihm, ja? Er kann nicht sprechen.«

»Wo finden wir ihn?«

»Küche ...«

Abelardo zeigte auf eine weitere Tür. Thork verschwand dahinter und kam kurz darauf mit einem dicken Schlüsselbund zurück. Hinter ihm erschien ein glatzköpfiger Mann mit entsetztem Gesicht und Augen wie Suppentellern.

Sie ließen Abelardo im Vorraum zurück und stiegen eine feuchte Treppe hinunter. Die Luft roch salzig. Auch hier schien das Zauberlicht durch die Wände, schluckte jeden Schatten und legte einen grünlichen, ungesunden Schimmer auf ihre Haut.

»Pintel?«, sagte Krona laut und musste nicht lange auf die gedämpfte Antwort warten.

»Krona? Alle Götter! Hier hinten! Götter! Ich wusste, du würdest kommen!«

»Wir sind alle hier«, sagte Krona. Mit langen Schritten eilte sie den Gang entlang und hielt vor einer Tür, gegen die von der anderen Seite geklopft wurde.

»Hier sind wir!«

»Ich habe euch. Wartet. Wir haben einen Schlüssel. Wie geht es euch? Was machen die Zwerge?«

»Einigermaßen wohlauf«, drang Lomirs Stimme durch die Tür. »Beeilt euch. Wir haben beunruhigende Neuigkeiten.«

Während Thork den richtigen Schlüssel heraussuchte, schob Krona die Riegel beiseite. Kurz darauf sprang die Tür auf, und Pintel warf sich in Kronas Arme. Sie drückte ihn an sich, ignorierte sein aufgeregtes Geplapper und betrachtete die Zwerge. Sie schienen unverletzt, wenngleich sehr ernst.

»Wir glauben, dass Varinn Thara einen Schädel besitzt und sich damit auf die Reise in den Süden gemacht hat«, sagte Nardon sofort, mit erhobener Stimme, um Pintel zu übertönen. »Der Mann, der sich hier als Varinn Thara ausgibt, ist in Wirklichkeit ein Fremder namens Lor. Zumindest haben wir uns alles so zusammengereimt.«

»Aber wir sind doch im Süden«, sagte Krona verständnislos. Nardon grinste schwach.

»Südlicher geht immer, meine Liebe. Wenn du lange genug nach Süden fährst, kommst du auf der Insel der Stürme wieder raus.«

»Und Lor? Was will der?«

»Er will Varinn Thara hinterher. Nur dass er kein Schiff nimmt, sondern ein Portal baut.«

»So wie auf Sturmwacht?«

»Genau. Nur über eine viel weitere Entfernung.«

»Aber warum bringt der andere den Schädel in den Süden?«

»Keine Ahnung. Fragen wir Lor, er ist oben und bastelt am Portal.«

»Woher wisst ihr das alles?«

»Wir haben geschnüffelt«, sagte Lomir. »Leider hat Lor uns erwischt und uns bewusstlos gezaubert. Und da erwies es sich als hilfreich, dass wir selbst einen Zauberer dabei hatten.«

»Ich konnte nichts gegen Lor ausrichten«, sagte Pintel und hob das Gesicht aus Kronas Mantelfalten, »aber ich konnte seinen Zauber blocken. Ich habe nur so getan, als wäre ich bewusstlos, und habe mit angehört, was er vor sich hingemurmelt hat.«

»Du hast ein Selbstgespräch belauscht?«

»Klischee, nicht? So etwas machen immer die Bösewichte in den Geschichten. Vielleicht hat Lor zu viele solche Geschichten gehört.«

»Wir wissen nicht, ob er der Bösewicht dieser Geschichte ist«, warf Thork ein.

»Finden wir's raus«, schlug Lianna vor. »Befragen wir den Lehrling.«

»Abelardo?«, sagte Pintel. »Der ist nett. Wir müssen ihn retten. Lor wird sicher furchtbar wütend auf ihn sein.«

»Lor wird sich für ihn kaum mehr interessieren, sobald er mal sein Portal offen hat.«

»Wir können ihn trotzdem nicht einfach auf diesem Felsklumpen sitzen lassen! So viel Zeit muss sein.«

»Also dann.« Krona schob Pintel in Richtung Treppe. »Folge deinem weichen Herzen, aber beeil dich.«

Sie fanden Abelardo in der Küche, wo er auf der Ofenbank saß und eingeschüchtert an einem Brotkanten kaute. Pintel setzte sich neben ihn und ließ die Beine baumeln, während die anderen sich unter der Tür hielten, um den Jungen nicht durch ihre geballte Fremdartigkeit noch mehr zu verängstigen.

»Oliven«, sagte Lomir. »Die waren großartig. Lasst uns sehen, ob noch welche da sind!«

»Schön, dass du schon wieder ans Essen denken kannst«, murmelte Nardon.

»Wieso? Ich hatte noch kein Frühstück, und ...«

»Pssst!«

Mit einer ungeduldigen Handbewegung brachte Krona die Zwerge zum Schweigen. Pintel hatte inzwischen ein Gespräch mit Abelardo angefangen. Der hatte seinen Brotkanten beiseite gelegt und knetete unsicher den Zipfel seiner Robe.

»Auf den südlichen Kontinent«, sagte er gerade. »Wohin oder warum, weiß ich nicht. Ich denke, die Frau stammte vielleicht von dort.«

»Welche Frau?«

»Sie nannte sich Saria. Sie verbrachte den Winter bei uns - mit meinem Lehrmeister, um genau zu sein, in seinen Arbeitsräumen. Sie war definitiv nicht von hier - noch viel weniger, als Ihr es seid, mit Verlaub.«

Krona spürte, wie Nardon seine Hand in ihren Ärmel krallte.

»Sondern?«, fragte Pintel sanft. Abelardo wrang seinen Robenzipfel aus.

»Ich bin nur ein dummer Lehrling«, sagte er. »Aber sie hatte etwas an sich - ich habe noch nie zuvor ein solches Wesen getroffen. Zunächst war ich heilfroh, als sie abgereist sind, aber Lor ist auch nicht gerade - versteht mich nicht falsch ...«

»Tun wir nicht.«

»Er bringt mir nichts bei. Ich darf ihm bei seinem Schriftkram helfen und hinter ihm aufräumen. Aber im nächsten Jahr habe ich Prüfung an der Academia, und ich kann nichts! Ein bisschen Lichtzauberei, Materiemanipulation, ein paar Brocken Theorie, und das war's! Ich werde so versagen ...«

»War Thara denn ein besserer Lehrmeister?«

Abelardo sah hinunter auf seine blassen, dünnen Finger und schwieg.

»Meine Eltern wohnen nur zwei Wegstunden im Süden«, sagte er schließlich. »Und Thara hat als Illusionszauberer einen guten Ruf in unserem Land.«

»In unserem auch.«

»Er ist nur kein sehr begnadeter Lehrmeister. Ich glaube, ihm ging es vor allem um das Geld, das meine Eltern ihm jeden Monat bezahlen.«

»Das ist rührend«, sagte Krona. »Jetzt kommt zum Punkt. Wir haben nicht den ganzen Tag Zeit.«

»Du hast ihr volles Mitgefühl«, sagte Pintel. »Sie kann es nur nicht zeigen.«

»Das kann ja vielleicht sogar sein, aber wir haben hier eine Jagd zu bestreiten!«

Pintel seufzte. »Du hast ja recht. Sag mal, Abelardo, besaß Thara einen Schädel? Ich meine, außer seinem eigenen? Ein Artefakt, etwa so groß …?« Er zeigte mit seinen Händen.

»Ja«, sagte Abelardo.

Krona atmete hörbar aus. Nardons Hände fühlten sich an ihrem Arm an wie ein Schraubstock.

»Oben in seinem Arbeitszimmer. Er war aus Holz. Seltsam gemasert, beinahe wie … Wirbel. Die Oberfläche sah manchmal aus, als sei sie in Bewegung. Aber das ist natürlich Quatsch. Er war aus Holz. Ich habe ihn oft genug abgestaubt.«

Krona stieß ein hilfloses Lachen aus.

»Und Thara hat den Schädel mitgenommen auf seine Reise?«, fragte Pintel.

»Ja. Saria war ganz wild darauf.«

»Kann ich mir vorstellen«, murmelte Krona. »Meridias nackter, verdammter, dreckiger Arsch! Kommen wir eigentlich immer und überall zu spät?«

»Genau, wie wir befürchtet hatten«, murmelte Nardon. »Jetzt hat sie drei. Mit zweien wären wir schon kaum gegen sie angekommen …«

»Weißt du, warum die Beiden in den Süden aufgebrochen sind?«, hakte Pintel nach.

»Ich denke, sie wollen dort einen weiteren solchen Schädel finden.«

»Krona?«, murmelte Nardon. »Ich denke, jetzt ist es an der Zeit für einen wirklich herzhaften Fluch.«

»Ich habe keinen mehr. Fluchen ist vorbei. Jetzt kommt Einrichtung zerschlagen.«

»Und sie sind weg seit …?«, fragte Pintel.

»Warum wollt Ihr das alles eigentlich wissen?«

Pintel seufzte. »Ich fürchte, wir sind das Häuflein Helden, das versucht, die Welt zu retten. Nur dass es im Augenblick nicht sonderlich gut für uns aussieht.«

»Einer ist noch da, oder?«, sagte Krona. »Lor. Gehen wir und reißen ihm den Arsch auf.«

»Nichts überstürzen«, sagte Lomir. »Lor ist …«

»Nichts überstürzen, sagst du? Sag mal, geht's dir noch gut? Hast du zugehört?«

»Reiß dich zusammen, verdammt!«, donnerte Lomir. Abelardo zuckte zusammen und klammerte sich an Pintel. »Lor ist ein Portalzauberer! Er hat uns alle drei - na gut, zwei von uns - mit einem Wink und einem Wort außer Gefecht gesetzt! Der wird wohl kaum stillhalten, wenn du mit deinem Schwert gegen ihn anrennst!«

»Schrei mich nicht an!«

»Dann benutz deinen Verstand, nicht immer nur deinen Schwertarm!«

Krona schnappte nach Luft und schluckte schwer.

»Was hast du vor?«

»Wir gehen schnell, aber intelligent vor. Lor hat offenbar noch nicht bemerkt, dass wir auf freiem Fuß sind - und wie viele wir jetzt sind. Das verschafft uns einen Vorteil. Wir überraschen ihn und ...«

»Ähm«, sagte Abelardo schüchtern, »das Portal ist gesichert. Es hat einen Wald drumherum.«

»Einen Wald?«

»Da waren wir gestern!«, rief Pintel aufgeregt. »Ein großartiges Stück Zauberei! Wir hätten aus eigener Kraft niemals mehr herausgefunden!«

»Wirklich ganz großartig«, sagte Lomir. »Aber wenn Lor tatsächlich ein Portal baut, um Thara einzuholen, dann brauchen wir doch nur durch das gleiche Portal zu gehen und sind wieder ganz dicht dran.«

»Klingt so einfach, dass es unmöglich funktionieren kann«, sagte Fenrir, der etwas abseits stand und die übrigen Türen im Auge behielt. »Und fragt mal den Jungen, woher er das alles weiß.«

»Hast du gehört?«, sagte Krona laut. »Woher weißt du das alles?«

Abelardo lächelte freudlos. »Man bekommt eine Menge mit, wenn einem keinerlei Beachtung geschenkt wird.«

Pintel seufzte und drückte mitfühlend Abelardos Arm.

»Hör mal, Junge«, sagte Krona. »Diese Frau - Sarina ...«

»Saria.«

»Genau. Die plant eine größere Schweinerei, und sie hat deinen Lehrmeister offenbar dazu gekriegt, mitzumachen. Wir sind diejenigen, die versuchen, das Schlimmste zu verhindern, und du musst uns helfen. Wie kommen wir zu diesem Portal?«

»Es ist noch keines. Ein Portal ist es erst, wenn es sich öffnet.«

»Weißt du, was ich mit Klugscheißern wie dir mache?«

»Krona!«, polterte Lomir. »Das ist nicht zielführend!«

»Und ist das hier zielführend? Wir reden und reden, und inzwischen kann die Feuerfrau ungestört ihrer Wege gehen!«

»Das ändert sich auch nicht, wenn du den Jungen zu Tode erschreckst.«

»Ihr müsst mich zwingen«, sagte Abelardo leise. »Ich kann euch alles zeigen, aber ich darf das nicht freiwillig tun. Wenn Lor erfährt, dass ich euch helfe - oder Thara - ich bin zu jung, um zu sterben!«

Krona zog ihr Schwert. »Reicht das?«

Abelardo schluckte. »Ich denke schon.«

»Dann vorwärts, Marsch.«

Sie folgten Abelardo aus der Küche in einen Treppenraum und hinauf ins nächste Geschoss.

»Wer weiß, vielleicht kann Lor ein Verbündeter sein«, sagte Fenrir. »Nur weil er in einem hässlichen Turm wohnt und keinen Ehrgeiz als Ausbilder hat, heißt das noch nicht, dass er ein schlechter Mensch ist.«

»Ich weiß nicht.« Pintel verzog das Gesicht. »Er hat uns an Ort und Stelle verzaubert. Lomir wäre beinahe ertrunken, weil er mit dem Gesicht voraus in den Teich gefallen ist.«

»Vielleicht war er besorgt wegen seines Portals?«

»Wir waren nicht mal in der Nähe davon. Wir sind blind herumgeirrt. Der Wald war wirklich eindrucksvoll. Hätte dir gefallen.«

»Überstürzen wir trotzdem nichts.«

»Ich sehe hier niemanden, der jemals etwas überstürzt hätte«, murrte Krona.

»Ist klar«, sagte Fenrir und schob sie vor sich her hinauf auf den letzten Treppenabsatz.

»Ich war beim Militär, wenn ich dich erinnern darf! Da bringt man es nicht weit als Hitzkopf!«

»Fuchtel nicht so mit deinem Schwert, Hauptmann. Ich sage nur, lass uns Unfälle vermeiden.«

Krona seufzte lautlos und lehnte sich in Fenrirs Berührung. Er schenkte ihr ein winziges Lächeln, ehe er ihr auf die Schulter schlug und mit langen Schritten an ihr vorbei die Treppe hinter sich brachte.

Abelardo führte sie in einen Gang, von dem weitere Türen abzweigten.

»Hervorragend«, sagte Lomir heiter. »Hier haben wir übernachtet. Oder, hätten übernachten sollen. Jedenfalls sollte da noch unsere Ausrüstung sein.«

Mit Pintel und Nardon im Gefolge verschwand er eilig in einem Zimmer und erschien kurz darauf wieder mit vollem Gepäck, die Axt in den Händen.

»Ein Glück, dass der Herr Zauberer nicht an alles denkt«, sagte Nardon. »Ich hatte schon befürchtet, wir können auf dem Meeresgrund nach unseren Sachen tauchen.«

Abelardo wurde angesichts der schweren Kriegsaxt sichtlich nervös. Pintel begann, auf ihn einzureden wie auf ein scheues Pferd, mit mäßigem Erfolg. Immerhin brachte Abelardo sie über weitere Türen und Treppen in einen kleinen Vorraum.

»Hier ist es«, sagte er und zeigte mit einem zitternden Zeigefinger. »Geht nicht rein. Ich muss etwas holen.«

Mit einem Kopfnicken bedeutete Krona Pintel, dem Jungen zu folgen. Beide verschwanden hinter einer Tür und tauchten kurz darauf wieder auf. Abelardo hatte ein Zwillingspaar klar geschliffener Bergkristallscheiben dabei, die in einem Gestell aneinander montiert waren.

»Man braucht es, um den Weg zu finden«, erklärte er und klemmte sich das Gestell auf die Nase. Durch die Kristalllinsen wirkten seine Augen plötzlich riesig. Dann öffnete er vorsichtig die gegenüberliegende Tür.

Flirrendes, grünes Licht ergoss sich über die Schwelle. Ein schwerer Blütenduft drang zu den Gefährten. Ein Vogel schrie, der sich beinahe, aber dann eben doch nicht anhörte wie ein Rabe, eingebettet in einen vielstimmigen Chor aus Rascheln, Zirpen, Zwitschern, Schnarren und Rauschen.

»Kommt ihr?«, sagte Abelardo und trat über die Schwelle. Vorsichtig folgten sie ihm.

Feuchte Hitze wie aus einem Badehaus legte sich auf Kronas Gesicht, und sie schnappte nach Luft. Rund um sie ragten riesenhafte Bäume in den Himmel – falls es einen Himmel gab und nicht nur ein undurchdringliches Gewölbe aus Blättern. Es war, als hätten die Götter jede freie Spanne ausgenutzt, um eine merkwürdige Pflanze anzusiedeln. Rund um sie herum schlängelten sich Ranken und wucherten Gräser. Gestrüpp griff nach ihren Hosenbeinen. Rosa und weiße Blüten rissen ihre kleinen, zahnlosen Mäuler auf.

»Ich kann euch nicht sagen, wie sehr ich das hasse«, sagte Krona.

»Es ist alles ganz harmlos, wenn man sich nicht verläuft«, sagte Abelardo.

»Berühmte letzte Worte«, knurrte Krona. »Folgt mir ruhig, es ist alles ganz harmlos.«

»Wir waren schon hier«, warf Nardon ein, »und sind weder auf wilde Tiere noch auf andere Kreaturen gestoßen. Dabei wären wir leichte Beute gewesen, ganz ohne Waffen.«

Krona stieß Luft durch die Zähne aus. Die feuchte Hitze bildete einen Film auf ihrem Gesicht. Unter ihrem schweren Mantel begann sie zu schwitzen. Sie machte einen Schritt über eine Wurzel, die sich wie eine hässliche, dicke Ader über den grasigen Boden wand.

»Dann los«, sagte sie.

Sie folgten Abelardo, der sich zielsicher in die Büsche schlug. Bereits nach wenigen Schritten hatten sie die Tür aus den Augen verloren – falls es jemals eine Tür gegeben hatte.

»Pintel?«, sagte Krona. »Ist das eine Illusion? Wie die Vögelchen in deinem Haar? Ich meine – wir sind doch noch in diesem Turm, oder nicht?«

»Schwer zu sagen«, schnaufte Pintel. »Nach allem, was Lor mir über Illusionen erzählt hat, ist er entweder ein lausiger Illusionist – oder ein hervorragender Schauspieler. Es gibt andere Möglichkeiten, einen Wald in einem Turm zu erzeugen. Materiemanipulation ... oder der Wald existiert nur in unseren Köpfen. In diesem Fall irren wir durch ein leeres Turmzimmer und schwitzen ganz ohne Grund. Mentale Zauberei ...«

»Das würde bedeuten, wir teilen alle die gleiche Wahnvorstellung?«, warf Nardon ein. Pintel grinste schief.

»Tröstlicher Gedanke, oder?«

»Ich habe gerne meine eigenen Wahnvorstellungen, vielen Dank«, knurrte Krona. »Euch brauche ich da nicht drin.«

»Was würde passieren, wenn wir uns trennen würden?«, fragte Lomir. »Dann hätten wir alle unterschiedliche Wahnvorstellungen.

Ließe der Zauber sich so brechen? Indem jeder von uns in eine andere Richtung geht?«

»Unser Hauptmann würde aus der Wahnvorstellung eine Gewaltphantasie machen«, sagte Fenrir beschwingt. »Das würde passieren.«

»Ich weiß es nicht.« Pintel duckte sich unter einem umgefallenen Baum hindurch. »Abelardo?«

»Probiert es bitte nicht aus.«

Abelardo quetschte sich zwischen einem monströsen Baumstamm und einem mannshohen Farngebüsch hindurch und zeigte nach vorne.

»Ihr müsst dem Bachlauf folgen. Nur noch ein paar Schritte. Hinter der Biegung ist eine kleine sandige Bucht. Dort ist er zu finden.«

»Deinen Worten entnehme ich, dass du uns nicht bis ans Ziel begleiten willst?« Lomir musterte den jungen Mann kritisch. Der nickte und schüttelte gleich darauf den Kopf. Lomir seufzte.

»Du weiß nicht, vor wem du mehr Angst haben sollst, oder? Vor uns oder vor ihm.«

Abelardo nickte zaghaft.

Lomir griff sich in die Taschen und förderte eine bunte Mischung abrantinischer und zentallinischer Kleinmünzen zu Tage.

»Kassensturz«, sagte er. »Wie viel Geld habt ihr noch?«

Die Gefährten staunten, als Krona das zentallinische Silber aus ihrer Manteltasche kramte, das sie beim Würfeln gewonnen hatte.

»Das wird genügen«, sagte Lomir und drückte dem verblüfften Abelardo die Münzsammlung in die Hand. »Pass auf, Junge. Geh zurück, pack dein Zeug und organisiere dir eine Reisemöglichkeit zurück zu deinen Eltern. Hier wird es demnächst keinen Zauberer mehr geben, der in der Lage wäre, dir etwas beizubringen. Und das ist nicht etwa unsere Schuld«, fügte er eilig hinzu. »Deine beiden Lehrmeister haben sich da auf etwas eingelassen, das eine Spur zu groß für sie ist.«

Abelardo nickte eingeschüchtert.

»Wartet«, sagte Fenrir. »Bei aller Güte – der Junge geht erst, wenn ich mir diese Bucht angesehen habe.«

Er nahm seinen Bogen vor sich. »Ich bin gleich zurück. Kein Wort«, fügte er zu Krona gewandt hinzu, die sich ihre Warnung gewaltsam in den Mund zurückschob.

Ein leises Rascheln, dann hatte der Urwald Fenrir verschluckt.

Die Gefährten warteten. Die Hitze lag wie eine Zentnerlast auf ihnen und machte ihnen das Atmen schwer. Rund um sie knackte und knisterte der Wald. Nebenschwaden stiegen zwischen den Bäumen auf. Dann war Fenrir wieder da und winkte ihnen zu.

»Schnell«, sagte er er gedämpft. »Beeilt euch.«

Sein Tonfall ließ sie alle zu den Waffen greifen. Die Verabschiedung von Abelardo fiel eilig aus, dann folgten die Gefährten Fenrir ins Dickicht.

»Sollten wir nicht leise sein?«, keuchte Pintel.

»Egal«, knurrte Fenrir von vorne. »Beeilung!«

Sie erreichten den Bach und stolperten in sein steiniges Bett. Die Sonne glitzerte auf den flinken Wellen, und sie blinzelten gegen das plötzliche grelle Licht.

Krona brauchte zwei kostbare Augenblicke, bis sie begriff, dass es nicht allein die Sonne war, die sie blendete. Am anderen Bachufer, weniger als einen Steinwurf entfernt, befand sich etwas, das wie ein Riss aussah. Mannshoch klaffte er zwischen den Bäumen auf und spie grelles Licht. Die Bäume um das Ding herum neigten sich wie Kerzen, die zu nah am Herdfeuer stehen. Eine dünne, dunkle Gestalt bewegte sich in dem Wasserfall aus Licht.

»Haltet ein!«, rief Lomir mit dröhnender Stimme. »Wir haben mit Euch zu reden!«

Keine Antwort. Fenrir legte einen Pfeil auf und zielte, senkte aber den Bogen gleich darauf und kniff die Augen zusammen.

»Zu hell«, sagte er. »Ich bekomme kein Ziel.«

Lomir rückte vor. Das Wasser spritzte glitzernd um seine Beine, und er hatte seine Axt kampfbereit vor sich.

»Lor!«, donnerte er. »Wir wissen, was Ihr vorhabt! Kommt zur Vernunft, ehe Ihr Euch selbst Schaden zufügt!«

Fenrir scherte zur Seite aus und strebte in Richtung Ufer, den Pfeil auf der Sehne. Krona schirmte ihre Augen und versuchte, etwas zu erkennen, doch das Licht schnitt sie wie mit Klingen und trieb ihr die Tränen über die Wangen. Blind stolperte sie vorwärts. Sie hielt sich rechts, Fenrir hinterher, bis sie Sand unter den Stiefeln spürte. Augenblicke später stieß sie gegen Fenrir und hörte das Surren seiner Bogensehne und gleich darauf seinen Fluch.

»Nicht rempeln, verdammt!«

Krone blinzelte sich schwarze Flecken aus dem Blickfeld. Lor stand inmitten des Lichtwasserfalls, das seine Gesichtszüge hinter einem glitzernden Funkenvorhang verbarg. Er hatte beide Hände erhoben und zum Portal gerichtet. Fenrir legte einen neuen Pfeil auf die Sehne und schoss. Der Pfeil verschwand im Licht. Vom Bach her stürmten die Zwerge die kleine Bucht. Krona sprintete los, um Lor einen möglichen Fluchtweg abzuschneiden, dann gab es einen gewaltigen Lichtblitz, und noch einen, und viele weitere, bis die Blitze sich zu einem irrsinnigen Flackern aneinanderreihten.

»Wo ist er?«, schrie Krona.

»Thork!«, schrie Lianna gleichzeitig. »Thork!«

Krona senkte das Schwert. Im Lichtwasserfall bewegten sich verzerrte Schatten. Ein Sturmwind ergriff sie, zerrte an ihrem Mantel und riss ihr den Hut vom Kopf.

»Bericht!«, brüllte sie. »Was ist hier los?«

Das Licht spülte Lomir an ihre Seite, der den Kopf gegen den Sturm gesenkt hatte. Er rief ihr etwas zu, das sie im heulenden Wind nicht verstand, und deutete nach vorne.

Dort ragte der Riss auf. Auf der Schwelle, umzuckt von Blitzen, nahm Krona den Schattenriss einer gedrungenen Gestalt wahr, es musste Thork sein, niemand sonst hatte so breite Schultern. Das Licht zerrte an ihm und ließ seine Umrisse zerfließen, es schien, als würde er stückweise abgetragen wie ein Küstenstreifen bei Sturmflut, doch er wich nicht.

Jemand packte ihre Hand und zog sie vorwärts. Undeutlich erkannte sie Nardon, der ihr etwas zurief, doch die Worte wurden von dem Heulen und Donnern des Lichtwasserfalls verschluckt. Ein Kribbeln und Knistern huschte über Kronas Haut, wie kurz vor einem Gewitter. Blitze geisterten über ihre Schwertklinge.

»Ach, was soll's«, sagte sie und stürzte sich, Schwert voran, in den Lichtwasserfall.

Er drang bis in ihr Innerstes. Das Licht schnitt ihr durch die Augen in den Kopf, das Dröhnen füllte ihre Ohren. Sie wollte schreien, aber sie hatte keine Luft mehr.

Endet es hier? Sterbe ich? Oder ist es der Anf...

4 Am Ende der Welt

Anfang …?

Sanftes, flirrendes Licht hinter den geschlossenen Augenlidern. Knistern, Rascheln, ein Schnarren wie der Warnruf eines Eichelhähers – nur ganz anders. Geruch nach Regen und altem Laub. Hitze.

Schmerzen.

Meridias nackter Arsch. Was so weh tut, kann nicht tot sein.

Augen auf, Hauptmann, Hintern hoch. Überblick.

»Bericht«, murmelte sie heiser, doch niemand antwortete.

Etwas kitzelte ihre Handfläche. Sie zuckte, und die kleine Bewegung schickte einen blitzartigen Schmerz ihren Arm hinauf. Sie stöhnte und rollte sich zur Seite. Ihre Wange kam auf Erde und Gras zu liegen.

Sie blinzelte.

Alles war grün. Feines Gras, das sich zwischen dichtem Gestrüpp verlor, das wiederum zahllosen armdicken Jungbäumen Platz machte, die sich im Schatten von dick bemoosten Baumriesen abmühten.

Vorsichtig drehte Krona den Kopf und sah nach oben. Das Blätterdach wölbte sich über ihr wie eine Halle, getragen von dicken, grünen Säulen. Es war dämmerig. Nebelschwaden hingen zwischen den Bäumen. Überall war Bewegung. Zitterndes Blattwerk, huschende Schatten, Farnwedel, die sich in einem kaum spürbaren Wind bewegten. Und überall war Summen, Surren, Knistern, Knacken, Zwitschern und Zirpen.

Mühsam arbeitete sie sich zum Sitzen. Übelkeit sprang sie an. Sie krümmte sich nach vorne und versuchte, sich zu übergeben, damit die Krämpfe nachließen, aber außer ein wenig bitterer Galle wollte nichts kommen.

Sie wischte sich über den Mund und sah sich um.

»Fenrir?«

Über ihr in den Baumwipfeln kreischte ein unsichtbares Tier.

»Pintel? Lomir? Irgendjemand hier?«

Sie kam auf die Knie und stemmte sich hoch. Ihr Kopf schmerzte, als sei er mit glühenden Kohlen gefüllt. Sie stützte sich an einem Baum ab und wartete, bis zumindest der Schwindel verging. Ihr Schwertarm fühlte sich taub an. Hemd- und Mantelärmel hingen in Fetzen, auf der Haut darunter zeigten sich grelle rote Streifen. Sie fasste an ihre Seite. Ihr Schwert war weg.

Panik rollte auf sie zu wie eine Gewitterfront. Sie ließ sie kommen, nahm sie in sich auf, spürte, wie ihr Herzschlag ihr die Ohren füllte, wie ihr Atem immer schneller und flacher wurde.

Drei. Zwei. Eins. Schluss.

Sie stieß den Atem aus und nahm Haltung an. Die Hitze brachte sie fast um, also zog sie zuerst den Mantel aus. Dann tastete sie nach dem Dolch in ihrem Stiefelschaft. Er war noch da. Solchermaßen bewaffnet, machte sie ein paar Schritte und sah sich um.

Hatte sich hier der Riss geöffnet? Sie hatte einen gewaltigen Sog verspürt. Aber wenn dies die andere Seite des Portals war, wo waren dann die Gefährten? Wo war Lor?

Was konnte auf so einem Ritt alles schief gehen?

Sie wischte sich Schweiß von der Stirn.

Mehr, als du dir mit deinen paar aufgeschnappten Brocken Weisheit vorstellen kannst.

Ein schwaches Blinken abseits lenkte ihren Blick. Sie ging hinüber und fand ihr Schwert, halb bedeckt von loser Erde und abgerissenem Blattwerk. Spuren von blauem Licht geisterten über die Klinge.

Sie gestattete sich einen tiefen Seufzer der Erleichterung. Als sie den Knauf berührte, fuhr ihr ein kurzer, heftiger Schmerz den Arm hinauf. Es knisterte laut, dann war das Leuchten verschwunden.

Krona nahm das Schwert hoch und untersuchte die Klinge. Sie schien unversehrt. Sie schwang das Schwert, unbeholfen, ihr Arm schmerzte schlimmer als nach hundert Klimmzügen, und ließ es dann in die Schwertscheide gleiten.

Einige Schritte weiter unter einem Baum fand sie ihren Rucksack. Der rechte Riemen war gerissen, und die Klappe sah verschmort aus.

Krona zwängte ihren Mantel darunter und warf sich den Rucksack über die linke Schulter. Sie sah sich um, in der Hoffnung, auch noch ihren Hut zu finden, doch dieser blieb verschwunden. Dann marschierte sie drauflos.

Sie bemühte sich, in möglichst gerader Linie zu gehen, um nötigenfalls zu ihrem Ausgangspunkt zurückfinden zu können – wozu auch immer das gut sein sollte, aber sie brauchte einen Plan, und dies war besser als keiner.

Noch nie zuvor hatte sie einen solchen Wald gesehen. Das Gelände lag zerfurcht um sie, zerknittert wie die Falten eines nachlässig hingeworfenen Gewandes. Die üppige Pflanzenwelt ließ ihr fast kein Durchkommen. Wurzeln wanden sich über den Boden, und wo Wasser die nackte Erde freigespült hatte, war sie lehmig und schwer und rot wie gebrannter Ton. Zweige griffen nach ihr, Schlingpflanzen hielten sie fest, es gab sogar Pflanzen, die auf Pflanzen wuchsen. Ein schwerer, süßer Geruch lag in der Luft. Einmal erschrak sie beinahe zu Tode, als eine Gruppe kleiner, pelziger Tiere über ihr durch die Baumkronen raste, sie sahen aus wie braune Katzen mit überlangen Schwänzen und Armen, mit denen sie sich geschickt von Ast zu Ast hangelten. Sie kreischten fürchterlich und waren verschwunden, so schnell, wie sie aufgetaucht waren.

Binnen kürzester Zeit war Krona völlig durchgeschwitzt. Sie hielt an, um ihr geschnürtes Wams loszuwerden. Ihr Hemd zerrte sie aus der Hose und rollte die Ärmel bis zur Schulter auf. Mit einer Lederschnur, die sie in ihrem Gepäck fand, band sie sich die Haare aus dem Gesicht. Sie hatte Badehäuser besucht, in denen es kühler gewesen war. Diese feuchte Hitze war kaum auszuhalten.

In ihrer Wasserflasche befand sich nur ein schaler Rest. Sie hatte vergessen, sie mit Regenwasser aufzufüllen, als sie überhastet aus der Höhle aufgebrochen waren.

Und du hast gedacht, Zentallo wäre richtig weit weg. Jetzt sieh dich um.

Sie fragte sich, wo in diesem Höllenwald es Wasser geben könnte.

Wie auf Kommando rollte dumpfer, ferner Donner über ihrem Kopf. Das Summen und Zirpen um sie herum nahm an Lauststärke zu. Das nächste Donnergrollen war bereits näher, und ein Blitz erhellte die Dämmerung auf dem Waldboden. Mit einem Schlag war die Luft so schwer und feucht, dass sie sich kaum atmen ließ.

»Ach, nö«, sagte Krona entnervt.

Dann öffnete der Himmel seine Schleusen.

Erst kam das Prasseln und Plätschern, und kurze Zeit später stand Krona wie unter einem Wasserfall. Donner knallte und hinterließ ein Summen in ihren Ohren. Von Blitzen geblendet, die wie Schwerthiebe einer auf den anderen folgten, tastete sie sich unter einen Baum und kauerte sich hin. Über ihr bewegten sich die Baumwipfel in wildem Tanz. Ein Blitz folgte dem nächsten. Krona bemühte sich, in dem fahlen, zuckenden Licht etwas zu erkennen, aber es gab nichts zu sehen als undurchdringlichen Wald, der sie umschloss wie eine Faust. Kronas Kehle wurde eng, sie schnappte nach Luft.

Drei. Zwei. Eins. Schluss.

Sie zog die Beine an den Körper und versuchte, wachsam zu sein. Irgendwo in diesem Wald war auch Lor unterwegs. Wenn er nicht eine andere Abzweigung genommen hatte. Sofern Tore etwas wie Abzweigungen hatten.

Das Gewitter zog weiter und ließ den Regen zurück. Die Hitze war gewichen. Überall standen Pfützen: auf dem lehmigen Boden, im eingesunkenen Holz gefallener Baumriesen, auf den riesigen, gebogenen Blättern hellgrüner Stauden. Krona suchte sich eine und trank. Das Wasser schmeckte weich und süß, ganz anders als zu Hause.

Langsam begriff sie, wie weit sie gereist war.

Noch während es regnete, begann der Boden zu dampfen. Der Wald schien nicht zu wissen, wohin mit all dem Wasser. Der Boden quatschte wie ein Schwamm unter Kronas Füßen, als sie vorsichtig weiterging.

Das Gelände fiel hier steil ab. Die rote, lehmige Erde löste sich in dicken Klumpen unter Kronas Absätzen, während sie sich den Hang hinunter arbeitete und sich an dicken Schlingpflanzen hielt. Regen und Nebel nahmen ihr die Sicht, und mehr als einmal hatte sie das Gefühl, sich am Rand eines Abgrundes zu befinden, der sie verschlingen würde, sobald die Ranken rissen.

Sie ließ sich gegen einen Baum rutschen und hielt keuchend inne. Der Hang über ihr war so steil, dass es eine üble Plackerei bedeuten würde, ihn wieder zu ersteigen. Außerdem war dort oben niemand. Sie sah sich um. Unter ihr schien der Wald sich zu lichten. Vielleicht konnte sie dort einen Überblick gewinnen, oder zumindest leichter voran kommen.

Sie grub die Absätze in den weichen Boden und arbeitete sich Stück für Stück den Hang hinunter. Unten angekommen platschte sie in ein flaches, sandiges Bachbett. Sie watete hinaus, das Wasser schwappte träge gegen ihre Knie. Sie spähte in beide Richtungen das Bachbett entlang, aber der Regen entzog den Wald ihren Blicken.

Fluchend rieb sie sich Wasser aus den Augen. Anfangs hatte der Regen eine willkommene Abkühlung bedeutet, mittlerweile ging er ihr nur noch auf die Nerven. Sie suchte das gegenüberliegende Ufer mit den Blicken ab. Zumindest war das Gelände dort flacher.

Dann hatte sie plötzlich ihr Schwert angriffsbereit und vor sich. Ihre Stiefel suchten Halt im weichen Bachbett, Herzschlag füllte ihr hart die Ohren.

Am anderen Ufer stand jemand unter den Bäumen.

Das Heulen und Wirbeln hatte längst nachgelassen, doch der Boden schwankte noch immer. Nardon klammerte sich an einen Ast und kämpfte mit einer Übelkeit, die ihm das Innere nach außen stülpen wollte. Dämmerung umgab ihn. Tiergeräusche drangen auf ihn ein, ein riesenhafter Chor aus Zirpen, Summen und Schwirren.

Wie im Turm.

Nardon blinzelte.

Turm. Lor. Portal.

Thork war auf die Schwelle getreten, und Lomir hatte sich hineingestürzt, dann ein gewaltiger Sog ... dann nichts.

Nardon richtete sich vorsichtig auf und sah sich um. Dumpfer Kopfschmerz saß hinter seinen Augen.

Hohes Gras um ihn. Schlanke, helle Baumstämme, Luftwurzeln, faseriges Moos, das von den Ästen hing wie der Bart eines Greisen, Ranken und Blätter und dicke fleischige Stauden, Blüten, die einen faulig-süßen Geruch verströmten. Nebel, der aus dem Boden aufstieg, und ein leises Plätschern nahebei. Und es war warm wie in einer Badestube.

»Lomir?«

Keine Antwort.

»Pintel? Thork? Irgendjemand?«

»Nardon? Bist du das?«, drang eine klägliche Stimme zu ihm.

»Pintel!«

Nardon sprang auf die Beine und klammerte sich an einen Baumstamm, bis die Welt aufhörte, sich um ihn zu drehen.

»Wo bist du?«

»Ich bin hier oben«, kam es unglücklich zurück.

Nardon machte ein paar Schritte und sah nach oben.

Er befand sich in einem Wald innerhalb eines Waldes. Die dünnen Baumstämme um ihn herum trugen schmale, kleine Baumkronen in fünf, sechs Mannslängen Höhe. Über ihnen ragten Bäume auf, in die man Dörfer hätte bauen können. Der Himmel war Nardons Blicken komplett entzogen. Was er sah, war grün und üppig und lebendig und in einem gnadenlosen Kampf ums Überleben untrennbar miteinander verstrickt.

In einem der niedrigeren Bäume sah er einen hellen Schimmer. Pintels Blondschopf lugte dort durch die Blätter. Noch etwas unsicher auf den Beinen, tastete Nardon sich hinüber.

»Ich sehe dich, Pintel. Kannst du herunterkommen?«

»Ist es denn sicher?«

»Woher soll ich das wissen?«

»Kannst du mein Gepäck auffangen?«

»Ich versuch's.«

Pintels Rucksack kam zuerst, dann seine Stiefel. Dann rutschte der kleine Zauberer den Stamm hinunter, sich mit Händen und Füßen festklammernd. Nardon griff zu und beförderte ihn sicher auf den Boden. Pitel sah zerrupft aus, und eine tiefe Schramme lief über seine Wange. Ansonsten schien er unversehrt.

»Wie bist du da bloß raufgekommen?«, fragte Nardon und sah hinauf in den Baum.

»Bin ich nicht«, schnaufte Pintel und klaubte seine Stiefel aus dem Gras. »Ich bin dort oben gelandet und hab mich dann nicht runtergetraut. Sind alle durch das Tor?«

»Lor ist durch. Lomir jedenfalls, er war vor mir. Krona auch. Du, ich. Thork, Lianna – ja, nehme ich an, denn er hielt das Tor auf, damit wir durchkönnen, dann wird er auch durch sein, und sie ist ihm sicher gefolgt. Ob auch wirklich alle auf der anderen Seite angekommen sind ...«

Nardon machte eine hilflose Geste.

»Warum sind wir nicht alle zusammen hier gelandet?«

Pintel hob die Schultern. »Ein Portal über diese Entfernung arbeitet vermutlich nicht präzise. Portalzauberei ist wie – wie ein Lichtstrahl. Je weiter der Weg ist, den er zurücklegt, desto mehr fächert er sich auf.«

»Kommen daher auch die Kopfschmerzen?«

Pintel nickte und rieb sich die Schläfen.

Nardon sah sich um.

»Also, in welchem Umkreis können die Anderen gelandet sein?«

»Weiß ich nicht, Nardon. Vermutlich auf einer Fläche, so groß wie Halmesholm.«

Nardon starrte Pintel entsetzt an.

»Wir würden sie nicht mal auf einer Fläche finden, die so groß ist wie Tiefensee! Man sieht ja nichts in diesem Wald! Außer Bäumen …«

»Ja«, sagte Pintel, sichtlich um Fassung bemüht. »Ich schätze, wir haben ein Problem.«

»Wir brauchen einen Plan«, sagte Nardon und versuchte verzweifelt, zuversichtlich zu klingen. »Was würde die Anderen tun? Sie sehen bestimmt ebenso schnell ein, dass wir uns in diesem Wald niemals durch Zufall finden werden. Wir brauchen also eine Landmarke. Einen Punkt, den wir alle ansteuern.«

»Ich sehe aber nichts als Bäume!«

»Gewässer. Dieser Wald ist so grün, es muss eine Menge Wasser hier geben. Kleine Bäche, die in größere münden, die wiederum in Flüsse münden. Und an Flüssen leben vielleicht Menschen, betreiben Schifffahrt, bauen Städte … Genau. Wir gehen so lange am Fluss entlang, bis wir auf eine Siedlung stoßen.«

»An welchem Fluss?«

»An dem, den wir gleich finden werden. Indem wir dem Bach folgen. Und frag jetzt nicht, welchem Bach!«

Pintel seufzte.

»Wir irren also orientierungslos durch den Wald.«

»So kann man's auch sagen.«

Pintel zog seine Stiefel an, dann nahmen sie ihr Gepäck auf und setzten sich in Bewegung.

Noch bevor es Abend wurde, brach ein gewaltiges Gewitter über sie herein. Sie kauerten sich unter tropfendes Gestrüpp, und Nardon versuchte, zwischen Blitz und Donner die Zwergenfeiertage aufzuzählen, doch das Gewitter entlud sich direkt über ihren Köpfen, und so gab er es auf.

Der Wald lag um sie wie ein Mantel. Selbst im grellen Licht der Blitze war nicht mehr zu sehen als Blätter, Gras, Ranken und Baumstämme, die ein undurchdringliches Geflecht bildeten.

Nardon beobachtete, wie das Wasser sich in einem schmalen Einschnitt sammelte, kaum breiter als eine Karrenspur, und davonstrudelte.

Sie würden bergab gehen. Wasser floss bergab, und Flüsse gruben sich ein. Er spürte selbst, wie ärmlich und lückenhaft sein Plan war. Wenn die Götter es nicht wirklich gut mit ihnen meinten, würden sie hier in diesem Wald sterben, an einer giftigen Pflanze oder einer fremdartigen Krankheit, ohne einen ihrer Gefährten jemals wiederzusehen.

»Warum wollte Lor unbedingt hierher?« Pintel musste beinahe schreien, um den Donner zu übertönen. »Was ist in diesem Wald?«

»Interessante Frage!«, gab Nardon zurück. »Keine Ahnung. Wie groß ist die Wahrscheinlichkeit, dass er hier ebenso unfreiwillig ist wie wir?«

»Immerhin hat er sich schon im Turm einen ganz ähnlichen Wald eingerichtet. Und er konnte in aller Ruhe an seinem Portal basteln. Außerdem ist er zuerst durch, es hat ihn also wahrscheinlich ziemlich genau dort abgesetzt, wo er hin wollte. Also, was kann man als Zauberer in so einem Wald wollen?«

»Ich weiß es nicht. Zutaten für einen Zaubertrank?«

»Unwahrscheinlich. Das Portal hat ihn hier abgesetzt, so wie uns, und er hat ebenso wenig wie wir einen bequemen Rückweg.«

»Das heißt, dies hier«, Nardon machte eine ausholende Geste, »war sein Reiseziel?«

»Genau.«

»Dann ist dieser Wald interessanter, als es scheint. Oder gefährlicher.«

»Oder beides«, fügte Pintel hinzu.

Das Gewitter verzog sich und ließ den Regen zurück. Umgeben von Rauschen und Plätschern machten sie sich wieder auf den Weg. Sie kämpften sich durch den Wald, bis die Dunkelheit über sie fiel. Pintel entzündete seine kleine Laterne. Das Licht geisterte über sein kleines, blasses Gesicht. Nardon sah, wie sein Blick unruhig über die schwarzen Schatten des Waldes geisterte.

»Es ist nicht sinnvoll, bei Nacht weiterzugehen«, sagte er. »Du siehst nichts, und ich sehe auch nichts, solange deine Laterne brennt. Lass uns einen geschützten Platz suchen und warten, bis es hell wird.«

Sie richteten sich schließlich auf nassen Moospolstern unter tropfenden Zweigen ein. Nardon hätte etwas darum gegeben, die Laterne zu löschen und den Wald mit all seinen fremden Geräuschen in seine Zwergensicht zu bekommen, aber er sah, wie verängstigt Pintel war, auch wenn dieser versuchte, sich nichts anmerken zu lassen. Ein bisschen Licht war der geringste Trost.

»Ich kann Nebel machen«, sagte Pintel eingeschüchtert. »Soll ich?«

»Nebel …? Hat dieser Wald nicht genug davon?«

»Es ist ein arkaner Nebel mit psychotroper Wirkung. Er beeinflusst die Gehirnwellen von allen, die hineingeraten, sodass sie in die Irre gehen. Und *Irre* ist definiert als *überall, wo ich nicht bin.*«

»So etwas kannst du? Warum hatten wir nicht jede Nacht so einen Nebel?«

»Weil es ziemlich schwierig ist, eine Gruppe von sieben Leuten im Nebel zu verstecken. Viel schwieriger jedenfalls, als eine sinnvolle Wachordnung aufzustellen.«

»Aha. Ja, bitte, Nebel wäre großartig.«

Nardon sah zu, wie Pintel seinen Zauber rund um ihr kleines, tropfendes Lager legte. Die dicken Nebelschwaden vermischten sich mit dem Wasserdampf, der aus dem Boden stieg, zu einer Suppe, in der Zwergensicht nutzlos war, Laterne hin oder her.

Er durchsuchte seinen Rucksack und förderte trockenes weißes Brot und ein Stück Käse zu Tage.

»Möchtest du etwas essen?«

Pintel schüttelte den Kopf.

Nardon seufzte und brach sich ein Stück Brot ab. Wie begeistert Lomir von all den Möglichkeiten des fremden Landes gewesen war. Nur die Götter wussten, ob er jetzt noch lebte.

Und er, Nardon, war es gewesen, der den Freund in diesen Schlamassel hineingezogen hatte. Hätte er seinerzeit nicht an Lomirs Tür geklopft, wäre dieser heute auf der Jagd nach den größten Zwiebeln und den fettesten Schweinen, statt sich Hals über Kopf in ein Selbstmordkommando zu stürzen und womöglich auf der Strecke zu bleiben.

Nardon fragte sich, wie er mit der Schuld leben würde, falls Lomir tatsächlich etwas zugestoßen war.

»Wir hätten damals machen sollen, was sie sagt«, murmelte Pintel mit erstickter Stimme. »Damals im Wald, als wir euch noch nicht kannten. Das ist nicht unsere Angelegenheit, hat sie gesagt. Kümmern wir uns um unseren eigenen Kram. Aber ich musste mich ja verantwortlich fühlen, und jetzt sieh, was es uns gebracht hat!«

Nardon lächelte schmal.

»Ersetze Krona durch Lomir und Wald durch Tür, und du hast meine Gedanken.«

»Wir sind schuld, wenn ihnen etwas passiert, oder?«

»Es fühlt sich so an, aber wir sind es nicht. Glaubst du, du hättest Krona zu etwas zwingen können, was sie nicht wollte? Oder ich Lomir? Nein, sie haben sich beide aus freien Stücken für die Unternehmung entschieden. Und wer weiß. Vielleicht geht es ihnen gut, sie sind nur etwas zerrupft und sitzen irgendwo im Wald und warten darauf, dass es Morgen wird.«

Pintel schluchzte auf.

»Ich vermisse sie. Ich will sie wiedersehen, alle zusammen!«

»Das wirst du. Was kann schlimmstenfalls passieren?«

»Wir sterben alle!«

»Gut. Was kann zweitschlimmstens passieren? Wir irren durch den Wald, finden den Ausgang, finden eine Küste, eine Hafenstadt, wir besteigen ein Schiff – an dieser Stelle muss ich überlegen, ob dieser Wald wirklich so schrecklich ist – wir fahren nach Hause, und unser erstes Ziel wäre was?«

»Lomirs Haus, da, wo wir den Winter verbracht haben«, antwortete Pintel schniefend, aber ohne zu zögern.

»Genau. Wetten, die anderen haben die gleiche Idee? Es ist also nur eine Frage der Zeit, bis wir uns dort wiedersehen. Falls es noch so etwas wie eine Zukunft gibt, mit einer entfesselten Feuerwalze, die ein Tor zu den Äußeren Ebenen öffnet und ihre weitläufige Verwandtschaft nachholt.«

»Du kannst einem so richtig Mut machen.«

»Ich bemühe mich. Das tu ich wirklich, aber ich betrachte auch gerne den großen Zusammenhang, und damit ist unser persönliches Problem wirklich nicht das vordringlichste.«

»Aber was tun wir dann gegen die Feuerfrau?«

»Nichts, Pintel. Im Augenblick mal wieder nichts. Und wenn wir dereinst in die Steinernen Hallen eingehen, muss der gute Wille genügen, um einen Platz an der großen Tafel zu finden, befürchte ich.«

Pintel schniefte und wischte sich mit dem Ärmel über das Gesicht.

»Vielleicht ist sie hier irgendwo. Vielleicht will Lor sich mit ihr treffen und wir finden sie rechtzeitig. Vielleicht ist sie hier nicht so stark, weil es so feucht ist? Als sie noch Jerina war, hatte sie ein echtes Problem mit Wasser. Das könnte uns einen Vorteil verschaffen.«

»Vielleicht«, seufzte Nardon und packte das Brot, das er nur in den Händen gedreht hatte, zurück in seinen Rucksack.

Sie verbrachten eine unruhige Nacht. Jedes Tiergeräusch schreckte sie auf, und die drückende Wärme machte ihnen zu schaffen. Sobald es hell wurde, brachen sie wieder auf.

Sie wanderten einen ganzen Tag, ohne auf Spuren ihrer Gefährten oder auch nur einen Bach zu stoßen. Schwärme von Insekten machten ihnen zu schaffen, und einmal schrie Pintel entsetzt und beschwor aus dem Nichts eine Serie blauer Blitze, die einen armlangen Tausendfüßler in einen verschmorten, stinkenden Klumpen verwandelten.

Gegen Abend fiel das Gelände ab, und sie schöpften Hoffnung, hinunter zu einem Fluss zu gelangen, aber alles, was sie auf dem Grund des Einschnittes fanden, war hüfthoher Farn und zäher Schlamm, der ihnen beinahe die Stiefel auszog. Dann fiel die Nacht über sie, und sie bauten sich im schwankenden Licht von Pintels kleiner Laterne einen behelfsmäßigen Unterschlupf, um nicht im Schlamm liegen zu müssen. Pintels Nebel, den er wieder rund um das Lager wob, spendete nur wenig Trost. Nardon lag wach und lauschte in den Wald. All die Tiere, all das Quaken und Zischen und Krächzen, langgezogene, dünne Schreie, Klopfen, Knacken ... es war ein Wunder, dass sie nicht schon längst gefressen worden waren, egal von welchem der unsichtbaren Waldbewohner.

Klopfen.

Rhythmisch.

Nardon setzte sich auf.

Trommeln?

Nein, doch nicht. Er lehnte sich wieder auf seine unbequeme Unterlage und starrte mit weit offenen Augen in die Dunkelheit. Er hätte seinen Bart darum gegeben, hätte er die Waldbewohner für einen Augenblick zum Schweigen bringen können. Ein dicker Käfer umschwirrte sein Gesicht, und er verjagte ihn ungeduldig.

»Pintel?«

»Mmmmja?« Der kleine Zauberer klang mehr schlafend als wach. Nardon brachte es nicht übers Herz.

»Egal. Schlaf.«

Trommeln. Das Einzige, was hier trommelte, waren die Reste seines Verstandes im Inneren seines Schädels.

Nardon kniff die Augen zu und wartete auf den Schlaf.

Noch vor dem Morgengrauen hatte der Schlamm das Geflecht aus Ästen und Gras besiegt und kroch ihnen kalt und zäh in die Kleider.

»Wir sinken!«, schrie Pintel und riss Nardon damit endgültig aus seinem unruhigen Halbschlaf. Eilig kam er auf die Füße und hielt sich an einem Baum fest, als die selbstgebaute Schlafmatte unter seinem Gewicht zerbrach und mit leisem Schmatzen versank.

»Wo bist du?«, fragte Pintel und drehte sich suchend um sich selbst. »Nardon?«

»Hier«, sagte Nardon, der immer wieder vergaß, dass der kleine Zauberer nichts sehen konnte, sobald das Licht erloschen war. »Das war's wohl mit Schlafen für diese Nacht. Rechts von dir ist ein dickes Grasbüschel. Stell dich drauf, damit du mir nicht versinkst. Noch ein Stück. Nein, das andere Rechts.«

Pintel tastete mit dem Fuß, fand die kleine Erhebung und kletterte drauf. Er streckte die Hände aus und fand Schlingpflanzen, an denen er sich festhielt.

»Und jetzt?«, fragte er.

»Fluchen oder kotzen«, sagte Nardon. »Ich habe mich noch nicht entschieden.«

Er gab sich einen Ruck und stieg in den Schlamm, um die Ausrüstung zu bergen. Es war fraglich, ob etwas davon noch zu verwenden war. Zumindest Pintels Laterne war unversehrt und baumelte an einem Zweig über ihm. Sie hatten sie vor dem Schlafen gelöscht, um Öl zu sparen, und Nardon überlegte, ob er Pintel ein wenig Licht gönnen sollte. Dann setzte der Lärm der Vögel ein – ein untrügliches Zeichen, dass die Sonne bald aufging.

»Wir warten, bis es hell ist«, sagte Nardon. »Kann nicht mehr lange dauern. Dann suchen wir uns einen Bach und waschen unser Zeug aus.«

»Ist gut«, sagte Pintel verzagt.

Mit dem Licht kehrten auch seine Lebensgeister zurück. Sie schulterten ihre nassen, schmutzigen Rucksäcke und arbeiteten sich durch die schlammige Senke, bis sie endlich wieder festen Boden unter den Füßen hatten. Sie machten Pause, um zu frühstücken, mussten aber feststellen, dass ihre Vorräte aufgebraucht waren.

»Obst«, schlug Pintel vor. »Wurzeln, Früchte, Sprossen, Schösslinge, Blätter ...«

»Und welche davon?« Nardon machte eine ausholende Handbewegung. »Was ist genießbar und was giftig? Wenn wenigstens ein Tier vorbei käme, das wir erlegen könnten ...«

»Insekten«, sagte Pintel hilfsbereit. »Die gibt es mehr als genug. Ich bin mir sicher, falls Menschen in diesem Wald leben, essen sie auch Insekten. Natürlich nicht roh. Ausgebacken in heißem Fett ... und das Fett nehmen sie von den langarmigen Baumkatzen. Weißt du noch? Die von gestern, die so laut kreischen? Wenn man die nur lange genug kocht ...«

»Danke für die Bilder in meinem Kopf. Ich nehme dann Blätter und Schösslinge.«

Pintel grinste.

»Ich dachte, Zwerge mögen kein grünes Essen?«

»Das kommt auf den Grad der Verzweiflung an. Lass uns Früchte suchen. Vielleicht haben sie Maden drin, dann sind sie nahrhafter.«

»So kenne ich meinen Zwerg! Wenn einem das Wasser bis zum Mund steht, dann bloß nicht den Kopf hängen lassen.«

Sie lösten ihr Nachtlager auf und machten sich auf den Weg. Nardon musterte die Pflanzenwelt zu beiden Seiten, aber alles sah gleichermaßen ungenießbar aus: Gras, Blätter, Baumrinde, rote, lehmige Erde, Schlingpflanzen.

Über Nacht hatte es aufgeklart und ein wenig abgekühlt, aber nun zog sich schon wieder die drückende Schwüle des Vortages zwischen den Bäumen zusammen. Das Gewitter am Nachmittag schien hier zum Tagesablauf zu gehören, ebenso wie der ausgiebige Regen danach.

Nardon stieg über einen dicken Ast und schob ein Geflecht von Luftwurzeln beiseite. Es war unmöglich, zwischen zwei Gewittern wieder völlig trocken zu werden.

»Hier!«

Nardon hielt inne und sah zu Pintel, der auf einen Felsbrocken geklettert war und sich nach rotwangigen Früchten streckte, die über ihm von einem Ast baumelten.

Er stutzte. Für einen Augenblick dachte er nach, dann traf ihn die Erkenntnis.

»Pintel! Der Stein!«

»Was?« Pintel hielt inne und sah zu Nardon hinunter.

»Der Stein«, wiederholte Nardon aufgeregt und zeigte auf den überwucherten, näherungsweise rechteckigen Quader. »Weißt du nicht, was der bedeutet?«

»Ähm – dass du glücklich bist, einen Stein zu sehen? Ich meine, ich weiß ja, dass ihr Zwerge eine besondere Beziehung zu Steinen habt, aber …«

»Es bedeutet, dass Menschen oder Zwerge in diesem Wald leben!«

»Nur weil hier ein Stein liegt?«

»Überleg doch mal! Wie entstehen Steine?«

»Na ja, es gibt Leute, die behaupten, sie werden als Sandkorn geboren und wachsen dann über die Jahrtausende vom Kiesel zum Felsbrocken und bis zum Gebirge heran – wobei ich mich immer gefragt habe, wo einmal die ganzen Gebirge Platz finden sollen, wenn jedes von diesen Sandkörnern zu einem wird, und …«

»Das ist Quatsch!«

»Hab ich mir schon gedacht«, sagte Pintel beleidigt.

»Felsbrocken wie dieser entstehen durch Wasser und Witterung. Wasser dringt in eine schmale Felsspalte. Dann kommt der Frost. Das Wasser gefriert, dehnt sich aus und sprengt ein Stück Fels vom Muttergestein ab. Und was genau gibt es hier nicht?«

»Lass mich nicht raten, Nardon.«

»Frost!«, rief Nardon triumphierend. »Es gibt keinen Frost! Und deshalb muss dieser Quader von Menschen- oder Zwergenhand abgeschlagen worden sein.«

»Woher willst du wissen, dass es hier keinen Frost gibt? Vielleicht ist es gerade einfach Sommer?«

»Sieh dich um. Kein Teppich von altem Laub. Keine Jahreszeiten.«

Pintel sah zwischen dem Zwerg und dem Wald hin und her.

»Sag es ruhig«, grinste Nardon. »Ich bin ein Klugscheißer. Aber den Klugscheißern, mein Freund, gehört die Zukunft! Und jetzt hilf mir mit diesem Stein.«

»Du willst ihn doch nicht etwa mitnehmen?«

»Quatsch. Ich will ihn auf Bearbeitungsspuren untersuchen, um meine These zu stützen.«

Nardon ließ seinen Rucksack ins Gras sinken und ging vor dem Quader in die Knie. Der raue, rotsandige Stein war bedeckt von Moos und einer fremdartigen Art von Efeu, das sich in die kleinsten Felsspalten krallte. Nardon zog seinen Dolch und begann, den Bewuchs vorsichtig abzuschaben.

Pintel hüpfte von dem Stein zu ihm hinunter und sah ihm interessiert über die Schulter.

»Krona würde sagen, mach das nicht, die Klinge wird stumpf«, warf er ein.

»Krona hat einen Klingenfetisch«, schnaufte Nardon. »Und sie ist nicht da.«

»Einen was?«

»Erkläre ich dir ein andermal.«

Nardon riss die Kletterpflanzen beiseite.

»Das nenne ich Bearbeitungsspuren«, sagte er andächtig.

Die Flanke des Steins war bedeckt von einem Relief aus quadratischen Bildelementen, die sich lückenlos aneinander fügten. Gesichter mit großen Glubschaugen waren da zu sehen, mit fliehender Stirn und weit herausgestreckter Zunge, außerdem verschlungene Formen, die sich gegen die Ränder ihres Bildausschnittes zu stemmen schienen, rätselhafte kauernde Tierfiguren mit riesigen Pranken, runde Formen, aus deren Mittelpunkt Strahlen zu den Rändern führten, und zahllose Darstellungen, deren Sinn unter Erde und Pflanzenresten verborgen blieb.

»Menschen«, sagte Nardon atemlos. »Siehst du? Sie sind alle bartlos. Und ... ich glaube, es ist Schrift. Es gibt Elemente, die sich wiederholen. Hier, der Dicke mit der Knollennase. Alle Götter, hätte ich nur Papier und Kohlestifte!« Er strich mit den Fingerspitzen über die verschlungenen Formen. »Man müsste alles freilegen ... und säubern ... katalogisieren ... entschlüsseln! Ich bin sicher, hätte man genug von diesen Bildelementen ... und Zeit! Eine Bilderschrift! Wie die aus dem alten Nergal-Kult. Nur für Eingeweihte ...«

»Nergal klingt nicht gut für mich«, sagte Pintel und sah sich unbehaglich um. »Meinst du wirklich, wir haben es hier mit den Resten eines Totenkultes zu tun?«

»Es ist viel zu früh, um etwas zu meinen. Das hier könnte ein Totenschädel sein.« Nardon zeichnete die Form mit dem Finger nach. »Ohne Unterkiefer. Hier, das sind die Zähne, und es käme eine Schlange aus seinem Mund – oder eine sehr lange, bewegliche Zunge. Oder Weisheit, verstehst du, die Schlange als Symbol für das gesprochene Wort ...«

»Ich verstehe vor allem, dass du ein paar hundert Jahre hier bleiben wirst, wenn ich dich nicht von diesem Stein wegbekomme.«

Nardon, der auf die Knie gefallen war, sah zu Pintel hinauf und seufzte.

»Du hast recht. Aber das ist faszinierend! Mitten in der Wildnis ein Zeugnis von Intelligenz und Mitteilungsbedürfnis! Die Menschen sind erstaunlich. Selbst in dieser lebensfeindlichen Umgebung ...«

»Es ist ein Wald, Nardon.«

»Sag ich ja! Aber sie passen sich an und überleben nicht nur, sondern schaffen Kunstwerke!«

»Mal eine andere Frage ... Wie kommt der Stein hierher? Müsste es nicht mehr davon geben?«

Nardon sprang auf. »Du hast recht. Hier muss irgendwo eine Ruine sein. Oder mehrere. Eine versunkene Waldstadt ...«

»Wieso habe ich das Gefühl, dass sich gerade ein paar Prioritäten verschoben haben?«

»Wir verbinden das eine mit dem anderen. Wenn unsere Freunde solche Steine finden, werden sie ebenfalls nach einer Ruine suchen. Das ist besser als ein Bach!«

»Oder sie klettern einfach drauf, um eine Frucht zu pflücken.« Pintel blinzelte nach oben. »Wiedersehen, Frühstück. Ab sofort gibt's nur noch Steine.«

Nardon schulterte seinen Rucksack und schlug sich ins Gebüsch. Sein Forschergeist rang mit seinem schlechten Gewissen. Er war nicht hier, um bahnbrechende wissenschaftliche Entdeckungen zu machen. Er war hier, um die bekannte Welt vor einer feurigen Invasion aus den Äußeren Ebenen zu bewahren – und um seine Freunde zu finden – was beides nicht besonders erfolgversprechend verlief, wie ihm schmerzhaft bewusst war. Steine sollten sein geringstes Problem sein, aber sie waren es, die seinem Geist Richtung und Hoffnung einflößten, und so beschloss er, es sei richtig, der Spur der Steine zu folgen, solange er keine andere hatte.

Tatsächlich fanden sie in einiger Entfernung weitere Steine und dahinter eine eingesunkene Fläche, die mit kriechenden Ranken bewachsen war.

»Gebäudestrukturen«, sagte Nardon sofort. »Siehst du? Keine hohen Bäume, viel Flechtwerk. Darunter sind Mauern, jede Wette.«

Sie durchquerten die Senke und fanden auf der anderen Seite eine lange Reihe von Steinen, völlig überwuchert und teilweise schon im Boden versunken.

»Wir könnten daran entlang gehen«, schlug Pintel vor. »Vielleicht bringen sie uns irgendwohin.«

»Ganz im Gegenteil«, sagte Nardon. »Wir folgen einer gedachten Linie, die senkrecht zu dieser Mauer verläuft. Wenn meine Vermutungen richtig sind, ist dies eine ehemalige Befestigungsanlage, und ich wüsste gerne, was im Inneren liegt.«

Sie machten kehrt, durchquerten die flache Senke und hielten sich einigermaßen geradeaus. Was auch immer hier einmal gewesen war, der Wald hatte es sich zurückgeholt und machte ihnen das Vorankommen nicht leicht. Sie stießen auf weitere Mauerreste, zusammengefügt aus riesigen Quadern, und nach einiger Zeit auf einen verlassenen steinernen Wächter: Ein Gesicht mit weit aufgerissenen Augen und herausgestreckter Zunge, gemeißelt aus einem mannshohen Steinblock. Der Wald hatte ihm einen dichten grünen Bart und wallendes Haupthaar aus Efeuranken verpasst, die Gesichtszüge waren vom Regen abgeschliffen, aber trotzdem wirkte er so bedrohlich, dass Pintel sich fernhielt, während Nardon den Fund eingehend untersuchte.

»Solltest du das nicht lieber bleibenlassen?«, fragte Pintel besorgt, als Nardon begann, mit einem abgebrochenen Ast in der tiefen Mundhöhle der Skulptur herumzustochern. »Ich kenne Geschichten, in denen löst man genau durch solche Taten Fallen aus, und dann rollen riesige Steine los, oder die Wände kommen auf dich zu.«

»Hier gibt's keine Wände«, sagte Nardon gedankenverloren. »Sieh nur. Der Fels ist dunkel verfärbt. Als hätte der Wächter Blut gespuckt. Oder ... getrunken.«

»Vielen Dank. Jetzt fühle ich mich schon viel besser.«

»Es sind nur Verfärbungen, Pintel. Du tust ja gerade so, als würde da noch ein abgenagter Arm drinstecken.«

»Wollen wir nicht vielleicht doch lieber einen Bach suchen?«

»Ja, gleich.«

Nardon gab seine Untersuchungen auf. Ohne Werkzeug und die Möglichkeit, eine vollständige Dokumentation anzulegen, würde diese versunkene Kultur ihm ihre Rätsel nicht preisgeben. Er konnte nichts als vermuten, welcher Bilderreichtum, welche Schöpfungskraft in diesen verwitterten Steinen begraben lag.

Den widerstrebenden Pintel hinter sich, setzte Nardon seinen Weg fort.

Ein steinerner Wächter, den Blick nach außen gerichtet, mit einer möglichst grimmigen, abschreckenden Fratze. Was die herausgestreckte Zunge zu bedeuten hatte, konnte Nardon nur vermuten – vielleicht eine ritualisierte Art und Weise, böse Geister abzuschrecken. Er hätte schwören können, dass solche Wächter überall entlang des äußeren Mauerrings verteilt waren. Wer immer hier gelebt hatte, er hatte mächtige Feinde gehabt – unter den Sterblichen oder den Unsterblichen.

Gegen Mittag stieg das Gelände deutlich an. Das Blätterdach über ihnen verwehrte ihnen den Blick zum Himmel, aber dunkles Rumpeln in der Ferne kündigte das tägliche Gewitter an. Die Luft war zum Schneiden, das Insektenkonzert steigerte sich zu ohrenbetäubendem Lärm.

Sich mühsam an Kletterpflanzen hochziehend, erklommen sie eine steile Geländestufe. Der rote Lehm unter ihren Stiefeln war glitschig wie Seife. Dann, zum ersten Mal seit ihrer Ankunft, sahen sie vor sich ein

Stückchen grauen Himmels zwischen den Bäumen. Eine letzte Kraftanstrengung brachte sie an den oberen Rand des Abhanges.

Vor ihnen öffnete sich der Wald zu einer gewaltigen Lichtung. Ein Blitz zuckte über den Himmel, an dem die Regenwolken hingen wie überreife Früchte. Donner rollte heran, und die ersten schweren Regentropfen fielen.

»Das«, sagte Nardon andächtig, »haut mich wirklich aus den Stiefeln.«

Krona schnappte nach Luft und versuchte, ihren Herzschlag zu beruhigen.

»Lianna?«

»Krona?«

»Meridias nackter Arsch. Hast du mich erschreckt.«

»Sind die anderen bei dir?«

»Nein. Und bei dir auch nicht, wie ich sehe.«

Lianna senkte ihr Schwert. Es war viel zu lang für die zierliche Person, sie hatte Mühe, es in der Schwertscheide an ihrer Seite zu verstauen.

Sie sollte es auf dem Rücken tragen. Wenn sie schon mit einer so lächerlich unpassenden Waffe unterwegs sein muss.

Krona steckte ihr Schwert weg und watete ein paar Schritte in den Bach. Der Regen hing zwischen ihr und Lianna wie ein Vorhang, und sie musterte den Wald hinter dem Mädchen, vielleicht, vielleicht …

Als ihr Blick zu Lianna zurückging, bemerkte sie, dass auch die junge Frau den Blick auf den Wald am anderen Ufer gerichtet hatte, in ihrem Gesicht die gleiche Hoffnung, die Krona gerade gewaltsam in sich niederrang.

»Hat keinen Zweck«, sagte sie. »Keine Spur von den anderen auf meiner Seite.«

Lianna nickte und biss sich auf die Lippen.

»Ich dachte, ich wäre alleine hier«, sagte sie, und ihre Stimme schwankte. »Ich dachte schon …«

»Nicht zu viel denken. Es kommt nichts Gutes dabei heraus. Hast du eine Ahnung, was passiert ist?«

»Lor ist durch das Portal gegangen. Thork hat es offen gehalten ... glaube ich ... ich war direkt hinter ihm. Er stand auf der Schwelle. Dann hat mich das Licht gepackt und ... ich dachte, ich ertrinke. Dann war ich hier.«

Krona nickte.

»Mir erging es ähnlich. Aber was ist schief gelaufen? Ich meine, wir sind alle an der gleichen Stelle rein. Warum kommen wir nicht alle an der gleichen Stelle raus?«

»Ich weiß es nicht.«

»Und wie konnte Thork das Portal offen halten? Wir haben den Sog gespürt. Der hätte Bäume entwurzelt.«

»Er ist ein Zauberer. Vielleicht kann er so etwas. Durch die Kräfte, die sein Gott ihm gegeben hat.«

Krona nickte und seufzte. Es nützte nichts, Fragen zu stellen, solange man keine sinnvollen Antworten bekam.

»Na, komm«, sagte sie. »Suchen wir die anderen.«

»Aber wo?«

»Wir folgen dem Bach hier. Wenn sie ihn auch finden, werden sie dasselbe tun. Niemand krabbelt freiwillig durch diesen Urwald. Und wenn wir mit der Strömung gehen, bringt sie uns vielleicht irgendwann raus aus dem Wald.«

»Warum? Der Bach könnte genauso in den Wald hinein fließen, oder nicht?«

»Alle Flüsse fließen irgendwann ins Meer. Und wo Meer ist, ist kein Wald.«

Lianna sah Krona unschlüssig an. Die hob das Kinn und setzte sich in Bewegung.

Fast dreißig Jahre beim Militär hatten ihr beigebracht, wie man eine Hoffnung am Leben hielt, die es eigentlich gar nicht gab.

Sie folgten dem Bachbett. Links und rechts stand der Wald am Ufer wie eine Wand. Das beständige Summen, Zirpen und Schnarren unsichtbarer Tiere mischte sich mit dem Plätschern des Wassers.

Sie könnten da drin sein, keinen Steinwurf entfernt, und wir würden uns niemals finden.

Verbissen watete Krona weiter. Die Bewegung gab ihr etwas zu tun. Das nächste Hindernis überwinden und das nächste, nicht auf den glatten Steinen ausrutschen, einem umgestürzten Baum ausweichen, die Welt schrumpfen lassen auf den nächsten Schritt, den nächsten Atemzug.

Wie im Krieg.

Gelegentlich warf sie einen Blick über die Schulter. Lianna hielt Schritt, sichtlich angestrengt, aber ohne sich zu beklagen.

Ihr Weg wurde unterbrochen, als der Bach sich zu einem tiefen Teich staute. Große, flache Felsen türmten sich aufeinander, und auf ihnen waren bizarre Dinger, die Krona erst auf den zweiten Blick als Tiere erkannte.

»Was ist das?«, fragte Lianna mit gesenkter Stimme und starrte hinüber.

»Ich habe keine Ahnung«, sagte Krona. »Drachen ...?«

»Bisschen klein für einen Drachen, oder nicht?«

»Willst du dich darüber beklagen?«

»Wenn das Drachenjunge sind, würde ich ungern der Mutter begegnen.«

Krona spähte zu den Kreaturen hinüber. Sie besaßen langgestreckte, schuppige Leiber mit kurzen Beinen und eine lange, flache Schnauze. Keine von ihnen bewegte sich. Krona überlegte, wie schnell sie auf ihren Stummelbeinen wohl werden konnten.

»Vielleicht doch keine Drachen«, sagte sie schließlich. »Sie haben keine Flügel, und ich glaube nicht, dass sie mit diesen Beinen viel im Wald unterwegs sind. Sie werden hier in diesem Teich schwimmen, und der ist wiederum zu klein für ein Muttertier. Das werden wohl die ausgewachsenen Vertreter sein. Wovon auch immer.«

»Sie sehen jedenfalls gefährlich aus«, sagte Lianna. »Siehst du die Zähne? Damit fressen die bestimmt kein Gras.«

»Wir schlagen einen Bogen durch den Wald«, beschloss Krona. »Versuchen wir, hinter den Felsen wieder auf den Bach zu stoßen.«

Lianna stöhnte. »Und ich war so froh, aus dem Wald rauszukommen.«

»Der Wald tut dir nichts, Schätzchen.«

»Woher willst du das wissen?«

Krona hielt inne.

»Gute Frage eigentlich. Keine Ahnung.«

»Er hat meinen Zwerg verschluckt!«

»Und ein paar andere Zwerge. Und ... noch mehr Leute, an denen uns etwas liegt. Aber da kann der Wald nichts dafür! Wir sind ihm direkt in den Rachen gehüpft!«

»Ich kann nicht glauben, dass du mit mir darüber streitest!«

»Und ich kann nicht glauben, dass ich's tu!«

Sie starrten sich an. Dann stieß Krona den Atem aus.

»Komm schon. Ehe diese Dinger beschließen, dass wir prima in ihre Mäuler passen.«

Der Wald war an dieser Stelle schier undurchdringlich. Lianna ging vorne und hieb mit ihrem Schwert auf die grüne Wand ein, und doch kam sie kaum vom Fleck.

Krona hinter ihr sah sich um.

»Hier entlang«, sagte sie und zeigte mit dem Finger. »Sperr doch die Augen auf, Schätzchen. Du musst doch nicht durchs dickste Gebüsch, wenn es einen Weg drum herum gibt.«

»Ich sehe keinen Weg«, keuchte Lianna. »Und hör endlich auf, mich Schätzchen zu nennen!«

»Ich schon«, sagte Krona und machte ein paar Schritte. Das Vorankommen war immer noch mühevoll, aber möglich.

»Frag nicht«, schnitt sie Lianna das Wort ab. »Ich habe keine Ahnung. Und wenn du einen Witz über mich und Bäume machst, werde ich ungemütlich.«

Sie schlugen einen weiten Bogen durch den Wald und stießen ein Wegstück abwärts wieder auf den Bach. Er war breiter und flacher, seit er die Felsen passiert hatte, und verzweigte sich immer wieder zu beinahe unsichtbaren Fingern.

Krona bekämpfte ihre Ungeduld. Dieser Umgebung war nicht mit Gewalt beizukommen. Vielmehr musste sie sich darin bewegen, als sei sie ein Teil von ihr.

Obwohl die Ruhe der Betrachtung ihr den Eindruck von Langsamkeit vermittelte, kamen sie doch schneller voran als zuvor, wie Krona erstaunt feststellte.

Irgendwann hörte der Regen so plötzlich auf, wie er begonnen hatte. In den Bäumen erhob sich ein Konzert unsichtbarer, wilder Sänger, und Schatten mischten sich unter das satte Grün.

»Ist es schon Abend?«, wunderte sich Lianna. »Es kann doch höchstens Mittag sein. Wir sind frühmorgens aufgebrochen und waren nicht sonderlich lange im Turm.«

»Zauberei«, sagte Krona. »Meine Erklärung für alles, solange ich keine bessere habe. Wir gehen, bis es dunkel wird. Dann suchen wir uns einen Lagerplatz.«

Die Dunkelheit kam beinahe so schnell, wie der Regen es getan hatte. Sie konnten zusehen, wie die Schatten aus den Bäumen krochen. Das Konzert des Waldes änderte die Tonlage. Die unsichtbaren Vögel verstummten, und das Summen und Zirpen von Insekten nahm an Lautstärke zu, bis es ihnen die Ohren füllte.

»Und? Wo ist dein Lagerplatz?«, fragte Lianna feindselig.

Krona drehte sich um sich selbst und zeigte aufs Geratewohl zwischen die Bäume.

»Da.«

»Ich sehe nichts.«

»Soll ich dir ein Zelt aufstellen?«

Krona ließ ihren Rucksack zu Boden fallen und bewegte die schmerzende Schulter. Sie trat das hohe Gras nieder, breitete ihren Mantel aus und ließ sich darauf fallen. Lianna stand unschlüssig und sah ihr zu.

»Aber ist das nicht gefährlich?«

»Doch.«

»Was, wenn Raubtiere kommen?«

»Dann gibt es zwei Möglichkeiten. Entweder sind wir die größeren Raubtiere, dann erleben wir, wie die Sonne aufgeht. Oder wir sind's nicht. Dann nicht.«

Lianna blieb noch eine Weile stehen, im Gesicht die gleiche Mischung aus Angst und Hilflosigkeit, die Krona in sich selbst sorgfältig unter Verschluss hielt. Dann legte sie ihren Rucksack ab und setzte sich vorsichtig auf einen Baumstumpf.

»Ich würde etwas geben für ein Feuer«, sagte sie.

»Nein, weil wir nicht wissen, was wir anlocken würden, und nein, weil hier sowieso nichts brennt«, sagte Krona.

»Das weiß ich doch.«

Lianna holte ihren Zopf über die Schulter nach vorne, löste ihn auf und begann, ihr langes Haar mit den Fingern durchzukämmen. Beinahe belustigt sah Krona ihr dabei zu. *Verloren in der Wildnis am Ende der Welt, und die Prinzessin lässt ihr Haar herunter. Andererseits – klammern wir uns nicht beide einfach nur an das, was wir kennen?*

Sie trank ihre Flasche leer und ging ein paar Schritte bis zu einem schmalen Zweig des Bachlaufes, um nachzufüllen. In der Hoffnung auf Abkühlung schlug sie sich Wasser ins Gesicht und rieb sich mit nassen Händen den Nacken. Sie zog die Nase hoch und starrte in die Dunkelheit. Sie versuchte, zu lauschen, ob irgendwo ein Wolf heulte, aber das Insektenkonzert überdeckte alles.

»Hast du noch etwas zu essen?«, hörte sie Lianna hinter sich. »Ich habe nichts. Das meiste von meinen Sachen war sowieso ...«

Sie stockte, und ihre Stimme verlor sich.

In Thorks Rucksack. Ja, Schätzchen. Ich nehme an, er hat mehr für dich getragen als nur dein Gepäck.

Mit protestierenden Gelenken kam sie in die Höhe und suchte sich den Weg zurück zu ihrem improvisierten Lager. Lianna auf ihrem Baumstamm hatte die Knie angezogen und die Arme darum geschlungen.

»Ich habe noch meine Laterne im Rucksack und einen Rest Öl«, sagte Krona. »Riskieren wir's einfach, oder?«

»Fragst du mich nach meiner Meinung?«

»Ich versuche, freundlich zu sein. Du siehst aus, als könntest du's gebrauchen.«

Lianna schwieg. Krona kramte ihre Laterne heraus und brachte mit einiger Mühe ein schwaches Flämmchen zustande. Sie hängte die Laterne an einen niedrigen Ast und suchte im schwankenden Licht alles Essbare heraus, was ihr Rucksack noch hervorbrachte: weißes, zentallinisches Brot, mittlerweile alt und trocken – *das Einzige, was an diesem Ort noch trocken ist* – einen Rest Wurst und eine ledernde Flasche, die einen kostbaren Rest Zwergenschnaps enthielt. Sie teilte das Brot in zwei Hälften und reichte Lianna eine hinüber, zusammen mit dem Wurstrest.

»Morgen werden wir uns drum kümmern müssen, was von diesem Wald man essen kann«, sagte sie und versuchte, sich zwischen Brot und Schnaps zu entscheiden.

»Und wie willst du das machen?«, fragte Lianna.

»Keine Ahnung. Gesunder Menschenverstand. Nichts Bitteres, nichts Grünes, nichts Hartes. Irgendwelche Früchte muss es doch geben? Oder wir gehen zurück und erlegen uns einen Drachen.«

»Großartige Idee. Was bin ich froh, mit dir hier zu sein, und nicht etwa mit jemandem, der sich in Wäldern wirklich auskennt!«

»Glaub mir. Ich wäre auch lieber mit jemandem hier, der sich in Wäldern auskennt.«

Sie verfielen in Schweigen. Lianna zerpflückte das Brot, ohne zu essen, die kleine Laterne tauchte ihr Gesicht in schwankende Schatten. Krona arbeitete an ihrer Selbstbeherrschung. Sie spürte, wie ihr Schutzwall Risse bekam, und dahinter lag die Verzweiflung wie ein großes, geduldiges Tier, stärker als jeder Drache, *und wieder wirst du einen verlieren, er wird einfach weg sein und dein Leben wird weitergehen, einen unerträglichen Tag nach dem anderen, und diesmal weißt du, wie weh es tun wird, und welches Schiff wirst du diesmal besteigen?*

Sie griff nach der Flasche, zog den Stöpsel und leerte sie in einem Zug. Die Schärfe trieb ihr die Tränen in die Augen und hinterließ ein taubes Gefühl in ihrem Mund. Sie schnappte nach Luft und wischte sich mit dem Arm übers Gesicht.

»Willst du dich jetzt auch noch betrinken?«, fragte Lianna.

»Ja«, keuchte Krona. »Geht aber nicht. Schnaps ist alle.«

Sie packte die Flasche zurück und streckte sich auf ihrem Mantel aus. Cladis' Mantel, den er ihr in Ehrenfeld gegeben hatte. Den Hut hatte sie verloren. Gewaltsam drängte sie Tränen zurück.

Es war nur ein verdammter Hut.

Sie suchte die Manteltasche und fühlte nach der kleinen Tabakspfeife. Da war sie, zusammen mit dem leeren Tabaksbeutel. Sie schloss die Finger um den kleinen Gegenstand.

Sie war müde, und sie war es leid.

Sie schliefen beide nur wenige Stunden. Sie wechselten sich mit der Wache ab, und als das Morgengrauen über den Wald fiel, so plötzlich, wie die Dunkelheit es getan hatte, fühlte Krona sich erschöpfter als am Abend zuvor. Lianna schlief. Krona trank am Bach und wusch ihr Gesicht, dann begann sie, den Wald in nächster Umgebung systematisch zu durchsuchen und nahm eine Probe von allem, was sie fand und was ihr essbar erschien: kleine rote Beeren, die in langen Trauben an einem Stiel saßen, runde dunkle Dinger mit harter Schale, die Nüsse sein konnten, faustgroße Früchte, die an Äpfel erinnerten, aber einen völlig fremden, blumigen Duft verströmten, lange, gelbe Früchte mit weicher Schale, die unter riesigen Blättern hingen. Während sie sammelte, sah sie sich nach jagbaren Tieren um, aber was auch immer hier leben mochte, schien einen großen Bogen um ihr Lager zu schlagen.

Sie machte sich auf den Weg zurück und zuckte zusammen, als plötzlich die wild gemusterte Blüte eines Busches sich bewegte und ihre Flügel entfaltete. Was da taumelnd in den Morgen flatterte, war der mit Abstand größte Schmetterling, den sie je gesehen hatte, mit einer Spannweite, so groß wie ihre Hand. Krona stand still und beobachtete gebannt, wie das Tier zwischen den Bäumen davonflatterte.

Ihr Staunen wurde durch einen gellenden Schrei unterbrochen. Krona packte ihre Ernte fester und sprintete los. Wenige große Sätze brachten sie zum Lager, wo Lianna zwischen den Decken stand und schrie. Vor ihr hatte sich eine Schlange drohend erhoben und stieß mit dem Kopf in ihre Richtung. Krona riss das Schwert aus der Scheide. Die Klinge blitzte durch die Luft und trennte die Schlange sauber in zwei Hälften.

»War's das?«, keuchte sie. »Deshalb machst du so ein Geschrei?«

»Alle Götter!«, japste Lianna, Tränen in den Augen. »Eine Schlange! Ein Riesending!«

Krona beugte sich vorsichtig über die zwei Schlangenhälften, die im Gras zuckten.

»Was machen wir denn jetzt?«, fragte Lianna.

Krona hob die Schultern. »Kochen, würde ich sagen, wenn wir ein Feuer hätten. Um sie roh zu essen, bin ich noch nicht hungrig genug.«

»Essen?! Hast du sie noch alle?!«

Krona grinste und sah sich nach den Früchten um, die sie am Rand des Lagers verloren hatte.

»Zum Glück sind wir nicht auf rohe Schlange angewiesen. Wir können es mit dem Obst da versuchen. Himmelarsch, was für ein Riesenbiest.«

Sie stieß die hintere Schlangenhälfte vorsichtig mit der Stiefelspitze an, doch das Leben war zusammen mit einigen unappetitlichen Körpersäften aus dem Tier gewichen.

»Ich habe mal ein Pferd an eine Kreuzotter verloren«, sagte Lianna schaudernd. »Es war schon alt, aber eigentlich noch ganz gesund.«

»Und da siehst du irgendwelche Parallelen?«

»Das Pferd hat nicht so viel gesoffen.«

»Glaub mir, ich könnte gar nicht so viel saufen, wie ich wollte, wenn ich könnte.«

»Was?«

»Egal.«

Sie untersuchten Kronas Funde. Die weichen gelben Früchte erwiesen sich als süß und sättigend, während weder die roten Beeren noch die merkwürdigen Nüsse genießbar waren. Die Apfelfrucht hatte eine ledrige Schale, und als Krona sie auseinander schnitt, fand sie einen großen, hellen Kern. Das hellgelbe, glatte Fruchtfleisch schmeckte süß und aromatisch, auf eine völlig fremdartige Weise, und sie verbrachten einige Zeit damit, den Baum zu suchen, von dem die Frucht stammte.

Einige Zeit später packten sie sehr satt zusammen und suchten den Hauptarm des Baches.

Letzteres erwies sich als nicht ganz einfach. Sie entschieden sich für eines der verzweigten Rinnsale und folgten ihm durch undurchdringliche Wildnis, bis es sich in einer moosigen Pfütze auflöste. Sie kehrten um und versuchten, zu ihrem Lager zurückzufinden. Die Sonne stieg immer höher hinter den Bäumen. Der Wald tropfte und dampfte. Gewaltige Spinnennetze glitzerten zwischen den Ästen wie zarte, diamantenbesetzte Schleier. Lianna riss sie mit dem Schwert hinunter, und mit leisem Bedauern ließ Krona sie gewähren.

Die langarmigen Kreischer waren wieder unterwegs, und langsam erkannte Krona auch die anderen Tiere, die sich im dichten Blattwerk versteckten: Heuschrecken, so groß wie ihre Hand, Vögel in schillerndem blauem und grünem Federkleid, krabbelnde und schwirrende Insekten, pelzige Raupen mit grellen gelben Flecken, Käfer wie glänzende Knöpfe, gelb und schwarz gestreifte Frösche, die auf nassem, morschem Holz saßen und ihren Kehlsack aufbliesen. Einmal meinte sie, einen großen, geduckten Schatten im Gebüsch verschwinden zu sehen. Alarmiert griff sie zum Schwert, aber das Tier kam nicht zurück.

Damit verhielt es sich wie mit dem Bach, an dem sie die letzte Nacht verbracht hatten: Auch er blieb verschwunden.

Keuchend sank Lianna auf einen bemoosten Stein. Die Sonne stand beinahe senkrecht über ihnen, die Hitze schien mit den Händen greifbar.

»Wie kann das sein? Wir hätten nur dem blöden Bach folgen müssen!«

»Ich weiß es nicht.« Krona ging in die Knie und kippte gegen den Stein. Schwarze Flecken schwammen in ihrem Blickfeld. Sie spürte, es fehlte nicht viel, und sie würde das Bewusstsein verlieren.

»Hol mir Wasser«, sagte sie heiser. »Sonst kannst du gleich alleine weitergehen.«

»Wie denn? Wir haben den beschissenen Bach verloren!«

Krona zeigte mit einem zittrigen Finger. »Der Busch dort. Der mit den großen Blättern. Der hat in der Mitte so eine Mulde. Da steht das Wasser drin. Aber schau, dass da kein Frosch drin sitzt, die sind bestimmt giftig.«

Lianna musterte Krona missmutig.

»Dein Freund, der Waldläufer, hat dir ein paar Tricks beigebracht, was?«

»Mein Freund, der Waldläufer, hat mir nicht das Denken beibringen müssen. Also los, oder muss ich erst verdursten?«

Murrend erhob sich Lianna. Sie werkelte eine Weile im Gebüsch, dann kam sie zurück und hielt Krona eine Flasche unter die Nase. Die griff danach und trank gierig. Das Wasser schmeckte holzig und abgestanden, aber nicht verfault. Krona leerte die Flasche und blieb sitzen, bis der Schwindel nachließ. Auch Lianna hatte sich mit Wasser versorgt, saß nun auf dem Stein und klopfte mit den Fersen dagegen.

»Und jetzt?«, fragte sie in die zirpende, raschelnde Stille.

»Was jetzt?«, knurrte Krona. »Wir suchen den Scheiß-Bach, was sonst.«

»Damit können wir den Tag zubringen!«

»Und hast du etwas Besseres vor?«

»Wir haben uns verirrt. Gib es doch zu.«

Krona seufzte.

»Neuer Plan«, sagte sie. »Wir gehen immer bergab. Wo immer wir können. Wasser fließt ja immer nach unten, und wenn wir einen Fluss finden ...«

»Dann?«

»Dann schneide ich dir deinen Zopf ab und binde mir damit ein paar Drachen aneinander und baue mir so ein Floß, und mit dem fahre ich dann bis zum Meer, Hauptsache, ich muss mir deine blöde Fragerei nicht anhören!«

Lianna verdrehte die Augen, rutschte von ihrem Stein und schulterte ihr Gepäck.

»Maulheldin.«

»Von wegen! Ich habe schon Drachen bezwungen, da warst du nicht mehr als ein feuchter Traum deiner Eltern!«

»Jetzt komm, oder erwartest du, dass ich dich trage, alte Frau?«

Krona knurrte wild und stemmte sich in die Höhe.

»Na also«, sagte Lianna. »Geht doch. Jetzt auf zu deinem blöden Fluss.«

Bis zum Nachmittag hatten sie weder einen Fluss noch einen Weg bergab gefunden. Dann setzte der Regen ein, so plötzlich wie am Vortag, und brachte ein wenig Abkühlung. Sie machten eine Pause, suchten Früchte und aßen, während das Gewitter auf sie niederging. Krona sah zu Lianna hinüber, die sorgfältig braune Stellen aus einer Apfelfrucht schnitt.

Ich frage mich, wer von uns zuerst draufgeht. Ich bin härter im Nehmen, aber sie ist einfach jünger. Die Götter wissen, wie lange mein Herz das hier noch mitmacht.

»Was?«, fragte Lianna mit vollem Mund.

»Wenn du zuerst draufgehst, esse ich dich«, sagte Krona.

»Ich gehe nicht drauf. Und ich esse dich, nur damit du's weißt.«

»Gib mir noch eine von den gelben Dingern.«

Lianna warf ihr eine von den weichen Früchten zu, und Krona verfehlte sie in der Luft um einen Fingerbreit.

Kurze Zeit später waren sie wieder unterwegs. Sie hatten es aufgegeben, eine bestimmte Richtung beizubehalten, sondern gingen immer da, wo der Wald ihnen ein Durchkommen ermöglichte. Krona versuchte, eine Veränderung zu erkennen – anderen Bewuchs, trockenere Böden, irgendetwas, das ihnen einen Anhaltspunkt gab – aber der Wald erstreckte sich gleichförmig und endlos.

Sie hieb mit ihrem Schwert gegen eine Ranke, die zurückschnellte wie ein lebendiges Wesen und sie mitten im Gesicht erwischte.

»So geht's nicht!«, fauchte sie. »Ich brauche einen verdammten Überblick!«

»Den könnten wir uns verschaffen, wenn wir fliegen könnten wie die Vögel«, keuchte Lianna. Sie drehte sich zu Krona um, sah dann hinauf in die Baumwipfel und wieder zurück zu Krona.

»Von dort oben könnten wir vielleicht das Ende des Waldes sehen.«

»Nein«, sagte Krona. »Viel zu gefährlich. Wenn du abstürzt, war's das.«

»Und? Du wolltest mich doch sowieso essen.«

»Herzchen ...«

»Das Problem wird sein, einen Baum zu finden, der hoch genug ist, aber unten schon Äste hat.«

»Siehst du. Schnapsidee.«

»Schau mal. Wenn ich diesen hier hochsteige ... und dann an diesen Ranken hinüber ...«

»Du hast sie ja nicht alle!«

Lianna strich sich nasse Haarsträhnen aus der Stirn.

»Er hat mir gezeigt, wie man klettert. Und wie man nicht nach unten schaut. Ich kann das, Krona, wirklich.«

»Er hat dir gezeigt, wie man auf einen Baum steigt?!«

»Nein, aber auf einen Berg. Das ist fast dasselbe. Hast du ein Seil?«

»Nein, ich habe kein verdammtes Seil!«

Lianna ließ ihren Rucksack zu Boden gleiten und gürtete ihr Schwert ab.

»Dann muss es ohne gehen.«

»Lianna ...«

Die junge Frau grinste.

»Sieh mal an. Du weißt ja sogar meinen Namen.«

Behände schwang sie sich auf einen niedrigen Ast, richtete sich auf und griff nach dem nächsten. Krona warf die Hände in die Luft und ließ sie wieder fallen.

»Ich halte das immer noch für eine blöde Idee.«

»Du wolltest doch den Überblick.«

»Ich will viel! Schnaps! Meine Ruhe! Schnaps! Nimm doch nicht alles ernst, was ich sage!«

Lianna lachte.

»Das werde ich mir merken.«

Krona legte den Kopf in den Nacken und beobachtete, wie Lianna immer höher kletterte. Ihre Bewegungen waren ruhig und überlegt, und sie sah nicht nach unten. Zwei oder drei Mannshöhen über dem Boden entzog das Blätterdach sie Kronas Blicken.

Es war still. Der Regen plätscherte. Irgendwo kreischte ein Vogel. Unruhig wanderte Krona am Fuß des Baumes auf und ab.

»Lianna?«

»Was?«

»Alles in Ordnung?«

»Was glaubst du?«

»Das willst du gar nicht wissen.«

Krona klaubte Liannas Schwert aus dem Gras und zog die Klinge aus der Scheide. Es war ein Meisterstück, leicht und wendig trotz der Länge, makellos und perfekt ausbalanciert. Zwergenrunen am Schaft wiesen den Erschaffer aus. Sie schwang es durch die Luft, machte einen Ausfall und drehte die Klinge über dem Kopf. Man konnte Menschen töten, ohne darüber nachzudenken, mit diesem Schwert.

»Krona? Noch da?«

»Wohin soll ich denn, in diesem verdammten Scheiß-Wald?«

»Gut.«

Krona ließ das Schwert in die Scheide gleiten und legte es sachte zurück ins Gras. Dann zog sie ihr eigenes: abgegriffen am Knauf, die Lederumwicklung dunkel und fleckig, die Klinge zerkratzt und abgenutzt. Scharten darin, die sich nicht ausschleifen ließen, aber scharf, immer noch scharf, nach all den Jahren, immer bei ihr, immer an ihrer Seite. Sie legte sich die flache Klinge gegen die Stirn. Ihr Atem hinterließ einen Nebel auf dem kühlen Stahl.

Hoffentlich denken sie daran, mich damit zu begraben.

Sie stieß es zurück in die Scheide und sah hinauf in das dichte Blätterdach. Ein einzelner Kreischer hing an einem Ast und starrte zu ihr hinunter, dann schwang er sich mit seinen überlangen Armen davon.

»Kannst du schon etwas sehen?«

»Nein! Ich bin noch lange nicht oben.«

Liannas Stimem klang entfernt.

»Stürz mir bloß nicht ab!«

Krona ließ sich am Fuß des Baumes nieder und lehnte den Kopf gegen den knotigen Stamm. Einige Bäume weiter hockte ein Kreischer auf einem Ast und sah zu ihr hinüber, eine andere Art diesmal, kleiner und mit hellem Gesicht. Auf seinem Rücken hatte es einen dunklen Klumpen, und erst als dieser sich bewegte und neugierig den Kopf hob, erkannte Krona, dass es sich um ein Junges handelte, das sich im Fell des Elterntieres festklammerte.

Ein summendes Tier flog ihr ins Gesicht, und sie verscheuchte es mit einer Geste. Als sie wieder hinübersah, war der Kreischer verschwunden.

Geraume Zeit später hörte sie ein Rascheln, und kurz darauf blitzte Liannas weißes Hemd aus dem Blattwerk hervor. Sie kam einen anderen Baum herunter, als sie hinauf gestiegen war, und Krona sprang auf und half ihr, die letzten zwei Mannslängen zu überbrücken.

Lianna lief der Schweiß übers Gesicht. Wortlos ergriff sie die Wasserflasche, die Krona ihr hinhielt, und leerte sie in einem Zug. Krona wartete, bis sie die Flasche absetzte.

»Und?«

»Nichts.«

Das Wort fiel in die Stille wie ein Stein. Lianna stieß den Korken in den Flaschenhals und warf die Flasche hinüber zu ihrem Gepäck.

»Nichts – du meinst, es ist kein Ende in Sicht? Nirgends?«

»Man kann nicht bis zum Horizont schauen, die Wolken hängen bis zu den Bäumen hinunter. Aber wir sind wohl ziemlich in der Mitte, und der Wald ist groß. Ein endloses Scheiß-Meer aus Bäumen.«

Lianna strich sich mit beiden Händen Haare aus dem Gesicht. Ihre Mundwinkel zuckten.

»Verdammt«, flüsterte Krona. Lianna nickte.

»Ich habe trotzdem einen neuen Plan für uns.« Sie sah sich um und deutete auf einen Baum, der über und über von kleinen roten Blüten bedeckt war. »In diese Richtung. So gut wir sie zumindest halten können. Da war etwas, das wie ein Bauwerk aussah. Es ragte über die Bäume hinaus. Es war zwar völlig grün, aber zu regelmäßig, um ein Berg zu sein. Etwas wie Stufen. Vielleicht finden wir dort Menschen, oder wir können hinaufklettern und weiter sehen. Und vielleicht kommen die anderen auf die gleiche Idee, und ...«

Sie verstummte und sah Krona an, doch die war zu ernüchtert, um etwas Ermutigendes beizusteuern.

»Die Hoffnung stirbt zuletzt«, sagte sie und schulterte ihren Rucksack. »Auf, gehen wir, bevor wir die Richtung wieder verlieren. Wie weit ist dein Bauwerk entfernt?«

»Schwer zu sagen. Unter normalen Umständen würde ich sagen, einen Tagesmarsch, aber in diesem Wald ist nichts normal.«

»Wenn wir wegen der Richtung unsicher werden, kletterst du wieder hinauf und siehst nach. Ich will dieses Ding nicht verfehlen.«

Bis zum Abend setzten sie ihren Weg fort. Der Regen kam und ging, und die Dunkelheit fiel über den Wald. Sie schlugen ihr Lager auf nassem Laub auf, aßen von den Früchten, die sie auf dem Weg gesammelt hatten, und schwiegen. Lianna übernahm die erste Wache, und Krona streckte sich aus, ihren Militärmantel zusammengerollt unter dem Kopf, sie fühlte sich ruhig wie in der Schlacht, die Götter waren am Zug und sie konnte nichts tun als abwarten, wie sie die Würfel rollten.

Mitten in der Nacht wurde sie von Lianna geweckt, um die Wache zu übernehmen, und hatte Mühe, den Schlaf abzustreifen, der an ihr klebte.

Die Nacht war schwarz. Wenn es einen Mond gab, hielten die Bäume sein Licht vollständig fern. Liannas Laterne schuf eine winzige, zitternde Insel aus Licht. Krona setzte sich an einen Baum, das Schwert auf den Knien. Lianna richtete sich ihr Lager und legte sich nieder, doch sie drehte und wendete sich beständig und kam nicht zur Ruhe.

Nachts war der Wald beinahe noch lauter als tagsüber. Laub raschelte, Holz knarrte, unsichtbare Vögel stießen langgezogene, klagende Schreie aus, zumindest klangen die Laute nach Vögeln, aber wer konnte das schon so genau wissen. Und unter dem Geräuschteppich etwas Rhythmisches, dumpf und gleichmäßig, wie der Herzschlag des Waldes.

Krona horchte auf.

»Lianna! Hörst du das?«

»Was?«

»Trommeln. Sehr entfernt. Ich bin nicht sicher.«

Lianna setzte sich auf.

»Ich höre nichts.«

Krona stand, ihr Schwert vor sich, sie hatte nicht bemerkt, aufgesprungen zu sein. Sie lauschte angestrengt.

»Ich jetzt auch nicht mehr. Doch! Da ist es wieder. Ganz tief und langsam. Hörst du es wirklich nicht?«

»Nein.«

Krona schüttelte den Kopf.

»Vielleicht schnappe ich langsam über.«

Lianna gähnte.

»Viele Leute werden wunderlich im Alter. Sie hören dann Stimmen und so. Du warst lange beim Militär, du hörst eben Trommeln.«

»Immer noch besser als dein freches Geschwätz.«

Lianna schlief ein, und Krona blieb wach und lauschte, aber ein Wind rauschte durch die hohen Baumwipfel und überdeckte das Geräusch, wenn es überhaupt jemals da gewesen war.

»Steine«, sagte Pintel beeindruckt. »Und so viele. Auf euch Zwerge ist doch Verlass.«

»Das, mein Freund«, sagte Nardon, »ist wahrscheinlich die archäologische Entdeckung des Jahrhunderts.«

Vor ihnen erhob sich ein gigantisches, fensterloses Gebäude, größer als die Kornspeicher in Halmesholm, größer als alle Göttertempel des Königreiches. Eine Zwergenhalle hätte in seinem Inneren Platz gehabt oder ein kleines Dorf. Nach oben strebte die Struktur schmal zu und endete in einer Plattform, die aus der Position der Beobachter mitten im Himmel zu hängen schien. Zusammengefügt war das Gebäude aus den gleichen großen Steinquadern, die sie schon im Wald gefunden hatten, zumindest war zu vermuten, dass solche unter dem dichten Bewuchs aus Gras und Moos verborgen waren. Der Wald war bis an die untersten Stufen herangerückt und hatte bereits begonnen, sich sein Territorium zurückzuerobern. Der Grundriss der Struktur war viereckig oder quadratisch, und eine steile Treppe führte hinauf zur Plattform.

Nardon machte einen Schritt unter den Bäumen hervor und überquerte den schmalen Streifen niedriger Vegetation, der ihn von der untersten Stufe trennte. Er legte den Kopf in den Nacken und sah hinauf.

»Eine Stufenpyramide«, sagte er atemlos. »Vermutlich ein religiöses Bauwerk. Ein Tempel. Der Versuch, den Göttern nahe zu sein. Es gibt zwei große Richtungen von Religionen: Die einen suchen die Götter tief im Erdkern und graben sich ein, wie die Zwerge. Die anderen suchen die Götter im Himmel und errichten möglichst hohe Gebäude, wie die Menschen. Der Schluss liegt also nahe, dass hier Menschen am Werk waren, wenngleich die Art und Weise, wie die Steine gefügt wurden, eine nicht menschliche Meisterschaft verrät. Ich möchte wissen, woher all die Steine kamen. Wie haben sie sie an diesen Platz transportiert? Warum gerade dieser Platz? Wie haben sie sie aufgeschichtet? Haben sie bereits den Flaschenzug erfunden, oder geschah es über Rampen? Haben sie Sklaven zum Bau verwendet, oder war es eine Ehre für freie Männer, beim Bau helfen zu dürfen? Haben sie sich damit den Eintritt ins Ewige Leben erkauft?«

»Ich habe noch mehr Fragen«, sagte Pintel. »Waren sie kriegerisch? Leben sie noch? Werden sie kommen und uns fressen?«

»Wenn sie noch leben, dann nutzen sie diesen Ort nicht mehr zu kultischen Zwecken. Alles ist überwuchert. In diesem Wald geht das zwar sicher schneller als bei uns zu Hause, aber ich würde trotzdem von Jahren sprechen, in denen sich niemand um diesen Tempel gekümmert hat.«

»Das ist beruhigend«, sagte Pintel, sah aber kein bisschen beruhigt aus.

»Die Antwort liegt unter all diesem Grünzeug«, sagte Nardon und begann, mit seinem Dolch die steinerne Oberfläche der untersten Stufe freizulegen. »Ich könnte wetten, dass hier wieder Inschriften im Stein sind. Wenn sie ihre Außenanlagen damit versehen, dann das Kernstück erst recht.«

»Dir ist aber klar, dass du ein paar hundert Jahre brauchen wirst, um das ganze Ding zu entgrasen?«

»Natürlich«, sagte Nardon ungeduldig. »Ich will doch nur mal schauen.«

Während er zum Stein vordrang, wanderte Pintel ein paar Schritte ab und sah sich um. Nardon fand Gravuren unter dem Moos, die denen der anderen Steine sehr ähnlich waren, und wurde erst wieder auf Pintel aufmerksam, als dieser schrie.

Nardon fuhr herum, den Dolch in der Hand. »Was?«

Pintel sah zu seinen Füßen ins Gras, die Hände vor den Mund geschlagen.

»Schlange? Nicht bewegen!«

»Keine Schlange.« Pintels Stimme klang dünn. »Hier ist jemand gestorben.«

Eilig schloss Nardon zu Pintel auf und betrachtete seinen Fund.

Im Gras lag ein blanker, bräunlich verfärbter Totenschädel in einem Nest aus Knochen. Vorsichtig hob Nardon ihn hoch und betrachtete ihn von allen Seiten.

»Mensch«, sagte er. »Fliehende Stirn, keine Augenbrauenwülste. Definitiv kein Zwerg.«

»Meinst du, er war einer der Erbauer?«

Nardon legte den Schädel zurück ins Gras. »Nein. Er ist jünger. So warm und lebendig, wie dieser Wald ist, würde ich annehmen, dass eine Leiche binnen Wochen restlos skelettiert wird. Und dass binnen Jahresfrist nicht mal mehr Knochen übrig sind. Dass er hier überhaupt noch liegt, heißt, dass sein Tod keinesfalls mit dem Bau der Pyramide zusammenhängen kann.«

Sie sahen sich an.

»Also sind sie hier noch irgendwo«, flüsterte Pintel.

»Nicht zwangsläufig«, bremste Nardon, der die Angst in Pintels Augen sah. »Wo einer ist, muss nicht unbedingt ein ganzes Dorf sein.«

Pintel machte ein paar Schritte und sah zu Boden. »Ein Dorf nicht«, sagte er schaudernd, »aber ein Friedhof.«

Einer am anderen lagen sie zu Füßen der Pyramide: Totenschädel mit zahnlosem Grinsen, Knochen, brüchig wie Stroh, blasse Beckenpfannen, zerfallene Hände, dünne, gebogene Speichen, Rippenbögen, Rückenwirbel, sie gaben ein knöchernes Klappern von sich, als Pintel über sie sprang und sich auf die unterste Stufe der Pyramide rettete.

»Hier ist etwas Schlimmes passiert«, sagte Nardon ergriffen. »Keiner von ihnen wurde regulär beigesetzt. Sie liegen hier wie auf einem Schlachtfeld.«

Vorsichtig stieg er hinüber zu Pintel und kletterte auf die unterste Stufe.

»Sie haben um etwas gekämpft«, grübelte er. »Dann könnte dieses Bauwerk entweder doch keinen religiösen, sondern einen politischen oder militärischen Mittelpunkt dargestellt haben – einen Kommandostand vielleicht – was ich nicht glaube, ich sehe hier eindeutig den Versuch, sich zu den Göttern hochzubauen – oder ...«

»Oder es gab hier etwas unglaublich Wertvolles«, ergänzte Pintel. »Etwas, das sie alle haben wollten.«

»Weil es Macht verleiht, zum Beispiel.«

Sie sahen sich an.

»Wir müssen uns vor Lor hüten«, sagte Nardon. »Er wird über kurz oder lang hier eintreffen. Und wir müssen schneller sein als er. Lass uns einen Eingang suchen.«

»Du meinst – da geht es irgendwo rein?«

»Natürlich. Wäre die Struktur aus massivem Stein, wäre sie so schwer, dass der Boden eingesunken wäre. Außerdem würde sich die Sinnfrage stellen. Dies ist ein Tempel, da oben wurde den Göttern gehuldigt, und irgendwo ist ein versteckter Eingang, oder ich esse meinen Bart.«

Im Morgengrauen kam Lianna von ihrem Lager hoch, beugte sich über den nächsten Busch und übergab sich heftig. Krona steckte den Dolch weg, mit dem sie müßig an einem Stöckchen herumgeschnitzt hatte, und richtete sich auf.

»Ist alles in Ordnung?«

»Wonach sieht's denn aus?«

Lianna lehnte sich an einen Baum und wischte sich mit dem Ärmel übers Gesicht. Sie tat einige tiefe Atemzüge, dann krümmte sie sich wieder nach vorne. Krona hörte, wie sie hilflos würgte.

Steifbeinig stand sie auf und ging zu Lianna hinüber. Sie zögerte, doch als eine neue Welle Lianna schüttelte, griff sie zu und hielt der jungen Frau die Haare aus dem Gesicht. Lianna rang nach Atem. Krona spürte, wie ihre Schultern zitterten.

»Ich habe wohl etwas Falsches gegessen«, murmelte Lianna.

»Quatsch«, sagte Krona. »Du hast sein Stunden nichts gegessen.

Gestern Nachmittag zuletzt, wenn ich mich richtig erinnere. Warum solltest du jetzt erst die Kotzerei bekommen?«

»Vielleicht das Wasser ...«

»Davon habe ich auch getrunken.«

»Dein Magen ist ja auch vom Saufen abgehärtet.«

»Sag das nicht. Ich kotze wie ein Reiher, wenn's drauf ankommt.«

Krona seufzte und fasste Lianna um die Schultern, während diese sich durch einen neuen Anfall arbeitete.

»Aber schwanger bist du nicht, Mädchen?«

Lianna richtete sich auf und wischte sich mit einer zittrigen Hand Haarsträhnen aus dem Gesicht.

»Unsinn. Wovon denn?«

»Muss ich dir das tatsächlich erklären?«

»Wir hatten nie die Gelegenheit! Wir waren doch kaum allein! Seit ich wieder bei ihm bin, haben wir euch am Hacken!«

»Soll das heißen – ihr seid ein Paar, aber ihr habt noch kein einziges Mal gef ... Liebe gemacht?«

Lianna zögerte.

»Na ja. Doch. Einmal. In der Nacht, bevor alles so schlimm wurde.«

»Einmal reicht. Weiß ich aus Erfahrung.«

Krona grinste schwach. Lianna setzte sich auf ihre Decke und schlug die Beine unter. Ihr Blick ging ins Leere, Krona sah, wie sie nachdachte. Stöhnend bückte sie sich zu ihren Sachen, hob ihren Militärmantel auf und schüttelte ihn aus. Sie fand eine letzte weiche Frucht und warf sie Lianna zu, die sie fing und achtlos beiseitelegte. Krona faltete ihren Mantel und schob ihn unter die Klappe ihres Rucksackes.

»Vielleicht ist es nichts«, sagte sie. »Vielleicht hast du nur vor lauter Aufregung gekotzt. Oder wir haben uns eine fremdländische Krankheit eingefangen und gehen beide drauf, aber du zuerst.«

»Vielen Dank. Das ist so tröstlich.«

»Ich gebe mein Bestes. Können wir übrigens los, oder willst du den ganzen Tag hier auf deinem Hintern sitzen?«

Lianna stand auf und begann, ihre Sachen zu packen. Krona füllte einstweilen die Flaschen an einem kleinen Rinnsal.

»Es war nicht nur heute«, sagte Lianna. »Mir ist morgens immer mal wieder schlecht. Schon seit Zentallo. Es war nur noch nie so schlimm.

Und ... es gibt andere Anzeichen. Ausbleibende Anzeichen, wenn du verstehst, was ich meine.«

Krona seufzte.

»Aber sowas von. Ich war auch mal sehr jung und schwanger. *Mach dir keine Sorgen, ich passe schon auf.* Haha! Die billigste Lüge, auf die eine Frau reinfallen kann.«

»Vielleicht bin ich's ja gar nicht!«

»Ach, Schätzchen.«

»Aber was, wenn ...«

»Was hab ich dir gesagt! Kein *was, wenn*! Das macht alles nur noch schlimmer!«

»Und wie könnte alles noch schlimmer werden? Gibt es eine Steigerung?«

»Warte, bis du in den Wehen liegst.«

Lianna sah sich um, als suchte sie etwas, das sie werfen konnte, besann sich dann aber und schulterte ihren Rucksack.

»Gehen wir einfach.«

Gegen Nachmittag gelangten sie an den Rand einer Schlucht, die ihren Weg kreuzte. Sie war zwei oder drei Steinwürfe breit, und ihr Grund lag unter einer dichten Decke aus Nebel und Blattwerk verborgen.

»Wir müssen hinüber, wenn wir unsere Richtung halten wollen«, sagte Lianna. Krona sah hinunter, dann hinüber.

»Wir kommen hinunter«, sagte sie. »Aber ob wir drüben wieder rauf kommen? Das ist eine Steilwand, soweit ich das erkennen kann.«

»Sie ist überwuchert. Wir können uns an den Wurzeln hochziehen.«

»Suchen wir lieber eine Stelle, an der es nicht so steil ist.«

»Es ist nicht steil. Nicht auf dieser Seite. Und drüben finden wir schon einen Aufstieg.«

Krona holte tief Luft und ließ sie durch die Zähne ausströmen.

»Mach's mir doch nicht so schwer, Herzchen. Ich bin keine zwanzig mehr, Himmelarsch! Die Hitze macht mich fertig, und ich würde wahnsinnig gerne da runterklettern und auf der anderen Seite wieder rauf, nur um dir zu beweisen, dass ich es kann, aber vielleicht tu ich auch zur Abwechslung mal etwas Vernünftiges und lasse es einfach bleiben!«

»Ach so«, sagte Lianna erstaunt. »Sag's doch einfach, meine Güte. Ist doch nichts dabei.«

»Hast du eine Ahnung«, knurrte Krona. »Dieser Scheiß-Wald bringt mich echt an meine Grenzen.«

Sie änderten die Richtung und folgten dem Rand der Schlucht, die das Gelände teilte wie mit dem Messer gezogen. Der Nachmittagsregen kam, und als er wieder nachließ, blieb ein Rauschen in der Luft, wie von Wasser, das aus großer Höhe herabstürzte. Wiederum einige Zeit später lichteten sich die Bäume vor ihnen, und kleine Flecke blauen Himmels zwinkerten ihnen zu. Sie beschleunigten ihr Tempo, soweit das Gelände es zuließ, und tatsächlich gab es eine letzte Baumreihe und dahinter nichts als dünne blaue Luft. Vorsichtig gingen sie bis zum Rand und sahen sich um. Der Einschnitt, dem sie gefolgt waren, öffnete sich hier in einen kleinen Talkessel, auf dessen Grund ein tiefer türkisfarbener Teich lag, funkelnd wie ein Edelstein und gesäumt von einem schmalen weißen Sandstrand. Säulenschlanke Bäume mit großen Wedeln beugten sich über das Wasser, und die Luft war erfüllt vom betäubend süßen Duft unzähliger großer rosa Blüten, die überall auf den Hängen wuchsen.

Aus dem Einschnitt, vielleicht fünf Mannslängen unter ihnen, schoss ein rascher Bach und ergoss sich in glitzerndem, anmutigem Bogen hinunter in den Teich. Gischt stieg zu ihnen auf und kühlte ihre erhitzten Gesichter.

Lianna sah zu Krona. Die ließ ihren Rucksack neben sich ins Gras rutschen.

»Ich kann klettern«, sagte sie. »Und wenn es das Letzte ist, was ich tu.«

Die Sonne war bereits hinter den Bäumen verschwunden, und lange Schatten tauchten ihre Finger in den Teich, als sie den unteren Rand der Steilwand erreichten. Krona ging einige Schritte, der Sand knirschte leise unter ihren Stiefeln. Ihre Hände waren aufgerissen und bluteten, und sie spürte ihre Oberschenkel nicht mehr. Sie ließ sich in den Sand fallen und blieb reglos liegen. Der Himmel wölbte sich über ihr wie eine durchsichtige Blase.

Lianna neben ihr entledigte sich ihres Gepäcks und streifte sich die Stiefel ab. Hemd und Hose folgten, und dann rannte sie in den Teich. Krona hörte sie japsen und spritzen und schloss die Augen.

Sie wusste nicht, wie viel Zeit vergangen war, als Lianna neben ihr auftauchte. Sie hatte sich mit dem Nötigsten bekleidet und kniete sich neben Krona. Im letzten schwindenden Licht blinzelte Krona hinauf in ihr besorgtes Gesicht, dann spürte sie kühlen, nassen Stoff in ihrem Gesicht. Lianna rieb ihr Stirn und Wangen ab und setzte ihr eine Flasche mit frischem, kühlem Wasser an die Lippen. Krona hob den Kopf und trank gierig. Den Rest schüttete Lianna ihr über Hals und Brust.

»Ich sterbe nicht«, murmelte Krona. »Bitte keine geheuchelte Erleichterung.«

Lianna lachte leise.

»Schaffst du es mit deinen alten Knochen noch in den Teich, oder muss ich dich tragen?«

»Ich gehe auf allen Vieren, bevor ich mich von dir anfassen lasse.«

Lianna half Krona in die Höhe und stützte sie die wenigen Schritte bis zum Wasser.

»Ich würde gerne die Stiefel ausziehen«, murmelte Krona, »aber ich habe da etwas an den Händen. Eine von diesen Scheiß-Ranken hatte Dornen.«

Lianna fasste nach Kronas Hand und betrachtete sie erschrocken.

»Meine Güte. Hast du noch Verbandszeug?«

»Zählt der nasse, dreckige Klumpen ganz unten in meinem Rucksack? Nein, warte. Das könnte auch ein Rest Zentallo-Brot sein.«

»Ich will sehen, was ich noch habe«, sagte Lianna. »Setz dich hin, dann helfe ich dir mit den Stiefeln.«

Augenblicke später lag Krona im Wasser. Es umschloss sie wie eine kühlende Umarmung, und sie ließ sich treiben, paddelte gerade genug, um nicht unterzugehen. Der Himmel war nachtblau und zeigte die ersten Sterne. Es war das erste Mal, dass sie freien Blick auf den Himmel hatten, und Krona fragte sich, ob es die gleichen Sterne waren, die auch über Abrantes standen. Sie zwinkerte sich Wasser aus den Augen und starrte hinauf in den Nachthimmel, ließ den Blick an der schwarzen Kante des Talkessels entlang schweifen und stutzte.

Das da, am oberen Rand der Klippen, das war kein Stern. Es flackerte schwach und gelblich und war dann verschwunden. Krona wischte sich über die Augen und starrte hinauf, doch das gelbe Flackern kam nicht zurück.

Hatte dort jemand mit einer Fackel gestanden, oder wünschte sie sich das nur viel zu sehr?

»Bist du schon ertrunken?«, kam Liannas Stimme vom Ufer.

»Nein«, sagte Krona laut.

»Wie geht's dir?«

»Gut. Ich habe den einzigen Ort gefunden, an dem ich nicht schwitze. Unter Wasser.«

»Du kannst nicht für immer dort bleiben, fürchte ich.«

»Ich habe vielleicht gerade jemanden mit einer Fackel gesehen.«

»Wie bitte?!«

»Oben, am Rand. Nicht beim Wasserfall. Andere Richtung. Aber vielleicht habe ich mich auch getäuscht. Es war nur ganz kurz.«

»Alle Götter! Meinst du … das könnte …?«

»Bin ich eine Hellseherin? Wir haben jedenfalls genug Lärm gemacht. Wenn sie es sind, wissen sie jetzt, wo sie uns finden können. Wenn sie es nicht sind, auch, übrigens. Wir müssen gut aufpassen heute Nacht.«

Mit leisem Bedauern schwamm Krona zum Ufer zurück und stieg aus dem Wasser. Die Nachtluft legte sich warm und schwer auf ihren Körper. Sie ging ein paar Schritte bis zu Lianna, die sie als Schatten in der Dunkelheit ausmachen konnte, und ließ sich in den Sand fallen.

»Hast du noch Öl für deine Lampe?«, fragte Lianna. »Ich brauche ein bisschen Licht, wenn ich etwas für deine Hände tun soll.«

»Es ist noch ein Rest drin. Ich hab sie gestern gelöscht, als du eingeschlafen warst.«

Krona hörte, wie Lianna im Rucksack kramte und mit dem Feuerzeug hantierte. Sie schloss die Augen. In ihren Handflächen pulsierte der Schmerz. Er war gut, klar und sauber, beinahe wie das, was sie auf dem Grund eines Schnapsbechers finden konnte.

Falls es jemals wieder etwas zu trinken gibt. Oder Zwerge. Oder …

Eine winzige Lichtinsel erschien in der Dunkelheit. Lianna stellte die Laterne ab und nahm Kronas Hand. Aus einer Verpackung aus Blättern nahm sie ein flaches Päckchen, teilte es mit dem Dolch und drückte die Hälften sachte auf Kronas Handflächen. Ein scharfer, frischer Geruch stieg ihr in die Nase.

»Das letzte«, sagte Lianna leise. »Ich musste es zerpflücken, damit es für beide Hände reicht. Aber es wirkt hoffentlich trotzdem.«

»Sind das Heilkräuter?«

»Ja. Th ...« Sie stockte, arbeitete an dem Namen. »Er hat sie mir gegeben, als wir nach Zentallo aufbrachen. Für den Fall, dass ... er einmal nicht bei mir sein und auf mich aufpassen könne, hat er gesagt.«

»Jetzt tu nicht so, als wäre er tot. Und wenn du wieder mit *was, wenn* anfängst, schmeiße ich dich in den See.«

Lianna atmete stockend, und Krona, die ihre Hände nicht gebrauchen konnte, brachte ihre Schulter gegen die der jungen Frau.

»Kopf hoch«, sagte sie. »Wird schon.«

Lianna gab etwas von sich, das ein Lachen genauso wie ein Schluchzen sein konnte.

»Dir gehen die Durchhalteparolen auch nie aus, oder?«

»Einer muss ja.«

Lianna schnitt saubere Verbandsstreifen zurecht und begann, Kronas Hände zu umwickeln.

»Erzähl mir von deiner Tochter«, sagte sie.

»Lieber nicht.«

»Warum nicht?«

»Weil mir dann die Durchhalteparolen ausgehen.«

Lianna sah von Kronas Händen auf.

»Ehrlich«, sagte Krona. »Ich mein's ernst. Du hättest gerne eine schöne, tröstliche Mutter-Tochter-Geschichte, etwas, das dir die Angst vor deiner Zukunft nimmt. Ich habe nichts davon zu bieten. Ich war eine schlechte Mutter, ich war nie da, habe mich auf den Schlachtfeldern der Welt herumgetrieben, während ihr Vater sie großgezogen hat. Heute erkennt sie mich nicht, wenn ich auf ihren Hof geritten komme. Sie ist ein fabelhaftes Mädchen, aber das ist nicht mein Verdienst.«

»Würdest du es denn anders machen, wenn du etwas ändern könntest?«

»Ich würde die Beine zuklappen und das Weite suchen, wenn mir ein Kerl sagt, *vertrau mir, ich passe schon auf.*«

Lianna sah sie an. Krona seufzte.

»Oder ein paar andere Sachen. Ja, ich würde einiges ändern. Es zumindest versuchen. Aber, na ja – es ist eine blöde Sache mit dem Leben. Kaum hast du begriffen, wie du damit umzugehen hast, ist es auch schon vorbei.«

Lianna verknotete die Enden des Verbandsstreifens und begutachtete ihr Werk.

»Sei ein bisschen vorsichtig damit«, sagte sie. »Man müsste es dicker einpacken, aber das Verbandszeug ist auch alle.«

»Ich passe schon auf.«

»Danke für deine Geschichte.«

»Was? Willst du mich verarschen?«

Lianna erhob sich und lächelte.

»Du kannst immerhin als abschreckendes Beispiel dienen.«

»Großartig«, knurrte Krona. »Ich tu den ganzen Tag nichts anderes. Das gibt meinem Leben einen Sinn.«

»Möchtest du zuerst schlafen?«

»Nein! Mir geht's prima. Ich bin frisch wie der junge Morgen.«

»Leg dich hin. Ich wecke dich später.«

Krona wollte widersprechen, besann sich aber. Vorsichtig, um ihre Verbände nicht zu beschädigen, holte sie ihren Mantel aus dem Rucksack und breitete ihn auf dem warmen Sand aus. Müdigkeit fiel auf sie wie eine schwere Decke, als sie sich ausstreckte.

Der schwarze Himmel über ihr war übersät mit Sternen, und keinen von ihnen hatte sie je zuvor gesehen.

Sie fühlte sich erstaunlich frisch, als Lianna sie irgendwann in der Nacht weckte. Ihre Handflächen kribbelten, und sie öffnete und schloss vorsichtig die Fäuste. Lianna fiel auf ihr Lager und schlief sofort ein. Krona stand auf und ging ein paar Schritte. Der Urwald lag um sie wie eine schwarze Mauer, die bis in den Himmel ragte. Seine Geräusche waren anders, nachts, ein Teppich aus Rascheln, Zirpen, Schnarren, Summen, vermischt mit dem stetigen Rauschen des Wasserfalles, es war völlig aussichtslos, zu erlauschen, ob jemand oder etwas sich näherte.

Krona ließ sich in den Teich gleiten und tauchte unter, die Hände erhoben, damit ihre Verbände nicht nass wurden. Sie öffnete den Mund und ließ das kühle Wasser hineinströmen, sie trank ein paar Schlucke und dachte daran, wie sie unter Wasser geatmet hatte, und geküsst. Die Erinnerung schmerzte.

Krona tauchte auf, holte tief Luft und watete zurück an Land.

Das frühe Tageslicht kam erstaunlich schnell. Ein zartes Violett kroch über den Rand des Kessels und ließ die Bäume erglühen. Vogelstimmen erhoben sich zu einem ohrenbetäubenden Konzert. In der Nacht hatte es ein wenig abgekühlt. Ein zarter Luftzug strich über Kronas Gesicht und machte die Hitze beinahe erträglich.

Sie sah sich um. Lianna schlief tief und fest, sie hatte die Decke abgeschüttelt und sich ausgestreckt, als wolle sie möglichst viel von der morgendlichen Kühle in sich aufnehmen. Krona grub die nackten Zehen in den Sand. Sie konnte nicht mehr stillsitzen, wollte aber Lianna nicht wecken.

Sie beschloss, sich in der näheren Umgebung umzusehen. Vielleicht konnte sie einstweilen einen Weg aus dem Talkessel hinaus erkunden. Der Teich musste irgendwo einen Abfluss haben. Vielleicht war dieser gangbar. Der Gedanke, den Steilhang wieder hinaufklettern zu müssen, mit kaum verheilten Händen, hatte wenig Verführerisches.

Barfuß ging sie den schmalen Strand entlang, der Sand warm und weich an ihren Füßen. Zu ihrer Rechten dampfte der Wald. Tautropfen zitterten in zarten Spinnennetzen und an den Blattspitzen. Der Wasserfall war eingerahmt von dunklen, rund gewaschenen Felsen. In tiefen Mulden stand das Wasser. Als Krona sich näherte, sah sie, dass kleine, feuerrote Krebse am Rand der felsigen Tümpel saßen. Staunend betrachtete sie die Tierchen, die ihre Scheren in die Luft reckten und mit ihren Stielaugen wackelten. Das Rauschen des Wasserfalles war hier so laut, dass es das Vogelkonzert übertönte. Die Luft war voller Nebel. Krona kletterte auf einen Stein, vorsichtig, um nicht auf die kleinen roten Krebse zu treten, und sah sich um.

Lianna schlief friedlich in einigen Steinwürfen Entfernung. Alles war ruhig. Sich vorsichtig mit geschlossenen Fäusten abstützend, kletterte Krona eine Stufe höher und sah nach oben. Wo die Felsstufen endeten, begann eine glatte, senkrechte Felswand, die ohne Ausrüstung und Erfahrung kaum zu besteigen war.

Krona beugte sich nach vorne. Hinter dem Wasserfall, fast verborgen durch Nebel und Gischt, öffnete sich ein Riss in der Felswand. Eine Höhle?

Vorsichtig suchte sich Krona ihren Weg über die nassen Felsen. Ihre Handflächen schmerzten, als sie sich hochzog, und sie fluchte unterdrückt. Dann holte sie tief Luft und tauchte unter dem Wasserfall hindurch.

Auf der anderen Seite war das Tosen noch viel lauter. Es brach sich an den nassen, dunklen Felswänden und verfolgte Krona, als sie sich vorsichtig zum Rand der Öffnung bewegte.

Der Riss war breiter, als es zuerst den Anschein gehabt hatte. Eine dünne Sandschicht bedeckte den felsigen Boden. Krona wartete, bis ihre Augen sich an das flirrende Zwielicht gewöhnt hatten, dann tastete sie sich vorsichtig voran.

Der Riss öffnete sich in eine schmale, hohe Halle, die nach hinten steil anstieg. Die Wände weiter innen waren trocken und hell und bedeckt von Malereien.

Krona stieß Luft durch die Zähne. Kleine, rußschwarze Figuren, halb Mensch, halb Vogel, mit langen, dünnen Speeren in den Händen, kämpften gegen etwas, das aussah wie eine riesige, gefleckte Katze. Schwärme von Fischen in Braun und Ocker sprangen direkt in den Himmel, in dem Vögel mit weiten, gespreizten Schwingen schwebten. Dazwischen befanden sich körperlose Gesichter mit weit aufgerissenen Augen, herausgestreckten Zungen und riesigen Federkronen.

Gebannt schritt Krona die Wand entlang. Eine Serie von Handabdrücken führte nach hinten zum größten Gemälde. Krona streckte die Hand aus und legte sie auf einen der Abdrücke. Ihr Herz schlug hart. Der Fels war trocken und körnig unter ihren Fingern.

Das Gemälde an der Rückwand zeigte eine regelmäßige Form, vielleicht ein Gebäude, das stufenförmig nach oben immer schmaler wurde. Im vorderen Bereich führte eine Rampe nach oben. Winzige Figuren waren dargestellt, die auf dem Weg nach oben oder nach unten waren. Über dem Gebäude stand etwas, das Krona zuerst für die kindliche Darstellung der Sonne hielt – ein großer Kreis mit einem Strahlenkranz – bis sie die beiden dunklen Flecken im Inneren der Sonne bemerkte. Sie war außerdem nicht ganz rund, und sie schien zu grinsen.

Das war keine Sonne, das war ein Totenschädel.

»Eine Rampe«, keuchte Pintel und ließ sich auf eine Stufe plumpsen. »Geh nicht drauf! Ich denke immer noch an rollende Steine.«

Nardon überschattete die Augen mit der Hand und sah nach oben. Es erwies sich, dass dieses Bauwerk eine Vorder- und eine Rückseite hatte, und sie hatten es zur Hälfte umrunden müssen, um nach vorne zu kommen.

»Pintel? Hast du eine Idee bezüglich der Himmelsrichtungen? Könnte das Osten sein?«

»Keine Ahnung.«

Pintel blinzelte nach oben. Die Sonne stand so senkrecht über ihnen, dass sie kaum einen Schatten warfen.

»Wozu ist das wichtig?«

»Wäre hier Osten, wäre diese Rampe vielleicht für Opfergaben an die aufgehende Sonne genutzt worden. Ein Sonnenkult wäre mir lieber als ein Nergal- oder sonstiger Totenkult.«

Er beugte sich nach vorne, riss Ranken und trockene Flechten vom Stein und untersuchte die Oberfläche darunter. Dunkle Verfärbungen wie von altem Blut, mit dem der Stein getränkt worden war.

Wohl eher kein Sonnenkult.

Nardon schob die abgerissenen Flechten unauffällig wieder an ihren Platz.

»Und?«, sagte Pintel hinter ihm.

»Nichts«, sagte Nardon. »Lass uns hier hinaufsteigen. Wenn es einen Eingang gibt, ist er auf dieser Seite. Wir sollten auch überlegen, ob wir nicht über Nacht hier bleiben.«

»Ich glaube, die Sonne tut dir nicht gut!«

»Da hast du recht. Trotzdem. Stell dir vor, wie weit wir von da oben sehen können. Wir sind höher als der Wald. Wir könnten versuchen, uns zu orientieren. Wir würden beispielsweise mit etwas Glück den Schein eines Lagerfeuers sehen.«

Pintel sah Nardon zweifelnd an. »Wir müssen ja nicht da oben übernachten«, beruhigte Nardon ihn. »Nur mal einen Blick in die Runde werfen, wenn es dunkel geworden ist.«

»Also gut«, sagte Pintel. »Wir finden einen Eingang, bergen den Schädel, warten an einem trockenen Platz das Nachmittagsgewitter ab, klettern rauf und finden die anderen.«

»Ähm – im Idealfall, ja.«

Pintel rappelte sich auf. »Dann mal los. Mein Kopf fühlt sich schon ganz gebraten an. Es wird Zeit, dass ich aus der Sonne komme.«

Sie begannen den mühsamen Aufstieg über die hüfthohen Stufen. Pintel versuchte eine Weile, auf der Rampe voranzukommen, gab aber seine Bemühungen schnell auf, weil die Steigung zu steil war und der Untergrund zu glatt.

Die Sonne brannte gnadenlos auf sie herunter. Beinahe begann Nardon, das Gewitter herbeizusehnen. Sie würden den Regen dringend brauchen, um ihre Wasservorräte aufzufüllen.

Als sie etwa auf halber Höhe angekommen waren, hatte die Sonne sich bereits hinter dicken Wolken versteckt, die über den Himmel quollen wie nasse Watte. In der Ferne grollte erster Donner. Der Wind frischte auf.

Nardon unterbrach die Kletterei und sank auf eine Stufe nieder. Seine Beine zitterten und fühlten sich an, als seien sie mit Pudding gefüllt. Neben ihm fiel Pintel stöhnend auf die Stufe.

Nardon hielt das Gesicht in den Wind und musterte besorgt den Himmel.

»Ich glaube, ich wäre lieber nicht hier oben, wenn das Gewitter hier ist«, sagte er. »Wir werden sonst vom Blitz gegrillt wie die Hühnchen.«

»Und das sagst du mir jetzt?«

»Ich rechne immer noch mit einem Eingang.«

»Was, wenn er versteckt ist?«

Nardon schüttelte den Kopf. »Ich habe noch nie davon gehört, dass Menschen versteckte Steintüren bauen.«

Pintel richtete sich auf die Knie auf und sah sich suchend um. Dann zeigte er mit dem Finger schräg nach oben.

»Was ist das da?«

Nardon folgte seiner Blickrichtung, sah aber nichts als niedergetretenes Gras und Gebüsch auf den Stufen.

Die Erkenntnis sickerte tröpfchenweise in sein hitzeträges Gehirn.

»Alle Götter, Gròr insbesondere.«

Pintel krabbelte die Stufen hinauf und untersuchte den Untergrund.

»Es führt hinauf zur Spitze«, rief er zu Nardon hinunter. »Hier sind auch kleinere Stufen. Für Menschen angepasst. Und es gibt einen richtigen Trampelpfad!«

Nardon wuchtete sich in die Höhe und schloss zu Pintel auf.

»Wo beginnt er? Er kann nicht von unten kommen, wir hätten ihn sehen müssen!«

Pintel zeigte auf die Stufenwand. »Von hier.«

Tatsächlich schien der Trampelpfad aus dem Inneren der Pyramide zu kommen und strebte über eine Flucht kleiner Stufen hinauf zur Spitze.

Nardon und Pintel sahen sich an.

»Da wohnt jemand«, flüsterte Pintel.

»Kann ich mir nicht vorstellen«, sagte Nardon.

»Psssst! Leise!«

»Warum? Wenn hier Menschen wohnen – was ich mir, wie gesagt, nicht vorstellen kann, dann haben sie uns schon längst gehört.«

»Warum nicht? Sieh dir die Spuren an! Hier war jemand! Viele sogar!«

»Aber Menschen machen Müll. Sie fällen Bäume, bauen Latrinen. Hier war jemand, zweifelsohne, aber das heißt nicht, dass auch jemand hier wohnt. Vielleicht gibt es Waldmenschen, die hier gelegentlich ein Ritual abhalten.«

»Und dann kommen sie von innen?«

»Ich weiß es doch nicht, Pintel.«

Nardon besah sich die Stelle, an der die Spuren begannen. Er legte sich flach auf den Boden und wischte lose Steinchen beiseite.

Bevor er noch den Spalt sah, spürte er den kühlen Luftzug gegen seine Wange.

Er rückte eine Armlänge ab und untersuchte den Stein direkt an der Wand. Er zeigte deutliche Schleifspuren.

»Eine versteckte Drehtür«, sagte Nardon. »Sie dreht um eine Längsachse, die ungefähr hier liegt.« Er zeigte auf den Fels. »Hier kommt die Tür nach außen, und hier dreht sie sich ins Innere.«

Während Pintel ihn noch anstarrte wie einen Geist, sprang Nardon auf und legte die Hände gegen den Stein. Er drückte, aber nichts passierte.

»Hilf mir mal!«

Klaren Zweifel im Gesicht, lehnte Pintel die Schulter gegen den Stein und drückte. Der Stein gab ein leises Kratzen von sich, und

Nardon hatte den Eindruck, dass er sich eine Haaresbreite bewegte. Sonst passierte nichts.

»Es gibt eine Sperre.« Nardon sah sich suchend um. »Einen Riegel, oder etwas.«

»Vielleicht lässt die Tür sich nur von innen öffnen?«

»Und wie sollen die Leute dann da rein kommen?«

»Von der anderen Seite vielleicht?«

Nardon seufzte. »Das wäre vorstellbar, aber blöd. Ich will nicht das ganze Ding umrunden.«

Ein Donnergrollen unterstrich seine Worte. Wie auf Kommendo begann Pintel, das umliegende Gestrüpp zu durchstöbern.

»Such ein paar Stufen weiter oben«, sagte Nardon. »Wenn das hier Menschenwerk ist, wird die Tür ungefähr menschenhoch sein. Ich suche die Seiten ab.«

Es war Pintel, der schließlich eine Entdeckung machte.

»Nardon! Schnell!«

Eilig krabbelte Nardon zu Pintel hinauf, der drei Stufen über der Geheimtür vor einem dicht bewachsenen Steingesicht kauerte. Das Maul hatte der Steinerne weit aufgerissen, und zwischen abgebrochenen Zähnen führte ein Schacht in undurchdringliche Schwärze. Ein kühler Luftzug kam aus der Dunkelheit.

Nardon beugte sich nach vorne. Der Schacht war so schmal, dass er nur mit Mühe seine Schultern darin unterbrachte. Er steckte den Kopf in die Dunkelheit, doch das Sonnenlicht von außen hinderte seine Zwergensicht.

»Und?«, fragte Pintel aufgeregt.

»Ich sehe nichts«, sagte Nardon. »Eine steile Rampe, die abwärts führt. Etwa eine Armlänge, danach ist alles dunkel. Und nein, ich kann nichts erkennen, solange mir die Sonne ins Genick scheint!«

Er zog den Kopf wieder ein. Pintel griff nach einem Kieselstein und warf ihn in den Schlund. Kurz darauf hörten sie ein leises Klicken und Rascheln.

»Sehr tief kann's nicht sein«, sagte Pintel. Eine Sturmbö riss ihm die Worte vom Mund, und Donner grollte bedrohlich nah.

Kurz entschlossen setzte Nardon seinen Rucksack ab.

»Hast du noch Licht? Eine Fackel oder etwas?«

»Meine Laterne. Es ist noch ein bisschen Öl drin.«

»Zünde sie an.«

»Was hast du vor?«

Nardon kramte ein Seil aus seinem Rucksack. »Ich seile dich ab.«

»Was? Aber …«

»Du bist kleiner und leichter als ich. Es ist die logische Wahl.«

»Findest du es logisch, sich in einen Tempel abzuseilen, in dem vielleicht Leute drin sind?«

»Es ist die Logik der Notlage.«

»Aber ich bin dann ganz allein da drin!«

»Ich komme ja nach, oder ich ziehe dich wieder rauf – das kommt drauf an, was du da drin findest.«

Erste dicke Tropfen platschten auf die Steine und beschleunigten Pintels Entscheidungsprozess. Er zündete geschwind seine Laterne an, griff dann nach dem Ende des Seils und band es sich um die Mitte. Nardon streifte sich seine Handschuhe über, suchte festen Stand und packte das Seil.

»Los geht's.«

Pintel, käsig, aber tapfer, steckte die Füße in das Loch, klammerte sich an das Seil und ließ sich vorsichtig ins Innere rutschen, die Lampe vor sich her schiebend. Das Seil straffte sich. Einen Augenblick lang sah Nardon noch Pintels blonden Schopf im Schlund blitzen, dann hatte der Steingeist den kleinen Zauberer verschluckt. Vorsichtig gab Nardon Seil nach und stemmte die Füße gegen die Stufe. Dann riss Pintels Gewicht plötzlich an seinen Armen. Er umklammerte das Seil, hielt gegen und ließ vorsichtig nach. Dann war Pintels Gewicht plötzlich vom Seil verschwunden. Nardon stolperte rückwärts, und nur ein dichter Busch bewahrte ihn vor einem Absturz.

Der Regen setzte nun mit aller Macht ein. Diffuse Dunkelheit kroch über die Pyramide, und Donner schepperte in Nardons Ohren. Er quetschte die Schultern in den Schacht und beugte sich nach vorne, so weit es ging.

»Pintel? Alles in Ordnung?«

»Ja! Komm mir nach!«

Pintels Stimme klang beruhigend nah und kräftig. Mit fliegenden Händen befestigte Nardon das Seil an dem Busch, dessen Stamm immerhin so dick war wie sein Handgelenk. Dann bewegte er sich rückwärts kriechend in den Schacht, sein und Pintels Gepäck hinter sich her ziehend. Obwohl er die Schultern einzog, so gut es ging, passte er doch kaum durch die enge Öffnung.

Nicht lange, und seine Beine hingen in der Luft. Er umfasste das Seil fester und ließ sich vorsichtig in die Dunkelheit hinab. Irgendwo unter ihm flackerte Pintels kleine Laterne, und schon bald spürte er Pintels helfende Hände, die ihn am Seil stabilisierten. Nardon ließ das Seil los und landete auf einem raschelnden Bett aus Blättern und altem Gras. Im Schein der Laterne sah er sich um.

Sie befanden sich in einer kleinen, steinernen Kammer, deren Außenwand die gleiche Neigung aufwies wie die Pyramide. Die übrigen Wände waren aus kleineren Steinquadern schmucklos gemauert. Ein dunkler Durchgang führte weiter ins Innere des Tempels. Dumpf drang das Donnergrollen von außen zu ihnen.

Mit vorsichtigen Schritten passierten sie den Durchgang und folgten einem schmalen Gang.

Die Luft hier drin war kühl und gleichzeitig muffig. Nach wenigen Schritten endete der Gang an einer schief gemauerten, steilen Treppe, die in die Dunkelheit hinab führte. Vorsichtig stiegen sie die Stufen hinab, immer wieder innehaltend und lauschend, doch das Donnergrollen von draußen war das einzige Geräusch.

Am Fuß der Treppe begann ein weiterer Gang, der eine scharfe Kehre machte und in ihre ursprüngliche Richtung zurück führte, bis er an der schrägen Außenwand endete.

»Ich könnte wetten, dass wir an der Geheimtür sind«, flüsterte Nardon. Pintel hob die Laterne und drehte sich langsam im Kreis. Die gemauerten Wände waren schmucklos. Schmale, aber tiefe Nischen in Hüfthöhe waren darin angebracht, wie um etwas abstellen zu können. Ein Mechanismus, um die Tür zu öffnen, war nicht sichtbar.

Pintel sank verzagt in eine der Nischen. Nardon ließ sich die Laterne geben und machte sich daran, einen versteckten Mechanismus zu suchen. Er ging im Geiste alle Aufzeichnungen durch, in denen versteckte Türen eine Rolle spielten, er versuchte, sich an Geschichten zu erinnern, drückte auf steinerne Vorsprünge, untersuchte den Boden und die Wände, drückte, schob und zog, doch alles vergeblich.

»Vielleicht gibt es ein Öffnungswort«, vermutete Pintel. »Einen Zauber, den man sprechen muss.«

Frustriert trat Nardon einen Schritt zurück. »Tu dir keinen Zwang an.«

»Ich spreche die Landessprache nicht. Bis vor kurzem hatte ich nicht mal einen Anhaltspunkt dafür, dass es eine Landessprache gibt. Ich glaube kaum, dass die hier Orda verwenden.«

Trotzdem versuchten sie es mit Öffnungsworten in allen ihnen bekannten Sprachen. Alle Steine blieben unverrückbar an ihrer Stelle. Nardon seufzte.

»Dann müssen wir eben über das Seil wieder hinaus, wenn das Gewitter vorbei ist. Inzwischen würde ich gerne das hintere Ende des Ganges untersuchen. Diese Pyramide hat einen gewaltigen Hohlraum. Ich glaube nicht, dass dieses bisschen Gang und Treppe alles ist, was es hier zu sehen gibt.«

Als das Gewitter abebbte, hatten sie jeden Winkel im Gang und auf der Treppe untersucht, aber keinen Hinweis auf weitere Räume oder Gänge gefunden.

»Zumindest war's trocken«, fasste Pintel zusammen. Nardon nickte.

»Ich würde gerne noch bis an die Spitze klettern und einen Blick in die Runde werfen.«

Sie stiegen die Treppe hinauf und gelangten wieder in den kleinen Raum unter dem Einstieg. Der Regen sammelte sich in der Rinne und tröpfelte zu ihnen hinunter, doch das Seil, an dem sie in die Tiefe geklettert waren, war verschwunden.

Krona machte kehrt, stürmte zum Höhlenausgang, hechtete durch den Wasserfall, kletterte und sprang die Felsen hinunter, löste eine Massenflucht der kleinen Krebse aus, kam unsanft auf dem Strand auf und rannte zum Lager.

Lianna war schon auf. Sie kniete im seichten Wasser und wusch sich das Gesicht. Selbst im goldenen Licht des Morgens wirkten ihre Wangen blass und fahl. Als Krona sich näherte, sprang sie alarmiert auf.

»Was?«

»Komm mit. Du musst dir das ansehen. Ich wollte eigentlich einen Weg aus dem Tal erkunden, aber ich bin da auf etwas gestoßen.«

Kurze Zeit später standen sie zusammen in der Höhle.

»Könnte es das sein, was du vom Baum aus gesehen hast?«

Lianna überlegte.

»Gut möglich. Zumindest hatte es Stufen und oben eine Plattform. Es war natürlich ganz zugewachsen …«

»Lor ist auf dem Weg dorthin. Ich schwöre es dir. Hast du dir mal überlegt, warum er sich mitten in diese Wildnis versetzt? Bestimmt nicht für einen netten Spaziergang. Er will etwas. Das hier.« Krona zeigte auf den gemalten Schädel. »Und Thara mit Begleitung wollen genau dorthin. Nur haben sie kein Portal, sondern ein Schiff genommen.«

»Bist du sicher? Ich meine, das kann ein Abbild irgendeines Totenkultes sein. Vielleicht haben sie hier ja auch die Meridia, in deren Namen du so gerne fluchst.«

»Ich bin nicht sicher. Aber ich kann auch nicht an einen Zufall glauben. Los, wir brechen auf.«

Eilig kehrten sie zum Lager zurück und räumten ihre wenigen Habseligkeiten zusammen.

»Es gibt Menschen hier im Wald«, sagte Lianna und stopfte ihre Decke in ihren Rucksack. »Ist das nun eine gute oder eine schlechte Nachricht?«

»Ich fürchte, das werden wir noch früh genug merken.«

»Du bist eine Schwarzseherin.«

»Ich habe nur so meine Erfahrungen.«

»Und was sagen deine Erfahrungen über einen Weg hinaus aus diesem Tal? Das ist nämlich der erste Schritt.«

»Sie sagt, es muss einen geben, sonst wäre das hier schon übergelaufen wie eine Badewanne.«

Sie schlüpften in ihre Stiefel, schulterten ihr Gepäck und machten sich auf die Suche.

Die Sonne hatte sich über die Baumwipfel erhoben und blinzelte zu ihnen hinunter, als sie den Teich einmal umrundet hatten und sich dem Wasserfall von der anderen Seite näherten.

»Scheiße«, sagte Krona. »Das gibt's doch nicht!«

»Ein unterirdischer Abfluss«, vermutete Lianna.

»Ich bin aber kein Fisch!«

»Und leider auch kein Vogel. Genau genommen nicht mal jemand, der sonderlich gut klettern kann.«

»Zum Glück kann ich ganz gut denken. Die Jungs und Mädels, die diese Höhle verschönert haben, sind sicher nicht vom Himmel gefallen. Es muss einen Aufstieg geben.«

Sie kehrten um und begannen eine zweite Umrundung des Talkessels. Diesmal hielten sie nicht nach einem Abfluss Ausschau, sondern nach einem gangbaren Weg hinauf.

»Warte mal«, sagte Krona nach einiger Zeit. Sie sah hinüber zu ihrem ehemaligen Lagerplatz, dann drehte sie sich wieder zum Hang. »Hier ungefähr habe ich gestern das Licht gesehen. Wenn da oben wirklich jemand stand, ist er vielleicht einen Pfad entlang gekommen. Und wenn da oben ein Pfad ist, gibt es hier vielleicht einen Aufstieg.«

»Wenn wir den nehmen, laufen wir ihnen vielleicht direkt in die Arme.«

»Und? Die wohnen hier. Die können uns jederzeit und überall abpassen,und ich wage die Behauptung, dass wir längst tot wären, wenn sie es wollten.«

Lianna sah unbehaglich hinauf in die grüne Endlosigkeit.

»Ja«, sagte Krona. »Mir hat der Wald auch besser gefallen, als ich noch dachte, wir wären die Einzigen hier, die wissen, wie man sich eine Waffe baut.«

Plötzlich raschelte es vernehmlich. Krona sprang rückwärts und riss ihr Schwert aus der Scheide. Braune, sehnige Hände schoben einen Blattvorhang auf die Seite, und zu ihnen auf den Sandstreifen trat ein kleines Männlein. Es war nackt bis auf einen Lendenschurz. Die vordere Hälfte seines Kopfes war kahl rasiert, die hintere von dichtem schwarzem Haar bedeckt. Seine Augen waren wie blanke, schwarze Knöpfe, seine Haut von einem dunklen Bronzeton. Um seine Augen und auf den Wangen trug er breite Linien, die mit Farbe oder Erde aufgemalt worden waren.

Lianna hatte mit der Linken schmerzhaft Kronas Arm gepackt, mit der Rechten hielt sie ihr Schwert vor sich. Die Schwertspitze zitterte.

»Die Ohren«, flüsterte sie.

Krona nickte und schluckte trocken.

»Weder Mensch noch Zwerg.«

Die Ohren des Männleins waren groß und abstehend und liefen nach oben in einer langen Spitze zu.

Das Männlein verzog die Lippen und zeigte eine krumme Reihe brauner Zähne. Dazu hob es die Hände und zeigte die Handflächen.

Krona ließ das Schwert sinken.

»Aiuowa taka«, sagte das Männlein. »Tlacatl. Tlecom peh.«

»Äh«, sagte Krona. »Guten ... Morgen...?«

»Taka paquini. Ouateh. Ouateh!«

Der spitzohrige Mann machte eine einladende Geste und zeigte dann nach oben.

»Ich hab's dir gesagt«, sagte Krona. »Die wussten die ganze Zeit, dass wir hier sind.«

Sie schob ihr Schwert in die Scheide und zeigte dem spitzohrigen Mann ihre Handflächen. Der nickte und grinste breit. Lianna zögerte, bevor sie Kronas Beispiel folgte.

Der Mann nickte und kam näher. Vorsichtig streckte er die Hand nach Kronas Gesicht aus. Sie zuckte zurück, der Mann ebenfalls. Er duckte sich und sah sie von unten herauf an.

Krona atmete tief durch, entspannte die Schultern und nickte ihm zu. Vorsichtig kam er näher und berührte ihr Haar, betastete ihre silbrigen Schläfen, zog sachte an ihren Locken und lachte, als sie wieder in ihre ursprüngliche Form zurücksprangen. Dann betastete er ihr Gesicht, verweilte auf alten, blassen Narben und berührte ihre Mundwinkel.

Krona machte einen Schritt rückwärts.

»Gut«, sagte sie. »Reicht.«

Das spitzohrige Männlein wandte sich nun Lianna zu und untersuchte ihr Gesicht und ihr Haar, wie er es bei Krona gemacht hatte.

»Xochicua«, sagte er bewundernd. »Tloti xochicua.«

Lianna sah unsicher zu Krona hinüber. Die hob die Schultern und grinste schief.

»Nimm's als Kompliment«, sagte sie.

Das Männlein machte einen Schritt zurück und zeigte auf den Steilhang.

»Cuhaitl«, sagte er. »Cuhaitl. Ouateh!«

Dann verschwand er hinter dem dichten Vorhang aus Ranken.

»Du zuerst«, sagte Krona und gab Lianna einen sanften Stoß. »Wenn sie dich gegessen haben, sind sie satt, und ich komme mit dem Leben davon.«

Lianna schlug den Blattvorhang beiseite. Dahinter eröffnete sich zu ihrer beider Überraschung ein schmaler Spalt, kaum genug, um sie durchzulassen, der steil in die Höhe führte.

»Klettern«, knurrte Krona. »Ich liebe Klettern. Kann gar nicht genug davon kriegen.«

Der spitzohrige Mann war bereits einige Schritte vor ihnen. Behände sprang er von Wurzel zu Felsvorsprung, drehte sich über die Schulter um und winkte ihnen zu. Lianna warf sich ihren Zopf über die Schulter und stieg in den Spalt.

Der Spalt war ausgefüllt mit Wurzelwerk, losem Geröll und Erde und führte an manchen Stellen beinahe senkrecht hinauf. Nach kurzer Zeit waren Kronas Verbände von Blut durchtränkt, ihre Muskeln brannten und ihre Knie waren kurz davor, ihr den Dienst zu verweigern. Kein Lüftchen regte sich in der Spalte. Über ihr kletterte Lianna, und Krona folgte ihr verbissen, ahmte ihre Griffe und Haltepunkte nach und versuchte, auszuweichen, wenn Erde und lose Steine zu ihr hinunter prasselten. Sie bemühte sich, nicht darüber nachzudenken, wie tief der Talkessel gewesen war. Sie zog sich voran, fluchte vor sich hin und hatte schon längst aufgegeben, nach oben zu spähen und ein Ende des Aufstieges zu erhoffen, als der Spitzohrige über ihr seine Stimme erhob und in seiner kehligen Sprache etwas ausrief. Andere Stimmen antworteten, sie klangen alle ähnlich, Krona konnte nicht bestimmen, wie viele andere Waldbewohner über ihr aufgetaucht waren. Für einen Augenblick sträubte sich ihre Soldatenseele dagegen, weiterzuklettern.

Sie können uns abstechen wie die Kaninchen, während wir von unten zu ihnen raufkrabbeln. Wir haben nicht mal die Hände frei, um zu kämpfen.

Andererseits haben wir diese Schlacht verloren, egal wo und wie sie stattfindet.

Sie seufzte und zog sich hoch.

Dann kam tatsächlich der Rand in Sicht. Kleine braune Hände streckten sich Lianna entgegen und halfen ihr aus dem Spalt. Für einen Augenblick sah Krona noch ihre Stiefel, dann verschwand Lianna aus ihrem Blickfeld.

Ihr plötzlicher Schrei mobilisierte Kronas letzte Kräfte. Ein gewaltsamer Klimmzug brachte sie über eine Wurzelschwelle nach oben. Sie schüttelte helfende Hände ab, griff keuchend zum Schwert und erstarrte in der Bewegung.

Lianna lag in den Armen von Thork Eisenfels. Sie war vor ihm in die Knie gegangen, barg das Gesicht an seiner Brust und weinte bitterlich. Er hielt sie sehr fest, unbewegt, strich ihr immer wieder übers Haar, und seine riesige Pranke zitterte wie Espenlaub.

Wilde, heiße Hoffnung fuhr in Krona wie ein Blitz. Sie sah sich um, überall waren kleine, spitzohrige Waldmenschen, sie drängten sich ihr entgegen, streckten die Hände nach ihr aus und sprachen unverständlich auf sie ein, und dann war da einer, der unter ihnen herausragte, er schob die Waldmenschen sachte beiseite und trat auf Krona zu und lächelte sie an. Seine Wangen und sein nackter Oberkörper waren mit farbigen Symbolen bemalt, in seinem langen, offenen Haar baumelten Federn, er ging barfuß und sah aus wie ein Waldkönig, nur die Kopfbedeckung wollte nicht recht dazu passen.

»Mein Hut«, sagte Krona und lachte unter Tränen. »Du hast meinen Hut gefunden!«

»Und ich habe ihn für dich aufbewahrt«, sagte Fenrir. »Hast du ihn vermisst?«

»Alle Götter. Und wie.«

»Er ... hm. Er hat dich auch vermisst. Er hatte Angst um dich. Er weiß ja, dass du dich gerne mal in Schwierigkeiten bringst. Er dachte ...«

Etwas schlich sich in Fenrirs Stimme, und er unterbrach sich.

»Was?«, flüsterte Krona. Fenrir räusperte sich, seine Augen glänzten verdächtig.

»Er dachte, wie schlimm es wäre, dich nie wiederzusehen.«

»Ja«, flüsterte sie. »So viel verschwendete Zeit.«

»Genau. Und ...«

Fenrir nahm Kronas Hände, zuckte aber erschrocken zurück, als er die Verbände ertastete.

»Was hast du? Bist du verletzt?«

»Nein. Unwichtig. Was, und?«

Fenrir hob die Hand und strich Krona eine Locke aus der Stirn.

»Er hat sich gefragt, ob er nicht viel früher viel mutiger hätte sein sollen.«

Krona wischte sich mit dem Ärmel die Tränen aus dem Gesicht und zog die Nase hoch. Sie griff hinüber, nahm Fenrir sachte den Hut vom Kopf und drückte ihn sich selbst auf. Er fasste sie bei den Armen und zog sie an sich, und dann stand sie in einer fremden Welt, am Rande eines Abgrundes, und der König des Waldes küsste sie, dass ihr die Luft wegblieb.

Sie hielt sich an seinen Schultern fest, die Beine waren ihr weich vom Klettern oder vom Küssen oder von beidem, und sie konnte nicht verhindern, dass neue Tränen ihr die Wangen hinunter liefen. Nach einem endlosen Augenblick löste er sanft die Lippen von ihren und brachte eine Handbreit Abstand zwischen sie, um sie betrachten zu können.

»Das Dorf ist nicht weit«, sagte er. »Du siehst aus, als könntest du ein bisschen Erholung brauchen. Lomir ist im Dorf. Es hatte ihn schwer erwischt, aber er ist ein zäher Zwerg und kommt schon wieder auf die Beine. Habt ihr eine Spur von den anderen?«

»Nein. Ihr auch nicht?«

»Nein.«

Das helle, glitzernde Glücksgefühl in Krona zerfloss zu einem stillen Teich.

»Wir finden sie«, versprach Fenrir. »Die Tlacatl sind freundlich und sehr hilfsbereit. Mit ihrer Hilfe haben wir auch euch aufgespürt. Ihr habt es uns allerdings nicht leicht gemacht – ihr wart schnell unterwegs. Und in wirren Schlangenlinien.«

»Wir sind immer genau in eine Richtung gegangen. Hatte ich so beschlossen.«

»Ach, na dann.«

»Was von Lor?«

»Nichts.«

»Es gibt etwas in der Nähe, das wir für einen Totentempel halten. Den wollten wir uns als Nächstes ansehen.«

»Du brauchst erst mal jemanden, der deine Hände ansieht. Was hast du nur gemacht?«

»Nichts, verdammt! Mich nur an einer Dornenranke abgeseilt.«

»Du brauchst es immer auf die harte Art, hm?«

»Hast du gerade einen schmutzigen Witz gemacht?«

»Geh und sag Thork hallo.«

Fenrir schob sie an sich vorbei, und sie trat zu dem Zwerg, der Lianna inzwischen wieder aus seiner Umarmung entlassen hatte. Sie stand bei ihm, mit rotgeweinten Augen und nassen Wangen.

Krona packte den Zwerg um die Schultern und drückte ihn kräftig.

»Na, Meister Schmied? Alles in Ordnung?«

Er erwiderte ihre Umarmung für einen Augenblick, dann schob er sie sachte von sich.

»Krona«, sagte er. »Gut, dich zu sehen.«

»Du hast ja geheult«, sagte Lianna und grinste unter letzten Tränen.

»Schlimmer noch«, sagte Krona. »Ich war Teil eines Gruppengeheuls. Mein Ruf ist ruiniert bis ans Ende aller Tage.«

Einer der Waldmenschen winkte und setzte sich in Bewegung. Die anderen folgten.

Tatsächlich gab es einen schmalen, kaum sichtbaren Pfad zwsichen den Bäumen, der von dem Rand des Talkessels wegführte. Es ging auf Mittag, und die Sonne stand hoch hinter den Bäumen. Die Hitze schien Fenrir nichts auszumachen, er bewegte sich frei und leichtfüßig durch den Wald. Seine bronzefarbene Haut glänzte im flirrenden Sonnenlicht, und als der Abstand zu groß wurde, hielt er an, auf einem Baumstamm balancierend, und wartete auf sie.

»Du hast dich ja ganz gut eingelebt die letzten paar Tage«, keuchte Krona und kletterte mühsam über das sperrige Hindernis, Fenrirs helfende Hand ignorierend.

»Ja«, sagte er. »Eine Ironie der Götter, dass ich nicht hier geboren wurde, sondern im Norden, wo man welche wie mich mit Steinen aus dem Dorf jagt.«

»Was sind das für Leute? Warum haben sie solche Ohren?«

»Weil die Götter sie ihnen so gegeben haben. Sie haben eine Siedlung nicht weit von hier. Sie sind friedlich, jagen, sammeln Früchte, pflegen ihr Liebesleben …«

Krona starrte ihn an. Er grinste.

»Du wirst feststellen, dass hier etwas andere Regeln gelten als bei uns. Lomir ist in einem Zustand höchster Glückseligkeit. Wenn wir Pech haben, müssen wir ihn hierlassen.«

»Ich dachte, er ist verletzt?«

»Ich habe noch nie gesehen, dass jemand sich so schnell erholt.«

Fenrir sprang vom Baumstamm.

»Beeil dich. Ich kenne diesen Wald noch nicht so gut, dass ich das Dorf ohne Hilfe finden würde.«

Einige Zeit später öffnete sich der Wald auf eine große Lichtung. Krona blinzelte, als sie aus dem Schatten der Bäume hinaus in die Sonne trat.

Das Dorf bestand aus einer Gruppe leichter Häuser, kaum mehr als Dächer aus geflochtenem Blattwerk, die auf hölzernen Säulen ruhten. In der Mitte lag ein Dorfplatz, auf dem sich nun die Dorfbewohner versammelten, ihre aufgeregten Stimmen umspülten Krona wie eine Welle. Alle – Männer, Frauen, Greise, Kinder – waren bis auf den Lendenschurz nackt, alle hatten rabenschwarzes Haar und spitze Ohren. Die Männer hatten allesamt die Köpfe oberhalb der Stirn rasiert, wie der Waldmann, der sie am Teich abgeholt hatte. Die Frauen trugen weiße Farbe in den Haaren, Blüten und Federn.

Binnen kürzester Zeit waren Krona und Lianna umringt. Krona umklammerte ihren Schwertgriff, kniff die Augen zusammen und zwang sich, stillzuhalten, während unzählige Hände sie berührten, an ihrem Hemd zupften, ihre Haare betasteten, ihre Wangen. Als ein junger Mann ihr Schwert berührte, knurrte sie unterdrückt, und der Neugierige machte einen erschrockenen Satz rückwärts.

»Ilamatocatl«, sagte ein Waldmann und zeigte auf Krona, »Ilamatocatl«, und andere wiederholten das Wort erstaunt.

»Was?«, fragte Krona irritiert.

»Sie haben bereits einen Namen für dich«, sagte Fenrir. »Tocatl heißt Spinne. Du bist jetzt also die Spinnenfrau.«

»Klingt nicht sehr schmeichelhaft.«

»Tiere sind mächtige Beschützer. Wenn du so willst, ist es kein Name, sondern ein Titel.«

Krona sah hinüber zu Lianna, die ebenfalls umringt war und sich von so viel Aufmerksamkeit ein wenig bedrängt fühlte. Thork war an ihrer Seite, die Hand auf ihrer Schulter, und Krona spürte Erleichterung, die Verantwortung für die junge Frau los zu sein.

»Wo ist Lomir?«, sagte sie. »Ich will ihn sehen.«

»Warte noch«, sagte Fenrir. »Du musst erst den Clanführer begrüßen.«

Es dauerte ein Weilchen, dann löste sich der Pulk der Neugierigen auf. Sie wichen zur Seite und machten Platz für einen Waldmenschen, der sich sehr aufrecht und mit bestimmtem Schritt näherte. Seine Ohrläppchen waren durchstochen, feine Gehänge aus Knochen und Federn baumelten daran. Eine wippende Federkrone kränzte seinen halb rasierten Kopf. Er blieb vor den Neuankömmlingen stehen und musterte sie mit dem Blick eines Raubvogels.

»Tu nua«, sagte er. »Ota tatloa. Tlacatl anenqui. Tecuani.«

Fenrir nickte. Er nahm Kronas Hand und legte sie auf seine Brust, dann berührte er sie mit der anderen Hand über dem Herzen.

»Krona«, sagte er zu dem Vogelmann. »Notucyoh. Ilamatocatl notucyoh.«

»Willst du mich beeindrucken oder befingern?«, zischte Krona.

»Beides. Und dem Clanführer außerdem sagen, dass du meine Gefährtin bist und er dir vertrauen kann. Ich hoffe, ich habe es richtig gemacht. Wenn sie versuchen, dich zu essen, war ein Fehler drin.«

Krona starrte ihn an. Fenrir grinste.

»Keine Sorge. Sie essen hauptsächlich Früchte und Getreide. Außerdem beißt man sich an dir sowieso die Zähne aus.«

»Sagtest du eben Gefährtin?«

»Ich sagte Notucyoh. Was das bedeutet, lässt sich schlecht übersetzen. Ich zeige es dir später.«

»Sagtest du eben *zeigen*?«

»Hast du was an den Ohren?«

»Ich glaube es fast.«

Fenrir zwinkerte ihr zu und ließ ihre Hände los. Der Vogelmann sprach noch einige gemessene Worte, dann machte er eine einladende Geste zum Dorf hin.

»Tlatlazoca«, sagte Fenrir und neigte den Kopf.

Begleitet von einem Pulk aufgeregter Dorfbewohner betraten sie den Dorfplatz. Jemand begann, eine Trommel zu schlagen, Gesang kam dazu, eine zwingende Melodie, die im Wesentlichen aus zwei Tönen bestand. Gruppen fanden sich zusammen, die im Takt stampften und klatschten. Dann erschien Lomir unter einem der Dächer, er trat hinter einer geflochtenen Blätterwand hervor, gestützt von zwei jungen Dorfschönheiten. Krona lachte hell auf. Der Zwerg hatte sich, anders als Thork, an den Kleidungsstil der Waldmenschen angepasst. Seine breite Brust war mit Symbolen bemalt, und Federn zierten seinen Bart. Er strahlte Krona entgegen und öffnete die Arme, und sie umarmte ihn herzlich.

»Lomir, alter Kämpe, wie geht's dir? Fenrir, sagt, es hätte dich erwischt?«

»Nicht der Rede wert.« Lomir machte eine großzügige Geste. »Die Reise durch das Tor war etwas unsanft. Na ja, um der Wahrheit die Ehre zu geben, es wäre beinahe meine letzte Reise gewesen. Thork und Fenrir haben mich gerade noch rechtzeitig gefunden, und Thork hat ein paar seiner Wunder an mir gewirkt. Dann kamen die Tlacatl, und ab dann wurde es besser.«

Sein Strahlen verdüsterte sich.

»Nardon und Pintel?«

»Bisher keine Spur von ihnen.«

Lomir seufzte.

»Sie sind freundlich, die Waldmenschen. Thork hat Zeichnungen gemacht, um ihnen zu zeigen, dass noch welche von uns da draußen sind, und sie durchsuchen den Wald nach ihnen. Aber er ist groß, der Wald. Sehr groß. Wer weiß, wo sie gelandet sind.«

»Wir sind alle hier, und wir haben uns gefunden. Da finden wir die beiden auch noch. Etwas anderes gibt's nicht.«

Lomir nickte und grinste. »Das ist mein Mädchen.«

Krona machte einen Schritt zurück und musterte den Zwerg in seinem Lendenschurz.

»Ich sehe, du hast dich ganz gut eingelebt. Wie lange seid ihr hier? Drei Tage?«

»Zwei. Aber ich lerne schnell.«

»Und du hast schnell Freunde gefunden. Freundinnen.«

Lomirs Grinsen verbreiterte sich.

»Die Ohren! Mann, haben die Ohren. Die sind überhaupt das Beste.« Er zwinkerte seinen Begleiterinnen zu, die sich kichernd in den Hüften wiegten.

»Ist klar«, sagte Krona. »Sag mal, kann man hier etwas zu trinken bekommen? Es ist heiß wie in einem Backhaus, und was ich heute schon geklettert bin, reicht bis an mein Lebensende.«

»Alles, was du willst«, sagte Lomir.

Unter einem der Dächer fand Krona einen schattigen Flecken. Man brachte ihr Wasser in einer hölzernen Schale und Früchte auf einer geflochtenen Matte, und sie aß und trank, bis die Erschöpfung sie auf die warmen, rauhen Holzbohlen drückte. Sie lag dort, alle Viere von sich gestreckt, umspült vom geschäftigen Treiben auf dem Dorfplatz, und döste, bis das Holz unter ihr knarrte und sich leise bewegte.

Sie blinzelte.

Thork war vor ihr in die Knie gegangen. Hinter ihm tauchte Fenrir auf und lächelte zu ihr herunter.

»Zeig deine Hände«, sagte Thork, und sie streckte sie ihm bereitwillig entgegen. Sanft entfernte er die schmutzigen, zerrissenen Verbände und legte die Auflage aus Heilkräutern frei.

»Sie hat gut für dich gesorgt.«

»Ja. Nachdem sie sich von der Enttäuschung erholt hatte, dass sie ausgerechnet mir über den Weg läuft.«

Thork sah sie an, kleine goldene Fünkchen glommen in seinem waldgrünen Auge.

»Die Enttäuschung war wechselseitig«, sagte Krona. »Aber wir haben uns ganz gut zusammengerauft.«

Thork nickte und machte sich daran, die Wundauflagen zu entfernen, die von frischem und getrocknetem Blut verklebt waren. Dann reinigte er die Wunden, und Krona atmete gegen den Schmerz, der sich wie Feuer ihre Arme hinauf fraß. Dann wurde der Schmerz von einem heftigen, beinahe unangenehmen Kribbeln abgelöst. Krona zuckte zurück, aber Thork hielt ihre Hände fest mit seinen umschlossen und ließ sie nicht weg, bis die göttliche Heilung vollständig in sie geflossen war. Dann ließ er sie los. Ihre Handflächen kitzelten, die Haut dort war weich und empfindlich, aber unversehrt.

»Danke«, sagte sie, staunend wie beim ersten Mal.

»Nicht mir, nicht dafür«, sagte Thork. Er war schon im Begriff, sich zu erheben, als er noch einmal zu ihr hinunter sah.

»Du bist ein guter Mensch«, sagte er.

»Das höre ich eher selten«, sagte Krona und lächelte schief, aber Thork hatte die Unterhaltung bereits beendet und ging davon.

»Er war irre vor Sorge«, sagte Fenrir und ließ sich neben Krona fallen.

»Hat keine drei Worte gesprochen, seit wir hier waren. Ich dachte, es bringt ihn um.«

»Die Götter haben einen seltsamen Sinn für Humor.«

»Oder sie glauben an die ewige Liebe.«

Krona gähnte und streckte sich auf dem warmen Holzboden.

»Was ist schon ewig. Sag mal, muss ich erst wieder für drei Tage verschwinden, um einen solchen Kuss zu bekommen?«

Fenrir grinste und beugte sich über sie.

»Das wird nicht nötig sein.«

»Wo ist das Seil?«, fragte Pintel, dessen kleines Gesicht im flackernden Schein der Laterne geisterhaft blass aussah. »Es muss doch da sein. Das Seil muss doch da sein.«

Nardon starrte auf den leeren Fleck in der Luft, wo das Seil hätte sein sollen.

»Jemand hat es hochgezogen«, sagte er tonlos.

»Der Sturm vielleicht?«, fragte Pintel, dessen Atem hörbar schneller ging.

»Unwahrscheinlich. Ich meine, hätte sich der Knoten gelöst, wäre das Seil zu uns nach unten gerutscht. Die einzige theoretische Erklärung ist, dass ein Sturm den Busch entwurzelt und davon gerissen hat, und der Knoten hat gehalten.«

»Glaubst du daran?«

»Nicht einen Augenblick.«

Sie sahen sich an. Pintel stand ganz offensichtlich kurz vor einer Panikattacke. Nardon packte ihn bei den Schultern und rüttelte ihn.

»Ruhe bewahren, hörst du? Wir finden einen Weg!«

»Aber wie? Wir sitzen in der Falle!«

»Uns fällt schon etwas ein.«

»Aber was?«

Nardon blinzelte nach oben und streckte probeweise die Arme aus, doch selbst wenn es ihm gelänge, Pintel auf seinen Schultern zu balancieren, so war die Mündung des Schachtes doch jenseits ihrer Reichweite.

»Wir müssen etwa so viel überbrücken«, er zeigte mit den Armen, »damit einer von uns an den Schacht herankommt. Wir bauen ein Podest.«

Pintel sah sich um. »Aus Steinen? Etwas anderes gibt es hier unten nicht.«

»Genau. Zum Glück sind die Wände gemauert. Übrigens, *unten* ist nur deine Empfindung. Wir befinden uns immer noch deutlich über dem Erdboden. Denke daran, wie lange wir geklettert sind, ehe wir den Einstieg gefunden haben.«

»Tröstet mich nicht«, sagte Pintel mit dünner Stimme.

»Vielleicht tröstet es dich, etwas zu tun zu bekommen. Lass uns lockere Steine suchen. Dieser Mörtel ist alt und hat hoffentlich seine besten Zeiten hinter sich.«

Sie nutzten das Regenrinnsal, um ihre Flaschen aufzufüllen, dann machten sie sich auf die Suche.

»Nardon?«

»Ja?«

»Was, wenn derjenige wiederkommt, der das Seil weggenommen hat?«

Nardon umklammerte seinen Dolch.

»Dann werden wir ihn gebührend empfangen.«

»Ich bin kein Kampfzauberer ...«

»Ich auch nicht. Aber ich bin ein stinkwütender Zwerg. Oft genug reicht das.«

Irgendwann versiegte das Regenrinnsal, und das Donnergrollen entfernte sich hinter den dicken Steinwänden. Nardon klopfte mit dem Knauf seines Dolches Stein für Stein ab und kratzte mit der Klinge an dem sandigen Mörtel, der die Steine verband, doch der erwies sich als erstaunlich haltbar. Nardon machte dennoch weiter - zum einen, damit Pintel seinem Beispiel folgte, zum anderen, weil er seine eigene Angst in Schach halten konnte, solange er noch etwas tat.

Ihm war schnell klar, dass es hier unten wenig lose Steine zu holen gab. Zu sorgfältig hatten die Erbauer gearbeitet, und zu geschützt lagen die Mauern im Bauch der Pyramide.

Dann erlosch plötzlich das Licht, und Pintel stieß einen Schrei aus. Nardon fuhr herum.

»Was? Was?«

»Das Licht ist aus«, schluchzte Pintel.

Nardon umklammerte den Griff seines Dolches und lauschte angestrengt in die Dunkelheit, bis seine Zwergensicht einsetzte und ihm zeigte, dass er mit Pintel nach wie vor alleine war und lediglich das Lampenöl zu Ende gegangen war.

»Ich komme rüber zu dir«, sagte er. »Warte. Hier bin ich. Nicht erschrecken.«

Er fasste Pintel an der Schulter. Der kleine Zauberer atmete schnell und flach und stieß immer wieder Schluchzer aus.

»Ich hab Angst«, flüsterte er. »Nardon, ich hab Angst. Was, wenn er kommt und uns holt?«

»Soll er kommen«, sagte Nardon wild entschlossen. »Dann kriegt er es mit mir zu tun. Die Seele der Zwerge liegt im Stein, aber ihr Zorn brennt heißer als ein Schmiedefeuer.«

»Hast du nicht noch eine Fackel?«

»Nein. Unsere Rucksäcke stehen doch oben im Schacht.«

Pintel holte tief und zitternd Luft.

»Ich sehe nicht die Hand vor Augen.«

»Dafür sehe ich besser, seit die Lampe mich nicht mehr stört. Verlass dich auf mich. Ich bringe uns hier raus.«

Zunächst brachte Nardon Pintel die Treppe hinunter und auf die Rückseite der Geheimtür. Wenn diese Tür sich gelegentlich öffnete, so war das Mauerwerk hier immer wieder Licht und Regen ausgesetzt. Womöglich hatte der Kontakt mit den Elementen es mehr geschwächt, als es bei den Mauern in der oberen Kammer der Fall war. Er bugsierte Pintel in eine der Nischen und richtete sich auf.

»Bist du noch da?«, fragte Pintel sofort.

»Ich kann mich doch nicht in Luft auflösen, Pintel.«

»Wir müssen pausenlos reden! Damit ich immer weiß, dass du da bist. Kannst du mir nicht eine Geschichte erzählen?«

Nardon seufzte. »Ich bin kein sehr guter Geschichtenerzähler. Ich würde lieber Steine suchen.«

»Kannst du nicht beides gleichzeitig?«

Nardon gingen die Argumente aus. Er machte sich wieder an die Arbeit, und während er das Mauerwerk Stein für Stein untersuchte, verwickelte er Pintel in ein Gespräch über wissenschaftliche Arbeit.

Als er müde wurde und ihm die Themen ausgingen, hatte er noch immer keine lockeren Steine gefunden. Draußen musste es dunkel werden oder bereits sein. Nardon steuerte Pintels Nische an, ließ sich neben den Zauberer sinken und nahm einen tiefen Zug aus seiner Wasserflasche. Zumindest würde sie hier drin nicht verdursten, aber eine Flucht gestaltete sich schwieriger als gedacht.

Nardon stieß den Korken zurück in den Flaschenhals.

»Ich hasse es, wenn ein Plan nicht funktioniert«, knurrte er. »Diese ganze Queste ist ein einziges Debakel. Seit das Kloster brannte, haben wir keinen einzigen Stich gemacht. Wir bemühen und bemühen uns …«

»Immerhin hat Lianna den Markstein erobert«, wandte Pintel leise ein. »Solange die Feuerfrau ihn nicht hat, kann sie kein Portal öffnen.«

»Hast du die Tiefe Tasche noch?«

»Natürlich.« Pintel klang beinahe beleidigt. »Hier an meinem Gürtel. Wenn ich schlafe, binde ich mir den Riemen ums Handgelenk, damit ich merke, wenn jemand versucht, sie zu stehlen.«

»Entschuldige die Frage. Ich weiß, sie ist bei dir in den besten Händen.«

»Hast du noch Wasser?«

»Ja. Hier.«

Nardon gab Pintel die Wasserflasche in die ausgestreckte Hand. Während der Zauberer trank, ließ Nardon den Kopf nach hinten sinken und schloss die Augen.

Wenn dies das Ende war, so hatten sie immerhin alles versucht.

Dann, plötzlich, ein Geräusch über dem leisen Gluckern und Plätschern in der Wasserflasche. Nardon griff hinüber und drückte Pintels Hand nach unten.

Etwas wie ein Knistern oder Rascheln von Papier.

Nein – eher, als würde etwas Dünnes zerbrechen. Ein Knacken, wie wenn man einen Käfer zertrat, das sich steigerte – viele Füße, die zahllose Käfer zertraten. Dazu ein wortloses Wispern.

Pintel musste es auch hören, denn er klammerte sich an Nardons Schulter.

Nardon sah sich um, aber da waren nur der schmale Gang, die Sackgasse, die Treppe nach oben, und dann plötzlich keine Sackgasse mehr, denn die Wand glitt mit leisem Rascheln zur Seite, und die Dunkelheit dahinter war angefüllt mit Bewegung.

Nardon umklammerte seinen Dolch. Was er im ersten Augenblick für Menschen gehalten hatte, waren keine Menschen – oder nicht mehr, es waren lebendige Leichen, Tote, die von einem üblen Zauber auf die Beine gejagt worden waren und die sich nun den Gang entlang schoben, schwärzlich verfärbte Knochen, verfilztes Haar über blanken Schädeln, zertrümmerte Knochen, Fetzen von Haut und ehemaliger Kleidung, Grabgeruch mit sich bringend, Schulter an knöcherner Schulter, flüsternd, scharrend, raschelnd, kamen näher, und so tief Nardon sich auch in die Nische kauerte, so bot das Mauerwerk doch keine Deckung.

Die ersten lebendigen Toten erreichten ihren Unterschlupf und strömten daran vorbei. Nardons Hand zitterte unkontrolliert, sein Dolch kratzte über das Mauerwerk, und er packte den Griff mit beiden Händen. Neben ihm entfuhr Pintel ein leises Wimmern. Nardon riss den Dolch hoch, doch keiner der lebendigen Toten bemerkte ihn oder Pintel in ihrer Nische oder kümmerte sich um sie. Wie an Fäden gezogen bewegten sie sich an ihnen vorbei, Schwärze in den leeren Augenhöhlen, stolpernd und schlurfend, und dann ertönte plötzlich ein steinernes Scharren, und die helle Nacht des Waldes flutete über sie. Durch die geöffnete Geheimtür strömten die lebenden Leichen nach draußen und verschwanden aus Nardons Blickfeld.

Der Strom hielt an. Die Pyramide entleerte ihre innersten Eingeweide und spie Scharen von Untoten hinaus in die Nacht, und keiner nahm Notiz von ihrem ungebetenen Besuch. Wie gelähmt kauerte Nardon in der Nische und starrte auf die schaurige Parade.

Schließlich wurde der Strom der lebenden Toten dünner, tröpfelte nur noch und riss dann ab. Das Rascheln und Knacken verschwand in der Nacht. Nardon nahm all seinen Mut zusammen, schnellte nach vorne und stieß Pintels Laterne auf die Türschwelle – das kleine schmiedeeiserne Gehäuse konnte die schwere Steintür vielleicht für einen Augenblick blockieren – doch die Tür blieb geöffnet und bewegte sich nicht.

Vorsichtig rutschte Nardon aus der Nische und spähte in den Gang. Am hinteren Ende war die Wand verschwunden, und der Gang setzte sich ins Innere fort. Nardon sah zwischen der Geheimtür und dem unerforschten Gang hin und her und brauchte nur Augenblicke, um sich zu entscheiden.

»Komm«, sagte er und streckte Pintel die Hand hin. »Schnell. Nichts wie raus hier.«

»Was war das?«, fragte Pintel mit klappernden Zähnen. »War es das, wofür ich es halte?«

»Untote«, sagte Nardon. »Beschworen von einem üblen Zauber, oder belegt mit einem noch übleren Fluch. Ich habe solche schon einmal gesehen, und ich hatte damals gehofft, es wäre das erste und letzte Mal gewesen.«

Pintel kam aus der Nische, und sie bewegten sich beide vorsichtig auf den Ausgang zu. Die Luft roch frisch und lebendig, und von den Untoten war keine Spur mehr zu sehen.

Sie traten ins Freie und sahen sich um. Die Untoten waren auf dem Weg zur Spitze der Pyramide, eine Prozession des Todes in verschiedenen Stadien der Auflösung, und dann zerrte Pintel Nardon rückwärts in den Gang und zeigte nach unten zum Fuß der Pyramide, die Augen riesig vor Schreck, denn dort erhoben sich die Toten aus dem Gras, richteten ihre Knochen und begannen den Aufstieg. Sie waren ungeheuer schnell und wirkten trotz ihrer knöchernen Bleichheit viel lebendiger als die Untoten. Wie riesige Spinnen krochen sie die Stufen hinauf, den Blick aus den leeren Augenhöhlen starr nach oben gerichtet, die blassen Knochen im Licht des Mondes gebadet, der gerade über die Baumwipfel stieg. Ihre blanken Knochen kratzten über den Stein, als sie Stufe um Stufe überwanden und zu den Untoten aufschlossen. Wie eine Welle ergossen sie sich auf beiden Seiten der Geheimtür über den Stein, und Nardon und Pintel standen starr und ließen sie an sich vorbei ziehen.

Irgendwann hatte das letzte Skelett die Geheimtür passiert, und Nardon wagte sich vorsichtig wieder ins Freie.

»Sie haben uns gesehen«, murmelte er. »Soweit sie sehen können. Aber sie haben uns nicht angegriffen. Ein Zauber lenkt ihre Sinne.«

Er drehte sich zur Pyramide, die in bleiches Mondlicht getaucht war. Von oben ertönten dunpfe Trommeln.

»Lass uns nachsehen«, sagte Nardon. Pintel starrte ihn an und suchte nach Worten.

»Sie greifen uns nicht an, vermutlich nicht, solange wir sie in Ruhe lassen«, erklärte Nardon eilig. »Nun komm schon. Wenn sie ein Ritual zelebrieren, will ich sehen, ob ein Obsidianschädel dabei eine Rolle spielt.«

Nardon betrat die Flucht kleiner Stufen, die von hier aus nach oben führte. Immer zwei auf einmal nehmend, rannte er die Treppe förmlich hinauf, die Angst immer im Nacken. Hinter sich hörte er Pintel keuchen, doch der kleine Zauberer hielt tapfer Schritt.

Der Weg nach oben wollte kein Ende nehmen. Nardon starrte nach oben, bis ihm der Nacken schmerzte. Kein Untoter kam in Sicht, aber der Schlag der Trommeln wurde lauter, drängender.

Eine Handvoll Stufen noch. Der Wind hier oben war deutlich aufgefrischt. Er zerrte an Nardons Bart und trug ihm den Gruftgeruch der Untoten in die Nase. Das Bauwerk war hier oben so schmal, dass Nardon den Eindruck bekam, seine Treppe würde ihn geradewegs in den Himmel führen. Er richtete den Blick hinunter auf den mit Gras bewachsenen Stein und kletterte beharrlich weiter.

Nun drang auch das Rascheln und Wispern der Untoten an sein Ohr. Nardon schluckte kalte Angst. Er konnte noch ihren Griff spüren, das kalte, tote Fleisch, verwesende Fingerkuppen und sich ablösende Fingernägel, Wangen, die in Fetzen von den Knochen hingen, den Atem des Todes, eine unmenschliche Kraft, die ihm die Luft zum Atmen abdrückte, tief unten in den Gemächern des Shakh – und er erinnerte sich an Lomir, der mit gewaltigen Axtschlägen die untote Gesellschaft niedergemäht hatte, gerade noch rechtzeitig.

»Warte, bis ich dir das erzähle«, murmelte Nardon und zog sich vorsichtig über die Kante. »Du wirst es nicht glauben, alter Freund.«

Er legte sich auf der obersten Stufe flach auf den Bauch und spähte über den Rand.

Dicht gedrängt standen die lebenden Leichen auf der obersten Plattform, die Gesichter nach innen gerichtet. Sie wiegten sich sachte im Takt der Trommeln, der Wind strich um sie und hauchte ihnen den Anschein von Leben ein. Der Klang der Trommeln schwoll an und schluckte die Geräusche des Waldes rundum. Aus den wiegenden Bewegungen der Untoten wurde ein Tanz, der sich immer weiter steigerte, ein wildes Stampfen und Schütteln der nackten Knochen, ein bleiches

Klappern und zahnloses Grinsen, ein schauderhaftes Drehen und Springen, und langsam, wie ein Strudel, begann die Masse der Untoten sich um eine unsichtbare Mitte zu drehen. Nardon presste sich gegen den Stein, während die Toten an ihm vorbei stampften, die Hände zum Himmel erhoben, ihre Oberkörper im Rhythmus vor und zurück bewegend. Pintel war mittlerweile neben ihm und starrte mit einer Mischung aus Grauen und Faszination hinauf auf die grausige Festlichkeit.

Wie Herzschläge trieben die Trommeln die Feiernden voran, dann rissen sie plötzlich ab, und ebenso plötzlich erstarrten die lebenden Toten, die zerfressenen Reste ihrer Hände zum Himmel gereckt. Stille kehrte ein, dann ertönte ein steinernes Reiben, und eine Gestalt erhob sich über die anderen.

Es war Lor. Pintel schnappte nach Luft, und Nardon legte ihm blitzschnell die Hand über den Mund.

Lor musste auf einem Podest in der Mitte der Plattform stehen, das sich irgendwie ausfahren ließ, denn er wuchs, bis er die untote Gesellschaft um Armlänge überragte. Er trug Gewänder, die gleichermaßen festlich und fremdartig aussahen, verziert mit Federbüscheln und großformatigen Mustern, der Wind griff in die schweren Stoffe und bauschte sie, und Lor streckte die Hände zum Himmel und begann, in einer fremden Sprache zu singen. Dabei drehte er sich langsam um sich selbst.

Pintel schüttelte Nardons Hand ab, griff ihn an der Schulter und zerrte ihn rückwärts von der Stufe. Nardon folgte widerwillig.

»Der Schädel!«, wisperte Nardon. »Aber ...«

»Runter! Er kann uns sonst sehen!«

Nardon starrte hinauf zur Plattform, doch von seiner jetzigen Position sah er nur die hinterste Reihe lebender Toter. Pintel zerrte ihn zwei weitere Stufen nach unten.

»Selbst wenn er den Schädel hat, werden wir ihn nicht kriegen«, flüsterte er. »Wie willst du drankommen, mit Dutzenden und Dutzenden von Leichen zwischen ihm und uns? Außerdem glaube ich nicht, dass er ihn schon hat. Hätte er ihn, wäre er sicher nicht mehr hier.«

»Was schlägst du also vor?«

»Wir warten, bis das Fest vorbei ist. Dann klettern wir rauf und sehen uns um. Vielleicht finden wir einen anderen Eingang. Außerdem sehen wir im dunklen Wald vielleicht irgendwo Lichtschein. Ein Dorf oder so.«

Nardon zögerte.

»Na gut. Vermutlich hast du Recht.«

Vorsichtig kletterten sie über die Kante auf die nächste Seite der Pyramide und suchten Schutz hinter Gebüsch und hohem Gras. Dort kauerten sie sich nieder und lauschten Lors Gesang und den wieder einsetzenden Trommeln.

Endlich verklang die schaurige Musik. Wie die letzten, raschelnden Atemzüge eines Sterbenden glitten die Untoten die Pyramide hinunter, und nach einiger Zeit kehrte Stille ein. Die Geräusche des Waldes eroberten die Nacht zurück und füllte die Dunkelheit mit dem mittlerweile vertrauten Zirpen, Summen und Rauschen.

Sie blieben lange hinter ihren Busch gekauert, ehe sie sich hervor wagten und vorsichtig, von Deckung zu Deckung huschend, hinauf zur Plattform stiegen.

Alles lag verlassen. Nur das niedergetretene Gras zeugte von der Feierfreudigkeit der unheimlichen Bewohner. Vorsichtig nach allen Seiten spähend, richtete Nardon sich auf. Der Wind sprang ihn an und zerrte an seiner Kleidung, und unwillkürlich suchte er festen Stand. Er lehnte sich gegen den Wind und bewegte sich vorsichtig in die Mitte der Plattform, wo ein quadratisches Loch gähnte. Vorsichtig warf er einen Blick hinein. Ein Schacht öffnete sich, der drei oder vier Mannslängen in die Tiefe führte und auf glattem Untergrund endete. Dunkle Durchgänge führten von dort ins Innere der Pyramide.

»Was siehst du?«, flüsterte Pintel, der die Augen zusammenkniff und hinunter in das Loch schaute.

»Eine Vorrichtung, um die Priester auf die oberste Plattform zu transportieren«, erklärte Nardon leise. »Wahrscheinlich gehörte es zur Zeremonie und sollte das einfache Volk am Fuß der Pyramide beeindrucken. Verstehst du? Die Priester tauchen aus dem Nichts auf, direkt neben der Sonne, um ihre Macht zu zeigen.«

Pintel nickte.

»Vermutlich wird sie von unten bedient«, fuhr Nardon fort. »Man könnte so etwas mit Flaschenzügen und Zahnrädern bauen. Eine komplizierte Vorrichtung, ohne Zweifel, denn diese Steinplatte hat ein ordentliches Gewicht – sie muss sehr dick sein, sonst wäre Lor nicht so erhöht zu stehen gekommen.«

»Und jetzt?«

»Wenn wir noch ein Seil hätten, könnten wir uns hinunterlassen ...«

»Nicht schon wieder!«

Nardon seufzte.

»Es fragt sich, ob die Untoten beim Reingehen die Tür hinter sich verschlossen haben. Ich befürchte es fast. Damit sind wir quasi ausgesperrt, es sei denn, wir riskieren Knochenbrüche, indem wir uns ohne Seil durch den Schacht stürzen.«

»Und dann wieder festsitzen, bis zur nächsten Versammlung. Wer weiß, wann die ist.«

Nardon blinzelte zum Himmel.

»In der nächsten Nacht, würde ich sagen. Dann ist Vollmond. Wenn sie jetzt schon feiern, lassen sie den Vollmond bestimmt nicht aus.«

»Ungewöhnlich für einen Sonnenkult, oder nicht?«

»Untote zerfallen in der Sonne zu Staub. Ich denke, es war aus ihrer Sicht vernünftig, sich umzustellen.«

Pintel seufzte und richtete sich auf.

»Zu zweit können wir nichts ausrichten. Lor ist ein Gegner, den ich mir nicht zutraue. Zumal er weiß, dass wir hier sind.«

»Meinst du?«

»Wer sonst hat uns das Seil weggenommen?«

Nardon konnte sich eine Vielzahl anderer Szenarien vorstellen, hatte aber selbst wenig Lust, Lor ohne tatkräftige Verstärkung gegenüberzutreten.

»Verdammt«, sagte er ratlos. »Wir sind so nah dran! Wir müssen die anderen finden.«

Wie das endlose Meer spülte der Wald von allen Seiten gegen ihre steinerne Insel. Nardon sah sich nach allen Seiten um.

Und da war Licht zwischen den Bäumen. Weit entfernt, es musste ein großes Feuer sein, das Funkenschwärme in den schwarzen Himmel blies.

»Da«, sagte er heiser und zeigte mit einem zitternden Finger. »Da! Feuer! Da ist jemand!«

Pintel tauchte neben ihm auf und sah in die entsprechende Richtung. Augenblicke später lagen sie sich in den Armen.

Am Abend hatten die Waldmenschen ein Fest vorbereitet. Als der Nachmittagsregen vorbei war, stapelten sie Holz auf einer großen Feuerstelle mitten auf dem Dorfplatz und entzündeten ein Feuer. Das feuchte Holz knackte und knallte und entließ gewaltige Funkenwolken in den tintenblauen Nachthimmel. Wer sich noch nicht bemalt hatte, tat es jetzt, und auch Kronas Gesicht wurde mit körniger, schwarzer und weißer Farbe verschönert, wenngleich sie sich entschieden weigerte, sich von ihrem Hemd zu trennen. Über dem Feuer briet helles Fleisch an langen Stöcken, andere Speisen wurden in großen hölzernen Schalen vermischt und verknetet. Als die Trommeln einsetzten, strömte alles zum Feuer. Die beiden jungen Männer, die Krona bemalt hatten, reichten ihr die Hand, und sie ließ sich hochziehen und zum Feuer geleiten. Dort saß schon Lomir, begleitet von seinen beiden Freundinnen. Lianna fand sich gerade ein, Thork im Schlepptau, der auf seine gewohnte Art unbehaglich aussah. Dann trat Fenrir ans Feuer. Er trug eine geflochtene Federkrone, an der Holzperlen, kleine Knochen und Muschelschalen baumelten. Um seine Schultern lag ein schwarz und goldgelb geflecktes Fell, und er hatte seine Hose gegen einen geflochtenen Lendenschurz getauscht. Er ließ sich neben ihr nieder und küsste ihr Haar.

»Den Gefallen mit dem Hemd hättest du mir ruhig tun können«, sagte er.

»Nein«, sagte sie. »Zu viele junge, frische Titten überall. Der Vergleich lässt mich nicht gut aussehen.«

Fenrir lächelte. »Die Tlacatl stören sich nicht an den Zeichen des Alterns. Im Gegenteil, sie verehren das Alter.«

»Du bist aber kein Tlacatl, auch wenn du neuerdings aussiehst wie einer.«

»Ich teile ihre Ansichten in diesem Punkt. Es gibt Frauen, die mit dem Alter immer interessanter werden. So wie du.«

Ihre Wangen brannten, sicher war es nur die Hitze des Feuers.

»Ein Glück, dass du zu dieser Einsicht gekommen bist, ehe ich interessant, aber tot bin.«

»Kannst du dir einmal deine starken Sprüche sparen?«

Sie sah ihn an, beugte sich dann langsam nach vorne und spuckte ins Feuer. Er wandte den Blick ab.

»Etwas zu essen?«, fragte Lomir fröhlich. »Fleisch?«

»Ja«, sagte Krona dankbar. »Alles, was kein Obst ist.«

Lomir reichte ihr ein goldbraun geröstetes, großes Stück Fleisch auf einem ledrigen Blatt. Sie verbrannte sich die Fingerspitzen, blies fluchend darüber und zog dann mit den Zähnen ein Stück aus dem Braten.

»Hmmh. Schmeckt wie Hühnchen. Großartig. Was ist das für ein Tier?«

»Die Tlacatl nennen es Cipactli«, erklärte Lomir. »Es ist eine Art riesiger Salamander. Lebt in den Flüssen. Es ist wohl ziemlich gefährlich, ihn zu erlegen, denn im Wasser ist er pfeilschnell, und er hat ein riesiges Maul mit giftigen Zähnen und eine harte Schuppenhaut.«

»Alle Götter! Ein Drache! Lianna! Ich esse einen Drachen! Ich bin die Königin der Welt!«

Lianna lachte und streckte die Hand aus, und Krona riss das Bratenstück entzwei und warf ihr eine Hälfte zu.

Der Takt der Trommeln schwoll an und riss dann plötzlich ab. Der Stammesanführer war ans Feuer getreten, prächtig geschmückt mit einer riesigen, wippenden Federkrone und Bemalungen, die seine Haut vollständig bedeckten. An seiner Seite schritt eine junge, dunkelhaarige Frau mit Federn im Haar und weiß bemalten Brüsten.

»Tecuani«, sagte der Stammesanführer und zeigte zwischen Fenrir und der jungen Frau hin und her. »Contlazotla. Tilitic paquazotla.«

»Was sagt er?«, fragte Krona mit vollem Mund.

»Ich weiß nicht«, sagte Fenrir zögernd. »Tecuani ist mein Name hier. Die übrige Bedeutung kann ich nur vermuten.«

Der Stammesanführer sprach schnell auf Fenrir ein und machte einige sehr eindeutige Gesten.

»Ich hab's verstanden«, grinste Lomir. »Ich nehme an, das ist die Häuptlingstochter, und er macht dir gerade ein Angebot, das du unmöglich ablehnen kannst.«

Fenrir ließ zischend Luft durch die Zähne strömen.

»Ilamatocatl«, sagte er stockend und fasste Krona bei der Schulter. »Notucyoh.«

»Sag ihm, ich dreh ihr den Hals um, wenn sie dich anfasst«, knurrte Krona.

»Selbst wenn ich könnte, würde ich nicht«, erwiderte Fenrir gedämpft. »Wir sind angewiesen auf diese Leute.«

»Aber verstehen sie denn nicht ...«

»Nein«, schaltete Lomir sich ein. »Wir mit unseren abrantinischen Moralvorstellungen sind hier die Fremden. Sie kennen nur ihre eigene Lebensweise, und die hat ihre Vorteile, wenn man es bedenkt.«

Er nahm seine beiden Schönheiten um die Mitte und drückte erst der einen, dann der anderen einen schmatzenden Kuss auf die Wange, was mit Gekicher beantwortet wurde.

»Xocum teh?«, fragte der Anführer und schob seine Tochter nach vorne. Als er weitersprach, war seine Verwirrung deutlich zu hören. »Xocum teh? Anatuatl?«

»Geh«, sagte Lomir zu Fenrir. »Was du mir ihr hinter den Häusern treibst, ist deine Sache. Aber lass sie nicht ihr Gesicht verlieren. Und du hältst dich zurück«, schnitt er Krona das Wort ab, die auffahren wollte. »Diese Leute haben uns das Leben gerettet. Wir achten ihre Gebräuche, verstanden?«

Fenrir erhob sich.

»Lomir hat recht«, sagte er leise. »Ich gehe mit und werde nicht lange weg sein. Vertrau mir, Krona. Kannst du das?«

»Nein!«, fauchte sie.

»Ja«, sagte er traurig. »Das dachte ich mir.«

Fenrir streckte die Hand aus, und die Urwaldprinzessin legte ihre Hand in seine. Gemeinsam gingen sie davon, begleitet vom väterlich stolzen Blick des Stammesanführers, während die Trommeln rundum ihren Rhythmus wieder aufnahmen.

Krona ballte die Fäuste und trat eine Holzschale ins Feuer. Dann spürte sie, wie eine Hand sich wie ein Schraubstock um ihren Arm legte. Lomir war aufgerückt und hielt sie in unerbittlichem Griff.

»Reiß dich zusammen«, knurrte er leise. »Was ist dein Problem? Wir sind alle erwachsen. Er muss nicht gleich auf sie draufspringen, nur weil er ein Weilchen mit ihr im Mondschein spazieren geht.«

»Mein Problem geht dich nichts an«, fauchte Krona.

»Richtig«, sagte Lomir. »Aber unsere Sicherheit und das Wohlwollen dieser Leute gehen mich etwas an. Nicht nur, weil wir ohne sie in diesem Wald nicht lange überleben würden. Auch, weil sie uns mit offenen Armen empfangen haben. Wir sind für sie so fremd wie sie für uns. Wenn ich daran denke, dass sich die Leute bei uns zu Hause wegen geringerer Unterschiede die Köpfe einschlagen, dann können wir hier noch eine Menge lernen.«

Krona stieß Luft aus und wischte sich Haare aus der Stirn.

»Soll er machen, was er will. Gibt es hier etwas zu trinken?«

Lomir sah sie warnend an, und sie löste seine Finger von ihrem Arm.

»Keine Sorge. Ich werde es nicht übertreiben.«

Sie aß ihr Drachenstück auf, danach ein weiteres und danach einen süßen Brei, den sie mit den Händen aus einer großen Schüssel holte. Ihre Laune besserte sich schlagartig, als eine Schale mit einem milchweißen Getränk die Runde machte, das würzig und sauer und gleichzeitig sehr alkoholisch schmeckte. Sie trank es bis zur Neige, und die Flüssigkeit lief ihr aus den Mundwinkeln und den Hals hinunter. Sie wünschte sich Fenrir, um ihr die Spuren des Trankes von der Haut zu küssen, aber er war noch nicht zurückgekehrt, und so ließ sie sich von zwei schönen jungen Männern zum Tanz holen, sang Worte, die sie nicht verstand und stampfte im Takt der Trommeln, tanzte und scherzte mit Lomir, tanzte und trank und tanzte, bis ihre Füße schmerzten und der Himmel über ihr sich drehte. Sie hob die Arme über den Kopf und wiegte sich im Takt der Trommeln und ließ es zu, dass fremde Hände sie berührten, ihr Haar, die Narben auf ihrer Haut, ihre Brüste durch ihr nass geschwitztes Hemd hindurch, der Urwaldschnaps rauschte durch ihren Körper und machte sie hellwach und benommen zur gleichen Zeit, und dann stand plötzlich der König des Waldes vor ihr, nahm sie bei den Armen und zog sie mit sich, weg vom Feuer und den Trommeln, hinein in eine raschelnde, atmende Dunkelheit.

Er stieß sie unsanft gegen einen Baum und klemmte sie mit seinem gesamten Gewicht ein. Er packte ihre Haare und presste seinen Mund auf ihren, biss ihr in die Lippe, bis Blut kam, und küsste sie heftig. Unter ihren Händen knickten Federn. Eine Muschelschale zerbrach und bohrte eine scharfe Kante in ihre frisch verheilte Handfläche, und Fenrir stöhnte an ihrem Mund. Sie presste sich gegen ihn, keuchend, wütendes Begehren raste wie eine Flammenwand durch ihren Körper. Sie spürte, wie er an ihrer Hose zerrte, kam ihm zu Hilfe und schob sie sich über die Hüften hinunter. Die Tracht der Waldmenschen bereitete weniger Schwierigkeiten. Sie griff zu und fand das Zentrum seiner Lust, bereit, wie er nur sein konnte, schob sich ihm entgegen, die Trommeln vom Feuer vermischten sich mit ihrem eigenen Rhythmus, und er packte sie und drückte sie hinunter ins Gras und drang in sie ein, sie klammerte sich an seine Schultern, umschlang ihn mit den Beinen und stöhnte in sein Haar, das auf ihrem Gesicht lag wie die Nacht. Er bewegte sich schnell und unsanft in ihr, sie fühlte, wie seine Muskeln arbeiteten, er bebte unter ihren Händen, sie fand seine Lippen und stöhnte in seinen Mund, und es dauerte nicht lange, bis die Flammenwand sie verschlang, und sie kam mit einer Heftigkeit, die Tod und Leben gleichzeitig in sich trug.

Die Flammenwand erlosch und hinterließ sie zitternd. Fenrir lag schwer auf ihr und keuchte in ihre Halsbeuge. Ihr Hemd war verschwunden, eine zarte Brise kühlte ihre schweißüberströmte Haut. Sie fasste ihn bei den Schultern und rückte sich unter ihm zurecht. Mit einem langen, tiefen Atemzug glitt er aus ihr heraus, stützte sich auf die Ellenbogen und sah zu ihr hinunter.

»Und? Bist du jetzt zufrieden?«

»Geht so. Es hätte ein bisschen länger dauern können. Immerhin hab ich ein halbes Jahr drauf gewartet.«

»Warum tust du das?«

»Warum tu ich was?«

»Es zerstören. Warum konntest du nicht einfach am Feuer auf mich warten? Ich habe die junge Frau nicht angefasst. Ich wollte lediglich verhindern, dass sie vor dem ganzen Stamm ihr Gesicht verliert. Du hingegen ... während ich versucht habe, niemanden zu verletzen, hast du genau das Gegenteil getan.«

»Ich weiß gar nicht, was du willst. Ich habe doch gewartet.«

»Du hast völlig recht. Du weißt wirklich nicht, was ich will.«

Er stemmte sich hoch und stand auf. Für einen Augenblick fühlte sie sich verletzlich im Dunkeln.

»Wohin gehst du?«

»Komm mit.«

»Warte mal. Ganz ohne Kleider?«

Er streckte ihr die Hand entgegen.

»Wir werden niemandem begegnen. Versprochen.«

Zögernd erhob sie sich und ergriff seine Hand. Gras und weiche Blätter strichen über ihre Haut, als sie ihm in den Wald folgte. Fenrir führte sie auf einem unsichtbaren Pfad zwischen den Bäumen hindurch, und sie fühlte sich seltsam schutzlos mit nichts als ihrer Haut zwischen sich und dem Nachtwald. Dann hörte sie es plätschern und trat in Wasser. Irritiert blieb sie stehen.

Ein helles Bächlein ergoss sich über eine Geländestufe, kaum eine Mannslänge hoch, hinunter in ein kleines sandiges Becken, von wo aus es durch den Wald davoneilte. Fenrir ließ ihre Hand los und stieg in das Becken. Mondlicht tropfte durch die Blätter auf ihn hinunter und brachte seine goldenen Augen zum Leuchten. Sein Körper war makellos, schlank und sehnig, und Krona verspürte plötzliche Befangenheit. Sie hatte ihrem Körper nichts erspart, und alles hatte darauf Spuren hinterlassen: die Schlachtfelder, die Entbehrungen, die Lust, die Saufgelage, die Reisen, die Leiden, all die langen Jahre. Sie wünschte sich etwas, um sich zu bedecken, Mantel, Stiefel und Hut, um wieder sie selbst zu sein.

Er drehte sich zu ihr und streckte die Hand nach ihr aus. Der Wasserfall um ihn herum zerstob in einen glitzernden Sternenschauer. Sie ergriff seine Hand und stieg zu ihm ins Wasser. Es reichte ihr kaum bis zu den Schenkeln und war überraschend kühl.

Fenrir schöpfte Wasser und wischte ihr mit nassen Händen übers Gesicht. Farbe blieb an seinen Fingern hängen, für einen Augenblick war sie verwirrt, sie hatte ihre Gesichtsbemalung ganz vergessen, dann benetzte sie ihre Hände und begann ihrerseits, ihm die Farbe aus dem Gesicht zu reiben. Die Reste der Federkrone nahm sie aus seinem Haar und legte sie auf das steinerne Sims.

Allmählich löste das Wasser auch die verkrustete Farbe auf Fenrirs Brust. Die Symbole flossen ineinander, und Krona drückte eine Hand in das Farbgemisch über Fenrirs Herz und hinterließ einen Abdruck auf seiner Haut, und seine farbverschmierte Hand legte sie sich über ihr eigenes Herz und hielt sie dort, damit das Wasser den Abdruck seiner Hand nicht gleich fortwusch. Er küsste sie zart, und dann hielt sie das Gesicht in den Wasserfall und wusch sich die Jahre ab und den Schmutz der Schlachtfelder, und er sah sie an, als sei sie jung und schön und unversehrt. Sie küssten sich wieder, mit neu erwachendem Verlangen, und er vergrub das Gesicht in ihrem nassen Haar.

»Ich will dein Vertrauen«, flüsterte er. »Ich will, dass du die Fäuste runternimmst. Du sollst wissen, dass ich dir niemals etwas zuleide tun würde.«

»Ich weiß nicht, ob ich das kann.«

»Versuch es.«

»Aber ich bin nun mal, wie ich bin.«

»Dann trägst du deine Maske schon so lange, dass du sie für dein Gesicht hältst.«

»Das ist mir zu hoch, Fenrir. Man lebt, und das Leben macht etwas mit einem. Das ist alles, was ich weiß.«

Er nickte, und sie spürte sein Lächeln.

»Lass es mich für die Soldatin in ganz einfache Worte fassen. Ich will dir nichts Böses. Entspann dich. Verstanden?«

»Verstanden.«

Er hob den Kopf und sah sie an. Sie strich ihm Haare aus der Stirn und drückte ihm einen Kuss auf die Wange.

»Lass uns zurück gehen. Es wird hier immer so plötzlich hell, und ich will nicht in dieses Dorf spazieren, wie die Götter mich geschaffen haben.«

Hand in Hand gingen sie über den unsichtbaren Pfad zurück zum Dorf und sammelten ihre Kleider ein. Die Trommeln hatten ihren Rhythmus verändert, sie klangen langsamer und dumpfer wie der Herzschlag eines gesättigten Tieres. Das Feuer war in sich zusammengefallen. Leise gingen sie hinüber zu den offenen Hütten. Hinter Lomirs Blattvorhang hörten sie Geflüster und Gekicher. Sie schlichen sich vorbei, nahmen ihre Decken und suchten sich einen ruhigen Winkel zwischen den Hütten. Fenrir zog Krona in seine Arme und wiegte sie sachte, doch die Ratlosigkeit war immer noch da, bedeckt von einer dünnen, kostbaren Schicht aus Wut.

»Ich weiß nicht, ob ich das kann«, sagte sie und strampelte ihre Decke weg.

»Was?«, fragte er.

»Das. Ich weiß nicht. Das – was du von mir willst.«

»Im Augenblick will ich hier mit dir liegen und in die Sterne schauen. Kannst du das?«

»Ja, natürlich. Aber ...«

»Und später will ich wieder mit dir vögeln, wie du es immer so liebreizend ausdrückst. Kannst du das auch?«

»Oh, ja.«

»Siehst du.« Er rückte sich an ihr zurecht und umfasste sie fester. »Immer schön einen Schritt nach dem anderen machen, Hauptmann.«

»Fenrir?«

»Hm?«

»Wann ist denn später, deiner Meinung nach?«

Sein Lachen mündete in einen Kuss, der direkt ins Später führte.

Am nächsten Morgen fanden sie Thork an der Feuerstelle, Papier auf den Knien, flankiert von einigen jungen Tlacatl, die ihm fasziniert auf die Finger sahen, während er zeichnete. Krona sah ihm über die Schulter und erntete einen flüchtigen Blick, begleitet von einem kurzen Nicken.

»Dir auch einen guten Morgen«, gähnte sie.

Mit seinen riesigen Pranken strich Thork das Papier glatt. Er hatte Pintel gezeichnet, so lebensecht, dass der Anblick Krona einen Stich versetzte: das schiefe Grinsen, die Segelohren, die abstehenden Haare, die wie ein struppiges Federkleid sein Gesicht umgaben.

»So groß«, sagte Thork und zeigte mit der Hand Pintels ungefähre Körpergröße an. »Klein. Dünn.«

»Wie ein Kind«, half Krona aus und zeigte hinüber zu einer Kinderschar, die unter den Bäumen am Rand des Dorfes spielten.

»Conetl«, sagte einer der Tlacatl. »Piciltontli?«

Thork hob hilflos die Schultern.

»Sie werden ihn schon finden«, sagte Krona. »Das hier ist nicht Halmesholm. So viele von unserer Sorte gibt's hier nicht.«

Thork händigte einem jungen Mann die Zeichnung aus und griff nach einer weiteren, halb fertigen, die Nardon zeigte, mit seinem typischen nachdenklichen Blick aus den dunklen Augen und dem glatt gekämmten Bart, Haupthaar und Kleidung nur angedeutet. Thork nahm den Kohlestift zur Hand und legte ihn dann wieder weg.

»Fertig«, sagte er und gab die Zeichnung an die Tlacatl weiter, die sie mit vorsichtigen Händen empfingen wie eine Kostbarkeit.

»Wir sollten mit ihnen auf die Suche gehen«, sagte Fenrir. Krona nickte. Alles war besser, als hier zu sitzen und dabei zuzusehen, wie die Sonne stieg.

»Sie sprechen mit den Tieren«, sagte Fenrir. »Wusstest du das? Und damit nicht genug – die Tiere antworten ihnen.«

»Und das weißt du woher?«

Sein Lächeln verbreiterte sich zu einem Grinsen, ehe er zwischen den Hütten davon ging. Krona ging hinüber zur Wasserstelle des Dorfes, trank und kühlte sich Gesicht und Hände. Als sie zum Dorfplatz zurück kam, wartete Fenrir bereits auf vier Pfoten beim Suchtrupp und hechelte ihr entgegen.

Lomir, der noch etwas schwach auf den Beinen war, ließen sie im Dorf, ebenso Thork, der eine behelfsmäßige Möglichkeit gefunden hatte, sich mit den Bewohnern über Heilpflanzen auszutauschen. Unter den Bäumen teilte sich der Suchtrupp auf, und bald hatte der Wald die Tlacatl geschluckt.

Fenrir bewegte sich mühelos zwischen den Bäumen, die Nase mal in der Luft, mal dicht über dem Boden. Die beiden Tlacatl hielten mühelos Schritt, und Krona mobilisierte all ihre Kräfte, um nicht abgehängt zu werden. Schon nach kürzester Zeit hatte sie die Orientierung verloren. Es wurde heißer, als die Sonne stieg. Der Boden dampfte. Die Sonne stand bereits beinahe im Zenit, als ein plötzlicher Ruck durch Fenrir ging. Er drehte sich um sich selbst, die Nase tief über dem Boden, dann hetzte er davon wie an Schnüren gezogen. Die Tlacatl folgten ihm, sich gegenseitig etwas zurufend. Kurz darauf wurden andere Rufe laut, und Krona mobilisierte ihre letzten Kräfte.

»Nardon! Pintel!«

Gleich darauf ging sie in die Knie, erwischte links den Zwerg, rechts den Zauberer, und zog beide in eine stürmische Umarmung.

»Seid ihr wohlauf?«

»Ja«, sagte Nardon, der sich als Erster wieder fasste. »Habt ihr die anderen?«

»Ja. Sie sind im Dorf. Es geht ihnen gut.«

Nardon ließ einen Atemzug ausströmen, der aus seinem Innersten kam und gar kein Ende nehmen wollte.

»Ein Glück.«

»Ja. Wir sind vielleicht Versager, aber zumindest glückliche Versager.«

»Und vielleicht nicht mal das«, sagte Pintel und wischte sich mit dem Ärmel Tränen ab. »Wir haben Lor in einem Tempel gesehen, und wir glauben, dass er den Schädel noch nicht hat.«

»Tempel? So ein dreieckiges Ding? Mit Stufen?«

»Ja! Warst du dort?«

»Nein, aber ich habe ein Bild davon gesehen. Lor ist dort?«

»Genau. Deshalb müssen wir auch dringend wieder hin. Das heißt …« Er wechselte einen Blick mit Nardon.

»Wenn wir den Weg finden«, ergänzte dieser. »Wir haben gestern von der Spitze aus ein Feuer gesehen und uns bemüht, die Richtung zu halten. Aber wir sind beide keine Helden, wenn es darum geht, sich im Wald zu orientieren …«

»Macht nichts«, sagte Krona. »Die Tlacatl werden es kennen. Sie wohnen schließlich hier.«

»Und was sind sie?«, fragte Pintel, der staunend Kronas Begleiter betrachtete. »Die Ohren! Weder Menschen noch Zwerge … könnten es Elfen sein?«

»Sie sind jedenfalls freundlich«, sagte Krona, »Der Rest ist mir eigentlich egal.«

Nardon schüttelte den Kopf, aber er grinste dabei.

»So viel Ignoranz muss man erst mal aufbringen.«

»Ouateh!«, sagte einer der Tlacatl und zeigte erst zum Himmel, dann in den Wald. »Ouateh! Cehetzlizpan.«

»Was meint er?«, fragte Nardon.

»Zurück ins Dorf, bevor das Gewitter kommt«, sagte Krona. »Könnte zumindest sein, und ich bin ganz seiner Meinung.«

Sie erreichten das Dorf mit den ersten schweren Tropfen. Lomir und Nardon fielen sich in die Arme und schlugen sich nach Zwergenart auf den Rücken, während Pintel Lianna umhalste und schon wieder vor Glück weinte. Krona flüchtete sich vor dem Regen unter eines der Dächer und wartete, bis Fenrir sich im Schutz eines Blättervorhanges wieder zurückverwandelt und mit dem Nötigsten bekleidet hatte. Barfuß kam er zu ihr und ließ sich im Schneidersitz neben ihr nieder.

»Wir müssen über unsere nächsten Schritte beraten«, sagte er. »Lor treibt sich in einem Tempel herum, und in dieser Nacht haben wir Vollmond. Ich sehe da einen Zusammenhang.«

»Was ist anders?«

»Hm?«

»Zwischen uns. Was ist anders? Wir sitzen wochenlang in Lomirs Haus fest, haben alle Zeit der Welt und nichts passiert, und jetzt plötzlich – ich meine, ich bin immer noch die Gleiche, die du im Winter nicht wolltest.«

»Selbstzweifel? Die sind wir von dir ja gar nicht gewohnt.«

»Ach, fick dich selbst.«

Sie wollte aufstehen, aber er zog sie am Ärmel zu sich heran.

»Wer sagt denn, dass ich dich nicht wollte?«

»Dafür gab's Anzeichen, mein Freund!«

»Nicht jeder kann immer dein Tempo halten, Hauptmann.«

Er sah sie an mit seinen goldenen Augen, und sie spürte, wie sie nachgab, weich wurde, eine Erschöpfung brach sich Bahn, die nichts mit anstrengenden Wanderungen zu tun hatte, und sie legte den Kopf an seine Schulter, seine Haut war warm und glatt an ihrer Wange, sie hätte Tränen laufen lassen können aus keinem besonderen Grund, und als er die Arme um sie schloss, biss sie sich hart auf die Lippe.

»Störe ich?«, hörte sie Lomirs fröhliche Stimme.

»Ja«, sagte sie laut. »Geh weg.«

»Er tut es tatsächlich«, sagte Fenrir leise und legte seine Wange auf ihr Haar. »Was für eine zartfühlende Zwergenseele.«

Sie rang sich ein Lächeln ab und drehte den Kopf, um Fenrir anzusehen. Er legte seine Lippen auf ihre und küsste sie, sehr zart, sehr langsam, ein zielloser, selbstgenügsamer Kuss, sie fragte sich, wann sie zuletzt so geküsst hatte, und fürchtete sich vor der Antwort.

Irgendwann löste er seine Lippen von ihren und schob sie von sich, strich ihr mit beiden Händen Haare aus dem Gesicht.

»Beantwortet das deine Frage?«

»Was für eine Frage?«

»Kurzes Gedächtnis?«

»Du kannst mich nicht so küssen und dann erwarten, dass ich noch denke.«

»Gut. Lass uns die anderen zusammenrufen und Pläne schmieden. Du musst nicht denken. Ich sage dir einfach, wann du draufhauen sollst.«

»Du hältst dich aber nicht etwa für den König der Welt, nur weil ich dich rangelassen habe?«

Er lachte vergnügt.

»Nein. Aber nah dran.«

Er ging, um die anderen zusammenzurufen, und Krona sah ihm nach, seine leichten, tänzerischen Bewegungen, sein hübscher Hintern, und sie dachte darüber nach, wie viel einfacher alles doch gewesen war, als er ihr nicht mehr bedeutet hatte als das.

Wirst du es auch diesmal versauen?

Sie rieb sich mit beiden Händen übers Gesicht. Es wurde Zeit für Schnaps oder einen klaren, harten Kampf, etwas, das sie wieder zu sich selbst brachte, die quälenden Gedanken aus ihrem Kopf vertrieb. Sie war dankbar, als Fenrir zurückkam und die Gefährten mitbrachte – endlich wieder vollzählig – als sie in die vertrauten Gesichter blicken konnte und überall die gleiche Mischung aus Freude, Erleichterung und Besorgnis fand.

»Wir haben nicht viel Zeit«, eröffnete Nardon die Runde. »Es gibt keine Beweise, aber der Schluss ist naheliegend, dass Lor kurz davor ist, den Schädel zu erringen. Wodurch auch immer. Hätte er ihn, wäre er längst weg. Heute Nacht ist Vollmond. Ich nehme an, es wird ein besonderes Ritual geben. Vielleicht holen sie den Schädel raus und beten ihn an. Wenn es sich tatsächlich um eine Abspaltung des Nergal-Kultes handelt, haben sie eine spezielle Beziehung zum Vollmond. Sie beten ihn an, weil er für sie einem bleichen Totenschädel gleicht.«

»Reizend«, seufzte Lomir. »Und ich hatte damals wirklich gehofft, mit Nergal und seinen Schergen fertig zu sein.«

Nardon hob die Schultern.

»Ich habe es mir nicht ausgesucht. Der Tempel ist jedenfalls voller Untoter. Unüberschaubar viele, zwecklos, sie zu bekämpfen. Allerdings sind sie entweder wirklich sehr unaufmerksam, oder sie greifen nur an, wenn sie sich bedroht fühlen. Wir könnten versuchen, einzudringen, solange es noch Tag ist, und nach dem Schädel zu suchen.«

»Lor ist dort«, warf Lianna ein. »Warum hat er den Schädel nicht längst?«

»Ich weiß es nicht«, sagte Nardon. »Vielleicht sucht auch er noch. Vielleicht ist der Schädel unter Verschluss, und man kann nur bei Vollmond darauf zugreifen. Es gibt eine Menge unbekannter Faktoren, und es wird darauf hinauslaufen, dass wir rechtzeitig vor Ort sind und auf unser Glück vertrauen.«

»Ich hatte schon mit Untoten zu tun«, sagte Krona. »Man muss nur den Zauberer plattmachen, der sie befehligt, dann fallen sie um.«

»Das mag sein, aber diese Untoten sind alt«, sagte Nardon. »Sehr alt. Gut möglich, dass der Zauber sich längst verselbständigt hat. Oder, dass er in den Tempelmauern hängt. Erinnert ihr euch an Sturmwacht? Steine können arkane Ströme speichern. Sie haben ein Gedächtnis, wenn ihr so wollt. Und der Tempel ist so riesig, den kannst du nicht kaputtmachen.«

»Wie lange brauchen wir von hier bis zum Tempel?«, fragte Lomir.

Pintel und Nardon sahen sich an.

»Da war dieser Bach ... und dann der Erdrutsch ...«

»Den wir umgehen mussten, weil wir kein Seil mehr hatten ...«

»Ihr wisst es nicht«, fasste Krona zusammen. Pintel grinste hilflos.

»Wir sind heute vor dem Morgengrauen dort aufgebrochen, aber ich würde nicht beschwören, dass wir den kürzesten Weg genommen haben«, sagte Nardon vorsichtig.

»Ich mache eine Zeichnung und frage die Waldmenschen«, sagte Thork. »Ein stufenförmiges Gebäude, nach oben schmaler werdend?«

»Ja«, sagte Pintel hilfsbereit. »Viele Stufen. Und Gesichter aus Stein.« Er begann, Grimassen zu schneiden, um das Aussehen der Gesichter zu demonstrieren. Thork nickte und erhob sich.

Kurze Zeit später war er zurück, die Skizze noch zwischen den Fingern, mit besorgter Miene.

»Die bösen Geister leben dort«, sagte er. »Wer dorthin geht, kehrt nicht mehr zurück.«

»Lebender Gegenbeweis«, sagte Pintel und hob den Finger.

»Vielleicht sollten wir nicht alle gehen«, sagte Thork. »Nicht nötig, uns alle in Gefahr zu bringen.«

Er sah Lianna an, die sich empört an die Stirn tippte.

»Du bist wohl nicht bei Verstand! Selbstverständlich komme ich mit! Ich habe den Markstein errungen, es ist meine Aufgabe, meine Queste!«

»Prinzessin, ich möchte das gerne mit dir unter vier Augen besprechen.«

»Da gibt es nichts zu besprechen! Nur weil ich …«

Sie unterbrach sich und warf Krona einen flüchtigen Blick zu. Dann sprang sie auf, entfernte sich ein paar Schritte und starrte hinaus in den Regen, der vom Dach plätscherte und lange Wasserfäden zog.

»Deine Sorge in allen Ehren, aber wir werden dort jede Hand und jedes Schwert brauchen«, sagte Lomir. Thork drehte seine Zeichnung in den riesigen Händen und schwieg.

»Ich weiß etwas, was ihr nicht wisst«, murmelte Krona und fing sich einen langen, sehr ernsten Blick von Thork ein. »Und ich werde den Teufel tun und es euch verraten«, fügte sie hastig hinzu. »Vergesst es einfach. Lomir, wie sieht es aus? Hast du dich ausreichend erholt?«

»Habe ich eine Wahl?«

»Sieht nicht so aus.«

Lomir nickte ihr zu. »Ich bin einsatzbereit.«

Dann kam Lianna zurück und setzte sich an ihren Platz.

»Wir sollten sofort aufbrechen«, sagte sie. »Wenn sie uns den direkten Weg zeigen, können wir vor Sonnenuntergang da sein. Es ist wichtig, dass wir das Gelände kennen, bevor wir in einen Kampf gehen.«

»Sie werden uns den Weg nicht zeigen«, sagte Thork. »Sie hatten sogar Angst vor der Zeichnung.«

»Vielleicht hast du es nur nicht gründlich genug versucht?«

Er sah sie an, einen seltenen Anflug von Ärger im Gesicht, setzte zu einer Erwiderung an, schwieg dann aber.

»Wie gefährlich ist es dort wirklich?«, fragte Fenrir. »Haben sie einen greifbaren Grund, sich zu fürchten?«

»Du meinst, abgesehen von der Armee aus Untoten?«, entgegnete Nardon. »Nein, eigentlich nicht. Sie sollten uns bis in die nächste Umgebung bringen können, ohne Leib und Leben zu gefährden. Wenn sie allerdings wirklich glauben, dass der Ort verflucht ist – was er faktisch ist – dann weiß ich nicht, was sie mit einem Stammesmitglied tun, das dort gewesen ist. Ihn als Unglücksbringer ansehen und verbannen?«

»Ich bringe das in Erfahrung«, sagte Fenrir und erhob sich. »Immerhin besteht die Möglickeit, dass der Tiermensch und seine treuen Gefährten den Fluch des Ortes brechen, und daran könnte ihnen sehr gelegen sein.«

»Aber größenwahnsinnig wirst du nicht?«, fragte Krona, und er grinste ein wölfisches Grinsen zu ihr hinunter.

»Nicht, so lange ich dich habe.«

Fenrir verschwand zwischen den Hütten, und die Gruppe zerstreute sich. Thork nahm Lianna beim Arm und zog sie, die sich energisch wehrte, unerbittlich mit sich. Lomir ging, um Essen aufzutreiben, und Krona streckte sich auf dem warmen Holzboden aus. Die Atempause ging zu Ende, und sie fühlte sich alles andere als bereit.

Einige Zeit später kam Fenrir zurück, an seiner Seite die Häuptlingstochter.

»Wir brechen auf«, sagte er. »Sofort. Holt eure Sachen. Sie führt uns, aber sie will wieder im Dorf sein, bevor es dunkel wird.«

Pintel stöhnte und ließ sich nach hinten umfallen, während Nardon sich seufzend aufrappelte.

»Ich gehe Lomir Bescheid sagen«, sagte er. »Erfahrungsgemäß kann es dauern, bis er sich angemessen von seinen Damen verabschiedet hat.«

Krona kam stöhnend in die Höhe.

»«Also dann«, sagte sie. »Rennen wir wieder durch den Wald. Ich kann's kaum erwarten.«

»Es ist für eine gute Sache«, sagte Fenrir mit leichtem Lächeln.

»Die gute Sache kann mich mal«, knurrte Krona.

»Das war von Anfang an so, und irgendwie bist du immer noch dabei.«

»Das ist es ja, was mir Sorgen macht.«

Im Vorbeigehen rempelte sie ihn sanft, dann holte sie ihren Rucksack und ihren Hut. Aus ihrer Manteltasche fischte sie Cladis' Pfeife und den kleinen Tabaksbeutel, den Mantel selbst ließ sie zurück. Wenn sie einen weiteren Gewaltmarsch überstehen wollte, durfte sie sich nicht mit überflüssigem Gewicht belasten.

Am gleichen Nachmittag standen sie unter den Bäumen und sahen hinüber zur Pyramide. Das Gewitter entfernte sich gerade, und das Rauschen und Plätschern des Regens spülte alle Geräusche um sie herum davon. Die Häuptlingstochter wirkte schon seit geraumer Zeit nervös, sah sich häufig um und murmelte etwas, das wie eine Beschwörung klang, während sie mit dem Knochenschmuck um ihr Handgelenk rasselte.

Fenrir berührte sie sachte an der Schulter und schob sie von sich.

»Danke«, sagte er mit einer leichten Verbeugung. »Du hast uns sehr geholfen. Geh zurück in dein Dorf.«

Sie sah ihn an, hob die Hand und berührte ihn zwischen den Augen. Dann glitt ihre Hand über seine unrasierte Wange. Sie lächelte, dann wandte sie sich um und war mit einem leisen Rascheln im Wald verschwunden.

»Frauen«, seufzte Lomir sehnsüchtig. »Ich werde sie vermissen. Diese Ohren!«

»Konzentrieren wir uns jetzt bitte auf das, was vor uns liegt«, sagte Nardon und spähte nervös zum Tempel hinüber. »Wir sind gestern von der anderen Seite gekommen, das heißt, wir müssen hier hinüber, um die Seite mit dem Einstieg zu erreichen.« Er zeigte mit der ausgestreckten Hand.

»Was ist der Plan?«, fragte Thork.

»Wir gehen rein, solange die Untoten noch schlafen«, sagte Lomir. »Bis zum Sonnenuntergang sind es noch drei, vier Längen, schätze ich. Bis dahin müssen wir den Schädel gefunden haben. Oder Lor. Oder beide.«

»Falls wir Lor über den Weg laufen, müssen wir ihn möglichst schnell ausschalten«, ergänzte Nardon. »Bogen, Armbrust, Feuerball, Steine schmeißen – was immer euch einfällt.«

»Er weiß, dass wir kommen«, sagte Krona. »Das macht mich nervös. Keine guten Aussichten. Wir werden erwartet und kennen das Gelände nicht.«

»Was willst du machen?«, fragte Fenrir. »Nicht gehen?«

»Quatsch. Wir werden gut aufpassen und auf alles draufhauen, was zuckt.«

»Und vergesst die Feuerfrau nicht«, sagte Pintel. »Dass wir sie hier noch nicht gesehen haben, heißt nicht, dass sie nicht da ist.«

»Vielleicht ist sie auf der Überfahrt mit Thara untergegangen und abgesoffen«, sagte Lomir hoffnungsvoll.

»Mag sein«, sagte Pintel düster. »Aber ich würde mal nicht damit rechnen.«

»Ich würde sie gerne mal gepackt kriegen«, knurrte Krona. »Erst würde ich sie gründlich auslöschen, und mir dann mit ihren Resten eine Pfeife anzünden.«

»Die Vorstellung bringt mich richtig in Stimmung«, sagte Lomir. »Gehen wir.«

Sie umrundeten die Pyramide und begannen mit dem Aufstieg. Das Gebäude erhob sich vor Krona wie ein Berg, und sie fühlte sich winzig, wie sie so an seinem Fuß herumkrabbelte. Sie fragte sich, wie viele Gegner in ein so gigantisches Haus hinein passten. Eine Armee, zweifelsohne.

Sie hielt inne, ließ die anderen an sich vorbei und trank einen Schluck. Sie sah von einem ihrer Gefährten zum anderen und spürte dem vertrauten Schmerz nach.

Tu's nicht. Frag dich nicht, wer von ihnen die Schlacht überstehen und wer fallen wird. Es ist deine Aufgabe, dafür zu sorgen, dass du niemanden von deiner Truppe verlierst. Darum bist du hier, also tu deine Arbeit.

»Was?«

Fenrir hatte sich zu ihr umgedreht und streckte ihr die Hand entgegen. Sie ergriff sie und ließ sich über die nächsten Felsblöcke helfen.

»Nichts. Ich habe nur nachgedacht.«

»Und bist du zu einem Ergebnis gekommen?«

Sie nickte und drückte seine Hand.

»Alle mal herhören«, sagte sie laut. »Planänderung. Wir gehen nicht durch das Loch rein, das Nardon und Pintel benutzt haben. Wir suchen einen anderen Eingang. Einen, den wir auch als Ausgang benutzen können, wenn es nötig wird.«

»Aber das Ding ist riesig!« Lomir machte eine ausholende Armbewegung. »Weißt du, wie lange wir da suchen können?«

»Weißt du, wie lange du tot sein wirst, wenn du denen da drin einfach in die Falle gehst?«

»Ich dachte, die Untoten schlafen tagsüber.«

»Ja. Und wenn nicht, ist das deine letzte Erkenntnis, bevor du stirbst. Zusammen mit *Hätte ich mal auf die Frau gehört, die sich mit dem Kriegshandwerk auskennt.*«

Lomir sah sie unschlüssig an.

»Sie hat vielleicht recht«, sagte Nardon. »Du hättest womöglich sowieso nicht durch das Loch gepasst, alter Freund. Wenn ich mir so deine Abmessungen betrachte ...«

»Natürlich hat sie recht«, knurrte Krona. »Es wird außerdem mehr als eine Tür geben, bei so einem Riesending, oder?«

»Die letzte haben wir nur gefunden, weil das Gras davor niedergetrampelt war«, warf Pintel ein. »Und soweit wir beobachten konnten, sind alle Untoten duch diese eine Tür rein und raus.«

»Dann suchen wir«, sagte Krona und verdrängte jede Spur von Zweifel aus ihrer Stimme. »Wir bilden eine Kette und suchen Stufe für Stufe. Bis wir oben sind, und dann auf der anderen Seite wieder runter, wenn's nötig wird. Die Schwindelfreien bitte an den Rand. Pintel hier rüber, Lomir auf die andere Seite. Los geht's.«

Es wirkte. Die Gefährten verteilten sich und setzten den Aufstieg fort. Das Nachmittagsgewitter kam und erwischte sie an der Flanke der Pyramide, und sie kauerten sich zwischen die Steine, während Blitze den Himmel zerrissen und der Donner ihnen die Ohren füllte. Dann verzog sich das Gewitter und hinterließ schweren, warmen Regen.

»Weiter«, sagte Krona und richtete sich auf.

Kurz darauf machte Lianna eine Entdeckung. Sie rief nach den anderen und hielt einen dichten Vorhang aus fleischigen Ranken beiseite, hinter dem sich ein niedriger Zugang auftat.

Wie von selbst sprang Kronas Schwert ihr in die Hand.

»Hat jemand Licht?«

»Warte.« Thork bückte sich nach einem Stein. »*liòht.*«

Der Stein erstrahlte in gleißend blauem Licht, und Thork blinzelte. Sie nahm den Stein und warf ihn einige Schritte in den dunklen Schlund, wo er liegenblieb und die sorgfältig gemauerten Wände eines Ganges beleuchtete, der gerade ins Innere der Pyramide führte, gerade hoch genug, damit sie alle aufrecht darin stehen konnten.

»Fernkämpfer nach vorne«, sagte Krona. »Es ist wenig Platz für Schwerter da drin.«

Vorsichtig drangen sie ins Innere vor.

Thork ging voraus, hinter ihm Fenrir, den Bogen vor sich, einen Pfeil locker auf der Sehne.

»Ich habe mal eine Geschichte gehört«, sagte Pintel atemlos, »in der gab es ein Schwert, das immer anfing zu leuchten, wenn Gegner in der Nähe waren. Ich stelle mir das praktisch vor. Warnung und Lichtquelle in einem.«

»Erzähl's ein andermal«, zischte Krona. »Dann können wir nämlich hören, wenn jemand in der Nähe ist.«

Sie ließen das Tageslicht hinter sich. Die Luft hier drin war kühler. Blasses Moos wuchs an den Wänden, bis es selbst dafür zu finster wurde.

»Treppe«, sagte Thork nach einiger Zeit und blieb stehen. Lianna hob den verzauberten Stein und leuchtete nach vorne. Ein schmaler Treppenabsatz führte in die Tiefe.

»Ist logisch«, flüsterte Nardon. »Unten ist viel mehr Platz.«

Einer nach dem anderen stiegen sie die Treppe hinunter, auf der die allgegenwärtige Feuchtigkeit einen glitschigen Film erzeugt hatte. Nach vielleicht zwei Dutzend Stufen blieb Thork erneut stehen und hob die Hand.

»Die Treppe endet«, sagte er leise. »Der Gang auch.«

Während sich zu ihrer Linken die Wand fortsetzte, öffnete sich zu ihrer Rechten leerer, dunkler Raum. Über ein steinernes Sims führte ihr Weg sie an der Wand entlang und verschwand in der Schwärze.

»Wir brauchen mehr Licht«, sagte Krona.

»Oder weniger«, fügte Nardon hinzu. »Wie es sich augenblicklich verhält, sieht niemand von uns viel.«

»Hat niemand mehr eine Fackel?«

»Aufpassen«, sagte Pintel. »Drei. Zwei. Eins. *Blikka*!«

Er warf die Hände nach vorne, und ein greller Blitz zuckte aus seinen Fingerspitzen. Es roch ein wenig verbrannt. Der Blitz geisterte durch den Raum, traf eine Wand und versickerte. Für nicht mehr als einen Augenblick hatten sie ihre Umgebung erkennen können.

Rechts und unter ihnen öffnete sich ein quadratischer Raum. Vom Fuß der Treppe führte der schmale Pfad an der Wand entlang bis zum anderen Ende des Raumes und mündete dort in eine weitere Treppe, die in die Tiefe führte. Drei oder vier Mannslängen unter ihnen lag der Boden, der mit großen, hellen und dunklen Platten ausgelegt war.

»Aua«, sagte Pintel missmutig. »Ich hasse diesen Zauber.«

»Und ich werde ein halbes Jahr brauchen, bis ich wieder etwas sehe«, stöhnte Nardon. »Götter, war das grell.«

»Fackeln sind alle«, sagte Pintel. »Öl auch. Gehen wir?«

»Mir ist das merkwürdig«, murmelte Krona. »Das kann nur eine Verteidigungsanlage sein. Und wir sind die Eindringlinge.«

»Rein oder raus?«, sagte Thork. »Entscheide dich.«

»Rein.«

Thork machte einen Schritt auf das Felssims und riss gleich darauf die Arme hoch, um sein Gleichgewicht ringend. Krona packte ihn, und er griff nach ihrer Schulter und machte einen großen Schritt rückwärts. Das Sims hatte unter seinem Gewicht nachgegeben und sich gesenkt. Krona gab die Information nach hinten durch.

»Hat es sich am anderen Ende gehoben?«, wollte Nardon sofort wissen.

»Man sieht das andere Ende nicht, aber ich denke schon«, erwiderte Thork, dessen Stimme noch merklich zitterte. »Wie eine Wippe.«

»Dann müssen wir zur Mitte«, sagte Nardon. »Auf den Punkt, an dem die Wippe gelagert ist, versteht ihr? Und sie dann mit unserem Gewicht ausmitteln.«

»Sie gibt nach, wenn man drauftritt«, verdeutlichte Krona. »Sollen wir zur Mitte fliegen?«

»Nein«, sagte Lianna, »aber schnell sein. Das Ding ist schwer. Es sackt nur langsam weg.«

»Schnell genug«, brummte Thork.

»Hast du noch das Seil?«

»Nein. Es hängt an einer Steilküste in Zentallo.«

»Ach ja, richtig. Dann muss es eben ohne gehen.«

»Wir müssen die Reihenfolge klug anstellen«, warf Nardon ein. »Lianna und Pintel wiegen zusammen vielleicht so viel wie ich. Lianna und ich wiegen zusammen vielleicht so viel wie Lomir. Für Thork brauchen wir Lomir und Pintel, für Krona Lianna und Pintel ...«

»Dir macht das Spaß, oder?«, fragte Lomir.

»So weit würde ich nicht gehen. Aber es ist doch schön, wenn auch einmal der Kopf gebraucht wird, nicht immer nur der Schwertarm.«

»Ich gehe zuerst«, sagte Lianna. »Ich suche die Mitte. Pintel kommt als Nächstes, und dann halten wir das Ding in der Waage.«

Thork setzte zu einer Erwiderung an, aber sie schob ihn zur Seite und betrat die unterste Treppenstufe. Sie warf Krona einen Blick zu. Krona nickte. Lianna holte tief Luft und warf vorsichtig den Lichtstein vor sich auf das Sims. Er kullerte ein Stück und blieb dann liegen, leuchtete jedoch nicht weit genug, um das Ende des Simses aus der Dunkelheit zu holen.

Lianna holte tief Luft und sprang.

Sofort gab der Stein unter ihren Füßen nach. Lianna warf sich nach vorne, stützte sich mit den Händen ab und rannte die Steigung hinauf, die unter ihren Schritten immer steiler wurde.

»Gròr«, murmelte Thork. Der Lichtstein geriet ins Rutschen und fiel Lianna entgegen. Sie griff danach, aber er entglitt ihren Fingern und verschwand wie ein Glühwürmchen in der Dunkelheit. Stein schabte auf Stein.

»liòht.«

Das blaue Zauberlicht leuchtete auf, und Thork hielt seinen Dolch in die Höhe, von dessen Klinge das Licht strahlte.

Lianna balancierte auf der Wippe, die Arme zur Seite ausgestreckt. Der Stein schwankte unter ihren Füßen, pendelte sich dann ein und kam zur Ruhe.

»Pintel?«, sagte sie laut. »Du bist der Nächste. Es ist nicht schwer. Das Ding ist ziemlich träge.«

Der kleine Zauberer nickte und räusperte sich wie vor einer wichtigen Rede. Dann schob er sich nach vorne und betrat das Sims. Lianna wich nach hinten zurück, um die Wippe zu stabilisieren, und näherte sich dann wieder der Mitte, je näher Pintel ihr kam. Schließlich trafen sie aufeinander, und die Wippe kam zur Ruhe.

»Ich als nächstes«, sagte Nardon. »Pintel, Lianna, ihr müsst nach hinten.«

Er setzte einen Fuß auf das Sims und brachte Gewicht darauf, als es nach oben umschlagen wollte. Dann stellte er sich vorsichtig darauf. Das Sims schaukelte leicht und pendelte sich dann ein. Nardon breitete die Arme aus wie ein Seiltänzer und näherte sich der Mitte, wo er sich mit Lianna und Pintel traf. Fenrir folgte, durch Nardon geschickt ausbalanciert. Das Grüppchen stand in der Mitte der Wippe und klammerte sich aneinander, während das Sims schwankte und rollte wie ein Schiff bei Seegang.

»Nardon«, sagte Thork. »Hast du einen Plan für den Letzten? Einer von uns hat kein Gegengewicht mehr. Oder einer von uns bleibt auf dieser Seite.«

»Der letzte muss schnell sein«, sagte Nardon. »Anders geht es nicht. Bis zur Mitte können wir vom anderen Ende aus stabilisieren. Der Rest ist, ahem, Glückssache.«

»Noch können wir zurück«, sagte Lomir, der sich mit einer Hand an der Wand, mit der anderen auf Nardons Schulter abstützte. »Und einen anderen Weg suchen. Wir machen einfach alles in umgedrehter Reihenfolge.«

»Nein«, sagte Krona. »Dieses Hindernis hält uns schon viel zu lang auf. Wir gehen nicht den ganzen Weg zurück.«

»Der Letzte könnte zurück nach draußen und den anderen Eingang nehmen«, schlug Pintel vor.

»Du meinst den, der an einer Wand endete, bis eine Armee von Untoten die Wand wegschob?«, fragte Nardon.

»Mist«, sagte Pintel.

»Ich gehe zuletzt«, sagte Krona. »Thork? Los. Wir haben nicht den ganzen Tag Zeit.«

Nardon kommandierte sich selbst, Lomir und Pintel ans hintere Ende der Wippe. Vorsichtig verlagerte Thork sein Gewicht, bis seine drei Gegengewichte am hinteren Ende angekommen waren. Die Wippe schwankte wild, bis alle wieder in der Mitte angekommen waren, und Krona setzte eilig den Fuß auf ihr Ende der Wippe, um den Ausschlag etwas zu bremsen. Sie blinzelte hinüber zu ihren Gefährten, die sich im Schein von Thorks verzaubertem Dolch aneinander klammerten und versuchten, das Sims in der Waage zu halten.

Fenrir wurde nach hinten geschickt, um Krona auszubalancieren, und sie holte tief Luft und betrat das Sims. Es bewegte sich unter ihren Füßen genau wie ein Schiff. Sie ignorierte den Knoten in ihrem Magen und ging vorsichtig, aber zügig los. Das Sims hob und senkte sich unter ihr, dann kam ihr der Boden plötzlich entgegen, sie warf sich nach vorne, und mit steinernem Knirschen sackte der Boden unter ihr weg. Sie schrie. Pintel stürzte auf sie drauf, sie packte ihn im letzten Augenblick und presste ihn an sich, dann erwischte jemand sie selbst am Arm und zerrte sie nach vorne. Der Boden kam ihr wieder entgegen, vor ihr schrie Lianna auf.

»Vorsichtig!«, schrie Nardon. »Nicht so heftig!«

Krona landete unsanft auf dem Hosenboden, Pintel auf ihr drauf, dann neigte sich der Boden hinter ihr, ein Gemisch aus Schatten und blauen Lichtinseln raste an ihrem Auge vorbei, sie warf sich nach vorne und kam auf die Knie, stabilisierte sich auf allen Vieren, Pintel neben sich, der zum Stehen gekommen war, die Arme weit ausgebreitet.

»Alle da?«, rief sie laut.

»Ja«, kam es von Nardon. »Ihr dürft nicht so wild zappeln! Mit Gefühl, wenn ich bitten darf!«

Krona keuchte und blies sich Haarsträhnen aus den Augen. Sie wagte nicht, sich zu bewegen, ihre Knie zitterten, und als Nardon sie auf die Beine kommandierte, brauchte sie einen Augenblick, bis sie der Weisung folgen konnte.

Das Hin und Her zog sich geraume Weile, bis alle Gefährten am anderen Ende der Wippe sicheren Boden erreicht hatten. Krona stand in der Mitte der Wippe, breitbeinig wie auf stürmischer See, und arbeitete gegen Angst. Ein Sturz von hier war vielleicht zu überleben, allerdings keinesfalls ohne gebrochene Knochen. Und was die bedeuten mochten, wollte sie sich gar nicht bis zum Ende ausmalen.

»Letzte Worte?«, rief Lomir zu ihr hinüber. »Weisheiten, die wir der Nachwelt von dir übermitteln sollen?«

»Ihr könnt mich alle mal!«, schrie Krona, dann rannte sie los.

Es dauerte keine zwei Schritte, bis der Boden sich unter ihr in Bewegung setzte, abschüssig wurde, dann steil. Sie rutschte auf dem glatten Stein, zu ihren Füßen gähnte plötzlich ein schwarzer Abgrund. Die Dunkelheit zog schwer an ihr, und mit einem wilden Schrei entließ sie alle Luft aus ihren Lungen und warf sich vorwärts.

Ihre Hände griffen ins Nichts. Für einen Augenblick hatte sie den Eindruck, zu fallen, dann spürte sie plötzlich eine Hand an ihrem Arm. Ihr Fall wurde plötzlich gebremst, sie knallte gegen Fels. Stoff riss hörbar, und sie rutschte ab, bevor weitere Hände sie am Handgelenk packten. Sie wurde über eine Kante gezogen und blieb keuchend auf dem Bauch liegen.

»Was für ein Sprung!«, sagte Lomir. »Krona, die Königin der Lüfte. Bist du sicher, dass wir *Ihr könnt mich alle mal* auf deinen Grabstein schreiben sollen?«

Krona richtete sich mühsam auf. In ihrem Mund war der Geschmack von Blut, ihre Unterlippe schmerzte. Ihr linker Hemdsärmel hing in Fetzen.

»Wir suchen uns einen anderen Weg nach draußen«, keuchte sie. »Und wenn ich tausend Untote umhauen muss. Ist mir lieber.«

Fenrir hielt ihr die Hand hin, und sie ließ sich auf die Füße helfen. Er lächelte sie an und wischte ihr mit dem Daumen eine kleine Blutspur aus dem Mundwinkel.

»Können wir?«, sagte er.

»Ich kann immer«, sagte sie. »Wie sieht's mit dir aus?«

»Auf dich ist doch Verlass.«

Eng an der Wand entlang stiegen sie die steile Treppe hinunter. Auf dem untersten Absatz hielten sie inne. Thork hob den leuchtenden Dolch.

Der Raum war nicht sonderlich groß und mit hellen und dunklen Steinplatten im Schachbrettmuster ausgelegt. Gegenüber führte ein niedriger Durchgang tiefer in die Pyramide.

»Schwarz«, sagte Fenrir.

»Weiß«, sagte Krona und rang sich ein Lächeln ab.

»Ist das lange her«, sagte Pintel. »Eigentlich nicht, eigentlich gerade mal ein halbes Jahr, aber es fühlt sich an wie eine Ewigkeit.«

Lomir schwang sich seinen Rucksack vom Rücken, schob sich an Krona vorbei und warf sein Gepäck mit Schwung auf eine helle Platte. Nichts geschah. Er legte seine schwere Axt dazu. Nichts rührte sich. Er wiederholte das Experiment mit einer dunklen Platte, ebenfalls ohne Ergebnis.

»Es wäre nicht das erste Mal, dass wir uns davon in die Irre führen lassen«, sagte Fenrir.

Lomir angelte sich sein Gepäck und schulterte es. Die Axt behielt er in den Händen.

»Du nimmst eine schwarze, ich eine weiße«, sagte er und nickte Krona zu.

Sie betraten die Halle. Nichts geschah. Vorsichtig entfernten sie sich einige Schritte vom Treppenabsatz.

»Kann jemand mehr Licht machen?«, sagte Krona. »Hier ist es dunkel wie im Arsch einer Kuh!«

»Es gibt nichts zu sehen«, sagte Lomir, der sich, wachsam nach allen Seiten sichernd, in den Raum hineinbewegte. »Nur den Durchgang am anderen Ende und ...«

Der Stein unter Kronas Füßen tat einen Ruck. Ein Knirschen ertönte. Dann schnellten um sie herum dunkle Gestalten empor, sie schienen direkt aus dem Boden zu wachsen und versperrten ihr die Sicht. Sie hörte, wie Lomir aufschrie, und führte einen weiten Schwertstreich gegen die Gestalten.

Dann war Tumult. Bleiche Knochenhände griffen nach ihr. Gezackte Klingen schimmerten trübe im Zauberlicht. Unter tiefen Kapuzen lauerten dunkle Augenhöhlen, lippenlose Münder grinsten, zahnlose Kiefer klapperten. Der Gestank nach Verwesung war überwältigend.

Krona wich einer zuckenden Klinge aus und führte einen Schwertstreich von unten gegen die Körpermitte eines ihrer Gegner. Einen zweiten blockte sie mit dem Ellenbogen. Sie riss das Schwert aus der Körpermitte des Untoten, holte aus und spaltete ihm den Schädel. Der Untote sackte zusammen. Ein anderer neben ihr fiel zu Boden, aus dem Nichts niedergestreckt, und sie machte einen weiten Schritt, um Fenrir die Schussbahn freizugeben. Wieder ein Ruck der Felsplatte unter ihren Füßen, das Scharren von Stein, und sie hatte vier neue Gegner beschworen, die gezackte Messer und abgebrochene Schwerter schwangen. Sie duckte sich unter einem Angriff und spürte gleichzeitig, wie kaltes Metall von hinten durch ihre Haut drang. Ein stechender Schmerz nahm ihr den Atem. Sie hieb einen Untoten nieder, packte den nächsten und stieß ihn gegen seinen Kumpan, der daraufhin unbeholfen rückwärts stolperte.

Ein Knack, ein Ruck, und vier neue Untote wuchsen aus dem Erdboden.

»Auf einer Platte bleiben!«, schrie Nardon von hinten. »Nicht bewegen!«

Ein Zischen von irgendwo, ein blendender Blitz und ein Krachen. Jemand warf Zauber. Krona nutzte eine Lücke zwischen ihren Angreifern und sprang zwischen ihnen hindurch auf eine schwarze Platte. Die Untoten folgten ihr ungeordnet. Ein Knirschen, und der Boden unter Krona klappte weg. Sie schrie, riss die Arme nach vorne und bekam im Fallen den Rand zu fassen. Für einen harten Herzschlag baumelte sie in völliger Schwärze, die Finger um die Steinkante gekrallt, und spürte, wie sie abrutschte. Dann, beinahe gleichzeitig, raste in der Dunkelheit etwas an ihr vorbei, hinauf durch das Loch, durch das sie gestürzt war, Knochen und Fetzen von fahlem Fleisch, und im letzten Augenblick löste Krona eine Hand von der Kante und packte zu.

Sie wurde nach oben gerissen und über den Rand geschleift, verkrallt in den knochigen Fuß eines Untoten. Ihre Beine hingen noch über dem Abgrund, mit dem Oberkörper lag sie flach auf dem Boden, und sie krallte sich verbissen an den Untoten, der nach ihr trat. Sie zappelte, um ihre Beine über den Rand zu bekommen, vergeblich. Der Untote, an dem sie hing, hielt inne und beugte sich zu ihr hinunter. Dann packte er ihre Hand mit langen, bleichen Knochenfingern und begann ihre Finger zu lösen. Sie packte mit der zweiten Hand zu und riss an seinem Bein. Er machte einen ungeschickten Schritt rückwärts und stürzte. Knochen klapperten, als er auf dem Boden auftraf. Er schlitterte auf das Loch zu, und mit einem Ruck wurde Krona von der Schwärze verschlungen. Sie baumelte in der Dunkelheit, verzweifelt in das Bein des Untoten gekrallt, und starrte hinauf in das bläulich schimmernde Lichtviereck.

Für einen Augenblick überlegte sie, loszulassen. Dann ging ein Ruck durch den Untoten. Langsam wurde er nach oben gezogen, und Krona mit ihm. Etwas an ihm riss, Sehnen oder Muskeln, und Krona schwang hin und her und schrie sich die Seele aus dem Leib. Endlich kam eine Hand in ihr Sichtfeld, groß und lebendig und warm, sie gehörte Lomir, der sie unter den Armen packte und über den Rand zog.

Keuchend blieb sie liegen.

»Nicht bewegen«, sagte Lomir überflüssigerweise.

»Was ist hier los?«, keuchte Krona.

»Wenn man eine weiße Platte betritt, klappen die schwarzen drum herum auf und lassen Untote raus«, erklärte Lomir. »Das Blöde ist nur, die Untoten schubsen sich gerne mal gegenseitig auf die weißen Platten. Dadurch vermehren sie sich ganz von selber.«

Krona sah sich um. Sie saß mit Lomir auf einer weißen Platte wie auf einer Eisscholle. Auf dem weißen Nachbarfeld stand Fenrir, den Bogen gespannt, einen Pfeil auf der Sehne. Weitere schwarze Felder waren weggeklappt, auf den verbleibenden weißen Inseln lagen Untote in verschiedenen Stadien der Zerstückelung.

»Freut euch nicht zu früh«, sagte Nardon. »Die kommen wieder. Und bis dahin sollten wir weg sein. Wenn wir nur auf die schwarzen Felder treten, müssten wir es schaffen.«

»Aber da sitzen die Untoten drunter!«, sagte Pintel entsetzt.

»Sie kommen aber nicht rauf, solange wir nicht auf die weißen Platten treten«, erklärte Nardon geduldig.

Vorsichtig richtete Krona sich auf. Ein stechender Schmerz nahm ihr den Atem. Sie schnappte nach Luft und hustete gleich darauf. Der Geschmack nach Blut füllte ihren Mund.

»Wir haben eine Verletzte«, sagte Lomir erschrocken. »Meine Güte! Krona, sag doch ein Wort.«

»Der Drecksack kam von hinten«, stöhnte Krona.

Sie bemühte sich, flach zu atmen, während Lomir vorsichtig seinen Platz mit Thork tauschte. Bereitwillig ertrug sie das unangenehme Kribbeln und Thorks strengen Blick.

»Wenn das so weitergeht, verpflichte ich dich, Gròr einen Tempel zu bauen«, sagte er. »Mit deinen eigenen Händen. Falls du lange genug lebst.«

Der Heilzauber hinterließ Krona müde und schwindelig. Sie sah hinunter auf ihr eigenes Blut, das den Stein tränkte. Sie strich mit der flachen Hand darüber.

»Davon werden wir noch viel mehr bekommen«, sagte sie leise. »Blut auf Stein. Es wird einen Krieg geben, und möge dein Gott uns beistehen, wenn es so weit ist.«

Sie hob den Kopf und sah Thork in sein einzelnes Auge.

»Ich spüre es. Du darfst mich verrückt nennen, aber ich spüre einen Krieg. Er braut sich zusammen wie ein Gewitter.«

»Ich nenne dich nicht verrückt«, sagte Thork. Dann richtete er sich auf und streckte ihr die Hand entgegen. Sie klammerte sich daran fest und ließ sich auf die Füße helfen. Ihre Knie fühlten sich weich an.

»Weiter«, sagte Lomir laut. »Ich möchte weg sein, wenn die Herrschaften hier wieder aufwachen und anfangen, nach ihren verlorenen Körperteilen zu suchen.«

Von schwarzer zu schwarzer Platte bewegten sie sich durch den Raum, bis sie den Durchgang auf der anderen Seite erreicht hatten. Thork leuchtete mit dem verzauberten Dolch und enthüllte ein kurzes Stück Gang. Pintel und Nardon untersuchten Wände und Schwelle, konnten aber nichts finden, das auf eine weitere Falle hindeutete.

»Was nicht bedeutet, dass da keine ist«, seufzte Nardon.

Vorsichtig betrat Pintel den Gang. Nichts geschah.

Die anderen folgten, aufs Höchste angespannt. Schritt für Schritt arbeiteten sie sich voran, bis der Gang an einer Treppe endete, die steil bergab führte.

Trüber Feuerschein blinzelte zu ihnen. Sie schickten Pintel voraus, damit er einen Blick auf das warf, was sie erwartete, und er kam gleichermaßen verwirrt und erstaunt zurück.

»Ein riesiger Raum«, wisperte er. »Es hängen Fackeln an den Wänden, und überall im Raum stehen riesige Steinklopse. In Reih und Glied. Sie sind so groß, ihr könntet nicht drüber hinweg schauen.«

»Steinklopse?«, fragte Lomir.

»Viereckige Steine«, erklärte Pintel. »Mit geschnitzten Oberflächen. Aufgerissene Augen, rausgestreckte Zungen – was die Leute hier eben so schön finden.«

»Ein Raum voller Steinquader«, fasste Lomir zusammen. »Und sonst nichts?«

»Nicht auf den ersten Blick.«

»Die Fackeln machen mir Sorgen«, sagte Krona. »Wir wussten ja, dass sie wissen, dass wir kommen, aber jetzt – na ja, jetzt wissen wir's genau. Oder so ähnlich. Meridias nackter Arsch, ich kann nicht denken. Muss der Blutverlust sein.«

»Was tun wir?«, fragte Fenrir. »Zurück oder hindurch. Mehr Möglichkeiten haben wir nicht.«

»Hindurch«, sagte Lomir. »Wir hatten nichts als Glück, dass auf der Wippe niemand abgestürzt ist. Ich will das nicht ausreizen.« Er sah zu Krona. Die nickte und bemühte sich, den dicken Nebel aus ihrem Kopf zu vertreiben.

»Thork?«, sagte Fenrir. »Du ganz nach vorne. Ich direkt hinter dir – ich kann über dich drüber schießen. Bringen wir's hinter uns.«

Sie nahmen ihre Plätze ein und brachten die Treppe hinter sich. Krona umklammerte ihr Schwert. Sie betraten den Raum, blieben dicht an der Wand und sahen sich um. Der Feuerschein erweckte die steinernen Fratzen zum Leben. Sie rollten die Augen und blähten die Nüstern.

Krona blinzelte. Nein, natürlich nicht. Sie waren aus Stein.

»Wo geht es hier raus?«, fragte Nardon. »Pintel? Hast du das vorhin erkennen können?«

»Auf der anderen Seite«, meldete Pintel. »Hinter den Klopsen.«

Sich dicht an der Wand haltend, wagten sie sich in den Raum. Krona starrte die Steinfratzen an. Sie konnte sich des Eindrucks nicht erwehren, dass die Gesichter in Bewegung waren. Schatten ballten sich in ihren tiefen Mundhöhlen und glitten über ihre Zungen, wirbelten wie schwarzer Rauch durch die Luft und zogen sich zusammen, immer mehr, immer schneller.

»Angriff!«, schrie sie und hieb ihr Schwert in die Schattenkreatur, noch ehe diese eine endgültige Form gefunden hatte. Das helle, verwischte Abbild eines Totenschädels tanzte vor ihr, Knochenhände griffen nach ihr, doch ihr Schwert zerteilte nur Luft. Ihr wurde kalt, aus ihrem Schwertarm wich die Kraft. Sie stolperte rückwärts und prallte gegen einen Untoten, der sie aus milchig fauligen Augäpfeln leer anstarrte. Sie holte aus und hieb ihm den Kopf ab. Die Wand, sie musste zur Wand, ihren Rücken schützen. Sie drehte sich um sich selbst, aber da war nirgends eine Wand, auch ihre Gefährten waren verschwunden oder nicht mehr sichtbar in einer Armee des Verfalls, die aus den dicken schwarzen Schatten trat und zu ihr aufrückte.

Krona packte ihr Schwert mit beiden Händen und suchte festen Stand.

Sollten sie kommen.

Und sie kamen: Unerschöpflich in ihrer Kraft, unüberschaubar in ihrer Anzahl, Fetzen von vermoderndem Fleisch auf braunen Knochen, Waffen und lange Krallenfinger. Sie fielen unter ihren Schwertstreichen und bildeten einen Wall vor Kronas Füßen, und sie wechselte den Standort, um sich wieder frei bewegen zu können, Knochen knirschten unter ihre Stiefeln, Attacke, Parade, ihr Schwert fand sein Ziel wie von selbst, der nächste und der nächste, immer auf denjenigen, der die gefährlichste Waffe führte, längst hatte sie ihren Rhythmus gefunden, es war wie Tanzen, nur tödlich. Ihr Körper gehorchte, wie er es immer getan hatte, die Zeit reichte nicht weiter als bis zum nächsten Atemzug, die Welt war nichts als der nächste Schritt.

Dann wurde sie plötzlich von hinten gepackt. Der Tanz war unterbrochen. Sie schrie und holte mit dem Schwert aus, doch von der Seite kam jemand und umfasste ihr Handgelenk, zwang ihr den Schwertarm nach unten. Jemand rief ihren Namen. Sie kämpfte verbissen, doch die Arme hielten sie fest wie ein Schraubstock. Der zweite Angreifer verdrehte ihr den Arm und entwand ihr mit einem geschickten Griff das Schwert. Sie trat nach ihm, erwischte aber nur Luft.

»Krona! Es ist vorbei.«

Sie hielt inne, keuchend, bekam gar nicht genug Luft in ihre Lungen. Sie kannte diese Stimme.

»Komm zu dir, Hauptmann.«

Fenrir.

Sie zwinkerte sich Schweiß und Blut aus den Augen.

»Wo sind sie?«

»Sie sind nur in deinem Kopf. Es ist ein übler Zauber.«

Sie sah sich um. Die gefallenen Gegner zu ihren Füßen waren verschwunden. Lomir hing an ihrem linken Arm, Fenrir an ihrem rechten. Fenrir schob mit dem Fuß ihr Schwert aus ihrer Reichweite, ehe er sie langsam losließ. Erst jetzt lockerte auch Lomir seinen Griff.

»Alles in Ordnung?«, fragte er misstrauisch.

»Sie waren so wirklich«, sagte Krona.

»Wir alle haben Dinge gesehen«, erklärte Fenrir. »Wenn du dich umsiehst, wirst du einige meiner Pfeile im Raum verstreut finden.«

»Untote?«

»Nein. Feuerwesen.«

Krona nickte.

»Kann ich mein Schwert wiederhaben?«

»Ich bin noch nicht sicher. Ich will nicht neben dir stehen, wenn du wieder anfängst auszuteilen.«

»Dann nimm wenigstens den Fuß von der Klinge, Himmelarsch! Das kann ich ja nicht mit ansehen.«

Er lächelte flüchtig und kam ihrem Wunsch nach. Lomir ging, um die restlichen Gefährten zusammenzurufen.

Er brachte zuerst Nardon, der orientierungslos zwischen den Steinblöcken umhergeirrt war, und machte sich dann auf die Suche nach dem Rest. Fenrir hob Kronas Schwert auf und reichte es ihr mit dem Griff voran. Sie nahm es entgegen und prüfte die Klinge, ehe sie es wegsteckte.

»Ich war in einem Labyrinth«, berichtete Nardon. »Götter! Ich dachte, ich sehe euch nie wieder. Was für ein schrecklicher Ort.«

Lomir brachte Thork, der sich zwischen den Quadern verschanzt gehabt hatte, und eine Handvoll von Fenrirs Pfeilen, einige davon sogar noch brauchbar.

»Von den anderen bisher keine Spur«, berichtete er besorgt. »Hat der Zauber bei euch allen nachgelassen? Dann helft suchen.«

Sie verteilten sich zwischen den Quadern und schritten den Raum ab. Fenrir bekam mit einem Sprung die obere Kante eines Steinblocks zu fassen und ließ sich von Krona hinaufhelfen. Oben richtete er sich auf und sah sich um.

»Nichts«, sagte er. »Niemand.«

»Sie müssen hier irgendwo sein«, sagte Thork.

»Nein.«

»Aber sie fehlen!«

»Der Raum ist nicht so groß. Ich kann alle vier Wände sehen. Nächstes Problem: In keiner davon gibt es eine Tür.«

»Du meinst, wir sind eingesperrt?«

»Sehr scharfsinnig, Hauptmann. So sieht's aus.«

Fenrir ging in die Knie, setzte sich an den Rand des Quaders und ließ die Beine baumeln.

»Das gibt's nicht«, sagte Krona stur. »Türen verschwinden nicht.«

»Oh doch«, sagte Nardon düster. »Und wie sie das tun.«

»Dann ist es eine gute Nachricht, dass Lianna und Pintel fehlen«, sagte Lomir, den Blick wachsam auf Thork gerichtet. »Sie sind nicht mit uns eingesperrt und können uns zu gegebener Zeit befreien.«

Krona hätte auf einen Schlag ein Dutzend anderer Möglichkeiten aufzählen können, eine unerfreulicher als die andere, doch sie ließ es bleiben.

»Haben wir eine Idee, zu welcher Seite wir den Raum betreten haben?«, fragte Nardon. »Ich würde gerne die Felswand untersuchen. Man muss doch sehen, wo eine Tür war.«

»Muss man das?«, fragte Fenrir.

»Nein«, seufzte Nardon. »Aber es ist eine Hoffnung, und es gibt uns etwas zu tun.«

Für geraume Zeit waren sie damit beschäftigt, die Wände nach Spuren von Durchgängen abzusuchen, ohne Ergebnis. Thork hielt sich abseits, sein Blick ging ins Leere, seine Finger spielten unablässig mit der Kette, an der er das Symbol seines Gottes um den Hals trug.

Krona trat neben ihn.

»Sie wird schon auf sich aufpassen«, sagte sie leise. »Außerdem hat sie Pintel dabei. Der ist pfiffig.«

»Ich hätte sie im Dorf lassen müssen«, sagte Thork, und Krona hörte blanke Verzweiflung in der Stimme des sonst so unerschütterlichen Zwergen. »Ich hätte mich durchsetzen müssen.«

»Du hättest sie festbinden müssen.«

»Nötigenfalls auch das.«

»Thork, ich verstehe ja, dass dir viel an ihr liegt, aber sie ist eine erwachsene Frau. Du bist nicht verantwortlich für sie.«

»Aber natürlich bin ich das.« Er umklammerte sein Gottessymbol. »Natürlich bin ich das. Deshalb hat Gròr den Troll geschickt. Deshalb ... Es ist meine Aufgabe, sie zu beschützen. Und ich kann nicht ... Es ist zu schwer. Ich bin zu schwach.«

Er wandte sich ab. Krona streckte die Hand nach ihm aus, ließ sie aber wieder sinken.

»Ja«, sagte sie. »Manchmal ist einfach alles viel zu schwer.«

Ein Kratzen wie von Stein auf Stein ließ sie herumfahren.

»Ich war's nicht!«, ertönte Nardons Stimme gleichzeitig.

Ein Spalt war in der Felswand erschienen, weitete sich nun stetig und zeichnete die Umrisse einer Tür nach. Nardon und Lomir schoben kräftig, und tatsächlich ließ sich das Stück Fels in unsichtbaren Scharnieren schwenken.

Im Türrahmen erschien Pintel.

»Ein Glück«, plapperte er. »Oh, ein Glück! Die Tür ist auf! Da waren so viele Zahnräder, und überall diese Untoten, und erst wusste ich überhaupt nicht, wie der Mechanismus funktioniert, und ob vielleicht die Decke zu euch runterkommt oder die Wände euch zerquetschen, wenn ich den falschen Hebel ziehe, und ich hatte solche Angst ganz allein, und ...«

»Allein?«, unterbrach Lomir den Wortschwall. »Wo ist Lianna?«

»Das ist ja das Problem«, sagte Pintel unglücklich. »Lianna wird gleich den Göttern geopfert.«

»Was meinst du mit geopfert?«, fragte Krona rasch.

»Da gibt es nicht viel Spielraum. Sie haben ihr etwas zu trinken gegeben, und seitdem ist sie ganz benommen. Wie betrunken, nur ohne lustig. Sie haben ihr Schmuck angelegt und ein merkwürdiges Ritual mit ihr vollzogen ... mich haben sie nicht gesehen, oder, was ich eher glaube, sie haben sich nicht für mich interessiert. Weißt du noch, Nardon? Als wir hier waren, konnten wir uns auch frei bewegen, solange wir keinen von ihnen angriffen.«

»Ja«, sagte Nardon ungeduldig. »Die Kurzversion, bitte.«

»Sie bringen sie rauf aufs Dach und werden dort ihr Blut vergießen. Lor ist auch dabei. Er spielt die Rolle eines Hohepriesters.«

»Gehen wir«, sagte Thork und schob Pintel rückwärts in den Gang. »Schnell.«

Krona riss eine der Fackeln aus ihrer Halterung und folgte eilig.

»Wie viele?«, fragte sie, als sie den dunklen Gang entlang hasteten.

»Alle«, sagte Pintel. »Heerscharen. Armeen. Keine Ahnung – ein paar hundert mindestens. Und Lor.«

»Verdammt«, sagte Nardon ratlos. »Wir haben keine Chance.«

»Wir brauchen ein Überraschungsmoment«, sagte Lomir. Sie bogen in einen schmalen Seitengang ein und erklommen eine schmale Flucht von Treppen, die steil nach oben führte. »Schnell rein – Lianna schnappen – schnell raus.«

»Eine Schneise«, sagte Krona. »Wir hauen nur die um, die uns im Weg stehen. Die Kämpfer wechseln sich vorne ab. Pintel bleibt in der Mitte und wirft Zauber. Ich will alles sehen, was du kannst, verstanden?«

»Ich bin sicher, Untote brennen gut«, sagte Pintel mit nervösem Lachen.

»Thork muss seine Heilzauber sprechen, damit wir länger durchhalten. Nardon, du kümmerst dich um Lianna und siehst zu, dass du sie aus der Kampfzone bringst.«

»Nichts dagegen«, sagte Nardon. »Ich glaube nur nicht, dass Thork noch für deine Pläne ansprechbar ist.«

»Ich kümmere mich um Lor«, sagte Fenrir. »Und um den Schädel, wenn der noch jemanden interessiert.«

»Natürlich interessiert er«, sagte Krona. »Es ist nur verdammt störend, wenn einem ständig die Leute abhandenkommen.«

Die Treppe endete auf einem schmalen Sims, das um einen tiefen, dunklen Raum herum führte und an einer weiteren Treppe endete. Aus dem Treppenschacht drangen dumpfe Trommelklänge zu ihnen, begleitet von einem tiefen Summen.

»Wir müssen rauf zur Spitze«, sagte Pintel. »Da oben ist der Ausgang. Fangt nicht sofort an zu kämpfen. Sie beachten uns vielleicht gar nicht, solange wir sie nicht angreifen.«

»Und dann in den Wald flüchten. Und zusammenbleiben«, fügte Lomir hinzu. »Ich will nie wieder jemanden suchen müssen! Bereit?«

»Bereit geboren«, knurrte Krona.

»Dann los.«

Sie stürmten die Treppe hinauf, den Trommeln entgegen. Ein schmaler Durchgang führte sie ins Freie. Die Nacht war bereits hereingebrochen, der Mond stand tief über den Baumwipfeln und schüttete sein blasses Licht über Steine und Gebüsch. Sie befanden sich weit oben, beinahe auf Höhe der Baumkronen. Ein heftiger, warmer Wind griff nach ihnen und trug ihnen dünne Rauchfahnen zu. Sie wandten sich nach oben und kletterten.

Die Spitze des Tempels über ihnen war mit einer dunklen, wogenden Masse vergehender Leiber bedeckt wie von einem Geschwür. Der Gestank von Tod und Fäulnis mischte sich unter den Rauch, als sie höher kamen. Sie bewegten sich so rasch und leise wie möglich. Noch hatte niemand Notiz von ihnen genommen.

Krona zog ihr Schwert und bereitete sich auf einen Sturmangriff vor, doch Pintel, der einige Stufen über ihr war, drehte sich zu ihr und machte eine abwehrende Geste. Dann packte er Thork am Ärmel und flüsterte auf ihn ein. Thork nickte und senkte die Axt um eine Handbreit.

Sie rückten bis unmittelbar hinter die letzte Linie der Untoten vor. Krona spürte überdeutlich den Abgrund in ihrem Rücken. Es galt nicht nur, diesen Kampf gegen eine Übermacht zu gewinnen, sondern auch, sich dabei nicht den Hals zu brechen.

Eine letzte Stufe brachte Pintel in die direkte Reichweite der Untoten. Er warf einen unsicheren Blick über die Schulter, dann tauchte er vorsichtig in die modernden Reihen ein.

»Aufrücken!«, zischte Krona. »Aufpassen mit den Waffen!«

Pintel war verschwunden. Die Trommeln folgten unbeirrt ihrem Rhythmus. Krona hielt den Atem an und schob sich, dicht gefolgt von Fenrir, zwischen die Untoten.

Sie standen Brust an Rücken, Schulter an Schulter, ihre leeren Gesichter hinauf zur Spitze der Pyramide gewandt. Kälte ging von ihnen aus. Krona sah, wie das faulige Fleisch sich vom Knochen pellte, sah blasse Knorpel, loses, spinnwebengleiches Haar, gelbe, abgebrochene Zähne. Leblose Finger blieben an ihrer Kleidung hängen wie vertrocknete Zweige. Schmierige, kalte Haut strich über ihre nackten Arme, als sie sich vorsichtig auf die nächste Stufe hinauf zog.

Der Rhythmus der Trommeln wurde schneller, drängender. Eine Männerstimme mischte sich darunter, die in einer fremden Sprache sang.

»Lor!«, flüsterte Nardon. »Beeilung!«

Krona zog sich eine weitere Stufe hinauf. Fenrir und Nardon waren hinter ihr, Lomir und Pintel vor ihr, Thork hatte sie bereits aus den Augen verloren, sie vermutete ihn über sich, dort, wo die Untoten sich bewegten wie Schilfgras. Er schien die oberste Plattform beinahe erreicht zu haben.

Sie richtete sich auf, doch jemand oder etwas zog an ihrem Hemd. Sie machte eine heftige Bewegung, um sich zu befreien, und kam mit einem Ruck los. Ihr untoter Nebenmann schwankte und machte mechanisch einen Schritt zur Seite. Krona sah an sich hinunter: Da hing eine halbe Hand an ihrem Hemdsaum, daran ein Arm, der sich im Ellenbogen von seinem ehemaligen Besitzer getrennt hatte. Drei Finger krallten sich in den mürben Hemdstoff, als gelte es das grausige Leben.

Krona würgte. Sie riss ihren Dolch aus dem Gürtel und stach auf das tote Stück Fleisch ein, drehte sich um sich selbst, riss es schließlich mit den Händen ab und schleuderte es von sich. Die Untoten um sie herum taumelten und schwankten. Vom Ende der Reihe ertönte ein lautes Scharren, dann nichts, dann von weiter unten ein dumpfer Aufprall, als würde ein Sack voller Knochen auf Stein geschlagen.

Dann riss das Geräusch der Trommeln plötzlich ab. Krona erstarrte. Im Gegensatz zu den Untoten, die sich ihr nun ganz langsam zuwandten.

»Nicht gut«, sagte Fenrir hinter ihr. Sie hörte das feine knarrende Geräusch, als er seinen Bogen spannte, dann brach der Tumult los.

Fenrirs Pfeil traf den Untoten neben Krona aus nächster Nähe durch die Schläfe. Krona führte einen Ausfall mit dem Dolch, um ihrem

Schwert Platz zu verschaffen. Dem Untoten vor ihr riss sie die vertrocknete Kehle auf, dem zu ihrer Rechten pflanzte sie den Dolch zielsicher zwischen die bräunlichen Rippen. Den hinter ihr beförderte sie mit einem herzhaften Tritt in den freien Fall. In fliegender Hast wechselte sie vom Dolch zum Schwert und führte einen weiten Streich. Fenrir sprang auf die Stufe neben ihr, trat einen Untoten beiseite und riss sein Schwert aus der Scheide.

»Nach oben!«, schrie er.

Die Gegner waren mit ein, zwei wohlplatzierten Schlägen außer Gefecht zu setzen, aber wo einer gestanden hatte, rückten zwei nach. Krona kämpfte Rücken an Rücken mit Fenrir. Ihre Klinge hieb Arme und Köpfe ab, öffnete dunkle Höhlen in Leibern, durchtrennte sehniges Fleisch und kerbte Knochen. Sie rammte ihr Schwert zwischen Rippen und Rückenwirbel, befreite es mit gewaltsamer Kraft und versuchte, möglichst viele Gegner über die Stufe in die Tiefe zu befördern. Ihre Muskeln brannten. Blut färbte ihr Hemd.

Nächster Gegner. Nächster Gegner. Einfach diejenige sein, die am Schluss noch steht.

Eine Stufe nach oben. Keine Pause. Nächste Stufe. Hinter ihr keuchte Fenrir schmerzerfüllt. Sie warf einen erschrockenen Blick über die Schulter und wurde im gleichen Augenblick hart gestoßen. Sie fiel rückwärts und riss Fenrir zu Boden. Sie klammerte sich an niedriges Gestrüpp, um nicht über den Rand der Stufe abzustürzen. Ihre Schwertklinge kratzte über den Stein. Unter ihr mühte Fenrir sich, in die Höhe zu kommen. Dann schoben sich die Untoten über den Nachthimmel und verdeckten die Sterne.

Im gleichen Augenblick schrie eine zwergische Stimme einen Schlachtruf. Eine Axt mähte eine Schneise in die Untoten, und darin erschien Lomir, der es sogar noch fertigbrachte, zu grinsen.

»Geht doch nichts über einen niedrigen Schwerpunkt«, sagte er. »Auf, ihr Langbeine! Genug ausgeruht.«

Sie rappelten sich auf und nutzten die winzige Atempause, um einen Überblick zu gewinnen. Sie waren beinahe oben. Eine wogende Masse aus Untoten brandete gegen die Stufen unter ihnen. Von oben stellten sich ihnen eine Phalanx aus Gegnern in den Weg, doch dahinter waren Luft, Nachthimmel und unruhiger Feuerschein.

»Sturmangriff«, keuchte Krona. »Wir brechen durch!«

Lomir sicherte nach hinten und mähte mit gewaltigen Streichen alles nieder, was die Stufen hinaufkommen wollte. Krona und Fenrir stürzten sich nach vorne.

Schnell fielen sie in einen Rhythmus. Ihre Schwerter beschrieben einen glitzernden Halbkreis, in dem nichts auf den Beinen blieb. Sie wehrten Angriffe ab, die dem jeweils anderen galten, und schlossen Lücken in der Deckung, wo sie sich öffneten. Gleichzeitig erklommen sie die nächste Stufe. Krona trat die zerhauenen Üebrreste der Untoten beiseite, und sie rissen bei ihrem Absturz eine breite Schneise in die Angreifer, die von der Seite auf sie eindrangen.

Dann plötzlich gab es einen Knall. Gleißendes Licht platzte aus dem Nichts und raste die Stufen hinunter, die Untoten wie altes Laub vor sich her fegend. Gleichzeitig ertönte ein Summen, so tief, dass Kronas Zähne ihr im Kiefer schmerzten. Sie hielt die Hand vor die Augen und blinzelte.

Die Untoten waren verschwunden. Das Licht lag wie eine Kuppel über der Spitze der Pyramide, weiß und klar wie ein Gebirgsbach an einem Sommertag.

»Was ist passiert?«, fragte Lomir erstaunt. »Wo sind sie alle hin?«

»Sehen wir nach«, sagte Fenrir und wies nach oben.

In aller Eile bewältigten sie die letzten drei Stufen und zogen sich über den Rand.

Die oberste Plattform war überflutet von dem grellen weißen Licht. In den scharfen Schatten konnten sie einen flachen, steinernen Altar erkennen, davor ein Podest mit einer goldenen Schale darauf. Auf einem Bett aus Blüten lag Lianna. Ihre Augen waren geschlossen, und sie rührte sich nicht. Man hatte sie mit kostbarem Gold und Geschmeide behängt und ihre blasse Haut mit Symbolen bemalt. Ihr langes Haar lag in dunklen Wirbeln um sie.

Vor ihr stand Thork. Das grelle Licht ging von ihm aus, brach aus seiner Brust und verteilte sich aus seinen Händen zu einer Kuppel. Inmitten des Lichts war der Zwerg kaum noch zu erkennen.

Um Krona herum traten die übrigen Gefährten auf die Plattform. Pintel rannte sofort los und ging neben Lianna in die Knie. Krona machte ein paar Schritte, das Schwert wachsam vor sich.

Ein Stöhnen entrang sich Thorks Brust. Der Zwerg ging in die Knie. Das Leuchten schwächte sich ab, dann platzte die Kuppel wie eine Seifenblase. Silbrige Lichtfunken schwebten zu Boden und verschmolzen mit dem Stein.

Krona sah über den Rand der Plattform hinunter. Blasses Mondlicht lag auf den Toten, die auf die Stufen hingeworfen waren. Nichts regte sich.

Sie wandte sich um und wollte gerade nach Lianna sehen, da trat eine Gestalt aus den Schatten und trat vor den Altar: groß, dünn, in schwarze Roben gekleidet. In seinen dunklen Augen fing sich der Feuerschein, als er den Gefährten ein dünnes Lächeln schenkte.

»Da seid Ihr also«, sagte er, und seine Stimme hallte merkwürdig. »Ich kann nicht sagen, dass ich auf Euch gewartet hätte. Meine Hoffnung war, dass mein Portal Euch beim Übertritt vernichtet hätte.«

»Nein«, sagte Krona. »War aber knapp. Bist du Lor? Ich hab dich zuletzt nur von hinten gesehen, als du vor uns weggerannt bist. Feige Sau.«

»Ich bin nicht Lor«, sagte der schwarze Mann. »Schon lange nicht mehr.«

Krona hörte das feine Knarren von Fenrirs Bogen. Sie duckte sich zur Seite und sah aus dem Augenwinkel, wie Fenrir den Pfeil von der Sehne ließ.

Er traf präzise sein Ziel. Beinahe erstaunt sah Lor auf den gefiederten Schaft hinunter, der aus seiner Brust ragte.

»Halt!«, schrie Lomir viel zu spät. »Ich wollte mit ihm reden, verdammt!«

»Dann beeil dich«, sagte Fenrir und ließ den Bogen sinken. »Das ist sein letzter Atemzug.«

Ein beinahe triumphierendes Lächeln glitt über Lors Züge. Dann packte er den Pfeilschaft mit beiden Händen und zog. Sein Blick wurde starr, Blut lief ihm in einem feinen Faden aus dem Mundwinkel. Sein Atem ging gurgelnd. Dann kam der Pfeil frei. Ein Schwall von Blut schoss aus Lors Brust und klatschte auf den Boden, auf das steinerne Podest und in die goldene Schale.

Ein feines, steinernes Knacken war zu hören, dann das hölzerne Klappern des Pfeils, der Lors Händen entglitt. Leblos stürzte Lor zwischen Altar und Podest zu Boden.

Die steinerne Platte des Altars verschob sich. Ein Spalt erschien, klaffte auf, wurde breiter, und aus der dunklen Tiefe kam etwas nach oben ins Licht.

Er war kleiner, als Krona ihn sich vorgestellt hatte, nicht viel größer als ein Apfel. Das Mondlicht spiegelte sich auf seiner Schädeldecke und erweckte die leeren Augenhöhlen zu einer Spur von Leben.

Krona atmete tief durch und steckte ihr Schwert weg. Ihr Herzschlag hämmerte ihr in den Ohren. Sie streckte eine zitternde Hand nach dem Schädel aus.

»Nergal«, flüsterte Nardon neben ihr.

Der Schädel war kühl und sehr glatt, Kronas Fingerspitzen zuckten vor der Berührung zurück. Dann griff sie zu und hob den Schädel aus seinem steinernen Bett. Er war schwerer als gedacht. Sie drehte ihn vorsichtig in den Händen, beinahe ein wenig enttäuscht, er sah kaum nach mehr aus als nach einem meisterhaft gearbeiteten Stück Kunsthandwerk.

»Sieht ganz harmlos aus«, sagte Lomir neben ihr.

»Hab ich auch gerade gedacht«, sagte Krona. »Sicher, dass es der richtige ist?«

»Was hattet ihr erwartet?«, fragte Nardon. »Blitze? Feuer?«

»Lasst uns von hier verschwinden«, sagte Fenrir. »Was ist mit Lianna? Ist sie tot?«

»Nein«, vermeldete Pintel, der noch neben ihr kniete. »Nur völlig weggetreten. Wir werden sie tragen müssen.«

»Thork?«

Der Zwerg murmelte etwas in seiner eigenen Sprache und versuchte benommen, auf die Füße zu kommen. Lomir eilte zu ihm, um ihn zu stützen.

»Was hat er nur mit den Untoten gemacht?«, fragte Krona. Pintel hob die Schultern.

»Ein gewaltiger Zauber«, sagte er. »Alle Götter. Ich habe nie etwas Vergleichbares gesehen.«

»Hätten wir gewusst, dass er so etwas kann, hätten wir uns einen Haufen Mühe erspart.«

»Ich wusste es selbst nicht.«

Thorks Worten war die Erschöpfung anzuhören. Er stand schwankend und stützte sich auf Lomirs Schulter. »Lianna …«

»Sie lebt«, beschwichtigte Pintel ihn. »Sie muss sich nur ausschlafen.«

Thork sah sich nach ihr um und ging neben ihr in die Knie.

»Wir verschwinden jetzt«, sagte Fenrir. »Sofort. Das alles ist mir viel zu glatt gegangen. Pintel, nimm den Schädel und tu ihn in die Tiefe Tasche. Wir gehen kein Risiko mehr ein.«

Er sprach es noch aus, als ein goldener Schein über die glatte Oberfläche des Schädels geisterte und die Augenhöhlen zum Leuchten brachte. Erschrocken hielt Krona den Schädel von sich. Für einen Augenblick sah es aus, als würde der Schädel Feuer fangen, dann begriff Krona, dass es ein viel größeres Feuer war, das sich im polierten Obsidian spiegelte.

Sie ließ den Schädel sinken und wandte den Kopf.

Fenrir hatte einen neuen Pfeil auf der Sehne, aber seine Hände zitterten. Lomir hielt sein Beil vor sich, Ratlosigkeit im Gesicht.

Aus Lors Leichnam hatte sich eine Feuersäule erhoben, die sich nun brüllend und fauchend in den Himmel reckte. Pintel tauchte neben Krona auf und stieß sie an, und geistesgegenwärtig ließ sie den Schädel in die Tiefe Tasche fallen.

»Lauf!«, zischte sie ihm zu. Pintel machte einen Satz über den Rand der Plattform. Im gleichen Augenblick schnellte ein feuriger Tentakel aus der Flammensäule, peitschte durch die Luft und schnitt Pintel den Weg ab.

Der kleine Magier wich zurück, versuchte, zur Seite zu entkommen, doch der Tentakel ringelte sich um ihn wie der Schwanz einer Katze. Glühende Hitze legte sich auf Kronas Gesicht. Sie tat einige Schritte auf die Mitte der Plattform.

»Gyldinn«, sagte sie laut. »Sieh mal einer an. Du bist aber groß geworden.«

Aus der Feuersäule drang ein Lachen, so tief, als würde ein Bergwerk einstürzen.

»Du Jämmerliche«, fauchte die Feuersäule und spie Funkenwolken in den schwarzen Himmel. »Du bist immer noch hinter mir her. Warum gibst du nicht auf?«

»Ich finde dich zum Kotzen – reicht das als Erklärung?«

Lomir warf Krona einen warnenden Blick zu und trat vor die Valdar, deren menschliche Gestalt in den wild züngelnden Flammen kaum erkennbar war.

»Gyldinn, du Großartigste aller Feuerstürme«, sagte er. »Wir haben viel über dich und dein Wesen gelernt. Wir wissen, dass du nur einen Weg suchst, um nach Hause zu kommen. Es muss schlimm sein, die Heimat verloren zu haben.«

Die Feuersäule streckte sich in den Himmel und wiegte sich sachte hin und her.

»Fyrgjalfr«, summte sie. »Viele von uns: Feuer und Schatten. Wir sind viele, und wir sind eins.«

»Fyrgjalfr«, wiederholte Lomir. »Ein Meer aus Feuer. Treffende Beschreibung, da bin ich sicher. Wie wäre es, wenn wir dir helfen würden, dorthin zurückzukehren, o Herrscherin der Flammen? Wir haben kein Interesse, dich bei uns zu behalten, sei dir da ganz sicher.«

Ein Heulen drang aus dem Inneren der Flammensäule. Für einen Augenblick meinte Krona, Schreie zu hören und das Einstürzen eines brennenden Dachstuhles.

»Wer sagt denn, dass ich zurückkehren will?«

Lomir räusperte sich verwirrt.

»Karcharoth sagt das. Der Zauberer, der dich einst beschworen hat.«

»Karcharoth ist ein Narr.«

»Das mag ja sein, aber ...«

Die Flammensäule brüllte auf und neigte sich zu ihm hinunter. Lomir stand wie ein Fels.

»Ein Tor will ich öffnen, aber nicht, um zurückzukehren. Hier will ich mich mit meinen Schwestern vereinen und eure hässliche steinerne Welt mit Feuer reinigen!«

»Darüber würde ich nachdenken«, sagte Lomir mit kaum merklich zitternder Stimme. »Unsere Welt besteht zum größten Teil aus Wasser.«

Gyldinn sprang in den Nachthimmel. Flammende Tentakel zischten durch die Luft. Ein scharfer Geruch nach Verbranntem machte sich breit.

»Genug geredet!«, brüllte sie. »Nun gebt mir, was mein ist!«

»Ich weiß nicht, wovon du sprichst«, sagte Lomir und verschränkte die Arme vor der Brust.

»Nergalsskali!«, brüllte Gyldinn. »Gebt ihn mir! Ich spüre, er ist hier.«

Sie schrumpfte, zog sich zusammen, bildete dann zwei lange Ausläufer und griff nach Krona.

Krona schrie, als die Flammen über ihre Haut züngelten.

»Gib ihn mir, Jämmerliche«, dröhnte Gyldinn.

»Nur über meine beschissene Leiche«, stieß Krona zwischen den Zähnen hervor.

»Du hast ihn also!« Gyldinn schüttete das Gebrüll eines Großbrandes über Krona aus. Die krümmte sich und schlug die Hände über die Ohren. Die Luft war so heiß, dass sie sich nicht atmen ließ.

Gyldinn neigte sich über Krona und umrundete sie. Krona erwischte einen zerrissenen Hemdsärmel, noch feucht vom Gewitter, und presste ihn vor Nase und Mund. Trotzdem fühlte es sich an, als würde flüssiges Feuer in ihre Lungen strömen.

»Du hast ihn nicht«, flüsterte Gyldinn. »Aber du weißt, wo er ist. Sag es mir.«

»Nein! Lieber sterbe ich!«

»Das kannst du haben.«

Gyldinn richtete sich auf. Für die Dauer eines Lidschlags drang kühle Luft zu Krona. Sie atmete tief ein und blinzelte zu der Valdar hinauf, die sich hoch über sie erhoben hatte, wie eine Schlange, bereit, auf ihr Opfer hinab zu stürzen.

Sie dachte an Fenrir, wie sie ihn leblos aus Markholts Labyrinth nach oben gebracht hatte. Für sie würde es wohl weniger gut enden. Sie suchte in sich nach Todesangst und fand keine, nur leises Bedauern.

Das war's also.

»Aber das wäre ja viel zu einfach, nicht wahr?«

Gyldinn zog sich zurück, neigte sich auf der Plattform hierhin und dorthin, als würde sie nach etwas suchen. »Wenn dir dein eigenes Leben nichts bedeutet, dann lass mich ein anderes nehmen.«

Mit einem gewaltigen Heulen riss Gyldinn Lianna von ihrem Lager und hob sie in die Höhe, spann sie ein in einen Kokon aus Feuerfäden und hielt sie über dem Altar in der Schwebe. Leblos wie eine Puppe hing Lianna in der Luft.

Die Gefährten schrien durcheinander. Thork sprang auf den Altar, wurde aber von einem gewaltigen Feuerball weggeschleudert und ging in einiger Entfernung zu Boden.

»Lange hält sie das nicht aus«, flüsterte Gyldinn. »So zerbrechlich. Also, Jämmerliche, gib mir Nergalsskali.«

Wie betäubt kam Krona auf die Beine. Neben ihr schluchzte Pintel.

Krona sah von einem zum anderen. Eine Truppe geschlagener Krieger. Lomir hob hilflos die Hände und ließ sie wieder fallen. Fenrir stand wie versteinert. Sie suchte seinen Blick. Er hob die Schultern.

»Keine Eile«, sagte Gyldinn. »Wenn sie hinüber ist, nehme ich den Nächsten.«

»Warum tötest du uns nicht einfach alle, wenn du so mächtig bist«, sagte Krona heiser. »Warum das viele Gerede?«

Gyldinn lachte.

»Ich will dich leiden sehen, Jämmerliche. Das macht mir viel mehr Freude, als dich zu töten.«

Liannas Haar fing Feuer. Pintel schluchzte auf und zog an Kronas Arm.

Wie betäubt nickte sie.

Pintel öffnete die Tiefe Tasche und holte den Schädel heraus. Gyldinn heulte auf und reckte sich zum Himmel, Lianna mit sich in die Höhe reißend.

Pintel holte aus und warf den Schädel in die Dunkelheit. Gyldinn machte einen Satz und stürzte sich hinterher. Lianna fiel auf den Altar, wo sie regungslos liegenblieb. Thork riss sie in seine Arme. Fenrir packte Krona, die immer noch wie gelähmt stand, und schubste sie in entgegengesetzter Richtung die Stufen hinunter. Sie rannten, kletterten und stolperten abwärts, traten auf Knochen und Leichenteile, glitten aus und stürzten in einer klappernden Lawine aus Knochen abwärts, schürften sich die Hände auf und hielten sich gegenseitig fest. Der Boden war noch unendlich weit entfernt, als von der anderen Seite der Pyramide ein gewaltiges Heulen zu ihnen drang. Der Himmel wurde hell, Feuer lief über die Steine und versengte Gras und Büsche. Um sie herum erblühte Feuer in den Bäumen, und gewaltiges Gelächter erschütterte die Nacht und jagte Vögel aus den Zweigen.

Endlich erreichten sie den Boden und retteten sich unter die Bäume.

Von ferne beobachteten sie den Tanz der Flammen. Fenrir bedeckte irgendwann die Augen mit der Hand, doch Krona sah hinüber, bis Tränen ihr die Sicht nahmen.

Es dauerte lange, bis sie zu sprechen begannen.

»Hast du wirklich geglaubt, sie umstimmen zu können?«, fragte Nardon Lomir. Der seufzte.

»Ich hatte keine genaue Vorstellung. Ich habe mal eine Geschichte gehört, über einen kleinen Mann, der einem Drachen entgeht, indem er mit ihm verhandelt. Eine bessere Idee hatte ich nicht. Außerdem war mir klar, dass Beleidigungen die schlechteste Idee waren.«

Krona spürte seinen Blick, aber sie war zu erschöpft, um noch eine bissige Bemerkung in sich aufzubringen.

»Wir alle hatten unseren Anteil«, sagte Fenrir. »Hätte ich nicht auf Lor geschossen ... Sein Blut hat den Schädel erst ans Licht geholt.«

»Seines oder das von Lianna«, sagte Nardon, »hätte im Ergebnis keinen Unterschied gemacht. Vielleicht hätte sie ihn gerne noch ein Weilchen behalten, ich kann mir vorstellen, dass die Nässe hier ihr wirklich zu schaffen macht ...«

Krona schnaubte abfällig, doch Nardon ließ sich nicht aus der Ruhe bringen.

»Wir leben alle noch«, sagte er. »Sie hat sogar eine Geisel genommen, um uns den Schädel abzupressen. Sie hat Varinn Thara benutzt und später dann Lor. Ich würde meinen, sie ist noch ein bisschen davon entfernt, die Weltherrschaft an sich zu reißen.«

»Trotzdem konnten wir nichts gegen sie ausrichten«, sagte Pintel schniefend. »Und das war, bevor sie den Schädel hatte.«

»Tja«, sagte Lomir. »Es steht vier zu null. Sie hat den Markholt-Schädel, den von der Insel der Stürme, den von Varinn Thara und jetzt den Tempelschädel. Fehlt nur noch einer.«

»Wir haben immerhin den Markstein«, warf Pintel ein. »Und sie weiß nicht, dass wir ihn haben.«

»Wie groß ist die Wahrscheinlichkeit, dass sie einen Zauberer findet, der ihr ein entsprechendes Stück herstellt?«, fragte Nardon. Pintel zog die Schultern hoch.

»Nicht sehr groß. Selbst wenn sie einen findet, der über das nötige Wissen verfügt, müsste er es auch wollen. Immerhin hat der Arkane Rat seinerzeit in Karcharoths Fall sehr klar gemacht, was er von derlei Zauberei hält.«

»Aber nicht auszuschließen?«

»Auszuschließen ist nie etwas.«

Lomir ließ sich gegen einen Baumstamm sinken.

»Wir brauchen Verbündete«, sagte er. »Die Sache ist uns längst über den Kopf gewachsen. Mächtige Leute. Den König, den Arkanen Rat ...«

Krona lachte bitter.

»Schau dich um«, sagte sie. »Ehe du überhaupt ein Gesuch stellen kannst, das sie dir dann ablehnen, muss noch ein Wunder geschehen. Wir sind hier gestrandet! Am Arsch der Welt! Wir haben nichts. Weniger als zuvor! Wir können nicht mal nach Hause gehen, weil's uns reicht, weil wir verdammt noch mal nicht nach Hause kommen!«

»Dieses Zuhause würde dir über kurz oder lang über dem Kopf abbrennen«, sagte Nardon. »Gehen wir es schrittweise an. Zurück zum Dorf, würde ich meinen. Ich finde zwar den Weg nicht, aber wenn wir lange genug herumirren und Lärm machen, finden sie uns, jede Wette. Dann eine größere Stadt. Ein Hafen. Und dann mal weitersehen. Thara ist mit einem Schiff von Zentallo hierher gekommen, also können wir auch mit einem Schiff zurückkehren.«

»Und wie lange würde das dauern? Jahre?«

»Es dauert so lange, wie es dauert! Alle Götter, wie konntest du mit dieser Einstellung Kriege gewinnen?«

»Hab ich nicht«, sagte Krona müde. »Ich hab sie immer nur verloren.«

Sie starrte in die Dunkelheit und zwinkerte sich neue Tränen aus den Augen. Dann spürte sie neben sich eine Bewegung. Fenrir setzte sich neben sie und nahm sie in den Arm. Sie ließ es geschehen. Er strich ihr vorsichtig die Haare zurück.

»Du musst diesen Krieg nicht alleine gewinnen, Hauptmann«, flüsterte er. »Wenn es im Feuer enden soll, dann gehen wir gemeinsam.«

Sie klammerte sich an seinen Arm und vergrub das Gesicht an seiner Schulter, aber sie fühlte sich hohl und ausgebrannt und zerbrechlich wie eine tönerne Gussform im Feuer, und die Leere wollte nicht weichen.

5 Im Labyrinth der Löwin

Dalen hatte Thork nur unzureichend auf das vorbereitet, was ihn in Aksum erwartete.

Er hielt sich dicht an den Häuserwänden, zum einen, um der gnadenlosen Sonne zu entkommen, zum anderen, um im Gewühl nicht zerquetscht zu werden.

In dieser Stadt gab es zu allem eine Steigerung. Dalen war laut gewesen, Aksum war ohrenbetäubend. In Dalen hatte man ihn angestarrt, in Aksum ging er als Kuriosität durch – nicht wegen der Augenklappe und der Narbe, sondern weil er ein Zwerg war. Dalen hatte ein Volk von Langbeinigen beherbergt, in Aksum gab es zwei davon. Selbst zu Pferden gab es eine Steigerung. »Nanani« nannten die Einheimischen die großen, zottigen Huftiere, die blökten und stanken und immer dann auskeilten, wenn ein Zwerg sich hinter ihnen befand.

Thork wich in einen Hauseingang aus und ließ einen Karren vorbei, der sich durch die engen Straßen in Richtung Hafen zwängte. Zumindest war die Stadt sinnvoll angelegt: Die Hauptstraßen erstreckten sich wie die Speichen eines Rades vom Hafen ins Landesinnere und waren verbunden mit einem Netz von Nebenstraßen. Zählte man die Abzweigungen, konnte man sich kaum verirren.

Allein deshalb glaubte er seit Kronas Verschwinden nicht daran, dass sie sich einfach nur verlaufen hatte.

Er schwenkte wieder auf die Straße ein und setzte seinen Weg fort.

Drei Tage kein Lebenszeichen von ihr. Die Stadt hatte sie verschluckt und den Rest der Gruppe erschöpft und in schwerer Sorge zurückgelassen. Und Sorge schien das Einzige zu sein, was in dieser Stadt nicht beliebig steigerbar war. Thork fürchtete um diesen weit entfernten Flecken Erde, der seine Heimat war und der den feurigen Feldzug einer freien Valdar zu erwarten hatte. Er sorgte sich um Lianna, die seit Tagen Fieber hatte, und fragte sich, ob sie jemals die Heimat wiedersehen würden. Kronas Verschwinden hatte in ihm nur noch dumpfe Erschöpfung ausgelöst.

Sie hatten sich verrannt, waren gestrandet, und es war seine Schuld. Hätte er das Tor nicht offen gehalten, wäre die Jagd schon in Zentallo zu Ende gewesen.

Er schnaubte, als er daran zurückdachte, wie weit entfernt von zu Hause Zentallo ihm erschienen war.

Vor sich zwischen den Häusern konnte er das Meer sehen, still und blau wie ein Stück Himmel. Er verglich die behelfsmäßige Skizze, die der Wirt ihm angefertigt hatte, mit den Gegebenheiten und bog rechts ab, bevor die Straße sich in die Hafenmole öffnete.

Die Gasse war zu schmal für Fuhrwerke, aber vollgestopft mit Fußgängern. Thork umklammerte sein Gròrssymbol und schob sich dicht an der Hauswand entlang voran. Sein Herz schlug ihm bis zum Hals. Es war viel zu eng. Viel zu laut. Er richtete seinen Blick nach oben, wo die kunstvoll verzierten Ladenschilder über der Gasse baumelten, und setzte einen Fuß vor den anderen.

Endlich erreichte er das richtige Haus. Es war niedrig und hatte dicke, weiß gekalkte Wände und winzige Fenster. Thork schob den Vorhang beiseite und trat ein.

Wohltuende Dunkelheit empfing ihn. Er wartete, bis sein Auge sich an das Dämmerlicht gewöhnt hatte, und sah sich um.

Zumindest hatte der Wirt sein Ansinnen richtig verstanden. Es gab Kräuter hier, jede Menge. Sie hingen in dicken Bündeln von der Decke und warteten in großen, flachen Schalen auf Käufer. Regale reichten bis unter die Decke und waren vollgestopft mit Wurzeln, Mineralien, knöchernen Tierschädeln und großen Gefäßen, die zu Thorks Erstaunen aus dickem, durchsichtigem Glas bestanden.

Er trat näher und fuhr mit den Fingerspitzen vorsichtig über die Oberfläche. Tatsächlich, Glas. Hatten die Langbeine doch in diesem Teil der Welt tatsächlich Dinge erfunden, die die Zwerge nicht herstellen konnten.

Er fragte sich, wie man so große Gefäße aus Glas herstellen konnte, und wie man diese wasserklare Durchsichtigkeit erzeugte.

Das Glas war gefüllt mit etwas, das wie die Innereien eines Tieres anmutete: fleckige Schlingen, schwammiges Gewebe. Plötzlich begann die Masse, sich zu bewegen. Ein dickes Auge wurde an den Rand befördert und starrte Thork blicklos an. Eilig machte Thork einen Schritt rückwärts und streifte einen Stapel merkwürdiger kleiner Geweihe, die klappernd zu Boden gingen. Eilig legte er sie auf das Tischchen zurück und sah sich um.

»Hallo? Ist jemand hier?«

Keine Antwort.

Vorsichtig bewegte Thork sich weiter ins Ladeninnere, hielt Abstand von einer Wäscheleine, an der getrocknete Ratten hingen, sorgfältig an ihren Schwänzen befestigt, und zuckte zusammen, als hinter einem großen, schweren Holztresen plötzlich Bewegung entstand.

»Maltitli hueltl?«, fragte ihn ein großer, dünner Mann, der ganz in Schwarz gekleidet war. Spitze Ohren ragten aus seinem glatten schwarzen Haar hervor, und dunkle Augen musterten Thork prüfend.

»Pictlitoni«, setzte er hinzu. »Tle acuponi. Motoca pami?«

Thork kramte die Wegbeschreibung des Wirts heraus. Auf der Rückseite hatte der freundliche Mann ihm einige Zeilen geschrieben, die hoffentlich Thorks Problem erfassten.

»Meine Gefährtin hat Fieber«, sagte er ohne viel Hoffnung, verstanden zu werden, und reichte dem Krämer den Zettel hinüber. »Ich brauche Kräuter. Etwas, das das Fieber senkt.«

Der Krämer studierte den Zettel und sah dann zwischen Thork und dem Geschriebenen hin und her. Dann nickte er eifrig und verschwand hinter seinem Tresen. Thork hörte ihn kramen, dann tauchte er wieder auf und präsentierte Thork ein Glasauge. Strahlend zeigte er zwischen Thorks Gesicht und dem grausigen Ding hin und her, das auf seiner hölzernen Unterlage herumrollte, als besäße es ein Eigenleben. Thork wehrte ab, zwischen Belustigung und Verzweiflung schwankend.

»Fieber«, sagte er, fasste sich an die Stirn, klopfte sich an die Brust und simulierte Husten. Der Krämer schnippte mit den Fingern, räumte eine Vielzahl Töpfe und Kräuter herbei und begann, allerlei Pulver und zerstoßene Pflanzen zu mischen. Thork beobachtete ihn misstrauisch. Er hatte noch nicht entschieden, ob er Lianna die Medizin verabreichen würde. Wer konnte schon wissen, was sie da schluckte, und ob es ihr oder dem Ungeborenen schadete.

Sein Kind. Der Gedanke war so fern und fremd, als gehörte er zu einem anderen Leben. Es konnte nicht sein, dass er Vater wurde. Er hatte die Gedanken an eine Familie am gleichen Tag begraben, als Ragna ihn verlassen hatte, weil sie nicht mit einem Krüppel hatte leben wollen. Und nun betrachtete er die kleine, sanfte Wölbung von Liannas Bauch und konnte es nicht fassen.

Noch etwas, das ihm Sorgen machte. Hielt Gròr ihn tatsächlich für geeignet, ein Vater zu sein? Ihn, der trotz allem immer noch die Einsamkeit suchte und liebte, der jeden Tag, an dem er nicht mehr als drei Sätze sprechen musste, als gelungen ansah?

Er hatte Rat bei Krona suchen wollen, doch er hatte mitbekommen, dass sie Streit mit ihrer Tochter hatte und darunter litt. Und ehe er sich entschieden hatte, ob er unter diesen Voraussetzungen das sensible Thema der Elternschaft anschneiden wollte, war sie verschwunden gewesen.

Er zog die Zeichnung aus der Tasche, die er von Krona aus dem Gedächtnis angefertigt hatte, und hielt sie dem Krämer hin, der gerade Kräuter auf einer kleinen Waage abmaß.

»Wir suchen diese Frau«, sagte er. »Hast du sie gesehen?«

Der Krämer betrachtete das Bild, lächelte verständnislos und nickte. Thork seufzte. Sie würden Krona nie finden, wenn es ihnen nicht gelang, sich mit den Einheimischen zu verständigen.

Der Krämer füllte die Kräutermischung in ein Säckchen ab und verschnürte es. Dann holte er zwei hölzerne Ringe aus den unergründlichen Tiefen seines Tresens. Sie waren ineinander verschlungen und hatten die Größe von Armreifen. Der Krämer schob demonstrativ seine dünne Hand durch einen der Ringe und zeigte dann zwischen Thork und dem zweiten Ring hin und her. Thork hob seine Hand, und der Krämer nickte, nahm sein Handgelenk und schob ihm die Finger durch den freien Ring. Thorks Hand passte nicht annähernd hindurch, und doch verbreitete das Holz dort, wo es seine Haut berührte, eine eigenartige Wärme. Der Krämer sprach auf ihn ein, »Cihua«, verstand Thork, das Wort für Frau, der Rest blieb ihm Kauderwelsch.

Ein Ritual möglicherweise, ein Aberglaube, der die Heilung beschleunigen sollte.

Der Krämer legte den Holzring ab und hielt die Hand auf. Thork suche nach seinen letzten Münzen und gab sie dem Krämer. Der bestaunte die abrantinischen Viertelkronen, hielt sie ins Licht und biss darauf. Dann nickte er zufrieden. Thork nahm das Säckchen mit den

Kräutern und die Ringe an sich und verbeugte sich zum Abschied, wie es hierzulande üblich war. Sein letztes Geld blieb in diesem Laden, er konnte nur hoffen, dass die Medizin wirkte.

Er beeilte sich, zu dem Gasthof zurückzukommen, in dem die anderen warteten. Er folgte der Straße weg vom Hafen, leicht bergan ins Stadtzentrum, wo die Arena lag. Sie hatten sich das gigantische Gebäude angesehen, als sie noch vollzählig gewesen waren, es war größer als jede abrantinische Burg und stellte sogar die Urwaldtempel in den Schatten. Malereien an den Außenwänden verrieten seine Bestimmung: Es wurden dort Kämpfe abgehalten, Mann gegen Mann, Mann gegen Tier, mit Schwertern, Äxten, Spießen und merkwürdigen Waffen, die keiner von ihnen zuvor gesehen hatte.

Thork umrundete die Arena. Er musste den langen Weg nehmen, denn der kurze war durch einen Käfiggang versperrt, der aus der Arena kam und in einer hohen glatten Mauer mündete. Der Gebäudekomplex dahinter wirkte wie ein Gefängnis, fensterlos und abgeschottet, aber es drangen Rufe und das Klappern von Übungswaffen über die hohen Mauern. Thork vermutete, dass man dort Gefangene unterbrachte, die zu Kämpfern ausgebildet und dann in der Arena dem Volk vorgeführt wurden.

Egal, von welchem Ende der Welt sie kamen, die Menschen hatten eine unzivilisierte Wildheit an sich, die dem Zwerg trotz der Hitze einen kalten Schauer über den Rücken jagte.

Er ließ die Arena hinter sich und tauchte in eine schmale Gasse ein, die ihn zum Gasthof führte. Er trat ein, froh, aus der Sonne zu kommen. Der Wirt, ein fröhliches Rundohr, begrüßte ihn wortreich. Thork nickte ihm zu. Der Wirt wusste inzwischen, dass seine Gäste kaum der Landessprache mächtig waren, was ihn aber nicht davon abhielt, einen Wortschwall nach dem anderen über sie zu ergießen.

Thork trank abgestandenes Wasser aus dem Fass am Tresen und zeigte dem Wirt dann die Kräuter. Der nahm eine Prise des Gemischs zwischen die Finger, verrieb sie und nickte zufrieden.

»Ein Aufguss?«, sagte Thork. »Ein Tee?«

Der Wirt nickte eifrig. »Coltiki yotl«, sagte er. »Tlane! Tlane.«

Er nahm die Kräuter mit nach hinten, und Thork sah ihm nach und seufzte leise. Er hätte Jahre seines Lebens gegeben, um sich nur verständigen zu können.

Er ging nach hinten durch, wo der Wirt ihnen ein Zimmer überlassen hatte. Sie mussten eng zusammenrücken, dafür hatte der Wirt bisher angelegentlich vergessen zu kassieren.

Lianna war wach und streckte ihm die Arne entgegen, als er durch die Tür kam. Ihre Augen hatten immer noch diesen fiebrigen Glanz, aber zumindest hatte sich ihr Zustand nicht verschlechtert. Pintel und Nardon waren bei ihr.

»Und?«, sagte Pintel. »Erfolg?«

»Ich hoffe«, sagte Thork. »Der Krämer gab mir Kräuter, und der Wirt bereitet einen Tee zu. Das ist zumindest meine Hoffnung.« Er zog die hölzernen Ringe aus der Tasche und reichte sie Pintel.

»Weißt du, was das ist?«, fragte er. »Ich halte sie für verzaubert, aber ich weiß nicht, was sie bewirken.«

Pintel untersuchte die Ringe, schlüpfte probeweise mit der Hand durch einen hindurch und schüttelte dann den Kopf.

»Muss ich mir genauer ansehen«, sagte er. »Dauert ein bisschen. Woher hast du sie?«

»Der Krämer gab sie mir zusammen mit den Kräutern.«

»Und er hat nichts dazu gesagt?«

»Doch. Eine Menge.«

»Ist euch aufgefallen, dass sie hier überall Sprachzauber verkaufen?«, sagte Nardon frustriert. »Praktisch an jeder Ecke. Sie sind auf Reisende aus fernen Ländern eingerichtet, aber nicht auf arme Reisende. Ich habe einem Händler all mein restliches Geld gezeigt, und er hat nur gelacht.«

»Ich geh das mal untersuchen«, sagte Pintel und wedelte mit den Ringen. »Ich verziehe mich in den Hinterhof. Bitte nicht stören, ja?«

Die Zwerge nickten zustimmend, und Pintel suchte einige Utensilien aus seinem Gepäck und ging davon.

»Wo sind die anderen?«, fragte Thork und ließ sich neben Lianna auf der Bettkante nieder.

»Lomir lotet die Möglichkeiten aus, eine Schiffspassage nach Hause zu bekommen«, berichtete Nardon. »Oder zumindest in die richtige Richtung. Fenrir ist auf der Suche nach Krona. Wie letzte Nacht. Und den Tag davor. Und die Nacht davor. Aber wir werden sie niemals finden, wenn wir nicht nach ihr fragen können!«

Thork nickte und legte die Hand auf Liannas Stirn. Sie war immer noch fiebrig heiß.

»Sie kann doch nicht einfach verschwinden«, sagte Lianna heiser. Sie hustete tief und krampfhaft, bevor sie weitersprach. »Jemand muss sie gesehen haben. Wir fallen doch auf.«

»Schsch«, machte Thork und strich ihr über die Wange.

»Die Stadt ist riesig«, sagte Nardon. »Unüberschaubar. Wenn man ihr in einer dunklen Ecke die Kehle durchgeschnitten hat, werden wir sie nie finden.«

»Sie kann sich wehren«, hustete Lianna.

»Aber manchmal macht sie dumme Sachen«, unkte Nardon düster.

»Sag das nicht, wenn Fenrir dabei ist«, sagte Thork. »Er ist ohnehin kurz davor, den Verstand zu verlieren.«

»Ich weiß«, seufzte Nardon. »Ist ja auch nur unter uns.« Er stand auf, streckte die Glieder und steckte sich seinen Bart in den Gürtel.

»Gib mir mal die Zeichnung«, sagte er. »Herumsitzen und jammern nützt ja nichts. Ich drehe noch eine Runde und zeige das Bild herum.«

Thork zog die mittlerweile ziemlich zerknitterte Zeichnung aus der Tasche und reichte sie Nardon hinüber.

»Geh nicht verloren«, sagte er. »Wer weiß, wozu diese Stadt in der Lage ist.«

Nardon nickte ihm zu und ging nach draußen.

Lianna rücke auf die Seite, dann lächelte sie schwach und klopfte mit der flachen Hand neben sich auf das Lager. Gehorsam streckte Thork sich neben ihr aus und nahm sie in den Arm. Ihr Körper war heiß, er hörte ihren rasselnden Atem. Mit den Fingern strich er ihr zart durch ihr kurzes, fedriges Haar. Die wenigen nicht verbrannten Reste ihres langen Zopfes hatte Krona ihr abgeschnitten, am frühen Morgen im Wald, und Lianna hatte dabei geweint wie ein Kind.

Er drückte einen Kuss auf ihre Stirn. Er hatte sie wohlbehalten aus dem Wald bis hierher gebracht. Ein Zopf war dafür ein geringer Preis.

Lianna rückte ihren Kopf an seiner Brust zurecht.

»Erzähl mir eine Geschichte«, flüsterte sie. Er lächelte.

»Ich bin ein lausiger Geschichtenerzähler.«

»Du bist der Einzige, den ich habe. Also streng dich an.« Sie lächelte zu ihm hinauf. »Erzähl mir, wie du mich von den Untoten gerettet hast.«

»Aber die Geschichte kennst du schon.«

»Das macht nichts. Ich kann sie immer wieder hören.«

Er zog sie enger an sich.

»Also gut. Du weißt, der Zauberer hatte uns in eine Falle gelockt und verwirrt, und als wir wieder zu uns kamen, warst du verschwunden. Man hatte dich uns weggenommen, um dich einer grausamen Gottheit zu opfern.«

»Warum ausgerechnet mich?«

»Weil keine so schön und liebreizend ist wie du. Und Lor schmückte dich mit Blumen und goldenem Geschmeide, und sie bemalten dich mit ihren heiligen Götterzeichen ...«

»Sie flößten mir einen Trank ein, der mich ganz benommen machte. Ich habe mich aus Leibeskräften gewehrt, aber ...«

»Ich bin sicher, du hast heldenhaft gekämpft. Aber es waren einfach zu viele.«

»Genau.«

»Dann brachten sie dich nach oben. Dein Blut sollte fließen, um den verzauberten Schädel ans Licht zu bringen. Der Mond stand über dem Tempel, gelb und riesig, und überall waren diese Untoten. Heerscharen von ihnen ... Wir kämpften uns Stufe für Stufe nach oben, und dann erreichte ich die oberste Plattform und sah dich dort ... sie hatten ihre verdorrten Finger an dir, zupften an dir herum, und Lor war da mit einem großen, gezackten Messer, und in diesem Augenblick wurde mir so ... so ...«

»Wie?«

»Ich kann es schlecht beschreiben. Es gab einen Augenblick, in dem mir klar wurde, dass ich endlich aufhören musste, zu denken wie ein Schmied. Dies war zu groß für zwei Hände und ein gutes Axtblatt. Und als ich das begriff, ballte sich eine Wut in mir, wie ich sie bisher kaum gekannt hatte. Ich wollte, dass sie ihre Finger von dir ließen, wollte, dass sie ihr unheiliges Leben beendeten, wollte sie *ungeschehen* machen ... und dann kam die Macht über mich.«

»Direkt von deinem Gott.«

»Ja. Gròr gab mir diese Kraft ein, und ich lief über wie ein Gefäß und bannte die Untoten mit nichts als meinem Willen, ich wollte, dass jeder zu Staub zerfiele, der sich dir näherte, und tatsächlich fielen sie auf den Stufen in sich zusammen und beendeten ihr grausiges Dasein.«

»Du konntest das nur, weil du mich so sehr liebst.«

»Ich konnte es, weil Gròr offenbar große Pläne mit dir hat und mich erwählt hat, um dich zu beschützen. Und weil ich dich mehr liebe als mein Leben.«

Lianna hustete.

»Meinst du, dass ich diejenige sein werde, die Gyldinn besiegt?«

»Warum nicht? Du kannst alles erreichen, Kriegsprinzessin.«

Sie seufzte in seine Brust, und er strich ihr über das Haar.

»Werd erst gesund und ruh dich aus.«

»Passt du auf mich auf?«

»Immer.«

Sie schloss die Augen, und er sah sie an, wie sie in seinen Armen döste, und wünschte sich eine Richtung, *Gròr, du weißt, ich diene dir, so gut ich kann, aber bin ich noch auf dem richtigen Weg? Wie kann ich sicher sein, dass ich mich nicht längst verlaufen habe? Was hast du mit ihr vor? Warum schenkst du uns ein Kind? Wie passt das alles zusammen?*

Er umfasste sein Gottessymbol und drückte es zwischen den Fingern, aber es spendete ihm keinen Trost. Er schloss sein Auge und betete um Geduld und Gleichmut.

Als Pintel zurückkam, schrak er hoch.

»Es ist ein Überträger«, verkündete der kleine Zauberer und schwenkte die hölzernen Ringe. »Man kann damit eine Krankheit oder eine Vergiftung an eine andere Person weitergeben.«

»Und welchen Sinn sollte das haben?«, fragte Thork und schob Lianna sachte von sich herunter.

»Ganz einfach«, sagte Pintel. »Den Sinn, dass du die Krankheit dann nicht mehr hast, sondern ein anderer.«

»Funktioniert das auch andersherum?«

»Vermutlich, wieso?«

Thork streckte die Hand aus, und Pintel gab ihm die Ringe. Thork streifte Lianna, die im Halbschlaf murmelte und sich bewegte, einen der Ringe über, in den anderen steckte er seine eigene Hand, soweit sie hindurchpasste. Ein ziehendes Prickeln rauschte durch seinen Arm. Tausend unsichtbare Nadeln stachen ihn in die Haut, und dann setzte

Lianna sich kerzengerade im Bett auf, während er matt in die Kissen fiel. Kopfschmerz presste seine Schläfen zusammen, und er fühlte sich plötzlich heiß und fiebrig.

»Wer erfindet denn so etwas«, murmelte er heiser, dann krümmte er sich hustend.

Als er wieder atmen konnte, erschien Liannas Hand mit den Ringen vor seinem Gesicht.

»Was ist das, und was hast du gemacht?«, fragte sie beinahe vorwurfsvoll.

»Lass ihn erklären«, murmelte Thork. »Er ist frischer.«

Lianna sprang aus dem Bett und schlüpfte in ihre Stiefel, während Pintel ihr wortreich auseinandersetzte, was es mit den verzauberten Ringen auf sich hatte. Thork schloss sein Auge, selbst das Dämmerlicht im Schlafraum war ihm zu viel. Durst quälte ihn. Er zuckte zusammen, als er Liannas Lippen auf seiner Wange spürte.

»Ich liebe dich«, flüsterte sie. »Du bist der Einzige auf der Welt, der so etwas für mich tun würde.«

»Bring mir zu trinken«, krächzte er. »Und lass mich ein bisschen ausruhen.«

»Sehen wir mal nach, wie weit der Wirt mit dem Kräutersud ist«, sagte Pintel beschwingt. »Es hat vorhin aus der Küche schon ganz merkwürdig gerochen. Aber man sagt ja immer, wenn es gut schmeckt, hilft es nicht.«

Thork dämmerte vor sich hin, bis Lianna ihm Wasser und einen Becher mit einem warmen Gebräu brachte, das bitter und scharf zugleich roch. Er stürzte es hinunter, ohne zu fragen, und trank Wasser, bis der Geschmack auf ein erträgliches Maß verdünnt war. Dann schlief er sofort wieder ein, Lianna an seiner Seite, und wurde erst wieder wach, als Leute sich im Raum bewegten und leise redeten. Er blinzelte. Er hatte keine Ahnung, wie viel Zeit vergangen war. Fenrir war eingetroffen, er streckte seine langen Beine unter den Tisch und sah staubig und erschöpft aus. Auch Pintel und die anderen Zwerge waren zurück.

»Was hat er gemacht?«, fragte Fenrir leise und nickte zu Thork hinüber.

»Sie haben getauscht«, erklärte Pintel. »Lianna ist jetzt gesund, dafür ist er krank. Er hat ein arkanes Artefakt aus dem Kräuterladen mitgebracht, das so etwas bewirken kann.«

»Die Liebe«, seufzte Nardon.

»Das heißt, ich könnte zwei oder fünf über den Durst trinken und den Kater am nächsten Morgen jemand anderem anhängen?«, erkundigte sich Lomir.

»Kreativ, aber vermutlich möglich«, sagte Pintel.

»Lass das nicht Krona hören«, sagte Nardon. »Sie würde ihre letzten Hemmungen verlieren.«

»Ich würde sie gerne etwas hören lassen«, sagte Fenrir. »Egal was. Eine Standpauke Marke *doppelter Lomir* meinetwegen. Ich würde ihr gerne eine reinhauen, wenn sie Blödsinn gemacht hat.«

»Keine Spur von ihr?«

»Nichts.«

»Das gibt's doch nicht«, sagte Nardon. »Lasst uns überlegen. Du hast sie zuletzt gesehen, Fenrir, auf dem Platz bei der Arena. Ihr habt euch getrennt, um nach Möglichkeiten zu suchen, ein bisschen Geld zu verdienen. Sie wollte bei den großen Handelshäusern nachfragen ...«

»Und dann ist sie nicht zum Treffpunkt gekommen. Das haben wir doch schon so oft durchgekaut.«

»Warum kommt sie nicht zum Treffpunkt? Und nicht in den Gasthof? Am nächsten Tag auch nicht?«

Fenrir starrte vor sich hin.

»Es gibt nur eine Antwort. Weil sie nicht kann.«

»Was nicht zwingend heißt, dass sie tot sein muss«, sagte Lomir schnell.

Fenrir stieß etwas aus, das zwischen einem Lachen und einem Bellen lag.

»Erinnert ihr euch an Letis? Hätte ich sie nicht rechtzeitig gefunden, hätte sie sich schon dort von ein paar Trunkenbolden aufspießen lassen.«

»Ich bin sicher, auch sie erinnert sich an Letis und hat ihre Lektion gelernt.«

Fenrir schnaubte verbittert und strich sich mit der Hand übers Gesicht.

»Gar nichts hat sie gelernt. Gar nichts. Weil sie nicht *denkt.*«

»Hast du versucht, sie in deiner Wolfsgestalt zu finden?«

Fenrir sah auf.

»Was für eine großartige Idee, Lomir! Dass ich da nicht selbst drauf gekommen bin! Ach, warte mal – ich bin längst drauf gekommen, und es hat nichts genützt! Ihre Spur verliert sich in den Gassen! Was glaubst du, womit ich die Nächte verbracht habe?«

»Ist ja schon gut«, sagte Lomir verletzt. »Spring mir nicht an die Kehle, ja? Davon taucht sie auch nicht wieder auf.«

»Reißt euch alle zusammen«, sagte Nardon entschieden. »Es nützt nichts, wenn wir uns zerfleischen. Lomir, wie weit sind deine Handelskontakte gediehen?«

»Ist noch nicht abzusehen«, sagte Lomir. »Schiffe, die zwischen Aksum und Abrantes verkehren, gibt es jedenfalls nicht. Das hatte ich auch nicht erwartet, denn davon hätte ich gewusst. Es gibt Schiffe, die Zentallo anfahren. Nicht sehr oft, weil die Zentalliner aus hiesiger Sicht nicht gerade traumhafte Handelspartner sind – sie sind politisch instabil, zahlen schlecht und haben ihrerseits keine interessanten Waren anzubieten. Einer der Großhändler am Hafen meinte aufgeschnappt zu haben, dass in den nächsten Tagen ein Schiff aus Zentallo erwartet wird, aber er wusste nicht, wann es wieder zurückfährt.«

»Hast du einen Händler gefunden, der unsere Sprache spricht?«, fragte Nardon erstaunt. Lomir grinste.

»Nein. Ich habe in einen Sprachenzauber investiert. Großartige Erfindung, das.«

»Aber wir sind abgebrannt!«

Lomir klopfte mit den Fingern gegen seinen breiten Gürtel.

»Beinahe abgebrannt, alter Freund. Ein bisschen eiserne – oder goldene, in diesem Fall – Reserve ist noch übrig.«

»Und das sagst du erst jetzt? Wir müssen uns mit Sprachzaubern ausstatten und nach Krona suchen!«

»Langsam. Zum einen habe ich natürlich die Gelegenheit genutzt und habe alle möglichen Leute nach ihr gefragt. Ohne Ergebnis, leider. Zum anderen halten diese Zauber nicht sonderlich lange – zumindest die bezahlbaren. Wir könnten vielleicht auf dem Arenaplatz die Leute nach ihr fragen, für ein Weilchen, aber wir können nicht die ganze Stadt durchkämmen. Außerdem, wenn wir all unser Geld – all mein Geld – für Sprachenzauber ausgeben, wie soll ich uns dann eine Schiffspassage kaufen?«

»Zuerst müssen wir wieder zusammen sein. Dann kümmern wir uns um die Schiffspassage.«

»Ich ziehe vor, beides parallel laufen zu lassen. Immerhin ist eine wild gewordene Valdar auf dem Rückweg in unsere Heimat, um da ein paar Häuser anzuzünden.«

»Ich gehe wieder suchen«, sagte Fenrir und sprang auf. »Ich halte das hier nicht aus.«

»Warte, Junge.«

Mühsam richtete Thork sich auf den Ellenbogen auf. Seine Sicht schwamm, aber er bemühte sich, Fenrir möglichst klar zu sehen.

»Du brauchst etwas zu essen und ein paar Stunden Schlaf. Du bist erschöpft. Danach kannst du wieder suchen gehen.«

Fenrir zögerte.

»Mach, was er sagt«, sagte Lianna sanft. »Du weißt, dass er recht hat.«

Sie stand auf und nahm ihn bei der Hand.

»Komm mit in die Küche. Wir sehen, ob es etwas zu essen für dich gibt.«

Für einen Augenblick sah Fenrir aus, als wolle er in Tränen ausbrechen, dann nahm er seine Hand wieder an sich und nickte Lianna zu.

»Gehen wir.«

Thork irrte durch die Dunkelheit. Er wusste nicht, woher er kam oder wohin er sich wenden sollte. Seine genagelten Stiefelsohlen kratzten über Stein. Er tastete um sich und fand Fels an seinen Fingerspitzen, schob sich daran entlang, immer am Rand, die Mitte war gefährlich, dort verlief ein reißender Fluss, der ihn verschlingen würde, geriete er auch nur in die Nähe.

Thork strengte die Augen an, aber die Dunkelheit war undurchdringlich. Er ging weiter, getrieben von einer unklaren Eile. Die Dunkelheit zog sich um ihn zusammen und formte sich zu Tunneln, und dann sah er von ferne einen Lichtschein und hielt darauf zu. Dort ging es ins Freie, doch als er am Ende des Tunnels ankam, versperrte ihm eine dicke Glasscheibe den Weg. Er starrte nach draußen, wo er verschwommene Bewegungen erkennen konnte, schlug mit den Fäusten gegen das Glas, aber niemand beachtete ihn, und die Dunkelheit auf seiner Seite schluckte jedes Geräusch.

Dann war er plötzlich nicht mehr allein. Irgendwo war Krona, er hörte ihr fröhliches, befreites Lachen, sie scherzte mit jemandem, den Thork nicht sehen konnte. Thork rief nach ihr, aber eine große, unsichtbare Hand pflückte ihm die Worte vom Mund und knüllte sie zusammen wie verbrauchtes Papier. Trotzig ging er los, er war ein Zwerg, er konnte sich in der Dunkelheit bewegen wie kein anderer, er würde sie finden und ins Freie befördern. Ihr Lachen hinterließ eine dünne goldene Spur im Labyrinth der Gänge, und seine Hoffnung stieg, während er der Spur folgte. Dann befand er sich plötzlich im Freien unter der hämmernden Sonne. Sand knirschte unter seinen Stiefeln. Um ihn herum ragte das Rund der Arena auf. Inmitten der Arena stand Krona auf den Resten von etwas, das einmal ein Schiff gewesen sein mochte. Sie trug ihre Soldatenkluft, und ein Wind, den er nicht fühlte, zerrte an ihrem Mantel und schlug ihr die Haare ins Gesicht. Sie klammerte sich an ein großes, hölzernes Steuerrad.

»Welchen Kurs soll ich anlegen?«, sagte sie. »Ich weiß nicht, welchen Kurs ich anlegen soll.«

Er strebte zu ihr, aber seine Stiefel waren mit dem Untergrund verwachsen, und dann wurde die Sonne weggewischt, Dunkelheit kam über ihn, Feuer und Wasser und Stein, und er atmete aus und löschte das Feuer mit einem letzten gewaltigen Atemzug.

Er schrak hoch. Um ihn waren die ruhigen Atemzüge der anderen. Lianna lag neben ihm und hatte einen Arm um seine Mitte geschlungen. Die Kerze war niedergebrannt, es musste weit nach Mitternacht sein. Seine Zwergensicht zeigte ihm die anderen, Lomir, Nardon, Pintel, in ruhigem Schlaf.

Er atmete tief durch und wischte sich Haarsträhnen aus der Stirn. Er konnte atmen, ohne zu husten, aber das Fieber war immer noch da und machte ihn benommen.

Fetzen eines Traumes geisterten durch sein Bewusstsein. Verzweiflung überkam ihn, und er schob sich aus dem Bett und stellte sich vorsichtig auf seine zitternden Beine. Lianna murmelte und drehte sich zur anderen Seite, und er blieb still stehen, bis sie wieder ruhig war. Seine Beine drohten unter ihm nachzugeben, vier Wochen Wanderung durch den Nebelwald hatten ihn nicht so geschwächt wie dieses Fieber. Er schwankte zur Tür, fing sich am Türrahmen und nutzte die Wand als Stütze, um hinaus in den Hinterhof zu kommen.

Der Himmel zwischen den Dächern war erbärmlich klein, die Sterne blass und fern. Mit einem Stöhnen fiel Thork auf die Knie und öffnete die Hände zum Himmel.

Vater der Steine, warum machst du es mir so schwer? Ich will dir dienen, das will ich wirklich, und wenn es dir nicht reicht, dass ich gute Klingen mache, dann folge ich dem Weg, den du für mich vorgesehen hast. Aber kannst du mir nicht zeigen, wohin er führt? Ich bin nur ein Schmied, der seine Gewohnheiten schätzt. Diese Welt ist viel zu weit für mich.

Er führte die Hände zur Stirn, zur Brust, tastete seinen benommenen Geist entlang der vertrauten Anbetung, *Vater der Steine, Welterschaffer, Herr der Ewigen Hallen, lass mich in Weisheit wandeln und mit Demut mein Tagwerk leisten, Dir zu Ehren*, aber er konnte keine Ruhe finden.

Ein Geräusch ließ ihn herumfahren. Nardon stand unter der Tür.

»Was machst du? Warum bist du nicht im Bett? Du bist krank.«

»Ich versuche, Frieden zu finden«, sagte Thork und hustete. »Ich hatte schwere Träume.«

Nardon seufzte. »Ich bin sicher, Gròr verzeiht dir, wenn du mal ein Gebet auslässt.«

»Ich habe ihn um eine Richtung gebeten. Einen Hinweis. Etwas, damit ich mich nicht ganz so ... verloren fühle.«

Nardon lächelte.

»Und?«

Thork atmete tief durch, und plötzlich wurde ein Schleier in seinem Geist weggezogen.

»Die Arena«, sagte er. »Wir müssen Krona in der Arena suchen. Ich habe von ihr geträumt. Es geht ihr gut, aber sie findet den Weg zu uns nicht.«

Nardon sah ihn verblüfft an.

»Du meinst, dein Gott hat dir einen Traum geschickt?«

»Ja.«

»Langsam wirst du mir unheimlich, Freund.«

»Ich mir auch. Trotzdem ist es so.«

»Woher weißt du, dass es nicht nur das Fieber ist?«

»Eine Erkenntnis wird wie eine gute Klinge im Feuer geformt. Wir suchen Krona in der Arena.«

»Na, wenn du meinst.« Nardon streckte Thork die Hand hin, um ihm hochzuhelfen. »Ich bin gespannt, was die anderen dazu sagen.«

Thork ließ sich von Nardon zurück auf sein Lager helfen. Er fühlte sich immer noch schwach, aber die Hitze des Fiebers klang langsam ab. Lianna schmiegte sich an ihn, ohne aufzuwachen, und er nahm sie in die Arme und fand binnen weniger Atemzüge in tiefen, traumlosen Schlaf.

Akila wünschte sich Regen.

Sie blinzelte hinauf zur Sonne, die wie eine gnadenlose, riesige Faust über ihr im Himmel hing. Es würde noch dauern, bis das Nachmittagsgewitter die Luft auf ein erträgliches Maß ab kühlte. Sie schloss die Augen und versuchte, das Plätschern zu hören, wenn der Regen von den Dächern lief, das Trommeln der Tropfen auf dem ausgetrockneten Boden, doch die Hitze lag wie Blei auf ihrer Haut.

Sie erhob sich und ging über den glühend heißen Sand hinüber zum Wassertrog. Das trockene Knallen der hölzernen Übungsschwerter und die Rufe der Männer bildeten eine tröstliche Melodie. Neben ihr ging Ichtaka zu Boden wie ein Baum, gefällt durch einen geschickten Hebelgriff des wesentlich kleineren und leichteren Yaotl. Akila grinste und streckte ihm die Hand hin, um ihm wieder auf die Beine zu helfen. Ichtaka knurrte und spuckte Sand aus.

»Du darfst ihn nicht an dich ranlassen«, sagte Akila. »Er schafft es jedes Mal wieder. Du bist einfach zu langsam.«

»Fußangeln und hinterhältige Tricks!«, knurrte Ichtaka. »Das sollte verboten werden.«

»Ist es aber nicht«, sagte Akila. »Alles, was den Gegner zu Boden bringt, ist erlaubt. Das weißt du doch besser als ich. Und jetzt geh und mach ihn platt.«

»Dazu muss er mich erst mal kriegen«, spottete Yaotl. Ichtaka klaubte sein Holzschwert aus dem Sand und stürzte sich brüllend auf seinen Übungsgegner. Akila sah noch eine Weile zu. Litota hatte die Übungspaare gut eingeteilt: Ichtaka war ein Fels, im direkten Zweikampf kaum zu besiegen, aber er war auch so beweglich wie ein Fels. Er musste dringend seine Geschwindigkeit erhöhen, oder er würde irgendwann einem raschen, heimtückischen Schwertstreich zum Opfer fallen.

Sie setzte ihren Weg zur Wassertonne fort, die unter einem Vordach in einem dünnen Schattenstreifen stand. Akila hielt die Luft an und steckte den Kopf ins Wasser.

Es war nicht wesentlich kühler als die Luft, die sie umgab. Sie hielt den Kopf unter Wasser, so lange es ging, tauchte dann auf, nach Luft schnappend, und schüttelte sich das Wasser aus den Haaren.

»Danke für die Dusche«, sagte jemand hinter ihr. Thio. Sie warf ihm einen Blick zu und lächelte.

»Was schleichst du mir auch immer hinterher?«

»Kein Grund zu schleichen, solange du den Kopf unter Wasser hast.«

Er nahm die Schöpfkelle, schöpfte Wasser und trank. Dann füllte er sie erneut und reichte sie Akila hinüber. Sie trank und schüttete sich den Rest über die Schultern.

»Gibt es hier eigentlich jemals einen Winter?«, fragte sie ohne viel Hoffnung.

»Einen was?«

»Das dachte ich mir. Eine Jahreszeit, in der es viel kälter ist als sonst. In der Wasser gefriert und die Tage kurz sind, weil die Sonne nicht so hoch über den Horizont kommt.«

»Aber die Sonne kommt immer gleich hoch über den Horizont! Wer sollte denn den Lauf der Sonne verändern – und warum?«

Sie seufzte und rieb sich mit nassen Händen übers Gesicht.

»Würde meine Herrin mir nicht diesen Trank geben, ich glaube, ich wäre schon längst zu einem Häuflein Asche verbrannt.«

»Sie sorgt gut für dich, deine Herrin.«

Akila nickte nachdenklich und betastete den schmalen goldenen Reif, der um ihren Hals lag und die Inschrift des Hauses von Ahuani trug. »Jeden Tag einen Schluck«, hatte die Herrin ihr eingeschärft. »Du darfst es niemals auslassen. Der Zauber schützt dich nur, wenn er nicht unterbrochen wird.« Akila fragte sich, warum sie sich kristallklar daran erinnern konnte – an den Blütenduft, der Ahuani umgab, an ihre golden schimmernde Haut, die fließenden Gewänder, den Geschmack der Speisen, an jedes Wort, das gesprochen wurde – und davor: nur Nebel. Nichts. Abgeschnitten.

Thio legte ihr die Hand auf die Schulter und schüttelte sie sanft. Sie schrak hoch.

»Nicht grübeln«, sagte er. »Es nützt nichts. Irgendwann kommt es zurück.«

Sie nickte. Seine Hand auf ihrer Haut fühlte sich gut an, und es würde sich bestimmt gut anfühlen, ihn zu küssen. Sie mochte ihn, seine Jugend, seine strahlenden grünen Augen, die Art, wie seine Muskeln sich unter der bronzefarbenen Haut bewegten. Sie überlegte, ob sie ihn in ihr Bett einladen sollte. Er würde nicht ablehnen, da war sie sicher.

»Du könntest versuchen, mich auf andere Gedanken zu bringen«, sagte sie und blinzelte ihn an. Seine Augen wurden groß, sie sah, wie er schluckte.

»Jetzt? Sofort?«

»Warum es aufschieben, wenn man es auch gleich erledigen kann?«

Sie nahm ihn bei der Hand und führte ihn hinüber in ein schattiges Räumchen, in dem die stumpf geschliffenen und hölzernen Übungswaffen aufbewahrt wurden. Sie suchte einen langstieligen Dreizack aus und ein großes, grobmaschiges Netz, an dessen Rand hölzerne Gewichte baumelten, drückte ihm beides in die Hand und genoss seine Enttäuschung.

»Ich kann mit beidem immer noch nicht richtig umgehen«, sagte sie. »Bring es mir bei, und ich werde mich später erkenntlich zeigen.«

»Erkenntlich mit dem Schwert?«

Sie lächelte und schob sich an ihm vorbei zur Tür, dichter als notwendig war.

»Wenn dir nichts anderes einfällt, dann auch mit dem Schwert.«

Sie trat ins Freie unter den gnadenlosen Schmiedehammer der Sonne. Das Spiel hatte erst begonnen, und Geduld war eine Tugend, die mit dem Alter kam.

Bis das Horn ertönte, übte sie mit dem Netz und dem Dreizack. Ihre Hände sehnten sich nach der klaren Einfachheit einer guten Klinge, aber sie wusste, dass sie in der Arena mit dem kämpfen musste, was ihr zugeteilt wurde. Als das Horn zur Mittagsmahlzeit rief, waren sie beiden schweißüberströmt und mit Sand gepudert.

»Du bist immer noch zu ungeduldig«, sagte Thio. »Du musst es langsam angehen. In der Arena ist dein Gegner gepanzert. Er ist langsam und sieht schlecht. Du bist beweglich. Du musst ihn ermüden. Und hör endlich auf, deinen Gegner mit dem Netz zu verprügeln! Das Netz kommt erst zum Einsatz, wenn du eine Möglichkeit siehst, ihn zu Boden zu bringen. Ein guter Netzkämpfer benötigt genau zwei Kampfzüge, um seinen Gegner auszuschalten: Er bringt ihn mit dem Netz im richtigen Augenblick zu Fall, und dann sticht er ihm den Dreizack zwischen Helm und Halsberge. Alles, was er bis zu diesem Zeitpunkt tut, ist Ausweichen und Wegrennen.«

»Wegrennen liegt mir nicht«, keuchte Akila und wischte sich mit dem Unterarm den Schweiß ab. Ihre Haut fühlte sich an wie Schleifpapier.

»Ich weiß«, sagte Thio. »Aber in der Arena wird es dir deinen hübschen Arsch retten. Und du musst davon ausgehen, dass sie dich als Netzkämpferin einsetzen. Die haben die knappsten Kostüme.«

»Großartig«, knurrte Akila, und Thio lachte.

»Was dachtest du? Dass sie die erste und einzige Frau der Truppe anziehen wie einen Kerl?«

»Das hat ja alles noch ein bisschen Zeit, oder? Ich bin gerade erst ein paar Wochen dabei. Sie werden mich nicht sofort in die Arena schmeißen.«

Thio legte ihr die Hand auf den Rücken und schob sie vorwärts.

»Da wäre ich mir nicht so sicher. Du bist eine Attraktion. Die ganze Stadt will die Nordländerin kämpfen sehen.«

Sie betraten die schattige Halle, in der es nach schwitzenden Männern und Essen roch. Ichtaka ließ sie bereitwillig nach vorne, und der Haussklave füllte ihr eine Schüssel bis zum Rand mit duftendem Eintopf. Sie nahm sich einen Becher Cacahua, trank ihn noch im Stehen an der Essensausgabe leer und ließ ihn sich sofort nachfüllen. Schüssel und Becher vorsichtig balancierend, suchte sie sich einen Platz an einem der langen Tische und begann zu essen.

Sie fragte sich, wann diese Gier nachlassen würde. Anfangs hatte sie gegessen, bis sie sich übergeben musste. Mittlerweile hatte sie sich besser im Griff, nur das kühle Cacahua trank sie nach wie vor in Mengen, die, so Thio, zehn Männer für Monate vom Schlafen abgehalten hätten. Sie schlief hervorragend.

Yaotl setzte sich ihr gegenüber und tauchte den Löffel in seine Schüssel.

»Wo ist dein Schatten?«, fragte er.

»Wie bitte?«, fragte Akila.

Yaotl grinste. »Thio. Dein Schatten.«

»Wenn er nur mein Schatten wäre, hätte ich es kühler auf dem Übungsplatz. Aber ich weiß nicht. Ich bin ja nicht sein Kindermädchen.«

»Da kommt er ja.« Yaotl zeigte mit dem Löffel. »Tulorianische Zwillinge, ihr beiden. Am Unterleib zusammengewachsen, was?«

»Neidisch?« Akila, die keine Ahnung hatte, was Tulorianische Zwillinge sein sollten, grinste. Yaotl grinste zurück.

»Neidisch wie jeder Kerl hier.«

»Wer kann, der kann«, sagte Thio lässig und ließ sich neben Akila auf die Bank fallen.

»Mit dem Netz bist du beschissen«, sagte Yaotl mit vollem Mund. »Damit kannst du einen Kampf nur gewinnen, wenn dein Gegner sich totlacht.«

»Das wird schon«, sagte Thio. »Sie lernt schnell.«

»Gebt mir ein anständiges Schwert, und der Gegner ist tot, bevor sein Kopf im Sand aufschlägt«, sagte Akila. »Netz und Dreizack! Lächerliches Spielzeug, nichts weiter.«

»Wir üben für die Spiele, nicht für den Krieg«, sagte Yaotl. »Vergiss das nicht. Das Publikum will etwas erleben. Wenn du deinen Gegner getötet hast, kaum dass die Hörner verklungen sind, amüsiert sich keiner, und das kann böse für dich enden.«

Plötzlich missmutig stocherte Akila in ihrem Eintopf.

»Wenn Menschen sterben, nenne ich das nicht Spiel«, sagte sie. »Ich nenne es Krieg.«

»Völlig egal, wie du es nennst«, sagte Yaotl gleichmütig. »Die Regeln sind, wie sie sind.«

»Es stirbt ja nicht immer jemand«, versuchte Thio zu trösten. »Manche werden verletzt und zu den Heilern gebracht. Manche werden besiegt und begnadigt.«

»Aber nur, wenn sie ein gutes Spiel gemacht haben«, warf Yaotl ein.

»Das lernst du«, sagte Thio. »Wir hatten alle am Anfang unsere Schwierigkeiten.«

Thio und Yaotl begannen zu spekulieren, wer wohl bei den nächsten Arenakämpfen gegen wen antreten würde. Akila hörte nur mit halber Aufmerksamkeit zu. Sie versuchte, sich an den Tag zu erinnern, als sie den Kontrakt unterschrieben hatte, doch er lag im Nebel wie alles andere.

Sie erschrak, als jemand sie von hinten an der Schulter fasste.

»Mitkommen«, sagte Telpochtli, der Gehilfe der Stimme der Schwerter. »Deine Herrin wünscht, dich zu sehen.«

Verwundert tauschte Akila einen Blick mit ihren Kampfgefährten und erhob sich dann.

»Gibt es einen bestimmten Grund?«

»Bestimmt gibt es den«, sagte Telpochtli, ohne eine Miene zu verziehen. »Aber kenne ich ihn? Nein. Du wirst schon erfahren, was du wissen musst.«

Eilig nahm Akila einen letzten Schluck von ihrem Cacahua, dann folgte sie Telpochtli nach draußen. Über den Innenhof, auf dem die Hitze flirrte, brachte er sie hinüber in den Badetrakt. Akila war erst einmal hier gewesen, direkt nach ihrer Ankunft. Beeindruckt sah sie sich in dem großen Raum um, der lichtdurchflutet und trotzdem kühl war. Er war mit hellen Steinplatten ausgelegt. Stufen führten in ein tiefes Becken, in dem das Wasser stand wie ein Spiegel. Am Rand hatte man Kleidung bereitgelegt, außerdem saubere Tücher und eine Schale mit einer dicken, körnigen Paste.

Telpochtli sah sie lüstern an, und sie schob ihn eilig nach draußen und schloss die Tür hinter seinen Hacken. Sie hatte ihren eigenen Waschplatz drüben beim Schlafhaus, sodass sie sich nicht mit den Männern ein Wasserbecken teilen musste, aber das hier war besonderer Luxus. Eilig streifte sie ihre verschwitzte, sandige Kleidung ab und warf sich ins Wasser. Kühl schlug es über ihrem Kopf zusammen. Die Hitze wich aus ihrem Körper. Unter Wasser öffnete sie den Mund und trank ein paar Schlucke. Eine Erinnerung kratzte an den Rändern ihres Geistes, aber sie wusste mittlerweile, dass sie diese Schatten der Vergangenheit nicht fassen konnte, sie würde sich nur quälen.

Sie tauchte auf und untersuchte den Inhalt der Schüssel. Sie fand eine klebrige Masse, die nach Honig duftete und zwischen ihren Händen schäumte. Sie wusch sich damit den letzten Sand aus den Haaren, seifte sich dann gründlich ein und tauchte wieder unter, um den Schaum abzuspülen. Träge ließ sie sich im Wasser treiben und sah hinauf zu der niedrigen Kuppeldecke, die mit einem umlaufenden Muster geschmückt war.

Sie war zufrieden. Wer konnte schon wissen, ob es sich lohnte, sich zu erinnern.

Sie blieb im Wasser, bis Telpochtli von außen gegen die Tür hämmerte und nach ihr rief. Dann sprang sie eilig aus dem Becken, rieb sich trocken und schlüpfte in die Kleider, die für sie bereitlagen. Sie waren neu, ihre Herrin musste sie extra geschickt haben: weite Hosen aus einem hauchdünnen, goldgelben Stoff, dazu ein kompliziert gewickeltes Kleidungsstück, das sich perfekt an ihren Körper anschmiegte, als sie endlich herausgefunden hatte, wie man es anzog, und weiche, helle Schuhe.

Sie sah prüfend an sich herunter. Sie hatte an Gewicht zugelegt, seit sie hier war, und die vielen täglichen Übungsstunden hatten ihre Muskeln gestählt. Sie sah gut aus, auch wenn die Gewänder definitiv dem Geschmack ihrer Herrin entsprachen, nicht ihrem eigenen.

Telpochtli war vor Ungeduld schon ganz rot angelaufen, als sie schließlich die Tür öffnete und zu ihm ins Freie trat. Er wollte etwas sagen, hielt dann inne, starrte an Akila hinauf und hinunter und klappte den Mund wieder zu.

»Gehen wir«, sagte Akila. »Mir würde doch nicht im Traum einfallen, die Herrin warten zu lassen.«

Seit sie hier war, hatte sie die Anlage nicht verlassen. Thio hatte ihr erzählt, dass der einzige Ausgang, den die Kämpfer nehmen durften, über den Käfiggang hinüber in die Arena führte. Tatsächlich brachte Telpochtli sie durch die Schlaf- und Wirtschaftsgebäude nach hinten zu einer großen Gittertür. Dort warteten zwei bewaffnete Männer. Hinter dem Gitter waren weitere Gitter, dahinter lag ein weiter, sandiger Platz. Telpochtli sperrte die Gittertür auf und machte eine einladende Geste.

Akila betrat den Käfiggang und sah sich neugierig um. Etwa dreißig Schritte trennten sie von der gigantisch hohen, glatten Mauer der Arena. Links und rechts jenseits der Gitterstäbe entfaltete sich das schwirrende Leben der Großstadt: Reiter auf großen, zottigen Tieren, für die sie keinen Namen hatte, Fuhrwerke, Marktstände, an denen bergeweise Früchte angeboten wurden, Fußgänger in farbenfrohen, wallenden Gewändern, Frauen mit zarten Schleiern vor dem Gesicht und zierlich geflochtenen Körben, die sie anmutig am Arm trugen. Dann der Ruf eines Mannes: »Cuaitli!«, und plötzlich wandte sich alle Aufmerksamkeit Akila zu. Menschen strömten zusammen und sammelten sich auf der anderen Seite des Gitters, streckten die Hände zwischen den Stäben hindurch, um Akila zu berühren. Verunsichert wich Akila in die Mitte des Käfigganges zurück, entspannte sich aber, als sie die offensichtliche Begeisterung auf den Gesichtern der Menschen wahrnahm.

»Die Nordländerin!«, riefen sie. »Seht, wie weiß ihre Haut ist! Sie trägt keinen Schleier, seht nur!«

»Akila Torak!«, rief einer. »Werdet Ihr im Xopantlah-Rund kämpfen?«

»Ich weiß es nicht«, erwiderte Akila. »Ich tue, was meine Herrin befiehlt.«

»Man sagt, Ihr seid eine Schwertmeisterin. Übt Ihr Euch auch mit Schild und Speer?«

»Im Augenblick versuche ich, Dreizack und Netz zu meistern. Und wie es aussieht, kann das noch eine Weile dauern.«

Sie wagte sich näher heran und berührte die Hände, die nach ihr ausgestreckt waren.

»Weiter«, mahnte Telpochtli, als immer mehr Menschen am Gitter zusammenströmten, und Akila folgte ihm langsam hinüber in den Schatten der Arena, bis zuletzt Hände drückend und Grüße erwidernd. Sie war halb glücklich, halb irritiert über die Aufmerksamkeit, die ihr zuteilwurde. Jung und Alt drängten sich am Gitter, Männer, Frauen, Kinder, Menschen mit sehr dunklen Gesichtern und welche mit bronzefarbener Haut, dazwischen einzelne Alfr, die mit ihrer hoch aufgeschossenen Gestalt und ihren spitz nach oben zulaufenden Ohren fremdartig aussahen, und einer griff ganz zuletzt nach ihrer Hand und wollte sie kaum mehr gehen lassen: ein kleiner, schmächtiger Kerl mit sonnengelben Haaren und riesigen Segelohren, den sie zuerst aufgrund seiner Größe für ein Kind gehalten hatte. Er umklammerte ihre Finger und sah sie geradezu beschwörend an, aber Telpochtli rief nach ihr, und so machte sie sich los und betrat durch ein weiteres Gittertor einen dunklen, kühlen Gang.

»Du machst das gut«, sagte Telpochtli zu ihr, während einer der Bewaffneten die Gittertür hinter ihr verschloss. »Das Publikum liebt dich jetzt schon, und sie haben dich noch nicht mal kämpfen sehen.«

»Thio sagt, es ist wichtig, dass das Publikum uns liebt«, sagte sie. »Sie entscheiden, ob man begnadigt wird. Er sagt, manchmal schenken sie sogar einem Kämpfer die Freiheit.«

»Das kommt alle zwölf Zyklen einmal vor«, erwiderte Telpochtli. »Aber er hat recht. Die Stimme der Sonne entscheidet über die Begnadigung, aber er ist zu klug, um gegen die Meinung des Publikums zu urteilen.«

Telpochtli führte sie den Gang entlang, tiefer in den Bauch der Arena. In regelmäßigen Abständen führten Treppen nach oben und verschwanden in der Dunkelheit.

»Besucherränge«, erklärte Telpochtli. »Wir nehmen die nächste.«

Über eine steile Treppe gelangten sie in einen weiteren Gang, der dem Rund der Arena folgte. Durch schmale Fenster konnte Akila einen Blick hinunter in das sandige Kampfrund werfen. Eine Mischung aus Erregung und Angst rauschte durch ihr Inneres. Dort unten würde sich über kurz oder lang entscheiden, ob sie lebte oder starb. Telpochtli folgte dem Gang für ein paar Dutzend Schritte, dann führte er Akila ins Freie.

Sie hob die Hand über die Augen und blinzelte. Sie befand sich hoch oben über dem Kampfrund. Große steinerne Stufen erstreckten sich zu beiden Seiten und bildeten einen gigantischen Trichter. Ein frischer Wind sprang sie an und zupfte an ihren Haaren. Telpochtli zeigte schräg nach oben, wo einzelne Bereiche der Stufen durch gemauerte Zwischenwände und farbenfrohe Zeltbahnen abgetrennt waren. Hier saßen vermutlich die reichen und wichtigen Persönlichkeiten, wenn die Spiele stattfanden, damit sie sich nicht mit dem gewöhnlichen Volk vermischen mussten.

Akila stieg die Stufen hinauf und schlug die Zeltbahn beiseite. Im Inneren hatte man Teppiche und Sitzkissen auf den Stufen verteilt. Schalen voller Früchte und Karaffen mit klarem Wasser standen bereit. Auf einem Thron aus Polstern saß Ahuani. Bestickte rote und gelbe Gewänder schmiegten sich an ihre zarte Gestalt. Ihr honigfarbenes Haar war kunstvoll aufgesteckt, Edelsteine glitzerten darin und an ihren zarten Ohrläppchen. Sie streifte ihren durchsichtigen Gesichtsschleier ab, als Akila eintrat, und erhob sich.

»Meine Löwin«, sagte sie und streckte Akila die Arme entgegen. »Du glaubst nicht, wie ich mich nach dir verzehrt habe.«

»Herrin«, sagte Akila und hielt gehorsam den Kopf gesenkt, bis sie Ahuanis Finger an ihrem Kinn spürte. Ahuani stand eine Stufe über ihr, beugte sich nun zu ihr und drückte ihre weichen Lippen auf Akilas Mund.

»Ich bin so froh, dich zu sehen!« Sie fasste Akilas Hände und zog spielerisch daran. »Setz dich zu mir und erzähle mir alles.«

Sie ließ sich anmutig auf ihren Polsterthron sinken, und Akila setzte sich ihrer jungen Herrin zu Füßen.

»Ich weiß nicht, was ich Euch erzählen soll«, begann sie vorsichtig. »Meine Ausbildung verläuft gut … denke ich. Es erweist sich immer wieder, dass ich offenbar nur mit der Klinge wirklich geübt bin. Die übrigen Techniken erlerne ich nach und nach.«

»Du bist eine geborene Kriegerin«, sagte Ahuani schwärmerisch. »In deinen Händen wird sogar eine Flaumfeder zur Waffe.«

»Danke für das Vertrauen.«

»Wie fühlst du dich? Bist du gesund, stark? Hast du alles, was du brauchst?«

»Mir geht es hervorragend, dank Eurer Fürsorge, Herrin.«

»Du kommst mit unserer Witterung zurecht?«

»Einigermaßen, Herrin.«

Ahuani streckte die Hand aus und fuhr mit den Fingerspitzen über Akilas Wange.

»Du nimmst jeden Tag den Trank zu dir?«

»Ganz wie Ihr es befohlen habt, Herrin.«

Ahuani nickte.

»Vergiss ihn niemals. Du weißt, unsere Sonne würde dich sofort verbrennen. Du könntest hier nicht überleben. Du bist an das Leben in den nebligen Nordlanden gewöhnt, und mein Zauber ist dein einziger Schutz.«

»Ich weiß, Herrin.«

»Der Sprachenzauber leistet dir ebenfalls gute Dienste?«

»Ja, Herrin. Ich verstehe jedes Wort und kann mich verständigen. Es ist so viel einfacher seither.«

»Gut.« Ahuani strahlte. Aus einer Schale nahm sie eine glatte, gelbe Frucht und ein kleines Messer. Strunk und Blätter schnitt sie ab, dann teilte sie die Frucht in Scheiben und reichte Akila eine davon hinunter. Der Saft lief ihr über die Finger, und sie leckte sie sorgsam ab und ließ

Akila dabei nicht aus den Augen. Akila steckte sich die Scheibe in den Mund und genoss den süßen, fremdartigen Geschmack.

»Was ist mit deinen Erinnerungen?«, fragte Ahuani nach einer Weile. »Machst du Fortschritte?«

Akila schüttelte den Kopf. »Nichts.«

»Die Stimme der Schwerter berichtet, dass du dich nach wie vor grämst und versuchst, deine Vergangenheit ans Licht zu holen.«

»Ist das verwunderlich, Herrin? Ich habe an die fünfzig Zyklen erlebt und kann mich an kaum etwas erinnern. Ich nehme ein Schwert in die Hände und stelle fest, dass ich damit umgehen kann, aber ich weiß nicht, wo ich es gelernt habe. Ich denke ... manchmal – ich erinnere mich, aber es ist wie ein Traum, den man vergisst, sobald man richtig wach ist.«

Ahuani lächelte sanft.

»Ich wünschte, du würdest nicht länger daran rühren.«

»Herrin, wie soll ich das machen?«

»Ich weiß, meine Löwin. Du bist keine, die aufgibt. Deshalb habe ich Nachforschungen anstellen lassen und einiges in Erfahrung gebracht.«

»Herrin ...« Akilas Stimme zitterte, und sie brach ab. Ihr Herz schlug ihr plötzlich oben im Hals.

»Du hast eine Tochter, Akila. Ich habe sie gefunden.«

»Kelara.«

Der Name glitt ihr wie von selbst über die Zunge. Vertraut, so vertraut.

»Nein, Akila. Deine Tochter heißt Lasoa.«

»Kelara. Herrin, ich werde wohl den Namen meiner Tochter kennen!«

»Möchtest du sie sehen?«

»Ist sie hier?«

»Sie wartet draußen.«

Akilas Hände zitterten, und sie krampfte ihre Finger in den Saum ihres Gewandes.

»Ich weiß nicht. Eigentlich schon, aber ich weiß nicht, ob sie mich sehen möchte.«

»Warum?«

»Ich denke, es ist nicht gut gelaufen zwischen uns.«

»Unsinn, Akila. Deine Tochter ist sehr glücklich, dass es dir gut geht. Deine ganze Familie war in Aufruhr, als du so plötzlich verschwunden bist.«

Ahuani klatschte in die Hände, und von draußen steckte ein Bediensteter den Kopf durch den Spalt zwischen den Zeltbahnen.

»Bringt das Mädchen«, befahl Ahuani.

Gleich darauf schob sich eine schüchterne junge Frau ins Innere. Ihre Haut war bronzefarben, ihr Haar lang und schwarz. Akila forschte in ihrem Gesicht nach etwas Vertrautem und fand nichts.

»Hallo, Mutter«, sagte die junge Frau schüchtern. »Ich habe gehört, du hast dein Gedächtnis verloren.«

»Nicht alles davon«, sagte Akila. »Dich habe ich nie zuvor gesehen.«

Sie wandte sich zu Ahuani.

»Ich weiß Eure Bemühungen zu schätzen, aber das muss eine Verwechslung sein. Sie sieht mir ja nicht mal ähnlich!«

»Sie kommt nach ihrem Vater«, sagte Ahuani sanft. »Erinnerst du dich an ihn?«

Akila presste die Handflächen gegen ihre Stirn.

»Nein.«

»Er ist vor einigen Jahren gestorben«, sagte das Mädchen, das angeblich Lasoa hieß und ihre Tochter war. »Er war ein Krieger. Er hat dir beigebracht, mit dem Schwert umzugehen.«

»Falsch«, sagte Akila, ohne nachzudenken. »Es war andersherum. Ich habe es ihm beigebracht.«

Das Mädchen sah unsicher zu Ahuani, die plötzlich besorgt wirkte.

»Vielleicht sollten wir dir nicht zu viel Aufregung zumuten«, sagte Ahuani. »Lasoa, geh. Ich lasse nach dir schicken, wenn ich dich wieder benötige. Und du …«, sie wandte sich wieder zu Akila, »… du solltest deine ganze Kraft auf deine Ausbildung verwenden. Ich möchte, dass du zu Xopantlah an den Spielen teilnimmst. Du sollst für mich kämpfen, meine Löwin.«

»Herrin, ich habe weder das Netz noch den Speer gemeistert. Ich brauche mehr Zeit.«

»Es ist noch fast ein Rund bis dahin, und du bist eine geborene Kriegerin.«

Akila sah ihre Herrin unsicher an. Diese erhob sich von ihren Kissen, kniete sich neben Akila und drückte ihr die Lippen auf den Mund. Akila zuckte zurück, als sie die Zungenspitze ihrer Herrin auf den Lippen spürte.

»Ich kann es kaum erwarten«, flüsterte Ahuani. »Die ganze Stadt wird dich begrüßen wie eine Königin. Du wirst Ehre auf mein Haus häufen. Wir werden siegen, meine Löwin, nicht nur über die anderen Häuser, sondern auch über die Dämonen deiner Vergangenheit.«

»Ich folge Eurem Befehl, Herrin. Das wisst Ihr.«

»Gib Nachricht, wenn du etwas brauchst, was es auch sein möge. Ich beschaffe dir alles. Die besten Waffen. Eine Rüstung. Speisen und Getränke, seidene Kissen ...«

»Ich bin sehr zufrieden mit dem, was ich habe, Herrin. Nur ... ein Schwert, wenn ich in die Arena gehe. Ein gutes, scharfes Schwert. Wollt Ihr mir das zukommen lassen?«

Ahuani nickte lächelnd.

»Krallen für die Löwin. Alles, was du willst, Schöne.«

Sie ließ sich in ihre Kissen zurücksinken. Ihre Wangen waren gerötet, ihre Brust unter den zarten Stoffen hob und senkte sich.

»Geh nun. Ich lasse dich bald wieder rufen.«

Akila nickte und erhob sich. Sie verbeugte sich, dann entfernte sie sich rückwärts und trat hinaus ins Freie. Die Hitze wallte wie flüssiges Feuer über der Arena.

Telpochtli brachte sie zurück in die Schule. Die Menschenansammlung am Käfiggang hatte sich verlaufen, nur der Kleine mit den Segelohren kauerte noch im Schatten an der Arena. Sie lächelte ihm im Vorbeigehen zu.

Sie fragte sich, wie sie so sicher sein konnte, dass Lasoa nicht ihre Tochter war. Schließlich hatte sie offiziell ihr Gedächtnis verloren. Was, wenn sie in ihrer abweisenden Art die Gefühle der jungen Frau verletzt hatte? Sie wusste, wie sehr es schmerzte, von der eigenen Tochter nicht erkannt zu werden.

Aber woher ...?

»Was ist los?«

Telpochtli hielt ihr die Tür zur Schule auf, offenbar schon eine ganze Weile, denn er sah ungeduldig aus. Eilig machte Akila einen Schritt ins Innere.

»Verzeih mir, Telpochtli. Ich habe nur ... nachgedacht.«

Telpochtli zeigte grinsend seine gelben Zähne.

»Das ist nichts, wofür du hier bezahlt wirst, Nordländerin.«

Hinter ihr fiel die Tür ins Schloss. Sie ließ Telpochtli stehen und machte sich auf die Suche nach Thio.

Der Kampfplatz lag verlassen in der glühenden Nachmittagssonne. Sie rannte hinüber zum Schlafraum der Männer, platzte hinein und riss Thio von seiner Pritsche. Den Beschuss mit anzüglichen Witzen ignorierend, zog sie ihn nach draußen.

»Was ist los?«, fragte er verwirrt.

»Ich verliere den Verstand«, sagte sie. »Erst das Gedächtnis, jetzt den Verstand. Ich glaube, es ist alles da, irgendwo hier drin ...«, sie schlug sich mit der flachen Hand vor die Stirn, »... aber ich komme nicht dran! Es ist weggesperrt, und ich habe den Schlüssel nicht.«

»Süße, du weißt, ich tue alles für dich, aber wie soll ich dir dabei helfen? Ich bin kein Arzt, kein Zauberer ...«

Sie blinzelte zu ihm hinauf.

»Wenn du mir ein Schwert gibst, erinnert sich mein Körper, was damit zu tun ist. Ich möchte sehen, woran er sich noch erinnert.«

Ein Grinsen zog Thios Mundwinkel auseinander und wurde immer breiter.

»Und ich dachte schon, du fragst nie.«

Sie richteten Wachen in der Nähe der Arena ein, und mit jedem Tag, der ereignislos verging, wuchsen Thorks Zweifel. Er betete, doch Gròr blieb stumm. Er beobachtete mit Sorge, dass der gehetzte Ausdruck auf Fenrirs Gesicht gar nicht mehr weichen wollte. Er sah ihn ohnehin selten; der Wandler durchstreifte die Stadt bis zur völligen Erschöpfung. Inzwischen trug Pintel zum Auskommen der Gruppe bei, indem er kleine Zauberkunststücke vorführte, und manchmal öffnete Lianna ihren Hemdkragen und ging mit, um die Großzügigkeit des Publikums anzuregen.

Nardon hatte sich erboten, in der Küche des Gasthofes mitzuhelfen, um einen Teil ihrer Schulden beim Gastwirt zu begleichen.

Auch Thork hatte sich um Arbeit bemüht, seit er wieder einigermaßen gesund war, aber die mangelnde Verständigung zusammen mit seinem wenig vertrauenerweckenden Äußeren hatten ihm den Erfolg verwehrt. So teilte er sich mit Pintel und Lomir die Überwachung der Arena.

Er hielt den Plan für wenig erfolgversprechend. Die Beobachtung der Arena gestaltete sich in etwa so, als wolle er alleine die Oberstadt von Hochstahl im Blick behalten. Auf der einen Seite der Arena konnte eine kleine Armee aufmarschieren, ohne dass man auf der anderen Seite etwas davon mitbekam. Von einer einzelnen Kriegerin ganz zu schweigen.

Es würde mehr als nur ein wenig Beistand von Gròr nötig sein, um dieses Vorhaben zum Erfolg zu führen.

Er war dankbar, dass niemand ihm Vorwürfe machte: ein einfältiger Schmied, der einen Fiebertraum gehabt hatte und diesen in maßloser Selbstüberhöhung als göttlichen Wink verstand. Er fühlte sich selbst mehr als lächerlich – bis zu dem Tag, an dem Pintel wie der geölte Blitz in den Gasthof geschossen kam, völlig außer Atem und mit kirschroten Wangen.

»Ich hab sie gesehen!«, schrie er. »Ich hab sie gesehen!«

Fenrir, der eine seiner seltenen Pausen mit Thork in der Wirtsstube verbrachte, war mit einem Satz auf den Beinen.

»Wo?«

Pintels Alarmschrei war bis nach hinten hörbar gewesen; Nardon kam eilig aus der Küche, Lianna im Schepptau. Thork legte seinen Löffel nieder und verschlang die Finger miteinander, damit niemand sah, wie sehr sie zitterten.

»Bei der Arena«, japste Pintel, und Nardon schob ihm einen Stuhl unter, ehe seine Knie nachgaben. »Im Käfiggang. Aber sie hat mich nicht erkannt.«

Für einen Augenblick redeten alle wild durcheinander, bis Fenrir sich einen Krug griff und ihn mit Wucht auf den Tisch knallte.

»Ruhe«, sagte er in die darauffolgende Stille. »Pintel, von Anfang an.«

»Es ist nicht viel mehr«, schnaufte Pintel. »Sie kam aus dem Haus hinter der Mauer. Man hat sie rüber in die Arena gebracht. Sie hatte zwei Bewaffnete dabei, die sie bewacht haben. Nach einer Weile kam sie wieder zurück.«

»Geht es ihr gut?«

Pintel wischte sich mit dem Ärmel den Schweiß von der Stirn.

»Prima, würde ich sagen – bis auf die unbedeutende Kleinigkeit, dass sie mich nicht erkannt hat.«

»Könnte sie das nur gespielt haben?«, fragte Nardon.

»Warum sollte sie?«, erwiderte Lianna sofort.

»Nein«, sagte Pintel. »Ihr kennt sie. Sie ist keine begnadete Schauspielerin. Sie hat mir die Hand geschüttelt und hat mich direkt angesehen und hat freundlich gelächelt, und dann ist sie einfach weitergegangen.«

Die Gefährten sahen sich ratlos an.

»Aber warum?«, fragte Nardon.

»Sie findet den Weg nicht«, murmelte Thork.

»Ich hab mal von einem gehört, der hat einen Stein auf den Kopf bekommen und sich danach an gar nichts mehr erinnert«, sagte Lianna. »Er hat sogar wieder sprechen lernen müssen, erzählte man sich.«

»Es gibt Zauber, die so etwas bewirken«, warf Pintel ein.

»Gyldinn?«, fragte Nardon. »Könnte sie einen Zauber geworfen haben, damit wir sie nicht länger verfolgen?«

»Gyldinn ist längst über alle Berge und brennt bei uns zuhause Städte nieder«, sagte Fenrir bitter.

»Du sagst, sie kam aus dem Haus hinter der Mauer«, sagte Thork, und Pintel nickte. »Und sie erinnert sich an nichts.«

»Zumindest nicht an mich.«

»Dann wahrscheinlich an den Rest auch nicht. Gehen wir davon aus, dass ein Zauber auf ihr liegt – das ist am wahrscheinlichsten.«

»Was ist mit dem Stein?«, fragte Lianna.

»Glaubst du an einen solchen Zufall?«

»Hm. Nein.«

»Sie soll für jemanden kämpfen«, sagte Fenrir. »Und sie wollte nicht. Und die einzige Möglichkeit, dass sie es doch tut, ist, sie vergessen zu lassen.«

Pintel nickte langsam.

»Wenn sie sich nicht erinnert, würde sie auch nicht versuchen, auszubrechen. Oder Ärger machen. Wir wissen alle, wie gut sie das kann.«

»Aber warum?«, fragte Nardon ratlos.

»Diese Stadt ist verrückt nach Kampfspielen. Sie ist eine Fremde und damit eine Rarität. Und sie kann mit dem Schwert umgehen. Reicht das nicht?«

Fenrir begann, zwischen Tisch und Fenster hin und her zu gehen. Seine Finger öffneten und schlossen sich zu Fäusten. »Wir müssen sie dort rausholen.«

»Das wird schwierig«, sagte Nardon. »Wenn sie sich nicht erinnert, wird sie nicht mitkommen wollen.«

»Und deshalb willst du es bleiben lassen?«

»Das habe ich nicht gesagt, Fenrir. Beruhige dich.«

»Wer will was bleiben lassen?«, fragte Lomir neugierig, der gerade die Gaststube betrat.

»Wir haben Krona gefunden«, informierte Nardon ihn knapp. »Sie ist bei den Arenakämpfern kaserniert und hat durch einen Zauber das Gedächtnis verloren. So zumindest die Theorie.«

»Das sind großartige Neuigkeiten ... oder?« Lomir sah von einem zum anderen.

»Wir wissen noch nicht, wie wir an sie herankommen«, seufzte Nardon. »Das könnte sich etwas kompliziert gestalten.«

»Und ich dachte schon, ich hätte die Nachricht des Tages.« Lomir zog sich einen Stuhl heran. »Aber nun befürchte ich, dass gleich alles noch ein wenig komplizierter wird.«

»Was für eine Nachricht?«, fragte Nardon. Lomir sah von einem zum anderen.

»Ich habe eine Schiffspassage für uns. Auf die Südlichen Inseln. Von dort können wir leicht nach Zentallo gelangen, und von dort aus nach Hause. Wir müssen nur an Bord gehen.«

»Und wann?«, fragte Pintel verzagt.

»Morgen früh«, sagte Lomir.

»Das Schiff muss warten, bis wir sie haben«, sagte Fenrir.

»Das Schiff wird definitiv nicht warten«, sagte Lomir. »Ich hatte eine schlechte Verhandlungsposition. Meine Geldmittel sind beinahe aufgebraucht. Das sind Kaufleute. Sie sind nur interessiert, wenn man etwas anzubieten hat. Wir können froh sein, wenn sie uns überhaupt mitnehmen.«

»Und was hat du ihm schlussendlich angeboten?«, fragte Nardon.

»Die nächste Jahresernte an Oliven zum Vorzugspreis.«

»Aber du hast keine Oliven!«

Lomir grinste.

»Ich werde Oliven haben.«

Nardon schüttelte den Kopf. »Du hast eine neue Stufe der Kunstfertigkeit erreicht, Freund. Du handelst mit Lebensmitteln, die noch nicht einmal produziert sind.«

»Wir brauchen ein anderes Schiff«, sagte Pintel. »Erst müssen wir Krona befreien.«

»Es wird kein anderes Schiff geben«, sagte Lomir. »Nicht in absehbarer Zeit. Ich habe den Kapitän tagelang bearbeitet. Leute, ich habe verhandelt wie noch nie in meinem Leben! Ein Meisterstück! Niemand kann abschätzen, wie lange wir hier festsitzen, wenn dieses Schiff ohne uns ablegt.«

»Dann sagst du, wir überlassen sie ihrem Schicksal?« Fenrirs Augen glitzerten gefährlich.

»Ich sage, niemand weiß, wie lange wir hier festsitzen, wenn wir dieses Schiff nicht nehmen«, sagte Lomir ruhig. »Für den Rest habe ich auch keine Lösung.«

»Das könnt ihr nicht tun!«, schrie Fenrir. »Ihr habt kein Herz! Sie hat für jeden von euch Prügel eingesteckt! Sie hat ihr Blut vergossen für euch!«

»Setz dich, Junge«, sagte Thork und deutete auf einen Stuhl. »Niemand tut irgendwas, aber ich kann nicht denken, so lange du herumrennst wie ein eingesperrtes Tier.«

Fenrir starrte den Zwerg wütend an, dann klemmte er sich einen Stuhl zwischen die Beine und ließ sich darauf fallen.

»Besser«, sagte Thork. »So. Welche Möglichkeiten haben wir, sie bis morgen früh rauszuholen?«

Sie sahen sich an.

»Keine«, sagte Pintel niedergeschlagen. »Das Haus ist eine Festung.«

Thork sah von einem zum anderen.

»Dann ist klar, was wir tun müssen.«

Einige Tage später wurde die übliche Routine kurz vor der Mittagspause durchbrochen.

»Ein Neuer«, verkündete Yancuic, der immer alles zuerst wusste. »Sie bringen ihn gerade rein. Und ihr werdet es nicht glauben: Es ist ein Nordländer! Wo kommen die plötzlich alle her?«

Alle Blicke wandten sich Akila zu, die die Schultern hob.

»Keine Ahnung. Die Nordlande sind nicht so winzig, dass dort jeder jeden kennt ... glaube ich.«

»Vielleicht solltest du trotzdem mal nachsehen«, sagte Yancuic. »Er hat Schwierigkeiten, sich zu verständigen. Spricht kaum unsere Sprache. Du kannst da sicher helfen.«

»Und dir hinterher alles erzählen, was ich erfahren konnte«, nickte Akila, und Yancuic grinste.

»Ich sehe, wir verstehen uns.«

Akila legte Netz und Dreizack weg. Sie war froh, der Sonne zu entgehen, betrat das Haus und durchquerte zügig den Speiseraum. Sie waren vermutlich vorne reingekommen, und der Neue nahm gerade die Kleidung der Adepten entgegen und lieferte seine eigenen Sachen ab.

Die Stimme der Schwerter war persönlich anwesend. Akila hatte ihn seit ihrer eigenen Ankunft nicht mehr zu Gesicht bekommen, einen breiten, schwarzhaarigen Mann in wallenden Gewändern. Er stand mit dem Rücken zu ihr im Ausrüstungsraum, als sie in die Tür trat, und sprach zusammen mit Teposca, dem Rüstungsmeister, auf jemanden ein, der vom breiten Rücken der Stimme der Schwerter verdeckt war.

»Kann ich helfen?«, sagte Akila laut. »Ich spreche die Nordlandsprache, wie Ihr wisst.«

Die Stimme der Schwerter drehte sich zu ihr um und gab die Sicht frei.

»Akila Torak«, sagte er voll Erleichterung. »Gerade wollte ich nach dir schicken lassen. Mach doch bitte dem Sturkopf hier klar, dass er seine Waffen abgeben muss.«

Akila musterte den Neuen. Er war groß und langbeinig. Glattes schwarzes Haar fiel ihm über die Schultern, und ein irritierender goldener Schimmer lag in seinen Augen. Er starrte sie an, eine seltsame Mischung von Gefühlen auf dem Gesicht.

Eine Erinnerung riss mit Macht an den Rändern ihres Bewusstseins.

»Krona«, sagte er tonlos.

»Akila Torak. Das ist mein Name. Und wie ist deiner?«

Das Nordländische fühlte sich fast fremd an auf ihrer Zunge.

»Fenrir«, sagte der Fremde mit belegter Stimme.

»Schön«, sagte Akila. »Hör mal, Fenrir. Wenn du ein Cuaitl sein willst, ein Krieger dieser Schule, musst du deinen Besitz abgeben. Vor allem deine Waffen. Innerhalb dieser Mauern gibt es keine scharfen Klingen. Unsere Waffen sind aus Holz oder aus stumpfer Bronze. Hat man dir das nicht gesagt, als du unterschrieben hast?«

»Ich erinnere mich nicht«, sagte der Neue heiser.

Akila lachte auf. »Dann haben wir ja schon etwas gemeinsam. Jetzt gib deine Waffen ab, Freund, damit wir alle weitermachen können.«

Zögernd schnallte der Neue sein langes Schwert ab und nahm einen Bogen und einen Köcher voller Pfeile vom Rücken. Eines nach dem anderen händigte er an Teposca aus, der ein sehr zufriedenes Gesicht machte.

Akila beobachtete ihn. Sie hatte eine Vorstellung davon, wie er sich bewegte – leicht, beinahe tänzerisch – obwohl er sich nicht vom Fleck gerührt hatte. Er gefiel ihr, etwas war vertraut an ihm, vermutlich nur die gemeinsame Herkunft oder ...

»Sag mal, Freund ... haben wir uns nicht schon irgendwo einmal getroffen?«

Er ließ Luft durch die Zähne ausströmen.

»Beantworte du mir diese Frage.«

»Das geht schlecht. Es ist eine lange Geschichte. Nein, eigentlich ist sie ganz kurz, aber ich habe keine Lust, sie zu erzählen. Na egal, wir werden es schon noch herausfinden.«

Er nickte langsam und umschloss sie mit seinem irritierenden Blick. Erst jetzt erkannte sie ihren Irrtum: Es war kein Sonnenstrahl, der sich golden in seinen Augen spiegelte. Es war die eigentliche Farbe seiner Augen.

»Ich überlasse ihn dir, Akila«, sagte die Stimme der Schwerter. »Mach ihn mit allem vertraut. Er soll an den Abendübungen teilnehmen. Litota soll sich ein Bild davon machen, was er kann, und mir Bericht erstatten.«

»Verstanden«, sagte Akila und neigte kurz den Kopf. »Dann komm mal mit, Freund. Besorgen wir dir einen Satz Kleidung, und dann sehen wir, wo du schlafen kannst. Für welches Haus kämpfst du?«

»Colotl«, sagte er unsicher und bewegte sich auf sie zu.

»Nie gehört«, sagte Akila. »Ich hoffe, es ist ein gutes Haus. Reich, soll das heißen. Wenn dein Haus das Interesse an dir verliert, oder wenn ihm das Geld ausgeht, bekommst du hier drin sehr schnell ein Problem.«

Sie nahm ihn mit den Gang hinunter bis zu der kleinen Kammer, in der die Ausrüstung aufbewahrt wurde: kurze Hosen und Lendenschurze, weiche, ärmellose Hemden und die typischen kurzen Umhänge der Kämpfer. Sie nahm einiges vom Stapel, doch zu ihrer Überraschung schloss er rasch die Tür hinter sich und lehnte sich dagegen.

»Was bin ich froh, dass wir dich gefunden haben«, sagte er, und für einen Augenblick hatte Akila den Eindruck, er sei den Tränen nahe. »Du warst ja wie vom Erdboden verschwunden. Warum hast du uns keine Nachricht zukommen lassen?«

»Warum hätte ich das tun sollen?«

»Wir hatten eine Abmachung!«

»Wovon redest du? Bis vor ein paar Augenblicken wusste ich nicht mal, dass du existierst!«

Der Neue – Fenrir, was für ein merkwürdiger Name – stieß sich von der Tür ab und kam zu ihr.

»Du erinnerst dich tatsächlich nicht?«

»Ich erinnere mich, dass ich zurück muss auf den Übungsplatz. Ich habe nicht den ganzen Tag Zeit, Himmelarsch!«

Er streckte die Hand aus und berührte ihre Wange, und sie packte sein Handgelenk und drückte seine Hand unsanft nach unten.

»Aufpassen auf deine Finger, Freund«, sagte sie, »oder meine Faust trifft deine Nase, und daran wirst du dich bis an dein Lebensende erinnern, das kann ich dir versprechen.«

Sie entließ ihn aus ihrem Griff, und er wandte sich ab und strich sich über die Augen. Als er sich wieder zu ihr drehte, war sein Gesicht maskenhaft unbewegt.

»Es ist wahrscheinlich eine Verwechslung«, sagte er. »Entschuldige meine Zudringlichkeit.«

»Schon gut«, sagte sie seufzend. »Ich wollte nicht grob sein. Aber unter lauter Kerlen muss ich meinen Standpunkt vertreten, das verstehst du doch.«

Er lächelte schmal. »Natürlich.«

Sie suchte ihm aus der Kleiderkammer zusammen, was er benötigen würde, und zeigte ihm den Schlafraum der Männer und den Übungsplatz. Der Gong zur Mittagspause ertönte, und sie übergab den Neuen in Litotas Hände und gesellte sich zu Thio, der mit Yaotl und Yancuic den Übungsplatz kehrte.

»Und?«, fragte Yancuic sofort.

»Er ist merkwürdig«, sagte Akila. »Wenn alle Nordmänner so sind, habe ich es hier jedenfalls besser getroffen.«

Thio grinste. Akila bückte sich und klaubte einige Holzschwerter aus dem Sand.

»Er sagt, er kennt mich von früher.«

»Und kennst du ihn?«

»Ja, ich würde sagen, ich bin mit ihm durch die Wildnis gereist und habe einen Haufen Abenteuer erlebt.«

Thio starrte sie an, und sie boxte ihn in die Seite.

»Unsinn. Ich kann mich nicht erinnern, schon vergessen? Ich bin die Frau ohne Vergangenheit.«

Sie gingen zum Essen, und danach nahm Akila Thio mit sich in ihren Schlafraum. Draußen hämmerte die Mittagssonne auf die flachen Dächer, es war eigentlich zu heiß für Leidenschaft, aber sie hatte das dringende Bedürfnis, sich selbst zu spüren, zu wissen, dass sie hier war und sich nicht in einer unbekannten Vergangenheit auflöste. Sie zog sich den kurzen Rock und den Überwurf aus und beobachtete mit wachsendem Verlangen, wie Thio sich seiner Kleidung entledigte. Ohne viele Umstände zog sie ihn auf sich, umschlang seinen jungen, starken Körper und füllte sich mit seiner Lebendigkeit, bis sie ruhiger wurde.

Später lagen sie eng umschlungen auf den dünnen Laken. Hitze staute sich zwischen ihnen, träge Schweißperlen rannen ihre Körper hinunter und vermischten sich auf ihrer Haut. Thios Atem strich über Akilas Brust, er atmete tief und gleichmäßig, als würde er schlafen. Sie rückte ein wenig von ihm ab, um ihm ins Gesicht sehen zu können. Er schlief nicht. Sein Blick lag auf ihr, und in seinen Mundwinkeln fand sie die Spur eines Lächelns.

»Er hat dich ganz schön durcheinandergebracht«, sagte er. »Der Nordländer.«

»Wie kommst du denn darauf?«

Er strich ihr die verschwitzten Haare aus der Stirn.

»Du hast gevögelt, als gäbe es kein Morgen.«

Sie rückte sich an seiner Brust zurecht.

»Gibt es eines? Wer weiß das schon.«

»Was, wenn du ihn wirklich von früher kennst?«

»Thio, die Nordlande sind groß. Glaube ich. Man kennt sich nicht zwangsläufig, nur weil man von dort stammt.«

»Aber ihr seid beide hier. Sehr weit weg von zu Hause. Vielleicht seid ihr zusammen angereist?«

»Ahuani sagt, ich sei hier verheiratet gewesen. Sie hätte Nachforschungen angestellt.«

»Das eine schließt das andere nicht aus. Ihr seid vor ein paar Jahren hier angelandet und geblieben. Du hast geheiratet ...«

»Er spricht die Landessprache nicht. Und ich übrigens auch nur durch Ahuanis Zauber.«

Thio lächelte und ließ einen sanften Finger über Akilas Brüste gleiten.

»Fragt sich dann, wie du dich mit deinem Ehemann verständigt hast. Nicht alles geht ganz ohne Worte.«

Akila setzte sich auf und streifte das Laken ab. Die Mittagshitze lag auf ihrer Haut wie ein schwerer Mantel.

»Ich glaube diese Geschichte nicht«, sagte sie. »Sie hat mir ein Mädchen präsentiert, das angeblich meine Tochter ist. Sie war mir völlig fremd. Ich habe eine Tochter, aber sie heißt Kelara, und sie ist weit weg. Und nicht sonderlich gut auf mich zu sprechen.«

»Daran erinnerst du dich?« Interessiert setzte Thio sich auf. Sie sah ihn unsicher an.

»Ich glaube schon.«

»Warum sollte deine Herrin dir eine falsche Geschichte erzählen?«

Akila hob die Schultern.

»Sie mag mich sehr gerne. Vielleicht wollte sie mir eine Vergangenheit geben, damit ich mich nicht länger quäle.«

»Weißt du, ich werde immer misstrauisch, wenn andere Menschen zu selbstlos werden.«

»Meine Herrin ist gut zu mir. Sie hat mich gesund gepflegt, sie gibt mir Zauber, sie sorgt für mein Auskommen ...«

»Bis du dich in der Arena für sie aufschlitzen lässt.«

»So lautet die Abmachung, oder? Für uns alle.«

Thio strampelte das Laken weg und ließ ein langes, muskulöses Bein aus dem Bett hängen.

»Erinnerst du dich an deinen Ehemann?«

Ein flacher Stein. Blumen, die verwelken, eine Inschrift.

Ein Schiff. Ein Horizont. Fern sein.

»Nein.«

»Kann es sein, dass der Nordländer dein Ehemann ist?«

»Unsinn!«

Thio griff nach Akilas Hand.

»Du solltest ihn nach deiner Vergangenheit befragen. Wenn er etwas weiß ...«

»Warum bist du so besessen von meiner Vergangenheit? Was, wenn ich es überhaupt nicht wissen will? Was, wenn das Vergessen das Beste ist, was mir passieren konnte?«

»Ich will wissen, wie er zu dir steht, damit ich weiß, ob ich mich in der Arena vor ihm hüten muss«, sagte Thio entschieden. »Und mir fällt auf, dass du an deiner Vergangenheit herumrätselst, seit ich dich kenne, aber jetzt, wo du eine echte Gelegenheit hast, etwas in Erfahrung zu bringen, einen Rückzieher machst. Und ich wüsste gerne, warum.«

»Es ist spät. Lass uns aufstehen. Ich will pünktlich auf dem Übungsplatz sein.«

Er ließ ihre Hand fahren und warf sich zurück auf die schmale Unterlage. Sie stand auf und suchte ihre Kleidung zusammen, drehte sich dann aber doch noch einmal zu ihm und küsste ihn zart auf die Stirn.

»Verzeih mir«, sagte sie. »Du hast recht. Ich mache einen Rückzieher. Ich habe einfach noch nicht entschieden, ob ich es wirklich wissen will.«

Fenrir schaute ihr über die Schulter, als Akila am nächsten Tag ihren Schutztrank entgegen nahm. Zu ihrem Erstaunen bekam sie nicht einen, sondern zwei Löffel von der wasserklaren Flüssigkeit.

»Deine Herrin lässt ausrichten, die Menge sei zu verdoppeln«, sagte Telpochtli.

Akila schluckte gehorsam. Der Trank biss ihr in die Zunge, aber zumindest musste sie nicht mehr husten und nach Luft schnappen wie am Anfang.

»Wieso?«, erkundigte sie sich.

»Es stehen besonders heiße Tage ins Haus«, erklärte Telpochtli, »und sie möchte sicher gehen, dass unsere Sonne ihrer kostbaren Nordländerin nicht schadet.«

»Was ist das für ein Trank?«, fragte Fenrir. »Ist er verzaubert?«

»Ich nehm's an«, sagte Akila. »Er soll bewirken, dass die Sonne mich nicht verbrennt. In den Nordlanden ist die Sonne viel schwächer, sagt meine Herrin. Ich bin die große Hitze hier nicht gewohnt.«

Ein Gedanke kam ihr, und sie musterte Fenrir.

»Deine Herrschaft gibt dir keinen solchen Trank?«

»Nein.«

»Dann wird die Sonne dich verbrennen!«

»Ich bin schon seit einigen Monaten in diesen Breiten, und die Sonne ist mein geringstes Problem.«

Akila nahm Telpochtli beim Arm, der die Flasche mit dem Trank gerade wegstellen wollte.

»Gib ihm davon«, verlangte sie. »Wenn ich das Zeug brauche, braucht er es auch.«

»Bist du von Sinnen?«, knurrte Telpochtli. »Dazu habe ich keinen Befehl!«

Auch Fenrir machte eine abwehrende Geste und sogar einige Schritte rückwärts, als erwarte er, sie würde ihm die Wohltat mit Gewalt einflößen.

»Bemüh dich nicht«, sagte er. »Ich rühre nichts davon an.«

»Ist ja gut. Entspann dich. Ich habe nicht vor, dich zu zwingen.«

»Nein?«

Sie tauschten ein Lächeln, und Akila spürte, wie sich eine flirrende Wärme in ihrem Inneren ausbreitete. Sie fühlte sich empfänglich für seine Reize, für seinen schlanken, schmalen Körper, das Spiel der Muskeln an seinen Armen, den dunklen Haarflaum, der sich von seiner Brust über den flachen Bauch zog und unter seinem Lendenschurz verschwand.

Sie rief sich zur Ordnung. Sie wollte die Dinge nicht unnötig kompliziert machen, indem sie mehr als einen in ihr Bett ließ.

»Na komm«, sagte sie. »Litota sagt, du bist gut mit dem Schwert. Dann lass mal sehen.«

Noch warfen die Gebäude tiefe Schatten auf den Übungsplatz, und es war vergleichsweise kühl. Der Sand war noch unberührt und leuchtete in tiefem Gold. In der Materialkammer machte sich Ichtaka zu schaffen und räumte die Übungswaffen heraus. Yaotl, Yancuic und einige andere standen müßig im Schatten an der Hauswand. Einige Krieger beendeten gerade ihr Frühstück und kamen von der Essensausgabe. Litota war noch nirgends zu sehen.

Akila nahm zwei lange Holzschwerter vom Ständer und warf eines davon Fenrir zu.

»Benutzt du einen Schild?«

»Bisher nicht.«

»Dann ohne.«

Sie positionierte sich in der Mitte des Übungsplatzes, hob das Schwert und machte eine einladende Geste.

Yaotl lachte und schlug Fenrir kräftig auf den Rücken. »Du weißt es nicht, aber du wirst dir gleich eine Tracht Prügel abholen, Nordländer.«

»Das werden wir sehen«, sagte Fenrir ruhig und wog das Holzschwert prüfend in der Hand.

»Wird das heute noch was?«, trompetete Akila, und Fenrir betrat das Kampfrund und ging in Position.

Sie umkreisten sich tastend, dann versuchte Akila einige lockere Schläge. Er war schnell, der Nordländer, und schien zu ahnen, wohin sie ihr Schwert führte. Die hölzernen Klingen krachten aufeinander. Dann führte er einen Gegenangriff, der durchgegangen wäre, hätte sie nicht alle Kraft in die Parade gelegt.

»Deine linke Seite ist schwach«, sagte er grinsend.

»Mit dir wird meine schwache linke Seite ganz alleine fertig, und ich lege inzwischen die Füße hoch«, konterte sie, ärgerte sich aber, dass er es so schnell bemerkt hatte.

Sie beschäftigte ihn mit einer raschen Folge von Angriffen, wechselte die Seite, öffnete seine Deckung, doch ehe ihr Schlag sein Ziel finden konnte, hatte er sich weggedreht und die Deckung wieder geschlossen.

»Mehr hast du nicht zu bieten?«, spottete er.

»Ich hab noch nicht mal angefangen!«

Es war wie ein Tanz mit einem Schatten. Er blockierte ihre Angriffe nicht, sondern wich ihnen aus, drehte sich beständig und blieb in Bewegung, sodass sie Mühe hatte, ihn im Auge zu behalten. Seine Gegenangriffe sah sie rechtzeitig kommen und wehrte sie ab, seine Blickrichtung verriet ihn und die Art, wie er die Schwertschulter fallen ließ.

Das Klappern der Holzschwerter hatte die übrigen Krieger angelockt. Sie standen um den Kampfplatz, klatschten und feuerten Akila an. Akila wurde klar, dass sie einen Ruf zu verteidigen hatte. Sie war unbesiegt mit dem Schwert und musste es bleiben, und wenn dieser Nordländer endlich mal stillhielte, hätte sie ihn mit drei Schlägen erledigt. Doch ihm machte es offensichtlich Spaß, sie zum Narren zu halten, seine Augen blitzten, und für einen Augenblick sah sie sich selbst, wie sie ihm das Holzschwert abnahm und ihm das breite Grinsen aus dem Gesicht küsste.

Einer seiner Angriffe fand beinahe sein Ziel; sie musste sich zur Seite werfen, und die Holzklinge zischte haarscharf an ihrer Schulter vorbei. Sie brachte Abstand zwischen sich und ihren Gegner und umkreiste ihn, Schwertspitze wachsam vor sich, sie musste sich wirklich konzentrieren, und wenn er ihr noch so gut gefiel. Er drehte sich mit und vollführte einige spielerische Angriffe, die sie leichtfüßig parierte.

»Versohl ihm den Arsch!«, schrie Ichtaka, und die Männer pfiffen und johlten. Fenrir führte einen blitzartigen Frontalangriff, und sie riss beide Hände an den Schwertgriff und hieb ihre Klinge in die seine. Ein Knall ertönte wie von einem Peitschenhieb, und von Fenrirs Schwert war nur noch der Griff übrig. Die hölzerne Klinge segelte durch die Luft und fiel einige Schritte weiter in den Sand.

»Hab ich dich«, keuchte sie. Er ließ den nutzlosen Griff fallen und öffnete die Arme zur Seite, als wolle er eine Kapitulation andeuten, doch als sie zum finalen Schlag ausholte, tauchte er unter ihrem Schwert weg, warf sich auf sie und riss sie zu Boden.

Der Aufprall nahm ihr für einen Augenblick die Luft. Sie umklammerte ihr Schwert und hielt es von ihm weg, und er streckte sich danach, während er sie mit seinem ganzen Gewicht auf dem Boden festhielt. Sein Gesicht war direkt an ihrem, sie spürte seinen keuchenden Atem. Sie legte die Hand unter sein Kinn und schob kräftig, und er musste dem Druck nachgeben und sich aufrichten. Sie wälzte sich unter ihm hervor, doch er warf sich auf ihren Schwertarm und klammerte sich daran fest. Sie versuchte, sich zu befreien, doch Augenblicke später spürte sie seine Finger an ihrer Seite und fiel zu einem hilflos lachenden Bündel zusammen, während er sie am Rippenbogen kitzelte.

»Lass das!«, quietschte sie und wand sich im Sand. Er setzte sich rittlings auf sie und hielt sie mit den Beinen.

»Du hast mich also«, grinste er. »Hört, hört!«

Sie fing seine Hände, und Augenblicke später lösten sich die letzten Reste des Zweikampfes in einer atemlosen, wilden Rauferei im Sand, die erst durch Litota unterbrochen wurde, der beide unsanft auf die Füße zerrte.

»Disziplin!«, dröhnte der Kampfmeister. »Ihr seid Kämpfer, keine Kinder! Dies ist die angesehenste Schule des Landes, und ihr entehrt sie mit eurem kindischen Tun! Hundert Liegestütze und zwölf Strafrunden um den Platz!«

»Ich hatte dich«, sagte Akila und spuckte Sand aus. »Aber sowas von.«

»Willst du mir etwas sagen?«, grollte Litota.

»Ich hatte ihn«, sagte Akila. »Dafür gibt's Zeugen.«

»Zweihundert Liegestütze und zwanzig Runden!«

»Du hattest mich sowas von überhaupt gar nicht«, sagte Fenrir. »Du träumst vielleicht davon, mich zu haben.«

»Zweihundertfünfzig und drei Dutzend!«

»Wovon ich träume, erzähle ich dir ein andermal. Und jetzt lass es gut sein, bevor wir bis zum Mittagessen nichts anderes machen als Liegestütze.«

Litota packte sie beide am Kragen und stieß sie vom Kampfplatz.

»Steine!«, brüllte er. »Seile, Sandsäcke! Baut den Zirkel auf, ihr Faulpelze, ihr werdet nicht fürs Gaffen bezahlt!«

Er ließ Akila und Fenrir los und ging davon, um anderswo für Ordnung zu sorgen.

»Na, komm«, sagte Akila. »Ich will die drei Dutzend hinter mich bringen, ehe es zu heiß wird.«

»Drei Dutzend was?«

»Runden. Um den Platz. Na komm, beweg dich.«

»Hat er gesagt, dass du das tun sollst?«, fragte Fenrir und zeigte auf Litota.

»Er hat gesagt, dass wir das tun sollen«, erwiderte sie, sich erst jetzt daran erinnernd, dass er die Sprache nicht verstand. Sie lief los und fiel in gemächlichen Trab. Nach kurzer Zeit fand Fenrir sich an ihrer Seite ein.

»Ich kann nicht glauben, dass du einfach tust, was er sagt«, sagte er kopfschüttelnd.

»So läuft das hier«, sagte Akila. »Keine Sorge, du gewöhnst dich dran. Es bleibt dir auch gar nichts anderes übrig.«

Pintel schob sich tiefer in seine Ecke. Er war ursprünglich in die Gaststube gekommen, um die Gäste mit ein paar Zaubereien zu unterhalten, doch er brachte es nicht über sich. Noch nie in seinem Leben hatte er sich so allein gefühlt. Er rührte in seiner Suppe. Sie war großartig, aufregend gewürzt, mit zarten Fleischstücken und farbenfrohem Gemüse, und der Wirt hatte sie ihm ungefragt und mit freundlichem Lächeln hingestellt, aber der Appetit wollte nicht kommen. Ihm war die Lust vergangen: auf die Fremde, das Reisen, auf die Abenteuer. Keine Lust mehr, ein Held zu sein und sich für das Gute anzustrengen. Er wollte einen Ort, an dem seine Füße auf den Boden reichten, wenn er sich auf seine Bank setzte, und wo die Leute ihn nicht alleine in einer Stadt der Riesen zurückließen.

Die Kellnerin lächelte ihm im Vorbeigehen zu, und er lächelte pflichtschuldigst zurück. Sie waren alle von Grund auf freundlich, aber natürlich konnten sie die Freunde nicht ersetzen. Nardon mit aufgekrempelten Ärmeln und dem Spültuch über der Schulter. Lomir, der, beladen mit fremdartigen Lebensmitteln vom Markt kam und in völliger Begeisterung so lange monologisierte, bis man ihm das Wort abschnitt. Thork, an dessen irritierendes Aussehen Pintel sich so lange hatte gewöhnen müssen. Zuletzt hatte er die hässliche Narbe überhaupt nicht mehr wahrgenommen. Fenrir, der die Stadt mit eisernem und grimmigem Willen ertrug. Lianna. Ach, Lianna.

Pintel biss sich auf die Unterlippe und zog die Nase hoch.

Krona. Schön hatte sie ausgesehen, strahlend und lebendig, wie eine völlig Fremde in den kostbaren Gewändern. Wie eine völlig Fremde, belanglos freundlich, distanziert.

Wütend presste Pintel seinen Ärmel gegen die Augen. Dass die Großen nicht auf sich aufpassen konnten! Es war ungerecht, dass er alleine zurückblieb. Alleine in dem Schlafraum, der viel zu groß war. Alleine in einer viel zu großen Stadt, mit einer viel zu großen Aufgabe.

»Ist alles in Ordnung?«, fragte eine mädchenhafte Stimme. Pintel sah auf. Jemand hielt ihm ein Taschentuch von zweifelhafter Sauberkeit hin. Er nahm es und wischte sich die Tränen ab, dann zwinkerte er, bass erstaunt.

»Du bist klein«, sagte er.

Die junge Frau ihm gegenüber lachte, und eine Welle der Schamesröte schwappte über Pintel.

Du bist klein. Du bist klein. Gab es etwas noch Dämlicheres, das er hätte sagen können?

»Du auch«, sagte sie.

»Ich weiß«, stotterte Pintel. »Ich habe nur noch nie jemanden getroffen, der so klein ist wie ich.«

»Nun, ich schätze mal, du bist sogar noch etwa eine Spanne höher als ich, aber das lasse ich durchgehen.«

Sie streckte ihm ihre Hand über den Tisch entgegen.

»Ich bin Federspiel.«

»Pintel Luffelheim«, stellte er sich vor und ergriff ihre Hand, während sein Herz begann, unsinnige Purzelbäume in seiner Brust zu schlagen.

»Freut mich, dich kennenzulernen«, sagte sie und strahlte ihn an. Sie war ein bisschen rundlich, soweit er erkennen konnte. Ihr Haar war kurz und von einem ungewöhnlichen, dunklen Rot, das Pintel an reife Kirschen erinnerte. Federn und Perlen baumelten darin und umspielten ihr süßes, sommersprossiges Gesicht.

»Bist du immer so einsilbig?«, fragte sie ihn.

»Was? Ich? Also, ich glaube nicht. Ich versuche immer, mich kurz zu fassen, aber es gelingt mir so selten. Das heißt, ich denke, ich fasse mich kurz, aber die anderen können oft nicht abwarten, bis ich zum Ende komme. Dabei wissen sie ja gar nicht, wie kurz ich mich fasse, denn sie wissen ja nicht, was ich alles weglasse.«

»Ich verstehe, was du meinst.«

Sie lächelte und nickte.

»Aber warum bist du so traurig?«

Pintel stieß ein zittriges Seufzen aus.

»Diese Geschichte ist so lang, dass nicht mal ich sie jemandem zumuten würde.«

»Prima. Ich hab Zeit. Lass mich nur eben noch einen Krug Wein bestellen.«

Und so kam es, dass Pintel die ganze Geschichte erzählte, von Mandor Markholts Erbe über Sturmwacht, Dalen und Zentallo bis in den Magierturm. Er erzählte sich durch das Portal in den Urwald, erzählte sich in das Dorf der Waldmenschen zurück, in den Tempel hinein, an Heerscharen von Untoten vorbei und entlang verschlungener, nicht enden wollender Waldpfade bis nach Ahuan. Federspiel nippte gelegentlich an ihrem Wein und hörte ihm gebannt zu.

Dann begann der traurige Teil der Geschichte. Pintel zerknüllte das Taschentuch in seiner Hand und räusperte sich, damit seine Stimme fest blieb.

»Sie gingen tatsächlich an Bord«, sagte er. »Lianna und die Zwerge. Wir konnten keine andere Lösung finden. Ich hatte bis zum Schluss gehofft – in Geschichten passiert ja oft im letzten Augenblick eine rettende Wendung – aber bei uns nicht. Wir mussten uns verabschieden. Sie bestiegen dieses riesige Schiff, es hatte so viele Segel, man hätte meinen können, es würde sich mit dem nächsten Wind in die Lüfte erheben, und dann segelten sie einfach davon, und wir blieben zurück, und wer weiß, ob wir sie jemals wiedersehen?«

Federspiel seufzte Anteil nehmend.

»Was ist mit deinem Freund, dem Wolfsmann? Wo ist er?«

Pintel zog die Nase hoch.

»Er hat sich von einer reichen Familie als Arenakämpfer anheuern lassen.«

»Was?!«

»Es war ziemlich schnell klar, dass es die einzige Möglichkeit ist, in die Kampfschule reinzukommen. Sie ist eine Festung. Und irgendwie mussten wir Krona sagen, dass sie fliehen wollen können soll.«

»Euch war aber hoffentlich klar, dass man diesen Dienst nicht einfach an den Nagel hängen kann, wenn man keine Lust mehr hat, oder? Man geht entweder als Sieger aus der Arena oder als Leiche.«

»Sag so etwas nicht.« Pintel schüttelte sich. »Wir wussten das. Aber was wollten wir tun? Fenrir sagte, er müsse nur Krona zur Vernunft bringen, dann würden sie eine Flucht planen.«

Federspiel seufzte schwer.

»Üblicherweise kommt man aus Häusern, in die man schwer reinkommt, auch schwer wieder raus.«

»Ich weiß.«

Federspiel grinste ihn schief an, und trotz des schweren Klumpens in seiner Brust lächelte Pintel zurück.

»Und was ist nun deine Aufgabe?«, erkundigte sie sich.

»Verbindung zur Außenwelt«, sagte Pintel. »Mittelsmann. Ratgeber. Keine Ahnung. Es gibt eine Gitterpforte, die in den Käfiggang führt. Wenn ich mich dort postiere, kann ich mit Fenrir sprechen. Wir machen das jede Nacht, so weiß ich zumindest, dass sie beide wohlauf sind.«

»Und sie erinnert sich an nichts, deine Freundin?«

»Na ja, sie kann gehen und sprechen und mit dem Schwert kämpfen und all das, aber sie erinnert sich nicht an ihre Vergangenheit.«

»Unfassbar.« Federspiel schüttelte empört den Kopf, dass die Federn und Perlen schaukelten. »Zu welchen Mitteln die Häuser greifen, nur um sich Kämpfer zu sichern. Der Kriegskult in dieser Stadt nimmt Formen an, die nicht mehr akzeptabel sind. Der Statthalter sollte etwas unternehmen.«

»Statthalter? Wovon?«

Federspiel sah für einen Augenblick erschrocken aus, dann nahm sie einen energischen Schluck aus ihrem Weinkrug.

»Ist wahrscheinlich sowieso egal«, sagte sie. »Nun seid ihr schon mal hier. Es ist eigentlich nicht vorgesehen, dass ihr Abrantiner das alles erfahrt, aber was soll's.«

»Wovon redest du?«

»Aksum ist die Hauptstadt der Provinz Sydri des Elfenreiches unter Königin Denarya.«

»Und warum sollten wir ... Moment mal. Elfen? Wie in *Elfen*? Wie in Märchen?«

»Genau.«

Fasziniert lehnte Pintel sich nach vorne über den Tisch.

»Du meinst, Elfen sind nicht nur Fabelwesen? Es gibt sie wirklich?«

»Aber ja. Willst du mal einen kennenlernen?«

Wie vom Blitz getroffen sank Pintel auf seiner Bank zurück.

»Die Leute mit den spitzen Ohren – du meinst, das sind Elfen?«

Federspiel lachte. »Aber nein! Entfernte Verwandte höchstens. Sie entwickeln sich seit ein paar tausend Jahren ohne elfischen Einfluss.«

»Ja, nee, ist klar.«

Federspiel rutschte von ihrem Stuhl und hielt Pintel die Hand hin.

»Komm mit. Ich zeige dir mein Schiff. Dann wird dir vieles klarer.«

»Du hast ein Sch … nein, ich frage nicht. Ich will nicht, dass du mich für dämlich hältst wegen all der dummen Fragerei.«

Sie lachte.

»Ich finde, für einen Abrantiner bist du erstaunlich schlau.«

»Danke. Glaube ich.«

Federspiel ging, um die Rechnung zu begleichen. Er sah ihr hinterher. Sie trug Hosen, Stiefel und eine lange Jacke mit pludrigen Ärmeln, und sie war tatsächlich klein genug, dass er ihr in die Augen sehen konnte – wenngleich ihre zauberhafte Rundlichkeit ihn sehr von ihren Augen ablenkte.

Ein leichtes, flatteriges Gefühl breitete sich in seinem Inneren aus. Sie war klein, sie war zauberhaft und er hatte sie mit seiner wirren Geschichte nicht verscheucht. Er fand ein Lächeln in seinen Mundwinkeln, das aufgrund der ernsten Lage völlig unangebracht war, aber er konnte nichts dagegen tun.

Federspiel kam zurück und zwinkerte ihm zu, und Hitze flutete seine Wangen. Sein Lächeln verbreiterte sich zu einem Grinsen, und er konnte nur hoffen, dabei nicht allzu dämlich auszusehen.

Der tägliche Regen hatte inzwischen aufgehört. Die Stadt dampfte. Trotz der späten Stunde waren die Straßen voller Menschen und Fuhrwerke. Feuerschein tanzte über die hell gekalkten Hauswände, wenn ein Fackelträger entlang kam.

Er sah sich mit neu erwachtem Interesse um, konnte aber nirgends Gestalten erkennen, die sich mit seiner Vorstellung von den Elfen deckten.

»Die Zwerge werden ausflippen, wenn ich ihnen das erzähle«, sagte er. »Elfen! Die meisten Menschen glauben ja nicht, dass es sie gegeben hat, ebenso wenig wie Einhörner oder Lindwürmer …«

»… oder Drachen …«

»Na, Drachen sind ja wohl eine Tatsache. Krona hat mal einen gesehen. Sie hat davon erzählt.«

»Tatsächlich?«, grinste Federspiel.

»Ich glaube ihr jedes Wort«, sagte Pintel im Brustton der Überzeugung. »Und unter den Zwergen gibt es viele, die an die Elfen glauben. Thork hat erzählt, sie hätten sich nach irgendeinem Krieg aus den Nördlichen Gefilden zurückgezogen. Vor so vielen tausend Jahren, dass die Menschen sich nicht mehr erinnern. Aber die Zwerge warten immer noch darauf, dass sie zurückkommen. Nicht alle vielleicht und nicht ständig, aber immerhin. Du bist aber keine Elfe, oder?«

Federspiel lachte.

»Sehe ich so aus?«

»Ich habe keine Ahnung, wie echte Elfen aussehen.«

»Wenn ich eine Elfe wäre, müsstest du ja auch einer sein.«

»Hm.«

Federspiel bog auf eine breite Straße ab, wartete auf eine Lücke im Verkehr und überquerte sie zügig. Ein paar Schritte weiter führte sie Pintel in eine schmale Gasse, die leicht anstieg. Pintel rang mit sich, er hätte zehntausend Fragen auf einmal stellen können, aber er wollte nicht wie ein abrantinischer Dorftrottel erscheinen. Eine Frage ließ sich dennoch nicht vermeiden.

»Was sind wir, Federspiel? Wir sind zu klein für Menschen und zu dünn für Zwerge ...«

Sie lächelte ihn über die Schulter an.

»Wir sind einfach klein, Pintel. Du bist doch ein Zauberer.«

»Ja, woher weißt du?«

»Du hast es erzählt.«

»Ähm. Oh.«

Sie lachte.

»Die meisten Kleinen sind Zauberer. Und alle richtig guten Zauberer sind klein.«

Federspiel bog aus der Gasse in eine andere ab und kurz darauf in eine breite Straße, die sich an großen, prächtigen Häusern vorbei den Berg hinauf wand.

»Wir gehen aber nicht zum Hafen, oder?«, fragte Pintel schnaufend.

»Nö«, sagte Federspiel.

»Wolltest du mir nicht dein Schiff zeigen?«

»Es liegt doch nicht im Hafen. Es ist ein Luftschiff!«

Pintel blieb stehen. Elfen. Luftschiffe. Seine Vorstellungskraft überschlug sich. Vor seinem inneren Auge sah er riesige Schiffe mit muschelverkrusteten Flanken, wie sie über dem Wald schwebten und ihre Segel in den Wind hielten, während eine überirdisch schöne Besatzung in den Wanten arbeitete.

Er wünschte sich wirklich, dieses Märchen sei wahr und Federspiel würde sich nicht nur einen Spaß mit ihm erlauben. Oder, schlimmer noch, in einen Hinterhalt locken, in dem grimmige Fremde ihm die Haut von den Knochen zogen.

Er kaute auf seiner Unterlippe. Früher war er den Menschen gegenüber immer völlig arglos gewesen. Offenbar machte sich mittlerweile Kronas Einfluss bemerkbar, die den Menschen gewohnheitsmäßig jede Übeltat zutraute. Und damit meistens recht behielt.

Er selbst war aber auch nicht erst seit gestern auf der Welt, und er lebte immer noch, obwohl er sich weigerte, immer vom Schlimmsten auszugehen.

Vielleicht bekam man immer das, was man erwartete.

»Hallo? Pintel? Alles in Ordnung?«

Pintel nickte und setzte sich in Bewegung.

»Musste nur kurz verschnaufen.«

Er hatte so viele unglückliche Wendungen ertragen, so fand er, dass er sich Elfen und Luftschiffe redlich verdient hatte.

Sie stiegen durch die nächtliche Stadt weiter bergauf. Die Häuser standen hier oben weniger dicht gedrängt, es war Platz für Gärten. In kleinen Wasserläufen glitzerte das Mondlicht. Es roch nicht länger nach Herdfeuer und schwitzenden Menschen, sondern nach Wald. Dann ließen sie die letzten Häuser hinter sich und betraten ein weites Feld.

»Das ist mein Schiff«, sagte Federspiel stolz.

Der erste Eindruck war: Was immer es war, es sah nicht aus wie ein Schiff. Ein gigantisch großer, eiförmiger Klops hob sich vom Nachthimmel ab, gefertigt offenbar aus dicken Planen, die über ein wie auch immer geartetes Gerüst gespannt waren. Ein kleiner Wald aus Pfosten und Streben führte hinunter zu einem Korpus, schmal und langgezogen, der in seiner Form zumindest entfernt an ein Schiff erinnerte. Der Korpus war aus dicken Planken gefertigt und wies Fenster sowie eine Reihe kleiner, dunkler Luken auf.

Das ganze Ding sah sehr merkwürdig aus, und Pintel brauchte einen Augenblick, bis er begriff, was ihn so irritierte.

»Es hat keinen Hauptmast! Aber wie hält es zusammen?«

»Es ist ein Luftschiff«, erklärte Federspiel geduldig. »Bei den Schiffen, die du kennst, sind Mast und Segel am Rumpf befestigt. Bei meinem Schiff ist der Rumpf am Segel befestigt, wenn du so willst. Wenn wir abheben, hängt der Rumpf am Segel.«

»Aber wie kann es fliegen? Es hat keine Flügel! Ist es Zauberei? Wie lenkt man es? Was machst du, wenn ein Baum im Weg ist? Kann man rausfallen oder runterfallen? Und es gehört wirklich ganz und gar alleine dir?«

Federspiel lachte und klopfte Pintel auf den Rücken. »Verschluck dich nicht an all deinen Fragen«, sagte sie. »Es braucht keine Flügel, um zu fliegen. Wolken haben auch keine Flügel und fliegen trotzdem.«

»Das heißt – ihr füllt Wolken in dieses große Dings, und dann fliegt es?«

Federspiel sah ihn nachdenklich an.

»Ich würde sagen, das trifft es ziemlich gut. Wir füllen Wolken in die Antriebskammer, und da Wolken ja leichter sind als Luft und deshalb nach oben schweben, ziehen sie die Gondel mit sich.«

»Aber woher kommen die Wolken? Man müsste ja erst fliegen können, um Wolken zu ernten – aber vor der ersten Ernte könnte man ja noch nicht fliegen, könnte also auch keine Wolken ernten – habt ihr Leitern, die lang genug sind?«

»Nein. Die Erzeugung der Wolken hat auf jeden Fall etwas mit Zauberei zu tun.«

»Ja, natürlich«, sagte Pintel hingerissen.

»Komm, ich führe dich herum«, sagte Federspiel, nahm ihn bei der Hand und zog ihn mit sich.

Große Laternen waren um das Gefährt herum postiert worden und warfen Pintels Schatten gegen die Holzplanken, als er hinter Federspiel eine Strickleiter hinauf kletterte. Der Rumpf war glatt und glänzte matt. Keine Spur von einer Muschelkruste.

Über ihm schwang Federspiel die Beine über die Reling und hielt ihm dann helfend die Hand entgegen. Pintel kletterte an Bord und sah sich um. Über ihm, in vielleicht zwei Mannslängen Höhe, wölbte sich das riesige Ding, das Federspiel als Antriebskammer bezeichnet hatte. Aus der Nähe konnte er mehrere Klappen erkennen, die wie Falltüren ins Innere der Kammer führten. Die Gondel war im Vergleich ziemlich klein und war mit armdicken Tauen an der Antriebskammer befestigt.

An Deck sah es tatsächlich aus wie auf einem Schiff: Fässer, Seilrollen, Werkzeug und Putzeimer standen herum. Die Holzbohlen unter Pintels Stiefeln waren blank gescheuert.

»Das verschwindet natürlich alles, wenn wir starten«, sagte Federspiel, die Pintels Rundumblick auffing. »Man sollte nichts auf dem Oberdeck herumliegen lassen, wenn man unterwegs ist. Da oben pfeift ein ordentliches Lüftchen. Kommst du mit nach unten?«

Pintel nickte überwältigt. Federspiel steuerte auf eine offene Bodenluke zu und verschwand über eine steile Treppe im Bauch des Schiffes. Pintel beeilte sich, ihr zu folgen.

Zu seiner Überraschung bestand das Innere nicht aus engen, muffigen Verschlägen, sondern aus einem großen, luftigen Raum, der sogar bequem eingerichtet war. Ein weicher Teppich schluckte Pintels Schritte, und er sah erschrocken nach, ob seine Schuhe einigermaßen sauber waren.

»Das ist ein Teppich«, lachte Federspiel. »Ihr habt doch Teppiche in Abrantes, oder nicht?«

»Natürlich«, sagte Pintel verschnupft. »Aber wir lassen sie nicht auf dem Boden herumliegen, sondern hängen sie an die Wände. Das sieht schön aus und hält kalte Luft ab. Für den Boden gibt es nämlich Stroh.«

»Entschuldige. Ich wollte dich nicht verletzen. Ich habe nur einfach sehr lange niemanden mehr so staunen sehen. Soll ich dir den Kommandostand zeigen?«

Pintel nickte. Federspiel ging voran, und er folgte ihr vorbei an gepolsterten Stühlen und fein gearbeiteten Tischen, auf denen fremdartige Brettspiele auf Benutzer warteten. Sogar auf den Stühlen hatten sie Teppiche, diese Leute aus Sydri. Hinter Federspiel her gelangte er durch eine Tür in einen weiteren Raum.

»Kapitän im Kommando!«, schallte eine Stimme, und Pintel zuckte zusammen.

Der Raum war mit Laternen hell erleuchtet. Zuerst dachte Pintel, er sei nach vorne offen, dann stellte er fest, dass die Nase der Gondel keine

Öffnung, sondern ein großes Fenster aufwies, das mit wasserklarem Glas ausgefüllt war.

Teppiche auf dem Boden, und Glas, durch das man hindurchsehen konnte wie durch Luft. Was kam als Nächstes? Essen, das sich von selbst kochte?

Zunächst kam ein großer, schlanker Mensch auf Pintel zu. Es war derjenige, der Federspiels Erscheinen angekündigt hatte. Er sah aus wie ein richtiger Seefahrer, mit langen Stiefeln und pludrigem Hemd und einem goldenen Ring in der Nase. Pintel unterdrückte milde Enttäuschung: Wie ein Elf sah er jedenfalls nicht aus.

»Tanik, mein Stellvertreter«, stellte Federspiel vor. »Pintel Luffelheim, ein – Freund, den ich zufällig in der Stadt getroffen habe.«

Pintel streckte dem Stellvertreter die Hand hin und bekam sie zackig geschüttelt. Sein Blick ging durch den Raum. Die Wände waren behängt mit Seekarten, es gab einen großen Tisch mit Geräten, die Pintel für nautische Instrumente hielt, und ein großes Steuerrad, ganz ähnlich dem auf der Sturmbringer.

»Wir haben Seitenruder«, erklärte Federspiel. »Die benutzen wir, um zu lenken. Wir können auch vor dem Wind kreuzen, aber für die Feinarbeit sind sie unverzichtbar. Wenn man zum Beispiel auf einem Feld zwischen Stadt und Waldrand landen möchte«, sie verzog das Gesicht. »Aksum ist, was das betrifft, nicht mein Lieblingsziel.«

»Gibt es viele solcher Luftschiffe, da, wo du herkommst?«

»Ja, natürlich. Es ist so viel bequemer und schneller, verglichen mit herkömmlichen Schiffen oder gar der Reise zu Fuß über Land.«

»Da sagst du was.« Pintel seufzte schwer. »Ich möchte nie wieder zu Fuß einen Wald durchqueren.«

»Das glaube ich dir gern.«

»Geht ihr überhaupt noch zu Fuß?«

»Aber natürlich. Luftschiffe sind nur für weite Reisen geeignet. Niemand würde ein Luftschiff benutzen, um die Familie am anderen Ende der Stadt zu besuchen.«

»Natürlich nicht«, sagte Pintel und kam sich töricht vor.

»Dafür ist die Luftfahrt auch zu teuer. Jedes Luftschiff braucht einen Windmacher, und das sind hoch qualifizierte Zauberer, die entsprechende Bezahlung erwarten.«

»Ihr macht euch euren Wind selbst?«

Federspiel lachte.

»Natürlich nicht. Sie heißen nur so. Sie kümmern sich um die Antriebskammer und um die Wolken darin. Manche von ihnen beherrschen ein paar Wetterzauber, aber sie setzen sie im Allgemeinen nur ein, wenn es um Leib und Leben geht. Das Wetter ist ein empfindliches Gebilde. Wenn wir hier oben einen Wechsel der Windrichtung herbeizaubern, kann es einen Landstrich weiter einem Bauern schon die gesamte Ernte verhageln. Was ist los, Pintel?«

»Ich fühle mich wie ein Ochse, den man auf die Academia schickt«, sagte Pintel dumpf. »Ich meine – ihr habt Luftschiffe. Wir haben Fuhrwerke. Ihr habt durchsichtiges Glas. Wir müssen das Fenster aufmachen, wenn wir rausgucken wollen. Wer weiß, was ihr noch alles habt.«

»Eine Menge.« Sie lächelte ihn an, und eine flirrende Wärme breitete sich in Pintels Brust aus. »Trotzdem musst du dir nicht dumm vorkommen. Es erfordert viel mehr Klugheit und Stärke, ohne all das auszukommen.«

Sie streckte die Hand aus und fasste ihn bei der Schulter.

»Ich habe schon lange keinen so netten Abend mehr gehabt. Weißt du, ich kam von einem geschäftlichen Treffen, ich wollte nur schnell ein Häppchen essen und dann zurück an Bord und mich aufs Ohr legen. Dann traf ich dich, und jetzt geht es bestimmt schon auf Mitternacht ...«

»Mitternacht?!«

»Das kennt ihr aber bei euch in Abrantes, oder?«

»Natürlich! Ich muss los, Fenrir treffen! Du meine Güte, das hätte ich beinahe vergessen. Was bin ich nur für ein Freund!«

»Oh. Ja, schade.«

Federspiel sah tatsächlich enttäuscht aus. Für einen Augenblick stand Pintel wie angewurzelt, hin- und hergerissen zwischen seiner Verpflichtung und dieser unfassbar hübschen Frau, die nicht nur klein und fröhlich war, sondern überdies ein Luftschiff hatte und Elfen kannte.

»Bist du morgen noch hier?«, sagte er atmelos. »Bitte sag, dass du morgen noch hier bist. Ich muss dich noch so vieles fragen. Wie das mit den Elfen war. Und was ein Windmacher genau tut. Und ich würde so wahnsinnig gerne mal mitfliegen! Bist du morgen noch hier?«

»Ja«, lachte Federspiel. »Und übermorgen auch. Wir bleiben bis zu den Spielen. Die Mannschaft möchte sie gerne sehen, und wir hatten ein paar ganz einträgliche Flüge in letzter Zeit. Es besteht also kein Grund zur Eile.« Sie hielt inne, ihr Blick wurde weich. »Obwohl ich es durchaus eilig habe, dich wiederzusehen«, sagte sie dann leise. »Kommst du mich morgen besuchen? Du könntest dann einen Blick in die Antriebskammer werfen, wenn du möchtest.«

Pintel spürte, wie sich ein breites Grinsen auf seinem Gesicht ausbreitete.

»Das wäre großartig«, sagte er. »Wunderbar. Ich würde es lieben.«

Für einen Augenblick standen sie unter der Tür und strahlten sich an. Federspiels Haut war weiß wie Milch, und die Sommersprossen tanzten darauf wie brauner Zucker. Ehe er sich versah, beugte Pintel sich nach vorne und drückte ihr ein Küsschen auf die Wange.

Als er schon längst wieder in der Stadt war und zur Arena hetzte, schlug sein Herz immer noch einen Salto nach dem anderen.

Auf dem großen Platz um die Arena war es inzwischen ruhig geworden. Nach Luft japsend kam Pintel am Käfiggang an und stützte die Hände auf die Knie, um zu Atem zu kommen.

»Da bist du ja endlich«, kam Fenrirs gedämpfte Stimme. »Du weißt doch, dass ich mich hier nicht lange aufhalten kann.«

Pintel richtete sich auf. Fenrir stand gegen das Gitter gelehnt und hielt die Stäbe umfasst, als könne reine Willenskraft ihn nach außen befördern.

»Entschuldige«, keuchte Pintel. »Ich habe die unglaublichste Frau kennengelernt. Sie hat ein Luftschiff und kennt echte Elfen!«

»Hör mal, Pintel, ich mag deine Geschichten, aber ...«

»Es ist alles wahr! Ich habe Dinge gesehen, Fenrir, die hätte ich mir niemals ausdenken können! Sie fahren mit Wolken!«

Fenrir stöhnte ungeduldig.

»Tatsache ist, dass die unglaubliche Frau auf meiner Seite der Mauer sich nach wie vor an nichts erinnert. Und ich habe eine Idee, wodurch das verursacht sein könnte.«

»Wodurch?«

»Sie schluckt jeden Morgen einen Trank. Angeblich von ihrer Herrin verordnet, gegen die Hitze. Sie behauptet steif und fest, sie bräuchte ihn, obwohl sie ja an mir sieht, dass es auch ohne geht. Ist es vorstellbar, dass sie da einen Zaubertrank schluckt, der ihre Erinnerungen unterdrückt?«

»Natürlich. Grundsätzlich lässt sich jede Art von Zauber in seiner arkanen Signatur auch auf stoffliche Massen übertragen. Ein Trank ist die herkömmliche Variante, weil man ihn gut lagern und dosieren kann. Aber man könnte zum Beispiel auch einen Kuchen backen, oder eine Pastete, vermutlich könnte man sogar Wurstmasse entsprechend aufbereiten, oder Rühreier ...«

»Ist also vorstellbar?«

»Absolut.«

»Dann muss ich sie jetzt nur noch dazu bringen, das Zeug nicht länger zu schlucken«, sagte Fenrir bitter. »Großartig. Ich könnte auch das Meer bitten, einen Schritt beiseite zu tun, damit wir bequemer nach Hause kommen.«

»Kannst du den Trank nicht einfach austauschen? Lass sie Wasser schlucken stattdessen.«

»Und dann kommt ihre Erinnerung zurück, vielleicht von einem Augenblick auf den anderen, und was, wenn wir dann mitten auf dem Übungsplatz sind? Ich glaube kaum, dass sie das überspielen kann, wenn es sie unvorbereitet trifft.«

Fenrir seufzte schwer.

»Das Schlimmste ist, dass sie so glücklich ist. Jetzt erst verstehe ich, warum sie so lange beim Militär war. Ein regelmäßiger Tagesablauf, klare Zuständigkeiten, Waffenübungen – mehr braucht sie gar nicht. Sie hat niemanden verprügelt, seit ich hier bin, sie hat sich nicht betrunken, sie hat nicht herumgepöbelt – sie ist völlig ausgeglichen und entspannt. Soll ich ihr das wieder nehmen?«

»Sie ist nicht sie selbst!«

»Doch, ist sie. Ganz und gar. Sie ist eine bessere Version ihrer selbst, wenn du so willst. Ohne die üblen Launen.«

»Fenrir«, Pintel presste sich gegen die Gitterstäbe und schielte hinüber zu dem Wandler. Es trennten sie einige Armlängen, aber er sah den Kummer im Gesicht des Freundes. »Ich bin nicht gut darin, der Vernünftige der Truppe zu sein, aber dir ist klar, dass du sie nicht hierlassen kannst, nur weil sie glücklich ist, oder?«

»Nur? Was wollen wir denn, wenn nicht Glück? Wonach sind wir denn auf der Suche bis an den Tag, an dem wir sterben?«

»Wahrheit«, sagte Pintel sehr ernst. »Wir sind auf der Suche nach der Wahrheit. Und die finden wir nicht, solange uns ein Zaubertrank das Hirn vernebelt.«

Fenrir nickte und seufzte.

»Ich brauche einen Sprachenzauber«, sagte er. »Dringend. Kannst du mir einen besorgen? Ich muss verstehen können, was hier vor sich geht. Ich bin völlig abgeschnitten, und solange das so ist, kann ich nichts unternehmen.«

»Ich werde sehen, was ich tun kann.«

»Und tu es schnell. Ich habe langsam das Gefühl, dieses Haus ist ein Gefängnis, aus dem es keinen Ausweg gibt.« Er warf einen Blick über die Schulter. »Ich muss weg. Komm morgen wieder, ja?«

»Versprochen!«

Fenrir ließ die Gitterstäbe los und verschwand in der Dunkelheit. Pintel blieb zurück, und auch der Gedanke an Federspiel und ihr Luftschiff konnte die kalte Beklemmung um sein Herz nicht lösen.

»Du solltest das nicht schlucken«, sagte Fenrir am nächsten Morgen zu ihr.

Akila, den Löffel mit dem Zaubertrank noch im Mund, drehte sich erstaunt zu ihm. Sie leckte den Löffel ab und gab ihn Telpochtli zurück.

»Und warum nicht, bei allen Göttern?«

»Du brauchst dieses Zeug nicht. Sieh mich an. Die Sonne verbrennt mich nicht.«

»Noch nicht. Du bist erst ein paar Tage hier. Meine Herrin sagt ...«

»... dir nicht die Wahrheit, Akila. Ich habe einen Freund draußen, der sich mit Zauberei auskennt. Er sagt, es ist nicht auszuschließen, dass es der Trank ist, der dein Gedächtnis blockiert. Er sagt es mit viel mehr Worten, aber darauf läuft es hinaus.«

»Unsinn! Warum sollte ich dir glauben?«

»Ja. Warum auch.«

Er trug plötzlich einen bitteren Zug um den Mund, der Akila schmerzte. Sie machte einen Schritt rückwärts.

»Kümmere dich um deinen eigenen Kram, Nordländer. Mein Angebot steht. Wenn du etwas davon willst, bitte ich meine Herrin. Ansonsten ist es meine Entscheidung, was ich schlucke.«

Er nickte, wütend und niedergeschlagen, und sein Gefühl sprang auf sie über und machte ihr die Brust eng. Sie flüchtete sich zu Thio, der im Speiseraum noch auf einer Bank saß und sich die Sandalen schnürte. Sie ließ sich neben ihn fallen und vergrub das Gesicht an seiner Schulter.

»Was ist los?«, fragte er.

»Der Nordländer«, sagte sie dumpf. »Er geht mir auf die Nerven.«

»Soll ich ihn für dich verprügeln?«

»Nein!«

Thio hob ihr Kinn, um ihr in die Augen sehen zu können, und sie drehte den Kopf weg. Eine plötzliche heiße Welle erhob sich in ihr und flutete mit Macht aus ihren Augen. Sie atmete stockend und zwinkerte Tränen weg, und Thio zog sie an sich und vergrub die Finger in ihrem Haar. Sie rang hart um ihre Fassung, konnte aber nicht verhindern, dass einige Tränen auf Thios Brust tropften.

»Warum lässt er mich nicht in Ruhe?«, murmelte sie erstickt. »Ich will doch nichts als meine Ruhe. Meridias nackter Arsch, ist das zu viel verlangt?«

Thio strich ihr sanft übers Haar und wiegte sie leise, und sie wusste, wenn er damit auch nur noch einen Augenblick fortfuhr, würde sie sich in ein schluchzendes Häuflein Elend verwandeln und nicht mal wissen, warum.

»Schon gut«, sagte sie und schob ihn von sich. »Geht schon wieder.«

»Schade, dass er unsere Sprache nicht spricht«, sagte Thio. »Ich würde mich wirklich gerne mal mit ihm unterhalten. Wer ist übrigens Meridia?«

»Keine Ahnung.«

»Na, wenn ihr Arsch auch nur halb so prachtvoll ist wie deiner, dann lohnt es sich, darauf zu fluchen. Und jetzt komm. Unsere tägliche Übungsstunde mit dem Netz wartet.«

Die Kämpfer versammelten sich schon auf dem Übungsplatz, doch bevor die Arbeit beginnen konnte, trat die Stimme der Klingen in das Rund. Telpochtli schlug den Gong, der sonst zu den Mahlzeiten und den Übungsstunden rief, und die Krieger verstummten.

»Ihr alle wisst, dass die Spiele näher rücken«, rief die Stimme der Klingen. »Drei Wochen noch! Nutzt die Zeit. Übt eure Fertigkeiten. Euren Kampfesmut, eure Schnelligkeit. Ihr werdet alle antreten und euren Häusern Ruhm und Ehre bringen!«

»Was sagt er?«, fragte Fenrir, der neben Thio und Akila getreten war.

»Drei Wochen bis zu den Spielen«, übersetzte sie ihm gedämpft, während die Stimme der Klingen weitersprach. »Alle Kämpfer treten an. Ruhm und Ehre ... blabla ... aufmunternde Worte ...« Sie lauschte und wandte sich dann wieder zu Fenrir.

»Die Kampfpaare werden ausgelost. Es gibt zwei Attraktionen bei diesen Spielen ... das wären dann wohl wir ... und wir kommen nicht in den Lostopf, sondern werden als Paar festgelegt.«

Die Stimme der Klingen lächelte freundlich zu Akila hinüber, ehe er mit seiner Rede fortfuhr. Akila tauschte einen Blick mit Thio, der enttäuscht aussah.

»Kämpfen die Paare nun miteinander oder gegeneinander?«, fragte Fenrir.

»Miteinander. Zumindest, solange beide stehen.«

»Und wer fällt, stirbt?«

»Unsinn. Glaubst du, sie haben Lust, jedes Mal nach den Spielen die gesamte Truppe neu aufzubauen? Nein. Es kommt zu Verletzungen, natürlich. Manche mit tödlichem Ausgang. Das bringt der Beruf mit sich.«

»Und wenn wir beide bis zum Schluss übrig blieben, wären wir gezwungen, gegeneinander anzutreten?«

»So sieht's aus.«

»Was passiert mit dem Verlierer?«

»Was ich so gehört habe, sterben viele im Entscheidungskampf. Die Freiheit lockt sie, bis zum Äußersten zu gehen. Du weißt – wer die Spiele gewinnt, wird freigelassen.«

Fenrir nickte, sein Blick ging ins Leere, sie sah, wie es hinter seiner Stirn arbeitete.

»Wenn es so weit kommt«, sagte er leise. »Drei Wochen, sagtest du? Gut. Danke für die Übersetzung.«

»Was hat er gesagt?«, erkundigte sich Thio, während die übrigen Kämpfer mit ihren hölzernen Waffen gegen ihre Schilde klopften und damit die Stimme der Klingen vom Platz geleiteten. Akila schüttelte den Kopf.

»Nichts von Belang. Er bekommt kalte Füße, das ist alles.«

Thio griff nach Netz und Dreizack.

»Dann los, Süße. Schließen wir deine Lücken, bevor sie dich den Kopf kosten.«

Die Ankündigung der Stimme hatte die Stimmung verändert. Allenthalben wurde hart gearbeitet, Scherze flogen seltener. Akila spürte mehr als sie sah, wie die Kämpfer sich gegenseitig taxierten. Eine Mischung aus Bedauern und Wachsamkeit spiegelte sich in den Gesichtern der Männer.

Akila ertappe sich selbst bei der Überlegung, gegen wen sie bestehen konnte. Mit dem Schwert vermutlich gegen alle von ihnen, aber nur Litota wusste, ob man ihr ein Schwert geben würde, und der würde nichts verraten.

Mit dem Speer? Nur gegen die Langsamen. Ichtaka vielleicht, oder Tecizli, der nur ein Auge hatte. Netz und Dreizack meisterte sie allmählich, war aber noch weit von Thios oder Yaotls Meisterschaft entfernt. Schild und Axt beherrschte sie recht gut, sie war kräftiger als Yaotl und schneller als Ichtaka.

Aber was, wenn Thio ihr Gegner würde?

Etwas Schweres knallte gegen ihren Kopf und ließ sie rückwärts taumeln. Ein harter Stoß, und sie landete unsanft im Sand. Ihr Schädel brummte, Blut lief ihr aus der Nase.

Thio setzte ihr ein Knie auf die Brust und sah zu ihr hinunter. Sie versuchte, sich aus dem Netz zu befreien, aber er hatte es so geschickt geworfen, dass sie regelrecht eingewickelt war. Sie zog das Blut durch die Nase hoch und spuckte es in den Sand.

Das war wohl die Antwort.

Er deutete mit dem Dreizack den Todesstoß an, dann nahm er das Knie von ihrer Brust und befreite sie von dem Netz.

»Tu das nicht«, sagte er ernst. »Denk nicht darüber nach. Es macht dich schwach.«

Sie nahm seine Hand und ließ sich auf die Beine helfen.

»Es ist ungerecht«, sagte sie. »Das sind alles anständige Männer. Keiner von ihnen sollte sterben müssen, nur damit reiche Leute ein Feiertagsvergnügen haben und Wetten abschließen können.«

Thio sah sie verständnislos an.

»Aber so ist es nun mal«, sagte er. »Wenn du damit ein Problem hast, warum hast du dann unterschrieben?«

»Ich weiß es nicht. Ich erinnere mich nicht einmal daran, unterschrieben zu haben! Aber dort, wo ich herkomme, wird nur im Notfall gestorben und nicht zur Belustigung der Massen!«

Thio warf hilflos die Arme in die Höhe, und sie schmiss ihm ihre Waffen vor die Füße und ging hinüber zum Wasserfass, um ihre Nase zu kühlen. Sie schöpfte Wasser und wusch sich das Blut aus dem Gesicht. Vorsichtig betastete sie ihre Nase, die schmerzte, aber nicht gebrochen schien. Sie zog kaltes Wasser die Nase hinauf und spuckte einen blutigen Fleck in den Sand. Als jemand sie von hinten bei der Schulter fasste, fuhr sie herum, die Fäuste erhoben. Der Nordländer. Er wich zurück, und sie ließ die Fäuste sinken und atmete tief durch.

»Problem?«, fragte er.

»Nein«, sagte sie. »Ja. Ich weiß nicht. Ich kann das nicht. Ich meine, ich kann doch nicht einen von ihnen einfach abstechen, nur weil das die Spielregeln sind?«

»Ich meinte deine Nase«, sagte er.

»Ach so«, sagte sie. »Die ist mein geringstes Problem.«

»Vielleicht musst du ja gar niemanden abstechen.«

»Nein, ist klar. Ich könnte auch selbst draufgehen.«

»Es gibt vielleicht eine dritte Möglichkeit. Aber dazu müsstest du aufhören, jeden Tag diesen Trank zu schlucken.«

»Bist du irre? Die Sonne bringt mich fast um! Wenn ich das Zeug nicht nehme, vertrockne ich wie eine Rosine!«

Ein überraschendes Lächeln sprang in seinem Gesicht auf und drang wie ein heißer Strahl in ihr Inneres.

»Sieht aus, als müsstest du dich zwischen schön und klug entscheiden.«

»Zwischen lebendig und tot wohl eher!«

»Denk drüber nach.«

Er ging davon, mit leichten, geschmeidigen Schritten, und sie sah ihm nach und versuchte, das warme Pulsieren zwischen ihren Schenkeln zu ignorieren.

Dann trat Litota auf sie zu.

»Was wollte er?«, fragte er und zeigte mit dem Kinn in Fenrirs Richtung.

»Eine Erklärung«, sagte Akila. »Es ist wirklich lästig, dass er die Sprache nicht versteht. Dauernd muss ich übersetzen.«

Litota sah sie lange an.

»Sieh zu, dass du in Form kommst«, sagte er. »Du kannst ein Glanzstück dieser Schule werden. Ich will nicht, dass du in der Arena draufgehst.«

»Verstanden.«

Die Tage reihten sich gleichförmig aneinander. Akila bemerkte Fenrirs Blicke, wenn sie morgens ihren Schutztrank schluckte, und verspürte beinahe ein schlechtes Gewissen, denn er hatte immer noch keinen und weigerte sich, von ihrem zu nehmen. Gleichzeitig hielt er auch ohne den Schutz erstaunlich gut durch. Er litt unter der Hitze wie sie selbst, war aber weit davon entfernt, zusammenzubrechen oder zu verbrennen. Offenbar hatte er eine Methode gefunden, sich abzukühlen, indem er im Nachmittagsregen nach draußen ging, wenn alle anderen Schutz im Haus suchten, und oft alleine draußen blieb, bis der Gong zur Abendübung rief. Akila hätte gerne gewusst, was er da draußen machte, aber ihr stiller Schlafraum und Thio in ihrem Bett waren zu verlockend, als dass sie freiwillig im Gewitter draußen herumgeplatscht wäre, nur um ihre Neugier zu befriedigen.

Dann kam eines Tages gegen Ende der Mittagspause Unruhe auf. Stimmen wurden laut, und Schritte trappelten auf dem Flur.

»Gehen wir nachsehen«, gähnte Thio. »Es ist sowieso Zeit.«

Sie zogen sich an und schlenderten hinüber in den Speiseraum, der allgemeinen Aufregung hinterher. Ichtaka stand in der Tür und füllte diese damit fast vollständig aus.

»Die Sachen sind da«, berichtete er aufgeregt.

»Das bedeutet ...?«, fragte Akila.

»Die Häuser schicken unsere Ausrüstung für die Arena.«

Akila pfiff durch die Zähne und schob Ichtaka beiseite, um in den Raum zu gelangen. Ein Schwert. Ein gutes, scharfes Schwert. Der Gedanke daran löste eine merkwürdige, beinahe schmerzhafte Unruhe in ihr aus. Litota kletterte auf einen Tisch und klatschte in die Hände, und die Kämpfer verstummten und wandten sich ihm zu.

»Es ist soweit«, sagte der Meister der Spiele laut. »Die Gnade eurer Häuser gibt euch nicht nur Essen und ein Dach über dem Kopf, sondern auch die Möglichkeit, in der Arena Ruhm und Ehre für euch und für euer Haus zu erwerben. Starke Rüstung, kostbare Kleidung und natürlich geschmiedete Waffen, dazu eure vortrefflichen Kampfesfertigkeiten, werden die nächsten Spiele zu einem unvergesslichen Ereignis machen ...«

»Bla, bla, bla«, flüsterte Thio und ließ den Kopf auf Akilas Schulter sinken. »Immer, wenn er viel mit der Stimme der Klingen zu tun hatte, kann man's hinterher nicht abwarten.«

Akila lächelte schmal. Die Anspannung in ihrem Inneren wollte nicht weichen. Sie stellte sich auf die Zehenspitzen und suchte mit den Blicken den Raum ab, aber auf den Tischen lagen nur Stapel von gefalteten Stoffen und Rüstungsteilen, dazu schwere eiserne Helme. Auch als Litota begann, den ersten Kämpfern ihre Waffen zuzuweisen, war nirgends eine Klinge sichtbar.

»Wo haben sie die Waffen?«, flüsterte Akila Thio zu. »Ich würde gerne mal einen Blick drauf werfen.«

»Kannst du – direkt, bevor du in die Arena gehst. Du glaubst doch nicht, dass die uns frühzeitig mit scharfen Waffen ausrüsten? Dann ist mal das Essen schlecht, und schon organisiert sich ein Mob. Das ist zumindest deren Vorstellung.«

Akila seufzte und nickte. Mit wachsender Unruhe verfolgte sie die Zuteilung. Ichtaka wurde ein Kriegshammer in Aussicht gestellt, Yaotl Netz und Dreizack, Yancuic sollte mit Kette und Eisenfaust antreten, Fenrir, der auf die Schnelle die neuen Kampftechniken nicht meistern konnte, mit dem Schwert. Jeder bekam ein Bündel mit Kleidung und Rüstungsteilen in den Arm gedrückt. Fenrirs bestand maßgeblich aus Pelz, und er verzog das Gesicht.

Endlich wandte Litota sich zu Akila.

»Die Nordländerin«, verkündete er, »erhält neben einem besonders kostbaren Kostüm - » er hielt ein verschnürtes Paket aus Kleidungsstücken in die Höhe, »das Privileg, mit Axt und Schild zu kämpfen!«

»Ich höre wohl nicht richtig«, sagte Akila wütend. »Soll ich zu Ehren meines Hauses Bäume fällen oder was?«

Litota sah sie irritiert an, und Thio nahm sie beim Arm.

»Man widerspricht gewöhnlich nicht«, murmelte er. »Man sagt danke, zu Ehren meines Hauses, und verzieht sich.«

»Einen Scheiß auf gewöhnlich!«, fauchte Akila und befreite unsanft ihren Arm. »Ich brauche eine vernünftige Klinge! So war das mit meiner Herrin abgemacht!«

»Offenbar hat deine Herrin sich umentschieden«, sagte Litota. »Auf meinen Rat hin, möglicherweise. Ich erkläre es dir noch einmal, weil es deine ersten Spiele sind. Es sind Spiele. Wir folgen einem bestimmten Ablauf. Wir müssen es spannend machen.«

»Du meinst also, es wäre nicht spannend, wenn du mir ein Schwert gibst? Weil ich möglicherweise zu gut damit bin?«

Litota sah sie schweigend an.

»Euch werde ich's zeigen«, knurrte Akila. »Ich mache es euch mit der Axt genauso unspannend! Ihr könnt mir eine Hand auf den Rücken binden, und ich versohle euch immer noch den Arsch.«

Thio grinste und schlug ihr auf den Rücken.

»Wir können es alle kaum erwarten.«

Sein Grinsen erlosch allerdings, als Litota seine Aufzeichnungen zusammenrollte und vom Tisch sprang.

»Litota«, sagte er laut. »Was ist mit mir? Ich habe noch keine Ausrüstung zugeteilt bekommen.«

Litota sah ihn bedauernd an.

»Dein Haus hat dir nichts geschickt. Tut mir leid, Thio.«

Thio sah Litota an und schluckte schwer. Andere Krieger näherten sich, Yancuic, Telpochtli, und die Nachricht ging durch den Speisesaal.

»Thio hat nichts erhalten.«

Akila räusperte sich, bis ihre Stimme ihr wieder gehorchte.

»Und was heißt das?«, fragte sie heiser.

»Das heißt, dass ich mit hölzernen Waffen und ohne Rüstung antreten werde, wie mein Haus es mir befiehlt«, sagte Thio tonlos.

»Aber dann wirst du sterben!«

»Ja.«

»Aber ... was ist denn der Sinn dahinter?«

Yaotl legte ihr eine Hand auf die Schulter.

»Es gibt keinen Sinn. Sein Haus hat das Interesse an ihm verloren.«

Die Gruppe zerstreute sich. Gedämpft plaudernd gingen die Männer davon.

»Aber«, sagte Akila fassungslos. »Ihr könnt das doch nicht so einfach hinnehmen!«

»Was willst du denn machen«, sagte Thio, der trotz seiner jungen Jahre plötzlich müde und gebeugt aussah. »Ich wusste doch, dass es einmal mit dem Tod in der Arena enden würde. Ich dachte nur, es würde noch ein bisschen länger dauern.«

»Und das wird es«, sagte Akila. »Mir fällt schon etwas ein. Verlass dich drauf.«

Am gleichen Abend versammelte sie Ichtaka, Yaotl und Thio in ihrem Schlafraum. Die Tür ließen sie offen, um nicht den Anschein einer Verschwörung zu erwecken, und Ichtaka postierte sich wie zufällig neben der Tür und behielt ein Auge auf den Gang.

»Es gibt nur zwei Möglichkeiten«, sagte Akila. »Entweder er tritt mit vernünftiger Ausrüstung an, oder er tritt überhaupt nicht an. Unter welchen Umständen wird man vor dem Arenakampf ausgemustert? Krankheit? Verletzung?«

»Wie willst du das denn simulieren?«, fragte Thio.

»Wieso simulieren? Ich breche dir einen Arm, und schon kannst du nicht antreten.«

Ichtaka schüttelte den Kopf.

»Notfalls wird er in die Arena getragen. Er tritt unter allen Umständen an. Sein Haus will ihn loswerden, verstehst du? Er ist zu einem lästigen Kostenfaktor geworden.«

»Bei den letzten Spielen war ich Dritter«, sagte Thio, ließ sich nach hinten auf Akilas Bett fallen und starrte zur Decke. »Da waren sie noch ganz begeistert.«

»Also keine Schonung«, sagte Akila. »Nächste Idee. Können wir ihn irgendwie nach draußen bringen?«

Unruhe kam über die Männer. Ichtaka warf einen Blick auf den Gang, und Yaotl sprang von seinem Stuhl auf.

»Du willst einen Ausbruch planen? Bist du noch ganz bei Trost? Noch nie hat jemand es geschafft, die Schule zu verlassen! Noch nie!«

»Einer ist immer der erste«, sagte Akila ungerührt.

Thio schüttelte den Kopf. »Über die Arena vielleicht«, sagte er. »Aber wenn ich dort bin, ist es schon zu spät. Du kennst das Haus doch mittlerweile. Es gibt genau einen Eingang, und der ist schwer bewacht. Es gibt genau einen Schlüssel, und den hat Litota.«

»Wachen kann man ausschalten, und einen Schlüssel kann man stehlen.«

»Du redest dich um Kopf und Kragen«, sagte Ichtaka. »Allein für deine Rede könnte man dich hinrichten. Und uns auspeitschen, nur weil wir dir zugehört haben.«

»Hätten wir Waffen«, sagte Thio leise. »Aber wir haben keine. Nicht mal du schaltest vier schwer gerüstete und bewaffnete Kämpfer mit einem Holzschwert aus.«

»Vermutlich nicht«, gab Akila zu. »Gut. Nächste Idee. Litota hat den Schlüssel und außerdem den Zugriff auf die Ausrüstung. Wie komme ich in seine Position? Reicht es, wenn ich ihn zum Kampf fordere und ihn töte?«

»Was?!« Die Männer schrien durcheinander, bis Ichtaka aufgeregt mit den schaufelgroßen Händen wedelte und auf den Gang zeigte.

»Nicht so laut! Man hört uns bis in den Speiseraum.«

»Die Frau ist wahnsinnig«, stöhnte Yaotl.

»Keineswegs«, sagte Akila. »Wenn das Schiff nicht in deine Richtung fährt, dann setz den Kapitän ab und mach es selbst.«

»Du hast den Verstand verloren«, sagte Thio in einer Mischung aus Bewunderung und Belustigung.

»Das ist ja wohl nichts Neues«, sagte Akila.

»Du kannst Litota nicht beerben«, erklärte Yaotl. »Die Stimme der Klingen sucht den Kampfmeister aus. Und jetzt frag bitte nicht, wie du Stimme der Klingen werden kannst!«

»Interessante Karrieremöglichkeit«, sagte Akila. »Aber ich werde das verschieben. Es läuft darauf hinaus, dass wir Thio zur Flucht verhelfen, und das ist vorrangig.«

»Aber wie ...«

»Es ist doch völlig unmöglich ...«

»Du kannst doch nicht ...«

»Ihr habt keine Ahnung, wie viele Dinge ich schon getan habe, die völlig unmöglich und undurchführbar waren.«

»Die Ahnung hast du doch selbst nicht«, sagte Thio mit müdem Grinsen.

»Stimmt«, sagte Akila. »Aber dem Gefühl nach würde ich sagen, eine ganze Menge. Lasst mich mal machen und haltet euch bereit, falls ich eure Unterstützung brauche.«

Ichtaka hatte Würfel dabei, und sie würfelten noch eine Weile um Kieselsteine und Ehre, um der Versammlung einen harmlosen Anschein zu geben. Akila sah vom einen zum anderen und fragte sich, ob es klug gewesen war, sie einzuweihen. Sie waren aufrichtig und loyal, aber die Anspannung war ihnen deutlich anzumerken. Sie konnte nur hoffen, dass sie sich nicht versehentlich verrieten.

Nach einer Weile schob sie Ichtaka und Yaotl nach draußen. Thio blieb, und sie legte sich zu ihm und tat alles, was in ihrer Macht stand, um ihn auf andere Gedanken zu bringen.

Später in der Nacht, als überall Ruhe eingekehrt war, löste sie sich vorsichtig aus seinen Armen, zog sich an und ging nach draußen. Der Regen war vorbei, die Luft legte sich schwer und schwül auf ihre Haut. Leise ging sie über den Hof hinüber zum Schlafraum der Männer und spähte durch die offene Tür.

Der Nordländer hatte sich die Schlafstatt gleich neben der Tür geben lassen, die bisher niemand hatte haben wollen, weil das Fußende nass wurde, wenn der Wind den Regen in den Raum drückte. Doch jetzt war die Decke zurückgeschlagen und das Lager leer.

Akila sah sich um. Keine Spur von dem Nordländer. Sie ging los, um ihn zu suchen.

Leise Stimmen führten sie schließlich auf den richtigen Weg. Zwischen den Wirtschaftsgebäuden und dem Materiallager ging sie hinüber zur Mauer, hinter der die Arena aufragte. Dort, an der Gitterpforte, fand sie ihn, wie er leise mit jemandem sprach, der sich außerhalb ihrer Sichtweite draußen auf dem Platz befand. Sie hörte eine helle Stimme von draußen – keine Frau, kein Kind, am ehesten noch ein sehr junger Mann, dann verriet ein Knirschen von Sand unter ihren nackten Füßen ihr Näherkommen. Der Nordländer schreckte vom Gitter zurück und tauchte in den tiefen Schatten hinter der Mauer.

»Entspann dich«, sagte Akila halblaut. »Ich bin's nur.«

Sie hörte ihn aufatmen, dann trat er auf sie zu. Er war nackt bis auf seinen Lendenschurz, und seine Augen fingen das Mondlicht und leuchteten in kühlem Gelb wie die eines Raubtieres. Akila musterte ihn von oben bis unten, dann trat sie an das Gitter und versuchte, einen Blick nach draußen zu erhaschen, doch in dem Sichtausschnitt, den das Gitter zuließ, war niemand.

»Hast du ein Liebchen da draußen?«, fragte sie. »Mir scheint, ich bin hier in etwas hineingeplatzt.«

»Nein«, sagte er, und sie hörte die Anspannung in seiner Stimme. »Ich habe kein Liebchen da draußen. Und was ich tue, geht dich nichts an.«

»Die Sachen, die mich nichts angehen, finde ich immer am spannendsten.« Sie drehte sich zu ihm und lehnte sich gegen das Gitter, ließ einen langen Blick über seine wohlgeformten Schultern und die Brust mit dem dunklen Flaum tiefer wandern. Für einen Augenblick dachte sie an Trommeln, und wie er sie unsanft gegen einen Baum presste, die rauhe Rinde drückte sich unangenehm durch ihr Hemd in ihre Haut, sein Gesicht war nur eine Handbreit vor ihrem.

»Was?«, sagte er.

»Nichts«, sagte sie und arbeitete an einem Schwall plötzlicher Erregung. »Hör mal, dein Kontakt da draußen, kann der etwas für mich tun?«

»Kommt drauf an.«

»Worauf?«

Sie spürte seinen Blick wie Finger auf ihrer Haut.

»Was brauchst du?«

»Ich weiß es noch nicht. Waffen ziemlich sicher. Zauberkram. Du sagtest, du hättest einen Freund draußen, der ein Zauberer wäre.«

»Sagte ich das?«

»Hörst du mal auf mit der ewigen Fragerei? Das geht mir auf die Nerven!«

Ein herausforderndes Lächeln umspielte seine Lippen.

»Wie ich das sehe, willst du etwas von mir. Du solltest versuchen, nett zu sein.«

Sie atmete tief durch und strich sich Haare aus dem Gesicht.

»Dein Freund, der Zauberer. Ich weiß nicht, was mittels Zauberei so möglich ist, aber ich denke, beinahe alles würde uns irgendwie weiterhelfen.«

»Du planst einen Ausbruch?«

»Ich weiß noch nicht, was ich plane. Thio soll jedenfalls unter keinen Umständen mit Holzwaffen in die Arena. Entweder wir besorgen ihm vernünftige Waffen, oder wir schaffen ihn nach draußen.«

»Um ihn geht es also.«

Sie wusste seine Enttäuschung nicht zu deuten.

»Was dachtest du denn?«

Er hob die Schultern.

»Und gesetzt den Fall, wir verhelfen ihm zur Flucht – wie auch immer – würdest du mit ihm gehen?«

»Ja, bin ich denn wahnsinnig?«

»Ich nehme an, das heißt nein.«

»Was soll ich denn da draußen? Ich kenne niemanden, ich habe kein Geld, ich weiß nichts von der Welt! Hier habe ich meine Freunde, mein Auskommen, ich kann das tun, was ich am besten kann ... Ich bin nicht mehr die Jüngste. Entweder sorge ich für mein Alter vor, oder ich sorge dafür, dass ich es nicht erlebe. Hier habe ich beide Möglichkeiten, und eine davon wird garantiert eintreffen.«

»Ich sehe, du hast gut darüber nachgedacht.«

»Ja. Ich bin vielleicht vergesslich, aber ich bin nicht blöd.«

Er seufzte und schlang die Arme um sich selbst, eine einsame Geste, die ihr das Herz zusammenzog.

»Ich verstehe nicht, warum du hier bist«, sagte sie leise. »Du passt hier überhaupt nicht rein.«

»Ich werde nicht bleiben. Und was deinen ... Freund ... betrifft – ich werde mit dem Zauberer sprechen. Sag mir nur, was du brauchst. Wir sind ein bisschen knapp mit Geld, aber irgendwoher wird er Waffen besorgen können.«

»Danke. Ich weiß das zu schätzen.«

Sie schob sich an ihm vorbei, spürte die Wärme, die von seinem Körper ausging, hielt inne, nur einen kurzen Augenblick.

Er nutzte die Gelegenheit und hielt sie am Arm fest. Sie sah auf seine Hand hinunter, die auf ihrer Haut lag, schmal und sehnig, mit den typischen Schwielen eines Bogenschützen.

An seinem Ringfinger steckte ein schmaler silberner Reif, den sie dort zuvor nicht gesehen hatte.

»Also doch ein Liebchen?«, fragte sie und tippte mit dem Finger auf den Ring.

»Warum interessiert dich das?«, fragte er. Sein Gesicht war nur eine Handbreit vor ihrem.

Trommeln. Ungeduldige Hände. Hitze. Baum, Gras, goldene Augen, ein Begehren, das den Sternenhimmel verschlingt.

»Tut es nicht«, sagte sie atemlos und schob ihn von sich. Ihre Knie waren weich, als sie davon ging.

Sie fand Thio schlafend in ihrem Bett. Sie weckte ihn sachte, rieb sich an ihm, führte seine Hände und ließ ihn das Feuer löschen, das der Nordländer in ihr angezündet hatte, und als Thio längst wieder schlief, lag sie noch immer wach und fühlte sich hilflos und verwirrt wie ein junges Mädchen.

Die Tage vergingen, und Akila bewegte sich vorsichtig. Thio war angespannt, und zum ersten Mal überhaupt lehnte er es ab, die Nacht mit ihr zu verbringen. Akila ließ sich ihre Enttäuschung nicht anmerken. Stattdessen versuchte sie, Einzelheiten über die Arena herauszufinden. Ein Teil der Anlage, so erfuhr sie, lag unter der Erde. Es gab dort einen großen Mechanismus, mit dem Bühnenbilder versenkt und nach oben gehoben werden konnten, außerdem Käfige für die wilden Tiere und auch welche für die Kämpfer, wenn sie auf ihre Auftritte warteten. Akila wagte es nicht, nach weiteren Ausgängen zu fragen, aber sie nahm an, dass es welche geben musste; man brachte die wilden Tiere schließlich weder über die Besucherränge noch durch die Kampfschule in die Arena.

Sie fragte sich, ob Thio nach dem großen Kampf fliehen musste. Wenn ein Todgeweihter in der Arena plötzlich Eisenwaffen in den Händen hielt, warf das sicherlich Fragen auf. Wie groß war die Gefahr, dass er anschließend wegen eines Regelverstoßes belangt wurde? Vielleicht konnte er Litota gnädig stimmen, indem er eine unterhaltsame Vorstellung lieferte, sich vielleicht zum Liebling des Publikums machte?

Sie musste mit ihm sprechen. Immerhin war er bereits in der Arena gewesen und kannte die Gegebenheiten. Sie brauchte mehr Sicherheit, weniger Vielleicht.

Sie ließ die Nacht hereinbrechen, würfelte mit Yancuic und Yaotl um die Ehre und gewann ein kleines Vermögen aus Strohhalmen und Kieselsteinen. Als es ruhiger wurde zwischen den Gebäuden und alle sich zum Schlafen zurückzogen, ging sie Thio suchen. Er war nicht auf seinem Lager im Schlafraum der Männer, doch als sie über den Hof ging, sah sie in ihrer kleinen Schlafkammer Licht brennen. Sie sah nach, und da saß er auf ihrem Bett, die Beine ausgestreckt, und prostete ihr mit einem Becher zu, als sie hereinkam.

»Gibt es etwas zu feiern?«, erkundigte sie sich und setzte sich neben ihn. Er verzog das Gesicht.

»Ich trinke auf das Wohl meines Hauses, das sich aufopferungsvoll um mich gekümmert hat – bis ihnen das Geld ausging«, sagte er. »Sie haben mir sogar Wein geschickt, obwohl Alkohol innerhalb dieser Mauern eigentlich verboten ist.«

»Aber wenn sie dir Wein schicken, warum schicken sie dir dann keine Waffen?«

»Der Wein ist einige Monate alt. Ich habe ihn nie getrunken, weil ich mir nichts daraus mache. Möchtest du mit mir anstoßen?«

»Würde das denn deine Laune heben?«

Er nickte, aber sein Gesicht war unendlich bekümmert. Sie nahm ihm den Becher ab und stellte ihn beiseite, suchte dann Thios Lippen mit den ihren und küsste ihn lange und sanft.

»Wir finden einen Weg«, flüsterte sie. »Mach dir keine Sorgen. Ich lasse nicht zu, dass dir etwas passiert.«

»Du hast keine Ahnung, wie kompliziert das alles ist«, seufzte er, wandte sich ihr aber zu, als sie mit den Fingerspitzen vorsichtig über seine nackte Brust strich.

»Ist es nicht«, murmelte sie an seinem Ohr. »Ist alles ganz einfach.« Sie streifte sich ihre Tunika über den Kopf und presste sich gegen ihn, spürte seine Hände auf ihrem Rücken, wie er sie näher zog. Sie küsste ihn wieder, stürmischer diesmal, und glitt mit den Händen unter seinen Lendenschurz. Seine Leidenschaft ließ sich bereitwillig wecken, er stöhnte leise und drängte sich gegen sie, seine Hände wanderten tiefer und fanden den Weg unter ihren Rock, begannen, sie an ihren intimsten Stellen zu streicheln, und sie zog scharf die Luft durch die Zähne, hätte es am liebsten sofort zu Ende gebracht, aber er brauchte Trost, keine überhastete Befriedigung, deshalb schob sie seine Hand beiseite und fuhr fort, ihn zart zu küssen, rieb sich vorsichtig an ihm und liebkoste ihn, bis der letzte Rest Trauer aus seinem Gesicht verschwunden war und er sich völlig seiner Leidenschaft hingegeben hatte. Erst dann umschlang sie ihn mit ihren Beinen, ließ ihn ein und genoss den wilden Ritt, bis die Zimmerdecke über ihr sich in einem glitzernden Sternenschauer auflöste.

Danach lagen sie eng umschlungen und warteten, bis sie zu Atem gekommen waren.

»Versprich, dass du mir hilfst, egal was passiert«, murmelte Thio. Sie hob erstaunt den Kopf.

»Natürlich. Was sollte passieren?«

Er lächelte müde.

»Das weiß man nie. Versprich es.«

»Ich verspreche es.«

»Gut.«

Er küsste sie auf die Stirn, fasste über sie hinweg und griff nach dem Weinbecher. Er nahm einen tiefen Schluck und hielt ihr den Becher hin.

Sie nahm den Becher und trank durstig. Der Wein war dick und süß, überraschend kühl und ein wenig bitter. Thio beobachtete sie von der Seite, plötzlich angespannt.

Akila setzte den Becher ab und wischte sich mit dem Handballen Wein aus dem Mundwinkel.

Dann zerbrach die Wirklichkeit unter ihren Füßen wie dünnes Eis.

Der fahle Morgen hing schon über den Dächern, als Krona sich auf weichen Knien aus ihrer Schlafstube tastete. Sie ging ein paar schwankende Schritte und atmete tief die kühle Luft. Ihre Augen fühlten sich an, als hätte sie ein Gebirge zwischen ihren Lidern zu Sand zerrieben. Sie war so erschöpft, sie hätte sich in den Sand legen und sterben mögen, aber sie wusste mittlerweile, dass ihr zähes Herz ihr den Gefallen nicht tun würde, es hatte nicht aufgehört zu schlagen, als man sie aus der Armee davongejagt hatte, und nicht auf Kelaras Türschwelle, nicht einmal an Mattis Grab hatte es aufgehört zu schlagen, es würde eine Klinge kommen und es durchbohren müssen, bevor es seinen Dienst aufgab.

Sie ging hinüber zum Wasserfass, schlug sich Wasser ins Gesicht und trank ausgiebig. Der Kampfplatz wirkte fremd und gleichzeitig vertraut. Sie erinnerte sich an alles, auch daran, wie sie sich nicht erinnert hatte. Unbeschwerte Tage waren das gewesen.

Sie rieb sich mit dem Arm über das Gesicht. Heulen nützte nichts. Der Urlaub war vorbei, nun ging es zurück an die Front.

Sie fand Fenrir hinten an der Mauer, unweit der Pforte. Er saß unter einem Baum, die langen Beine von sich gestreckt. Neben ihm saß Thio, und zwischen ihnen hatten sie den Weinkrug. Beide Männer unterbrachen ihr Gespräch und sahen ihr entgegen, als sie sich mit unsicheren Schritten näherte.

»Ich sehe, der Hauptmann ist zurück«, sagte Fenrir mit leichtem Lächeln. »Wie geht es dir?«

»Beschissen«, sagte sie heiser. »Ich werde ein ganzes Fass Wein brauchen, um mich davon zu erholen.«

Thio hielt ihr den Krug hin.

»Ein kleiner Rest ist noch drin.«

Misstrauisch sah sie hinein. »Der Wein hat das ausgelöst, oder? Ihr habt etwas hineingemischt!«

»Einen Bannbrecher«, erklärte Thio. »Er setzt den Zaubertrank außer Kraft, den du von deiner Herrin bekommst. Du hast ja freiwillig nicht aufgehört, ihn zu schlucken.«

»Aber du hast doch auch davon getrunken!«

Thio hob die Schultern.

»Fenrir meinte, es wäre einfacher, wenn du jemanden hättest, der mit dir trinkt. Und ich stand nicht unter einem Bann, also hat es mir nicht geschadet.«

Kronas Knie wurden weich, und sie ließ sich in den Sand plumpsen.

»Das ist merkwürdig«, sagte sie und zeigte zwischen Thio und Fenrir hin und her. »Sehr merkwürdig sogar. Ich bin ein bisschen überfordert.«

»Das sind wir alle«, sagte Fenrir und ließ müde den Kopf gegen die Mauer sinken. »Aber was soll's. Ich meine, damit war zu rechnen. Es ist, als würde man einen Bären in einen Honigtopf setzen. Eine Bärin. In einen großen … in ein Fass mit Honig.«

»Ich wusste nicht … ich …«

»Du musst dich nicht rechtfertigen. Lass es gut sein.«

Krona seufzte und sah unsicher zwischen den Männern hin und her. Thio hob den Krug und prostete ihr zu.

»Zumindest können wir jetzt gemeinsam einen spektakulären Ausbruch planen.«

»Seit wann könnt ihr euch eigentlich verständigen?«

Fenrir hob die Hand mit dem schmalen Silberring.

»Sprachzauber. So wie deiner. Pintel hat ihn mir besorgt. Er hat sich inzwischen ein paar Freunde gemacht.«

Krona nickte und rieb sich mit beiden Händen übers Gesicht. Das Denken fiel ihr schwer.

»Die Andere hatte recht«, murmelte sie. »Wir brauchen Waffen.«

»Welche Andere?«, fragte Fenrir. »Meinst du Akila?«

»Mhm.«

Sie hörte ihn leise lachen, gleich darauf war seine Hand an ihrer Schläfe und fuhr ihr durchs Haar.

»Aber das warst doch du selbst. Ich glaube, du wirst nie wieder so sehr du selbst sein wie in diesen Tagen.«

»Wie auch immer. Wir brauchen Waffen. Rüstung. Wenn ich Liannas Schwert bekomme und eines von den Kettenhemden der Zwerge, kann ich mindestens zwei Männer am Eingang ausschalten.«

»Das wird schwierig.«

»Wird es nicht.«

»Sie sind nicht mehr da.«

Krona sah auf. Fenrir hockte vor ihr auf den Fersen und sah bekümmert aus.

»Wir haben uns getrennt«, berichtete er. »Es gab ein Schiff, das in unsere Richtung fuhr, wir hatten zu der Zeit aber noch keine Idee, wie wir dich befreien sollten. Die anderen haben das Schiff genommen. Pintel und ich sind hier bei dir geblieben.«

Sie sah ihn an. Ein harter Knoten saß plötzlich in ihrer Brust.

»Wir haben uns die Entscheidung nicht leicht gemacht«, sagte er leise. »Aber die Vorstellung, dass eine Valdar eine brennende Schneise durch Abrantes schlägt, während wir hier in der Sonne sitzen und Pläne schmieden … dafür haben wir uns alle viel zu verantwortlich gefühlt.«

»Dann sind wir gescheitert«, sagte sie mühsam. »Die Gemeinschaft ist gescheitert.«

»Ist sie nicht«, widersprach Fenrir. »Wir haben uns nicht getrennt. Nur aufgeteilt.«

»Ihr hättet das nicht tun müssen. Ich meine, ich hätte ja nicht mal gemerkt, dass ihr mich zurücklasst.«

»Aber wir hätten es gemerkt. Wenn diese Unternehmung noch irgendeine Aussicht auf Erfolg haben soll, dann brauchen wir dich.«

»Wozu? Ich bin das Sicherheitsrisiko. Ich bin diejenige, die nichts als Schwierigkeiten macht, die sich nicht im Griff hat, die sich mit den falschen Leuten prügelt ...«

»Sei still jetzt. Du wirst nicht noch mehr Komplimente von mir bekommen.«

Thio stand auf und sah sich um.

»Brechen wir diese Zusammenkunft ab«, sagte er. »Die anderen werden langsam wach, und wenn wir eines sein müssen, dann unauffällig. Akila ... Krona ... dir ist klar, dass niemand etwas von deiner Veränderung bemerken darf?«

Krona nickte.

»Was ist mit dem Trank? Litota wird sich wundern, wenn ich ihn plötzlich nicht mehr nehmen will.«

»Nimm ihn«, sagte Fenrir. »Der Bann wird noch bis zum Abend wirken, und bis morgen haben wir einen Weg gefunden, den Trank gegen Wasser auszutauschen.«

»Warum habt ihr das nicht gleich gemacht? Warum der Umweg über den Bann?«

Fenrir verzog das Gesicht.

»Das war unser ursprünglicher Plan. Dann begann ich, darüber nachzudenken, was geschehen würde, wenn dir deine Erinnerung mitten auf dem Kampfplatz zurückkommt. Du bist nicht sehr gut darin, Dinge zu überspielen, die dich beschäftigen.«

»Verstehe. Sicherheitsrisiko.«

»Absolut.«

Er kam hoch und zog sie mit sich in die Höhe. Thio ging vor, Krona hatte den Eindruck, er wäre froh, von ihnen wegzukommen. Sie kämpfte gegen ein schlechtes Gewissen.

Fenrir hielt ihre Hand fest.

»Ich hätte dich niemals hiergelassen«, sagte er leise. »Niemals. Nur über meine Leiche.«

Tränen stiegen in ihr hoch, und sie biss sich gewaltsam auf die Unterlippe. Er machte eine Bewegung auf sie zu, und sie wich zurück.

»Fass mich nicht an«, sagte sie. »Wenn du mich jetzt anfasst, heule ich los und höre nie wieder auf.«

Er nickte und lächelte flüchtig.

»Dann geh und finde deine Fassung, ehe den anderen etwas auffällt.«

Er ließ sie stehen und ging hinüber zum Schlafraum der Männer, und sie sah ihm hinterher und arbeitete hart an einem Gefühl, das beängstigend heftig in ihrem Inneren wütete.

Sie hatte ihre Fassung noch nicht gefunden, als sie sich wie jeden Morgen mit den anderen zum Training versammelte. Sie rannte zehn Runden durch den schweren Sand um den Übungsplatz, stemmte schwere Holzklötze und machte Klimmzüge, bis ihre Muskeln brannten, nur um niemandem in die Augen sehen zu müssen. Sie konzentrierte sich ganz auf ihren Körper. Jetzt, da sie sich an ein Vorher erinnerte, erstaunte sie ihre neu gewonnene Form umso mehr. Einige Wochen gutes Essen, regelmäßiges Training und ungestörter Schlaf hatten dazu geführt, dass sie sich um zehn Jahre verjüngt fühlte. Als Litota sie heranpfiff und ihr ein hölzernes Übungsschwert in die Hand drückte, fühlte sie sich beinahe beschwingt. Sie besiegte in einem Anlauf erst Yancuic, dann Ichtaka, dann Thio, und bevor sie sich einen weiteren Streiter vorknöpfen konnte, nahm Litota ihr das Schwert wieder ab.

»Blöde Idee«, sagte er mit schmalen Lippen. »Für dich ab sofort nur noch die Axt.«

»Warum?«, sagte sie. »Bin ich zu gut?«

»Du bist nicht gut für die Moral der Kämpfer.«

»Ich dachte, ihr wolltet immer nur die Besten haben in dieser Schule?«

Litota sah sie an. Krona biss sich auf die Lippen. Am liebsten hätte sie diesem aufgeblasenen Wichtigtuer das Übungsschwert quer zu fressen gegeben, aber sie wusste, Akila mit ihrem sonnigen Gemüt hätte die Axt entgegengenommen und die Sache auf sich beruhen lassen, also schluckte sie ihre harsche Antwort und packte den Stiel der Übungsaxt, die er ihr hinhielt. Litota nickte ihr zu und ging davon.

»Mach dir nichts draus«, sagte Thio leise hinter ihr. »Für meine Moral warst du sehr förderlich.«

Sie drehte sich zu ihm. Ein Gemisch aus Schuld und Zuneigung flutete durch ihr Inneres.

»Es tut mir leid«, flüsterte sie. »Ich wusste nicht ... ach, verdammt.«

»Ich weiß. Ich komme drüber hinweg.«

Sie sah ihn an, sah die Trauer in seinen Augen.

»Ich bin sowieso viel zu alt für dich. Du brauchst eine Frau, mit der du eine Familie gründen kannst.«

»Das tröstet mich gerade wenig.«

Sie streckte die Hand aus, berührte seine Fingerspitzen mit den ihren.

»Ich bringe dich hier lebend raus. Ich schwöre dir, ich bringe dich raus. Das kann ich für dich tun, und das werde ich.«

Er lächelte verloren.

»Es gibt nur drei Wege, die Arena zu verlassen: tot, schwer verletzt oder siegreich.«

Sie nickte. Schlagartig stand ihr ein Plan vor Augen.

»Dann werden wir diese Möglichkeiten nutzen.«

Die Zeit verrann zäh wie warmes Baumharz. Die Spiele rückten näher, und die Spannungen nahmen zu. Holzspäne platzten von den Übungswaffen, Übungsklingen brachen, wenn die Krieger aufeinander losgingen. Beim Essen wurde diskutiert, wer gegen wen die besten Chancen haben würde. Mit Thio sprach niemand. Krona war es zufrieden. Er würde umso leichteres Spiel haben, wenn niemand mit ihm rechnete.

Sowohl er als auch Fenrir hatten mehrfach versucht, ihr das Vorhaben auszureden. Zu riskant, zu viele blinde Stellen in der Planung, die sich nicht füllen ließen. Zu waghalsig. Sie hatte beiden recht gegeben und dennoch entschieden, dass es so gemacht wurde und nicht anders. Sie sah keine Möglichkeit, durch die Tür aus der Schule zu entkommen – nicht mit einem Haufen aufgeputschter Krieger im gleichen Gebäude, nicht gegen ausgebildete Sicherheitsleute und nicht, wenn sich ihnen auf der anderen Seite der Tür die halbe Stadt an die Fersen heften würde.

Nein, sie mussten fliehen, wenn alle im Siegestaumel waren und niemand ihr Verschwinden bemerken würde. Und dazu musste einer von ihnen siegen, einer musste verletzt werden – und einer musste sterben.

Der Abend vor den Spielen brach an. Auf dem Übungsplatz wurde ein großes Feuer entfacht, über dem Fleisch und verschiedene Früchte gebraten wurden. Die Stimme der Klingen ließ sich sehen und brachte Musiker und Tänzerinnen mit. Es war ein gutes Dutzend sehr junger, stark geschminkter Mädchen, die vermutlich bereit waren, zum Gelingen des Abends mehr beizutragen als nur aufreizenden Tanz.

Es war wie der Abend vor einer Schlacht. Alle schöpften noch einmal aus dem vollen Leben, tanzten, würfelten, tranken. Ichtaka bot Krona Wein an, doch sie lehnte ab. Sie trank nie am Vorabend einer Schlacht. Sie wollte die kristallklare Ruhe in ihrem Inneren nicht zerstören.

Thio bot niemand Wein an, und selbst die Mädchen hielten sich von ihm fern.

»Als wäre ich ein Aussätziger«, sagte er zu Krona, die mit Fenrir am Rand des lauten Treibens saß.

»Das bist du«, sagte Krona. »Du bist derjenige, der morgen sterben wird – denken sie. Wenn sie heute nochmal mit dir feiern, tust du ihnen morgen nur leid.«

Thio sah unbehaglich über die Schulter.

»Wie ein Rudel Hunde, das ein schwächliches Tier verstößt.«

»Sie werden sich wundern«, sagte Fenrir. »Zumindest dieser Teil des Plans sollte funktionieren. Von den anderen bin ich immer noch nicht überzeugt.«

»Ich diskutiere den Plan nicht mehr«, sagte Krona ruhig. »Ich kenne deine Bedenken. Wir machen es trotzdem so.«

Fenrir sah sie von der Seite an. Thio seufzte.

»Vermutlich ist es der sicherste Weg«, sagte er. »Oder der am wenigsten unsichere.«

»Es wird funktionieren«, sagte Krona. »Morgen Abend sind wir weg.«

»Auf die eine oder andere Art«, sagte Fenrir düster.

Später, tief in der Nacht, in der dunkelsten Stunde vor dem Morgengrauen, kam er zu ihr, die sich unruhig auf ihrem Lager drehte, ohne Schlaf zu finden. Er hielt sie fest und küsste sie lange und heftig. Als er seine Hände über ihren Körper gleiten ließ, fing sie ihn an den Handgelenken und schob ihn sachte von sich.

»Ich kann nicht«, flüsterte sie. »Ich hab den Kopf zu voll.«

Ein Lächeln zupfte an seinen Mundwinkeln.

»Ich dachte, du kannst immer?«

»Da lasse ich einmal die starken Sprüche, so wie du es wolltest, und dann ist es auch wieder nicht richtig.«

Er befreite seine Hände aus Kronas Griff und strich ihr sachte übers Haar.

»Alles ist richtig«, flüsterte er. »Nur nicht, dass du morgen dieses Risiko eingehst.«

»Wir haben das besprochen, Fenrir.«

»Ich weiß. Du bist alt und zäh, dich bringt nichts um, du kannst mit Schmerz, bla bla bla.«

»Genau.«

»Was, wenn ich anders entscheide? Wenn ich es an deiner Stelle übernehme?«

»Nein!«

Er zuckte zurück. Sie war auf die Knie gekommen, ohne es richtig zu merken.

Sie legen ihn vor meine Tür. Es ist gar nicht so viel Blut auf seiner Uniform. Ein schmaler Einschnitt, der seine Haut über dem Herzen öffnet, die Wundränder hell und glatt, und es ist kein Leben mehr in ihm.

Sie öffnete ihre Fäuste. Ihre Hände zitterten ebenso wie ihre Stimme. Sie ließ es zu.

»Das darfst du mir nicht antun. Ich kann das nicht noch einmal aushalten. Wie einer niedergestochen wird, den ich ... an dem mir ... den ich wirklich ... Bitte, tu mir das nicht an.«

»Krona, ich bin vielleicht nicht kühn genug für deinen Plan.«

»Tu mir das nicht an, hörst du!«

»Ist gut. Ist ja gut. Du weinst ja.«

Sie wischte sich mit dem Arm übers Gesicht.

»Ich weine nie, wenn jemand es sieht«, sagte sie mit erstickter Stimme. »Das weißt du doch.«

Er öffnete die Arme, und sie ließ sich nach vorne kippen und verbarg das Gesicht an seiner Brust und weinte, bis keine Tränen mehr kamen, und er wiegte sie sachte und strich ihr übers Haar.

»Heulsuse«, sagte er leise, als ihre Schluchzer seltener wurden.

»Hosenscheißer«, murmelte sie. »Schaffst es ja nicht mal, deine Freundin abzustechen.«

Er zog sie mit sich auf die Laken und schlang seine Arme um sie.

»In diesem Fall – tatsächlich nur in diesem einen – wäre es mir lieber, jemand anders würde diese Aufgabe übernehmen.«

Sie hob den Kopf.

»Hast du gerade einen anzüglichen Witz gemacht?«

»Es versucht. Er ist nicht gelungen. Ich muss noch viel von dir lernen, Hauptmann.«

»Ich liebe dich.«

Er rückte von ihr ab und sah sie an, halb erstaunt, halb belustigt.

»Nur damit du es weißt«, fügte sie trotzig hinzu. »Falls morgen etwas nicht nach Plan läuft.«

»Ja«, sagte er. »Ich hatte mir so etwas gedacht. Aber ich dachte auch, du würdest eher daran ersticken, als es auszusprechen.«

»Es stand auch nicht gerade oben auf der Liste der Dinge, die ich noch tun muss, bevor ich sterbe. Nur ... dann plötzlich doch. Du warst es, den ich nicht auf der Liste hatte.«

»Ich dich auch nicht, wenn dich das tröstet. Ich war sehr zufrieden mit mir allein. Und dann kamst du ... mit der Grazie eines Rammbocks ...«

»Ich höre wohl nicht richtig!«

»Und während du noch vorne versucht hast, das Tor einzurennen, habe ich dich still und heimlich durch die Seitentür reingelassen.«

»Militärisch betrachtet ist das Unsinn.«

»Ich weiß. Wir sind aber nicht beim Militär.«

»Hast du mir sonst nichts zu sagen?«

»Was denn?«

»Da musst du schon selber drauf kommen.«

Er lächelte und umfasste ihr Gesicht mit beiden Händen.

»Das sage ich dir, wenn dein fabelhafter, kühner Plan funktioniert hat.«

Er küsste sie, es war einer seiner langsamen, selbstgenügsamen Küsse, für die sie gerade die Geduld zu entwickeln begann, und allmählich wurde sie ruhiger.

Draußen dämmerte der Morgen der Schlacht.

Krona hatte nicht mehr geschlafen. Die Welt erschien ihr merkwürdig überscharf, eine Auswirkung des Schlafmangels, vermischt mit der Anspannung vor dem Kampf.

Die Krieger bekamen ein leichtes Frühstück und begaben sich dann in die Hände einer ganzen Mannschaft aus Barbieren, Knochenrenkern und Rüstungsmachern, die sie für den großen Augenblick vorbereiten sollten.

Krona bekam das große Badehaus für sich. Sie legte sich in das kühle Wasser und ließ sich treiben, das Gesicht gerade so weit über Wasser, dass es zum Atmen reichte. Wie vor jeder Schlacht dachte sie darüber nach, dass dies womöglich der letzte Tag ihres Lebens war. Der letzte Sonnenaufgang, das letzte Frühstück, das letzte Bad. Wie vor jeder Schlacht wollte der Gedanke sich nicht recht fassen lassen. Sie lebte. Sie atmete. Sie hatte schon genug letzte Tage kommen und gehen sehen.

Ein stilles dunkelhäutiges Mädchen stahl sich von draußen herein und brachte große weiße Tücher und Schalen voll duftender Öle. Krona stieg aus dem Wasser und ließ sich trockenreiben. Das Mädchen massierte ihre Muskeln und rieb ihr duftendes Öl ins Haar, bis es glänzte. Sie hatte auch Kronas Kostüm dabei: weiche Pelzstiefel, die passten wie angegossen, einen kurzen Rock aus Pelzen und eine schmale, pelzbesetzte Tunika, die auf der Innenseite mit einem leichten, schuppenartigen Material besetzt war, das sich auf der Haut glatt und kühl anfühlte. Zuletzt setzte sie Krona einen geflochtenen Kranz aus kleinen grünen Blättern auf die Locken, machte dann einen Schritt rückwärts und verbeugte sich.

»Eure Herrin schickt Euch all ihre Liebe«, sagte sie leise. »Ihr sollt für sie kämpfen wie eine Löwin, lässt sie Euch ausrichten.«

Sie trat ins Freie unter die sengende Sonne. Zum letzten Mal Hitze auf der Haut? Es fühlte sich an wie immer – zu heiß, um angenehm zu sein.

Die anderen versammelten sich bereits auf dem Übungsplatz. Alle trugen ihre Ausrüstung. Manche vollführten die gewohnten Aufwärmübungen, andere standen und sprachen leise miteinander. Fenrir kam auf sie zu und fasste ihre Hand. Er trug schmale Lederkleidung, darüber eine eiserne Brustplatte und eiserne Beinschienen und fühlte sich ganz offensichtlich nicht wohl in seiner Ausstattung. Auch er trug, wie die anderen Krieger, einen schmalen Kranz aus grünen Zweigen.

»Jemand zu Hause?«

Sie klopfte gegen seine Brustplatte und grinste flüchtig. Er rollte mit den Schultern.

»Das Erste, was ich loswerde, wenn wir da drin sind«, sagte er. »Ich kann mich überhaupt nicht bewegen.«

Sie nickte. Ihre Blicke kreuzten sich.

»Du siehst wunderschön aus«, sagte er. »Wie eine Königin.«

»Das sagst du doch nur, damit ich dich ranlasse.«

»Ja. Wenn das alles hier überstanden ist.«

Sie beugte sich zu ihm und küsste seinen Mundwinkel.

Vielleicht der letzte Kuss?

Es war sehr viel befreiender gewesen, Krieg zu führen, als sie noch nichts zu verlieren gehabt hatte.

Eine Trommel begann zu schlagen. Von jenseits der Mauer kam das tosende Murmeln einer erregten Menschenmenge wie Meeresbrandung zu ihr herüber.

»Aufstellen!«, brüllte Litota. »Macht euren Häusern Ehre, ihr Hurensöhne!«

»Wir haben noch keine Waffen«, sagte Krona alarmiert.

»Bekommen wir in der Arena«, brummte Ichtaka. »Keinen Augenblick zu früh, verstehst du?«

Krona nickte. Mit Fenrir an ihrer Seite nahm sie Aufstellung. Thio war einige Reihen vor ihr. Er drehte sich zu ihr um, und sie nickte ihm zu. Er sah wenig zuversichtlich drein in seiner alltäglichen Kleidung für den Übungsplatz, und sie hoffte, dass er sich im richtigen Augenblick an alles erinnern würde, was sie ihm eingetrichtert hatte.

Im Gleichschritt setzte sich die Kolonne in Bewegung.

Krona warf einen letzten Blick auf das Übungsrund, das ihr für eine Zeitlang fast etwas wie ein Zuhause gewesen war. Dann lag es hinter ihr, und vor ihr tat sich die Tür zum Käfiggang auf. Dröhnender Jubel schlug ihr entgegen. Die Kämpfer vor ihr wurden von einer riesigen Menschenmenge begrüßt, die sich gegen die Gitter drängte – es schien, als habe jeder, der nicht in der Arena war, sich davor versammelt. Musik tönte wild durcheinander, die Leute jubelten und lärmten mit Ratschen und Rasseln. Für einen Augenblick wollte Krona den Kopf einziehen, doch dann hob sie das Kinn und betrat mit straffen Schultern den Käfiggang.

Der Jubel war ohrenbetäubend. Flüchtige Eindrücke strichen an ihr vorbei: hingerissene Gesichter, zum Lachen verzerrte Münder, ausgestreckte Hände. Menschen, die sich von außen gegen das Gitter pressten oder von ihren Hinterleuten dagegen geschoben wurden. Hitze, der schwere Geruch von Räucherwerk und Blüten. Die Füße der Krieger vor ihr, die sich im Gleichschritt hoben und senkten. Staub und Sand. Dann die große dunkle Höhle, die einen nach dem anderen verschluckte und tief in die Eingeweide der Arena beförderte. Ein Schritt vom Licht in den Schatten. Plötzliche Kühle. Das Atmen der Krieger um sie herum, ihre Schritte plötzlich viel lauter, der Lärm der Menschenmenge draußen plötzlich viel leiser. Kühler Stein.

Die Katakomben der Arena waren mit Fackeln beleuchtet, trotzdem dauerte es eine Weile, bis Kronas Augen sich an das Zwielicht gewöhnt hatten. Sie versuchte, sich die Umgebung einzuprägen, zählte Abzweigungen nach links und rechts, aber die Gänge sahen alle gleich aus. Litota führte sie in einen der Seitengänge, die, der Rundung des Gebäudes folgend, unter den Zuschauerrängen entlang verliefen. Bewaffnete schlossen sich ihnen an, die aussahen wie Soldaten und ein wachsames Auge auf die Gruppe hatten.

Die Kämpfer kamen zum Stehen. Gedämpft durch den Stein drangen Musik und Jubel zu ihnen. Tageslicht blinzelte um eine Ecke. Krona war zu weit hinten, um zu sehen, was vor sich ging, aber sie sah, wie ein Ruck durch die übrigen Kämpfer ging. Fäuste öffneten und schlossen sich, Rustungen wurden zurechtgezurrt, einige traten unruhig von einem Fuß auf den anderen.

Krona berührte Fenrirs Hand mit den Fingerspitzen. Die Schlacht hatte noch nicht begonnen, und sie standen schon umringt von Feinden.

Dann setzte sich die Kolonne wieder in Bewegung. Krona fiel in den gewohnten Gleichschritt, bog um die Ecke und kniff die Augen zusammen. Ein Torbogen erwartete sie, dahinter grelles Licht, flirrende Hitze und ein weites Sandrund, umspannt von einem Gebirge aus Menschen. Sie trat aus dem Schatten, und das Getöse des Publikums fegte über sie hinweg wie ein Gewittersturm. Jeder Platz auf den Stufen war besetzt. Krona blinzelte hinauf. Die Arena hatte überwältigend groß gewirkt, als Ahuani sie hier empfangen hatte, aber jetzt erst begriff Krona, wie viele Menschen hier Platz hatten. Vermutlich hätte man die gesamte Bevölkerung von Dalen und Halmesholm gemeinsam hier untergebracht.

Vor ihr gingen Tecizli und Yaotl. Sie rissen die Fäuste in die Höhe, grüßten das Publikum nach allen Seiten und schienen ganz in ihrem Element. Inzwischen versuchte Krona, sich zu orientieren. Es führten zahlreiche Eingänge in die Kampfarena, alle mit schweren Gittern gesichert, alle sahen gleich aus. Nach einem Viertelrund hätte Krona nicht mehr sagen können, durch welchen Eingang sie gekommen war, wäre da nicht die Reihe Fußspuren im glatt gerechten Sand gewesen. Krona merkte sich ein spitzes weißes Zelt mir gelbem Wimpel, das auf den Stufen über dem Eingang errichtet worden war, um einige Zuschauer vor der Sonne zu schützen.

Sie vollendeten die Runde und nahmen Aufstellung, wie sie es eingeübt hatten. Hörner erschallten, und sie salutierten hinauf zu einem prächtigen Zelt, das auf den Zuschauerrängen errichtet war. Ein dicklicher, glatzköpfiger Mann in einer roten Robe erschien zwischen den Falten des Zeltüberwurfes und winkte ihnen gnädig zu.

Fenrir stieß sie an.

»Hilf mir mit den Riemen«, zischte er.

Während die Stimme der Sonne einige wohlgesetzte Worte über Heldentum und Ehre sprach und die allseits bekannten Regeln verlas, bemühte sich Krona unauffällig, die seitlichen Riemen von Fenrirs Brustplatte zu lösen. Er bewegte unruhig die Schultern. Unter dem satten Bronzeton, den die Sonne ihm auf die Haut geküsst hatte, war er blass.

»Willst du das Ding nicht doch dranlassen?«, flüsterte sie ihm zu, doch er schüttelte den Kopf.

»Nein. Ich kriege keine Luft mit so viel Metall auf mir.«

Eine lang gezogene Hornfanfare ließ sie ihre Aufmerksamkeit nach vorne richten. Eine lange Reihe weiß gewandeter junger Frauen hatte die Arena betreten und im Sand unter dem Zelt der Stimme der Sonne Aufstellung genommen. Jede der jungen Frauen trug eine Waffe vor sich her. Die Stimme der Klingen trat aus dem Schatten in das Rund und begann, einzeln die Namen der Kämpfer aufzurufen. Jeder trat nach vorne, nahm seine Waffe entgegen und erhielt ein rotes oder blaues Band, das an den geflochtenen Kränzen befestigt wurde. Das Publikum feierte jeden einzelnen Krieger. Schließlich war Krona an der Reihe. Sie erhielt ein rotes Band, eine schwere Axt und einen hölzernen Rundschild. Während die Menge um sie herum tobte, prüfte sie die Schneide der Axt. Sie war rasiermesserscharf. Sie schwang die Waffe probeweise. Sie erinnerte an Lomirs schwere Zwergenaxt und hatte nichts gemeinsam mit den leichten Übungsäxten aus der Kampfschule.

Ihre Schläge wären langsam und wuchtig. Ein gut platzierter Treffer, und der Gegner wäre ausgeschaltet. Unter so einem Blatt öffnete sich nicht nur das Fleisch, auch Knochen würden zertrümmert. Plötzlich war sie dankbar um jeden Klimmzug, den sie in den vergangenen Wochen gemacht hatte. Trotzdem musste sie kraftsparend vorgehen. Einen langen Zweikampf würde sie mit einer so schweren Waffe nicht durchhalten.

Sie trat zurück in die Reihe. Fenrir erhielt ebenfalls ein rotes Band und ein langes Schwert. Thio erhielt ein blaues Band. Krona unterdrückte einen Fluch. Das Publikum klatschte höflich, als er nach vorne trat und mit leeren Händen wieder in die Reihe zurückkehrte.

Es dauerte eine ganze Weile, bis jeder Krieger mit Waffen und der Gunstbezeugung des Publikums versorgt war. Die Sonne brannte auf die Arena hinunter und verwandelte sie in einen Schmiedeofen. Krona spürte, wie der Schweiß ihr die Schläfen hinabrann. Für einen Augenblick verspürte sie Übelkeit, die Arena verschwamm vor ihren Augen. Sie spuckte bitteren Speichel vor sich in den Sand, richtete sich auf und umklammerte ihre Axt. Das Nachmittagsgewitter war noch in weiter Ferne. Wenn alles so lief, wie sie es geplant hatte, dann wären sie bereits nicht mehr hier, wenn die ersten Regentropfen auf den Sand klatschten.

Ein Hornsignal ertönte.

»Aufstellung!«, brüllte Litota. »Erste Runde. Rot gegen Blau!«

Bewegung kam in die Linie der Kämpfer. Krona folgte Ichtaka, der ebenfalls ein rotes Band trug, zu einer Seite der Arena und nahm Aufstellung.

Absolute Ruhe kehrte ein. Der Himmel saß wie eine schalldichte Glocke über der Kampfarena. Dann ein Hornstoß, und dann brach alles entzwei.

Krona stürmte voran, sie suchte Thio und bemühte sich gleichzeitig, Fenrir im Blick zu behalten. Sie prallte gegen ihren ersten Gegner, brachte ihren Schild zwischen sich und seinen Dreizack, rempelte ihn mit aller Kraft rückwärts und ließ die eisenverstärkte Schildkante gegen sein Kinn krachen. Der Kämpfer taumelte rückwärts, und sie wandte sich sofort dem nächsten zu, der wie sie ein Schild trug. Sie hakte die Axt in seinen Schildrand, riss seine Deckung auf, löste die Axt und stieß ihm mit aller Kraft die Spitze der Axt gegen die Brust. Als er noch stand, trat sie nach und brachte ihn zu Fall. Einem nächsten schlug sie die Waffe aus der Hand, duckte sich dann unter einem Schwerthieb hinweg und machte einen Satz aus dem Getümmel.

»Hier!«, hörte sie Fenrir brüllen.

Mit ihrem Schild räumte sie zwei leichtgewichtige Gegner zur Seite, dann war sie bei Fenrir. Der trug seinen Panzer nicht mehr und schützte Thios Rücken. Thio hielt die Brustplatte wie einen Schild vor sich und wehrte damit die Schläge ab, die von vorne auf ihn einprasselten. Das blaue Band lag zu seinen Füßen im Sand. Die Krieger hatten sich um ihn zusammengerottet und droschen auf ihn ein. Blut tröpfelte aus einer Wunde an seinem linken Arm.

»Aufhören!«, brüllte Krona im besten Kasernenhofton, und tatsächlich hielten einige der Angreifer inne – lange genug, dass Thio gegen einen anrennen und ihn mit zwei gezielten Griffen entwaffnen konnte. Er erbeutete ein langes, gezacktes Entermesser, und der andere – Xotitla, ein baumlanger Kerl, stand plötzlich mit leeren Händen da und wich erschrocken zurück. Er trug ein rotes Band, und so drückte Krona ihm ihr Schild in die Hand und packte die Axt mit beiden Händen, um mit dem Stiel zu parieren.

»Aber er ist blau!«, schrie Yancuic, der ebenfalls ein rotes Band trug.

»Unsinn!«, brüllte Krona. »Fass ihn an, und du siehst etwas Rotes – dein eigenes Blut nämlich!«

Yancuic zögerte einen Augenblick lang. Sie schwang die Axt in seine Richtung, und er trat den Rückzug an.

Bewaffnet mit dem Entermesser stellte Thio plötzlich einen gefährlichen Gegner dar, und der Pulk aus Angreifern um ihn herum dünnte sich schnell aus, als die Männer zurückwichen, um sich andere Gegner zu suchen. Krona verlegte sich aufs Parieren. Mit dieser Axt ließ sich nicht spielen, wenn sie ihr Ziel traf, schlug sie Wunden, von denen man sich kaum erholte. Krona brachte es nicht fertig, einen der Männer zu den Göttern zu schicken, mit denen sie gegessen, gewürfelt und trainiert hatte. Noch nicht.

Auch den anderen war es noch nicht völlig ernst. Krona sah viel Schaukampf um sie herum, gebrüllte Verwünschungen, große Gesten, gebremste Angriffe. Sie blieb, wo sie war, im engen Verbund mit Thio und Fenrir.

Langsam ebbte das Kampfgetümmel ab. Die anfeuernden Gesänge des Publikums spülten wie Meeresbrandung über die Arena. Blau gewann die Oberhand, und immer mehr Rote zogen sich mit vor dem Gesicht gekreuzten Armen an den Rand des Kampfplatzes zurück. Einige hinkten oder bluteten, doch alle standen noch. Dann ertönte das Hornsignal, das die Parteien trennte. Mit den anderen Roten nahm Krona auf der einen Seite der Arena Aufstellung. Unter tosendem Beifall verkündete die Stimme der Klingen den Sieg der roten Mannschaft. »Weil ihr nicht mitgekämpft habt«, zischte Yancuic neben Krona böse. »Und er hatte ein blaues Band. Das ist ein Regelverstoß!«

Sie, die ihn um eine Handbreit überragte, sah zu ihm hinunter.

»Melde es ruhig, und ich vergieße jeden Tropfen Blut, den du hast.«

Er wandte den Blick ab und spie in den Sand. Krona wusste, sie würde ihn am Hacken haben, wenn sie ihn am wenigsten brauchen konnte. Vielleicht war er es, der heute noch durch ihre Klinge sterben musste.

Unter Applaus wurden die Kämpfer vom Platz geleitet. Sie betraten einen der Gänge unter den Zuschauerrängen, und das Gittertor schlug schwer hinter ihnen zu. Krona, die diesmal am Ende der Truppe gewesen war, blieb hinter dem Gitter stehen.

»Was passiert jetzt?«, fragte sie angespannt.

»Umbau zum zweiten Lauf«, erklärte Ichtaka. Krona spähte durch die Gitterstäbe. In der Mitte des Kampfrundes traten Musiker und Tänzerinnen auf, während am Rand geschäftiges Treiben herrschte. Einige Dutzend Männer bauten in fliegender Eile Käfige aus tragbaren Einzelteilen zusammen.

»Aha«, sagte Ichtaka. »Die wilden Tiere. Wahrscheinlich Löwen. Beim letzten Mal waren's Leoparden, aber die haben nichts ausgehalten.«

»Löwen«, wiederholte Krona mit trockenen Lippen.

»Schon mal welche gesehen?«, fragte Ichtaka.

»Ja«, sagte Krona. »Ist aber schon sehr lange her. Und ich hatte nicht vor, das zu wiederholen.«

Hinter ihr kam Bewegung in die Reihe. Ketten klirrten. Mit wachsender Anspannung verfolgte Krona, wie immer zwei Krieger an den Handgelenken aneinander gekettet wurden.

»Großartig«, sagte Fenrir und lachte humorlos. »Das verstehen die also unter Paarkampf. Wie soll das gehen?«

»Üblichlerweise bleiben die Ersten in diesem Lauf auf der Strecke«, sagte Ichtaka gleichmütig. »Kann einer von euch linkshändig kämpfen?«

Fenrir und Krona sahen sich an.

»Einigermaßen«, sagte Krona. »Aber nicht mit dem schweren Ding hier.«

»Gib mir die Axt.« Ichtaka hielt Krona seinen langen, gebogenen Säbel hin. »Wir tauschen.«

»Warum tust du das?«

»Warum nicht?«

Dankbar ergriff sie den Säbel. Ichtaka nahm die Axt an sich, die sich in seinen riesigen Händen ausnahm wie ein Spielzeug.

Dann war Litota bei ihnen und fesselte erst Tecizli und Ichtaka zusammen, dann Fenrir und Krona. Die Kette zwischen ihren Händen war kaum eine Spanne lang, die rostigen Kettenglieder scheuerten auf der Haut. Krona sah nach Thio, der an Yaotl gekettet war. Immerhin hatte Thio die rechte Position erwischt, und Yaotl war ein tauglicher beidhändiger Kämpfer.

Von draußen erklang das Signalhorn. Musiker und Tänzerinnen verließen das Rund, Applaus brandete auf. Knarrend öffneten sich die Gittertüren. Fenrir an ihrer Seite, betrat Krona das heiße, staubige Rund. Der Sand glühte unter ihren dünnen Ledersohlen. Kein Lüftchen regte sich. Gefolgt vom Rest der Truppe nahm sie in der Mitte Aufstellung und verbeugte sich in Richtung des Zeltes, das für die Stimme der Sonne aufgestellt war. Die weitschweifige Ankündigung der Stimme der Klingen ließ sie an sich vorbei strömen und behielt die leeren Käfige im Auge. Dann gab es eine Serie von hölzernen Knallgeräuschen. Klapptüren öffneten sich im Inneren der Käfige und gaben niedrige, schwarze Löcher frei, die in die Eingeweide der Arena führten. Der Jubel des Publikums steigerte sich frenetisch. Fenrir packte Kronas Hand und drückte unsanft zu. Sein Gesicht verriet höchste Anspannung. An ihm vorbei versuchte Krona, etwas zu erkennen. Es waren ein Dutzend Käfige. Wenn aus jedem ein Raubtier kam ...

»Passt auf die Weibchen auf«, sagte Ichtaka neben ihr. »Die ohne Mähne. Die sind gefährlicher, obwohl sie harmloser aussehen.«

In einem der Löcher entstand eine Bewegung. Etwas schimmerte golden im Schatten. Eine geschmeidige Bewegung, dann war das Tier da und verbreitete eine Wolke strengen Geruches.

Es war riesig. Dicke Muskelstränge zeichneten sich unter dem glatten Fell ab. Der lange, dünne Schwanz peitschte durch die Luft. Das Tier stand geduckt, seine Augen leuchteten. Um seinen Kopf herum trug es eine Mähne wie einen Strahlenkranz. Dann riss es den Kopf nach oben und brüllte.

Und es bekam Antwort. In jedem der Käfige war ein solches Tier aufgetaucht. Einige waren kleiner und zierlicher und trugen keine Mähne. Alle hatten riesige Pfoten, die sie in den Sand gruben, und mächtige, muskelbepackte Leiber.

Probeweise schwang Krona den Säbel. Durch die Fessel war sie eingeschränkt, und das würde sich steigern, wenn Fenrir erst einmal begonnen hatte zu kämpfen.

Über jedem der Käfige positionierte sich nun ein Mann und hielt eine Kette gespannt. Ein Hornsignal ertönte. Für einen Augenblick war alles ruhig, sogar das Publikum schwieg. Dann ein weiteres Signal, und die Männer hängten sich in die Ketten und zogen die vorderen Käfiggitter nach oben.

Sie kamen nicht alle auf einmal. Manche blieben, wo sie waren, brüllten fürchterlich und rissen mit ihren Pfoten den Sand auf. Andere kamen herausgeschlichen, geduckt, mit zuckender Schwanzspitze, und begannen, die Krieger zu umkreisen.

»Keine heftigen Bewegungen«, zischte Fenrir. »Das sind Sichtjäger!«

»Dir ist aber klar, dass wir die plattmachen müssen?«

»Mir ist klar, dass *jemand* sie plattmachen muss.«

Ein fürchterliches Brüllen ließ die heiße Luft erzittern. Gleich darauf brach hinter Krona Tumult aus. Männer schrien, Sand spritzte. Bewegung kam in die kompakte Gruppe der Kämpfer. Krona wurde von hinten angerempelt, machte ein paar Schritte, um nicht zu stürzen, und zog Fenrir mit sich.

Einer der Löwen hielt in der Bewegung inne und drehte den Kopf in ihre Richtung. Er musterte sie mit kalten, gelben Augen, dann zog er langsam die Lefzen hoch und entblößte eine Reihe langer, gebogener Zähne. Ein tiefes Rumpeln, wie von einem fernen Gewitter, rollte aus seinem Brustkorb. Krona sah, wie sich die Muskeln seiner Hinterläufe anspannten. Sein Schwanz peitschte den Sand.

»Links!«, brüllte Fenrir und stieß Krona zur Seite. Da war der Löwe schon in der Luft. Er sprang in Fenrirs Schwert, aber die Klinge prallte an seiner Schulter ab. Gleichzeitig schwenkte Krona ein und hieb dem Tier von oben ins Genick, sprang gleich darauf rückwärts und zerrte Fenrir mit sich. Sie stolperten im tiefen Sand und krallten sich aneinander fest. Der Löwe wirbelte herum. Dunkles Blut färbte sein goldenes Fell. Er setzte erneut zum Sprung an. Gleichzeitig mit Fenrir riss Krona ihre Klinge nach vorne. Doch diesmal kam der Löwe flacher auf sie zu. Er sprang gegen Fenrirs Brust und riss ihn um. Krona wurde mitgerissen und schrie. Ein Wirbel aus Sand und gelbem Fell füllte ihr Sichtfeld. Sie prallte unsanft auf, rollte sich zur Seite, hatte kurz das Gefühl, ihr rechter Arm werde ihr ausgekugelt, hob den Säbel und versenkte die Klinge im Fell des Tieres, mühte sich auf die Knie, hieb auf das Tier ein, wo sie es erwischte, während Fenrir neben ihr versuchte, zwischen den mächtigen Pranken hervor zu kommen. Blut lief ihm den Arm hinunter. Krona ließ den Säbel fallen, packte die wilde Mähne des Tieres über der Stirn und riss ihm mit aller Gewalt den Kopf nach hinten. Der Löwe fauchte wild. Seine gewaltigen Kiefer schnappten mit trockenem Klacken zu. Krona klammerte sich mit aller Kraft an die Mähne und zerrte am Kopf des Tieres, rammte ihm dabei ein Knie zwischen die Schulterblätter, wurde hin- und hergeschüttelt wie auf einem bockigen Pferd. Die Kette riss an ihrem rechten Arm, und sie hielt mit aller Kraft dagegen. Die dolchartigen Reißzähne des Löwen glitzerten in der Sonne, Krona sah das Weiße in seinen Augen blitzen. Ihre Arme erlahmten. Sie hörte sich selbst schreien, grub die Stiefel in den Sand, um Halt zu finden, und dann plötzlich erschlaffte der Körper des Löwen unter ihr. Platschend ergoss sich dunkelrotes Blut in den Sand, und Fenrir richtete sich neben ihr auf, keuchend, den Säbel in der Hand, von dem das Blut tropfte.

Zitternd kam Krona auf die Beine. Der Körper des Löwen sackte auf die Seite. Stoßweise pumpte sein Herz das Blut aus der klaffenden Halswunde.

»Das nächste Mal beeil dich«, keuchte sie.

»Das nächste Mal wirf den Säbel nicht so weit weg«, entgegnete Fenrir. »Alles gut bei dir?«

»Ja. Und du? Du blutest.«

»Geht nicht tief«, sagte Fenrir und bewegte den Arm.

Krona sah sich um. Der weiße Sand der Arena war befleckt mit dunklem Blut. Niedergehauene Tiere lagen im Sand, dazwischen auch die ersten Kämpfer. Auf der anderen Seite des Runds wurde noch gekämpft; eine Gruppe Kämpfer hatte einige der Löwen zusammengetrieben und beharkte sie nun mit Schlägen. Die restlichen drei Löwen waren von Männern mit langen Speeren und bunten, flatternden Tüchern zusammengetrieben worden; man bemühte sich gerade, die Tiere zurück in ihre Käfige zu scheuchen.

In der Mitte der Arena lag Ichtaka. Krona wurde kalt. Sie nahm Fenrirs Hand. Die Kette zwischen ihnen klirrte, als sie hinübergingen. Er war an Xantloca gekettet gewesen, einen leichten, wendigen Krieger, der neben Ichtaka im Sand lag. Die Hälfte seines Kopfes fehlte. Vorsichtig stieg Krona über den leblosen Körper und ging neben Ichtaka in die Knie.

Er war noch am Leben. Blut strömte ihm aus unzähligen Wunden. Sein Hals und seine Brust waren aufgerissen, und mit jedem Schlag pumpte sein Herz mehr von seinem Blut in den aufgewühlten Sand.

»Heiler!«, schrie Krona. »Wir brauchen einen Heiler!«

Plötzlich schloss sich eine riesige Hand wie ein Schraubstock um ihr Handgelenk. Ichtaka sah sie aus blutunterlaufenen Augen an. Als er sprechen wollte, strömte Blut aus seinem Mund.

»Leise«, sagte Krona und strich ihm über die Wange. »Lieg still. Wir kriegen das hin.«

Ichtaka lächelte und schüttelte den Kopf. Ein Krächzen kam aus seiner Kehle.

Krona holte tief Luft.

»Sieh ihn dir an«, sagte Fenrir neben ihr leise. Sie nickte zögernd.

Ichtakas Blick glitt von ihr ab, hinauf in den blauen Himmel, in dem die Sonne hing wie ein riesiger Feuerball, dann hinüber zu den Zuschauerrängen. Der Kampf hatte die Leute von den Sitzen gerissen, sie standen, tanzten und tobten, lärmten, klatschten und pfiffen.

Ichtaka lächelte. Sein Blick ging zurück zu Krona.

»Bitte«, krächzte er. Ein neuer Schwall Blut kam über seine Lippen und lief ihm über Kinn und Hals. Sein Atem ging rasselnd.

Krona holte tief und stockend Luft. Sie sah sich um. Xantloca hatte ein langes Messer in der Hand. Auf der scharfen Klinge lag das Licht. Vorsichtig nahm sie das Messer aus seinen leblosen Fingern und wog es in der Hand. Ichtaka sah sie an, unverwandt. Sein Atem ging stoßweise, sein Gesicht war vom Schmerz zerfurcht.

»Viel Glück auf der anderen Seite, großer Krieger«, flüsterte Krona. Er nickte. Ein Zittern lief durch seinen Körper, seine Zähne schlugen aufeinander. Krona beugte sich über ihn und küsste ihn auf die Stirn. Dann nahm sie das Messer in beide Fäuste und rammte es ihm mit ihrem ganzen Gewicht ins Herz.

Ichtaka zuckte, dann lag er still. Krona richtete sich auf und zog mit zitternden Händen das Messer aus seiner Brust. Ein gewaltiger Druck baute sich in ihr auf, und sie schrie Ichtakas Namen, nahm seine leblose Faust und hielt sie zur Siegesgeste in die Höhe, und das Publikum nahm den Ruf auf, bis Ichtakas Name wie Meeresbrandung durch die Arena rollte, und Krona stand mit emporgereckter Faust und schrie den Namen des großen Kämpfers, bis sie heiser war.

Außer Ichtaka und Xantloca hatten noch der einäugige Tecizli, Huaca, Pantlaca und Xicua die Runde nicht überstanden. Tecizli und Xicua brachte man mit schweren Verletzungen nach hinten, die anderen wurden auf Tragen gebettet und nach einer Ehrenrunde unter tosendem Applaus durch ein anderes Gittertor weggebracht.

Thio und sein Partner Yaotl hatten die Runde überstanden. Thio trug ein langes Schwert und den Brustpanzer, den er von Fenrir bekommen hatte. Das Metall war verbeult und trug einige tiefe Kratzer. Thio hinkte ein wenig. Blut lief ihm vom Oberschenkel das Bein hinunter, aber er hielt sich aufrecht und lächelte erleichtert, als sein Blick auf Krona fiel.

Inzwischen war der letzte Löwe niedergestreckt, und die Überlebenden nahmen die Gunstbezeugungen des Publikums entgegen. Dann wurden sie durch ein Gittertor nach hinten in einen kleinen, fensterlosen Raum gebracht und voneinander losgekettet. Eine Tafel mit Früchten und Krüge voll kaltem Wasser standen bereit, ebenso wie eine Gruppe von Heilern, die sich um die leicht Verletzten kümmerte. Krona trank gierig und sah dann zu, wie Thios Bein verbunden wurde.

»Kannst du noch?«, fragte sie ihn leise, als der Heiler beim nächsten Verwundeten war. Thio belastete das Bein und verzog das Gesicht.

»Es tut weh, aber es hält«, sagte er.

»Du musst die nächsten zwei Runden durchstehen.«

»Das weiß ich, Süße. Mach dir keine Sorgen.«

Sie musterte ihn zweifelnd, und er versteckte sein Gesicht in einem großen Becher voll Wasser.

»Es folgen die Duelle«, verkündete Litota. »Macht euch bereit für die Cipactli!«

»Für die was?«, fragte Krona gedämpft.

»Tiere«, erklärte Thio. »Raubtiere wie die Löwen, aber sie leben im Wasser. Sie sind aber keine Fische, sondern können auch an Land gehen. Sie haben lange Schwänze, mit denen sie schlagen, und riesige Schnauzen voller Zähne. Sie dürfen dich nicht erwischen, denn wenn sie einmal zugebissen haben, können sie ihre Kiefer nicht mehr lösen. Sie ziehen dich unter Wasser und warten, bis du ertrunken bist.«

»Was denn für Wasser?«

»Warte ab. Deshalb dauert der Umbau diesmal so lange. Es gibt Regenwasserbecken unterhalb der Arena.«

Sie starrte ihn ungläubig an, und er grinste.

»Die Welt muss voller Wunder sein, wenn man aus so einem rückständigen Land kommt wie du.«

Schließlich wurden sie in die Arena zurückgebracht, und der Anblick überstieg Kronas kühnste Erwartungen. In der Mitte der Arena war ein Teil des sandigen Bodens einfach zur Seite umgeklappt worden wie eine gigantische Bodenluke. In der Öffnung glitzerte Wasser, und dunkle Schatten bewegten sich unter der Wasseroberfläche. Über dem Becken, das sicher an die zehn Schritte maß, war ein kompliziertes System aus miteinander verwobenen Seilen und Strickleitern angebracht, das mehrere schmale hölzerne Plattformen miteinander verband. Um das Becken herum waren Männer mit langen Spießen positioniert, die wachsam die Tiere im Becken im Auge behielten.

Krona hörte, wie Fenrir neben ihr Luft durch die Zähne zog.

»Plötzlich bin ich dankbar für jeden Augenblick, den wir auf Schiffen verbracht haben«, murmelte er.

Die Stimme der Klingen führte den Einmarsch in die Arena an. Wieder füllte der Lärm des Publikums beinahe schmerzhaft Kronas Ohren. Sie musterte den Aufbau, so genau es ging. Die größte Plattform befand sich mittig, war allerdings von mehreren kleinen Plattformen und Trittbrettern aus gut zu erreichen. Stand man dort, musste man mit Angriffen von oben rechnen.

Die Veranstaltung zog sich in die Länge. All das Gerede, Getanze und Gejubel wurde zu viel. Sie wollte fertig werden, wollte aus der Sonne. Doch zunächst musste sie still am Rand stehen und zusehen, wie ein Duellpaar nach dem anderen sich über dem Cipactli-Becken bekämpfte. Sie bemühte sich um Konzentration. Jeder Zweikampf lieferte ihr Anhaltspunkte dafür, wie man sich in den Seilen am besten positionierte. Sie sah, wie die Bretter unter den Kämpfern schaukelten. Wenn sie Glück hatte, fühlte es sich tatsächlich an wie auf einem Schiff.

Zwei weitere Kämpfer zogen das bittere Los. Einer stürzte aus den Seilen auf die hölzerne Umrandung des Beckens, schlug mit dem Kopf auf und blieb reglos liegen. Die Speerträger stürzten herbei. Zwei von ihnen zogen den leblosen Krieger aus der Gefahrenzone, während die übrigen die Cipactli in Schach hielten. Zum ersten Mal sah Krona die Tiere, wie sie versuchten, sich aus dem Wasser zu stemmen. Es waren die Drachen aus dem Urwald.

Im nächsten Duell verlor einer der Kämpfer den Halt und stürzte in das Becken. Ein Aufschrei ging durch das Publikum. Das Wasser kochte auf, als glänzende, schuppige Leiber sich über den Unglücklichen wälzten. Gewaltige Schwänze peitschten die Wasseroberfläche. Der Krieger wurde unter Wasser gedrückt, seine Beine zappelten noch eine Weile, dann wurde alles wieder ruhig.

»Diesmal sterben viele«, sagte Yaotl gleichmütig. »Schade. Wir werden wieder einen Haufen Neue bekommen, und das gibt immer Unruhe.«

Dann rief die Stimme der Klingen Yaotl als nächsten Kämpfer auf. Yaotl trat nach vorne und nahm die Gunstbezeugung des Publikums entgegen.

»Und der Gegner dieses hervorragenden Kämpfers ist ...« Die Stimme der Klingen machte eine Kunstpause.

»... der Nordmann!«

Krona stieß Luft aus. Fenrir trat nach vorne, verbeugte sich kurz vor seinem Gegner und stieg sofort in die Seile. Krona sah, wie er sich positionierte, festen Stand suchte und die lange Schwertklinge vor sich ins Gleichgewicht brachte. Die Planken schaukelten leicht unter seinen Füßen.

Das Horn ertönte. Yaotl sprang ihm nach und brachte den ganzen Aufbau zum Schwanken. Er trug einen kurzen, leichten Speer und versuchte damit, Fenrir von den Planken zu stoßen, doch der wich geschickt aus, schwang sich in die Seile und kletterte eine Ebene höher. Für eine ganze Weile jagte Yaotl ihn durch die Seile, ohne die Gelegenheit zum Stoß zu bekommen. Das Publikum begann, ungeduldig zu werden. Schmährufe wurden laut.

Krona wusste nicht, ob sie überhaupt noch atmete. Wann immer Fenrir ins Schwanken geriet, zuckte sie nach vorne, als könne sie ihn auf zwanzig Schritte aus der Luft fischen, dann spürte sie Thios beruhigende Hand auf der Schulter, und Fenrir fing sich wieder. Mit völliger Trittsicherheit bewegte er sich über die Seile, und Krona begriff, dass er nicht von Yaotl gejagt wurde – im Gegenteil, er lockte seinen Gegner aufwärts und abwärts durch die Konstruktion, verharrte ganz oben, wich einem Speerstoß aus, schwang sich hinüber auf die andere Seite und war schon wieder weg, bevor Yaotl bei ihm anlandete. Krona sah, wie Yaotl langsam wütend wurde. Sein Gesicht verzerrte sich, er brüllte Fenrir etwas zu, das im allgemeinen Lärm unterging, doch der schwang sich lediglich über eine Strickleiter auf die schmale, obere Ebene und verharrte dort, das Schwert vor sich, den freien Arm zur Seite gestreckt wie ein Tänzer, um das Gleichgewicht zu halten. Brüllend vor Wut kam Yaotl ihm hinterher und stach mit dem Speer nach ihm, doch Fenrir wich leichtfüßig aus. Für Augenblicke war er in einer guten Schlagposition, doch er ließ sie verstreichen. Yaotl arbeitete sich in den Seilen hinauf bis auf Fenrirs Höhe und setzte dann zum Sprung an. Im gleichen Augenblick ließ Fenrir sein Schwert fallen, duckte sich unter Yaotls Sprung weg, nahm ihn auf die Schulter, drehte sich um sich selbst und beförderte ihn in einer einzigen fließenden Bewegung von der Plattform ins Nichts.

Yaotl stürzte auf den Rand des Beckens. Benommen blieb er liegen, lange genug, damit einer der Wasserdrachen seinen schweren Leib aus dem Wasser hieven konnte. Die Speerträger stürzten hinzu. Gleichzeitig ertönte das schwere, knöcherne Schnappen gewaltiger Kiefer, und Yaotl kreischte auf. Sein Bein steckte zwischen den Kiefern des Wasserdrachen fest, Blut quoll hervor. Die Ordner hieben auf den Wasserdrachen ein, der gleichzeitig versuchte, sein Opfer ins Becken zu ziehen. Ein Tumult entstand, einige Speerträger stießen ihre Waffen ins Maul der Kreatur und versuchten, die Kiefer aufzuhebeln, während andere Yaotl festhielten, der erbärmlich schrie.

Endlich kam er los, und die Speerträher schleppten ihn davon. Sein rechter Unterschenkel war eine blutige Masse, aus der weiß die Knochen hervor blitzten.

Inzwischen war Fenrir zur mittleren Plattform geklettert und ließ sich vom Publikum feiern. Die Stimme der Klingen rief ihn offiziell als Sieger aus, und unter tosendem Applaus kletterte Fenrir hinunter auf den Boden. Für einen Augenblick gestattete Krona sich weiche Knie vor lauter Erleichterung.

Dann ertönte das nächste Hornsignal. Die Stimme der Klingen rief Thio auf. Er trat nach vorne und nahm den Applaus des Publikums entgegen, der wesentlich wärmer ausfiel als noch am Anfang – offenbar imponierte es, dass der Todgeweihte immer noch dabei war.

»Und dieser furchtlose Krieger wird es mit einer besonderen Herausforderung aufnehmen«, verkündete die Stimme der Klingen. »Er wird sich behaupten gegen die todbringende Axt! Die tödliche Anmut! Die Geißel der Nordlande!«

»Das bist dann wohl du«, grinste Fenrir, der sich wieder bei der Truppe einfand.

»Verdammt«, sagte Krona ratlos. »Das ist nicht Teil meines Plans. Was mach ich denn jetzt?«

»Akila Torak!«

Die Arena kochte über. Fenrir schlug Krona auf die Schulter.

»Versuch ein Unentschieden. Wenn das nicht geht, mach ihn fertig.«

Sie sah ihn an.

»Geh schon«, sagte er. »Geißel der Nordlande. Ich schwöre dir, den Titel wirst du nie wieder los.«

Sie machte ein paar zögernde Schritte und hob halbherzig die Faust zum Gruß. Thio sah ihr entgegen, Unsicherheit im Blick. Sie nickte ihm zu und vollführte die rituelle Verbeugung, dann stieg sie in die Seile. Die schwere Axt behinderte sie. Sie nahm sie in die Linke, um die rechte Hand zum Klettern frei zu haben.

Während Thio sich ebenfalls einen Aufstieg suchte, erprobte sie die Standfestigkeit der Konstruktion. Die Sele waren straff gespannt und vibrierten unter ihren dünnen Ledersohlen. Sie fand erstaunlich guten Halt und erstieg ohne Mühe die mittlere Plattform.

Thio kam von der anderen Seite. Sie umkreisten sich, die Waffen vor sich, während sie sich ratlos ansahen.

»Idee?«, fragte Thio leise.

»Noch nicht«, gab Krona zurück. »Ich arbeite daran.«

»Arbeite schneller.«

Er machte einen Ausfall mit dem Entermesser, den sie mühelos parierte.

»Es muss ernst aussehen«, zischte er. »Los!«

Seine nächsten Angriffe führte er mit mehr Kraft, doch Krona erkannte die Schlagfolgen, die sie unzählige Male auf dem Kampfplatz eingeübt hatten. Dachparade, Dachschlag, Drehung, Eber, Eberparade. Sie ließ sich auf den Tanz ein, während sie fieberhaft nachdachte.

»Vorsicht«, raunte Thio, dann machte er einen Ausfall und trieb sie rückwärts. Sie stieß gegen Seile, klammerte sich fest und trat nach ihm. Er simulierte einen Treffer in der Magengrube, und sie begriff und kletterte, so schnell sie konnte, weiter nach oben. Sie mussten in Bewegung bleiben, damit der Kampf auch wirklich echt aussah.

Sie sah nach unten. Er folgte ihr, und sie hangelte sich eilig hinüber auf die äußere Plattform. Sie betrachtete die Planken. Sie waren dick, aber am Rand durchbohrt, dort, wo die Seile verliefen.

Sie hatte eine Axt, und eine Axt war gut für Holz. Bäume fällen zu Ehren ihres Hauses.

Sie suchte Thios Blick, der sich gerade zu ihr hinüberschwang.

»Vertrau mir.«

»Was?«

Er schwang das Entermesser in ihre Richtung, und sie wich mühelos aus. Seine Bewegungen waren weiter als sonst, er gab ihr damit die Gelegenheit, zu erkennen, von wo der Schlag kam, verriet aber gleichzeitig dem geübten Beobachter, dass er nicht mit aller Entschiedenheit vorging.

Das musste ein Ende haben, bevor es aufflog.

»Vertrau mir. Ich lasse dich nicht fallen.«

»Was hast du vor?«

»Ich gewinne das Ding hier.«

Er starrte sie an. Sie stieß ihn unsanft vor die Brust, und er taumelte gehorsam rückwärts. So schnell sie konnte, schwang sie sich von der Plattform in die Seile und suchte festen Halt, schlang ihr Bein um ein senkrecht verlaufendes Seil und klammerte sich fest. Dann schwang sie die Axt.

Die Übung zahlte sich aus. Sie traf die genau richtige Stelle. Holz splitterte. Durch die Plattform, auf der Thio noch stand, ging ein Ruck, dann kam die Planke los und rauschte nach unten. Im gleichen Augenblick ließ Krona die Axt los. Thio schrie und riss die Arme nach oben, dann stürzte er ab. Krona griff zu, bekam seinen Arm zu fassen, wurde aus den Seilen gerissen, verlor den Halt an Thios Arm und rutschte bis zu seinem Handgelenk, ehe sie ihn wieder zu fassen bekam. Sein Gewicht riss sie mit nach unten, sie stürzte, bevor das Seil um ihr Bein sich schmerzhaft festzurrte und sie hielt. Sie hing kopfüber, Thio kugelte ihr mit seinem Gewicht beinahe den Arm aus, sie brachte die zweite Hand an seine und klammerte sich fest und beschwor das Seil, nicht zu reißen. Sie sah sein panisches Gesicht unter sich, darunter eine glitzernde Wasseroberfläche. Mit beiden Händen klammerte er sich an ihren Arm, nichts als Luft zwischen sich und den Wasserdrachen.

»Ich hab dich«, stöhnte sie. »Halt dich fest!«

Mit Mühe löste sie die rechte Hand und griff nach einem Seil neben ihr, das gerade so in Reichweite war. Sie spürte, wie Thios Griff auf ihrer schweißnassen Haut abrutschte.

»Festhalten, Himmelarsch!«

Ihre Fingerspitzen berührten das Seil. Sie streckte sich weiter, obwohl ein heißer Schmerz ihr die Schulter zerriss. Sie schrie und holte von irgendwoher die fehlende halbe Spanne, bekam das Seil zu fassen und packte zu. Sie zog, aber das Seil war zu fest verzurrt.

»Beeil dich«, keuchte Thio unter ihr.

»Auf drei«, keuchte Krona. »Drei!«

Mit einer gewaltigen Kraftanstrengung brachte sie sich mitsamt Thio, der an ihr hing, in Bewegung und näher zum Seil. Thio versuchte einen Klimmzug und ruderte mit den Beinen. Der Schmerz in Kronas Schulter ließ sie fast ohnmächtig werden. Dann packte Thio das Seil und zog sich hinüber.

Über Krona gab es ein reißendes Geräusch, dann knallte etwas, und einzelne Seilfasern schnellten wie Peitschenschnüre an ihrem Gesicht vorbei. Der Druck des Seils um ihr Bein ließ plötzlich nach. Sie schrie und krallte sich fest, überschlug sich in der Luft, und dann packte eine Hand sie am Kragen und warf sie in die Seile, wo sie hängen blieb und sich festklammerte, am ganzen Leib zitternd.

Unter ihr klapperten die Wasserdrachen wild mit ihren riesigen Mäulern.

Krona schloss die Augen. Blitze und gleißende Sonnenbälle nahmen ihr die Sicht. Reißender Schmerz saß in ihrer linken Schulter. Etwas stimmte nicht damit.

»Alles gut?«, hörte sie von fern Thios Stimme.

»Ja«, keuchte sie. »Ja.«

Sie zwinkerte und zwang sich, die Augen zu öffnen. Er hing neben ihr in den Seilen, ebenso mitgenommen wie sie.

»Du bist die tollkühnste Frau, die ich je getroffen habe«, sagte er. »Alle Männer eingeschlossen.«

»Ich hab das Ding gewonnen«, sagte sie. »Nur damit das klar ist.«

Er nickte ihr zu, packte dann ihre Hand und reckte sie zur Siegesgeste in die Höhe. Jubel brandete auf.

»Wo werden die hingebracht, die ausscheiden, aber nicht tot sind?«, fragte sie leise.

»Es gibt einen Raum neben dem Warteraum«, sagte er. »Dorthin.«

Sie nickte.

»Ich hole dich dann ab.«

Er grinste schief.

»Sollte ich jemals Zweifel gehabt haben – nun nicht mehr.«

Vorsichtig begannen sie den Abstieg. Kronas Knie waren weich, ihre Schulter nicht zu gebrauchen, und in dem Knöchel, der im Seil festgehangen hatte, spürte sie stechenden Schmerz. Sie war froh, als zwei von den Speerträgern ihr entgegen kamen und ihr sicheres Geleit zum Boden gaben.

Thio wurde weggebracht. Krona nahm den Siegerkranz entgegen und kehrte dann humpelnd in die Reihe der verbliebenen Kämpfer zurück.

Fenrir war ganz blass im Gesicht.

»Du hast dein Leben für ihn riskiert«, sagte er leise. »Das hätte auch schief gehen können. Mehr noch: Es hat nicht viel gefehlt, und es wäre schief gegangen.«

»Ja«, sagte sie, stützte sich auf seine Schulter und entlastete ihren Knöchel. »Aber ich hatte mein Wort gegeben.«

»Es gab Zeiten, in denen dein Wort dir selbst nicht viel wert war.«

»Vielleicht war das falsch.«

Er sah sie lange an und nickte.

Ein junger Mann in der Tracht eines Heilers trat auf sie zu und nahm sie mit unter ein luftiges Zelt am Rand der Arena. Vorsichtig untersuchte er ihre Schulter, und für einen Augenblick gab sie sich wimmernd dem Schmerz hin.

»Knochen und Gelenke sind in Ordnung«, tat der Heiler nach einiger Zeit kund. »Eure Muskeln sind in Mitleidenschaft gezogen. Ein Riss, würde ich meinen, so wie das hier schon anschwillt und einblutet. Ihr müsst die Schulter stillhalten, um weitere Verletzungen zu vermeiden.«

»Und wie soll ich das machen?«, stöhnte Krona.

»Kämpft Ihr mit links?«

»Nein, mit rechts.«

»Dann lege ich Euren linken Arm still. Glaubt mir, das wird Euch weniger behindern als die ständigen Schmerzen im Kampf.«

Krona wusste, dass der junge Heiler Recht hatte. Er legte ihr eine Schiene aus leichtem Holz an, umwickelte diese mit langen Verbandsstreifen und fixierte sein Werk so an Kronas Oberkörper, dass sie den Arm nicht mehr heben konnte.

»Noch etwas zu trinken?«, fragte er.

»Ja«, sagte sie dankbar. »Bitte. Viel.«

Er gab ihr einen Becher Wasser und sah nach draußen, während sie durstig trank.

»Gleich geht es weiter«, sagte er. »Ihr müsst Euch vorsehen. Nach dieser Runde sollen nur noch zwei Kämpfer stehen, und es gibt Kreaturen unter dem Sand. Sandwürmer. Habt Ihr schon einmal einen gesehen?«

»Nein. Sind die schlimmer als die Wasserdrachen?«

»Ihr meint die Cipactli? Nun, sie sehen harmloser aus, aber sie bewegen sich heimlich unter dem Sand. Sie spüren Erschütterungen, und dort tauchen sie dann auf und packen zu.«

Er warf ihr einen Blick über die Schulter zu. Sie lächelte.

»Vielen Dank für die Warnung.«

»Ich habe mein halbes Gehalt auf Euren Sieg gesetzt.«

»Oh weh«, sagte sie, und als sie seinen zweifelnden Blick sah, fügte sie eilig hinzu: »Ich werde tun, was ich kann, um mich dieser Ehre würdig zu erweisen.«

Er nickte und hielt ihr den Vorhang auf. Sie trat ins Freie und blinzelte gegen die Sonne. Der Himmel zog sich allmählich zum Nachmittagsgewitter zusammen, aber es war immer noch viel zu heiß und viel zu hell, und nun setzte noch die vertraute, unerträgliche Schwüle ein.

Das Wasserdrachenbecken war verschwunden, der Sand über der Stelle frisch gestreut. Arbeiter trugen gerade die letzten Bauteile des Gerüstes davon. Krona ging hinüber zu der deutlich zusammengeschmolzenen Kämpfertruppe, die unter einem hellen Zeltdach Aufstellung genommen hatte. Sie wurde von einigen besorgten und zahlreichen misstrauischen Blicken empfangen.

»Alles gut?«, fragte Thio.

»Noch nicht«, sagte sie. »Aber bald. Ich brauche jemanden, der mit mir Waffen tauscht. Diese Axt ist einfach zu schwer, um sie einhändig zu führen.«

»Und warum sollte das jemand tun?«, fragte Tlota, ein großer, glatzköpfiger Mann mit abenteuerlich schiefen Zähnen.

»Dann lass es bleiben«, sagte Krona.

»Hier«, sagte Thio, gab ihr das Entermesser und nahm ihr die Axt ab. »Liegt mir sowieso mehr als dieser krumme Zahnstocher.«

Krona schwang die Waffe probeweise. Sie war leicht und lag gut in der Hand. Sie senkte die Waffe und trat zurück in die Reihe. Die Tänzer nahmen ihren Applaus entgegen und traten ab. Die Stimme der Klingen hub zu einer weiteren blumigen Ankündigung an. Krona fasste Fenrir am Arm.

»In die Mitte, über das Drachenbecken«, flüsterte sie. »Hat mir der Heiler verraten. Im Sand sind Monster.«

Er nickte, vermied es aber, ihren Blick zu erwidern.

»Du weißt, dass es jetzt so weit ist?«, drang sie in ihn. »Du weißt, was du zu tun hast?«

»Ja, bei allen Göttern!«, fauchte er. »Lass mich in Ruhe!«

Er streifte unsanft ihre Hand ab. Sie sah, wie es in seinem Gesicht arbeitete.

»Es muss sein«, sagte sie. »Stell dich nicht an!«

Er lachte freudlos.

»Genau das ist es, was ich tue. Ich stelle mich an.«

Das Horn ertönte, und die Kämpfer verteilten sich in der Arena. Krona setzte sich in Bewegung, achtsam den Sandboden im Blick behaltend. Etwa in der Mitte, dort, wo sie das Wasserbecken vermutete, nahm sie Aufstellung. Fenrir war bei ihr und deckte ihren Rücken.

Er würde es nicht tun. Sie hatte in ihrem kühnen Plan keinen Platz für Gefühle gelassen.

Sie umklammerte das Entermesser. Es konnte doch nicht so schwer sein, sich eine lebensbedrohliche Verletzung zuzuziehen!

Stille lastete über der Arena. Das Publikum schwieg gebannt. Die Kämpfer belauerten sich gegenseitig. Vereinzelt klirrten Waffen gegeneinander. Dann entspann sich ein erstes Gefecht, und nur Augenblicke später riss der Sand auf. Etwas schoss daraus in die Höhe, mannshoch und dick wie ein Baum, ein Wurm nur auf den ersten Blick, gepanzert mit einem stumpfbraunen Schuppenkleid, das obere Ende pendelte suchend durch die Luft, weder Augen noch Mund waren zu erkennen. Einer davon entdeckte die Kämpfer und schwamm in erschreckender Geschwindigkeit zu ihnen hin, bäumte sich dann auf und öffnete sein gesamtes vorderes Ende zu einem riesigen, kreisrunden Maul, das immer weiter und weiter wurde. Einer der Krieger, der dem Wesen gegenüber stand, stieß seinen Gegner von sich weg, und ehe der Unglückliche etwas unternehmen konnte, stülpte sich der Wurm von oben über ihn, stieß ihn sich in den Rachen, bis nur noch die Unterschenkel des Kriegers herausschauten, dann riss er sein zappelndes Opfer in die Höhe und ließ es in seinen Leib gleiten. Gleichermaßen abgestoßen wie fasziniert verfolgte Krona, wie die Ringmuskeln des Monsters arbeiteten, um das unglückliche Opfer immer tiefer hinein zu befördern. Als dicker, unförmiger Klumpen rutschte der Krieger immer tiefer in den Wurm, seine Füße zappelten ein letztes Mal, dann war er verschwunden, mitsamt Rüstung und Waffen. Mit Mühe schloss der Wurm sein riesiges Maul und tauchte ab. Die grausige Mahlzeit hatte alles in allem nicht länger als einige Augenblicke gedauert.

»Vorsicht«, schrie Fenrir. Krona fuhr herum und parierte gleichzeitig mit Fenrir den Hieb eines gefährlich angespitzten Dreizacks. Yaotl führte ihn, der sich offenbar, ohne Erschütterungen zu verursachen, in die sichere Mitte geschlichen hatte und nun begann, Krona mit Schlägen einzudecken. Schnell merkte sie, dass er versuchte, sie aus der Mitte zu drängen, und hielt dagegen.

Gebrüll kam näher, und dann sprang Yancuic zu ihnen in die Mitte, einen Wurm direkt hinter sich. Krona riss das Entermesser hoch. Der Wurm prallte gegen ein Hindernis, das unter dem Sand lag, erhob sich aus dem Sand und beugte sich von oben über die schützende Insel. Ein merkwürdiger, kühl-metallischer Geruch ging von ihm aus. Dann öffnete er sein Maul. Seine gesamte Innenseite war besetzt mit winzigen, nadelspitzen Zähnen.

»Zusammen!«, schrie Yancuic. Sie drängten sich in der Mitte aneinander, Waffen erhoben, bereit zum Schlag, doch der Wurm zögerte angesichts des riesigen, wehrhaften Bissens. Sein Kopf pendelte unschlüssig hin und her, und plötzlich kippte er zur Seite, eine Schnittstelle tat sich auf, weißes, zuckendes Fleisch wurde sichtbar, und eine zähe, milchige Flüssigkeit sprudelte aus seinem Inneren und sickerte in den Sand. Der Wurm fiel leblos zur Seite, und hinter ihm kam Thio zum Vorschein. Das klebrige Zeug troff von der Schneide seiner Axt, und er grinste.

»So macht man das«, sagte er. »Und – wer von euch will der Nächste sein?«

Yancuic hob das Schwert und kreuzte die Klinge mit dem Stiel von Thios Axt. Ohne viele Umstände rannte Thio gegen ihn an und schubste ihn in den Sand, hielt ihn dort mit der Axt in Schach, bis hinter Yancuic ein Wurm aus dem Sand brach. Dann überließ er Yancuic dem Wurm und wandte sich Yaotl zu, der sich ein Gefecht mit Krona lieferte.

Krona arbeitete gegen ihren Instinkt. Dreißig Jahre Arbeit mit dem Schwert ließen sich nicht verleugnen. Ihr Geist wusste, dass sie einen gut gezielten Treffer einstecken musste, und dass Yaotl begierig darauf war, ihr genau diesen zu verpassen, aber ihr Körper vollführte automatisch die Paraden und hielt sich den Gegner vom Leib. Mit dem leichten Entermesser war sie sogar in der Lage, ihre unbewegliche linke Seite auszugleichen. Ehe sie sich eines Besseren besinnen konnte, führte sie einen Gegenangriff und erwischte Yaotl an der Schulter. Die Klinge fraß sich in sein Fleisch, und er taumelte rückwärts und wurde von einem Wurm, der direkt unter ihm hochkam, in die Höhe gerissen.

Krona hielt inne und sah sich keuchend um. Yancuic hatte seinen Wurm besiegt und kam nun Yaotl zu Hilfe. Überall im Sand lagen zerhauene Würmer, die teilweise noch zuckten und ziellos umher krochen. Speerträger waren unterwegs, um die verletzten Kämpfer zu bergen. Andere luden leblose Körper auf Tragen und schleppten sie davon.

Sie wandte sich zu Fenrir, suchte seinen Blick.

»Jetzt«, sagte sie. »Mit Yaotl und Yancuic werdet ihr fertig.«

Fenrir nickte. Seine Lippen waren schmal.

Sie kam dicht an ihn heran, spürte die Wärme, die von seinem Körper ausging. Sie fasste seine Hände und legte für einen Augenblick den Kopf an seine Brust. Der Lärm der Arena verschwamm zu einem fernen Rauschen.

»Mach schon«, flüsterte sie.

Sie spürte, wie Fenrir sein Gesicht in ihr Haar presste, spürte seinen stockenden Atem.

»Nein«, flüsterte er. »Was, wenn ...«

»Kein was, wenn. Was, wenn ist verboten.«

Sie hob den Kopf und sah ihn an, nahm seinen goldenen Blick in sich auf.

»Und selbst wenn«, sagte sie, »bin ich dir nicht böse.«

Sie sah es kommen, sah es an der Art, wie sein Blick sich veränderte. Sie hielt seine Hände fest, dann ein stechender Schmerz zwischen den Schulterblättern, etwas zu tief und zu weit rechts, um das Herz zu treffen. Die Klinge fuhr in ihr Fleisch, tief und tiefer, vorbei an ihren Rippen, nahm ihr die Luft zum Atmen, und als sie gewaltsam Luft in ihre Lunge zwang, füllte ihr Mund sich mit Blut.

»Es tut mir leid«, flüsterte Thio hinter ihr. »Es tut mir leid.«

Er zog die Klinge heraus. Krona sackte nach vorne in Fenrirs Arme. Jemand schrie. Die Arena verwischte sich zu einem goldenen Strudel.

Sie riss die Augen auf. Luft war knapp. Der Schmerz zerriss ihren Körper, sie hatte keine Luft zum Schreien übrig, atmen war schwierig genug. Sie spuckte Blut, aber mit jedem Atemzug kam neues nach.

Sie lag, den Kopf auf Fenrirs Schoß, sein Gesicht über ihr, seine Hände auf ihren Wangen, Tränen fielen aus seinen Augen auf sie herunter.

»Sie ist hinüber! Bringt sie weg!«, hörte sie Thio schreien. Sie hustete Blut und verlor beinahe das Bewusstsein vor Schmerz.

»Flach atmen«, sagte Thio leise neben ihr. »Ich habe deine Lunge getroffen. Mögen die Götter es fügen, dass dein Freund rechtzeitig zur Stelle ist.«

Krona holte Luft. Es fühlte sich an wie damals, als sie zu den Meerleuten getaucht war. Flüssigkeit, die in ihre Lunge strömte, das Gefühl zu ertrinken. Sie verspürte einen Anflug von Panik, doch gleichzeitig kam eine dunkle Schwere über sie, wie kurz vor dem Einschlafen oder dem Höhepunkt eines Vollrausches.

Die Welt schaukelte. Über ihr war blauer Himmel, dann Zuschauermassen, die stumm die Münder öffneten und schlossen, dann Dunkelheit.

Atmen.

Ein, aus.

»Das hat hübsch ausgesehen, heute. Deine Beine unter diesem Mantel.«

Ein, aus.

»Glückliches Weltenschmiede!«

Goldener Feuerschein auf zufriedenen Gesichtern. Kleine, mit Zucker überzogene Kuchen, duftender Braten, Wärme. Freundschaft.

Ein, aus.

»Da ist sie! Unser neuer Hauptmann, sie lebe hoch!«

Das neue Rangabzeichen auf der Brust, das im Feuerschein satt golden schimmert. Applaus, erwartungsvolle Gesichter.

»Eine Runde für uns, Hauptmann, das ist das Mindeste!«

Das Gefühl des reinen, perfekten Glücks.

»Eine? So viele ihr wollt!«

Ein, aus.

»Dann bist du jetzt tatsächlich meine Vorgesetzte?«

Sein Gesicht unter der breiten Hutkrempe, der kurze, dichte Bart, das Funkeln in seinen Augen. Er ist so schön, der schönste Mann auf Erden.

»Stört dich das?«

»Mal sehen. Wird es meine Karriere anschieben, wenn ich mit meiner Vorgesetzten schlafe?«

»Das kommt drauf an, wie du dich anstellst, mein Hübscher.«

Dieses schalkhafte Grinsen.

»Hattest du denn bisher Grund zur Klage?«

»Nein – ich habe bisher aber auch noch nie mit einem meiner Untergebenen geschlafen.«

Seine Nähe, seine Hände. Oh, seine Hände.

»Möchtest du es ausprobieren?«

»Unbedingt.«

Ein, aus.

»Maaaaamaaaaa!«

Runter vom Pferd, so schnell es geht, in die Knie, und dann der weiche Aufprall, Kinderarme um den Hals und eine weiche Wange an der eigenen, die Arme um den kleinen, warmen Körper schließen, eine quietschige, atemlose Stimme.

»Mama, Mama, Mama!«

»Meine Kleine! Ich hab dich so vermisst.«

Das Gesicht in die weichen Locken drücken, die nach Heu duften und nach Sommer.

»Ist alles gut bei euch?«

»Stell dir vor, wir haben Welpen bekommen! Acht Stück, alle sind schwarz, nur einer ist weiß mit solchen Flecken, hier so am Kopf, er sieht aus wie eine Ziege, Papa hat gesagt, wir müssen sie alle weggeben, aber ich will sie behalten!«

»Du willst acht große, dicke Hunde?«

»Aber das sind doch Welpen, Mama! Die sind ganz, ganz klein!«

»Ich rede mit dem Papa, Kleines. Aber lass mich erst mal ankommen, ja?«

Aufrichten, Hut aus dem Staub und Pferd aus dem Gemüsebeet klauben.

»Hast du mir was mitgebracht, Mama?«

»Natürlich hab ich dir was mitgebracht.«

»Was denn?«

»Verrat ich dir nicht.«

Vorwärts, noch ein paar Schritte, die müden Knochen. Was für ein Höllenritt, aber endlich angekommen.

»Wir haben einen Tanz aufgeführt, zum Sonnwendfeuer! Der ging immer so … und dann so im Kreis … und unten durch …«

Strahlende Augen, Tanzschritte auf der staubigen Dorfstraße.

»Ach, Kleines, wie schade, dass ich nicht dabei sein konnte. Du hast das bestimmt ganz großartig gemacht.«

»Sei nicht traurig, Mama. Die anderen haben gefragt, wo du bist, aber ich hab gesagt, meine Mama hat keine Zeit, meine Mama muss den König beschützen!«

»Ach, Schätzchen.«

»Ist der König ein netter Mann, Mama?«

Ein

winziger heller Punkt, der auf der Dorfstraße immer näher kam, sich aufblähte zu einer gewaltigen Feuerfaust und sie mit voller Wucht in die Brust traf. Schmerzen rasten durch ihren Körper. Die Feuerfaust hielt ihren Brustkorb umklammert und ließ sie nicht atmen.

Eine Stimme von ferne.

»Sei nicht tot. Bitte, sei nicht tot.«

Kühle Flüssigkeit an ihren Lippen. Ein Schwall davon füllte ihren Mund. Bitter. Sie schluckte mühsam. Die Schmerzen blieben, aber die Feuerfaust öffnete langsam ihren Griff.

Ein, aus.

»Oh, alle Götter, du lebst!«

Etwas Hartes stieß an ihre Lippen, gegen ihre Zähne. Flüssigkeit füllte erneut ihren Mund, sie schluckte. Das Atmen wurde leichter. Langsam versickerte das Licht.

Um sie herum waren zuckende Schatten. Es roch nach Blut und Schlimmerem. Sie wagte nicht, sich zu bewegen. Vorsichtig blinzelte sie und erkannte Pintels Gesicht über sich, sein Haarschopf war noch wilder zerzaust als sonst, sein Gesicht gleichzeitig erschöpft und grenzenlos erleichtert.

»Kannst du mich hören?«

Sie versuchte eine Antwort, aber ihre Stimme gehorchte ihr nicht. Sie nickte und stellte fest, dass sie sich bewegen konnte, ohne dass die Schmerzen sie fraßen.

Wieder der Flaschenhals an ihren Zähnen. Sie drehte vorsichtig den Kopf und schluckte das bittere Zeug. Der Schmerz zog sich zusammen und nistete sich in ihrer Brust ein, ein Geflecht aus glühenden Drähten, das ihre Rippen umspannte.

»Was ist passiert«, flüsterte sie mühsam.

»Dein Plan hat funktioniert«, sagte Pintel und wischte sich mit dem Ärmel hastig über die Augen. »Du bist beinahe gestorben.«

»Gut.«

Müde, so müde. Hundert Jahre schlafen.

»Krona? Bleib bei mir, hörst du?«

»Hmh?«

Sie riss die Augen auf.

»Hilf mir hoch.«

Mit Pintels Hilfe kam sie zum Sitzen. Langsam drang die Umgebung in ihr Bewusstsein.

Sie war dort, wo man die Leichen hinbrachte: eine fensterlose steinerne Kammer, von Pintels kleiner Laterne nur notdürftig ausgeleuchtet. Eine schmale hölzerne Rampe führte nach oben zu einer Falltür in der Decke. Zu Füßen der Rampe, direkt neben Krona, lagen Ichtakas sterbliche Überreste, daneben die der anderen: Tecizli, Pantlaca, Huaca, die Körper zerschmettert, aufgerissen von Waffen und Raubtiergebissen, überpudert vom feinen Sand, die Gesichter wächsern. Der Lichtschein der Laterne legte falsches Leben in ihre Augen.

»Wir müssen raus hier«, drängte Pintel. »Kannst du aufstehen? Bitte!«

Sie nickte benommen, drehte sich zur Seite und kam auf die Knie. Sie konnte ihren linken Arm nicht bewegen. Als sie an sich hinunter sah, entdeckte sie die Schiene und den dicken Verband um ihre Schulter. Sie spannte die Muskeln an, sie fühlten sich schwach, aber gesund an.

»Hilf mir, das loszuwerden.«

Pintel knotete den Verband auf, und Krona streifte ihn ab und entledigte sich der Schiene. Mit beiden Händen packte sie den Rand der Rampe und zog sich hoch. Unter ihren Füßen war Holz. Dicke Bohlen fügten sich dort zu einer massiven Falltür. Langsam begann ihr Verstand wieder zu arbeiten.

»Könnte in die Kanalisation führen«, sagte sie heiser. »Thio erwähnte, dass es einen Zugang zur Kanalisation gibt.«

»Kanali-was?«

»Unterirdische Flüsse, die den Dreck der Stadt abtransportieren. Und die Leichen. Das könnte unser Fluchtweg sein.«

Pintel nickte und blies die Backen auf. Offenbar war er jenseits von Panik, und Krona war klar, dass sie ihn beschäftigt halten musste, damit er nicht völlig die Nerven verlor.

»Hast du Waffen?«

Pintel nickte und zog einen fleckigen Sack zu sich heran, doch statt Schwertern holte er zwei merkwürdige krumme Dinger heraus. Sie waren aus Holz gefertigt, auf dem eine kleine, eiserne Mechanik saß. Am einen Ende hatten sie einen Griff und am anderen ein Rohr.

»Willst du mich verarschen?«, fragte Krona. »Was ist das?«

»Das ist eine Windfaust«, erklärte Pintel. »Es ist eine Fernkampfwaffe. Nicht! Nicht auf mich zeigen!« Er griff nach ihrer Hand und drückte sie nach unten.

»Siehst du?« Er zeigte auf einen kleinen Hebel, der so angebracht war, dass sie den Zeigefinger darauf legen konnte, wenn sie das Ding in der Hand hielt. »Wenn du diesen Auslöser betätigst, wird ein Funke geschlagen. Der verursacht einen riesigen Knall, und durch den Knall wird eine Kugel vorne aus dem Lauf geschossen. Und wenn du richtig gezielt hast, trifft die jemanden.«

»Ist das Zauberei?«

»Nein, aber fast.«

»Woher hast du die?«

»Von meiner Freundin Federspiel. Aber das ist eine lange Geschichte. Hör mal, jede Windfaust knallt nur einmal, dann muss man sie wieder aufladen. Also sei sparsam damit.«

»Deine Freundin? Ich habe tausend Fragen, und wenn wir nicht in einem Raum voller Leichen stehen würden …«

»Ich weiß, Krona. Wir haben später Zeit für Geschichten.«

Sie nickte und sah zu ihm hinunter.

»Ich wusste, dass du rechtzeitig da sein würdest. Danke für alles, Pintel.«

Er nickte und lächelte schief, und sie zog ihn an sich und hielt ihn für einen Augenblick fest.

»Holen wir die anderen, und dann nichts wie weg«, sagte sie. »Wo entlang?«

»Die Rampe hinauf«, sagte Pintel. »Ich habe die Falltür blockiert.«

Sie nickte ihm zu, packte den Rand der Rampe, die glitschig war von Blut, und zog sich hoch. Mehrmals rutschte sie mit ihren glatten Ledersohlen ab, doch dann war sie oben. Ein feiner Lichtfaden drang durch einen Spalt am Rand der Falltür. Sie brachte ihre Schulter gegen die Holzplanken und schob kräftig. Die Falltür gab nach, öffnete sich, schwang nach außen um und landete krachend auf dem Steinboden, direkt neben einem Paar Füßen in geschnürten Sandalen.

Der Speerträger machte einen riesigen Satz rückwärts und starrte Krona aus überquellenden Augen an.

»Buh«, sagte Krona. Der Speerträger ließ seine Waffe fallen, drehte sich auf dem Absatz um und rannte kreischend davon.

»Du hättest natürlich etwas Episches sagen können«, keuchte Pintel neben ihr. »Ich bin wiederauferstanden von den Toten, oder so.«

»Kennst mich doch«, sagte Krona. »Ich mache nicht viele Worte. Dafür habe ich doch dich.«

Sie kletterte hinauf in den Gang und zog Pintel nach. Er gab ihr die beiden Windfäuste, und in Ermangelung eines Gürtels behielt sie beide in der Hand.

»Wir brauchen den Raum mit den Verletzten«, sagte sie. »Wenn alles nach Plan läuft, ist entweder Thio dort oder Fenrir. Aber ich habe keine Ahnung, wo wir sind.«

»Hier entlang«, sagte Pintel und zeigte mit dem Finger. »Und schnell. Der eine, den du so erschreckt hast, holt bestimmt Verstärkung.«

Sie rannten los. Von draußen drang gedämpft der Lärm des Publikums zu ihnen. Am Ende des Ganges war Licht; eine Gittertür führte dort in die Arena, doch Pintel zog Krona zu ihrer Linken in einen Seitengang, der das Rund der Arena umspannte. Sie rannten zwei Quergänge weiter und bogen dann nach links ab.

»Du kennst dich hier ja ganz gut aus«, keuchte Krona. Pintel warf einen beinahe beleidigten Blick über die Schulter.

»Glaubst du, ich gehe schlecht vorbereitet in eine solche Unternehmung?«

Sie schüttelte den Kopf, damit beschäftigt, ihren Atem zu kontrollieren. Ihre Lunge brannte, ein stechender Schmerz durchzog ihren Brustkorb, dort, wo Thio die Klinge gesetzt hatte.

Pintel hielt an und steckte vorsichtig den Kopf um eine Ecke.

»Dort«, sagte er gedämpft. »Die Tür ist angelehnt.«

»Wachen?«

»Nicht vor der Tür.«

»Merkwürdig.«

»Nö, gar nicht, die sind wahrscheinlich alle bei der Siegerehrung.«

»Läuft die schon?«

»Die Fanfaren, hörst du?«

Sie nickte. Die Zeit wurde knapp.

Wenige Schritte trennten sie von der Tür. Sie trat mit voller Wucht dagegen, und die Tür schlug krachend gegen die Wand. Für einen Augenblick war es völlig stilll in dem Raum. Alle Blicke gingen ihr zu. Ein Heiler ließ eine Verbandsrolle fallen, die sich im Rollen aufwickelte und vor ihren Füßen liegenblieb.

»An die Wand!«, brüllte sie. »Keine Dummheiten! Los, los, los!«, setzte sie nach, als keiner sich bewegte.

»Das ist Akila«, flüsterte Yaotl. »Sie ist tot! Ich habe sie sterben sehen!«

»Ich bin von den Toten wiederauferstanden«, sagte Krona unbewegt, die inzwischen Thio auf einem Feldbett ausgemacht hatte. Ein Verband umspannte seinen Oberschenkel, rote Flecken zeichneten sich darauf ab.

Zögernde Bewegung kam in die Männer. Es waren etwa ein Dutzend Verletzte auf Feldbetten und an Behandlungstischen, die von einer Handvoll Heiler betreut und von etwa ebenso vielen Speerträgern bewacht wurden.

»Wird's bald!«, brüllte Krona. Einer der Heiler duckte sich und flüchtete sich an die Rückwand. Einige andere folgten seinem Beispiel. Einer der Speerträger machte eine Bewegung in Kronas Richtung. Sie richtete die eine Windfaust auf ihn, doch er setzte seinen Weg fort, den Speer gegen sie gerichtet. Sie zielte knapp an ihm vorbei und krümmte den Zeigefinger.

Ein Blitz blendete sie, begleitet von einem fürchterlichen Krachen. Ihr Arm wurde in die Höhe gerissen. Gleichzeitig ging seitlich hinter dem Speerträger ein Wasserkrug zu Bruch. Scherben flogen durch die Luft wie Geschosse, das Wasser platschte geräuschvoll auf den Boden. Ein Geruch nach Verbranntem machte sich breit.

Krona blinzelte. In ihren Ohren saß ein irritierender Piepton. Langsam verzog sich die Rauchwolke vor ihrem Gesicht. Der Speerträger stand wie festgewachsen und starrte sie mit schreckverzerrtem Gesicht an. Unter den übrigen Männern war Panik ausgebrochen. Manche schrien und schützten den Kopf mit den Händen. Einige pressten sich gegen die hintere Wand, während andere versuchten, unter den Feldbetten Schutz zu suchen. Einer der Heiler kam von der Wand hoch. Sie richtete die Windfaust auf ihn, und er sackte jammernd in sich zusammen.

»Thio«, bellte sie. »Auf geht's, oder brauchst du eine schriftliche Einladung?«

Sie sah, wie er zögerte, als er von der Liege rutschte. Vorsichtig belastete er sein Bein und machte einige Schritte, während sie sich mit ausgestreckten Armen langsam im Kreis drehte und versuchte, mit den beiden Waffen möglichst alle Männer in Schach zu halten. Thio durchquerte den Raum und wurde an der Tür von Pintel in Empfang genommen.

Unter den Männern war ein Heiler, an dessen Gürtel ein großer Ring mit mehreren Schlüsseln hing.

»Schlüssel«, sagte sie zu ihm und deutete mit der Windfaust auf seine Stirn. Wimmernd löste der Heiler den Schlüsselring vom Gürtel.

»Rüber zu ihm«, wies Krona ihn an, und der Heiler warf den Schlüsselring zu Thio hinüber.

Rückwärts bewegte Krona sich zur Tür und sprang dann mit einem großen Satz nach draußen. Thio knallte die Tür zu und hängte sich an die Klinke, während Pintel mit fliegenden Fingern den richtigen Schlüssel heraussuchte und absperrte.

Für einen Augenblick atmete Krona auf.

»Du kommst doch nicht wirklich von den Toten?«, fragte Thio zweifelnd.

»Wer weiß das schon«, sagte Krona. »Es stellt sich heraus, dass die Übergänge sehr fließend sind.«

»Ich habe einen Fluchtweg«, sagte Pintel. »Kommt mit. Er führt durch die Kanalisation, und wir müssen uns beeilen, damit wir vor dem Regen wieder draußen sind.«

»Fenrir hat gewonnen?«, fragte Krona, während sie sich eilig in Bewegung setzten.

»Ja«, sagte Thio. »Er hatte einen gewissermaßen heiligen Zorn auf mich. Ich glaube, ich kann von Glück reden, dass er mich nicht in Stücke gehauen hat.«

»Gut. Dann treffen wir ihn draußen, wenn sie ihn freigelassen haben.«

Pintel führte sie den Gang entlang und bog dann in einen der Ringgänge ab. Über ihnen, gedämpft durch die gewaltigen Steinquader, tobte die Menge. Hier unten sah alles gleich aus, und Krona wunderte sich, wie Pintel die Orientierung behielt.

Sie befanden sich wieder relativ nah am Kampfplatz, als Pintel vor einer schweren Tür anhielt.

»Der Eingang zur Kanalisation«, sagte er. »Hab ich ausgekundschaftet. Rein mit euch!«

Er fand den richtigen Schlüssel, sperrte auf, öffnete die schwere Tür und knallte sie sogleich wieder zu.

»Neuer Plan«, sagte er. »Leichenraum. Hier sind Löwen drin!«

Hinter der Tür gab es ein schauerliches Brüllen.

»Verdammt«, sagte Krona. »Schnell! Wir verlieren zu viel Zeit.«

»Genau genommen ist eure Zeit abgelaufen«, sagte eine Stimme. Litota. Der stämmige Mann trat aus einem Quergang, vor sich einen schweren Schild und eine lange Lanze.

»Litota«, sagte Krona. »Tu nichts Dummes. Es sieht nicht danach aus, aber mit diesem Ding kann ich dir den Schädel wegblasen, und das wäre doch schade darum.«

Litota lächelte abfällig.

»Mir ist noch nie ein Kämpfer geflohen. Und mir ist es ganz gleich, ob du hier bist, weil du eine Hexe bist oder weil die Toten dich einfach nicht behalten wollten. Du bist hier, und du unterstehst meinem Kommando.«

»Nicht mehr. Ich zähle bis drei.«

»Akila ...«

»Drei.«

Wieder der ohrenbetäubende Knall, der von den steinernen Wänden hin- und hergeworfen wurde, der blendende Blitz. Litota wurde zurückgeschleudert und verlor den Schild, als er versuchte, seinen Fall abzubremsen. Die eisernen Beschläge des Schildes waren verbogen, das Holz darunter schwarz verschmort.

»Lauft!«, schrie Krona, wandte sich um und stieß Thio vor sich her.

»Das mit dem Zählen müssen wir dringend üben«, keuchte Thio. »Was machen wir denn jetzt?«

»Es gibt einen anderen Zugang zur Kanalisation. Wenn wir den erreichen, ist alles gut!«

Ein wildes Brüllen, von den steinernen Wänden um ein Vielfaches verstärkt, drang auf sie ein.

»Aber danach sieht's nicht aus«, sagte Krona. »Er hat die Löwen rausgelassen. Lauft!«

Sie packte Pintel bei der Hand und zerrte ihn mit sich. Vor ihnen fiel durch eine Gittertür Licht aus der Arena in den Gang. Hinter ihnen setzte der erste Löwe mit geschmeidigen Sprüngen zur Verfolgung an.

»Wohin?«, keuchte Thio, der an einer Gangkreuzung zum Stehen kam.

»Links!«, bellte Krona.

»Arena!«, keuchte Pintel gleichzeitig.

»Bist du des Wahnsinns?«

»Vertrau mir.«

Der Löwe stand keinen Steinwurf entfernt im Gang und witterte. Seine mächtigen Muskeln zuckten. Seine Flanke war aufgerissen, Blut verklebte dort sein goldenes Fell. Von hinten kam eine Löwin und prallte gegen ihn. Er fuhr zu ihr herum und brüllte wild.

»Arena, dann«, sagte Krona. »Schnell.«

Sie kamen kein Dutzend Schritte weit, bis die Löwen ihre Uneinigkeit überwunden hatten. Die Tiere waren hinter ihnen wie geräuschlose goldene Schatten.

Noch zehn Schritte trennten sie vom Tor. Krona ließ sich zurückfallen. Ihr war klar, dass sie alle nur noch lebten, weil diese Tiere Jäger waren, keine Mörder.

»Beeilt euch«, sagte sie. »Ihr müsst das Tor aufschließen, während ich die hier beschäftigt halte.«

»Wie willst du das machen?«, fragte Pintel neben ihr. »Mit deinen bloßen Händen?«

»Hast du eine bessere Idee?«

Doch der kleine Zauberer bezog neben ihr Stellung und rollte sich die Hemdsärmel hoch.

»Die hab ich tatsächlich«, sagte er.

Augenblicke später explodierte ein fassgroßer Feuerball direkt vor den Pfoten der Löwen. Glühende Hitze strich über Kronas Gesicht, ein Funkenregen ging auf sie nieder, und für einen Augenblick bekam sie keine Luft. Die Löwen heulten auf. Die Mähne des männlichen Tieres brannte, und er drehte sich brüllend um sich selbst, während die anderen Tiere knurrend zurückwichen. Der Löwe geriet in Raserei und stürzte sich auf eine Löwin. Die beiden übrigen Tiere lösten sich aus dem riesigen Knäuel aus Krallen und Reißzähnen und sprangen in Richtung Gitter. Pintel bremste sie mit einem weiteren Feuerball, der merklich kleiner war als der erste. Schweißperlen standen auf seiner Stirn.

»Wir könnten jetzt eine offene Tür brauchen!«, rief er über die Schulter. »Das war's nämlich von meiner Seite.«

»Augenblick!«, rief Thio, der mit den Schlüsseln hantierte. Eine der Löwinnen erholte sich von ihrem Schreck, kam näher und angelte mit ihrer Pfote nach Pintel. Krona schob den Zauberer hinter sich und packte die Windfaust am Lauf. Die Löwin setzte zum Sprung an, und Krona sprang ihr entgegen und ließ den hölzernen Griff mit aller Kraft zwischen die Augen der Löwin niedersausen. Dann brachte sie sich in Sicherheit, während die Löwin sich jaulend mit der Pfote durchs Gesicht fuhr.

»Offen!«, schrie Thio. Er riss das Gitter auf, und sie stürzten hindurch und warfen es hinter sich ins Schloss. Die Löwen prallten dagegen, brüllten fürchterlich und angelten mit ihren Pfoten zwischen den Gitterstäben hindurch. Krona zerrte Pintel rückwärts, der beinahe von einer riesigen, krallenbewehrten Pfote erwischt worden wäre, und sah sich um.

Der Sand der Arena war aufgewühlt und von Blut befleckt. Über ihren Köpfen zogen sich die Wolken des Nachmittagsgewitters zusammen. Die Sonne war verschwunden.

In der Mitte der Arena hatte man ein hölzernes Podest aufgebaut. Dort befanden sich die Stimme der Klingen und Fenrir. Trommeln und Hörner lärmten. Vom Rand der Arena aus bis zum Podest hatte man einen langen, roten Teppich ausgerollt, der von Tänzerinnen und Wachsoldaten gesäumt war. Den Teppich entlang schritt die Stimme der Sonne, in den Händen etwas, das wie eine Krone aussah.

Alle Aufmerksamkeit galt der Zeremonie. Noch hatte niemand ihr Auftauchen bemerkt.

»Pintel«, sagte Krona. »Du kannst einen Blitz und einen Knall machen, oder?«

»Ähm«, sagte Pintel verwirrt. »Vielleicht, wenn mir ein Lichtzauber misslingt? Du weißt, ich bin nicht sehr gut mit Lichtzaubern.«

»Dann komm. Bleib an mir dran. Auf mein Zeichen.«

»Was …?«

»Wir tun so, als ob. Los!«

Krona stürmte voran, Pintel verständnislos, aber gehorsam, neben ihr. Sie kamen auf ein Dutzend Schritte an den roten Teppich heran, bevor einer der Wachsoldaten sie bemerkte. Was er sagte, ging im Lärm der Musik unter, doch er zeigte mit dem Finger und riss sein Schwert aus der Scheide.

»Jetzt«, sagte Krona. Sie riss die Windfaust in die Luft und betätigte den Hebel. Pintels Knall kam nicht ganz zeitgleich, und sein Blitz war schwach und ein wenig bläulich, aber es reichte.

Die Musik erstarb. Die Tänzerinnen gerieten in Panik, flohen oder warfen sich zu Boden. Plötzlich war nichts als Luft zwischen Krona und der Stimme der Sonne. Sie ließ die eine Windfaust fallen und legte beide Hände um den Griff der anderen.

»Waffen ablegen!«, brüllte sie und näherte sich mit großen Schritten. Aus dem Gesicht der Stimme der Sonne wich jede Farbe. »Eine falsche Bewegung, und ich blase ihm den Kopf weg!«

Mit einem Satz war sie auf dem roten Teppich, schlang der Stimme ihren Arm um den Hals und legte ihm den Lauf der Windfaust an die Schläfe. Einige Soldaten waren der Aufforderung nachgekommen, andere standen unschlüssig, Schwerter und Speere in den Händen, und suchten den Blick ihres Kommandanten.

»Befiehl es ihnen«, sagte Krona. Die Stimme der Sonne schwitzte vor Angst.

»Woher habt Ihr eine Windfaust«, flüsterte er.

»Hab ich von den Toten mitgebracht«, sagte Krona. »Und jetzt befiehl es ihnen.«

»Lasst die Waffen fallen«, krächzte die Stimme.

Zögernd gehorchten die Soldaten. Krona presste die Windfaust fester gegen die Schläfe der Stimme, und er quiekte jämmerlich.

»Sag ihnen, sie sollen sich beeilen! Meine Geduld wird nicht ewig anhalten.«

Er gehorchte. Klappernd gingen Schwerter und Speere zu Boden.

»Ihr kommt hier niemals lebendig raus«, krächzte die Stimme.

»Und?«, sagte Krona. »Macht mir nichts. Dann sterbe ich eben nochmal. Und komme wieder, mein Freund.«

»Was wollt Ihr?«

»Freies Geleit nach draußen.«

»Niemals!«

»Dein letztes Wort?«

Sie packte ihn fester und drückte sanft den Hebel. Er knackte leise, und die Stimme der Sonne kreischte auf. Krona entspannte ihren Zeigefinger.

»Faszinierend«, sagte sie. »Ich krümme einen Finger, und du bist tot. So wenig Anstrengung für mich, und so endgültig für dich.«

Fenrir war inzwischen vom Podest gesprungen und hatte zusammen mit Thio die Waffen eingesammelt. Er bewaffnete sich mit zwei Schwertern. Pintel nahm einen Arm voller Speere entgegen und trug sie hinüber zu dem Gang, in dem noch die Löwen hinter dem Gitter lauerten. Dort schob er sie zwischen den Gitterstäben hindurch auf die Seite der Löwen. Inzwischen packte Krona die Stimme fester und zerrte sie mit sich hinauf auf das Podest.

»Und jetzt?«, fragte Thio gedämpft.

»Auf dem kürzesten Weg hier raus«, sagte Krona. »Geiselnahmen enden immer tragisch. Machen wir das Beste draus.«

»Gehört das zu deinem Plan?«, fragte Fenrir, der, dicht gefolgt von Pintel, auf das Podest trat.

»Ich mache meinen Plan unterwegs«, sagte Krona.

»Dann solltest du jetzt fliegen lernen.« Fenrir sah an Krona vorbei. Sie drehte sich um. Die Soldaten hatten einen Kreis um das Podest geschlossen und rückten näher.

»Stehenbleiben!«, brüllte sie. »Oder ich schieße ihm das Gehirn aus dem Schädel!«

Die Stimme der Sonne schluchzte und klammerte sich an Kronas Arm. Die Soldaten zögerten.

»Jetzt wäre wirklich ein guter Augenblick«, sagte Pintel und blickte mit zusammengekniffenen Augen hinauf in den Himmel.

»Für ein göttliches Wunder«, sagte Thio. »Aber die fühlen sich ja selten zuständig.«

»Deshalb machen wir es selbst«, sagte Krona. »Pintel, welchen Ausgang nehmen wir?«

»Den nach oben. Hoffentlich. Wenn sie es sieht. Und wenn sie rechtzeitig hier ist.«

»Was?!«

»Tötet sie!«, schrie die Stimme der Sonne mit sich überschlagender Stimme. Die Soldaten brüllten einen Schlachtruf. Nicht alle hatten Waffen, aber alle trugen wilde Entschlossenheit in den Gesichtern. Krona fluchte, ließ die nutzlose Windfaust fallen und stieß die Stimme der Sonne mit aller Kraft von sich. Er stürzte über den Rand des Podests in die Reihen der Soldaten und riss etliche zu Boden. Fenrir gab ihr ein Schwert hinüber, und zu dritt rückten sie auf dem Podest zusammen und nahmen Pintel in die Mitte. Die erste Welle der Angreifer rollte an. Schwerter klirrten. Krona trat einen Angreifer vom Podest und riss einem anderen mit der Klinge die Brust auf. Ein Ritter sprang in die Lücke und zuckte zurück, als sie einen Ausfall in seine Richtung machte.

»Und was jetzt?«, fragte Fenrir.

»Was, was jetzt?«, schrie sie. »Wir machen das so lange, bis keiner mehr steht! Das ist der verdammte Plan!«

Hinter Kronas unentschlossenem Gegner sprangen weitere auf das Podest. Der Kreis zog sich enger. Sie brüllte gegen das Gebrüll der Soldaten an und führte einen weiten Ausfall. Blut lief ihr über die Hände und machte den Griff des Schwertes glitschig. An ihr vorbei zischten silbrige Lichtpfeile und trafen einen Soldaten ins Bein, der daraufhin kreischend rückwärts stolperte. Sie setzte nach und trat ihn von der Plattform, traf einen weiteren Soldaten am Hals und öffnete eine klaffende Wunde, stolperte rückwärts, plötzlichen Schmerz im Bein. Blut sickerte in ihren Stiefel. Sie drängte den Schmerz weg und wandte sich dem nächsten Gegner zu.

»Sie ist da!«, jubelte Pintel plötzlich. »Sie ist da!«

Krona warf einen Blick um sich und tauchte gerade noch unter einer Schwertspitze weg, die auf ihren Hals gezielt war.

Aus einer dicken Wolke, die tief über der Arena hing, baumelte eine Strickleiter zu ihnen hinunter.

»Medidias nackter Arsch«, sagte Krona verblüfft. Pintel hinter ihr schrie und winkte heftig nach oben. In die Reihe der Soldaten kam Verwirrung, und Krona nutzte die Gelegenheit, um einige von ihnen vom Podest zu stoßen. Einem, der die Stufe gerade hinter sich brachte, hieb sie von oben ihr Schwert in die Schulter, so dass er schreiend zurücksackte. Ein Blick über die Schulter zeigte ihr, dass die Strickleiter sich weiter zu ihnen herunter gesenkt hatte. Fenrir hob gerade Pintel hinauf, der sich sofort an den Aufstieg machte. Die Strickleiter schwankte über ihnen, das Ende kam in Reichweite, entzog sich aber gleich darauf wieder Fenrirs Zugriff.

»Tiefer!«, schrie Pintel nach oben. »Tiefer!«

Die Strickleiter senkte sich, und Thio machte einen Hechtsprung und bekam die unterste Sprosse zu fassen. Krona wich zurück und prallte unsanft gegen Fenrir, der sich mit einem Schwert und einem langen Messer einige Soldaten vom Leib hielt.

Seine Gegenwart in ihrem Rücken machte sie ruhig. Sie ließ die Gegner kommen, durchbrach deren Deckung, suchte Rüstungslücken und nutzte jede Unsicherheit der anderen. Natürlich waren sie in der Übermacht. Es gab immer eine Übermacht – und die bestand aus lauter einzelnen Männern, von denen keiner sterben wollte.

Ein Schwert durchbrach ihre Deckung und fand sein Ziel. Sie spürte, wie sich die Spitze durch das lederne Was in ihre Haut bohrte, direkt über ihrem Herz, der Druck ließ sie rückwärts taumeln, aber die Klinge schien nicht in der Lage, die lederne Tunika zu durchdringen. Sie presste die Faust gegen die flache Seite der Klinge und schob den Angreifer rückwärts, bis er den Halt verlor.

Von hinten rempelte Fenrir sie unsanft an. Die Strickleiter war zurückgekehrt und senkte sich, bis die unterste Sprosse über den Boden streifte, dann hob sie sich wieder in die Höhe. Fenrir sprang darauf und hielt sich mit einer Hand fest, während er sich mit dem Schwert die Angreifer vom Leib hielt. Dann zog eine unsichtbare Kraft die Strickleiter nach oben. Im letzten Augenblick griff Krona zu und wurde nach oben gerissen. Sie ließ das Schwert fallen, um sich mit beiden Händen festzuklammern. In rasender Geschwindigkeit entfernte sich der Boden. Ihre Beine baumelten in der Luft. Sie befand sich auf Höhe der Zuschauerränge, dann über den Zuschauerrängen, dann über der Arena, dann über der Stadt. Der Wind peitschte ihr ums Gesicht, Donner füllte ihre Ohren. Mit aller Kraft hielt sie sich fest und versuchte vergeblich einen Klimmzug. Ihre Muskeln versagten ihr den Dienst.

Dann erschienen Fenrirs Stiefel auf der Sprosse über ihr. Sie legte den Kopf in den Nacken. Über ihm waren nichts als Wolken, in denen die Strickleiter sich verlor. Er beugte sich zu ihr hinunter, Wind zerrte an seinen Haaren, er hielt sich mit einer Hand fest und streckte ihr die andere entgegen. Mit letzter Kraft streckte sie sich danach, und er packte zu und zog sie ein Stück nach oben. Sie bekam die nächste Sprosse zu fassen und mit seiner Hilfe die übernächste, bis sie endlich ihre Füße auf die unterste Sprosse stellen konnte. Sie zitterte am ganzen Leib, sie wusste nicht, ob wegen des eisigen Windes oder vor Erschöpfung. Jeder ihrer Muskeln schmerzte. Der Wind schlug ihr ins Gesicht, Wolkenfetzen trieben um sie herum und versperrten ihr die Sicht nach unten.

»Kannst du klettern?«, rief Fenrir zu ihr hinunter.

»Kann ich klettern!«, knurrte sie wild. »Natürlich kann ich klettern! Geradewegs bis zur Sonne, wenn es sein muss!«

»Dann beweg deinen hübschen Hintern. Die anderen sind schon außer Sicht.«

Fenrir begann den Aufstieg, und Krona folgte ihm, ungeachtet der Schmerzen, die ihren Körper durchfluteten. Unter ihr riss die Wolkendecke auf und ermöglichte ihr einen Blick auf den Wald, der wie eine wollige, grüne Decke unter ihr lag. Ein Vogelschwarm strich dicht über den Baumwipfeln dahin, bunt schillernd wie Edelsteine. Staunend hielt Krona inne und sah hinunter, bis das Wolkenfenster sich unter ihr geschlossen hatte.

Die Strickleiter führte sie nicht bis zur Sonne, sondern zu einer dunklen Masse, die zwischen den Wolkenfetzen hindurchlugte – ein Haus auf den ersten Blick, bis sich herausstellte, dass die Wände aus gebogenen Holzplanken gefertigt waren und die Fenster klein und rund waren wie Bullaugen.

Ein Wolkenschiff?

Von Neugier getrieben, verdoppelte Krona ihre Anstrengung und schloss zu Fenrir auf. Sie sah nach oben. Es gab tatsächlich so etwas wie eine Reling. Thio beugte sich darüber und half Fenrir, an Bord zu kommen. Der schwang die Beine über den Rand und lehnte sich sogleich wieder nach draußen, um Krona eine Hand entgegen zu strecken.

Bereitwillig ließ sie sich von beiden Männern an Bord helfen, stand dann atemlos und mit weichen Knien und sah sich um.

Wenn sie außer Betracht ließ, dass dieses Ding sich geradewegs durch die Wolken bewegte, hatte es tatsächlich Ähnlichkeit mit einem Schiff. Es gab ein Oberdeck, einen Zugang zum Unterdeck, Seile, eine Art von Wanten, die allerdings keinen Mast hielten, sondern geradewegs hinauf zu einem Gebilde führten, das wie eine riesige Blase oder Kapsel über dem Schiffsrumpf schwebte.

Sie sah noch hinauf, als ein mächtiges Fauchen ertönte, wie von einem unvorstellbar großen Blasebalg. Die Wanten knarrten, und die Neuankömmlinge wurden sanft gegen die Reling gedrückt. Die Holzplanken unter ihren Füßen vibrierten leicht.

»Alle Götter«, sagte Fenrir mit blassen Lippen. »Haben die da oben ein Tier eingesperrt?«

»Das nicht«, sagte Thio. »Luftschiffe fahren mit etwas, das leichter ist als Luft. Genau weiß ich's nicht – ich hatte nie damit gerechnet, mal eines zu betreten.«

»Wo ist Pintel? Ich habe ein Dutzend Fragen, und ich platze, wenn ich die nicht sofort stellen kann.«

Sie fand Pintel unter Deck, wo er sich gerade von einer hübschen kleinen Rothaarigen eine sagenhafte Standpauke abholte. Krona setzte sich auf die steilen Stufen und stützte das Kinn in die Hand. Sie hatte keine Kraft mehr, sich zu wundern, woher diese Frau kam und warum sie kaum so groß war wie Pintel, wo bei Meridia sie gelernt hatte, jemandem einen so eindrucksvollen Einlauf zu verpassen, wie man Glas herstellte, das klar war wie Wasser, warum hier nirgends Seeleute schufteten, wenn das doch ein Schiff war, und wie man es sich leisten konnte, den Raum hier unten geradezu verschwenderisch mit Teppichen und Polstern einzurichten.

Wie das Ding sich überhaupt in der Luft hielt. Woher die Besatzung gewusst hatte, dass sie dringend einen Ausweg aus der Arena gesucht hatten. Wieso Pintel mit Seefahrervolk verkehrte.

Und wo man hier mal ein Weilchen die Augen zumachen konnte, ohne dass jemand über einen stolperte. Hier auf der Treppe offenbar nicht.

»Aua«, sagte sie müde.

»Dann sitz nicht auf der Treppe, Geißel der Nordlande«, sagte Fenrir. »Besiegt einen Löwen mit bloßen Händen, aber heult rum, wenn man ihr auf die Pfoten tritt.«

»Pass bloß auf, sonst wird die Geißel der Nordlande zur Geißel des Nordländers.«

Er ging neben ihr in die Hocke.

»Alles in Ordnung?«

»Weiß ich noch nicht.«

»Du siehst fürchterlich aus.«

»Oh, vielen Dank.«

»Ist das alles dein Blut?«

»Glaube nicht. Teil davon.«

Sie lehnte den Kopf an Fenrirs Schulter und sah Pintel entgegen, der im Schlepptau der kleinen Rothaarigen zu ihnen herüber kam.

»Willkommen an Bord«, sagte die Rothaarige. »Ich bin Federspiel, und das hier ist mein Boot, die Wolkentänzer. Wie ihr sehen könnt, ist es ein Frachtschiff und eigentlich nicht für waghalsige Rettungsmanöver gemacht. Warum bei allen Göttern konnte ich euch nicht auf einer Wiese vor der Stadt auflesen, wie es geplant war? Wenn jemand mitbekommen hat, dass das mein Schiff war, da über der Arena, brauche ich mich in Aksum nie wieder blicken zu lassen! Und Aksum ist einer der besten Märkte.«

»Dein Schiff hat ausgesehen wie eine Wolke«, tröstete Pintel, doch sie schnaubte.

»Für jeden Tarnzauber gibt es einen Gegenzauber. Alle Götter! Euch aus der Arena abholen! Was habt ihr euch bloß dabei gedacht?«

»Ihr müsst nicht antworten«, warf Pintel ein. »Ich habe schon alles erklärt. Sie muss nur nochmal Ärger ablassen.«

»Habt ihr eine Ahnung, wie schwer es war, das Schiff über der Arena zu halten, ohne die Zuschauer zu rasieren? Es ist ein Luftschiff, es kann nicht in der Luft stehen wie ein Käfer! Wer von euch ist für diese schwachsinnige Aktion verantwortlich?«

»Ich«, sagte Krona müde.

»Und du hast eine Vorliebe für besonders dramatische Auftritte, oder wie?«

»Du hättest nicht helfen müssen. Ich hatte schon den Obermotz am Kragen. Ich hätte uns auch noch aus der Arena rausgebracht.«

»Das glaubst du doch wohl selbst nicht!«

»Hör mal, Schätzchen, ich bin dir wirklich, wirklich dankbar, aber wenn mir heute noch einer blöd kommt, vergesse ich meine gute Kinderstube.«

Pintel machte ein gequältes Gesicht, aber Federspiel grinste breit und hielt Krona ihre kleine Hand entgegen.

»Du gefällst mir. Pintel hat wirklich nicht zu viel versprochen.«

Krona schlug ein und ließ sich von der Treppe ziehen.

»Wir haben im Vorfeld schon Ausrüstung für euch besorgt«, erklärte Federspiel. »Ich schlage vor, ihr wascht euch mal das ganze Blut ab, dann sehen wir, wo wir euch noch verarzten müssen, und dann beraten wir, wie es weitergehen soll.«

»Mein Schwert!«, sagte Krona bestürzt. »Mein Hut! Hat niemand unsere Sachen aus der Kampfschule geholt?«

»Leider nicht«, sagte Pintel. »Für einen Einbruch war keine Zeit mehr. Ich wollte lieber in der Arena sein, wenn du ... reingebracht wirst.«

Krona nickte seufzend. Wie es schien, waren sie tatsächlich mit nichts als dem nackten Leben davon gekommen.

Federspiel brachte sie in ein kleines Räumchen, in dem eine Waschschüssel und ein Stapel gefalteter Kleidung auf einem Hocker warteten.

»Lass dir Zeit«, sagte sie freundlich. »Wir versammeln uns dann drüben in der Messe.«

Krona nickte, und Federspiel zog die schmale Tür hinter sich zu.

Über der Waschschüssel hing ein polierter Spiegel an der Wand, das Bild darin war geradezu unnatürlich klar und scharf. Krona begegnete ihrem eigenen Blick, suchte nach einem Hinweis darauf, dass sie tatsächlich auf der anderen Seite gewesen und dann zurückgekehrt war, doch alles, was sie sah, war eine Frau jenseits ihrer besten Jahre, die ein paar Schlachten zu viel geschlagen hatte: bedeckt von Staub und getrocknetem Blut, die Haare von grauen Strähnen durchzogen, feine Fältchen um die Augen und ein harter Zug um den Mund.

Sie tauchte die Hände in die Waschschüssel und zuckte überrascht zurück. Das Wasser war warm. Sie entledigte sich ihrer Arenakleidung und wusch sich, bis das Wasser eine stumpfe, rostbraune Farbe angenommen hatte. Ihr Körper trug die Spuren der vergangenen Kämpfe. Aus einigen tiefen Kratzern sickerte noch ein wenig Blut, doch die Heilung hatte bereits eingesetzt.

Sie drehte sich vor dem Spiegel und verrenkte sich den Hals, um einen Blick auf ihren Rücken zu werfen. Rechts neben ihrer Wirbelsäule, unterhalb ihres Schulterblattes, hatte Thios Dolch seine Spur hinterlassen. Eine tiefe, feuerrote Narbe war zurückgeblieben, umgeben von einer dunkel verfärbten Schwellung. Sie atmete tief durch und spürte einen feinen, stechenden Schmerz. Sie hatte das Gefühl, dass diese Verletzung sie noch eine Weile begleiten würde.

Jemand klopfte an die Tür, dann steckte Fenrir seinen Kopf durch den Spalt.

»Ich hab nichts an«, sagte sie überflüssigerweise und verschränkte die Arme vor der Brust.

Fenrir grinste.

»Ich sehe nichts, was ich mir nicht immer wieder gerne ansehen würde.«

Er zwängte sich durch den Spalt und zog die Tür hinter sich zu. Man hatte ihn mit frischer Kleidung versorgt, er trug eine lange, schmale Tunika über engen Hosen, sein Haar war feucht und fiel ihm offen über die Schultern.

»Neue Narben für die Sammlung?«, fragte er. Sie nickte und hatte es plötzlich eilig, Kleidung zwischen ihre Haut und seinen forschenden Blick zu bringen.

Die Sachen, die man ihr bereitgelegt hatte, waren wohl ursprünglich für einen Mann gefertigt worden: ein helles Hemd mit weiten Ärmeln, eine weiche, dunkelblaue Pluderhose und ein Mantel aus dünnem, weichem Wollstoff, der ihr beinahe bis zum Knöchel reichte. Der breite Gürtel blieb leer, ihr Schwert fehlte, und für einen Augenblick vermisste sie es so sehr, dass es schmerzte.

Sie hob die lederne Tunika vom Boden auf und drehte sie zwischen den Händen. Über der Brust, auf der Höhe des Herzens, trug das Leder eine Schramme, die hinunter ging bis auf die glitzernde Schuppenschicht. Das dünne Ding hatte einen tödlichen Schwertstreich abgefangen, nur vor Thios nadelspitzer Klinge hatte es kapituliert. Es wog fast nichts, ließ sich zusammenknüllen wie Papier und hatte ihr doch das Leben gerettet.

Vorsichtig schüttelte sie den Staub heraus und faltete das kostbare Kleidungsstück zusammen.

»Möchtest du darüber reden?«, fragte Fenrir.

Sie hob die Schultern. »Worüber?«

»Du warst beinahe auf der anderen Seite. Das passiert einem nicht alle Tage, nicht mal, wenn man *du* ist.«

»Aber jetzt bin ich ja wieder da.«

Er fing ihren Blick. Sein Gesicht war ernst.

»Ich wusste nicht, ob ich dich wiedersehe. Ob du nicht … drüben bleibst.«

»Ja. Das wusste ich auch nicht so genau.«

»Ja.« Er verstummte, in seinem Gesicht arbeitete es. Sie sah hinunter auf das weiche Paket in ihren Händen.

»Ich würde es gerne spüren«, sagte sie. »Dass etwas Neues beginnt. Dass Dinge jetzt anders laufen. Aber ich weiß nicht, wie ich es anstellen soll.«

»Lass es auf dich zukommen. Dein neues Leben ist gerade eine Stunde alt, und du hast es hauptsächlich mit Rennen und Kämpfen verbracht.«

Sie lachte bitter. »Womit es aufs Haar meinem alten Leben gleicht.«

»Geduld ist im neuen Leben ebenso wenig deine Stärke wie im alten, wie es scheint.«

Sie sah ihn an. Er öffnete die Arme, und sie ging zu ihm und legte den Kopf an seine Schulter. Er schloss die Arme um sie und wiegte sie sachte.

»Lass die Dinge sich entwickeln. Niemand macht eine solche Erfahrung und bleibt völlig unverändert. Und ruh dich ein bisschen aus. Beinahe zu sterben ist sicher anstrengend.«

Sie nickte und presste ihr Gesicht gegen seinen Hals.

»Ich bin nicht ungeduldig«, sagte sie. »Mit dir hab ich eine Menge Geduld bewiesen. Bis ich dich hatte, meine ich.«

Er lachte leise.

»Die Geduld einer Jagdhündin, die sich in einen Hirsch verbissen hat und wartet, bis er zusammenbricht.«

»Mir kommen die Tränen.«

»Mitgefühl ist eine weibliche Tugend, die dir sicher hervorragend stehen wird, wenn du sie einmal gemeistert hast.«

Sie boxte ihn sanft in die Seite, und er fing ihre Faust und drehte ihr den Arm auf den Rücken. Sie ließ sich auf die Rangelei ein, obwohl dabei beinahe die Waschschüssel zu Bruch ging, sie fühlte sich geradezu ausgehungert nach Berührung, ließ sich gegen die Tür drücken und wehrte sich kaum, als er sie dort festhielt und sie küsste.

Sie ließen erst voneinander ab, als jemand unsanft gegen die Tür klopfte.

»Das ist mein Waschraum!«, trompetete Federspiel von draußen. »Was immer ihr da drin tut, hört auf damit!«

Sie tauschten ein Lächeln und einen letzten Kuss, dann öffnete Fenrir die Tür und trat in den schmalen Gang.

»Können wir dann?«, sagte Federspiel. »Ich muss einen Kurs anlegen, und wenn ihr mitbestimmen wollt, wohin die Reise geht, müsst ihr euch beeilen.«

6 Die Geister der Vergangenheit

Vor dem Fenster glitten Wolkenfetzen vorbei. Das Luftschiff bewegte sich völlig lautlos, nur gelegentlich kam von oben ein gedämpftes Fauchen, das, so hatte Pintel erklärt, von den Gasen in der Antriebskammer erzeugt wurde. Krona hatte nur eine unklare Vorstellung davon, was Gase waren, aber es hatte wohl seine Richtigkeit mit den Geräuschen, und man konnte ja froh sein, dass dieses Schiff überhaupt irgendwelche Geräusche von sich gab.

Die Fenster waren so klar, dass Krona immer wieder mit den Fingerspitzen darüberstrich, nur um sicher zu sein, dass sie da waren. Tief unter ihr glitt der Wald vorbei, nur manchmal öffnete sich die Wolkendecke und erlaubte einen Blick hinunter auf eine ferne, grüne Masse.

Ein Luftschiff. Wenn ich das den Zwergen erzähle.

Sie unterdrückte ein Seufzen. Nur die Götter wussten, ob sie die Zwerge wiederfinden würden. Pintel hatte mit Lomir ein Nachrichtensystem vereinbart, das über sein Haus in Breitenbach lief, aber der Krieg mochte sich schneller durch das Königreich bewegen, als Briefe es taten.

Sie drehte eine der Windfäuste auf dem Schoß, die Pintel aus der Arena geborgen und mit an Bord gebracht hatte.

Eine Armee, bewaffnet mit Windfäusten. Töten, ohne dem Gegner in die Augen zu sehen, und die ganze Arbeit mit dem Schwert überflüssig. Sie wusste nicht, ob die Vorstellung sie faszinierte oder abschreckte.

Sie spannte den Abzug und ließ ihn zurückschnappen. Mehr war nicht nötig, um einen Menschen vom Leben in den Tod zu befördern. Kein Schlamm, kein Blut, kein Dreinschlagen. Nur das Krümmen eines Fingers.

»Lässt du das bitte?«

Fenrir legte seine Hand auf die ihre.

»Das Ding ist nicht mal geladen«, sagte sie ungeduldig.

»Trotzdem. Das Geräusch macht mich nervös. Übrigens, wir retten hier gerade die Welt – möchtest du dich beteiligen?«

Neben ihm saß Thio, gegenüber Pintel und Federspiel, flankiert von Federspiels Stellvertreter Tanik, und alle sahen sie an.

»Ja«, sagte sie. »Klar. Worum geht es genau?«

»Wir haben ausgerechnet, dass Gyldinn etwa drei Monate Vorsprung hat, wenn sie direkt vom Tempel aus ein Portal öffnen konnte«, erklärte Pintel. »In diesem schlimmsten aller Fälle hat sie sich womöglich bereits den letzten Schädel beschafft, und dann wissen wir nicht, wie unser Land inzwischen aussieht. Wenn sie zumindest einen Teil der Reise auf herkömmliche Art zurücklegen musste, könnte es besser für uns ausgehen.«

»Wenn ich es recht verstehe, habt ihr ein Artefakt, das sie braucht, um die Feurigen Ebenen zu öffnen«, sagte Federspiel. »Ist es da nicht wahrscheinlicher, dass sie versucht, euch zu kriegen?«

»Sie weiß nicht, dass wir es haben«, sagte Pintel. »Und sie kann es auch nicht aufspüren. Es ist so sicher wie der Donner nach dem Blitz.« Er klopfte auf den unscheinbaren Beutel an seinem Gürtel, und Federspiel zog zweifelnd die Augenbrauen hoch.

»Selbst wenn sie den letzten Schädel inzwischen hat, braucht sie jemanden, der ihr das fehlende Teil nachbaut«, sagte Thio. »Wie lange kann so etwas dauern? Oder kann sie es selbst?«

»Kommt vermutlich darauf an, wie viele Zauberer sie inzwischen gefressen hat«, vermutete Krona.

»Sie ist ein arkanes Wesen, keine Zauberin«, erklärte Pintel. »Sie braucht auf jeden Fall jemanden, der ihr einen Markstein baut. Und das darf kein Wald-und-Wiesen-Zauberer sein. Das Problem liegt eher darin, welchen Schaden sie anrichtet, während sie sich den Markstein organisiert. Sie kann über die Insel kommen wie eine Feuerwalze und keinen Stein auf dem anderen lassen.«

»Hätten wir das damals geahnt, hätten wir sie in einem Graben ersäuft, so lange es noch ging«, seufzte Krona.

»Dann solltet ihr die mächtigsten Zauberer eures Landes versammeln«, sagte Thio. »Sie vorbereiten auf das, was ihnen bevorsteht. Eine Allianz schmieden.«

Krona sah ihn an, und er begegnete ihrem Blick.

»Problem ist, dass unter den Zauberern immer einer ist, der den Hals nicht vollkriegt«, sagte Pintel geknickt. »So Leute wie Karcharoth. Ich weiß gar nicht, wo die immer herkommen. Als Zauberer hat man ohnehin Fähigkeiten, von denen andere nur träumen können. Warum reicht das nicht? Warum gibt es immer einen Spinner, der König der Welt werden will?«

»Tja«, sagte Krona. »Warum räumt ein Offizier einen anderen aus dem Weg, nur weil der auf der Karriereleiter über ihm steht? Warum werden Länder überfallen, nur weil es dort Gold gibt? Weil Menschen über Leichen gehen, um Sachen zu erreichen. Über viele Leichen, wenn's nötig ist.«

»Danke für deine aufmunternden Worte.«

»Ich sage nur, wie es ist.«

»Immerhin gibt es keinen Zauberer, der die Zusammenarbeit mit Gyldinn überlebt hat«, warf Federspiel ein. »Könnte das die übrigen Kandidaten nicht abschrecken?«

»Nö«, sagte Krona. »Weißt du, was die denken? Die denken, die anderen haben sich nur zu blöd angestellt und ihnen selbst würde das nie passieren, weil sie ja viel schlauer sind. Jeder von denen denkt, er könnte mit dem Feuer spielen, ohne sich die Finger zu verbrennen.«

»Und was willst du dagegen unternehmen?«

»Ich will eine Armee von Elfenkriegern mit Windfäusten und zwölf Dutzend Luftschiffe.«

Fenrir lachte leise. »Aber Königin der Welt willst du nicht werden?«

»Jetzt im Ernst, Leute, bin ich die einzige, die sich darüber aufregt, dass es alles gibt, um unser Problem zu lösen, nur dass sie es nicht rausrücken wollen? Nichteinmischung! Wenn ich das noch einmal höre, komme ich bei denen vorbei und mische mich mal kräftig ein!«

Fenrir seufzte.

»Du bist sicher nicht die einzige, die sich darüber ärgert, aber die einzige, die sich nicht damit abfinden kann.«

»Warte, bis dein Wald brennt«, sagte sie düster. »Dann frag ich dich nochmal.«

»Wir schaffen das auch ohne die Elfen«, sagte Pintel. »Irgendwie. Wir haben es bisher auch immer geschafft.«

»Was könnte denn schlimmstenfalls passieren?«, warf Federspiel ein.

»Gyldinn öffnet ein Tor zu diesen feurigen Ebenen, und …?«

»Und die Bewohner kommen zu uns und leben sich mal tüchtig aus«, ergänzte Pintel.

»Und warum sollten sie das tun?«

»Keine Ahnung. Warum laufen Ameisen in dein Haus rein? Weil sie es können.«

Federspiel nickte und nagte an ihrer Unterlippe. Krona sah Pintel an und fragte sich, ob er mit ihnen aussteigen würde, wenn sie die Grenzen des abrantinischen Reiches erreicht hatten. Er würde sich entscheiden müssen, und es würde ihm das Herz zerreißen.

Später fand sie ihn an einem der großen Fenster. Er saß mit untergeschlagenen Beinen und starrte fasziniert hinaus. Draußen ging gerade die Sonne unter. Immer noch überflogen sie dichten Wald, doch dahinter lag das Meer wie flüssiges Gold.

»Wenn du kannst, bleib hier«, sagte sie und ließ sich neben ihm nieder. Ihre Knie protestierten, doch sie ging über den gewohnten Schmerz hinweg. »Uns erwartet nichts Gutes.«

»Hm?« Pintel wandte den Blick von dem Panorama vor dem Fenster und sah zu ihr hinüber. »Was meinst du?«

»Ich meine dich und Federspiel und dieses Schiff. Das ist doch großartig, oder? Sie ist zuckersüß, und eine ganz patente Frau, wie es scheint. Und sie ist bis über beide Ohren verschossen in dich.«

Pintels Ohren färbten sich in zartem Rosa, und er grinste.

»Meinst du?«

»Das sieht doch ein Blinder. Und sie hat ein Luftschiff. Besser kann es nicht werden.«

Pintels Lächeln versickerte ihm in den Mundwinkeln.

»Aber ich kann euch doch nicht alleine lassen mit dem ganzen Schlamassel!«

»Überleg es dir«, sagte Krona. »Es kommt später niemand zu dir und verleiht dir einen Orden, weil du dein persönliches Glück irgendeiner guten Sache geopfert hast.«

»Das Sterben hat dich nachdenklich gemacht, hm?«

»Das hat mit Lebenserfahrung zu tun, nicht mit Sterben.«

»Ich habe das längst entschieden«, sagte Pintel. »Ich lasse euch nicht hängen. In welcher Welt soll ich denn glücklich werden, wenn da erst mal eine Valdari-Armee aus den Äußeren Welten drübergewalzt ist? Nein, ich werde erst mit euch die Welt retten und dann mit Federspiel zusammen der berühmteste Luftfahrer-Abenteurer-Zauberer der geretteten Welt werden. Wer weiß, vielleicht gibt es noch mehr Länder? Wir könnten den Großen Ozean überqueren und sehen, was dahinter ist!«

»Der Südliche Kontinent ist dahinter. Das wissen wir doch.«

Pintel machte eine wegwerfende Handbewegung.

»Das ist der Kleine Ozean, Krona. Wir als Abrantiner machen uns überhaupt keine Vorstellung davon, wie groß die Welt tatsächlich ist! Nicht mal die Elfen mit ihrer überragenden Technik haben noch alles gesehen. Und stell dir vor, sie gehen davon aus, dass sie irgendwann bis zum Mond fliegen können mit ihren Schiffen! Der Mond ist nämlich nicht einfach nur ein Licht, sondern ein großer Steinbrocken, der um die Erde kreist. Und er leuchtet, weil die Sonne ihn anscheint! Deshalb haben wir auch nachts Sonnenlicht, sozusagen!«

»Die spinnen, die Elfen«, sagte Krona kopfschüttelnd. »Und du hast geschickt das Thema gewechselt, mein Freund. Bist du wirklich sicher, dass du nicht die Gelegenheit beim Schopf ergreifen und unser Himmelfahrtskommando aufgeben willst?«

»Ganz sicher.« Er sah sie aus seinen riesigen himmelblauen Augen an, und Krona erkannte die unverbrüchliche Entschlossenheit, die sie selber gerne verspürt hätte. »Es ist doch einfach richtig.«

Krona schlang die Arme um den kleinen Zauberer und zog ihn an sich.

»Sag mir das gelegentlich, bevor ich es vergesse, Pintel Löwenherz.«

Zwei Tage später erreichten sie Tolpek an der Westküste. Die Stadt hatte ihr Gesicht dem Meer zugewandt und in ihrem Rücken großflächig den Wald verdrängt. Selbst aus der Luft sahen die Gebäude riesig aus. Die Straßen waren so breit, dass man Armeen darin hätte aufmarschieren lassen können, und liefen sternförmig auf den monumentalen Tempel in der Stadtmitte zu. Federspiel brachte das Schiff tiefer und setzte es schließlich sanft auf einer steinernen Terrasse über der Stadt auf.

»Aufenthalt bis heute Abend«, verkündete sie. »Dann legen wir wieder ab. Wir werden eine Menge Vorräte an Bord nehmen. Alle helfen mit! Meldet euch bei Tanik, er wird euch einteilen.«

Widerstrebend kam Krona in die Höhe. Eine bleierne Müdigkeit begleitete sie, seit sie an Bord gegangen war – eine Nachwirkung des Heiltrankes, wie Pintel vermutete. Sie hatte die vergangenen Tage hauptsächlich auf ihrem improvisierten Schlaflager am Fenster verbracht, abwechselnd gedöst und zum Fenster hinaus gesehen, und fühlte sich doch alles andere als erholt.

»Wozu die vielen Vorräte?«, fragte Pintel. »Planst du einen Flug über den Großen Ozean?«

Federspiel zwinkerte ihm zu.

»Nicht ohne dich. Aber auch über den Kleinen Ozean kommen wir nicht ohne eine gewisse Vorbereitung. Wir werden fast zwei Wochen in der Luft sein bis zu den Jarsiki-Inseln – das sind eure Südlichen Inseln, und ob wir dort ungestört landen können, steht noch in den Sternen. Vielleicht müssen wir weiterfahren, ohne zu landen.«

»Südliche Inseln?«, fragte Krona. »Hab ich was verpasst? Ich dachte, du lässt uns in irgendeiner Hafenstadt raus, die auf deiner Route liegt.«

»Genau«, sagte Federspiel. »Ich habe entschieden, dass meine Route nach Norden geht. Und die Seekarten sagen, Südhafen auf der Insel Bergen liegt in einer günstigen Windströmung. Womit kann man in Abrantes nochmal gut handeln?«

»Essen«, sagte Krona. »Schnaps. Tabak.«

Federspiel verzog das Gesicht.

»Na, das wird ein Spaß. Egal. Ich betrachte den Ausflug einfach wie eine Art Besuch im Heimatmuseum. Ist sicher sehr lehrreich.«

»Hab ich das richtig verstanden?«, fragte Pintel. »Du fliegst uns bis nach Hause?«

»Jupp«, sagte Federspiel.

»Aber ... aber ... die Nichteinmischung und so?«

Sie grinste.

»Ich lande ja nicht mitten auf dem Südhafener Marktplatz. Und ich tarne mein Schiff. Die Wolkentänzer wäre nicht das erste Schiff, das auf abrantinischem Boden landet. Alle paar Jubeljahre landet ein Elfenschiff, und sie schauen, wie weit ihr schon seid. Ich habe nie einen persönlich getroffen, aber man erzählt sich, die seien immer ganz froh, wieder zu Hause zu sein …«

Weiter kam sie nicht, denn Pintel zog sie in eine innige Umarmung und küsste sie schmatzend auf die Wange.

»Danke«, sagte er. »Danke, danke, danke, im Namen von uns allen. Das hilft uns so sehr! Danke, danke!«

»Schon gut«, sagte Federspiel und wischte sich mit dem Ärmel die feuchten Zeugnisse von Pintels Zuneigung von der Wange. »Weltretten ist offenbar ansteckend.«

Krona drückte Federspiels Schulter.

»Das ist ein ungeheuer großzügiges Angebot. Aber wirst du keine Schwierigkeiten deshalb bekommen?«

»Wenn etwas schief geht, schon«, sagte sie unbeschwert. »Aber was wäre das Leben ohne ein gewisses Risiko? Und jetzt geht bitte Tanik helfen. Die Ladung nimmt sich nicht von selbst an Bord.«

Oben auf Deck traf Krona auf Thio. Er stand an der Reling und ließ den Blick über die Stadt schweifen.

»Du wirst uns verlassen«, sagte sie. Er nickte.

»Tolpek ist gut«, sagte er. »Es ist weit genug weg von Aksum, und es ist groß. Fähige Kämpfer werden hier immer gesucht. Ich kann hier für eine Weile untertauchen.«

»Du hättest auch in Abrantes untertauchen können.«

»Zusammen mit Akila hätte ich das vielleicht sogar getan.«

Sie nickte, und er wandte den Blick von der Stadt und sah sie an.

»Hast du dich schon von den anderen verabschiedet?«, fragte sie.

»Ja«, sagte er. »Kurz und schmerzlos. Ich glaube, dein Fenrir preist seine Götter dafür, dass ich endlich weg bin.«

»So einer ist er nicht.«

Thio grinste bemüht.

»Aber natürlich ist er so einer. Er zeigt es nur nicht. Er zeigt eine ganze Menge nicht.«

»Da hast du wohl recht.«

Sie rückte zu ihm auf und lehnte sich neben ihn an die Reling.

»Wirst du zurechtkommen? Ganz ohne Geld, ohne Ausrüstung?«

Er klopfte auf seine Tasche.

»Ich habe ein bisschen Geld. Die Mannschaft hat für mich gesammelt. Mach dir keine Sorgen.«

»Gut. Und du willst wirklich nicht mit uns kommen?«

»Nein«, sagte er. »Dein Land ist mir völlig fremd. So fremd, wie dir meines war. Ich würde dort nicht sein wollen ohne dich an meiner Seite. Hier ist meine Heimat. Ich werde wieder Fuß fassen. In ein paar Jahren fragt niemand mehr nach einem entflohenen Arenakämpfer.«

Sie nahm sein Gesicht in beide Hände und drückte ihm einen sanften Kuss auf die Lippen.

»Ich wünsche dir ein wundervolles Leben«, flüsterte sie. »Eine schöne Frau, einen Haufen Kinder. Werde glücklich, ja? Und pass bloß auf dich auf.«

Er nickte und schluckte. Als er blinzelte, fiel eine Träne von seinen langen Wimpern.

»Ich werde dich nie vergessen«, sagte er heiser.

»Ich dich auch nicht. Und jetzt geh, bevor wir beide heulen.«

Er nickte ihr zu und wischte sich mit dem Arm über die Augen. Dann schwang er ein Bein über die Reling und stellte den Fuß auf die Strickleiter. Sie drückte seine Hand und ließ ihn erst los, als es nicht anders ging. Er kletterte geschickt nach unten, und sie stand oben und sah ihm nach und spürte noch seine Blicke, seine Hände auf ihrer Haut, roch den Staub des Kampfplatzes in der flirrenden Mittagshitze und schmeckte seinen salzigen Schweiß auf ihren Lippen.

Sie stieß sich von der Reling ab und ging Tanik suchen. Für den Rest des Tages schleppte sie Kisten und kämpfte nicht nur gegen die unbesiegbare Müdigkeit, sondern auch gegen eine Wehmut, die kaum weichen wollte.

Mit Einsetzen des Nachmittagsgewitters hatten sie alle Kisten unter Deck.

»Wenn das Gewitter durch ist, legen wir ab«, verkündete Federspiel. Gleril, der Windmacher, stieg in die Wanten und kletterte hinauf zur Antriebskammer, wo er durch eine Klappe im Inneren verschwand. Krona überlegte, ob sie die Erlaubnis erbitten sollte, die Antriebskammer von innen zu sehen – Pintel hatte erzählt, das Schiff würde durch Wolken angetrieben, und sie wusste nicht, ob das den Tatsachen entsprach oder eine seiner wilden Geschichten war – doch sie entschied sich dagegen.

Fenrir war seit einiger Zeit verschwunden. Wie sie annahm, war er zu einem Waldspaziergang aufgebrochen, doch als die ersten Blitze zuckten, kehrte er nicht zurück. Die anderen gingen nach unten in die Gondel. Krona blieb auf der Reling im strömenden Regen und betrachtete abwechselnd den tintenschwarzen Himmel, an dem die Wolken brodelten, und den niedergeduckten Wald.

Was, wenn er nicht rechtzeitig kam?

Unsinn. Dumme Kuh. Er weiß, dass wir demnächst ablegen werden.

Um ihre Füße bildeten sich Pfützen. Gluckernd lief das Wasser das leicht abschüssige Oberdeck entlang und sammelte sich an der Reling, wo es durch kleine Ablaufkanäle von Bord geleitet wurde.

Hemd und Hose klebten ihr am Körper. Sie schnaubte Wasser und zwinkerte sich Regentropfen aus den Augen.

Sie fühlte sich leer und fremd und abgeschnitten von allem, was ihr eine Richtung gegeben hatte.

Sie vermisste ihr Schwert. Es war immer an ihrer Seite gewesen, erbeutet auf ihrem ersten großen Abenteuer, eine wunderbare, alte Klinge, perfekt ausbalanciert, stark und elastisch, nur die Zwerge wussten heute noch, wie man solche Klingen machte. Allein den Griff zu berühren, hatte ihr geholfen, zu wissen, wer sie war und was sie konnte. Es gab keinen wichtigen Augenblick in ihrem Leben, in dem es nicht an ihrer Seite gewesen war, und jetzt waren ihre Hände leer und sie war niemand, nur eine Frau, der die Jahre davon liefen.

Der Donner knallte, Blitze zuckten direkt über ihr, und sie duckte sich unwillkürlich. Als sie sich wieder aufrichtete, erschienen gerade Hände, die die Reling von außen packten, und gleich darauf schwang sich Fenrir an Bord.

»Was machst du denn hier?«, fragte er überrascht. »Warum bist du nicht unten bei den anderen?«

Sie zog die Schultern hoch und verbarg ihre Erleichterung.

»Mir ist nicht nach Gesellschaft. Ich vermisse mein Schwert.«

Er strich sich Regen aus dem Gesicht und lächelte.

»Ach so. Was für eine Enttäuschung – ich dachte schon, du hättest mich vermisst.«

»Dich darf ich nicht vermissen. Wenn ich dich vermisse, mache ich mir Sorgen, und dann bekomme ich Angst, und dann falle ich auseinander und kann nicht mehr funktionieren.«

»Und das wäre ja schrecklich, wenn du mal für einen Augenblick nicht funktionieren würdest.«

»Ja.«

Er nahm sie an der Schulter und schob sie sachte vor sich her.

»Lass uns nach unten gehen. Wir sind beide nass genug.«

Er hob die Klappe und scheuchte sie ins Innere, folgte ihr eilig und schloss die Klappe, bevor zu viel Regen ins Innere gelangen konnte.

Vorsichtig tastete Krona sich im Halbdunkel die steile Treppe hinunter.

»Vermisst du dein Schwert nicht? Deinen Bogen?«

»Nein, wieso? Das sind doch nur Werkzeuge. Allerdings mache ich mir Sorgen, woher wir uns Ersatz besorgen wollen – und von welchem Geld.«

Krona seufzte und nickte. Gelächter und warmer Lichtschein kamen ihr von unten entgegen. Pintel hatte unter der Mannschaft einen gefunden, der seine Lieblingswitze noch nicht kannte. Es roch nach Tee. Am Fuß der Treppe schlüpfte sie aus ihren durchnässten Stiefeln und drückte sich das Wasser aus den Haaren. Die anderen saßen zusammen um den Kartentisch, Teeschalen in den Händen. Eine Schüssel machte die Runde, die mit kleinen, goldenen Gebäckstücken gefüllt war. Hinten in dem kleinen Verschlag, in dem sie auch schliefen, wechselte Krona ihre Kleidung, ging dann zurück in den großen Raum und schob sich ein paar Kissen vor das Fenster. Die ganze Zeit kämpfte sie mit sich. Sie sollte hinübergehen zu den anderen, sich eine Schale Tee einschenken und von dem Kuchen probieren, ein paar derbe Scherze reißen, doch sie brachte es nicht über sich. Sie ließ sich auf den Kissen nieder und starrte hinaus in den Regen.

Es dauerte nicht lange, bis jemand ihr eine Schale Tee unter die Nase hielt, begleitet von einem kleinen Kuchenstück.

»Probier mal«, sagte Pintel begeistert. »Schmeckt großartig. Sie gewinnen hier einen ganz speziellen Honig, die Bienen sind so groß wie meine Faust und können mit einem einzigen Stich eine Kuh umbringen, also könnten, wenn sie hier Kühe hätten, aber ich nehme an, sie schaffen das auch mit einem Nanani. Jedenfalls gibt es ganz speziell ausgebildete Imker, die mit diesen wilden Bienen umgehen können, und dann backen sie da so unglaublich leckere Kuchen draus! Aus dem Honig natürlich, nicht aus den Bienen.«

Krona nickte müde und nahm die Freundschaftsgabe entgegen. Ein wenig Tee schwappte über, als Pintel sich neben sie plumpsen ließ.

»Ist alles in Ordnung mit dir?«, fragte er.

»Ja«, sagte sie und lutschte Tee von ihrem Handballen. »Nein. Ich weiß nicht. Das ganze Gedächtnisvergessen und Sterben und von den Toten wiederkommen hat etwas mit meinem Kopf gemacht. Ich fühle mich … nicht mehr richtig. Ergibt das irgendeinen Sinn?«

»Nö«, sagte Pintel und lehnte sich gegen ihre Schulter. »Muss es aber auch nicht.«

Krona seufzte. Von dem Kuchen löste sich eine dicke Honigträne, und sie fing sie mit der Teeschale auf.

»Bringt den Schnaps in Sicherheit«, sagte Fenrir hinter ihr. »Der Hauptmann hat Weltschmerz.«

»Ich will keinen Schnaps«, sagte Krona. »Ich will mein Leben zurück. Es war alles so schön einfach.«

»Unsinn«, sagte Fenrir. »Es war nicht einfach, seit ich dich kenne, und vorher auch schon eine ganze Weile nicht, nach allem, was ich weiß. Also heul nicht, Hauptmann.«

»Seit wann bist du denn hier für die starken Sprüche zuständig, sag mal?«

Er grinste, beugte sich über sie und küsste sie auf die Stirn.

»Einer muss ja. Übrigens, isst du diesen Kuchen noch, oder hast du vor, ihn einfach nur in der Hand zu halten?«

»Es ist mein Kuchen. Ich kann ihn halten, so lange ich … lass das! Ich habe Tee in der Hand! He!«

»Jetzt nicht mehr«, sagte Pintel und beäugte die Pfütze auf dem Boden.

»Ich hasse dich«, sagte Krona dumpf.

»Das gibt sich wieder«, sagte Fenrir mit vollem Mund. »Hier, sieh mal. Ich teile meinen Kuchen mit dir.«

»Wie überaus gütig.«

Er steckte ihr ein krümeliges Stück in den Mund, und sie kaute gehorsam. Das Gebäck war durchzogen von wilden, blumig-würzigen Aromen, für die sie sich hätte begeistern können, hätte sie die Kraft dazu gehabt.

»Ich hole einen Lappen«, bot Pintel an. »Mich beschleicht sowieso gerade das Gefühl, ich sollte euch ein bisschen alleine lassen.«

»Zwecklos«, sagte Fenrir. »Man ist nirgendwo wirklich allein auf diesem Schiff.«

»Doch«, grinste Pintel. »In der Kapitänskajüte. Aber erdreistet euch nicht, deswegen zu meutern.«

Pintel erhob sich, und Fenrir nahm seinen Platz ein.

»Ich hab ihm gesagt, er soll hierbleiben«, sagte Krona leise. »Sich ein Stück vom guten Leben nehmen, solange er kann. Hast du gesehen, wie sie ihn anschaut? Sie hat erkannt, was für ein großes Herz er hat.«

»Was hat er gesagt?«

»Er hat abgelehnt, natürlich. Er weiß, dass wir ohne ihn aufgeschmissen wären. Aber immerhin haben sie Pläne für die Zukunft.«

»Falls es eine gibt.«

»Lass uns einfach so tun, als ob.«

Er küsste sie sanft. Seine Lippen waren klebrig und honigsüß. Seine Finger schlüpften unter ihr Hemd und schlichen sich ihren Rücken hinauf. Sie atmete tief und zitternd an seinen Lippen.

»Du hast ja gar nichts drunter«, flüsterte er.

»Drunter ist alles nass geworden«, murmelte sie. »Gibt kein anderes Drunter. Muss erst trocknen ... hmmmmm ...«

Seine Finger hatten den Weg nach vorne genommen und begonnen, ihre Brüste zu liebkosen. Hitze ballte sich in ihrem Inneren. Sie küsste ihn ungeduldig, bis er plötzlich seine Hände wieder an sich nahm und sie sachte von sich schob.

»Aber doch nicht in aller Öffentlichkeit«, sagte er und zwinkerte ihr zu. »Warte, ich bringe dir einen neuen Tee.«

»Hast du sie noch alle? Ich will keinen verfluchten Tee!«

Er kam auf die Füße und grinste zu ihr hinunter.

»Ich wollte nur mal sehen, wie weit der Weltschmerz geht. Aber wie ich sehe, muss ich mir keine ernsthaften Sorgen machen.«

Sie presste die Hände gegen ihre glühenden Wangen.

»Ich hasse dich.«

»Das sagtest du bereits.«

Er ging davon. Sie sah zu, wie er zu der Mannschaft trat, die noch um den Kartentisch saß, und ein paar Worte wechselte, er wirkte gelöst, befreit, wie einer, der sich seiner Sache sicher sein konnte, und sie dachte, dass sie selbst nicht die Einzige war, die einen langen Weg zurückgelegt hatte seit den Wäldern an den Hängen des Wetterstein.

Einige Zeit später legten sie ab und nahmen Kurs aufs offene Meer. Krona stand am Fenster und verfolgte den Vorgang. Zuerst ertönte nur ein langgezogenes Fauchen aus der Antriebskammer. Dann ging ein sanfter Ruck durch die Gondel, ein leises Zittern und Ächzen, und dann bewegte sich plötzlich der felsige Untergrund von ihren Füßen weg, sie verlor die Einzelheiten aus dem Blick, Gras und Fels und Sand flossen ineinander, dann drehte sich die Stadt in ihr Blickfeld und wieder daraus weg und das Meer kam in Sicht. Die Sonne hing tief darüber, ihre Strahlen leckten schon am Horizont, und das Wasser sah aus, als sei es aus flüssigem Gold. Sie stiegen höher und flogen der Sonne entgegen. Möwen begleiteten sie, bis das Schiff höher stieg und die Möwen hinter sich ließ. Die Wasseroberfläche glitt unter ihnen hinweg. Tief unten schaukelten Fischerboote auf den Wellen und sahen aus wie Spielzeuge, dann ließ die Wolkentänzer die Küstenregion hinter sich, und vor ihnen lag nichts als Wasser.

Wehmut beschlich sie. Mit großer Wahrscheinlichkeit würde sie dieses Land niemals wiedersehen. Die dichten, grünen Wälder mit ihren seltsamen Bewohnern, die riesenhaften Städte mit den gepflasterten Straßen. Sie würde nie wieder in einem solchen Regen stehen, nie wieder solche Donnerschläge hören, nie wieder einen Wasserdrachen essen oder Cacahua trinken.

Sie dachte an Halmesholm, Ehrenfeld, Dalen. Schlammige Straßen, geduckte Fachwerkhäuser, strohgedeckte Dächer, Schweine, die sich durch Pfützen wühlten. Seit sie das andere Ende der Welt gesehen hatte, wusste sie, wie eng ihre eigene war.

Sie wandte sich vom Fenster ab. Es konnte nicht schaden, wenn sie ein wenig mehr darüber wusste, wie man so ein Schiff flog.

Federspiel hatte ihr erlaubt, sich im Kommandostand aufzuhalten, solange sie dort nicht im Weg war. Sie blieb dort, bis die Nachtschicht übernahm, beschäftigte sich mit Seekarten und versuchte, die Funktionsweise der verschiedenen nautischen Geräte zu verstehen, die hier verwendet wurden. Die Müdigkeit zog an ihren Knochen, aber ihr Verstand war hellwach und ließ sie nicht zur Ruhe kommen.

Sie litt an ihrer eigenen Rastlosigkeit. Tanik, der die Nachtschicht kommandierte, gab ihr schließlich zu verstehen, dass sie mit ihrer Unruhe die gewohnten Abläufe störte, und so verließ sie den Kommandostand, ehe er unfreundlich wurde. Sie wusste, dass die Wolkentänzer Schnaps geladen hatte und ein Teil davon der Besatzung zur Verfügung stand, aber der Gedanke hatte nichts Verlockendes.

Durch das große Fenster sah sie hinaus auf das Meer. Der Mond war aufgegangen. Es war, als schwebte die Wolkentänzer reglos über dem Ozean, eingesponnen in ein Netz aus Mondlichtfäden.

Sie drehte sich auf dem Absatz um und ging hinüber zu dem engen, fensterlosen Mannschaftsschlafraum. Fenrir schlief am Rand, den Kopf auf den verschränkten Armen, und sie zögerte einen Augenblick, ehe sie ihn an der Schulter fasste.

Er war sofort wach und setzte sich auf.

»Was ist los?«

»Nichts. Komm mit. Ich muss dir etwas zeigen.«

Er schlug die Decke zurück und kam auf die Füße.

»Nimm deinen Mantel mit«, flüsterte sie. »Es könnte kühl werden.«

»Ich habe keinen Mantel.«

Sie grinste flüchtig.

»Oh, armer Hase. Dann muss ich dich wohl unter meinen lassen.«

»Was hast du vor?«

»Wir gehen raus.«

Er folgte ihr nach nebenan, wo die steile Treppe aufs Oberdeck führte.

»Aber wir fliegen!«, wandte er ein.

»Und?«, sagte Krona. »Nur weil keiner oben ist, heißt das nicht, dass man nicht rauf kann.«

Sie kletterte hinauf zur Luke, und er folgte ihr zögernd. Als sie die Luke öffnete, strömte ihr kalte, salzige Luft entgegen. Sie kletterte an Deck und richtete sich vorsichtig auf.

Der Wind sprang sie an und zerrte an ihr. Über ihr schwebte die Antriebskammer wie eine riesige Blase. Aus ihrem Inneren drang ein feines Leuchten, das sich verstärkte, wenn das Gas im Inneren fauchte. Zwischen Antriebskammer und Reling bot sich ein Blick in eine sternenübersäte Unendlichkeit.

Hinter Krona stieg Fenrir an Deck und schloss die Luke.

»Wunderschön«, sagte er leise.

»Ja«, sagte Krona. »Und der einzige Ort auf diesem Schiff, an dem wir mal alleine sein können.«

»Das hast du ja prima eingefädelt.«

Er umfasste sie von hinten und schob sie sanft gegen die Reling. Über ihre Schulter hinweg sah er nach unten. Der Wind griff in sein Haar und ließ es flattern.

»Wie hoch werden wir wohl sein?«

»Zweitausendachthundert Fuß«, sagte Krona. »Das entspricht etwa achthundert Schritt, wenn ich es recht verstanden habe.«

»Du bist erstaunlich gut informiert.«

»Ich war ein Weilchen auf dem Kommandostand.«

»Planst du, den Kahn zu übernehmen?«

»Aber nein. Ich muss nicht jedes Schiff haben, auf dem ich unterwegs bin. Und Federspiel macht ihre Sache gut.«

»Da bin ich ja froh.«

Der Mond war riesig und zum Greifen nahe. Tief unten huschten seine Strahlen wie Geister über die Wellen und hinterließen glitzernde Spuren.

Fenrir drehte Krona zu sich und strich ihr mit sanften Händen die Haare aus dem Gesicht. Sie bot ihm ihre Lippen dar, und er küsste sie auf seine selbstgenügsame, verspielte Art, und sie ließ sich darauf ein und machte keine Versuche, die Dinge zu beschleunigen. Sie fühlte sich müde und weich auf eine ganz ungewohnte Art. Sie hatte geplant, ihn möglichst zügig hinunter auf die feuchten Planken zu bekommen, aber jetzt reichte es, das Mondlicht auf seiner Haut zu sehen und die Sterne in seinen Augen, sie musste nicht bis zum Äußersten gehen, nur um sich selbst oder ihm oder dem Rest der Welt etwas zu beweisen.

Sie legte die Wange an seine Schulter, und er schloss die Arme fester um sie und atmete in ihr Haar.

»Ich will nicht nach Hause«, flüsterte sie. »Ich will hierbleiben und mich in einem nassen, tropfigen Wald verstecken und warten, bis alles vorbei ist.«

Sie spürte sein Lächeln.

»Warst du nicht diejenige, die gar nicht genug über Wald und Wetter schimpfen konnte? Ich erinnere mich da an einige bemerkenswerte Wutausbrüche auf dem Weg nach Aksum.«

»Ich will keine Wutausbrüche mehr haben.«

»Kein Schnaps, keine Wutausbrüche – junge Frau, du bist ja kaum wiederzuerkennen.«

»Ich bin müde.«

»Willst du schlafen gehen?«

Sie seufzte in seine Schulter.

»Nützt nichts.«

»Dann bleib einfach noch ein bisschen hier bei mir. Wo du mich doch extra geweckt hast.«

»Ich schaffe keinen Krieg mehr, Fenrir. Ich hatte schon zu viele.«

»Ich weiß, Liebste. Du musst ihn ja nicht alleine führen.«

Er strich ihr Haare aus der Stirn und küsste sanft ihre Schläfe. Dann zog er sie nach unten in den Windschatten der Reling und breitete sorgfältig ihren Mantel über sie beide. Sie streckte die Beine von sich und legte den Kopf an seine Brust. Sein Herzschlag war stark und gleichmäßig, seine Finger sanft in ihren Haaren. Schlaf schlich sich wie Nebel über die Ränder ihres Bewusstseins.

»Du bist stärker, als du glaubst«, flüsterte er an ihrem Ohr. »Du bist die stärkste Person, die ich kenne. Du kannst alles schaffen, was nötig ist.«

»Ist aber so mühsam«, murmelte sie.

»Niemand hat versprochen, dass es einfach wird. Hättest du es einfach haben wollen, hättest du Köchin werden müssen wie deine Mutter.«

»Selber schuld. Sag's doch.«

»Selber schuld.«

»Danke.«

Er lachte leise.

»Du hast mir einen Schrecken eingejagt mit diesem Mondausflug.

Für einen Augenblick dachte ich, du wolltest um meine Hand anhalten. Dabei wolltest du nur ein bisschen jammern.«

»Du spinnst wohl. Ich jammere nicht. Und zwei Ehemänner reichen völlig. Oder soll ich ...«

»Nein!«

Sie gähnte.

»Wenn wir jemals wieder nach Zentallo kommen, darfst du gerne meinen Ehemann spielen.«

»Wirst du dann ein Kleid tragen und dein Haar bedecken?«

»Nö.«

»Dachte ich's mir. Dann lieber nicht.«

Die Gondel schaukelte leise. Krona schloss die Augen.

»Ich liebe dich«, flüsterte Fenrir. »Ich passe auf dich auf.«

Sie wusste, der Zauber dieser Worte war flüchtig, er konnte im Alltäglichen versickern oder brutal zerrissen werden, aber er war trotzdem wirksam, er versprach einen neuen Anfang, und wenn sie etwas brauchte, war es das, wie ein Licht in einem dunklen Raum.

Tagelang hingen sie zwischen Himmel und Meer. Über ihnen zogen die Wolken zum Horizont und vereinten sich dort mit den grauen Wassermassen unter ihnen. Nur Federspiels nautische Instrumente verrieten, dass die Wolkentänzer sich überhaupt bewegte. An das leise Schaukeln unter ihren Füßen hatte Krona sich schnell gewöhnt, und auch das Fauchen des Antriebes hörte sie nur noch, wenn es seine Tonlage veränderte. Nach einigen Tagen stießen sie auf eine Gewitterfront, und Federspiel ließ die Wolkentänzer über die Wolken aufsteigen. Hier oben war es blendend hell, und die Wolken lagen wie dicke Schneewehen unter ihnen. Der Himmel darüber war dünn und durchsichtig blau. Krona bemühte sich, den grandiosen Anblick zu würdigen, obwohl ihr Kopf sich anfühlte, als würde er von einer glühenden Zange zusammengedrückt. Sie hatte sich bereits mehrfach übergeben und behielt seitdem einen Eimer im Arm. Den anderen erging es nicht besser. Fenrir hatte sich in den dunklen Schlafraum verkrochen und knurrte jeden an, der sich näherte, und Pintel lag mit Krona am Fenster, wie sie selbst hin- und hergerissen zwischen Faszination und Qual. Einzig die Besatzung der Wolkentänzer zeigte keine Anzeichen der merkwürdigen Krankheit.

»Das macht die Höhe«, sagte Federspiel und strich Pintel sorgenvoll die Haare aus der verschwitzten Stirn. »Wir sind es gewohnt, so hoch zu fliegen, aber ihr nicht.«

»Können wir dann wieder runter?«, bat Pintel elend.

»So bald als möglich«, versprach Federspiel. »Wir müssen dieses Gewitter umschiffen. Wenn uns der Blitz in die Antriebskammer einschlägt, nützt uns der beste Windmacher nichts. Ein bisschen müsst ihr noch durchhalten.«

»Sag das nächste Mal vorher Bescheid«, murmelte Krona. »Ich besaufe mich dann ordentlich. Den Kater kann ich hier gleich mit erledigen. Macht auch keinen Unterschied mehr.«

»Empfehle ich dir nicht«, sagte Federspiel. »Ich habe es nicht ausprobiert, aber die Höhe beansprucht den Körper schon genug.«

Krona stöhnte. Sie fühlte sich matt und schwach, ihre Stirn brannte, als hätte sie Fieber. Jeder Atemzug war eine Anstrengung.

Erst als die Wolkentänzer wieder durch die Wolkendecke nach unten sank, besserte sich ihr Zustand langsam. Federspiel ließ sich Zeit mit dem Abstieg; es war bereits dunkel, als die Wolken wieder über ihnen schwebten. Hier unten regnete es, und Krona ließ sich von dem gleichmäßigen Prasseln und Plätschern in den Schlaf begleiten.

Am zwölften Tag ihrer Reise erreichten sie die Südlichen Inseln. Zuerst waren sie kaum mehr als ein dunkler Fleck am Horizont, der aber schnell näherkam und sich in eine zerklüftete Landmasse verwandelte. Federspiel befahl den Tarnzauber, und gleich darauf ballte sich Nebel vor den Fenstern und verbarg die Küstenlinie. Federspiel empfing Krona und Pintel auf dem Kommandostand.

»Wir müssen landen«, sagte Krona. »Ich würde gerne etwas über die anderen in Erfahrung bringen. Sie müssen doch hier vorbeigekommen sein, oder?«

»Du meinst die Zwerge und das Mädchen?« Federspiel sah nachdenklich drein. »Wie viel Vorsprung hatten sie im Vergleich zu euch?«

Pintel zählte an den Fingern ab.

»Etwa fünf Wochen«, sagte er.

»Und welches Schiff haben sie genommen?«

Pintel blies die Backen auf. »Keine Ahnung. Ein Zweimaster. Nicht besonders groß. Das waren wahrscheinlich Schmuggler, also vermutlich ein schnelles Schiff.««

»Trotzdem ist die Strecke in fünf Wochen kaum zu bewältigen«, sagte Federspiel. »Sechs, sieben Wochen, je nach Wetter und Geschicklichkeit des Kapitäns, sind das Mindeste.«

»Wir gehen trotzdem runter«, sagte Krona.

»Wir gehen garantiert nicht runter! Das ist Kriegsgebiet! Ich bin doch nicht lebensmüde! Was willst du denn da unten?«

»Ich habe meine Gründe.«

»Du hast aber nicht das Kommando, Schätzchen!«

»Nenn mich nicht Schätzchen, Schätzchen.«

Sie maßen sich mit Blicken, während Pintel unruhig von einem Fuß auf den anderen trat.

»Wir könnten den Anderen eine Nachricht hinterlassen«, sagte er schließlich vorsichtig. »Das wäre schon vorteilhaft. Wir würden uns dann schneller finden, wenn wir zurück in Abrantes sind. Wir müssen ja vielleicht gar nicht landen? Nur eben schnell tief runter gehen, und ich nehme dann die Strickleiter ...«

»Das mit der Nachricht ist eine gute Idee, aber darum geht's gar nicht«, sagte Krona.

»Sondern?«, sagte Federspiel. »Komm zum Punkt.«

Krona seufzte und gab sich einen Ruck.

»Ist euch etwas an Fenrir aufgefallen in letzter Zeit?«

»Er war nicht mehr bester Stimmung«, sagte Federspiel. »Hat sich abgesondert und ein Gesicht gezogen. Aber wir sind ja bald in Abrantes, die paar Tage wird er wohl noch durchhalten.«

»Er muss für eine Weile runter von diesem Kahn, und zwar so schnell wie möglich.«

»Sonst was? Verfällt er der Tollwut und beißt jemanden?«

Krona drehte sich zu Pintel und verschränkte die Arme. Der grinste schuldbewusst.

»Ist doch kein Geheimnis, oder?«

»Hast du mal überlegt, ob er will, dass sie es weiß?«

»Aber es ist doch großartig. Ich würde Jahre meines Lebens geben, um einmal für eine Weile ein Tier zu sein. Du nicht?«

»Ich war schon oft genug eine dumme Kuh. Das reicht mir. Was ist jetzt? Bekommt er seinen Wald?«

»Da unten ist Krieg, Krona«, sagte Federspiel. »Ich dachte, du weißt das besser als wir alle.«

»Gut. Dann lass uns einfach raus. Irgendwo auf der Hauptinsel. Wenn ich mich recht erinnere, gibt es da nur eine größere Hafenstadt. Wir warten dann auf die Zwerge und fahren mit denen weiter.«

»Und was mache ich dann alleine in Abrantes?«, empörte sich Pintel. »Soll ich Gyldinn alleine zur Strecke bringen?«

»Du gehst nach Breitenbach und wartest in Lomirs Haus. Wir holen dich dann dort ab.«

»Und das alles nur, damit Fenrir mal wieder sein Bein an einem Baum heben kann?«, fragte Federspiel ungläubig. Krona machte einen Schritt auf sie zu, und die kleine Kapitänin wich instinktiv zurück. Dann schnaubte sie wütend, packte Krona am Mantelaufschlag und zerrte sie zum Kartentisch.

»Hier.« Sie stieß ihren Finger auf eine große Seekarte. Die südliche Küstenlinie von Zentallo war darauf zu sehen, und weiter südlich, wie eine Perlenkette aneinandergereiht, klein und verloren im Ozean, die Südlichen Inseln. »Sag mir, wo wir euch rauslassen sollen. Wir kreisen zwei Längen, dann sammeln wir euch wieder ein. Wenn ihr nicht am Treffpunkt seid – euer Problem.«

»Zwei Längen genügen nicht. Vier oder fünf müssen es sein.«

»Drei, allerhöchstens.«

»Vier.«

»Sag mal, hörst du schlecht oder ist das schon der Altersstarrsinn? Drei!«

»Also gut. Drei Längen. Du kannst ungefähr hier runtergehen. Das Gelände ist zerklüftet und waldig. Zwischen den Abhängen fällt eine Wolke sicher nicht auf.«

Federspiel verdrehte die Augen.

»Dein Finger ist halb so groß wie die Insel.«

»Dann gib mir eine bessere Karte, Himmelarsch!«

»Ich habe keine, weil ich gar nicht weiß, was man auf so einem Felsklops wollen kann!«

»Es ist schön da«, sagte Krona. »Man könnte dort gut leben.«

»Ihr führt Krieg, weil es dort schön ist?«

»Unsinn. Es geht überhaupt nicht um die Südlichen Inseln. Es geht um Zentallo, aber weder wir noch die wollen den Krieg im eigenen Land haben, also entscheiden wir ihn dort.«

Federspiel schüttelte den Kopf. »Klingt völlig sinnlos für mich.«

»Natürlich. Jeder Krieg ist sinnlos, wenn man ihn lange genug hinterfragt. Oder seid ihr schon so fortschrittlich, dass ihr den Krieg abgeschafft habt?«

Federspiel seufzte. »Leider nicht. Aber wir arbeiten dran.« Sie zögerte. »Und er kann nicht warten bis Zentallo ...?«

»Doch, natürlich. Er wird nicht sterben dran. Glaube ich zumindest. Er wird sich nur fürchterlich quälen, aber er ist ja jung und stark ...«

»Hör auf. Ich hab's ja begriffen. Tanik! Wir gehen runter. Kurs auf die Hauptinsel, möglichst tief. Wolkentarnung. Wir müssen auf Sicht fliegen und vor Ort sehen, wo wir runtergehen können.« Sie wandte sich wieder zur Krona. »Und wehe, wir müssen wieder ein waghalsiges Rettungsmanöver fliegen!«

»Müsst ihr nicht«, sagte Krona dankbar. »Wir werden vorsichtig sein. Versprochen.«

Sie fand Fenrir oben an Deck, wo er sich in den Windschatten der Reling kauerte. Sein Gesicht war blass und von einem feinen Schweißfilm überzogen. Ein gelbes Feuer brannte in seinen Augen.

Sie näherte sich behutsam.

»Wie geht's dir?«

Er zeigte die Zähne in einem Versuch, zu lächeln.

»Na ja. Das Fliegen hat seinen Reiz weitgehend verloren.«

»Wir gehen auf den Südlichen Inseln runter, damit du rennen kannst.«

»Aber da ist Krieg!«

»Da gibt es genug Wälder, in denen du dich ausleben kannst. Meine Güte, ihr tut ja alle gerade so, als würde man umfallen wie eine Sackpfeife, nur weil man den Fuß in ein Kriegsgebiet setzt.«

»Wir sind es eben nicht gewohnt. Das musst du entschuldigen.«

Sie streckte ihm die Hand entgegen, und er zog sich in die Höhe.

»Wie lange noch?«, fragte er.

»Kann nicht mehr lange dauern«, sagte sie. »Land ist schon in Sicht.«

»Kommst du mit runter?«

»Klar. Ich will doch dabei sein, wenn du dich ausziehst.«

Kurze Zeit später brachte Federspiel die Wolkentänzer tiefer. Die Luft wurde wärmer. Nebel ballte sich um das Luftschiff und versperrte die Sicht nach unten, nur gelegentlich stachen die Wipfel von Nadelbäumen durch die wirbelnde weiße Masse. Gleril, der Windmacher, fand sich auf dem Oberdeck ein und tat, was er schon dem Namen nach konnte. Unter Pintels faszinierten Blicken stimmte er einen Singsang an und vollführte eine Reihe komplizierter Gesten. Der Nebel verwirbelte und öffnete die Sicht nach unten auf waldige Hänge.

»Ist gut hier«, sagte Krona. »Lasst uns eine Strickleiter runter. Wir müssen nicht landen.«

Einer der Matrosen brachte eine lange, aufgerollte Strickleiter, ließ sie über Bord gehen und befestigte sie an der Reling. Krona atmete tief durch und schwang sich darauf. Fenrir folgte ihr dichtauf, als sie die schaukelnde Leiter nach unten kletterte. Die Leiter endete etwa drei Mannslängen über dem Boden. Krona packte die unterste Sprosse, baumelte für einen Augenblick in der Luft und ließ dann los. Der weiche Waldboden bremste ihren Fall. Sie landete auf dem Hosenboden und rollte sich zur Seite, damit Fenrir nicht auf sie drauf fiel.

Ein stiller, schattiger Hochwald empfing sie. Die Wärme stand zwischen den Bäumen. Krona klopfte sich trockene Tannennadeln von der Hose und kam auf die Füße. Es fühlte sich merkwürdig an, wieder festen Boden unter den Füßen zu haben.

Und ganz besonders diesen.

»Wer hätte das gedacht«, sagte sie. »Dass ich nochmal einen Fuß auf diese Insel setze.«

Doch Fenrir hörte ihr nicht zu. Er zog sich sein Hemd über den Kopf und ließ es achtlos auf den Boden fallen. Seine Stiefel schleuderte er von sich, dann arbeitete er an seinem Gürtel, aber seine zitternden Finger wollten ihm nicht gehorchen. Sie trat nah an ihn heran, küsste seine Mundwinkel und schob seine Finger beiseite. Sachte öffnete sie seinen Gürtel und schob ihm die Hosen über die Hüften hinunter, ging dann in die Knie, um ihn von der Hose zu befreien. Er kauerte sich zu ihr auf den weichen Boden und presste für einen Augenblick sein Gesicht in ihre Halsbeuge. Sie spürte seinen Atem in ihren Haaren, seine Haut war warm unter ihren Fingern, seine Muskeln arbeiteten, und dann wusch aus dem Nichts die Wolfsgestalt über ihn, und ihre Hände füllten sich mit Fell.

Der Wolf duckte sich aus ihren Armen, schüttelte sich und hielt die Nase in den Wind. Fasziniert sah sie ihn an. Sie hatte ganz vergessen, wie schön er war, ein schlankes, dunkles Tier mit goldenen Augen und langen Tasthaaren um die Schnauze. Er machte ein paar Schritte, schnupperte an einem Baumstamm und trabte dann zwischen den Bäumen davon.

Krona sah nach oben. Von dem Luftschiff war nichts zu sehen, einzig eine dicke Wolke hüllte die Baumwipfel ein. Sie klaubte Fenrirs Kleidung auf und schüttelte die Tannennadeln heraus. Von Fenrir war nichts mehr zu sehen.

Sie ließ sich auf dem weichen Waldboden nieder und schob sich das Kleiderbündel unter den Kopf. Die Wolke verzog sich lautlos und ließ die Sonne herunter. Für einen Augenblick spielte sie mit dem Gedanken, die Zeit für einen kleinen Geländelauf zu nutzen, um ein wenig Bewegung und Ausdauer zu bekommen, aber es war viel zu angenehm, in der Sonne zu liegen, in die Baumwipfel zu schauen, die von einem sanften Wind bewegt wurden, und dem Gezwitscher der Vögel zu lauschen. Wenn Fenrir sich ausgetobt hatte, würde er sich vielleicht nicht länger in den dunklen Ecken des Schiffes verkriechen, und wenn sie Glück hatte, wäre ihr Nachtschlaf aufs Angenehmste gestört. Ein warmer Schauer rieselte durch ihren Körper. Sie schloss die Augen. Nur ein bisschen entspannen, um frisch zu sein für später.

Das Gefühl von kaltem Stahl an ihrem Hals machte sie sehr plötzlich wach. Sie riss die Augen auf und starrte an einer Schwertklinge entlang hinauf zu einem jungen Mann, der eine zentallinische Soldatenuniform trug. Für einen Augenblick war ihr kalt. Dann hob sie langsam die Hände neben sich zu einer beschwichtigenden Geste. Der zentallinische Soldat öffnete und schloss die schweißnassen Finger um den Schwertgriff und räusperte sich seine Stimme herbei. Sein Adamsapfel hüpfte auf dem mageren Hals.

»Dein Geld«, sagte er. »Alles. Aber ein bisschen plötzlich.«

»Komm ich im Liegen nicht ran«, sagte Krona, ohne sich zu rühren. Der Zentalliner nahm die Schwertspitze von ihrem Hals und trat einen Schritt rückwärts. Vorsichtig richtete Krona sich auf, die Schwertspitze nicht aus den Augen lassend.

»Ich hab mein Zeug hier drüben«, sagte sie und deutete auf einen Busch. »Ich stehe jetzt auf, in Ordnung?«

Der junge Zentalliner nickte. Sein Gesicht war blass unter roten hektischen Flecken. Die Schwertspitze zitterte.

»Lauf nicht weg«, sagte er. »Ich bin schneller als du.«

»Gar kein Zweifel.«

Krona kam auf die Füße, die Arme immer noch zur Seite geöffnet. Der Schwertarm des jungen Mannes folgte jeder ihrer Bewegungen. Seine Uniform kennzeichnete ihn als einfachen Fußsoldaten. Sein Gesicht war das eines Bauernjungen.

»Schicken sie jetzt schon Kinder in den Krieg?«, fragte Krona. »Läuft es so schlecht für Zentallo?«

»Du bist aus Abrantes? Du trägst Hosen.«

»Richtig.«

»Dann sollte ich nicht nur dein Geld nehmen, sondern auch dein Leben.«

»Das eine habe ich nicht, und das andere gebe ich dir nicht. Tja, Junge, du hast dir die Falsche ausgesucht.«

Sie sah seinen Angriff kommen und brachte sich mit einem großen Schritt aus seiner Reichweite, war dann mit einem weiteren Schritt an ihm dran, ehe er sich neu orientiert hatte, und setzte einen Hebelgriff. Nur Augenblicke später umklammerte er stöhnend sein Handgelenk, während sie ihm die eigene Schwertspitze an den Hals setzte.

»Gute Klinge«, sagte sie. »Danke schön. Den Schwertgurt bitte auch noch.«

Er blinzelte angsterfüllt zu ihr hinauf, während er sich an seinem Gürtel zu schaffen machte. Endlich hatte er das störrische Leder bezwungen und übergab ihr den Gürtel mitsamt dem Gehänge und der Schwertscheide.

»Jetzt sag mir, woher du kommst«, forderte sie. »Wo steht deine Einheit?«

»Ich bin ein Kundschafter«, sagte er mit blassen Lippen.

»Und ich bin die Königin der Welt. Los, raus mit der Sprache! Wo steht deine Einheit?«

Der junge Zentalliner deutete hinter sich. »Gleich da unten, am Waldrand«, stammelte er. »Bitte, bring mich nicht zurück! Sie werden mich hinrichten. Ich will nicht sterben!«

»Du bist desertiert«, sagte Krona. Der Junge nickte. Tränen quollen aus seinen wasserblassen Augen.

»Es gibt nur noch die Hälfte von uns. Nach der letzten Schlacht … Sie sind alle … Es war so … Sie waren alle tot …«

»Ich weiß«, sagte Krona. »Sie haben dir gesagt, dass es heldenhaft sein würde, für das Vaterland zu kämpfen. Aber dann war es nur Dreck und Blut und Scheiße.«

Der Junge schluchzte auf.

»Ich will nicht zurück. Ich will nicht sterben.«

»Auf geht's. Umdrehen. Marsch, Soldat.«

»Bitte! Nein! Lass Gnade walten!«

»Meridias nackter Arsch, gehst du mir auf die Nerven! Hör auf zu heulen! Weißt du, wo die Abrantiner stehen?«

»Weiter östlich«, schluchzte er. »Es gibt dort ein Dorf und …«

»Findest du dorthin?«

»Du willst mich doch nicht etwa ausliefern?«

Krona stöhnte und stieß den jungen Mann unsanft vorwärts.

»Wir sind auf unterschiedlichen Seiten geboren, Bürschchen. Dein Pech. Dein Glück allerdings, dass die Abrantiner ihre Kriegsgefangenen anständig behandeln. Bevor du dir also von deinen Leuten den Kopf abschlagen lässt, lässt du dich lieber von meinen einsperren.«

Er warf ihr über die Schulter einen entsetzten Blick zu. Sie seufzte.

»Damit ist der Krieg für dich vorbei, Junge. Du bist aus der Kampflinie. Bevor meine Truppen abziehen, werden sie dich mit ein paar anderen Kriegsgefangenen zusammen austauschen, und dann kannst du nach Hause gehen.«

»Wirklich?«

Sie nickte ihm zu. »Wirklich.«

Widerstandslos trottete der Junge vor ihr her durch den Wald. Der Boden schluckte ihre Schritte. Krona blieb wachsam. Sie war erschrocken, dass die Frontlinie so nah war. Offenbar hatten die Königreiche das ganze Land von den nördlichen Häfen aus mit Krieg überzogen. Es war nicht auszuschließen, dass der Junge sie in einen Hinterhalt lockte. Für einen Augenblick überlegte sie, ihn einfach laufen zu lassen, doch würde er wahrscheinlich seinen eigenen Leuten in die Hände fallen oder, wenn er Glück hatte, im Gebirge einen langsamen, einsamen Tod sterben. Der Junge war keine zwanzig.

Er gehörte mit einer Sense auf ein Feld, nicht mit einem Schwert in die Schlacht.

Etwa eine Länge gingen sie immer bergab und hielten sich nach Osten. Dann erreichten sie den Waldrand. Krona hatte inzwischen versucht, Einzelheiten über den Verlauf des Krieges herauszufinden, aber schnell festgestellt, dass der Junge wenig Ahnung hatte.

Am Waldrand, umgeben von zertrampelten Feldern, lagen ein Dutzend niedriger Holzhütten, einige davon nicht mehr als verkohlte Ruinen. Eine Palisade aus jungen Baumstämmen war offenbar erst kürzlich um das Dorf errichtet worden, darüber flatterte die abrantinische Fahne im Wind. Unter den abrantinischen Drachenzahnzacken prangte ein Adler mit gespreizten Flügeln.

»Zweite Kompanie«, sagte Krona erstaunt. »Hier stehen die schon? Na, das läuft ja großartig.«

Sie verließen den Sichtschutz des Waldrandes und hielten schnurstracks auf die Palisaden zu. Der Junge hatte sich in sein Schicksal gefügt und stolperte elend vor Krona her.

»Halt!«, brüllte jemand, als sie auf Bogenschussweite an das Dorf herangekommen waren. »Keinen Schritt weiter!«

Krona blieb stehen, steckte das Schwert weg und nahm die Hände gut sichtbar zur Seite. »Ich bringe einen Kriegsgefangenen«, rief sie zurück. »Holt ihr ihn ab, oder soll ich ihn reinschicken?«

Auf den Palisaden entstand Bewegung. Bogenschützen nahmen ihre Plätze ein.

»Wer seid Ihr?«, rief der Wortführer von der Palisade.

»Das tut doch nichts zur Sache! Wollt Ihr den Jungen haben, oder soll ich ihn wieder mitnehmen?«

Sie wartete eine Weile, bis die Antwort kam.

»Nähert Euch. Langsam. Schön die Hände sichtbar halten. Unsere besten Schützen haben Pfeile auf Euch gerichtet.«

Krona schubste den Zentalliner an. »Mach, was er sagt.«

Über eine zertrampelte Wiese gingen sie in Richtung des Dorfes. Weiter in Richtung Waldrand zogen sich Felder, auf denen das Unkraut wucherte. Sie kamen auf eine schmale Straße, die bis zu einer Barrikade direkt vor der Palisade führte. Dort trat ihnen ein junger Soldat entgegen, flankiert von zwei Bogenschützen.

»Erklärt Euch«, forderte er. Krona seufzte entnervt.

»Dir muss ich überhaupt nichts erklären, Fähnrich«, sagte sie. »Wer hat hier das Kommando?«

»Na, ich!«

»Verarsch mich nicht, Bürschchen! Du bist doch nur das Bauernopfer, falls das hier eine ausgefuchste zentallinische Falle ist! Ist es aber nicht! Ich habe den Jungen hier im Wald aufgelesen und dachte, ich liefere ihn mal hier ab! Und bring mich bloß nicht dazu, das zu bereuen!«

Der junge Fähnrich war einen halben Schritt zurückgewichen und bemühte sich nun um Haltung. Unsicher suchte er den Blick seiner Mitstreiter.

»Wer kommandiert die zweite Kompanie? Roland von Buchholz immer noch?«

Der Fähnrich nickte zögernd.

»Guter Mann. Er ist nicht zufällig hier?«

»Nein. Seine Einheit steht zwei Tagesmärsche weiter östlich.«

»So. Und wer hat das Kommando über diesen Haufen hier?«

Ein stämmiger bärtiger Mann kam hinter der Barrikade hervor.

»Das bin ich, Hauptmann. Alwin von Zettlitz. Zu Euren Diensten.«

Er salutierte, und Krona gab den Salut zurück, die Geste war so vertraut, dass sie ihr beinahe die Tränen in die Augen trieb.

»Ich brauche Eure Dienste nicht, Feldwebel. Ich bin nur hier, um den Jungen abzugeben. Es soll ihm nichts passieren, hört Ihr? Ich war unaufmerksam. Er hätte mich töten können, aber er hat es nicht getan. Das stellt mich in seine Schuld.«

Der Feldwebel nickte, immer noch das pure Erstaunen im Gesicht.

»Hauptmann Karagin«, sagte er. »Die seid Ihr doch, oder? Die legendäre Kommandantin der ersten Kompanie. Wir zehren immer noch von Euren Erfolgen. Hättet Ihr nicht die Roten Höhen genommen, stünden wir heute noch an der Küste. Wo wart Ihr?«

»Ich bin eigentlich gar nicht da«, sagte Krona. »Ich bin gleich wieder weg.«

»Ich verstehe nicht ...«

»Müsst Ihr auch nicht. Hört mal, ich habe nicht den ganzen Tag Zeit. Nehmt den Jungen und behandelt ihn anständig, verstanden?«

»Verstanden«, sagte der Feldwebel zackig. Krona schob den jungen Zentalliner hinüber und machte einen Schritt rückwärts.

»Alles Gute«, sagte sie. »Macht nicht so viel kaputt in diesem Land. Das hat es nicht verdient.«

Der Feldwebel nickte.

»Wollt Ihr Euch nicht bewirten lassen? Eure Geschichte erzählen?«

»Nein, bestimmt nicht. Ich darf mein Schiff nicht verpassen.«

»Ihr habt ein Schiff? Hier, im Landesinneren ...?«

Sie nickte ihm zu und wandte sich ab. Auf dem Weg zum Waldrand kämpfte sie mit sich, aber sie sah sich nicht um. Das zentallinische Schwert hing schwer an ihrer Hüfte und streifte bei jedem Schritt ihren Oberschenkel. Es war länger und schmäler als ihr altes, die Klinge mochte etwas biegsamer sein. Vertraut und fremd zugleich. Sie legte die Hand um den Griff. Sie würde sich daran gewöhnen, wie sie sich an fast alles gewöhnen konnte.

Der Wald empfing sie mit kühlem Schatten. Sie setzte sich in Trab und suchte ihren Weg bergauf. Ihr Zeitgefühl hatte sie verlassen. Von den Feldern aus war keine Wolke über dem Wald sichtbar gewesen, aber Krona wusste mittlerweile, dass Federspiel das Schiff lieber in großen Kreisen bewegte, statt es auf der Stelle zu halten.

Sie beschleunigte ihr Tempo. Bergauf und westlich war nicht völlig falsch, aber sie hatte sich auf dem Hinweg zu sehr auf ihren Gefangenen konzentriert, um sich die Umgebung wirklich einzuprägen. Ohnehin sah alles gleich aus, hohe, schlanke Stämme auf einem Teppich knisternder Nadeln und Inseln von Sträuchern, an denen unreife grüne Beeren hingen.

Sie warf einen Blick nach oben. Selbst ohne den Tarnzauber war sie unter den Baumwipfeln vor allen Blicken verborgen.

Sie rannte, bis sie nicht mehr konnte, verschnaufte dann so kurz als irgend möglich und setzte sich wieder in Bewegung. Zum Fluchen blieb ihr keine Luft.

Sie war nach ihrer Schätzung etwa auf Höhe ihres Treffpunktes, als es plötzlich zu ihrer Rechten raschelte. Ein Schatten zuckte auf sie zu, und sie sprang erschrocken zur Seite. Vor ihr war der Wolf gelandet. Er machte die Vorderpfoten lang und streckte das Hinterteil in die Luft, die Zunge hing ihm aus dem Maul, seine Augen funkelten. Keuchend ließ sie sich zu Boden fallen und lehnte sich gegen einen Baum. Sofort war er bei ihr, stieg über ihre Beine und presste die Stirn gegen ihre Brust. Sie kraulte seine Ohren und versuchte, zu Atem zu kommen, doch ihm war nicht nach ausdauernden Zärtlichkeiten, er packte sie mit scharfen Zähnen am Kragen und ging rückwärts, sie mit sich ziehend. Stöhnend kam sie wieder auf die Beine und folgte ihm, so gut sie konnte.

Er hielt sich weiter östlich, als sie es getan hätte, und war so schnell, dass sie kaum hinterher kam. Als sie schließlich die Landestelle erreichten, war Krona erledigt. Sie ließ sich zu Boden fallen und versuchte, zu Atem zu kommen. Ihre Brust drohte zu zerspringen, das Blut rauschte ihr in den Ohren.

»Na, alte Frau?«, sagte Fenrir neben ihr. »Bisschen an Form verloren während der langen Fahrt, was?«

»Du hast gut reden«, keuchte sie. »Du hast vier Beine!«

Er bückte sich und fischte seine Kleidung aus dem hohen Waldgras. Er zog sich gerade die Hose hoch, als plötzlicher Wind aufkam und die Baumwipfel rauschen ließ. Die Sonne verschwand hinter dichtem Nebel, und eine Strickleiter tanzte zu ihnen hinunter.

»Wo warst du nur?«, fragte Fenrir, der sich seine Stiefel unter den Arm klemmte und nach der untersten Sprosse griff. »Ich dachte ja, wir schaffen es nicht mehr.«

»Ich habe einen jungen Zentalliner aufgelesen und ihn im abrantinischen Lager abgeliefert«, sagte sie und kam mühsam auf die Beine.

»Du warst bei deiner alten Truppe?«, fragte er, plötzlich wachsam.

»Andere Einheit«, sagte sie. »Keine Sorge. Ich hab nichts Dummes getan, und ich bin ja wieder da.«

Er nickte und schwang sich auf die Strickleiter.

»War es schwer?«

»Kein Mitleid, bitte. Ich fange sonst an zu heulen.«

Er nickte ihr zu und erklomm behände die schwankende Strickleiter. Sie folgte ihm weniger grazil.

Die Wolkentänzer gewann an Höhe, noch während Krona in der Luft baumelte. Fenrir ging zuerst an Bord, lehnte sich dann über die Reling und streckte ihr seine Hand entgegen. Er sah völlig gelöst aus, geradezu glücklich. Der Wind zauste seine Haare und fuhr ihm unters Hemd. Er war so schön, dass sein Anblick ihr einen Stich ins Herz versetzte. Sie nahm seine Hand und ließ sich an Bord helfen. Sie konnte noch nicht richtig fassen, dass sie Teil dieses Glücks sein sollte, aber sie schwor sich, dafür zu sorgen, dass dieses Glück anhielt, egal wie.

Als sie in Südhafen ankamen, standen die Getreidefelder hoch und grün. Die Luft war mild, die Wiesen bereits zum ersten Mal gemäht. Dann befahl Federspiel Tarnung, und die Landschaft wurde ihren Blicken entzogen.

Pintel stand am Fenster und sah hinunter in die dicken Wolkenmassen. Sein Gesicht war blass und unnatürlich ernst, er hatte die Hände tief in seinen Hosentaschen vergraben. Einem Impuls folgend, ging Krona neben ihm in die Knie und schlang ihre Arme um ihn.

»Was ist los, Kleiner?«

Pintel zog die Nase hoch.

»Sie geht nicht mit«, sagte er. »Sie sagt, sie muss bei ihrem Schiff bleiben. Es ist alles, was sie hat, und sie hat Aufträge, die sie nicht verlieren darf. Und so weiter.«

»War das nicht klar?«

»Doch, aber es ist so traurig.« Er sah sie mit seinen riesigen blauen Augen an. »Weißt du, ich habe nie darüber nachgedacht, dass man nicht nur wahnsinnig glücklich ist, wenn man verliebt ist, sondern auch wahnsinnig unglücklich.«

»Ja«, sagte Krona. »Das eine kommt mit dem anderen.«

Pintel seufzte schwer, und sie drückte ihre Wange gegen sein struppiges Haar und wiegte ihn sachte, und als Tränen über seine Wangen kullerten, wischte sie sie vorsichtig mit dem Ärmel weg.

»Mach es kurz und schmerzhaft«, sagte sie. »Zieh den Abschied nicht raus. Bring ihn hinter dich, und dann freu dich auf euer Wiedersehen. Anders ist es nicht auszuhalten.«

Pintel nickte und zog die Nase hoch. Dann löste er sich aus der Umarmung.

»Seid ihr fertig zum Aufbruch? Ich glaube, ich muss dann ganz schnell von Bord.«

»Es sei denn, du möchtest hierbleiben, bei ihr. Was ich verstehen könnte.«

»Bring mich nicht in Versuchung, Krona. Ich habe meine Entscheidung getroffen.«

Dann ging alles ganz schnell. Federspiel ließ ein letztes Mal die Strickleiter ausrollen. Sie und Pintel weinten bitterlich, und Krona unterdrückte ihr Mitgefühl, griff sich Pintel und nahm ihn mit von Bord. Dann hatten sie wieder abrantinischen Boden unter den Füßen, und die Wolke über ihnen war nichts als eine Wolke, die sich mit dem Wind entfernte. Pintel schluchzte ein letztes Mal zitternd auf und putzte sich dann geräuschvoll die Nase.

Federspiel hatte sie am Waldrand in einer Senke aussteigen lassen. Ein paar Steinwürfe weiter verlief die Straße, durch eine Reihe alter Linden gekennzeichnet. Irgendwo hinter den Hügeln lag die Stadt. Das Meer war nah, man sah es nicht, aber die Luft hatte ein zartes, salziges Aroma.

»Da wären wir wieder«, sagte Fenrir. »Wer hätte das gedacht. Mit dem Schiff nach Zentallo, durch ein Portal auf den Südlichen Kontinent und mit einem Luftschiff zurück. Niemand wird uns diese Geschichte jemals glauben. Was kommt als Nächstes?«

»Stadt«, sagte Krona. »Wir müssen irgendwie unsere Spur wieder aufnehmen. Immerhin sieht es hier noch nicht nach Krieg aus. Schauen wir mal, was wir in der Stadt so aufschnappen können. Und wir brauchen einen Boten, der eine Nachricht in Lomirs Haus in Breitenbach hinterlegt. Oder bei den Nachbarn. Wir finden die sonst nie wieder.«

»Sag nicht solche Sachen«, warf Pintel mit dünner Stimme ein. »Ich bin viel zu angeschlagen für solche Botschaften.«

»Alles wird gut«, sagte Krona. »Ist nur eine Frage der Zeit. Und jetzt auf. Marschieren hilft gegen Trübsinn.«

Am Stadttor empfingen sie zwei gelangweilte Wachen, die sie flüchtig musterten und dann durchwinkten, zusammen mit Ochsenkarren, fliegenden Händlern und anderen Reisenden. Sie tauchten in die engen Gassen ein. Unrat trocknete auf dem festgestampften Erdboden, die Häuser neigten sich zueinander, als suchten sie Halt. Menschen und vereinzelte Zwerge gingen ihren Geschäften nach, nichts deutete auf kriegerische Zustände hin.

»Wir brauchen zuerst einen Geldwechsler«, sagte Krona. »Mit der lustigen Münzsammlung, die sie uns mitgegeben haben, können wir bestimmt nirgends bezahlen.«

»Die Dame möchte also einkaufen gehen«, sagte Fenrir lächelnd. »Was schwebt dir denn vor? Ich fürchte, die zentallinische Frühjahrsmode ist hier nicht zu bekommen.«

»Ein anständiger Hut würde mir genügen. Und ein Krug Bier. Und Informationen. Ich meine, es ist großartig, dass hier noch jeder Stein auf dem anderen ist, aber je kleiner die Erschütterung, desto schwieriger wird sie aufzuspüren sein. Wir brauchen Leute, die weit herumgekommen sind. Die auch hier im Süden wissen, wenn es im Norden brennt.«

»Gyldinn kam aus dem Süden wie wir«, sagte Pintel. »Warum sollte sie im Norden anfangen zu zündeln?«

»Keine Ahnung. Es gibt bestimmt tausend Gründe, die ich mir nur nicht vorstellen kann.«

»Hm.« Pintel nickte. »Ich glaube, ich werde mal versuchen, einen Zauberer aufzutreiben. Die Stadt ist groß genug, um einen zu haben. Und der hat vielleicht Kontakte zu einer Academia, und dort wiederum würde man es wissen, wenn es kürzlich größere Erschütterungen im arkanen Gefüge gegeben hätte.«

»Ich brauche irgendeine Form von Bewaffnung«, sagte Fenrir. »Ich kann die Valdar nicht mit bloßen Händen bekämpfen.«

»Einen Bogen«, sagte Krona. »Aber wo bekommen wir für das bisschen Geld einen vernünftigen Bogen her?«

»Gar nicht«, sagte Fenrir. »Aber vielleicht ein langes Messer.«

Sie sah ihn an und biss sich auf die Unterlippe, ein schlechtes Gewissen nagte an ihr.

»Es tut mir leid«, sagte sie. »Wäre die Flucht nicht so chaotisch verlaufen, hättest du als Gewinner einfach deine Sachen mitnehmen können.«

»Tja«, sagte er und schlug ihr auf die Schulter. »Kein Grund zur Reue. Wenn es brenzlig wird, schubse ich einfach dich nach vorne.«

»Vielen Dank für das Vertrauen.«

»Dann trennen wir uns?«, fragte Pintel. »Ich suche einen Zauberer, Fenrir sucht einen Geldwechsler und eine Waffe, und Krona …«

»… sucht das Weite. Nein, Unsinn. Ich sammle Neuigkeiten. Mal sehen, was die Marktschreier so erzählen. Vielleicht gehe ich runter an den Hafen und höre mich unter den Seeleuten um.«

Sie verabredeten, sich am frühen Abend im Goldenen Anker am Marktplatz wiederzutreffen, und trennten sich. Krona schluckte Unbehagen. Die Stadt war allem Anschein nach friedlich, es gab keinen Grund zur Sorge.

Dumme Kuh. Nur weil du auf dem Schiff rund um die Uhr mit ihnen zusammen warst, glaubst du, sie fallen tot um, wenn du mal einen Augenblick nicht auf sie aufpasst.

Sie wandte sich zum Hafen. Vielleicht konnte sie ein Handelsschiff abpassen, das aus dem Norden kam, oder eines, das Neuigkeiten von Lichtenau mitbrachte.

Sie schlug den Mantel über ihr zentallinisches Schwert, sie war nicht sicher, ob es Ärger geben würde, wenn jemand das Wappen am Knauf erkannte.

Abrantes fühlte sich an wie immer, nur sie war nicht mehr dieselbe. Es fehlten nicht nur ihr altes Schwert und der Hut, den sie von Cladis bekommen hatte. Die letzten Monate hatten sie verändert, und sie wusste nicht recht, wie sie sich selbst begegnen sollte.

Sie erreichte den Hafen und suchte sich den Weg an der Hafenmole entlang hinüber zu dem tiefen Hafenbecken, in dem die großen Schiffe vor Anker gingen. Es roch nach Salz und Fisch. Möwen kreischten über ihr und schaukelten im Wind. Rund um sie entluden die Fischer ihre Fracht und priesen lauthals die Qualität ihrer Ware an. Sie sprachen den breiten Dialekt des Bergener Südens, und Krona verstand jedes Wort. Sie hielt inne und befühlte den schmalen Goldreif, der immer noch um ihren Hals lag.

Dafür musste sich doch ein guter Preis erzielen lassen. Das war sie Fenrir schuldig. Sobald sie wieder in der Stadtmitte war, würde sie einen geeigneten Käufer suchen.

Vorerst gab sie sich als Händlerin aus, die eine größere Fracht zwischen Bergen und Lichtenau zu verschiffen gedachte, und erkundigte sich nach der Sicherheit der Straßen und Seewege. Egal, wen sie fragte – niemand wusste etwas über ungewöhnliche Vorkommnisse. Als die Kapitäne begannen, ihr argwöhnische Blicke zuzuwerfen, trat sie den Rückzug an.

Konnte es wirklich sein, dass sie Gyldinn überholt hatten und die Valdar noch keine Gelegenheit gehabt hatte, ihren wie auch immer gearteten zerstörerischen Plan durchzuführen? Wie wahrscheinlich war es, dass sich ein Wesen aus Feuer und Schatten eines Schiffes bediente, um vom Südlichen Kontinent nach Abrantes zu gelangen? War sie nicht inzwischen viel zu groß und zu mächtig, um lange in Menschengestalt zu verharren?

Wenn sie mit dem Schiff gekommen war, wo war sie an Land gegangen? Wie hatte sie ausgesehen? Wie sollten sie eine Gegnerin zur Strecke bringen, über die sie nicht das Geringste wussten?

Wütend trat Krona einen Stein gegen eine Häuserwand. Sie führte einen Krieg gegen einen unsichtbaren Gegner. Sie hatte nichts als den Markstein, und wenn Gyldinn eine Möglichkeit fand, diesen zu ersetzen, konnte sie sich ihr Exemplar ins Regal stellen.

Aber was, wenn sie den Markstein als Köder verwendeten? Ihn aus der Tiefen Tasche nahmen und warteten, bis Gyldinn ihn aufspürte. Ihr dann eine Falle stellten und sie auslöschten, ein für allemal.

Sie würden Verbündete brauchen. Mächtige Mitstreiter. Irgendwelche Zauberer, die ihr Geschäft verstanden.

Krona lachte bitter auf.

Wir jagen ein Feuerwesen. Wir haben seinen Erschaffer von den Toten geholt, um mit ihm zu sprechen. Außerdem waren wir auf dem Südlichen Kontinent, wir sind durch ein Portal gezogen worden. Wir haben Verwandte der Elfen getroffen, Grabstätten mit lebenden Toten besucht, und nach Hause sind wir mit einem Luftschiff geflogen.

Kein vernünftiger Mensch auf der Welt würde diese Geschichte glauben.

Sie schwenkte auf den Marktplatz ein. Um keinen Preis wollte sie Fenrir und Pintel ohne Ergebnis gegenübertreten. Vielleicht waren die Seeleute die falsche Adresse gewesen? Sie musste mit Leuten sprechen, die die Königsstraßen rund um die Insel bereisten. Händler. Fahrendes Volk.

Ein Fetzen Musik drang an ihr Ohr. Jemand schlug dort eine Laute.

Spielleute.

Wenn es etwas zu wissen gab, würden sie es wissen.

Krona machte auf dem Absatz kehrt und ging der Musik nach. Es waren einzelne Akkorde, die eine Erzählung untermalten. Jemand gab dort die Hildingurssaga zum Besten, und zu ihrer völligen Überraschung stellte sie nach einer Weile fest, dass sie diese Stimme kannte.

Sie beschleunigte ihre Schritte. Sie musste vor Ort sein, bevor die Götter beschlossen, dass sie diesen Glücksfall doch nicht verdient hatte.

»Meridias nackter, rauchender Arsch. Ist es zu fassen! Ist es zu fassen!«

Der Spielmann hatte sich mittels eines Kistenstapels über die Köpfe seiner Zuhörer gebracht. Er hielt seine Laute im Arm und begleitete sich selbst, während er Hildingur gegen den doppelköpfigen Drachen kämpfen ließ. Seine blonden Haare waren von silbrigen Strähnen durchzogen, seine Kleidung war schäbig und geflickt. Das Schellenband um seinen Knöchel, das ihn als einen Vaganten ohne festen Wohnsitz auswies, klingelte leise bei jeder Bewegung. Trotz seiner wenig aufsehenerregenden Erscheinung hatte er ein beträchtlich großes Publikum um sich geschart. Ohne hinderliches Zartgefühl sprengte Krona den Kreis der Zuschauer und arbeitete sich bis ganz nach vorne, ungeachtet der Zornesrufe und rüden Gesten, die ihr galten.

Es dauerte ein bisschen, bis die Geschichte ihren Erzähler freigab, doch schließlich wurde er auf den Unmut seines Publikums aufmerksam.

»Wolfram von Kürenberg«, sagte Krona atemlos. »Bist du das wirklich? Sag bitte, dass du es bist.«

Der Spielmann ließ die Laute sinken, ungläubiges Erstaunen in dem schmalen Gesicht.

»Und Hildingur besiegte den Drachen und bekam seine Prinzessin und lebte glücklich bis ans Ende seiner Tage, Ende der Geschichte«, sagte er hastig. »Krona?«

»Ja«, sagte sie und kämpfte gegen ein Gemisch aus Rührung und Erleichterung, das ihr die Kehle eng machte.

Der Spielmann stieg von seinem Kistenstapel und näherte sich ihr vorsichtig, streckte eine Hand nach ihr aus und zuckte dann wieder zurück.

»Du kannst mich anfassen«, sagte sie und zwinkerte sich eine Unschärfe aus den Augen. »Ich löse mich nicht in Luft auf.«

»Ich habe deine Geschichte so oft erzählt«, sagte er wie benommen. »Ich vergesse manchmal, dass es dich wirklich gibt.«

»Spinner«, sagte sie. »Du hast dich kein bisschen verändert.«

Sie zog ihn in eine enge, brüderliche Umarmung, und es dauerte einen Augenblick, bis er die Umarmung zurückgab, ein Knoten schien sich in ihm zu lösen, und er lachte und weinte gleichzeitig, während sie sich vergeblich bemühte, Haltung zu bewahren.

»Krona«, sagte er irgendwann und hielt sie auf Armeslänge von sich.

»Ferinors Fiedel. Was machst du hier? Du kannst mir doch nicht einfach mitten in den Hildingur hineinspazieren! Wie ist es dir ergangen? Wie lange ist es her? Zehn Jahre? Du siehst wunderschön aus. Wie eine Königin. Du musst mir alles erzählen. Bitte sag mir, dass ich dich nicht träume.«

»Du träumst nicht, Wolfram. Und du hast keine Ahnung, wie froh ich bin, dich zu sehen. Du bist genau der Mann, den ich dringend brauche.«

Er zwinkerte ihr zu.

»Sag bloß, dass du nach gerade mal fünfundzwanzig Jahren mein Werben erhörst.«

»So weit würde ich nicht gehen, aber ich habe eine Geschichte für dich, die außer dir wohl niemand glauben wird. Und ich brauche dringend deine Hilfe.«

»Worum geht es?«

»Wir müssen die Welt retten.«

Er grinste.

»Nichts Geringeres habe ich von dir erwartet. Komm, lass uns etwas trinken gehen. Ich bin begierig auf deine unglaubliche Geschichte. Und auf alles andere, was du in den letzten Jahren erlebt hast.«

»Hast du Geld?«

»Sehe ich aus, als hätte ich jemals Geld gehabt?«

Sie löste sich lächelnd aus seinem Griff. »Nun, dann müssen wir jemanden finden, der uns Bier gegen fremdländische Währung tauscht.«

Sie zeigte ihm das Sammelsurium kleiner Münzen, das sich noch in ihrer Manteltasche befunden hatte, und er staunte gebührend und fischte eine kleine Silbermünze von Kronas Handfläche.

»Versuchen wir's im Blauen Pferd«, sagte er. »Der Wirt ist ein anständiger Mensch mit einem großen Herz für mittellose Spielleute.«

Wolframs Vorschlag erwies sich als lohnend. Der Wirt im Blauen Pferd nahm die Münze im Tausch gegen zwei Schüsseln voll Eintopf und eine großzügige Menge Bier.

Krona brauchte lange, bis sie von den Anfängen bis zu ihrer Landung in Südhafen erzählt hatte, und Wolfram lauschte so gebannt, dass er darüber sogar seinen Eintopf kalt werden ließ.

»Was denkst du?«, fragte sie, als sie schließlich geendet hatte. »Glaubst du mir?«

»Ich denke, ich hätte mich damals an deine Fersen heften müssen«, sagte er. »Überall sein, wo du bist, denn wo du bist, sind die großen Geschichten.«

»Nicht alle meine Geschichten sind groß. Es gibt auch eine Menge Dreck und Blut und Traurigkeit. Eintönige, hoffnungslose Geschichten, bei denen du nicht abwarten kannst, dass sie vorbei sind.«

Sie nahm einen großen Schluck Bier, und er beobachtete sie aus seinen wachen, dunklen Augen.

»Dein Mann ist gestorben«, sagte er. Sie setzte den Bierkrug ab.

»Woher willst du das denn wissen?«

Er lächelte traurig. »Ganz einfach. Er spielt keine Rolle in deiner Geschichte.«

»Na und – ich könnte ihn immer noch verlassen haben.«

»Nein. Nicht ihn. Ich habe euch zusammen gesehen, weißt du noch? Als wir uns damals in Ehrenfeld über den Weg liefen. Ihr wart frisch verheiratet.«

Krona schlug die Augen unter seinem forschenden Blick nieder.

»Andere Geschichte bitte«, sagte sie eine Spur zu harsch. »Wie ist es dir ergangen? Du bist immer noch auf der Straße? Ziehst von Ort zu Ort?«

»Wie ich es immer getan habe, ja. Ich sammle Geschichten. Da ist es gut, unterwegs zu sein.«

»Was ist mit deinem Traum von einer Festanstellung? Eine hübsche Burg, regelmäßiges Einkommen, eine nette Frau, ein paar Kinder …«

Er verzog das Gesicht.

»Andere Geschichte bitte.«

Sie hob ihren Krug und prostete ihm zu. Sie tranken, und ein versonnenes Lächeln wanderte über Wolframs Gesicht.

»Ich habe eine andere Geschichte. Eine mit einem glücklichen Ende. Unser Sternenritter, erinnerst du dich an ihn?«

»Wie könnte ich ihn jemals vergessen. Die größte Nervensäge aller Zeiten.«

»Er hat Frau und Kinder und züchtet Pferde drüben in Weilersbach.«

»Das ist nicht dein Ernst.«

»Doch. Glaub mir, ein so geordnetes und beinahe langweilig glückliches Ende für seine Geschichte hätte ich mir nie ausgedacht. Aber es geht ihm tatsächlich gut. Ich habe den Winter bei ihm verbracht.«

»Irgendwie kein Wunder, dass ihr beide aneinander klebengeblieben seid.«

»Sind wir nicht. Ich habe ihn erst im vergangenen Herbst wiedergetroffen. Zum ersten Mal seit all den Jahren. Ich frage mich, ob es etwas zu bedeuten hat, dass ich euch jetzt alle wieder aufsammle.« Er zupfte an einem abgestoßenen, geflochtenen Lederbändchen, das sich um sein Handgelenk schlang.

»Aber zurück zu deiner großen Geschichte«, sagte er nach einer Pause. »Ich habe tatsächlich eine Idee, wo ich die Spur der Valdar wieder aufnehmen würde.«

»Tatsächlich? Wo?«

»Erendor.«

»Wie kommst du darauf?«

»Gehen wir mal davon aus, dass sie durch ihre erstmalige Beschwörung irgendwie an Abrantes gebunden ist. Das ist einerseits blöd, weil wir dann mitten im Topf sitzen, statt nur am Feuer zu stehen, wenn es richtig losgeht. Andererseits können wir immerhin eingreifen. Es zumindest versuchen.«

»Das ist zumindest die Hoffnung.«

»Also, wäre ich sie und würde ich in Abrantes Unterstützung durch einen wirklich mächtigen Zauberer suchen, hätte ich zwei Möglichkeiten. Zum einen den Arkanen Rat. Unwahrscheinlich, denn die Zauberer des Arkanen Rates sind wenig risikofreudig. Viele sind königstreu, und die meisten diskutieren lieber, als etwas anzupacken. Zum anderen: Erendor, wo die zwergischen Zauberer Jahrhunderte darauf verwenden können, ihre Kunst zu vervollkommnen. Außerdem sind sie verzweifelt. Die Menschen nehmen ihnen die Luft zum Atmen. Die politische Lage ist nicht sehr stabil. Es gibt ein paar einflussreiche Familien, die sich mit Gewalt das zurückholen wollen, was die Menschen ihnen genommen haben.«

»Ein unabhängiges Erendor?«

»Genau. In so einer hochgekochten Situation findet sich bestimmt jemand, den man mit Machtversprechen locken kann.«

»Du meinst, sie bereiten einen Krieg vor?«

»So würde ich das nicht nennen. König Brainn ist ein besonnener Mann. Er ist über vierhundert Jahre alt, da lässt man sich nicht mehr aus einer Laune heraus zu einem Krieg hinreißen. Aber genau das ist gleichzeitig das Problem – je älter Zwerge werden, desto mehr – nun ja, desto mehr gleichen sie dem Stein, den sie so lieben. Was sich ungünstig auf ihre Entscheidungsfreude auswirkt. Und es gibt einflussreiche Zwerge in Erendor, die sich ein bisschen frischen Wind wünschen.«

»Woher weißt du das nur alles?«

Wolfram lächelte.

»Ich war dort.«

»In Erendor? Ich dachte, sie lassen da keine Menschen rein?«

»Ich hatte einen Bürgen. Und ich bin immerhin *duergar runi*, Freund der Zwerge, wenn du dich erinnerst.«

»Nö. Aber sag, wenn sie dich dort kennen, kannst du uns hineinbringen?«

»Dich, den Jäger und den kleinen Zauberer? Ich denke schon. Einen Versuch ist es zumindest wert. Und falls ihnen das ein bisschen zu viel Fremdartigkeit ist, kann ich mich immerhin für euch umhören.«

»Du bist mein Mann, Wolfram. Ich wusste schon, als ich dich auf deinen Kisten gesehen habe, dass die Götter es ausnahmsweise mal gut mit mir meinen. Ich muss also einen Boten nach Breitenbach schicken, zu Lomirs Nachbarn, und Ausrüstung besorgen für eine Reise von – wie lange brauchen wir nach Erendor?«

»Zwei Wochen. Etwas weniger, wenn wir nicht trödeln.«

»Zu Fuß?«

»Ja. Es sei denn, du hättest die Taschen voller Urwaldgold und mir diesen Teil der Geschichte verschwiegen.«

Krona kehrte ihre Manteltaschen nach außen, um zu zeigen, wie leer sie waren, und Wolfram nickte mitfühlend.

»Zu Fuß dann.«

Doch zunächst ließen sie ihre Krüge auffüllen und stießen auf das glückliche Wiedersehen an. Der späte Nachmittag brachte Wolken und dicke Regentropfen, die von außen gegen die Fensterbespannung schlugen, und nicht lange danach wehte ein kühler Windstoß ein Trüppchen Musikanten in die Gaststube. Sie trockneten ihre Instrumente und befeuchteten die Kehlen, und alsbald spielten sie zum Tanz. Krona, die annahm, dass ihr Freund aus früheren Tagen sich nicht wesentlich geändert hatte, organisierte Schnaps und gab ihm zu trinken, bis er seine Zurückhaltung verlor und einwilligte, mit ihr zu tanzen. Viele Gäste folgten ihrem Beispiel, und es wurde schnell eng in der kleinen Gaststube, woraufhin Krona zusammen mit einigen Händlern aus Dalen Tische zur Seite rückte, um eine zusätzliche Tanzfläche zu schaffen. Wolfram nahm sich seine Laute, gesellte sich zu den Musikanten und stimmte ein Tanzlied an, und die Musikanten fielen ein.

Als Fenrir den Kopf durch die Tür steckte, befand Krona sich bereits in einer goldenen Hülle aus Alkohol, Musik, Tanz und Gelächter. Sie sah ihn sogleich, weil sie oben auf einem Tisch zwischen Würfelbechern und Bierkrügen tanzte, lachte ihm entgegen und streckte die Arme nach ihm aus. Er trat ein, offensichtlich hin- und hergerissen zwischen Erheiterung und Ärger, und sie tanzte ihn an, während er sich vorsichtig seinen Weg zwischen den feierfreudigen Leuten zu ihr hinüber bahnte. Sie wollte ihn zu sich auf den Tisch ziehen, doch er wehrte sich mit einem Anflug von Entsetzen, und so ließ sie sich von ihm hinunter auf den Boden helfen und taumelte in seine Arme.

»Du bist betrunken«, sagte er und legte seine Arme um sie.

»Nur ein bisschen«, sagte sie. »Es ist ein Wiedersehensfest. Ich habe einen alten Freund wiedergetroffen. Da drüben, der schmächtige Bursche mit der Laute.«

»Wir sitzen im Goldenen Anker und warten auf dich. Seit über einer Länge.«

»Im Goldenen Anker ist aber kein Wiedersehensfest.«

Fenrir lachte leise. »Daran wird es liegen. Unser Fehler, dich dort zu suchen, wo es ruhig und beschaulich ist.«

»Ich verzeihe dir. Jetzt bist du ja hier. Tanz mit mir, ja?«

»Nein, bestimmt nicht.«

Sie wiegte sich in seinen Armen zur Musik, und er warf einen beinahe flehentlichen Blick zur Tür.

»Wir müssen beraten, wie es weitergeht«, sagte er. »Pintel hat ein paar Neuigkeiten – nichts über Gyldinn selbst, aber Dinge, die vielleicht in einem Zusammenhang stehen. Ich habe unser Geld gegen abrantinische Münzen eintauschen können, aber es sind nicht viele. Wir werden uns entscheiden müssen, ob ...«

»Mach dir keine Sorgen, schöner Mann. Ich habe alles geregelt.«

»Ach, hast du?«

»Ja. Mit Hilfe meines Freundes Wolfram.«

Fenrir warf einen kritischen Blick hinüber zu dem schäbigen Spielmann, der sein Schellenband im Takt klingen ließ und ganz in der Musik aufging.

»Na, da bin ich ja mal gespannt. Wie sieht denn dein fabelhafter Plan aus?«

»Ein bisschen trinken, ein bisschen tanzen, ein bisschen Liebe machen.«

»Krona, das bringt uns nicht weiter.«

Sie legte ihre Lippen auf seine und brachte vorsichtig die Zungenspitze gegen seine Zähne.

»O doch, Süßer. Du bringst mich immer wieder so weit. Und immer ... und immer ... wieder.«

Sie presste sich an ihn, und er machte sich nicht unsanft, aber sehr entschieden los. Die Musikanten legten eine Pause ein, und Wolfram kam zu ihnen herüber, die Laute im Arm.

»Der Jäger«, sagte er. »Es freut mich, Herr Fenrir. Ich habe schon viel von Euch gehört.«

»Tatsächlich«, sagte Fenrir erstaunt.

»Wolfram von Kürenberg«, stellte Krona vor. »Der Mann, der mir geholfen hat, aus der Küche der Waldeck zu entfliehen, und der uns jetzt helfen wird, Gyldinns Spur wiederaufzunehmen. Der, mit dem ich den armen Drachen vor der bösen Prinzessin gerettet habe. Großartige Geschichte, vor allem, wenn er sie erzählt.«

»Aha ...«

»Keine Sorge.« Krona drückte Fenrir einen feuchten Kuss auf die Wange. »Er ist blond, aber deshalb muss ich nicht gleich mit ihm schlafen.«

»Das beruhigt mich ja ungemein.«

»Erwartet nicht mehr zu viel von ihr heute Abend«, sagte Wolfram. »Ich habe gesehen, was sie getrunken hat. Ein Wunder, dass sie noch steht.«

»Ich kann saufen wie ein Pferd«, sagte Krona empört.

»Das wissen wir«, sagte Fenrir. »Sieh zu, dass du morgen nicht kotzt wie ein Reiher.«

»Willst du wirklich nicht tanzen? Wolfram, mach Musik. Der Herr Fenrir will tanzen.«

»Nichts da«, sagte Fenrir. »Ich kann dir Pintel schicken. Der sitzt übrigens alleine im Goldenen Anker und bläst Trübsal.«

»Der arme Kleine. Hol ihn rüber, wir heitern ihn schon auf.«

»Musik!«, rief jemand, und andere Gäste stimmten in den Ruf ein. Wolfram sah hinüber zu den Musikanten, mit denen er sich zuvor spontan verbrüdert hatte und die ihn nun zu sich winkten.

»Ihr könnt zu Eurem Freund gehen«, sagte er zu Fenrir. »Ich passe hier auf sie auf und bringe sie Euch später vorbei. Unversehrt. Mein Ehrenwort.«

Fenrir nickte zögernd und sah zwischen Krona und der Tür hin und her.

»Ich mach nichts Dummes«, versprach sie. »Nur noch ein bisschen tanzen. Den Rest erledigen wir später.«

»Also gut.« Er machte einen Schritt rückwärts. »Keine Dummheiten.«

»Versprochen.«

»Eine Schlägerei beispielsweise wäre eine Dummheit. Auch wenn es dir vorkommt wie die beste Idee von allen.«

»Ich weiß. Ich will mich überhaupt nicht prügeln. Es sei denn ...«

»Was?!«

»War ein Scherz. Verschwinde, mein Hübscher. Ich komme gleich nach.«

Gleich erwies sich als dehnbarer Begriff. Es war längst dunkel, als Krona sich mit Wolfram auf den Stufen vor dem Gasthaus wiederfand. Der Marktplatz lag still unter dem glitzernden Sternenzelt. Es ging ein kühler Wind. Gedämpftes Gemurmel drang aus der Gaststube hinter ihnen. Krona hatte ihren Bierkrug neben sich auf den Stufen abgestellt, es war fast nichts mehr drin. Der Abend ging zur Neige wie das Bier. Wolfram saß neben ihr, die fadenscheinige Robe eng um die knochigen Schultern gezogen. Sie sah ihn an.

Noch jemand, dessen Träume sich nicht erfüllt haben. Er ist in meinem Alter. Ein paar Jahre älter vielleicht. Ihm läuft die Zeit davon, wie mir.

Als hätte er ihren Blick gespürt, lächelte er ihr über die Schulter zu, ein müdes Lächeln, das einen abgebrochenen Eckzahn enthüllte.

»Dein Jäger ...«, fing er an und machte dann eine Pause, als würde er nach Worten suchen.

»Ja«, sagte sie. »Nein. Ich weiß es nicht. Ich wollte mich nicht verlieben. Ich wollte ihn nur ins Bett kriegen. Daran habe ich dann monatelang gearbeitet, und irgendwo unterwegs ist die Sache wohl gekippt. Und jetzt liegt mir wirklich etwas an ihm, und ich weiß nicht, ob mich das stark macht, oder ob es mir den Rest gibt.«

»Das weiß ich doch schon. Man muss euch nur ansehen, um das zu wissen.«

»Ach, tatsächlich?«

»Ja. Mich interessiert etwas ganz anderes. Ist er ein Wandler?«

»Wie bitte?« Krona setzte sich kerzengerade.

»Ich könnte schwören. In was wandelt er? Wolf, würde ich sagen.«

»Woher weißt du ...«

»Keine Sorge, du hast ihn nicht verraten. Ich bin von selbst draufgekommen.«

»Aber wie ...?«

Wolfram grinste. »Er nennt sich Fenrir. Er ist ein Jäger, und er hat bernsteinfarbene Augen. Der Mann ist ein wandelndes Klischee. Es war nicht sonderlich schwer, hinter sein Geheimnis zu kommen.«

»Du bist immer noch gerne der Klügste im Raum, oder?«

»Ich bin immer noch meistens der Klügste im Raum. Also, stimmt es?«

Krona nahm ihren Krug und leerte ihn.

»Er will nicht, dass jemand es weiß«, sagte sie und wischte sich mit dem Ärmel über den Mund. »Er hat einen Haufen schlechte Erfahrungen gemacht. Ich weiß selbst nicht viel. Er spricht nicht darüber.«

»Manchmal ist es klüger, die Geister der Vergangenheit ruhen zu lassen. Aber keine Sorge. Ich weiß ein Geheimnis zu bewahren.«

Krona stellte ihren leeren Krug ab und lehnte ihre Schulter gegen Wolfram. Er legte den Arm um sie und zog sie an sich.

»Ich bin froh, diesen Geist der Vergangenheit getroffen zu haben«, sagte sie leise und spürte sein Lächeln in ihrem Haar.

»Noch bin ich kein Geist. Noch bin ich sehr lebendig. Aber ich weiß, was du meinst. Wolfram und Krona auf der Suche nach Abenteuern – das ist so lange her, ich vergesse manchmal, dass es wirklich passiert ist. Es fühlt sich an wie eine Geschichte.«

»Ja«, sagte sie. »Als wäre ich es gar nicht gewesen. War ich das wirklich?« Sie hob den Kopf von seiner Schulter und sah ihn an. »Das junge, dumme Ding, das dachte, ihm gehört die Welt?«

»Die junge, umwerfende Schwertmagd, der die Welt zu Füßen lag. Ja, das warst du wirklich.«

Sie schüttelte den Kopf und sah in die Nacht. Eine struppige Katze rannte durch die kleine Lichtinsel vor dem Gasthaus und verschwand sogleich wieder in der Dunkelheit.

»Ich bin mir selbst ganz verloren gegangen«, sagte Krona. »Es war alles so endgültig. Ich war so glücklich. Und dann stirbt Mattis ... und alles geht den Bach runter, und jetzt ist alles irgendwie abgerissen.«

»Das ist das Wundersame an Geschichten«, sagte Wolfram. »Was man für das Ende der einen halten könnte, ist in Wahrheit der Beginn einer anderen. Du bist schon längst in deiner neuen Geschichte. Sie ist voller Heldenmut und Schmerz und Liebe, und sie braucht eine großartige Heldin.«

»Den Teil mit dem Schmerz würde ich gerne auslassen.«

»Das geht nicht, das weißt du. Schmerz gehört immer dazu.«

Sie seufzte schwer.

»Ich bin aber diese Heldin nicht. Ich bin ... niemand. Ich bin nur Reste von mir.«

Er drückte ihre Schulter.

»Ich erfinde dich neu. Ich habe die Schwertmagd neu erfunden, ich kann das auch mit der Schwertmeisterin tun. Krona Feuerfaust, die unermüdliche Streiterin für das Gute, sie scheut sich nicht, dunkle Pfade zu gehen, sie ist furchtlos, weil sie gelernt hat, in ihre eigenen Abgründe zu sehen. Sie weiß, wie verletzlich sie ist, und dennoch macht sie keinen Schritt rückwärts. Noch in tausend Jahren wird man Heldenlieder über sie singen.«

»Du spinnst ja.« Krona versetzte Wolfram einen derben Stoß, den er mit einem Lächeln hinnahm. »Feuerfaust. So ein Unsinn. Warte, bis meine Feuerfaust dich von den Stufen haut.«

»Keine Prügelei, das hast du deinem Jäger versprochen.«

»Wenn du dich nicht wehrst, ist es keine.«

»Ich sehe, du wirst langsam wieder nüchtern. Wie wäre es, wenn ich dich im Goldenen Anker abliefere? Du wirst dort sicher längst erwartet.«

Sie ließ sich von den Stufen ziehen und quer über den Marktplatz in die schmale Seitengasse eskortieren. Im Goldenen Anker war bereits alles dunkel. Sie sah an der schäbigen Fachwerkfassade hinauf.

»Wo wirst du schlafen?«

»Die Schankmagd im Blauen Pferd hat einen Narren an mir gefressen. Ich darf mich in der Küche einrichten. Ein warmer Ofen, Schinken und Eintopf zur Gesellschaft – was will man mehr. Mal sehen, wenn ich ihr ein wenig schmeichle, fällt vielleicht sogar noch Frühstück für mich ab.«

»Wenn es keines gibt, komm hier vorbei. Wir füttern dich schon durch.«

Wolfram lächelte. »Habt Dank, Krona Feuerfaust. Ihr seid so schön wie mildtätig.«

»Mach dich vom Acker. Und komm morgen hier vorbei, gefrühstückt oder nicht!«

Wolfram ging davon. Sie wartete, bis seine leichten, raschen Schritte in der Gasse verklungen waren. Die Tür war zu ihrer Erleichterung noch nicht abgeschlossen. Der Gastraum war dunkel. Eine einzelne Kerze blakte auf ihrem tönernen Teller. Krona nahm sie mit und hielt sie vor sich, um nicht die Treppe hinauf zu fallen. Sie tastete sich an der Wand entlang, die kühle Nachtluft hatte ihren Kopf geklärt, trotzdem fühlte sie sich ein wenig unsicher auf den Beinen.

Nach den ersten Stufen stolperte sie beinahe über einen bauchigen Weinkrug, dann, nur einen Augenblick später, über ein sehr bekanntes Paar langer Beine in dunklen Hosen. Zutiefst erschrocken hielt sie inne.

»Fenrir!«

Er war wach, noch bevor sie ihn ansprach, von einem Augenblick auf den anderen auf diese seltsame Art, die ihm eigen war. Seine goldenen Augen leuchteten im dünnen Schein der Kerze, als er zu ihr hinauf sah.

»Was machst du hier?«, fragte sie. »Ist alles in Ordnung?«

Er nickte und legte den Finger über die Lippen.

»Nicht so laut. Alles schläft. Ich warte hier auf dich, was sonst.«

Er klang völlig nüchtern. Sie sah zwischen ihm und dem Weinkrug hin und her.

»Hab ich Pintel abgenommen«, sagte er leise. »Er hatte die Idee, deinem Vorbild zu folgen und seinen Kummer zu ertränken. Ich konnte ihn davon abhalten, aber wie ich sehe, kann man auch Wiedersehensfreude ertränken.«

Er fasste nach ihrem Ärmel und zog sie zu sich hinunter. Sie kam etwas ungeschickt auf seinem Schoß zu sitzen. Ihre Stiefel scharrten über die hölzernen Stufen. Er presste seine Nase in ihre Halskuhle und nahm einen tiefen Atemzug.

»Prüfst du da etwas nach, sag mal?«, fragte sie misstrauisch und spürte, wie er grinste.

»Deinen Reifegrad, Schätzchen. Und ich denke, du bist gerade richtig.«

»Ich verarsche meine Männer nicht«, sagte sie etwas atemlos. »Hab ich nie. Ich habe überhaupt kein Interesse an … wenn ich … he! Langsam, Süßer.«

Er hatte ihr den Mantel abgestreift und zerrte ihr unsanft das Hemd über die Schulter hinunter, wo es auf halber Höhe hängen blieb.

»Langsam«, murmelte er. »Du sagst doch immer, ich soll schnell machen, sonst erlebst du's nicht!«

»Ja, aber doch nicht hier auf der Treppe!«

»Wieso nicht? Geben das deine alten Knochen nicht mehr her?«

»Und ich hab den weggeschickt, der mir gesagt hat, ich sei mildtätig und schön wie eine Königin. Ich muss den Verstand verloren haben.«

»Das macht nichts. Was ich mit dir vorhabe, hat nicht das Geringste mit deinem Verstand zu tun.«

Sie stöhnte unterdrückt auf, als er seine Hände unter ihr Hemd steckte und auf Wanderschaft schickte. Sein Griff war nicht sonderlich sanft und schickte ihr einen heißen, goldenen Strahl der Lust direkt in ihre Leibesmitte. Sie spürte, wie er sich unter ihr wand, auf der Suche nach Reibung, und bot ihm ihre Hände, die er begierig annahm.

»Was, wenn jemand kommt?«, flüsterte sie halb erregt, halb erheitert, und er ließ den Kopf nach hinten auf die Treppenstufe fallen und schob sich ihr heftig entgegen.

»Das ist der Plan, Schätzchen.«

Er fiel in einen raschen, regelmäßigen Rhythmus. Das kleine Flämmchen auf der Kerze ließ die Schatten in seinem Gesicht tanzen. Sein Haar lag um ihn wie eine Pfütze aus nächtlicher Schwärze. Sie beugte sich über ihn und ließ ihn gewähren, obwohl sie es selbst kaum mehr aushielt. Sie küsste seine unrasierten Wangen, seine Augen, die er in tiefer Konzentration geschlossen hielt, und stöhnte ungeduldig in seinen

Mund, als er das Tempo verschärfte. Dann spürte sie, wie er sich unter ihr anspannte, er packte sie und zog sie an sich und presste das Gesicht in ihre Halsbeuge, und als er kam, grub er seine Zähne in ihre Schulter und erstickte sein Stöhnen. Sie ließ ihm drei, vier tiefe Atemzüge, dann veränderte sie vorsichtig ihre Position, damit sie an die Verschlüsse ihrer eigenen Hose herankam, verschaffte sich genug Raum und forderte den Gefallen von ihm zurück. Viel musste er nicht tun, allein seine Hand an ihrer intimsten Stelle zu spüren, brachte sie beinahe über den Rand, er hatte von Anfang an gewusst, wie er sie berühren musste. Sie bewegte sich ein paarmal heftig gegen seine Finger, dann wusch die Lust über sie wie eine gewaltige Welle und ließ sie mit weichen Knien und jagendem Herzen wie nach einem Dauerlauf zurück.

»Aua«, flüsterte er. »Dein Ellenbogen in meiner Magengrube.«

»Mhm«, murmelte sie. »Und aua. Du hast mich gebissen.«

»Kommt vor.«

»Muss ich jetzt regelmäßig durch den Wald rennen und den Mond anheulen?«

»Müssen schon mal gar nicht.«

Er schob sie sachte zur Seite und richtete sich auf. Sie folgte seinem Beispiel und kam leise stöhnend zum Sitzen. Ihr Rücken schmerzte, dort, wo die Kante der Stufe einen bleibenden Eindruck hinterlassen hatte.

»Auf der Treppe, also wirklich«, sagte er und begann, seine Kleidung zu richten. »Wie schamlos von dir.«

»Ha! Als ob das meine Idee gewesen wäre!«

»Pssst. Nicht so laut. Du weckst ja das ganze Haus.«

»Weißt du, ich dachte eigentlich, ich kenne dich ganz gut. Aber du hörst nicht auf, mich zu überraschen.«

Er lachte leise. »Das ist dein zweifelhafter Einfluss, da bin ich sicher. Komm, lass uns schlafen gehen.«

»Ich könnte noch ein zweites Mal vertragen.«

»Nicht, wenn du die Schlafräume gesehen hast.«

»Oh.«

Er nahm sie mit hinauf, und sie musste feststellen, dass der Schlafraum für fünf oder sechs Menschen mit einem Dutzend belegt war.

Pintel schlief neben der Tür und drehte sich unruhig hin und her, als sie sich neben ihm ein Lager einrichteten.

Fenrir streckte sich aus und zog Krona in seine Arme.

»Was hast du denn mit dem Spielmann besprochen?«, fragte er leise. »Was soll unser nächstes Ziel sein?«

»Erendor«, murmelte sie, nun, da sie lag, plötzlich bleischwer und sehr entspannt.

»Das Reich der Zwerge?«

»Mhm.«

Er strich ihr sachte übers Haar.

»Erklärst du mir, wie es dazu kam?«

»Mhm. Morgen.«

Er lächelte an ihrer Wange.

»Das wird genügen.«

Als sie nach Hause kamen, war alles beim Alten.

Thork fragte sich, was er eigentlich erwartet hatte. Ein Königreich in Trümmern? Niedergebrannte Städte? Kriegsrecht und marodierende Söldner? Jedenfalls nicht diese vollständig belanglose Normalität einer großen Menschenstadt. Ein Hafen voller Schiffe, Händler, Reisende, Bürger, Ochsenkarren, die die schmalen Straßen verstopften. Eine frühe Sommersonne, die Gestank in den engen Gassen ausbrütete, weil die Menschen ihren Unrat nicht wegräumen konnten.

Er dankte seinem Gott, dass sie alle die lange Seereise unbeschadet überstanden hatten, aber er betrat die Stadt wie ein Fremder. Er hatte ja keine Ahnung gehabt, wie groß die Schöpfung der Götter war. Diese Stadt, diese Insel, das ganze Königreich waren nicht mehr als ein Stein im Gebirge.

Er besah sich die Menschen, die diesen Stein bewohnten, wie sie lachten, feilschten, schimpften, ihren Geschäften nachgingen.

Er verstand immer noch nicht, warum es so viele von ihnen geben musste, aber die Götter hatten sie mit Liebe geschaffen, jeden einzelnen.

Lianna legte ihm von hinten eine Hand auf die Schulter und schob ihn voran.

»Ich brauche ein Bad«, sagte sie. »Sofort. Und eine Wagenladung Essen. Frisches Essen! Wenn ich jemals wieder Kraut und Fisch essen muss, sterbe ich.«

»Essen und Informationen«, ergänzte Nardon. »Auf den ersten Blick sieht es ja nicht aus, als würde bereits ein Krieg toben, aber auf den reinen Augenschein will ich mich nicht verlassen.«

»Ein Bader«, sagte Lomir und sah an sich hinunter. »Mein Bart! Das ist geradezu beschämend.«

Nardon lachte und klopfte ihm auf den Rücken.

»Dann schlage ich vor, wir suchen uns einen Gasthof und trennen uns dann für eine Weile. Jeder kann erledigen, was ihm am wichtigsten ist, und später treffen wir uns und schmieden einen Plan.«

In der Stadtmitte fanden sie den Gasthof zum Blauen Pferd, ein imposantes Fachwerkhaus, aus dem ein Duft nach gebratenem Fleisch ins Freie drang, der ihr Bedürfnis nach Reinigung und Bartpflege sofort in den Hintergrund drängte.

»Ich habe noch Silber aus Aksum«, sagte Lomir. »Keine Zeit zum Geldwechseln! Ich werde den Wirt schon überzeugen.«

Es war mitten am Nachmittag und die Gaststube war nur mäßig besucht. Sie ließen sich an einem Tisch in der Ecke des Gastraumes nieder, während Lomir ging, um mit dem Wirt die Frage der Bezahlung zu klären.

Als er wiederkam, schien er vollständig verwirrt.

»Nimmt er das Geld?«, fragte Lianna sofort. »Bekommen wir Essen? Wie sieht es mit Zimmern aus? Kann er mir ein Bad richten?«

»Ja auf die ersten Fragen und ich weiß nicht, ich habe nicht gefragt auf die letzte«, sagte Lomir. »Aber ich habe ein Rätsel für euch, das ihr lösen könnt, während wir aufs Essen warten.«

Er zog sich einen Stuhl heran und schnippte eine kleine Silbermünze aus Aksum auf die Tischfläche.

»Genau solches Silber hat er vor einiger Zeit bereits erhalten«, sagte er. »Drei oder vier Wochen ist es her.«

»Was?«, sagte Nardon überrascht. »Aksum-Silber hier in Abrantes?«

»Und es kommt noch besser«, sagte Lomir. »Ich habe natürlich gefragt, ob er sich erinnern kann, wer damit bezahlt hat. Er konnte. Eine Frau, sagt er. Groß, kräftig, in ihren späten Vierzigern, Anfang der Fünfziger vielleicht. Braune Locken mit Grau darin.«

»Schwert?«, fragte Nardon entgeistert.

»Schwert«, bestätigte Lomir.

»Aber wie kann das sein?«, fragte Lianna vollständig verwirrt. »Als wir sie zuletzt sahen, wusste sie nicht mal, wer sie war!«

»Die anderen?«, fragte Nardon.

»Nein«, sagte Lomir. »Zu einem großen dunkelhaarigen Mann fiel ihm nichts ein, dazu gibt es zu viele in Südhafen, sagt er, aber er schwört jeden Eid, dass er einen wie unseren Pintel hier nicht gesehen hat. Stattdessen war sie in Begleitung eines Spielmannes. Einer von Kürenberg, Vorname wusste er nicht. An den erinnert er sich genau, weil er ihn schon einige Jahre kennt.«

»Sie kann nicht vor uns hier angelangt sein«, sagte Lianna mit Nachdruck. »Und die Begleitung stimmt nicht. Es muss ein Zufall sein.«

»Wie viele Frauen tragen ein Schwert bei euch Menschen?«, fragte Thork.

»Es kommt vor«, sagte Lianna düster. »Ich trage auch eines.«

»Es gibt zwei Möglichkeiten«, sagte Nardon. »Sie war es, oder sie war es nicht. Wenn sie es war, stellen sich zwei Fragen. Zum einen, wo sind Pintel und Fenrir geblieben? Zum anderen, wie ist sie – oder wie sind sie – vor uns hier angekommen?«

»Portal?«, schlug Lomir vor. Nardon nickte düster.

»Es widerstrebt mir, alles mit Zauberei zu erklären, was sich mir nicht anderweitig erschließt, aber bleiben wir bei der These, solange wir keine andere haben. Ein Portal also. Doch wo sind die anderen? Müssen wir davon ausgehen, dass etwas Schlimmes passiert ist?«

Lomir räusperte sich. »Eher nicht. Sie hat, ahem. Hier sehr ausschweifend gefeiert. Der Wirt erinnert sich lebhaft an diesen Abend. Sie hätte wohl kaum auf dem Tisch getanzt und ein Fass leergemacht, wenn den beiden anderen etwas zugestoßen wäre.«

»Es sei denn, These zwei trifft zu und sie wäre es nicht gewesen.«

»Sie war es. Wie viele Kriegerinnen in ihren Jahren mit Aksum-Silber in den Taschen soll es hier geben?«

»Es wäre nicht zum ersten Mal geschehen, dass Gyldinn die Gestalt einer Sterblichen annimmt.«

»Nein«, sagte Lianna entschieden. »Sie hasst und verabscheut Krona.«

»Und das sollte sie davon abhalten ...?«, fragte Nardon erstaunt.

»Gyldinn ist eine Frau«, sagte Lianna. »So weit das bei einer Valdar zutrifft. Eher würde sie die Gestalt eines Regenwurmes annehmen als die ihrer größten Feindin.«

»Das ist logisch«, sagte Lomir.

»Finde ich nicht«, sagte Nardon wenig überzeugt. »Aber so lange mir niemand einen Grund nennen kann, warum Gyldinn Kronas Gestalt annehmen und dann feiern gehen sollte wie das Original, werde ich mich mit der Erklärung begnügen.«

Die Schankmagd kam mit einem Arm voller Bierkrüge, aus denen es schäumte.

»Ihr hattet nach dem Spielmann gefragt?«, sagte sie zu Lomir. »Dem von Kürenberg?«

»Nach seiner Begleitung«, erklärte Lomir. »Kriegerin, nicht mehr ganz jung, hat hier wohl ein rauschendes Fest geschmissen.«

»Eine Freundin von früher, glaube ich«, sagte die Schankmagd und verteilte die Krüge. »Aber wenn Ihr den Kürenberger treffen wollt, solltet Ihr nach Osten reisen. Er wollte der Königsstraße in Richtung Veldenstein folgen, und dann weiter Richtung Streitberg. Er ist so weit herumgekommen! Er spricht über diese Orte, als wären sie nicht mehr als einen Spaziergang entfernt. Er ist dort überall schon gewesen!«

»Beeindruckender Bursche, wie mir scheint«, grinste Lomir, und die Schankmagd errötete und schlug die Augen nieder.

»Er ist ein Habenichts«, sagte sie. »Aber er ist ungeheuer liebenswürdig und weiß so viel zu erzählen.«

»Ist er allein nach Streitberg aufgebrochen, oder hat die Kriegerin ihn begleitet?«, fragte Nardon.

»Weiß ich nicht«, sagte die Schankmagd. »Nach ihr habe ich ihn nicht gefragt.«

»Habt vielen Dank«, sagte Nardon. »Wenn Euch noch etwas einfällt, zögert nicht, es uns mitzuteilen. Mir scheint, wir müssen diesen Spielmann auftreiben, wenn wir das Rätsel lösen wollen.«

»Er hat vier Wochen Vorsprung«, gab Thork zu bedenken.

»Aber er hat es nicht eilig«, sagte Nardon. »Wenn er sein Geschäft versteht, bleibt er hier ein bisschen und dort ein bisschen. Und wenn er wirklich in Veldenstein und Streitberg schon gewesen ist, und in den Dörfern an der Straße vielleicht auch schon, dann kennt man ihn dort und erinnert sich vielleicht an ihn, wenn wir dort nach ihm fragen. Und wer weiß, vielleicht erinnern sie sich dann daran, dass er in Begleitung einer Kriegerin war.«

»Breitenbach«, sagte Lomir und sah der Schankmagd versonnen hinterher. »Wenn sie eine Abkürzung gefunden hat, dann geht sie ja davon aus, dass wir nach ihr ankommen. Sie sollte uns also eine Nachricht dorthin geschickt haben.«

»Aber sie geht davon aus, dass wir glauben, wir wären die Ersten«, gab Nardon zu bedenken. »Sie wird also nicht davon ausgehen, dass wir nach einer Nachricht suchen, und wird uns deshalb auch keine schicken.«

»Was?«, sagte Lianna und blinzelte.

»Egal«, sagte Nardon. »Halten wir uns nicht mit Breitenbach auf. Suchen wir den Spielmann, ehe er uns durch die Lappen geht.«

Die Schankmagd brachte das Essen, und für eine Weile waren sie alle zu beschäftigt, um zu planen. Erst als das letzte Bratenstück verspeist, der letzte Soßenrest mit einem Brotkanten aufgewischt war, ergriff Nardon das Wort.

»Eine Nacht in einem vernünftigen Bett«, sagte er. »Das ist das Mindeste. Morgen früh brechen wir meinetwegen auf und jagen diesen Spielmann. Den heutigen Tag sollten wir dazu nutzen, unsere Vorräte zu vervollständigen. Was brauchen wir?«

»Kleider«, sagte Lianna sofort. »Ich gehe in Lumpen! Das ist kein Zustand.«

»Ich schließe mich an«, sagte Lomir, »auch wenn wir modisch garantiert getrennte Wege gehen. Wir brauchen Seife, Salz, Fackeln. Neue Decken zum Schlafen wären schön. Die alten haben unter all der Feuchtigkeit und dem Salzwasser doch sehr gelitten. Neue Stiefel! Meine haben mehr Löcher als ein tausend Jahre altes Kettenhemd.«

»Ich glaube, bei dir ist der Reichtum ausgebrochen«, sagte Nardon missmutig. »Zähle dein Geld und werde bescheiden, mein Freund.«

»Kein Grund dazu«, sagte Lomir fröhlich. »Wir sind zu Hause. Ich komme wieder an mein Vermögen. Und mein Name hat in dieser Stadt immer noch einen hervorragenden Klang. Ich habe schließlich dafür gesorgt, dass die Leute hier nicht verhungern.«

»Ist klar.« Nardon zog ein zerknittertes Stück Papier und einen abgebrochenen Kohlestift aus der Tasche. »Lasst uns eine Liste machen.«

Einige Zeit später brachen Lomir und Nardon mit einer langen Liste auf, um Einkäufe zu tätigen. Thork trug das gesammelte Gepäck hinauf in den Schlafraum. Lianna blieb im Gastraum sitzen und hielt sich an einem Becher Apfelsaft fest. Sie war blass, und dunkle Ringe lagen um ihre Augen. Die lange Schiffsreise war eine Tortur für sie gewesen. Bei bewegter See hatte sie praktisch den Tag über einem Eimer oder über der Reling verbracht. Ein kleines Bäuchlein wölbte sich unter ihrem Hemd, und Thork stockte jedes Mal der Atem, wenn er es bemerkte.

Er hielt die Schankmagd am Ärmel fest, die mit einem Tablett voller leerer Becher an ihm vorbei in Richtung Küche wollte.

»Meine Gefährtin benötigt ein Bad«, sagte er. »Könnt Ihr eines richten?«

»Es gibt ein öffentliches Badehaus die Straße runter«, sagte die Schankmagd zögernd.

»Ich bitte Euch. Sie ist sehr erschöpft. Sie braucht ein Bad und ein Bett und Ruhe und kein öffentliches Badehaus.«

Die Schankmagd seufzte.

»Ich gebe dem Wirt Bescheid«, sagte sie. »Er lässt ein Bad richten.«

»Ich danke Euch.«

Lianna sah ihm entgegen, als er durch den Gastraum zu ihr ging. Ein verlorenes Lächeln hing in ihren Mundwinkeln. Ihr kurzes, unregelmäßig geschnittenes Haar lag um ihr Gesicht wie zartes Gefieder. Er strich ihr über die Wange, und sie legte ihr Gesicht in seine Hand und schloss die Augen. Am Nachbartisch verstummten die Gespräche. Thork schirmte Lianna mit dem Rücken von den sensationslüsternen Blicken ab und nahm sie mit hinauf ins Obergeschoss. Sie fiel auf eines der Betten, ohne die Stiefel auszuziehen. Er beschäftigte sich, indem er die Ausrüstung durchging und Unbrauchbares aussortierte. Das Blatt seiner Axt hatte Flugrost angesetzt. Er würde die freundliche Magd um ein Gemisch aus Essig und Öl bitten müssen, um die Klinge zu reinigen, ehe der Rost tiefer in den Stahl eindrang.

Dieses Salzwasser machte nicht einmal vor gutem Zwergenstahl Halt. Er überlegte, ob er gleich hinuntergehen und die Magd ansprechen sollte, als er bemerkte, dass Lianna die Augen geöffnet hatte und ihn ansah.

»Wir haben es geschafft«, sagte sie. »Wir sind wieder hier. Hättest du das gedacht?«

»Ich wollte nicht über Alternativen nachdenken«, sagte er. »Aber ich danke Gròr jeden Augenblick, seit ich wieder Land unter den Stiefeln habe.«

»Mein tapferer Seefahrer.«

»Nie wieder, wenn es nach mir geht.«

Sie streckte sich und gähnte.

»Ich brauche dringend ein Bad.«

»Ich habe bereits eines in Auftrag gegeben. Sie machen gerade dein Wasser heiß.«

»Das ist so lieb von dir.«

Er nickte ihr zu und wandte sich wieder zu seiner Ausrüstung. Sein Papiervorrat war restlos aufgebraucht, seine Kohlestifte kaum mehr als ein dunkler Schatten auf seinen Fingerspitzen. Er hatte kein Geld, um neues Papier zu besorgen.

Ob Odres Toleno inzwischen nach Dalen zurückgekehrt war? Er mochte sich nicht ausmalen, wie es einem Schmied ging, der zurückkam und seine Schmiede, sein Haus, all seine Habe zerstört vorfand. Der Gedanke fraß an ihm, er konnte nicht umhin, sich verantwortlich zu fühlen. Vielleicht konnte er seine Schuld bei Toleno abarbeiten. Dreißig, vierzig Jahre ... es bliebe ihm danach noch genug Lebensspanne. Würde Lianna in Dalen leben wollen?

»Es wird ein Junge«, sagte sie in seine Überlegungen hinein. Er ließ die Hände sinken, die damit beschäftigt gewesen waren, ein fleckiges Hemd zu falten, und sah zu ihr hinüber.

»Wie willst du das wissen?«

Sie zuckte im Liegen die Achseln und lächelte.

»Frauen spüren so etwas. Hast du schon überlegt, wie er heißen soll?«

»Nein.«

»Wie findest du Tamin?«

»Das bedeutet der Sanfte in der Zwergensprache. Ein guter Name.«

Sie legte die Hand auf die kleine Wölbung ihres Bauches.

»Ich habe Angst, Thork.«

»Ich weiß. Ich auch.«

»Aber du musst mein Fels sein.«

»Das bin ich trotzdem.«

Sie streckte die Hand nach ihm aus, und er kam zu ihr und kniete sich neben ihre Lagerstatt. Sie brachte ihre Wange ganz nah an seine und gab ihm einen Schmetterlingskuss.

»Hättest du das gedacht?«, fragte sie leise. »Ich meine – alles? Damals, an den Hängen des Wetterstein? Hättest du dir das träumen lassen?«

»Nein«, sagte er. »Nichts davon.«

Sie nickte und lächelte.

»Die Götter haben einen merkwürdigen Sinn für Humor.«

»Das kann ich nicht abstreiten, Prinzessin.«

Einige Zeit später klopfte die Magd und brachte die Nachricht, das Bad sei bereit. Thork begleitete Lianna hinunter und über den Hof zu dem kleinen, gemauerten Badehaus, und dann durchlebte er einen Augenblick der altgewohnten heißen Scham, als sie ihn unter den befremdeten Blicken der Magd mit hineinnahm und seinen schwachen Protest im Keim erstickte.

Sie zog sich aus, und er presste die Handflächen gegen seine glühenden Wangen. Er würde sich daran gewöhnen müssen, sich mit ihr als seiner Gefährtin in der Öffentlichkeit zu bewegen, aber gleichzeitig sehnte er sich nach einem kleinen Haus am Ende der Welt, in dem es nur ihn und sie gab und den kleinen Tamin.

Mit einem erleichterten Aufstöhnen ließ sie sich in das heiße Wasser gleiten. Sie legte den Kopf in den Nacken und tauchte unter, und er stand zwischen Tür und Badezuber und wusste nicht, wohin mit sich.

Lianna kam wieder in die Höhe, zwinkerte sich Wasser aus den Augen und lächelte ihn an.

»Seifst du mir den Rücken ein?«

Er schluckte trocken.

»Wenn du das möchtest.«

»Ach, mein Zwerg.« Sie streckte die Hand nach ihm aus. Er nahm ein Stück Seife von einem schmalen Bord neben der Tür und ging zu ihr hinüber. Vorsichtig tauchte er seine Hände in das heiße Wasser und seifte sie ein, dann kam er hinter sie und begann sachte, ihren Hals und ihre Schultern zu massieren. Sie seufzte zufrieden und räkelte sich unter seiner Berührung. Er sammelte Seifenschaum und strich ihn zart in ihre Haare, und plötzlich stieß sie Luft aus und schlug mit den flachen Händen aufs Wasser, dass es spritzte.

»Ich hasse sie«, sagte sie mit überraschender Heftigkeit. »Ich hasse Gyldinn. Weißt du, wie lange es dauert, bis meine Haare nachgewachsen sind?«

»Sonst hast du keine Probleme?«

»Es dauert Jahre! Wenn sie überhaupt jemals wieder so lang werden. Nie, niemals ist jemand mit einer Schere in meine Nähe gekommen, und dann kommt sie und meint, sie muss mich entstellen?«

»Du bist weit davon entfernt, entstellt zu sein, Prinzessin. Du bist das schönste Wesen unter der Sonne. Jetzt halt still, sonst wirst du nicht sauber.«

Sie missachtete seine Anordnung, drehte sich im Zuber und sah ihn über die Schulter an.

»Weißt du, wie das ist, wenn man jeden Tag, jeden Tag, direkt beim Wachwerden, daran denken muss, was einem angetan wurde? Wie es sich anfühlt, wenn man es nie vergessen kann, weil man es einfach mit sich herumträgt?«

»Du fragst mich das allen Ernstes?«

Sie hielt inne, ein Anflug von Betretenheit huschte über ihre Züge.

»Du hast recht. Das war dumm. Ich weiß auch nicht. Ich ... vielleicht ... Ich sehe deine Narbe gar nicht mehr. Und deine Augenklappe. Ich sehe nur noch dich.«

Eine plötzliche Enge umspannte seine Brust, die sich nicht wegatmen ließ. Er räusperte sich.

»Soll ich weitermachen?«

»Ja, bitte.«

Sie nahm ihren dunklen Blick von ihm und drehte ihm wieder den Rücken zu. Seine Hände glitten sanft über ihre Haut, die langsam die Wärme des Wassers aufnahm und sich zart rötete.

»Trotzdem muss sie zahlen«, sagte Lianna. »Versprich es mir. Auf dem Grund eines Sees will ich sie begraben. Ach was – auf dem Grund eines Meeres! Ich will sie so gründlich auslöschen, dass nichts von ihr bleibt, das reichen würde, dir eine Pfeife daran anzuzünden.«

»Ich kümmere mich darum.«

Sie lächelte ihn über die Schulter an, und er fasste sich ein Herz und stieß sich selbst voran, und seine Worte klangen fremd und hölzern, als sie seinen Mund verließen.

»Prinzessin … hast du schon einmal darüber nachgedacht … dass du und ich …«

Unter ihrem halb erstaunten, halb belustigten Blick versickerte sein Mut, und er verstummte.

»Was?«, fragte sie.

»Nichts«, brummte er. »Blöde Idee. Würde sowieso nichts ändern.«

»Ich will sie hören, deine blöde Idee.«

Er rollte sich den Ärmel auf und fischte nach der Seife.

»Ich weiß gar nicht, ob es überhaupt erlaubt ist. Ob wir einen Priester finden würde, der …«

»Hast du Angst, ich sage nein? Nach allem, was war?«

»Es geht alles so schnell. Das bringt mich durcheinander.«

Sie drehte sich in dem Badezuber zu ihm. Das Wasser plätscherte leise, als sie nach seinen Händen griff.

»Willst du den Bund mit mir eingehen, Thork Eisenfels?«

Er blinzelte eine plötzliche Unschärfe aus seinem Blick.

»Ja, das will ich, Prinzessin.«

Sie grinste spitzbübisch und küsste ihn zart auf die Wange.

»Dann musst du mich schon fragen.«

»Was …?«

»Ich will einen Ring. Und Blumen. Und einen Kniefall.«

»Ich bin auf meinen Knien.«

»Du kniest neben meiner Badewanne. Das zählt nicht.«

»Ich bin ein armer Mann, das weißt du. Woher soll ich einen Ring nehmen?«

»Dir fällt schon etwas ein.«

Sie ließ sich ins Wasser zurückrutschen, bettete den Kopf an seine Schulter und schloss genießerisch die Augen. Er legte seine narbige Wange auf ihr Haar, während seine Gedanken Fahrt aufnahmen.

»Ich muss los«, sagte er nach einer Weile. »Mir scheint, ich habe in dieser Stadt noch einiges zu erledigen.«

Der Gasthof verfügte über einen kleinen Brunnen im Hof. Dort wusch er sich und zog die Kleidung an, die ihm am wenigsten mitgenommen schien. Dann verließ er das Gasthaus und ging hinüber auf den Markt, um sich für ein paar Stunden Arbeit zu suchen. Im Hafen fand er schließlich ein Schiff, das gerade eine umfangreiche Ladung an Bord nahm, und verbrachte den Nachmittag damit, Kisten zu schleppen und Fässer zu rollen. Als die Sonne unterging, entlohnte der Kapitän ihn mit einer Handvoll kleiner Kupfermünzen, und er beeilte sich, zurück auf den Marktplatz zu kommen, bevor die Händler ihre Marktstände einräumten. Bei einem Trödler fand er einen kleinen Kupferring, den er sich leisten konnte. Er war mit zwei Spiralen verziert, die sich berührten und in denen man mit etwas gutem Willen die Endlosschleife der Muttergöttin erkennen konnte. Eine Marktgasse weiter war ein Papiermacher gerade dabei, seine Waren einzupacken. Thork beeilte sich, hinüberzukommen, und tauschte seine letzten Kupferpfennige gegen einige große Rollen Papier und ein paar Kohlestifte. Der Papiermacher war groß und dünn, sein dunkles Haar war weitgehend ergraut, und sein wachsamer Blick erinnerte Thork an Fenrir. Für einen Augenblick erwog er, den Mann anzusprechen, verwarf den Gedanken dann aber wieder. Wäre der Mann tatsächlich Fenrirs Vater, hätte er ihm nicht sagen mögen, dass sein Sohn auf dem Südlichen Kontinent verschollen war. Wäre er es nicht, so konnte er sich den Aufwand sparen.

Mit müden Schritten fand er sich wieder im Blauen Pferd ein und erstieg die Treppe hinauf zu ihrem Schlafraum. Dort empfing ihn allerdings nicht die erhoffte beschauliche Ruhe. Lomir und Nardon waren zurück, und wie es schien, hatten sie für ordentlich Umsatz in der Stadt gesorgt. Überall lagen Kleidungsstücke, Ausrüstungsgegenstände, Thork sah ein zusammengerolltes Seil, einen Stapel gefalteter Decken, in Wachspapier eingeschlagene Lebensmittel, sogar Stiefel und zwei Rucksäcke, die beinahe neu aussahen. Dazwischen bewegten sich die anderen Zwerge und Lianna und veranstalteten so viel Geschäftigkeit, dass sie Thork zuerst gar nicht bemerkten. Lianna trug eine weite, kornblumenblaue Tunika, die er an ihr nicht kannte, darunter eine braune Kotta, und sie war gerade dabei, ihren Schwertgürtel umzulegen, als Thork einen Schritt in den Raum machte und energisch die Tür hinter sich schloss.

»Wo warst du so lange?«, fragte sie und strahlte ihn an. »Sieh mal! Lomir hat mir neue Kleider besorgt! Er hat mir sogar neue Löcher in meinen Gürtel stanzen lassen. Ist das nicht lieb von ihm?«

»Nicht der Rede wert«, sagte Lomir geschmeichelt. Der Zwerg hatte offenbar geraume Zeit beim Barbier verbracht. Sein Haupthaar war geglättet und glänzte, und sein Bart war kunstvoll geflochten. Auch er hatte sich komplett neu eingekleidet und sah jetzt wieder aus wie der weltgewandte Geschäftsmann, als der er sich so gerne gab.

»Für dich haben wir auch etwas«, sagte Nardon und drückte Thork ein Kleiderbündel in die Hand. »Ein bisschen schlichter als das, was der Herr Feuerbeil sich zugelegt hat, aber ich denke, das kommt dir entgegen.«

Thork nickte, immer noch damit beschäftigt, von einem zum anderen zu sehen.

»Keine Sorge«, sagte Nardon. »Wir haben uns nicht auf die nächsten zweihundert Jahre hinaus verschuldet. Die Sachen sind gebraucht, und Lomir hat so hart verhandelt, dass der Krämer sich heute Abend in den Schlaf weinen wird.«

»Danke«, sagte Thork.

»Wo warst du so lange?«, wiederholte Lianna ihre Frage.

»Arbeiten.«

»Aber wozu?«

»Für etwas, das kaum der Rede wert sein wird angesichts dieses Überflusses.«

Sie beugte sich zu ihm und küsste ihn auf die Wange. Ihre Haare dufteten nach Seife.

»Ich bin sicher, ich werde es lieben«, flüsterte sie.

Er nickte und räusperte vergeblich an seiner Stimme herum.

»Du warst arbeiten?«, fragte Lomir erstaunt. »Was hast du gemacht?«

»Fässer in ein Schiff verladen.«

»Du hättest dich ausruhen sollen. Wir haben morgen wieder einen langen Weg vor uns.«

»Es musste sein.«

Lomir hob die Hände und ließ sie wieder fallen.

»Na, du wirst schon wissen, was du tust.«

»Tu mir einen Gefallen«, sagte Thork. »Geh schon mal runter und sieh nach, ob es Abendessen gibt. Du auch, Nardon.«

»Schon erledigt«, sagte Lo mir fröhlich. »Es gibt Kraut und Brotsuppe, und wir müssen nur …«

»Komm mit, du Held«, sagte Nardon und zog ihn am Ärmel. »Wir fragen einfach nochmal.«

Nardon schob den verwunderten Lomir vor sich aus der Tür. Stille kehrte ein, und Thork schloss für einen Augenblick erleichtert die Augen. Er hörte das Rascheln von Liannas Kleidern und das leise Knistern von Stroh, als sie sich auf den Rand ihrer Lagerstatt setzte. Er öffnete die Augen, und sie sah ihn an und lächelte. Er tastete in seiner Jackentasche nach dem Ring. Er war nicht im Geringsten das, was sie verdient hatte – und das galt für das ärmliche Sinnbild seiner ewigen Liebe genauso wie für ihn selbst.

»Nun mach schon«, sagte sie. »Ich werde keine vierhundert Jahre alt, weißt du.«

Er schluckte trocken und ließ sich vor ihr auf die Knie nieder. Seine Finger wollten ihm nicht gehorchen, und er brauchte mehrere Anläufe, bis er ihn aus der Tasche gefischt hatte.

»Lianna«, sagte er heiser, »du weißt, ich bin kein Meister mit Worten. Aber du bist mein Licht und mein Leben und ... Erst mit dir ergibt alles einen Sinn. Und deshalb frage ich dich, ob du den Bund mit mir eingehen möchtest.«

Tränen sprangen aus ihren Augen, und sie lachte und weinte gleichzeitig, fiel ihm um den Hals und flüsterte, »Ja, das will ich, das will ich.«

Er schob sie weit genug von sich, um ihr den Ring anstecken zu können, und sie spreizte die Finger und bewunderte das Schmuckstück, als hätte er ihr alles Zwergengold der Welt zur Füßen gelegt. Er setzte an, sich für die ärmliche Gabe zu entschuldigen, aber sie verschloss ihm den Mund mit einem langen Kuss, und er vergaß, was er hatte sagen wollen.

Am nächsten Tag ließ Lomir ein weiteres Mal seine Beziehungen spielen und beschaffte ihnen fünf Ponys.

»Bis Veldenstein«, sagte er. »Dort geben wir sie bei einem Bauern namens Menzel ab. Mein Geschäftspartner ist des öfteren dort und nimmt sie beim nächsten Mal wieder mit nach Hause. Von dort aus sind es nicht mehr als zwei Tagesmärsche bis Eisgrube, dem westlichsten Dorf von Erendor.«

Die Ponys waren vor dem Gasthof angebunden, es waren kräftige, gutmütige Tiere, und Nardon begann schon, einen dicken Schimmel mit ihrem Gepäck zu beladen.

»Wir reiten also«, sagte er und zog eine Grimasse. »Was für eine hervorragende Abwechslung zu den ewigen Schiffsfahrten.«

»Wir werden doppelt so schnell sein wie zu Fuß«, sagte Lomir. »Diesen Vorteil können wir uns nicht entgehen lassen.«

Lianna hatte sich das größte Pony ausgesucht, einen struppigen dunkelbraunen Hengst, der ungeduldig am Strick tänzelte. Sie tastete seine Beine ab, besah sich die Hufe und schaute ihm ins Maul.

»Gutes Tier«, sagte sie. »Nicht das, was ich gewohnt bin, aber Hauptsache, ich komme überhaupt einmal wieder in den Sattel.«

Thork hielt sich fern und betrachtete die neuen Reisegefährten argwöhnisch. Es gab keinen vernünftigen Grund, zu Fuß zu gehen, aber er hätte Jahre seines Lebens dafür gegeben, auf die Ponys verzichten zu dürfen.

Lianna zwinkerte ihm zu.

»Du schaffst das«, sagte sie. »Es sind ganz fromme Tiere. Wir geben dir den Schecken. Sitz einfach still und lass ihn seine Arbeit machen.«

»Man weiß nie, was sie in ihren großen Köpfen gerade planen«, sagte er unfreundlich. Sie lächelte ihn an.

»Weniger, als du glaubst. Schau mal, sie sind ganz gelassen. Sie kennen Städte und Fuhrwerke und den ganzen Trubel hier, und sie kennen auch den Weg nach Eisgrube. Sie haben gar keinen Grund, sich aufzuregen. Sie sind wirklich ganz harmlos.«

Er seufzte abgrundtief.

Lomir lachte. »Das ist der mächtige Zauberpriester, der mit einem gewaltigen Schlag eine ganze Heerschar Untoter niedergemäht hat«, sagte er. »Und er scheitert an fünf Ponys.«

»Ich scheitere nicht«, knurrte Thork. »Und jetzt hört auf, auf mich einzureden. Vater der Steine! Das hält ja kein Zwerg aus.«

Er machte ein paar vorsichtige Schritte. Der Schecke stand geruhsam an der Hauswand, hatte einen Hinterhuf auf die Kante gestellt und ließ dösend den Kopf hängen. Gelegentlich peitschte sein Schweif die Fliegen, und jedes Mal zuckte Thork zusammen. Seine Handflächen waren feucht, und sein Herz schlug ihm bis zum Hals. Es gab keine Möglichkeit, sich dem Tier zu nähern, ohne entweder in Reichweite der gefährlich blitzenden Hufeisen oder der langen Zähne zu kommen. Die Ohren des Schecken zuckten.

»Seitlich stellen«, sagte Lianna hinter ihm ruhig. »Gesicht zum Schweif. Er wird dich nicht in den Rücken beißen, versprochen. So, siehst du. Du kommst dann leichter in den Steigbügel.«

Vorsichtig schob er den Fuß in den Steigbügel und packte den Sattel.

»Mit Schwung«, sagte Lianna, doch seine Knie zitterten so sehr, dass er keinen Schwung nehmen konnte, sondern sich mühsam wie ein alter Mann in den Sattel arbeitete. Er kam zum Sitzen und klammerte sich am Sattelhorn fest. Die Welt unter ihm schwankte, der Boden war erschreckend weit entfernt. Dann drehte das Höllentier seinen Kopf zu ihm und roch an seiner Stiefelspitze. Thork schloss sein Auge und biss die Zähne aufeinander. Er spürte, wie das Pony unter ihm sein Gewicht verlagerte, dann stand es wieder still.

Mehr passierte nicht. Thork blinzelte. Das Pony ließ wieder den Kopf hängen und zuckte träge mit den Ohren.

»Großartig«, sagte Lianna und klopfte ihm aufs Knie. »Du machst das gut. Lass ihn einfach in Ruhe und genieße die Aussicht.«

Er konnte nicht antworten, aber sie erwartete es offenbar auch nicht. Sie ging hinüber zu ihrem Braunen und schwang sich elegant in den Sattel. Auch Nardon saß schon auf seiner Schimmelstute. Lomir band die Ponys los und reichte Lianna die Zügel des Packponys hinauf, dann schwang er sich selbst geübt in den Sattel und schnalzte mit der Zunge.

»Auf geht es, Leute! Die Jagd ist eröffnet.«

Bis sie das Stadttor passiert hatten, hatte Thork alle Stadien der Angst durchlaufen, doch er saß noch immer im Sattel, und der Schecke schien kein Interesse daran zu haben, diesen Zustand zu ändern. Thork lockerte seinen Griff um das Sattelhorn, weil ihm die Finger schmerzten, und erlaubte sich einen tiefen Atemzug. Der Morgen lag kühl und klar über den Feldern. Das Korn hatte schon begonnen, sich zartgelb zu verfärben. Hoch oben im durchsichtigen Himmel sang eine Lerche. In der Nacht hatte es geregnet, und die Sonne glitzerte in den Pfützen auf der Straße.

Sie folgten der Königsstraße nach Osten. Zahllose Karren und Fuhrwerke hatten tiefe Fahrspuren hinterlassen, und sie lenkten ihre Ponys auf den grasigen Mittelstreifen und kamen gut voran. Als die

Sonne ihren Höhepunkt überschritten hatte, rasteten sie unter einer Baumgruppe und ließen die Ponys an einem Bach trinken, doch sie hielten sich nicht lange auf und schwangen sich bald wieder in die Sättel.

Gegen Nachmittag keimte in Thork die Hoffnung, Eisgrube womöglich ohne ernsthafte Zwischenfälle zu erreichen. Ihm taten alle Knochen weg, aber er saß immer noch im Sattel, und der Schecke machte keine Anstalten, ihn loszuwerden, und hatte ihn weder gebissen noch getreten. Lianna blieb an seiner Seite. Sie im Sattel zu sehen, rief Erinnerungen an ihre Anfänge wach. Wie sie ihm erschienen war, im Nebel an den Hängen des Wetterstein, im Sattel ihres Höllenpferdes, schön und furchterregend zugleich, und für einen Augenblick fühlte es sich an, als sei dieser Thork gar nicht er selbst gewesen, dieser Zwerg, der für Arbeit und Gebet lebte, ein Leben, in dem sich die Tage gleichmäßig und zuverlässig wie Stein aneinanderreihten. Kam er wirklich von dort? Hatte er wirklich diese Veränderung erfahren, in weniger als einem Jahr? War das tatsächlich möglich? Ein so langer Weg in so kurzer Zeit.

Gegen Ende des zweiten Tages erreichten sie Abenberg, eine kleine Ortschaft inmitten von Feldern und Viehweiden. Lomir ging, um Unterkunft für sie und die Ponys zu mieten, und kam höchst verärgert zurück.

»Sie beherbergen keine Zwerge«, sagte er. »Ist das die Möglichkeit? Leute, ich kann mich nicht erinnern, wann ich zuletzt so unfreundlich behandelt wurde.«

»Aber warum?«, fragte Nardon.

»Gründe hat er keine genannt«, sagte Lomir. »Er hat mir nur zu verstehen gegeben, dass ich zurückgehen soll in den Berg, aus dem ich gekrochen bin. Seine Worte. Pah! Als hätte ich jemals in einem Berg gelebt. Ich bin ein Zwerg von Welt!«

»Ich gehe rein und sage ihm gründlich Bescheid«, sagte Lianna und drückte Lomir die Zügel ihres Ponys in die Hand, doch Thork hielt sie am Arm.

»Ich denke nicht, dass wir an einem Ort übernachten wollen, an dem wir nicht willkommen sind«, sagte er. »Ich schlafe lieber im Freien. Das ist sicherer.«

»Ganz meine Meinung«, sagte Nardon. »Aber warum? Was hat der Mensch? Ich meine, außer einer verbohrten Weltsicht?«

»Man weiß es nicht«, sagte Lomir. »Ist mir auch egal. Soweit kommt es noch, dass ich mir den Kopf darüber zerbreche, was Idioten bewegt.«

Sie rasteten außerhalb des Dorfes in einer geschützten Senke, und Lianna ritt allein zu einem Bauernhof hinüber, um Vorräte fürs Abendessen zu erstehen. Sie kam mit einem halben Brot, einem Ring Leberwurst, einem Dutzend Eiern und Neuigkeiten zurück.

»Ich habe ein bisschen mit dem Bauern geplaudert«, berichtete sie. »Ich habe ihm erzählt, ich hätte unterwegs auf der Straße Zwerge getroffen. Mehr war gar nicht nötig, er erging sich sofort in Beschimpfungen. Er fragte mich, ob die Erdfresser mich belästigt hätten, aber ich sagte ihm, mein Ehemann würde dafür Sorge tragen, dass mir nichts geschieht.« Sie zwinkerte Thork zu. »Er plauderte dann noch ein bisschen weiter. Die Zwerge würden in ihrem Berg zum Krieg rüsten. Angeblich seien ihnen die Goldvorräte zu Ende gegangen, und jetzt kämen sie, um den Menschen ihre Habe zu stehlen. Der König der Zwerge sei ein übler Verbrecher und ein Kriegstreiber.«

»Brainn?«, sagte Lomir, der sich mit einem Messer daran machte, den Brotlaib zu zerteilen, und dabei unsanfter vorging, als das Brot es verdient hatte. »So ein Quatsch. Brainn ist alles, aber kein Kriegstreiber.«

»Du kennst ihn?«, fragte Thork.

»Kennen ist zu viel gesagt. Ich war vor einigen Jahren des Öfteren in Erendor. Geschäftlich. Regar Wertschatz hat dort seine Hauptniederlassung. Brainn ist ein besonnener König, er fördert die schönen Künste und den Handel. Und er hatte eigentlich immer gute Kontakte zum abrantinischen König.«

»Vor einigen Jahren nach zwergischer oder nach menschlicher Rechnung?«, erkundigte sich Lianna. Lomir hielt in seinem Bestreben, das Brot zu meucheln, inne.

»Zwergische Rechnung«, sagte er dann. »Das muss, warte mal, so zwanzig, dreißig Jahre her sein. Es war kurz nach der Shakh-Unternehmung.«

»Wenn ich noch einmal Shakh höre, zwinge ich dich, die ganze Geschichte zu erzählen«, sagte Lianna. Lomir grinste.

»Nichts lieber als das. Wir brauchen aber ein paar lange Abende für diese Geschichte. Sie ist episch.«

»Vermutlich ist sie kürzer, wenn man all die Zwerginnen rauslässt«, neckte Lianna ihn, und er drohte ihr mit einem Brotkanten.

»Nichts da. Es gab viel zu wenige Zwerginnen in dieser Geschichte. Wie übrigens in fast allen Geschichten. Die Romantik hat es schwer in diesen modernen Zeiten.«

»Was du so unter Romantik verstehst«, brummte Nardon, der inzwischen einen kleinen Holzstoß aufgeschichtet hatte und sich nun daran machte, Feuer zu schlagen.

»Vor zwanzig, dreißig Jahren hat noch König Adelbart regiert, soweit ich weiß«, sagte Lianna. »Inzwischen haben wir Konrad den Frommen. Wer weiß, vielleicht will er seinem Gott huldigen, indem er einen Krieg vom Zaun bricht.«

»Mit Erendor? Warum ausgerechnet?«, fragte Nardon.

»Die Flamme verlischt«, sagte Lomir.

»Das kannst du so nicht behaupten«, sagte Nardon voller Überzeugung. »Gut, die Minen erschöpfen sich. Das liegt in der Natur der Sache. Irgendwann ist alles abgebaut. Aber Erendor ist weit mehr als eine Mine. Es ist ein Hort der Künste. Man pflegt dort Handwerkstraditionen, die bei den Menschen längst vergessen sind. Es gibt Dichter, die sich an die glorreichen Zeiten der Altvorderen erinnern, und ...«

»Ich spreche von deinem Lagerfeuer, mein Freund.«

»Oh.«

Betreten sah Nardon hinunter auf sein verschmortes Zunderschwämmchen.

»Wir werden Erendor vermutlich mit eigenen Augen sehen«, sagte Lomir. »Diese Straße führt kaum woanders hin. Es ist anzunehmen, dass Krona mit diesem Spielmann auf dem Weg dorthin ist. Wenn sie es ist und wir nicht ein Phantom jagen.«

»Du hast in diesem Gasthof nicht nach ihnen gefragt?«, erkundigte sich Lianna. Lomir schüttelte den Kopf.

»Ich fand die Stimmung dort vergiftet und wollte mich dem nicht länger aussetzen. Womöglich hätte dieser Wirt sonst noch Bekanntschaft mit meiner Faust gemacht, und dann wär's auch wieder nicht recht gewesen.«

»Was wollen sie in Erendor?«, fragte Nardon. »Der Spielmann ist kein Zwerg, oder?«

»Nein.« Lomir kramte einen kleinen Topf aus seinem Gepäck und begann, die Eier hineinzuschlagen. »Kürenberg ist drüben auf Lichtenau. Es gibt dort keine Zwerge, nur ein kleines Dorf und eine alte Burg, auf der aber keine Hofhaltung mehr stattfindet. Hübsches Fleckchen Erde, aber zu klein, um ein Lebensmittelgeschäft zu eröffnen.«

»Zwei Menschen auf dem Weg nach Erendor«, sagte Nardon nachdenklich. »Für mich ergibt das nur dann einen Sinn, wenn sie etwas wissen, das wir nicht wissen.«

»Ich habe da eine Idee«, sagte Lianna, und zu Thork gewandt: »Sie wird dir aber nicht gefallen.«

Thork ließ sich am Feuer nieder, das Nardon gerade in Gang brachte, und nickte ihr zu.

»Der Bauer hat mich gefragt, ob ich zu den Fahrenden gehöre. Es sind wohl kürzlich hier welche durchgekommen, und nach der Jahreszeit und der Gegend zu schließen, müssen das die Varellan gewesen sein.«

»Und?«, sagte Lomir interessiert.

»Sie haben womöglich Informationen«, sagte Lianna. »Sie sind nach Veldenstein unterwegs gewesen, und wir können sie gut einholen. Wir sind deutlich schneller als ein Wagenzug.«

»Du hast recht«, sagte Thork düster. »Sie gefällt mir nicht, deine Idee.«

»Gib dir einen Ruck«, sagte Nardon. »Sie haben ihre Pferde ja nicht überall dabei. Ich meine, Pferde sind ja nicht wie Hunde, die ihrem Herrn überall hin folgen, oder?«

»Es ist mir nicht um die Pferde«, sagte Thork.

»Sondern?«, fragte Lomir. »Das ist doch eine Gelegenheit! Fahrende sind immer hervorragend informiert. Sie wissen bestimmt etwas. Falls sie mit uns Zwergen überhaupt sprechen. Aber das kann Lianna ja vielleicht einfädeln.«

»Die Varellan sind die Sippe meines ehemaligen Verlobten«, sagte Lianna.

»Oha«, sagte Lomir. »Der Kerl, der die Schmiede in Dalen angezündet hat?«

»Genau der«, sagte Thork. »Und deshalb lautet meine Antwort nein.«

»Er wird mir nichts tun«, sagte Lianna. »Er ist immer noch verliebt in mich.«

»Und das weißt du woher?«, fragte Nardon. Lianna sah ihn verständnislos an.

»Ich bin die Liebe seines Lebens. Natürlich ist er noch verliebt in mich.«

»Du bist mit einem Zwerg durchgebrannt«, erinnerte Lomir sie. »Das könnte seine Wertigkeit verschieben.«

»Lianna, sei vernünftig«, bat Thork ohne viel Hoffnung.

»Aber das bin ich!«, begehrte sie auf. »Wir brauchen Informationen. Ich beschaffe uns welche. Wo ist dein verdammtes Problem?«

»Mein verdammtes Problem ist ein blonder Menschenprinz, der mir das Dach über dem Kopf abgebrannt hat, als er mich zuletzt sah.«

»Er war das nicht. Er wollte das nicht. Die Sache ist ihm aus der Hand geraten.«

»Und das glaubst du wirklich?«

Lianna seufzte, hockte sich neben ihm und schlang ihre Arme um ihn.

»Ich habe ihn am Morgen nach dem Brand noch mal gesehen, weißt du noch? Hätte er mich töten wollen, hätte er es tun können. Er war nicht wütend. Doch, auch, irgendwie, aber vor allem furchtbar traurig. Und das ist Monate her.«

»Genug Zeit, um einen Groll zu schüren, selbst unter Menschen«, knurrte Thork. Sie war an seine blinde Seite gekommen, und er drehte sich, um sie ansehen zu können. Er sah ihr in die Augen und las darin, dass sie ihre Entscheidung bereits getroffen hatte. Es zog sie zu Ihresgleichen. Sie wollte den Geruch von Herdfeuer, vermischt mit Pferd, die bunt gestrichenen Wagen, sie wollte Welsch sprechen und hören, in vertraute Gesichter blicken. Wenigstens für eine kurze Zeit. Sie wollte zurück in diese Welt, in der er nichts verloren hatte, und er konnte es ihr nicht einmal verübeln.

Er strich ihr eine Haarsträhne aus der Stirn. Sie fing seine Hand und umschloss sie mit der ihren.

»Keine Sorge«, flüsterte sie. »Ich weiß, wohin ich gehöre.«

Thork schlief schlecht in dieser Nacht. Wenn er sein Auge schloss, sah er Arik vor sich, schön und jung, mit makellosen Zügen, ein Pferdemensch, er stellte sich Lianna an Ariks Seite vor, sie sahen aus, als hätte der göttliche Plan sie füreinander vorgesehen, er fragte sich, was es gewesen war, das Arik ihr nicht hatte geben können.

Kurz vor Veldenstein trafen sie auf die Varellan. Die Fahrenden lagerten in einer Senke etwas abseits der Straße und ließen ihre Pferde auf den sattgrünen Wiesen grasen. Zwischen den Wagen brannten Lagerfeuer, und der Wind trug ein Gemisch aus Stimmen, Musik und dem Wiehern der Pferde zu ihnen herüber. Jemand schlug mit einem großen Hammer Pflöcke in die weiche Wiese, um Weideflächen einzuzäunen.

»Letzte Gelegenheit, es sich anders zu überlegen«, sagte Lomir. »Wir könnten einfach auf der Straße bleiben.«

»So gerne ich das würde«, sagte Nardon, »jetzt ist es entschieden. Wir haben genug darüber diskutiert.«

Thork sah hinunter auf das Wagendorf, und das Herz wurde ihm schwer.

»Wer geht?«, fragte er.

»Lianna und ich«, sagte Lomir. »Sie brauchen wir, damit sie überhaupt mit einem Zwerg sprechen. Und ich bin der beste Botschafter, den man bekommen kann.«

»Und wenn sie auf euch losgehen?«, fragte Nardon skeptisch. Lomir grinste.

»Dann dürft ihr gerne nachkommen und euch an der lustigen Prügelei beteiligen. Wäre ja nicht die erste.«

»Also dann.« Lianna lenkte ihren kleinen Rappen von der Straße, der interessiert die Ohren spitzte und zu den anderen Pferden hinübersah. Als hätte Thorks Schecke die Gedanken seines Reiters gelesen, setzte er sich in Bewegung und schwenkte hinter dem Rappen ein. Nardon lehnte sich zur Seite und griff ihm in die Zügel.

»Gewicht nach hinten, wenn du willst, dass er stehen bleibt«, sagte er.

»Ich will nicht, dass er stehen bleibt«, sagte Thork finster. Lomir und Lianna ritten in flottem Trab die Senke hinunter und entfernten sich schnell.

»Wir gehen näher ran«, entschied Thork. »Wenn ihnen etwas geschieht, können wir von hier aus nicht eingreifen.«

Nardon seufzte.

»Es sind nur ein paar Fahrende, und die Grundlage des Plans war, dass sie sich einigermaßen friedlich verhalten.«

Thork rutschte aus dem Sattel.

»Darauf verlasse ich mich nicht.«

Für einen Augenblick erwog er, ob er seine Axt bereitmachen sollte. Als er zuletzt diesen Leuten begegnet war, hatten sie ihn mit ihren Höllenrössern über den Haufen geritten und sein Haus angezündet. Dennoch mochte ein allzu kriegerisches Auftreten die Situation hier zum Ungünstigen verschieben. Er lockerte die Faust. Er wurde auch ohne seine Axt mit ein paar von diesen Pferdemenschen fertig.

Er setzte sich in Bewegung. Hinter ihm seufzte Nardon und trieb sein Pony an, ihm hinterher.

Lomir und Lianna hatten am Rand des Lagers angehalten. Einige Sidarthi hatten sich bei ihnen versammelt. Eine rege Diskussion war im Gange, doch auf die Entfernung wirkte die Begegnung vorerst friedlich. Thork näherte sich bis auf einen Steinwurf, Nardon mit den Ponys hinter sich, und hielt dann inne. Er verstand nicht, was gesprochen wurde, Lianna verhandelte auf Welsch. Lomir saß daneben auf seinem Pony und machte ein freundliches Gesicht. Als er Thork bemerkte, beugte er sich zu Lianna und wechselte ein paar Worte mit ihr, dann winkte er Thork näher.

»Wie viele werden das noch von euch?«, fragte einer der Männer unfreundlich auf abrantinisch.

»Wir sind dreizehn, aber die anderen warten hinter dem Hügel«, sagte Lomir fröhlich. »Wir wollten euch keine Angst einjagen. Nein, war ein Scherz. Wir sind vollzählig.«

»Merkwürdigen Humor habt ihr Dreckfresser«, brummte der Sidarthi.

»Bemühter Versuch, die Stimmung aufzulockern«, sagte Lomir, ohne auf die Beleidigung einzugehen.

»Wie ist der Stand der Dinge?«, erkundigte sich Nardon.

»Wir warten auf Arik«, erklärte Lomir. »Dann sehen wir weiter.«

Für eine Weile geschah nichts. Die Sidarthi standen breitbeinig, die Hände am Gürtel, und versperrten wie zufällig den Weg ins Lager. Hinter ihnen lief eine immer größere Gruppe Schaulustiger zusammen. Eltern fingen ihre Kinder ein und hielten sie bei sich. Neugierige Blicke trafen Lianna, die sehr aufrecht auf ihrem Pony saß, Anspannung in den Mundwinkeln. Lomir pfiff ein Liedchen und sah sich unbeschwert um, aber auch seine Haltung verriet Wachsamkeit.

Nach einiger Zeit näherten sich einige Männer. Voran ging ein hochgewachsener junger Sidarthi, der mit seinem goldblonden Haar unter den überwiegend dunkelhaarigen Menschen hervorstach.

Thork ließ lautlos einen tiefen Atemzug ausströmen.

Lianna stieg vom Pony, und die Zwerge taten es ihr gleich. Die Wachmannschaft rückte ein wenig beiseite, um den Sohn des Anführers durchzulassen.

Arik sprach auf Welsch zu Lianna. Sein Tonfall verriet grenzenloses Erstaunen. Er streckte die Hand aus und berührte ihr kurz geschnittenes Haar. Thork ballte die Faust und öffnete sie widerstrebend, als er Nardons beruhigende Hand auf dem Ärmel spürte. Mit steigender Anspannung verfolgte, er, wie die Beiden sich auf Welsch unterhielten, doch alles blieb ruhig, niemand zog die Waffen, und schließlich schickte Arik seine Begleiter mitsamt den Wachleuten weg und blieb allein zurück. Thork entging nicht, wie die Männer sich in einiger Entfernung aufbauten und misstrauisch zu ihnen herüber starrten, und dann wandte sich Arik an ihn, in seinem Lächeln lag beinahe so etwas wie Trauer.

»Wer hätte gedacht, dass wir uns wiedersehen«, sagte er. »Thork Eisenfels. Der Mann, der mir meine Verlobte geraubt hat.«

»Ich habe nichts dergleichen getan«, sagte Thork. »Sie ist weder dein Eigentum noch meines.«

Arik lachte freudlos. »Ich sehe den Ring an ihrem Finger«, sagte er. »Hat sie mich geheiratet? Nein, das hat sie nicht. Entehrt hat sie mich für alle Zeit.«

»Und deswegen brennst du die Lebensgrundlage unschuldiger Menschen nieder«, sagte Thork. »Ein schöner Ehrenmann bist du mir.«

Arik hielt seinem Blick stand.

»Erwarte nicht, dass ich mich entschuldige«, sagte er.

Thork verschränkte die Arme vor der Brust.

»So wenig wie ich mich für etwas entschuldigen werde.«

Ariks Blick wanderte zu Lianna.

»Ich verstehe nicht, wie es so weit kommen konnte«, sagte er, offene Trauer in der Stimme, die Thork wider Willen anrührte. »Ich meine, du und ich – das war doch für alle Zeiten gefügt.«

»Wir sind nicht wegen der alten Zeiten hier«, sagte Lianna ungeduldig. »Du musst die ganze Geschichte hören. Wir brauchen deine Hilfe in einer Angelegenheit, die größer ist als dein Schicksal, oder meines, oder das der Varellan oder meinetwegen der Sidarthi. Es betrifft das gesamte Königreich und alle, die darin leben, egal ob Zwerg oder Mensch.«

»Die Zwerge rüsten zu einem Krieg«, sagte Arik. »Drüben im Osten, in ihrem Berg.«

»Das tun sie nicht«, sagte Lomir mit leiser Ungeduld. »Oder hast du hier einen Zwerg unter Waffen gesehen?«

»Ich zähle drei«, sagte Arik.

»Drei sind noch keine Armee«, sagte Lomir. »Und diese Drei kommen in Frieden, soweit das unter den Umständen möglich ist. Hör uns an, und dann kannst du uns wieder wegschicken, wenn dir danach ist.«

Arik nickte zögernd, dann gab er sich einen sichtlichen Ruck.

»Ihr seid willkommen an meinem Feuer«, sagte er. »Und solange es brennt, wird euch nichts widerfahren.«

Nacheinander gab er jedem von ihnen die Hand. Thork zögerte, bevor er einschlug. Der Händedruck des Pferdeprinzen war warm und fest.

Arik brachte sie an eine Feuerstelle am Rand des Lagers. Er wechselte ein paar Worte mit den Sidarthi, die dort gerade einen Kessel mit Wasser über das Feuer gehängt hatten, und sie entfernten sich.

Arik gebot ihnen, sich zu setzen.

»Trinkt einen Tee mit mir«, sagte er. »Und erzählt mir eure Geschichte.«

Lomir übernahm die Rolle des Erzählers. Gelegentlich von Nardon sanft gebremst, wenn er sich in Ausschmückungen zu verlieren drohte, berichtete er, was passiert war, seit Gyldinn ihrem Beschwörer entkommen war. Das Wasser kochte inzwischen. Eine Frau brachte Teeschalen, Kräuter und Honig, und Arik bereitete Tee und teilte ihn an die Gefährten aus. In Liannas Schale ließ er, ohne zu fragen, zwei große Löffel voll Honig laufen. Sie bedankte sich mit einem Nicken und nahm die Schale entgegen. Thork sah auf seine eigene Teeschale hinunter und schalt sich einen Narren. Natürlich kannte Arik Liannas Gewohnheiten. Es war nichts Verwerfliches daran. Er konnte nicht durch die Welt gehen und jedem das Blut aus der Nase prügeln wollen, der wusste, wie sie ihren Tee trank.

Er schloss sein Auge und suchte mit der freien Hand das Symbol seines Gottes. Seine Finger strichen über die glatte Oberfläche, die seine Körperwärme gespeichert hatte und sie nun an ihn zurückgab.

Wasser, das auf Stein tropft. Ruhig, still, gleichmäßig.

Er spürte eine Berührung an seinem Knie und öffnete sein Auge. Lianna hatte ihr Bein gegen seines gebracht und lächelte ihn nun an. Arik beschoss Lomir mit Fragen, und Lianna beugte sich zu Thork und küsste ihn zart auf die Wange. Ein abgrundtiefer Seufzer entrang sich seiner Brust.

»Du weißt nicht, was du mir antust«, murmelte er.

Sie lachte leise an seinem Ohr.

»Mein Zwerg ist doch nicht etwa eifersüchtig?«

»Es ist viel komplizierter als das.«

»Ich glaube, es ist genau so einfach.«

Sie stieß ihn sachte an, und er brummte unwillig und hielt seine Teeschale von sich weg, um nichts zu verschütten.

Lomirs Erzählung hatte ihr Ende gefunden, und am Feuer kehrte Stille ein.

»Unsere dringendste Frage ist nun, ob ihr auf euren Wegen diesen Spielmann getroffen habt«, sagte Nardon nach einer Weile. »Und ob er womöglich in Begleitung unserer verlorenen Gefährtin war.«

»An den Namen des Spielmannes erinnere ich mich nicht«, sagte Arik nach einer Pause. »Aber tatsächlich haben sich unsere Wege gekreuzt. Wir sprachen kurz darüber, ob die Straße sicher sei und ob die Gerüchte um einen Krieg womöglich einen wahren Kern beinhalteten. Es war auch eine Kriegerin bei ihm. Eine ältere Frau, sah aus wie ein alter Haudegen. Ein großer schwarzhaariger Mann war auch dabei, und ein drolliger Kleiner, zu dünn für einen Zwerg und zu klein für einen Menschen.«

»Sie sind es«, sagte Lomir atemlos. »Allesamt! Gütige Götter! Wie haben sie es geschafft, vor uns hier zu sein! Ob sich das wiederholen lässt? Vielleicht könnte man eine feste Verbindung zwischen Abrantes und Aksum einrichten. Ich bin sicher, hier gibt es einen Markt für fremdländische Früchte. Stellt euch vor! Ab Winterwende haben wir hier nichts Frisches mehr zu essen, und dort ist das ganze Jahr über Sommer! Wenn wir dort Partner hätten, die für uns Früchte anbauen und verpacken, und wir hätten ein Portal, durch das wir sie nach Abrantes schaffen könnten, könnten wir die Versorgung der Bevölkerung über den Winter sicherstellen. Nie wieder Saure-Gurken-Zeit! Was wäre das für ein Leben!«

»Eines, in dem du zum reichsten Zwerg der Welt aufsteigen würdest«, sagte Nardon grinsend. »Direkt gefolgt von Herrn Wertschatz.«

»Es ist nicht das Gold«, sagte Lomir. »Es ist die Idee von einer besseren Zukunft! Und das Gold.«

»Weißt du, was das Ziel ihrer Reise ist?«, fragte Lianna.

»Erendor«, sagte Arik. »Auch wenn wir nicht verstanden haben, was sie dort wollen.«

»Volltreffer«, sagte Nardon. »Großartig! Arik, Ihr habt uns sehr geholfen. Jetzt wissen wir, dass wir auf dem richtigen Weg sind.«

»Ihr wollt sie doch nicht etwa hinein nach Erendor bringen«, sagte Arik und wies mit dem Kinn auf Lianna.

»Ich bin kein Sack Rüben«, beschwerte diese sich. »Man bringt mich nicht einfach irgendwohin!«

»Es ist viel zu gefährlich«, sagte Arik. »Sie sollte hier bei uns bleiben.«

»Sie wird selbst entscheiden, wohin sie geht«, sagte Thork. »Nach den Regeln deines Volkes ist sie dazu alt genug.«

»Aber wenn sie etwas Dummes entscheidet«, sagte Arik, und Zorn verdüsterte seine schönen Züge.

»Dann werde ich darauf achten, dass ihr nichts geschieht«, sagte Thork.

»Wie kannst du nur«, sagte Arik zornig. »Wie kannst du nur. Du missgestalteter, herzloser *Zwerg*.«

Thork erhob sich in aller Ruhe.

»Ich verlasse dein Feuer«, sagte er. »Hab Dank für die Hilfe.«

Er spürte die Blicke der anderen in seinem Rücken, als er davonging.

Mangels eines anderen Zieles machte er sich bei den Ponys zu schaffen. Er verschnürte das Gepäck neu und zog die Riemen fest. Er war gerade dabei, die Verpackung seines Papiervorrates zu prüfen, als Lianna bei ihm eintraf.

»Es tut mir leid«, sagte sie. »Ich kann nichts dafür.«

Das Papier raschelte unter seinen Händen, und er hielt inne und atmete tief durch.

»Ich mache dir keinen Vorwurf.«

»Es ist für ihn auch nicht einfach«, sagte Lianna. »Wir alle haben etwas verloren. Er ist noch bei seinen Leuten, aber er ist nicht länger ihr künftiger Sippenführer. Sein Bruder wurde in der Rangfolge über ihn gesetzt.«

»Aber warum?«, fragte Thork erstaunt.

»Weil seine Verlobte mit einem Erdfresser durchgebrannt ist«, sagte Lianna seufzend.

»Aber dafür kann er doch nichts.«

»Na und? Das hält die Leute doch nicht davon ab, ihn zu bestrafen.«

Er warf ihr einen Blick zu. Sie sah unglücklich aus. Er stellte sich vor, wie man ihn in Hochstahl behandeln würde, käme er jemals mit Lianna dorthin zurück.

»Wir haben uns«, sagte sie. »Wir haben Dinge verloren, aber wir haben uns. Er hat nur verloren.«

»Ich muss ihn deshalb nicht mögen«, knurrte Thork.

»Nein«, sagte sie, und ein kleines Lächeln fand sich in ihrem Mundwinkel. »Aber ihm ein bisschen Mitgefühl schenken. Dein Herz ist groß genug dafür.«

Er nickte und seufzte und sah hinunter auf das Papier, das er trotz aller Vorsicht geknickt hatte.

»Geh die anderen holen, sei so lieb«, sagte er. »Wir haben unsere Information und sollten wieder aufbrechen.«

Zu seinem Erstaunen kam Lianna einige Zeit später nicht nur mit den Zwergen, sondern auch mit Arik zurück. Thork blinzelte zu dem jungen Menschen hinauf, die Arme vor der Brust verschränkt.

»Ich erbitte deine Verzeihung«, sagte Arik. »Du wirst nicht herzlos sein, wenn du das Herz meiner ... Liannas Herz erobert hast. Wie immer du das angestellt hast. Du wirst auf sie aufpassen, nicht wahr?«

»Bis zum letzten Atemzug«, versprach Thork.

»Es tut mir leid wegen der Schmiede«, sagte Arik. »Das war nicht gewollt. Ich war schrecklich wütend.«

»Wut ist selten ein guter Ratgeber«, sagte Thork. »Ich verzeihe dir den Groll, den du gegen mich hegst. Dass du die Schmiede abbrennen hast lassen, kann ich dir nicht verzeihen, denn sie war nicht mein. Du wirst damit leben müssen, dass du die Lebensgrundlage eines unschuldigen Menschen zerstört hast.«

»Ich kümmere mich darum«, sagte Arik. »Ich kann keine Schmiede aufbauen, aber ich habe Geld. Damit ist ihm sicher geholfen.«

Thork nickte. Arik stand unschlüssig und schlug schließlich unter Thorks Blick die Augen nieder.

»Ich bin kein schlechter Mensch«, sagte er.

»Das weiß ich«, sagte Thork. »Trotzdem ziehe ich es vor, dass sich unsere Wege nie wieder kreuzen.«

Arik nickte. »Alles Gute.«

Er drehte sich um und ging davon. Thork sah zu Lianna. Über ihr Gesicht huschte eine Empfindung, vielleicht Bedauern, vielleicht Sehnsucht, dann drehte sie sich um und schwang sich in den Sattel ihres Rappen.

»Auf«, sagte sie. »Wir haben ein paar Gefährten einzuholen.«

7 Feuer zu Feuer

»Da wären wir«, sagte Wolfram und machte eine einladende Geste. »Eisgrube. Das westlichste Dorf von Erendor.«

Krona blinzelte gegen die untergehende Sonne. Vor ihr, in einer Senke, lag ein kleines Dorf. Die Straße führte geradewegs hinein und verschwand zwischen den niedrigen Steinhäusern. Rauch ringelte sich aus den Schornsteinen hinauf in den lichtblauen Abendhimmel. Krona erkannte einen Dorfplatz und ein Gebäude, das größer war als die übrigen – ein Gotteshaus womöglich. Gefleckte Kühe grasten auf den Weiden, die sich hinauf zum Waldrand zogen.

Sie warf einen Blick über die Schulter in die Richtung, aus der sie gekommen waren.

»Bist du sicher?«, fragte sie. »Ich kann keinen Unterschied sehen.«

»Es gibt keinen«, erklärte er mit diesem sanften, geduldigen Unterton, der immer dazu führte, dass sie sich ein wenig dumm vorkam. »Warum sollte es? Selbst wenn Erendor noch ein selbstständiges Königreich wäre, würdest du hier nicht mehr vorfinden als ein Wachhaus und ein paar Grenzsoldaten.«

»Aber es sieht doch anders aus, wenn man in einem anderen Land ist! Ich war in Zentallo und auf den Südlichen Inseln!«

»Es sieht anders aus, wenn man mit dem Schiff wochenlang in eine völlig andere Gegend unterwegs ist«, erklärte Wolfram. »Das hat überhaupt nichts mit der politischen Struktur zu tun, sondern mit dem Wetter.«

»Klugscheißer«, brummte Krona.

»Einer muss ja«, sagte Wolfram ungerührt.

»Schaut mal!«, rief Pintel. »Der ehemalige Grenzstein.«

Er beugte sich über einen formlosen, verwitterten Felsen neben der Straße. »Auf dieser Seite kann man das abrantinische Drachenmaul erkennen«, sagte er. »Wenn man sich ein bisschen anstrengt. Und hier ... Wolfram, welches Wappen führt Erendor?«

»Einen Stern«, sagte Wolfram.

Pintel brachte sein Gesicht so nah vor den Stein, dass er beinahe mit der Nase dagegen stieß.

»Nö«, sagte er. »Nichts zu erkennen. Vielleicht ist das die Wetterseite?«

»Die Wetterseite ist diese hier«, sagte Fenrir und zeigte mit dem Finger. »Ich nehme an, die Abrantiner haben dem Wetter ein bisschen nachgeholfen, nachdem sie den Krieg gewonnen hatten.«

»Lasst uns gehen«, sagte Wolfram. »Wenn wir uns beeilen, schaffen wir es noch hinein. Soweit ich mich erinnere, schließen sie zur Nacht die Tore.«

Krona konnte förmlich spüren, wie Fenrir sich verspannte.

»Morgen würde auch genügen«, sagte er. »Wir müssen ein bisschen Rücksicht auf den Kleinen nehmen und auf seine kurzen Beine.«

»Mir geht's prima«, verkündete Pintel. »Ich kann noch! Kommt schon. Ich will die großen Hallen sehen, und die Lichter, und die unterirdischen Flüsse! Die Reichtümer, das Gold und all die schönen Sachen.«

Krona sah zwischen Wolfram und Pintel hin und her. Beide zeigten ein Maß an Ungeduld und Energie, als hätten sie den Tag über ausgeruht und alles andere getan, als einen strammen Marsch hinter sich zu bringen.

»Du weißt, dass er mit seinen Geschichten manchmal übertreibt, oder?«, sagte sie zu Pintel.

»Das nennt sich dichterische Freiheit, nicht Übertreibung«, protestierte Wolfram.

»Ich sag's nur«, sagte Krona. »Nicht dass einer heult, weil Erendor doch nicht so fabelhaft ist wie versprochen.«

Sie ließ den Spielmann und den Zauberer voran, nahm Fenrirs Hand und zog ihn hinterher.

»Es kann noch so großartig sein, letztlich ist es ein Loch in einem Berg«, murmelte Fenrir.

»Ich weiß«, sagte sie. »Aber zumindest ein Loch mit vielen Ausgängen.«

»Sagt wer?«

»Sagt mir der gesunde Menschenverstand. Da wohnen ein paar hundert oder tausend Zwerge. Es gehen Handelsgüter rein und raus. Eine solche Anlage braucht mehr als einen Zugang.«

Fenrir seufzte, seine Augen hingen sehnsüchtig auf den Wäldern, die wie dichter Pelz die Hänge bedeckten.

»Du brauchst mich da drin, oder?«

»Nö. Die haben da drin Zwergenschnaps. Fässerweise. Das sind die Erfinder von Zwergenschnaps. Ich komme bestimmt auf einen Haufen lustiger Ideen ohne dich.«

Er nickte und fasste ihre Hand fester.

»Dann bringen wir es hinter uns.«

In einer sanften Kurve brachte die Straße sie hinunter in die Senke und lieferte sie bei den ersten Häusern ab. Eine ältere Zwergin unterbrach die Gartenarbeit auf einem kleinen Stück Land vor ihrer Haustür, stützte sich auf ihre Hacke und musterte die Ankömmlinge argwöhnisch. Wolfram grüßte freundlich in der Zwergensprache, erhielt jedoch keine Erwiderung.

Krona sah sich um. Die kleine Stadt machte einen gewissermaßen steinigen Eindruck. Die Hauptstraße war mit dicken, flachen Steinen befestigt und lag vor ihr wie ein ausgetrocknetes Bachbett. Die Häuser waren allesamt aus Stein errichtet, manche waren verputzt und weiß gekalkt. Die Dächer bestanden nicht aus Stroh, sondern aus gebrannten Ziegeln. Aus einer Bäckerei duftete es nach Brot. Ein Zwergenkind lungerte unter der Tür herum und kaute mit vollen Backen, während es die Fremden interessiert betrachtete. Auf den Straßen herrschte lebhafter Betrieb, doch überall spürte Krona die Blicke, die ihnen folgten. Sie holte Pintel heran, der unbeeindruckt und sehr interessiert zwischen den Häusern herumwanderte, und behielt ihn bei sich.

Wolfram marschierte geradewegs bis zum Dorfplatz. Dort blieb er stehen und sah sich um.

»Diese Richtung«, sagte er und zeigte in eine breite Straße, die östlich vom Dorfplatz abzweigte und leicht bergauf führte.

»Ich wünschte, sie würden uns nicht so anstarren«, sagte Krona unbehaglich.

»In der Tat bin ich hier schon freundlicher empfangen worden«, pflichtete Wolfram bei.

An dem großen Haus vorbei, das sie schon vom Dorfrand aus gesehen hatten, setzten sie ihren Weg fort. Über der Tür prangte die gezackte Zwergenrune, die Krona von Thorks Priesterzeichen her kannte. Ein Zwerg in einer Kutte, die Hände in den Ärmeln versteckt, sah ihnen lange hinterher. Hinter der nächsten Biegung versperrten zwei Karren den Weg. Sie hatten wohl aneinander vorbei fahren wollen, bevor den Besitzern eingefallen war, ein Schwätzchen miteinander zu halten. Vor den einen Karren war ein Esel gespannt, vor den anderen eine kleine, scheckige Kuh. Die Tiere dösten und zuckten träge mit den Schwänzen.

Sie blieben stehen und warteten einen Augenblick, doch viel tat sich nicht. Wolfram räusperte sich vernehmlich. Die Zwerge warfen einen Blick in ihre Richtung und unterhielten sich dann weiter. Ihr Tonfall hatte sich hörbar verändert.

»Sie lästern über uns«, sagte Wolfram. »Die Menschen sind dumm, sie stinken, die üblichen einfallslosen Beleidigungen eben. Sie rechnen wohl nicht damit, dass einer der dummen Menschen ihre Sprache spricht.«

»Die dumme Menschenfrau lässt gleich mal ihre stinkende Faust sprechen«, knurrte Krona.

»Gewalt ist keine Lösung«, sagte Pintel naseweis und zog eine angebissene Möhre aus seiner Jackentasche.

»Ist sie wohl«, sagte Krona empört, während Pintel mit der Möhre wedelte und sich dem Esel näherte, der daraufhin interessiert den Kopf hob und die Ohren spitzte. Pintel begann, den Esel zu locken, und es dauerte nicht lange, bis der Esel sich bereitwillig in Bewegung setzte. Der Zwerg auf dem Karren rief erschrocken etwas aus, das Wolfram mit einem freundlichen Gruß erwiderte. Er packte Pintel, der begonnen hatte, den Esel zu kraulen, und schob ihn energisch durch die Lücke, die zwischen den Wagen entstanden war. Krona und Fenrir beeilten sich, aufzuschließen.

»Wie kannst du nur so nett zu diesen Arschgesichtern sein«, sagte Krona, während sie zügig der Straße dorfauswärts und bergauf folgten. »Das ist ja schrecklich. Macht mich ganz aggressiv.«

Wolfram grinste.

»Freundlichkeit gegenüber Arschgesichtern ist eine grundlegende Anforderung meines Berufes«, sagte er. »Könnte ich das nicht, wäre ich längst verhungert.«

Sie ließen die letzten Häuser hinter sich und stiegen die steile, von Bäumen und Gebüsch gesäumte Straße bergan. Hinter einer Biegung, vielleicht zwei Steinwürfe hinter den letzten Häusern, endete die Straße an einem befestigten Steilhang, und hier führte ein großes Tor hinein in den Berg.

Es stand offen, schwere, verwitterte Holzbalken und mächtige Schlösser und eine Türschwelle, die aus einem einzigen riesigen Steinblock geschlagen war. Dahinter erstreckte sich ein großer, von goldenem Licht durchfluteter Raum. Krona konnte dicke Säulen erkennen, doch der Eintritt wurde ihnen von zwei schwer gerüsteten Wachen verwehrt, die in den Durchgang traten und ihre schweren Äxte in den Händen wogen.

»*Manfolk*«, sagte der eine. »*Hvat vilja. Er uleithr i duergar heimr.*«

»Das hab ich verstanden«, sagte Pintel aufgeregt. »Zwergisch ist dem Orda doch ziemlich ähnlich! Das ist großartig! Ich werde mich unterhalten können, sobald ich mich ein wenig eingehört habe!«

»Wir sollen von ihrer Türschwelle verschwinden, sonst machen sie uns Beine«, sagte Krona. »Das verstehe ich ganz ohne Orda.«

Wolfram trat vor und begann längere Verhandlungen mit dem Wortführer der Wachen. Krona beobachtete die beiden schwer gerüsteten Zwerge, die Hand auf dem Schwert.

»Wenn jeder Wachtposten bei denen einen solchen Haufen Kette und Platte trägt, sind sie noch reicher, als man sich erzählt«, sagte sie leise zu Fenrir. »Unfassbar. Und die stehen hier nur am Nebeneingang.«

»Vielleicht müssen wir nicht rein«, entgegnete er. »Vielleicht können wir auch von außen in Erfahrung bringen, was wir wissen wollen.«

»Davon träumst du.«

»Ja. Unter anderem.«

Ihre Blicke trafen sich. Für einen kurzen Augenblick erlaubte sie sich, den Kopf an seine Schulter zu legen und die Augen zu schließen.

Kaum einen Atemzug später war sie wieder in Alarmbereitschaft, denn Wolfram kam zu ihnen hinüber.

»Sie lassen uns nur rein, wenn wir einen Bürgen stellen«, sagte er seufzend. »Mein ehemaliger Lehrmeister weilt gerade auf der Insel der Stürme, also habe ich nach Regar Wertschatz schicken lassen. Aber zum einen bin ich nicht sicher, ob der Bote seinen Auftrag wirklich ausführt – er wirkte wenig begeistert – zum anderen, wäre ich Regar, ich würde lieber meine rechte Hand essen als die Bürgschaft für ein paar Menschen zu übernehmen, die ich seit Ewigkeiten nicht gesehen habe – und ein paar, die mir völlig fremd sind.«

»Wie überaus ermutigend«, sagte Krona und ließ sich auf einen flachen Stein plumpsen. Das Wenige an Ausrüstung, das sie in Südhafen besorgt hatten, hing ihr wie ein Mühlstein im Rücken, und sie entledigte sich ihres Rucksacks und stellte sich ihn zu Füßen. Wolfram suchte sich ebenfalls einen Stein, holte seine Laute aus ihrer Umhüllung und begann, ein Lied zu zupfen. Pintel trieb sich auf dem Vorplatz herum und verrenkte sich den Hals, um zwischen den Wachen hindurch ins Innere sehen zu können. Fenrir trat hinter Krona und strich mit den Fingerspitzen durch ihr Haar. Sie zuckte zusammen und lehnte sich dann in die Berührung.

»Nervös?«, fragte er.

»Geht so«, sagte sie. »Ich hätte gerne einen Plan B, für den Fall, dass sie uns nicht reinlassen. Aber Erendor ist unsere einzige Spur. Ich wüsste nicht, wohin wir sonst gehen sollten.«

»Irgendwohin, wo weniger Zwerge und mehr Menschen sind«, sagte Fenrir leise. »Findest du die Stimmung nicht auch merkwürdig aufgeheizt?«

»Allerdings.«

»Und es ist sicher nicht sonderlich klug, sich in eine Höhle voller aufgeheizter Zwerge zu begeben.«

»Es war auch nicht sonderlich klug, durch ein leuchtendes Zauberportal zu hüpfen. Oder eine Festung zu durchstöbern, in der sie einen fiesen Oberzauberer eingesperrt hatten. Oder, davon mal ganz abgesehen, zu glauben, man räumt ein kleines Labyrinth auf und kann sich von dem Verdienst einen angenehmen Winter machen.«

»Zu glauben, es gebe etwas anderes als Ärger, wenn man dieser Kriegerin in die Wildnis folgt«, ergänzte Fenrir. »Damit hat es angefangen.«

»Warum hast du es getan?«

»Ich war jung und brauchte das Geld.«

Sie boxte ihn spielerisch, und er fing ihre Faust und küsste ihre Finger. Sie sah hinauf zu ihm, doch sein Blick ging über sie hinweg, hinüber zu Wolfram, der versunken seine Laute zupfte.

»Was ist das mit euch?«, fragte er leise.

»Was ist was mit wem«, sagte Krona erstaunt.

»Mit dir und deinem Spielmann«, sagte er, und sie lachte leise.

»Eifersüchtig? Ich mag das an dir, mein Hübscher.«

»Gib mir eine Antwort«, sagte er. Sie seufzte.

»Mach es bitte nicht kompliziert«, sagte sie. »Er ist nicht *mein Spielmann*. Er ist ein alter Freund. So alt, dass ich ihn schon ganz vergessen hatte. Er ist wie mein Bruder. Ich habe ihn schon damals nicht gewollt, vor fünfundzwanzig Jahren. Warum sollte ich ihn heute wollen?«

»Er himmelt dich an.«

»Das Meiste an der Frau, die er da anhimmelt, ist erfunden, und der Rest ist maßlos übertrieben.«

»Und du willst behaupten, dass dir das nicht gefällt?«

»Natürlich gefällt es mir! Aber deshalb muss ich nicht gleich mit ihm schlafen, Meridias Arsch!«

»Nicht so laut!«

»Wenn's doch wahr ist.«

Er ließ ihre Hand los und schlang die Arme um sich, seine Miene war verschlossen.

»Wie sich herausstellt, bin ich hier nicht die Einzige, die sich mit dem Vertrauen schwertut«, sagte Krona und ärgerte sich, noch während sie sprach, dass ihre Stimme so hart und heftig klang.

Sie warteten, bis die Sonne hinter den Hügeln verschwand. Kühle Schatten krochen die Hänge hinunter und färbten den Fels. Die Wachen sahen zum Himmel und wechselten ein paar Worte.

»Das wird heute nichts mehr«, sagte Wolfram und packte seufzend seine Laute weg.

»Wir übernachten aber nicht hier auf der Türschwelle, oder?«, fragte Pintel. »Ich komme mir sonst so unwillkommen vor.«

»Wir suchen uns einen geschützten Platz im Wald«, sagte Fenrir. »Gehen wir, solange wir noch etwas sehen.«

Niedergeschlagen schulterten sie ihre Rucksäcke. Die Wachen packten die schmiedeeisernen Ringe am Tor und stemmten sich dagegen. Langsam bewegten sich die schweren Torflügel, doch ehe sie zuschlagen konnten, erschien ein Zwerg im Türspalt und schob sich eilig nach draußen.

»Entschuldigt die Verspätung«, schnaufte er und bediente sich dabei des Abrantinischen. »Ich habe mich in den Kühlräumen aufgehalten, und der Bote hat mich nicht sofort gefunden. Wolfram von Kürenberg! Ihr wart ein paar Tage nicht in der Gegend. Was verschafft mir die Ehre?«

»Das ist eine lange Geschichte, Meister Wertschatz, die man am besten an einem behaglichen Herdfeuer erzählt, mit einem Krug Bier vor der Nase. Aber es ist schön, Euch zu sehen. Die Geschäfte laufen gut, nehme ich an?«

Zwerg und Spielmann schüttelten sich herzlich die Hand. Der Zwerg gehörte offensichtlich zu den Wohlhabenden; er trug kostbare Kleidung und silberne Perlen in seinem kunstvoll geflochtenen Bart.

»Und das ist ...«, sagte Regar schließlich, trat vor Krona und musterte sie aufmerksam. »Euch kenne ich irgendwoher, aber ich komme nicht auf den Namen.«

»Krona Karagin«, sagte Krona. »Jarkur, damals noch. Ich habe Euch Euren ersten Handelszug über das Gebirge begleitet.«

»Ich erinnere mich«, sagte Regar erstaunt. »Die junge Frau mit dem langen Schwert und dem streitbaren Temperament! Gròrs Güte, seid Ihr ... ich meine, habt Ihr Euch verändert.«

»Alt geworden, meint Ihr? Sprecht es ruhig aus.«

»Die Jahre vergehen schnell für die Menschen.«

»Das Temperament ist mir geblieben. Und das Schwert.«

Sie schüttelten sich die Hand. Regar ließ sich Pintel und Fenrir vorstellen, gemahnte aber schnell zur Eile.

»Sie schließen gleich die Tore«, sagte er. »Und dann möchte ich lieber drinnen sein als draußen.«

Sie schlüpften durch den Spalt, den die Torwächter ihnen offen gelassen hatten, und betraten Erendor Unter Dem Berg.

Das Zwergenkönigreich begann hier mit einer schmucklosen, niedrigen Halle, die mit Feuerpfannen ausgeleuchtet war. An den Wänden seitlich des Tores war ein Arsenal schwerer Balken aufgereiht, mit denen sich das Tor offenbar verriegeln ließ. Ihre metallenen Beschläge glänzten im Licht. Jemand hatte hier vor nicht allzu langer Zeit gründlich abgestaubt.

Das Tor war mit acht Zwergenkriegern bemannt. Zwei von ihnen schlossen das Tor nun hinter ihnen, während die restlichen ein Spalier bildeten, durch das die Neuankömmlinge schritten.

Das Tor rumpelte hinter ihnen. Fenrir neben Krona zuckte merklich zusammen. Sie fasste nach seiner Hand und drückte sie. Sie war sich selbst nicht sicher, ob sie sich wohl behütet fühlen sollte oder wie eine Katze in der Falle. Jedenfalls war dieses Tor über die Maßen bewacht, und die Zwerge trugen ihre Äxte sicher nicht zur Zierde.

Ein älterer Zwerg trat auf sie zu. Eine Schärpe aus Kettengeflecht, an der ein Abzeichen befestigt war, wies ihn als irgendeine Form von Befehlshaber aus. Er begann, mit Regar zu verhandeln.

»Was sagen sie?«, fragte Krona leise.

»Es geht um unser Bleiberecht«, sagte Fenrir. »Wenn wir etwas anstellen, muss Regar dafür geradestehen, und der andere will, dass er ihm das unterschreibt.«

Krona starrte ihn verblüfft an, und er hob mit schmalem Lächeln die Hand, an der noch der Silberring aus Aksum steckte.

»Na fein«, schnaubte Krona. »Bin ich die Einzige hier, die kein Wort versteht, ja? Toll! Ich hasse das jetzt schon. Warum habe ich nur meinen Halsreif in Südhafen verkauft? Und noch dazu zu so einem lausigen Preis!«

»Ich fühle mich wesentlich sicherer, seit ich zumindest wieder ein Messer an der Seite trage«, sagte Fenrir und klopfte auf die Scheide des langen Jagdmessers, das an seinem Gürtel hing. »Wenn es schon nicht für ein Schwert gereicht hat.«

»Ansprüche auch noch?«

»Sei still jetzt, sonst verstehe ich nichts, Ring hin oder her.«

Die Verhandlungen zogen sich hin, und schließlich unterschrieb Regar ein Papier und kam dann zu ihnen hinüber.

»Stellt bitte nichts an«, sagte er. »Ich hafte für euch alle. Und jetzt erlaubt, dass ich Euch zu mir nach Hause einlade, damit Ihr mir diese haarsträubende Geschichte erzählen könnt, die der Skaeldin mir versprochen hat. Aus ihr geht dann vielleicht auch hervor, warum ihr so dringend nach Erendor reisen musstet. Bitte, hier entlang.«

Die Torhalle hatte einen Ausgang in Richtung Norden und einen nach Osten. Regar hielt sich nach Osten und führte die Gefährten in einen Tunnel, der so weit und hoch war, dass man problemlos eine Häuserzeile darin hätte unterbringen können. Goldenes Licht strömte von oben auf sie herab und spiegelte sich auf der glatten Wasseroberfläche eines Kanals, der in der Mitte verlief. Ein Zwerg wartete dort in einem flachen Boot. Regar stieg ein und bedeutete den Gefährten, ihm zu folgen. Der Zwerg, der auf sie gewartet hatte, stieß das Boot mit einer langen Stange geschickt vom gemauerten Rand des Kanals ab und setzte es in Bewegung.

»Ihr seid zum ersten Mal hier, nicht wahr?«, sagte Regar zu Krona. »Erendor ist groß. Zu Fuß wäret Ihr mehrere Tage unterwegs, wolltet Ihr zum Westtor hinein und zum Osttor wieder hinaus. Dies hier ist die Dreizehnte Straße der Könige. Alle großen Königsstraßen verfügen über Wasserwege.«

»Das ist toll«, sagte Pintel, der sich begeistert umsah. »Und woher kommt das Wasser?«

»Es ist Grundwasser, zum größten Teil«, sagte Regar. »Erendor ist nicht nur Heimstatt der Zwerge, sondern auch eine Mine. Eine gigantische, fantastische Mine. Tiefer und größer als alles, was je zuvor erschaffen wurde. Wir pumpen das Wasser von dort ab und führen es sinnvoller Verwendung zu. Wir versorgen Stadtteile damit, benutzen es zur Kühlung, treiben Maschinen damit an ...«

»Was für Maschinen?«, unterbrach Pintel fasziniert. Regar lächelte.

»Schmiedehämmer, Blasebälge ... Es gibt einen Fluss, der oben auf dem Berg in einem Gletscher entspringt. Wir haben ihn umgeleitet, sodass er unsere Mühlen und Hämmer antreibt, während er zu Tal rauscht. Außerdem gibt es oben im Gebirge Seen, die uns als Speicher für Regenwasser dienen.«

»Und das Licht?«, fragte Pintel. »Woher kommt es? Ihr werdet keine Fenster da oben haben, oder?«

»Nicht das, was Ihr unter Fernstern versteht«, sagte Regar. »Aber wir leiten das Sonnenlicht dahin, wo wir es brauchen. Wir leben unter dem Berg, aber wir lieben die Sonne wie alle anderen Geschöpfe.«

»Und stimmt es, dass Ihr Zauber habt, mit denen Ihr Euch durch den Fels bewegen könnt wie unsereins durch Wasser? Ihr geht einfach so durch – und schiebt den so beiseite und – ich stelle mir das ungeheuer praktisch vor, wenn man eine Höhle bauen will. Geht doch bestimmt viel schneller als mit dem Meißel, oder?«

»Wer hat Euch denn solche Geschichten erzählt«, sagte Regar und grinste Wolfram an, der ein unschuldiges Gesicht machte. »Aber um Eure Frage zu beantworten, ich verfüge nicht über solche Fähigkeiten und kenne auch niemandem, der etwas Derartiges kann. Habt Ihr noch weitere Fragen?«

»Dutzende«, murmelte Krona. »Und die sind wie die Köpfe einer Hydra: Hast du einen erledigt, wachsen drei neue nach.«

»Fragt ruhig«, sagte Regar, und Pintels Gesicht erstrahlte in reinem Glück. »Die Fähigkeit, kluge Fragen zu stellen, unterscheidet den Gelehrten vom Einfältigen.«

»Was war zuerst da?«, fragte Pintel sofort. »Die Mine oder die Heimstatt?«

»Beides entwickelte sich miteinander«, sagte Regar. »Vor etwa zweitausend Jahren kam Eldsglor, der Erste Lehnsherr, über das Meer von der Insel der Stürme und landete hier im Osten an. Er erkannte, dass die Zwerge hier eine neue Heimat finden konnten, mit Eisenerz und Gold im Überfluss. Und so grub er die erste Mine, und seine Leute gruben sich die ersten Wohnungen – das war der Ursprung von Goldheim, der ältesten Siedlung Erendors. Das müssen Zeiten gewesen sein, damals – Gold im Überfluss. Man schmolz es zu Barren und befüllte Schatzkammern damit, und sein weicher Glanz war allgegenwärtig. Sie fertigten Dinge aus diesem Gold, so schön, dass es einem die Tränen in die Augen treibt. Die Krone Brainns stammt aus dieser Zeit. Viele dieser alten Kostbarkeiten wurden allerdings inzwischen verkauft. Der Berg erschöpft sich. Das Goldene Zeitalter ist längst vorbei. Wir graben immer tiefer für immer weniger Gold. Wir bauen Eisenerz ab und Kohle, damit wir wenigstens etwas aus dem Berg holen. Der Berg sieht mittlerweile aus wie ein Schwamm ... Es gibt einige Familien, die den Abbau vollständig beenden wollen, um den Berg nicht zu gefährden. Andere meinen, es sei die Art der Zwerge, nach Schätzen zu graben, und wir müssten uns das bewahren. Langweile ich Euch?«

Letzteres galt Krona, die an Fenrirs Schulter verstohlen gegähnt hatte.

»Nein, überhaupt nicht«, beteuerte sie eilig. »War ein langer Tag, das ist alles.«

»Könnt Ihr uns sagen, warum die Zwerge Über dem Berg so unfreundlich zu uns waren?«, warf Fenrir ein. »Was haben wir hier unten zu erwarten?«

»Ihr seid nicht weiter unten, als Ihr es am Tor gewesen seid«, korrigierte Regar.

»Es ist aber viel mehr Fels über mir«, sagte Fenrir und sah unbehaglich nach oben.

»Um Eure Frage zu beantworten«, sagte Regar. »Es haben sich kürzlich Familien zu Wort gemeldet, die eine, nun, eher radikale Sicht auf das Zusammenleben zwischen Menschen und Zwergen haben. Sie meinen, wir sollten uns nehmen, was uns rechtmäßig zusteht.«

»Und das wäre?«, fragte Krona.

»Darüber gehen die Meinungen auseinander.« Regar verzog das Gesicht. »Erendor in den Grenzen von 871, nach der Neuen Zeitrechnung. Darauf werden sie sich wohl verständigen können. Ein unabhängiges Königreich in den Grenzen, wie sie vor dem Zwölf-Tage-Krieg waren«, fügte er hinzu, als er Kronas fragenden Blick auffing.

»Und wie steht Ihr zu diesen Ideen?«, fragte Wolfram vorsichtig.

»Ich mache Geschäfte«, sagte Regar. »Mit Menschen und mit Zwergen. Krieg ist nicht gut für mein Geschäft, nicht gut für das Land, auf dem die Lebensmittel wachsen sollen, die ich verkaufen will. Wer kümmert sich um die Ernte, wenn alle Bauern auf dem Schlachtfeld sind? Wer beliefert mich, wenn die Straße so unsicher ist wie die Zukunft? Auf der anderen Seite habe ich Verständnis für die Verbitterung meines Volkes. Wo immer sie eine Siedlung gründen und sich niederlassen wollen, ihr seid schon da. Ihr beackert das fruchtbare Land, beansprucht das Wild in den Wäldern, baut eure Burgen auf jeden Fels und werdet immer mehr. Ihr tut, als wäre es euer Land.«

»Aber es ist unser Land«, sagte Krona verständnislos. Wolfram legte die Hand vor die Augen. Fenrir zog zischend die Luft durch die Zähne.

»Was wollt ihr«, sagte Krona heftig. »Ich mag euch! Es gibt ein paar von euch, für die ich bis zum letzten Atemzug den Arsch hinhalten würde! Aber deshalb sind wir hier trotzdem nicht in Abrantes, dem Zwergenkönigreich. Wir haben das alles aufgebaut, und wir verteidigen es auch im Notfall. Ich habe keinen von euch jemals bei der Armee gesehen.«

»Ihr habt uns unterworfen! Warum sollten wir eure sinnlosen Kriege führen?«

»Unsere sinnlosen Kriege dienen unter anderem dazu, sicherzustellen, dass ihr es ruhig und bequem habt in euren Bergen!«

»Ach! Und das erreicht ihr, indem ihr auf den Südlichen Inseln die angestammte Bevölkerung vertreibt und das Land an euch reißt?«

»Ich entscheide nicht, welcher Krieg geführt wird! Ich entscheide nur, wie er ausgeht.«

Eine Stille entstand, die nur durch das Plätschern unterbrochen wurde, mit dem der Bootszwerg seine Stange durchs Wasser stakte.

»Das ging ja schnell«, sagte Wolfram bedrückt. »Kaum sind wir hier, schon gibt es *uns* und *die anderen*. Irgendwie hatte ich mir das anders vorgestellt.«

»Entschuldigt die unbedachten Worte unserer Freundin«, sagte Pintel beinahe flehend. »Sie hat ein gutes Herz, und eigentlich auch einen scharfen Verstand, nur manchmal vergisst sie, ihn zu benutzen. Und ich will nicht gleich wieder hinausgeworfen werden, ehe ich nicht all die Wunder von Erendor gesehen habe! Die Leuchtende Halle, das Auge der Götter, die tiefen Minenschächte!«

»Die unfassbar großartigen Lieder«, fügte Wolfram traurig hinzu.

»Keine Sorge«, sagte Regar seufzend. »Sie ist nicht der erste abrantinische Holzkopf, der mir begegnet. Ich habe da eine gewisse Toleranz entwickelt. Was bleibt mir auch übrig.«

»Ich bin kein Holzkopf! Ich sage nur, was wahr ist.«

Das goldene Licht, das durch unsichtbare Öffnungen in den Tunnel fiel, verblasste.

Der Bootszwerg entzündete eine große Laterne und reichte sie nach vorne durch, wo Regar sie in den Bug hängte.

Die Luft roch anders hier unten, mild und feucht und irgendwie sauber, wie Wald nach einem Sommerregen. Krona sah hinüber zu Fenrir, doch der wich ihrem Blick aus.

Soll er doch. Sollen sie alle doch. Ist mir scheißegal. Sie könnten alle ihre Häuser mit Trollen und Schraten teilen, wenn es nicht Soldaten gäbe, die aufpassen, dass das nicht passiert. Da reißt man sich den Arsch auf, und dann ist man ein Kriegstreiber.

Sie ließ den Arm über den Bootsrand hängen und strich mit den Fingern durchs Wasser. Es war überraschend kühl.

Sie fragte sich, seit wann sie so dringend darauf angewiesen war, dass andere ihre Leistungen anerkannten. Genügte es nicht, zu wissen, dass sie es richtig und gut gemacht hatte?

Vielleicht, weil so wenig davon übrig ist.

Sie beugte sich über den Bootsrand und spritzte sich von dem kalten Wasser ins Gesicht.

Selbstmitleid, ja? Das ist so jämmerlich.

»Tut mir leid, Regar«, sagte sie laut. »Ich habe tatsächlich nicht nachgedacht. Ich fürchte, ich bin in die gleiche Falle getappt, die viele von meiner Art erwischt.«

»Entschuldigung angenommen«, sagte Regar. »Ich erinnere mich an dich, Schwertmädchen. Du warst damals schon so schnell mit deinem Urteil wie mit deiner Waffe.«

Nach einiger Zeit, das goldene Licht von oben war kaum mehr als ein ferner Schimmer, tauchten sie in die Lichtinsel eines großen Feuerkorbes, der an der Felswand befestigt war, dahinter, etwa in Steinwurfweite, ein nächster und dahinter noch einer.

»Wir nähern uns Tiefenstein«, erklärte Regar. »Ihr habt Glück gehabt, dass ihr von Westen gekommen seid. Hätte ich euch am Osttor aufsammeln müssen, hätte ich nicht vor morgen Mittag dort sein können.«

Die ersten Seitengänge zweigten ab, schmaler als die Dreizehnte Straße der Könige, aber immer noch beeindruckend, wenngleich in ihnen keine Kanäle verliefen. Die Feuerpfannen an den Wänden beleuchteten den von vielen Füßen glatt geschliffenen Felsgrund. Öffnungen führten in regelmäßigen Abständen aus den Seitengängen hinaus in weitere Gänge.

»Die Außenbezirke«, erklärte Regar. »Sie werden hauptsächlich von Handwerkern genutzt, die viel Platz brauchen, oder für Lagerräume. Viele Häuser stehen hier leer. Inzwischen, muss man sagen, weil wir immer weniger werden.«

»Ich will mich nicht schon wieder unbeliebt machen«, sagte Krona, »aber ich sehe keine Häuser.«

»Nenne es Heimstätten«, sagte Regar. »Eure Sprache hat kein angemessenes Wort für unsere Lebensweise. Ihr würdet meinen, wir leben in Höhlen, aber unser Verständnis von einer Höhle hat wohl kaum etwas mit dem Euren zu tun.«

Allmählich wurden die Wege seitlich des Kanals belebter. Zwerge und Zwerginnen waren unterwegs, manche zogen Karren hinter sich her. Binnen Kurzem waren sie in ein belebtes Stadtbild eingetaucht. Zwerge standen zusammen und unterhielten sich, feilschten über Marktständen, aus einer weit geöffneten Tür drang Musik, vermischt mit Gelächter und dem Klappern von Geschirr. Ein zottiger Hund lag auf den Stufen und kaute an einem Knochen.

Regar schien die halbe Stadt zu kennen, er grüßte hier und winkte da, während der Bootszwerg ihren Kahn vorsichtig zwischen den vielen anderen hindurch steuerte, die auf diesem Abschnitt des Kanals unterwegs waren.

Pintel hatte seit geraumer Zeit keine Frage mehr gestellt. Er sah sich mit aufgerissenen Augen nach allen Seiten um und schien jeden neuen Eindruck in sich aufzusaugen. Wolfram summte leise vor sich hin und klopfte mit den Fingern im Takt. Krona schubste Fenrir sachte an, der immer noch eine Aura des Unbehagens verströmte.

»Alles gut bei dir?«

Er zog die Schultern hoch.

»Ich kann nicht aufhören, an den vielen Stein zu denken, der über uns ist.«

»Mach dir keine Sorgen. Wenn der auf uns runterkommt, sind wir platt wie die Fladen und haben keine Zeit mehr, irgendetwas zu bedauern.«

»Oh, das tröstet mich ungemein.«

»Wusste ich's doch.«

Er schenkte ihr ein flüchtiges Lächeln.

»Es ist erstaunlich«, flüsterte Pintel. »Hättet ihr gedacht, dass wir Tür an Tür mit einer so völlig fremden Kultur leben? Ich meine, wir waren am anderen Ende der Welt, aber das hier ist doch wahrhaft erstaunlich.«

»So groß sind die Unterschiede auch nicht«, sagte Krona. »Eine Kneipe hab ich schon gesehen.«

»Aber kein Himmel! Keine Vögel! Keine Häuser, wie wir sie gewohnt sind …«

»Wartet bis morgen früh«, sagte Regar. »Das Tageslicht verwischt die Unterschiede.«

»Tiere!«, rief Pintel aufgeregt. »Wo haltet Ihr Eure Tiere? Ihr müsst doch Kühe haben, und Schafe …«

»Sie leben über dem Berg, natürlich«, erklärte Regar. »Entweder in den Dörfern an den Hängen oder in versteckten Tälern. Dies hier ist nicht zuletzt eine Festung, Meister Luffelheim. Wenn wir alle Tore schließen, können wir viele Jahre überdauern.«

An einem schmalen Bootssteg legte das Boot an. Sie stiegen aus, und Regar entlohnte den Bootszwerg mit einigen Münzen.

Krona sah sich unbehaglich um. Sie spürte, wie sie angestarrt wurde. Niemand sprach zu ihnen, aber die Blicke der Zwerge waren bestenfalls misstrauisch, teilweise sogar recht feindselig.

»Vielleicht war es ein Fehler, hierher zu kommen«, sagte Krona leise. »Wenn die Stimmung kippt, sitzen wir hier in der Falle.«

»Wir sind keine Wilden«, sagte Regar mit Nachdruck. »Wenn die Stimmung kippt, wie Ihr es nennt, eskortieren wir Euch zum nächsten Ausgang und bitten Euch, Eurer Wege zu gehen. Wir achten die Regeln der Gastfreundschaft.«

Regar führte sie eine schmale, hell erleuchtete Gasse entlang, weg vom Kanal. Auf dem glatten Steinboden ging es sich bequem, es fehlten die üblichen Pfützen und Schlammlöcher, und es schien auch niemand Unrat auf die Straße zu werfen. Die Türen, die zu beiden Seiten in den Berg führten, waren farbig gestrichen, und Licht zwinkerte aus honiggelb verglasten Fenstern zu ihnen hinaus.

»Ich muss sehen, wie ich euch alle unterbringe«, sagte Regar. »Der Einzige von Euch, für den ich ein passendes Bett habe, ist Meister Luffelheim. Für Euch Großen müssen wir improvisieren.«

»Wir wollen Euch keine Umstände machen«, sagte Wolfram sofort. »Wir können auch irgendwo in der Stadt …«

»Kommt nicht in Frage«, schnitt Regar ihm das Wort ab. »Ihr seid meine Gäste. Etwas größer als die üblichen Besucher, aber wir lassen uns schon etwas einfallen.«

Er hielt vor einer Tür an, die mit roter und weißer Farbe aufwendig gestrichen und mit einem schweren Türklopfer aus Messing versehen war.

»Hier sind wir«, sagte er stolz, zog einen Schlüssel aus der Tasche und sperrte auf.

Die Heimstatt hinter der Tür war überraschend weitläufig. Die Decken waren etwas niedrig für Krona und ihre Gefährten, aber weit davon entfernt, ein Problem darzustellen. Während sie noch an der Tür standen, beeilte Regar sich, die Lampen anzuzünden.

»Kommt herein, kommt herein!« Er winkte einladend, und sie folgten seiner Aufforderung.

Die Wände der Heimstatt waren sauber gekalkt, und auf dem Boden lagen flauschige Teppiche ausgebreitet, die Krona sich mit ihren dreckigen Stiefeln gar nicht zu betreten getraute. Die Möbel zeugten von Geschmack und Wohlstand. Regar ging umher und zündete weitere Lampen an, die Stück für Stück den Wohnraum aus den Schatten holten: Möbel aus glänzendem Nussbaumholz, Borde, auf denen aufwendig bemaltes Keramikgeschirr gestapelt war, kostbar beschlagene Truhen, Kissen und Felle und Bilder an den Wänden, und in der Mitte des Raumes hing ein kunstvoll geschmiedeter, siebenarmiger Leuchter von der Decke, dessen Kerzen Regar nun anzündete. Sogar ein Regal voller Bücher stand an einer Wand neben einer Tür, die weiter ins Innere führte.

»Eure Mäntel und euer Gepäck könnt ihr hier lagern«, sagte Regar und öffnete eine Tür zu einem Raum, der offensichtlich dem einzigen Zweck diente, die Garderobe des Zwergs aufzubewahren. Schulter an Schulter, Naht an Naht hingen hier kostbare Roben, aufwendig bestickte Jacken, Hemden aus feinem Leinen und samtene Westen.

»Mit Lebensmitteln scheint man ordentlich Geld zu verdienen«, sagte Krona und ließ ihren Rucksack zwischen all den Schätzen auf den Boden fallen. »Gütige Götter! Ein Glück, dass Zwerge so alt werden. Ihr könntet sonst all den Plunder überhaupt nicht abtragen.«

»Ein begehbarer Kleiderschrank ist der Traum insbesondere vieler Frauen«, sagte Regar stolz. »Eurer nicht? Äh – nein. Ich schätze nicht.«

»Ich habe den größten Teil meines Lebens Uniform getragen«, sagte Krona. »Damit ist man nie falsch angezogen.«

Sie machte ihren Gefährten Platz, die ihr Gepäck ebenfalls verstauten. Für einen Augenblick stand sie verloren inmitten all der schönen Dinge und kämpfte mit einem Anflug von Heimweh – *eine Uniform tragen, nur einmal wieder* – dann war Fenrir hinter ihr und fasste sie sachte an der Schulter. Sie ließ den Kopf zur Seite kippen und atmete in sein Haar, und der Druck auf ihrem Herzen löste sich ein wenig.

Er nickte und lächelte ihr flüchtig zu.

»Ich bedaure, wir müssen noch einmal hinüber in den Laden«, sagte Regar und klang keineswegs, als würde er es bedauern. »Ich habe nicht genug Vorräte für vier hungrige Gäste.«

»Nicht das Geringste dagegen«, sagte Wolfram. »Euer Laden ist der Ort, der mir in meinen Träumen erschienen ist, während des letzten Hungerwinters.«

Regar schüttelte düster den Kopf.

»Könnt ihr Menschen nicht füreinander sorgen?«

»Oh, die Menschen sorgen für sich«, sagte Wolfram leichthin. »Sie sorgen nur nicht für mich.«

»Ich finde die Idee vom persönlichen Besitz sowieso überholt«, sagte Pintel altklug. »Wenn alles allen gehören würde, könnte sich jeder nehmen, was er braucht, und seine Zeit mit sinnvollen Dingen füllen. Etwas tun, das man richtig gut kann, ohne sich Sorgen um die nächste Mahlzeit zu machen.«

»Genau das ist die Idee meiner Läden«, sagte Regar erfreut. »Ihr könnt dort alles bekommen, was Ihr braucht. Gegen Geld, versteht sich.«

»Dann ist es nicht meine Idee«, sagte Pintel seufzend.

Regars Laden – einer seiner zahlreichen Läden, wie er betonte – lag nur einige Straßen weiter und hatte trotz der vorgerückten Stunde noch geöffnet. Ein großes Schild über der Tür und eine Werbetafel auf der Straße davor machten ihn unübersehbar. Helles Licht drang durch die einladend geöffnete Tür auf die Straße.

Drinnen empfing sie ein üppiger Marktplatz.

Fenrir und Krona standen still und staunten. Wolfram stieß einen glücklichen Seufzer aus. Pintel holte sehr tief Luft und ergoss dann einen nicht enden wollenden Strom aus Fragen über Regars Haupt, bevor er, ohne die Antworten abzuwarten, davonflitzte und zwischen den Regalen verschwand.

Regar nahm einen geflochtenen Weidenkorb vom Eingang und drückte ihn Krona in die Hand.

»Ihr geht herum und nehmt Euch, was Ihr braucht«, erklärte er. »Danach kommt Ihr hier herüber zu meiner Mitarbeiterin« – er zeigte auf einen Tisch, hinter dem eine rot-weiß gekleidete Zwergin saß und freundlich lächelte, »und sie stellt Euch die Rechnung aus. Also, es wäre so, wenn Ihr normale Kunden wäret. Euer Einkauf geht natürlich aufs Haus.«

»Gut«, sagte Krona. »Brot, kalter Braten. Oder ein Hühnchen. Ein Hühnchen wäre großartig. Hirsebrei mit Honig und Sahne. Und Kirschen. Gibt es bei Euch schon Kirschen? Wir hatten auf dem Weg welche vom Baum, aber die waren noch ziemlich sauer.«

»Mit Brot und Kirschen kann ich dienen«, sagte Regar, nahm Krona am Ärmel und geleitete sie in den Laden hinein. »Ein Hühnchen sollten wir noch vorrätig haben. Ich bereite es Euch gerne zu. Ich bin ein anerkannter Freizeitkoch.«

»Ich kann hier kein gebratenes Huhn kaufen?«, fragte Krona. »Ich dachte, das ist hier wie ein Gasthof.«

»Nein. Nur die Zutaten, die Ihr braucht, um eines zu braten. Das Hühnchen, Gewürze, Butter und so weiter.«

»Aber ich kann doch nicht kochen«, sagte Krona verwirrt. Regar nickte nachdenklich.

»Zum Glück können das die meisten meiner Kunden«, sagte er. »Dennoch bringt Ihr mich da auf einen Gedanken. Warum das Angebot nicht auf Dinge ausweiten, die bereits fertig zubereitet sind?«

Während Regar ein schmales Heft aus der Tasche zog und eilig begann, sich Notizen zu machen, nahm Fenrir Krona bei der Hand und zog sie mit sich. Sie wanderten zwischen Auslagen von Gemüse und Obst hindurch – hier war alles geboten, was die Jahreszeit hervorbrachte: Schalen voller kleiner, duftender Erdbeeren und glänzender Kirschen, Körbe voller Pilze, die ungewöhnlich groß waren und dunkle Kappen hatten, Himbeeren und große Rispen praller Johannisbeeren, Bärenkraut und Pflücksalat, deren Blätter feucht glänzten, rote und gelbe Rüben, von denen man sorgsam die Erde abgeputzt hatte. Fenrir nahm sich eine große, dunkle Kirsche aus dem Korb und steckte sie sich in den Mund.

»Sehr ungewohnt«, sagte Krona zögernd. »Ich nehme mir einfach, was ich will …?«

Fenrir lachte.

»Diese Worte aus deinem Mund«, sagte er. »Man sollte meinen, du hättest dein Lebtag nichts anderes gemacht als dir zu nehmen, was du willst.«

Sie packte ihn beim Mantel und küsste ihm den Kirschsaft von den Lippen, und er nutzte die Gelegenheit und küsste ihr den Kirschkern hinüber. Sie quiekte protestierend, aber er unterbrach den Kuss und nahm sie um die Mitte.

»Manchmal kriegt man mehr, als man wollte.«

»Wüsste nicht, wann mir das je passiert wäre«, brummte sie, spuckte den Kern in ihre Hand und versenkte ihn mangels anderer Möglichkeiten in ihrer Manteltasche.

Hinter den Obstständen folgten Tische voller gebackener Köstlichkeiten: große, glänzende Brotlaibe, runde goldene Brötchen, Hörnchen, aus denen die Marmelade quoll, fettgebackene und mit Gewürzen bestäubte Krapfen. Einige Körbe waren bereits leer. Kleine Schilder mit Zwergenrunen lagen darin, die dem lesekundigen Käufer womöglich verrieten, was ihm hier entgangen war.

Die Gasse, die zwischen den Verkaufstischen frei blieb, brachte sie an die Rückwand des Ladens. Dort waren große, hölzerne Wannen aufgestellt, die zu Kronas Verblüffung mit körnig zerstoßenem Eis gefüllt waren. Darauf ruhten, sorgsam in Tücher gebettet, Speckschwarten, Würste, Schweinefüße und Fleischstücke aller Art.

»Woher nehmen sie das Eis? Es ist Sommer!«

»Regar sagte vorhin etwas von einem Gletscher«, erinnerte Fenrir sie. »Erendor ist groß.«

Sie wanderten weiter, an großen Krügen voll Milch vorbei, Körben voller Eier, Honigtöpfen, Eingekochtem aller Art, passierten Mehlsäcke und Regale, an denen auf Schnüre aufgefädelte Trockenfrüchte hingen, und fanden sich unversehens vorne bei der freundlichen Zwergin hinter dem Tisch.

»Habt Ihr nicht gefunden, wonach Ihr suchtet?«, fragte die Zwergin mit einem Blick in Kronas leeren Korb.

»Nö«, sagte Krona. »Ist mir zu kompliziert. Ein Stück Brot wird's tun.«

Zum Glück für die anderen teilte Regar diese Einschätzung nicht. Er packte zwei Körbe voller Lebensmittel und geleitete seine Gäste hinaus auf die Straße.

Bis das Essen auf dem Tisch stand, schwirrte Krona der Kopf. Regar sprach unablässig über Lebensmittel, Fortschritt, moderne Wirtschaft und zukunftsweisende Geschäfte. Pintel grätschte mit Fragen aller Art dazwischen, und so entstand ein Geräuschteppich, der über Krona hinwegstrich und ihr langsam Kopfschmerzen machte.

»Können wir mal zum Wesentlichen kommen«, sagte sie irgendwann laut. »Das hier ist keine Spaßveranstaltung, Himmelarsch.«

»Ist es nicht?«, fragte Wolfram mit feinem Lächeln.

»Nein«, knurrte sie. »Wäre es eine, wäre ich längst betrunken.«

Regar rückte eine Schüssel mit Kraut und Speck auf dem Tisch zurecht und füllte die Teller.

»Ihr habt recht«, sagte er. »So sehr ich den gesellschaftlichen Teil unserer Zusammenkunft schätze, so dringend ist doch die Angelegenheit, die Euch zu uns unter den Berg führt. Oder zumindest entnahm ich das Euren Worten. Meister Skaeldin, wollt Ihr nicht mit Eurer großartigen Geschichte heraus, die Ihr mir versprochen habt?«

»Wenn es Euch nichts ausmacht, dass ich einen Teil meiner Aufmerksamkeit diesem nicht minder großartigen Eintopf widme?« Wolfram legte schützend die Hände um seinen Teller. Regar grinste.

»Nur zu, mein Freund.«

Krona lauschte Wolframs Geschichte und vergaß dabei beinahe, dass es ihre eigene war. Er verwandelte dürre Notwendigkeiten in Heldenmut, wie ein Zauberer Gold aus einer Handvoll Dreck machte. Er ließ alles aus, was mühselig und eintönig gewesen war, die vielen Tagesreisen auf schlechten Straßen, das zermürbende Warten in Dalen, die Schiffsreisen, die nicht hatten enden wollen. Sie beugte sich zu Fenrir.

»Ich nehme lieber seine Geschichte«, murmelte sie an seinem Ohr. »Die gefällt mir besser als unsere.«

Fenrir lächelte.

»Aber das ist doch unsere Geschichte.«

»Tatsächlich? In meiner Geschichte war viel mehr Dreck. Und Rückenschmerzen, und Kleider, die einmal nass und dann wochenlang nicht mehr trocken werden. In meiner Geschichte bin ich fast ersoffen und beinahe in einer Arena draufgegangen.«

»Und in meiner Geschichte bist du von den Toten zurückgekommen. Und ich habe dich unter Wasser geküsst. Was stimmt nun?«

Sie seufzte.

»Vermutlich hast du recht. Jeder macht sich seine Geschichte so, wie es ihm passt.«

Er nickte ihr zu, und sie verschränkte unter dem Tisch ihre Finger mit den seinen.

»Ich bin zu alt für diesen Scheiß, Fenrir.«

»Ein bisschen wirst du schon noch durchhalten.«

Pintel warf ihnen einen strafenden Blick zu und legte den Finger auf die Lippen. Sie schluckte eine ungeduldige Bemerkung. Sollte er seine Geschichte bekommen, voller wundersamer, goldener Augenblicke, er hatte sie sich mehr als verdient.

Schließlich gelangte Wolfram zum vorläufigen Ende. Regar lächelte versonnen, stand auf und holte ein gefaltetes Stück Papier an den Tisch.

»Lomirs Brief, in dem er mich um zeitlich unbegrenzten Urlaub bat«, sagte er. »So schließt sich der Kreis, und ich erfahre, was ihn davon abgehalten hat, für mich zu arbeiten. Nun, zumindest hat er seine Pflichten nicht für irgendein windiges Abenteuer vernachlässigt. Er war mein bester Mitarbeiter.«

»Und wird es wieder sein«, sagte Pintel. »Sobald sie die Überfahrt hinter sich gebracht haben.«

Schweigen kehrte am Tisch ein.

»Sie fehlen mir«, sagte Pintel irgendwann. »Wir hätten uns nicht trennen sollen. Wenn ich daran denke, dass sie auch ganz bequem mit uns zusammen auf der Wolkentänzer hätten reisen können …«

»Diesen Teil der Geschichte mag ich kaum glauben«, sagte Regar. »Luftschiffe und Windfäuste! Ihr seid sicher, Meister Skaeldin, dass Ihr nicht übertrieben habt?«

»Wie kann ich mir da sicher sein?«, fragte Wolfram unschuldig. »Ich war nicht dabei. Ich habe mir die Geschichte meinerseits nur erzählen lassen.«

»Im Kern hat sie gestimmt«, sagte Krona. »Er hat nur ein paar Sachen ausgelassen. Wie wir gekotzt haben, beispielsweise, ab einer bestimmten Höhe. Der Mensch ist einfach nicht zum Fliegen bestimmt.«

»Dafür klappt es aber ganz gut«, wandte Pintel ein. »Und an die Höhe gewöhnt man sich.«

Krona gähnte.

»Ich muss nicht mehr fliegen. Mein Leben lang nicht. Ich muss Gyldinn finden und für Ordnung sorgen oder dabei draufgehen. Entweder gehe ich als Heldin aus dieser Geschichte raus oder tot. Für alles andere fehlt mir das Geld.«

»Ihr könnt jederzeit wieder bei mir als Wachpersonal anfangen«, bot Regar an, aber Krona winkte ab.

»Nichts für ungut, Regar, aber das war mal.«

»Lasst uns den Bären doch erst erlegen, ehe wir ihn braten«, schlug Wolfram vor. »Wir brauchen Informationen. Deshalb sind wir hier. Wir müssen eine Valdar aufspüren.«

»Und Ihr haltet es für möglich, dass jemand von uns sie beherbergt«, sagte Regar. »Eine Valdar! Ein weiterer Teil der Geschichte, den ich kaum glauben mag.«

»Womöglich ohne es zu wissen«, betonte Pintel. »Sie kann sich wirklich sehr gut verstellen. Sie könnte aussehen wie jeder beliebige Zwerg. Sie könnte Euch zu einem Häuflein Asche verbrennen und Euren Platz einnehmen, ohne dass jemand etwas merkt.«

»Na, ich denke, so leicht bin ich nicht zu kopieren«, sagte Regar. »Aber ich verstehe, was Ihr meint. Und in der Tat. Wir haben mächtige Zauberer hier, mächtiger vielleicht als alle in Eurem Menschenkönigreich. Und wir haben einen Haufen junger Hitzköpfe, die seit einiger Zeit immer lauter herumschreien, dass sie mit der Lage unzufrieden sind.«

»Seit einiger Zeit?«, fragte Pintel sofort. »Seit wann etwa?«

Regar drehte nachdenklich Lomirs Brief in den Händen.

»Jetzt, wo Ihr es sagt – vielleicht seit einem Mond? Es sind fließende Übergänge, aber es mag etwa drei Wochen her sein, als ich die ersten Hetzredner von meinem Laden vertrieben habe. Sie standen vor dem Eingang auf der Straße, schrien Parolen und belästigten die Kundschaft.«

»Und was genau haben sie geschrien?«

»Ach, Unsinn wie Freiheit für Erendor, Zwerge an die Macht, Krieg den Milchbärten und Ähnliches.«

Krona rutschte unbehaglich auf ihrem Stuhl herum. »Großartig. Ich fühle mich gleich sehr willkommen.«

»Die meisten Bürger tun sie als Spinner ab. Aber so etwas kann sich natürlich schnell ändern, und selbst eine kleine Gruppe Spinner ist gefährlich, wenn sie eine Valdar als Verbündete hat.«

Regar legte die flachen Hände auf den Tisch, als hätte er eine Entscheidung getroffen.

»Wir packen den Stier bei den Hörnern. Ich verschaffe Euch eine Audienz beim König Unter dem Berg.«

»Ihr könnt uns vor Brainn bringen?«, fragte Pintel ungläubig.

Regar grinste.

»Aber natürlich. Ich bin ein Mann mit Einfluss. Ohne mich wären die Leute hier längst verhungert.«

Gleich am nächsten Morgen ging Regar los, um seine Beziehungen spielen zu lassen. Die Gefährten nutzten die Zeit, um sich in der Stadt umzusehen.

Zu ihrem Erstaunen war es auf den großen Verbindungsstraßen taghell. Goldenes Sonnenlicht fiel durch Schächte zu ihnen hinunter und ließ das Wasser in den Kanälen glitzern. Boote schoben sich dicht aneinander vorbei, und auf den breiten Uferwegen herrschte reger Betrieb. Hob man nicht den Kopf zur Decke, hätte man beinahe vergessen können, dass die hellen steinernen Fassaden nicht zu Häusern gehörten, dass die sorgsam geschnitzten Türen nicht in Wohnstuben mit gemauerten Wänden führten, sondern in Höhlen, die man direkt aus dem Fels geschlagen hatte.

Entlang der Hauptstraße reihten sich Läden aneinander, in denen man allerlei Hausrat kaufen konnte. Die Fenster standen offen, sodass man die Auslagen bewundern konnte. Einige Händler stellten ihre Waren auch in großen, mit Stroh ausgepolsterten Körben neben ihren Ladentüren aus. Die Gefährten bestaunten zarte helle Keramik, die kunstvoll mit einem Muster aus Ranken und winzigen, lebensechten Vögeln bemalt war, fein geschmiedetes Essbesteck, aufwendig gewebte Stoffe in allen Farben des Regenbogens. Die Straßen waren glatt und sauber gefegt, und selbst die Feuerkörbe, mittels derer man nachts die Straßen beleuchtete, waren aufwendig mit schmiedeeisernen Ornamenten geschmückt. Die Tür zu einem Gasthof stand einladend offen. Der Duft von frischgebackenem Brot und Fetzen von Musik und Gelächter drangen auf die Straße.

»Kein Wunder, dass sie uns für Wilde halten«, sagte Krona. »Wenn man sich das hier so ansieht …«

»Wie wichtig sind drei Dutzend verschlungene Sterne an einem Feuerkorb?«, fragte Fenrir. »Wir müssen uns auf das Wesentliche konzentrieren. Zu mehr taugt unsere Lebensspanne nicht.«

»Vielleicht nicht wichtig, aber schön«, sagte Pintel. »Wäre ich ein Zwerg, ich würde hier wohnen wollen und nirgends sonst. Ich will ja beinahe schon als Mensch hier wohnen.«

»Du wirst auch nicht so angestarrt«, sagte Krona, die sich seit einiger Zeit nicht mehr überwinden konnte, das Heft ihres Schwertes loszulassen. »Du bist klein genug.«

Tatsächlich folgten ihnen die Blicke der Zwerge, wohin sie auch gingen.

»Du musst einfach Größe zeigen und drüber hinweg sehen«, sagte Fenrir und grinste. »Sollte dir nicht sonderlich schwer fallen.«

»Mir fällt es schwer, über deine schlechten Witze hinweg zu sehen.«

Fenrir schlang ihr den Arm um die Schultern.

»Solange du dir keinen der Langbärte zur Brust nimmst, weil er dich irgendwie falsch angeschaut hat, ist alles gut. Ich wäre ungern der Mittelpunkt eines öffentlichen Aufruhrs.«

Sie gingen weiter. Zu beiden Seiten des Kanals zweigten in regelmäßigen Abständen Seitenstraßen ab. Hoch geschwungene, steinerne Brücken führten über den Kanal, ein Nadelöhr für die Boote, die sich vor der Durchfahrt stauten.

Eine Weile sahen sie zu, wie ein Zwerg mit verschiedenfarbigen Wimpeln von der Brücke aus den Verkehr regelte. Viele Boote waren mit Handelswaren beladen, und die Händler nutzten die Wartezeit, um Geschäfte über den Bootsrand hinweg abzuwickeln. Pintel erstand auf diesem Weg zwei süße, klebrige Kuchen. Einer hatte die Form einer Blume, der andere die Form eines siebenzackigen Sterns. Mit seinem kleinen Essmesser teilte er die süße Gabe in Stücke und bot den beiden anderen davon an.

Krona probierte. Eine Vielfalt von Aromen breitete sich in ihrem Mund aus: die Süße von Sommerhonig, der weiche Schmelz von Butter und Eiern und etwas Würziges, das sie an tiefe Wälder denken ließ. Sie aß ihren Anteil bis zum letzten Krümel und wollte Pintel um Nachschub losschicken, aber das Boot hatte sich bereits unter der Brücke hindurch gefädelt und war in der Menge verschwunden.

»Keine Kinder«, sagte Fenrir in eine Gesprächspause hinein.

»Das beruhigt mich aber sehr«, sagte Krona, und er stieß sie in die Seite.

»Ich meine, es sind keine Kinder auf der Straße. Das verändert das Stadtbild, findet ihr nicht?«

»Da drüben ist eines«, sagte Pintel und wies auf einen kleinen Jungen, der an der Hand seiner Mutter die Brücke überquerte. »Und oben haben wir auch welche gesehen.«

»Es sind viel weniger als in einer Menschenstadt. Warum die Zwerge wohl keine Kinder haben?«

»Nach dem, was Lomir so erzählt hat, wissen sie, wie's geht«, sagte Krona. »Und die Zwerginnen sind ja ganz niedlich. Vielleicht fehlt ihnen das Sonnenlicht oder so.«

Fenrir machte eine ausholende Geste.

»Ich glaube nicht, dass es hier an irgendetwas fehlt.«

»Aber uns fehlt etwas«, sagte Pintel und sah sich suchend um. »Ein Spielmann. Wohin ist er?«

»Keine Ahnung«, sagte Fenrir. »Wann habt ihr ihn zuletzt gesehen?«

»Irgendwann vor dem Kuchen«, sagte Krona. »Verdammte Axt! Dass mir das nicht aufgefallen ist. Den Kuchen hätte er sich nicht entgehen lassen.«

»Er müsste auffallen unter all den Zwergen«, sagte Pintel und reckte den Hals. »Es wird ihm doch nichts passiert sein?«

»Bin ich der Einzige, den das unruhig macht?«, fragte Fenrir. »Er taucht auf – gerade zum rechten Augenblick, als hätten die Götter ihn uns geschickt – er lotst uns nach Erendor und bringt uns hinein, und kaum sind wir hier, löst er sich in Luft auf. Wir haben zur Genüge erlebt, dass Gyldinn die Leute nach Belieben ersetzen kann.«

»Glaub ich nicht«, sagte Krona. »Warum sollte sie? Wenn sie sich nach Erendor reinbringen wollte, könnte sie jeden Zwerg am Tor ersetzen. Dazu braucht sie uns nicht.«

»Womöglich wollte sie sich Wissen über unsere Pläne beschaffen. Was hast du ihm erzählt?«

»Na, alles natürlich!«

Fenrir sah Krona finster an.

»Nach der gleichen Logik kann sie einen von uns ersetzt haben«, sagte Pintel.

»Mich nicht«, sagten Fenrir und Krona gleichzeitig. Pintel sah mit aufgerissenen Augen zwischen ihnen hin und her.

»Dann mich vielleicht?«, wisperte er. »Vielleicht ist sie inzwischen so gut, dass ich selbst nicht merke, dass ich ersetzt bin. Schnell! Krona, fühle ich mich irgendwie heiß an? Sehe ich anders aus? Habe ich merkwürdige Dinge geredet in letzter Zeit? Habe ich viel gefroren?«

»Du redest immer merkwürdiges Zeug«, sagte Krona. »Das ist dein Normalzustand. Nein, ich bin sicher, du bist ganz der Alte.«

Pintel atmete hörbar auf.

»Aber du bringst mich auf eine Idee«, sagte Krona. »Wolfram kann nicht ausgetauscht worden sein. Er wusste all diese Dinge von früher. Unsere gemeinsamen Erlebnisse. Wie er mir Lesen und Schreiben beigebracht hat. Wie ich ihn vor den Löwen gerettet habe. Dinge, die ich euch nie erzählt habe.«

»Warum eigentlich nicht?«, fragte Fenrir. Krona seufzte entnervt.

»Weil es hundert Jahre her ist. Weil ich überhaupt nicht mehr dran gedacht habe.«

»Trotzdem scheint er damals eine wichtige Rolle gespielt zu haben.«

»Ja! Na und? Viele Dinge in meinem Leben waren wichtig, und ich werde bestimmt nicht anfangen und mich vor dir rechtfertigen! Wer bin ich denn? Und was glaubst du, wer du bist?«

»Kannst du mal …«

»Nein! Aber du kannst mich mal! Komm mir noch einmal mit dieser Eifersuchts-Scheiße, und ich schmeiße dich in den Kanal und sorge dafür, dass du abkühlst!«

»Hörst du mal auf, herumzuschreien! Wir fallen auf!«

Krona sah sich um. Die Blicke, mit denen die Zwerge auf der Straße sie bedachten, waren mehr als argwöhnisch.

»Ich würde mich gerne ungehindert in dieser Stadt bewegen«, sagte Fenrir. »Von irgendeiner Stadtwache wegen öffentlicher Pöbelei eingesperrt zu werden, hilft uns nicht. Nicht in unserer eigentlichen Angelegenheit, und auch nicht dabei, den Spielmann wiederzufinden.«

»Ich pöbele nicht öffentlich«, knurrte Krona. »Du hast mich wohl noch nie erlebt, wenn ich öffentlich pöbele.«

»Aber doch«, sagte Fenrir, nahm sie am Arm und zog sie weiter. »Deshalb bin ich ja so besorgt.«

»Die Frage ist, hat er uns abgehängt oder wir ihn?«, fragte Pintel und beeilte sich, aufzuschließen. »Und wo sollen wir ihn suchen?«

»Essen, Musik, Leute«, sagte Krona. »Er hält sich zwar für wahnsinnig schlau, aber im Grunde ist er ganz einfach gestrickt. Lasst uns in Gasthäusern suchen.«

»Sollten wir uns aufteilen?«, fragte Fenrir.

»Nein. Es reicht, dass mir einer abhandengekommen ist. Auf euch Restliche will ich ein Auge haben.«

Bereits der zweite Gasthof brachte den Verschwundenen wieder ans Licht. Er saß mit einer Gruppe Musiker am Tisch, einen Krug vor sich, aus dem es dampfte, und unterhielt sich lebhaft in der Zwergensprache. Das Gespräch erstarb, als Krona an den Tisch trat.

»*Din hjonn?*«, fragte einer der Zwerge mit einem breiten Grinsen.

»*Nae*«, sagte Wolfram. »*Saelingr nae. Sveitungr er.*« Er sah zu Krona hinauf. »Darf ich vorstellen? Jolnir, Greni, Katlani und Sveinn. Sie sind Musiker. Also, im Hauptberuf Korbflechter und Kesselmacher, aber sie lieben es, das traditionelle Liedgut zu pflegen. *Runi, er Krona Fyrfausta. Er nithuthr tjorr enn soldari afraki.*«

Die Zwerge nickten ihr zu.

»Tag auch«, sagte Krona. »Lasst euch nicht stören. Aber den hier nehme ich mit.«

Sie zeigte auf Wolfram. Der nahm in aller Ruhe einen Schluck aus seinem Krug.

»Geh schon mal vor«, sagte er. »Wohin auch immer. Ich unterhalte mich gerade sehr gut.«

»Du kannst dich doch nicht einfach aus dem Staub machen, ohne dich abzumelden, Himmelarsch! Ich habe mir Sorgen gemacht!«

»*Sin hjonn*«, sagte ein Zwerg zum anderen und grinste. »*Kyrfiligr greyi.*«

»Ich bin es nicht gewohnt, mich bei irgendjemandem für irgendetwas abmelden zu müssen«, sagte Wolfram. »Du verzeihst mir das vielleicht.«

»Aber es kann nicht einfach jeder seiner Wege gehen, wie es ihm gefällt!«

»Kann er nicht?«

Krona warf die Hände in die Luft. Wolfram lehnte sich zurück und seufzte.

»Es tut mir leid, wenn mein Verschwinden dich in Sorge gestürzt hat. Ich habe nicht darüber nachgedacht. Von jetzt an werde ich mich bei dir abmelden, wenn es dich beruhigt.«

Sie sah zu ihm hinunter. Ihre Wut entzündete sich an seinem gleichmütigen Gesicht.

»Wirst du nicht«, sagte sie wütend.

»Mal sehen«, sagte er.

»Jetzt weiß ich wieder, was mich damals so unglaublich an dir aufgeregt hat. Du sagst allen, was sie hören wollen, und dann gehst du und tust, was du willst.«

»Es kann nicht jeder mit dem Kopf durch die Wand, so wie du.«

»Ich gehe nicht mit dem Kopf durch die Wand!«

Wolfram lächelte fein und nahm einen Schluck aus seinem Krug.

»Wir sehen uns später«, sagte er. »Versprochen. Ich kann auf mich aufpassen.«

Er wandte sich zu seinen zwergischen Tischgenossen und sprach einige Worte auf Zwergisch. Die Zwerge blinzelten zu Krona hinauf, klaren Zweifel in den Gesichtern.

»Lasst uns gehen«, sagte Pintel beinahe flehend. »Vielleicht ist Regar schon zurück.«

»Ich gehe nicht mit dem Kopf durch die Wand«, knurrte Krona, während sie sich zur Tür schieben ließ.

»Aber doch«, sagte Fenrir. »Manchmal sogar, wenn direkt daneben eine Tür ist. Wenn es dich aber tröstet – die Wand, die deinem Schädel standhält, muss erst noch gebaut werden.«

»War das ein Kompliment oder eine Beleidigung?«

Fenrir grinste. »Ein Kompliment. Du bist ganz bezaubernd, wenn du wütend bist.«

»Komm du mir nach Hause, Freund.«

Er brachte seinen Mund nah an ihr Ohr.

»Das ist der Plan. Und es hätte seine Vorteile, wenn Regar noch nicht zurück wäre. Nur du, ich und diese verschwiegene Kleiderkammer.«

Regar tat ihnen den Gefallen nicht. Er stand unter der Tür, als sie zurückkamen, und winkte sie eilig herein.

»Ich habe eine Audienz beim König für euch arrangiert«, sagte er. »Es war nicht ganz einfach, aber ich konnte einen Goldschmied dazu bewegen, uns statt seiner vorzulassen. Die Tage des Königs sind außerordentlich gut durchgeplant, da findet man kaum mal freie Zeit.«

»Großartig!«, sagte Krona. »Wann?«

»Heute, am frühen Nachmittag.«

»Alle Götter«, sagte Fenrir. »Das ist wirklich kurzfristig. Wir haben uns noch gar nicht überlegt, was wir ihm sagen wollen.«

»Pintel«, sagte Krona. »Geh zurück in das Wirtshaus. Spute dich und bring den Spielmann! Zieh ihn an den Haaren hierher, wenn er nicht mitkommen will.«

Pintel nickte und flitzte davon. Krona ließ sich auf einen Stuhl sinken.

»Hallo, Herr König«, sagte sie. »Wir glauben, es könnte sich in Eurem Reich eine wirklich fiese Valdar herumtreiben. Ja, sie macht demnächst ein Tor auf und überschüttet uns alle mit Dämonenwesen von irgendwelchen anderen Ebenen. Nein, Beweise haben wir dafür keine. Aber nichts für ungut, Ihr seid bestimmt ein ganz feiner Kerl.«

»Vielleicht überlässt du jemand anderem das Reden«, schlug Fenrir vor.

»Was, wenn die alle zwergisch sprechen? Dann verstehe ich kein Wort!«

»Ich übersetze für dich.«

»Das dauert mir zu lange!«

Fenrir grinste. »Du kriegst meinen Ring nicht. Nie im Leben, junge Frau.«

»Keine Kinder, kein Ring … du kannst froh sein, dass ich hart im Nehmen bin.«

»Richtet euch präsentabel«, sagte Regar. »Eigentlich trägt man seine besten Gewänder, wenn man vor den König tritt.«

»Das sind meine besten Gewänder«, sagte Krona.

»Das dachte ich mir«, erwiderte Regar. »Dann säubert Euch wenigstens etwas und putzt Eure Stiefel.«

Sie kamen Regars Aufforderung nach. Krona fischte einen alten, zahnlückigen Kamm vom Boden ihres Rucksackes und begann, die Knoten aus ihren Haaren zu kämmen, während Fenrir seine Tunika gegen eine saubere tauschte und mit einem weichen Lappen den Straßenstaub von seinen Stiefeln wischte.

»Mal im Ernst«, sagte Krona. »Was sollen wir ihm sagen? Wenn wir einfach so mit der Wahrheit herausrücken, entsorgt er uns in einem stillgelegten Minenschacht.«

»Wenn du einfach so mit der Wahrheit herausrückst, mag das sein«, sagte Fenrir. »Mein Vorschlag ist, wir überlassen das Reden Regar oder Wolfram. Die können das besser als du.«

Krona wollte ihren Kamm nach ihm werfen, doch der hatte sich in ihren Haaren verhakt. Sie fluchte leise und zerrte daran. Fenrir griff danach und befreite den Kamm vorsichtig, dann begann er, ihr Haar Strähne für Strähne durchzukämmen.

»Was wird denn das«, fragte sie.

»Fellpflege«, sagte er.

»Ach so.«

»Wirkt beruhigend, findest du nicht?«

»Ich bin nicht aufgeregt.«

»Aber nicht doch.«

Er strich über ihren Hals, und ein wohliger Schauer rieselte ihr den Rücken hinunter. Sie brummte leise und lehnte sich an ihn. Seine Finger waren leicht wie Schnee auf ihrem Haar.

»Dein erster König?«, fragte er leise. »Ich meine, hast du den frommen Konrad jemals zu Gesicht bekommen, wo du doch dein Leben lang Blut für ihn vergossen hast?«

»Einmal aus der Ferne. Er wusste ziemlich sicher nicht mal, dass es mich gibt. Ich war für das Militär nie so wichtig wie das Militär für mich.«

Er küsste ihren Hals, und sie atmete zitternd.

»Hör auf damit«, sagte sie.

»Womit denn?«, murmelte er und verteilte kleine Küsse auf ihrer Haut. Sie schloss die Augen.

»Du musst aufhören, so fabelhaft zu sein. Ich bin sowieso schon viel zu vernarrt in dich.«

Er lachte, nahm ein wenig Abstand und gab ihr einen schwungvollen Klaps auf den Hintern.

»Also dann, Närrin. Gehen wir einen König besuchen.«

Pintel kam gerade rechtzeitig, Wolfram im Schlepptau. Regar hatte ein Boot organisiert und nötigte alle zum Einsteigen.

»Aber wir haben uns noch gar nicht beraten!«, sagte Wolfram verblüfft.

»Könnt Ihr unterwegs«, sagte Regar. »Wir fahren eine ganze Weile. Auf mit euch, ab ins Boot.«

Kaum war Pintel als Letzter über den Bootsrand gehüpft, stieß der Bootszwerg sein Gefährt vom Ufer ab und stakte es in die Mitte des Kanals.

»Wir durchqueren Tiefenstein und biegen auf die Dritte Straße der Könige ab«, erklärte Regar. »Die fahren wir entlang, bis wir in Schmiedeberg sind. König Brainn hat dort seine Hofhaltung. Wir können von Glück reden, dass alles sich so glatt ergibt. Ich habe Ori Goldschläger gerade noch vor seiner Abreise angetroffen.«

»Und wie kam es, dass er Euch seine Audienz abgetreten hat?«, erkundigte sich Pintel. Regar grinste humorlos.

»Alles eine Frage des Preises. Ich werde meine Auslagen von Lomirs Vergütung abziehen, dafür wird er sicher Verständnis haben.«

»Armer Lomir«, seufzte Pintel. »Wir leben von seinem Geld, selbst wenn er gar nicht da ist.«

»Wenn wir Erfolg haben und die Welt retten, überschüttet man uns hoffentlich mit irgendetwas Wertvollem, dann bekommt er seine Auslagen hundertfach zurück«, sagte Krona. »Wenn nicht, bleibt vermutlich niemand übrig, um arm oder reich zu sein, und dann ist's auch egal.«

»Deinen Gleichmut möchte ich haben«, sagte Pintel. »Oder lieber nicht, wenn ich's mir überlege.«

Der Bootszwerg lenkte ihr Boot unter der Brücke hindurch, auf der sie am Morgen gestanden waren. Bug an Kiel schoben sich die Boote voran, während zu beiden Seiten auf den Uferstraßen geschäftiges Treiben herrschte.

Regar trommelte unruhig mit den Fingern auf sein Knie.

»Früher hat es hier nicht so viele Boote gegeben«, sagte er. »Da sind die Leute noch mehr zu Fuß gegangen.«

»Zu Fuß wären wir kaum schneller«, sagte Pintel und zeigte auf das Gedränge. »Nur schneller zerquetscht. Ich zumindest.«

»Gibt es keine Seitenstraßen?«, fragte Fenrir. Regar schüttelte den Kopf.

»Der Berg wurde entlang seiner Hauptadern von Gold und Eisen erschlossen. Das ergibt den Verlauf der Königsstraßen. Als der Bergbau weiter ins Innere wanderte und die Siedler nachkamen, hat man die nötigen Wohnstätten und Verbindungswege geschaffen, doch warum sollte man sich viele Jahre lang durch den Fels graben, nur um einen Fußweg zwischen zwei Orten abzukürzen?«

Der Kanal führte schnurgerade durch die Stadt, bis der Tunnel sich schließlich in eine Halle öffnete, deren riesige Kuppel sich hoch über ihren Köpfen wölbte. Von oben fiel Licht bis zu ihnen herunter. Die Betriebsamkeit der Stadt blieb hinter ihnen zurück.

»Die Dreizehnte Halle der Könige«, sagte Regar. »Die Bürger von Schmiedeberg und Tiefengründig versammeln sich hier, wenn es etwas zu entscheiden gibt. Dort steht dann der Lehnsherr.« Er zeigte hinüber auf einen gewaltigen Tropfstein, dick wie eine hundertjährige Eiche, der aus dem Boden hervorwuchs und dessen oberes Ende breit und abgeflacht war. »Die Akustik in dieser Halle ist hervorragend.«

»Die was?«, fragte Krona, die den Blick durch die weite, hohe Halle schweifen ließ.

»Man hört von jedem Punkt der Halle gleich gut«, erklärte Regar. »Das ist wichtig, denn hier besprechen wir die Belange der Bürger und halten die Abstimmungen ab. Ich musste dreimal abstimmen lassen, über einen Zeitraum von zehn Jahren, ehe die Händlergilde klein beigab und ich meinen Laden eröffnen durfte. Sie hatten Angst vor der Konkurrenz wie die Kälber vor dem Blitz.«

»Ihr habt einen Lehnsherren, aber ihr haltet trotzdem Abstimmungen? Interessante Idee«, sagte Pintel. »Und wird dann auch das gemacht, was ihr abstimmt?«

»Natürlich«, sagte Regar. »Der Lehnsherr ist mehr eine Art Bürgermeister. Er wird vom König bestimmt, aber wenn er seine Sache nicht gut macht, kann die Bürgerschaft ihn absetzen und einen neuen fordern. Früher waren die Lehnsherren tatsächlich mit Ländereien betraut. Heute nicht mehr. Heute ist ihnen nur der Titel geblieben. Und die Verantwortung natürlich.«

Sie passierten das Podest des Bürgermeisters. Einen Steinwurf weiter gabelte der Kanal sich, und der Bootszwerg stakte sein Gefährt in die linke Abzweigung. Ein weiterer Tunnel öffnete sich in der Höhlenwand. Zu beiden Seiten waren Flaschenzüge und gewaltige Zahnräder angebracht, und als Krona den Blick nach oben wandte, erkannte sie einen tiefen, dunklen Einschnitt im Fels, aus dem man ein Fallgatter herablassen konnte.

Die Dritte Straße der Könige war ebenso breit wie die Dreizehnte. Krona musterte die Uferstraßen. Sie waren breit genug, um schnell eine große Menge Krieger an das Fallgatter zu bringen.

»Was ist mit Eisgrube, wenn Ihr hier den Sack zumacht?«, fragte sie.

»Ihr meint den äußeren Verteidigungsring«, sagte Regar. »Ließen wir dieses Falltor herunter, würde das bedeuten, ein Eindringling hätte das Westtor überwunden und wäre im Anmarsch auf das Innere des Berges. Unsere Krieger würden aber das Westtor jedenfalls so lange halten, bis die Bürger von Eisgrube sich hinter den äußeren Verteidigungsring zurückgezogen hätten.«

»Das heißt, Ihr haltet das Tor, bis die Zivilisten evakuiert sind, und dann lasst Ihr die Falltore an der Dreizehnten Halle runter. Was passiert dann mit den Soldaten, die das Westtor halten?«

Regar hob die Schultern. »Ich nehme an, sie können sich rechtzeitig zurückziehen, wenn sie Glück haben. Ich weiß es nicht. Ich bin Händler, kein Soldat.«

»Ich sage Euch, was passiert. Irgendein panischer Holzkopf lässt das Tor runter, die Bürger sind in Sicherheit und die Soldaten werden zwischen Falltor und Feind zerrieben. Das ist es, was bei den Menschen passiert, und bei den Zwergen wird es nicht viel anders sein.«

»Warum wollt Ihr das alles wissen?«

»Ich versuche zu verstehen, wie diese Festung funktioniert«, sagte Krona, »Rein berufliches Interesse.«

»Die Falltore wurden seit den Zeiten von Raudur dem Goldenen nicht mehr heruntergelassen«, sagte Regar. »Abgesehen von den Wehrübungen alle paar Jahre. Wir bewohnen ein friedliches Stück Land und danken den Göttern dafür.«

»Die Tore sind also einsatzbereit?«

»Ihr macht mich nervös, Frau Karagin.«

»Das macht gar nichts. Nervosität schärft die Sinne.«

Schweigen kehrte ein. Das Wasser des Kanals plätscherte leise unter dem Bug ihres Bootes. Rasch glitten die Ufer vorbei: zwei steinerne Einfassungen, in die alle paar Steinwürfe schwere Eisenringe eingelassen waren, an denen man ein Boot festmachen konnte. Nur selten kam ihnen ein Boot entgegen, und die Bootsleute tauschten einen Gruß, wenn sie einander passierten.

»Wir brauchen einen Plan, bevor wir ankommen«, sagte Fenrir nach einem längeren Schweigen. »Mein Vorschlag: Wolfram und Regar führen das Wort, und ich passe auf, dass sie es nicht tut.« Er wies mit dem

Kinn auf Krona, die ihn unsanft, aber nicht unfreundlich in die Seite stupste.

»Spricht Brainn die Sprache der Menschen?«, fragte sie.

»Selbstverständlich«, sagte Regar. »Würde mich zumindest sehr wundern, wenn nicht. Allerdings halte ich mich lieber im Hintergrund. Im Gegensatz zu Euch, die man einfach vor die Tür setzen könnte, lebe ich hier und muss meinen Ruf schützen. Er ist das Kostbarste, was ich habe.«

»Dann du«, sagte Fenrir zu Wolfram.

»Ja, klar«, sagte Wolfram. »Kein Problem. Ich spreche ständig mit irgendwelchen Königen. Ist ein Klacks für mich.«

»Umso besser«, sagte Fenrir unbewegt. »Mach es einfach so, dass man uns nicht an Ort und Stelle aufspießt, und uns auch nach Möglichkeit nicht vor die Tür setzt.«

Krona grinste, während Wolfram ein hilfloses Gesicht machte.

»Er darf nur nicht glauben, dass wir ihm einen Pakt mit Gyldinn unterstellen«, sagte sie. »Wir kommen zu seinem Schutz, um ihn zu stärken, nicht um ihn irgendwie anzugreifen. Diese Zwerge sind ja so furchtbar leicht in ihrer Ehre verletzt.«

»Vielleicht, weil wir so viel davon haben«, warf Regar säuerlich ein.

»Der Inhalt ist nicht das Problem«, sagte Wolfram unglücklich. »Es gibt nur einfach Dinge, die sich über die Jahre nicht geändert haben.«

»Er hat Lampenfieber«, erklärte Krona auf Fenrirs fragenden Blick hin. »Ausgerechnet! Er ist wie ein Soldat, der kein Blut sehen kann.«

Nach einiger Zeit kam vor ihnen ein hölzernes Bauwerk in Sicht, in das der Kanal geradewegs hineinführte. Ein schweres hölzernes Tor versperrte die Weiterfahrt.

»Die Schleuse«, sagte Regar. »Ein Glück! Wir müssen nicht warten.«

»Ihr habt Schleusen hier unten?«, fragte Krona verblüfft.

»Was glaubt Ihr, wie wir sonst den Höhenunterschied überwinden sollten?«, fragte Regar kopfschüttelnd zurück.

Auf einem schmalen Steg über dem Tor erschien ein Zwerg und schwenkte eine Fahne. Vorsichtig lenkte der Bootszwerg das Boot in die Schleusenkammer. Die dicken schwarzen Eichenholzplanken glänzten vor Nässe. Der Zwerg drehte eine Kurbel, und ein großes Zahnrad setzte sich in Gang und schloss die Schleusentore hinter ihnen. Dann eilte der Zwerg hinüber zur anderen Seite und öffnete das vordere Schleusentor.

Es dauerte nicht lange, und der Wasserspiegel begann, sich sachte zu senken. Immer tiefer sanken sie, bis die Wände der Schleuse um sie aufragten wie Wälle aus alten, dicken Planken. Dann öffneten sich die Schleusentore vor ihnen, und als sie wieder in den Kanal einfuhren, sahen sie weiter vorne das Ende des Tunnels.

Alle paar Steinwürfe gab es eine Anlegestelle, von der aus steinerne Stufen hinauf führten. Der Tunnel hatte hier zahlreiche Abzweigungen, die schnurgerade in den Berg hinein führten, und hier waren auch wieder Zwerge unterwegs.

»Willkommen in Schmiedeberg«, sagte Regar. »Gleich werdet Ihr sehen, was nur wenigen Menschen zu sehen vergönnt war.«

Der Kanal mündete in eine Halle. Die Gefährten saßen und staunten.

Der ganze Berg schien hohl zu sein, so gigantisch waren die Ausmaße dieser Höhle. Sie war erfüllt von goldenem Licht, das aus der Decke drang und in glitzernden Fächern zu ihnen hinunter fiel. Der Kanal führte in die Höhle hinein und mündete in einen großen See, auf dem lebhafter Bootsverkehr herrschte. Die Höhle war so groß, dass man auf ihrem Grund Straßen angelegt und Häuser gebaut hatte, solide, steinerne Zwergenhäuser, die aussahen, als wären sie direkt aus dem Boden gewachsen.

Die gewaltige Kuppel über ihnen wurde gestützt von einer einzelnen riesigen Säule, die ihren Fuß tief in der Mitte des Sees vergraben hatte und, sich nach oben verjüngend, der Höhlendecke zustrebte. Sie war dicker als jeder Turm, den Krona je gesehen hatte. Zahllose Lichtpunkte, zu engen Spiralen gewunden, erleuchteten den dunklen Stein und vermittelten den Eindruck, er würde von innen heraus leuchten.

Zart geschwungene Brücken führten von den Ufern zu ihr hinüber und endeten in größeren Lichtpunkten, die Krona erst, als sie näher kam, als Eingänge erkannte.

»Der Sitz von König Brainn, Sohn des Braga, Sohn des Bjor, König Unter dem Berg, Erbe des Ersten Lehnsherren, Herrscher über Gold und Schnee«, sagte Regar andächtig. »Ich wüsste nicht, wann zuletzt Menschen einen Fuß in diesen Turm gesetzt hätten. Hoffen wir, dass sie Euch nicht in den See werfen.«

»Aber wir haben eine Audienz«, sagte Krona.

»Falsch«, sagte Regar. »Ori Goldschläger hat eine Audienz. Für alles andere brauchen wir ein bisschen Glück und Verhandlungsgeschick.«

Der Bootszwerg steuerte das Boot vorsichtig zwischen vielen anderen hindurch und legte an einem Steg an. Nacheinander kletterten sie an Land.

»Ich bringe Euch noch an den Wachen vorbei«, sagte Regar. »Dann gehe ich meinerseits ein paar wichtige Leute besuchen. Ich bin nicht jeden Tag in Schmiedeberg und muss das ausnutzen.«

Über eine geschwungene Treppe gelangten sie vom Steg hinauf auf eine der Brücken. Sie wandten sich zur Mitte des Sees. Blicke folgten ihnen, als sie dem sanften Schwung der Brücke hinüber zu einem riesigen eisernen Portal folgten, das offen stand und von einem halben Dutzend schwer gerüsteter Zwerge bewacht wurde. Über ihren Kettenhemden trugen sie Überwürfe, die einen zweigeteilten schwarz-roten Stern zeigten. Auch ihre Helme waren schwarz und rot bemalt, und der vielzackige Stern prangte auf ihren schweren Schilden, die sie vor sich aufgepflanzt hatten.

Sie nahmen sichtbar Haltung an, als Krona und ihre Gefährten sich näherten.

»*Manfolk*«, sagte einer, auf dessen Schulter ein Abzeichen mit einem fünfstrahligen Stern prangte. Jetzt, wo sie direkt vor den Wachen standen, fiel Krona auf, dass sie unterschiedliche Schulterabzeichen trugen. Je weniger Strahlen der Stern hatte, desto mehr schien der Zwerg zu melden zu haben.

»*Wat vilja hethra?*«, fragte der erste Wachzwerg unfreundlich.

Regar trat vor und begann eine längere Verhandlung auf Zwergisch, in die sich gelegentlich auch Wolfram mit seinem untertänigsten Lächeln einschaltete. Krona ließ die beiden verhandeln und sah sich um. Was sie von ferne für Lichterspiralen gehalten hatte, waren in Wahrheit unzählige Fenster, die allesamt erleuchtet waren. Der Säulenturm lag so mittig im See, dass es geübte Bogenschützen erfordern würde, um auf die Entfernung noch ein sicheres Ziel zu haben. Brach man die Brücken ab, so erhielt man eine schier uneinnehmbare Festung. Krona konnte schlecht schätzen, wie tief das Wasser war, das sie umgab, aber es war schwarz und der Bootszwerg hatte zu Rudern gewechselt, als sie in den See eingefahren waren. Sie fragte sich, wann man zuletzt um diesen Turm gekämpft hatte, und ob überhaupt jemals.

Nach einigem Hin und Her wandte Regar sich an die Gefährten.

»Sie lassen uns ein, nicht zuletzt, weil Hauptmann Snorri hier nicht derjenige sein will, der wichtigen Botschaftern den Zugang verwehrt. Sie bestehen aber darauf, dass ihr alle Waffen ablegt.«

Fenrir sah Krona an. Die seufzte.

»Ist auch schon egal«, sagte sie und löste ihren Schwertgürtel. »Wenn sie uns plattmachen wollen, kommen wir so und so nicht mehr lebend raus. Das ist keine Frage der Bewaffnung, sondern eine der schieren zahlenmäßigen Übermacht.«

»Erzähl mir mehr«, sagte Wolfram und grinste angespannt. »Ich finde das ungemein beruhigend.«

Sie legten ihre Waffen ab. Snorri winkte einem jungen Wachzwerg, der einen siebenzackigen Stern auf der Schulter trug. Er näherte sich und ließ sich die Waffen geben.

»Drauf aufpassen, hörst du«, warnte Krona ihn. »Es ist ein zentallinischer Zahnstocher, aber einen anderen habe ich nicht.«

Er sah sie an und hatte offenbar kein Wort verstanden.

Die Wachen traten beiseite und ließen sie durch. Sie passierten einen kurzen, mit Feuerpfannen erleuchteten Torweg und gelangten in eine große Halle. Der Boden war mit polierten Steinplatten ausgelegt, die glänzten wie eine glatte Wasserfläche. Schlanke Säulen, biegsam anmutend wie junge Birken, trugen das gewölbte Dach, das durchzogen war von hellen Gesteinsstreifen, die schimmerten wie Nebelschwaden. Mehrere große Tore und kleinere Durchgänge führten aus der Halle hinaus, und ihnen gegenüber schwang sich eine breite Treppe hinauf auf eine Galerie.

Hinter Krona entstand eine Bewegung. Sie sah sich um. Vier Zwergenkrieger mit unbewegten Gesichtern unter ihren Helmen hatten hinter ihnen Aufstellung genommen.

Sie stieß Regar in die Seite.

»Ich nehme an, das dient nur unserer Sicherheit?«

»Würdest du ein paar völlig Fremde unbeaufsichtigt im Dienstsitz deines Königs herumlaufen lassen?«

»Nein. Vermutlich nicht.«

Er nickte ihr zu, und sie unterdrückte ein Seufzen. Der Dolch in ihrem Stiefel, den die Zwerge übersehen hatten, war ihr kein großer Trost.

»Wir müssen hinauf«, sagte Regar und zeigte mit dem Finger. »Oben gibt es eine Anmeldung, und dann wird uns vermutlich gesagt, wo wir warten sollen.«

»Du warst schon hier?«, fragte Pintel beeindruckt.

»Mehr als einmal«, sagte Regar. »Geschäfte einer bestimmten Größenordnung erfordern Abstimmung mit ganz oben.«

»Also dann«, sagte Krona. »Auf nach ganz oben.«

Der Weg nach ganz oben erwies sich als langwierig. Im ersten Stock verbrachten sie geraume Zeit in einer Amtsstube, wo sie eingehend nach dem Woher und Wohin befragt wurden, während die Wachzwerge vor der Tür Posten bezogen. Regar wandte all seine Überredungskunst auf, um den Amtszwerg davon zu überzeugen, dass sie in Vertretung des leider erkrankten Ori Goldschläger hier seien und dass es sich bei den menschlichen Besuchern um Oris neue Vertragspartner aus Dalen handelte. Wolfram und Fenrir übersetzten abwechselnd für Krona, deren Ungeduld stieg, je länger die Verhandlungen sich hinzogen. Irgendwann erhielt Regar einen großen, dicht beschriebenen Bogen Papier, den er überflog und an Krona weiterreichte. Krona warf einen Blick auf die zahllosen Reihen eckiger Zwergenrunen und drückte das Papier Wolfram vor die Brust, dass es raschelte.

»Lesen und für gut befinden«, sagte sie. »Nicht dass ich wieder meine Seele und mein Schwert verkaufe, ohne es zu merken.«

Wolfram nahm das Papier, strich es vorsichtig glatt und las.

»Deine Seele nicht«, sagte er nach einer Weile. »Du unterschreibst hier – beziehungsweise wir alle – dass unsere Angaben alle der Wahrheit entsprechen – was sie nicht tun – und dass wir nichts verschweigen oder verbergen – was wir tun – und dass sie, wenn sie uns draufkommen, mit uns nach den Regeln ihrer Gerichtsbarkeit verfahren dürfen – was vermutlich bedeutet, dass sie uns wegen Hochverrates hinrichten würden.«

»Ich erzähle doch nicht irgendeinem Schreibtischtäter die Geschichte meines Lebens!«, empörte sich Krona. »Vor allem nicht den Teil mit Gyldinn.«

»Sehe ich genauso.« Wolfram streckte die Hand aus, ließ sich einen Kohlestift geben und unterzeichnete das Papier.

»Jetzt ihr«, sagte er und hielt Fenrir auffordernd den Stift entgegen. »Ich lasse mich doch nicht alleine einen Kopf kürzer machen, wenn's schief läuft.«

Einer nach dem anderen setzten sie ihre Unterschrift auf das Papier. Als Krona dran war, zerbrach ihr der Kohlestift in der Hand, und die Spitze hinterließ ein hässliches Loch im Papier.

»Zart«, sagte Wolfram und zwinkerte ihr zu. »Das ist ein Stift, kein Schwert.«

»Klugscheißer«, murmelte sie nicht unfreundlich und vollendete ihren Namenszug.

Der Amtszwerg nahm das Papier entgegen und führte sie über den Gang in einen großen Raum, in dem bereits ein gutes Dutzend Zwerge und Zwerginnen auf ihre Audienz warteten. Unter der Tür verabschiedete sich Regar.

»Wenn ich schon hier bin, muss ich die Gelegenheit nutzen, um ein paar Kontakte zu knüpfen«, sagte er. »Ich treffe euch später am Boot. Viel Erfolg!« Damit ging er davon und eiligen Schrittes die Treppe hinunter.

Im Warteraum bot eine große Fensteröffnung einen Überblick über den See. Die Boote muteten von hier oben wie Tänzer an, die sich miteinander bewegten, aus den Reihen ausscherten und sich woanders wieder einfügten, ein Reigen, von unsichtbarer Hand geleitet. Krona beugte sich weit aus der Fensteröffnung und sah sich um. Von hier oben erkannte sie, dass die Brücken sternförmig vom Ufer aus dem Turm zustrebten. Die Stege und Landeplätze fügten sich zu Strahlen, und von hier aus erkannte sie nicht nur die Verteidigungsringe und Brückenposten, die den Turn nahezu uneinnehmbar machten, sondern auch die ruhige Schönheit, die der Anlage innewohnte.

Sie sah nach oben zur Höhlendecke, aber auch hier ließ sich die Quelle des Tageslichts nicht ausmachen – es war einfach da und füllte den riesigen Raum.

Sie drehte sich wieder zu ihren Gefährten. Wolfram hatte mit einem Zwerg etwas begonnen, das sich anhörte wie zwangloses Geplauder. Der Zwerg fragte nach, und Wolfram geriet ins Erzählen. Nach einer Weile wurde sein Tonfall bekümmerter, er seufzte und deutete auf seine zerschlissenen Stiefel. Es dauerte nicht lange, bis der Zwerg seine Taschen durchkramte und Wolfram ein paar Münzen in die Hand drückte. Wolfram bedankte sich ehrerbietig und nahm den Faden seiner Geschichte wieder auf.

Fenrir grinste und lehnte sich neben Krona ans Fenster.

»Er weiß schon, wie man's macht«, sagte er. »Erst füttert er den Zwerg an, und dann lässt er ihn zahlen, damit die Geschichte weitergeht.«

»Ach, verdammt«, sagte Krona frustriert. »Ich habe noch nie so dringend einen Ring von einem Kerl haben wollen wie gerade jetzt.«

Fenrir lachte und hielt die Hand schützend über seinen Sprachzauber-Ring.

»Einen Ring muss man sich verdienen, mein Herz.«

»Als hätte ich nicht schon genug für dich getan!«

»Ich bin sicher, dir fällt noch mehr ein. Ich werde dich daran erinnern, wenn wir mal wieder irgendwo für einen Augenblick alleine sind. Wobei – wenn ich's bedenke, ein Augenblick wird kaum reichen als Gegengabe für einen so kostbaren Ring.«

»Du meinst, ich lasse dich ran, und du schenkst mir Schmuck? Alle Götter. Wie tief bin ich gesunken.«

Er legte den Arm um sie und zog sie an sich.

»Gib es zu, mein Herz. Du willst es doch auch.«

Sie presste das Gesicht in sein weiches Haar und nahm einen tiefen Atemzug.

»Ich werde jetzt nicht nein sagen, nur um zu streiten.«

Es hatte sich längst eine Traube interessierter Zuhörer um Wolfram gebildet, und auch Pintel war seiner Geschichte verfallen, als die Tür sich öffnete und ein anderer Amtszwerg, jünger diesmal, aber erkennbar an den rot-schwarzen Amtsfarben seiner Robe, den Kopf in den Raum streckte und etwas rief.

»Das sind dann wohl wir«, sagte Fenrir und stieß sich von der Wand ab. »Frau Feuerfaust und ihre Truppe. Wobei ich nicht sicher bin, dass die Gewichtung stimmt, aber ich will hier kein Fass aufmachen.«

»Feuerfaust«, knurrte Korna. »Wenn ich Feuerfaust bin, ist er Wolfram der Spinner.«

Mühsam lösten sie den Spielmann aus dem Kreis seiner Zuhörer. Unmut wurde laut, Krona vermutete, nicht nur, weil das Unterhaltungsprogramm sich verabschiedete, sondern auch, weil sie später angekommen waren und früher wieder gingen als alle anderen, die hier warteten. Krona war nicht sicher, ob sie diesen Umstand Regar zu verdanken hatten, oder ob die Zwerge die merkwürdigen Fremden nur möglichst schnell abfertigen und loswerden wollten.

Der Amtszwerg führte sie eine weitere Treppe hinauf und einen Gang entlang, der an der Außenseite des Turmes verlief. Die vier Wächter, die man ihnen mitgegeben hatte, begleiteten sie schweigend, ihre Kettenhemden klirrten leise bei jedem Schritt. Weiter ging es hinauf, über Treppen, die immer schmaler wurden. Es sah hier oben weniger nach Amtsräumen aus, eher nach Wohnquartieren. Krona wechselte einen Blick mit Wolfram, der ratlos die Schultern hob.

Dann hielt der Zwerg vor einer Tür.

»*Iu stalla hethra*«, sagte er und zeigte auf den Boden vor den Gefährten.

»Wir sollen warten«, übersetzte Wolfram. Der Zwerg nickte ihm zu und verschwand hinter der Tür.

»Mich macht das unruhig«, sagte Krona. »Ich wette, dass es hier nicht zum König geht. Wenn er auch nur ein bisschen so ist wie andere Könige, hat er einen Thronsaal oder etwas, wo er die Bittsteller empfängt. Und den hat er nicht hier oben.«

»Es sieht allerdings auch nicht aus wie ein Gefängnis«, sagte Pintel. »Lassen wir uns überraschen.«

Nach einer Weile kam der Zwerg zurück und hielt ihnen die Tür auf.

Was sie betraten, war tatsächlich am ehesten ein Wohn- oder Arbeitszimmer. Die Wände waren von Mosaiken aus milchweißen und kohleschwarzen Steinen bedeckt, der Boden mit kostbaren Teppichen ausgelegt. Das Fenster war mit zarten, bernsteinfarbenen Glasscheiben verschlossen. Darunter stand ein mit Papieren beladener Schreibtisch. An der gegenüberliegenden Wand befand sich eine großzügige Liege, die mit kostbaren Kissen ausgestattet war, daneben ein niedriges Tischchen, auf dem eine Karaffe aus gehämmertem Zinn und eine Schale voller Früchte bereitstanden. Ein leichter Duft von Räucherwerk und würzigen Kräutern wehte ihnen entgegen.

Als sie eintraten, erhob sich ein stämmiger Zwerg aus einem Sessel und kam ihnen entgegen. Er war eine kraftvolle, majestätische Erscheinung. Sein rabenschwarzer Bart war aufwendig geflochten und gezwirbelt. Dunkle, buschige Augenbrauen überschatteten einen forschenden Blick. Seine breiten Schultern wurden von einer kostbaren Robe umspannt, und er trug einen halblangen, pelzverbrämten Umhang, der von einer schweren goldenen Spange gehalten wurde. Krona erkannte einen vierzackigen Stern auf dem kostbaren Schmuckstück. Als der Zwerg die Hand zum Gruß hob, enthüllte er eine dunkle Tätowierung, ein verschlungenes Muster, das sich vom Handgelenk über Daumen und Handkante bis zum Ringfinger zog.

»*Iu heilsu kalla, utlendr*«, sagte er. »*Wolfram Skaeldin, Krona Fyrfausta, Fenrir Rekaskr, Pintel Dyrgill. Iu er Baldur, Brainnskon, Bragaskon, Bjorskon.*«

Wolfram verneigte sich, und Krona und die anderen taten es ihm nach.

»Baldur, Sohn des Brainn und so weiter«, übersetzte Fenrir gedämpft.

»Zu dem wollte ich aber nicht«, sagte Krona und musterte den Zwerg kritisch. Baldur lud seine Gäste mit einer Geste ein, sich zu setzen, dann ließ er sich von einem Bediensteten Becher bringen und schenkte jedem der Gefährten einen Becher voll dunklen Wein ein. Währenddessen ließ Krona ihre Augen in dem prachtvollen Gemach herumwandern. Die vier Wachen waren hinter ihnen eingetreten und hatten nun an der Tür Posten bezogen.

»Spricht er die Sprache der Menschen nicht?«, fragte Krona gedämpft.

»Ich bin fast sicher, dass er sie nicht sprechen mag«, murmelte Wolfram und schenkte Baldur ein beflissenes Lächeln, als dieser einen flüchtigen Blick in ihre Richtung warf.

Dann trat Baldur zu ihnen und reichte jedem von ihnen einen silbernen Becher. In die Wölbung war ein unfassbar feines Muster aus Ranken und Sternen eingraviert. Den Sternen hatte man kleine glitzernde Kristalle in die Mitte gesetzt, sodass der ganze Becher funkelte, als Krona ihn in den Händen drehte.

»*Heilendi ur Brainn frothr en gestr*«, sagte Baldur und hob seinen Becher. Die Gefährten folgten seinem Beispiel und tranken einen Schluck. Der Wein war süß wie Trauben und dunkel wie Blut. Krona leerte ihren Becher in einem Zug und wischte sich den Mund am Ärmel ab, wofür sie von Wolfram einen strafenden Blick kassierte.

Dann begann ein langes Gespräch, dem sie nicht folgen konnte. Sie bediente sich am Wein, trank den zweiten Becher aber langsamer. Baldur saß locker, aber nicht völlig entspannt auf seinem Stuhl, eine Wachsamkeit umgab ihn, die auch Wolframs freundliche und ehrerbietige Rede nicht mildern konnte. Er hatte das muskulöse Auftreten und die geschmeidigen

Bewegungen eines erprobten Kämpfers. Eine blasse Narbe lief über seine Schläfe, in seinem Haar fanden sich die ersten dünnen silbrigen Strähnen. Er mochte etwa in der Mitte seiner Jahre stehen, ein erfahrener, befehlsgewohnter Mann, bereit, seinen Vater jederzeit auf dem Thron zu beerben.

»Warum sind wir bei ihm und nicht bei seinem Vater?«, flüsterte Krona Fenrir zu.

»Sein Vater fühlt sich angeblich nicht gut«, gab Fenrir leise zurück. »Das Alter, die Verantwortung.«

»Wenn das so ist, warum hat der Sohn den Vater nicht im Thronsaal abgelöst, sondern lässt uns hier nach oben bringen?«

»Weiß ich nicht, Krona. Ich kann nur übersetzen, aber nicht Gedanken lesen.«

»Dann soll Wolfram ihn das fragen.«

»Halte ich für keine gute Idee. Die Hälfte von dem, was er sagt, dient dazu, gutes Wetter zu machen. Der Herr Prinz ist wohl ein bisschen misstrauisch gegenüber Besuchern von draußen.«

Krona seufzte und trank. Das Gespräch zog sich. Wolfram sprach viel. Hin und wieder unterbrach Baldur ihn mit etwas, das sich wie eine Frage anhörte.

»Wolfram erzählt von unseren Forschungen«, übersetzte Fenrir leise. »Dass wir mit Gelehrten in Verbindung stehen, die Anzeichen dafür entdeckt haben, dass die Grenze zu den Äußeren Ebenen durchlässig geworden und möglicherweise eine Valdar auf unsere Seite durchgedrungen sei.«

»Aber …«

Fenrir verpasste ihr einen unauffälligen Rippenstoß und sah sie warnend an. Sie spülte ihren Einwand mit Wein herunter.

»Er bittet Baldur darum, Informationen darüber einzuholen, ob ähnliche Aktivitäten hier in Erendor lautbar geworden wären«, fuhr er leise fort. »Er lobt die zwergischen Zauberer. Ihr Können, ihre Macht. Er bittet um Zusammenarbeit zwischen Zwergen und Menschen. Dazwischen viele Höflichkeitsfloskeln.«

Pintel auf Kronas anderer Seite rutschte vom Stuhl und begann, im Raum herumzuwandern. Er betrachtete eingehend die Mosaiken an den Wänden und versuchte, in gebrochenem Zwergisch mit den Wachen zu plaudern, doch diese sahen durch ihn hindurch, als wäre er aus Luft. Krona sah, wie sich seine Finger hinter seinem Rücken flink bewegten, sie war nicht sicher, ob er gerade einen Zauber warf, sah aber auch keine Möglichkeit, sich mit ihm unauffällig zu verständigen.

Irgendwann änderte sich der Ton des Wortwechsels. Baldur erhob sich und sah auf Wolfram hinunter, die Fäuste in die Seiten gestemmt. Er sprach rasch auf dem Spielmann ein, seine Stimme klang zornig. Wolfram duckte sich in seinem Stuhl und hielt mit Beschwichtigungen dagegen, schien den Zwergenprinz jedoch nicht besänftigen zu können. Krona sprang auf und nahm vor Wolframs Stuhl Aufstellung.

»Dir ist doch klar, dass du an mir vorbei musst, wenn du ihm etwas tun willst«, sagte sie. »Also, Freundchen, versuch es ruhig.«

Sie war nicht sicher, ob Baldur ihre Worte verstand oder ihre Körpersprache. Er starrte sie an, in seinen Augen glomm ein düsteres Feuer. Dann verschränkte er sehr langsam die Arme vor der breiten Brust und suchte festen Stand.

Hinter Krona sprang Wolfram von seinem Stuhl.

»Wir gehen«, sagte er. »Und zwar jetzt, und wir sind sehr höflich, bis wir draußen sind. Los, Krona. Es ist wirklich lieb von dir, dass du dich für mich prügeln würdest, aber es wäre taktisch furchtbar unklug.«

Sehr bestimmt nahm er sie am Ärmel und zog sie in Richtung Tür. Fenrir folgte und ließ die Augen nicht von dem Zwergenprinzen.

An der Tür verbeugte sich Wolfram erneut tief vor Baldur. Kronas Verbeugung fiel wesentlich weniger ehrerbietig aus. Sie war nicht sicher, ob Baldur nicht doch noch die Fäuste sprechen lassen würde; er schien vor unterdrückter Wut geradezu zu vibrieren.

Pintel schloss zu ihnen auf und hielt sich dicht bei Fenrir; sein Blick hüpfte unruhig zwischen seinen Gefährten und den Zwergen hin und her.

Einer der Wachleute stieß die Tür auf, und die übrigen eskortierten Krona und die anderen nach draußen.

»Was war das denn?«, fragte Krona verblüfft, kaum dass die Tür sich zwischen ihnen und Baldur geschlossen hatte.

»Nicht hier«, sagte Wolfram knapp. »Warte.«

Die Krieger wichen nicht von ihrer Seite, und zum ersten Mal war Krona froh darum: Sie hätte den Weg hinunter in die Eingangshalle nicht ohne weiteres wiedergefunden, so groß war der Turm und so verzweigt seine Gänge.

Die Krieger brachten sie zügig hinunter zum großen Tor, händigten ihnen ihre Habe aus und schoben sie ins Freie.

»Wohin?«, fragte Fenrir, als sie wieder auf dem großen Platz am Fuß des Turmes standen.

»Regars Boot«, schlug Wolfram vor. »Wir müssen ohnehin dort auf ihn warten.«

Sie suchten sich ihren Weg über Brücken und Anlegestellen, bis sie das vertraute Boot längsseits am hölzernen Steg schaukeln sahen. Der Bootszwerg war nirgends zu sehen. Sie kletterten hinein und ließen sich auf die Bänke fallen.

»Zusammenfassung bitte«, sagte Krona.

»Ich brauche Papier und einen Stift«, sagte Pintel, dessen Gesicht einen merkwürdig angestrengten Ausdruck trug. »Schnell.«

»Hab ich immer stapelweise dabei, kennst mich doch«, sagte Krona. »Wozu brauchst du jetzt Papier?«

»Nicht mit mir sprechen«, presste Pintel hervor. »Papier!«

»Ich habe etwas«, sagte Wolfram und nestelte ein zusammengefaltetes Stück Papier aus seiner Robe. »Reicht die Rückseite? Vorne sind Verse drauf. Die brauche ich noch.«

»Stift«, sagte Pintel und seufzte erleichtert auf, als Wolfram ihm ein abgebrochenes Stück Kohlestift in die Hand drückte. Er strich das Papier auf seinen Knien glatt und begann sofort, eifrig zu kritzeln.

»Was hat er?«, fragte Wolfram erstaunt.

»Wer weiß das schon«, sagte Fenrir. »Er wird es uns sicher erklären, wenn es an der Zeit ist.«

»Dann haben wir inzwischen Gelegenheit, über einigen anderen Rätseln zu grübeln«, sagte Wolfram. »Zum Beispiel, warum Brainn nur für uns krank war, sich für alle anderen aber bester Gesundheit erfreute. Ich habe mit den Zwergen im Warteraum ein wenig über den König und seine Audienzen geplaudert. Es war niemand dabei, der berichtete, seine Audienz wäre auf den Prinzen umgelegt worden.«

»Ganz davon abgesehen, dass er uns nicht in einem königlichen Raum empfangen hat, sondern in einem Hinterzimmer, wenn ich das recht verstehe«, fügte Fenrir hinzu.

»Warum ist er denn am Schluss so wütend geworden?«, erkundigte sich Krona.

»Ich weiß es nicht«, sagte Wolfram. »Vielleicht habe ich zu sehr auf meinem Punkt beharrt. Ich fand ihn angespannt, immer, wenn ich auf die Valdar zu sprechen kam, ich wollte das austesten. Er fühlte sich bei ihrer Erwähnung absolut unwohl. Ich meine, persönlich unwohl, nicht wie jemand, den man auf eine theoretische Gefahr aufmerksam macht. Ich habe womöglich zum Schluss den Bogen überspannt.«

»So, wie der abging, haben wir einen wunden Punkt berührt«, sagte Krona düster. »Darauf verwette ich meinen Arsch.«

»Er ist ein Zauberer«, sagte Pintel, ohne in seinem wilden Gekritzel innezuhalten. »Elementarist, würde ich sagen. Fünfter Grad mindestens.«

»Woran hast du das erkannt?«, fragte Fenrir verblüfft.

»Tätowierung«, sagte Pintel. »Arkanes Signum.«

»Interessant«, sagte Wolfram. »Das hat er mir verheimlicht. Er hatte im Gespräch ein Dutzend Gelegenheiten, darauf hinzuweisen, dass er vom Fach ist.«

»Was machst du da eigentlich?«

»Gleich fertig.«

»Wir haben also einen Zwergenprinzen, der ein Zauberer ist und nervös wird, wenn eine Valdar erwähnt wird«, sagte Fenrir und ließ nachdenklich die Hand ins Wasser hängen. »Darüber hinaus fängt er uns auf dem Weg zu seinem Vater ab und versorgt uns selbst. Ich muss zugeben, dass mich das mindestens ebenso nervös macht. Der kluge alte Brainn weiß weder, dass wir hier sind, noch weiß er um unsere Sorge.«

»Sicher, dass wir hier noch sicher sind?«, fragte Wolfram.

»Sicher ist nur der Tod«, sagte Krona. »Aber nein, ich fühle mich plötzlich auch nicht mehr wohl.«

»Jetzt«, sagte Pintel und hielt das Papier hoch. Er hatte es mit einem Gewirr aus Strichen, Kreisen und Kreuzen bedeckt. »So ungefähr, zumindest.«

»Hund, Katze, Maus«, sagte Krona.

»Minenschächte«, sagte Wolfram. »Eine Karte, aber von wo genau? Und was soll sie?«

»Weiß ich nicht«, sagte Pintel. »Ich würde auch nicht meinen Kopf darauf verwetten, dass ich mir alle Einzelheiten richtig gemerkt habe. Jedenfalls lag diese Karte bei Baldur herum. Er hatte eine Menge darauf herumgekritzelt, ich konnte das Meiste auf die Schnelle nicht lesen, ich bin nicht so flüssig in Zwergenrunen, aber er hatte einige Orte darauf markiert und Linien gezogen und Pfeile eingezeichnet. Für mich sah das aus wie … strategische Überlegungen. Die Karte lag ganz oben auf seinem Schreibtisch, und eine Schreibfeder obenauf, als hätte er sich gerade eben noch damit beschäftigt.«

»Und du hast sie aus dem Gedächtnis nachgezeichnet«, sagte Krona beeindruckt.

»Ich fand es verdächtig, dass er sich nicht als Zauberer zu erkennen gab«, erklärte Pintel. »Ein paar Brocken der Unterhaltung hab ich verstanden. Und – na ja, niemand da drin hat mich wirklich ernstgenommen. *Dyrgill* hat er mich genannt, das heißt so viel wie kümmerlicher kleiner Gnom. Ich dachte, wenn es schon so ist, mache ich das Beste draus.«

»Und die Wachen hast du mit einem Zauber abgelenkt?«, fragte Krona.

»Genau. Sie haben für ein Momentchen einfach vergessen, dass es mich gibt. In dieser Zeit konnte ich mir schnell die Karte einprägen. Ich habe überlegt, ob ich sie stehlen soll, aber dann hätten wir einen aufgebrachten Elementaristen im Nacken gehabt, sobald ihm der Verlust aufgefallen wäre.«

Wolfram drehte die Karte in den Händen und entschied sich schließlich für ein Oben und Unten.

»Seht mal«, sagte er. »Wenn das hier die Dreizehnte Halle der Könige ist, dann ist das hier die Dritte und das hier die Dreizehnte Straße. Hier …«, er zeigte auf einen näherungsweise runden Fleck, »das wäre dann Eisgrube, und das hier Schmiedeberg. Dort drüben Tiefengründig, und hier ginge es vermutlich nach Wolkenstein. Ist nicht mehr drauf. Hier, dieses Gewirr …«, er wies auf einen Bereich, in dem sich zahlreiche Striche überschnitten, »das sind die alten Minen. Zwischen Schmiedeberg und Tiefengründig haben sie am tiefsten gegraben. Es gab dort reiche Goldadern, aber die sind schon seit ein paar hundert Jahren erschöpft. Das hier ist womöglich die Abzweigung der Ersten Straße …«

»Nein«, schaltete Pintel sich ein. »Es ist eine Markierung. Baldur hat hier etwas eingekreist.«

»Aber warum in den Minen«, sagte Wolfram ratlos. »Und wo da? Wollte jemand eine Karte der Minen anlegen, müsste sie mindestens vier oder fünf Ebenen haben.«

»Das erklärt, warum die Karte an dieser Stelle so unübersichtlich war«, sagte Pintel geknickt. »Mist! Ich hätte sie doch klauen sollen.«

»Du hast alles richtig gemacht«, beruhigte Krona ihn. »Mehr als das. Du hast uns womöglich einen ganzen Schritt weitergebracht. Wir sollten an diesem Baldur dranbleiben wie die Bluthunde.«

»Wir brauchen eine vollständige Karte zum Vergleich«, sagte Wolfram. »Wir können dann Pintels Zeichnung noch besser zuordnen. Regar kann uns bestimmt eine Karte besorgen.«

Regar ließ noch geraume Zeit auf sich warten. Als er kam, sprudelte er geradezu über vor Betriebsamkeit und guter Laune; diese jedoch versiegte ihm schnell, als er die düsteren Gesichter der Gefährten bemerkte.

»Wie war eure Audienz?«, fragte er. »Ihr macht ja Gesichter wie drei Tage Regenwetter.«

»Sicher, dass er die Sprache der Menschen nicht spricht?«, fragte Fenrir und zeigte mit dem Kinn auf den Bootszwerg, der sich in Regars Schlepptau ebenfalls wieder am Steg eingefunden hatte.

»Kein Wort«, sagte Regar. »Ich kenne Flosi und die ganze Familie seit Langem. Er ist der Sohn einer meiner Mitarbeiterinnen.«

Sie warteten, bis Regar saß und Flosi das Boot sicher durch die Verkehrsströme auf dem See und hinein in den Kanal befördert hatte. Dann gab Wolfram eine Zusammenfassung der Geschehnisse. Regar wurde sehr ernst, während er lauschte.

»Ihr habt mir allem recht«, sagte er, als Wolfram geendet hatte. »Baldur ist ein Zauberer, das ist kein Geheimnis. Er ist außerdem für sein aufbrausendes Temperament bekannt. Und erwünschte Gäste seid Ihr damit wohl auch leider die längste Zeit gewesen.«

»Wir sind gerade angekommen«, protestierte Krona.

»Was ihn nicht daran hindern wird, euch direkt wieder vor die Tür zu setzen«, sagte Regar. »Merkt euch meine Worte.«

Noch am gleichen Abend brachte ein Bote des Königshauses einen Brief. Er trug das Siegel Brainns und forderte die Gefährten auf, umgehend Erendor zu verlassen, andernfalls werde man ihren Gastgeber zur Verantwortung ziehen.

»Verantwortung für was?«, fragte Krona wütend. »Dass wir versuchen, ihnen den Arsch zu retten?«

»Das ist nicht die Haltung der Zwerge«, sagte Wolfram. »Das ist alleine Baldurs Entscheidung. Die übrigen Zwerge, die hier Einfluss haben, wissen überhaupt nicht, dass wir hier sind.«

»Und jetzt?«, sagte Pintel ratlos.

»Wir müssen abreisen, um Regar nicht in Schwierigkeiten zu bringen«, sagte Fenrir und nickte Regar zu. »Und gleichzeitig können wir um keinen Preis abreisen. Wir sind Gyldinn so nah, sie würde mir den Bart versengen, wenn ich einen hätte.«

Regar drehte Pintels Skizze von den Minen in den Händen.

»Ich habe eine Idee«, sagte er. »Sie ist gewagt und für Euch nicht sehr bequem. Aber sie hat Aussicht auf Erfolg.«

Regar schärfte ihnen ein, ihn im schlimmsten Fall aus der Sache herauszuhalten, und sie schworen bei den Göttern, seinen Namen zu schützen. Er ließ sie ihre Rucksäcke mit haltbaren Vorräten füllen und gab ihnen überdies Körbe mit Lebensmitteln und einen großen, verkorkten Krug mit Steinöl, der zähflüssigen, schwarzen Masse, die so ausdauernd und rußfrei brannte wie keine andere. Anhand einer Karte, die seine Läden und Lieferwege zeigte, ließ er Pintel seine Skizze vervollständigen – die Minen und die unbewohnten Teile Erendors waren allerdings auf Regars Karte nicht erfasst, und so wies Pintels Version schließlich an den entscheidenden Stellen große Lücken auf.

»Natürlich gibt es Karten der Minen«, sagte Regar. »Aber ich bekomme keine, ohne mich verdächtig zu machen. Ihr könnt davon ausgehen, dass Baldur mich im Auge behält. Vermutlich schickt er bald ein paar Soldaten, die nachsehen sollen, ob ihr auch wirklich abgereist seid.«

»Werden sie nicht am Tor kontrollieren, ob wir den Berg tatsächlich verlassen?«, fragte Wolfram.

»Möglich«, sagte Regar. »Nicht zwingend. Wo solltet Ihr Euch verkriechen? In den Minen etwa? Das traut er Euch Menschen garantiert nicht zu.«

»Warum nochmal haben sie aufgehört, da zu graben?«, fragte Pintel ängstlich.

»Sie gruben zu tief und weckten etwas, das besser weitergeschlafen hätte«, unkte Wolfram und erntete einen entsetzten Blick von Pintel und einen unsanften Rippenstoß von Krona.

»Es gab nichts mehr zu holen«, sagte sie. »Oder? Regar, so war's doch?«

»Tatsächlich gibt es da unten nichts anderes als Dunkelheit und Stein«, sagte Regar. »Und demnächst einen Spielmann mit einer Vorliebe für Gruselgeschichten, wie mir scheint. Es gibt einen Fluss dort unten«, er zeigte auf eine gewundene Linie, »dort solltet Ihr Euer Lager aufschlagen. Das Wasser ist sauber und gut zu trinken. Stört euch nicht daran, wenn es ein wenig bräunlich ist, das ist lediglich der hohe Eisengehalt. Und seid vorsichtig beim Herumwandern. Wenn sie Euch erwischen, kann ich nichts mehr für Euch tun. Ich habe Euch abreisen sehen, das ist meine Version der Geschichte.«

»Na gut«, sagte Krona, »Was muss, das muss. Wo ist der Einstieg?«

»Es gibt zahlreiche. Der nächste ist, soweit ich weiß, östlich von hier. Eine Abzweigung der Elften Straße der Könige. Es gibt dort weder Wohnquartiere noch Geschäfte. Die Elfte Straße verbindet Eisgrube mit Schwarzschacht, es gibt Bootsverkehr auf dem Kanal, aber die Tür selbst liegt abseits im Dunkeln.«

»Woher wisst Ihr das alles?«, staunte Pintel. Regar grinste.

»Ihr braucht noch einen anderen Grund als den, dass ich seit hundertfünfzig Jahren hier lebe? Nun, es gab Zeiten, als mein Geschäft jung und aufstrebend war und ich gelegentlich knapp bei Kasse. Unempfindliche Waren hinter dieser Tür – und noch ein paar anderen – zu lagern, schien mir eine hervorragende Möglichkeit, die Miete für Lagerräume zu sparen. Allerdings ist die Tür sicher verschlossen, und ich habe heute keinen Schlüssel mehr.«

»Kein Problem«, sagte Pintel. »Das kriegen wir hin.«

Regar zwinkerte ihm zu.

»Solltet Ihr jemals eine Anstellung suchen, wendet Euch an mich. Ich habe immer Verwendung für Leute, die sich zu helfen wissen.«

Ein letztes Mal beauftragte Regar Flosi mit seinen Fahrdiensten. Sie beluden das Boot mit ihrem schweren Gepäck und verabschiedeten sich von Regar.

»Schließt die Tür, aber sperrt sie nicht ab«, wies Regar Krona an. »Hinterlasst eine Nachricht, wenn etwas vor sich geht, das ich wissen sollte, und ich werde es ebenso machen. Ich werde nicht oft kommen können, um Nachrichten abzuholen, aber ich lasse Euch nicht im Stich.«

»Danke für alles«, sagte Krona. »Für Eure Unterstützung. Wir wären ziemlich aufgeschmissen ohne Euch.«

Regar nickte ihr zu.

»Ihr seid eine Freundin der Zwerge, Schwertmädchen. *Duergar runa*. Und Zwerge stehen ein für ihre Freunde.«

Sie bestiegen das Boot, Flosi stieß es ab und stakte es in die Mitte des Kanals, und dann glitt das Boot davon und sie winkten Regar, bis er aus ihrem Blickfeld verschwand.

Schweigend und in gedrückter Stimmung verbrachten sie die Fahrt, bis sie die Dreizehnte Halle der Könige erreichten. Es war Abend geworden, und das goldene Licht aus der Hallenkuppel schwand rasch.

Flosi sprach auf Zwergisch zu Wolfram, und der übersetzte.

»Wir sollten der Elften Straße nach Tiefengründig folgen und dann entweder die Vierte in Richtung Kohlstein nehmen oder die Sechste nach Streitberg. Er geht davon aus, dass wir durch eines der östlichen Tore den Berg verlassen.«

Wolfram nickte dem jungen Zwerg zu und wechselte ein paar Worte mit ihm, während die anderen das Boot entluden und ihr schweres Gepäck schulterten. Fenrir sah nach oben ins schwindende Licht.

»Gehen wir«, sagte Krona. »Na los, Wer weiß, wie lange wir brauchen, bis wir unseren Eingang gefunden haben.«

»Kein echter Grund zur Eile«, sagte Wolfram. »Da unten ist es sowieso Tag und Nacht dunkel.«

Pintel zog Luft durch die Zähne, und Fenrir Blick bekam etwas Gehetztes.

»Ein Wort noch, und ich gebe dir deine Laute zu fressen«, sagte Krona finster. »Himmelarsch! Hier sind sowieso schon zwei kurz vor der Panik. Musst du das anheizen?«

»War nicht meine Absicht«, sagte Wolfram betroffen.

Flosi wendete das Boot und stakte davon. Krona setzte sich in Bewegung. Ihre Schritte hallten in dem riesigen Raum. Sie sah sich nicht um, fiel schnell in ihr gewohntes Marschtempo, und nach einer Weile hörte sie, wie die anderen ihr folgten.

»Warte!«, rief Pintel von hinten. Sie blieb stehen, drehte sich aber nicht um.

Krona blieb vorne, während sie die Elfte Straße entlang gingen. Sie spürte das Zögern der anderen. Besonders Fenrirs Unruhe war beinahe mit Händen zu greifen.

Marschieren hilft gegen Angst. Lass sie marschieren.

Die Dunkelheit kroch die steinernen Wände hinab und stieg aus dem Kanal. Gerade als Krona eine kurze Pause erlauben wollte, um Lampen anzuzünden, kam ihnen ein Boot mit einigen Zwergen entgegen, begleitet von einem tanzenden Licht. Wo sie vorbei fuhren, entflammten die Feuerschalen an den Wänden. Als das Boot näherkam, sahen sie, dass die Zwerge lange hölzerne Stangen dabei hatten, an deren Ende die tanzende Flamme saß und die sie benutzten, um von Boot aus an die Feuerschalen zu gelangen. Wolfram grüßte freundlich, als das Boot auf gleicher Höhe war, erntete aber nur misstrauische Blicke.

Nun, da ihr Weg von Feuerschalen begleitet war, hob sich die Stimmung ein wenig. Trotzdem trieb Krona ihre Gefährten rasch voran. Ihr Rücken schmerzte bald von dem zusätzlichen Gewicht ihres Gepäcks. Sie und Fenrir hatten die schweren Dinge untereinander aufgeteilt, aber inzwischen bedauerte sie es, Pintel und Wolfram verschont zu haben.

Etwa zwei Längen, nachdem sie die Dreizehnte Halle verlassen hatten, passierten sie eine schmale Abzweigung. Kaum breit genug für zwei Krieger nebeneinander, führte sie dunkel in nördliche Richtung. Auf dem Kanal kam ihnen gerade ein Boot entgegen, und so gingen sie an der Abzweigung vorbei und geradeaus, bis das Boot weit genug entfernt war. Dann drehten sie um, eilten zurück und tauchten in die schmale, dunkle Gasse ein. Sie wagten es nicht, Licht zu machen, sondern tasteten sich an der Wand entlang voran. Etwa zwanzig Schritte vom Kanal entfernt endete der Gang an einer schweren hölzernen Tür. Das Holz war rau und rissig unter Kronas Fingern, als sie nach der Klinke tastete.

»Ich brauche Licht«, sagte Pintel mit dünner Stimme. »Ich kriege sonst das Schloss nicht auf.«

»Wolfram«, sagte Krona und hörte, wie der Spielmann mit seinem Gepäck rumorte.

»Augenblick«, sagte er. »Kommt gleich.«

Kurz darauf brannte seine Laterne. Krona bemühte sich, den Lichtschein zur Straße hin abzuschirmen, während Pintel sein Diebeswerkzeug herausholte und sich an die Arbeit machte. Es dauerte nicht lange, und ein vernehmliches Klacken zeigte an, dass der Weg in die Minen frei war. Pintel packte den Türknauf und zog. Die Tür öffnete sich knarzend.

Kalte, feuchte Luft legte sich auf ihre Gesichter. Die Schwärze hinter der Tür war vollkommen.

Pintel wich zurück und stieß gegen Fenrir, der ebenfalls zurückwich und gegen Krona prallte. Sie senkte den Kopf, stemmte sich nach vorne und schob ihre Gefährten über die Schwelle.

Hinter der Tür empfing sie ein Gang, der gerade nach Norden führte und so schmal war, dass sie ihn nur hintereinander betreten konnten.

»Ich will nicht vorne gehen«, sagte Pintel mit dünner Stimme.

»Ich auch nicht, wenn's recht ist«, sagte Wolfram.

»Geht beiseite«, sagte Krona. »Zündet eure Lampen an. Ich gehe vorne.«

Sie zog ihr Schwert und schob sich an den anderen vorbei. Als sie Fenrir passierte, spürte sie, dass sein Körper zum Zerreißen angespannt war. Sie fing seinen Blick, der im Lampenschein gelb flackerte, und drückte seine Hand.

»Es ist nur dunkel«, sagte sie. »Nichts weiter. Niemand ist hier. Wir sind hier besser aufgehoben als unter lauter menschenfeindlichen Zwergen.«

»Warum hast du dann dein Schwert gezogen?«, fragte Pintel.

Krona sah hinunter auf die Klinge.

»Ich weiß auch nicht«, sagte sie. »Weil ihr mich wahnsinnig macht. Pintel, hol die Karte raus. Versuch, nachzuvollziehen, wohin wir uns bewegen.«

»Jawohl«, piepste er und raschelte mit dem Papier.

Wolfram, der das Schlusslicht bildete, zog die Tür ins Schloss, und dann begannen sie ihre dunkle Wanderung.

Der Gang führte sie weiter nach Norden und begann nach einiger Zeit spürbar abzufallen. Dann bog er um eine scharfe Ecke und lieferte sie an einer steilen Flucht von Stufen ab, die Krona gerade noch rechtzeitig sah, bevor ihr Schritt ins Leere ging.

»Treppe«, gab sie nach hinten weiter.

»Lasst sie mich eben einzeichnen«, sagte Pintel, der sich inzwischen einigermaßen gefasst hatte. »Dieser Plan ist tatsächlich alles andere als genau.«

»Ich würde einen neuen machen«, schlug Wolfram vor. »Dann wissen wir, dass er stimmt.«

Während Pintel und Wolfram die Köpfe zusammensteckten und sich leise berieten, behielt Krona den dunklen Treppenschlund vor sich im Auge. Abgesehen von ihren eigenen Geräuschen herrschte hier unten die erdrückende Stille der Steine. Die Luft war kühl und erstaunlich frisch.

»Fertig«, vermeldete Pintel, und sie begannen den Abstieg.

Die Stufen waren glatt und ließen sich bequem gehen. Nur auf ihre Köpfe mussten sie, abgesehen von Pintel, aufpassen, da die Decke manchmal gefährlich nahe herunterkam.

Nach ein paar Dutzend Stufen machte die Treppe einen Linksknick, und nach etwa derselben Entfernung einen weiteren. Nach zwei neuerlichen Linkswendungen und als sie schon das Gefühl hatten, für immer im Kreis zu gehen, endete die Treppe in einem kleinen Raum, aus dem drei Durchgänge in die Dunkelheit führten.

Pintel drehte die Karte in seinen Händen.

»Gehen wir mal davon aus, dass die Treppe uns hier wieder nördlich ausgerichtet hat«, sagte er, »dann sollten wir die Richtung beibehalten.« Er zeigte auf den Durchgang, der der Treppe gegenüberlag. »Da geht es zum Strichegewirr und zu Baldurs Markierungen.«

»Will ich wissen, was er da markiert hat?«, brummte Fenrir. »Ich glaube nicht.«

»Vielleicht hat er nur die Stelle markiert, an der sein Großvater, der berühmte Bergmann, sich zu Tode gestürzt hat.«

»Sein Großvater Bjor war kein Bergmann, sondern König«, korrigierte Wolfram. »Und ein grimmiger dazu, wenn man den Geschichten glauben darf. Er soll einem dreiköpfigen Lindwurm mit bloßen Händen einen Kopf abgerissen haben. Oder alle drei, je nachdem, wer die Geschichte erzählt.«

»Sag bloß, es gibt Lindwürmer hier unten«, sagte Pintel mit riesigen Augen.

»Gibt es nicht«, sagte Krona mit Nachdruck. »Nur einen Spielmann, der zu viel erzählt. Den letzten Lindwurm hat die Insel während der Einigungskriege gesehen, und das ist ein paar hundert Jahre her.«

»Könnte der gleiche Lindwurm sein«, überlegte Wolfram. »Zeitlich kommt es hin.«

»Wenn du nicht sofort den Mund hältst …«

»Ist gut, ist gut! Bemüh dich nicht.«

Das Schwert in der rechten, die Lampe in der linken Hand, betrat Krona den nördlichen Gang. Sie drehte sich nicht um. Hinter sich hörte sie Wolframs leichten Schritt, dazu den kurzen, eiligen von Pintel und Fenrirs lange, kaum hörbare Schritte. Auch er hatte sein langes Messer gezogen.

Nach einiger Zeit begannen sie, Abzweigungen zu passieren, die links und rechts in die Dunkelheit führten. Sie hielten sich nicht damit auf, jede zu erkunden, es waren ohnehin zu viele. Manchmal streifte ein kühler Luftzug ihre Gesichter.

Nach einer Weile verschwand die Felswand zu ihrer Rechten und machte Platz für einen steilen, schwarzen Abgrund, den sie mit ihren Lampen nicht ansatzweise erleuchten konnten. Vorsichtig schoben sie sich an der Wand entlang daran vorbei und waren beinahe froh, als nach einigen Steinwürfen der dunkle Fels sie wieder von beiden Seiten umschloss.

Ihr Gang wurde uneben und begann, sich zu winden und wieder steil abzufallen. Hier unten gab es breite Abzweigungen, Torbögen, durch die man ein Fuhrwerk hätte steuern können, und steile Treppen, die in engen Schächten zu beiden Seiten nach oben führten.

»Was ist das nur«, murmelte Krona. »Wozu haben sie so viel Fels bewegt?«

»Probegrabungen«, vermutete Wolfram. »Auch Zwerge können von außen nicht erkennen, wo die nächste Goldader läuft. Verbindungstunnels, als die Anlage größer wurde. Schächte, durch die man das losgeschlagene Gestein wegschaffen konnte. Verteidigungswege womöglich? Sag du es mir.«

»Keine Ahnung. Ich führe Krieg unter der Sonne, nicht wie ein Maulwurf unter Tage.«

Sie gingen weiter, und obwohl sie regelmäßig Halt machten, damit Pintel seine Karte ergänzen konnte, so war sich Krona doch nicht ganz sicher, ob er noch wusste, wo sie sich befanden. Sie selbst hatte es vor einiger Zeit aufgegeben, sich den Rückweg merken zu wollen. Sie hätte nicht einmal mehr mit Bestimmtheit sagen können, ob sie sich noch nach Norden bewegten.

Es musste mittlerweile spät am Abend, womöglich schon gegen Mitternacht sein. Krona trieb ihr Grüppchen voran, bis ihr Gang, der sich zuletzt stetig verbreitert hatte, unter einem hohen Torbogen hindurchführte. Drei Gänge führten von hier aus weiter, alle drei in ungefähr das, was Krona für die nördliche Richtung hielt, allerdings fiel der linke steil ab, der rechte führte nach oben, während der mittlere ohne erkennbare Steigung geradeaus führte.

»Das ist doch nicht zu fassen«, sagte Wolfram, deutlich erstaunter, als die Umgebung es erfordert hätte.

»Und jetzt?«, fragte Krona. »Pintel, was sagt die Karte?«

»Die Karte sagt, krickel-krackel, wirrwarr«, sagte Pintel ratlos. »Es ist möglich, dass wir uns der Mitte der Minen nähern, und damit Baldurs Markierung, aber sicher sein kann ich beim besten Willen nicht.«

»Glaube ich nicht«, sagte Fenrir. »Wir würden über Tage eine Woche brauchen, um Erendor von seinem westlichen Rand zu seinem östlichen zu durchqueren – Unwegsamkeiten im Gebirge gar nicht mitgerechnet. Wir können unmöglich nach ein paar Stunden schon die Mitte erreicht haben.«

»Haben sie denn das ganze Gebirge ausgehöhlt?«, fragte Pintel verzagt.

»Es sind Zwerge«, sagte Fenrir. »Sie haben Zeit, sie haben das Wissen, und in diesem Berg gab es Gold und Eisen. Was glaubst du? Erendor ist von Veldenstein bis Streitberg so hohl wie eine Nuss vom letzten Jahr.«

»Kein Grund, unfreundlich zu sein«, sagte Pintel verletzt.

»Ich bin nicht unfreundlich«, sagte Fenrir.

»Wir machen hier eine kurze Pause«, verfügte Krona. »Esst etwas und trinkt einen Schluck. Das beruhigt.«

Pintel hob seine Laterne und leuchtete im Kreis. Links des Torbogens, durch den sie gekommen waren, gab es eine steinerne Tür, die offen stand und schief in ihren Angeln hing. Pintel steuerte darauf zu und ging hinein.

»Halt!«, rief Wolfram, und alle erschraken zu Tode. Pintel ließ sogar seine Lampe fallen. Sie schlug hart auf dem Boden auf, rollte in den Raum und verlosch.

»Was?«, fragte Krona scharf.

»Aufpassen, Pintel«, sagte Wolfram. »Wenn mich nicht alles täuscht, ist da ein Loch im Boden.«

Krona trat hinter den kleinen Zauberer und beleuchtete den Raum. Er war niedrig und quadratisch, und in seiner Mitte gähnte ein rundes Loch wie von einem Brunnen. Reste einer steinernen Abdeckung lagen daneben.

»Merididas nackter Arsch«, sagte sie staunend. »Auf die Erklärung bin ich jetzt aber gespannt, mein Freund.«

»Wirf bloß nichts in das Loch«, beschwor Wolfram sie von hinten. »Es ist so tief, dass du den Aufprall sowieso nicht hören würdest. Nach einer Weile würden Trommeln ertönen, ganz weit entfernt, Trommeln in der Tiefe, und dann kommen Schrate, Heerscharen von Schraten, und sie hätten einen Höhlentroll, und wir müssten uns eine wahrhaft epische Schlacht mit ihnen liefern, und spätestens zu diesem Zeitpunkt der Geschichte würden uns zwei, drei fähige Kämpfer fehlen und es würde alles ein böses, blutiges Ende nehmen.«

»Du bist doch nicht ganz richtig im Kopf«, sagte Krona.

»Es ist sowieso zu spät«, sagte Pintel geknickt. »Meine Laterne ist da über den Rand gerollt und in das Loch gefallen.«

Sie schwiegen. Krona sah zwischen Wolfram und Pintel hin und her. Dann ließ sie sich auf die Knie nieder und näherte sich vorsichtig dem Loch. Soweit sie hineinleuchten konnte, sah sie nichts als glatt behauene, dunkle Wände. Sie lauschte. Alles war still.

»Es ist eine Geschichte«, murmelte Wolfram. »Eine große. Ferinors Fiedel, ich hätte nicht gedacht, dass es diesen Ort tatsächlich gibt! Aber die drei Gänge … diese Wachstube … der Brunnen … Das kann kein Zufall sein. Hörst du schon die Trommeln?«

»Nein.«

»Wieso soll es hier unten Schrate geben«, wandte Fenrir ein. »Die Zwerge werden sie wohl kaum in ihren Berg gelassen haben, oder? Und warum sollte irgendjemand trommeln, nur weil Pintels Laterne in das Loch gefallen ist? Der größte Verlust ist die Laterne. Wir haben nicht beliebig viele Lichtquellen.«

»Richtig«, sagte Krona und stemmte sich hoch. »Wir sollten trotzdem vorsichtig sein. Ich meine, wir treiben uns ja aus dem einzigen Grund hier herum, weil wir hoffen, dass wir nicht alleine sind. Wolfram, was sagt deine Geschichte über Feuerwesen und Zauberer?«

»Das willst du nicht hören, glaub mir«, sagte Wolfram.

Krona sah vom einen zum anderen. Alle waren müde und niedergeschlagen.

»Lasst uns hierbleiben und ein paar Stunden schlafen«, sagte sie. »Es ist einigermaßen sicher, solange keiner von euch in das Loch fällt. Die Tür lässt sich gut verteidigen, und mehr können wir nicht erwarten.«

Die anderen entledigten sich ihres Gepäcks und ließen sich nieder. Pintel hielt sich von dem Loch fern und warf immer wieder ängstliche Blicke hinüber. Krona brachte noch einmal ihre müden Glieder in Bewegung und zerrte die Überreste der Abdeckung über das Loch, so gut es ging. Wolfram setzte sich mit untergeschlagenen Beinen an die Wand, packte seine Laute aus und begann, eine leise, süße Melodie zu zupfen, die sich an diesem düsteren Ort gänzlich fremd ausnahm. Fenrir stand unter der Tür und starrte hinaus in die vollkommene Schwärze. Er zuckte zusammen, als sie hinter ihn trat und die Arme um ihn schlang.

»Wie lange wird das hier dauern?«, sagte er. Sein Gesicht lag im Dunkeln, aber sie hörte, wie seine Stimme bebte. Sein Körper war angespannt wie ein Bogen, kurz bevor der Pfeil fliegt.

»Keine Sorge«, murmelte sie. »Ich finde dir deinen Wald.«

Etwas kam aus seinem Mund, das ein verzerrtes Lachen genauso wie ein Stöhnen sein konnte.

»Hier unten? Einen Wald aus Tropfsteinen vielleicht.«

»Einen richtigen Wald. Mit Bäumen und Eichhörnchen und Mäusen, die du ausgraben kannst.«

»Wie willst du das denn machen?«

»Ich lasse mir etwas einfallen. Wenn du recht hast und die Zwerge diesen Berg wirklich komplett ausgehöhlt haben, dann gibt es viele Tore nach draußen. Ich meine, sie haben sicher nicht jeden Stein, der hier unten fehlt, durch das kleine Türchen auf die Elfte Straße rausgebracht.«

»Wir haben nicht mal eine vernünftige Karte!«

»Brauch ich nicht. Ich mach mir meine Karte, während ich gehe.«

Er atmete tief und zitternd. Seine Finger klammerten sich um ihre. Sie machte sich los und drehte ihn zu sich um. Im spärlichen Lampenlicht sah sie die blanke Verzweiflung in seinem Gesicht. Sie legte die Hände an seine Wangen.

»Vertraust du mir?«

»Ja, aber …«

»Schon falsch. Vertraust du mir, Fenrir?«

Er atmete tief und zitternd.

»Ja.«

»Gut. Ich finde dir deinen Wald. Wenn du möchtest, gehe ich direkt los und suche einen Ausgang nach oben. Soll ich?«

»Bist du denn nicht müde?«

»Ich brauche einen Schluck Wasser, dann kann ich wieder.«

Er lehnte seine Stirn gegen ihre.

»Es wird mir besser gehen, wenn ich einen Ausgang aus diesem schrecklichen Loch kenne. Aber ich kann bis morgen warten«

Sie nickte und verbarg ihre Erleichterung.

Inzwischen hatte Pintel alle Lampen angezündet, die sie im Gepäck hatten, und goldener Schein erhellte die kleine Wachstube. Wolfram hatte in seinen Melodien ein Lied gefunden und begann leise zu singen. Er hatte eine angenehme, sanfte Singstimme, sein Lied beschwor glitzernde Hallen voller Licht, gewaltige Schmiedehämmer und sirrenden Stahl, fauchende Blasebälge und glühende Essen, Edelsteine und geschmolzenes Gold und Gesang und Gelächter. Als die letzte Strophe verklungen war, legte er die flache Hand über die Saiten und schwieg. Auch die anderen sprachen kein Wort. Einer nach dem anderen legten sie sich schlafen.

Krona fand keine Ruhe. Schon nach kurzer Zeit verließ sie ihr Lager und bezog Posten an der Tür, Rücken zum Licht, den Blick hinaus in die undurchdringliche Dunkelheit gewandt. Die Stille hier unten war schwer und alt wie der Fels, dem sie entströmte.

Sie setzte sich in die Türöffnung, ihr Schwert auf den Knien. Irgendwann fiel sie in einen unruhigen Halbschlaf. Als sie erwachte, waren zwei der drei Lampen erloschen. Im spärlichen Licht der letzten füllte sie Steinöl nach und weckte dann die anderen.

»Wie spät ist es«, murmelte Pintel und gähnte.

»Keine Ahnung«, sagte Krona. »Früher Morgen vermutlich. Wir sollten nicht zu viel Zeit verlieren. Wenn diese Minen wirklich so groß sind, wird es sowieso viel zu lange dauern, bis wir einen Überblick haben.«

Sie frühstückten aus den Vorräten, die Regar ihnen mitgegeben hatte, und berieten ihre weitere Vorgehensweise. Die Karte hatten sie zwischen sich auf dem Boden ausgebreitet.

»Lasst uns diesen Raum zur einstweiligen Basis machen«, sagte Krona. »Wir erkunden von hier aus die drei Torwege und vervollständigen die Karte. Dann verlegen wir unsere Basis und machen vom neuen Stützpunkt aus dasselbe.«

»Ich denke, wir müssen uns abwärts und östlich halten.« Pintel deutete mit einem Wurstzipfel auf die Karte. »Baldurs Markierung lag irgendwo hier.«

»Noch weiter östlich, und wir kommen unterhalb von Tiefengründig raus«, sagte Wolfram. »Das ist der älteste Teil der Minen, und der verzweigteste. Ein Labyrinth.«

»Genau«, sagte Pintel. »Wenn ich etwas zu verbergen hätte, ich würde es dort tun.«

»Du würdest aber nicht immer eine halbe Tagesreise zurücklegen wollen, wenn du dein Versteck aufsuchen willst«, sagte Fenrir. »Baldur hat Verpflichtungen in Schmiedeberg. Es würde auffallen, wenn er tagelang verschwunden wäre.«

»Wo wohnt er?«, fragte Krona. »In diesem riesigen Säulen-Turm-Dings?«

»Das Säulen-Turm-Dings ist die Heimstatt der Könige«, sagte Wolfram mit sanftem Tadel. »Aber ja, dort wird er vermutlich wohnen. Auch die Zwerge sind besorgt um die Unversehrtheit ihrer Anführer und schützen sie, genau wie die Menschen.«

»Dann müssen wir uns in diese Richtung vorarbeiten«, sagte Krona. »Norden ist nicht völlig verkehrt, oder?«

»Ich würde etwas darum geben, einfach in den Keller der Heimstatt gelangen und nach der versteckten Tür suchen zu können«, sagte Wolfram seufzend. Krona stieß ihren Finger auf die Karte.

»Kannst du aber nicht. Also, alle Augen auf die Scheiß-Karte. Welcher Weg?«

Wolfram verdrehte die Augen. »Hütet euch, Freunde. Feuerfaust wird grimmig. Sag, ist es schon die Dunkelheit, die dir zusetzt?«

»Dein Geschwätz setzt mir zu. Mit Reden gewinnt man keinen Krieg, Himmelarsch!«

»Ich wüsste nicht, dass wir im Krieg wären.«

»Für dich ist das vielleicht neu, aber ich bin es seit dem vergangenen Herbst, und ich plane, ihn zu gewinnen!«

»Gut gebrüllt, Löwin«, sagte Fenrir ruhig und nahm die Karte an sich. »Ich schlage vor, wir teilen uns auf.«

»Was? Nein!«

»Aber doch, und zwar weil wir unseren Krieg doppelt so schnell gewinnen, wenn wir nur halb so lange brauchen, um das Schlachtfeld zu finden.«

»Und doppelt so schnell draufgehen!«

»Hier unten ist niemand. So, wie du herumschreist, wäre der längst hier.«

Krona ließ Luft ausströmen und zwang sich, ihre geballten Fäuste zu öffnen.

»Also gut«, sagte sie. »Keiner geht allein. Wir nehmen den ebenen Gang und den, der aufwärtsführt. Nach unten zu gehen, erscheint mir falsch.«

»Gut«, sagte Fenrir. »Wir teilen die Kämpfer auf. Ich gehe mit Wolfram, du mit Pintel.«

»Ihr tut ja gerade so, als könnten wir nicht selbst auf uns aufpassen«, maulte Pintel.

»Kannst du bestimmt«, sagte Krona ein wenig ruhiger. »Aber mir ist wohler, wenn ich's tu.«

Sie entschieden sich, einen Teil ihres Gepäcks zurückzulassen, um sich bei ihren Erkundungen nicht unnötig zu belasten. Papier und Kohlestifte teilten sie auf, dann sah Krona mit Unbehagen zu, wie Wolfram die Laterne nahm und voranging in den Tunnel, der nach oben führte. Fenrir nickte Krona über die Schulter zu und folgte ihm in die Dunkelheit.

Was, wenn es das letzte Mal ist … Ein Labyrinth. Krieg.

»Na, komm«, sagte Pintel und zog an Kronas Ärmel. »Die kriegen das schon hin.«

»Ich hätte ihm mein Schwert geben sollen«, murmelte Krona. »Es ist meine Schuld, dass er keines hat.«

»Das kannst du ja beim nächsten Mal. Komm schon. Wenn ich hier noch lange stehe, kriege ich eine solche Angst vor diesem schwarzen

Loch, dass ich mich überhaupt nicht mehr bewege, und dann musst du mich tragen, und dann hast du keine Hand frei zum Kämpfen, wenn es so weit kommen sollte.«

Krona atmete tief und zitternd durch und nickte dem kleinen Zauberer zu.

»Du hast recht, wie immer.«

Durch den hohen, gemauerten Torbogen betraten sie den Gang und folgten ihm eine lange Weile immer geradeaus. Niedrige Gänge führten zu beiden Seiten hinaus. Der Fels war hier rissig, und Krona achtete sorgfältig auf lose Steinbrocken, die auf Einsturzgefahr hindeuten konnten, doch es gab keine. Auch quer über ihren Weg taten sich nun Spalten auf. Eine davon war so tief, dass sie den Grund nicht sehen konnten. Fernes Plätschern von Wasser drang zu ihnen herauf. Krona brachte zuerst die Laterne und den leichten Rucksack mit Wasser und Proviant auf die andere Seite, dann sprang sie mit einem großen Satz zurück, nahm Pintel auf den Rücken und brachte ihn so über den Spalt.

Auf der anderen Seite des Spalts begann der Gang, in Windungen abwärts zu führen. Kalte Luft strich ihnen über die Gesichter. Sie hielten immer wieder inne und lauschten, aber ihre Schritte, ihr Atem und ihre geflüsterten Gespräche waren die einzigen Geräusche hier unten. Hin und wieder hielten sie an, damit Pintel seine Karte vervollständigen konnte. Anfangs überlegten sie noch, in jede Abzweigung hineinzusehen, aber es waren so viele, dass sie sich damit begnügten, sie auf der Karte zu verzeichnen.

Nach einer langen Zeit gelangten sie auf eine große Kreuzung. Ihr Gang war stetig breiter geworden, sodass er mittlerweile einer unterirdischen Straße glich. Der Tunnel, der den ihren kreuzte, war noch breiter. In seiner Mitte verliefen die Reste von Schienen: schwarz verfaulte Eichenplanken, die unter Kronas Absatz zerfielen, und rostige Schienen.

»Wohin?«, fragte Pintel angespannt.

»Keine Ahnung«, sagte Krona. »Links.«

Pintel verzeichnete die Kreuzung und ihren Weg, und sie setzten ihren Marsch fort. Der Tunnel war so breit, dass der Lichtschein aus ihrer kleinen Lampe die Wände kaum streifte. Nur gelegentlich kam der Widerschein vom Fels zu ihnen zurück. Sie gingen neben den Schienen, der Boden war uneben und sie mussten auf ihre Schritte achten.

Irgendwann tauchte vor ihnen in der Dunkelheit eine dunkle, kantige Masse auf. Sie näherten sich vorsichtig, bis ihr Licht einen hölzernen Wagen aus den Schatten schälte. Rost hatte seine eisernen Räder untrennbar mit den Schienen verbunden. Der Boden des Wagens war durchgebrochen, Steinbrocken lagen dort vermischt mit den Resten der dicken Bretter.

»Eine Lore«, sagte Pintel. »Damit haben sie Gestein abtransportiert.«

Krona hob die Lampe und leuchtete im Kreis, doch es gab keine weiteren Hinterlassenschaften der Bergleute.

»Warum steht das Ding hier einfach so rum?«, fragte sie. Pintel hob die Schultern.

»Vielleicht hatte der letzte Zwerg keine Lust, aufzuräumen.«

Sie gingen weiter, eine lange Strecke immer geradeaus, bis der Tunnel um eine Ecke bog und sachte abfiel. Die Luft wurde kälter, und das Echo ihrer Schritte klang plötzlich, als verlöre es sich in einem riesigen Raum. Krona blieb stehen und hob die Lampe. Die Wände links und rechts waren verschwunden. Um sie war nichts als Luft, und einige Schritte vor ihnen endeten die Schienen an einem tiefen, schwarzen Abgrund. Vorsichtig näherte Krona sich der Kante und leuchtete um sich, doch das Licht traf nichts als das Stück Fels, durch das ihr Gang sie hierher geführt hatte. Die gegenüberliegenden Wände und auch der Boden der Halle waren so weit entfernt, dass der Lichtschein sie nicht einmal berührte.

»Komm weg da«, sagte Pintel verzagt. »Nicht dass da unten etwas wohnt.«

»Was soll da denn wohnen«, sagte Krona. »Ich glaube, der Spielmann hat dir irgendein Zeug erzählt.«

»Von einem gewaltigen Lindwurm«, gab Pintel zu. »Größer als jeder Drache und mit zwölf Köpfen. Und wann immer man einen abhaut, wächst er direkt nach. Lindwürmer spucken kein Feuer, sondern Gift, wusstest du das? Sie lähmen damit ihre Opfer, und dann schlucken sie sie runter. Am Stück.«

»Kannst du Licht machen?«, fragte Krona. »Ich meine, viel Licht. Ich hätte wirklich gerne einen Überblick über diese Halle. Und das nicht, weil ich einen Lindwurm da unten vermute.«

Pintel zögerte.

»Du weißt, ich bin kein Held mit Lichtzaubern.«

»Kannst du etwas, das heller ist als diese Funzel?«

»Ja …«

»Dann mach.«

Pintel schüttelte sich die Hände aus, streckte sie nach vorne und sprach seinen Zauberspruch. Es zischte, für einen Augenblick sah es aus, als stünden seine Hände in Flammen, dann schlug ein greller Blitz aus seinen Händen und zickzackte durch die Luft, bevor er sich mit einem gewaltigen Knall auflöste.

Der Fels ächzte. Irgendwo lösten sich Steine und klickten aneinander. Krona hatte sich die Hände über die Ohren geschlagen und dabei beinahe ihre Haare an der Lampe in Brand gesetzt. Ein feiner Piepton blieb zurück, als sie sich aufrichtete. Sie schüttelte den Kopf und zwinkerte.

»Alles in Ordnung?«, fragte sie Pintel besorgt. Der kleine Zauberer hatte Rußspuren im Gesicht, und alle Haare standen ihm zu Berge, doch er nickte.

»Wenn da ein Lindwurm war, ist er jetzt wach.«

Einen Lindwurm hatte Krona nicht gesehen, dafür aber einen flüchtigen Eindruck der Halle gewonnen. An den Wänden hingen die Überreste von Gerüsten und Haltevorrichtungen, modrige Plattformen, verrostete Ketten, morsche Seile. Mehrere gigantische Öffnungen führten aus der Halle hinaus, doch waren sie von ihrem gegenwärtigen Standpunkt aus kaum zu erreichen – sowohl Boden als auch Decke waren mehrere Steinwürfe entfernt.

»Eine Sackgasse, es sei denn, wir lernen fliegen«, sagte sie. »Lass uns umkehren.«

Sie beschlossen, eine kurze Rast einzulegen, bevor sie sich auf den langen Rückweg machten. Im Durchgang ließen sie sich auf dem Boden nieder und aßen eine Kleinigkeit. Krona beobachtete Pintel, der lustlos an seiner Brotscheibe kaute. Sein Blick verlor sich in der Dunkelheit.

»Was?«, sagte sie nach einer Weile.

Pintel zuckte zusammen.

»Was, was?«

»Was schaust du so? Enttäuscht, dass wir keinen Lindwurm geweckt haben?«

Pintel rang sich ein Lächeln ab und seufzte gleich darauf tief.

»Ich vermisse sie«, sagte er leise.

»Federspiel?«

»Ja, Die auch. Aber auch die ganzen anderen. Lianna. Die Zwerge. Wir sind so … in alle Winde verstreut. Ich weiß gar nicht, um wen ich mir zuerst Sorgen machen soll. Ich bin ein Familienmensch, ich vertrage es schlecht, wenn ich meine Lieben nicht um mich habe. Wir hätten uns in Aksum nicht trennen sollen.«

»Aber wie hättet ihr denn wissen sollen, dass es etwas wie Luftschiffe gibt – und eine wie Federspiel, die auch noch bereit ist, uns nach Hause zu fliegen? So viel Vorstellungskraft hättest nicht mal du gehabt.«

»Wir hätten einfach darauf vertrauen müssen, dass alles gut wird. Vertrauen ist der stärkste Zauber. Solange du den nicht brichst, kann dir nichts passieren.«

Krona schluckte eine Antwort, die Pintel nicht verdient hatte, mit einem Stück Brot hinunter, aber er sah ihr die Zweifel wohl an, denn er seufzte.

»Du denkst anders darüber, ich weiß.«

Krona nahm sich die Wasserflasche.

»Vielleicht hab ich den Zauber so früh gebrochen, dass ich mich gar nicht mehr an ihn erinnere. Aber ich werde den Teufel tun und dir sagen, das wäre besser.«

Sie aßen schweigend auf, packten dann zusammen und machten sich auf den Rückweg. Gelegentlich nahmen sie einen Seitengang und folgten ihm für eine Weile, doch die meisten mündeten in ein wahres Labyrinth aus Treppen, Gängen und Schächten, in das sie sich nicht vorwagten, aus Angst, den Rückweg nicht zu finden.

Irgendwann kamen ihnen auf dem Hauptweg Schritte und ein schwankender Lichtschein entgegen. Krona hatte ihr Schwert aus der Scheide gerissen, noch ehe sie das Vertraute in den Schritten erkannt hatte, und ließ das Schwert zurück in die Scheide gleiten, als sie Fenrir und Wolfram erkannte, die ihnen entgegen geeilt kamen.

»Da seid ihr«, sagte Fenrir grenzenlos erleichtert. »Was ist passiert?«

»Was soll passiert sein?«

»Wir haben den Knall gehört. Alle Götter, wir dachten, ihr werdet angegriffen! Und nun kommt ihr hier anspaziert, als wäre nichts gewesen!«

»Es war nichts«, sagte Krona und sah zu Pintel, der schuldbewusst seine Stiefelspitzen betrachtete. »Ich hab ihm gesagt, er soll Licht machen, und er hat sein Bestes gegeben. Man hat es tatsächlich bis zu euch gehört?«

»Und darüber hinaus«, sagte Wolfram. »Den Tiefengründer Bürgern haben die Zähne im Kiefer gewackelt, jede Wette.«

»Erhöhte Vorsicht ab sofort«, sagte Fenrir angespannt. »Und kein Zauberlicht mehr!«

Schlafen und Wachen, Essen und Erkunden reihten sich aneinander, und bald hatten sie keine Vorstellung mehr davon, ob in der oberen Welt gerade Nacht oder Tag war. Sie beschlossen, es Nacht zu nennen, wenn sie schliefen, und Tag, wenn sie wach waren. Nach der dritten Nacht begannen sie zu streiten. Die Stimmung war gereizt; Wolfram brachte Pintel mit bissigen Bemerkungen an den Rand der Tränen, woraufhin Krona dem Spielmann Prügel androhte und von Fenrir nur mit Mühe davon abgehalten werden konnte, ihrer Drohung Taten folgen zu lassen. Fenrir schlief, sprach und aß kaum noch. Wenn sie ruhten, war er ständig wachsam, sein Blick zuckte hierhin und dorthin in die Schatten, und wenn sie gingen, behielt er das lange Jagdmesser in der Hand. Sie verlegten mehrmals ihr Lager, um größere Teile der Minen zu erforschen, doch sie fanden nichts als Stein und Dunkelheit und eiskalte, plätschernde Rinnsale.

Nach ein paar Tagen wagten sie den langen Rückmarsch zur Tür an der Elften Straße, um zu sehen, ob Regar eine Nachricht hinterlassen hatte, doch sie fanden nichts. Pintel fertigte eine Abschrift der Karte, soweit sie bisher gediehen war, und hinterließ sie, mit einem Stein beschwert, hinter der Tür, dann trieb Krona ihre Gefährten zurück in die Minen, bevor einer auf die Idee kommen konnte, einfach durch die Tür auf die lebendige Seite Erendors zu marschieren.

Von Gyldinn oder Baldur fanden sie keine Spur, nur immer neue Tunnel und Schächte und Höhlen, und irgendwann bemerkte Krona, dass sie gar nicht mehr suchte. Statt tiefer in den Bauch des Berges vorzudringen, nahm sie jeden Weg, der nach oben führte und einen Ausgang oder zumindest eine Spur Tageslicht versprach.

Am sechsten Tag überprüfte sie die Vorräte. Während regelmäßiger Nachschub an Wasser leicht verfügbar war, ging das Steinöl rasch zur Neige. Sie hatte schon jede Nacht die Lampe löschen wollen, sobald alle schliefen, es aber nie über sich gebracht.

Um Öl zu sparen, beschlossen sie, sich nicht länger für ihre Erkundungen zu trennen. Eine einzelne Lampe musste ihnen genügen, und sie drängten sich um die spärliche Lichtquelle wie Überlebende auf einer winzigen Insel inmitten eines Ozeans aus tiefer Schwärze.

Gegen Ende des siebten Tages kamen sie an eine Treppe, die steil und gewunden nach oben führte. Ohne sich darüber verständigen zu müssen, begannen sie eilig den Aufstieg. Bald brannten Kronas Oberschenkel. Hinter sich hörte sie Pintel keuchen, aber die Treppe führte immer und immer weiter hinauf. Dann veränderte sich die Luft, wurde spürbar wärmer, und plötzlich lag ein Duft nach Gras und Leben in ihr, und dann bogen sie um eine letzte Ecke, und grelles Tageslicht schnitt Krona in die Augen wie heiße Messer.

Sie riss die Hand vor die Augen und blinzelte. Mit der freien Hand tastete sie vor sich und fühlte Blattwerk. Gras raschelte unter ihren Füßen, als sie einen vorsichtigen Schritt nach vorne machte, immer noch geblendet.

Es war still. Gesträuch raschelte im Wind, und irgendwo entfernt pfiff ein Vogel.

Vorsichtig blinzelte sie zwischen den gespreizten Fingern hindurch.

Ein grasiges Tal öffnete sich vor ihr, von steilen, felsigen Berghängen wie mit einem Schutzwall umgeben. Darüber spannte sich ein tiefblauer, wolkenloser Himmel. Auf den Berggipfeln rundum glitzerte der Schnee. Die Luft war klar und leicht und auf eine Art rein, die ihr die Tränen in die Augen trieb.

Ringsum im Tal erhoben sich niedrige Bauwerke, mit Säulen oder steinernen Statuen verziert. Manche waren nicht mehr als doppelte Säulenreihen mit einem Dach darüber, manche waren vollständige kleine Häuser mit Fensteröffnungen und steinernen Türen. Der Stein war narbig vom Wetter und von Efeu überwuchert, ließ aber die ehemalige Schönheit der Steinmetzarbeiten noch erahnen. Eine kleine Säulenhalle zu Kronas Linken umschloss ein steinernes Podest, auf dem die in Stein gemeißelte Figur eines Zwergs lag.

»Das Auge der Götter«, murmelte Wolfram hinter ihr ehrfürchtig. »Hier liegen die Könige und Lehnsherren der Alten Zeit begraben. Es ist heiliger Boden.«

»Ein Friedhof?«, fragte Krona mit unwillkürlich gesenkter Stimme.

»Ein Friedhof für Könige«, erklärte Wolfram. »Brainns Vater liegt hier, und sein Vater und dessen Vater. Und auch Brainn wird man hier begraben.«

Fenrir trat neben Krona und nahm ihre Hand. Gemeinsam gingen sie über einen steinernen Pfad, der versteckt unter Gras lag, in das Tal hinein.

Die Sonne stand hoch, es war gerade erst Mittag. Fenrir hielt Kronas Hand fest umklammert und atmete die Gebirgsluft, als hätte der Fels zuvor ihn beinahe erstickt.

Sie wanderten zwischen den Grabmalen entlang, vorbei an steinernen Zwergen, die ihren steinernen Blick ernst und würdevoll auf den fernen Gipfeln ruhen ließen. Manche Gesichter waren vom Wetter schon verwaschen und rund geschliffen, manche waren noch scharf, als könne der Steinzwerg jeden Augenblick zum Leben erwachen. Das Symbol des dreizackigen Sterns war häufig zu sehen, aber auch vier- und fünfzackige entdeckten sie in den gemeißelten Schmuckleisten. Viele Begräbnisstätten trugen auch Steintafeln, auf denen lange Texte in feinen Zwergenrunen verzeichnet waren.

Immer noch wagten sie es nicht, laut zu sprechen, weniger aus Angst, entdeckt zu werden – hier war offensichtlich schon lange kein Zwerg mehr gewesen – als aus einer stillen Ehrfurcht diesem alten Ort gegenüber. Wolfram und Pintel wanderten etwas abseits zwischen den Gräbern herum und versuchten offenbar, die Inschriften zu entziffern.

In der Mitte des Tals fiel das Gelände ein wenig ab, das Gras endete und machte glattem Fels Platz. Ein stiller Gebirgssee lag hier wie ein Edelstein in seinem felsigen Bett, er war so klar, dass man bis hinunter auf den Grund sehen konnte, und von einem überwältigenden Türkisgrün.

Am Ufer ging Krona in die Hocke und tauchte die Hand ins Wasser, es war überraschend kalt. Sie trank ein paar Schlucke. Das Wasser schmeckte süß und weich. Sie sah hinauf zu Fenrir, der neben ihr stand und sie nicht aus den Augen ließ, während er die Schnüre am Kragen seiner Tunika löste und sich das Kleidungsstück über den Kopf zog. Sein Hemd folgte und als nächstes die Stiefel. Die Sonne legte einen bronzefarbenen Schimmer auf seine Haut, ein leichter Wind spielte mit seinem Haar.

»Willst du baden oder vögeln?«, fragte sie, und er grinste.

»Muss ich mich denn für eines entscheiden?«

»Das Wasser ist kalt.« Sie bespritzte ihn zum Beweis, und er streifte sich ungerührt seine Hosen ab.

»Nicht, wenn du mit reinkommst.«

Er ging ihr voraus. Sie sah zu, wie er ins Wasser stieg, vorsichtig, als wäre er bemüht, möglichst wenig Wellen zu erzeugen. Er sah sie über die Schulter an und streckte die Hand nach ihr aus, und sie streifte ihre Kleidung ab und folgte ihm ins Wasser, stürzte sich der Kälte entgegen mit einer Heftigkeit, die ihr beinahe das Herz stehenbleiben ließ, und als sie auftauchte, war er da, schloss sie in die Arme und küsste sie, bis das Wasser um sie wieder still geworden war wie der Himmel.

Später lagen sie auf den warmen Felsen und ließen sich von der Sonne trocknen. Fenrir döste entspannt vor sich hin, seine Brust hob und senkte sich langsam. Er blinzelte, als Krona ihren Kopf an seiner Brust zurechtrückte, und tauchte die Fingerspitzen träge in ihr nasses Haar.

»Wolltest du nicht laufen?«, fragte sie leise.

»Doch«, sagte er. »Aber ich will auch bei dir sein, und beides gleichzeitig geht schlecht.«

»Das klingt, als würdest du es bedauern.«

Er lächelte leicht.

»Ich bedaure jeden Augenblick, den ich nicht mit dir verbringen kann, und niemanden ängstigt dieser Gedanke mehr als mich selbst.«

Sie küsste seinen Hals. »Geh laufen. Ich bleibe hier noch ein Weilchen liegen.«

Er vollzog den Wechsel noch in ihren Armen, kam dann gemächlich auf die Pfoten, streckte erst die Vorder-, dann die Hinterläufe und schnürte zwischen den Grabstätten davon, die Nase dicht über dem Boden.

Sie rollte sich auf den Bauch und ließ sich von der Sonne streicheln. Für einen Augenblick stand sie an der Schwelle zum Schlaf, dann drang ein Rascheln und dezentes Räuspern aus einem nahen Busch und ließ sie lächeln.

»Was schleichst du denn hier herum«, sagte sie laut. »Wenn er dich erwischt, reißt er dir die Kehle raus.«

»Ich«, sagte der Busch, »Ähm. Ich schleiche nicht. Ich wollte nur ... also, nicht dass wir uns hier verloren gehen ...«

»Komm raus da«, sagte sie. »Das ist doch albern. Oder warte, bis ich mir etwas angezogen habe.«

Sie angelte nach ihrem Hemd und streifte es über. »Jetzt.«

Die Zweige des Busches bewegten sich, und Wolfram steckte den Kopf heraus.

»Wie sich die Geschichte wiederholt«, sagte sie grinsend.

»Ja«, sagte Wolfram. »Du. Äh. Hast immer noch ziemlich wenig an, oder?«

»Es gibt Männer, die den Anblick meiner Beine außerordentlich zu schätzen wissen.«

»Zu viel Information«, sagte Wolfram und kniff die Augen zusammen.

Im Liegen wand Krona sich in ihre Hose und schnürte sie zu. Zögernd verließ Wolfram seinen Busch und trat zu Krona ans Ufer.

»Pintel und ich sind übereingekommen, dass wir gerne hier für eine Weile unser Lager aufschlagen würden«, sagte er. »Die andauernde Dunkelheit tut uns nicht gut. Wir könnten sehen, ob das Tal noch andere Zugänge in die Minen hat. Ich würde das beinahe annehmen – kein Zwerg, der bei Sinnen ist, würde einen toten König samt Steinsarg und Grabbeigaben diese enge Treppe hochschaffen wollen.«

»Aber das ist ein Friedhof«, sagte Krona zögernd. »Ich habe noch nie auf einem Friedhof geschlafen.«

Wolfram grinste schief.

»So viel Leben, wie ihr zwei hier gerade reingebracht habt, haben diese toten Zwerge ohnehin noch nie gesehen. Ich glaube nicht, dass sie sich an einem sittsamen kleinen Nachtlager stören.«

»Wo du recht hast, hast du recht«, sagte Krona und kam etwas mühsam auf die Beine. »Verdammte Axt. Ich habe tatsächlich auf einem Friedhof gevögelt.«

»Du wirst Verständnis haben, dass ich diesen Teil der Geschichte ein bisschen abwandle, wenn es ans Erzählen geht«, sagte Wolfram. »Sie tritt aus den Schatten ins Licht und schwört im Angesicht der toten Könige einen heiligen Eid, die Unschuldigen zu schützen, oder so.«

»Oh, sie hat geschworen«, sagte Krona grinsend. »Und was sie alles geschworen hat in diesem Teich.«

Ein paar Steinwürfe weiter trafen sie Pintel. Sie suchten eine geschützte Stelle in einer Mulde und schlugen ihr Lager auf, sie brachten es nicht über sich, eine der Begräbnisstätten zu beziehen. Da es noch früh am Tag war, beschlossen sie, das Tal einmal zu umrunden und nach weiteren Eingängen in den Berg zu suchen.

Tatsächlich fanden sie einen, etwa gegenüber ihres Treppenaufganges, einen großen, halbrunden Tunnel, der breit und eben in den Berg hineinführte. Pintel warf der Dunkelheit misstrauische Blicke zu und hielt sich fern. Krona ging ein paar Schritte hinein und sah sich um, soweit das Tageslicht reichte. Es sah hier nicht wesentlich anders aus als im jenseitigen Teil der Minen.

»Es gibt eine Abkürzung«, sagte Pintel von hinten und raschelte mit seiner Karte. »Von hier aus ist es gar nicht so weit bis zu unserer Tür an der Elften Straße. Wir sind bisher nur einen gigantischen Umweg gelaufen.«

Das Papier, auf dem Pintel die Karte angelegt hatte, war inzwischen von Rand zu Rand bekritzelt. Teile seiner Zeichnung hatte er auf weitere Papierbögen ausgelagert. Sie alle gingen inzwischen davon aus, dass ihr schmaler Papiervorrat zu Ende sein würde, ehe sie die Minen vollständig erkundet hatten.

Am Abend schürten sie ein kleines Feuer an ihrem Lagerplatz und brüteten über der Karte. Abgesehen von den weiter entfernten Teilen der Minen gab es noch einen blinden Fleck rund um die riesige Halle, in die sie keinen Weg hinunter gefunden hatten. Sie rätselten, bis die Müdigkeit sie einer nach dem anderen überkam, und obwohl sie nach wie vor keine Ahnung hatten, wie sie Baldur in diesem Königreich aus Stein finden sollten, und ob ihre Annahme überhaupt stimmte, schliefen sie doch mit leichten Herzen ein, allein schon, weil sie die Sterne über sich hatten.

Als Krona erwachte, ging die Sonne gerade über den Gipfeln auf und schmolz die Schatten von den gegenüberliegenden Berghängen. Sie streckte sich und gähnte.

»Guten Morgen, Langschläferin«, sagte Fenrir, der neben ihr am niedergebrannten Lagerfeuer saß.

»Mhm«, murmelte sie träge. Er nahm einen Becher, der in den Resten der Glut gestanden hatte, und reichte ihn ihr hinüber.

»Vorsicht, heiß.«

Der würzige Geruch von Schwarztee strömte ihr entgegen. Sie stützte sich auf die Ellenbogen und trank einen vorsichtigen Schluck.

»Wo sind die anderen?«

»Sie sind schon mal hinüber zu dem Tunneleingang und versuchen, sich mit dem Gedanken anzufreunden, dass wir heute wieder unter Tage müssen.«

»Wie geht es dir?«

»Seit ich weiß, wo der Ausgang ist, prima.«

Sie trank Tee und blinzelte hinauf zu den Berggipfeln mit ihren weißen Kappen.

»Lass uns verschwinden«, sagte sie. »Komm. Wir packen unser Zeug und suchen uns einen Weg über diese Berge. Wir laufen einfach so lange, bis wir ans Meer kommen, und dann nehmen wir ein Schiff und fahren, bis niemand mehr etwas von uns will.«

Fenrir lächelte leicht.

»Und dann?«

»Keine Ahnung. Wir bauen uns eine Hütte am Strand, und wir suchen Früchte im Wald, und wenn es regnet, gehen wir zurück in unsere Hütte und vögeln in aller Ruhe, und dann schlafen wir, und immer so weiter.«

»Schlafen, essen, vögeln. Es braucht nicht viel, um dich glücklich zu machen, Hauptmann.«

»Du kennst mich doch inzwischen.«

»Ja, und ich wundere mich immer wieder, wie eine so kluge Frau ein so schlichtes Gemüt haben kann.«

»Das schlichte Gemüt kommt gleich rüber zu dir, mein Freund.«

Er lachte und zog ihr die Decke weg.

»Mach das. Es ist sowieso hohe Zeit für dich, aufzustehen.«

Während Krona seiner Aufforderung nachkam, trat er die letzten Reste der Glut aus und bedeckte die Feuerstelle mit Zweigen, um sie den Blicken eines zufälligen Betrachters zu entziehen. Ihr Gepäck war leicht geworden, seit ihre Vorräte schwanden, und so schulterten sie ihre Rucksäcke und durchquerten das Tal, um zu den anderen aufzuschließen.

Den Tag verbrachten sie in den Minen mit dem Versuch, einen Überblick über noch mehr Gänge, Schächte und Tunnel zu gewinnen. In östlicher Richtung wurde der Fels zunehmend porös unter ihren Füßen. Steinbrocken ließen sie stolpern, und als sie an einen Einsturz kamen, gaben sie die Richtung auf und kehrten um. Die Stimmung war besser, nun, da sie wussten, dass sie am Ende des Tages wieder unter freiem Himmel sein würden, und sie legten größere Strecken zurück und waren hoffnungsvoller, als sie es lange gewesen waren.

Am nächsten Tag bekräftigte Wolfram seine Theorie, es müsse zwischen Schmiedeberg, der Heimstatt der Könige, und dem Auge der Götter eine breite unterirdische Verbindung geben, über die man einen König angemessen zu Grabe tragen konnte. Sie hielten sich also nördlich und westlich, soweit sie unter Tage die Himmelsrichtungen bestimmen konnten, und tatsächlich waren die Gänge hier breiter und eben, sodass sie gut vorankamen. An den Wänden fanden sie schmiedeeiserne Feuerkörbe, die erstaunlich gut erhalten waren, in denen aber schon lange kein Feuer mehr gebrannt hatte. Sie folgten dem Tunnel über breite Stufenfluchten tiefer in den Berg. Irgendwann blieb Pintel stehen.

»Fertig«, sagte er.

»Womit?«, fragte Krona.

»Papier«, sagte Pintel. »Ich habe keines mehr. Ab sofort müssen wir uns unseren Weg merken.«

»Hier unten, wo alles gleich aussieht?«

Wolfram sah sich um.

»Wir könnten mit Kreide Markierungen an den Wänden anbringen«, sagte er. »Auf mein Merkvermögen würde ich mich hier unten ungern verlassen.«

»Markierungen, die irgendwelche Zwerge, die hier unten herumgeistern, direkt zu unserem Lager führen«, sagte Fenrir. »Keine gute Idee.«

»Hier unten ist niemand«, wandte Wolfram ein. »Als hier unten zuletzt jemand war, haben sie Bjor zu Grabe getragen, und das ist ein paar hundert Jahre her.«

»Hat jemand von euch Kreide?«, fragte Krona. »Ich habe keine.«

Die anderen schüttelten die Köpfe.

»Seht ihr«, sagte Krona. »Diskussion beendet.«

Sie nahm ihren Rucksack ab und kramte darin herum, bis sie ein Stück Leintuch gefunden hatte, in das einmal Brot eingewickelt gewesen war. Sie nahm es und riss es über ihrer Messerklinge in Stücke.

»Markierung«, sagte sie und ließ einem Stofffetzen fallen. »Ab hier gilt die Karte. Rückwärts betrachtet, natürlich. Wir gehen ab jetzt nur noch geradeaus, und wenn wir uns für einen Weg entscheiden müssen, hinterlassen wir eine Markierung. Anders geht's nicht.«

»Und wenn irgendein Spaßvogel die Markierungen entfernt?«, fragte Fenrir.

»Du meinst den Spaßvogel, den es hier unten seit dreihundert Jahren nicht gegeben hat?«, hielt Wolfram dagegen.

»Dann hat sich einer von euch besser den Rückweg gemerkt«, sagte Krona. »Auf, bevor ich hier noch Wurzeln schlage.«

Der Tunnel führte eine beruhigende lange Weile geradeaus, bevor er die Gefährten in eine riesige Säulenhalle brachte, so groß, dass ihr Licht die andere Seite nicht erreichte. Wie mächtige, jahrhundertealte Eichen ragten die Säulen vor ihnen auf, die ersten beiden hell von ihrer Lampe angestrahlt, glatt polierter Stein, in den lange Reihen von Zwergenrunen eingemeißelt waren, die anderen schemenhaft dahinter, eine unendliche Reihe steinerner Wächter im schwindenden Licht.

»Soll ich …?« Pintel streckte die Hände nach vorne aus und wackelte mit den Fingern.

»Nein!« Fenrir wirkte plötzlich angespannt. »Still.«

Er senkte den Kopf, lauschte, während die anderen sich möglichst ruhig verhielten. Fenrir machte einige Schritte zwischen die Säulen. Krona packte ihn am Arm, aber er zog sie einfach mit sich, sah sie eindringlich über die Schulter an und legte den Finger über die Lippen.

Das kaum hörbare Flüstern ihres Schwertes, als sie es aus der ledernen Scheide zog, erschien ihr viel zu laut.

Die anderen folgten, und so leise wie möglich bewegten sie sich zwischen den Säulenreihen hindurch in die Dunkelheit.

»Lampe aus«, flüsterte Fenrir irgendwann.

»Was?!«, zischte Pintel.

Wolfram, der die Lampe hielt, wechselte einen Blick mit dem kleinen Zauberer, dann zog er den Ärmel seiner Robe zurecht und deckte das Licht ab, so gut es ging.

Fenrir ging voran, Krona hielt sich neben ihm und bekämpfte das beängstigende Gefühl, dass jeder nächste Schritt ins Leere gehen konnte. Nach ein paar Dutzend Schritten blieb Fenrir stehen.

Ein schwacher Lichtschein drang zwischen den Säulen zu ihnen. Er flackerte wie Feuerschein und schien direkt aus dem Boden zu kommen. Sehr entfernt hörten sie auch Stimmen, vermischt mit einem Rumpeln und Hämmern wie aus einer Werkstatt.

In höchster Alarmbereitschaft näherten sie sich und stießen tatsächlich auf ein kreisrundes Loch im Boden, in das eine steile Treppe hineinführte.

Pintel schlich sich an das Loch heran, legte sich auf den Bauch und rutschte bis zum Rand. Er warf einen kurzen Blick hinunter, dann kam er zurück.

»Man sieht nichts«, sagte er leise. »Ein Treppenschacht durch den Fels, und darunter irgendein größerer Raum, aber alles, was ich sehe, sind Stufen.«

»Nach dem Geräusch sind es eine Menge Zwerge«, flüsterte Krona. »Und sie arbeiten etwas. Und haben offenbar nichts zu verbergen, so viel Lärm, wie sie machen.«

»Oder rechnen nicht mit Besuch«, ergänzte Wolfram ebenso leise. »Wenn jemand nichts zu verbergen hat, hat er seine Werkstatt für was auch immer oben in einer der Städte, und nicht hier unten.«

Sie sahen sich an.

»Ich gehe«, sagten Pintel und Fenrir gleichzeitig.

»Ich bin kleiner«, sagte Pintel.

Alle sahen zu Krona. Die zögerte, dann nickte sie schweren Herzens.

»Du gehst«, sagte sie zu Pintel. »Wenn was ist, schrei. Ich komme sofort.«

Pintel grinste nervös.

»Das weiß ich.«

Sie sahen zu, wie er leise die Treppe betrat und nach unten verschwand. Krona rückte auf und folgte Pintel mit den Blicken, solange sie konnte. Nur Augenblicke später war Pintel zurück, stand auf den Stufen unter ihnen und winkte heftig. Eilig schlossen die Gefährten zu ihm auf.

»Das müsst ihr euch ansehen«, wisperte Pintel in höchster Aufregung. »Es gibt einen Treppenabsatz, von wo aus man runterschauen kann.«

Eilig und so leise wie möglich folgten sie ihm in den Schacht.

Die Treppe führte hinunter in einen großen, niedrigen Raum, der angefüllt war mit Licht und Betriebsamkeit. Die Gefährten kauerten sich auf einen Treppenabsatz direkt unter der Decke nieder und sahen sich um.

Vier oder fünf Dutzend Zwerge, wenn nicht mehr, waren hier am Werk. Eine gemauerte Esse war in Betrieb, an der zwei Zwerge einen gewaltigen Blasebalg bedienten. In einem riesigen steinernen Becken ruhte flüssiges Metall und ließ die Luft darüber wabern. Werkstücke wurden in großen Kübeln abgekühlt und schickten zischend und fauchend Nebelschwaden zur Decke. Über allem lag das Klingen von zahlreichen Hämmern.

Für einen Augenblick dachte Krona, in eine Waffenschmiede zu schauen, doch die Werkstücke waren zu groß und zu unförmig, um Waffen sein zu können.

In der Mitte des Raumes erhob sich ein steinernes Podest, zu dem einige Stufen hinaufführten. Dort stand ein Zwerg, den sie nur zu gut kannten, und studierte Pläne, die er vor sich auf einem steinernen Tisch ausgebreitet hatte.

»Baldur«, flüsterte Wolfram atemlos. »Was ist das? Was macht er da?«

Rasch überschlug Krona ihre Möglichkeiten. Sie hatte keine – zu viele Zwerge, mit Feilen, Hämmern und Schürhaken bewaffnet, befanden sich zwischen ihr und Baldur.

»Rückzug«, flüsterte sie. »Bevor sie uns sehen!«

Vorsichtig zogen sie sich die Treppe hinauf zurück, bis sie in Sicherheit waren.

»Erklär mir einer, was da vor sich geht«, sagte Krona leise.

»Sie bauen etwas«, sagte Fenrir. »Etwas Großes. Ich habe Teile davon an der hinteren Wand lehnen sehen.«

»Kriegsgerät?«, fragte Krona ratlos. »Warum sollte jemand im Inneren einer Festung Kriegsgerät bauen?«

»Beaufsichtigt von Gyldinn«, sagte Wolfram. »Nein, ich glaube nicht, dass sie Kriegsgerät bauen. Habt ihr sie nicht gesehen?«, fragte er, als er die verständnislosen Gesichter der anderen bemerkte. »Dieser riesige Bottich mit dem flüssigen Feuer darin. Das wird sie gewesen sein. Sie kann ihre Gestalt verändern, oder nicht? Das heißt, auch für sie gibt es eine Art Ruhezustand.«

»Für mich war das irgendein geschmolzenes Metall«, sagte Krona.

»Aha«, sagte Wolfram. »Und wie halten sie eine solche Menge Metall flüssig? Es war kein Feuer drunter, kein Blasebalg, nichts. Niemand hat sich um dieses Feuerbecken gekümmert.«

»Alle Götter«, sagte Pintel verzagt. »Vermutlich hast du recht. Sie bauen das verdammte Portal.«

»Aber sie haben den Markstein nicht«, sagte Krona. »Sie haben nur ein paar Schädel …«

»Die sie womöglich gar nicht brauchen«, sagte Pintel. »Wenn Gyldinn und Baldur ihre Fähigkeiten vereinen …«

»Wird nicht passieren«, knurrte Krona. »Ich gehe runter und steche ihn ab!«

»Und nun zu einem aussichtsreichen Plan«, sagte Wolfram. »Wir müssen an den König ran.«

»Wir sind offiziell nicht mehr hier! Wir können uns hier nicht mal eine Bratwurst kaufen!«

»Es gibt einen Zwerg, an den wir rankommen«, sagte Pintel. »Regar. Er muss sich etwas einfallen lassen, sonst brennt ihm hier sein Lebenswerk ab.«

Krona war alles andere als begeistert von dem Plan, den sie nun im Gehen entwickelten, aber auf dem ganzen langen Weg quer durch die Minen bis hinüber zur Tür an der Elften Straße fiel ihr nichts Besseres ein.

Ihrem Zeitgefühl nach war es Abend, als sie endlich an der Tür anlangten. Zu ihrer Freude fanden sie zwei Krüge mit Steinöl sowie einen großen, runden Laib Brot, der sich als ein wenig altbacken erwies, als sie ihn anschnitten. Es musste zwei oder drei Tage her sein, dass Regar die Vorräte hier deponiert hatte.

Sie warteten, bis sie sicher sein konnten, dass die Nacht hereingebrochen war. Dann lieh Pintel sich Fenrirs Umhang, um seine dünne Statur zu verbergen. Das Kleidungsstück war ihm natürlich viel zu lang, und er stopfte sich den überschüssigen Stoff in den Gürtel. Die Kapuze zog er sich tief in die Stirn.

»Es hat nicht zufällig jemand einen falschen Bart dabei?«, fragte er und grinste schief.

»Ich hasse diesen Plan«, sagte Krona. »So sehr, ihr macht euch keine Vorstellungen.«

»Ich komme durch, keine Sorge«, sagte Pintel. »Es ist dunkel, und auf diesen Straßen ist nachts kein Zwerg unterwegs. Ein Kinderspiel.«

Krona seufzte und zog Pintel an sich.

»Pass auf dich auf, verstanden?«

Er lächelte ihr zu, machte sich sanft los und verschwand lautlos wie ein Schatten durch die Tür.

Einmal mehr begann das lange Warten. Sie füllten ihre Lampen auf und machten es sich bequem, so gut es ging. Sie aßen von dem Brot und tranken Wasser, das sie im Auge der Götter abgefüllt hatten. Es war schal und hatte den muffigen Geschmack ihrer Trinkschläuche angenommen.

Krona streckte die Beine aus und lehnte sich gegen Fenrir. Sie fühlte sich zerschlagen nach dem langen Tagesmarsch, aber vor lauter Anspannung unfähig, zu schlafen.

»Erzähl eine Geschichte, Wolfram«, bat sie. »Eine mit einem glücklichen Ende.«

»Hm«, sagte Wolfram. »Hildingur?«

»Erzählst du den immer noch?«

»Man braucht immer ein paar Sachen, die man noch im Halbschlaf erzählen kann. Hildingur und ich, das ist wie eine langjährige Ehe. Nicht besonders aufregend, aber man weiß, was man aneinander hat.«

»Na dann. Blut und Schlachten und Heldentaten haben ja immer etwas Beruhigendes.«

Wolfram schlug ein paar Akkorde und begann seine Erzählung. Er erzählte ausführlich und kunstfertig, doch als seine Geschichte endete, ging das Warten immer noch weiter. Sie reichten sich den Wasserschlauch herum und starrten in die Dunkelheit.

Krona war nicht sicher, ob sie nicht doch ein Weilchen an Fenrirs Schulter geschlafen hatte, als ein Kratzen und Schaben sie plötzlich wach machte. Sie sprangen alle auf die Füße. Wolfram riss die Lampe an sich, die zwischen ihnen auf dem Boden gestanden hatte. Krona zog ihr Schwert, Fenrir sein Messer.

Dann öffnete sich die Tür. Licht drang zu ihnen. Krona erkannte Pintels Umriss und daneben die breitschultrige Gestalt eines Zwergen. Eiskalter Schreck durchzuckte Krona, der sofort darauf von ungläubiger Freude abgelöst wurde.

»Lomir?!«

»Nicht so laut!«

Lomir schob sich durch die schmale Tür, sein Grinsen war mindestens so breit wie seine Schultern. Krona ging in die Knie und fand sich gleich darauf in einer Umarmung, die ihre Rippen quetschte und ihr die Luft zum Atmen nahm.

»Krona! Alle Götter, es tut so gut, dich zu sehen. Fenrir! Lass dich umarmen, mein Junge!« Lomir wechselte zu Fenrir, der seine Umarmung herzlich erwiderte.

»Die anderen auch da? Alle gesund?«, fragte Krona Pintel, der in der Tür stand und strahlte wie der junge Morgen.

»Ja, und ja«, sagte er. »Sie haben aufgeholt, weil Lomir jemanden kannte, der ihm Ponys geliehen hat. Aber die haben sie nicht dabei, sie haben sie irgendwo draußen gelassen. Und Lianna, wenn mich nicht alles täuscht, kriegt sie ein Kind! Sie hat ganz andere Kleider an, und so ein kleines Bäuchlein drunter.«

»War abzusehen«, sagte Krona. »Sie hat ja schon den Südlichen Kontinent vollgekotzt.«

»Das Schiff, das sie hatten, war richtig schnell«, plapperte Pintel weiter. »Stell dir vor, zwei Masten statt einem! Tausend Segel, mindestens, und sie konnten damit schneller segeln als der Wind, oder so ähnlich, ich habe nicht so genau zugehört, ich war so aufgeregt!«

»Ist gut«, sagte Krona. »Schnapp nicht über. Ich bin übrigens froh, dass du den Weg geschafft hast, ohne dass sie dich aufgegriffen haben.«

»Woher wusstet ihr, wo ihr uns finden werdet?«, fragte Fenrir. »Ihr könnt unmöglich noch über Breitenbach gereist sein.«

»Hätten wir sollen?«, fragte Lomir. »Ach so, du meinst, wegen einer Nachricht. Habt ihr eine hingeschickt? Nein, wir gingen in Südhafen an Land, wie ihr. Durch Zufall gerieten wir an ein Gasthaus, in dem kürzlich jemand mit Münzen aus Aksum bezahlt hatte. Deine Art zu feiern, Krona, hat dort Eindruck hinterlassen. Man erinnerte sich an dich. Und das ist der Spielmann, dessen Spur wir nach Erendor gefolgt sind?«

»Wolfram von Kürenberg, mein Lied Euch stets zu Diensten.« Wolfram verbeugte sich ehrerbietig. »Ich habe nichts als großartige Geschichten über Euch gehört, Meister Feuerbeil.«

»Sag ihm, dass ich mir das Luftschiff nicht ausgedacht habe«, drängte Pintel. »Er wollte es mir nicht glauben!«

»Es ist die Wahrheit«, sagte Krona. »Hätten wir das mal früher gewusst. Für euch wäre da auch noch Platz gewesen.«

»Und jetzt?«, fragte Fenrir. »Wir haben Neuigkeiten. Wie ist die weitere Vorgehensweise?«

»Eure Neuigkeiten kennen wir schon«, sagte Lomir. »Pintel war so frei. Aber ihr kennt unsere nicht. Es liegt eine Armee der Menschen vor den westlichen Toren.«

»Wie bitte? Was?«

»Vielleicht nicht die größte Armee aller Zeiten, aber ein paar hundert Krieger, viele Bauern, aber auch Ritter. Sie haben Belagerungsgerät. Sie kommen von den umliegenden Burgen, wenn ich die Fahnen richtig deute, aus Veldenstein, von den Burgen entlang der Westseite Erendors. Die Fahnen derer von Giech konnte ich erkennen, die Rabenfelser, die von Zwernitz und Greifenstein.«

»Aber warum …?«

Lomir verzog das Gesicht.

»Wir haben sie nicht gefragt. Wir waren froh, hinter den Reihen vorbei zu kommen und durch einen Seiteneingang reingelassen zu werden.«

»Sie haben eine Menschliche reingelassen, mit einer Armee aus Menschen vor ihren Toren?«

Lomir grinste humorlos.

»Ältester Trick der Welt. Wir haben Lianna als unsere Gefangene ausgegeben. Eine Spionin, die wir an den Hängen aufgegriffen hätten.«

Kronas Gedanken überschlugen sich. »Das ist nicht gut. Wir haben Baldur, der irgendeine Teufelei zusammenbastelt, und eine Armee vor dem Tor, die offenbar ganz eilig aus dem Boden gestampft wurde. Ich mag nicht an einen Zufall glauben. Wenn das losgeht, sitzen wir zwischen Hammer und Amboss. Wir brauchen jemanden, der uns zuhört!«

»Wir können uns derzeit in Erendor nicht mal frei bewegen«, sagte Fenrir düster. »Geschweige denn, jemanden dazu bringen, uns zuzuhören.«

»Wir kümmern uns darum«, sagte Lomir. »Wir haben inzwischen eine Idee entwickelt. Brainn hat nämlich nicht nur diesen einen Sohn. Es gibt noch Bragi, den Jüngeren der beiden. Er ist ein Diener Gròrs. Thork wird womöglich zu ihm vorgelassen, wenn wir es geschickt anstellen.«

»Und bis dahin sitzen wir hier herum und warten.«

»Nicht zwangsläufig hier«, sagte Fenrir. »Ich möchte zurück in das Auge der Götter.«

»Wo sind Lianna und Arik jetzt?«, erkundigte Krona sich.

»Regar hält sie versteckt«, sagte Lomir. »In seinem Weinkeller. Wir überlegen, ob wir sie zu euch rüberschmuggeln sollen. Regars Weinkeller ist nicht der sicherste Ort, aber zwei Menschen in ein Boot zu verladen und unbemerkt durch die Stadt zu fahren, ist auch nicht gerade ein Kinderspiel. Wir haben uns noch nicht entschieden.«

»Hätte er mich mal in seinem Weinkeller versteckt, dann hätte ich jetzt bessere Laune«, sagte Krona düster.

Sie verabredeten sich für die nächste Nacht an der Tür. Pintel blieb in den Minen, und Lomir verabschiedete sich, er hatte es eilig, noch vor dem morgendlichen Händlerverkehr zu Regar zurück zu kommen.

Als er durch die Tür verschwunden war, machten sie sich auf den Weg in das versteckte Tal. Sie waren alle müde von den langen Märschen des Tages, aber das Bedürfnis nach freiem Himmel war größer, und die Gewissheit, die vermissten Freunde in der Nähe zu haben, hob ihre Stimmung.

Der Mond war bereits untergegangen, als sie im Tal ankamen und in der Mulde ihr Lager aufschlugen. Sie verzichteten auf ein Feuer, die Luft war kühl, aber mild, und legten sich sofort zum Schlafen.

Als sie einer nach dem anderen erwachten, ging es bereits gegen Mittag. Sie alle verspürten wenig Lust, einen Streifzug in die Minen zu unternehmen. Gegen Nachmittag raffte Krona sich auf, nahm Pintel und eine Laterne und ging nachsehen, ob in der unterirdischen Werkstatt wieder gearbeitet wurde. Wie am Tag zuvor schlich Pintel sich hinunter bis auf den Treppenabsatz und kam eilig zurück.

»Es sind mehr als gestern«, flüsterte er. »Und sie beeilen sich richtig. Baldur war diesmal nicht dabei, aber ein anderer Zwerg auf diesem Kommandostand.«

»Gyldinn?«

»Nein. Nur wieder das Becken mit der feurigen Masse drin. Soll ich nochmal gucken gehen?«

»Nein. Zu gefährlich.«

Sie kehrten zurück in das versteckte Tal. Die langen Strahlen der Nachmittagssonne wärmten den Fels und glitzerten auf dem stillen Wasser des Sees. Krona ging Fenrir suchen und fand ihn schließlich am Ufer, wo er auf den warmen Steinen lag und sich die Sonne auf den Pelz scheinen ließ. Er streckte sich und stemmte seine Pfoten in ihre Seite, als sie sich neben ihm niederließ. Sie kraulte seinen Pelz, doch zu mehr als einem leisen Brummen war er nicht zu bewegen.

In der Nacht statteten sie der Tür einen weiteren Besuch ab, fanden jedoch nur einen Zettel vor, den jemand unter der Tür durchgeschoben hatte.

Wir arbeiten daran. Wartet im Auge der Götter, wir werden euch dort aufsuchen. Der Ort ist sicher, solange nicht gerade ein König stirbt. Gruß, Lomir.

Krona stöhnte wild, als Pintel die mageren Zeilen verlesen hatte.

»Wenn ich noch einmal auf irgendetwas warten muss, gehe ich runter und mische ein paar Zwerge auf, alleine aus Langeweile!«

»Das wirst du bleibenlassen«, sagte Fenrir düster. »Wir alle werden uns noch zu den leeren Wartezeiten zurücksehen, merkt euch meine Worte.«

Drei Tage vergingen, in denen sie niemanden zu Gesicht bekamen. Tagsüber wurden sie von der Sonne gewärmt, und nachts spannte sich ein klarer Sternenhimmel über sie. Fenrir ging jagen und brachte einige Stunden später zwei Schneehasen, die deutliche Spuren eines Raubtiergebisses trugen und ihren Speiseplan erfreulich aufbesserten.

Am Nachmittag des dritten Tages hielt Krona den Müßiggang nicht länger aus. Von einem Haselstrauch schnitt sie zwei Äste, entfernte die Rinde und brachte sie auf die richtige Länge. Wolfram saß nahebei, an einen Stein gelehnt, und zupfte gedankenverloren auf seiner Laute herum. Er erschrak sichtlich, als sie ihm einen der Stecken hinhielt.

»Kannst du's noch?«

»Was? Einen Stecken halten?«

»Mit einem Schwert umgehen«, sagte sie ungeduldig. »Bist du in Übung?«

»Äh – nein. Ich dachte, ich stehe ganz hinten und singe anfeuernde Lieder, wenn es zum Äußersten kommt.«

»Das kannst du ja tun, aber im schlimmsten Fall solltest du dich wehren können.«

Er seufzte, stellte seine Laute weg und kam auf die Füße.

»Du brauchst ja nur gerade jemanden, den du anschreien kannst.«

»Warum nicht das Nützliche mit dem Angenehmen verbinden? So, nimm das Ding. Nimm es fester, meine Güte.«

»Ja, ich weiß. Das ist ein Schwert, kein Strickzeug.«

»Was? Egal. Du wirst es ziemlich sicher mit einem Gegner zu tun haben, der kleiner ist als du. Welche Hut brauchst du?«

»Welche was?«

»Pflug. Hand in Hüfthöhe, Schwertspitze zielt auf den Kopf des Gegners. Hüfte, Himmelarsch, wo hast du denn deine Hüfte? Pflugparade geht so.«

Sie zeigte ihm den Ablauf und ließ ihn die Bewegung nachvollziehen. Wolfram mühte sich gehorsam, aber er sah dabei nicht aus wie ein Krieger. Sie musterte seine knochige Statur. Es war wenig Kraft in seinen Armen; unwahrscheinlich, dass er einem gepanzerten Zwerg beikam.

»Du verteidigst dich, wenn es nötig wird, und ziehst dich zurück«, sagte sie. »Versuch nichts Heldenhaftes, das wird nicht funktionieren. Pintel!«

»Hier!«, kam es aus einiger Entfernung.

»Antreten!«

Pintel kam angesprungen und musterte neugierig die kleine Kampfschule. Krona drückte ihm den Stecken in die Hand und schob ihn in Wolframs Richtung.

»Du musst mir einen Zwerg markieren. Du greifst unseren Musikanten so an – Dachschlag – genau, beide Hände ans Schwert und dann über den Kopf, und gib ihm. Feste!«

Pintel schlug zu wie geheißen, und Wolfram parierte.

»Und das jetzt hundertmal«, sagte Krona. Beide sahen sie entgeistert an. »Was?«, schrie sie. »Sehe ich so aus, als hätte ich einen Spaß gemacht? Bewegt euch, oder ich bewege euch!«

Sie trieb die beiden an, bis keiner von beiden mehr die Arme heben konnte, was nach geradezu erschreckend kurzer Zeit der Fall war. Auch Fenrir hatte sich inzwischen eingefunden, er hockte auf einem Felsen und betrachtete müßig die Bemühungen der Kampfschüler. Als Krona die beiden entlassen hatte, sprang er vom Felsen und schlenderte zu ihr hinüber.

»Pintel sollte lieber bei seinen Zaubern bleiben«, sagte er. »Und Wolfram … nun, es besteht die Hoffnung, dass er schneller rennen kann als ein gerüsteter Zwerg.«

»Ich weiß«, sagte sie. »Aber ich kann nicht den ganzen Tag hier herumsitzen und nichts tun.«

»Das musst du vielleicht auch nicht«, sagte er, legte den Kopf schief und lauschte konzentriert.

»Stiefel. Genagelte Sohlen. Zwergisch. Drei Leute.«

Krona sprang zu ihrem Schwert, das sie für den Unterricht abgelegt hatte, und riss es aus der Scheide. Fenrir war inzwischen leichtfüßig auf einen flachen Felsbrocken gesprungen und hielt Ausschau.

»Entwarnung«, sagte er gleich darauf und klang gleichermaßen erleichtert wie erfreut. »Zwei der Zwerge kommen mir doch sehr bekannt vor.«

Die letzten Schritte gingen sie den Neuankömmlingen entgegen. Lomir rief ihnen schon von ferne einen fröhlichen Gruß zu. Er hatte Nardon mitgebracht sowie einen Zwerg, den sie nicht kannten. Er hatte schwarzes Haar und einen langen Bart, den er zu einem schlichten Zopf geflochten und in den Gürtel gesteckt hatte. Auf den zweiten Blick erinnerte er an Baldur, aber seine Statur war weniger imposant, die Schultern schmaler, und ein sichtbarer Bauchansatz rundete sich über seinem Gürtel. Er trug weite, helle Roben und auf der Brust ein goldenes Symbol, das dem von Thork ähnelte.

Krona begrüßte ihre Freunde herzlich und stellte Wolfram und Nardon einander vor, ehe sie sich an den Fremden wandte.

»Bragi, nehme ich an? Baldurs Bruder.«

»Frau Feuerfaust. Es ist mir eine Ehre.«

»Äh … ja. Mir auch.« Sie warf einen düsteren Blick zu Wolfram, der unschuldig lächelte.

»Ihr bringt Neuigkeiten, hoffe ich?«

»Ja. Seid Ihr bereit zum Aufbruch? Ich nehme Euch mit zu meinem Vater. Die Angelegenheit muss ihm zu Gehör gebracht werden.«

Krona gürtete ihr Schwert und schulterte ihren Rucksack. »Fertig.«

Auch die anderen hatten in Windeseile ihre Sachen zusammengeräumt, und binnen Kurzem brachen sie auf. Zu ihrer Überraschung führte Bragi sie nicht zurück in Richtung der Elften Straße, sondern auf die breite Verbindungsstraße, die von der östlichen Seite des Tales in den Berg führte und dann nach Norden abbog.

»Hier in der Nähe hat Baldur seine geheime Werkstatt«, sagte Fenrir. »Könnt Ihr nicht gehen und ihn zur Vernunft bringen?«

Bragi verzog das Gesicht.

»Das möchte ich lieber meinem Vater überlassen. Es steht nicht zum Besten zwischen meinem Bruder und mir.«

»Wird er uns glauben?«, fragte Pintel. »Ich meine, wir sind nur ein paar Fremde, die den Thronfolger anschwärzen.«

»Ich habe meine Beobachtungen gemacht«, sagte Bragi. »Wir alle haben das. Dutzende von hoch angesehenen Schmieden lassen ihre Essen erkalten und sind tagelang wie vom Erdboden verschluckt. Wenn sie wiederkommen, wollen sie nicht sagen, wo sie gewesen sind. Baldurs Gedanken werden immer dunkler. Er schürt den Hass auf die Menschen, und jetzt, da wir tatsächlich eine Armee vor den Toren haben, hat er Zulauf wie noch nie.«

»Aber warum?«, fragte Pintel ratlos.

»Weil er ein machtgeiler Arsch ist«, sagte Krona grimmig. »Und weil ich mittlerweile glaube, dass es nur einen einzigen vernünftigen Zauberer auf der ganzen Welt gibt, und das bist du.«

»Könnten wir uns darauf einigen, dass wir dem König gegenüber eine andere Formulierung gebrauchen?«, fragte Wolfram.

»Wir einigen uns darauf, dass du das Sprechen übernimmst«, sagte Fenrir. »Soweit waren wir schon mal.«

Im schwankenden Schein ihrer Laternen führte Bragi sie eine lange Treppenflucht hinunter und nach links in einen Tunnel. Weiter vorne erwartete sie Lichtschein.

»Ich habe ein Boot bestellt«, sagte Bragi. »Wir werden euch auf rückwärtigen Wegen in die Heimstatt bringen, um weniger Aufsehen zu erregen.«

Bragis Boot war nahezu zehn Schritte lang und hätte einem Dutzend Zwerge bequem Platz geboten. Vier Ruderer hielten sich bereit, und Bragi stieß das Boot vom Ufer ab, kaum dass der Letzte der Gefährten an Bord war.

Pintel neben ihr seufzte tief.

»Ihr habt mir so gefehlt«, sagte er. Nardon lächelte.

»Ihr uns auch. Zumal wir ja nicht wussten, wie es euch ergangen ist. Glaubt mir – euch zurückzulassen war nicht gerade einfach.«

»Um dann noch festzustellen, dass ihr nach uns abgereist, aber vor uns angekommen seid«, fügte Lomir hinzu. »Beim Barte Gròrs! Ich werde Jahre brauchen, bis ich mich von diesem herben Schlag erholt habe.«

»Warum habt ihr Lianna und Thork nicht dabei?«, fragte Pintel. »Es geht ihnen doch gut, oder?«

»Sie bringen die Menschen auf direktem Weg zur Heimstatt«, erklärte Lomir. »Unser Freund Bragi hat eine Eskorte bestellt, die bis an die Zähne bewaffnet ist und den Auftrag hat, die beiden nötigenfalls vor jeder Art von Volkszorn zu schützen. Als Thork das Wort *Volkszorn* auffing, war er nicht mehr von Liannas Seite zu bewegen. Wir treffen sie alle also beim König.«

Rasch zogen die dunklen Tunnelwände an ihrem Boot vorbei. Dann drang von weiter vorne Licht zu ihnen, Stimmen, Ruderschlag und Betriebsamkeit wie von einer großen Geschäftsstraße wurden hörbar. Ehe sie diese noch erreicht hatten, bogen die Ruderer in einen Seitengang ab, der dunkel und so schmal war, dass sie die Ruder einziehen mussten. An den Wänden verliefen Taue durch dicke eiserne Ösen, und die Ruderer zogen das Boot daran vorwärts.

»Kopf einziehen«, warnte Bragi gerade noch rechtzeitig. Sie duckten sich, und nur eine Fingerbreite über ihnen strich die Decke vorbei.

Sie bogen noch mehrmals links und rechts ab, überall hier war es dunkel und eng, es gab Stellen, an denen nicht einmal die Taue vorhanden waren und die Ruderer ihre Ruder zum Staken benutzen mussten. Mehrmals kratzte der Bootsrumpf hässlich an den Wänden entlang Dann endlich öffnete sich der Gang in eine kleine Höhle. Wasser plätscherte an ein steiniges Ufer, und hinter einem kleinen hölzernen Steg führte eine Tür weiter in den Berg.

Die Ruderer zogen das Boot an den Steg und hielten es dort fest, bis die Gefährten ausgestiegen waren.

Bragi hieß den Ruderern, hier zu warten, zog einen Schlüssel aus den Falten seines Gewandes und sperrte die Tür auf.

»Die Heimstatt der Könige«, sagte er mit einer Handbewegung. »Der rückwärtige Kellereingang und Fluchttunnel, aber unter diesen Umständen sollte das genügen. Seid gewiss, dass wir unseren Gästen normalerweise mehr Ehrerbietung entgegenbringen.«

Durch eine lange Reihe von Kellerräumen führte Bragi sie in ein kleines Treppenhaus, in dem sie hinaufstiegen. In regelmäßigen Abständen gingen Türen davon ab, doch Bragi folgte der Treppe, bis sie in einem kleinen Vorraum endete. Weiter ging es durch Wirtschaftsräume, bis sie in ein größeres Treppenhaus gelangten. Hier gab es auch Fenster, die hinunter auf den See gingen. Steil wendelte die Treppe sich hinauf, und sie stiegen so lange, bis Krona glaubte, irgendwann demnächst müssten sie auf der Spitze der gewaltigen Turmsäule angekommen sein. Durch eine weitere Tür brachte Bragi sie in einen Wohn- und Arbeitskomplex und über ein Gewirr an Gängen in ein weiteres Treppenhaus, eine breite, flache Flucht an Stufen diesmal, aus hellem Stein gehauen und geschliffen. Hier trafen sie auch zum ersten Mal andere Zwerge, die ihnen lange, misstrauische Blicke zuwarfen, obwohl Bragi jeden von ihnen freundlich und mit dem Namen begrüßte.

Am oberen Ende der Treppenflucht erwartete sie ein riesiges, zweiflügeliges Portal aus schimmernder Bronze. Feinste Kunstschmiedearbeit war darauf angebracht: zwei Bäume, einer auf jedem Portalflügel, die tief im Erdreich wurzelten und ihre Äste vor einem mächtigen Sternenhimmel miteinander verschränkten. Vor dem Portal wurden sie bereits erwartet: Lianna und Thork standen dort, abgeschirmt von einem halben Dutzend Zwergenkriegern.

»Lianna!«, schrie Pintel entzückt, schlüpfte zwischen der Leibgarde hindurch und warf sich der jungen Frau an den Hals. Auch die übrigen Gefährten begrüßten sich herzlich.

»Endlich«, sagte Krona und sah von einem zum anderen. »Hat ja lange genug gedauert.«

Lianna sah mit ihren kurzen Haaren immer noch ungewohnt aus, aber etwas Weiches haftete ihr an, ein inneres Strahlen, das Krona nicht an ihr kannte. Sie trug ein locker gegürtetes Kleid, und wenn sie sich bewegte, sah man die kleine Wölbung ihres Bauches. An der Hand trug sie einen schmalen Kupferring.

Die beste Zeit, um ein Kind von einem Zwerg zu bekommen, wirklich.

Sie packte Lianna und zog sie in eine nicht völlig unsanfte Umarmung.

»Geht es dir gut, Mädchen? Alles in Ordnung?«

»Ja. Alles bestens. Ach, es ist schön, dich wiederzusehen, Krona.«

Krona grinste.

»Hört, hört.«

Bragi packte die Türklinke und schob. Majestätisch öffnete sich der Flügel des Portals, und Bragi musste mit seinem ganzen Gewicht dagegen halten, um den Türflügel wieder zu bremsen.

Dahinter erstreckte sich ein großer, lichtdurchfluteter Raum. Der Boden war mit feinen Mosaiken belegt, die Wände bedeckt von großen, schweren Bannern, auf denen Wappen abgebildet waren, die Krona nicht kannte.

Die Schritte der Gefährten hallten, als sie den Saal betraten und auf ein großes Podest am rückwärtigen Ende zugingen. Einige Stufen führten hinauf, und oben befand sich ein gewaltiger steinerner Thron, und dort saß Brainn, Sohn des Borkur, Sohn des Bjor, König Unter Dem Berg.

Bragi blieb auf den Stufen stehen und verbeugte sich tief. Die anderen folgten seinem Beispiel.

Brainn war selbst für zwergische Verhältnisse sehr alt. Sein Haupthaar und sein langer, gegabelter Bart waren schneeweiß, seine Augen überschattet von dichten weißen Augenbrauen. Seine Nase war enorm, genauso wie sein Lächeln, als er sich zu den Besuchern beugte. Krona begegnete seinem Blick, und eine Welle der Erleichterung rauschte durch sie und ließ sie mit weichen Knien zurück. In Brainns Blick lag nichts als Weisheit und Güte.

»Ich höre, Ihr habt Ori Goldschläger davon überzeugt, dass seine Angelegenheiten mit dem Königshaus warten können«, sagte er. Seine Stimme war nicht sonderlich laut, aber eindrucksvoll. »Und dann hat mein ältester Sohn Euch abgefangen.«

»Wir kommen mit dringlichen Neuigkeiten, mein König«, sagte

Wolfram. »Und seit wir hier sind, haben sie noch an Dringlichkeit gewonnen. Womöglich hat Prinz Baldur das geahnt und wollte Sorge von Euch fernhalten.«

»Ja«, sagte Brainn und sah einen nach dem anderen lange an. »Womöglich. Wolfram Skaeldin! Euch kenne ich noch aus Zeiten, als Ihr noch viel jünger wart und ich schon ebenso alt. Ich bin sicher, Ihr könnt auch eine unerfreuliche Geschichte unterhaltsam darbringen.«

»Ich werde mich bemühen, mein König.«

Der König lehnte sich bequem in seinem Thron zurück, und Wolfram begann zu erzählen. Er hielt sich ungewöhnlich eng an das, was tatsächlich geschehen war. Brainn ließ ihn erzählen, ohne ihn zu unterbrechen. Als Wolfram geendet hatte, seufzte der König schwer.

»Ich würdige Euer Bemühen, mir die bittere Pille zu versüßen«, sagte er. »Aber wenn der Honig zergangen ist, bleibt der Verdacht, dass mein älterer Sohn fehlgeleitet ist und schädliche Gedanken ihn bewegen. Es wundert mich nicht, Anzeichen hierfür gibt es schon lange. Als König muss ich eine Bedrohung für mein Reich abwenden. Als Vater muss ich mich fragen, was ich falsch gemacht habe. Wie konnte er nur so dunkle Wege einschlagen?«

»Auf diese Frage werdet Ihr keine Antwort finden«, sagte Krona. »Ihr werdet sie Euch nur immer und immer wieder stellen. Aber Kinder werden erwachsen und treffen ihre eigenen Entscheidungen und … man denkt immer, man hat irgendeinen Einfluss. Hat man aber nicht. Irgendwann nicht mehr.« Sie unterbrach sich. »Verzeihung«, murmelte sie. »Ich wollte nicht … Ich … ach, egal.«

Brainn lächelte traurig. »Das beweist nur einmal mehr, dass wir uns viel zu ähnlich sind, um Krieg gegeneinander zu führen«, sagte er. »Ob König oder Krieger, Mensch oder Zwerg – vor den großen Fragen des Lebens stehen wir alle gleichermaßen ratlos.«

Er beugte sich nach vorne und winkte Bragi zu sich, »Lass deinen Bruder holen«, sagte er. »Er soll sich umgehend hier einfinden.«

Bragi nickte und eilte davon.

»Wisst Ihr etwas über die Armee vor dem Westtor?«, fragte Krona. »Befinden wir uns im Krieg? Was wollen die bloß?«

»Wir haben das Tor geschlossen«, sagte Brainn. »Sie können dort draußen lagern und ihre kurze Lebensspanne verstreichen lassen, wie es ihnen beliebt. Kein Menschenwerk hat je diese Tore bezwungen.«

»Bei allem Respekt, Eure Majestät, aber die Menschen haben in den letzten paar hundert Jahren einiges dazugelernt. Ich würde mich nicht drauf verlassen, dass Eure Tore halten.«

»Was ist mit den anderen Toren?«, fragte Wolfram vorsichtig. »Das Osttor und das Streitberger Tor vor allem, das sind diejenigen, die auch den Menschen bekannt sind.«

»Ich habe Weisung gegeben, sie schließen zu lassen«, sagte Brainn. »Vorsorglich. Ich glaube nicht, dass die Menschen zu einem Krieg blasen, aber ich kann natürlich kein Risiko eingehen.«

»Ihr habt eine Armee vor Eurem Westtor«, sagte Fenrir ungläubig. »Wie würdet Ihr das nennen, wenn nicht Krieg?«

»Es sind keine Königssoldaten da draußen«, sagte Krona. »Stimmt doch, Lomir, oder? Gut möglich, dass der fromme Konrad überhaupt nichts weiß von diesem Aufmarsch.«

»Sollte man es ihm dann nicht sagen?«

»Weißt du, wie lange ein Bote braucht, bis er sich von hier nach Lichtenau einschifft? Schick einen los, aber bis der mit einer Antwort kommt, haben wir die Sache hier auf die eine oder andere Art entschieden.«

Brainn musterte Krona nachdenklich.

»Mir scheint, als wäret Ihr am besten von allen geeignet, um im Namen Eures Königs zu sprechen«, sagte er schließlich.

»Was?«, sagte Krona, »Wie kommt Ihr denn auf das schmale Brett?«

»Ihr seid Hauptmann der Königlichen Soldaten, so hat mir mein Sohn berichtet.«

»Ich, ähm. Habe meinen Abschied genommen.«

»Das ändert nichts. Sprecht im Namen Eures Königs und verkündet mir, ob die Menschen einen Krieg mit dem Volk Unter Dem Berg suchen.«

»Nein«, sagte Krona. »Ich will keinen Krieg mit Euch. Ich bin mit drei hervorragenden Männern aus Eurem Volk gereist, und ich verdanke ihnen mehr als einmal mein Leben. Wenn ich diese Tore mit meinen eigenen Händen zuhalten muss, werde ich's tun.«

Brainn nickte.

»So sei es. Ich habe keine Händel mit Euresgleichen, Hauptmann Fyrfausta.«

Brainn hieß sie warten, bis Baldur eingetroffen sei, und ließ sie inzwischen mit Wein und süßen Leckereien bewirten. Sie nahmen nur aus Höflichkeit von den getrockneten Früchten und mit Honig überzogenen Nüssen, ihnen allen war unwohl bei dem Gedanken, dem dunklen Baldur gegenübertreten zu müssen.

Es dauerte, bis er kam. Vier gerüstete Krieger begleiteten ihn; sie trugen die Farben einer Ehrengarde, wirkten aber wachsam und hatten Baldur in die Mitte genommen.

Baldur betrat den Saal mit großen Schritten und wehenden Roben. Er stürmte geradezu gegen seinen Vater an, und Krona packte unwillkürlich das Heft ihres Schwerts.

»Du triffst dich mit diesen Verrätern!«, schnaubte er. »Ich habe sie ausweisen lassen! Gròr weiß, sie hätten begreifen müssen, dass sie hier nicht erwünscht sind! Aber durch irgendein Loch müssen sie wieder in den Berg hineingekrochen sein, um von hier aus in Ruhe zuzusehen, wie diese Armee, die sie bestellt haben, unsere Heimat zerstört!«

»Jetzt halt mal die Luft an«, sagte Krona verärgert. »Du hast sie doch nicht alle. Was machst du da in deinem Keller? Kochst ein Feuerwesen aus, hab ich recht?«

Fenrir packte sie derb am Arm und warf ihr einen wütenden Blick zu.

»Ich werde mein Volk schützen, mit allen Mitteln, gegen euch dreckiges Gesindel«, spie Baldur aus. »Ihr nehmt euch, was rechtmäßig unser ist! Ihr fischt unsere Seen leer, holzt unsere Wälder ab, nehmt uns die Luft zum Atmen! Ihr seid schuld, dass es immer weniger von uns gibt! Ihr könnt nichts als euch vermehren!«

»Wir können ganz gut Krieg führen«, sagte Krona. »Und haben das ungezählte Male getan in den letzten paar hundert Jahren. Auch im Interesse der Zwerge. Sonst wäret ihr jetzt womöglich alle Zentalliner, oder ein fetter Schrat würde seinen Hintern auf eurem Thron wetzen. Und jetzt, nachdem wir immer und immer wieder für euch den Kopf hingehalten haben, kommst du daher und machst ein Fass auf?«

»Drohst du mir etwa, Weib? In meinen eigenen Hallen?«

Krona stemmte die Hände in die Hüften.

»Bei mir kriegt jeder, was er verdient.«

»In meinen Hallen«, sagte Brainn und brachte mit einem Schlag alle zum Schweigen. »Noch bin ich nicht tot, Sohn. Und noch entscheide ich, wer was verdient, Frau Fyrfausta.«

»Natürlich«, sagte Krona mit erzwungener Ruhe.

»Unsere Gäste behaupten, du würdest in der Tiefe der Minen übles Gezücht um dich scharen«, fuhr Brainn ruhig fort. »Sie sprachen von einem Tor, das du öffnen wolltest, um feurige *fjandi* in unsere Welt zu lassen. Warum solltest du das tun, Baldur?«

»Hast du die Armee vor unseren Toren gesehen, Vater? Sie sind gekommen, uns zu vernichten! Sie wollen uns den letzten Besitz rauben, unsere Frauen und Kinder töten!«

»Wie ich diese fanatischen Spinner satthabe«, murmelte Wolfram.

»Und wenn dem so ist, werden wir sie davon abhalten«, sagte Brainn. »Unser Berg ist unsere Festung. Sie ist nie genommen worden. Wir sind sicher wie in Gròrs Hallen.«

»Sie mag uns gegen Krieger und Belagerungsgerät schützen«, sagte Baldur. »Aber sie schützt uns nicht vor der üblen Zauberei, die sie vor unseren Toren entfesseln werden! Sie haben einen Zauberer, und er verfügt über dunkle Kräfte.«

»Woher willst du das wissen?«

»Die Raben krächzen es von den Bäumen.« Baldurs Augen glitzerten im Feuerschein. Für einen Augenblick war Krona beinahe sicher, jeden Augenblick Gyldinn aus ihm hervorbrechen zu sehen, doch dann wandte er sich nur wieder an seinen Vater und sprach weiter, ruhiger jetzt.

»Wie lange willst du in diesem Berg ausharren, Vater? Wie lange willst du zusehen, wie die Menschen mit ihren Pflügen das Land unserer Ahnen aufreißen und sich nehmen, worauf sie kein Recht haben? Werden unsere Enkel noch unsere Traditionen pflegen, oder werden sie vereinzelt und entwurzelt unter Menschen leben?«

»Mir kommen gleich die Tränen«, knurrte Krona.

»Lass sie uns bekämpfen, solange wir noch dazu in der Lage sind! Lass uns zurücknehmen, was unser ist! Wir haben lange genug gewartet. Ich sage, wir bekämpfen Feuer mit Feuer!«

»Und ich sage, du bist ein Eiferer«, sagte Brainn. »Obwohl ich dich nie zu einem erzogen habe. Bekämpfst du Feuer mit Feuer, wirst du einen Flächenbrand auslösen, dem wir alle zum Opfer fallen werden, Mensch wie Zwerg.«

Pintel räusperte sich schüchtern und schob sich vorsichtig nach vorne.

»Sprecht, Pintel *varthloki*«, sagte Brainn freundlich. Pintel nickte und wandte sich an Baldur.

»Hattet Ihr schon einmal mit Valdari zu tun, oder mit anderen Wesen aus den Äußeren Ebenen?«, fragte er. »Sie sind unberechenbar. Man kann sich nicht mit ihnen verbünden und man kann sie nicht beherrschen. Wenn Ihr hier, im Herzen Eures Reiches, ein Tor öffnet, dann war es das mit dem Reich. Glaubt mir. Vielleicht … vielleicht ist das ja auch gar nicht nötig. Man kann doch bestimmt mit den Menschen vor dem Tor reden. Vielleicht ist alles ein großes Missverständnis. Wenn es Euch hier zu eng wird in Eurem Berg – was ich verstehen könnte, er ist voller Wunder und prächtiger, als ich es mir jemals hätte vorstellen können, aber im Inneren eines Bergens gibt es nun mal keine Wiesen, und das Wetter ist auch immer gleich, und – jedenfalls, wenn Ihr ein bisschen Platz draußen braucht, um eine neue Stadt zu bauen, lässt sich das bestimmt finden.«

»Der will kein bisschen Platz«, murmelte Wolfram. »Der will die Weltherrschaft. Woher kommen die nur immer alle?«

Baldur sah auf Pintel hinunter. In seinem Gesicht zuckte es. Pintel duckte sich unter diesem Blick und wurde immer kleiner. Krona machte einen Schritt und schloss zu Pintel auf.

»Fass ihn an, und du bist tot«, sagte sie. »Völlig egal, was danach passiert.«

»Lass gut sein«, sagte Pintel leise. »Er tut mir nichts. Die Zwerge haben immer noch so etwas wie ein heiliges Gastrecht, oder? Solange wir Gäste sind …«

»Ihr seid nicht meine Gäste«, knurrte Baldur.

»Aber meine«, sagte Brainn. »Baldur, du wirst in deine Gemächer gehen und dort bleiben. Was immer du in den Minen angerichtet hast, du wirst diese Pläne nicht weiterverfolgen. Einstweilen kümmere ich mich um diese Menschen vor meinen Toren.«

Baldur stieß Luft aus.

»Du kannst mich nicht einsperren, Vater!«

»Floki *eldlingr*«, sagte Brainn laut.

Ein junger Zwerg in rot-schwarzem Wappenrock trat vor und verbeugte sich zackig. Brainn sprach auf Zwergisch zu ihm, sein Tonfall war traurig, aber entschlossen. Als Brainn geendet hatte, drehte sich Floki zu den Wachsoldaten und bellte einige Befehle. Zwei Soldaten schlossen auf und nahmen Baldur zwischen sich.

»Es ist sowieso zu spät«, sagte Baldur. »Geht oder bleibt, Ihr werdet in jedem Fall Eure gerechte Strafe erfahren. Denkt an meine Worte, wenn das Feuer über Euch kommt.«

Hoch erhobenen Hauptes ließ er sich abführen, er wirkte ruhiger jetzt als vorhin bei seiner Ankunft im Thronsaal.

Brainn legte die Stirn in die Hand.

Für einen Augenblick sah er einfach nur aus wie ein sehr alter Mann, dann kehrte die Königswürde zurück, er richtete sich auf und sah die Gefährten ruhig an.

»Ehe ich Verhandlungen aufnehme, benötige ich mehr Wissen«, sagte er. »Es ist sicher kein Zufall, dass Gròr Euch in diesen schwierigen Zeiten auf diese Seite des Tores geführt hat. Ich brauche jemanden, der sich unter die Menschen da draußen mischt und mir danach berichtet, was vor sich geht. Einen Spion. Einen Kundschafter. Kein Zwerg könnte dies leisten. Wir beobachten die Menschen, aber wir kommen nicht nahe genug an sie heran.«

Die Gefährten sahen sich an.

»Wie kommen wir wieder rein, wenn wir einmal draußen sind?«, fragte Pintel. »Und wie kommen wir raus? Ihr könnt ja nicht einfach das Westtor aufmachen und die Menschen bitten, ihre Katapulte ein bisschen zur Seite zu rollen.«

Brainn lächelte unter seinem mächtigen Bart.

»Das sicher nicht, Pintel *varthloki*. Aber dieser Berg hat mehr Ein- und Ausgänge, als Ihr vielleicht glaubt. Wir Zwerge wissen eine Tür zu verstecken.«

Pintel nickte mit großen Augen.

»Ich gehe«, sagte Fenrir. »Und ich gehe allein.«

»Ha!«, sagte Krona. »Einen Scheißdreck wirst du.«

Unter den erstaunten Blicken Brainns nahm Fenrir sie am Arm und führte sie beiseite.

»*Nein* zu allem, was du jetzt sagen willst, und *ist mir egal* zu dem ganzen Rest«, sagte sie. »Du wirst unter keinen Umständen da draußen ganz alleine um eine Armee herumschleichen.«

»Du weißt, dass ich der Einzige bin, der das unerkannt tun kann. Mein Risiko ist geringer als das von jedem anderen.«

»Nein.«

»Ich kann auf mich aufpassen. Ich bin nicht dämlich, Krona, und auch nicht erst seit gestern auf der Welt.«

»Ist mir egal.«

Fenrir seufzte.

»Na, dann ist es wohl einfach Glück für uns, dass ich deine Erlaubnis nicht brauche.«

Er wandte sich um, und diesmal war sie es, die ihn am Ärmel packte.

»Was, wenn dir da draußen etwas passiert? Wie sollen wir dir zu Hilfe kommen?«

»Ich bin einfach achtsam, dann passiert nichts.«

»Toller Plan! Beruhigt mich ungemein.«

»Ich muss nicht mal so dicht ran wie ein menschlicher Beobachter. Ich kann Gespräche aus wesentlich größerer Entfernung belauschen. Sie werden überhaupt nicht merken, dass ich da bin.«

»Ist mir egal.«

»Krona …«

»Nein!«

Er befreite seinen Arm aus ihrem Griff, legte ihr beide Hände ums Gesicht und zwang sie, ihn anzusehen.

»Vertraust du mir?«

»Ja, aber …«

Ein Lächeln zupfte an seinem Mundwinkel.

»Ist gar nicht so einfach, nicht wahr? Nochmal: Vertraust du mir?«

Sie zwinkerte sich Tränen aus den Augen und nickte.

»Gut.« Er ließ sie los. »Ich bin bald zurück.«

Kurze Zeit später brach Fenrir auf. Draußen zog der Abend golden über die Berghänge. Brainn hatte den Gefährten Unterkünfte in der

Heimstatt zuweisen lassen und Wachen zu ihrem Schutz abgestellt. Während Wolfram, Lianna und Pintel sich von der Pracht der Räume restlos begeistert zeigten, hatte Krona andere Pläne für den Abend.

»Ich brauche etwas zu trinken«, sagte sie zu dem Zwerg, der vor der Tür Wache stand. »Schnaps. Zwergenschnaps. Viel davon. Verstehst du auch nur ein Wort von dem, was ich sage?«

Der Wachzwerg sah zu ihr hinauf, nickte und lächelte hilflos.

»Schnaps«, wiederholte Krona und machte eine Geste, als würde sie ein Glas ansetzen. Das Gesicht des Wachzwergs erhellte sich, er pfiff einen weiteren Zwerg herbei und gab ihm eine Order, woraufhin der andere Zwerg davoneilte.

Ihre Anspannung nach Möglichkeit verbergend, schlenderte Krona zu den anderen, die in den einzelnen Räumen der großen Zimmerflucht dabei waren, aus Kissen und Polstern Nachtlager für diejenigen zu bauen, denen die zwergischen Betten zu kurz waren.

»Wo möchtest du schlafen, Krona?«, fragte Lomir beschwingt. »Es gibt noch einen kleinen Raum ganz hinten, den könntest du für dich alleine haben.«

»Weiß nicht«, sagte Krona. »Vermutlich unter dem Tisch vorne im Wohnraum. Jedenfalls wird es mir völlig egal sein.«

Lomir sah sie irritiert an, sagte aber nichts. Krona setzte sich in die niedrige Fensternische, öffnete das Fenster und sah hinunter auf den See, der im Abendlicht aussah wie flüssiges Feuer. Irgendwo da unten im Berg lauerte Gyldinn. Sie war ihr so nah wie schon lange nicht mehr. Brainn hatte ihnen versprochen, ehe er sie entlassen hatte, sich um die geheime Werkstätte zu kümmern.

Brainn war ein gütiger, friedliebender Mann, und sein Sohn war ein Kriegstreiber. Es gab keinen Zweifel, wie alles enden würde.

»Feuer mit Feuer«, murmelte Krona.

»Wie bitte?«, fragte Wolfram hinter ihr.

»Nichts«, sagte sie und schloss energisch das Fenster. »Nur laut gedacht.«

Vorne im Wohnraum war inzwischen eine junge Zwergin eingetroffen, die aus einem großen Messingkessel Tee in irdene Becher goss.

»*hunang*?«, fragte sie und hielt Krona eine Schale mit dickem, dunklem Honig entgegen.

»Schnaps?«, fragte Krona dagegen. Die Zwergin machte ein freundliches Gesicht und zuckte mit den Schultern. Zwischen den Leckereien, die sie auf dem Tisch angerichtet hatte, fand Krona einen kleinen irdenen Krug. Hoffnungsvoll zog sie den Stöpsel und schnupperte.

»Wunderbar«, sagte sie zufrieden. »Davon mehr. Großen Krug, verstehst du? Fass!«

»svidi?«, fragte die Zwergin zurück und deutete auf den Krug. Krona nickte. Die Zwergin deutete eine Verbeugung an und eilte davon.

Krona setzte sich auf eine gepolsterte Bank an den Tisch und streckte die Beine von sich. Ihren ersten Tee verlängerte sie mit dem Zwergenschnaps, was ein herrliches, heißes und scharfes Gebräu ergab, das ihr die Tränen in die Augen trieb. Ab dem zweiten Becher verzichtete sie auf den Tee, und als der Inhalt des kleinen Kruges sich dem Ende zu neigte, war ihre Anspannung gewichen und in einen angenehmen Zustand der Schwere übergegangen. Die Zwergin erschien wieder, zwei bauchige tönerne Flaschen im Arm, die mit Zwergenrunen beschriftet waren.

»Wunderbar«, sagte Krona und nahm ihr die Flaschen ab. »Genau, was ich brauche. Vielen Dank, Schätzchen.«

Mitte des vierten Bechers kam Lianna und setzte sich zu ihr an den Tisch.

»Was machst du da?«, fragte sie.

»Ich saufe mir einen an«, sagte Krona, deren Zunge ihr schon schwer in einem viel zu leichten Kopf lag. »Sieht man das nicht?«

»Und du hältst das für eine gute Idee?«

»Nö. Aber hier passieren dauernd Sachen, die ich für keine gute Idee halte. Drauf geschissen.«

»Er kommt schon wieder. Du machst dir völlig unnötig Sorgen.«

»Bist du etwa gekommen, um mich zu trösten? Das kannst du dir sparen.«

Lianna seufzte. »Nein.« Sie sah über die Schulter, als wolle sie nicht, dass jemand mithörte. »Ich wollte mit dir sprechen. Aber ich glaube beinahe, dafür bin ich zu spät dran.« Sie wies auf Kronas Becher.

»Ist es nötig, dass ich mich morgen an das Gespräch erinnere?«

»Nein, nicht unbedingt.«

»Dann raus mit der Sprache.«

Lianna verließ ihren Platz und setzte sich neben Krona auf die Bank, ihr zugewandt. Ihre Finger spielten mit der Borte, die die Ärmel ihres Gewandes säumten.

»Ich wollte dich fragen, wie es ist, ein Kind zu bekommen.«

Krona verbarg ihre Überraschung in ihrem Becher.

»Es zu haben ist schwieriger, als es zu bekommen«, sagte sie nach einer Weile.

»Tut es weh?«

»Natürlich tut es weh. Als würdest du in zwei Stücke gerissen. Warst du noch nie bei einer Geburt dabei?«

»Doch. Tausendmal, bei meinen Pferden.«

»Ich glaube kaum, dass man das vergleichen kann.«

Lianna spielte an ihren Ärmeln, und Krona trank einen Schluck.

»Hast du nie mit deiner Mutter über diese Dinge gesprochen?«, fragte sie nach einer langen Pause.

»Meine Mutter ist bei meiner Geburt gestorben«, sagte Lianna.

»Scheiße«, sagte Krona betroffen.

»Ja«, sagte Lianna.

»Man muss nicht sterben dabei«, sagte Krona. »Es ist wahnsinnig mühsam, und du wirst schreien, bis du heiser wirst, und am Schluss kommt da so ein winziges, schrumpeliges, hässliches Etwas, und du wirst es mit einer Kraft lieben, die du nie für möglich gehalten hättest. Und das ist so unfassbar … unfassbar großartig, dass alles andere egal ist.«

Lianna seufzte, und Krona streckte den Arm aus und zog sie an sich. Lianna schmiegte ihre Wange an Kronas Schulter und schaute nachdenklich ins Leere.

Und wem hat wohl Kelara diese Fragen gestellt, als sie schwanger war? Du warst ja nicht da. Du hast auf den Südlichen Inseln die Kriegsheldin markiert.

Sie drehte den Kopf und drückte einen Kuss auf Liannas Scheitel.

»Alles wird gut, Mädchen. Du musst das nicht alleine durchstehen. Habt ihr denn schon einen Namen?«

»Tamin. Ein Zwergenname, aber ich finde, er hört sich auch für Menschen schön an.«

»Und wenn es ein Mädchen wird?«

»Wird es nicht.«

Krona lächelte versonnen.

»Ja, das habe ich auch gedacht, bis es dann doch eines wurde.«

Lianna seufzte in Kronas Schulter.

»Ich habe Angst vor den Schmerzen.«

»Denk nicht drüber nach. Die kommen so oder so. Kein Grund, sich jetzt schon verrückt zu machen.«

»Was, wenn ich durch die Schwangerschaft dick und hässlich werde?«

»Meinst du, dein Thork hat dich nach deinem Äußeren auserwählt?«

»Nein, aber … Es war immer so wichtig, dass ich schön aussehe. Nicht nur für mich. Für alle anderen. Es war nie so wichtig, was ich kann, solange ich nur schön aussehe.«

»Ich habe dich kämpfen sehen. Du kannst eine Menge, und nicht nur mit dem Schwert.«

Ihr Becher war leer, und sie schob Lianna sachte von ihrer Schulter, um sich nachzuschenken.

»Willst du noch was wissen? Frag schnell, denn wenn ich diesen Becher drin habe, bin ich ziemlich sicher hinüber.«

»Es kann warten, bis du wieder nüchtern bist.« Lianna erhob sich und strich ihr Kleid glatt. »Mach dir nicht so viele Sorgen. Und kotz bloß nichts Teures voll. Lomir ist sowieso nur noch am Jammern, weil Regar ihm jetzt auch noch irgendwelche Bestechungsgelder vom Gehalt abzieht.«

»Ist gut. Sei so lieb, Mädchen, und besorg mir einen Eimer, ja?«

Lianna nickte und ging davon. Krona sah in ihren Becher. Ihr Wunsch, sich zu betrinken, hatte ein wenig an Dringlichkeit verloren. Sie lauschte den Gesprächsfetzen, die aus dem Nebenraum zu ihr herüberdrangen. Für einen Augenblick überlegte sie, zu den anderen hinüberzugehen, aber sie wusste, sie hatte schon zu viel getrunken, um noch eine gute Gesellschafterin zu sein, und so blieb sie und trank sich durch Weltschmerz und Sorge, bis sie nicht mehr wusste, warum sie sich eigentlich sorgte, und dann trank sie weiter, bis das letzte Gefühl in ihr ertrunken war.

Sie legen ihn vor meine Tür. Sein Gesicht ist weiß, die Augen starr, diese unfassbar warmen, goldenen Augen, leblos wie Murmeln. Sein Haar ist von Blut verklebt, Blut auf seiner Kleidung, in seinem dichten, dunklen Fell, er ist beides gleichzeitig und beide Male tot, und nur, weil ich ihm sein Schwert nicht rechtzeitig gebracht habe. Es ist ein Irrtum, versuche ich zu erklären, ich hätte an seiner Stelle sein sollen, ich sollte dort liegen mit toten Augen, nicht er, nicht schon wieder, das ist ja nicht zum Aushalten, wer soll das denn aushalten.

Sie erwachte von ihrem eigenen Schrei, und sofort zwang der Schmerz sie vornüber. Sie erbrach sich in einen Eimer, den jemand vorsorglich neben sie gestellt hatte, und glaubte, ihr Kopf müsse ihr zerspringen. Fetzen eines Traumes gaukelten durch ihren Geist. Mühsam kam sie zum Sitzen, fand ein Tischbein in ihrer Nähe, streifte eine Decke ab, die über sie gebreitet war, packte das Tischbein, zog sich hoch, bis sie die Tischplatte in Reichweite hatte, stemmte sich darauf und kam mühsam zum Stehen.

»Guten Morgen, liebe Sonne«, sagte Wolfram, der auf der Bank saß und seine Hände an einer Tasse wärmte. »Ausgeschlafen?«

»Ist er zurück?«

»Wer? Fenrir? Nein. Wir erwarten ihn nicht vor heute Abend.«

Krona streckte die Hand nach der Flasche aus, obwohl ihr Magen allein bei dem Gedanken an Schnaps revoltierte, doch Wolfram zog ihr die Flasche weg.

»Du kannst nicht saufen, bis er wieder da ist.«

»Warum nicht? Das ist der Plan.«

»Weil wir dich hier einigermaßen bei Verstand brauchen. Es hängt ein Krieg über unseren Köpfen, und jeden Augenblick kann der erste Donner krachen. Du bist die Einzige von uns, die etwas vom Kriegshandwerk versteht. Mir wäre wohler, wenn du dann nicht bewusstlos unter dem Tisch liegst. Jetzt geh und mach dir einen klaren Kopf, und nimm bitte den Eimer mit.«

»Wie spät ist es eigentlich?«

»Hoher Nachmittag.«

Ihre Beine wollten sie nicht recht tragen, als sie den Tisch losließ. Sie taumelte zu Tür, den Eimer in der Linken. Auf der Suche nach einem Abort und einer Waschgelegenheit lief sie Pintel über den Weg, der sie stützte, so gut er konnte, und sie zu einer Tür brachte, hinter der sich ein kleines Badezimmer befand.

»Schaffst du das alleine?«, fragte er besorgt. »Ich habe mal eine Geschichte gehört, da ist einer im Suff in einer Waschschüssel ertrunken.«

»Ich bin nicht mehr im Suff«, murmelte Krona. »Suff war gestern, und gestern bin ich nicht ersoffen.«

»Aber du wolltest unbedingt zur Tür hinaus und Fenrir hinterher«, sagte Pintel. »Es war nicht gerade einfach, dich zurückzuhalten. Wir haben ernsthaft überlegt, ob wir dich fesseln oder bewusstlos schlagen oder beides.«

»So wie mir der Schädel brummt, könnte man meinen, ihr hättet's getan.«

»Haben wir nicht. Der Schnaps hat dir dann ziemlich zügig das Licht ausgeblasen.«

Krona nickte und bereute es im gleichen Augenblick.

»Soll ich vor der Tür warten?«, erbot sich Pintel. »Nur für alle Fälle.«

»Nein. Geh du nur zurück zu den anderen. Ich komme zurecht.«

Pintel sah ein bisschen zögerlich aus, aber schließlich drehte er sich um und schlenderte davon, die Hände in den Hosentaschen vergraben.

In einer Ecke des Badezimmers fand Krona einen Verschlag und darin ein tiefes Loch, in das sie den Eimerinhalt entsorgen konnte. Eine Welle der Übelkeit warf sie beinahe um, und sie kauerte sich zwischen Waschtisch und Tür zusammen und wartete, bis das Elend nachließ.

Die Katzenwäsche war eine Tortur, die sie tapfer durchstand. Das kalte Wasser ließ ihre Zähne aufeinanderschlagen, und sie beeilte sich, wieder in ihre zerknitterte Kleidung zu kommen. Sie scheute den Rückweg durch die langen Gänge und hatte überdies wenig Lust, ihren Gefährten unter die Augen zu treten, also blieb sie einfach auf dem Boden sitzen und ließ die Zeit verstreichen, bis Pintel in höchster Sorge von außen gegen die Tür klopfte und nach ihr rief.

Die Gefährten taten ihr den Gefallen und verloren kein Wort über ihren Zustand. Pintel setzte sie auf die Bank und legte ihr eine Decke über die Beine, während Lianna ihr Honig in eine Tasse mit dampfendem Tee rührte. Dann zog sich Thork einen Stuhl zu ihr und musterte sie ruhig mit seinem einzelnen grünen Auge.

»Es gibt Neuigkeiten«, sagte er. »Und keine guten. Wir waren heute am frühen Morgen unten bei Baldurs Werkstatt. Bragi, Pintel und ich. Sie haben sich eingegraben, wenn man das so bezeichnen will. Die Halle ist versiegelt. Wir kommen nicht hinein.«

»Versiegelt?«

»Zauberei. Wenn man sich nähert, fährt eine Flammenwand aus dem Nichts auf, und sie ist so heiß, dass wir es in zehn Schritt Entfernung kaum ausgehalten haben. Pintel hat versucht, einen Stein hindurchzuwerfen, aber der ist einfach abgeprallt.«

»Aber sie haben doch Blakkur nicht mehr.«

»Sie brauchen ihn nicht. Sie haben Gyldinn.«

Krona seufzte und nahm den Teebecher von Lianna entgegen.

»Habt ihr sie gesehen?«

»Eine Flammensäule, fremd und furchtbar. Ja, wir haben sie gesehen.«

»Was ist mit den Zwergen in der Halle?«

Thork hob die Hände und ließ sie wieder fallen.

»Ich nehme an, sie sterben für das Vaterland und versprechen sich den Einzug in Gròrs Hallen. Es muss ihnen klar sein, dass sie die Ersten sind, die fallen, sobald das Tor funktioniert.«

Er fasste nach Liannas Hand und behielt sie in seiner.

»Lomir und Nardon sind in diesem Moment Gäste bei einer Ratssitzung. Sie werden Brainn vorschlagen, große Teile der Bevölkerung aus dem Berg zu bringen. Schmiedeberg sollte vollständig geräumt werden. Wir sitzen hier direkt über dem Tor. Und Eisgrube, denn wenn die Menschen durch das Westtor eindringen, werden die Zwerge dort schlicht überrannt.«

»Der Punkt ist noch ein bisschen heikel«, ergänzte Lianna. »Sie glauben an ihre Tore. Die haben schon immer gehalten, die haben noch nie nachgegeben, und so weiter.«

»Es braucht ein bisschen Zeit, um Zwerge zu überzeugen«, sagte Thork. »Das weißt du doch.«

»Ich glaube nicht, dass wir das haben, was die Zwerge unter *ein bisschen Zeit* verstehen«, sagte Lianna düster.

Krona sah hinunter auf den Teebecher in ihren Händen.

»Wir haben keine Möglichkeit, das Ding zu gewinnen, das ist euch klar, oder? Mit einer Menschenarmee werden wir fertig. Diese Festung ist dafür gemacht, Feinden von außen die Stirn zu bieten. Aber wenn der Feind von innen kommt, hat sie ihm nichts entgegenzusetzen. Und in einem Zangenangriff werden wir sang- und klanglos untergehen.«

»Weder sang- noch klanglos«, sagte Wolfram, der unter der Tür erschienen war. »Mit dem Rest deiner Einschätzung dürftest du recht haben. Hier kommen übrigens unsere Ratsgäste.«

Er hielt die Tür auf und ließ Lomir und Nardon ein. Beide machten betrübte Gesichter.

»Was sagen sie?«, fragte Lianna sofort.

»Eine Menge«, sagte Lomir niedergeschlagen. »Ich meine, sie sind nicht in der Lage, das Protokoll einer Ratssitzung zu verkürzen. Wie sollen sie in der Lage sein, unkonventionelle Entscheidungen zu treffen, wenn es darauf ankommt? Sie haben einfach alle schon sehr, sehr lange in diesem Berg gelebt.«

»Sie evakuieren die Oberstädte und bringen die Leute vor den Menschen in Sicherheit«, ergänzte Nardon. »Zumindest die Oberstadt von Eisgrube, Streitberg und Kohlstein. Boten sind schon unterwegs.«

»Sie bringen noch mehr Leute in den Berg?«, fuhr Krona auf. »Sind die noch zu retten? Habt ihr ihnen nicht gesagt, dass der ganze Berg demnächst brennen wird wie ein Scheiterhaufen?«

»Der Berg ist wirklich groß«, sagte Thork ruhig. »Nicht einmal eine Valdar kann ihn so einfach überrennen. Und der Berg hat versteckte Wege ins Flachland. Es ist eigentlich kein Berg, Krona, sondern ein Königreich.«

»Was weiter?«, fragte Lianna.

»Sie schicken eine Botschaft nach Lichtenau zum König«, sagte Nardon. »Vermutlich wird Bragi reisen. Und sie wollen mit den Menschen vor dem Westtor verhandeln, sobald Fenrir mit Neuigkeiten zurück ist. Brainn sagt, er wird nichts unversucht lassen, um diesen Krieg zu verhindern.«

»Funktioniert nicht«, sagte Krona. »Funktioniert nie. Wenn es schon so weit gekommen ist, ist es nur eine Frage der Zeit, bis einer den ersten Pfeil schießt, und dann schießt einer zurück, und dann bricht so eine

Art Massenwahn aus, und der geht nur nach vorne, und dann hat man den Salat. Meridias nackter Arsch! Ich schwöre, da draußen stehen ein paar anständige Jungs, mit denen ich im Winterkrieg gekämpft habe. Und jetzt sind sie draußen, und ich bin drin. Wenn das nicht mal wieder so eine Scheiß-Idee der Götter ist.«

»Danke für den Hinweis«, sagte Lomir. »Hervorragend! Du hast dich soeben freiwillig als Unterhändlerin gemeldet.«

»Hab ich das? Weil ihr plötzlich eingesehen habt, dass ich das besonders gut kann?«

»Weil die Jungs da draußen vielleicht auf dich hören. Das ist ein Vorteil, den wir keinesfalls verschenken sollten.«

»Wenn die hören, dass ich entlassen bin …«

»Brainn entscheidet, wen er schickt«, sagte Thork. »Nicht nötig, sich zu streiten.«

Krona ließ ihren Kopf nach hinten gegen die Wand kippen und schloss die Augen. Der Zwergenschnaps hatte sein Vernichtungswerk in ihrem Inneren noch nicht beendet. Ihr Kopf dröhnte, jeder Lichtstrahl fuhr ihr durch die Augen wie ein glühendes Messer. Sie nahm den Eimer mit und suchte mit Mühe das Lager auf, das die Gefährten im Nebenraum für sie bereitet hatten. Mit einer letzten Kraftanstrengung zog sie eine Felldecke über sich und blieb liegen.

Mitten in der Nacht wurde sie durch Lichtschein und Stimmen geweckt. Die Kopfschmerzen waren gewichen, aber sie fühlte sich nach wie vor schwach und elend. Dann erschienen Lomir und Thork unter der Tür und brachten Fenrir herein. Sie stützten jeden seiner Schritte, beinahe trugen sie ihn, und er hing völlig kraftlos in ihrem Griff.

Krona schoss von ihrem Lager hoch.

»Fenrir! Was ist passiert!«

Er hob den Kopf und lächelte sie schwach an.

»Alles gut. Ich bin zurück.«

Die Zwerge halfen ihm auf das Lager, das Krona gerade freigemacht hatte. Er war barfuß und trug nichts als Hemd und Hose. Seine Füße und Handflächen waren von Blut verkrustet, sein Oberkörper von Kratzern bedeckt, als hätte er sich durch ein Dornengestrüpp gezwängt. Zutiefst erschöpft ließ er den Kopf in die Kissen sinken.

»Wasser«, murmelte er.

»Sofort«, sagte Krona und rannte hinüber in den Wohnraum. Als sie mit einem Krug und einem Becher zurückkehrte, saß Thork schon bei Fenrir, hielt seine Hand zwischen seinen großen Pranken und murmelte ein Gebet. Fenrirs aufgerissene Füße verheilten zusehends, und ein wenig Farbe kehrte in sein Gesicht zurück. Als Krona ihm einen Becher Wasser einschenkte und hinhielt, war er in der Lage, sich auf den Ellenbogen aufzurichten und zu trinken.

»Danke, Freund«, sagte er zu Thork, der ihm zunickte.

»Was hast du gesehen?«, fragte Lomir gespannt. Hinter ihm versammelten sich die übrigen Gefährten.

»Baldur hat nicht gelogen«, sagte Fenrir. Seine Stimme klang schwach, und er kämpfte sichtlich gegen Wellen der Erschöpfung. »Sie haben einen Zauberer. Er scheint gleichzeitig der Anführer zu sein. Sie haben Rammböcke und Vorrichtungen, die wie riesige Armbrüste aussehen.«

»Ballista«, half Krona aus. »Wie auf Sturmwacht?«

»Ähnlich. Und sie haben viele Männer. Ich habe vierzehn verschiedene Wappen gezählt und bestimmt eine Hundertschaft an Rittern. Dazu viele Nichtadelige. Waffen vom Bratspieß bis zur Heugabel. Die sind wild entschlossen, Leute. Jemand hat sie dazu gebracht, außer sich zu sein vor Wut.«

»Warum greifen sie nicht an?«

»Ich weiß es nicht. Sie sind immer noch dabei, zu rüsten, und sie schrauben auch noch an ihrem Belagerungsgerät herum, aber eigentlich sehen sie alle aus, als würden sie nur auf den Befehl zum Angriff warten. Ich habe das Lager einmal umrundet und bin dann nach Norden gelaufen, das Wiesental hinauf. Ich wollte sehen, ob sie Nachschub bekommen. Ich meine, wenn eine Armee sich auf eine lange Belagerungszeit rüstet, braucht sie stabile Linien für den Nachschub, oder?«

»Unbedingt«, sagte Krona. »Wenn die Soldaten hungrig werden, ist der Krieg ganz schnell zu Ende.«

»Nichts«, sagte Fenrir. »Kein Nachschub. Keine Stützpunkte am Weg, keine Wagenlieferungen. Kein Tross.«

»Es gibt nur einen Grund, darauf zu verzichten«, sagte Krona nachdenklich. »Sie rechnen damit, den Berg im Handstreich zu nehmen. Und das funktioniert nur, wenn sie Hilfe von innen haben.«

»Die Botschaft muss zum König«, sagte Wolfram. »Sehr dringend.«

»Ich gehe heute nirgends mehr hin«, murmelte Fenrir. »Ich bin schon viel zu viel gelaufen.«

»Ich gehe«, sagte Wolfram. »Und ich hoffe, ich bin zurück, ehe hier alles in Flammen steht.«

Fenrir ließ sich in die Kissen zurückfallen und schloss erschöpft die Augen. Krona scheuchte die anderen zur Tür hinaus.

»Sagt mir Bescheid, wenn es etwas gibt«, sagte sie. »Weckt ihn nur, wenn uns die Hütte unterm Arsch abbrennt.«

Ein müdes Lächeln lag um seine Lippen, als sie an sein Lager zurückkehrte.

»Ich habe so eine Ahnung, dass dies unsere letzten ruhigen Augenblicke sind«, murmelte er. »Und ich kann sie nicht nutzen, weil ich nicht mal mehr den Arm heben kann.«

Sie schob sich neben ihn auf das Lager und nahm ihn in den Arm. Er roch nach Wald und Regen.

»Es gibt da noch etwas, das ich den Anderen nicht gesagt habe«, murmelte er.

»Hm?«, machte sie und strich ihm Haarsträhnen aus der Stirn.

»Dieser Zauberer, den ich gesehen habe. Ich glaube, es ist Karcharoth.«

»Karcharoth ist tot, Süßer.«

»Na und? Du bist auch tot.«

»Nicht so tot. Ich meine – wir haben ihn liegen sehen. Er war nichts als Staub und Knochen.«

»Und ein sehr lebendiger Geist. Du müsstest dich doch erinnern.«

»Das tu ich, aber …«

»Karcharoth und Gyldinn. Ein Schöpfer, eine Schöpfung. Woher willst du wissen, dass es nicht auch ein Tor gibt, durch das man vom Tod ins Leben wechseln kann?«

»Wie kommst du darauf, dass er es war? Es gibt ja leider mehr als einen wahnsinnigen Sprücheklopfer. Weißt du, ich glaube inzwischen, diese Zauberkräfte machen etwas in den Köpfen der Leute. Etwas wie Tollwut. Wir sollten Pintel nötigen, dass er damit aufhört, ehe es zu spät ist.«

»Es ist ein Gefühl, Krona. Ich kann es nicht beschreiben. Ein Instinkt. Vielleicht täusche ich mich auch. Bei allen Göttern, ich wünschte, ich würde mich täuschen.«

»Schlaf jetzt. Solange du noch kannst.«

Sie hielt ihn im Arm und lauschte seinen Atemzügen, die langsam immer tiefer wurden. Manchmal zuckte er im Schlaf und gab kleine Laute von sich, dann streichelte sie ihn und flüsterte ihm beruhigende Worte ins Ohr.

Sie spürte es in ihren Knochen wie einen bevorstehenden Wetterumschwung.

Dies waren die letzten Stunden vor der Schlacht.

8 Herz aus Stein

Sie hatte keine Ahnung, wie viel Zeit verstrichen war, als plötzlich Lomir neben ihr kniete und sie sachte an der Schulter berührte. Sie setzte sich auf, von einem Augenblick zum anderen hellwach. Neben ihr regte sich Fenrir.

»Was?«

»Sie schicken Unterhändler. Du bist einer davon. Komm! Der König will dich sehen.«

Sie schwang die Füße von der Lagerstatt und angelte nach ihren Stiefeln.

»Wie spät ist es?«

»Früher Morgen«, sagte Lomir. »Die Sonne geht gerade auf.«

Hinter Krona erhob sich Fenrir. Er ging wie auf rohen Eiern, als er sich zu seinem Gepäck bewegte, um ein Hemd herauszuholen.

»Wie ist die Lage?«, fragte er.

»Unverändert seit gestern«, sagte Lomir. »Zumindest soweit wir das hier abschätzen können. Der König wird vielleicht Neuigkeiten haben.«

In aller Eile zogen sie sich an. Drüben im Wohnraum hatten sich die anderen versammelt. Die schwere Ruhe, die über ihnen lag, war Krona sehr vertraut.

»Halt den Schild oben, wenn sie kommen, Cladis. Nicht den Schildarm sacken lassen. Laurenz, spar deine Kräfte. Weniger Gefuchtel, weniger Gebrüll. Du kannst die nicht in die Flucht schlagen, die sind hier, um aufs Maul zu bekommen. Und vergesst nicht, Jungs: Wir sind diejenigen, die wieder nach Hause kommen. Wir kommen wieder nach Hause. Verstanden?«

Sie sah ihren Gefährten ins Gesicht, einem nach dem anderen.

»Ich überlege, ob ich euch evakuieren lasse.«

Nardon nickte und schob sie zur Tür. »Überlegen kannst du, so viel du willst, aber niemand von uns wir seinen Posten verlassen, das ist dir hoffentlich klar.«

»Ich komme nach Hause, Hauptmann, sag, dass ich nach Hause komme.«

Er liegt in seinen eigenen Gedärmen, seine Lippen sind blau, er schnappt nach Luft, Augen aufgerissen, sein Blick sucht den ihren.

»Ja, Laurenz. Du kommst nach Hause. Ich hab's versprochen.«

Ich ziehe ihm das Messer durch die Kehle, bleibe bei ihm, bis sein Händedruck schlaff wird.

Sie trat auf den Gang, wo bereits eine Eskorte von Zwergenkriegern auf sie wartete.

»Simlir, Sohn des Skaldur«, stellte sich ein Krieger vor, der einen siebenzackigen Stern auf dem Wappenrock trug, und verbeugte sich. Krona erwiderte die Verbeugung. »Bitte folgt mir, Hauptmann Feuerfaust.«

Über Treppenfluchten ging es nach unten. Trotz der frühen Stunde waren überall Zwerge unterwegs.

»Warum sind sie noch hier?«, fragte Krona. »Sollte Schmiedeberg nicht evakuiert werden?«

»Wir sind dabei«, sagte Simlir. »Aber es leben hier mehr als ein paar Dutzend Zwerge. Das dauert.«

»Das dauert zu lang«, sagte Krona. »Die Leute bekommen das Viertel einer Länge, höchstens, dann müssen sie das Nötigste gepackt haben und unterwegs sein. Ihr braucht Soldaten als Antreiber in jeder Straße. Die Leute wollen nicht gehen, weil sie die Gefahr nicht begreifen! Man muss sie in Sicherheit zwingen.«

»Ihr könnt doch nicht die Leute aus ihren eigenen Häusern werfen!«

»Ich könnte«, sagte Krona grimmig. »Wenn es ums Leben geht. Ihr macht Euch keine Vorstellung, wie ich könnte.«

»Ich bin dafür überhaupt nicht zuständig!«

»Und das ist das nächste Problem. Aber egal. Ich sehe ja gleich Euren König.«

Die Eskorte brachte Krona hinunter in die große Eingangshalle und von dort aus hinaus an einen Steg. Ein großes, prachtvolles Boot war dort festgemacht. Ruderer standen bereit, und eine Ehrenwache aus zwergischen Kriegern säumte den Steg.

Krona sah sich um. Auch auf dem See und an den Ufern war trotz der frühen Stunde erstaunlich viel Betrieb, aber Anzeichen einer planmäßig durchgeführten Evakuierung gab es keine.

Krona wandte sich an einen der Wachzwerge.

»Wer leitet die Evakuierung?«

Der Wachzwerg sah zu ihr hinauf und brummte eine zwergische Erwiderung.

Seufzend schaltete sich Simlir ein und übersetzte.

»Das wird Glaumur, Sohn von Gloin, sein. Er ist Hauptmann der Sicherheit.«

»Ist der zu sprechen?«

»Wohl eher nicht. Er hat eine Evakuierung durchzuführen.«

»Was Ihr nicht sagt. Nun, ich habe eine Botschaft für ihn. Sperrt die Ohren auf, denn Ihr werdet es sein, der sie ihm überbringt.«

»Wie viele Zwergenstädte habt Ihr denn schon evakuiert während Eurer glorreichen militärischen Laufbahn?«

»Und Ihr?«

Sie maßen sich mit Blicken, dann brummte Simlir missmutig etwas Zwergisches in seinen Bart.

»Unterbreitet mir Eure Vorschläge, Hauptmann. Ich werde sie an Glaumur weiterleiten.«

Krona war gerade damit fertig, Simlir auf die kürzest mögliche Weise mit den Abläufen einer Evakuierung vertraut zu machen, als die Krieger um sie herum Haltung annahmen. Beinahe im Reflex tat Krona es ihnen nach, dann erschien Brainn im Torbogen.

Der alte König trug ein Kettenhemd, das ihm seidig schimmernd bis zu den Knien fiel, darüber einen Wappenrock in den Farben Erendors. Ein großer dreizackiger Stern prangte auf seiner Brust. Einen Helm trug er nicht, und auch keine Waffen.

Er hielt unter dem Torbogen inne und sah hinunter auf die Versammlung am Steg, bevor er langsam die Stufen hinunter schritt. Vor Krona blieb er stehen.

»Hauptmann Feuerfaust«, sagte er freundlich. »Ich danke Euch, dass Ihr meinem Ruf Folge leistet.«

»Ihr schickt keinen anderen Unterhändler außer mir, habe ich recht?«, sagte Krona heiser. »Ihr geht selbst.«

»Ja«, sagte Brainn schlicht.

»Das könnt Ihr nicht tun, mein König. Das Risiko …«

»Ihr wollt wirklich einem König vorschreiben, was er zu tun oder zu lassen hat?«

»Natürlich nicht, mein König.«

Brainn lächelte.

»Das hier ist meine Heimat. Der Ort, an dem ich Wurzeln habe, die fast vierhundert Jahre zurückreichen. Könnt Ihr Euch einen solchen Zeitraum vorstellen, Frau Feuerfaust?«

»Nein. Das ist … Kein Mensch kann sich das vorstellen.«

»Es ist außerdem die oberste Aufgabe eines Königs, sein Volk zu schützen«, sagte Brainn ruhig. »Deshalb gehe ich selbst. Und ich bin froh, Euch an meiner Seite zu wissen.«

Er winkte eine Zwergin heran, die in seinem Gefolge unter dem Torbogen gestanden hatte. Sie trug einen gefalteten schwarz-roten Wappenrock über dem Arm.

»Ich weiß, Ihr habt dem abrantinischen König Treue geschworen. Dennoch bitte ich Euch, meine Farben zu tragen.«

Krona holte tief und stockend Luft.

»Es ist mir eine Ehre, mein König.«

Mit zitternden Händen nahm Krona den Wappenrock entgegen, streifte ihn über und gürtete ihr Schwert darüber. Am unteren Saum des Kleidungsstückes hatte man offenbar in aller Eile ein Stück Stoff angesetzt, um es auf ihre Größe passend zu machen, und so reichte es ihr bis hinunter auf die Stiefel.

Sie richtete sich auf, zwinkerte sich Tränen aus den Augen und nahm Haltung an. Brainn nickte ihr zu.

»Gehen wir.«

Die Fahrt über schwiegen sie. Wo immer sie vorbei kamen, blieben die Zwerge an den Ufern stehen und verbeugten sich. Als sie sich Eisgrube näherten, bemerkte Krona erleichtert, dass deutlich weniger Zwerge auf den Straßen unterwegs waren, und von den wenigen Passanten waren die meisten Soldaten. Läden und Geschäfte waren geschlossen und teilweise verrammelt. Krona dachte an Regar. Sie hoffte sehr für ihn, dass er nicht zu sehr an seinem begehbaren Kleiderschrank hing.

Sie ließen Eisgrube hinter sich und folgten weiter der Dreizehnten Straße ein, und je näher sie der Eingangshalle kamen, desto nervöser wurde Krona.

»Wo sind Eure Soldaten, mein König?«

»Sie stehen in der Torhalle bereit.«

»In dieser kleinen Eingangshalle? Dann kann ich nur hoffen, dass sie da sehr dicht gedrängt stehen.«

»Wir sind ein kleines Volk. Woher sollen wir ein großes Heer nehmen? Außerdem brauchen wir einen Teil der Männer, um die Bewohner der gefährdeten Städte in Sicherheit zu bringen.«

»Hattet Ihr überhaupt ein stehendes Heer? Oder habt Ihr jetzt erst zu den Waffen rufen lassen?«

»Wir sind ein friedliebendes Volk. Unser Berg war uns immer Schutz genug.«

»Au weia«, sagte Krona. »Na gut. Dann lasst uns wenigstens so tun, als wäre der Berg voller grimmiger Krieger, die nur darauf warten, Menschenblut zu vergießen.«

Der Kanal endete an einem Bootssteg, und sie stiegen aus und betraten die westliche Eingangshalle. Mit einem Blick erfasste Krona, dass von dicht gedrängten Reihen nicht die Rede sein konnte. Die Zwerge waren gut ausgerüstet und bemühten sich, strammzustehen, als sie ihres Königs gewahr wurden, aber es fehlte ihnen die wortlose Übereinkunft, die Auflösung des Einzelnen im Gesamten, wie Krona es aus der Truppe kannte. Dies war kein Heer, dies war eine Ansammlung von treuen, zu allem entschlossenen Zivilisten.

Am Tor standen zwei Zwerge bereit; einer hielt ein großes weißes Banner, das bei näherer Betrachtung ebenso improvisiert aussah wie Kronas Wappenrock, der andere trug das Banner Erendors mit dem schwarzen Stern auf rotem Grund. Brainn atmete tief durch.

»Öffnet das Tor«, sagte er.

Ein Zwerg schrie einen Befehl. Kurz darauf ertönte ein Horn, so gewaltig, als käme es aus dem Inneren des Berges, und dann setzten sich die Torflügel in Bewegung. Ein Spalt tat sich auf, durch den sanftes Sonnenlicht fiel.

Hinter den Bannerträgern und Brainn trat Krona ins Freie. Der Himmel trug noch das lichte Blau des frühen Morgens. Erste Sonnenstrahlen kamen über die Gipfel Erendors. Die Luft war frisch und weich und roch nach Gras. In einiger Entfernung konnte sie die Dächer des oberirdischen Eisgrube liegen sehen, doch nirgends stieg Rauch aus den Schornsteinen. Irgendwo krähte unverdrossen ein Hahn.

Die Armee war nicht groß, aber klug in Stellung gebracht. Einige Steinwürfe vor dem Tor hatte man einen großen, auf Rollen gelagerten Rammbock postiert. Eine Speerspitze aus gepanzerten Rittern war aufmarschiert, flankiert von Soldatenhaufen, über denen die Fahnen der jeweiligen Adelsfamilien wehten.

Auf einen Zwerg kamen mindestens drei Menschen, und das Tor würde nicht für immer halten.

»Wir werden heißes Pech brauchen«, sagte Krona leise zu Brainn. »Oder heißes Öl. Etwas, das wir auf sie hinunterschütten können, wenn sie sich daran machen, das Tor aufzubrechen.«

Brainn sah sie an.

»Ihr erklärt diese Verhandlung für gescheitert, noch ehe sie begonnen hat?«

Krona wollte widersprechen, doch dann seufzte sie und nickte.

»Ich hab's schon zu oft gesehen, mein König. Wenn sie erst mal aufmarschiert sind, gehen sie nicht mehr nach Hause.«

Sie blieb einen Schritt hinter dem König, als er das freie Feld zwischen der Armee und dem Tor betrat. Sein Schritt war sicher und würdevoll. Krona betrachtete die Reihen des Gegners, während sie Brainn folgte, versuchte, die Qualität der Ausrüstung abzuschätzen, den Ausbildungsstand der Soldaten. Je mehr sie sah, desto weiter sank ihr Mut.

Etwa auf halber Strecke blieb Brainn stehen und verschränkte die Arme vor der Brust. Seine Eskorte pflanzte ihre Banner auf, und ein leiser Sommerwind spielte damit.

Für eine Weile war es still, nur der Hahn krähte. Dann öffneten sich die Reihen der berittenen Krieger, und ein Reiter auf einem schneeweißen Pferd kam hervor und näherte sich im Galopp. Er trug helle Roben, die mit einem Flammensymbol in Blutrot verziert waren. Er war mittleren Alters und auf eine gefällige Art attraktiv, ein spöttisches Lächeln umspielte seine Lippen, als er sein Pferd zügelte und vor den Gesandten Erendors zum Stehen kam.

Eine plötzliche Kälte wehte Krona an. Fenrir hatte recht gehabt.

»Sieh an«, sagte der Reiter und grinste auf Krona hinunter. »Wir beide hatten ja schon einmal das Vergnügen.«

»Ich kann mich nicht erinnern, dass es ein Vergnügen war«, sagte Krona grimmig.

Der Reiter lachte.

»Nur, weil du dich so gewehrt hast. Du solltest lernen, dich zu fügen, wenn ein Mann etwas von dir verlangt. Solange überhaupt noch ein Mann etwas von dir verlangt.«

Kronas Hand fuhr zum Schwert, doch Brainn unterbrach sie mit einer gebieterischen Geste.

»Wir sind nicht hier, um uns zu beleidigen«, sagte er, »sondern, um einen Krieg zu vermeiden. Ich will wissen, warum Ihr ein Heer vor meinem Tor aufmarschieren lasst. Nennt Euren Namen, und dann erklärt Euch.«

Der Reiter richtete sein Pferd einige Schritte rückwärts, dann ließ er es auf die Hinterbeine steigen.

»Der Name, den ich vor langer Zeit trug, ist vergessen«, sagte er. »Ich gab mir einen neuen. Eldsorna. Der eine, der das Feuer anzündet. Ein Name aus der Zwergensprache als Würdigung Eurer Rolle in dieser großartigen Geschichte.«

»Ich habe deinen alten Namen nicht vergessen«, sagte Krona. »Und ich werde die sein, die ihn auf deinen Grabstein meißelt.«

»Nennt Euer Begehr«, sagte Brainn.

»Ganz einfach.« Der Mann, der Karcharoth gewesen war, lächelte abfällig. »Ich begehre alles, was Euer ist. Euren Berg, Eure Männer, Euer Gold, Euer Land, aber vor allem das, was in Euren Minen erwacht.«

»Nichts davon werde ich Euch geben«, sagte Brainn.

»Aber das habt Ihr doch schon«, sagte Karcharoth. »Ich habe Euren Sohn. Seine meisterlichen Zauberkräfte waren mir sehr nützlich. Die Einflüsterungen meiner Flammentochter fielen auf fruchtbaren Boden. Ist es nicht so, dass die Menschen Euch seit Jahrhunderten den Raum zum Leben wegnehmen und Eure Traditionen ächten, sodass Euch nichts mehr bleibt als der Stein, der Euch hervorgebracht hat? Und nun, siehe da – sie kommen mit einer Armee, um ihr Werk zu vollenden. Und nun werdet Ihr von außen zerquetscht werden, während Ihr von innen verbrennt. Euren Sohn wird man als Wegbereiter des Neuen Zeitalters verehren, während man Euch alten Narren vergessen wird. Und Erendor ist erst der Anfang. Bergen ist erst der Anfang. Ich werde Abrantes mit Feuer und Schwert überziehen.«

»Warum bist du nur so ein elender Schwätzer«, sagte Krona. »Du willst nicht verhandeln, das ist die Kurzform. Du willst lieber, dass auf beiden Seiten gute Männer sterben, damit du irgendeinen wahnsinnigen Plan verfolgen kannst, der sowieso scheitern wird.«

»Er wird nicht scheitern.«

»O doch. Dafür werde ich sorgen.«

»Dann streng dich an. Ich liebe eine gute Herausforderung.«

»Ich gebe Euch eine Länge Zeit, Eure Männer von meinem Tor abzuziehen«, sagte Brainn. »Lasst Ihr diese verstreichen, so befinden wir uns offiziell im Krieg.«

»Aber wir befinden uns doch längst im Krieg«, sagte Karcharoth sanft. »Habt Ihr das nicht bemerkt, alter Mann? Nun, Ihr habt ja eine erfahrene Beraterin an Eurer Seite. Sie kann Euch sicher erklären, was ein Krieg ist – und wie es sich anfühlt, einen zu verlieren.«

Er wendete sein Pferd und gab ihm die Sporen, sodass es mit einem Satz davon sprang. Erde spritzte auf Brainns Stiefel, als Karcharoth zu seinen Linien zurückgaloppierte.

»So sei es«, sagte Brainn. Er drehte sich um und machte sich auf den Rückweg zum Tor. Der Hahn war verstummt.

Sie hatten noch etwa zwei Dutzend Schritte vor sich, als Brainn plötzlich vornüber stürzte. Zwischen seinen Schulterblättern steckte ein Pfeil. Die Bannerträger schrien auf und ließen ihre Fahnen fallen. Krona riss ihr Schwert aus der Scheide. Der Träger der weißen Fahne ging zu Boden und umklammerte sein Bein, in dem ebenfalls ein Pfeil steckte. Ein weiterer verfehlte Krona knapp und durchschlug ihren Waffenrock. Sie warf sich flach zu Boden und kroch zu Brainn hinüber, der stöhnend auf dem Bauch lag.

»Hierher!«, brüllte sie dem unverletzten Bannerträger zu. »Anpacken!«

Der Bannerträger kroch zu ihr hinüber. Rund um sie schlugen Pfeile ins Gras ein. Aus dem Berg erscholl das Horn, und für einen Augenblick erstarben alle Geräusche. Dann erhob sich aus vielen Kehlen der zwergische Schlachtruf, *duergar aerlingr*, und dann brachen sie aus dem Tor hervor und stürmten den Feinden entgegen.

Krona packte Brainn an den Schultern. Dem Zwergenkönig lief Blut aus dem Mundwinkel. Sie versuchte, ihn vom Fleck zu bewegen, aber er war zu schwer.

»In Deckung, dort hinüber!«, schrie Krona den Bannerträger an. Der richtete sich auf, um an Brainns Füße zu gelangen. Im gleichen Augenblick durchschlug ein Pfeil seine Kehle, und er sank mit erstauntem Gesichtsausdruck auf seinem König zusammen.

Das Krachen von Waffen schallte über das Feld, Schwert auf Axt, Hammer auf Schild. Irgendwo wieherte ein Pferd schrill. Krona wälzte den toten Bannerträger von Brainn herunter. Von irgendwo kam ein anderer Zwerg ihr zu Hilfe, und gemeinsam schleppten sie den verletzten König auf die dem Feind abgewandte Seite eines großen Felsbrockens.

»Rückzug«, murmelte Brainn. »Schließt die Tore.«

»Jawohl!« Krona kam auf die Knie und spähte hinter dem Felsen hervor. Die Schlacht war im Gange. Die Zwerge hatten zwischen ihrem König und der Armee der Menschen eine Linie gebildet, die jedoch langsam zurückgedrängt wurde. Immerhin konnte man darauf aufbauen. Sie duckte sich und rannte los.

»Rückzug!«, brüllte sie. »Rückzug! Befehl des Königs!«

Niemand reagierte. Sie brauchte einen Augenblick, bis sie begriff, dass die Zwerge schlicht ihre Sprache nicht verstanden. Zu ihrer Linken war es einigen Soldaten gelungen, die Linie der Zwerge zu durchbrechen, die an dieser Stelle schlampig aufgestellt war. Geradezu überrascht von ihrem militärischen Erfolg, sahen sie sich unschlüssig um. Der Erste starb durch Kronas Schwert, bevor er sich entschieden hatte, was als Nächstes zu tun sei. Den Zweiten und Dritten schickte sie mit harten Schwertstreichen zu Boden, der Vierte traf sie beinahe in den Unterleib, eine rasche Drehung brachte sie außer Reichweite, und die Klinge schlitzte nur ihren Waffenrock auf. Noch in der Bewegung riss sie mit der Linken ihren Dolch aus dem Stiefel, brachte sich hinter den Schwertkämpfer und rammte ihm die kurze Stichwaffe in den Hals. Mit einem Gurgeln sank er zu Boden. Krona hob den Dolch und parierte einen Schwertstreich, und nur einen Wimpernschlag später sauste ihr Schwert auf den Angreifer nieder und spaltete ihm den Schädel.

Sie stieg über ihre toten Feinde und sah sich um. Zu ihrer grenzenlosen Erleichterung befand sich ein Zwerg mit einem Signalhorn in ihrer Nähe. Mit ein paar Sätzen war sie bei ihm und packte ihn am Ärmel.

»Rückzug!«, schrie sie ihn an. »Tor!«

Er schien zu begreifen, denn er nickte und setzte das Horn an. Gleich darauf schallte ein Signal über den Platz, und die Verteidigungslinie der Zwerge bekam Risse.

»Haltet die Linie!«, brüllte Krona in wachsender Verzweiflung. »Linie halten, ihr Idioten!«

Was jetzt geschah, hatte wenig von einem taktischen Rückzug. Einzelne Zwerge gaben ihren Posten auf und versuchten auf eigene Faust, das Tor zu erreichen. Auf jeden Zwerg, der die Linie verließ, kamen drei oder vier menschliche Krieger, die durch die Lücke stürmten. Binnen Augenblicken hatte die Schlachtformation sich in ein wildes Durcheinander aufgelöst, und der Platz vor dem Tor füllte sich mit wirrem Kampfgetümmel. Aus dem Tor stürmten weitere Zwergenkrieger.

Für einen Augenblick stand Krona wie gelähmt von dem Chaos um sie herum. Dann sprang einer auf sie zu, in den Händen eine Mistgabel mit geschärften Zinken, und stach nach ihr. Sie duckte sich unter dem Angriff weg und brach dem jungen Mann mit einem harten Schlag die Nase. Er ließ die Mistgabel fallen und krümmte sich über seinem blutigen Gesicht.

Der König. Ein Dutzend Schritte trennte sie von dem Felsen, hinter dem er lag. Sie verfluchte sich selbst, wie sie ihn dort hatte zurücklassen können. Links von ihr durchbrach ein Ritter auf einem mächtigen schwarzen Pferd die Reihen. Mit blitzenden Hufeisen donnerte das Schlachtross auf sie zu. Der Reiter schwang ein langes Schwert; ganz offensichtlich hatte er von seinem hohen Sitz aus ein Problem, zwergische Gegner zu treffen, und war auf der Suche nach einem größeren Feind.

Endlich wurde Krona von der großen Ruhe der Schlacht erfasst. Der Ritter hielt auf sie zu; sie schlug einen Haken und rannte seitlich an ihm vorbei, sodass er sein Pferd bremsen und wenden musste. Das Tier schnaubte und stemmte die Hufe in den Boden, dass Erde und Gras flogen. Krona ging in Angriffsstellung und nahm das Schwert vor sich.

Ritter und Pferd trugen eine Turnierrüstung. Flanken und Mähnenkamm des Tieres waren geschützt, aber die Halsunterseite war frei.

Krona wartete, bis der Ritter sein Pferd wieder in Bewegung gesetzt hatte, dann sprang sie auf ihn zu und führte einen Schlag gegen die Halsunterseite des Pferdes, dort, wo nur ein Behang in den Farben der Adelsfamilie ihrer Klinge Widerstand bot.

Der zentallinische Stahl vibrierte und bog sich. Das Pferd schrie. Krona löste die Klinge und sprang zurück, gerade noch rechtzeitig, um dem mächtigen Hieb des Ritters zu entgehen. Plötzlich war ein Zwerg an ihrer Seite und versenkte die Axt tief in der Schulter des Tieres. Weitere Zwerge strömten herbei, packten den Ritter und zerrten ihn aus dem Sattel, während sein Pferd schreiend zusammenbrach. Gleich darauf zuckten die Füße des Ritters ein letztes Mal, und sein Kopf rollte durch das zertrampelte Gras und kam neben seinem Pferd zu liegen.

Krona umrundete den Kadaver des Tieres und rannte. Einem Soldaten versetzte sie einen raschen Schwertstreich, einen anderen, ängstlichen, trat sie einfach grob aus dem Weg, dann war sie zurück bei Brainn. Ein dichter Ring aus Zwergenkriegern hatte sich um ihn gebildet und schirmte ihn von den Feinden ab, aber sie waren hinter ihrem Stein wie festgefroren.

»Bringt ihn nach drinnen!«, schrie Krona. Als niemand sie verstand, packte sie kurzerhand zwei Zwerge und stieß sie auf den König zu, bedeutete ihnen, ihn hochzunehmen. Es dauerte ein wenig, bis ihre Ehrerbietung es zuließ, den König Unter Dem Berg an Armen und Beinen zu packen, aber schließlich gehorchten sie und setzten sich langsam in Bewegung. Die anderen hielten den schützenden Kreis aufrecht, während Krona versuchte, gleichzeitig die Formation der Zwerge zu kommandieren und sich eigene Gegner vom Leib zu halten.

Etwa die Hälfte des Weges hatten sie zurückgelegt, als eine große Angriffswelle sie überflutete. Die Gegner hatten offenbar bemerkt, dass hier der König in Sicherheit gebracht wurde, und zogen ihre Kräfte auf diesen Punkt zusammen. Der Verteidigungsring brach auf, als einzelne Zwerge den Angreifern entgegen stürmten.

»Position halten!«, schrie Krona vergeblich. »Position halten!«

Sie warf einen Blick zum Tor – nur noch wenige Schritte. Waren sie drin, musste es zügig geschlossen werden, damit die Menschen nicht ins Innere strömten. Die Torflügel standen nur einen Spaltbreit offen, aber Krona hatte gesehen, wie langsam sie sich bewegten.

Ein Gegner rannte gegen sie an und landete einen Treffer. Dumpfer Schmerz saß plötzlich in ihrem Arm, warmes Blut durchtränkte ihren Hemdsärmel. Sie hieb auf den anderen ein, doch der parierte geschickt. Hinter ihr war die Bergung des Königs zum Erliegen gekommen. Hornsignale schallten über den Platz. Sie parierte einen Schwerthieb nach dem anderen, noch halb erstaunt darüber, dass es hier auch Gegner gab, die sie nicht mit einem Streich vom Platz fegen konnte. Noch ehe sie einen Plan gefasst hatte, schlug plötzlich ein Armbrustbolzen in der Stirn ihres Gegners ein, er stürzte nach hinten und regte sich nicht mehr. Ein Weiterer wurde in vollem Lauf von einem Bolzen in die Brust erwischt. Dann fiel ein Dritter, ein paar Schritte entfernt. Eilig sah Krona sich um. Die Königsretter steuerten aufs Ziel zu, Brainn war beinahe in Sicherheit. Überall strebten nun Zwerge zum Tor, und die Torflügel setzten sich langsam in Bewegung. Mit ein paar großen Sätzen war Krona am Tor und hielt die Stellung, zusammen mit einigen Zwergenkriegern. Die Armee rückte auf, doch nicht schnell genug, es schien, als wollten sie lediglich Boden gutmachen.

Als Letzte schlüpfte Krona durch den sich stetig verschmälernden Spalt, und dann schlossen sich die Tore mit einem gewaltigen Nachhall, und es wurde dunkel.

Für eine Weile hörte Krona nichts als ihren eigenen keuchenden Atem und sah nichts als Schatten, die die Feuerpfannen auf die Wände zauberten. Der Schmerz in ihrem linken Arm blühte auf, und sie presste die rechte Hand auf die Wunde und setzte sich in Bewegung.

»Heiler zum König!«, brüllte sie. »Heiler zum König! Verriegelt das Tor! Macht schneller! Das hier ist kein Spaziergang, Meridias Arsch!«

Schwere Balken fielen in ihre Halterungen. Riegel schlossen sich. Zu guter Letzt begannen zwei Zwerge, an einem Räderwerk an der seitlichen Wand zu kurbeln, und langsam senkte sich von oben ein eisernes Verstärkungsgitter, das direkt hinter dem Außentor herunterkam.

Krona atmete auf. Für den Augenblick mochte es halten. Sie sah sich um, versuchte, einen Überblick über die Verluste zu gewinnen, aber alles lief durcheinander.

Ein junger Zwerg stürzte sich gegen das Eisengitter, rüttelte daran und schrie. Andere sprachen auf ihn ein und versuchten, ihn wegzuziehen. Krona musste die Zwergensprache nicht verstehen, um zu wissen, was sich dort abspielte: Der Bruder oder Vater war draußen vor dem Tor geblieben.

Sie wandte sich ab und ging den König suchen.

Man hatte ihn in den hinteren Teil der Halle gebracht und ihm auf seinem Boot ein provisorisches Lager gerichtet. Thork war bei ihm. Der König sah blass und mitgenommen aus, war aber bei Bewusstsein.

»Ein direkter Gesandter Gròrs«, sagte Brainn und lächelte schwach. »Ich musste dreihundertsiebenundachtzig Jahre alt werden, um einem zu begegnen. Kann dieser Krieg jetzt noch verloren gehen?«

»Einen Krieg gewinnt man nicht«, sagte Krona. »Man entscheidet ihn höchstens. Wie geht es Euch, mein König?«

Brainn rückte sich zurecht und klopfte sich prüfend auf die Brust.

»Besser. Dank Eurem Einsatz, Hauptmann.«

»Ich trage Eure Farben nicht, weil sie mir so gut stehen, mein König.«

Brainn sah sie an, dann lachte er leise und winkte ab. Sein Lachen ging in einen gequälten Husten über, und zwei Zwerge sprangen herbei, um ihn zu stützen.

»Dieser Mann, der sich Eldsorna nennt, ist ein gefährlicher Zauberer«, sagte Krona. »Ich traf ihn schon einmal … früher.«

»Ja. Das entnahm ich den Freundlichkeiten, die Ihr austauschtet. Wusstet Ihr, dass er es sein würde?«

»Nein. Ich hätte niemals damit gerechnet, ihm noch einmal zu begegnen. Als ich ihn zuletzt traf, war er so gut wie tot.«

»Was ist ihm zuzutrauen?«

»Alles, mein König.«

Brainn nickte und krümmte sich unter einem neuerlichen Hustenanfall.

»Kriegst du ihn nicht besser hin?«, fragte Krona Thork leise. »Wir brauchen ihn. Wenn er uns stirbt, können wir hier den Laden dichtmachen.«

»Morgen wieder.« Thork erhob sich und kletterte vorsichtig aus dem Boot an Land. »Er ist alt, Krona. Sein Körper muss die göttliche Gabe auch verkraften, und das tut er nicht mehr so gut wie ein Junger. Außerdem gibt es hier viele andere, die meiner Hilfe bedürfen. Es wird allenthalben gestorben.«

Krona nickte. »Geh. Wir brauchen jeden Zwerg, der eine Hacke halten kann.«

Sie überließ Brainn der Obhut seiner Männer und ging, um sich einen Wundarzt zu suchen. Man schickte sie mittels Zeichensprache in eine Ecke der Halle, wo eine Handvoll Zwerge und Zwerginnen dabei waren, die Verletzten zu versorgen. Krona landete bei einer jungen Rothaarigen, die ihr mit geschickten Fingern die Wunde säuberte und verband. Sie war weiß im Gesicht, ihr Blick war leer, sie schien einfach nur einen Handgriff nach dem anderen auszuführen, ohne darüber nachzudenken. Krona unterdrückte ein Seufzen. Womöglich war auch ihr Bruder, ihr Vater oder Ehemann draußen vor dem Tor geblieben.

Mit einem frischen Verband, der ihren Arm fest umspannte, machte sie sich auf die Suche nach ihren Gefährten. Es irritierte und erleichterte sie gleichermaßen, dass noch niemand versuchte, das Tor aufzubrechen.

Am Eingang der Dreizehnten Straße traf sie auf Pintel und Lianna.

»Die anderen alle wohlauf?«, fragte sie sofort. »Ja? Gut. Ich habe mir schon Sorgen gemacht.«

»Du hast dir Sorgen gemacht?«, platzte es aus Pintel heraus. Wir sind hier drin, hinter den Reihen, du bist ganz vorne, draußen auf dem Schlachtfeld, aber du hast dir Sorgen gemacht?«

Krona seufzte und schluckte eine ruppige Bemerkung. Der kleine Zauberer wirkte sowieso schon den Tränen nahe. Sie zauste seinen wirren Haarschopf.

»Komm, lass uns die anderen finden. Ich habe üble Neuigkeiten.«

Sie begegneten Fenrir vorne am Tor. Er kam mit raschen Schritten auf sie zu und schloss Krona in die Arme. Er sprach nicht, hielt sie nur so fest, dass ihre Schultern schmerzten. Dann schob er sie von sich und betrachtete ihren aufgeschnittenen Hemdsärmel und den Verband.

»Warum immer links? Kannst du nicht auf deine linke Seite aufpassen?«

»Ich habe jahrelang mit Schwert und Schild gekämpft. Manchmal fehlt er mir noch.«

»Dann geh und lass dir einen geben! Die werden hier einen Schild übrig haben, verdammt nochmal!«

»Beruhigst du dich mal? Es ist ja nichts passiert.«

Er rieb sich mit beiden Händen übers Gesicht.

»Ich bin es nicht gewohnt, im Krieg zu sein.«

»Ich weiß. Übrigens, du hattest recht. Er ist es.«

»Er ist wer?«, fragte Pintel.

»Karcharoth«, sagte Krona.

»Was? Aber der ist tot und auf Sturmwacht!«

»Tja. Jemand hat ihn offenbar geweckt. Wer könnte das bloß gewesen sein?«

Pintel starrte sie an und umklammerte sich selbst, als würde er frieren.

»Glaub ich nicht, Krona. Er war nichts als eine Geisterscheinung, an die Insel gebunden und angewiesen auf einen fremden Körper.«

»Jetzt hat er einen eigenen und sieht keinen Tag älter aus als dreißig.«

»Es ändert nichts«, sagte Fenrir. »Dass die Leute vor dem Tor irgendwie mit Gyldinn in den Minen zusammenarbeiten, haben wir vorher schon vermutet. Das Bild ist jetzt nur vollständig. Und wer einmal tot war, der kann auch wieder sterben.«

Langsam kehrte Ruhe in der Halle ein. Das Tor war gesichert, dahinter standen die Linien der Zwerge, schwer gerüstete Krieger in der Mitte, an den Flanken die Armbrustschützen. Alle warteten. Nichts passierte. Nach einer Weile entdeckte Krona Simlir, der mit einigen anderen Zwergen sprach, und ging zu ihm hinüber.

»Ihr kommt gerade recht«, begrüßte er sie. »Was meint Ihr, warum sie nicht angreifen?«

»Sie warten auf etwas«, sagte Krona. »Vermutlich auf das, was aus den Minen kommt.«

»Aus den Minen?«, fragte Simlir verständnislos. »Was sollte aus den Minen kommen?«

»Wisst Ihr das nicht? Äh – der Spielmann erzählt immer so eine Geschichte von – etwas, das im Berg geweckt wird und dann raufkommt und …«

»Das sind Märchen, Frau Feuerfaust. In diesen Minen gibt es nichts als Stein und Dunkelheit.«

»Da bin ich ja froh.«

»Aus welchem Grund seid Ihr auf mich zugekommen? Kann ich Euch helfen?«

»Hat sich gerade erledigt. Weitermachen.«

Sie drehte sich auf dem Absatz um und ging den König suchen.

Sie musste robust auftreten, bis man sie zu ihm ließ. Brainn hatte sich in seinem Boot einen improvisierten Befehlsstand eingerichtet und beriet sich mit einigen Zwergen, die allesamt Schärpen mit fünf- und sechszackigen Sternen trugen.

»Hauptmann Feuerfaust«, sagte er und winkte sie näher. »Wir beraten gerade die Lage. Dies sind die Lehnsherren von Schmiedeberg, Tiefengründig und Eisgrube. Und Glaumur, Hauptmann der Sicherheit.«

Krona nickte den Zwergen zu, die Grüße murmelten.

»Weiß man etwas von den östlichen Toren?«

»Die Boten sind noch nicht zurück. Ich entsandte sie vor einigen Tagen, aber der Berg ist groß. Sie werden nicht vor Morgen hier wieder eintreffen.«

Krona nickte. »Nach meiner Einschätzung sollten die Tore frei sein. Diese Armee da draußen ist so eilig aus dem Boden gestampft, die Wahrscheinlichkeit ist groß, dass die Truppenstärke nicht für alle Tore gereicht hat. Deshalb die weitaus drängendere Frage …« Sie unterbrach sich und musterte die Lehnsherren. »Sprechen die Herrschaften meine Sprache?«

»Das ist Eure drängende Frage? Nein, sie sprechen kein abrantinisch.«

»Gut. Dann sagt mir, warum offenbar niemand hier von der Bedrohung in den Minen weiß.«

Brainn bedachte sie mit einem langen Blick.

»Um eine Massenpanik zu verhindern. Leuchtet Euch das nicht ein? Mein Volk ist verunsichert und ängstlich. Niemals zuvor wurde der Berg angegriffen. Niemals zuvor waren wir in einen Krieg verwickelt. Und nun soll ich ihnen sagen, dass unter ihren Füßen eine Bedrohung wächst, die sie womöglich alle verschlingt?«

Krona seufzte. »Trotzdem sitzt da unten die eigentliche Gefahr. Habt Ihr die im Blick?«

»Wollt Ihr das Kommando über diesen Berg übernehmen, Frau Feuerfaust?«

»Ist das ein Angebot?«

»Nein. Eine Rüge.«

Krona hob die Hände und ließ sie wieder fallen. »Verzeiht, mein König. Ich bin nicht geübt im Umgang mit gekrönten Häuptern. Ich habe keine Zeit für Höflichkeiten und *würde, hätte, könnte*. Ich sehe mich um und sehe … viele gute Kämpfer, Männer, die zu allem entschlossen sind, die Euch treu dienen, aber ich sehe keine Armee. Keine Soldaten. Keine Befehlshaber. Wir entscheiden das Ding hier nicht für uns, wenn wir nur Krieg spielen.«

Brainn dachte nach, dann nickte er.

»Nehmt an Männern, was Ihr braucht. Geht hinunter in die Minen und seht nach dem Rechten. Arbeitet einen Plan aus, wie wir der Gefahr am besten begegnen, mit den Möglichkeiten, die wir haben.«

»Jawohl, mein König.«

Krona salutierte, eine Geste, die sich gleichzeitig vertraut und völlig fremd anfühlte, und kletterte aus dem Boot an Land.

Sie brauchte eine Weile, bis sie ihre Gefährten um sich gesammelt hatte.

»Wir gehen in die Minen«, sagte sie. »Kundschaften. Diese Höhle, in der sie da zu Gange sind, hat drei Eingänge, wenn ich mich recht erinnere. Zwei ebenerdige und die Treppe von oben. Ich suche Simlir, er soll mir Zwerge mitgeben, die können dann einen Blick durch den anderen Eingang werfen. Danach treffen wir uns im Auge der Götter und schmieden einen Plan.«

»Warum dort?«, erkundigte sich Wolfram. »Das ist ziemlich weit entfernt.«

»Es ist einer der wenigen Orte, die ich mir hier unten merken kann.«

»Lass Simlir einen Treffpunkt vorschlagen«, sagte Nardon. »Er kennt die Gegebenheiten sicher besser als jeder von uns.«

Krona nickte. »Ich organisiere Zwerge. Aufbruch hier in einer halben Länge.«

Es dauerte ein wenig, bis Simlir Zwerge gefunden hatte, die sich in den Minen gut genug auskannten, um als Führer dienen zu können, und nicht gleichzeitig vor dem Tor gebraucht wurden. Es waren rüstige Zwerge mit weißen Bärten, und sie sprachen allesamt kein Wort abrantinisch.

»Wir teilen uns auf«, sagte Krona schweren Herzens. »In jede Gruppe muss ein Kämpfer, ein Ortskundiger und einer, der zwergisch spricht.«

Dann kam der große Moment von Pintels Karte. Er breitete sie aus und erklärte, und Wolfram übersetzte, wo Pintels Gemisch aus Orda und Zwergisch ihn im Stich ließ. Die beiden älteren Zwerge, Brüder namens

Holti und Holnir, beugten sich mit zusammengekniffenen Augen tief über die Karte. Sie waren mindestens so alt wie Brainn und hatten Zeiten gesehen, die Krona nur aus Legenden kannte, dennoch hätte sie sie sofort gegen jüngere, streitbare Zwerge eingetauscht.

Die drei Zwerge berieten, und Wolfram übersetzte leise.

»Sie kennen diese Halle«, sagte er. »Sie haben alle in den Minen gearbeitet. Es ist die Untere Schmiedehalle, und sie diente seinerzeit tatsächlich als Werkstatt, damit man nicht jede zerbrochene Spitzhacke nach oben bringen musste. Teilweise haben sie dort auch Eisenerz eingeschmolzen, aber als die Vorkommen reicher wurden, war nicht mehr genug Platz dafür. Sie fanden dann eine riesige natürliche Höhle, die sie zur Schmelze ausbauten. Ich nehme an, das war die Höhle, in der Pintel sein knallendes Licht gemacht hat.«

»Wann kommt der interessante Teil?«, fragte Krona ungeduldig. »Sie sollen sich hier nicht über die guten alten Zeiten austauschen.«

»Das war der interessante Teil. Im Augenblick beraten sie über den Weg, den man am besten nimmt.«

»Sie sollen schneller beraten. Ich will nicht, dass sie noch an Altersschwäche sterben, bevor wir aufbrechen.«

»Keine Sorge. Sie sind so rüstig, sie werden hier noch ihre Enkelkinder auf den Knien schaukeln, während deine Knochen schon zu Staub zerfallen.«

Krona musterte den Spielmann, der ein völlig gleichmütiges Gesicht machte, dann aber seufzte.

»Ist gut. Ich beschleunige sie. Auf die höfliche Art, wenn du erlaubst.«

Ein – wie es Krona schien – endloses Palaver später brachen sie endlich auf. Thork und Lianna blieben, um bei der Versorgung der Verletzten zu helfen. Krona sah zum Tor, als sie das Boot bestieg, und wäre deshalb beinahe ins Wasser gefallen.

»Ich habe kein gutes Gefühl«, sagte sie. »Ich werde stundenlang weg sein, und die Anfänger hier müssen auf das Tor aufpassen.«

»Dann bleib«, sagte Pintel. »Einen Erkundungsgang kriegen wir auch ohne dich hin.«

Widerstrebend ließ Krona sich auf die Bank fallen.

»Ich habe einen direkten Befehl des Königs, Pintel.«

»Dann bist du jetzt so etwas wie Brainns General?«, fragte Pintel beeindruckt.

»Nein«, sagte Krona. »Aber wenn dieser Berg nicht überrannt werden soll, wäre ich es besser. Die wissen überhaupt nicht, wie Krieg geht.«

»Sie haben aber viele großartige Geschichten darüber«, warf Wolfram ein. Krona schnaubte.

»Das soll mich trösten?«

»Mich tröstet es«, sagte Wolfram.

Das Boot brachte sie bis in die Dreizehnte Halle. Dort trennten sich ihre Wege. Krona stieg mit Wolfram und Holti in ein kleineres Boot um und ließ sich die Dritte Straße entlang rudern, während die anderen in die Elfte einbogen. Kurz bevor sie Schmiedeberg erreichten, ließ Holti das Boot anhalten. Sie stiegen aus, und Holti brachte sie in eine schmale Gasse, durch noch schmalere Seitengassen bis hin zu einer dicken, alten Tür. Er zog einen Schlüssel aus der Tasche und sperrte auf.

Die Heimstatt, die sie dahinter empfing, war schon lange keine mehr. Die Räume waren leer und dunkel, es roch nach Staub. Holti ging in einen Raum, der sich durch eine große, gemauerte Kochstelle als ehemalige Küche auswies, und öffnete eine Falltür im Boden. Über eine steile Treppe gelangten sie in einen kleinen Keller und von dort aus durch eine schmale Tür auf einen unterirdischen Gang. Holti erklärte etwas, und Wolfram übersetzte.

»Er sagt, viele der älteren Heimstätten hätten einen Zugang zu den Minen. Oft seien sie aus Probegrabungen oder erschöpften Erzadern überhaupt erst entstanden. Er hat hier unten als Baumeister gearbeitet – zuständig dafür, dass die Tunnel einsturzsicher angelegt wurden.«

Krona nickte seine Erklärung ab. In Gedanken war sie oben beim Tor und konnte nicht aufhören, sich Sorgen zu machen. Sie trieb den alten Zwerg so unwirsch zur Eile, dass dieser sich hörbar befremdet mit einer zwergischen Beschwerde an Wolfram wandte.

Wolfram hatte eine Laterne mitgebracht, und so waren sie einmal mehr inmitten einer kleinen, schwimmenden Lichtinsel unterwegs in der ewigen Dunkelheit. Holti mied die breiten Tunnel und führte sie durch schmale Gänge, die teils so niedrig waren, dass Wolfram und Krona nur gebückt vorankamen, und so schmal, dass Kronas Schwertgehänge hässlich an der Wand entlang kratzte. Niemals hätte sie sich ohne Holtis

Führung in eines dieser engen Löcher gewagt, doch der Zwerg bewegte sich hier unten, ohne auch nur ein einziges Mal zu zögern. Nach Kronas Schätzung war kaum eine halbe Länge vergangen, als von Ferne der Klang von Hämmern und das Fauchen eines Blasebalges zu ihnen drangen. Holti bog in einen größeren Tunnel ein, zeigte nach vorne und bedeutete Krona, sie möge vorangehen.

»Er soll hier warten«, sagte Krona. »Wir sind gleich zurück.«

Wolfram wechselte einige Worte voll eiliger Höflichkeit mit dem Zwerg, dann schloss er zu Krona auf, die schon auf dem Weg in die angegebene Richtung war.

Jetzt, mit dem Licht in ihrem Rücken, nahm Krona auch den flackernden Feuerschein wahr, der vor ihr um eine Biegung kroch. Sie presste sich an die Wand und schob sich voran, bis sie freie Sicht hatte.

Der Gang vor ihr überquerte eine weitere Kreuzung und mündete dann in die Schmiedehalle. Dort herrschte Hochbetrieb. Fünf oder sechs Dutzend Zwerge waren zugange und größtenteils damit beschäftigt, große Bauteile zu einem halbrunden Ganzen zusammenzufügen. Es steckte noch in einer Hilfskonstruktion aus rohen Holzbalken, aber es gab keinen Zweifel daran, was da entstand.

»Die sind fast fertig«, flüsterte Krona entgeistert. »Darauf warten die also oben vor dem Tor.«

»Ich dachte, ihnen würden Bauteile fehlen?«, fragte Wolfram leise. »Ein Kraftsammler und ein Schädel?«

»Ja, das dachte ich auch. Aber es scheint, als hätten sie einen Weg gefunden, sich Ersatz zu besorgen.«

Wolfram näherte sich vorsichtig der Öffnung und beugte sich vor, um besser zu sehen.

»Sie müssten mal das Holzgestell wegnehmen, damit man mehr erkennen kann – aber da links oben – könnte das nicht der Markholt-Schädel sein?«

Krona schloss zu Wolfram auf, die Hand auf dem Schwert. Tatsächlich waren zwischen den Brettern Teile der Metallkonstruktion erkennbar, und in einer Vertiefung saß ein rundes, glitzerndes Ding.

»Könnte gut sein«, sagte sie leise. »Was meinst du, wie lange die hier noch brauchen?«

»Woher soll ich das wissen?«

»Enttäusche mich nicht. Du hast doch zu dem Thema sicher ein paar Geschichten gehört.«

»Du meinst, bis auf die, in der ich mittendrin stecke? Nein, eigentlich nicht.«

Krona stieß Luft durch die Zähne.

»Weißt du, was merkwürdig ist? Sie beachten uns gar nicht.«

Wolfram fischte eine kleine Münze aus der Tasche seiner Robe und schnippte sie in Richtung des Tores. Statt in der Halle zu Boden zu fallen, prallte die Münze an einem unsichtbaren Widerstand ab, sprang zurück und rollte Wolfram vor die Füße.

»Sie haben sich abgeschottet«, sagte er. »Meine Theorie: Es ist ihnen inzwischen völlig egal, wer sie beobachtet, und wobei. Sie wissen, dass sie hinter diesem Zaubervorhang unerreichbar sind, und wenn sie herauskommen, werden sie alles niederwalzen, was sich ihnen in den Weg stellt. Die Zeiten der Heimlichtuerei sind für sie längst vorbei.«

Wolfram bückte sich nach der Münze, und im gleichen Augenblick explodierte ein gewaltiger Feuerball da, wo soeben noch sein Kopf gewesen war. Wolfram ließ sich flach auf den Bauch fallen und barg den Kopf in den Armen. Krona schrie und sprang vor ihn, das zentallinische Schwert in der Rechten, ihren Dolch in der Linken.

»Zuviel Klugheit kann tödlich sein«, sagte Baldur und hob die Hand. Über seine Fingerspitzen geisterten Reste arkaner Energie und versickerten im Nichts. Er holte aus, und aus einem Reflex heraus warf Krona das Messer.

Es war nicht dazu gemacht. Seine Flugbahn war miserabel, doch der Knauf traf Baldur hart an der Stirn, und er taumelte mit einem Aufschrei rückwärts. Krona setzte nach, ohne zu überlegen. Mit zwei Schritten war sie an ihm dran und riss das Schwert hoch – und erstarrte mitten in der Bewegung. Ihr Herz jagte, ihre Muskeln krampften, doch sie konnte keinen Finger regen, nicht einmal blinzeln. Wie festgewachsen stand sie und beobachtete, wie Baldur sich arkane Energie von den Fingern streifte.

»Das ist doch nicht dein Ernst«, sagte er. »Erbärmliches Menschenweib. Dieser Weg in die Minen soll dein letzter gewesen sein, denn hier wirst du sterben.«

»Moment noch!«, kam Wolframs Stimme von hinten.

Sie konnte den Kopf nicht drehen, aber sie hörte das Scharren seiner Stiefel, und dann kam er seitlich in ihr Blickfeld, das Gesicht blass, aber entschlossen.

»Ich gehe davon aus, Ihr werdet auch mich töten, Baldur, Sohn des Brainn«, sagte er. »Ihr habt es ja soeben versucht, alleine meine Sparsamkeit hat mich gerettet. Jemand wie ich lässt keine Münze zurück, und sei sie noch so klein. Aber bevor ich sterbe, müsst Ihr mir von Euren Plänen berichten.«

»Warum sollte ich?«, fragte Baldur misstrauisch.

»Weil ich Eure letzte Gelegenheit dazu bin«, erklärte Wolfram. »Ihr seid, mit Verlaub, der großartige, charismatische Bösewicht der Geschichte. Wer weiß, womöglich werdet Ihr sogar siegen. Aber bevor Ihr das tut, müsst Ihr Eurem Gegenspieler – also mir – Eure Pläne auseinandersetzen. Damit ich genau weiß, warum ich sterbe. Und damit Ihr Euch selbst versichern könnt, dass Ihr das Richtige tut.«

»Ich tue das Richtige«, sagte Baldur. »Um das zu wissen, brauche ich Euch nicht.«

Ein Zittern durchlief Krona. Ihre Zähne klapperten, und sie biss sie hart aufeinander, um sich nicht zu verraten. Der Zauber ließ nach. Sie konnte bereits wieder ihre Hand um den Schwertgriff anspannen und lockern.

»Ich bin sicher, Euer Plan ist von bestechender Schönheit«, sagte Wolfram atemlos. »Grausam, aber schön, wie ein klirrend kalter Wintermorgen. Die Unwerten werden den nächsten Sonnenuntergang nicht erleben, aber die Edlen werden gestärkt daraus hervorgehen. Kommt schon. Ihr könnt diesen Teil der Geschichte nicht einfach auslassen.«

»Es wird hier kein Stein mehr auf dem anderen stehen, wenn wir gesiegt haben«, sagte Baldur. »Erendor ist blutleer und vermodert wie ein Leichnam. Es wird Zeit für ein Begräbnis. Was brauchen wir Erendor, wenn wir die ganze Insel haben? Bergen wird uns gehören, von Rauhenberg bis Südhafen. Die Menschen schmeißen wir ins Meer, sie können hinüberschwimmen nach Lichtenau, wenn sie wollen.«

»Großartige Idee«, versicherte Wolfram. »Ich höre sogar schon den Schlachtruf! Bergen den Zwergen! Oh, das reimt sich sogar. Ich schenke ihn Euch, wenn er Euch gefällt.«

»Wollt Ihr mich auf den Arm nehmen?«

»Ungern. Sagt mir, Baldur, wie wird Euer Tor funktionieren? Baldurs Tor. Eingängiger Name, findet Ihr nicht? Könnte eine große Geschichte ergeben. Schade, dass ich nicht am Leben bleiben werde, um sie zu erzählen.«

»Genug! Ihr habt mich lange genug aufgehalten.«

Baldur hob die Hände. In seinen Handflächen sammelte sich blau glitzernde Energie. Krona stemmte sich gegen den Lähmungszauber. Ein gewaltiger Schrei stieg in ihr auf und brach sich Bahn, und dann kam sie frei und schnellte nach vorne wie von einer Bogensehne abgeschossen, ihr Schwert durchschnitt die Luft und dann Haut und Blutgefäße und Knochen. Baldur gab einen gurgelnden Schrei von sich und stürzte zur Seite. Krona befreite ihr Schwert und hieb erneut zu. Baldur ging in die Knie, und sie traf seinen Hals, wieder und wieder, bis sein Kopf zur Seite klappte. Blut stürzte in einem riesigen Schwall auf den Boden, und mit einem letzten Hieb trennte sie ihm den Kopf vom Hals und machte einen Schritt rückwärts.

Wolfram starrte mit riesigen Augen hinunter auf Baldurs kopflose Leiche. Ein letzter Blutschwall traf den Boden vor seinen Stiefelspitzen, dann versiegte der Blutstrom zu einem stetigen Tröpfeln.

»Ach du Scheiße«, sagte Krona keuchend. »Ach du Scheiße. Ich habe den Sohn des Königs umgebracht.«

»Und ich weiß nicht, ob ich ein großes Lied darüber dichten oder mich herzhaft übergeben soll«, sagte Wolfram. »Vermutlich erst das eine, dann das andere.«

»Was macht der hier unten, Meridias Arsch? Der sollte doch oben eingesperrt sein!«

Wolfram hob die Schultern.

»Ich nehme an, wenn man Zauberer ist, hat man Mittel und Wege, sich aus einer Gefangenschaft zu befreien, wenn einem danach ist.«

Krona machte mit weichen Knien einen Schritt vorwärts und klaubte ihren Dolch vom Boden auf. Ein Blick in die Halle zeigte ihr, dass niemand von den Geschehnissen Notiz genommen hatte.

»Das war mutig«, sagte Krona. »Merkwürdig, aber mutig.«

»Eine Verzweiflungstat«, sagte Wolfram bescheiden. »Ich hatte gehofft, dass deine Verzauberung nachlässt, wenn Baldur seine Aufmerksamkeit auf mich richtet. Und es hat funktioniert. Zum Glück für uns beide.«

Wolfram bückte sich und hob endlich seine Münze vom Boden auf.

»Die gebe ich niemals aus«, sagte er und verstaute sie in seiner Tasche. »Die hat mir das Leben gerettet. Stell dir nur vor, ich hätte ein halbes Glas Bier oder ein Brötchen davon gekauft! Dann hätte ich jetzt nichts zum Werfen gehabt und hätte nicht geworfen und also auch nicht den Kopf runtergenommen … Mein Vater sagte immer, spare in der Zeit, dann hast du in der Not, aber ich glaube nicht, dass er dabei an solche Fälle gedacht hat.«

»Du verbringst viel Zeit mit Pintel, nicht wahr?«

»Ja, wieso? Er liebt meine Geschichten, und ich liebe ihn als Publikum.«

»Er färbt ab.«

Krona steckte den Dolch in den Gürtel, behielt aber das Schwert in der Hand.

»Lass uns gehen. Ich bin nicht sicher, ob Baldurs Tod das Spiel hier verlangsamt oder beschleunigt.«

Sie gingen zurück zur Kreuzung, an der sie Holti zurückgelassen hatten. Erst sahen sie ihn nicht, dann bemerkten sie eine dunkle Masse auf dem Boden des Ganges, den sie gekommen waren. Beide gleichzeitig rannten sie los und fanden Holti, gerade auf dem Rücken liegend, die Augen weit geöffnet, reglos, mit einem großen verschmorten Loch in der Brust.

Betroffen sahen sie sich an.

»Baldur«, sagte Krona düster. »Hätte er nicht seine Strafe schon bekommen, wäre ich jetzt wirklich stinkwütend. Und nicht nur wegen Holti. Wir finden ohne ihn hier nie wieder raus, ist dir das klar?«

Nervös sah Wolfram sich um dann wieder hinunter auf den toten Holti.

»Vielleicht doch«, sagte er und deutete auf Holtis rechten Arm, den er von sich gestreckt hatte. Sein Zeigefinger wies direkt in einen der Gänge.

»Vielleicht hat er uns im Augenblick seines Todes den Weg weisen wollen, der tapfere alte Mann«, sagte Wolfram. Krona warf einen Blick in den Gang.

»Von da sind wir nicht gekommen«, sagte sie. »Garantiert nicht. Wir kamen von weiter hinten.« Sie zeigte in die entsprechende Richtung, und Wolfram nickte.

»Wir kamen nicht von da«, sagte er. »Aber Baldur vielleicht.«

Unentschlossen starrte Krona in den Gang, in den Holtis Zeigefinger wies.

»Versuchen wir's«, sagte Wolfram. »Uns läuft die Zeit davon. Wenn diese Lampe verlischt, wäre ich gerne raus aus den Minen.«

Sie entschieden sich widerstrebend, Holti zurückzulassen, um schneller voranzukommen. Wolfram schloss ihm die Augen und faltete ihm die Hände auf der Brust, dann gingen sie los, Holtis Fingerzeig folgend.

Nach kurzer Zeit bereits führte der Gang in einer stetigen Linkskurve bergauf. Zu Kronas Erleichterung gab es keine Abzweigungen, doch ihr Mut sank sofort wieder, als sie schließlich an einer Kreuzung anlangten, aus der sogar fünf Wege sternförmig in die Dunkelheit führten. Sie probierten aufs Geratewohl den ersten, der sie nach einem kurzen, aber strammen Marsch an den Fuß eines Einsturzes brachte und damit immerhin als möglicher richtiger Weg ausschied. Eilig kehrten sie zurück zur Kreuzung und versuchten den nächsten Gang. Dieser endete an einer steilen, dunklen Treppenflucht, die nach unten in den Bauch des Berges führte.

»Nein«, sagte Wolfram. »Wir müssen hinauf, nicht hinunter.«

Sie drehten um und eilten den Weg zurück.

»Bereust du's schon?«, fragte Krona nach einer Weile.

»Was?«, fragte Wolfram.

»Als wir uns in Südhafen über den Weg gelaufen sind, hättest du uns einfach nach Erendor weiterschicken können. Du hättest nicht mitkommen müssen.«

»Ach so – nein.« Wolfram grinste zu Krona hinüber. »Etwas so knapp zu überleben, macht mich für eine Weile ganz unfassbar glücklich. Und wo kann einem das häufiger passieren als in deiner Gesellschaft?«

Sie kamen an der Kreuzung an und nahmen den nächsten Weg. Dieser führte sie für eine Weile eben und gerade in das, was sie für ungefähr die richtige Richtung hielten. Dann wichen die Wände zur Seite weg, und sie betraten eine Höhle, so groß, dass ihr Licht sich im Nichts verlor. Wolfram drehte sich und leuchtete die Wände ab. Reste von Hebe- und Zugvorrichtungen ragten aus dem Fels wie faulige Zahnstümpfe, und Stränge alter, rostiger Ketten kamen aus dem Nichts zu ihnen hinunter.

»Warte mal«, sagte Krona. »Ich weiß, wo wir sind! Das ist die große Halle. Die, in der Pintel den Knall gemacht hat. Wir kamen oben auf einem Felsabsatz raus!«

»Die Alte Schmelze«, sagte Wolfram. »Und wie hilft uns das?«

»Wir klettern die Ketten rauf«, sagte Krona. »Oben von diesem Felsvorsprung finde ich vielleicht zurück ins Auge der Götter.«

»Großartige Idee«, sagte Wolfram. »Kletter du zuerst. Ich fange dich dann auf, wenn die Ketten zerbröseln. Oder, was wahrscheinlicher ist, du erschlägst mich mit deinem Gewicht, und wir sterben beide einen unspektakulären, dunklen Tod.«

Krona packte eine Kette und zerrte daran. Die Kettenglieder knirschten zwischen ihren Fingern, dann kam ein Klirren von oben, und Krona machte einen großen Schritt nach hinten, als die Kette ihr vor die Füße fiel.

»Na gut«, sagte sie. »War nur eine Idee. Zurück zu unserer Kreuzung dann.«

Der vierte Weg erwies sich endlich als der richtige. Er mündete in eine schmale Treppe, die steil nach oben führte und tatsächlich an einer Tür endete.

Wolfram probierte die Klinke.

»Verschlossen.«

»Lass mich mal ran.«

Krona nahm Maß und rammte ihre Schulter gegen die Tür. Die Bohlen krachten, hielten aber stand. Krona fluchte fürchterlich und umklammerte ihre Schulter.

»Lass es daran nicht scheitern«, bat Wolfram. »Wenn der Krieg verloren geht, weil wir hinter einer Tür festsitzen, weiß ich nicht, wie ich das noch in einen Heldengesang verpacken soll.«

Mit aller Wucht trat Krona gegen das Schloss. Es krachte und splitterte. Ein weiterer Tritt, und der Schließmechanismus brach. Splitter flogen. Der Schwung beförderte Krona nach vorne. Es schepperte laut, und sie landete auf allen Vieren direkt auf einem schwer gerüsteten Gegner. Sie schrie und riss ihren Dolch aus dem Gürtel, um ihn zwischen Brustpanzer und Halsberge zu rammen, doch der Gegner unter ihr wirkte seltsam leblos. Sie kam in die Höhe. Ihr Gegner rührte sich nicht.

»Es ist nur eine leere Rüstung«, hörte sie Wolframs Stimme hinter sich. »Beruhige dich. Keiner zu Hause.«

Sie atmete tief durch und steckte den Dolch weg. Hinter ihr trat Wolfram aus der zerstörten Tür. Sie befanden sich in einem großen, halbrunden Raum, der angefüllt war mit altertümlich anmutenden Plattenrüstungen, die auf Ständern an den Wänden entlang eine stumme Wache hielten. Ihre Tür war direkt hinter einem solchen Podest herausgekommen.

»Die Ahnengalerie«, vermutete Wolfram.

Sie gingen zum Fenster und sahen hinaus. Unter ihnen lag still der See. Das Sonnenlicht spiegelte sich auf der glatten Wasseroberfläche. Alle Boote waren ordentlich vertäut.

»Schnell«, sagte Krona. »Ich möchte nicht wissen, wie viel Zeit wir verloren haben.«

Sie trafen die Anderen früher als gedacht. Sie hatten gerade die Dreizehnte Halle durchquert und ruderten in Richtung Eisgrube, als ihnen von dort ein Boot entgegenkam. Pintel stand im Bug. Sein Blondschopf leuchtete, als er auf und ab hüpfte und aufgeregt winkte.

»Wir wollten euch gerade suchen gehen!«, rief er aufgeregt. »Wo wart ihr so lange? Und wo ist euer Zwerg?«

»Lange Geschichte«, sagte Krona. »Wie steht es um das Tor? Hält es?«

»Es wird nicht angegriffen«, sagte Fenrir, der Pintel am Kragen gepackt hatte, damit der kleine Zauberer sich nicht selbst von dem schwankenden Boot ins Wasser beförderte. »Steigt um. Wir haben Neuigkeiten.«

Krona und Wolfram ließen ihr Boot zurück und stiegen in das andere um. Neben Fenrir und Pintel war noch Lomir an Bord und, zu Kronas Überraschung, Regar.

»Was macht Ihr denn hier? Warum seid Ihr nicht evakuiert?«

»Weil ich kämpfen kann und nicht zulassen werde, dass eine Horde ungewaschener Menschen meinen Laden plündert«, sagte er. »Nichts für ungut, meine menschlichen Freunde.«

»Schon gut. Welche Neuigkeiten habt ihr?«

»Baldur ist aus seinem Gefängnis ausgebrochen und verschwunden«, sagte Fenrir. »Drei Zwerge haben dabei ihr Leben gelassen. Wir befürchten, dass er auf dem Weg zu Gyldinn ist.«

Krona und Wolfram wechselten einen Blick.

»Das Problem hat sich gelöst«, sagte Krona.

»Was?«, fragte Fenrir. »Wie?«

»Sagen wir, erst wurde es ein wenig brenzlig, und dann hat der Gute den Kopf verloren«, sagte Wolfram.

»Hat Gyldinn ihn gefressen?«, erkundigte sich Pintel mit aufgerissenen Augen.

»Nein«, sagte Krona. »Da habe schon ich erledigt.«

»Du hast Baldur getötet«, sagte Lomir ungläubig.

»Er hat uns angegriffen. Er kam von hinten und meinte, es wäre eine gute Idee, mit Zaubern zu werfen. Dann ist er mit dem Hals voraus in mein Schwert gerannt. Vier- oder fünfmal.«

»O weh«, sagte Lomir. »Das wird dein Verhältnis zum König erheblich belasten, Notwehr oder nicht.«

»Wir sagen es ihm erst, wenn das hier vorbei ist. Sonst Neuigkeiten?«

»Sie sind fast fertig mit dem Portal«, sagte Pintel. »Aber das habt ihr ja bestimmt gesehen. Sie haben die Schädel verbaut. Ein Platz ist leer – den fünften Schädel hat sie wohl nicht mehr aufgetrieben. Vielleicht bilden sie noch eben einen nach – auch die Ursprungsschädel sind zunächst nichts als Kunsthandwerk, bevor man sie mit arkaner Energie füllt. Wie sie den Markstein ersetzen wollen, habe ich nicht sehen können. Vielleicht kann Gyldinn die Kräfte inzwischen selbst bündeln, mächtig, wie sie ist. Oder sie haben auch dafür Ersatz gefunden.« Pintel seufzte. »Ich meine, es war großartig, mit euch unterwegs zu sein und so viel von der Welt zu sehen, aber manchmal habe ich den Eindruck, dass wir völlig umsonst um die halbe Welt gehetzt sind.«

»Was du nicht sagst«, knurrte Krona und fing sich einen Rippenstoß von Fenrir.

»Umsonst war es sicher nicht«, sagte er. »Wir wissen nur einfach noch nicht, wozu es gut war.«

»Vielleicht«, sagte Pintel wenig überzeugt.

Zu Kronas Überraschung brachte das Boot sie nicht zurück zum Westtor, sondern lieferte sie in Eisgrube in der Nähe von Regars Wohnung ab.

»Es gibt hier noch etwas zu erledigen«, sagte Regar. »Dauert auch nicht lange. In diesen Zeiten kann man Zeremonien auf das Nötigste einschmelzen – falls sie überhaupt jemanden gefunden haben, der das

Ritual vollzieht. Aber Zeit für ein gutes Essen muss sein. Und für Musik. Es wird doch Musik geben?«, fragte er über die Schulter in Wolframs Richtung.

»Ja«, sagte Wolfram verwirrt, »aber wobei?«

»Bei der Hochzeit«, sagte Regar geduldig.

»Sie heiraten?«, fragte Krona. »Heute? Ich meine, jetzt? Was ist das denn für eine Schnapsidee?«

»Eine sehr romantische«, seufzte Pintel.

»Nö«, sagte Krona. »Kriegshochzeiten sind immer scheiße. Noch schnell heiraten, bevor einer stirbt. Das ist doch die Botschaft dahinter.«

»Und die behältst du schön für dich«, sagte Fenrir. »Du magst ja recht haben, aber wenn es sie tröstet, dann lass sie doch.«

»Ich gehe jetzt sowieso erst mal Meldung beim König machen.«

»Na gut«, sagte Pintel. »Aber beeil dich.«

Regar überzeugte den Bootszwerg mit klingender Münze davon, Krona noch einmal nach vorne in die Eingangshalle und wieder zurückzurudern, und sie stieg zurück ins Boot und war froh, ihre schmerzenden Füße schonen zu können.

Als sie einige Zeit später wieder in Regars Haus eintraf, waren die Vorbereitungen für die Zeremonie gerade abgeschlossen. Einige Zwerginnen deckten noch den Tisch, und ein nervöser Priester des Gròr trat von einem Fuß auf den anderen.

»Er wäre lieber evakuiert geblieben«, sagte Nardon. »Nur die nachdrückliche Erinnerung an seine Pflichten hat ihn dazu bewogen, mitzukommen. Und das Versprechen, dass wir uns alle vor ihn werfen, wenn die bösen Menschen das Tor einnehmen. Wie sieht es übrigens damit aus?«

»Noch ist alles ruhig. Der König stellt ein paar Leute ab, die die Schmiedehalle bewachen und Meldung machen sollen, falls dort etwas passiert. Wir haben einfach zu viele Schauplätze. Die blöde Halle hat drei Eingänge, dazu noch das Tor … Wir zerstreuen unsere Kräfte und sind an jedem einzelnen Schauplatz zu schwach. Wenn ich die Gegenseite wäre, ich würde es genau so machen.«

In diesem Augenblick hatte Lianna die Nachzüglerin entdeckt und kam zu ihr hinüber. Obwohl sie über das ganze Gesicht strahlte, entging Krona nicht, wie verweint ihre Augen aussahen.

»Da bist du ja«, sagte Lianna und umarmte Krona. »Ach, ein Glück. Jetzt können wir ein bisschen feiern.«

»Und ich dachte, eine wie du feiert ihre Hochzeit drei Tage und drei Nächte lang«, sagte Krona. »Mit einem Kleid, so teuer, dass eine Familie ein ganzes Jahr davon leben könnte.«

»Ich hatte ein solches Kleid«, sagte Lianna. »Aber nicht den richtigen Mann dazu. Und feiern können wir, wenn das hier überstanden ist.«

Krona unterdrückte ein Seufzen.

»Na, dann.«

»Ihr alle müsst mich ihm zuführen«, sagte Lianna, »Ihr seid das, was einer Familie am nächsten kommt. Mich an meinen Mann übergeben«, fügte sie hinzu, als sie Kronas verständnisloses Gesicht sah. »Kennst du den Brauch nicht? Ich dachte, du hast zweimal geheiratet?«

»Ja, aber ich habe niemanden gebraucht, der mich meinem Mann zuführt«, sagte Krona. Fenrir, der gerade mit einem gefalteten Mantel über dem Arm durch die Tür kam, grinste sehr breit.

»Es ist uns eine Ehre«, versicherte Nardon. »Es gibt bei den Zwergen ähnliche Bräuche. Lomir? Lomir!«

»Hm?« Widerstrebend löste Lomir sich aus einem intensiven Gespräch mit einer hübschen blonden Zwergin und kam herüber.

»Ich hoffe, es ist wichtig«, sagte er. »Alba und ich haben uns wirklich viel zu erzählen. Sie ist Bäckerin, und sie liebt ihren Beruf! Zuletzt hat sie ein Brot erfunden, bei dem der Teig statt mit Wasser mit dunklem Bier angesetzt wird. Ich würde zu gerne mal zusehen, wie sie Teig knetet …«

»Hier«, sagte Nardon und schnippte mit den Fingern vor Lomirs Gesicht. »Aufmerksamkeit bitte. Hochzeit. Hilf mir mal, die anderen zusammenzutrommeln. Wir sollten das Wichtigste erledigt haben, bevor die Menschen vor dem Tor sich zu einem Durchbruch entschließen.«

Die Zwerge gingen, um die Dinge zu beschleunigen, und Krona machte sich auf die Suche nach dem Bräutigam. Sie fand ihn in der Küche, wo er sich an einem Becher mit Tee festhielt.

»Na? Aufgeregt? Jetzt bloß keine kalten Füße kriegen.«

Er sah sie mit seinem einzelnen goldgrünen Auge an, er war regelrecht aufgewühlt, wenn sie ihn je so gesehen hatte. Augenblicklich bereute sie ihre flapsige Bemerkung.

»Sie wird schon nicht nein sagen«, schob sie etwas sanfter nach. Thork seufzte klaftertief.

»Das wird sie nicht«, sagte er. »Es war ihre Idee. Nur … das ist nicht die Hochzeit, die sie sich erträumt hat. Sie hat mir davon erzählt, bevor wir … als wir uns noch nicht so gut kannten. Sie hat ihr Leben lang darauf gewartet, die Frau dieses Pferdeprinzen zu werden. Ein schöner junger Mensch, ein großartiges Fest, teure Kleider, Schmuck, Musik, hunderte Gäste. Und jetzt heiratet sie im Schatten eines Krieges, auf die Schnelle, in einer leeren Zwergenstadt … mich.«

»Sie heiratet genau den Mann, den sie erwählt hat«, sagte Krona. »Und sie ist längst nicht mehr das Mädchen, das eine Prinzessin werden wollte. Sie ist erwachsen geworden. Das geht schnell bei uns Menschen.«

Thork nickte zögernd.

»Was, wenn sie es bereut?«

»Sie kriegt ein Kind von dir. Glaub mir, wenn es etwas zu bereuen gäbe, hätte sie längst damit angefangen.«

Sie sah sich in Regars Küche um und entdeckte auf einem Bord an der Wand eine bauchige Flasche mit einem Etikett, das ihr bekannt vorkam. Sie nahm die Flasche, zog den Stöpsel und verlängerte Thorks Tee.

»Jetzt runter damit«, sagte sie. Er warf einen kritischen Blick in seinen Becher.

»Ich muss mir keinen Mut antrinken.«

»Nicht?« Sie nahm einen Schluck direkt aus der Flasche. »Ich musste das immer. Bei meiner ersten Hochzeit war ich eindeutig betrunken. Was, im Nachhinein betrachtet, eine Erklärung ist, aber keine Entschuldigung.«

Ein seltenes Lächeln zupfte an Thorks Mundwinkeln. Er hob seinen Becher.

»Ich trinke auf deine umfassende Lebenserfahrung, meine Freundin.«

Sie stießen an und tranken, dann gab Krona Thork einen sanften Schubs.

»Geh heiraten. Alles wird gut.«

Vor sich her schob sie ihn aus der Küche und übergab ihn an den ängstlichen Priester und Lomir, der sofort begann, auf ihn einzusprechen wie auf ein krankes Pferd. Die Anderen hatten sich unter der Tür versammelt und Lianna in die Mitte genommen. Jemand hatte einen Kranz aus weißen Blumen aufgetrieben, den sie auf den Haaren trug, und sie lächelte unter Tränen. Krona gesellte sich zu ihnen und wechselte einen Blick mit Wolfram, der ein paar Akkorde auf der Laute schlug und dann begann, den Liebesschwur aus dem Epos von Tristrant und Isalde zu singen. Krona unterdrückte ein Seufzen. Es blieb zu hoffen, dass das Lied den heutigen Brautleuten mehr Glück brachte als ihr selbst seinerzeit.

Pintel hielt Liannas linke Hand und schniefte hörbar vor Rührung. Lianna drehte sich zu Krona und streckte ihr die rechte Hand hin, und Krona gab sich einen Ruck und griff danach. Nardon und Fenrir schlossen auf, und gemeinsam betraten sie Regars Haus, wo die Zwerge bereits Aufstellung genommen hatten: Thork in der Mitte, einigermaßen gefasst, neben sich Lomir, der sichtbar gerührt war, gleichzeitig aber wachsam den Priester im Auge behielt, der immer wieder nervös zur Tür schaute. Lianna ging ihrem Bräutigam mit ruhigen, festen Schritten entgegen, einen heiligen Ernst im Gesicht, den Krona nie zuvor an ihr gesehen hatte, und als sie vor ihm stand, ließ sie Krona und Pintel los und legte ihre Hände in die von Thork, und der Bräutigam senkte den Blick und barg ihre Hände an seinem Herzen. Pintel schluchzte leise, und Krona öffnete die Arme und zog den kleinen Zauberer an sich. Leise ließ Wolfram sein Lied ausklingen.

Von der Zeremonie, die sich anschloss, verstand Krona nicht viel. Der Priester sprach ein paar Worte, dann trat Fenrir vor und überreichte Thork mit ehrerbietiger Geste den Mantel, den er vorhin herbeigeholt hatte. Thork faltete das Kleidungsstück auf, das verdächtig so aussah, als sei es Regars Kleiderschrank entliehen, und hängte es Lianna um die Schultern. Dazu sprach er etwas auf zwergisch, seine tiefe Stimme bebte. Lianna wiederholte die Spruchformel stockend in der Zwergensprache und dann noch einmal auf abrantinisch: »Dein will ich sein, solange der Schnee auf die Berggipfel fällt, solange der Adler kreist, solange das Meer die Welt umschließt. Dein will ich sein, bis mein Leib zurückgeht in den Stein und Gròr meine Seele zu sich nimmt.«

»*Sva vesa*«, sagte der Priester. »*Saelde enna heilsa en hjon.*«

»Ein Hoch auf die Brautleute!«, rief Lomir, dessen Augen verdächtig glänzten. »Mögen sie lange und in Frieden leben!«

Um Liannas Fassung war es geschehen. Sie ließ sich auf die Knie sinken und barg das Gesicht an Thorks Brust, und er schloss die Arme um sie und hielt sie lange und still fest, während die Gefährten applaudierten und Lomirs Segenswünsche wiederholten. Kronas Stimme war merkwürdig heiser, und sie sah sich nach der Schnapsflasche um. Die hatte sie allerdings in der Küche gelassen. Gerade als sie sich sachte von Pintel losmachen wollte, kam Fenrir zu ihr herüber.

»Sieh an«, sagte er. »Du hast ja ein Tränchen zerdrückt.«

»Unsinn«, schnaubte sie. »Ich heule nicht auf Hochzeiten. Soweit kommt's noch.«

Er lächelte so liebevoll, dass es ihr ins Herz schnitt.

»Ich fand es sehr ergreifend. Bisschen kurz, aber trotzdem. Und was sollte uns an so einem Abend mehr Glück bringen als die Verbindung zwischen einem Zwerg und einer Menschlichen?«

Wolfram stimmte ein weiteres Liebeslied an. Lomir brachte ein großes Brot, einen Topf mit Salz und ein Messer. Thork begann, dicke Scheiben von dem runden braunen Laib abzuschneiden, und Lianna ging herum und verteilte Brot und Salz an die Hochzeitsgesellschaft. Alle gratulierten und redeten durcheinander. Wolfram schwenkte sanft zu einem etwas fröhlicheren Lied über. Pintel, der sich wieder gefasst hatte, wischte sich mit dem Ärmel über das Gesicht und sah sich um.

»Erst essen oder erst tanzen?«

Lianna nahm ihm die Entscheidung ab, indem sie die Gäste an den Tisch bat, der sich unter allem bog, was Regars Laden noch so hergegeben hatte: gebratene Hühner, Würste und Räucherspeck, Eintopf mit Steckrüben und Kraut, Kirschkuchen, Wein und Bier und Käse, Brot und Butter und Honig und gebratene Pilze. Krona begann mit dem Bier und hielt sich daran, nicht nur, weil die Zwerge vorzüglich zu brauen verstanden, sondern auch, weil es ihr half, die nagende Unruhe loszuwerden, die irgendwo in ihrem Inneren saß. Irgendwann drückte Fenrir ihr eine Hühnerkeule in die Hand, und sie aß gehorsam.

»Ich sollte mal beim Tor nach dem Rechten sehen«, sagte sie nach einer Weile. »Die kriegen das bestimmt nicht hin ohne jemanden, der Ahnung hat.«

»Im Augenblick gibt es nichts hinzukriegen«, sagte Fenrir. »Und dein Platz ist hier bei uns. Wer weiß schon, wo wir morgen um diese Zeit sind. In welcher Klemme wir stecken. Aber heute Abend sitzen wir alle um diesen Tisch und lassen es uns gutgehen, und du bist ein Teil dieser Gemeinschaft. Also sitz, iss und halt den Mund, solange du nichts Fröhliches zu sagen hast.«

Wider Willen musste sie lächeln.

»Hab ich dich versehentlich geheiratet, oder warum glaubst du, du kannst mir anschaffen?«

Er spießte einen gebratenen Pilz auf sein Essmesser.

»Wir verbringen viel Zeit miteinander. Dein Tonfall geht allmählich auf mich über.«

Später am Abend spielte Wolfram zum Tanz. Sie schoben den Tisch an die Wand, um mehr Platz zu haben, und Pintel machte mit einer hübschen dunkelhaarigen Zwergin den Anfang. Lomir ließ sich ebenfalls nicht lange bitten und führte die blonde Alba, mit der er schon den ganzen Abend über geschäkert hatte, zum Tanz. Amüsiert beobachtete Krona, wie Lianna auf Thork einsprach, doch dieser weigerte sich standhaft und war sichtlich erleichtert, als Regar einschritt und Lianna zum Tanz bat.

Sie nahm einen Schluck aus ihrem Krug und beugte sich zu Fenrir.

»Wie haben die Zwerge das eigentlich geregelt? Trägt sie jetzt seinen Namen? Lianna Eisenfels. Klingt … na ja.«

»Klingt nach dem, was es ist«, sagte Fenrir. »Eine höchst ungewöhnliche Verbindung. Und ja, sie hat seinen Namen angenommen. Du warst doch dabei, als der Priester sie gefragt hat, welchen Ehenamen sie führen wollen.«

»Ich hab den Priester nicht verstanden, mein Herz. Ich spreche nämlich immer noch kein Zwergisch.«

»Stimmt ja. Komm, lass uns tanzen.«

»Wie bitte? Ich dachte, du tanzt nicht?«

»Wer hat das denn behauptet?« Er stand auf und streckte ihr die Hand entgegen. Sie sah ihn an, sein Lächeln jagte ihr das Herz hinauf in den Hals, und mit weichen Knien ließ sie sich in die Höhe und auf den improvisierten Tanzboden ziehen. Er nahm sie um die Mitte und begann, sie sanft im Takt zu wiegen, er war ein überraschend guter Tänzer, und sie machte sich weich und ließ sich führen. Er zog sie näher, und sie legte ihre Wange an seine und atmete in sein Haar.

»Weniger vögeln, mehr reden«, murmelte sie leise. »Ich weiß viel zu wenig über dich. Wo hast du denn tanzen gelernt?«

»Ich bin nicht unter einem Stein aufgewachsen, mein Herz.«

Er nahm sie mit in eine gekonnte Drehung, und sie stolperte etwas unbeholfen über seine Füße.

»Und wo hast du nicht tanzen gelernt, mein Herz?«

»Ich tanze prima«, murmelte sie an seinem Ohr. »Auf einem Tisch. Mit einem Krug Bier in der Hand.«

Er lachte leise. »Aber das weiß ich doch.«

Er drehte ihren Kopf zu sich und küsste sie sachte, und für einen Augenblick war sie nur hier, nur bei ihm, konnte ihr die ganze Welt gestohlen bleiben, gab es nur ihn und seine Lippen und seine Hände, und beinahe hätte sie nicht bemerkt, dass er ihr etwas über den Finger streifte.

»Du darfst das nicht falsch verstehen«, murmelte er. »Es ist nicht das, wonach es aussieht.«

Sie betrachtete ihre Hand. »Du hast mir gerade einen Ring angesteckt.«

»Ich kann das erklären.«

»Du möchtest mich also nicht heiraten?«

»Ja. Ich möchte dich von ganzem Herzen nicht heiraten. Ich möchte nur, dass die Zwerge dich verstehen, wenn du sie anbrüllst. Was du ganz unvermeidlich über kurz oder lang tun wirst.«

»Wie süß von dir. Danke.«

Der schmale Silberreif lag warm und schwer auf ihrer Haut, sie spürte ihn überdeutlich, wenn sie die Finger bewegte, und sie presste ihr Gesicht gegen Fenrirs Schulter und ließ sich leise im Takt der Musik wiegen und hoffte, ihr Herz würde ihr nicht einfach zur Brust herausspringen.

Sie hob den Kopf erst wieder, als Wolfram die Musik verklingen ließ und verkündete, er würde ja gerne weiterspielen, aber seine Kehle sei so trocken. Die dunkelhaarige Zwergin, die mit Pintel getanzt hatte, sprang herbei, um Wolframs Krug aufzufüllen. Krona sah sich um. Lianna und Thork saßen beisammen, hielten sich an den Händen und sprachen leise miteinander. Regar und Nardon waren in ein Gespräch vertieft. Pintel ging der Dunkelhaarigen zur Hand, und von Lomir und seiner blonden Zwergin fehlte jede Spur.

Den ersten Trommelschlag hielt Krona für Einbildung. Der zweite war lauter und deutlicher und brachte die Festgesellschaft zum Verstummen.

Der dritte fiel in die Stille wie ein Stein.

»Trommeln in der Tiefe«, flüsterte Wolfram.

Krona voraus, rannten sie auf die leere Straße hinaus und sahen sich um. Lomir und Alba stießen zu ihnen und richteten eilig ihre Kleidung. Die Trommelschläge kamen langsam und gleichmäßig aus dem Inneren des Berges.

»Es fängt an«, sagte Krona. »Die Kämpfer sollen sich rüsten. Die Nicht-Kämpfer müssen von der Straße. Regar, meinst du, du kannst sie noch in Sicherheit bringen, oder sind die Wege zu lang?«

»Ich kenne Abkürzungen«, sagte Regar. »Keine Sorge, ich bringe sie raus. Wen soll ich mitnehmen? Alba? Wolfram, Lianna?«

»Ich gehe nicht!«, empörte sich Lianna. »Ich bin eine Kriegerin!«

»Du bist eine Kriegerin mit einem Kind im Bauch«, sagte Krona. »Diskutier nicht. Deine erste Aufgabe ist es, dein Kind zu schützen.«

Lianna sah unsicher zu Thork.

»Du kommst mit mir, oder?«

Die Antwort fiel ihm sichtlich schwer.

»Mein Platz ist hier, Prinzessin. Die Leute werden einen Heiler brauchen.«

Sie begehrte auf, und er nahm sie bei den Händen und führte sie beiseite, wo er leise auf sie einsprach.

»Gut«, sagte Krona. »Nardon, was ist mit dir?«

»Ich bin ein guter Armbrustschütze«, sagte Nardon. »Ich bleibe.«

»Richtig. Pintel?«

»Du willst mich nicht wegschicken, oder?«, fragte er, helle Tränen in den Augen. »Du willst mich nicht wegschicken.«

Sie ging vor ihm in die Knie und nahm ihn bei den Schultern.

»Ich schicke dich nicht weg. Aber du bist kein Kriegszauberer. Und ich brauche noch jemanden, der mutig und schlau ist und hilft, Lianna und Wolfram hier rauszubringen. Ich bitte dich, diese Aufgabe zu übernehmen. Wirst du das für mich tun?«

Er atmete tief und zitternd.

»Das ist ein billiger Trick, Krona.«

»Ich habe keinen besseren. Ich muss dich in Sicherheit wissen, Pintel. Ich kann sonst nicht … Ich kann sonst nicht …«

Ihr Herz lag in ihrer Brust wie ein Stein. Für einen Augenblick war ihr die Luft wie abgeschnürt, blinde Panik rauschte durch sie hindurch.

»Ich kann sonst nicht funktionieren«, flüsterte sie. »Vor lauter Angst. Du hast keine Ahnung, wie wichtig du mir geworden bist, mein Löwenherz.«

Er sah sie an, sie wusste nicht, ob sie ihn je so ernst gesehen hatte.

»So wie du mir«, sagte er. »Pass auf dich auf. Stirb bloß keinen Heldentod, hörst du? Heldentod wird überschätzt.«

Sie zwang sich zu einem Lächeln.

»Wir sehen uns wieder. Gesund und munter. Versprochen.«

Krona erhob sich. Lianna weinte bitterlich, schien sich aber in ihr Schicksal gefügt zu haben. Wolfram nickte Krona zu.

»Merk dir die Einzelheiten. Du musst mir nachher alles erzählen. Ich dichte dir ein Lied draus, das uns beide berühmt machen wird.«

»Ist gut. Und du, immer schön den Kopf unten halten.«

Sie umarmten sich kurz und herzlich, dann schob Krona ihn von sich.

»Genug Abschiede«, sagte sie. »Los geht es. Die warten nicht auf uns mit dem Kämpfen.«

Regar nahm seine Schützlinge und führte sie durch eine Seitenstraße davon. Thork sah ihnen nach, die Hand fest um das Zeichen seines Gottes geschlossen, das er um den Hals trug.

»Auf«, sagte Krona. »Machen wir es uns nicht unnötig schwer.«

Sie nahmen Regars Boot und ruderten, so schnell sie konnten, die Dreizehnte Straße entlang in Richtung Westtor. Sie sprachen nicht. Krona kannte dieses besondere Schweigen, es ging nicht nur darum, Atem fürs Rudern zu sparen. Alles war gesagt, und kurz bevor es ans Töten ging, war jeder mit sich selbst allein.

Sie hatten nur noch wenige Steinwürfe vor sich, als ein gewaltiger Knall den Berg erschütterte. Der Stein ächzte.

»Sie rennen das Tor ein«, sagte Krona. Sie war von Bord, noch ehe das Boot den Anleger ganz erreicht hatte, und sah sich um. Im hinteren Bereich der Halle hatte man in aller Eile ein hohes Podest gezimmert. Dort stand Brainn, flankiert von Glaumur und zwei weiteren schwer gerüsteten Zwergen. Das Heer, das er befehligte, bestand aus kaum mehr als einer Hundertschaft. Krona überschlug die Anzahl der Krieger hastig im Kopf: Es fehlten fünf oder sechs Dutzend, selbst wenn man die Verluste abzog, die der Kampf um das Tor gefordert hatte.

Ein weiterer gewaltiger Knall ließ sie alle die Köpfe einziehen. Staub und kleine Steinchen rieselten von der Decke. Irgendwo in den Reihen der Zwerge wurden Gebete laut.

»Rüstet euch«, sagte Krona. »Bringt mir ein vernünftiges Kettenhemd. Wir treffen uns drüben am Kommandostand.«

Ein weiterer Knall. Das Tor bebte. Krona rannte los und überwand die wenigen Stufen zum Kommandostand mit einem langen Schritt.

»Wo sind Eure Männer?«, fragte sie atemlos.

»Ich habe einen Teil von ihnen in die Minen abgezogen«, sagte Brainn. »Sie sind vor den Zugängen zur Schmiedehalle postiert und haben den Befehl, alles drinnen zu halten, was womöglich hinaus will.«

»Aber selbst wenn … Ihr müsst doch mehr Männer in Eurem Reich haben als nur die ein, zwei Hundertschaften!«

»Das habe ich. Mein Reich ist groß. Es gibt mehr als ein Tor zu bewachen und mehr als eine Stadt zu schützen.«

»Dann müsst Ihr Teile davon aufgeben! Eure Kräfte an den wichtigen Punkten bündeln!«

»Sagt Ihr mir nicht, was ich tun muss, Frau Feuerfaust. Dies ist der Stein meiner Väter, und ich werde keinen Schritt davon einfach aufgeben.«

Sie duckten sich, als ein weiterer gewaltiger Rammstoß das Tor erschütterte.

»Wir werden den Berg nicht auf Dauer halten können, mein König. Nicht den ganzen. Wir können aber sicher Teile davon halten und die Bevölkerung schützen, wenn wir es klug anstellen.«

Brainn nickte. »Ich werde Euren Vorschlag in Erwägung ziehen, sobald wir diese Menschen von unserer Schwelle vertrieben haben.«

Krona deutete eine Verbeugung an. Brainns Tonfall hatte keinen Zweifel daran gelassen, dass mehr nicht zu erwarten war.

Ein neuerlicher Krach. Holz splitterte. Gleichzeitig machte sich ein brenzliger Geruch breit. Dünne Rauchfäden zogen unter der Höhlendecke entlang.

»Sie haben das Tor in Brand gesteckt«, sagte Glaumur entsetzt.

»Natürlich haben sie das«, sagte Krona. »Genau das, was ich täte, wenn ich da hindurch wollte.«

Brainn nickte. Es dauerte, bis er wieder sprach, und in der Zwischenzeit rannten die Angreifer mit Macht gegen das Tor an.

»Ihr seid die Einzige hier mit Felderfahrung«, sagte er dann. »Ich erhebe Euch in den Rang eines *herja*, eines Kriegsführers. Ihr sollt diese Truppen befehligen und das Tor halten. Seid Ihr bereit, diese Aufgabe zu übernehmen?«

Etwas riss grob an Kronas Selbstbeherrschung, ein Gefühl, das zu benennen sie nicht die Zeit hatte.

»Ich bin bereit«, hörte sie sich sagen. Brainn nickte. Einer der beiden Zwerge nahm mit allen Anzeichen der Erleichterung seine Schärpe mit dem fünfzackigen Stern ab und überreichte sie Brainn, der sich seinerseits damit an Krona wandte.

»Kniet nieder, *Fyrfausta herja*.« Sie gehorchte und neigte den Kopf, damit er ihr die Schärpe überstreifen konnte.

Wieder fuhr der Rammbock von draußen gegen das Tor. Die Riegel ächzten. Irgendwo knackte es laut, ob Stein oder Eisenverstärkung, konnte Krona nicht ausmachen. Eilig kam sie auf die Füße.

»Ich danke Euch, mein König.«

Brainn lächelte traurig. »Ich hätte nicht gedacht, dass dieser Berg jemals wieder einen *herja* hervorbringen muss. Dass es eine Menschenfrau ist, die für uns einsteht, macht die Sache nur noch erstaunlicher.«

»Habt Ihr Kriegszauberer?«

»Einige wenige. Es schmerzt mich, zu sagen, dass viele fähige Zauberer die Seite gewechselt haben und nun einer Valdar dienen. Die wenigen, die uns verbleiben, sind jung und unerfahren oder alt und gebrechlich.«

»Scheiße«, sagte Krona ratlos. Dann krachte es fürchterlich. Das Holz barst, und der Rammkopf fuhr gegen das eiserne Gitter, das ein gewaltiges Dröhnen von sich gab. In die Linien der Zwerge kam Bewegung. Der Rammkopf hing in den Trümmern des zerstörten Tores fest und wurde mit einem Ruck befreit, der große Teile des Tores mit sich riss.

Brainn sah zu Krona hinauf.

»Wie viele werden sterben?«

»Jeder Zweite. Vielleicht mehr.«

Sie sah, wie das Entsetzen über seine Züge kroch, und dachte an Baldur, der in all dem Sterben den Anfang gemacht hatte. Sie fühlte sich schutzlos. Der Panzer, den sie immer wie selbstverständlich über ihrer Seele getragen hatte, fehlte.

Sie nickte dem König zu und verließ das Podest, ohne seine Erlaubnis abzuwarten. Unten traf sie auf ihre Gefährten. Lomir steckte in einem Panzer aus schweren Brust- und Schulterplatten. Ein Helm verdeckte das Meiste seines Gesichts. Sein Blick war so stählern wie die zweiblättrige Axt, die er in den Händen wog. Die anderen hatten sich Kettenhemden geben lassen. Nardon überprüfte den Mechanismus einer Handarmbrust. Zwei große Taschen voller Bolzen hingen ihm um die Schultern.

»Was ist mit dir?«, fragte Krona Thork. »Hatten sie keine Platte mehr für dich?«

Thork schüttelte den Kopf.

»Ich glaube nicht, dass ich hier bin, um zu kämpfen.«

»Dein Glaube in allen Ehren, mein Freund, aber siehst du die Armee vor dem Tor?«

Fenrir drückte ihr weich wattiertes Unterzeug gegen die Brust.

»Los, rüste dich. Du bist die Einzige, die hier noch im Hemd steht.«

In aller Eile löste sie ihr Schwertgehänge und streifte Schärpe und Waffenrock ab. Mit Fenrirs Hilfe schlüpfte sie in die wattierte Jacke und schloss mit fliegenden Fingern die Schnallen. Dann hob sie die Hände über den Kopf, und er streifte ihr das Kettenhemd über. Kühl glitt das stählerne Gewebe über ihre Wangen. Der typische Geruch nach Metall und Öl haftete ihm an, und mit leisem Klirren legte es sich auf ihre Schultern. Es war überraschend leicht und behinderte sie kaum. Sie band sich die Haare mit einer Schnur zusammen, die sie noch in ihrer Tasche fand, dann streifte sie Waffenrock und Schärpe über und gürtete ihr Schwert.

»Jemand an einen Helm gedacht?«

»Die nützen dir nichts«, sagte Fenrir. »Ich habe es mit einem versucht, aber Zwerge haben doch ziemlich große Köpfe. Er hat mir nicht gepasst und dir dann auch nicht.«

Sie sah ihn an. Die Panik kam zurück wie eine glühende Welle.

»Ich kann das nicht«, sagte sie mühsam. »Wenn dir was passiert …«

Er umfasste ihr Gesicht und sah sie eindringlich an.

»Wir gehen diesen Weg nicht alleine«, sagte er. »Wir werden gemeinsam leben oder gemeinsam sterben. Keiner von uns geht alleine.«

Sie nickte. Ein Zittern durchlief ihren Körper, sodass er ihr kaum mehr gehorchen mochte.

»Ich bin zu alt für diesen Scheiß«, sagte sie.

»Ich weiß«, sagte er. »Und jetzt geh Zwerge anbrüllen. Danach fühlst du dich besser.« Er schob sie von sich, und sie machte gehorsam einen wackeligen Schritt.

Die Angreifer führten den Rammbock nun in regelmäßigen, weiten Schwüngen. Das Gitter dröhnte und vibrierte unter dem Aufprall, doch es hielt. Durch das Gitter drang Fackelschein. Draußen war es längst Nacht geworden.

»Thork«, sagte Krona. »Dein Lichtzauber. Kannst du ihn auf eine Schwertklinge wirken?«

»Ja, aber zu welchem Zweck?«

»Wir werden die Lage zu unseren Gunsten drehen. Da sind hundert Zwerge, die im Dunkeln sehen, und drei , vierhundert Menschen, die das nicht tun. Glaumur!«

»*Fyrfausta herja*!« Glaumur sprang vom Podest und nahm Haltung an.

»Ich brauche einen Zwerg an jeder Feuerpfanne. Sie müssen auf Befehl das Licht löschen. Wenn das Tor nachgibt, lassen wir sie rein, und dann geht das Licht aus. Die Menschen sehen nichts im Dunkeln. Das ist ein Vorteil, den wir nicht verschenken dürfen.«

»Jawohl.« Glaumur eilte davon.

Kurz darauf waren alle Vorbereitungen getroffen. Krona stand in vorderster Reihe und sah zu, wie das Gitter sich unter den beständigen Schlägen allmählich nach innen wölbte. Sie hatte die Aufstellung nach hinten verlegt, zum einen, um die Menschen tiefer in die Halle zu locken, ehe das Licht ausging, zum anderen, damit die ersten Reihen direkt vor dem Tor nicht vom Gitter erschlagen oder vom Rammbock überrollt wurden.

Jeder Zweite. Du nicht, Rotbart, dafür dein Nachbar mit dem Gabelbart. Hammerträger bleibt stehen, Schwertträger fällt. Du mit den Eisenstiefeln bleibst stehen, du mit dem Pferdeschweif am Helm fällst.

Das ist kein Kampf, das ist eine verdammte Schlachtplatte.

Ihre Hand lag auf dem Knauf ihres Schwertes. Sie hatte überlegt, sich von den Zwergen ein anderes geben zu lassen, aber sie hatte sich gerade an die leichte, schnelle zentallinische Klinge gewöhnt und fürchtete die Umstellung. Sie zog die Klinge eine Handbreit aus der Scheide. Das goldene Strahlen eines Sommernachmittages ging von ihr aus.

Ein paar Schritte entfernt stand Lomir in vorderster Reihe. Er fing ihren Blick auf und nickte ihr zu. Fenrir sah sie nicht, er hatte sich geweigert, sich in eine Schlachtlinie einzureihen. Er würde seine Gegner finden.

Jeder Zweite. Lomir bleibt stehen, Nardon fällt. Thork bleibt stehen, Fenrir …

Sie war beinahe dankbar, als das Gitter nachgab. Stein platzte aus der oberen Umrandung des Tores und ging auf die Verteidiger nieder wie Hagelschlag. Irgendwo riss Stahl mit einem schrecklichen Kreischen, und dann kam das Gitter herunter, und Menschenkrieger strömten Schulter an Schulter durch die entstandene Öffnung. Das Gitter hing schief in seiner Verankerung, von zwei letzten Streben gehalten. Stahl kratzte gewaltsam über Stein, als der Rammbock zurückgezogen wurde und das Gitter, in dem er sich verkeilt hatte, ein Stück mitnahm.

Ein Ruck ging durch die Zwerge. »Wartet ab!«, brüllte Krona. Die Krieger drängten nach vorne, doch sie hob die Hand, und die Bewegung hinter ihr kam zum Erliegen.

»*Duergar aerlingr*!«, rief einer, und die anderen nahmen seinen Ruf auf, bis ein gewaltiges Gebrüll den Menschen entgegenschallte.

»Jetzt«, sagte Krona zu dem Hornbläser, der ihr zugeteilt worden war. Der junge Zwerg setzte das Horn an und schmetterte ein Signal, und sofort fiel Dunkelheit über die Halle wie eine schwere Decke.

Krona riss ihr leuchtendes Schwert aus der Scheide und schwang es über ihrem Kopf.

»Zum Angriff!«, brüllte sie. Wie ein Mann sprangen die Zwerge vorwärts.

Das Schwert erhellte einen Bereich von etwa zwei, drei Schritten um Krona herum. Dahinter waren nichts als Schwärze, schemenhafte Bewegungen und ohrenbetäubender Kriegslärm. Um sie herum stürmten Zwerge voran. Sie ließ sich von der Welle nach vorne spülen, ein Menschenkrieger wurde ihr aus der Dunkelheit vor ihre Klinge befördert, sie setzte ihn mit einigen Schlägen außer Gefecht und rückte weiter vor. Für einen Augenblick verlor sie im Dunkeln die Orientierung und drehte sich hektisch um sich selbst, dann fing sie Feuerschein auf, der von draußen durch die Toröffnung drang, und bewegte sich in diese Richtung voran. Sie sah nicht genug und begann, ihren Plan zu verfluchen. Ein schwer gerüsteter Ritter vertrat ihr den Weg und schwang ein mächtiges zweihändiges Schwert gegen sie. Sie duckte sich im Reflex und führte einen Gegenschlag, der wirkungslos an seiner gepanzerten Mitte abprallte. Sie führte weitere Schläge gegen ihn, aber eher aus Gewohnheit und um ihn beschäftigt zu halten. Die Rüstung machte ihn langsam und schwerfällig und engte sein Gesichtsfeld ein, auf freiem Feld hätte sie ihn einfach stehenlassen und das Weite suchen können, doch hier in der Enge der Schlacht ließ er sie nicht weg. Mit aller Kraft parierte sie seine Schläge, brachte beide Hände an den Schwertgriff und hielt dagegen, auf der Suche nach einem Schwachpunkt, doch seine Rüstung saß ihm wie angegossen, es war, als würde sie einen Stein mit Schwerhieben bearbeiten.

Ein gewaltiger Dachschlag sauste auf sie herab. Sie wollte ausweichen, doch sie war zwischen anderen Zweikämpfen regelrecht eingeklemmt. Im letzten Augenblick riss sie das Schwert hoch und parierte den Schlag. Ihre Klinge gab ein trockenes Knacken von sich, dann brach sie. Das weitaus größere Stück flog davon und verlor sich in der Dunkelheit wie eine Sternschnuppe. Für einen Augenblick gelähmt starrte Krona auf das Heft in ihrer Hand mit dem Klingenrest, der unverdrossen weiter leuchtete. Dann kam aus dem Nichts der wuchtige Schlag eines Rabenschnabels, krachte in die Brustplatte des Ritters und hinterließ eine gewaltige Delle. Der Ritter stolperte rückwärts, fing sich aber wieder und wandte sich seinem neuen Gegner zu. Der rannte gegen ihn an wie ein wütender Stier, zwang ihn rückwärts, deckte ihn mit Schlägen ein, dass es nur so krachte, und brachte ihn schließlich auf die Knie. Die rabenschnäbelige Axt, getrieben von breiten Schultern, schnitt durch das Eisen, verhakte sich mit ihrem Dorn, riss den Panzer auf, brach durch Kettenringe und Unterzeug und öffnete eine tiefe Wunde, aus der das Blut sprudelte. Der Zwerg riss seine Waffe aus dem sterbenden Ritter und machte einen Schritt rückwärts. Er war ihr fremd, ein groß gewachsener Zwerg mit hellen Augen und schwarzem Bart. Für einen Augenblick fanden sich ihre

Blicke, dann nickte der Zwerg ihr zu und stieg über den toten Ritter hinweg, um seinem Rabenschnabel ein neues Ziel zu suchen.

Krona steckte das abgebrochene Schwert in ihren Gürtel, nahm den schweren Zweihänder des Ritters vom Boden auf und sah sich um. Obwohl kaum Zeit vergangen war, stellte die Situation sich verändert dar. Der Bereich rund um das Tor war einigermaßen beleuchtet, die Menschen hatten Fackeln ins Innere geworfen, und nun flogen auch brennende Pfeile, die harmlos von den steinernen Wänden abprallten, aber irgendwo liegenblieben und ihr Licht verströmten. Während der Kämpfe am Tor war das Gitter endgültig aus seiner Verankerung gerissen worden, die Soldaten trampelten auf ihrem Weg ins Innere darüber hinweg. Es würde schwierig werden, gegen diesen Ansturm ins Freie zu gelangen.

Der schwere Zweihänder zog an ihren Armen, die vom Kämpfen und Rudern schmerzten. Vor ihr gingen zwei Zwerge zu Boden, und sie riss das Schwert hoch und stürzte sich auf die Angreifer und hielt sie beschäftigt, bis der weniger schwer verletzte Zwerg seinen Kampfgefährten aus dem Handgemenge gezogen hatte.

Schritt für Schritt arbeitete sie sich zum Tor vor, schwang das Schwert in langen, weiten Bewegungen, hielt sich damit die Gegner vom Leib und hörte irgendwann auf zu zählen, wie viele durch ihre Klinge fielen. Blut lief warm und klebrig über ihre Hände. Ein ständiger stechender Schmerz saß in ihrem Unterarm, und etwas stimmte nicht mit ihrem Knie, doch sie überging den Schmerz. Sie näherte sich dem Tor von der Seite, trat irgendwann auf den Rand des eingebrochenen Gitters. Gefallene Krieger bedeckten dort den Boden, Zwerge und Menschen gleichermaßen. Blut machte den Fels glitschig. Sie hieb einen Angreifer nieder, der eine Mistgabel gegen sie schwang, danach einen mit einer Keule, und hielt sich dann lange mit einem im Kettenhemd auf, der offenbar eine militärische Ausbildung genossen hatte. Er kämpfte mit Langschwert und Dolch und ging mit beidem sehr geschickt um. Ihre Arme erlahmten und brachten das Schwert nicht schnell genug hoch, und das Schwert ihres Gegners sauste knapp an ihrem Ohr vorbei und traf sie an der Schulter. Ein scharfer Schmerz, und sie konnte den Arm nicht mehr heben. Der Angreifer holte aus, um ihr den letzten Stoß zu versetzen. Unter Schmerztränen sah Krona, wie sein Dolch, den er zur Parade einsetzte, ein wenig nach unten abglitt. Sie ließ ihr Schwert nach vorne kippen, packte es vorne an der breiten Parierstange, so fest sie konnte, und warf sich auf ihren Gegner, gerade als dessen Schwert auf sie herabsauste. Der Schlag traf sie irgendwo an der Seite und glitt ab. Tief drang die Klinge des Zweihänders in die Brust des anderen, spaltete Kettengewebe und schnitt ins Fleisch, er riss den Mund auf und spuckte Blut. Sie ließ das Schwert los und griff nach dem leichten Langschwert, das ihr Gegner fallengelassen hatte. Mit einem großen Schritt war sie über ihn hinweg, Luft, sie musste raus an die frische Luft, sie ertrug das Dunkel und den Kampflärm und den Gestank nach Blut nicht mehr. Das Gitter bebte unter ihren Füßen, als sie darüber stolperte und sich am Torbogen fing.

Die Nacht war hell. Dutzende Fackeln beleuchteten den Vormarsch der Soldaten. Auf dem zertrampelten Feld vor dem Tor stand die Ramme, ihre schweren hölzernen Räder in der Erde festgefahren, und dahinter wälzte sich etwas, hoch wie ein Zwergenhaus und lang wie ein Dutzend Pferde, eine Kreatur von unfassbarer Scheußlichkeit, ein plumper Körper ohne Beine, der sich wand wie eine Schlange, krallenbewehrte Flügel zu beiden Seiten, mit denen es sich im Erdboden festklammerte und sich vorwärts zog wie eine Fledermaus an der Höhlenwand, und es hatte drei Köpfe. Augenlos, bedeckt mit blassen, beweglichen Schuppen wie der ganze Rest des Körpers, und an jedem Kopf ein stumpfes, flaches Maul, aus dem Schleim tropfte.

Krona presste sich an den Fels in ihrem Rücken. Das Tier zog einen seiner Köpfe zurück und in die Höhe, dann schnellte er nach vorne und gab einen breit gefächerten Strahl stinkender Flüssigkeit von sich, der Mensch wie Zwerg kreischend zu Boden schickte, wo er sie traf.

Krona maß mit wenigen Blicken Tier und Torbogen.

»Wie die Faust aufs Auge.«

Sie sah sich nach dem Zwerg mit dem Signalhorn um, aber der war ihr im Getümmel längst verloren gegangen.

»Rückzug«, sagte sie zu sich selbst, dann lauter: »Rückzug!«

Sie sprang vom Gittertor zurück in die Halle, mitten ins Getümmel, ihr rechter Arm war nicht zu gebrauchen, aber Akila hatte hart an ihrer Beidhändigkeit trainiert, und so fand ihr Schwert auch linkshändig geführt sein Ziel.

»Rückzug!«, brüllte sie. »Rückzug! Zurück in die Dreizehnte Halle! Los, los, los!« Einige Zwerge starrten sie verblüfft an, nahmen aber dann den Ruf auf, und kurz darauf erschallte auch das Signalhorn.

Draußen geriet der Rammbock unter das Untier, es schob einfach seinen schuppigen Körper darüber hinweg, und das schwere Kriegsgerät wurde unter ihm begraben. Dann wurde es dunkel in der Halle, als das riesige Tier seinen Leib durch das Tor quetschte.

Dann plötzlich kam aus dem Nichts ein greller Blitz, begleitet von einem fürchterlichen Knall. Allenthalben kamen die Kämpfe zum Erliegen, Menschen und Zwerge schützten erschrocken ihre Köpfe und sahen sich um. Das Tier zuckte zurück und strebte rückwärts.

Ein weiterer Blitz und ein Knall folgten, und das Tier bewegte seine Köpfe ruckartig auf und ab, während es ein tiefes, rumpelndes Stöhnen von sich gab.

»Rückzug!«, brüllte Krona. »Schnell!«

Ein neuer Blitz erhellte die Höhle für einen kurzen Augenblick, dann ein weiterer. Krona nutzte den Augenblick der Verwirrung, um einige Zwerge zu packen und rückwärts zu treiben. Menschen liefen ziellos herum, gefangen zwischen den Linien der Zwerge und ihrem eigenen Untier, das sich nun in den Torbogen kauerte und seine Köpfe unruhig zu allen Seiten bewegte.

Der nächste Blitz traf das Tier mitten auf die Stirn seines mittleren Kopfes, und es mühte sich mit einem gewaltigen gequälten Schrei rückwärts, wobei es Teile des Torbogens mit sich riss.

Krona rannte. Der Befehlsstand war bereits geräumt, nur einer harrte vorne an der Brüstung aus, schrie Zauberformeln und schickte einen missglückten Lichtzauber nach dem anderen los, während arkane Energie ihm in kleinen blauen Funken aus den wild abstehenden Haaren sprang. Mit zwei langen Sätzen war Krona bei ihm und packte ihn um die Mitte.

»Beschuss aufrecht halten! Wie lange kannst du noch?«

»Geht zu Ende«, presste Pintel hervor.

»Mach weiter. Ich passe auf dich auf.«

Sie nahm ihn vom Befehlsstand mit und hielt ihn hinter sich, während sie zwei Menschen abwehrte, die mit der Kraft der Verzweiflung kämpften. Der eine fiel schließlich, als ein Armbrustbolzen ihn in den Schenkel traf, der andere flüchtete.

Im hinteren Teil der Halle, am Eingang zur Dreizehnten Straße, ordnete Glaumur den Rückzug.

»Gròrs Güte«, sagte er, als er Kronas ansichtig wurde. »Ein Wunder, dass Ihr noch steht. Ihr braucht einen Heiler, und zwar schnell.«

»Gleich«, sagte Krona. »Lasst uns erst die Lage hier in den Griff kriegen.«

»Was ist das für ein Untier?«, fragte er. »Und wie bekämpfen wir es?«

»Es ist ein Lindwurm, und als solcher hat er Angst vor Licht«, sagte Pintel. »Feuer kann er ertragen, aber Tageslicht ist ihm zuwider. Wir müssen nur durchhalten, bis es wieder hell wird.«

»Bis es hell wird, ist diese Schlacht entschieden«, sagte Krona. »Wir müssen ein Gitter zwischen uns und das Vieh bringen. Glaumur, wir sammeln alle in der Dreizehnten Halle. Geordneter Rückzug, keine Massenpanik, verstanden?«

»Jawohl, *Fyrfausta herja.*«

Krona sah sich um. In einiger Entfernung sah sie eine verzauberte Lichtklinge tanzen und gestattete sich einen Augenblick der grenzenlosen Erleichterung.

Pintel warf einen letzten Lichtball. Der Knall war kaum mehr als das Platzen eines tönernen Kruges im Feuer.

»Ende«, sagte er erschöpft. »Pause.«

»Dreizehnte Halle«, sagte Krona zu ihm. »Jetzt. Warte dort auf mich, ich habe ein Wörtchen mit dir zu reden.«

»Geh zu einem Heiler, Krona. Du blutest.«

»Ja, verdammt.«

Etwas rumpelte gewaltig. Der Lindwurm schien den Schreck verdaut zu haben und quetschte sich wieder durch die Toröffnung. Er riss zwei seiner Mäuler gleichzeitig auf und spie einen dichten Nebel aus. Menschen und Zwerge schrien und wälzten sich auf dem Boden. Ein Zwerg rannte an Krona vorbei, das Gesicht verzerrt vor Schmerz, sein genieteter Lederpanzer war am Rücken völlig verschmort. Feine Rauchfäden stiegen davon auf. Ein weiterer Zwerg packte ihn kurzerhand und warf ihn in den Kanal, sprang dann hinterher und hielt den Kopf des Verletzten hoch, damit er in seiner Panik nicht ertrank. Das Wasser reichte ihm bis zu den Schultern.

»Gute Idee«, sagte Krona. »Das Wasser schützt uns und verdünnt das Gift. Rein mit euch! Los!«

Immer mehr Zwerge folgten dem Befehl und stiegen ins Wasser. Einstweilen versuchte der Lindwurm, seinen ungeschlachten Leib durch die Toröffnung zu zwängen. Der Stein ächzte. Es war nur eine Frage der Zeit.

»Wie viele sind wir noch?«, fragte Krona. »Licht, verdammt! Ich brauche einen Überblick!«

Ein junger Zwerg nickte ihr zu und rannte davon. Kurze Zeit später flammten die Feuerpfannen in der Halle eine nach der anderen auf.

Der Anblick, der sich bot, war erschütternd. Der Boden der Halle war bedeckt mit Toten, Zwergen und Menschen gleichermaßen. Der Fels war dunkel vom Blut. Der Lindwurm schob sich unerbittlich ins Innere, gerade quetschte er seine Flügel durch die viel zu enge Öffnung. Unter seinem Leib wurden alle begraben, die hinter dem Tor gefallen waren. Vereinzelt fanden noch Kämpfe statt. Die letzten Menschen, von ihrer Verstärkung abgeschnitten, wurden niedergehauen. Dann nahm der Lindwurm einen seiner Köpfe zurück und nach oben.

»Runter!«, brüllte Krona.

Im hinteren Bereich waren sie knapp außerhalb der Reichweite der Giftwolke. Die Schreie der weniger Glücklichen füllten die Halle. Krona, die schützend die Hände vors Gesicht gehalten hatte, spähte durch die Finger. Die verzauberte Lichtklinge war nirgends zu sehen.

»Fenrir? Fenrir!«

Sie machte einen Schritt in die Halle. Ihr Blick glitt über die wenigen Kämpfer, die noch standen. Keiner führte eine Lichtklinge.

Ihr war kalt. Sie begann zu zittern und umklammerte ihr Schwert mit aller Kraft, um es nicht einfach fallen zu lassen. Ihre Augen suchten den Boden ab, glitten von einem Toten zum nächsten, sie lagen, wie sie gefallen waren, in ihrem eigenen Blut und in dem ihrer Feinde, reglos und so fremd, wie nur Tote aussehen können. Sie stolperte über Beine und Rüstungsteile, ihr Knie gab nach, der Schmerz zwang sie beinahe zu Boden.

»Was machst du denn!«, hörte sie wie aus weiter Ferne jemanden schreien. Pintel. Aber den hatte sie doch in die Dreizehnte Halle geschickt. Nein, sie hatte ihn mit Regar in Sicherheit gebracht. Nach wem suchte sie hier überhaupt?

»Mattis?« Sie drehte sich um sich selbst. Warum war es so dunkel? Ihr Herzschlag ging schnell und flach. Etwas stimmte nicht.

Plötzlich brach zwischen den Toten ein Licht auf, goldenes Tageslicht, das aus einer Klinge strömte. Die Toten bewegten sich – nein, jemand bewegte die Toten. Krona zwinkerte, aber ihr Blick blieb unscharf. Sie wollte zu der Lichtquelle hinübergehen, stellte aber zu ihrem Erstaunen fest, dass sie zwischen lauter toten Zwergen saß und nicht aufstehen konnte.

»Warte«, sagte eine geliebte Stimme. »Meine Güte, mein Herz, du blutest ja überall!« Jemand nahm sie hoch. Sie roch den Hauch eines vertrauten Duftes nach Gras und Wald zwischen all dem Blut.

»Ich hab das Tor nicht halten können.«

»Macht nichts. Ich bringe dich raus.«

»Du bist da.«

»Ja. Ich bin da.«

Sie legte den Kopf an die vertraute Schulter. Kleine Lichtfunken gaukelten durch ihr Blickfeld wie Löwenzahnschirmchen im sanften Sommerwind. Für einen Augenblick wehrte sie sich noch, dann ließ sie sich fallen.

Sie erwachte, weil jemand ihr die Zähne auseinander zwang und ihr ein scheußliches, bitteres Gebräu in den Mund schüttete. Sie würgte und wollte ausspucken, aber jemand hielt ihr unerbittlich den Mund zu.

»Schlucken«, sagte eine fremde Stimme. Krona stöhnte, und die Hand verschwand von ihrem Mund. Erneut nötigte man ihr die Zähne auseinander und schüttete ihr einen Schwall bittersaurer Flüssigkeit in den Mund. Sie schluckte gehorsam und bekämpfte den Würgereiz.

»Heiltrank«, sagte die fremde Stimme. »Er ist nicht dazu gemacht, gut zu schmecken. Ich hoffe, er wirkt noch. Er lagert schon ein paar Dutzend Jahre.«

Krona stöhnte und kam auf den Ellenbogen. Der Schmerz zog sich allmählich aus ihrem Körper zurück und hinterließ sie wund und erschöpft wie nach einem Gewaltmarsch. Sie blinzelte und sah sich um.

Sie befand sich in einem Lazarett. Rund um sie lagen Zwerge auf eilig eingerichteten Lagerstätten, viele stöhnten vor Schmerz. Kronas Nachbar trug frische Spuren des Lindwurmgiftes im Gesicht, andere hatten dicke Verbände, die zum Teil schon wieder von Blut durchtränkt waren.

»Wo sind wir?«

»In der Südlichen Wachstube der Dreizehnten Halle«, erklärte der Heiler. »Ihr mögt Euch beim König melden, sobald wir Euch wieder einigermaßen hergestellt haben.«

Sie nickte und zog versuchsweise die Beine an, kam auf die Knie und hielt inne, bis der Raum aufhörte, sich um sie zu drehen. Sie nahm die Wand zu Hilfe und kam zum Stehen. Ihr war schlecht wie nach einem Besäufnis.

»Wo finde ich den König?«

»Draußen in der Halle.«

Sie machte ein paar wackelige Schritte, löste sich dann von der Wand und taumelte zur Tür. Der Türstock fing ihr Gewicht und hielt sie zuverlässig, während sie wartete, bis ihre Beine sie wieder trugen.

Fenrir kam ihr entgegen, und sie machte zwei Schritte und ließ sich von ihm auffangen.

»Schon wieder auf den Beinen?«, fragte er. »Wenn man das so nennen kann.«

»Geht es allen gut?«, fragte sie. »Wie haben wir es bis hierher geschafft? Was ist mit dem Lindwurm?«

Ein gewaltiges Krachen übertönte Fenrirs Antwort. Erschreckt griff sie an ihre Seite, aber da steckte kein Schwert.

»Er versucht, durch das Gitter zu kommen«, sagte Fenrir. »Aber er ist lange nicht so gut wie ein Rammbock. Die Zwerge bringen schweres Gerät gegen ihn in Stellung. Und ja, wir sind alle hier und einigermaßen unversehrt. Wir haben zum Glück einen Gottesmann in unseren Reihen, der gewaltige Lichtzauber wirken kann, wenn es darauf ankommt.«

Er legte den Arm um sie und führte sie in die Halle. Der Zugang zur Dreizehnten Straße war durch ein schweres Gitter versperrt. Dahinter lauerte eine gewaltige helle Masse und verströmte einen bestialischen Gestank. Einige Zwerge brachten eine Vorrichtung in Stellung, die eher an ein Bohrgerät für Minenschächte erinnerte denn an eine Waffe. Ein kleiner Trupp Krieger hielt sich bereit, es waren nicht mehr als zwei Dutzend.

»Wo sind die Übrigen?«, fragte Krona.

»Das sind die Übrigen«, sagte Fenrir.

Entsetzt starrte Krona auf das Häuflein müder, zerkratzter Krieger. Das war alles, was von ihrer kleinen Armee übrig geblieben war.

Einer steht, zwei fallen. Der Zwerg mit den hellen Augen. Der Signalhornbläser. Der mit dem Gabelbart.

»Ich weiß nicht, was ich tun soll«, flüsterte sie. »Was soll ich dem König raten? Die Schlacht ist verloren.«

Trommeln ertönten aus dem Erdinneren, und der Lindwurm vor dem Gitter reckte sich, soweit es ihm in dem engen Tunnel möglich war, und gab einen tiefen, dröhnenden Ruf von sich.

»Sie trommeln seit einiger Zeit wieder«, sagte Fenrir. »Nur, um uns mürbe zu machen, glaube ich, aber das funktioniert ganz gut.«

In der Halle kamen die übrigen Gefährten auf sie zu. Lomir hatte einige tiefe Kratzer im Gesicht, einer davon verlief haarscharf an seinem Auge vorbei. Nardon trug den Arm in einer Schlinge. Thork und Pintel waren unverletzt.

Trotzig schob Pintel das Kinn vor.

»Du kannst mir ruhig eine Standpauke halten«, sagte er. »Von mir aus eine der Marke *doppelter Lomir*. Aber ich konnte nicht einfach irgendwo hinter den Linien sitzen und nichts tun.«

Krona seufzte. »Ich weiß. Und du hast uns den Arsch gerettet mit deinem nicht gekonnten Zauber.«

Von der Seite näherte sich Glaumur mit eiligen Schritten.

»Gut, Euch auf den Beinen zu sehen«, sagte er. »Der König erwartet Euch.«

»Ich komme«, sagte Krona schweren Herzens.

Brainn stand inmitten seiner Berater und sah ihr entgegen. Er wirkte müde und sehr alt. Einer Regung folgend, beugte Krona das Knie vor ihm.

»Ich konnte das Tor nicht halten, mein König. Wir hätten es geschafft, das Heer zurückzuschlagen, aber wer hätte denn ahnen können, dass sie einen Lindwurm haben.«

Brainn nickte traurig.

»Euch trifft keine Schuld. Wir begegnen den Herausforderungen einer nach der anderen. Immerhin haben wir Zeit gewonnen. Es sind

Boten ausgesandt worden. Sie bringen jeden, der etwas über diese Kreaturen weiß. Und wir können die Evakuierung zum Absch…«

»Die was? Ich höre wohl nicht richtig. Die Evakuierung?«

»Mäßigt Euch, Frau Feuerfaust!«

»Bei allem Respekt, aber Ihr wollt mir doch nicht allen Ernstes sagen, dass noch Leute hier im Berg sind?«

»Und wo sollen sie hin, Eurer geschätzten Meinung nach? Wir versuchen, sie nach Osten in Sicherheit zu bringen, aber die Wege sind weit und der Empfang bei den Menschen an der Ostküste könnte alles andere als herzlich sein!«

Krona atmete tief durch.

»Bringt sie ins Auge der Götter.«

»Das ist ein heiliger Ort. Ein Ort der Totenruhe.«

»Und da werdet Ihr bald Euer ganzes Volk begraben, wenn Ihr sie nicht zügig aus der Gefahrenzone bringt! Sie haben einen Lindwurm. Wer weiß, was sie noch haben. Das Auge der Götter lässt sich gut verteidigen, und im schlimmsten Fall können die Leute von dort aus ins Gebirge fliehen.«

Brainn sah sie düster an. Da sie noch kniete, befand sie sich mit ihm auf Augenhöhe.

»Ich werde Euren Vorschlag überdenken.«

»Ihr beeilt Euch besser. Hört Ihr die Trommeln? Der Lindwurm ist nicht unser einziges Problem.«

»Ich habe Männer dort unten.«

Und das wahrscheinlich nicht mehr lange.

Krona schluckte schwer an der Erwiderung und kam etwas steif auf die Beine.

»Mein König, ich erbitte die Erlaubnis, die Truppen dort unten verstärken zu dürfen. Ich habe meine Erfahrungen mit der Valdar. Vielleicht kann ich das Schlimmste verhindern.«

Brainn nickte.

»Ich gebe Euch einen Zwerg mit, der Euch auf schnellstem Weg hinunterbringt.«

»Danke, mein König.«

Eine harte Unruhe saß in ihrer Brust, als sie sich entfernte. Sie suchte Glaumur und fand ihn bei der kleinen Kriegertruppe.

»Ich brauche ein Schwert. Meines ist am Tor zerbrochen.«

»Gebt mir einen Augenblick.«

Glaumur eilte davon. Krona ging hinüber zu ihren Gefährten.

»Es sind immer noch Zivilisten in Schmiedeberg, und es sind auch noch welche auf den Straßen Richtung Osten unterwegs. Wir sollen diejenigen, die sich hier in unmittelbarer Gefahr befinden, in das Auge der Götter evakuieren.«

»Das ist der Befehl des Königs?«, fragte Nardon erstaunt. »Hätte ich nicht für möglich gehalten, traditionell, wie er ist. Das Auge der Götter ist ein heiliger Ort.«

»Ich konnte ihn überzeugen«, sagte Krona unbewegt. »Am besten, wir teilen uns auf. Die einen gehen die Leute in Schmiedeberg aufsammeln, die anderen rudern die Straße entlang. Die Leute werden den Weg ins Auge der Götter kennen, oder?«

»Durch die Minen?«, fragte Pintel und beantwortete sich die Frage gleich selbst. »Nein, natürlich nicht. Es gibt ja auch Straßen dorthin.«

»Dich hätte ich gerne im Auge der Götter, Lomir«, sagte Krona. »Du hast ein gutes strategisches Verständnis. Vielleicht kann ich dir von irgendwo noch ein paar Leute mitgeben.«

»Und was ist mit dir?«, fragte Lomir.

»Natürlich«, sagte Krona schnell. »Aber das Auge ist groß und hat mehr als einen Eingang, wie du weißt.«

Lomir sah sie lange an und nickte dann.

»Macht euch schon mal auf den Weg«, sagte Krona. »Ich habe noch ein paar Dinge zu klären. Ich komme gleich.«

Eilig wandte sie sich ab und ging Glaumur entgegen, der mit einem Schwert samt Gehänge unter dem Arm auf sie zu kam.

»Ich hoffe, es taugt Euch«, sagte er und zog das Schwert aus der Scheide, um es ihr zu zeigen.

Krona nahm es und schwang es probehalber. Es war lang und stark und zugleich leicht. Ein zartes dunkles Wellenmuster lief die Klinge entlang. Vom ersten Augenblick an war sie so vertraut mit der Waffe, als hätte sie sie schon seit Jahren geführt.

»Es ist großartig«, sagte sie. »Habt Dank, Glaumur.«

Sie stieß das Schwert zurück in die Scheide und gürtete es. Es fühlte sich beinahe an wie ihr altes, das in Aksum geblieben war; selbst das Heft war von ähnlicher Machart. Es war, als hätte sie einen abgeschlagenen Körperteil plötzlich zurückgewonnen.

»Ich bringe Euch hinunter«, sagte Glaumur. »Seid Ihr bereit?«

»Ich komme mit«, sagte Thork und trat neben sie. »Gehen wir, solange die anderen beschäftigt sind.«

»Was? Aber …«

Er nahm sie beim Arm und sah sie sehr ruhig an, und sie nickte langsam.

»Gehen wir«, sagte sie.

Glaumur führte sie aus der Halle auf die Elfte Straße und dann durch Seitengassen, ähnlich wie Holti sie am Morgen zuvor geführt hatte. Ein weiteres Mal stiegen sie in die Minen hinab, doch diesmal war es wärmer hier unten, und der Klang der Trommel kam von überall.

»Du hast keine Waffe dabei«, sagte Krona irgendwann.

»Nein«, sagte Thork.

»Warum nicht?«

»Weil ich aufhören muss, wie ein Schmied zu denken.«

Sie schwiegen eine lange Zeit, während sie tiefer stiegen und sich der Unteren Schmiedehalle näherten. Glaumur führte sie sicher. Im Schein ihrer Lampe erahnte Krona die vielen Durchgänge, die zu beiden Seiten abzweigten, die Treppen und Schächte und endlosen dunklen Hallen, die vor so langer Zeit aufgegeben worden waren.

»Ich bin froh, dass du bei mir bist«, sagte Thork irgendwann. »Ich weiß nicht, ob ich diesen Gang alleine hätte antreten können.«

»Was hast du vor?«, fragte sie mit erstickter Stimme.

»Ich weiß es nicht«, sagte er. »Ich weiß nur, dass es an mir ist, hier zu sein in dieser Nacht. Und es ist gut, dich an meiner Seite zu haben.«

Schweigend umklammerte sie ihre Lampe. Sie hätte nichts zu sagen gewusst, das einen Unterschied gemacht hätte.

Das Dröhnen der Trommeln wurde beinahe unerträglich. Hell lodernder Feuerschein drang um eine Ecke, und dann waren sie herum und stießen auf einen Trupp von Zwergen, die den Eingang in die Schmiedehalle bewachten. Es mochten zwei Dutzend sein. Einige aus der hinteren Reihe fuhren erschrocken herum und rissen die Äxte hoch, als Krona und die Zwerge sich näherten, nahmen aber dann sogleich höchst erleichtert die Waffen herunter. Sie wichen zur Seite, um Krona durchzulassen, und so trat sie schließlich bis ganz nach vorne an den Höhleneingang und sah hinein.

Das Tor war fertiggestellt. Die vier Totenschädel waren daran angebracht, jeder in einer Fassung aus glänzendem Gold: der Kristallschädel aus dem Erbe des Mandor Markholt, der kleine Granitschädel von der Insel der Stürme, der Schädel aus tiefschwarzem, poliertem Obsidian, der hölzerne Schädel schließlich, der sich in Varinn Tharas Besitz befunden hatte. Für jeden Schädel hatte jemand sein Leben lassen müssen: Zwergenpriester auf der Insel der Stürme, Jerina Markholt, Varinn Thara und Lor. Der fünfte Schädel schließlich war der grausigste, es war der von Baldur samt einem Stück des Halses, dort, wo Krona ihn abgeschlagen hatte; man hatte ihn in eine Nische eingepasst, seine Augen rollten in ihren Höhlen, sein Mund bewegte sich und spie beständig Worte aus, die von den Trommeln geschluckt wurden.

»Da hört sich doch alles auf«, sagte Krona fassungslos. »Jetzt liefern wir auch noch die Ersatzteile!«

Glaumur war neben sie getreten, er war sichtbar blass, Schweißperlen hatten sich auf seiner Stirn gebildet. Er zeigte hinüber auf die andere Seite, und da war Gyldinn, eine hohe Feuersäule von entfernt menschlicher Gestalt, von Flammen umgeben wie von einem lebendigen Kleid. Sie wiegte sich sanft im Takt der Trommeln, streckte lange Flammenarme aus und liebkoste das Tor, umschmeichelte jeden Schädel, bis sie begannen, von innen heraus zu leuchten. Auch aus Baldurs toten Augen brach das Licht, sein Bart brannte, das Feuer schmolz ihm das Fleisch von den Knochen, während sein Mund sich unaufhörlich bewegte und schließlich in einem lautlosen Schrei offen stehenblieb.

Einige Zwerge näherten sich, sie hatten Baldurs kopflose Leiche zwischen sich und legten sie vor dem Tor auf den Boden. Arkane Lichter geisterten über das Tor, das geschmiedete Eisen entlang, sammelten sich zu Rinnsalen, die durch Zauberhand den Weg in die Schädel fanden, und einer nach dem anderen erwachten sie zum Leben und richteten gleißend helle Strahlen arkanen Lichts auf Baldurs Leiche. Diese begann zu zucken, seine Beine strampelten wild, ziellos schlug er um sich, und dann wurde es plötzlich so hell, dass Krona die Hand vor die Augen riss.

Die Trommeln verstummten. Es war hell, nichts als hell. Die Zwerge hinter Krona klirrten mit ihren Rüstungen und beteten laut. Dann mischten einzelne Schatten sich in die gleißende Helligkeit, und ein regelmäßiges Flackern entstand. Krona blinzelte zwischen den Fingern hindurch. In dem Tor hatte sich etwas wie ein Teich aus arkaner Energie gebildet, über dessen unruhige Oberfläche Schatten liefen. Dann bekam die Oberfläche einen Riss. Für einen Augenblick sah das ganze Tor aus wie ein gleißendes blaues Auge mit einem katzenhaften Pupillenschlitz, und dann drang etwas durch den Riss, ein Wesen, das von innen heraus rot glühte wie Kohlen, deren Glut vom Blasebalg angefacht wird. Es hatte riesige Flügel aus Glut und Flammen und eine irritierende Vielzahl an Beinen, und dann sprang es mit einem Satz auf die andere Seite und zeigte sich in seiner ganzen fürchterlichen Schönheit, seine Augen leuchteten wie feurige Abgründe, sein langer Schwanz peitschte die Luft. Hitze legte sich auf Kronas Gesicht. Gyldinn blähte sich auf und züngelte hinauf bis zur Höhlendecke, und ihr Lachen war schrecklich und erschütterte den Fels.

»Meine Brüder und Schwestern!« Ihre Stimme trug das Echo eines Großbrandes. »Wie lange habe ich auf euch gewartet!«

Ein weiteres Wesen bahnte sich hinter dem ersten den Weg durch das Tor. Der Geflügelte senkte sein Haupt auf einen der Zwerge hernieder und verschlang ihn, wie er da stand. Einen weiteren packte er und schleuderte ihn mehrere Dutzend Schritte durch die Luft, bis er an die Wand prallte und brennend zu Boden fiel. Weitere wurden unter seinen gigantischen Klauen zerquetscht, sie starben ohne einen Laut. Das zweite Wesen glich einer langen, dornenbewehrten Schlange. Flammen schlugen aus seinem Maul und züngelten zwischen den glühenden Platten hervor, die seinen Körper bewehrten. Es wälzte sich aus dem Tor und kam über einige Zwerge, die mit vor Schreck verzerrten Gesichtern davon rannten, und es ließ nichts von ihnen übrig.

»Rüstet Euch«, sagte Glaumur, der ganz grau im Gesicht war. »Wir sind alles, was zwischen diesen Biestern und unseren Familien steht.«

»Aber wie sollen wir sie bekämpfen«, fragte ein Zwerg mit zitternder Stimme.

»Bis zum letzten Blutstropfen«, sagte Glaumur.

»Nein«, sagte Thork. »Geht. Das ist meine Aufgabe. Deshalb bin ich hier.«

»Was«, sagte Krona fassungslos. »Du kannst doch nicht … Was hast du vor?«

Er sah sie an und lächelte.

»Ich werde sie auf dem Grund eines Sees begraben, wie ich es versprochen habe«, sagte er. »Wir befinden uns direkt unter der Heimstatt der Könige.«

Krona sah nach oben zu der Felsendecke.

»Wie willst du das machen?«

»Ich kann es. Ich kann es nur nicht erklären.«

»Nein«, sagte sie und spürte, wie ihre Kehle eng wurde. »Nein. Da ist etwas an deinem Plan, das mir gar nicht gefällt.«

»Ich muss warten, bis die arkane Barriere verschwindet. Bis sie das Tor freigeben, um den Berg zu nehmen. Meine Kraft reicht nicht, um erst die Barriere zu durchdringen und dann so viel Fels zu formen.«

»Nein«, sagte sie. »Nein, mein Freund. Du wirst hier garantiert nicht …«

Er nahm sie beim Arm, und sie ging in die Knie und brachte sich mit ihm auf Augenhöhe.

»Ich muss dir nicht erzählen, dass wir einem Heer aus Valdari nichts entgegenzusetzen haben«, sagte er. »Ich will, dass mein Kind eine Zukunft hat. Ich will, dass dein Enkel eine Zukunft hat. Lianna … Ich werde nicht ein paar zusätzliche Atemzüge für mich mit euer aller Leben erkaufen.«

»Es ist nicht gerecht«, sagte sie, und Tränen strömten über ihre Wangen. »Kann ich es nicht für dich tun? Kannst du mir nicht zeigen, wie man es macht? Du kriegst ein Kind, verdammt!«

Er schüttelte den Kopf.

»Jeder hat eine Lebensaufgabe, Krona. Das hier ist meine. Du hast deine eigene.«

»Einen Scheißdreck hab ich«, wütete sie unter Tränen. »Ich bin hier heruntergekommen, um es irgendwie zu beenden! Ich, nicht du!«

»Und hier bist du«, sagte er. »Und hilfst mir bei diesen letzten Schritten. Und dann wirst du hinaufgehen und sehen, wie die Sonne aufgeht, und du wirst Lianna alles erklären. Dafür brauche ich dich. Deshalb bist du hier unten bei mir.«

»Es muss einen anderen Weg geben!«

»Es gibt keinen.«

»Ich hasse diesen unglaublich beschissenen Scheiß-Krieg!«

»Ich weiß. Versprich mir, dass du hinaufgehst und dich um sie kümmerst.«

Krona schluckte gewaltsam Tränen, obwohl sie beinahe daran erstickte.

»Ich verspreche es.«

Er nickte und nahm einen flachen, runden Kieselstein aus der Tasche. Er wog ihn sachte in der Hand, und ein helles Licht erblühte im Stein und drang nach außen wie Sonne, die hinter Wolken hervorkommt.

»Gib ihn ihr«, sagte er und schloss Kronas Finger um den Stein. »Sie mag nicht im Dunkeln einschlafen. Und jetzt nimm die Zwerge und geh. Nimm den ersten Weg nach oben, denn hier wird gleich alles unter Wasser stehen. Geht nach oben, so schnell ihr könnt!«

Widerstrebend erhob Krona sich von den Knien. Hitze drang aus der Halle zu ihr. Ein riesiges Knäuel aus Leibern wälzte sich vor dem Tor und füllte die Halle, und Gyldinn neigte sich hierhin und dorthin in einem gewaltigen, zerstörerischen Freudentanz. Krona steckte den Stein in die Tasche und wandte sich zu den Zwergen.

»Ihr habt ihn gehört«, sagte sie, und ihre Stimme wollte ihr kaum gehorchen. »Ziehen wir uns zurück.«

»Was ist mit den Kriegern auf der anderen Seite?«, fragte Glaumur. Einer der Zwerge holte ein Signalhorn hervor und blies das Signal zum Rückzug. Er wiederholte es mehrfach, aber Krona war nicht sicher, ob die Zwerge im gegenüberliegenden Tunnel es gehört haben konnten.

Plötzlich donnerte ein schuppiges, gehörntes Feuerwesen mit voller Wucht gegen die arkane Barriere. Blaue Funken sprühten. Eine seiner Klauen fand den Weg auf die andere Seite, riesige krallenbewehrte Finger an einem dünnen Arm griffen nach Glaumur und zerrten ihn zu sich. Glaumur schrie und warf sich nach hinten, ein brenzliger Geruch stieg von ihm auf. Krona hieb ihr Schwert in den Arm und schlug ihn sauber entzwei. Glaumur taumelte rückwärts. Das Wesen zog den Armstumpf zu sich, betrachtete ihn und sah dann zu Krona. Rauch stieg aus seinen Nüstern, flüssiges Feuer tropfte ihm von den Lefzen, und dann schob er seinen Arm nach vorne und drehte ihn, und schon waren die Krallen nachgewachsen. Er zog sie über die arkane Barriere, dass die Funken sprühten, warf den Kopf in den Nacken und brüllte gewaltig. Dann riss er mit einem Ruck die Barriere beiseite wie einen Vorhang und sprang in den Tunnel. Die Zwerge schrien und flohen. Das Wesen blähte sich auf und wuchs, bis es die Tunneldecke erreicht hatte. Die Hitze wurde unerträglich. Krona führte einen Schwertstreich gegen den glühenden Leib, wurde aber nicht einmal beachtet.

»Lauf«, sagte Thork ruhig. Sie zögerte einen Augenblick, die Hitze trocknete ihr die Tränen auf dem Gesicht. Dann machte sie auf dem Absatz kehrt und rannte.

Ihre Lampe hatte sie verloren, vor ihr war die völlige Dunkelheit. Hinter ihr flackerte das Feuer des Gehörnten und warf ihren eigenen verzerrten Schatten gegen die Wände. Während sie rannte, versuchte sie, sich an den richtigen Weg zu erinnern, aber alle Tunnel sahen gleich aus. Der Gehörnte kam näher, jeder seiner Schritte erschütterte den Fels. Eine fauchende Feuerlohe streifte sie und setzte ihren Waffenrock in Brand. Sie schrie und warf sich auf den Boden, um die Flammen zu löschen. Mehr durch Zufall als absichtlich geriet sie in einen schmalen Seitengang – zu schmal womöglich für den Gehörnten. Vor ihr war nichts als Schwärze. Blind tastete sie sich voran, dann trat ihr Fuß ins Leere und sie fiel.

Eine Ruhe erfüllte ihn, wie er sie noch nie verspürt hatte. Er hatte den Weg bis zum Ende gehen müssen, um ihn endlich klar vor sich zu sehen. Er sah, wie alles sich fügte, sah den göttlichen Plan hinter allem, sah den Troll, mit dem alles begonnen hatte, sah Gyldinn, mit der alles enden würde. Er ging seine letzten Schritte in die Schmiedehalle, unbehelligt, die Valdari wichen vor ihm. Nur Gyldinn ragte in ihrer tödlichen Schönheit vor ihm auf.

»Du bist es also.« Ihre Stimme wurde von den Flammen getragen und rauschte wie Feuer, das von einem gewaltigen Blasebalg entfacht wird. »Der Schmied.«

»Ich bin schon lange kein Schmied mehr«, sagte Thork. Er öffnete die Hände nach oben, sanft strömte Grôrs Kraft durch ihn hindurch, er sah hinauf zur Decke, Stein, alter, tröstlicher Stein, und er ließ die Kräfte strömen, die sein Gott ihm verlieh, ein letztes Mal und beinahe mehr, als er zu ertragen imstande war, und er löschte das Feuer mit einem letzten, gewaltigen Atemzug, und der Stein kam auf ihn herunter und deckte ihn sanft zu, und alles wurde hell.

Dein will ich sein, bis mein Leib zurückgeht in den Stein und Gròr meine Seele zu sich nimmt.

Krona kam zu sich, weil kaltes Wasser ihr hart ins Gesicht schlug. Eine Welle schwappte über sie und riss sie mit sich. Hart schleifte sie über den Stein, wurde dann vom Wasser angehoben und gegen eine Wand geschleudert. Sie versuchte, sich festzuhalten, doch der Stein war glatt und ohne Vorsprünge unter ihren Fingern. Es gab nicht länger ein Oben oder Unten, nur noch das Gefühl, hilflos herumgeschleudert zu werden, und völlige Schwärze um sie. Der Lärm des Wassers in dem engen Schacht betäubte sie beinahe. Ihr Kopf war unter Wasser. Das schwere Kettenhemd zog sie nach unten, sie schrammte über den Untergrund, ihre Lungen drohten zu bersten, bunte Blitze zuckten vor ihren Augen. Irgendwie gelang es ihr, ihre Beine unter den Körper zu bekommen und sich abzustoßen, und tatsächlich durchbrach sie mit dem Kopf die Wasseroberfläche und schnappte panisch nach Luft. Das Wasser reichte ihr bis zur Brust, die Strömung war immer noch schnell, aber nicht mehr so stark wie im ersten Augenblick. Sie stemmte sich dagegen, und es gelang ihr tatsächlich, für einen Augenblick stillzustehen.

Raus aus dem Kettenhemd. Du gehst sonst unter wie ein Stein, sobald es wieder tiefer wird.

Sie ließ sich ein Stück von der Strömung mitnehmen, stemmte ihre Füße gegen den felsigen Untergrund und versuchte, sich seitlich zur Strömung zu bewegen. Auf diese Weise gelangte sie tatsächlich nach kurzer Zeit an eine Wand, gegen die sie sich presste. Mit klammen Fingern löste sie ihre Gürtelschnalle und ließ das Schwert zu Boden gleiten, stellte aber den Fuß darauf, damit die Strömung es nicht mitnahm. Das Kettenhemd war ihr glücklicherweise viel zu weit, und so konnte sie es mit einiger Mühe und zusammen mit ihrem Waffenrock über den Kopf streifen. Sie tauchte nach ihrem Schwert und brauchte eine ganze Weile, bis sie es wieder gegürtet hatte.

Das Wasser zog ihr die Wärme aus dem Körper. Ihre Zähne schlugen aufeinander, sie merkte, wie sie schwächer wurde und der Strömung immer weniger entgegenzusetzen hatte.

Und es ist so dunkel wie im Arsch einer Kuh.

Moment mal. Licht. Dumme Kuh!

Sie fischte den Lichtstein aus ihrer Tasche, wo er zu ihrer grenzenlosen Erleichterung immer noch war, und sah sich um. Rings um sie war nichts als Fels und Wasser.

Sie nahm den Lichtstein in die Faust, hob den Kopf so hoch wie möglich aus dem Wasser und schwamm mit der Strömung los.

Erst, als sie sich zum ersten Mal schmerzhaft den Kopf an der Decke stieß, bemerkte sie, dass das Wasser stieg. Sie bekämpfte Panik. Wasser schwappte ihr über Mund und Nase. Sie legte den Kopf in den Nacken, ihr Gesicht war direkt unter der Decke, den Boden unter den Füßen hatte sie verloren. Sie kämpfte um jeden Atemzug, schluckte Wasser, hustete und rang nach Luft, und irgendwann schloss sich das Wasser über ihrem Kopf. Sie strampelte. Klares Tageslicht drang durch ihre Finger und geisterte durch das schäumende Wasser. Ihre Sinne schwanden.

Dann plötzlich war sie aus dem Wasser, es toste ohrenbetäubend um sie herum, sie fiel und tat währenddessen einen langen, tiefen Atemzug. Hart schlug sie auf einer Wasseroberfläche auf, ging unter und strampelte sich zur Oberfläche zurück. Von oben klatschte noch mehr Wasser auf sie hinunter, sie schwamm zwei Züge bis zu einer Felswand, trat Wasser und hielt den Lichtstein in die Höhe.

Sie befand sich in einem Schacht, der schnell volllief. Über ihr schoss Wasser aus einer Öffnung in der Wand. Sie wischte sich Wasser aus den Augen und blinzelte nach oben. Wenn dieser Schacht einen Deckel hatte …

Das Wasser hob sie hoch und über das Loch hinaus, durch das sie gespült worden war. Es wurde ruhiger, und immer noch drängte mehr Wasser nach und hob den Wasserspiegel weiter an. Über ihr war nichts als Schwärze. Dann, allmählich, änderte sich das Geräusch des Plätscherns um sie herum, es wurde nicht länger zwischen den engen Wänden des Schachtes hin- und hergeworfen, sondern verströmte sich in einem freien Raum, und tatsächlich kam ein Rand in Sicht, über dem Reste eines verrosteten Gitters lagen. Krona schob die Gitterstäbe beiseite und stemmte sich aus dem Wasser, kroch zwei Schritte und brach keuchend auf dem Fels zusammen. Ihre Lungen brannten, sie zitterte am ganzen Körper, und als sie blinzelte, hatte sie einen roten Schleier vor den Augen. Sie wischte sich übers Gesicht und fand Blut, vermischt mit Wasser, an ihren Händen. Vorsichtig setzte sie sich auf und leuchtete die Umgebung ab, gleichzeitig erstaunt und verwundert darüber, dass sie den Stein nicht verloren hatte. Hinter ihr drückte Wasser aus dem Schacht, lief plätschernd über den dunklen Stein und sammelte sich zu Pfützen und kleinen Rinnsalen, die sich stetig verbreiterten. Krona kam auf die Knie. Sie befand sich in der Alten Schmelze, unverkennbar mit ihren rostigen Ketten und der Felsnase, die über ihr aus den Schatten ragte.

Sie kam auf die Füße und machte taumelnd ein paar Schritte.

Wohin?

Für einen Augenblick stand sie verloren in der riesigen Halle, ein Lichtpunkt in unendlicher Schwärze, und kämpfte gegen eine wilde Verzweiflung. Wasser strudelte um ihre Füße, der Lichtstein setzte ein Glitzern auf die Wellen wie Nachmittagssonne und ein lauer Wind am See.

Das Auge der Götter.

Die Sonne ging gerade auf, als Krona ins Freie stolperte, und übergoss die Berggipfel mit rotgoldenem Licht. Hoch über ihr im zartblauen Morgenhimmel kreiste ein Bussard. Von irgendwo kamen Stimmen zu ihr und der Geruch von Lagerfeuer. Ein Säugling quäkte leise.

Krona erzwang einen Schritt, dann einen weiteren und noch einen, *es wird nicht leichter, es wird niemals leichter, einen Scheißdreck heilt die Zeit.*

Sie folgte einem versteckten Pfad durch hohes Gras, still lagen die toten Zwerge um sie im Stein. Ein Sperling saß auf dem Dach einer Grabstätte und sah mit blanken Knopfaugen zu ihr hinüber. Dann öffnete sich ihr der Blick ins Tal.

Wie ein heller Edelstein lag der See in seinem felsigen Bett. Rundum hatte man improvisierte Lager errichtet. Zwerginnen saßen um Lagerfeuer, manche hielten schlafende Kinder im Arm. Die Stimmung war gedrückt. An anderer Stelle war mehr Betrieb, hier wurden Ausrüstung oder Vorräte verteilt. Krona schluckte gewaltsam Tränen. Sie war hier, und die Sonne ging auf, und sie würde Dinge erklären müssen, für die sie keine Worte fand.

Dann sah jemand in ihre Richtung, zeigte und rief etwas. Zwerginnen sprangen auf und kamen ihr entgegen, und dann war Fenrir plötzlich da, er riss sie in seine Arme und umklammerte sie, als ginge es um sein Leben, und erst, als er ihr die Tränen aus dem Gesicht strich, bemerkte sie, dass sie haltlos weinte.

»Was ist passiert? Wo ist Thork?«

Als Lianna erfuhr, was geschehen war, begann sie zu schreien und wollte überhaupt nicht mehr damit aufhören.

Sie weinten alle für eine lange Zeit, manche still und in sich gekehrt, manche heftig und wütend. Wolfram saß am Feuer und starrte hinein, die Laute im Arm, seine Finger lagen auf den Saiten, aber er spielte keinen Ton. Lianna strebte zurück in den Berg, und sie mussten sie zu dritt festhalten und ihr das Schwert aus der Hand winden. Pintel ging von einem zum anderen und holte alle ans Feuer, und Krona gab in dürren, stockenden Worten wieder, wie alles sich zugetragen hatte. Sie hielt Lianna den Stein hin, aber Lianna schlug ihre Hand weg und nannte sie eine Mörderin. Krona verstummte und kehrte in Fenrirs Arme zurück. Sein Blick lag auf den fernen, schneebedeckten Gipfeln, als verspräche er sich von dort Trost und Heilung.

»Gyldinn ist tot, wenn sie jemals etwas hatte, das man ein Leben nennt«, sagte er, »und wir können den Sieg nicht feiern. Der Preis war zu hoch.«

»Der Preis ist immer zu hoch«, sagte Krona müde. »Für jeden Sieg.«

»Was hättest du alleine dort unten ausrichten wollen? Du wärst gestorben, zusammen mit den Zwergen.«

»Vielleicht.«

Ein frischer Verband umspannte ihre Stirn, und er strich zart mit den Fingerspitzen darüber.

»Vielleicht auch nicht«, sagte er. »Du bist einfach zu stur zum Sterben.«

»Er war es nicht«, sagte Krona, und ihre Augen füllten sich erneut mit Tränen. »Er war nicht zu stur. Er hat es einfach gemacht. Er wusste, was er tat, als er dort hinunterging. Dass er dort sein Leben lassen würde. Das war sein Weg, und er hat ihn einfach angenommen. Ich meine, wie kann man … Wie kann man so geduldig sein, und so großherzig?«

»Würdest du nicht dein Leben lassen für Leute, die du liebst?«

»Doch, natürlich. Aber das ist etwas anderes.«

»Ist es das?«

Sie schwieg und blinzelte sich Tränen weg.

Irgendwann stand Lomir auf und wischte sich mit dem Ärmel über das Gesicht.

»Hört auf zu weinen«, sagte er. »Dazu ist später noch Zeit. Wir haben eine Schlacht zu schlagen, und plötzlich ist wieder Hoffnung für uns. Wenn wir alle Kräfte vorne in der Dreizehnten Halle bündeln, kann es uns gelingen, die Menschen aus dem Berg zu vertreiben.«

»Die paar Zwerge«, murmelte Krona. »Da ist nicht viel zu bündeln.«

»Du vergisst etwas«, sagte Lomir. »Erstaunlich – ausgerechnet du. Du vergisst die Zwerginnen. Sie waren schon dabei, sich zu rüsten, als wir hier ankamen. Vieles ist ein bisschen, nun ja, behelfsmäßig – aber keine von ihnen ist gewillt, die Männer und Söhne dort vorne im Stich zu lassen.«

»Sie haben keine Ausbildung«, sagte Krona müde.

»Sie sind viele«, sagte Lomir. »Und sie sind furchtbar wütend. Und mehr als bereit, sich von einer Frau wie dir herumkommandieren zu lassen.«

Mühsam kam Krona auf die Beine. Jeder Knochen, jeder Muskel schmerzte. Sie war seit vierundzwanzig Stunden auf den Beinen, ohne eine Atempause. Sie erinnerte sich daran, dass sie früher dieses Tempo zwei, drei Tage durchgehalten hatte, wenn es nötig gewesen war.

»Besorg mir etwas zu trinken«, sagte sie. »Wasser. Und ein Stück Brot oder etwas. Dann kann ich wieder. Wo ist denn deine Zwerginnen-Armee?«

»Vorne am anderen Tor.«

Sie sah alles durch einen Schleier der Erschöpfung, als sie zum östlichen Tor hinüberging. Lomir begleitete sie, und sie war froh, sich unauffällig auf seine Schulter stützen zu können, wenn die Knie ihr weich wurden.

Vor dem Tor hatte man tatsächlich etwas wie ein improvisiertes Heerlager errichtet, in dem Zwerginnen sich auf den Kampf vorbereiteten. Sie sah neue und rostige Kettenhemden, Panzer, die ihren Trägerinnen mehr schlecht als recht passten, Straßenkleidung und fest geschnürte Ledermieder, Schwerter und Hämmer, Fleischermesser, Bratenspieße, Topfdeckel und gusseiserne Pfannen und Frauen, die zu allem entschlossen waren.

Inmitten des Lagers blieb sie stehen und sah sich suchend um. Alba trat auf sie zu. Sie trug eine zusammengewürfelte Rüstung und einen Helm, der ihr über die Augen zu rutschen drohte.

»Hauptmann Feuerfaust«, sagte sie. »Es ist uns eine Ehre, Seite an Seite mit Euch zu kämpfen. Wir sind bereit.«

»Seid Ihr sicher? Der Lindwurm ist gewaltig.«

»Unsere Männer sind dort vorne«, sagte Alba ruhig. »So wir noch Männer haben. Viele von uns sind Witwen seit gestern Morgen. Viele haben ihre Söhne verloren. Wir machen Hackfleisch aus diesem Wurm, und dann jagen wir die Menschen aus unserem Berg.«

»Gut«, sagte Krona. »Dann sammelt die Frauen zum Aufbruch.«

Die schwangeren Frauen blieben zurück sowie diejenigen, die sehr kleine Kinder hatten, außerdem die Alten und Kranken. Ein kleiner Trupp wurde zu ihrem Schutz abgestellt, dann brachen sie auf.

Keiner der Gefährten blieb zurück, nicht Nardon mit seinem verletzten Arm und nicht Lianna, die ihr langes Schwert gegürtet hatte. Sie war blass und sah aus wie ein Geist, aber sie schritt entschlossen voran. Lomir und Alba gingen voran, und Krona mühte sich, Schritt zu halten. Irgendwann geschah dann das, was sie schon auf jedem Kriegszug gerettet hatte: Sie hörte auf, ihren Körper zu spüren, und ihr Geist zog sich um den einen, letzten Punkt zusammen, der noch wichtig war: den Gegner finden, den Gegner töten.

Den Marsch in die Dreizehnte Halle erlebte sie wie im Traum: schemenhaft die Felsentunnel, jedes Geräusch von vielfachem Echo verstärkt. Sie ließ sich vom Rhythmus ihrer eigenen Schritte einfangen, *Marschieren hilft*, und setzte mechanisch einen Fuß vor den anderen.

Irgendwann begannen die Zwerginnen zu singen, ein wildes, grimmiges Kriegslied, und dann kam aus einiger Entfernung die Antwort. Die Zwerginnen stürmten voran und brachen wie Wildwasser aus dem Tunnel in die Dreizehnte Halle und stürzten sich mit wildem Kriegsgeschrei ins Getümmel. Krona hielt am Eingang zur Dritten Straße inne und verschaffte sich einen schnellen Überblick.

Der Lindwurm war durch das Gitter gebrochen und hatte den westlichen Teil der Halle eingenommen. Das Gitter war aus der Verankerung gerissen und lag völlig zerstört auf dem Boden. Dunkles, zähes Blut rann aus der Flanke des Lindwurmes, verbogene Eisenstreben ragten aus der Wunde, wo er offenbar versucht hatte, sich durch eine zu enge Öffnung in die Halle zu zwängen. Einer seiner Köpfe hing schlaff herunter. Der Boden war bedeckt mit glitzerndem Schleim. Der fürchterliche Gestank des Untiers verpestete die Luft. Rund um das Untier waren Kämpfe im Gange; die Zwerginnen waren im letzten Augenblick gekommen und wendeten gerade das Blatt zu Erendors Gunsten. Allenthalben sah Krona gepanzerte Menschen unter einem Ansturm von drei, vier Zwerginnen zu Boden gehen. Sie versuchte, Karcharoth in dem Getümmel zu entdecken, aber er war nicht hier oder zeigte sich nicht.

Der Lindwurm nahm einen seiner Köpfe tief und fegte mit einem gewaltigen Streich Mensch wie Zwerg von den Beinen. Krona zog ihr Schwert und bahnte sich einen Weg durchs Kampfgetümmel. Das Untier riss einen seiner Köpfe hoch und ließ ihn gleich darauf nach vorne schnellen. Krona riss einem toten Ritter sein Schild aus den Händen und duckte sich dahinter. Klatschend schlug der giftige Speichel des Tieres gegen das eisenbeschlagene Holz. Es rauchte und dampfte, ein Gestank machte sich breit, der in Kronas Lungen kroch und sie husten ließ, bis sie meinte, ersticken zu müssen. Sie ließ den Schild fallen und kroch davon, bemühte sich, wieder auf die Füße zu kommen, und rang nach Luft. Sie stolperte, rannte ein paar Schritte und fing sich an der Höhlenwand. Sie befand sich nun seitlich, etwa auf Höhe der krallenbewehrten Flügel. Der Lindwurm hatte sie vom Körper abgespreizt und verwendete sie, um sich am Boden festzuhalten. Es war ohnehin unwahrscheinlich, dass er damit wirklich fliegen konnte.

Krona schob ihr Schwert in die Scheide, zog ihren Dolch und nahm Maß. Einige große Sprünge brachten sie an die messerscharfen Krallen heran. Mit einem Satz sprang sie darüber und landete auf dem Flügel. Die ledrige Haut spannte sich und vibrierte unter ihren Füßen wie die Bespannung einer Trommel. Sie riss die Arme zur Seite, um das Gleichgewicht zu halten, und sah nach oben. Drei, vier Mannslängen. Das Tier zuckte mit dem Flügel, und Krona ließ sich nach vorne auf die Knie fallen. Sie packte den Dolch und rammte ihn mit aller Kraft in die ledrige Flughaut, zog sich daran hoch, löste den Dolch und stach erneut zu, während ein Zittern durch das große Tier ging. Es gab ein rumpelndes Stöhnen von sich und hob den Flügel. Krona schnellte nach vorne und klammerte sich an einen knöchernen Dorn, der einem der Flügelgelenke entsprang. Sie wurde durch die Luft geschleudert, prallte hart gegen die Flughaut des Untiers, versuchte, mit den Füßen Halt zu finden, rutschte ab und stürzte in irgendwelche Falten, aus denen sie gleich darauf wieder herausgeschleudert wurde. Der Lindwurm röhrte und schüttelte sich. Krona hielt sich mit aller Kraft fest, sah plötzlich schuppige Haut vor sich und stieß sich ab, Dolch voraus. Sie landete auf dem Rücken des Untiers, zwischen seinen Flügeln. Unter ihr wand sich ihr Gegner, sie ließ sich auf die Knie fallen und rutschte nach vorne. Die Schuppen boten ihr guten Halt, auf allen Vieren rutschte sie nach vorne bis zum Genick. Die Schuppenschicht war hier tatsächlich dünner, ein bewegliches, elastisches Material, das die Hälse umgab, zartrosa in den Halsbeugen und im Genick, darunter sah Krona das Blut pulsieren.

Der Lindwurm schüttelte sich. Krona klammerte sich mit den Knien fest, riss das Schwert aus der Scheide und stach zu. Tief versenkte sie die Klinge im Genick des Untiers, ließ sie tiefer und tiefer eindringen, dunkles, stinkendes Blut sprudelte aus der Wunde. Der Lindwurm röhrte und bäumte sich auf. Krona umklammerte das Heft ihres Schwertes und trieb die Klinge tiefer, bis sie auf Widerstand stieß, riss die Klinge dann heraus und versenkte sie erneut, sie schrie und trieb die Klinge mit all ihrer Kraft tiefer, hinein in das Untier bis zum Heft, riss sie heraus und stach erneut zu. Ein Zittern durchlief den gewaltigen Leib, ein Stöhnen entwich dem Tier, dann krachte erst der eine, dann der andere riesige Kopf auf den Boden. Krona verlor den Halt und wurde nach vorne geschleudert, flog durch die Luft und klammerte sich immer noch an ihr Schwert, dann kam sie hart auf dem Boden auf, überschlug sich ein paarmal, rollte und schlitterte noch eine ganze Strecke und blieb dann liegen.

Sie stöhnte und blinzelte. Direkt vor ihrem Gesicht waren große Zwergenstiefel, darüber der pelzverbrämte Saum eines Mantels. Sie wischte sich Blut und Schleim aus dem Gesicht und spuckte Blut aus.

»Mein König«, murmelte sie. »Hauptmann Feuerfaust macht Meldung. Das Vieh ist erledigt.«

Brainn sah zu ihr hinunter und nickte.

»Lasst Euch versorgen und reinigen, und dann meldet Euch bei mir«, sagte er.

»Kampf«, murmelte Krona und zeigte konfus in irgendeine Richtung. »Muss Angriff zurückschlagen.«

»Das erledigt eine Horde aufgestachelter Zwerginnen«, sagte Brainn. »Jeder Mensch, der noch bei Verstand und Gesundheit ist, nimmt gerade die Beine in die Hand. Ich nehme an, das war Eure Idee?«

»Nein«, murmelte Krona. »Da sind die schon selbst draufgekommen.«

Brainn winkte. Noch mehr eisenverstärkte Stiefel marschierten um Krona herum auf. Man half ihr in die Höhe und brachte sie ins Lazarett, wo sich zwei Zwerginnen sogleich daranmachten, sie notdürftig von Blut und Lindwurmschleim zu befreien und ihre Wunden zu versorgen.

»Gegen den Gestank können wir nichts unternehmen«, sagte die eine entschuldigend. »Ich fürchte, Ihr müsst Eure Sachen verbrennen und ein sehr ausgiebiges Bad nehmen, ehe er verfliegt.«

»Ist mir egal«, murmelte Krona. »Habt Ihr etwas zu trinken?«

»Ich bringe Euch Wasser«, sagte die zweite Zwergin und erschrak zu Tode, als Krona sie am Arm packte.

»Hast du sie noch alle? Ich habe gerade einen Lindwurm plattgemacht, also komm mir nicht mit Wasser, Schätzchen!«

Eingeschüchtert wand die junge Zwergin ihren Arm aus Kronas Griff und eilte davon.

»Wasser«, knurrte Krona, zog die Nase hoch und spuckte Blut auf den Boden. »Was muss man hier eigentlich noch alles tun, um anständigen Schnaps zu bekommen?«

»Freundlich fragen«, sagte die zweite Zwergin eingeschnappt.

»Zu mir ist auch niemand freundlich«, knurrte Krona. Jetzt, im Augenblick der Ruhe, fühlte sie sich plötzlich, als sei sie unter den Lindwurm geraten. Ihr Körper war gänzlich zerschlagen, und der Blutgeschmack in ihrem Mund wollte nicht weichen. Sie tastete mit der Zunge und stellte fest, dass zwei ihrer Vorderzähne locker saßen.

Sie packte die Zwergin bei der Schulter und stemmte sich hoch.

»Wohin wollt Ihr?«, quietschte die erschrocken.

»Zum König, solange ich noch kann«, sagte sie. »Wenn ich hier liegenbleibe, schlafe ich ein und wache drei Tage nicht mehr auf.«

Unter der Tür kam ihr die Zwergin entgegen, die sie nach Schnaps geschickt hatte. Sie hatte einen Krug unter dem Arm. Ohne weitere Umstände nahm Krona den Krug an sich, zog den Stöpsel und trank, bis ihr die Augen tränten. Den Krug in der Linken, betrat sie humpelnd die Dreizehnte Halle und sah sich um. Der Lindwurm lag, wo sie ihn niedergestreckt hatte, ein gewaltiger, schleimiger, stinkender Haufen blassen Fleisches. Im westlichen Teil der Halle, wo die Kämpfe stattgefunden hatten, wurden immer noch Verletzte versorgt und Tote geborgen. Dort stand auch Brainn mit seinen Beratern, ein alter, von Gram gebeugter Zwerg, der offensichtlich nicht fassen konnte, was seine Augen sahen. Sie humpelte zu ihm hinüber und hielt ihm den Krug hin. Er sah sie an, dann nahm er langsam den Krug und trank. Schweigend sah er über das Schlachtfeld hinweg, bevor er den Krug an Krona zurückgab. Sie nahm einen Schluck und spülte ihre lockeren Zähne damit. Der Schmerz stieg ihr vom Kiefer direkt in die Stirn und hielt sie auf den Beinen.

»So viel Leben ausgelöscht«, sagte Brainn. »Warum? Warum tragen die Menschen Krieg auf unsere Schwelle?«

»Weil sie es können«, sagte Krona. »Es reicht, wenn einer Krieg will. Man kann sich nicht dagegen wehren.«

Brainn nickte langsam. Sie sah ihm an, wie er um Worte rang, und wartete geduldig.

»Wo ist mein Sohn?«, fragte Brainn schließlich. »Baldur. Er entkam seinem Gefängnis. Wisst Ihr etwas über sein Schicksal?«

Krona zögerte, zwang sich dann aber, dem König ins Gesicht zu sehen.

»Er starb in den Minen«, sagte sie. »Durch mein Schwert. Ich habe ihn getötet.«

Brainn wandte den Blick ab. In seinem Gesicht arbeitete es. Die beiden Wachen griffen zu ihren Äxten, aber er hielt sie mit einem Wink zurück. Brainn ging ein paar Schritte auf und ab, seine Hände öffneten und schlossen sich. Dann blieb er vor Krona stehen.

»Und Ihr habt nichts zu Eurer Verteidigung vorzubringen?«

»Nein. Er war Euer Sohn, und er starb durch meine Hand. Dass er uns angriff, dass er verblendet und einem Feuerwesen verfallen war, erklärt die Umstände, aber es nimmt Euch nicht Euren Schmerz.«

Brainn nickte und sah sie an, und sein Blick war so voller Trauer, dass es ihr das Herz zerriss.

»Ich danke Euch für Eure Verdienste um Erendor«, sagte er. »Ich werde Euch angemessen entlohnen lassen. Bleibt, so lange Ihr wollt, es wird Euch kein Leid geschehen. Aber niemals wieder, Frau Feuerfaust, niemals wieder möge mein Blick auf Euch fallen.«

Er wandte sich um und ging davon, und sie stand und sah ihm nach und spülte ihren Mund mit Zwergenschnaps und wusste, dass sie alle Schnapskrüge des ganzen Landes leeren konnte und doch in keinem ihren Frieden finden würde.

Sie erschrak, als Lomir zu ihr trat.

»Was hat er gesagt?«

»Was glaubst du, was er gesagt hat? Ich habe seinen Sohn auf dem Gewissen.«

»Und jetzt?«

»Ich weiß es nicht, Lomir.«

Lomir nickte. »Ruhen wir uns aus. Wir brauchen einen frischen Verstand, wenn wir neuen Pläne schmieden wollen.«

Sie begruben Thork früh am nächsten Morgen im Auge der Götter, und da sie seinen Körper nicht hatten, begruben sie seine Axt und die Bilder, die er gezeichnet hatte, Bilder von besseren Tagen: Pintel, der glitzernde kleine Vögel aus seinen Haaren flattern ließ, Lianna am Lagerfeuer, Lomir mit breitem Grinsen und einem überschäumenden Bierkrug, Nardon über seinen Aufzeichnungen, Krona, die an Fenrirs Schulter schlief. Sie legten die Papierbögen auf ein Bett aus Fels und beschwerten sie mit runden, hellen Steinen, damit der laue Sommerwind sie nicht davon trieb, und dann brachten sie mehr Steine und häuften sie darüber, bis ein Hügel entstanden war. Sie pflückten kleine Wildblumen und steckten sie in die Ritzen zwischen die Steine, und der Bussard zog über ihnen seine einsamen Kreise. Dann standen sie lange und still um den Grabhügel herum, erschöpft und wund vor Trauer, und keiner von ihnen hatte mehr Tränen.

Wolfram hielt sich abseits; erst nach einer ganzen Weile kam er zu Krona und zeigte ihr, was er gefunden hatte: einen hellen, glatten Stein mit einer Spitze und einer eingekerbten Rundung.

»Ein Herz aus Stein«, sagte er leise. »Wusstest du, dass man nicht besser über einen Zwerg sprechen kann? Er hatte ein Herz aus Stein. Was bei den Menschen eine Beschimpfung ist, ehrt einen Zwerg über alle Maßen.«

Er sah sie an, als würde er ihre Erlaubnis erbitten. Sie nickte, und er näherte sich sachte dem Grabhügel und legte das steinerne Herz obenauf.

»Spiel etwas«, sagte Krona. »Du hast auf seiner Hochzeit gespielt, du sollst auch auf seinem Begräbnis spielen.«

Wolfram nahm seine Laute, setzte sich auf einen flachen Fels und begann zu spielen. Er sang nicht, es war eine einfache, zarte Melodie, die er hinauf zu den Berggipfeln schickte, und sie machte Krona ruhig und wehmütig zugleich.

Als die Melodie verstummt war, schwiegen sie wieder lange.

»Er hat die Berge so geliebt«, sagte Lianna irgendwann. »Ihre Ruhe. Ihre Erhabenheit. Dass man so weit entfernt ist von allem. Jetzt kann er sie sehen, von hier aus, aber ich weiß nicht, ob mich das tröstet. Ich weiß nicht, ob mich jemals wieder etwas trösten kann.« Sie sah Krona über den Grabhügel hinweg an.

»Wird es jemals aufhören, weh zu tun?«

»Nein«, sagte Krona. »Aber du kannst lernen, damit zu leben.«

Lianna nickte. Pintel schlang seine Arme um sie, und sie drückte seine Schultern und wischte sich mit der flachen Hand über das Gesicht.

»Lasst uns etwas essen gehen und über gemeinsame Zeiten sprechen«, sagte Lomir. »Essen ist eine gute Möglichkeit, um wieder ins Leben zu finden.«

»Geht schon mal vor«, sagte Krona. »Ich brauche noch einen Augenblick.«

Sie beugte sich über den Grabhügel und strich mit den Fingerspitzen über das steinerne Herz.

Bin ich eine Mörderin? Sie hat es nicht so gemeint, aber vielleicht hat sie recht. Ich habe Gyldinn den ersten Schädel verschafft. Damit hat alles ange-

fangen. Weil ich nur ans Geld gedacht habe. Und dann … Sieh dich um. Wie viele gestorben sind. Wie viele trauern. Sterben ist schlimm, aber mit der Trauer zu leben, ist die wahre Kunst.

Auf dem Grabmal gegenüber saß ein Sperling und blickte mit wippendem Schwänzchen zu ihr herüber. Sie richtete sich auf, doch der Sperling flog nicht weg, im Gegenteil, er flatterte auf den Boden und hüpfte auf sie zu.

»Ergreifend«, sagte der Sperling. »Das war wirklich ganz und gar ergreifend. Oh, wie ihr ihn alle geliebt haben müsst, diesen knurrigen Zwerg.«

Krona riss ihr Schwert aus der Scheide, aber der Sperling flatterte einfach auf das Dach der nächsten Grabstätte. Es gab ein Blitzen und Funkeln arkaner Energie, und dann hockte Karcharoth auf dem Dach der Begräbnisstätte und grinste zu ihr hinunter.

»Komm runter, wenn du dich traust!«, schrie Krona, doch Karcharoth lachte nur.

»Komm doch rauf, wenn du dich traust«, sagte er. »Ach, ich vergaß. Du kannst ja nicht fliegen.«

Krona klaubte einen Stein vom Boden auf und warf ihn nach ihm, doch er beugte sich lässig zur Seite und wich dem Wurfgeschoss aus.

»Mehr kannst du nicht?«, sagte er. »Große Kriegerin. Lindwurmbezwingerin. Schmeißt mit Steinen?«

»Offenbar bin ich gefährlich genug, um dich auf dieses Dach zu treiben. Was willst du?«

»Ich wollte mich verabschieden«, sagte er sanft. »Ich meine, wir haben so viel durchgemacht – nicht im eigentlichen Sinn gemeinsam, aber doch immerhin – da geht man nicht ohne Gruß, nicht wahr?«

»Du wirst mich nicht los«, sagte Krona. »Ganz egal, wo du dich verkriechst. Ich werde dich finden.«

»Aber ich habe doch gar nicht vor, mich zu verkriechen. Ich sagte dir bereits: Bergen ist erst der Anfang. Ich werde mir den Thron von Abrantes nehmen. Eldsorna der Edle, König von Abrantes. Klingt gut, nicht?«

»Wir haben schon einen König.«

Karcharoth winkte ab. »Ich habe den Tod besiegt. Du glaubst doch nicht, dass dein kleiner sterblicher König mir irgendetwas entgegenzusetzen hat.«

»Wir werden sehen. Immerhin haben diese Sterblichen deine Flammentochter ausgelöscht und dein Haustier abgestochen. Egal, womit du kommst, wir werden uns etwas einfallen lassen.«

Karcharoth erhob sich.

»Mag sein. Auf ein neues Spiel, Feuerfaust. Möge der Bessere gewinnen.«

Er sprang in die Luft und verwandelte sich zurück in den Sperling, noch ehe er wieder gelandet war, schwang sich in den Morgenhimmel und flog davon. Krona stieß ihr Schwert zurück in die Scheide.

»Die Bessere wird gewinnen«, murmelte sie. »Darauf kannst du einen lassen.«

Ende

»Wolfram von Kürenberg«, stellte Krona vor. »Der Mann, der mir geholfen hat, aus der Küche der Waldeck zu entfliehen, und der uns jetzt helfen wird, Gyldinns Spur wiederaufzunehmen. Der, mit dem ich den armen Drachen vor der bösen Prinzessin gerettet habe. Großartige Geschichte, vor allem, wenn er sie erzählt.«
Neugierig auf diese Geschichte? Der Spielmann erzählt sie Ihnen gerne.

Der junge Spielmann Wolfram von Kürenberg hat ein Problem: Er leidet unter chronischem Lampenfieber und vermasselt jeden Auftritt. Von seinem Lehrmeister entlassen, findet er sich im Fahrwassser der ehemaligen Küchenmagd Krona, die den Kochlöffel gegen das Schwert getauscht hat und von großen Taten träumt. Als schließlich noch der liebreizende, aber anstrengende junge Adelige Sindri aus einem Sauerkrautfass steigt, ist Wolfram schnell klar: Er ist der einzige bei dieser Truppe, der Verstand hat – und Lampenfieber ist sein geringstes Problem.
In weiteren Rollen: Ein Zwerg, der den Lebensmittelhandel neu erfindet, ein Drache mit einem Jungfrauenproblem und ein außergewöhnliches Huhn.

Bestellbar über texthexe-fantasy.com oder Amazon

SUSANNE PAVLOVIC
DAS SPIELMANNSLIED
DER ERSTE ABRANTES ROMAN

»Aber du bringst mich auf eine Idee«, sagte Krona. »Wolfram kann nicht ausgetauscht worden sein. Er wusste all diese Dinge von früher. Unsere gemeinsamen Erlebnisse. Wie er mir Lesen und Schreiben beigebracht hat. Wie ich ihn vor den Löwen gerettet habe. Dinge, die ich euch nie erzählt habe.«

Auch diese Geschichte gibt es zum Nachlesen:

Wolfram der Spielmann ist kein Freund von Chaos, aber Chaos ist ein Freund von Wolfram dem Spielmann. Kaum hat Wolfram den geheimnisvollen Turm betreten, trachtet man ihm auch schon nach dem Leben. Inmitten einer prachtvollen höfischen Hochzeit ist es schwer, den Überblick zu behalten, und als dann auch noch ein toter Ritter quicklebendig durch die Gegend spaziert, geraten die Dinge völlig außer Kontrolle. In weiteren Rollen: Sindri und seine Sippe, eine geheimnisvolle Hofdame, ein streitwütiges Pferd, ein Kürenberger Vorfahr und ein Huhn, das über sich hinauswächst.

Bestellbar über texthexe-fantasy.com oder Amazon

SUSANNE PAVLOVIC
DER
STERNENRITTER
DER ZWEITE ABRANTES ROMAN